Kniephof
Elbe
Schönhausen
Jerichow
Berlin
Oder
Briest
PREUSSEN
Nürnberg
Königgrätz
KÖNIGREICH
BAYERN
München
Donau
Wien
KAISERTUM
ÖSTERREICH

ullstein

Das Buch

Gut Briest, Preußen: Am Sterbebett seines Vaters erfährt der junge Adlige Alvin von Briest, dass er vom Erbe ausgeschlossen ist. Ein Offizier aus der Nachbarschaft kennt das Schicksal des Zweitgeborenen und zeigt Verständnis: Otto von Bismarck rät Alvin, eine Militärlaufbahn einzuschlagen.

Paris: Louise Ferrand hat alles verloren. Ihren Vater, ihren Status und ihre Ehre. Einen Ausweg aus ihrer schwierigen Lage bietet ihr ausgerechnet ein junger preußischer Offizier: Die schöne Französin heiratet Alvin von Briest.

München: Paul Baermann ist ein Mann der Moderne. Seine einzige Liebe gilt der Eisenbahn und allem, was damit zu tun hat. Bis er die Frau seines besten Freundes kennenlernt und sich Hals über Kopf in sie verliebt: Louise Ferrand.

Berlin: Lily Baermann hasst ihren Bruder Paul bis aufs Blut. Weil er ihre Mitgift aufs Spiel gesetzt hat, droht ihr ein Leben in Armut. Das Revolutionschaos in Berlin und Pauls Liebe zu einer verheirateten Frau bieten ihr endlich eine Gelegenheit, sich an ihm zu rächen.

Vier Menschen, die das Schicksal zusammengeführt hat, suchen in Zeiten des Umbruchs nach ihrer Bestimmung. Dabei kreuzen sie immer wieder den Weg eines Mannes, der Europa verändern wird: Otto von Bismarck.

Der Autor

Richard Dübell, geboren 1962, lebt mit seiner Frau und zwei Söhnen bei Landshut. Als Autor von historischen Romanen stürmt er seit Jahren die Bestsellerlisten und legt nun mit *Der Jahrhundertsturm* ein großes Epos zur deutschen Geschichte im neunzehnten Jahrhundert vor. Homepage des Autors: www.duebell. de

Von Richard Dübell sind in unserem Hause bereits erschienen:
Allerheiligen · Himmelfahrt · Der Jahrhunderttraum

Richard Dübell

Der Jahrhundertsturm

Roman

Ullstein

Besuchen Sie uns im Internet:
www.list-taschenbuch.de

MIX
Papier aus verantwortungsvollen Quellen
FSC® C083411
FSC
www.fsc.org

Originalausgabe im Ullstein Taschenbuch
1. Auflage Februar 2015
4. Auflage 2017

Umschlaggestaltung: ZERO Werbeagentur, München
Titelabbildung: © getty images / Thorsten Muehlbacher (Zug);
© FinePic®, München (Hintergrund)
Gestaltung des Vor- und Nachsatzes:
Angelika Solibieda, cartomedia, Karlsruhe
Satz: LVD GmbH, Berlin
Gesetzt aus der Minion
Druck und Bindearbeiten: CPI books GmbH, Leck
Printed in Germany
ISBN 978-3-548-28664-8

Für all diejenigen von uns,
die an unserer Zukunft bauen,
ohne zu vergessen,
wo unsere Herkunft liegt:
in den Dingen, an die wir glauben.

1. BUCH

Der Pfad aus Blut

1840 – 1848

Januar bis März 1840

»Nutzen Sie die Möglichkeit.«

OTTO VON BISMARCK

1

Der alte Levin von Briest lag im Sterben.

Wie es Sitte war, hatte er die Familie um sich versammelt. Die allernächste Familie bestand aus seinen beiden Söhnen Levin, der nun bald nicht mehr »der Jüngere« gerufen werden würde, und Alvin. Die beiden jungen Männer – Levin war zweiundzwanzig Jahre alt, Alvin neunzehn – standen links und rechts des großen Betts, in dem ihr Vater lag, der inzwischen nicht mehr war als ein gelbes Gesicht und zwei schlaffe Hände inmitten von Bergen blütenweißer Laken. Es hatte noch zwei Schwestern gegeben, eine älter als Alvin, eine jünger. Alvin hatte kaum Erinnerungen an die Ältere. Wenn er an seine jüngere Schwester dachte, sah er ein rundes Gesichtchen mit großen Augen. Noch heute hatte er ihr helles Lachen im Ohr, wenn sie gekitzelt worden war. Er erinnerte sich an den ungläubigen, fassungslosen Schmerz eines Achtjährigen, der seine nur zwei Jahre alt gewordene kleine Schwester im Sarg liegen sehen musste. Mehr Kinder hatte es nicht gegeben. Alvins und Levins Mutter war bald nach dem Tod ihres jüngsten Kinds verstorben, und der Vater hatte nicht wieder geheiratet.

Die anderen Familienmitglieder standen an den Wänden des Schlafzimmers aufgereiht, in respektvollem Abstand zum Sterbebett. Der alte Briest hatte noch eine Schwester, die von ihrem Gut in Pommern angereist war und gleich bei ihrer Ankunft jedem erklärt hatte, dass sie nur aus Schwesterliebe gekommen war und nicht in der Hoffnung, auch etwas zu erben.

Alvin hatte seiner Tante in die Augen geschaut und die Lüge darin gesehen. Durch die Familie von Briest lief eine geizige, gierige Ader, die auch der alte Levin besessen und die er an seinen älteren Sohn weitergegeben hatte. Weitere nahe Verwandte hatte Levin von Briest nicht. So wie das neidische Erbgut zog sich auch eine Tradition von Kinderlosigkeit und früher Sterblichkeit durch die Sippe.

Alvin und sein Bruder Levin hatten es immer wieder von ihrem Vater gepredigt bekommen: Die Vaterschaft war das Werkzeug des Mannes, um seine Lebenskraft und seine Ehre weiterzugeben. Vaterschaft war Männlichkeit! Doch wenn es danach gegangen wäre, besaßen die Pächter auf ihren Höfen und die Fabrikarbeiter in den Städten mit ihren acht, zehn, zwölf Kindern mehr Männlichkeit als der Junker, Gutsherr und Spross einer alten Dynastie Levin von Briest. Alvin wusste, dass der Vater darunter gelitten und seiner Frau insgeheim die Schuld gegeben hatte.

Zum erweiterten Familienkreis gehörten auch der Gutsverwalter, der Schultheiß des Bauerndorfs auf dem Grund von Gut Briest, der dortige Pfarrer, der Schulmeister, Levin von Briests Forstaufseher und der Aufseher über seinen Stall sowie Levins steinalter Kammerbursche, der so senil war, dass der Gutsherr, bevor er erkrankt war, den Alten angezogen hatte statt umgekehrt. Die dritte Eigenheit der Briests war von jeher eine freundliche Geduld mit den Schwächen ihrer Mitmenschen. Diese Eigenschaft hatte der alte Levin seinem Sohn Alvin vererbt.

Vor der Schlafzimmertür drängelten sich die Dienstboten. Auch sie waren auf eine unklare Art und Weise Familienmitglieder. Alvins Mutter hatte sie heimlich gehasst und gefürchtet wegen ihrer intimen Nähe zu allen Familiengeheimnissen, hatte sie ständig verdächtigt, zu spionieren und zu klatschen –

und hatte sie gleichzeitig als unentbehrlich in einem Haushalt betrachtet, der so groß war wie der von Gut Briest. Draußen vor dem Herrenhaus waren die Grundpächter versammelt und warteten darauf, dass Alvins großer Bruder auf die Treppe hinaustrat und den Tod des alten Herrn verkündete, woraufhin die Frauen weinen und die Männer, wenn Levin weiterhin erklärte, dass nun er der neue Herr sei, brummig rufen würden: »Vivat!«

Beim Tod der Mutter damals war der Auflauf bedeutend geringer gewesen, dachte Alvin ärgerlich.

Der alte Mann auf dem Bett atmete rasselnd und mit geschlossenen Augen. Alvin ahnte, dass sein Vater Kraft sammelte für seine letzten Worte. Als er zu sprechen begann, blieben seine Augen geschlossen. »Levin«, murmelte er. Er war kaum zu verstehen. Im Raum wurde es still.

»Ich bin hier, Herr Vater.«

»August?«

Der Gutsverwalter trat an Levins Seite. Er streifte Alvin mit einem schnellen Blick, in dem Alvin so etwas wie Verlegenheit zu entdecken meinte. Nur worüber? Weil der sterbende Gutsherr nun gleich festlegen würde, dass Levin den besseren Teil des Besitzes vererbt bekam und Alvin den schlechteren? Alvin erwartete nichts anderes. »Ich bin hier, gnädiger Herr.«

»Hat Er alles so aufgeschrieben, wie es Ihm gesagt wurde, August?«

»Jawohl, gnädiger Herr.«

»Lies Er es vor, August.«

Der Gutsverwalter räusperte sich. Ein weiterer verlegener Blick traf Alvin. Von diesem Augenblick an wusste Alvin, dass er sein ganzes Leben lang vergeblich um die Liebe seines Vaters gekämpft hatte.

2

Eine schmale Straße führte durch ein Tor zum Gutshaus. Das Tor bestand aus einem eisernen Gatter, das zwischen zwei runden Backsteintürmchen eingehängt war. Links und rechts der Türmchen gab es weder eine Mauer noch einen Zaun. Das Tor war ein Symbol, mehr nicht. Wer hindurchwollte, musste lediglich einen Riegel öffnen und die beiden Flügel des Gatters aufschieben. Dann brauchte man nur noch der grobgepflasterten Auffahrt zu folgen, bis man vor dem Hauptportal des Guts stand.

In zwei oder drei Monaten, wenn es taute, würde die Straße für eine Weile unbefahrbar sein: eine Schlammpiste, die von Pferdehufen zerwühlt und von Wagenrädern zerfurcht worden war. Im Sommer würde sie dann steinhart sein, und der beständige Wind würde den Sand von den Füßen der Reisenden wehen. Der Herbst würde dann wieder den Schlamm bringen. Jetzt, im Winter, genauer gesagt im Januar dieses neuen Jahres 1840, war die Erde so hart wie im Sommer.

Alvin von Briest stand allein in der Tordurchfahrt und schaute die Straße entlang. Das Land hier, westlich von Berlin, war so flach, dass Alvin immer das Gefühl gehabt hatte, heute schon sehen zu können, wer morgen ankommen würde. Die testamentarischen Regelungen, die sein Vater getroffen hatte, hatte er allerdings nicht auf sich zukommen sehen.

Vom Gutshaus her hörte er Musik an sein Ohr dringen. Wahrscheinlich hatte der Schultheiß ein paar Wandermusikanten engagiert. Von denen gab es viele. Die Zeiten waren nicht besonders gut. Fünfundzwanzig Jahre war der Krieg gegen Napoleon schon her, und Preußen hatte sich immer noch nicht davon erholt. Die meisten Musikanten beherrschten ihre Instrumente nicht; sie waren nur eine Ausrede, damit sie nicht einfach nur betteln mussten. Diese hier konnten auch nicht damit umgehen. Selbst auf die Entfernung hörten sich die Lieder zu Ehren des verstorbenen Gutsbesitzers nach Katzenjammer an.

Alvins Vater hatte alles richtig gemacht in seinem Testament. Er hatte gehandelt wie ein preußischer Junker, dessen Aufgabe es war, das Land zusammenzuhalten, das Erbe nicht zu zersplittern. Er hatte gehandelt wie der unumschränkte Familienpatriarch, der er bis zu seinem letzten Atemzug gewesen war. Alvin wusste das. Er fühlte sich trotzdem bis tief in sein Innerstes verletzt.

Der alte Briest hatte alles seinem erstgeborenen Sohn Levin vermacht. Alles. Falls ihm bei der Abfassung seines Testaments überhaupt eingefallen war, dass er noch einen Sohn hatte, hatte er diese Erkenntnis erfolgreich verdrängt.

Levin war der alleinige Herr von Gut Eichenhain bei Guben in Pommern sowie der alleinige Herr von Gut Briest hier im Jerichower Kreis. Alvin war der Herr über – nichts. Noch nicht einmal sein eigenes Leben, wenn man es genau nahm, weil man Geld brauchte, um ein eigenes Leben zu führen, und Geld hatte er keins. Kein Geld – keine Chancen. Auch nicht für den Sohn eines der ältesten und vornehmsten Geschlechter Preußens. Das Jahr 1840 hatte eben erst angefangen, doch für Alvin von Briest war es schon zu Ende. Sein ganzes Leben war zu Ende, bevor es richtig angefangen hatte. Der Anblick der Straße, die sich wie ein schwarzer Strich durch die flache winterliche Heidelandschaft zog, verschwamm vor seinen Augen.

»So geht ein großes Leben zu Ende«, ertönte eine helle, kratzige Stimme hinter ihm.

Alvin drehte sich erschrocken um. Er hatte den hochgewachsenen blonden jungen Mann nicht herankommen hören und wischte sich über das Gesicht, damit der Neuankömmling seine Zornestränen nicht sah.

Der Mann lächelte verkniffen und streckte eine Hand aus. »Darf Ihnen mein Beileid ausdrücken, Herr von Briest.«

Als Alvin die dargebotene Hand schüttelte, schlug sein Gegenüber leicht die Hacken zusammen und verbeugte sich. »Bin Ihnen gegenüber im Vorteil, Herr von Briest. Bitte um Entschuldigung. Hätte mich Ihnen gleich vorstellen sollen. Bismarck. Otto von Bismarck, zu Ihren Diensten.«

Alvin schlug ebenfalls die Hacken zusammen und erwiderte die Verbeugung. Dann musterte er sein Gegenüber. Otto von Bismarck war einen halben Kopf größer als er, schlank und in einen langen Mantel gekleidet, der wie ein Offiziersmantel wirkte, aber keiner war. Sein Haar sträubte sich widerborstig. Er hatte es mit Pomade nach vorn gekämmt, um den Umstand zu kaschieren, dass es über der Stirn bereits dünner wurde. Unter dem blonden Schopf gaben zwei große eisblaue Augen Alvins Musterung zurück. Otto von Bismarck war ein gutaussehender Mann, und seine offensichtliche Eitelkeit bewies, dass er es wusste.

»Wollten Sie zu meinem Vater?«, fragte Alvin. »Es tut mir leid, aber …« Er machte eine hilflose Handbewegung in Richtung der misstönenden Musik.

Bismarck schüttelte den Kopf. »Wollte nur allgemein meine … hmm … Aufwartung machen. Bin seit Jahren nicht mehr hier gewesen und besuche derzeit meinen … meinen … äh … ja, meinen alten Herrn auf Schönhausen. Gut Schönhausen, ja?« Er deutete vage in nördliche Richtung. »Bin dort geboren, müssen Sie wissen. Sind übrigens verwandt, Ihre Familie und ich. Über … hmmm … über tausend Ecken.«

Alvin kannte Schönhausen, und auch der Name seines Gesprächspartners war ihm nicht unbekannt. Nach dem, was er eben erfahren hatte, musste der alte Rittmeister Karl Ferdinand von Bismarck, der Gutsherr auf Schönhausen, Ottos Vater sein. Den jungen Mann kannte Alvin nicht, aber das bedeutete nichts. Schönhausen war lange Zeit von einem Verwalter bewirtschaftet worden, weil die Bismarcks auf einem ihrer Güter in Pommern gelebt hatten. Der alte Rittmeister war erst voriges Jahr wieder auf Schönhausen heimisch geworden. Da war Otto wahrscheinlich irgendwo studieren gewesen – oder hatte die Welt bereist, wie es die Söhne aus den Junkersfamilien zu tun pflegten, bevor sie sich niederließen.

Die Söhne, deren Väter sie dafür mit dem nötigen Geld ausstatten und nicht als billige Arbeitskraft bei sich zu Hause missbrauchen, dachte Alvin bitter.

Etwas spät fiel ihm ein, dass es letztes Jahr auch auf Schönhausen einen Trauerfall gegeben hatte. »Verzeihen Sie meine Unhöflichkeit«, sagte er unsicher, »doch ich habe gehört, dass es voriges Jahr einen Todesfall in Ihrer Familie gegeben hat? Oder irre ich mich? Mein Beileid.«

»Meine Mutter«, sagte Bismarck und zuckte mit den Schultern. Zu Alvins maßloser Überraschung fügte er hinzu: »Hat mich nie gemocht.«

Alvins Überraschung wurde noch größer, als er sich selbst sagen hörte: »Mein Vater mich auch nicht.«

Bismarck grinste plötzlich. »Lassen Sie mich … hmm … raten. Äh … das Testament Ihres alten Herrn ist etwas … äh … einseitig ausgefallen?«

Bismarck besaß eine anstrengende Sprechweise, fand Alvin. Er redete leise und stockend und nahm sich Zeit, nach einem Wort zu suchen, anstatt den Fluss seiner Rede am Laufen zu halten. Dennoch fühlte Alvin Sympathie für seinen Gesprächspartner.

»Sehr einseitig«, erwiderte er.

»Älterer Bruder hat geerbt, oder?«

»Alles«, sagte Alvin. »Ratzeputz alles. Den gesamten Landbesitz. Wenn ich hierbleiben will, muss ich meinen Bruder um eine Anstellung bitten – und wenn ich mir selbst etwas aufbauen möchte, um Geld.« Er fragte sich, wieso es ihm nichts ausmachte, diesem Fremden, den er eben erst kennengelernt hatte, derart sein Herz auszuschütten. Otto von Bismarck schien etwas auszustrahlen, das einen für ihn einnahm, ob man ihn kannte oder nicht.

Bismarck zögerte. »Im Vertrauen«, sagte er dann. »Bevor mein Vater seinen Besitz zwischen meinem Bruder und mir geteilt hat, ging es mir wie Ihnen. Keine … hmm … ausreichenden Mittel, wenn Sie verstehen.«

»Wir haben zwei Güter. Mein Vater hätte sie auch teilen können. Aber er gehörte zu dem Schlag Männer, für den die Teilung des Landbesitzes die Schwächung des Staats bedeutet.«

»Hatte nicht so unrecht, Ihr alter Herr, wenn man es bedenkt. Unser Stand hat Opfer zu bringen für den Staat.«

Alvin ignorierte den Einwand. »Ich hoffte, dass er es trotzdem tun würde. Briest oder Eichenhain – mir wäre es egal gewesen. Ich liebe beide Güter. Stattdessen hat er mir außer einer kleinen Apanage, mit der ich mir keinen eigenen Besitz aufbauen kann, nichts hinterlassen.«

»Eine Apanage? Kaufen Sie sich ein Offizierspatent dafür und gehen Sie zum Heer«, sagte Bismarck. Er straffte sich. »Gedient zu haben gereicht einem Mann zur Ehre und gibt ihm einen … hmm … Platz in der Welt.«

»Wo haben Sie gedient?«

Bismarck lächelte stolz. »Jägerbataillon Nummer zwei in Greifswald. Habe mich trotz alter Verletzung freiwillig gemeldet.« Er rieb sich wie unbewusst über den Arm. »Bin vor gut neun Monaten ausgeschieden.« Bismarck wirkte plötzlich unkonzentriert. Er kniff die Augen zusammen und schaute über Alvins Schulter. »Irgendwer kommt«, brummte er. »Hat es mächtig eilig.«

Der Neuankömmling war ein Reiter. Alvin kannte ihn. Er war einer der Gemeindeschreiber aus der kleinen Stadt Jerichow, zwei Stunden Fußmarsch von Gut Briest entfernt. Er hing auf dem Pferd wie ein Mehlsack. Als er heran war, zügelte er seinen Gaul mit Mühe. Das Gesicht des Mannes war rot vor Anstrengung. Er hatte nicht einmal einen Mantel über seine Jacke gezogen, aber er schien die Kälte gar nicht zu spüren. Es dauerte ein paar Augenblicke, bis er etwas herausbekam.

»Aufstand!«, stieß er dann keuchend hervor. »Aufstand in Jerichow! Der Bürgermeister und seine ganze Familie sind schon erschlagen!«

3

Eine halbe Stunde später befand sich eine Gruppe berittener Junker, zu denen auch Alvin gehörte, auf dem Weg nach Jerichow. Alvins Bruder Levin hatte seine erste Amtshandlung als Gutsherr vollzogen und seinen jüngeren Bruder bewaffnet in die Stadt geschickt, um dort nach dem Rechten zu sehen und eine der Aufgaben des Junkers – für Ordnung im Land zu sorgen – zu erfüllen. Alvin hatte sich gefügt, weniger aus Gehorsam denn aus Neugier über die Lage in Jerichow; und außerdem aus Sorge, was aus der Situation werden würde. Sie roch nach beginnender Revolution. Jerichow mochte unbedeutend und das Schicksal seines Bürgermeisters, wenn auch tragisch, so doch ebenfalls nicht weniger unbedeutend sein, was die Staatspolitik betraf. Aber Revolutionen, davon war Alvin überzeugt, entstanden immer im Kleinen; aus der einen alltäglichen Ungerechtigkeit zu viel, aus dem einen unmoralischen Übergriff, der nicht mehr hätte sein dürfen … aus der Tat eines aufrührerischen, mörderischen Bauernhaufens im flachen Jerichower Land, das die Welt ansonsten so wenig interessierte wie ein Furz im Herbststurm.

Als Alvin aufgebrochen war, hatten sich ihm mehrere Trauergäste angeschlossen. Levin hatte auch ihnen Waffen mitgegeben. Auf Gut Briest gab es so viele Jagdgewehre, dass man die Wälder Preußens damit hätte leerschießen können. Zu Alvins Überraschung war auch Otto von Bismarck mitgekommen. Er war so groß, dass sein Pferd unter ihm aussah wie ein Pony, und er wirkte ungeschlacht auf dem Gaul, obwohl er kein schlechterer Reiter zu sein schien als alle anderen.

Bei einer Wegkreuzung kurz vor Jerichow stießen sie auf eine andere berittene Gruppe. Einer von Alvins Begleitern löste sich und ritt voraus, der zweiten Gruppe entgegen. Es waren Männer von seinem Gut, wie sich herausstellte: sein Verwalter, ein paar wohlhabendere Bauern, einige adlige Logiergäste. Der Gutsherr selbst und seine Frau waren bei der Trauerfeier auf Gut Briest gewesen. Die Gruppen schlossen sich zusammen, und Alvins Nachbar, nun mit einer eigenen Truppe ausgestattet, übernahm die Führung, die er bisher aus Höflichkeit Alvin als dem Stellvertreter seines Gastgebers überlassen hatte. Alvin sah keine Möglichkeit, dagegen anzugehen, und wusste auch nicht, ob er es wollte. Er blieb still und hörte mit mulmigem Gefühl den aufgebrachten Reden der mittlerweile gut zwanzigköpfigen, schwerbewaffneten Reitergruppe zu. Sie näherten sich der Stadt im lockeren Galopp. Es war noch früh am Nachmittag, aber die tiefhängenden Wolken ließen es abendlich wirken. Der Wind pfiff von Westen her. Ein feuchter Wind. Ein Tauwind. Ein Wind, der Veränderungen brachte.

Wie es schien, war die zweite Gruppe besser informiert, wie es überhaupt zu dem Aufruhr der Bauern gekommen war.

»Wollten in Geld bezahlt werden, die Kerls, statt in Lebensmitteln, Werkzeug und Schuhen!«, sagte jemand. »Kommt alles nur von den verdammten Sitten in den Städten. Die verderben die Leute.«

»Die Industrie versaut das Volk. Der Untergang jedes Staats. Für die zählt nur das Geld. Geld! Als ob man das fressen könnte! Als ob man aus einem Sack Geld auch nur eine Kartoffel ziehen könnte!«

»Wessen Gesocks ist das überhaupt? Von welchem Gut stammen die?«

Niemand schien es zu wissen. Die allgemeine Ansicht war, dass der Gutsherr, bei dem diese Aufrührer in Lohn und Brot gestanden hatten, nachlässig gewesen war. Er hätte die Hunde auf die Wortführer hetzen sollen, anstatt zuzulassen, dass sie in die Stadt zogen und dort Radau machten.

»Bei den Franzosen hatten sie einen Aufstand! Barrikaden! Soll in Rouen gewesen sein.« Der Sprecher betonte es falsch, wie »Ruhn«. Alvin verdrehte heimlich die Augen. »Wollten die Mittagspause verkürzen, die Herren Industrialisten. Doch den Arbeitern reichte dann die Zeit nicht, um nach Hause zu gehen und dort zu essen. Da haben sie Barrikaden errichtet. Verkommenes Pack! Und unsere dummen Pächter lassen sich von so was beeindrucken.«

»Das ist die Schuld der Sozialisten. Laufen überall rum und hetzen das Volk auf. Wenn ich einen auf meinem Grund erwische, lass ich ihn totprügeln!«

»Das ist die Schuld des Oktoberedikts«, hörte Alvin plötzlich die heisere, helle Stimme Otto von Bismarcks. Der junge Gutsherr, der einen Kopf über die Meute hinausragte, hatte bisher geschwiegen. Umso erstaunter war Alvin über die Heftigkeit in Bismarcks Worten. »Verdammte Reformerbande damals!«

Das Oktoberedikt war in der Zeit der französischen Besatzung entstanden, als König Friedrich Wilhelm III. wirtschaftliche Reformen zugelassen hatte, um den völligen Zusammenbruch des preußischen Staats abzuwenden. Die erste Reform war die Abschaffung der Leibeigenschaft des Bauernstands gewesen. Über Nacht hatten sich die Bauern von Gutsherrenuntertanen, die zur Zwangsarbeit verpflichtet, dem Richterspruch ihres Grundherren unterworfen und dessen Züchtigungen ausgesetzt waren, in freie Menschen verwandelt. Der Junkerstand hatte massiven Widerstand dagegen geleistet. Vergeblich.

Das war dreißig Jahre her – gute zehn Jahre vor Alvins Geburt. Er kannte es nicht anders, als dass die Bauern de jure freie Menschen waren. De facto zahlten manche von ihnen ihr Leben lang die Kredite ab, die ihre ehemaligen Grundherren ihnen gewährt hatten, damit sie Land erstehen konnten. Von Fronknechtschaft waren sie in die Schuldknechtschaft geraten. Der einzige Unterschied war, dass der Grundherr sie nicht mehr ungestraft züchtigen durfte. Nun, dann zahlte er eben die Strafe und züchtigte weiter. Alvin hatte das oft genug erlebt.

Der alte Levin von Briest war in dieser Hinsicht anders gewesen. Alvin hatte ihn nie die Peitsche gegenüber einem Bauern gebrauchen sehen. Bei den Krediten für den Landkauf hatte er die Pächter jedoch ebenso übers Ohr gehauen, wie es seine Standesgenossen getan hatten.

Alvin sah die ratlosen Gesichter. Der junge Bismarck hatte sich niemandem vorgestellt. Niemand konnte ihn zuordnen.

Ein paar Männer, die von der Trauerfeier kamen und Bismarck anscheinend dort gesehen hatten, wandten sich an Alvin.

»Darf ich vorstellen: Otto von Bismarck, Gutsherr auf …«

»… Kniephof«, fiel ihm Bismarck ins Wort. »Der alte Herr sitzt auf Schönhausen. Bin zu … hmmm … Besuch hier. Ist mir eine Ehre, mit Ihnen ins Feld zu reiten, meine Herren.«

»Ins *Feld*?«, dehnte einer der älteren Männer irritiert.

»Übers Feld«, korrigierte sich Bismarck geschmeidig.

»Führen ja recht kesse Reden, Herr von Bismarck«, sagte der alte Herr. »Das Oktoberedikt wurde damals auf Wunsch unseres allergnädigsten Königs verfasst, um unter der Knute der verfluchten Franzmänner herauszukommen.«

»Herauszu*kriechen*«, betonte Bismarck und hielt dem Blick seines Gesprächspartners kaltlächelnd stand.

Auf dem Platz vor dem Jerichower Rathaus drängten sich Männer, Frauen und Kinder. Fast alle waren zu Fuß, aber es standen auch drei Kutschen im Gedränge. Mit den Pferden war kein Durchkommen, daher überließen die Männer um Alvin und Bismarck die Zügel einigen Halbwüchsigen, die herbeieilten und die Hände für ein paar Münzen aufhielten. Alvins Nachbar übernahm auch hier wieder das Kommando und fragte lautstark nach der Gendarmerie. Alvin versuchte festzustellen, was los war, doch bis auf die Tatsache, dass die Menschenmenge respektvollen Abstand zum Rathaus hielt, konnte er nichts erkennen. Die Gaffer standen dicht an dicht. Er hätte sich durchdrängeln müssen, um nach vorn zu gelangen.

Der hochgewachsene Bismarck hatte kein Problem, was den Überblick betraf. »Die Rathaustür ist eingetreten«, sagte er. »Vor dem Rathaus liegt ein zerschmetterter Stuhl, bei zwei Fenstern im Erdgeschoss fehlt das Glas, und das ganze Pflaster ist voller Scherben.«

Jemand aus der Meute drehte sich zu ihnen um. »Die haben den Bürgermeister und alle Gemeindeschreiber umgebracht!«

»Den Bürgermeister und seine Familie«, berichtigte Alvin. »Einen der Gemeindeschreiber habe ich vorhin selbst noch gesehen. Er hat uns alarmiert.«

»Den Bürgermeister und alle Gemeindeschreiber«, wiederholte ihr Informant mit weit aufgerissenen Augen. »Das Blut steht knöchelhoch im Rathaus.«

Alvin wechselte einen Blick mit Bismarck. Der junge Gutsherr zuckte mit den Schultern. Ihr Informant verlor das Interesse an ihnen und wandte sich wieder ab.

Drei uniformierte Landgendarmen in grünen Jacken und mit ebenfalls grünen Tschakos auf den Köpfen näherten sich den Neuankömmlingen. Ihr Anführer war ein schwitzender Lieutenant.

»Haben Sie hier das Kommando?«, schnappte Alvins Nachbar.

Der Lieutenant salutierte, obwohl er keine Uniform vor sich hatte. Natürlich konnte ein Offizier in den zivilen Kleidern stecken. Und als Lieutenant musste man davon ausgehen, dass man in den allermeisten Fällen einen höheren Dienstgrad als den eigenen vor sich hatte.

»Aufrührer«, schnarrte er, »haben sich im Rathaus verschanzt!«

»Das weiß ich selbst. Wie konnte das geschehen?«

»Haben sich einfach hineinbegeben«, meldete der Polizeilieutenant.

»Warum hat sie niemand aufgehalten?«

»War mit meinen Männern nicht vor Ort!« Der Lieutenant versuchte angestrengt, den Eindruck zu vermitteln, dass er und seine beiden Schutzmänner die aufständischen Pächter mühelos niedergerungen hätten. »Haben Geiseln genommen und stellen Forderungen!« Nach einer kurzen Nachdenkpause fügte er hinzu: »Haben ein Blutbad angerichtet.«

Alvins Nachbar winkte ungeduldig ab. »Weiß ich alles. Wie viele Aufständische sind es?«

»Etwa ein Dutzend, schätze ich.«

»Etwa?«, wiederholte Bismarck. »Geht das auch genauer, Sie Genie?«

Der Lieutenant errötete und nahm Haltung an. »Sehr wohl!«, sagte er.

»Also?«

Der Lieutenant blinzelte verwirrt. »Also was?«, fragte er.

»Wie viele sind es?«

»Etwa ein Dutzend.«

»Ich wollte die genaue Zahl wissen!«, brüllte Bismarck.

Der Lieutenant konnte tatsächlich noch strammer stehen. »Sehr wohl!«, stieß er hervor. Alvin wurde klar, dass das »Sehr wohl!« nur das Äquivalent von »Ich weiß es nicht!« und »Ich kann nichts dafür!« war, mit einem starken Unterton von »Ich wünschte, ich hätte hier nicht das Kommando …«.

Alvin hörte Bismarck raunen: »Wer zu dumm für die Armee ist, wird Schutzmann.«

Dann hörte Alvin ihn fragen: »Zu wem gehören die Saukerle?«

Die Augen des Lieutenants rollten in Richtung einer nahe stehenden Kutsche. Alvins Nachbar ließ den Gendarmen stehen und stapfte hinüber. Ein Disput begann, von dem Alvin kein Wort verstand, weil er in wütendem Flüstern zum Fenster der Kutsche hinein geführt wurde, aber es war offensichtlich, dass Alvins Nachbar an das Verantwortungsgefühl des Gutsbesitzers appellierte, zu dessen Gut die Pächter gehörten. Es oblag ihm, mit den Männern zu sprechen und sie zum Aufgeben zu überreden. Ebenso offensichtlich hatte der Gutsbesitzer eine andere Auffassung von seinen Pflichten, weil er in der Kutsche sitzen blieb. Alvin fragte sich, wie schwer bewaffnet die aufständischen Pächter wohl sein mussten, dass niemand wagte, das Rathaus zu betreten. Nachdem er ein paar Augenblicke darüber nachgedacht hatte, stellte er dem Lieutenant diese Frage.

»Sind eben bewaffnet«, erklärte der Lieutenant, deutlich weniger unterwürfig als gegenüber dem stattlichen Bismarck.

»Ja, aber womit?« Aus dem Augenwinkel sah Alvin, dass Otto von Bismarck ihn aufmerksam musterte.

»Verstehen das ja doch nicht, der Herr«, knurrte der Lieutenant. »Keine Angelegenheit für Zivilisten.«

»Also mit Gewehren?«, fragte Alvin unbeeindruckt.

»Ja.«

Otto von Bismarck mischte sich ein und fragte: »Mit welchen?«

Der Lieutenant sah von einem zum anderen. Man konnte förmlich fühlen, dass er gegenüber den beiden jungen Männern aufbrausen wollte, aber ein längerer Blick in Bismarcks Gesicht schien ihn eines Besseren zu belehren. »Keine Ahnung«, sagte er zuletzt.

»Sie müssen doch Schüsse abgegeben haben. Wonach hat es sich angehört? Jagdgewehre? Schrotflinten? Großvaters alter Vorderlader?« Bismarck grinste herablassend.

»Habe keine Schüsse gehört«, sagte der Lieutenant widerstrebend. »Habe jetzt auch keine Zeit mehr. Guten Tag, die Herren.« Er stolzierte davon, seine beiden Untergebenen im Schlepptau. Dass er sich dabei gewaltig beeilte, raubte seinem Abgang etwas von der beabsichtigten Würde.

»Und so was trägt einen Uniformrock«, meinte Bismarck. »Armes Preußen.«

»Worauf warten die denn?«

»Darauf, dass richtige Uniformen eintreffen«, mutmaßte Bismarck. »Soldaten unter Führung eines Offiziers, der diese Ehre verdient.«

»Und dann?«, fragte Alvin.

»Dann«, sagte Bismarck, »werden so viele Schüsse zu hören sein, dass sogar dieser Hornochse von Lieutenant etwas hört.«

»Ich wette«, murmelte Alvin nach einer Pause, »dass die Aufständischen gar keine Waffen haben. Jedenfalls keine Schusswaffen.«

Bismarck erwiderte langsam: »Wollte eben das Gleiche sagen.«

»Wir müssen es ihnen mitteilen!« Alvin gestikulierte in Richtung der Kutsche.

Bismarck schüttelte den Kopf. »Nutzen Sie die Möglichkeit«, sagte er.

»Was meinen Sie?«

»Ihr Nachbar«, Bismarck deutete auf den Gutsherrn, der vor der Kutsche stand und hineingestikulierte, »hat auf dem Weg hierher das Kommando übernommen, ohne Sie zu fragen. Er hat Sie vor Ihren Gästen … hmmm … dumm dastehen lassen. Wenn Sie die Kerle im Rathaus nun ausräuchern, können Sie die Demütigung wettmachen und kommen besser weg als zuvor – weil Ihr Nachbar nämlich auch nur ein Quatschkopf ist, der andere für sich einspannen will, anstatt selbst etwas zu tun.«

»Ich soll die Kerle im Rathaus …?«

»Nicht Sie allein!«, versetzte Bismarck ungeduldig. »Nehmen Sie sich ein paar von den Gaffern und stürmen Sie das Rathaus. Sie sind ja überzeugt, dass die Aufständischen nicht schießen werden, nicht wahr?« Das Lächeln des jungen Gutsbesitzers war mitleidlos.

»Warum tun Sie es nicht?«, fragte Alvin, plötzlich wütend.

»Weil ich nichts dabei gewinnen kann. Sie aber schon.«

Alvin starrte Bismarck nachdenklich an. Ihm war, als habe sein Gesprächspartner in Alvins Hirn und Herz gesehen, die Gedanken und Gefühle dort gelesen, analysiert und ihm dann einen Rat gegeben, den Alvin sich selbst hätte geben können, wenn er nur den Wald vor lauter Bäumen gesehen hätte. Bismarck hatte ihm die Augen geöffnet.

Doch er hatte sie ihm mehr geöffnet, als er wahrscheinlich beabsichtigt hatte, stellte Alvin fest. Denn seine eigenen Gedanken bewegten sich noch einen Schritt über das hinaus, was Bismarck ihm geraten hatte. Er nickte dem jungen Gutsherrn zu und drängelte sich durch die Menge, bis er den freien Platz vor dem Rathaus erreichte. Jemand in der vordersten Reihe versuchte, ihn festzuhalten, als er in den freien Raum hinaustrat. Alvin machte sich los, ohne hinzuschauen. Er hatte den Weg zum Rathauseingang halb zurückgelegt, als er Bismarcks kratzige, helle Stimme hörte: »Was zum Henker haben Sie vor?«

»Da ich, wie Sie selbst erwähnt haben, überzeugt bin, dass die Aufständischen keine Schusswaffen haben, brauche ich sie nicht auszuräuchern und schon gar nicht mit einer halben Hundertschaft das Rathaus zu stürmen. Ich gehe jetzt hinein und rede mit ihnen.«

Mit Genugtuung erkannte er, dass Bismarck sprachlos war. Diejenigen in der Meute der Gaffer, die ihn verstanden hatten, waren weniger stumm.

»Sei'n Se nich dumm, junger Mann!«, rief eine ältere Frau in einfacher Kleidung. »Die ham schon den Bürgermeester und das halbe Rathaus abgemurkst.«

»Die machen dich auch kalt, Kleener«, brummte ein Bär von einem Mann. »Da helfen auch die schönen Klamotten nüscht, die du anhast.«

Alvin verdrehte die Augen, obwohl sein Herz heftig zu pochen begonnen hatte, seit er den Schutz der Menge verlassen hatte. Er wollte etwas Bedeutendes sagen, etwas, an dem die Meute noch kauen würde, wenn er das Rathaus längst betreten hatte, aber ihm fiel nichts ein. Er machte kehrt und rief in Richtung des Rathauses: »He! Ihr da drin! Ich komme rein! Ich bin allein! Ich will mit euch reden!« Seine Stimme hatte sich überschlagen, und er hatte alles in einem Atemzug hervorgestoßen, weil ihm sonst der Mut dazu ausgegangen wäre.

Er erhielt keine Antwort. Er räusperte sich. Von der Menge her kam halb höhnisches, halb mitleidiges Geraune. Vom Rand des Platzes hörte er die barsche Stimme des Lieutenants, der ihm zurief, er solle sich gefälligst nicht einmischen, und von dort, wo die Kutsche stand, die lautstarke Frage seines Nachbarn, was da vorn los sei.

Aus dem Rathaus kam noch immer keine Antwort. Mit den geborstenen Fensterscheiben im Erdgeschoss, dem zerbrochenen Stuhl auf dem Pflaster und den überall glitzernden Scherben wirkte es plötzlich bedrohlich. Rund um die beiden zerstörten Fenster prangten Löcher in der Rathauswand wie Pockennarben. Die spätnachmittägliche Kälte drang auf einmal durch Alvins Mantel und durch die Sohlen seiner Stiefel. Er schauderte und gab sich einen Ruck, um weiterzugehen. Seine Beine verweigerten ihm den Dienst. Unvermittelt war er überzeugt, dass er sich geirrt hatte, dass die Aufständischen doch Waffen besaßen, dass sie – was er bisher für eine maßlose Übertreibung gehalten hatte – ihre Geiseln im Rathaus tatsächlich alle ermordet hatten und dass hinter den Fensterläden hervor bereits Gewehrläufe auf ihn zielten. Was hatten die Pächter noch zu verlieren? Wenn sie ihn erschossen, konnte ihre Strafe doch nicht schlimmer werden. Alles, was sie tun konnten, war, ihre Haut teuer zu verkaufen und einem aus der verhassten Adelsschicht, der wie ein Narr in ihre Schusslinie tappte, ein Loch in den Schädel zu schießen.

Bismarck war plötzlich neben ihm. »Wenn Sie das tun wollen, was Sie vorhaben, tun Sie es gleich«, sagte er und deutete mit dem Daumen hinter sich. In der Menge war Bewegung entstanden, als ob ein paar Leute sich hindurchwühlten. »Ihr werter Nachbar mag es nicht, dass Sie die … hmmm … Initiative an sich gerissen haben. Und gleich wird er sie Ihnen wieder wegnehmen.«

»Und Sie?«

»Ich komme mit«, sagte Bismarck einfach.

»Ich dachte, für Sie gäbe es nichts zu gewinnen?«

Bismarck ballte die Hände zu Fäusten und lächelte. »Ich hatte vergessen, dass eine schöne Rauferei auch ein Gewinn sein kann.«

Alvins Nachbar arbeitete sich aus der Menge hervor. »Briest!«, rief er. »Was haben Sie vor? Bleiben Sie sofort stehen.«

Alvin und Bismarck sahen sich an. Dann gingen sie schweigend los und drangen in das dunkle, stille Rathaus ein.

4

Louise Ferrand saß auf ihrem Bett in ihrem Zimmer und hielt sich die Ohren zu. Es nützte nichts. Das Stöhnen aus dem Schlafzimmer ihrer Mutter war trotzdem zu hören.

Sie hatte schon versucht, den Kopf unter das Kissen zu stecken, aber außer dass sie fast erstickt wäre, hatte sich nichts geändert. Eigentlich sollte sie sich mittlerweile daran gewöhnt haben, sagte sie sich und seufzte im Stillen. Aber man gewöhnte sich nie an diesen unüberhörbaren Beweis von Peinlichkeit – wenn man Zeuge wurde, wie ein Elternteil wilde Leidenschaft erlebte.

Die Betonung lag auf *ein* Elternteil. Amélie Ferrand, Louises Mutter, war mit ihrem Liebhaber zugange. Louise wusste aus Erfahrung, dass es noch eine ganze Weile dauern würde, bis die beiden Liebenden im Nachbarzimmer endlich still wären – und bis dahin würde es noch jede Menge Stöhnen, lautes Schreien und das wuchtige Hämmern des Bettgestells gegen die Wand und gegen den Fußboden geben.

Meine Mutter ist eine Hure!, dachte Louise manchmal bei sich. Aber Amélie war keine Hure, ganz im Gegenteil. Sie war die Geliebte eines hochrangigen Beamten am Königshof in Paris; sie war ihm treu und liebte ihn mit der verzweifelten Anhänglichkeit einer Frau, die weiß, dass sie den Mann ihres Herzens nie besitzen kann und immer diejenige sein wird, die in einer einsamen Wohnung auf ihn warten muss.

Der siebzehnjährigen Louise war das Gefühlsleben ihrer Mutter nicht unbekannt. Außer ihrem Liebhaber hatte Amélie so gut wie niemanden, dem sie ihr Herz ausschütten konnte, und hatte deshalb ihre Tochter zu ihrer Vertrauten gemacht. Aus diesem Grund machte Louise sich auch keine Illusionen darüber, wie abhängig sie und ihre Mutter vom Wohlwollen des Mannes waren, dessen Stöhnen sie durch die dünne Wand hörte.

Louises Vater – Amélies Ehemann – war vor gut fünf Jahren verstorben. Um die Beerdigung bezahlen zu können, hatte Amélie alle ihre guten Kleider verkaufen müssen. Obwohl der Sarg in einem abseits gelegenen, ungepflegten Fleck des Friedhofs versenkt worden war und der Pfarrer sich nicht hatte blicken lassen, hatte er genauso viel Geld verlangt wie für ein Staatsbegräbnis. Tatsächlich hatte er dafür, dass Louises Vater überhaupt auf dem Friedhof hatte bestattet werden dürfen, deutlich mehr verlangt als für ein Staatsbegräbnis. Amélie hatte bezahlt. Die Alternative wäre gewesen, ihren toten Mann in die Seine zu rollen und vom Wasser davontragen zu lassen.

Der Auszug aus ihrem Haus war ein Jahr später erfolgt, als Amélie die Kredite nicht mehr hatte bedienen können, die sie aufgenommen hatte, um die Schulden ihres Mannes zu bezahlen. Amélie, deren Stolz zu diesem Zeitpunkt noch ungebrochen gewesen war, hatte alle eindeutigen Angebote des Bankverwalters ausgeschlagen, gegen zärtliche Dienstleistungen den Kredit zu günstigen Konditionen weiterlaufen zu lassen. Als sie und Louise inmitten ihrer restlichen Habseligkeiten auf der Straße gestanden und auf den Karren gewartet hatten, mit dem die gemieteten Lastträger die Truhen und wenigen Möbel zu ihrer neuen Bleibe bringen würden, war der Gemeindepfarrer erschienen. Louise, deren Naivität damals noch genauso groß gewesen war wie Amélies Stolz, hatte vor dem Pfarrer geknickst und erwartet, dass dieser ein paar tröstende Worte finden würde – oder einen Ausweg aus der Lage anbot, in die Mutter und Tochter Ferrand ohne eigenes Zutun geraten waren.

Der Pfarrer hatte sie jedoch keines Blickes gewürdigt, sondern war ins Haus gegangen und dort von Zimmer zu Zimmer gewandert, um es auszusegnen. Das Haus der Ferrands war das Haus eines Spielers und Selbstmörders; die Verdorbenheit musste hinausgesegnet werden, wie es die Christlichkeit gebot, bevor jemand anderer dort einzog. Er war wieder gegangen, ohne ein Wort mit Mutter und Tochter gewechselt zu haben. Louise hatte ihre Mutter trotz all der Widrigkeiten nicht oft weinen sehen seit jener Nacht, in der sie sie vor dem Arbeitszimmer ihres Vaters auf dem Boden sitzend gefunden hatte, tränenüberströmt und zitternd, ihr den Zugang zu dem

Zimmer verwehrend, aus dem der schweflige Geruch von Schießpulver drang. Die wortlose Verachtung des Pfarrers ließ Amélie jedoch erneut Tränen in die Augen treten, und Louise, welche die Scham, Wut und Verzweiflung ihrer Mutter ebenso stark empfand, weinte mit.

Der Vater von Louise war vermögend gewesen. Er hatte sein Vermögen den Würfeln anvertraut. Die Würfel hatten ihn im Stich gelassen. Daraufhin hatte er versucht, in der Flasche einen Weg zu finden, die Würfel für sich zu gewinnen. Die Flasche hatte ihn auch im Stich gelassen. Am Ende hatte sich nur die Pistole in seinem Schreibtisch als zuverlässig erwiesen, als er sich den Lauf in den Mund steckte und abdrückte. Erst viel später hatte Louise von ihrer Mutter erfahren, dass diese den Abschiedsbrief nur zum Teil hatte lesen können, weil Louises Vater über dem Schreibtisch zusammengebrochen war und Blut die Nachricht fast unleserlich gemacht hatte. Es hatte keine Rolle gespielt. Amélie hatte auch so gewusst, was darin stand – eine lahme Entschuldigung für den Ruin, in den die Spiel- und Alkoholsucht des Vaters die Familie getrieben hatte, und eine noch lahmere Erklärung für die Feigheit, mit der er sich lieber eine Kugel durch den Kopf schoss, als sich der Katastrophe zu stellen.

Louise und ihre Mutter waren in einer kleinen Wohnung in einem Haus am Stadtrand untergekommen. Einige der Fenster hatten freien Blick auf die Seine. Aus den großen Fenstern ihres alten Hauses hatten sie ebenfalls auf die Seine blicken können. Es war derselbe Fluss, es war dasselbe Wasser. Aber Louise hatte gelernt, dass es am Ende nicht auf den Blick ankam, sondern auf das Viertel, in dem das Haus stand, das den Blick gewährte. Früher hatte sie aus ihrem Fenster Enten und Schwäne sehen können, die zwischen den herabhängenden Zweigen der Trauerweiden umherschwammen.

Wenn sie in ihrer neuen Bleibe aus dem Fenster sah, erblickte sie Abfall und Gerümpel am Ufer, über das die Ratten huschten.

Das Viertel war kleinbürgerlich, seine Gassen rochen nach Küchendunst und – wenn der Kübelwagen des Exkrementesammlers hindurchzog – nach Latrine. Das Haus war bei weitem nicht so schlimm wie die Arbeiterquartiere, von denen man immer wieder in den Zeitungen las, meistens im Zusammenhang mit grässlichen Verbrechen oder einem Aufschrei der Empörung, dass menschliche Wesen derart vegetieren mussten. Die Wohnung hatte einem kleinen Buchhalter gehört. Louises Bett stand im Wohnzimmer, weil sie kein eigenes Zimmer hatte, die Küche war ein winziges dunkles Loch, in dem das Kochgeschirr, das Amélie hatte mitnehmen können, überall herumstand und -lag. Es gab keine Toilettenkabine – aber die Toilette auf dem Gang besaß immerhin eine Wasserspülung und nicht, wie in vielen anderen Mehrparteienhäusern, nur einen großen Tonkrug pro Etage, der alle paar Tage auf die Gosse geleert wurde. Für den Buchhalter musste die Wohnung sein privates Paradies gewesen sein. Für Louise, die zwölf Jahre ihres Lebens im Luxus gelebt hatte, war sie anfangs die Hölle gewesen; mittlerweile hatte sie sich daran gewöhnt.

Doch nicht einmal diese Bleibe hätten sie auf Dauer halten können, wäre nicht Alexandre DuPlessys auf der Bildfläche erschienen. Alexandre, der Beamte, der Teil einer Abordnung gewesen war, welche die Lebensumstände der Bevölkerung in Louises Viertel untersucht hatte und dem die schöne, sich mit verbissener Eleganz und Würde haltende Frau aufgefallen war, die mit ihrer Tochter allein lebte. Er hatte Amélie, deren Stolz nun nicht mehr die Kraft hatte wie zuvor und die von dem höflichen, raffiniert bekundeten Interesse des gutaussehenden Beamten überwältigt war, zu seiner Geliebten gemacht. Amélie war Ende dreißig, was man ihr nur im grellen Tageslicht ansah; Alexandre war Ende zwanzig und voller Energie. Amélie hatte sich Hals über Kopf in den Mann verliebt, der ihr anbot, sie und ihre Tochter auszuhalten.

Aus dem anderen Zimmer ertönten immer noch das rasante Hämmern des Bettgestells und das zweistimmige Rufen und Stöhnen. Louise hörte das langgezogene Ächzen Alexandres und das fieberhafte Keuchen ihrer Mutter. Das Hämmern verklang. Dann war es still drüben. Louise nahm die Hände von den Ohren und starrte an die Decke. Sie hörte Alexandres Stimme schläfrig etwas sagen. Er sprach lange, ohne dass Louise ein Wort verstanden hätte. Von ihrer Mutter wusste sie, dass Alexandre, wenn seine Lust gestillt war, oft zu erzählen begann – von seinen idiotischen Untergebenen, Gleichrangigen und Vorgesetzten, von den Pferden, die er auf seinem Landsitz züchtete, von dem Garten, den er dort hatte anlegen lassen, von der Gefühlskälte seiner Frau und von seinen Zukunftsplänen. Louise fühlte plötzlich Tränen in ihren Augen und hätte nicht genau sagen können, woher sie auf einmal gekommen waren; nur dass es ihr einen Stich gab, als sie sich bewusstmachte, was ihre Mutter bei solchen Gesprächen fühlen musste: Alexandre von der Zukunft reden zu hören und zu wissen, dass sie höchstens ein Teil davon war, aber sie nie mit ihm würde teilen können.

Aber war Amélie das wirklich bewusst? Alexandre war erst vorgestern hier gewesen. Danach hatte ihre Mutter Louise erzählt, dass er befördert worden sei; dass man ihm eine neue Verantwortung übertragen habe, die Planung einer Gesetzesvorlage für den Ausbau jener neuen Technik, die alle Welt so unendlich faszinierte – die Eisenbahn. Amélie hatte von Alexandres Begeisterung für das Projekt geredet und welche Karriere sich damit für ihn auftat. Sie hatte in der Wir-Form gesprochen – als ob sie vergessen hätte, dass Alexandres Frau an dessen Seite stehen würde, wenn er für seine Erfolge geehrt wurde, und nicht sie, Amélie Ferrand, die Mätresse …

Nach einiger Zeit wurde Louise bewusst, dass aus dem Schlafzimmer ihrer Mutter ein neues Geräusch kam. Es war ein Schluchzen.

5

Louise hielt den Atem an. Sie hörte Alexandre etwas sagen. Es klang, als wolle er ihre Mutter beruhigen. Das Schluchzen wurde lauter. »Bitte …«, konnte sie Amélie stammeln hören. »Bitte …« Und dann, viel lauter und voller Qual: »O Gott, Alexandre, das kannst du doch nicht tun!«

Louise sprang auf und stürzte, ohne nachzudenken, aus dem Wohnzimmer. Sie hatte schon die Hand nach der Klinke von Amélies Schlafzimmertür ausgestreckt, als sie plötzlich zögerte. Sie konnte doch nicht dort hineinplatzen! Der Gedanke, dass sie ihre Mutter und Alexandre nackt im Bett überraschen würde, erfüllte sie auf einmal mit Grausen. Dann wurde die Tür von innen geöffnet, und Alexandre DuPlessys stand vor ihr – in engen karierten Hosen, die mit einem Steg an seinen spitzen Schuhen befestigt waren, und einem weiten Hemd, das unordentlich über den Hosenbund hing. Die Schlaufen der Hosenträger baumelten links und rechts an seinen Hüften, über dem Arm trug er seine Weste und einen dicken Wollmantel. Er hatte seinen schmalen Zylinder aufgesetzt und sah damit vollkommen lächerlich aus. Er stutzte und starrte Louise überrascht an. Auf dem zerwühlten Bett kauerte Amélie, ohne ihre Nacktheit zu bedecken, und schluchzte in die vors Gesicht geschlagenen Hände. Neben ihr auf dem Bett lag ein dicker Umschlag aus gelblichem Papier.

»Oh«, sagte Alexandre und wusste offensichtlich nicht, wie er sich verhalten sollte. Selbstverständlich kannte er Louise, aber nach den ersten verkrampften Begegnungen, wenn sie ihm die Tür geöffnet oder ihm bei seiner Ankunft über den Weg gelaufen war, hatte sie es vorgezogen, ihm so wenig wie möglich zu begegnen, wenn er ihre Mutter besuchte.

»Oh«, sagte Alexandre nochmals, und dann, der Gipfel der Unbeholfenheit: »Du bist groß geworden.«

»Maman?«, fragte Louise. »Geht's dir gut? Was ist los?«

Noch etwas wurde Louise klar. Sie wurde Zeugin einer Abschiedsszene. Alexandre DuPlessys hatte noch einmal sein Vergnügen mit ihrer Mutter gehabt und ihr dann eröffnet, dass er sie verlassen werde.

»Verschwinde, Louise!«, schluchzte Amélie. Sie hob ihr tränenüberströmtes Gesicht. »Was tust du überhaupt hier, zum Teufel?«

»Ich hab dich weinen gehört …«

»Es ist nichts …«, sagte Alexandre in einer weiteren Zurschaustellung männlicher Idiotie.

»Meine Mutter weint!«, rief Louise viel heftiger, als sie beabsichtigt hatte.

Amélie streckte die Hand in Richtung Alexandre aus. »Bitte!«, stieß sie hervor und begann aufs Neue zu weinen, »bitte, Alexandre! Du brichst mir das Herz.«

In Alexandre DuPlessys' Gesicht zuckten ein paar Muskeln. Er schloss kurz die Augen. »Es geht nicht anders«, erwiderte er heiser und ohne sich umzudrehen.

»Bin ich dir zu alt geworden?«, fragte Amélie hilflos. »Ich weiß, ich habe nachgelassen … ich werde weniger essen …« Zu Louises Horror rappelte ihre Mutter sich auf und stand splitternackt im Raum; sie holte aus und drosch sich mit der flachen Hand auf die Oberschenkel, gegen die Hüften, auf ihren Po. Es klatschte laut. Striemen zeichneten sich auf ihrer Haut ab. Amélie schien es nicht zu spüren. »Hier … und hier … das kriege ich weg … ich esse einfach weniger … dann werde ich wieder straffer … ich esse gar nichts mehr … Du magst es doch, wenn meine Haut straff und glatt ist … ich werde mich mit Sand abreiben …« Amélie stotterte unzusammenhängend. Ihre Augen waren zwei Löcher mit verschmierten Rändern in ihrem Gesicht, über das die Tränen verwaschene Kajalstreifen gezogen hatten.

Louise fühlte eine derart lähmende Mischung aus Abscheu, Mitleid und Scham, dass sie sich nicht vom Fleck rühren konnte und kein Wort hervorbrachte.

Alexandre sagte, immer noch ohne Amélie anzusehen: »Das ist es nicht, Amélie, und das weißt du.«

Amélies Blick fiel auf Louise. Louise erschauerte, als sie die nackte, irre Not in den Augen ihrer Mutter sah. Als sie hörte, was ihre Mutter sagte, brach ihr am ganzen Körper Gänsehaut aus.

»Louise ist jung«, flüsterte Amélie. »Sie kann dich glücklich machen. Wenn du nur bleibst … und mich ab und zu ansiehst … mehr will ich gar nicht … nimm Louise, aber verlass mich nicht, Alexandre. Nimm Louise …« Sie stieß die Worte so schnell hervor, dass sie beinahe übereinanderpurzelten.

Louise starrte in Alexandres Augen. Ihr wurde noch kälter, als sie die Gefühle erkannte, die sich in seinem Gesicht spiegelten: Überraschung, Fassungslosigkeit, Abscheu … aber auch, für einen winzigen Augenblick – Lust. Sie merkte erst, dass sie zurückgewichen war, als sie mit dem Rücken an die Wand gegenüber prallte. Ihr Mund arbeitete, aber kein Wort kam heraus.

»Großer Gott, Amélie!«, stieß Alexandre hervor. Er hatte

sich nun doch zu Louises Mutter umgedreht. »Das ist erbärmlich. Ich hätte lieber eine andere Erinnerung an dich gehabt als das.« Er wies auf das Bett, auf dem der Umschlag lag. »Das bringt euch die nächsten sechs Monate durch. Bis dahin wirst du eine Lösung gefunden haben. Leb wohl, Amélie.« Er bückte sich unter der Tür durch und nickte Louise zu, die voller Panik mit dem Rücken an der Wand entlangglitt, um Distanz zwischen ihn und sich zu bringen.

»Es tut mir leid«, murmelte er. »So hätte es nicht sein sollen. Kümmere dich um deine Mutter.« Er schlüpfte in den Mantel, ohne die Weste anzuziehen oder sein Hemd in die Hose zu stopfen, öffnete die Tür nach draußen und floh förmlich aus der Wohnung.

Amélie starrte ihm blicklos hinterher, dann wandte sie sich so langsam wie jemand unter Wasser Louise zu.

In Louise kämpften Entsetzen, Ekel und Fassungslosigkeit noch immer miteinander und ließen sie keinen Ton hervorbringen. Sie stierte mit der Klarheit, die einem der Schock verleiht, ihre Mutter an – das zerwühlte Haar, den zerlaufenen Kajal, das verschmierte Lippenrot in ihrem Gesicht … das entblößte Weiße ihrer Haut, ihre Brüste, ihren Bauch, ihren Schambereich mit dem üppigen krausen Haar, die allesamt bezeugten, dass Amélie Ferrand noch immer eine schöne Frau, aber kein junges Mädchen mehr war.

Amélie flüsterte: »Warum hast du zugelassen, dass er geht?« Dann sank sie auf den Fußboden, rollte sich dort ein und begann, so heiser zu schluchzen, dass es sich anhörte wie das Heulen eines Hundes.

Louise rutschte an der Wand nach unten, bis sie gegenüber der Schlafzimmertür auf dem Boden saß. Ihre Stimme kehrte zurück. »Maman«, hörte sie sich sagen. »Du wolltest doch nicht wirklich …?«

Sie kam nicht weiter. Eine Reihe von Bildern stieg blitzartig in ihr hoch, eines nach dem anderen – Amélie, die mit Louise sang in den guten Tagen vor dem Selbstmord des Vaters; Amélie, die sich verbissen durch die Katastrophe kämpfte, zu der ihrer beider Leben geworden war, und dabei immer ein aufmunterndes Wort für ihre Tochter hatte; Amélie, die wieder angefangen hatte, zu singen, mit Louise zu scherzen und glücklich zu sein, als ihre Beziehung zu Alexandre DuPlessys eine beruhigende Regelmäßigkeit bekommen hatte …

Amélie, die nackt in ihrem Schlafzimmer stand, blind vor Panik, den Mann zu verlieren, von dem ihrer beider bescheidener Wohlstand abhing.

Amélie, die sagte: *Nimm Louise …*

Louise wurde übel. Sie kam gerade noch so auf die Beine, rannte in die Küche und übergab sich in eine Waschschüssel.

6

Alvin sah einen dunklen Gang, an dessen Ende eine Treppe ins erste Stockwerk führte. Rechts und links davon war eine lange Reihe von geschlossenen Türen. Die innere Architektur des Rathauses unterschied sich nicht dramatisch von der eines beliebigen Gutshauses, zum Beispiel von Gut Briest. Nur der Geruch war anders – es roch trocken, papieren, nach Bohnerwachs und muffiger Kleidung, nicht nach Pferdedung, nassen Hunden und feuchter Erde wie zu Hause. Eine weitere Geruchsnote erinnerte Alvin jedoch an das Gut, ohne dass er daraufkam, was sie war.

Auf dem Boden stand eine Spur aus geschmolzenem Schnee und Dreck. Sie führte zu einer Tür.

»Die Amtsstube«, sagte Alvin, der in der Vergangenheit bisweilen nach Jerichow ins Rathaus gekommen war. Er flüsterte unwillkürlich. Seit er versucht hatte, sich von draußen bemerkbar zu machen, und keine Reaktion erhalten hatte, hatten weder er noch Otto von Bismarck gesprochen. Alvin fragte sich, warum er flüsterte, und flüsterte gleich darauf noch einmal: »Das ist der Raum, der zu den geborstenen Fenstern gehört. Den Spuren nach sind alle dort drin. Sollen wir ...?« Er hob die Hand, um an die Tür zu klopfen.

Bismarck hinderte ihn daran. »Riechen Sie das nicht?«, fragte er.

Alvin konnte die Geruchsnote noch immer nicht einordnen. Direkt vor der Tür zur Amtsstube war sie stärker. »Doch, aber ich komme nicht drauf ...«

Bismarck machte ein grimmiges Gesicht. Plötzlich war eine kleine, doppelläufige Taschenpistole in seiner Hand. Die Läufe glommen messingfarben im düsteren Licht. Alvin starrte die Waffe an. Bismarck zögerte einen Augenblick, dann spannte er die beiden Hähne. »Sie stellen sich rechts neben die Tür, ich links«, sagte er leise.

Alvin gehorchte, ohne lange nachzudenken. Zum wiederholten Mal stellte er fest, dass die Ausstrahlung des jungen Bismarck einen instinktiv seinen Anordnungen folgen ließ.

Die Läufe der Perkussionspistole deuteten auf die Klinke, die rechts an der Tür angebracht war. »Öffnen Sie«, befahl Bismarck. »Ganz langsam.«

Alvin drückte die Klinke nach unten. Seine Hand war vollkommen ruhig, obwohl sein Herz bis zum Hals klopfte. Die Tür schwang langsam nach innen auf. Alvin sah einen kurzen Moment des Zögerns über Bismarcks Züge huschen, dann trat der junge Gutsherr in die offene Tür, den Pistolenarm vorgestreckt. Er blieb stehen. Dann senkte er den Arm und verschwand in der Amtsstube.

»Mächtige Schweinerei«, hörte Alvin ihn murmeln. Er folgte ihm in den Raum hinein. Bismarck stand vor der hölzernen Balustrade, die den Amtsbereich von dem der Bittsteller abtrennte, und spähte darüber. Alvin wollte neben ihn treten, da sah er die angelehnte Tür am anderen Ende der Amtsstube und wusste auf einmal, dass sich dahinter schwerbewaffnete Männer versteckten.

»Die Stube des Bürgermeisters!«, stieß er hervor und deutete auf die Tür. Bismarck fuhr herum und hob die Waffe wieder. Sie wechselten einen Blick.

Alvin schritt schnell zur Amtsstube des Bürgermeisters hinüber, bemüht, aus Bismarcks Schusslinie zu bleiben. Er stieß die Tür auf. Die Amtsstube war leer. Der schwere Stuhl des Bürgermeisters lag auf der Seite, überall war Papier verstreut.

»Keiner da«, sagte Alvin über die Schulter.

»Unser Glück«, bemerkte Bismarck. »Hätten uns in aller Seelenruhe durchlöchern können, die Kerle, wenn sie da drin gesteckt hätten. Rechtzeitige Warnung wäre angemessen gewesen, Herr von Briest.« An Bismarcks Grinsen konnte Alvin erkennen, dass der Vorwurf nicht übermäßig ernst gewesen war.

»Dieser Geruch …«, sagte Alvin, der ihn mittlerweile wiedererkannt hatte.

»Kommt von ihm dort«, erklärte Bismarck und deutete über die Balustrade.

Der Amtsbereich zwischen den Fenstern und der Balustrade war noch schlimmer verwüstet als die Stube des Bürgermeisters. Die Stühle der Schreiber waren umgefallen, Papier und Glasscherben bedeckten die Tische und den Boden. Es schienen etliche Schüsse gefallen zu sein, wenn man nach den Einschusslöchern in den Möbeln und den zerschmetterten Tintenfässern ging. Schwarzblaue Tinte hatte Rinnsale über die Tischplatten gezogen, Dokumente durchtränkt oder war auf den Boden getropft, wo weiteres Papier die Schwärze aufgesaugt hatte.

Der Mann lag mitten in Papier und Glassplittern, auf der Seite, mit ausgestreckten Beinen; sein Kopf lehnte an der Balustrade. Der Geruch ging von ihm aus. Es war der Geruch von Blut und Exkrementen. Alvin hatte sich an ihn erinnert, weil der Stall von Gut Briest auch immer so gerochen hatte, wenn im Frühjahr und im Herbst die Schlachtungen vorgenommen wurden. Es war ein Geruch, der einem in der Kehle kleben blieb und den Magen umdrehte.

Der Mann auf dem Boden war tot. Er war einer der Gemeindeschreiber. Die Seite seines Gesichts, die er ihnen zuwandte, war voller Blut, das aus einem daumendicken Loch in seiner Schläfe gelaufen war. Unter ihm und um ihn herum war noch viel mehr Blut, hatte das Papier braun verfärbt und sich an manchen Stellen mit der Tinte zu einem kranken Violett vermischt.

»Haben ihn kaltgemacht«, sagte Bismarck. Seine kratzige Stimme schwankte kurz. »So viel dazu, dass der Idiot von Lieutenant keine Schüsse gehört hat. Haben hier rumgeballert wie wild, offensichtlich.«

Alvin schaute von der ausgestreckten Gestalt zu dem Fenster, neben dem der tote Schreiber gesessen hatte. Er sah die Menge draußen, die stumm und erwartungsvoll am Rand des Platzes stand, ohne sie wahrzunehmen. Er beugte sich über die Balustrade und erkannte ein paar Einschusslöcher darin. Dann wandte er sich um und blickte über die Schulter zu der vertäfelten Wand gegenüber den Fenstern, in der ebenfalls zwei, drei Einschusslöcher zu sehen waren. Die Löcher in der Wand des Rathauses, die wie Pockennarben ausgesehen hatten, fielen ihm ein.

Er ahnte, dass er den Grund wusste, warum der Polizeilieutenant nichts gehört hatte. Gehört haben wollte, berichtigte er sich.

Bismarck sah sich um, die Pistole erhoben. »Wo stecken die Kerle?«, knurrte er.

»Kommen Sie mit«, sagte Alvin. »Ich hab so eine Ahnung.«

»Und wo?«

»Kommen Sie mit.«

Alvin sah, dass Bismarck Einspruch erheben wollte, doch dann fügte sich der hochgewachsene junge Mann schulterzuckend und folgte Alvin, der wieder in den Gang hinaustrat. Gemeinsam verließen sie das Rathaus durch die Hintertür und betraten einen ungepflasterten Hof, der an einer Seite ein großes, mit einer Kette versperrtes Tor in der Mauer aufwies und an der anderen ein langgezogenes Stallgebäude.

Alvin marschierte zielstrebig auf den Stall zu. Er drosch mit der flachen Hand gegen die Stalltür, deren Flügel geschlossen waren.

»Macht auf und kommt raus!«, rief er. Sein Herz klopfte immer noch wie wild, und ihm war übel vom Anblick des toten Mannes in der Amtsstube, aber er war sicher, dass er das Richtige tat. »Wir tun euch nichts zuleide«, fügte er hinzu.

Drinnen scharrte ein Riegel, dann öffnete sich ein Flügel der Stalltür einen Spalt. In der Dunkelheit dahinter war nur das Glitzern von zwei Augen zu sehen, die Alvin musterten. Dann wurde der Türflügel ruckartig weiter geöffnet, und ein Mann sprang heraus. Alvin prallte zurück. Der Mann fiel vor Alvin auf die Knie und umarmte seine Beine; er roch nach Stall, Schweiß und Angst, sein graues Haar und sein Bart waren zerzaust. Bismarck, der ebenso überrascht worden war wie Alvin, hob verspätet seine Pistole und drückte dem Mann den Lauf gegen die Schläfe. Der beachtete sie nicht. Er stierte zu Alvin nach oben. In seinen Augen standen Tränen.

»Dank sei Gott dem Herrn!«, sagte der Mann und schluchzte auf. »Der junge Herr von Briest. Bei der Liebe Jesu, Herr von Briest, retten Sie uns!«

»Ist das der Bürgermeister?«, fragte Bismarck und nahm die Pistole weg. Sein Mund verzerrte sich verächtlich.

»Nein«, sagte Alvin. Er hatte den Mann erkannt, weil er früher einmal auf Gut Briest gearbeitet hatte. »Das ist einer der mörderischen, kaltblütigen, aufständischen Pächter.«

7

Das Militär traf ein, als die Pächter – fünf Mann, allesamt nur mit einer von ihnen und ihren Nachbarn unterschriebenen Petition bewaffnet – sowie der unversehrte Bürgermeister, seine Frau, seine Tochter und zwei Gemeindeschreiber von Alvin und Otto von Bismarck auf den Platz geführt wurden.

Die Menge stieß Rufe und Pfiffe aus, sobald sie aus der Tür traten. Aus einer der Kutschen ertönte ein barscher Befehl. Der Lieutenant und seine Gendarmen lösten sich aus der Menge und trabten auf Alvin und die anderen zu. Sie stockten, als sie das Hufgetrappel vernahmen, und sahen sich unsicher um. Im nächsten Moment kamen Reiter aus einer der Gassen zum Vorschein. Die Menge teilte sich hastig. Es war eine kleine Gruppe Landwehrkavallerie unter Führung eines

Wachtmeisters. Sie trugen dunkelblaue, tressenbehangene Uniformen und schwarze Tschakos und hatten ihre Lanzen senkrecht in die Steigbügelköcher gestellt. Ihre Gesichter waren grimmig. Otto von Bismarck trat vor, bevor Alvin oder jemand anderer ihn daran hindern konnte. Er starrte schweigend zu dem berittenen Wachtmeister hoch, bis dieser sicherheitshalber salutierte. Bismarck erwiderte den Salut.

»Gerade noch rechtzeitig eingetroffen«, schnarrte der junge Gutsbesitzer. »Gratuliere zu Ihrem ... hmmmm ... Zeitgefühl, Wachtmeister.«

»Wir wurden durch einen Boten alarmiert. Darf man fragen, was hier los ist, Herr ...?« Der Wachtmeister schien zu fühlen, dass er es mit einem ehemaligen Offizier zu tun hatte. Er blieb trotzdem knapp und bestimmt.

»Otto von Bismarck, ehemals Jägerbataillon Nummer zwei in Greifswald. Ich habe die Lage im Griff, Wachtmeister, keine Sorge.«

»Wer ist das?« Der Wachtmeister deutete auf den Polizeilieutenant.

Dieser salutierte, dann schien ihm einzufallen, dass er trotz allem einen höheren Rang hatte als der Wachtmeister. Sein Gesicht lief rot an, und er holte Atem.

»Können Sie vergessen«, sagte Bismarck. »Örtliche Polizei. Vollkommen inkompetent. Sie und ich, wir regeln das jetzt, Wachtmeister.«

Der Polizeilieutenant schnappte nach Luft. Aus der Menge ertönte Gekicher. Bismarck hatte laut gesprochen; und die Gendarmen besaßen nicht allzu viele Sympathien in der Bevölkerung. Der Lieutenant blickte sich hilfesuchend um. Aus dem hinteren Bereich der Menge löste sich eine Kutsche und rollte durch die nächstgelegene Gasse davon. Alvin musste nicht zweimal hinschauen, um zu wissen, wer in der Kutsche saß: der Gutsherr, von dessen Besitz die Pächter gekommen waren. Der Lieutenant, seines bisherigen Stichwortgebers beraubt, fiel in sich zusammen und wurde noch roter im Gesicht.

Alvin wandte sich an den Bürgermeister, der mit offenem Mund neben ihm stand. Der Bürgermeister hatte das Wort ergreifen wollen, als die Kavalleristen auf den Platz geritten waren, doch Bismarck war ihm zuvorgekommen. »Ergreifen Sie die Initiative«, raunte Alvin dem Bürgermeister zu und dachte amüsiert daran, dass Bismarck ihm vor einer knappen halben Stunde noch dasselbe geraten hatte. »Sonst meinen die Leute am Ende noch, *er* sei der Bürgermeister.« Er deutete auf Bismarck.

Der Bürgermeister setzte sich in Bewegung und stellte sich dem Wachtmeister vor. Bismarck wandte sich um und funkelte in Richtung Alvin. Dieser lächelte und zuckte mit den Schultern. Nach ein paar Sekunden weiterer finsterer Blicke zuckte Bismarck ebenfalls mit den Schultern und grinste zurück. Er trat beiseite und ließ den Bürgermeister reden.

Alvin hörte nicht zu. Er kannte die Geschichte – die Pächter und der Bürgermeister hatten sie gemeinsam erzählt, nachdem Bismarck und er den Stall betreten hatten, die sprichwörtlichen rettenden Engel in der Stunde der Not. Vielmehr dachte er an das Auftreten Otto von Bismarcks. Ohne Zweifel, der junge Gutsherr hatte dafür gesorgt, dass Alvin sich heute einen Namen gemacht hatte; ohne die Aufforderung und die Unterstützung Bismarcks wäre Alvin nie auf die Idee gekommen, das Rathaus zu betreten und die Lage zu klären. Zugleich hatte Bismarck schamlos alle Lorbeeren für sich beansprucht, sowohl im Gespräch mit dem Bürgermeister als auch jetzt mit den Kavalleristen. Er hatte die Lage im Griff? Schon möglich, aber ohne das Vertrauen, das die Aufständischen Alvin entgegenbrachten, nachdem der ehemalige Pächter von Gut Briest für ihn gesprochen hatte, hätte er sie nie in den Griff bekommen.

Alvin grinste in sich hinein. Sollte er sich darüber aufregen? Bismarck hatte ihm heute, aus Kalkül, aus Menschenfreundlichkeit oder aus einer Laune heraus, einen großen Gefallen getan. In diesem Licht besehen, war es zweitrangig, dass der junge Gutsbesitzer sich mit fremden Federn schmückte und sich vor den Kavalleristen aufgeplustert hatte, als gehöre ihm die ganze Gegend. Bismarck hatte Alvin mehr geholfen als die meisten Männer, die er als seine Freunde betrachtete. Vielleicht sollte er Bismarck ebenfalls als Freund betrachten – und Freunden vergab man ihre Macken und lächelte sie weg.

Die Pächter steckten die Köpfe zusammen. Der Mann, den Alvin kannte, fragte ihn schüchtern: »Was wird nun aus uns, Herr von Briest?«

»Mit der Fürsprache des Bürgermeisters? Ihr werdet sicher eure Pacht verlieren und von eurem bisherigen Gutsherrn verjagt werden, aber sonst … Mein Bruder ist seit heute der neue Herr auf Briest. Geht zu ihm und sagt, dass ich euch geschickt habe. Weitere fleißige Hände kann er sicher gut gebrauchen.«

»Das ist sehr nobel von Ihnen, Herr von Briest«, brummelte einer der anderen Männer, »aber egal, wie das hier ausgeht: Uns haftet nun der Ruch von Rebellen an. Niemand wird uns auf seinem Besitz aufnehmen, auch nicht Ihr Herr Bruder, mit Verlaub. Wir müssen aus der Heimat fortziehen.« Seine Wangenmuskeln zuckten. »Und dabei haben wir nichts getan, als versucht, unserem Herrn das Land zusammenzuhalten. Weil wir nicht wussten …« Er schwieg erbittert und – es war klar zu sehen – weil er sonst zu weinen begonnen hätte.

Der Bürgermeister redete indessen mit weit ausholenden Gesten. Die Menge war näher herangerückt, um kein Wort zu verpassen. Die Gendarmen hatten sich zurückgezogen. Alvin hoffte, dass sie ein schlechtes Gewissen hatten, heute hier nicht dem Recht, sondern dem Geld geholfen zu haben.

Die Pächter waren nicht wegen irgendwelcher Geldangelegenheiten gekommen oder weil sie sich ungerecht behandelt fühlten. Sie waren gekommen, um den Bürgermeister zu alarmieren, dass Landvermesser bei ihnen gewesen waren. Die Landvermesser hatten ihnen mitgeteilt, dass über ihre Parzellen eine Eisenbahnlinie verlaufen sollte. Die Pächter hatten diese Maßnahme als Landraub verstanden, und als die Vermesser keine amtlichen Papiere, sondern nur barsche Worte als Erwiderung gefunden hatten, hatten sie ein Komitee gebildet. Sie hatten einen von ihnen zu ihrem Gutsherrn geschickt, um diesen von der Sache in Kenntnis zu setzen. Die restlichen Komitee-Mitglieder hatten sich auf den Weg nach Jerichow gemacht, um den Bürgermeister und die Gendarmerie zu benachrichtigen. Selbst der stupideste unter ihnen war in der Lage zu riechen, dass das Vorgehen der Landvermesser etwas Fischiges und ganz und gar nicht Rechtmäßiges besaß.

Die Dankbarkeit des Gutsherrn hatte sich allerdings in Grenzen gehalten. Er hatte die Landvermesser bestochen, die Bahnlinie über seinen Grund und Boden zu führen und dadurch von der ursprünglich geplanten Trasse abzuweichen, die über das Land eines Nachbarn verlief. Die vor kurzem gegründete Berlin-Potsdamer Eisenbahngesellschaft, die vor zwei Jahren die Strecke von Berlin nach Potsdam gebaut hatte, trachtete nach einer Erweiterung in Richtung Westen, um Magdeburg anzuschließen; und sie zahlte gutes Geld für jeden Quadratzoll Boden, den sie dafür benötigte. Der Gutsherr hätte ein lukratives Geschäft gemacht; eines, das seine Pächter jetzt mit der allerbesten Absicht zu verhindern drohten.

Er war schäumend in Jerichow eingetroffen und hatte den

Polizeilieutenant so eingeschüchtert, dass dieser versucht hatte, die Pächter im Rathaus während ihres Gesprächs mit dem Bürgermeister zu verhaften. Die Pächter hatten sich gewehrt. Der Bürgermeister hatte sich hinter sie gestellt.

Und der Gutsherr hatte die Geduld verloren und aus seiner Kutsche heraus auf das Rathaus geschossen.

Die meisten Kugeln trafen die Außenmauer, zerschmetterten die Scheiben oder bohrten Löcher in die Wandvertäfelung. Aber eine traf einen der Gemeindeschreiber in die Schläfe, durchschlug seinen Schädel und schleuderte ihn gegen die Balustrade. Der Mann musste tot gewesen sein, bevor ihn die Wucht des Treffers aus dem Stuhl hob.

Im Rathaus brach Panik aus. Auf dem Platz liefen die Leute zusammen. Die Gemeindeschreiber flohen durch die zerschossenen Fenster. Der Bürgermeister holte seine Familie aus dem ersten Stock, aber er war ein Mann mit Courage und floh nicht seinen Schreibern hinterher, sondern verbarrikadierte sich mit den Pächtern im Pferdestall des Rathauses, darauf hoffend, dass jemand das Militär benachrichtigen würde. Dass der Alarm bis zur völligen Entstellung der Lage aufgeblasen würde, damit hatte er nicht gerechnet. So war die Geschichte von der ermordeten Bürgermeisterfamilie entstanden, hatte auf dem Platz vor dem Rathaus ein weiteres Leben entwickelt und schließlich dazu geführt, dass aus aufrechten Männern, die vermeintlichen Schaden von ihrem Herrn abwenden wollten, Aufständische geworden waren. Alvin entging die bittere Ironie nicht: Dies war genau die Art und Weise, wie man echte Aufständische erzeugte.

Die Kavalleristen räumten den Platz, nachdem sie die Erklärungen des Bürgermeisters verstanden hatten. Der getötete Gemeindeschreiber wurde nach draußen getragen, wo eine vor Schock totenbleiche Witwe und zwei Kleinkinder die

Leiche in Empfang nahmen. Es war fraglich, ob jemand den Gutsherrn dafür zur Rechenschaft ziehen würde; es würde nämlich mit größter Wahrscheinlichkeit niemanden geben, der bezeugte, dass er geschossen hatte. Otto von Bismarck kam zu Alvin herüber, hielt ihm die Hand hin und verabschiedete sich knapp, aber mit einem Lächeln. »Das Pferd lasse ich Ihrem Bruder morgen zurückbringen, wenn's recht ist«, sagte er. »Möchte nicht gern von hier auf Schusters Rappen nach Schönhausen expedieren.«

Alvin nickte und schüttelte Bismarck die Hand. »Ich hoffe, dass wir uns irgendwann wiedersehen«, sagte er.

Bismarck grinste. »Werden ja vielleicht mal Nachbarn, wenn der alte Herr sich entscheidet, Schönhausen abzugeben. Ach nein, ich vergaß: Ihre Zukunft liegt ja beim Militär. Alles Gute, Herr von Briest.«

Alvin sah ihm hinterher, wie er davonritt, zu groß für sein Pferd und ohne sich noch einmal umzudrehen. Dann führte er seinen eigenen Gaul zum Stadttor. Die Gruppe, mit der er gekommen war, hatte nicht auf ihn gewartet; er war allein.

Die Eisenbahn also. Alvin hatte viel davon gehört, aber noch nie mehr davon gesehen als ein paar Bauarbeiten, wenn er in den vergangenen Jahren nach Berlin gekommen war. Angeblich standen die Leute in Scharen an, um dort, wo schon Strecken in Betrieb waren, eine Mitfahrgelegenheit zu erstehen … in Berlin … in Potsdam … in Nürnberg, wo die Eröffnung der Strecke Nürnberg – Fürth vor fünf Jahren für ein so großes Aufsehen gesorgt hatte, dass die Neuigkeiten selbst nach Gut Briest gedrungen waren, … oder sonst wo. Es schien, dass die ganze Welt dem Eisenbahnfieber verfallen war. Eine so neue Erfindung – und schon versuchten die Leute, damit auf rechte oder unrechte Art Geld zu verdienen. Er war sich nicht sicher, ob das ganze Thema ihm sympathisch war.

Eine halbe Stunde außerhalb von Jerichow stand eine Kutsche am Straßenrand, unweit der Stelle, wo die Abzweigung der Straße nach Briest lag. Alvin ritt daran vorbei, ohne sie zu beachten, bis er seinen Namen hörte. Er zügelte sein Pferd und wendete es. Als er erkannte, wessen Kutsche es war, wünschte er plötzlich, mit seiner Gruppe geritten zu sein, oder wenigstens mit Otto von Bismarck.

Der Gutsherr, dessen Pächter in Jerichow Unrecht statt Recht erfahren hatten, war aus seiner Kutsche geklettert und stand nun breitbeinig auf der Straße. »Ein Wort zur Warnung, Briest«, grollte er.

Alvin fragte sich, was Bismarck geantwortet hätte, und erwiderte: »*Herr von* Briest. So viel Zeit muss sein, *Herr von* Cramm.«

»Ihr Bruder ist der Herr von Briest. Sie sind gar nichts, Jüngelchen. Sie haben mir heute in die Suppe gespuckt. Kommen Sie mir noch mal in die Quere, und Sie werden bereuen, dass Ihr alter Herr Sie nach Ihrer Geburt nicht den Hunden zum Fraß vorgeworfen hat. Und verlassen Sie sich bloß nicht auf das blonde Großmaul, das seinem Vater in Schönhausen auf der Tasche liegt. Der ist genauso ein Versager wie Sie, Briest.«

»Nun«, sagte Alvin und versuchte, leichtherzig zu klingen, »wie nennt man dann wohl einen Mann, dem zwei Versager heute seine Pläne durchkreuzt haben?«

Er wartete keine Antwort ab, sondern wendete sein Pferd und ließ es langsam davonreiten. Zwischen seinen Schulterblättern kribbelte eine Stelle, und der Wunsch, den Kopf einzuziehen, war fast übermächtig. Er war sicher, dass Cramm mit einem Gewehr auf ihn zielte. Ebenso sicher war er, dass der größte Fehler, den er jetzt begehen konnte, war, sich umzudrehen.

Seine Nackenmuskeln entspannten sich erst, als er ein paar

hundert Schritte weiter abbog. Nun konnte er nach dorthin zurückschauen, wo die Kutsche gewesen war. Das flache Land erlaubte trotz der einsetzenden abendlichen Düsternis einen weiten Blick.

Die Kutsche war verschwunden. Alvin wandte sich ab und ritt weiter. Er dachte an Otto von Bismarck und war nicht sicher, ob er heute einen Freund gewonnen hatte. Aber er hatte sich einen Feind gemacht.

8

Nürnberg war ein Umweg. Oder ein Abstecher, ganz wie man es nehmen wollte. Jedenfalls war der Aufenthalt dort eine Verzögerung und kostete Zeit und Geld, und beides besaß Paul Baermann nicht gerade im Überfluss. Aber er war sich sicher, dass der Abstecher die Mühe wert war. Tatsächlich hatte er davon geträumt, hier in Nürnberg haltzumachen, seit er seine Reise geplant hatte.

Und nun war er zu spät dran, weil die verdammte Postkutsche unterwegs einen Achsbruch erlitten hatte, und es war niemand mehr da, den er um Einlass hätte bitten können. Das Gittertor war mit mehreren Ketten verschlossen, und er konnte auch nicht warten, bis morgen wieder jemand vor Ort wäre, weil die Anschlusskutsche, die er erreichen musste, wenn er jemals pünktlich die Fähre in Calais erreichen wollte, im Morgengrauen aufbrach. Verdammt!

Hinter dem Gittertor, durch das die Schienen führten, ruhte die Maschine, derentwegen Paul seine knappe Reisekasse strapaziert hatte, um den Abstecher zu machen. Seit fünf Jahren war sie seine Inspiration, der Inhalt seiner Träume – seit sie ihre Jungfernfahrt unternommen und eine neue Ära in Deutschland eingeleitet hatte. Dort drin stand sie, glänzend, nach Schmiere, Öl, Kohle und Metall duftend, unerreichbar für ihn. Sie trug einen männlichen Namen, aber wenn Paul an sie dachte, dachte er an eine Frau. Dennoch passte der Name.

Der Adler.

Auf Schwingen aus weißem, zischendem Dampf hatte der Adler vor fünf Jahren eine Fahrt unternommen, deren Länge man zu Fuß in etwa eineinhalb Stunden abmessen konnte – die Strecke von Nürnberg nach Fürth. Dennoch war mit dieser winzigen Distanz das ganze Königreich Bayern, ganz Deutschland, ganz Europa – ja, die ganze Welt erschlossen worden! Zum ersten Mal war ein Zug ganz allein von einer Dampfmaschine gezogen worden.

Der Adler.

Einmal die Hand auf die Flanken dieser legendären Lokomotive gelegt zu haben! Einmal den perfekten Schwung ihrer Ränder mit dem Finger nachzufahren! Einmal über die Nieten und Schrauben zu streichen und zu fühlen, wie Kraft, Erfindergeist und Ingenieursgeschick sich in dieser Maschine vereinten und etwas ganz Neues geschaffen hatten. Ganz zu schweigen von dem sehnlichen, innigen Wunsch, einmal auf dem Führerstand der Lok gestanden zu haben, selbst wenn sie nur in ihrem Schuppen ruhte!

Auf all das sollte Paul jetzt verzichten, weil jenes vorsintflutliche, zum Aussterben verurteilte Reisemittel Postkutsche einen Achsbruch gehabt hatte! Es war nicht auszuhalten.

Paul stand vor dem Zaun des Geländes, das zu Ehren des bayerischen Königs Ludwigsbahnhof getauft worden war, und betrachtete die Gebäude voller Sehnsucht. Der Startpunkt der Strecke Nürnberg—Fürth lag vor der Stadtmauer, auf dem Platz, auf dem in früheren Zeiten die nicht für den innerstädtischen Markt konzessionierten Händler ihre Waren angeboten hatten – dem Plärrer. Seit Nürnberg unter Napoleon vor über dreißig Jahren dem Königreich Bayern zugeschlagen worden war, hatte die Stadt begonnen, über die Begrenzung der Stadtmauer hinauszuwachsen. Der Plärrer war einer der ersten Orte gewesen, die bebaut worden waren. Das Bahnhofsgelände lag zwischen kleinen, zweigeschossigen Häusern, die sich darum herumgruppierten wie andernorts die Wohnhäuser um die Kirche. Selbst ein Gasthof war zu finden.

Jetzt, am späten Abend, waren alle Häuser dunkel. Ein Licht brannte in der Schankstube des Gasthofs und ein anderes in einem der Gebäude des Bahnhofs. Das restliche Gelände lag im Dunkeln, aber der Widerschein des Sternenlichts auf dem Schnee, der auf den Dächern lag, reichte für jemanden wie Paul, dessen Begeisterung ihn selbst die tiefsten Schatten durchdringen ließ.

Das Bahnhofsgelände war nur von einem halbhohen Zaun umgeben. Die Schienen führten an einer Seite hinein, hart am Zaun entlang, und endeten unter einer hölzernen Perronhalle. Eine zweite, ähnliche Halle stand in vielleicht zwanzig Metern Abstand daneben, nur dass dort keine Gleise von draußen hineinführten; es musste sich um einen Güter- oder Wagenschuppen handeln. Pauls Eltern hätten den Abstand zwischen den Hallen noch mit etwa zwölf Klaftern geschätzt. Aber Paul war mit dem von den Franzosen in Bayern eingeführten metrischen System aufgewachsen. Er beherrschte die Umrechnung sogar im Kopf.

Zwischen den beiden Hallen war ein kleines, zweistöckiges Gebäude eingeklemmt – das Verwaltungsgebäude des Bahnhofs. Es war das Haus, in dem hinter einem der schmalen Erdgeschossfenster das Licht brannte. Ein weiteres, massives Steingebäude stand auf der von den Schienen aus gesehen anderen Seite des Geländes. Paul konnte das Stampfen und Schnauben von Pferden hören und nahm den charakteristischen Stallgeruch wahr, der in der kalten Nachtluft hing und mit den Düften von Kohle, Rauch, Schmieröl und oft erhitztem Metall konkurrierte. Noch immer wurde der Hauptteil des Schienenverkehrs zwischen Nürnberg und Fürth mit pferdebespannten Zügen erledigt; der Adler dampfte nur dreimal pro Tag über die Strecke.

All das nahm Paul wahr, ohne es wirklich zu sehen. Was ihn einzig und allein interessierte, stand in der Düsternis der Perronhalle, vage schimmernd, scheinbar leise atmend, ein schlafendes Tier von unbeschreiblicher Kraft und Schönheit.

Der Adler.

Er brauchte nur über den Zaun zu klettern, dann würde er die Maschine aus der Nähe sehen können; dann würde er ihr gegenüberstehen, sie berühren und wissen, dass Träume Wirklichkeit werden konnten, Träume von der Zähmung der Macht der Natur, Träume von der Eroberung der Welt mit den Mitteln der Technik, Träume vom friedlichen Triumph der Wissenschaft. Seine eigenen Träume, seit er denken konnte. Der Adler hatte ihnen eine Gestalt gegeben. Er war die Personifizierung von Pauls Zukunftsträumen.

Paul wurde erst gewahr, dass er über den Zaun geklettert war, als er bereits auf dem menschenleeren Bahnhofsgelände stand. Von seiner eigenen Courage erschrocken, verharrte er stockstill. Er erwartete, dass jeden Moment kläffende Hunde hinter einer Ecke hervorstürzen würden. Dass Wachen mit Laternen aus dem Verwaltungsgebäude rannten. Er wandte sich um und wollte schon voller Panik über den Zaun zurückklettern; dann wurde ihm bewusst, dass sich nichts rührte. Keine Hunde, keine Wachen. Er war widerrechtlich in das Reich des Adlers eingedrungen, und niemand hielt ihn auf. Unwillkürlich starrte er zur Perronhalle hinüber. Vielleicht wollte die Maschine, dass er sie besuchte? Vielleicht war er kein Eindringling, sondern ein Gast?

»Jesus Maria!«, flüsterte er. Wieso rannten seine Gedanken immer wieder in solche Sackgassen, wenn die Begeisterung in Ehrfurcht umschlug? Sie waren eine Schande für einen zukünftigen Ingenieur!

Der Boden war mit Kies bestreut, der in der Kälte gefroren war. Paul huschte auf Zehenspitzen zum Verwaltungsgebäude, stieg über den hüfthohen Lattenzaun, der es vom Bahnhofsgelände abtrennte, und schlich mit angehaltenem Atem zu dem erleuchteten Fenster. Die Fensterscheiben waren zum Teil beschlagen, aber sie waren so undicht, dass Paul mühelos an den freien Stellen hineinspähen konnte.

Ein wuchtiger Schreibtisch stand hinter einer Holzbarriere. Der Raum wirkte wie eine Amtsstube. Hinter dem Schreibtisch stand ein schwerer lederner Sessel. Im Sessel hing eine beleibte Gestalt, den Kopf auf die Schulter gesunken und die besockten Füße auf die Tischplatte gelegt. Neben den Füßen standen ein Bierkrug mit Deckel, ein Holzteller mit einem angebissenen Kanten Brot und ein Stück Geräuchertes, in dem ein Messer steckte. Der Nachtwächter der Eisenbahngesellschaft, in treuer Pflichterfüllung seinen Dienst verrichtend.

Paul wandte sich vom Fenster ab und schritt, immer noch auf Zehenspitzen, zur Perronhalle hinüber.

Dort stellte er fest, dass er doch kein willkommener Gast war. An der Öffnung der Halle war ein schweres eisernes Gitter quer über die Schienen eingehängt, so knapp über dem Boden, dass man nicht darunter durchschlüpfen konnte, und so hoch, dass man daran hätte emporturnen und sich zwischen dem Giebel und dem Gitter hätte hindurchquetschen müssen – und das alles in gut fünf Metern Höhe. An der Längsseite der Halle, wo man bei schlechtem Wetter in die postkutschengelb lackierten Personenwagen einsteigen konnte, waren ebenfalls zwischen den Tragsäulen Gitter eingehängt. Man konnte den Nachtwächter verstehen, dass er bei dieser Kälte lieber seinen Dienst verschlief. Der Adler war vor Eindringlingen sicher.

Paul starrte durch das Gitter auf die Maschine. Das Moosgrün des Zylinders schimmerte im Zwielicht, das Messing der Radabdeckungen, der Schornsteinkrone und des Ventils leuchtete golden, der knallrote Rahmen und die ebenso lackierten Speichenräder bekamen in der Düsternis ein purpurnes Aussehen. Es hieß, dass der Adler stets makellos aussah, bei gutem wie bei schlechtem Wetter, bei Licht wie bei Dunkelheit. Der Ingenieur der Firma Stephenson, der vor fünf Jahren aus England mitgekommen war, um den Zusammenbau der Lokomotive zu überwachen und ihre Jungfernfahrt durchzuführen, ein Mann namens William Wilson, kümmerte sich persönlich darum. Wilson war nicht zu Stephenson & Company nach Newcastle zurückgekehrt, als die Jungfernfahrt erfolgreich durchgeführt war. Die Nürnberger und Fürther hatten den Engländer als Helden gefeiert, und so war er geblieben und war immer noch der Lokführer des Adler und womöglich ein noch größerer Held und Volksliebling als vor fünf Jahren. Was Paul betraf, gab es für ihn kein größeres Idol als den »langen Engländer«, wie ihn die Nürnberger liebevoll nannten.

Paul presste sich an das Gitter und streckte die Hand aus. Er konnte den Adler nicht erreichen.

»Kruzifix!«, flüsterte er erbittert, und als er merkte, dass er geflucht hatte: »Jesus Maria!«

Er trat zurück und spähte nach unten. Zwecklos. Unter dem Gitter kam er nie im Leben durch. Er schaute nach oben. Es war auch dort so gut wie aussichtslos, doch von hier unten konnte man vielleicht nur nicht richtig abschätzen, ob man sich zwischen Gitter und Dachkonstruktion durchquetschen konnte. Er war nun schon einmal hier. Und er würde es sich nie verzeihen, es nicht wenigstens versucht zu haben.

Er zog Mantel und Jacke aus und hangelte sich, nur in Hemd und Weste, am Gitter nach oben.

9

Wenn der Schmied, der das Gitter gemacht hatte, am oberen Rand irgendwelche Zacken oder Speerspitzen angebracht hätte, wäre es unmöglich gewesen. Aber die Eisenbahngesellschaft schien sich darauf verlassen zu haben, dass die Ehrfurcht und die Begeisterung der Nürnberger, die sie für den Adler empfanden, der beste Schutz für die Maschine waren. Der unfähige Nachtwächter bezeugte dies ebenso wie das Gitter, das zwar schützte, aber nicht abschreckte. Es war auch nur in eiserne Haken eingehängt, die an der Innenseite in die Pfosten der Perronhalle getrieben waren. Die schiere Schwere des gusseisernen Tors verhinderte, dass eine einzelne Person es aus den Haken heben konnte. Hätte Paul noch fünf kräftige Freunde dabeigehabt, wäre es ihnen womöglich gelungen.

Vorsichtig schob Paul sich über den oberen Rahmen des Gitters. Es wackelte bedenklich. Er klammerte sich fest und schwitzte, obwohl die Kälte durch seine Weste und sein dünnes Hemd drang und seinen Schweiß eiskalt werden ließ. Ein

Bein auf die andere Seite … gut so! Er presste sich gegen den Rahmen und kämpfte mit den Schultern, um seinen Oberkörper durch den Zwischenraum zu quetschen. Das Gitter wackelte wie verrückt und ratterte in seinen Halterungen. Paul hielt inne und wagte nicht zu atmen. Er konnte nicht zum Verwaltungsgebäude hinübersehen, aber er spitzte die Ohren. Würde gleich eine Tür auffliegen, würde er Schritte über den gefrorenen Kies heraneilen hören? Seine Hände begannen zu schwitzen, obwohl seine Knöchel blau waren vor Kälte.

Niemand näherte sich, alles blieb still. Nach einer Weile atmete Paul wieder aus und schob weiter.

Dann gab es plötzlich einen kleinen Ruck. Im Gewackel des Gitters war er beinahe unmerklich, aber die Bewegung war so anders als das Wackeln, dass Paul sie spürte und erneut innehielt.

Was war das gewe…?

Mit einem weiteren Ruck brach der linke gusseiserne Haken, der das Gitter am Pfosten hielt. Die linke obere Ecke des Gitters neigte sich nach innen. Zu Tode erschrocken, klammerte sich Paul fest. Ein weiterer Haken auf der linken Seite gab nach. Das Tor neigte sich mit einem neuerlichen Ruck noch weiter zu der Maschine hin. Paul war wie gelähmt – alles, was er tun konnte, war, sich festzuhalten, rittlings auf dem Gitter hängend wie ein Reiter auf einem bockenden Pferd, die messingfarben schimmernde Schornsteinkrone des Adlers beinahe in Reichweite seiner Hände, darunter der grüne Zylinder, der rote Holzrahmen … Er starrte die Maschine an und konnte in seiner Panik nur daran denken, dass sie auf keinen Fall beschädigt werden durfte …

Mit einem Quietschen löste sich der obere rechte Haken des Gitters aus seinem Pfosten. Der gesamte Rahmen hing für einen Herzschlag lang über, dann brachen die restlichen Haken, und mit einem letzten mörderischen Ruck stürzte das schwere Gitter mit Paul darauf nach innen.

Irgendwie schaffte er es, sich herumzuwerfen, damit er obenauf blieb und nicht unter das Gitter geriet. In seinem Entsetzen geronnen die Ereignisse zu einem einzigen schrecklichen Moment: dem Moment, an dem der Rahmen des Gitters den Schornstein traf und die Röhre aus dünnem Metall abknickte, der obere Teil samt der Krone abbrach und neben Paul auf das Gitter prallte.

Dass das Gitter danach seitlich abrutschte und den Rest des Schornsteins abriss sowie eine lange Schramme in das Ventil grub, nahm er gar nicht wahr. Auch nicht den Aufprall des Gitters auf den Holzrahmen, aus dem ein langer Splitter herausgeschnitten wurde. Vor Pauls Augen wiederholte sich immer wieder der grässliche Augenblick, in dem der hochaufragende, stolze Schornstein abknickte.

Das Gitter kam mit einem weiteren mörderischen Ruck zum Halten, als sein Seitenrahmen auf den Boden prallte. Paul, der sich immer noch daran festhielt, prallte mit der Stirn voran gegen seinen Abschnitt des Rahmens.

Er sah noch, wie der Schornstein brach, bevor er in eine Ohnmacht fiel, die mindestens zur Hälfte von seinem bodenlosen Entsetzen darüber verursacht wurde, was er getan hatte.

10

Da – er öffnet seine Augen.«

»Allmächt, Herr Wilson, ich weiß nicht, wie der hier reingekommen ist. Ich hab meine Runden gedreht wie jede Nacht, nicht wahr?«

»Hey, Junge! Bist du wieder lebendig?«

Paul merkte, dass er schon einige Momente wach war und die Augen aufgeschlagen hatte, ohne etwas zu sehen. Jetzt fokussierte sich sein Blick. Ein Mann mit einem alterslosen Jungengesicht, auf dessen Nasenrücken und Wangen rote Flecken wie von Erfrierungen waren, schaute ihn im Licht einer Laterne an. Der Mann tätschelte Paul die Wangen.

Mit dem Bewusstsein kehrte die Erinnerung an das zurück, was geschehen war – und die Erkenntnis, wo er war. Er fuhr in die Höhe. Ein so stechender Schmerz zuckte von seiner Stirn durch seinen Schädel, dass er sich am liebsten übergeben hätte. Er sank zurück und stöhnte.

»Kopfschmerzen?«, fragte der Mann. »Bei Jupiter, du verdienst sie!« Er sprach in einem ausländisch klingenden Singsang und mit verschluckten Buchstaben. Erst als der Nachtwächter erneut zu reden begann, wurde Paul klar, dass der Mann mit dem Jungengesicht mit schwerem englischen Akzent sprach – und wer er war. Er schloss die Augen und hätte am liebsten zu weinen begonnen.

»Ja wirklich, Herr Wilson, es ist ein rechtes Rätsel, wie er sich hier einschleichen konnte, so wachsam, wie ich immer bin.«

»Öffne deine Augen, Junge.«

Paul befolgte die Anordnung und starrte in die Augen des berühmten Lokomotivführers des Adlers. Er konnte seinem Blick nur ein paar Sekunden lang standhalten, dann sah er zur Seite. Der Mann war eines von Pauls Idolen, und wie trat er ihm jetzt unter die Augen? Als Eindringling, der die wunderbarste Maschine der Welt schwer beschädigt hatte …

»*Quite a kettle of fish*«, sagte Wilson. »Was du dich hier selbst eingebrockt hast.«

»Ich wollte den Adler sehen«, flüsterte Paul.

»Nur sehen?«

»Anfassen«, gestand Paul.

Wilson nickte. Er hatte vor Paul gekauert. Jetzt stand er auf und streckte Paul eine Hand hin. Paul ergriff sie, aber er war zu schwach vor Schreck, Scham und Ehrfurcht, um sich daran in die Höhe zu ziehen. Wilson hievte ihn auf die Beine. Er war einen guten Kopf größer als Paul und so lang und schlaksig wie der Schornstein des Adler – bevor Paul … Paul schwankte und wäre hingefallen, wenn Wilson ihn nicht an den Oberarmen festgehalten hätte.

»Lass uns den Jungen hineinbringen«, sagte Wilson über die Schulter. »Er mag mehr ernsthaft verletzt sein, als es scheint.«

Der Nachtwächter zuckte zusammen. »Reinbringen, Allmächt?«, rief er. »Ich glaube, wir müssen vielmehr die Polizei holen, Herr Wilson!«

»Das können wir immer noch.«

Stolpernd vor Übelkeit und Beschämung, schlotternd vor Kälte und mit wachsender Panik, seit der Nachtwächter die Polizei erwähnt hatte, ließ Paul sich zum Verwaltungsgebäude führen. In der Amtsstube, in welcher der Nachtwächter geschlafen hatte, war es warm und roch nach Bier, alten Socken und Achselhöhlen. Paul wurde ganz flau im Magen. Er schluckte mühsam. Der Nachtwächter legte brummelnd Pauls Jacke und Mantel über die Balustrade. Wilson führte Paul zu dem Stuhl hinter dem Schreibtisch. Paul plumpste hinein und sah zu dem Lokführer auf. Wilsons Anblick verschwamm vor seinen Augen.

Der englische Ingenieur hob die Schultern und seufzte in einer Geste der Hilflosigkeit. *»Too late to blubber«*, sagte er, doch dann fasste er in eine Tasche und holte ein Tuch heraus, das nach Schmieröl und Kohle roch. Er reichte es Paul. Paul wischte sich damit über die Augen, dann schnäuzte er in seiner Verwirrung und Angst hinein. Wilsons Augenbrauen hoben sich bis zu seinem Haaransatz. Paul erbleichte.

»Jesus Maria«, stammelte er und ließ das Tuch fallen, als habe er die schlimmste Blasphemie begangen. Er suchte in seinem Hirn nach den wenigen englischen Wörtern, die er vor Anbruch seiner Reise gelernt hatte. *»I apologizing sincerely most«*, stieß er hervor.

Wilsons Augenbrauen hoben sich noch mehr. »Ist mein Deutsch so schlecht als sein Englisch?«, fragte er den Nachtwächter.

»Herr Wilson sprechen ausgezeichnetes Deutsch!«, schnarrte der Nachtwächter und nahm dabei Haltung an.

Wilson rollte mit den Augen, bückte sich, hob sein Tuch mit spitzen Fingern auf und ließ es Paul in den Schoß fallen. Dann lehnte er sich an die Schreibtischkante.

»Lass uns die Geschichte hören, Junge«, sagte er.

»Geschichte?«

»Deine Geschichte. Warum du gekommen bist nach hier, um meine Maschine zu kaputtmachen.«

»Ich bin doch nicht gekommen, um den Adler zu beschädigen. Lieber würde ich mir die Hand abhacken!«, erwiderte Paul.

»Ich sage, wir holen die Polizei, Herr Wilson«, brummelte der Nachtwächter.

Wilson ignorierte ihn. Er beugte sich vor und musterte Paul eindringlich. *»Stop blubbering, shaver«*, sagte er scharf. »Erzähle!«

»Ich bin nicht von hier. Ich komme aus München«, sagte Paul.

Der Nachtwächter schnaubte verächtlich. »Was du nicht sagst.«

»Und ich bin unterwegs nach … nach … nach Newcastle zu Stephenson & Company«, erklärte Paul weiter.

»Ah. Meine Empfehlung an Robert Stephenson«, sagte Wilson trocken.

»Ich möchte dort zum Dampfmaschineningenieur ausgebildet werden!«

»Ein wenig alt für einen Lehrling, sind wir nicht? Wie alt bist du?«

Paul senkte den Kopf. Er lief rot an. »Neunzehn.«

Wilson sagte mit einem weiteren Seufzer: »Und jetzt fang von vorn an, bitte?«

Mühsam und mit noch größerer Scham als zuvor begann Paul zu erzählen. Dass er die dreijährige Lehre, die sein Vater ihm in München bei einem Kutschenbauer beschafft hatte, als Siebzehnjähriger zwar beendet hatte, aber keinerlei Interesse besaß, diesen Beruf zu ergreifen. Dass er das obligatorische Wanderjahr nach der Freisprechung hatte ausfallen lassen, obwohl seine Eltern und sein Meister ihm deswegen hart ins Gewissen redeten, weil er ohnehin wusste, dass er seinen erlernten Beruf nie ausüben wollte – er wollte Eisenbahningenieur werden. Dass er von dieser Technik beseelt war, seit er die Berichte über die erste Fahrt des Adler gelesen hatte. Dass er den festen Entschluss gefasst hatte, beim besten Dampflokhersteller Europas anzuheuern, der Firma, von der auch William Wilson gekommen war, Stephenson & Company in Newcastle. Dass er die Einsprüche und den Spott seiner Freunde ignoriert hatte, die nicht verstehen konnten, dass ein gestandener Münchner bei den *Beefsteaks* leben wollte. Dass er zwei Jahre lang jede Drecksarbeit, jede Möglichkeit, Geld zu verdienen, wahrgenommen hatte, um die nötigen Mittel für die Reise und für die Ausbildung zusammenzubekommen, sogar das Ausschachten von neuen Latrinen und die Reinigung von Brunnenschächten in seiner Heimatstadt München. Die beiden Choleraepidemien von 1836 und 1837, bei denen im Gegensatz zu früheren Ausbrüchen der Brechruhr vor allem Mitglieder des begüterten Mittelstands betroffen waren, hatten die Behörden bewogen, das sanitäre System der Stadt zu renovieren. Für diese Arbeiten wurde gutes Geld gezahlt, weil keiner sie erbringen wollte.

»Sieben Gulden am Tag!«, sagte Paul, als er merkte, dass sein Eifer nicht auf Wilsons Beifall stieß. »Das bekommt ein Weber in sechs Tagen! Und man kann eine halbe Woche davon leben!«

»Du meinst es ernst, was?«, fragte Wilson mit leicht spöttischem Ton.

»So wie Sie«, erwiderte Paul und fragte sich, ob er sich angesichts seiner Lage diese Freiheit erlauben durfte. »Sie sind einfach in Nürnberg geblieben, obwohl Ihre Firma Sie wieder zurückholen wollte, und stehen bei Kälte wie bei Hitze auf dem Führerstand, nur um den Adler zu fahren.«

»Bei mir ist das etwas anderes«, erklärte Wilson würdevoll und völlig fehlerfrei.

»Ach?«

Wilson grinste plötzlich. »*Shut your trap, young shaver.* Was war mit Stephenson, dem alten *miser*? Hast du ihn wegen eine Arbeit geschrieben?«

»Hat meine Bewerbung abgelehnt. Beim ersten Mal. Beim zweiten Mal. Beim zehnten Mal. Beim elften Mal hat er mir eine Aufstellung zugesandt, was die Ausbildung bei ihm kosten würde.«

»Es ist die beste, was du kannst kriegen«, erklärte Wilson ernst.

Paul nickte. Er unterdrückte die Erinnerung an seine Verzweiflung, als er die Aufstellung gesehen hatte. Er hätte noch zwei Jahre Latrinen in den Münchner Hinterhöfen ausschachten müssen, um das nötige Geld zusammenzubekommen. Er hatte geweint, als er Stephensons Antwort endlich verstanden hatte.

»Und das Geld, das du zahlst, kommt zurück in ein oder zwei Jahren, wenn du beginnst, als Ingenieur zu arbeiten.«

»Ich weiß! Aber dazu muss man es erst mal haben!«

Wilson musterte ihn erwartungsvoll. Paul hob die Schultern und ließ sie wieder sinken. »Meine Eltern haben mir das Geld vorgeschossen. Sie haben dazu einen Kredit aufgenommen. Da hat es gerade gereicht.«

»So bist du jetzt auf dem Weg nach Newcastle, um mir in wenigen Jahren meine Arbeit wegzunehmen.«

Paul fuhr auf. »Aber nie im Leben … Herr Wilson, ich will doch nur …«

Wilson drückte ihn auf den Stuhl zurück. »Du musst lernen zu erkennen einen *joke*, Junge.«

»Wann holen wir jetzt die Polizei?«, fragte der Nachtwächter, der seine Ungeduld nur mühsam bezähmte. Paul starrte ihn an. Die Panik, die er in den letzten Minuten fast vergessen hatte, stieg erneut in ihm hoch. Doch diesmal mischte sich Ärger hinein. Der Nachtwächter in seinem selbstgerechten Diensteifer dachte offenbar gar nicht daran, dass Paul ihn dabei gesehen haben könnte, wie er seinen Dienst hier drin verpennte. Sollte er es jetzt ansprechen? Aber dann wäre der Nachtwächter endgültig sein Feind. Und Wilson würde vielleicht glauben, Paul wolle einen Unschuldigen mit hineinziehen, um seine Haut zu retten, und ihn verachten …

Wenn er ihn nicht ohnehin dafür hasste, dass er den Adler beschädigt hatte. Aber Wilson schien weniger wütend als amüsiert zu sein.

Wie auch immer, es galt, Verantwortung zu übernehmen. Es war eine der Lehren, die er aus seinem Elternhaus mitbekommen hatte, und er selbst hielt sie für eine der wichtigsten.

Paul straffte sich und stand auf. »Bitte holen Sie die Polizei. Ich trage die Verantwortung und werde natürlich für den Schaden aufkommen.«

Der Nachtwächter rückte seine Mütze gerade und trat um die Barrikade herum.

»Wohin willst du?«, fragte Wilson über die Schulter. Er hatte Paul nicht aus den Augen gelassen.

»Allmächt, na, die Polizei holen«, sagte der Nachtwächter.

»Nur, wenn ich es sage«, versetzte Wilson.

»Aber Herr Wilson …«

Wilson beachtete den Nachtwächter nicht länger. Er drückte Paul ein zweites Mal auf seinen Stuhl zurück. Dann legte er die Hände auf die Rückenlehne und schaute auf Paul hinunter.

»Wie viel denkst du, kostet es, zu reparieren den Adler?«, fragte er sanft.

»Ich …«

Wilson wedelte durch die Luft. »Nur eine beste Schätzung!«

»Ich … habe keine Ahnung!«

Wilson beugte sich vor und flüsterte in Pauls Ohr: »Fünftausend Gulden … konservativ gerechnet.«

Paul saß da und konnte sich nicht bewegen und nicht atmen. »Jesus Maria«, flüsterte er.

»Wie viel Geld hast du, Junge?«

»Zweitausend Gulden. Jesus Maria!«

Wilson nickte langsam.

»Für die Reise und als Lehrgeld für Herrn Stephenson«, wisperte Paul. »Er hat eingewilligt, wenn ich an den Sonntagen für ihn ohne Lohn arbeite …«

»*Blooming miser*«, brummte Wilson.

»Aber … Herr Wilson … Jesus Maria und Joseph. Ich

dachte ... grundgütiger Gott, Herr Wilson, selbst wenn Sie mir jeden Kreuzer abnehmen, den ich habe, könnte ich die Reparatur nicht bezahlen ...«

Wilson nickte erneut. Sein Blick bohrte sich in Pauls Augen. Paul fühlte sich so kalt, dass ihm schlecht wurde.

Der englische Ingenieur richtete sich auf. »Der Nachtwächter und ich gehen jetzt holen die Polizei«, sagte er. »Du, Junge, bleibst allein und ohne Bewachung hier, bis wir zurück sind. Lass es nicht in deinen Verstand kommen zu fliehen, nur weil wir die Tür nicht absperren können. Verstanden?«

»Aber wir können die Tür absperren ...«, begann der Nachtwächter.

»*Shut up, man!*«

Paul vergrub das Gesicht in den Händen und nickte hoffnungslos. »Ich verspre...«

»*No, no, no!*«, rief Wilson. »Ich will wissen, hast du verstanden?«

»Ich ver...«

»*Bloody blooming hell!*«, brauste Wilson auf. »Wir werden jetzt hier gehen hinaus, und du bleibst zurück und wirst nicht abhauen, obwohl wir lange weg sein werden und niemand dich aufhalten kann und der Nachtwächter und ich deinen Namen haben vergessen. Verstanden?«

»Ja!«, rief Paul voller Panik, ohne etwas zu verstehen.

»Ich habe aber seinen Namen nicht ...«, wandte der Nachtwächter ein. Er stockte, als er Wilsons Blick sah. »Allmächt. Total vergessen, Herr Wilson.«

»*Well, well*«, sagte Wilson, wieder ganz ruhig. Er zwinkerte Paul zu, dann wandte er sich an den Nachtwächter. »Lass uns gehen.«

Paul blieb vollkommen verwirrt zurück. Er starrte die Tür an, welche die beiden Männer hinter sich geschlossen hatten, ohne sie zu versperren. Er brauchte nur aufzustehen und wegzulaufen …

Aber er konnte es nicht tun. Er hatte William Wilson versprochen zu bleiben, bis er und der Nachtwächter mit der Polizei zurückkamen. Paul Baermann stand zu seinem Wort. Er übernahm die Verantwortung für das, was er getan hatte.

Pauls Mund klappte auf. Er hatte es nicht versprochen! Tatsächlich hatte Wilson verhindert, dass er es versprach. Der Engländer hatte ihn durchschaut und hatte ihm eine Chance gegeben, sich aus der Affäre zu ziehen. Die Reparaturkosten, die Paul ruinieren und seine Zukunftspläne zerstören würden, wären für die Eisenbahngesellschaft nur ein kleiner Posten in der jährlichen Kostenaufstellung. Der Nachtwächter würde das aussagen, was Wilson ihm auftrug – und zur Not beschwören, dass das Gitter vor seinen Augen von ganz allein heruntergefallen war und den Adler beschädigt hatte. William Wilson, Pauls Idol seit fünf Jahren, hatte ihn gerettet!

Paul war schon an der Tür, als er innehielt. Das Gitter war *nicht* von allein heruntergefallen. Er, Paul Baermann, trug für die ganze Geschichte die Verantwortung. Ein Mann war man nicht, weil einem der Bart zu wachsen anfing oder weil man sein eigenes Geld verdiente – ein Mann war man, wenn man die Verantwortung für sich selbst übernahm. Alles andere hatte keine Bedeutung.

Die Türklinke schien in seiner Hand zu glühen. Er dachte an seine Eltern, die den Kredit aufgenommen hatten. Das Bankhaus Maffei & Co. am Promenadeplatz war bereit gewesen, Pauls Ausbildung vorzufinanzieren. Joseph Anton Maffei, der Besitzer der Bank, hatte selbst in die neue Technik investiert und vor vier Jahren das Lokomotivwerk J. A. Maffei gegründet; er hatte keinen Hehl daraus gemacht, dass er hoffte,

Pauls Ausbildung beim besten Lokomotivenbauer Europas zum Nutzen seines eigenen Unternehmens einsetzen zu können, wenn Paul aus England zurückkehrte und für die Finanzierung seiner Lehre dankbar war. Wenn Paul aber den Kredit nicht wie geplant in den nächsten drei Jahren zurückzahlen konnte – zum Beispiel weil er nie die gewünschte Ausbildung erhielt, wenn er sie nicht bezahlen konnte, wenn er erst gar nicht nach Newcastle gelangte mangels Geld –, dann würde die Vorfinanzierung verfallen, Maffei würde die flüssigen Mittel der Familie Baermann einziehen und das Haus, in dem Pauls Eltern und seine Schwester Lily wohnten, mit einer deftigen Hypothek belasten, die Pauls Vater die nächsten zwanzig Jahre abzahlen würde. Und dies würde nicht erst in drei Jahren geschehen. Paul zweifelte keine Sekunde daran, dass sein Vater, sobald Paul ihm geschrieben hätte, was ihm hier in Nürnberg widerfahren war, zu Joseph Anton Maffei gehen und ihm die Sachlage darlegen würde. Paul Baermann senior würde nicht die Galgenfrist der drei Jahre ausnutzen und in dieser Zeit dem Bankier etwas vormachen. Dazu war Pauls Vater viel zu geradeheraus und aufrecht. Jetzt war Januar; spätestens Anfang März würden die Baermanns in München arme Leute sein, die von der Gnade der Bank abhingen.

Wenn Paul nicht die Chance nutzte, die William Wilson ihm geboten hatte.

Die Türklinke glühte noch stärker in Pauls Hand. Der Kragen wurde ihm eng. Sein Herz schlug bis zum Hals, und sein Magen revoltierte. Was sollte er tun? Das Kluge – oder das Richtige?

Konnte er leben mit dem Wissen, dass er seine Prinzipien bei der erstbesten Gelegenheit verraten hatte; würde er sich selbst jemals wieder trauen können?

Aber konnte er leben mit dem Wissen, dass er seine Familie

dadurch in den Ruin gestürzt hatte, dass er seinen Prinzipien gefolgt war?

Eine Stimme in ihm sagte: Nicht deine Prinzipien sind schuld daran, sondern dein Leichtsinn und deine Selbstsucht. Das ist etwas anderes.

Als William Wilson, der Nachtwächter und zwei Polizeibeamte zurückkehrten, stand Paul aufrecht vor dem Schreibtisch und sagte klar und deutlich: »Mein Name ist Paul Baermann, ich komme aus München, und ich trage die Verantwortung für die Beschädigung des Adler.« Seine Stimme zitterte, aber er stockte nicht.

Die Polizisten sahen ihn aus müden, mitleidlosen Augen an. Der Nachtwächter kratzte sich am Kopf. William Wilson seufzte und sagte leise: »*Proud boy. Proud, headstrong, silly boy.*«

11

Lily Baermann war einundzwanzig und wartete. Primär wartete sie darauf, dass ihr Verehrer Elias Peißner ihr endlich einen Heiratsantrag machte, der mit einem Punkt endete und nicht mit einem Fragenzeichen. Sie hatte die Nase voll von Fragen wie: »Ich meine, wir könnten eigentlich irgendwann einmal heiraten, oder was meinst du, Bärchen?«

Sie hatte auch die Nase voll davon, Bärchen genannt zu werden, aber damit musste sie wohl leben, falls Elias endlich die Courage fand, zu sagen: »Ich möchte dich heiraten, Bärchen, und deinen Vater hab ich schon gefragt!«

Insgesamt jedoch wartete Lily nicht nur auf den Heiratsantrag. Eigentlich, so sagte sie sich voller Zorn, war das Warten zu so etwas wie ihrer zweiten Natur geworden. Sie hatte keine andere Wahl. Sie musste warten – auf Gerechtigkeit.

Obwohl sie das erstgeborene Kind der Baermanns war, wurde sie behandelt wie das zweite. Das lag daran, dass das zweitgeborene Kind, ihr um zwei Jahre jüngerer Bruder Paul, der in jeder Hinsicht Bevorzugte war.

Die Natur hatte ihn bevorzugt, weil sie ihm das vollere Haar, die leuchtenderen Augen, die größere Attraktivität mitgegeben hatte; dabei spielte es keine Rolle, dass auch Lily eine schöne junge Frau war, um die bei Tanzveranstaltungen schon Prügeleien unter ihren Verehrern ausgebrochen waren, als sie noch keine vierzehn war. Sie brauchte Paul bloß anzuschauen, um zu fühlen, dass sie trotzdem nur den zweiten Platz belegte.

Die Eltern hatten ihn bevorzugt, seit sie denken konnte, weil Mutter und Kind bei der Geburt beinahe gestorben wären, weil ein Kind, das unter solchen Umständen auf die Welt kommt und überlebt, immer am heißesten geliebt wird, und weil Franziska Baermann danach keine Kinder mehr bekommen konnte.

Und das Schicksal hatte ihn bevorzugt, weil er ein Mann war und daher tun und lassen konnte, was ihm beliebte, während sie, eine Frau, ungefähr genauso viele Rechte hatte wie ein Haustier.

Es war ungerecht, und es war auch nicht richtig, weil sie – und in diesem einen Punkt hatte das Schicksal Lily bevorzugt, was jedoch eine bitterböse Ironie war – die bei weitem Klügere von beiden war.

Deshalb musste sie warten: bis sie das Haus ihrer Eltern verlassen konnte; bis sie sich eine eigene Existenz aufgebaut hatte, in der sie selbst bestimmte, was ihr gehörte und was nicht; bis sich eine Gelegenheit ergab, Paul all das heimzuzahlen, was sie seinetwegen an Benachteiligungen hatten erdulden müssen. Und heimzahlen würde sie dem kleinen Scheißkerl alles, selbst wenn es dreißig Jahre dauerte!

Jetzt war er aber erst einmal weg, und wenn man es recht bedachte, war es besser so. Am besten wäre es gewesen, wenn Paul sein Leben lang in England blieb und Dampfmaschinen zusammenschraubte. Auf ihre Rache würde sie dann zwar verzichten müssen, aber sie wäre ihn auch los und müsste vor der Familie und der Nachbarschaft nicht mehr heucheln, dass sie ihn schätzte. Ihr war allerdings rätselhaft, woher Paul das Geld genommen hatte, die Reise und das Lehrgeld zu bezahlen, aber anscheinend hatte er in den letzten beiden Jahren beim Latrinenausheben doch genug verdient. Jedenfalls hoffte sie, dass er sich das Geld selbst verdient hatte, denn dass die Eltern ihn noch einmal finanziell unterstützten, nachdem sie ihm schon die erste Lehre bezahlt hatten, wäre einfach unglaublich. Eine solch frappante Ungerechtigkeit seiner Tochter gegenüber traute sie ihrem Vater dann doch nicht zu. Im Grunde genommen hätte es ihr zwar egal sein können, solange ihr Erbteil, der die Mitgift für ihre Hochzeit werden sollte, nicht angetastet wurde; aber auch so wäre das Unrecht schwer zu ertragen gewesen. Nein, so weit würden ihre Eltern wohl kaum gehen.

Als sie sah, mit welcher Miene ihr Vater sich an den Abendbrottisch setzte, ahnte sie dennoch, dass es schlechte Nachrichten gab; und dass die schlechten Nachrichten auch sie betrafen, weil ihre Mutter, der sie geholfen hatte, die Teller und das Besteck zu verteilen, sie ansah und plötzlich in Tränen ausbrach. Lily erkannte verspätet, dass ihr Vater sich nach dem Mittagessen, das er wie immer zu Hause eingenommen hatte, umgezogen hatte. Er schien nachmittags nicht zu seinem Arbeitgeber zurückgekehrt zu sein, denn er trug feinere Kleidung, als er gewöhnlich am Werktag aus dem Schrank nahm. Er war bleich und nahm seine Frau kurz in den Arm. Lily nickte er zu. Seine Augen waren gerötet.

»Hast du es getan, Vater?«, fragte Franziska Baermann und schaute zu ihrem Mann auf.

Paul Baermann senior nickte. »Herr Maffei war sehr anständig, Mutter. Er hat sogar gemeint, dass er es verstanden hätte, wenn ich erst in drei Jahren zu ihm gekommen wäre – wenn die Rückzahlung fällig wäre. Dass ich ihn sofort benachrichtigt habe, hat ihn beeindruckt. Du siehst, Aufrichtigkeit zahlt sich immer aus.«

»Was hat er gesagt?«

»Dass er die Summe nicht eher fordern wird als bis zur vertraglich vereinbarten Fälligkeit.«

Lily folgte dem Gespräch ratlos, aber mit einem zunehmend flauen Gefühl im Bauch. Sie wusste, dass Joseph Anton Maffei ein Bankier war. Rückzahlung? Vereinbarte Fälligkeit? Hatten ihre Eltern einen Kredit aufgenommen? Aber wofür? Ein eisiger Verdacht beschlich sie.

»Dann haben wir drei Jahre Zeit? So viel kann in drei Jahren geschehen, Vater. Das hast du gut gemacht …«

»Mutter!«, sagte Paul Baermann streng, »was wäre Aufrichtigkeit wert, wenn sie nur dazu diente, ein Almosen zu erlangen? Nein, ich habe Herrn Maffei natürlich gesagt, dass der Vertrag durch das, was Paul gemacht hat, hinfällig ist und dass er sofort mit der Rückzahlung unserer Schulden rechnen darf.«

Lilys Mutter begann erneut zu weinen.

»Ich habe lediglich sein Angebot angenommen, den Kredit in Raten zurückzuzahlen, weil wir die gesamte Summe nicht gleich aufbringen können. Was ich ihm bereits geben konnte, habe ich vor seinen Augen bei ihm eingezahlt.«

»Oh, Vater, Vater …« Franziska schluchzte auf.

Paul Baermann tätschelte das Haar seiner Frau und sah Lily an. »Es tut mir leid, Lily«, sagte er fest. »Aber Ordnung muss sein.«

»Was?«, stotterte Lily. »Ich verstehe überhaupt nichts. Wovon sprechen Sie? Und was hat das alles mit mir zu tun?«

»Ach, Vater …« Lilys Mutter seufzte und befreite sich aus den Armen ihres Mannes. Sie wischte sich mit den Händen über das tränenüberströmte Gesicht. »Du weißt sicher am besten, was das Richtige ist. Du hast aufrichtig gehandelt, so wie es der Herr Jesus Christus von uns verlangt.«

»Gelobt sei der Herr«, erwiderte Paul Baermann und straffte sich.

Franziska Baermann wandte sich Lily zu. Erneut stiegen ihr Tränen in die Augen, als sie Lily über die Wange strich. Ihre Hand war nass. Lily fühlte durch ihre Verwirrung hindurch plötzlich Abscheu. »Und ausgerechnet heute kommt der junge Elias zum Abendessen. Aber wie es der Herr richtet, so ist es gut. Und alles kann am selben Tag geklärt werden.«

»Elias? Was ist mit Elias?«

Franziska Baermanns Schultern hoben und senkten sich unter einem gewaltigen Seufzer. Paul Baermann räusperte sich und holte Luft. Franziska sagte sanft: »Nein, Vater, ich werde es ihr sagen.«

»Was sagen?«, stieß Lily hervor. »Was geht hier vor?«

Mit zunehmender Fassungslosigkeit hörte Lily die Geschichte, die ihre Mutter ihr erzählte – immer wieder unterbrochen vom Räuspern ihres Vaters, der offensichtlich mit den Tränen kämpfte und dies weder seine Frau noch seine Tochter sehen lassen wollte. Franziska endete ihre Erzählung mit einem erstickten: »Der arme Bub, was er durchmachen wird unseretwegen …«

Lily starrte sie an. Ihr kam es vor, als habe ihre Mutter über weite Strecken Chinesisch gesprochen. Aber die wichtigste Information war angekommen: dass wegen einer Narrheit ihres Bruders ein Kreditvertrag mit dem Bankhaus Maffei & Co. nicht erfüllt werden konnte, dass ihr Vater in seiner sturen, bürgerlich-aufrechten Art jegliches Entgegenkommen der Bank verweigert hatte, dass die Familie dadurch für die nächsten Jahre tief in der Kreide stand und jeden Kreuzer in die Rückzahlung des Geldes stecken musste, da das fragliche Geld verloren war …

… und dass dadurch auch das Erbteil Lilys fürs Erste verpufft war. Verpufft im wahrsten Sinn des Wortes, weil das Geld, soweit sie verstanden hatte, mit der Reparatur eines Schornsteins zu tun hatte, der durch Pauls Schuld beschädigt worden war. Ein Schornstein? Auf einer Lokomotive? Gab es noch etwas Unwichtigeres? Und von so etwas wurde sie, Lily Baermann, um das betrogen, was ihr zustand?

Die Familie Baermann war ab sofort nur noch geduldet in ihrem Haus, bis die Hypothek abbezahlt war, die Paul Baermann an diesem Nachmittag mit Joseph Anton von Maffei ausgehandelt hatte.

Die Familie Baermann war ab sofort arm.

Sie, Lily Baermann, war arm.

»Wir können noch von Glück sagen«, erklärte Franziska Baermann unter neuerlichen Tränen, »dass Paul diesen englischen Inschenör so beeindruckt hat, dass die Bahngesellschaft sich mit dem Geld zufriedengegeben hat, das Paul bei sich hatte, statt den gesamten Schadenersatz von ihm zu fordern. Sonst hätte dein Vater eine noch höhere Schuld auf unser Haus aufnehmen müssen. Dafür dürfen wir deinem Bruder dankbar sein.«

Dankbar?, kreischte Lily tief in ihrem Inneren. Dafür, dass Paul uns nur einfach ruiniert hat statt doppelt? Sie brachte kein Wort heraus. Stattdessen fühlte sie, wie ihr schlecht wurde. Sie plumpste auf einen Stuhl neben ihrer Mutter. »Paul …«, hörte sie sich endlich erstickt flüstern. »Paul …«

»Du bist ein gutes Kind, Lily, weil du Pauls Not erkennst. Schließ ihn heute Abend in dein Gebet ein, er braucht jetzt all unsere Liebe. Ich mag mir gar nicht vorstellen, wie schlecht es ihm geht.«

Lily fühlte den argwöhnischen Blick des Vaters, während sie nach Fassung rang. »Lily?«, hörte sie ihn fragen. »Dir ist doch klar, dass in solchen Zeiten die Familie zusammenstehen muss? Wärest du es, der geholfen werden muss, würden wir das auch ohne Zögern tun.«

Geholfen werden?, schrie die Stimme in Lily erneut. Paul hat sich selbst reingeritten, also soll er sehen, wie er selbst wieder rauskommt. Verziehen muss ihm werden – aber nicht von mir! Das werde ich niemals tun!

Beinahe hätte sie all das – und noch mehr – ihren Eltern ins Gesicht geschleudert. Aber da klopfte jemand an die Stubentür und steckte gleich darauf den Kopf herein, ein blendend aussehender junger Mann mit schwarzen Locken und einem breiten Lächeln, das Lily nie hirnloser vorgekommen war als in diesem Moment. Das Lächeln erlosch, als die Blicke des jungen Mannes auf Lily fielen.

»Oh!«, sagte er. »Bin ich zu früh?«

Lilys Mutter rappelte sich auf und wischte sich noch einmal über die Augen. Sie zwang ein Lächeln in ihr Gesicht. »Aber nein, aber nein. Grüß Gott, Elias. Komm herein. Wir haben schlechte Nachrichten erhalten, aber du gehörst ja so gut wie zur Familie, daher gibt es kein Geheimnis. Komm herein und setz dich.«

12

Das Abendessen war eine Tortur – vor allem, weil Elias' Lächeln nie erlosch und weil er ständig nach Lilys eiskalter Hand griff und mit dem Gehabe eines weisen Philosophen davon sprach, dass jegliche Schwierigkeit seine Liebe zu ihr nur noch tiefer machte und sie sich für die Ewigkeit auf ihn würde verlassen können; während Paul Baermann senior dazu schwiegerväterlich-melancholisch nickte und ihre Mutter andauernd in Tränen ausbrach.

Lily bewahrte mühsam ihre Haltung und hoffte, dass die Zornestränen, die ihr in den Augen standen, von den anderen als Trauer um das unselige Geschick ihres Bruders interpretiert wurden. Die Suppe und der Stampf aus Kartoffeln, Käse und Zwiebeln, die das Abendessen bildeten, blieben ihr in der Kehle stecken und reizten sie dazu, sich zu übergeben. Eigentlich wollte sie aufspringen, fluchen und brüllen. Sie wollte, so laut sie konnte, ihren Eltern in die Gesichter schreien, dass sie kein Verständnis für Pauls Not hatte und dass sie höchstens dafür beten würde, dass ihn der Schlag traf; sie wollte toben und ihrer Fassungslosigkeit darüber, dass sie schon wieder das Nachsehen hatte, dadurch ein Ventil geben, dass sie den Esstisch umwarf, die Teller durch den Raum schleuderte und die Anrichte mit den Füßen trat. Sie stöhnte, weil sie so viele Dinge gleichzeitig tun wollte, die nur ein letzter Rest an Respekt und Furcht vor ihren Eltern und die Scheu, vor Elias eine Szene zu machen, verhinderte. Ihr schien es, als würde sie aus ihrer Mitte heraus von einer Flamme verzehrt.

Aufs Neue war sie betrogen – und wieder zugunsten ihres Bruders. Er hatte einen Fehler gemacht, und sie, seine Schwester, musste einmal mehr dafür zurückstehen. Sie war wie stets das Opfer einer monströsen Ungerechtigkeit, die mit der schieren Existenz ihres Bruders Paul zusammenhing.

Sie ballte die Hände neben dem Teller zu Fäusten, weil ihr die paar Bissen, die sie hinuntergewürgt hatte, wieder hochkamen. Elias sah es und streichelte über ihre vor Anspannung weißen Knöchel.

»Mach dir keine Sorgen, Bärchen«, murmelte er. »Wenn wir erst verheiratet sind, wird alles gut. Ich habe hervorragende Aussichten, wenn ich mein Studium beendet habe – wir werden deinen Bruder sein Leben lang unterstützen, wenn es sein muss. Er ist einfach ein Träumer …«

Lily starrte ihn an. Was? Wollte der Narr damit etwa zum Ausdruck bringen, dass sie Paul nicht einmal dann loswürde, wenn sie diesen Haushalt endlich verließ?

Elias, offensichtlich in völliger Missinterpretation ihres fassungslosen Ausdrucks und überwältigt von seiner eigenen Großzügigkeit, sagte: »Solange ich bei dir bin, werde ich alles für dich und die Deinen tun, was dich glücklich macht.«

»Gelobt sei Jesus Christus«, sagte Franziska Baermann unter Tränen.

Vater Baermann lächelte das Lächeln einer gestopften Gans und klopfte Elias auf die Schultern.

Lily starrte von einem zum anderen. Sie war nicht sicher, ob sie richtig gehört hatte. Spielten die drei eine Komödie, um sie auf den Arm zu nehmen?

Dann brachte Elias das Fass zum Überlaufen, indem er sich räusperte, aufstand, den Stuhl zurückschob, die Serviette neben den Teller legte, sich vor ihrem Vater verbeugte, sagte: »Herr Baermann, ich möchte gerne um die Hand Ihrer Tochter Lily anhalten!«, sich an Lily wandte und hinzufügte: »Oder, Bärchen?« Und dann lächelte er wie ein Heiliger, der den anderen Märtyrern neben sich erklärte, dass es nichts Erstrebenswerteres gab, als ans Kreuz genagelt zu werden. Und das Ganze mit vor Rührung feucht schimmernden Augen.

Lily merkte erst, dass sie aufgesprungen war, als der Stuhl hinter ihr zu Boden fiel. Sie merkte erst, dass sie mit beiden Händen in den Kartoffelkäse gegriffen hatte, als Elias sie über den Stampf hinweg anstarrte, den sie ihm ins Gesicht geworfen hatte. Sie senkte den Blick und sah auf den Tisch, über den sich eine Spur aus umgeworfenen Gläsern, verschüttetem Bier und Kartoffelkäsehäufchen von ihr zu Elias hinüberzog. Sie sah wieder auf. Sie war so von Hass erfüllt, dass sie nicht einmal sprechen konnte. Der Stampf in Elias' Gesicht rutschte herunter und fiel auf seine Brust, wo er an der Weste kleben blieb.

Paul Baermann überwand als Erster seine Überraschung. »Lily!«, donnerte er.

Seine Stimme half Lily, ihre eigene wiederfinden zu lassen.

»Du … Idiot!«, schrie sie ihren Verlobten an.

Elias zuckte zurück. In seinem Gesicht pappten Kartoffelkäsereste und gaben ihm das Aussehen eines kleinen Jungen, der von der Sahne genascht hat und erwischt worden ist.

»Wovon redest du überhaupt? Ich habe keine Mitgift, kein gar nichts, weil mein verfluchter kleiner Bruder uns alle ruiniert hat! Wie soll unsere Hochzeit aussehen? Mein Vater kann keine Hochzeit bezahlen! Soll ich in meiner Hausschürze heiraten? Sollen die Gäste ihr Essen selbst mitbringen? Willst du ein paar Lieder singen, weil wir keine Musiker bezahlen können? Willst du auf der Straße feiern, weil wir uns die Miete für den Saal nicht leisten können?«

»Aber Bärchen …«, stammelte Elias.

»Setz dich sofort hin und entschuldige dich, Lily!«, rief ihr Vater.

»Es gibt kein Bärchen!«, kreischte Lily. »Nenn mich nie wieder Bärchen, oder ich kratz dir die Augen aus, du Hornochse. Und entschuldigen soll ich mich? Dafür, dass mein Bruder ein rücksichtsloser Bankert ist, der nur an sich denkt? Dafür, dass mein Vater so verstockt ist, dass er das Hilfsangebot der Bank zurückweist, nur um zu beweisen, wie aufrecht er ist, und gar nicht merkt, dass der Bankier sich darüber nur totlacht?«

Baermann senior schnappte nach Luft. Elias setzte sich, als habe ihm jemand den Boden unter den Füßen weggezogen. Nur dass er seinen Stuhl nach hinten geschoben hatte und sich ins Leere setzte. Unwillkürlich versuchte er, sich festzuhalten. Er erwischte das Tischtuch und zog es mit sich und mit dem Tischtuch alle Teller, Gläser, Töpfe, den großen Bierkrug und das Besteck, die Kerzen und die Vase mit den Weidenzweigen. Die scheppernde, berstende, krachende, spritzende, klebrige Lawine begrub ihn. Ein heil gebliebener Teller rollte auf der Kante über den Boden, stieß sanft gegen die Wand, fiel auf die Seite und zerbrach in zwei Teile. In die Stille danach konnte man das Gluckern des Biers hören, das in die Fußbodenspalten lief.

Franziska Baermann schlug die Hände vors Gesicht und begann zu schluchzen. Paul Baermann war blass geworden und bekreuzigte sich. Seine Augen waren groß und voller Entsetzen, und Lily hatte das Gefühl, dass er sie anstarrte, als habe er sie nie zuvor gesehen.

Sie wirbelte herum und floh aus dem Raum. Als sie zur Tür hinausrannte, glaubte sie, unter dem Tischtuch heraus ein halb ersticktes, fragendes »Aber Bärchen?« zu hören, doch sie war sich nicht sicher und verdrängte es, weil sie sonst umgekehrt wäre und ihren Verlobten vor den Augen ihrer Eltern erwürgt hätte.

Nach diesem Auftritt würde nichts mehr so sein wie zuvor. Aber war das nicht vorher schon so gewesen – nach der Neuigkeit über Pauls Missgeschick? War nicht alles schon in Scherben gewesen, und Lily hatte diese nur verstreut?

Sie verdrängte den Gedanken, dass sie der Heirat mit Elias Peißner ohnehin nur mit gemischten Gefühlen entgegengesehen hatte. Sie schob auch das Wissen beiseite, dass der Ruin der Familie nicht für immer war und dass das Gehalt ihres Vaters in ein paar Jahren den Kredit würde abbezahlt haben und dass sie danach immer noch keine alte Jungfer auf dem Heiratsmarkt sein würde, weil es nicht ungewöhnlich war, dass eine Frau erst mit Mitte zwanzig in eine Ehe trat. Sie wollte auch nicht wahrhaben, dass sie schon mehrfach mit dem Gedanken gespielt hatte, überhaupt nicht zu heiraten, weil sie ahnte, dass die Männer allesamt entweder wie ihr Vater oder wie Elias oder wie ihr Bruder waren und sie keinen davon fürs Leben an ihrer Seite haben wollte.

Sie dachte überhaupt keine zusammenhängenden Gedanken.

Woran sie dachte, war die ungeheuerliche Ungerechtigkeit, die ihr zugefügt worden war, und das war auch kein Gedanke, sondern ein Gefühl. Ein Gefühl von brennendem, erstickendem, unsäglichem Hass. Der Hass richtete sich gegen ihren Bruder.

Paul würde dafür bezahlen. Irgendwie, irgendwann. Er würde dafür bezahlen. So bitter es nur ging.

Dezember 1840 bis Mai 1841

»Verbrennse sich nur nich die Finger, Herr Hauptmann!«

Egon Bronikowski

13

Im Dezember 1840 hatte es Alvin von Briest schon zum Secondelieutenant des Garde-Reserve-Infanterieregiments gebracht und lebte in Spandau. Abgesehen davon, dass er mit seiner Karriere an einem toten Ende angekommen war, kaum dass sie begonnen hatte, fühlte er sich dort wohl. Die Atmosphäre war entspannter als in anderen Regimentern, was nicht zuletzt daran lag, dass das Offizierskorps ausnahmslos aus dem Adel stammte. Die Mannschaften, preußische Bauernburschen zumeist, respektierten ihre Vorgesetzten, wie sie auch zu Hause ihre Grundherren respektierten, ohne diesen Gehorsam in Frage zu stellen; und die Offiziere übten ihre Befehlsgewalt ohne übergroßen disziplinarischen Druck aus, weil sie um den Respekt ihrer Untergebenen wussten und ihn nicht erzwingen mussten. In den Regimentern, in denen auch Offiziere aus den anderen Bevölkerungsschichten dienten und weder über die natürliche Autorität des Adels verfügten noch die blinde Achtung der Truppe besaßen, ging es, so hatte Alvin erfahren, deutlich verbissener zu.

Alvin selbst war deswegen hin- und hergerissen. Einerseits ging ihm der hündische Gehorsam der einfachen Mannschaften und Unteroffiziere gegen den Strich; er wollte, wenn schon, wegen seiner Taten respektiert werden und nicht seines Stammbaums wegen. Andererseits faszinierte ihn der lässig-selbstbewusste Umgang seiner Offizierskameraden mit ihren Kompanien, und auch der burschikose, knappe Tonfall seiner Standesgenossen untereinander gefiel ihm. Man schlug sich auf die Schultern, redete in Sätzen, die höchstens fünf Wörter enthielten, blinzelte den jungen Mädchen hinterher und lieh sich gegenseitig bedenkenlos Geld beim Kartenspielen, beim Saufen und für die Bordellbesuche. Wer pleite war, äußerte dies freimütig; wer gerade über Geldmittel verfügte, warf seine Börse auf den Tisch und forderte die Kameraden auf, sich zu bedienen. So blieb der Schuldenstand des Regiments bei den Kaufleuten, Handwerkern, Wirten und Liebesdienerinnen in der Stadt immer in etwa gleich hoch und verlagerte sich nur vom einen zum anderen. Alvin schätzte, dass, hätten die Gläubiger allesamt sofort auf Rückzahlung der Außenstände gepocht, die Regimentskasse auf einen Schlag leer gewesen wäre und der Regimentskommandeur bei Kriegsminister Gustav von Rauch um eine finanzielle Unterstützung hätte nachsuchen müssen. Die höheren Offiziere betrachteten das Treiben der Subalternen dennoch mit stillem Lächeln und mit sicherlich liebevollen Erinnerungen an ihre eigene Zeit als Fähnriche und Lieutenants.

Alvin war dem Rat Otto von Bismarcks gefolgt und hatte sich beim Garde-Reserve-Infanterieregiment als Portepeefähnrich beworben. Er hatte Glück gehabt und war zugelassen worden. Diese Posten waren rar; der altgediente Name seiner Familie hatte sicher zu diesem Glück beigetragen. Die Alternative, in eine Kadettenanstalt einzurücken und darüber eine offiziersgemäße Grundausbildung zu erlangen, war für Alvin nicht mehr in Frage gekommen; das Höchstalter für den Eintritt in eine solche Anstalt lag bei fünfzehn Jahren. Er hatte drei Monate Dienst als gemeiner Soldat verrichtet und dann eine Prüfung abgelegt, in der er hatte beweisen müssen, dass er Orthographie und Kalligraphie in einem erträglichen Maß beherrschte, mit Bruchrechnungen umzugehen wusste und ein Dreieck von einem Kreis unterscheiden konnte. Seine

Vorgesetzten hatten ihm darüber hinaus bescheinigt, dass er über Geistesgegenwart, Pünktlichkeit, Anstand und Ordnungssinn verfügte.

Die Prüfung zum Secondelieutenant war schärfer gewesen, aber auch sie hatte Alvin bestanden; seine nicht unbedingt überwältigenden Kenntnisse in Trigonometrie hatte er durch gute Französischkenntnisse ausgeglichen und bei der Prüfung im Stillen dem französischen Hauslehrer gedankt, den seine Mutter damals wegen dessen feinen Manieren angestellt hatte und der Alvin und Levin ganz nebenbei passables Französisch beigebracht hatte. Doch weiter als bis hierher konnte Alvin nicht durch eigene Kraft gelangen. Um zum Lieutenant oder gar zum Hauptmann befördert zu werden, brauchte man entweder sehr gute Beziehungen – und nicht nur einen alten Namen –, oder man musste außergewöhnliche Tapferkeit in einer Schlacht beweisen. Schlachten standen jedoch weit und breit keine an. Nicht dass Alvin sich einen Krieg gewünscht hätte. Oder jedenfalls wünschte er sich nur in absolut frustrierten Momenten einen, zum Beispiel wenn er einem ähnlich benachteiligten Secondelieutenant über den Weg lief, der schon graue Strähnen in den Haaren hatte. Dann sehnte sich Alvin nach Kämpfen, in denen er seinen Mut beweisen konnte.

Im Augenblick kämpfte er mit dem ihm nicht zuletzt von seinem eleganten Hauslehrer eingebläuten Grundsatz, dass ein Edelmann nur so viele Schulden machte, wie er in überschaubarer Zeit zurückzahlen konnte. Sein Schuldenkonto bei seinen Kameraden war bereits höher als dieser Grundsatz, und er hatte das Gefühl, dass er so langsam ein wenig kürzer treten und den Schuldenberg abbauen sollte. An manchen von den Gelagen, für die das Geld zwischen seinen Fingern zerrann, hatte er nur teilgenommen, um vor den anderen Jungoffizieren nicht als Drückeberger oder Spielverderber dazustehen. Aber er war auch ehrlich genug zu sich selbst, um zuzugeben, dass er immer seinen Spaß gehabt hatte und dass man keine großen Überredungskünste brauchte, um Alvin von Briest zum Ausgehen zu bewegen.

Der Tag begann für die Offiziere so früh wie für die Mannschaften; Wecken war um halb sechs am Morgen. Er endete aber auch genauso früh. Am frühen Nachmittag war Dienstschluss, und das hieß für die Fähnriche und Lieutenants: Abmelden beim Kompaniechef, Eintrag ins Ausgangsbuch beim Kompaniefeldwebel und dann ein strammer Marsch in eines der Berliner Vergnügungsviertel, wo es Wirtshäuser und Schenken und Etablissements zur Genüge gab und zuweilen auch einen vermögenden Reisenden aus dem Ausland oder einem der deutschen Fürstentümer, der nicht abgeneigt war, sich die fröhliche Gesellschaft schneidiger preußischer Jungoffiziere etwas kosten zu lassen. Zum Beispiel ein spätes Mittagessen, an das sich nahtlos das Abendessen anschloss, einige Partien Billard mit hohen Wetteinsätzen in einem Hinterzimmer, Unmengen von Champagner, Bier und Schnaps und zum Abschluss der Besuch in einem Bordell, von dem die Offiziere ihrem Gönner meistens erfolgreich weismachten, dass es das beste in ganz Preußen war und dass er ohne ihre Gesellschaft niemals dort hineingekommen wäre. Das preußische Militär war überall respektiert, und vor allem Geschäftsreisende umgaben sich gern mit den Offizieren in ihren schmucken blauen Uniformen und versuchten, ihre bis zum Exzess verknappte Redeweise nachzuahmen und sich einzureden, dass ihre Großzügigkeit sie irgendwie an der Kameradschaft teilhaben ließ. Im Wedding befand sich eine große Postkutschenstation, so dass an derartigen Gönnern kaum jemals Mangel herrschte.

Außer im Winter, wenn die Reise über Land eine einzige Tortur war. Es war Mitte Dezember; Alvin und seine Kameraden waren ohne finanzielle Unterstützung von ziviler Seite unterwegs, und Alvin hörte die Stimme des Hauslehrers, der sagte: »Ein wahrer Edelmann weiß, wann er genug hat.«

Er schlug den Kragen seines grauen Offizierspaletots hoch und fröstelte trotz der Hitze von Wein und Bier und einem opulenten Abendessen, das er im Magen hatte. Einer seiner Kameraden hielt die Tür offen und drehte sich erstaunt um, als Alvin ihm nicht folgte. Aus der offenen Tür drangen Lachen, Klaviermusik, Wärme und der Duft von schwerem, die Sinne reizendem Parfüm. Alvin spürte, wie Erregung träge von ihm Besitz ergriff. Aber er hatte beschlossen, dass der Rat seines Hauslehrers heute mehr wog als eine halbe Nacht in Gesellschaft einer oder zweier schamlos seine Wünsche erfüllender junger Damen, für die er ein weiteres Mal beim Bordellwirt würde anschreiben lassen müssen.

»Na, Briest?«, rief sein Kamerad. »Kommen Sie heute noch? Kann nicht die ganze Nacht die Tür für Sie offen halten. Verdammter Bordellvater setzt mir sonst die Kohlen auf die Rechnung!«

»Vielen Dank«, sagte Alvin. »Heute nicht.«

»Verrückt geworden?« Der Lieutenant lachte. »Schon vergessen? Die zwei Hottentotten-Mädels, die heute da sein sollen?«

»Ich lasse Ihnen den Vortritt, Herr Kamerad.«

»Wie Sie wünschen!« Der Offizier trat ein und ließ die Tür zufallen. Alvin hörte noch, wie er den anderen zurief, dass Briest nicht mitkomme, wahrscheinlich weil er zu besoffen sei, um sich beim Galopp auf einer Stute halten zu können. Alvin lächelte schief. Vermutlich war es besser, wenn man das von ihm glaubte, als wenn man ihn des Geizes bezichtigte. Er starrte die Tür an, lauschte den gedämpften Fetzen von Gelächter und Musik und fröstelte erneut. Auf einmal erschien ihm die Aussicht, den langen Fußmarsch durch die Nacht und den nasskalten Dezemberwind zur Garnison allein zurücklegen zu müssen, als schwer erträglich. Er hatte schon einen Fuß auf die Treppe gesetzt, die zum Eingang des Bordells hochführte, doch dann straffte er sich. Ein preußischer Offizier stand zu seinen Entscheidungen!

Er wandte sich ab und stapfte davon. Er bereute seine Entscheidung schon jetzt, aber er wusste, dass er am Morgen froh darum sein würde. Es war nur, dass die Kälte und das Verlangen, das in ihm erwacht war, als er das Parfüm gerochen und sich an die vorherigen amourösen Abenteuer in diesem Etablissement erinnert hatte, ihn mit Macht dorthin zurücktreiben wollten. Seufzend senkte er den Kopf und verbarg das Gesicht in seinem aufgestellten Kragen. Der Wind, der in Stößen durch die Gassen fuhr, zerrte an seinem Tschako. Verdammt! Wieso waren es die eigentlich richtigen Entscheidungen, die einem am meisten zusetzten? Vielleicht wäre er doch noch umgekehrt, wenn nicht aus der Tür einer Schenke voraus, deren Eingang ein paar Treppenstufen unterhalb des Gassenniveaus lag, plötzlich ein Mann herausgestolpert wäre. Das trübe Funzellicht aus dem Inneren der Schenke spendete genug Licht, dass Alvin den Mann sehen konnte. Dieser drehte sich mit allen Anzeichen der Hektik einmal um sich selbst, dann erblickte er Alvin, zögerte kurz und rannte dann auf ihn zu.

»Polizei!«, stieß er keuchend hervor. »Schnell, Herr Wachtmeister, schnell, kommen Sie …«

Alvin stutzte. Das Licht in der Gasse war schlecht, aber doch nicht schlecht genug, dass der Mann nicht hätte erkennen können, dass ihn der Offiziersmantel und der Tschako getäuscht hatten. »Oh … entschuldigen Sie, Herr General …«

»Was ist los?«, fragte Alvin missmutig. Als der Mann sich

herumwarf, hielt er ihn fest. Er erntete einen ängstlichen Blick aus geweiteten Augen.

»Die murksen die beiden ab!«, brachte der Mann hervor.

»Wer murkst wen ab?«

»Da drin ... den Froschfresser und den anderen. Lassen Sie mich los, ich hol die Polizei!«

Der Mann stürzte davon. Er war klein und schmächtig gewesen, genau der Typ, der bei einer Kneipenschlägerei zuerst das Weite suchte – gern mit dem Zusatz, die Polizei holen zu wollen, ohne jedoch jemals wieder am Tatort aufzutauchen, mit oder ohne Polizei. Alvin sah ihm hinterher, dann betrachtete er den immer noch offenstehenden Eingang der Schenke. Er kannte den Ort vage; die Offiziere mieden ihn, weil er nicht ihrem Niveau entsprach, hauptsächlich aber deshalb, weil er von den gemeinen Soldaten gern aufgesucht wurde.

Waren Soldaten seines Regiments in eine Auseinandersetzung geraten? Warum hatte dann der Mann von einem Froschfresser geredet, dem aus der napoleonischen Zeit übriggebliebenen Schimpfwort für einen Franzosen? In Alvins Regiment gab es einige Soldaten aus dem Elsass, Abkömmlinge von Familien, die in der wechselvollen Geschichte ihrer Heimat stets der deutschen Seite die Treue gehalten hatten ...

Als Offizier besaß man Verantwortung für die Soldaten, ob sie nun aus dem eigenen Bataillon stammten oder von anderswo. Womöglich war es eine Fügung des Schicksals gewesen, dass Alvin den Bordellbesuch verschmäht hatte – weil er nun hier rettend eingreifen konnte. In der Regel kuschten auch Zivilisten vor einem preußischen Offizier; und wenn nicht, konnte man immer noch darauf hoffen, dass der Flüchtling von vorhin tatsächlich zur nächsten Gendarmeriestation rannte. Verstärkung würde also möglicherweise bald eintreffen.

Alvin sah sich vor seinem inneren Auge die Schenke betreten, eine Handvoll Soldaten durch sein entschlossenes Auftreten davor bewahren, lazarettreif geprügelt zu werden, sah sich zum heimlichen Helden der Mannschaften werden durch diese mutige Tat. Vage war ihm klar, dass ein Teil seiner Entschlossenheit von der Frustration kam, sich den Bordellbesuch nicht leisten zu können, und ein noch größerer Teil von Bier und Schnaps. Aber da war er schon unterwegs, eilte die Treppenstufen hinab, stieß die Tür ganz auf und rief mit seiner besten Exerzierplatzstimme: »Was wird denn hier gespielt? Stillgestanden, das Ganze!«

14

Für einen Augenblick fror die Szene ein zu einem jener Tableaus, die man auch fünfzig Jahre später noch so lebhaft vor Augen hat wie an dem Tag, an dem man mitten darin war.

Die Schenke war ein weiter Raum mit einer hohen Decke. Der Tür gegenüber befand sich ein langer Tresen, davor war ein freier Platz. Den restlichen Schankraum bevölkerten kleine Tische und Stühle, die eher hastig und kunstlos zusammengezimmert waren. Es war die Art von Schenke, in die man ging, um ernsthaft betrunken zu werden oder ein paar Runden Karten um verboten hohe Einsätze zu spielen, wissend, dass man betrogen wurde, wenn man selbst nicht der bessere Betrüger war.

Am Tresen, Schulter an Schulter und jeder eine Hälfte des Schankraums überwachend, standen zwei Männer. Ihnen zu Füßen lag ein offensichtlich Bewusstloser, einen grob genähten Totschläger aus Leder neben sich. Er hatte ihn anscheinend gar nicht zum Einsatz gebracht. Einer der zwei Männer am Tresen hatte den Wirt am Genick und drückte ihn mit dem Gesicht voran in eine Bierlache hinein, ohne den Schankraum aus den Augen zu lassen. Vor dem Tresen lag ein unterarmlanger Prügel aus poliertem Holz mit einem Ledergriff, der dem Wirt aus der Hand gefallen sein musste, als der Mann ihn gepackt hatte. Er machte rudernde Armbewegungen, ohne sich befreien zu können.

Die zwei Männer am Tresen waren ungefähr gleich groß und gleich kräftig, ansonsten hätten sie unterschiedlicher nicht sein können. Der eine, der den Wirt im Griff hatte, war dunkelblond, schlecht rasiert und trug die billigen graublauen, ausgebeulten Sachen eines Arbeiters. Der andere war schwarzhaarig, stellte ein gezwirbeltes Oberlippenbärtchen zur Schau und war in einen Anzug mit langem Rock, Weste und Schuhen mit Gamaschen gekleidet. Beide waren ganz offensichtlich keine Soldaten von Alvins Regiment.

Der Rest des Tableaus bestand aus etwa zwanzig Augenpaaren in den geröteten, gefurchten Gesichtern der Berliner Arbeiterschicht, die sich alle Alvin zugewandt hatten und ihn voll fassungsloser Feindseligkeit anstarrten.

Alvin räusperte sich, aber er ahnte, dass er seinen Auftritt verpatzt hatte. »Also?«, fragte er und hoffte, dass seine Stimme nicht zitterte. »Was wird hier gespielt?«

»Haunse ab, Herr General, ditt jehtse nüscht an«, knurrte jemand. Jemand anderer machte eine obszöne Geste in seine Richtung.

Alvin spürte, wie die Fassungslosigkeit aus dem Raum wich und nur noch Feindseligkeit zurückblieb. Er räusperte sich erneut. Was hatte er in der Ausbildung gelernt? Ein Offizier machte sich blitzschnell ein Bild von der Lage, fand ebenso schnell die angemessene Verhaltensweise darauf und setzte sie um, bevor der Feind mit einer Reaktion rechnete.

Zwei Männer am Tresen – der eine vermögend, der andere vielleicht sein Diener oder Kofferträger. Die Kneipenbesucher drauf und dran, sich auf die beiden zu stürzen. Die beiden Bedrängten waren keine Soldaten.

Es stimmte – die Sache ging ihn nichts an. Aber jetzt war er schon einmal hier, und es sah nicht so aus, als könne er auf einen würdevollen Rückzug hoffen. Und wenn ein preußischer Offizier sich überhaupt zurückzog, dann ausschließlich in Würde …

Was hatte der Kerl draußen gesagt? Ein Froschfresser …?

Alvin holte Atem und rief: *»Je peux vous aider, Messieurs?«*

Der Mann im Anzug erwiderte: *»Soyez le bienvenue, Monsieur.«*

Der Mann im Arbeiterzeug sagte: »Entweder helfen Sie uns oder suchen Sie das Weite, aber hören Sie auf, ausländisch zu schwätzen.« Er hatte in einem Dialekt gesprochen, den Alvin zu seiner großen Überraschung als bayerisch identifizierte.

Der hastige Wortwechsel löste die Starre im Raum endgültig. Drei Männer wandten sich mit bösem Grinsen Alvin zu, der Rest rannte zum Tresen.

Als Offizier lernte man zu kämpfen wie ein Gentleman: Fechten, Boxen, Ringen; die Ausbilder achteten darauf, dass die Zweikämpfe mit der nötigen Fairness abliefen. Alvin duckte sich unter einem wilden Schwinger, der den Tschako von seinem Kopf stieß, und revanchierte sich mit einer wuchtigen Geraden, die durch die mangelhafte Deckung seines Gegners hindurchstieß und auf eine Kinnspitze traf. Er fühlte, wie die Zähne seines Gegners zuschnappten, und sah diesen nach hinten taumeln und das Blut aus seinem Mund quellen – er musste sich die Zungenspitze abgebissen haben.

Dann fuhr er herum, blockte zwei schnell aufeinanderfolgende Schläge des zweiten Gegners ab, drehte die Hüfte, um einem Kniestoß zu entgehen, fand eine Lücke in der Deckung des Mannes und traf in rascher Folge einen Brauenbogen, einen Nasenrücken und einen Kiefer in einer blitzschnellen Kombination, die tiefer ging, je weiter die Fäuste des getroffenen Gegners herabsanken. Der Mann schwankte. Eine weitere Gerade, die ihn zwischen die Augen traf, schickte ihn zu Boden. Alvins Fäuste schmerzten, als hätte er gegen eine Wand geschlagen. Die Haut an den Knöcheln war aufgeplatzt. Er sah sich keuchend um und erkannte zweierlei: Er und die anderen beiden hatten nur eine Chance, wenn sie sich gemeinsam Rücken an Rücken verteidigten; und hier war nicht der Ort, fair zu kämpfen.

Schon gar nicht, wenn der dritte Gegner mit einem Stuhl in den hocherhobenen Händen auf einen zurannte, bereit, einem den Schädel damit zu zermalmen.

Der Stuhl krachte herab. Alvin sprang zurück, durch die offene Tür ins Freie hinaus, die ersten zwei Stufen hinauf. Der Kneipenbesucher stolperte nach vorn, als der Stuhl auf dem Boden zerbarst, ohne mehr angerichtet zu haben, als einen Knopf von Alvins Paletot zu reißen. Alvin schwang den Fuß, trat zu und hatte das befriedigende Gefühl, die Spitze eines schweren Militärstiefels auf etwas treffen zu spüren, das unter dem Anprall nachgab. Dann setzte er über den sich zusammenfaltenden Gegner hinweg wieder in die Schenke hinein.

Danach wurde es unmöglich, den Überblick zu behalten.

Einige der jungen Offiziere, darunter auch Alvin, hatten im Sommer Fecht- und Boxkämpfe vor den Augen der gemeinen Soldaten durchgeführt und das verächtliche Grinsen in den Gesichtern der altgedienten Unteroffiziere gesehen. Darauf angesprochen, hatte einer der Sergeanten gesagt: »Det is allet schön und jut, meene Herren, nur im Jewühle von die Schlacht hilft Ihnen det Jetue jar nüscht.«

Daraufhin waren die jungen Männer mehrere Nachmittage lang mit den Unteroffizieren hinter die Baracken gegangen und hatten sich zeigen lassen, was man tun musste, wenn einem im Gewühl der Schlacht das Getue nicht mehr weiterhalf. Die Unteroffiziere waren in Bier und Schnaps und Empfehlungen für eines der besseren Bordelle bezahlt worden; die Offiziere hatten etwas Lebensrettendes dazugelernt.

Alvin von Briest, nicht im Gewühl einer Feldschlacht, aber dennoch mitten drin im Kampf, wendete das Gelernte nun energisch an. Wenn einer von den Gegnern, die er zu Boden riss, wieder aufzustehen versuchte, trat er ihm zwischen die Beine. Wenn einer ein Messer herauszog, stieg er ihm mit voller Wucht auf die Finger, die das Messer hielten. Wenn einer zu beißen versuchte, hakte er ihm die Finger in die Nasenlöcher und riss daran. Wenn einer ihn an der Gurgel packte, befreite er sich mit einem Kopfstoß gegen die Nasenwurzel. Wo alles andere nicht half, biss er selbst zu und war nicht wählerisch, was er dabei erwischte, Hauptsache, das peinvolle Heulen des Gegners belohnte ihn dafür.

Die Knöpfe flogen von seinem Offiziersmantel, der Kragen wurde halb abgerissen, ein Ärmel trennte sich auf, seine Rippen schmerzten von den Treffern, die er erhielt, seine Unterlippe platzte auf, seine Augen tränten, und in seinen Ohren läuteten Glocken, aber er kämpfte sich zu seinen neuen Verbündeten durch, die ihrerseits Verheerungen unter den Angreifern anrichteten. Der Mann mit dem bayerischen Dialekt hatte einem Gegner einen steinernen Bierkrug abgenommen und benutzte diesen nun, um Schädel einzudellen. Der Franzose hatte sich den Prügel des Wirts geschnappt und bewegte ihn wie ein Schnitter die Sense. Sie traten jeder einen kleinen Schritt beiseite und nahmen ihn in die Mitte.

Die erste Angriffswelle zog sich zurück. Ein halbes Dutzend Verletzter lag in dem freien Raum zwischen dem Tresen und den Kneipenbesuchern und stöhnte. Lautes Keuchen und Ächzen hing im Raum. Alvin lief der Schweiß in die Augen. Er holte krampfhaft Luft und hob die Fäuste. Doch der Mob war noch unschlüssig. Wäre dies eine Schenke in einer der wirklich verrufenen Gassen gewesen, deren Besucher aus Kleinganoven und echten Kriminellen bestanden, wären Alvin und seine Mitstreiter jetzt bereits drei in den Bretterboden gestampfte Erinnerungen gewesen. Aber das Publikum hier, auch wenn es grob, aggressiv und streitlustig war, bestand doch fast ausschließlich aus Arbeitern und Tagelöhnern, die noch nicht gezwungen gewesen waren, den Schritt in die Kriminalität zu tun. Die Messer, die gezückt worden waren, waren mehr zur Einschüchterung gedacht gewesen, als jemandem damit den Bauch aufzuschlitzen.

Beide Fraktionen starrten sich an.

»Gestatten, Alvin von Briest«, sagte Alvin, ohne die Phalanx der Gegner jenseits des Niemandslandes aus den Augen zu lassen.

»Stéphane Flachat, *un plaisir*«, sagte der Franzose, der zu Alvins Rechter stand, den Prügel in beiden Fäusten.

»Paul Baermann«, sagte der Mann zu Alvins Linker.

Die Kneipenbesucher, die sich neu formiert hatten, rückten wieder näher. Abgebrochene Stuhlbeine tanzten über den Köpfen.

»Und jetzt?«, fragte Alvin.

»Jetzt machen wir ernst«, sagte Paul Baermann.

15

Die Polizei erschien, als Alvin gerade versuchte, einem Mann, der ihm den Hals zuhielt, mit den Daumen die Augen einzudrücken.

Die Polizisten bliesen auf ihren Pfeifen und wirbelten ihre Knüppel um die Handgelenke, aber selbst in seiner bedrängten Situation erkannte Alvin, dass sie sich so im Raum verteilten, dass die Tür frei blieb. Die Kneipenbesucher nutzten die taktische Einladung und suchten das Weite. Die Polizisten waren zu sechst. Den Gegner fliehen zu lassen, anstatt sich mit ihm zusammen in einem zum Schlachtfeld verkommenen Schankraum zu verbarrikadieren, war auf jeden Fall der klügere Teil der Tapferkeit.

Alvins Gegner riss sich los und torkelte seinen Kumpanen hinterher. Die Polizisten machten großes Aufhebens, die Besinnungslosen zu treten und so zu tun, als würden sie sie verhaften. Innerhalb kürzester Zeit war die Schenke leer bis auf die Opfer des Kampfs, den Wirt, der hinter dem Tresen gekauert hatte, die Polizisten sowie Alvin, Stéphane Flachat und Paul Baermann. Die drei rappelten sich mühsam auf. Alvin konnte nur hoffen, weniger zerschlagen auszusehen als seine Mitstreiter, aber die Hoffnung war nicht groß angesichts des dumpfen Pochens, das er überall am Körper verspürte.

Stéphane Flachat lehnte sich an den Tresen, hob eine Flasche hoch, die dort lag und in der noch ein Rest klarer Flüssigkeit zurückgeblieben war, setzte sie an und trank. Er schüttelte sich. »*Merde*«, keuchte er und stellte die Flasche zurück.

Paul Baermann hielt Alvin, der nur auf die Knie gekommen war, eine Hand hin. Alvin ließ sich von dem jungen Mann auf die Beine ziehen. Paul war einen halben Kopf größer als er, ähnlich wie Otto von Bismarck, nur mit breiteren Schultern, schmaleren Hüften und einem weniger blasierten Gesichtsausdruck. Zu dritt stützten sie sich am Tresen ab und musterten den Polizeisergeanten, der wiederum sie musterte.

Dessen Gesicht war starr und ungnädig, bis er unter Alvins total zerfetztem Mantel den blauen Uniformrock erkannte. Er straffte sich und zögerte …

»Salutieren Sie ruhig, Sergeant«, sagte Alvin und spürte, wie seine Lippe erneut aufsprang. »Ich bin Secondelieutenant Alvin von Briest, Garde-Reserve-Infanterie, Spandau.«

Der Sergeant salutierte respektvoll. Seine Blicke trafen die beiden anderen Männer. In Alvins Kopf überstürzten sich die Gedanken.

Die Schenke war verwüstet. Die Einzigen, derer die Polizei habhaft werden konnte und die nicht bewusstlos waren, waren sie drei. Wenn die Verletzten aufwachten, würden sie Stein und Bein schwören, dass sie nicht mit der Schlägerei angefangen hätten, und der Wirt, dessen Stammpublikum sie waren, würde zu ihnen halten. Alvin als Angehörigem des Militärs konnte die Polizei nichts anhaben, außer sich beim Regimentskommandeur über ihn zu beschweren – Alvin wusste, was Oberstlieutenant von Zenge tun würde, wenn man ihm berichtete, einer seiner Secondelieutenants habe eine Kneipe in Schutt und Asche gelegt, nämlich Alvin eine Viertelstunde lang vor dem Führungsstab des Regiments zusammenzubrüllen und ihn dann privat zu fragen, wie vielen verdammten Zivilisten er die verdammten Zähne ausgeschlagen habe, und ihm dabei ein Glas Champagner anbieten – aber die anderen beiden würden bestraft werden und Schadenersatz leisten müssen, wenn nicht …

»Meine Kameraden«, sagte Alvin und schlug die Hacken zusammen, wonach der Sergeant es ihm gleichtat. »Stéphane

Flachat aus Paris, Militärberater des Regimentsstabs; und Paul Baermann aus München, Militäringenieur beim Regimentsstab.« Alvin hatte keine Ahnung, woher die beiden wirklich kamen, aber er hatte den französischen Akzent des einen und den bayerischen Dialekt des anderen erkannt, und andere Städte waren ihm auf die Schnelle nicht eingefallen. Nur nicht zögern war die Devise, sonst wurde die Polizei misstrauisch!

Der Sergeant riss die Augen auf, begann zu salutieren, wurde sich bewusst, dass man nur vor einer Uniform zu salutieren hatte, zögerte und salutierte sicherheitshalber trotzdem, aber weniger schneidig als vor Alvin. Stéphane und Paul nickten würdevoll.

»Darf ich fragen, was hier geschehen ist?«, erkundigte sich der Sergeant.

»Kleine Auseinandersetzung«, sagte Alvin. »Nicht der Rede wert. Gut, dass Sie und Ihre Männer gekommen sind, sonst hätten wir noch mehr Köpfe zusammenschlagen müssen.«

»Zweifellos«, erwiderte der Sergeant trocken und bewies damit, dass er wie die meisten Sergeanten mehr Durchblick besaß, als er sich anmerken ließ. In seinem Gesicht regte sich kein Muskel. »Wünschen Sie, Anklage zu erheben?«

»*Ich* wünsche, Anklage zu erheben!«, meldete sich der Wirt kleinlaut zu Wort.

»Sie reden, wenn Sie gefragt werden«, wies ihn der Sergeant zurecht.

»Nein, wir wünschen keine Anklage«, erklärte Alvin. Er sah dem Wirt in die Augen, der aufgebracht von einem zum anderen schaute. »Obwohl wir das jederzeit tun könnten«, fügte er langsam hinzu.

Der Wirt zuckte mit den Augenlidern, dann schaute er

weg. Er war sich bewusst, dass er gegen drei Militärs den Kürzeren ziehen würde, so wie die Sachlage war. Alvin erkannte außerdem, dass er um seine Konzession bangte – es würden nämlich ein paar unschöne Einzelheiten über den Verlauf des heutigen Abends zur Sprache kommen, wenn er darauf bestand, Schadenersatz zu fordern.

»Ich will nur meine Ruhe haben und den Laden für heute zusperren«, murmelte der Wirt.

»Na, dann …« Der Sergeant sah von den dreien zur Tür und zurück. Sein Gesicht war weiterhin so unbewegt wie ein Stein. Alvin, dessen Achtung vor der Polizei aus der Erfahrung mit den Landgendarmen, nicht zuletzt heuer im Januar in Jerichow, nicht sonderlich groß war, erkannte, dass dieser Sergeant im Garde-Reserve-Regiment ein wertvoller Unteroffizier gewesen wäre. Wenn er Hauptmann oder Major gewesen wäre und über die Zusammensetzung einer Kompanie hätte bestimmen dürfen, hätte er ihm angeboten, sich zu melden. So nickte er ihm nur zu und schlurfte zum Ausgang. Stéphane Flachat und Paul Baermann folgten ihm unaufgefordert.

An der Tür hielt der Wirt sie auf. »Hier«, sagte er. Er drückte dem Franzosen eine Flasche in die Hand. Dem klaren Inhalt und dem fehlenden Etikett nach musste es selbstgebrannter Schnaps sein. Der Wirt sah zu Stéphane Flachat auf. »Nüscht für unjut«, murmelte er. »Det war nich so jemeint, wie et jesacht war, ja?«

Flachat nahm die Flasche nach einem winzigen Zögern entgegen. »Ich bin sicher, es war genauso gemeint«, sagte er leise und mit einem kaum wahrnehmbaren Akzent. »Aber ich nehme die Entschuldigung an. Dass Sie die Verantwortung für Ihre Gäste übernehmen, zeigt, dass Sie Anstand haben.«

Der Wirt brummte noch etwas, was Alvin nicht verstand. Sie traten in die Nacht und in die nasse Kälte hinaus. Alvin, der seinen Tschako beim Hinausgehen aufgehoben hatte, stülpte ihn sich auf den Kopf.

»Sie hat der Himmel geschickt, *mon ami*«, sagte Flachat. Er schüttelte Alvin die Hand. Dann schüttelte er sie Paul. »Und Sie erst recht. Ich bin Ihnen sehr dankbar.«

»Keine Ursache«, sagte Paul und grinste. Dann zuckte er zusammen und tastete über seine geschwollene Unterlippe. »Kruzifix.«

Alvin fragte überrascht: »Sie beide kennen sich gar nicht?«

»Jedenfalls nicht vor dieser Geschichte«, sagte Flachat.

»Wie ist es denn überhaupt dazu gekommen?«

»Wie Sie schon sagten – nicht der Rede wert.«

Es brauchte einiges Drängen, bis Alvin erfuhr, was geschehen war. Stéphane Flachat, der tatsächlich aus Paris kam und zu Besuch in Berlin war, hatte seine Begleiter abgeschüttelt, um das wahre Berlin kennenzulernen. In der Schenke war er zunächst völlig indifferent aufgenommen worden. Doch dann waren ein paar bereits angetrunkene Gäste hereingekommen und hatten, als sie Stéphane als Franzosen erkannten, zu pöbeln begonnen.

Ihre Pöbeleien hatten sich zunächst nicht gegen Stéphane gerichtet, aber gegen die Franzosen im Allgemeinen, und sie hatten den Trauerzug zum Inhalt gehabt, den man vor wenigen Tagen den sterblichen Überresten Napoleon Bonapartes in Paris gewidmet hatte. Die Urne des Kaisers war nach langen Diskussionen von Sankt Helena zurück nach Frankreich geholt und im Invalidendom beigesetzt worden. Mit dieser Verbeugung vor dem Mann, den ganz Europa gehasst hatte, hatte sich eine kleine Gruppe alter Offiziere und Politiker durchgesetzt. Die Mehrheit der Franzosen und vor allem der Pariser Bürger war durchaus gegen diesen Akt gewesen.

»Glauben Sie mir, *mon ami,* ich hätte mit den Gästen in der

Kneipe mitgepöbelt, wenn man mich hätte zu Wort kommen lassen«, sagte Stéphane. »Ich bin kein Freund des tränenvollen Angedenkens an den korsischen Massenmörder.«

Wie es sich in solchen Fällen immer verhielt, war die Pöbelei dann auf das weite Feld der persönlichen Beleidigung übergewechselt und hatte sich gegen diverse Gewohnheiten der Franzosen im Allgemeinen, die möglicherweise zweifelhafte Herkunft des einzigen französischen Gastes in der Schenke, die Paarungsgewohnheiten seiner Vorfahren und dessen leidige Anwesenheit im Besonderen gerichtet. Stéphane, dessen Deutsch vorzüglich und dessen Zorn mittlerweile groß war, hatte mit seinen Erwiderungen darauf nichts zu wünschen übriggelassen. Prügel hatten in der Luft gehangen. Dass Stéphane Flachat nicht gerade wie ein Schwächling aussah, hatte die Kneipenbesucher überzeugt, dass das Kräfteverhältnis nicht ungerecht verteilt war.

Stéphane klopfte Paul Baermann auf die Schulter. »Dann stand dieser Schutzengel hier auf.«

Paul, der sich bis dahin völlig schweigsam verhalten hatte, hatte sich von seinem Stuhl erhoben und ganz ruhig gesagt, dass nun der Spaß vorüber sei.

»Alle gegen einen, das geht nicht«, brummte Paul jetzt als einzige Erwiderung auf Stéphanes Lob.

Einen Augenblick hatte es so ausgesehen, als würden sich die Gemüter in der Schenke abkühlen. Paul und Stéphane waren zum Tresen getreten und hatten einen Schnaps bestellt. Die anderen Gäste waren beiseitegewichen. Stille war eingetreten.

Und ein verdammter Stänkerer hatte, als Stéphane sein Schnapsglas gehoben hatte, gerufen: »Vive l'Empereur!«

Stéphane hatte ihm den Schnaps ins Gesicht geschüttet. Ein Kneipenbesucher an Pauls Seite hatte gedankenschnell einen Totschläger aus der Tasche gezaubert. Paul hatte noch schneller zugeschlagen. Der Mann mit dem Totschläger war umgekippt und hatte keinen weiteren Anteil mehr am Geschehen genommen.

Der Stänkerer war zur Tür hinaus geflohen, laut nach der Polizei rufend. Der Wirt hatte den Fehler begangen zu glauben, er könne mit dem hinter dem Tresen versteckten Prügel für Ruhe sorgen, auch wenn er die Unschuldigen damit niederschlug, und war von dem erneut blitzschnell reagierenden Paul über seinen Irrtum aufgeklärt worden.

Dann war Alvin hereingekommen.

Die Schilderung des Geschehens geschah zuerst stockend, dann, als Stéphane und Paul die Komik der Situation erkannten und die Schnapsflasche genügend oft herumgegangen war, mit einem immer breiteren Grinsen in den Gesichtern der Erzählenden. Alvin konnte nicht anders, als ebenfalls zu grinsen.

Paul blieb plötzlich stehen. »Ich muss hier abbiegen«, sagte er und gestikulierte in eine Gasse hinein.

Stéphane schüttelte den Kopf. »Kommen Sie mit zu mir in meine Hotelsuite«, sagte er. »Sie beide. Bitte. Ich möchte Ihnen sagen, wozu ich hier in Berlin bin und mit wem Sie es eigentlich zu tun haben. Und dann möchte ich Ihnen ein Angebot machen.«

16

Stéphane Flachat bewohnte eine Suite im Hotel Ville de Rome in der Charlottenstraße. Es war ein langer Fußmarsch dorthin, den die drei Männer vermutlich nur deshalb ohne weitere unliebsame Begegnungen überstanden, weil es für das

Gesindel zu kalt war, um draußen herumzulungern. Ohne Alvins Uniform wären sie auch nicht zum Stadttor hineingekommen, und ohne die großzügige Bestechung Stéphanes hätten die Torwächter sie wahrscheinlich trotzdem eine ganze Weile warten lassen.

Alvin spürte jeden einzelnen Schritt; in der Kälte schien der Schnaps keinerlei betäubende Wirkung zu haben. Er hatte den Verdacht, dass er mehr Treffer abbekommen hatte als seine beiden Mitstreiter. Außerdem begann er, sich zu fragen, ob er sich nicht doch besser verabschieden sollte. Er hatte wie alle Offiziere Ausgang bis zum Wecken, aber er hatte keine Ahnung, wie spät es war, und er schätzte, dass es von hier bis zur Garnison in Spandau mindestens zwei Stunden zu Fuß waren. Auf dem Herweg hatten er und seine Kameraden einen der »Kremser« gemietet, die sich stets um den Dienstschluss herum vor der Garnison einfanden, weil deren Kutscher wussten, dass mit den erlebnishungrigen jungen Offizieren Geld zu verdienen war. Seit vor fünfzehn Jahren die ersten Droschken des Fuhrunternehmers Simon Kremser mit königlicher Erlaubnis am Brandenburger Tor hatten Aufstellung nehmen dürfen, hatten die zunächst für Personentransporte innerhalb der Stadtgrenzen zu mietenden Kutschen mittlerweile Berlin und Umgebung erobert. Den Rückweg würde Alvin dennoch wohl auf Schusters Rappen antreten müssen.

»Wir sind gleich da«, sagte Stéphane, als hätte er Alvins Gedanken gelesen. »Selbstverständlich nehmen Sie vom Hotel aus eine Droschke zu Ihrer Garnison. Ich komme dafür auf.«

»Nicht nötig«, wehrte Alvin stolz ab und hoffte inständig, dass der Franzose sich davon nicht beeindrucken ließ.

Die Suite, die Stéphane Flachat bewohnte, war eingerichtet, wie Alvin sich einen orientalischen Palast vorstellte. Zu seiner Verblüffung gab es sogar eine Nische mit einem Waschgeschirr, das sein Wasser über einen an einem Rohr angeschlossenen Wasserkran bezog. Selbst auf Gut Briest war man, was das Frischwasser betraf, auf den Brunnen im Gutshof angewiesen.

Der Franzose lud sie ein, sich Gesicht und Hände zu waschen, bevor er sich selbst säuberte. Alvin konnte erkennen, dass Paul Baermann sich in dem Prunk unwohl fühlte und sich von den Wänden und den Möbeln fernhielt, als könnte er etwas durch seine bloße Berührung beschmutzen. Als ihre Blicke sich trafen, schien es, als hätte Paul seine Gedanken gelesen, denn er grinste schief, zuckte mit den Schultern und hob seine Pranken. Alvin sah die schwarzen Ränder von Schmiere und Fett, die man auch durch hartnäckiges Schrubben nicht so leicht loswurde. Die Hände der Unteroffiziere und Mannschaften in Alvins Regiment sahen ebenso aus – vom Reinigen des Lederzeugs, dem Putzen der Offiziersstiefel und von der Wartung der Gewehre. Besonders der ölige Ruß vom Putzen der Gewehrläufe ätzte sich in die Haut ein wie eine Tätowierung.

»Was arbeiten Sie?«, fragte Alvin.

»Ich kümmere mich um die Wagen in der Postkutschenstation. Ich hab eine Lehre gemacht bei einem Kutschenbauer in München.«

Alvin lächelte verständnislos. »Wo?« Er hatte *Mingga* verstanden.

»In München«, sagte Paul in einem vergeblichen Versuch, nicht allzu bayerisch zu klingen. Er wurde rot.

»Wie kommen Sie denn von München hierher nach Berlin?«

»Das ist eine lange Geschichte …« Paul seufzte.

Die beiden jungen Männer sahen sich an. Plötzlich hatte Alvin das Gefühl, dass es ihm so ging wie vorher Paul Baermann: Er glaubte, die Gedanken seines Gegenübers aus dessen Blicken erraten zu können. »Pech gehabt?«, fragte er leise.

»Hätte schlimmer kommen können«, erwiderte Paul und sah dabei aus, als ob er sich etwas noch Schlimmeres nicht wirklich vorstellen konnte. Ohne nachfragen zu müssen, wusste Alvin, dass Paul Baermann Zukunftspläne gehabt hatte, die geplatzt waren, und dass er sich dort, wo er jetzt war, völlig fehl am Platz fühlte. Er erinnerte sich daran, wie es ihm nach der Testamentseröffnung seines Vaters gegangen war, und fand plötzlich zu seiner eigenen Überraschung, dass er Paul tröstend auf die Schulter klopfte. »Es kommt immer wieder eine zweite Chance«, sagte er.

Paul erwischte Alvin völlig unvorbereitet, indem er fragte: »Was wäre denn Ihre erste Chance gewesen?« Er deutete auf Alvins Uniform, als wolle er hinzusetzen: ... *wenn das Militär nicht Ihre erste Wahl gewesen ist?*

Alvin suchte nach Worten. Eigentlich ging es Paul Baermann überhaupt nichts an, warum er sich für das Militär entschieden hatte. Doch da fühlte er bereits den Drang, es ihm zu erzählen. Es war seltsam. Selbst von den Kameraden, die er seit Monaten kannte, wussten nur wenige von der Ungerechtigkeit, mit der Alvin im letzten Willen seines Vaters abgespeist worden war.

»Der Nachlass meines Vaters wäre meine erste Chance gewesen«, sagte er. »Wenn er mir darin eine Chance gegeben hätte.«

»Ihr Vater ist gestorben? Mein Beileid.«

»Ist schon fast ein Jahr her. Vielen Dank trotzdem. Nicht dass ich zum Zeitpunkt seines Todes mehr Trauer empfunden hätte als Wut ...«

Paul musterte ihn. »Haben Sie einen älteren Bruder, der alles geerbt hat?«

»Richtig.«

»Ich habe eine ältere Schwester.«

»Und warum suchen Sie hier in Berlin eine zweite Chance?«

»Weil ich mir die erste selbst versaut habe.«

»Oh«, machte Alvin und fühlte Verlegenheit in sich aufsteigen. Er versuchte, sie zu verdrängen. »Aber die Arbeit in der Postkutschenstation ist keine zweite Chance für Sie, nehme ich an?«

Paul schüttelte den Kopf. »Die Arbeit brauche ich, um mir was zu essen und ein Bett unterm Hintern leisten zu können. Und um genügend wegzusparen, damit ich eine zweite Chance ergreifen kann.«

Bevor Alvin dazu kam, Paul zu fragen, was er sich darunter vorstellte, trat Stéphane Flachat zu ihnen. Der Franzose hatte an der Tür der Suite ein gemurmeltes Gespräch mit einem Hoteldiener geführt und strahlte jetzt übers ganze Gesicht.

»Setzen Sie sich, *mes amis*«, sagte er und wies zu einem Tisch. »Wir werden gleich Champagner und eine späte Mahlzeit bekommen.« Er konsultierte eine Uhr, die er aus der Westentasche zog. »Oder eine frühe, wenn man so will.«

»Ich glaube, ich muss nun wirklich los, um rechtzeitig einpassieren zu können«, sagte Alvin.

»Unsinn. Die Droschke bringt Sie in null Komma nichts zu Ihrer Garnison. Setzen Sie sich. Sie beide. Bitte.«

In Stéphanes Suite war es hinreichend warm von den Überresten eines Feuers im Kamin. Alvin schälte sich aus seinem Offiziersmantel, dessen einer Ärmel dabei abfiel. Er bückte sich danach und sah sich verlegen um. Stéphane deutete auf einen Sessel; Alvin legte das zerfetzte Kleidungsstück darüber und fragte sich, ob einer der anderen Secondelieutenants einen übrigen Paletot hatte, den er sich ausleihen könnte. Andernfalls würde er, bis sein Offiziersbursche die traurige Ruine geflickt hatte, nur im Uniformrock draußen in der Kälte herumlaufen müssen.

»Ich möchte Ihnen beiden nochmals von Herzen danken«, begann Stéphane. »Ihnen, Paul, dass Sie mir in der Schenke einfach so beigesprungen sind, und Ihnen, Alvin, dass Sie nicht nur zu unseren Gunsten in die Schlägerei eingegriffen, sondern auch noch mit einer glatten Lüge verhindert haben, dass Paul und ich verhaftet wurden. Selten habe ich eine unbewegtere Miene bei einem Mann gesehen, der einem anderen so unverschämt ins Gesicht log.«

»Der Sergeant hat es trotzdem durchschaut.«

»Wenn ein Sergeant einen vorgesetzten Offizier nicht mehr durchschauen kann, ist die Welt am Ende«, erklärte Stéphane vergnügt. »Glauben Sie nicht, dass er im Grund dankbar war, einen Vorwand zu haben, uns *nicht* verhaften zu lassen? All der Papierkram! So viel weiß ich jetzt schon von Preußen – dass Ihr Land eine Bürokratie besitzt, mit der sich ganze Kontinente verwalten ließen.«

»Wir wollen ja auch noch wachsen«, sagte Alvin und gab Stéphanes Grinsen zurück.

Es klopfte an der Tür. Der Hoteldiener kam mit einem Tablett voller Speisen und einer Flasche Champagner herein. Auf Stéphanes Nicken stellte er das Tablett auf einer Kommode ab, öffnete den Champagner mit ein paar kunstfertigen Griffen und goss drei Kelche voll. Auf ein weiteres Nicken raffte er Alvins zerfetzten Paletot auf.

»He, Moment mal!«, rief Alvin.

»Er bringt den Mantel nur zu einer Näherin«, sagte Stéphane. »Spätestens morgen Mittag lasse ich ihn zu Ihnen in die Garnison liefern.«

»Aber das ist jetzt wirklich nicht nötig …«

Stéphane legte einen Finger an die Lippen und hob den

Champagnerkelch, den der Hoteldiener vor ihm abgestellt hatte. »Wir trinken darauf, dass Paul mich gerettet hat ...«, er stieß sein Glas mit dem Pauls zusammen, der errötete, »... und darauf, dass Alvin uns beide gerettet hat.« Alvins und Stéphanes Glas klangen zusammen. »Und ich will nichts mehr hören von wegen, dass irgendetwas nicht nötig gewesen wäre! Bitte geben Sie mir Gelegenheit, mich so gut zu revanchieren, wie ich kann.«

»Wir haben nichts Besonderes gemacht«, sagte Paul.

»Ich revanchiere mich ja auch mit nichts Besonderem«, erwiderte Stéphane. »Der Champagner und das Essen – das ist nur *hospitalité française*. Übrigens: Probieren Sie die Austern! Sind in Moselwein pochiert. Köstlich. Also, was ich Ihnen als Dankeschön anbiete, ist ... eine Menge Arbeit.«

Paul und Alvin wechselten einen ratlosen Blick. Stéphane sah aus wie eine zufriedene Katze, der noch die Sahne in den Schnurrhaaren hängt.

»Wissen Sie, was das größte Abenteuer unserer Zeit ist?«, fragte Stéphane. »Nein? Den Menschen die Freiheit zu geben, ihren Horizont zu erweitern. Und wenn ich das sage, meine ich es buchstäblich.«

Alvin war noch immer so ratlos wie zuvor, doch in Pauls Augen sah er plötzlich einen Glanz aufschimmern, der vorher nicht da gewesen war. Das unrasierte, von Faustschlägen geschwollene Gesicht des Münchners bekam eine neue Spannung. Paul nickte. Stéphane grinste noch breiter und nickte ebenfalls.

»*Exactement*«, sagte der Franzose.

»Haben Sie damit zu tun?«, fragte Paul atemlos und stellte das leere Champagnerglas achtlos so auf den Tisch, dass es beinahe heruntergefallen wäre. Er fing es ab, ohne hinzusehen, und stellte es ordentlich ab.

»*C'est possible*«, erwiderte Stéphane, aber so wie er es sagte, hätte er auch laut rufen können: »*Mais oui, certainement, sans faute!*«

Paul lehnte sich zurück. Das Funkeln in seinen Augen hatte sich noch verstärkt. »Kruzifix«, sagte er voller Respekt.

»Ich komme mir vor wie Bolle auf dem Pfingstausflug«, erklärte Alvin. »Was habe ich nicht mitgekriegt, was Sie beide offenbar sofort verstanden haben?«

Stéphane wandte sich an ihn. »Erweiterung des Horizonts, mein Freund? Was fällt Ihnen dazu ein?«

»Lernen?«, riet Alvin. »Neue Kenntnisse, neue Fertigkeiten …«

»Und was noch?«

Alvin lächelte und sagte, obwohl er wusste, dass es auch nicht stimmen konnte, aber eine Möglichkeit erkannte, seinen Gastgeber freundlich auf den Arm zu nehmen: »Die Liebe? Wenn ein Franzose damit zu tun hat, muss es die Liebe sein.«

Stéphane lachte.

Paul rief ungeduldig: »Das Reisen! Jesus, Maria und Joseph!«

»Reisen? Seit wann erweitert das den Horizont? Man reist, weil man muss.«

»So war es bisher«, bestätigte Stéphane. »Geschäftsreisen. Beerdigungen. Der Versuch, woanders Fuß zu fassen.« Er wies auf Alvins Uniform. »Militärische Gründe. Wie Sie gesagt haben: Man reist gezwungenermaßen. Weil es teuer und extrem unkomfortabel ist.«

»Nicht mehr lange!«, sagte Paul mit Nachdruck.

»Meine Herren«, sagte Stéphane und schenkte dabei Paul nach, »erheben Sie mit mir das Glas. Auf *Le Grand Stern*!«

»Die Eisenbahn!« Pauls Stimme hätte nicht begeisterter klingen können.

Alvin blickte von einem zum anderen. »Die Eisenbahn?«

»Mein Bruder Eugène ist der Chefingenieur der Bahngesellschaft Paris-St. Germain«, sagte Stéphane. »Ich arbeite dort ebenfalls, als Ingenieur und als seine rechte Hand. Eugène hat die Strecke von Paris nach Le Pecq gebaut, die erste französische Eisenbahnstrecke, die ausschließlich mit Dampflokomotiven betrieben wird. Das war vor drei Jahren.« Stéphane hob das Glas in Pauls Richtung. »Zwei Jahre nach der Strecke von Nürnberg nach Fürth, Ihre erste dampflokbetriebene Eisenbahnverbindung. Ich kann Ihnen sagen, wie beeindruckt mein Bruder davon war und wie er sich geärgert hat, nicht auf den Gedanken gekommen zu sein, die Hilfe eines englischen Ingenieurs zu beanspruchen. Wir hätten Ihrer König-Ludwig-Eisenbahn William Wilson weggekauft, verlassen Sie sich drauf.« Er lächelte breit, doch auf Pauls Gesicht fiel ein Schatten. Stéphane schien ihn nicht wahrzunehmen, doch Alvin merkte auf.

»Derzeit bauen wir eine Linie von Paris nach Rouen. Aber das ist mittlerweile schon ein kleiner Fisch. Wir haben viel größere Pläne. Haben Sie schon von Legrands Sternkonzept gehört?«

Paul schüttelte den Kopf, und Alvin war geradezu erleichtert, diesmal nicht der einzige Ignorant zu sein.

»Frankreich soll mit einem Eisenbahnnetz erschlossen werden, das sternförmig auf Paris ausgerichtet ist mit der Hauptstadt als Mittelpunkt. Daher nennen wir es *Le Grand Stern*. Legrand hat vor zwei Jahren das Konzept dazu entwickelt. Mein Bruder und noch ein paar andere erstellen dazu die Pläne. König Louis-Philippe will sie als Grundlage für ein Gesetz verwenden, das die Intervention des Staats beim Eisenbahnbau regelt. Wir wollen den Ausbau der Eisenbahn nicht nur dem Privatkapital überlassen.«

Stéphane lächelte Paul und Alvin an. »Noch Champagner?«

Paul sagte: »Sind Sie hier in Berlin, um sich Anregungen zu holen?«

Stéphane lachte schallend. »Die deutschen Länder haben die Nase vorn, was den Eisenbahnbau betrifft, das ist richtig. Sie haben schon eine richtige Fernverbindung gebaut – von Leipzig nach Dresden. Einhundertzwanzig Kilometer, und es gibt sogar einen Tunnel! So weit sind wir in Frankreich noch nicht, aber wir holen das noch auf, verlassen Sie sich drauf. Nein, mein Bruder hat mich mit einem ganz anderen Auftrag hierhergeschickt: Ich soll zusammen mit den fortschrittlichsten deutschen Staaten eine Möglichkeit zur Zusammenarbeit erkunden. Denn was ist der nächste sinnvolle Schritt nach einem französischen Eisenbahnnetz?«

»Ein europäisches Netz«, sagte Paul atemlos.

»Unter französischer und deutscher Führung, unterstützt von englischer Eisenbahntechnik! Stellen Sie sich das vor, meine Herren! Eine Zusammenarbeit der drei mächtigsten Staatengebilde in Europa zum Nutzen aller. Wir werden nicht nur zusammenarbeiten, wir werden zusammen*wachsen*! Wie drei Brüder, die ihr Erbe gemeinsam verwalten! Und unter unserer Leitung wird ganz Europa zusammenwachsen, entlang der Schienen unserer Eisenbahn! Auf eisernen Rädern und auf den Flügeln des weißen Dampfs werden wir den Frieden in unsere Zeit transportieren!«

»Sie Glücklicher!«, stieß Paul hervor. Er hatte Tränen in den Augen. »Sie Glücklicher, daran beteiligt sein zu dürfen! Die Eisenbahn!«

Stéphane sagte zu Alvin: »Sie sind skeptisch? Weil Sie fürchten, dass dadurch das Militär überflüssig wird?«

»Ich habe noch gar nicht so weit gedacht. Ich erinnere mich lediglich an einen Vorfall mit der Eisenbahn in meiner Heimatprovinz, nicht weit von hier. Möglicherweise kann die Eisenbahn Frieden bringen; aber dem Frieden voraus habe ich nur Raffgier, Eigennutz und Ungerechtigkeit herankommen sehen.«

Paul sagte: »Aber das sind Kleinigkeiten, verglichen mit den Wundern der neuen Zeit, die die Eisenbahn erschließt!«

»Ah! Ich habe mir gleich gedacht, in Ihnen einen Mann zu finden, der meine Begeisterung teilt, *mon ami*! Ich habe es in Ihren Augen gesehen, als ich nach dem größten Abenteuer unserer Epoche fragte. Das Abenteuer der Erschließung der Welt mit der Dampfeisenbahn, dem modernsten Fortbewegungsmittel aller Zeiten! Haben Sie mit der Eisenbahn zu tun?«

Erneut fiel der Schatten über Pauls Gesicht. Diesmal erkannte ihn auch Stéphane Flachat. »Oh«, sagte er. »Entschuldigen Sie. War ich indiskret?«

»Ich habe nichts mit der Eisenbahn zu tun. Ich repariere Kutschen – das Fortbewegungsmittel von vorgestern. Und ich bin selbst schuld daran.«

»Was ist passiert?«

Alvin hielt die Luft an, als Paul nach Stéphanes Frage den Kopf hob. Er hätte nie gewagt, diese Frage zu stellen angesichts der düsteren Miene, die Paul aufgesetzt hatte. Doch die Leidenschaft Stéphanes machte ihn offensichtlich unempfindlich für die feineren Nuancen der zwischenmenschlichen Kommunikation.

»Ich wollte nach England reisen«, sagte Paul nach langem Zögern. Zu Alvins Erstaunen wandte er sich nicht an den Franzosen, sondern an ihn – als sei es ihm wichtig, dass er, Alvin, seine Beweggründe verstand. »Ich hatte einen Lehrvertrag mit Robert Stephenson in Newcastle. Das Geld dafür habe ich verdient, indem ich Latrinen in München aushob. Auf der

Reise nach Calais machte ich einen Abstecher nach Nürnberg, um den Adler zu sehen.«

»Den Adler?«, fragte Alvin verständnislos.

»Die Lok, die die erste dampfbetriebene Eisenbahnstrecke in Deutschland bewältigte«, erklärte Paul. »Ich war ein Depp. Ich wollte die Lok so dringend sehen, dass ich in den Bahnhof einbrach. Dabei beschädigte ich die Maschine. Wenn sich William Wilson nicht persönlich für mich eingesetzt hätte, würde ich heute in Nürnberg im Gefängnis sitzen. Er hat die Gesellschaft davon überzeugt, dass man sich mit zweitausend Gulden zur Reparatur des Adler zufriedengab – statt von mir die fünftausend Gulden zu fordern, die die Reparatur tatsächlich gekostet haben dürfte. Die zweitausend Gulden waren so ziemlich alles, was ich hatte. Mit dem restlichen Geld kam ich noch bis hierher, weil ich hoffte, dass sich in Berlin eine neue Chance für mich ergeben würde. Seitdem schmiere ich die verdammten Postkutschenachsen. Ich habe nämlich eine Lehre als Kutschenbauer. So!« Er erhob sich plötzlich. »Und nachdem das gesagt ist, verabschiede ich mich. Sie, Herr von Briest, sind ein Edelmann, und Sie, Herr Flachat, sind der großzügigste Mensch, der mir je begegnet ist. Sie werden nichts mehr mit mir zu tun haben wollen.«

»*Merde*«, sagte Stéphane mit viel Gefühl. »Setzen Sie sich wieder hin, Sie großes Kind.«

Paul plumpste mit allen Anzeichen des Erstaunens wieder auf seinen Stuhl. Stéphane beugte sich vor und schenkte ihm und dann Alvin erneut nach.

»Wollen Sie wissen, was Sie getan haben, Paul? Sie sind Ihrem Herzen gefolgt. Als Sie den Adler sehen wollten genauso wie heute Nacht in der Schenke. In Nürnberg haben Sie den Adler beschädigt und den bekanntesten Eisenbahningenieur Deutschlands beeindruckt, sonst hätte er sich nicht für Sie eingesetzt. Heute Nacht haben Sie mich beeindruckt. Was kümmert es mich, dass Sie dem Adler ein paar Dellen verpasst haben? Heute in der Schenke haben Sie einem Haufen Narren ein paar Dellen verpasst und mir dadurch die Haut gerettet. Ich mag Männer, die ihrem Herzen folgen; mein Bruder ist so ein Mensch, ich bin so ein Mensch.«

Paul starrte ihn an. Sein Mund arbeitete, aber nichts kam heraus.

»Ich komme nun zu dem Angebot, das ich Ihnen unterbreiten möchte«, sagte Stéphane. »Jetzt, da ich um Ihre Leidenschaft weiß, tue ich es mit doppeltem Nachdruck. Kommen Sie mit mir nach Paris! Helfen Sie meinem Bruder und mir, ein französisch-deutsches Eisenbahnnetz zu bauen und damit Europa zu erschließen! Bauen Sie mit an unserem Traum! Und das gilt auch für Sie, Alvin. Ich habe gehört, als was Sie sich dem Gendarmeriesergeanten vorgestellt haben. Sie sind Secondelieutenant. Bei allem Respekt, *mon ami* – aber wie lange wollen Sie das bleiben? Ein subalterner Offizier? Bis eine Hauptmannsstelle frei wird, in die nicht schon jemand drängt, der bessere Beziehungen zum Kriegsministerium hat als Sie? Begleiten Sie mich als Verbindungsoffizier. Wenn Frankreich und Deutschland beim Eisenbahnbau zusammenarbeiten, müssen wir auch auf militärischem Gebiet zusammenarbeiten. Unsere Völker haben so oft aufeinander geschossen; es wird Zeit, dass sich französische und deutsche Militärs über gemeinsame Pläne hinweg die Hände schütteln. Sie sind preußischer Offizier. Preußen ist der mächtigste Staat in ganz Deutschland. Nach Ihrem Beispiel werden sich alle anderen richten.«

»Jesus, Maria und Joseph«, flüsterte Paul. Diesmal lief ihm eine Träne über die Wange. Er schien erschüttert zu sein. Die Hände in seinem Schoß kneteten einander.

»Wie soll das gehen?«, fragte Alvin, während er sich gleichzeitig fassungslos fragte: Kann das sein? Können innerhalb eines Jahres zwei Retter in meinem Leben auftauchen? Zuerst Bismarck und jetzt Flachat?

»*Mon ami*«, sagte Stéphane und schlürfte die letzte Auster, »ich bin ein Eisenbahner. Was glauben Sie, welch gute Verbindungen ich überallhin habe?«

17

Das Jugendgefängnis La Roquette war ein Neubau, der noch von König Charles X. in Auftrag gegeben und vor zehn Jahren fertiggestellt worden war. Er erhob sich im elften Arrondissement als wuchtiges Panopticon mit einem zentralen Wachgebäude, von dem aus die Zelltrakte in Strahlenbauweise abgingen. Man konnte es schlimmer treffen, als hier inhaftiert zu werden; einige der anderen zwölf Pariser Gefängnisse waren veritable Schreckenshäuser.

Louise Ferrand war dies kein Trost. Sprachlos vor Angst kauerte sie den ganzen Tag nach ihrer Festnahme auf dem Lager in der Zelle, die sie mit drei Mädchen aus der Gasse teilte. Ihr Entsetzen nahm sogar ihre Zellengenossinnen für sie ein, so dass diese sie in Ruhe ließen, anstatt sie zu piesacken. Sie hatten sie sogar einmal verteidigt, als eine Gruppe anderer Insassinnen während des Ausgangs die Zelle betreten und mit der Neuen ihren Spaß haben wollte.

Die Nacht war noch übler als der Tag und schlimmer, als wenn sie irgendwo in der Wildnis hätte übernachten müssen. Bei jedem Geräusch, das von überall und nirgendwo kam und durch den langen Gang des Frauentrakts hallte, war sie zusammengezuckt und hatte mit wild klopfendem Herzen in die Finsternis gelauscht. Jedes Seufzen, jedes Stöhnen, jedes unterdrückte Schluchzen ließ ihr einen Schauer über den Körper laufen, verkrampfte ihre Muskeln in immer neuem Erschrecken. Ihre Blase brannte wie Feuer, weil sie untertags nicht gewagt hatte, den Eimer in der Ecke zu benutzen. Jetzt, in der Nacht, wagte sie es erst recht nicht, um ihre Zellengenossinnen nicht zu wecken. Sie wand sich vor Angst und Schmerzen auf ihrem Lager, bis sie es doch nicht mehr aushielt und sich über den Eimer kauerte, aus dem der Geruch von Urin und Fäkalien aufstieg. Louise würgte trocken. Das Plätschern schien ihr so laut, dass man es im ganzen Zellentrakt hören musste, und es schien kein Ende zu nehmen. Das viel zu lange zurückgehaltene Wasser brannte wie Feuer durch ihre Harnwege. Als sie fertig war und sich aufrichtete, um ihren Anstaltskittel wieder herabzustreifen, blickte sie direkt in die Augen eines der Gassenmädchen, die in dem schwachen Licht glitzerten, das von dem mit Gaslampen beleuchteten Gang durch das Fenster in der Tür fiel. Das Mädchen musterte sie unverwandt und ohne zu blinzeln.

Louise traten die Tränen in die Augen vor Scham und Schreck. Sie drückte sich seitlich an der Wand entlang und floh auf ihre Lagerstatt, wo sie sich in die raue Decke einrollte und sich auf die Knöchel biss, um nicht weinen zu müssen. Sie war in der Hölle.

Am Mittag des zweiten Tages kam Pierre Charrier. Zu diesem Zeitpunkt war Louise, die sich durch den ersten Tag und die Nacht mit der Hoffnung gequält hatte, dass entweder er oder ihre Mutter jede Minute kommen und sie hier herausholen würden, ein nervliches Wrack. Als sie ihn im Besucherraum stehen sah, sank sie auf den Boden und begann zu schluchzen.

Pierre Charrier war ihr Freund. Vielleicht würde er irgendwann in der Zukunft auch einmal ihr Liebhaber sein – wenn es für sie nach diesem Gefängnisaufenthalt überhaupt noch eine Zukunft gab. Sie hing an ihm, als würde er gleichzeitig ihren Vater und den großen Bruder ersetzen, den sie nie gehabt hatte. Er war der Erste gewesen, der sie und ihre Mutter in ihrer neuen Behausung in La Villette aufgesucht und willkommen geheißen hatte. Er hatte sich ihrer angenommen und die ungeschriebenen Regeln erklärt sowie die Namen der Leute genannt, die man besser mied, und die der anderen, denen man vertrauen konnte. Er hatte ihnen beiden geholfen und war dabei stets freundlich geblieben. Von den meisten Nachbarn hingegen konnte man nicht behaupten, dass sie freundlich waren.

Das Quartier lag außerhalb der Stadtgrenzen, was die Preise erschwinglicher machte als innerhalb von Paris und was dazu geführt hatte, dass sich die Arbeiter am untersten Ende der Einkommensstufe dort angesiedelt und die Kapitalisten ihre Fabriken und Lagerhäuser gebaut hatten. Außerdem lebten unverhältnismäßig viele Auswanderer aus den deutschen Fürstentümern, die auf dem Weg nach Amerika nicht weiter als bis nach Paris gekommen waren, in La Villette, was die Preise nochmals drückte; wer mochte schon in der Nähe der verachteten Alboches wohnen? Wer nicht in den Fabriken oder an den verschiedenen Warenumschlagplätzen der Seine-Kais arbeitete, fand sein Auskommen als Hilfsarbeiter auf dem Viehmarkt und in den Schlachthäusern, wo mehr deutsch als französisch gesprochen wurde. Bevor Louise den realen Schrecken des Gefängnisses kennengelernt hatte, war ihr als das schlimmste Los, das sie und ihre Mutter treffen konnte, die Notwendigkeit erschienen, eine Arbeit suchen und unter irgendwelchen Deutschen irgendwelche schweren, stumpfen

Tätigkeiten verrichten zu müssen. Dass die verelendeten Deutschen im Allgemeinen nicht übler waren als die verelendeten Franzosen, dass sie am Sonntag genauso betrunken waren und ihre Frauen und Kinder schlugen und auf Beerdigungen von Familienmitgliedern genauso weinten oder ebenso rauften wie die Einheimischen, war Louise zwar schon aufgefallen, aber die Abneigung gegen die Nachbarn jenseits des Rheins wurde dadurch nicht geringer.

Amélie Ferrand hatte nicht abgewartet, bis das Geld von Alexandre DuPlessys – der Hurenlohn, wie sie nach dem Abklingen des größten Herzeleids selbst zu sagen pflegte – nach sechs Monaten zur Neige ging. Sie hatte die alte Wohnung sofort aufgegeben und ein winziges, zugiges Häuschen mit zwei Zimmern und einem Plumpsklo hinter dem Haus gemietet, das seinen Charakter als ehemaliges Austragshaus eines Bauernhofs nicht verleugnen konnte – wie ganz La Villette seine Herkunft als Bauerndorf vor den Mauern von Paris nicht leugnen konnte.

Allerdings war das Viertel schon lange kein Dorf mehr. Es war die Gestalt gewordene Gier von Bauherrn und Hauptpächtern, die das Gelände auf mehrere Jahre gepachtet und es mit niedrigen Unterkünften aus Brettern und Gips überzogen hatten wie ein Ausschlag. Die Buden wurden in einzelne Wohnungen unterteilt und wochenweise vermietet, zum Teil um zehn Francs pro Woche, was ein lächerlicher Preis war und doch ein Vermögen für manche, so dass sich oft zwei Familien eine Wohnung mit drei Zimmern teilten. Ein Vermögen bedeutete es auch für die Vermieter, denn diese besaßen Hunderte solcher Unterkünfte und lebten selbst in komfortablen Steinhäusern, weit genug vom Elend ihrer Siedlungen aus Gips und Lehm, Brettern und Zink, die aussahen wie ein einziger großer Abfallhaufen.

Louises Mutter hatte gehofft, durch die Aufgabe ihrer bisherigen Bleibe das vorhandene Geld so lange wie möglich strecken zu können. Bis jetzt war es ihr gelungen. Bis Louise ihre große Dummheit begangen hatte, die wahrscheinlich eine Verurteilung und eine Strafe nach sich ziehen würde, welche Mutter und Tochter vollends ruinierte.

»Du hast so eine mutige Tat begangen!«, sagte Pierre, der sich neben der schluchzenden Louise niederkauerte. Er berührte ihre Schulter. Der Wächter, der Louise hereingeführt hatte, räusperte sich. Pierre knurrte etwas Unverständliches, aber er zog die Hand zurück. Louise versuchte, sich zu beruhigen, und rappelte sich auf.

Im Besucherraum gab es nur einen Stuhl. Auf diesen setzte sich der Wächter, verschränkte die Arme und starrte sie an. Als Pierre eine Kopfbewegung machte und sie ihm in eine Ecke des kleinen Raums folgte, wo sie die Köpfe zusammenstecken konnten, unternahm er jedoch nichts, und er protestierte auch nicht, als sie zu flüstern begannen.

»So etwas Mutiges«, wiederholte Pierre. »Du hast mich schwer beeindruckt, Louise.«

»Findest du?«, fragte Louise, die dachte, erneut weinen zu müssen, weil es ihr nach dem Tag und der Nacht im Gefängnis schien, als habe sie seit Jahren kein einziges freundliches Wort mehr gehört.

»Und es war richtig! Diese Beisetzung war ein Hohn und ein Schlag ins Gesicht aller aufrechten Franzosen. Ein Trauerzug für Kaiser Napoleons Leichnam! Wer hat das denn vom Volk gewollt? Niemand. Nur die verdammten Aristokraten! Sie knechten uns, wo sie nur können. Alle kleine Bonapartes!« Plötzlich lachte er leise. »*Kleine Bonapartes.* Was für ein Wortspiel! Das muss ich mir merken und in meiner nächsten Gazette schreiben. Du inspirierst mich, Schmetterling.«

»Schmetterling?«, fragte Louise überrascht, die trotz ihres Gefühlsaufruhrs und ihrer Dankbarkeit, Pierre zu sehen, nicht wusste, ob ihr der Name gefiel.

»Du bist mein Schmetterling«, erklärte Pierre. »Du bringst Farbe in mein Leben.« Er schüttelte den Kopf. »Nein, was für ein Mut. Nur schade, dass du keine Bombe geworfen hast … Ein Scherz, nur ein Scherz!«, rief er hastig, als er in Louises Gesicht blickte.

»Ich bin verhaftet worden, weil ich faules Gemüse auf den Trauerzug warf«, stieß Louise hervor. »Wenn ich eine Bombe geworfen hätte, wäre ich auf der Stelle von der Meute zerstückelt worden!«

»Und wie tapfer du warst«, sagte Pierre zum dritten Mal. Louise wurde allmählich ruhiger. Vor ihrem inneren Auge erstand wieder der 15. Dezember 1840 – der erst zwei Tage her war und doch wie aus einem anderen Leben schien. Die Kanonenschüsse, die plötzlich ertönten; das dumpfe Schlagen von Trommeln; das Warten in der Kälte, dem Nebel und einer auf Krawall gebürsteten Menge hinter dem Kordon aus Soldaten; und dann das langsame, majestätische Auftauchen des monströsen Leichenwagens mit dem Sarkophag, der die Champs-Élysées entlangschwankte wie ein Berg auf Rädern, gezogen von sechzehn Pferden, zehn Meter hoch, matt nach Gold glänzend und purpurschimmernd im Nebelgrau, die Heimkehr eines toten Triumphators und nicht eines verbannten, an seiner Einsamkeit zugrunde gegangenen Verlierers. Dann aber brannte sich die Sonne durch den Nebel und verwandelte den Leichenzug in ein Phantom aus vergessenen Zeiten, ein Geist der einstigen Größe Frankreichs. Das Murren und das Gespött der Zuschauer unter den winterkahlen Bäumen der Champs-Élysées verstummten schlagartig.

Louise war sicher, dass sie sich immer an diese Augenblicke

erinnern würde: an das plötzliche Schweigen der Menge und dann an das anschwellende Murmeln, das auf einmal nicht mehr feindselig, nicht mehr höhnisch war, sondern ehrfürchtig, ergriffen, andächtig. Von all der Unzufriedenheit über die Heimholung des Kaisers war nichts mehr zu spüren. Männer zogen die Hüte, Frauen begannen, in ihre Taschentücher zu schluchzen. Mehr noch als an diese äußeren Eindrücke würde sich Louise an die Kälte erinnern, die ihr Innerstes dabei erfüllte, als ihr klar wurde, dass sie von Feinden umgeben war. Eben noch war sie sicher gewesen, dass man ihr applaudieren würde, wenn sie Pierres Vorschlag in die Tat umsetzte und faules Gemüse auf den Trauerzug warf – sie, die Vertreterin des Protests des Volks gegen den Prunk der Aristokratie und gleichzeitig die Vertreterin des furchtlosesten Kämpfers für die Rechte der Geknechten. Damit war Pierre Charrier gemeint, der das Gemüse nicht selbst hatte werfen können, weil er leider in letzter Sekunde verhindert gewesen war. Doch nun, nachdem die Sonne den Trauerzug erleuchtet hatte und die Zuschauer ergriffen waren … war niemand mehr auf ihrer Seite; sie war keine Volksheldin mehr, sondern nur noch eine Anarchistin, die die weihevollen Gefühle des Volks beleidigte.

Dass sie das Gemüse trotzdem geworfen und laut geschrien hatte: »Es lebe Frankreich! Es lebe das Volk! Nieder mit der Julimonarchie!«, lag zum größten Teil daran, dass sie Pierre sonst nicht mehr hätte in die Augen schauen können.

»O Gott, Pierre, wo warst du?«, fragte Louise und stöhnte auf. »Ich bin einen Tag und eine ganze Nacht hier eingesperrt gewesen! Kannst du dir vorstellen, was ich durchgemacht habe? Warum bist du nicht eher gekommen? Und wo ist Maman? Hast du denn den Brief nicht bekommen, den ich dir geschickt habe? Ich durfte nur einen einzigen Brief schreiben, und den habe ich an dich adressiert und nicht an meine Mutter …« Sie begann wieder zu weinen, obwohl sie es nicht wollte.

»Schhhh, mein Schmetterling«, flüsterte Pierre. »War deine Mutter wirklich nicht hier? Das verstehe ich nicht. Ich habe deine Nachricht sofort an sie weiterleiten lassen. Ich war jedenfalls nicht untätig. Aber ich musste erst ein paar Fäden ziehen und ein paar Gefälligkeiten einfordern. Ich wollte doch nicht mit leeren Händen zu dir kommen. Sieh mich an!«

Louise hob den Kopf. Tränenblind sah sie Pierre lächeln.

»Die Macht der Presse, mein Schmetterling. Morgen befreit sie das geknechtete Volk. Heute aber … befreit sie dich.«

Pierre Charrier war der Herausgeber einer Zeitung. Man konnte die *Gazette Libération* eigentlich nicht mit vollem Ernst eine Zeitung nennen, aber was immer das Pamphlet war, das Pierre alle paar Wochen unters Volk brachte, er war jedenfalls der Herausgeber, einzige Berichterstatter und der Zensor in Personalunion. Er schrieb scharfe, oft beleidigende Kolumnen, die ihn dennoch nicht ins Gefängnis brachten, weil er, wie er sagte, »Gönner für die Sache der Freiheit des Volks« an höchsten Stellen besaß und die *Gazette Libération* »der beredtste Advokat dieser Freiheit« war. Dass er trotz seiner Beziehungen im heruntergekommenen, verrufenen La Villette lebte, begründete er damit, dass man als Journalist dort leben müsse, worüber man schrieb. Pierre war fünfundzwanzig Jahre alt, hatte eine Karriere als Student ungewisser Fachrichtung hinter sich, sah mit seinem blassen Gesicht unter dem dunklen, wildromantischen Haarschopf und seinem Kinnbärtchen einfühlsam und verwegen zugleich aus und hatte versprochen, Louise zu fördern, nachdem er den »rebellischen Geist von Jeanne d'Arc« in ihr erkannt hatte.

Jetzt starrte Louise ihn an, während ihr Herz erneut wild

zu klopfen begann. Sie glaubte, nicht richtig verstanden zu haben. »Du meinst … die lassen mich hier raus?«

Pierre warf sich in Positur. »Hast du gedacht, du kannst dich nicht auf mich verlassen?«

»Heute noch?«

»Heute noch, mein Schmetterling.«

»O Gott. Grundgütiger.« Überwältigt von ihrer eigenen Erleichterung, schlang sie Pierre die Arme um den Hals, küsste ihn auf den Mund und hörte nicht einmal damit auf, als der Wächter nach mehrmaligem Räuspern aufsprang. Erst als er sie grob an der Schulter zurückriss, ließ sie von ihm ab.

Pierre blinzelte und atmete heftig.

»Scheiße!«, stieß der Wärter hervor. »Wenn meine Gutmütigkeit so ausgenutzt wird … zurück in die Zelle mit dir, Dreckstück, und Sie, Monsieur, verschwinden Sie, wenn Sie nicht Besuchsverbot erhalten wollen. So eine Schweinerei!«

Louise drehte sich noch einmal um, als der Wärter sie mit sich hinauszerrte. Sie wollte Pierre eine Kusshand zuwerfen. Pierre lächelte ihr zu und spitzte die Lippen, doch da fiel die Tür schon hinter Louise und dem Wärter zu.

Louise ließ sich mitzerren. Die Erleichterung, die sie gefühlt hatte, machte auf einmal angstvoller Verwirrung Platz.

Nein, das hatte sie sich nur eingebildet – dass Pierre hastig seine Miene verändert hatte, als sie sich zu ihm umgedreht hatte. Warum hätte er das tun sollen? Ihre Nerven waren überreizt. Kein Wunder, nach dem, was sie durchgemacht hatte. Pierre hatte Himmel und Hölle in Bewegung gesetzt, um sie hier herauszuholen. Er meinte es gut mit ihr.

Das mag so sein oder nicht, antwortete sie sich selbst. Aber die Frage ist doch: Warum hatte er es getan? Oder: wofür?

Der Wärter brachte sie in die Zelle zurück, wo sie sich erneut wortlos auf ihr Lager kauerte. Zwei ihrer Zellengenossinnen saßen auf dem Boden und spielten ein Spiel, bei dem offenbar möglichst obszön geflucht werden musste und bei dem man sich gegenseitig Ohrfeigen verpasste. Die dritte hockte über dem Eimer und erwiderte Louises Blick teilnahmslos, bis diese sich abwandte. Ihr wurde übel, als sie die hässlichen Geräusche einer malträtierten Verdauung hörte und der Geruch die Zelle füllte.

Sie musste hier heraus! Egal, was sie vorhin in seinem Gesicht gesehen zu haben glaubte und welcher Art Pierres Motive auch sein mochten, sie musste hier heraus, und Pierre war der Schlüssel dazu, und sie würde ihm ewig dankbar sein dafür.

18

Louises Freilassung dauerte noch bis zum Abend; eine Wartezeit, die genügte, um sie erneut in Panik zu versetzen. Endlich stand sie auf der Gasse, das Tor des Gefängnisses rasselte hinter ihr zu, und sie war frei. Außer einer Ermahnung, sich zu benehmen, hatte es keine Konsequenzen gegeben. Louise trug wieder ihre zivile Kleidung, die sie, halbtot vor Scham, vor den Augen des Aufsehers der Kleiderkammer hatte anlegen müssen und die nach dem Schweiß und dem Dreck anderer Menschen roch, als hätte sie zuunterst in einem Haufen verschmutzter anderer Kleidung gelegen. Sie ekelte sich davor, doch der Ekel war nichts gegen die überwältigende Erleichterung, die sie verspürte. Sie war wieder frei.

Nach ein paar Minuten Warten beschlich sie der Verdacht, dass niemand sie abholen würde. Irgendwie hatte sie erwartet, dass Pierre … weil es ja unwahrscheinlich war, dass ihre Mutter kam, wenn sie es schon nicht der Mühe für wert erachtet hatte, Louise im Gefängnis zu besuchen.

Die Kälte war beißend. Der Himmel war noch abendlich grau, aber in der Gasse und im Schatten des gewaltigen Gefängnisbaus war es fast Nacht. Louise begann zu zittern und zog ihren Mantel enger um die Schultern. Es ergab wohl keinen Sinn, noch länger zu warten; niemand würde kommen. Ihre Enttäuschung war ebenso groß wie ihre Beklommenheit davor, den langen Weg nach La Villette allein und zu Fuß durch die beginnende Nacht zurücklegen zu müssen.

Zögernd trat sie aus dem Schatten des Gefängnisbaus und sah sich um. Ihr wurde klar, dass sie nicht einmal wusste, in welche Richtung sie laufen musste. Zu ihrer Enttäuschung und Beklommenheit gesellte sich nun echte Furcht. Sie befeuchtete sich die Lippen nervös mit der Zunge und fühlte, wie sie sofort unter der Kälte austrockneten.

Aus einer Gasse erklangen schnelle Schritte. Das musste Pierre sein! Mit einem Stoßseufzer drehte sie sich um.

Zwei Männer standen am Gassenausgang und schienen genauso überrascht zu sein wie sie. Sie waren bestimmt dreißig Schritte von ihr entfernt und aus dem Dunkel der Gasse in das nur unwesentlich hellere Licht des Platzes vor dem Gefängnistor getreten, doch Louise sah genau, wie ihre Mienen plötzlich einen gemeinen, hinterhältigen Zug annahmen.

»Mademoiselle?«, rief der eine, und sein Tonfall genügte, dass Louise zurückwich, bis sie mit dem Rücken an die Gefängnismauer hinter ihr stieß.

»Können Sie uns helfen, Mademoiselle?«

»Lassen Sie mich in Ruhe«, stieß Louise hervor und merkte, dass ihre Stimme schrill klang. Auf einmal war das Gefängnis nicht mehr ein Ort des Schreckens, sondern ihre Rettung. Sie warf sich herum und wollte zum Tor rennen, um dagegenzuhämmern, doch der eine der zwei Männer war schneller und schnitt ihr den Weg ab. Erneut wich sie zurück an die Mauer. Die beiden nahmen sie in die Zange und standen jetzt so dicht vor ihr, dass sie ihren Mundgeruch und ihren Schweiß riechen konnte. Sie hatten beide öliges langes Haar, das bei dem einen unter einem zerknitterten Zylinder, bei dem anderen unter einer wollenen Kappe hervorschaute. Der mit dem Zylinder hatte einen Goldzahn, ein schielendes Auge und einen kurzgeschorenen Bart, bei dem die Haare direkt unter den Augen begannen.

»Ich brauche nur zu schreien«, stammelte Louise.

»Dort drin hört dich keiner, und wenn, interessiert es sie nicht, Schätzchen.«

»Aber wenn du damit anfängst, stopfen wir dir trotzdem das Mäulchen.«

»Werden wir das nicht ohnehin?« Die beiden Männer kicherten.

»Bitte lasst mich gehen«, sagte Louise und bemühte sich, ihre Stimme nicht überschnappen zu lassen. Männer wie diese waren tolle Hunde; wenn man ihnen gegenüber zu viel Furcht zeigte, machte es sie erst recht wild.

»Kommst du aus der Kitte? Dann juckt's dich doch nach einem Mann.«

»Oder hast du's den Wärtern besorgt, damit du eine bessere Zelle bekommst?«

Die beiden Männer stießen sich gegenseitig mit den Ellbogen und lachten erneut. Louise blickte von einem zum anderen, in ihre grinsenden Visagen. Ihr Herz trommelte vor Angst. Auf einmal versuchte sie, sich zwischen ihnen hindurchzuducken und zu fliehen, aber sie war zu langsam. Hart zupackende Hände hielten sie an den Armen fest und schoben sie wieder gegen die Mauer. Ihr Hinterkopf stieß dagegen.

Nur mit Mühe hielt sie sich auf den Beinen, weil der Gedanke, vor den beiden auf die Knie zu sinken, noch unerträglicher war als alles andere.

»Wo wolltest du denn hin, Schätzchen?«

»Noch eine Freundin holen? Warum willst du denn den ganzen Spaß mit jemandem teilen?«

»Hähähä!«

Louise brachte kein Wort heraus. In einer sinnlosen Geste ballten sich ihre Hände zu Fäusten. Doch als ob diese eine trotzige Reaktion einen Gedanken in ihrem Hirn freigelegt hätte, der nicht wie der Rest ihrer Sinne vor Panik rotierte, dachte sie plötzlich: Sie reden, aber sie tun nichts. Jeden Moment können andere Leute hier auftauchen; oder jemand das Gefängnistor öffnen. Worauf warten sie? Warum zerren sie mich nicht in eine dunkle Gasse? Und warum haben sie mir nicht schon längst unter den Rock gefasst oder mein Mieder aufgerissen und mich betatscht, selbst dann nicht, als sie mich bei meinem Fluchtversuch aufhielten?

»Ich frage mich, wie sie es am liebsten mag.«

»Von beiden Seiten zugleich, da wette ich.«

»Hey!«, ertönte da eine dritte Stimme. Sie kam vom anderen Ende des Platzes.

Die Männer drehten sich um. Louise konnte zwischen ihnen hindurchblicken. Ein Mann eilte auf sie zu. Louise wurde schwindlig. Es war Pierre Charrier. »Hey, ihr! Lasst sie in Ruhe! Sofort!«

Noch während Pierre auf sie zulief, zog er etwas aus der Tasche. Metall glomm düster auf. Die beiden Ganoven sahen sich an, dann Louise, dann den heranstürmenden Pierre. Sie schienen zu zögern.

Pierre blieb stehen, als er noch zehn Schritt entfernt war, und zielte mit der Pistole. Er atmete heftig. Seine Stimme war dennoch ganz ruhig. »Ich knall euch ab wie die Hunde, die ihr seid!«, grollte er.

»Ist ja schon gut, Monsieur!«

»Kein Grund zur Panik, Monsieur.«

»Die Puste brauchen Sie nicht, Monsieur.«

»Wir haben Mademoiselle nur nach dem Weg gefragt.«

Langsam, mit abgespreizten Armen und ohne Pierre aus den Augen zu lassen, traten die beiden Männer zurück. Als sie ein paar Schritte Abstand gewonnen hatten, entspannte sich ihre Haltung. Der mit dem Zylinder tippte sich in Richtung Louise an die Hutkrempe, dann drehten sie sich um und trabten davon. Pierre zielte ihnen mit der Pistole hinterher, bis sie verschwunden waren, dann ließ er die Waffe sinken.

Louise starrte ihn ungläubig an.

Pierre schüttelte sich und gab sich einen Ruck. »Ist dir was passiert, Louise?« Er überwand die Distanz und musterte sie mit besorgter Miene.

Louise schüttelte den Kopf. Sie kämpfte mit Worten, mit ihrer Fassung und verlor beide Kämpfe. »Herr im Himmel«, hauchte sie. »O Pierre!« Sie sank gegen ihn, und er hielt sie fest. Tränen liefen ihr aus den Augen. Sie umarmte ihn so wild, dass sie ihn keuchen hörte, und klammerte sich an ihm fest.

»Sie sind weg, Schmetterling. Keine Angst. Es ist vorüber. Ich bin ja noch rechtzeitig gekommen.«

»O Pierre …«, wiederholte sie.

»Ich habe eine Kutsche gemietet. Der Kutscher wollte nicht bis hierher fahren, der Saupelz. Er sagte, hier würden sie einem die Räder noch in voller Fahrt von der Karosse stehlen. Ich musste ein paar Gassen weit laufen.«

»Pierre, die wollten mich …«

»Drecksgesindel!«, knirschte Pierre. »Ich hätte sie abknallen sollen.« Er umarmte Louise fester und küsste sie auf den

Scheitel. Sie sah zu ihm auf. Er lächelte sie an. »Komm, wir suchen die Kutsche, dann bringe ich dich nach Hause. Alles ist gut, mein Schmetterling.«

Unwillkürlich und mit noch immer wild klopfendem Herzen hob sie ihm das Gesicht entgegen. Pierre beugte sich herab und küsste sie.

19

Bevor Pierre sie zu ihrer Mutter brachte, lud er Louise zu einem Abendessen mit Wein ein. Das Abendessen hatte er in seiner Unterkunft zubereitet. Der Wein war schwer.

Sie gab sich ihm hin, aus einem seltsamen Gefühlsgemisch von Dankbarkeit, Schwärmerei und Schuldgefühlen. Es tat weh, als er in sie eindrang. Sie hatte keine wirklichen Vorstellungen gehabt, wie es sein würde, sie wusste nur, dass sie es sich nicht so vorgestellt hatte. Pierre brachte sie dazu, sich vornüberzubeugen; er schlug ihren Rock hoch, dann packte er sie um die Hüften und stieß zu. Das Bettgestell, an dem sie sich festhielt, begann, unter seinen Stößen zu quietschen.

Nach einigen Augenblicken knurrte Pierre, und sie spürte, wie er sich zurückzog. Etwas Heißes rann über ihre Pobacken und an ihren Schenkeln nach unten. Pierre trat beiseite. Louise stand immer noch vornübergebeugt da, mit zitternden Oberschenkeln und das Hinterteil entblößt, und wusste nicht, was sie tun sollte. Sie blickte sich um. Pierre stand am Tisch, hielt mit einer Hand seine halb heruntergelassene Hose, mit der anderen ein Weinglas, aus dem er trank.

Er grinste sie über den Rand des Glases hinweg an. »Mein Schmetterling«, sagte er und blinzelte ihr zu. »Ich liebe dich.«

20

Am Weihnachtstag sprach Amélie das Ganze an. Bis dahin war Louise mehrfach bei Pierre gewesen, fest davon überzeugt, dass außer ihr und ihm niemand Bescheid wusste.

Sie wusste selbst nicht, warum sie immer wieder zu Pierre ging. Das hieß, warum sie ging, war klar: Pierre befahl sie zu sich. Er formulierte es nie als Befehl, doch im Sinne dessen, dass es bei einem Befehl keine andere Wahl gab, als ihn zu befolgen, war es einer. Pierre musste nur andeuten, dass ihm nach ihrer Gesellschaft sei – und sie ließ alles stehen und liegen und schlich sich zu ihm. Doch warum ihr Körper und ihre Seele nicht anders konnten, das wusste Louise nicht.

Es ging nicht um die Zärtlichkeiten, denn in ihrem Zusammensein gab es keine Zärtlichkeiten. Pierre befriedigte sich an ihr, das war alles. Es dauerte niemals lange. Louise hatte kopulierende Hunde in der Gasse gesehen, die länger gebraucht hatten als Pierre Charrier. Dennoch hatte er ein Bedürfnis in ihr geweckt. Es war das Bedürfnis nach mehr, nach lang andauernder, erfindungsreicher, zärtlicher, wilder, hingebungsvoller Leidenschaft. Vielleicht war das einer der Gründe, warum es sie zu ihm hinzog – weil sie hoffte, mit ihm irgendwann diese Gefilde betreten zu können.

Der Rest war eine Mischung aus Schuldgefühlen, Loyalität, dem Bedürfnis, ihm für die zweimalige Rettung einen Gefallen zu tun, und seine fast hypnotische Wirkung auf sie. Wenn Louise von einem Besuch bei Pierre zurückkehrte, seinen klebrigen Samen irgendwo auf der Haut – er war äußerst vorsichtig, sie nicht zu schwängern, wofür sie ihm dankbar war –, fragte sie sich jedes Mal, ob dieses Gefühlsgemenge eine gesunde Basis für ihre Beziehung war. Manchmal fragte sie sich sogar, ob sich ihre Mutter oft so gefühlt hatte, wenn Alexandre DuPlessys nach dem Beischlaf gegangen war: ein wenig verloren, ein wenig enttäuscht, ein wenig traurig und ratlos, wohin das alles führen sollte.

Aber wenn Pierre sie nach ein paar Tagen dann wieder kontaktierte, folgte sie seinem Ruf sofort, um sich erneut benutzen zu lassen. In den Momenten, in denen sie klar über alles nachdachte, verstand sie sich selbst nicht.

»Ich glaube, er ist nicht gut für dich, Kindchen«, sagte Amélie, nachdem Louise sie schon eine Weile mit sich kämpfen sehen und gedacht hatte, es ginge ums Geld und dass sie sich noch weiter würden beschränken müssen. Es dauerte ein paar Momente, bis Louise verstand, worauf ihre Mutter hinauswollte, und selbst dann konnte sie es zunächst nicht glauben. »Von wem sprichst du?«

Irgendwann in den Monaten seit ihrem Umzug nach La Villette und heute war die letzte Förmlichkeit zwischen Mutter und Tochter geschwunden. Oder war lediglich nicht mehr genügend Respekt da? Jedenfalls hatte Louise plötzlich begonnen, ihre Mutter zu duzen, und Amélie hatte keinen Einspruch dagegen erhoben. Es verringerte die alltägliche Distanz zwischen ihnen, die auf emotionaler Ebene immens war, seit Amélie splitternackt in ihrem Schlafzimmer gestanden und ihrem Liebhaber ihre Tochter angeboten hatte. Louise wusste, dass ihre Mutter das, was sie damals gesagt hatte, so bitter bereute wie sonst nichts, und dass sie es gern ungesagt gemacht hätte. Aber Louise schaffte es nicht, ihrer Mutter auch nur so weit entgegenzukommen, dass diese sich wenigstens dafür entschuldigen konnte. Die Erinnerung an das Angebot, unvergessen, unverziehen, stand immer noch zwischen ihnen.

Amélie räusperte sich. »Von Pierre. Pierre Charrier.«

Louise antwortete nicht. In ihr kämpften Wut über den

unwillkommenen Ratschlag und Fassungslosigkeit, dass ihre Mutter Bescheid wusste.

»Er ist ein Anarchist«, sagte Amélie. Sie hatte bisher auf den Tisch geblickt, an dem sie saßen. Zusammen mit zwei Truhen, in denen sie ihre wenigen Habseligkeiten aufbewahrten, und einem Bett war er das einzige Mobiliar in diesem Zimmer. Im anderen Zimmer war nur ein Bett. Jetzt sah sie auf, begegnete Louises Blick und schaute wieder weg.

»Er ist ein … ein …«, begann Amélie.

»Ein Rebell!«, stieß Louise hervor. »Er hasst den Adel. Und recht hat er!«

»Ich wollte sagen, er ist ein … schlechter Mensch«, sagte Amélie leise.

»Als ob du das beurteilen könntest!«

»Louise, ich bin die Letzte, die dir wegen dem, was du tust, Vorwürfe machen dürfte. Keiner weiß das besser als ich. Ich bedauere, dass du dich für diesen Mann weggeworfen hast, aber vielleicht ist dieser eine Schatz, den wir Frauen den Männern ein einziges Mal geben können, ja ohnehin nichts Besonderes. Ich habe ihn deinem Vater gegeben, und schau, wohin er dich und mich gebracht hat. Aber ich … ich habe mich umgehört … wegen Pierre.«

»Bei wem?«, fragte Louise ätzend. »Bei den Deutschen in der Nachbarhütte? Was haben sie gesagt? *Zwei Schüsseln Sauerkraut sind eine gute Mahlzeit*?«

»Bei vielen Menschen in vielen Hütten hier in La Villette«, sagte Amélie mit einem Unterton, der Louise in ihrer Wut schwankend machte.

»Dazu hattest du kein Recht!«

»Es ist nicht so, dass ich jemanden hätte verprügeln müssen, damit er mit der Wahrheit über Pierre Charrier herausrückt«, erklärte Amélie mit einem Echo des Feuers, das sie früher besessen und an ihre Tochter vererbt hatte. »Weißt du, wie er seine Zeitung finanziert? Indem er Leute mit Geld ausspionieren lässt und sie mit dem, was er herausfindet, erpresst – zahlen sie nicht, schreibt er darüber. Wer nicht mit Geld zahlen kann, zahlt mit Informationen über andere Unglückliche, die Pierre dann ausschlachtet. Louise, der Mann ist eine Spinne im Netz, und das Netz ist mittlerweile riesengroß und tödlich.«

»Du lügst.«

»Warum sollte ich das tun?«

»Dann haben die anderen dich angelogen.«

»Selbst wenn man die üblichen Übertreibungen abzieht, kommt noch ein tiefschwarzes Bild heraus. Schlechte Zeiten wie diese bringen noch schlechtere Menschen hervor, und Pierre Charrier ist der Schlechteste von allen. Er benutzt dich nur, Kindchen.«

»Er hat mich aus dem Gefängnis geholt! Du hast mich nicht mal dort besucht!«, schrie Louise.

»Ich wusste doch gar nicht, dass man dich verhaftet hatte! Ich hab überall nach dir gesucht und bin fast gestorben vor Angst um dich!«, schrie Amélie mit Tränen in den Augen.

»Pierre hat meine Nachricht, die ich ihm sandte, an dich weitergeleitet!«

»Ich habe nie etwas bekommen, Louise.«

»Pah«, stieß Louise hervor. »Das sagt sich nachher leicht!«

»Warum hat er es mir denn nicht selbst gesagt, wenn er so besorgt war, dass ich von deiner Verhaftung erfuhr? Er konnte sich doch denken, welche Angst ich ausstand.«

»Er hatte genug damit zu tun, mich aus dem Gefängnis freizubekommen. Er sagte, er habe an Dutzend Fäden ziehen müssen …« Louise stockte.

»An welchen Fäden«, fragte Amélie leise, »kann ein unbedeutender Verleger eines unbedeutenden Hetzblatts schon ziehen, um eine auf frischer Tat ertappte Anarchistin innerhalb von zwei Tagen freigesprochen zu bekommen, wenn nicht das zutrifft, was ich eben erzählt habe?«

»Er hat sich eben angestrengt! Weil er mich liebt! Die Leute, mit denen du geredet hast, sind doch nur neidisch auf ihn. Frag doch mal die, die ihn nicht hassen, dann wirst du erfahren, was für ein feiner Mann er wirklich ist!«

Was für ein feiner Mann ist er denn? fragte sie sich gleichzeitig. Und wie sehr liebt er dich? Aber der Reflex, ihm dankbar zu sein, war zu stark und verdrängte den Zweifel aufs Neue, auch den, den sie über die scheinbare Leichtigkeit ihrer Freilassung selbst schon gehegt hatte und den Amélie jetzt nur zu Wort gebracht hatte.

»Ich habe so viele Leute gefragt«, sagte Amélie müde. »Ich hätte schon rein rechnerisch jemanden treffen müssen, der mir Gutes über Pierre Charrier erzählt, wenn es etwas Gutes gäbe. Und es *hasst* ihn niemand, Louise. Die Leute *verabscheuen* ihn.«

Louise sprang auf. Die Auseinandersetzung war auf einmal mehr, als sie ertragen konnte. »*Du* bist neidisch, Maman! Das ist es! Du bist neidisch, weil ich die Liebe eines Mannes gewonnen habe, während du nichts hast und der Mann, von dem du geglaubt hast, er liebe dich, sich nur mit dir vergnügt hat, weil seine eigene Ehefrau nichts mehr von ihm wissen wollte.«

Amélie erbleichte. Sie schluckte krampfhaft. Tränen schossen ihr in die Augen und rollten dann über ihre Wangen. »O Gott, Louise, wie kannst du nur so etwas zu mir sagen!« Sie vergrub das Gesicht in den Händen und begann zu schluchzen.

Louise stand vor dem Tisch und schaute auf ihre Mutter hinunter. Sie wollte weitertoben, wollte weitere Schmähungen ausstoßen. Doch das Schluchzen Amélies griff ihr ans Herz. Fassungslos horchte sie dem hinterher, was sie eben gesagt hatte.

Wie hatte sie nur so derartig gemein sein können? Auf einmal ekelte sie sich vor sich selbst. Was wurde nur aus ihnen? Wozu machten diese Lebensumstände sie? Wurde man zur Ratte, wenn man unter Ratten lebte, bis selbst diese sich von einem abwandten, weil es sie grauste?

Amélie weinte, als wären die letzten Monate nicht gewesen, als wäre sie immer noch in ihrem Schlafzimmer, soeben verlassen von dem Mann, auf den sie sich mit ganzem Herzen eingelassen hatte und der dieses Herz mit Füßen getreten hatte. Louise begann ebenfalls zu weinen, aus Selbstmitleid, aus Selbstekel, vor allem aber aus einem so tiefen Mitgefühl für die Not ihrer Mutter, dass es ihr schier den Atem abdrückte.

»Maman …«, stotterte sie.

Sie glitt um den Tisch herum und legte ihrer Mutter die Hand auf die Schulter. Sie spürte das Zittern Amélies und das Schluchzen, unter dem sich ihre Muskeln verkrampften. »Maman … es tut mir so leid …«

Amélie heulte in ihre Hände hinein. »Mir tut es leid, Louise. Wo habe ich uns nur hingebracht? Ich bin an allem schuld. O Louise, Louise … verzeih mir … bitte verzeih mir …!«

Louise brachte die Worte *Ich verzeihe dir* nicht über die Lippen. Aber sie setzte sich neben ihrer Mutter auf die Truhe und umarmte sie, und Amélie klammerte sich an ihr fest, als seien die Rollen vertauscht. Sie weinte so sehr, dass es ihren Körper schüttelte, sie war heiß wie im Fieber, und sie ließ ihre Tochter nicht los.

Einander umarmend, weinend um die Unschuld, die aus ihrem Leben gewichen war, um das Vertrauen ineinander und in die Güte des Schicksals, das für immer verloren war, saßen sie da in der sinkenden Dunkelheit. Sie fanden keine Kraft, eine Lampe anzuzünden. Draußen regnete es. Von Paris her drang der Klang von Kirchenglocken. Die Stadt des Lichts erstrahlte in der Freude der Christnacht. Jesus Christus war geboren, um die Sünde der Welt hinwegzunehmen.

Frohe Weihnachten.

21

Weihnachten 1840 zeigte Alvin von Briest, dass es dort, wo sein Zuhause gewesen war, keinen Platz mehr für ihn gab. Zunächst jedoch versuchte sein Bruder Levin, ihm zu erklären, dass mit Stéphane Flachat nach Paris zu gehen auch keine gute Idee war.

Levin, dem das Talent fehlte, etwas auf direktem Weg anzugehen, näherte sich dem, was er eigentlich sagen wollte, auf verschlungenen Pfaden. Alvin ahnte, dass Levin ihm in Wahrheit mitteilen wollte, dass er ihm über die von ihrem Vater zugestandene Apanage hinaus kein Geld für die Reise nach Paris und das Leben dort zugestehen könne. Er fragte sich, ob er Levin mitteilen sollte, dass Stéphanes Eisenbahngesellschaft für die Reisekosten aufkam und auf den halben Secondelieutenants-Sold, den das Kriegsministerium Alvin für die Dauer seiner Abstellung als Verbindungsoffizier zugestand, noch einmal freiwillig das Doppelte drauflegte. Aber er kam gar nicht zu Wort.

»Dank sei Jesus Christus, dass Vater das nicht mehr erleben muss!«, erklärte Levin, nachdem er Alvin erschöpfend dargelegt hatte, wie miserabel die Finanzen der beiden Güter hier und in Pommern standen, und jetzt daranging, Alvins Pläne, sich für die moderne Technik zu engagieren, auf weiteren Umwegen zu diskreditieren. Nicht dass es Levin gekümmert hätte, was Alvin mit seinem Leben anstellte; er wollte nur verhindern, dass er dafür bezahlen musste, darüber bestand kein Zweifel. »Wir leben im Umbruch, Alvin. Die Pflicht unseres Standes ist, diese Veränderungen zu verhindern und das Erreichte zu bewahren. Das Land zu bewahren! Der Staat fußt auf dem Landbesitz, und nicht auf ... auf ... irgendwelchen Ideen, schneller von einem Ort zum anderen zu kommen! Wer das Land bearbeitet, bleibt sesshaft. Wo kämen wir denn da hin, wenn jeder sich bloß irgendwohin zu stellen und zu winken brauchte, und schon käme so eine dieser Eisenbahnen angefahren? Diese ganzen stählernen Einfassungen halten sich nicht mal an die überkommenen Straßenführungen! Sie zerschneiden das Land, wie es ihnen passt. Was soll das Ganze überhaupt? Eine Kutsche braucht keine Einfassungen, damit sie nicht von der Straße abkommt! Nur einen Kutscher und hinreichend geschulte Kutschpferde. Ich verstehe nicht, was alle an dieser Technik sehen. Na, dass die Franzosen darauf reinfallen, das wundert mich nicht, die fallen auf alles rein, was neu ist und sich hübsch anmalt, so wie die Französinnen es tun ... entschuldige, meine Teure ...«

Hedwig von Briest, Levins Frau und Alvins Schwägerin, hübsch und klug, aber prüde, steif und innerlich so trocken wie das Kommissbrot in den Mannschaftsbaracken von Alvins Regiment, nickte eine nachsichtige Verzeihung zu Levins exorbitant vulgärer Bemerkung.

»... also jedenfalls führt das unser Land genau dorthin, wovor unser Stand es seit zweihundert Jahren bewahrt, nämlich in die Anarchie und in die Abhängigkeit von Ideen statt von der Scholle.«

Alvin überlegte, ob er Levin mitteilen sollte, dass die stählernen Pfade der Eisenbahn Schienen genannt wurden, dass die Lokomotiven *darauf* fuhren und nicht zwischen ihnen, dass im gesamten Deutschen Bund in den letzten fünf Jahren schon fast fünfhundert Kilometer davon verlegt worden waren und überall die Wirtschaft wie verrückt prosperierte, weil der Bergbau und die Stahlindustrie und all die damit verbundenen, zuliefernden oder Dienstleistungen verrichtenden Gewerbe durch den Eisenbahnbau volle Auftragsbücher hatten. Er verzichtete darauf und lächelte stattdessen den Dienstboten an, damit dieser ihm noch eine Scheibe vom Weihnachtsschinken auf den Teller packte. Der Dienstbote, ein älterer Mann, der schon zu Alvins und Levins Kindheit da gewesen war, strahlte und machte sich am Tablett zu schaffen. Ein leises Räuspern und ein Blick Hedwig von Briests ließen ihn das wuchtige Stück, das Levin mit seiner üblichen hektischen Ungeschicktheit am Beginn des Mahls abgeschnitten hatte, beiseitelegen und ein viel kleineres Stück auswählen, das er auf Alvins Teller legte. Alvin beschloss, den Geiz seiner Schwägerin zu bestrafen, indem er sich selbst vom Wein eingoss und sein Glas so voll machte, dass es beinahe überschwappte. Dann beugte er sich vor und schlürfte etwas herunter, was ihm eine bis zum Haaransatz hochgezogene Braue Hedwigs, ein Stocken im Vortrag Levins und einen halb verständnisvollen, halb mitleidigen Blick des Verwalters August einbrachte, der mit seiner Frau ebenfalls am Weihnachtstisch sitzen durfte und sich verzweifelt bemühte, nicht so gelangweilt zu wirken, wie er war. Noch vor einem Jahr hätte Alvin sich diese kleine Unverschämtheit nicht getraut. Die Zeit beim Regiment und die Gesellschaft der unbekümmerten anderen Offiziere hatten ihn in dieser Hinsicht lockerer gemacht.

»Unter König Friedrich Wilhelm III. hätte es das nicht gegeben«, sagte Levin düster und ließ offen, ob er damit den Eisenbahnbau oder Alvins Betragen meinte. »Ein Hoch auf den alten König!« Er hob das Glas.

August murmelte »Vivat!« und hob sein Glas ebenfalls.

Alvin sagte: »Und ein Hoch auf den jetzigen König, Friedrich Wilhelm IV., unter dem es das alles nun gibt.«

Alvin fühlte sich plötzlich beschwingt, vor allem, da es extrem schlechter Stil gewesen wäre, nicht auch auf den neuen König zu trinken, der nach dem Tod seines Vaters im Juni dieses Jahres den Thron bestiegen hatte, und er seinen Bruder so dazu zwingen konnte, das Glas erneut auf die verhassten neuen Zeiten zu heben. Wie er gehofft hatte, stürzte Levin den Wein verärgert hinunter und goss sich selbst sofort nach. Hedwig von Briests Augenbrauen verblieben jetzt in Höhe ihres Haaransatzes.

Der latente Ärger, den Alvin auf seinen Bruder wegen dessen unnötiger Knauserigkeit ihm gegenüber empfand – dass es den Gütern nicht so schlecht gehen konnte, bewies das umfangreiche Weihnachtsmenü –, war noch durch dessen verbohrt-konservative Haltung gegenüber den Entwicklungen der modernen Zeit verstärkt worden. Der viele Wein tat sein Übriges. Nicht, dass Alvin in den vergangenen Monaten nicht gut darin geübt worden wäre, Alkohol zu vertragen; aber es bestand ein gewisser Unterschied zwischen dem billigen Bier und Champagner, den die Jungoffiziere sich leisten konnten, und dem teuren, schweren Rotwein aus den Kellern von Gut Briest. Jedenfalls empfand Alvin ein gewisses Vergnügen dabei, dieses steife Weihnachtsessen dadurch zu würzen, dass er seine Schwägerin und seinen Bruder verstimmte – und Levin selbst hinterher, wenn das Menü beendet war, noch Ungemach bereitete, weil Hedwig ihm im Ehebett die Leviten lesen würde wegen seines unmöglichen kleinen Bruders und Levins mangelndem Durchsetzungsvermögen.

»Ich habe übrigens Post für dich«, sagte Levin schroff und erstaunlich direkt.

»Vom Regiment?« Plötzlich fühlte Alvin sich besorgt. Er war vor drei Tagen aus Berlin abgereist mit der Erlaubnis, Stéphane Flachat ab dem neuen Jahr zur Seite zu stehen und mit dem französischen Militär zusammenzuarbeiten – und dabei so viel wie möglich auszukundschaften, was die syphilitischen Froschfresser unvorsichtig genug waren zu verraten; so oder ähnlich hatte Oberstlieutenant von Zenge formuliert, der im Übrigen keinen Zweifel daran gelassen hatte, dass er Alvin als vom Feind bezahlten Spion im Herzen von dessen eigener technischer Entwicklung betrachtete und die Franzosen deswegen noch mehr verachtete als ohnehin schon. Hatte das Kriegsministerium die Erlaubnis wieder zurückgezogen? Er erkannte, dass er sich mehr auf die Reise nach Paris gefreut hatte, als ihm selbst klar gewesen war.

Hedwig, die Alvins Unbehagen bemerkt zu haben schien, sagte mit dem Lächeln einer Eisprinzessin: »Direkt vom Regimentsstab, lieber Schwager.«

Levin zerstörte die Taktik seiner Frau unwissentlich, indem er brummte: »Ah ja, stimmt, von dort auch. Ich meinte aber den Brief von diesem Bismarck, der im Sommer abgegeben wurde.«

»Im Sommer?«, wiederholte Alvin. »Jetzt haben wir Weihnachten! Wenn das nun etwas Dringendes gewesen wäre?«

»Du brauchst dich nur öfter zu Hause blicken zu lassen, Brüderchen«, erklärte Levin spitz und anscheinend ungerührt angesichts der Tatsache, dass er Alvin nicht ein einziges Mal eingeladen hatte und mit dem gemeinsamen Weihnachtsessen auch nur der Tradition folgte, weil ein preußischer Junker eben in allem der Tradition zu folgen hatte.

Alvin verzichtete auf die Bemerkung, dass Gut Briest nicht

mehr sein Zuhause war, sondern nahm die beiden Briefe entgegen, die der Dienstbote ihm reichte. Der amtlich versiegelte Brief vom Regimentsstab ließ sein Herz schwerer schlagen, doch ihn sofort zu öffnen hätte bedeutet, noch mehr von seiner Beklommenheit preiszugeben. Diese Blöße wollte er nicht zeigen. Er zuckte mit den Schultern und stand auf. »Ihr entschuldigt mich einen Moment?«

Er verließ den Tisch und ging zu einer kleinen Anrichte, wo er den Brief Otto von Bismarcks öffnete. Aus dem Augenwinkel sah er, wie seine Schwägerin dem Dienstboten einen Wink gab, welcher das Stück Schinken daraufhin von Alvins Teller nahm und zurück zum Braten legte.

Bismarcks Brief war in einer steilen, engen Handschrift verfasst, deren Auf- und Abschwünge den Zacken einer Säge glichen. Alvin betrachtete die vier Seiten überrascht. Wieso hatte ihm der junge Gutsbesitzer, den er nur einen halben Tag lang gekannt hatte, eine so lange Nachricht geschrieben? Er überflog sie und erlebte die zweite Überraschung, als er das vertrauliche Du in der Anrede wahrnahm. Soweit Alvin sich erinnerte, waren sie so förmlich voneinander geschieden, wie sie sich kennengelernt hatten.

Die dritte Überraschung war nicht mehr so groß und erschloss ihm zumindest einen der Gründe für den langen Brief.

Bismarck hatte das Schreiben mit einer Schilderung der Ereignisse in Jerichow begonnen, in der er sich bei Alvin freundlich für die Unterstützung in der »leidigen Sache mit den schwerbewaffneten Aufrührern« bedankte. Und mehr als eine moralische Unterstützung schien Alvin, wenn man Bismarcks Erinnerung glaubte, auch nicht geleistet zu haben. Der Brief war so verfasst, dass jedem klarwerden musste, Otto von Bismarck hatte die Sache von Anfang an im Griff gehabt, sofort geahnt, worauf der »Aufstand« in Wahrheit hinauslief, durch seine Beherztheit ein Blutvergießen verhindert und auch noch die unfähige Polizei Jerichows in die Schranken gewiesen. Aus einem halben Dutzend besorgter Pächter war über ein Dutzend waffenstarrender Revoluzzer geworden, die sich nur der bezwingenden Persönlichkeit Bismarcks wegen ergeben hatten.

Und diese verzerrte Darstellung war, so ahnte Alvin, der Hauptgrund für den Brief. Bismarck würde ein paar Abschriften davon an Stellen senden, die ihm nützlich sein konnten – Bezirksabgeordnete, hochrangige Politiker in Berlin und in seinem Heimatkreis in Hinterpommern, einflussreiche Landjunker. Mit diesem Schreiben, das durch Alvins ausbleibende Zurückweisung der Darstellung der Ereignisse den Status der faktischen Wahrheit erlangte, schuf Bismarck seine eigene, ihm angemessen erscheinende Wahrheit. Mittlerweile – ein halbes Jahr nach Zustellung des Schreibens – konnte Alvin gar keinen Widerspruch mehr verfassen, ohne dass es so aussah, als würde er verspätet nachtreten; abgesehen davon fühlte er auch kein Verlangen. Mochte Otto von Bismarck sich gern die dürftigen Lorbeeren der Episode in Jerichow aufs Haupt drücken. Alvin hatte von der Begegnung mit dem Gutsbesitzer so viele Vorteile erlangt, dass es ihm nicht darauf ankam, wer in der Schilderung des Vorfalls als der eigentliche Held dastand.

Der Rest des Briefs drehte sich um Bismarcks Ansichten, wie man ein Gut wie seinen Besitz Kniephof zu verwalten hatte. Offensichtlich als eine Art Ausrede für die Einleitung darangehängt, hatte sich auch diese Schilderung irgendwie verselbständigt – als wäre es Otto von Bismarck im geheimsten Herzen zu Tode langweilig als Landjunker und als würde er sich diese Langweile von der Seele schreiben, ohne dass es ihm selbst richtig bewusst war. Dass er die Abschaffung der Leibeigenschaft für die Pächter als Fehler betrachtete, hatte er schon seinerzeit auf dem Ritt nach Jerichow verraten. Dennoch hatte er sich wohl mit dem Unvermeidlichen abgefunden und verstand es, mit den Rechten und Pflichten des modernen Grundbesitzers und seiner Dienstleute so umzugehen, dass sein Gut Gewinne erwirtschaftete. Seine Aufgaben als Dominium, als oberster Richter und Polizeichef auf seinem Grund, beschrieb er launig und mit der üblichen Verachtung für die Gendarmerie; seine Vignetten des Betragens einzelner hoher Herren in den Komitees, denen auch er angehörte, brachten Alvin zum Schmunzeln.

Der Abschluss des Briefs war erneut erstaunlich, aber auf eine ganz andere Art und Weise als der Anfang. Bismarck musste von Alvins bestandener Prüfung zum Secondelieutenant gehört haben. Aber woher? Alvin nahm an, dass man auf dem pommerschen Besitz der Briests über die Neuigkeiten zum Fortkommen des jüngeren Bruders Bescheid wusste und dass, selbst wenn Levin und Hedwig die Errungenschaften Alvins totschwiegen, die Dienstboten dennoch auf ihre eigene geheime Art davon erfahren hatten. Aber damit Bismarck es erfuhr, musste er sich direkt nach ihm erkundigt haben. Bemerkenswert …

Trachte nur danach, Dein Potential zu entfalten und Dich aus der Masse zu erheben, auch und erst recht beim Militär. Das Militär ist wie unser Staat; was dem einen die gemeinen Soldaten, sind dem anderen die kleinen Beamten. Deren Arbeit beschränkt sich schon wesentlich darauf, die administrative Maschinerie in dem einmal vorgezeichneten Geleise fortzuschieben; oder, wäre er Bestandteil eines Orchesters, ohne Übersicht und Einfluss auf das Ganze sein Bruchstück zu spielen, wie es ihm gesetzt ist, er mag es für gut oder schlecht halten. Männer wie Du und ich sind aber dafür geboren, Musik zu machen, wie wir sie für gut erkennen – oder gar keine.

Alvin lächelte in sich hinein. Er würde Otto von Bismarck wohl antworten müssen. Und er freute sich darauf. Ja, es sah so aus, als habe Alvin von Briest bereits begonnen, nach seiner eigenen Musik zu spielen – auch wenn sie vorerst noch einen französischen Rhythmus hatte.

»Gute Nachrichten?«, fragte Levin, und Alvin erkannte, dass alle am Tisch zu ihm herüberstarrten. Er antwortete nicht. Stattdessen schlitzte er den Brief vom Regimentsstab auf.

Oder vielleicht würde er Otto von Bismarck doch nicht schreiben, weil Oberstlieutenant von Zenge es sich anders überlegt hatte und Alvin zum Spielen eines Stücks im Orchestergraben bestimmt war, dessen vollen Umfang er nie würde mitgestalten können?

Das Schreiben war knapp. Secondelieutenant Alvin von Briest wurde, um ihm die nötige Autorität für seine Abordnung zu verleihen, zum »amtierenden Hauptmann (Brevet)« ernannt, mit der Möglichkeit, seinen Rang nach seiner Rückkehr fest verliehen zu bekommen oder zurück zum Secondelieutenant degradiert zu werden. Damit verbunden war bis zur endgültigen Entscheidung die Bezahlung eines Hauptmanns.

Alvin blickte in die Runde und grinste. Erst an der Größe seiner Erleichterung merkte er, wie sehr er gefürchtet hatte, dass seine Zukunftspläne erneut zunichte gemacht würden. Doch diesmal hatte sich das Schicksal als gütig erwiesen.

»Schenk noch Wein ein, liebe Schwägerin«, sagte er. »Wir müssen anstoßen.«

22

Du möchtest, dass ich an der Gazette mitarbeite?«, fragte Louise voll ungläubiger Freude. Alles hatte sie erwartet, nur das nicht.

Pierre zuckte mit den Schultern und lächelte gleichzeitig. »Klar, mein Schmetterling.«

Halb im Scherz, halb argwöhnisch fragte Louise: »Was möchtest du denn, dass ich tue? Handlangerdienste?«

»Nein«, erwiderte Pierre. »Ich möchte, dass du mit mir an meinen Artikeln arbeitest.«

»Soll ich sie für den Drucker sauber abschreiben?«

Pierre lachte. »Aber Schmetterling, was hast du nur für eine schlechte Meinung von dir selbst. Nein, ich möchte, dass du mitkommst, wenn ich mit meinen Ansprechpartnern rede, dass du Notizen machst, dass du selbst Fragen stellst … die *Gazette Libération* wird bald ganz groß rauskommen, und dann kann ich als Verleger nicht auch noch journalistisch unterwegs sein. In diese Schuhe kannst du hineinwachsen.«

»Aber … ich dachte … du hast doch Yvette …«

Yvette war eine Mittdreißigerin, die bislang die gekritzelten Notizen Pierres in lesbares Französisch übertragen und zu dem Drucker gebracht hatte, der auf seinen Pressen für ein geringes Entgelt Pierres Zeitung mitlaufen ließ. Sein eigentliches Geschäft machte der Drucker mit Fortsetzungsgeschichten, die auf billigem Papier erschienen und die zu gewalttätig, zu vulgär oder einfach zu idiotisch waren, um in den Tageszeitungen gedruckt zu werden. Die hoffnungsvollen Autoren ließen sie deshalb auf eigene Kosten drucken und vertrieben sie für ein paar Centimes selbst. Es war ein Erwerbszweig, bei dem weder die Autoren noch der Drucker viel Geld verdienten, aber sie kamen allesamt über die Runden, und das war mehr, als man von vielen anderen sagen konnte.

So recht wusste Louise nicht, ob sie Yvettes Tätigkeit für Pierre Charrier richtig verstanden hatte. Yvette selbst hatte noch keine zehn Worte an Louise gerichtet, wenn sie zusammengetroffen waren. Mindestens fünf davon hatten als Wortbestandteil *merde* enthalten. Louise wusste nicht, was sie von ihr halten sollte. Yvette war meistens zu stark geschminkt, trug zu grelle Stoffe und stand mit den längeren Wörtern der französischen Sprache auf dem Kriegsfuß. Manchmal wirkte sie übernächtigt, als wäre sie nicht zum Schlafen gekommen, und manchmal roch sie schon am frühen Morgen nach Wein. Wenn Yvette zu denken schien, dass Louise nicht aufpasste, warf sie ihr nachdenkliche Seitenblicke zu. Louise konnte diese Blicke nicht entschlüsseln. Sie hatte Neid erwartet, aber es war kein Neid, den sie zu diesen Gelegenheiten in Yvettes Miene lesen konnte, bevor diese sich schnell abwandte. Eher schien es so etwas wie Bedauern zu sein. Bedauern? Worüber nur? Wenn jemand zu bedauern war, dann Yvette ...!

»Wenn ich Yvette das tun lassen wollte, würde ich dich nicht fragen«, erklärte Pierre.

Völlig überwältigt beugte sich Louise zu Pierre hinüber – sie standen in der Schlange vor dem Kochtopf eines Straßenhändlers, der heiße Maronen und aufgewärmten Würzwein verkaufte und an diesem regnerischen, kalten Märztag des Jahres 1841 einen strammen Umsatz mit den halbwegs zahlungskräftigen Bewohnern von La Villette machte – und küsste ihn auf den Mund. Ein paar Männer rund um sie herum pfiffen durch die Zähne. Louise kümmerte es nicht.

»Ich liebe dich, Pierre!«, flüsterte sie atemlos.

Nachdem Pierre eine Tüte Kastanien gekauft und beide einen Schluck aus dem Würzweinkessel genommen hatten, steuerte Pierre sie beiseite.

»Wir haben eigentlich Fastenzeit«, sagte er. »Aber heutzutage halten sich die feinen Herrschaften an so etwas nicht mehr. Heutzutage gibt es sogar in dieser Zeit Feste und Maskenbälle!«

Louise fühlte sich immer leicht irritiert, wenn Pierre die neuen Sitten mit einer Reminiszenz an die guten alten Zeiten geißelte. Pierre war alles Mögliche, aber kein Traditionalist. Ebenso oft verwendete er Beispiele aus der Moderne, um die verstaubten und überkommenen Rituale des Adels oder der Kapitalisten anzuprangern. Louise war klar, dass Pierre sich von allen Denkrichtungen immer das herauspickte, was ihm gerade willkommen war, um ein Argument zu unterstreichen. Aber wahrscheinlich musste man sich als Journalist und Zeitungsverleger so verhalten. Es ging nicht um den eigenen Standpunkt, sondern darum, mit allen Mitteln darzulegen, dass die anderen den falschen Standpunkt hatten.

»Wir gehen morgen zu einem Maskenball, Louise. Das heißt, wir nehmen nicht daran teil. Wir treffen uns mit einem Mann, der daran teilnimmt – ein hohes Tier in der Regierung, in dem Amt, das mit den Eisenbahngesellschaften zu tun hat. Er hat mir versprochen, mir ein paar Informationen über Korruption und Günstlingswirtschaft zu geben – Adlige, die vor fähigeren Männern aus dem Volk bevorzugt werden, und Ausländer, die man ins Land holt, obwohl wir Franzosen die besser ausgebildeten Menschen haben … die übliche Sauerei. Aber die *Gazette Libération* deckt solche Machenschaften auf. Was sage ich – die Gazette und ihre unerschrockene Journalistin Louise Ferrand! Dein Name wird ganz fett über dem Artikel stehen, das verspreche ich dir, Louise!«

»Aber ich weiß doch noch gar nicht, wie man einen Artikel schreibt. Du wirst die Hauptarbeit leisten müssen, Pierre!«

»Na wenn schon!«, rief Pierre gönnerhaft. »Du bist meine Inspiration, Schmetterling. Es ist nur recht und billig, dass dein Name schon über dem allerersten Artikel steht, an dem du mitgearbeitet hast.«

Louise holte tief Atem. Irgendwo in ihr meldete sich die Erinnerung, dass sie beim letzten Mal, als Pierre ihr eine wichtige Aufgabe anvertraut hatte, obwohl sie sich anfangs gesträubt und angeführt hatte, dass sie keinerlei Erfahrung besaß, im Gefängnis gelandet war. Sie verdrängte sie angesichts Pierres Lächeln und dem guten Gefühl, bei ihm untergehakt zu stehen und zu wissen, dass sie zu ihm gehörte und er zu ihr.

»Ich frage mich, wie du es immer schaffst, dass jemand dir etwas verrät, was eigentlich keiner wissen darf«, sagte sie.

Pierres Blick wurde einen Moment lang abschätzend, dann grinste er und sagte leichthin: »Der Mensch lebt aus Freude am Gewinn und aus Angst vor Verlust, Schmetterling.«

»Du meinst, sie sagen es dir, weil sie sich davon einen Gewinn versprechen?«

»Den Gewinn, ein nützliches Mitglied der Gesellschaft zu sein, indem man dafür sorgt, dass Missstände angeprangert werden.«

»Und was wäre dann der Verlust?«

Pierre schien erneut einen Moment lang nachzudenken. »Manchmal, Schmetterling, kommst du plötzlich aus dem Hinterhalt mit Fragen, dass man fast glauben könnte, du würdest tatsächlich …«

Schockiert dachte Louise, dass Pierre im nächsten Augenblick sagen würde: »… denken!« Sie hörte es ihn direkt sagen, so sicher war sie.

»… schon die hervorragende Journalistin sein, die ich in dir sehe«, sagte Pierre. Und lächelte breit.

War da ein winziges Zögern gewesen, bevor er es aussprach? Als hätte er im letzten Moment seine Rede in eine andere Richtung gezwungen?

Gott, sei nicht so dumm!, schalt sich Louise in Gedanken. Er tut dir einen Gefallen und beweist dir, dass er an dich glaubt, und du fängst auf einmal an, Gespenster zu sehen – oder eher zu hören. Warum sollte ein Mann, der dich so liebt wie Pierre, solche Bösartigkeiten sagen?

Und doch …

Nein! Unsinn!

»Warum schüttelst du den Kopf? Du darfst mir das schon glauben«, sagte Pierre. Er küsste sie auf die Wange. »Ich weiß, wie wertvoll du mir bist, Schmetterling. Und …«, er brachte seine Lippen an ihr Ohr, »… außerdem liebe ich dich.«

»Ich liebe dich auch, Pierre! Hast du Lust … ich meine, willst du heute …?«

»*Dich* will ich«, wisperte Pierre. »Nur dich.«

»Ich …«, Louise räusperte sich, »ich möchte dir dabei einmal in die Augen sehen, Pierre … wenn du auch möchtest …«

Pierre gab ihr einen Nasenstüber. »Was tue ich nicht für dich, Schmetterling?«

Als er sie in seiner Wohnung nahm, geschah es wieder von hinten, mit hochgeschlagenem Rock beziehungsweise heruntergelassener Hose und Louise vornübergebeugt und mit den Händen in Pierres Bettgestell verklammert. Ihr fiel ein, dass sie noch kein einziges Mal mit Pierre dort drin gelegen hatte, aber ihr fehlte der Mut, sich aufzurichten, sich umzudrehen, ihn zu umarmen, sich mit ihm auf die Matratze sinken zu lassen und ihm in die Augen schauen zu können, wenn er in ihr war. Sie hörte ihn keuchen, fühlte ihn aus sich herausschlüpfen und sofort danach die Hitze seines Samens auf ihren Pobacken. Bis sie sich wieder gerade hingestellt hatte, stand er schon am Tisch und schenkte sich Wein ein, so schamlos wie üblich, mit der Hose um die Knöchel und sein noch halb geschwollenes Teil im Freien hängend. Louise hätte plötzlich weinen mögen.

Pierre prostete ihr zu. »Morgen, Schmetterling, beginnt dein neues Leben!«

23

Pierre hatte eine Kutsche gemietet und sich und Louise bis vor das Palais im zweiten Arrondissement fahren lassen, in dem der Maskenball stattfand. Dann gab er dem Kutscher Geld und schickte ihn weg. Sie standen am Ende einer langen Reihe anderer Kutschen, die leer standen, weil die Lenker sich wahrscheinlich in die Küche des Gastgebers verzogen hatten, wo sie das Ende des Balls und die Rückkehr ihrer Herrschaft in der Wärme und gestärkt von den Resten des Menüs abwarten konnten. Die Pferde hatten Hafersäcke vorgebunden und standen still oder stampften träge mit den Hufen auf. Ein kalter Nordwind trieb den Nieselregen vor sich her.

Pierre kletterte aus der Kutsche. »Bleib drin, Schmetterling. Er müsste jeden Moment kommen. Ich rede mit ihm außerhalb der Kutsche, und du merkst dir jedes Wort. Nachher vergleichen wir unsere Erinnerungen und schreiben sie auf.«

»Ich kann mitschreiben …«, bot Louise an.

»Das geht nicht, dazu bräuchtest du ein Licht in der Kutsche.«

»Wir könnten die Laterne anzünden, die am Kutschbock hängt, und mit hereinnehmen.«

Pierre überlegte. »Ja, vielleicht ist das keine schlechte Idee«, murmelte er. »Ja, ein Licht. Er wird dich sicher sehen wollen …«

»Mich?«

»Hm? Ich meinte, du wirst sicher sehen wollen, was du schreibst!« Pierre lachte. »Damit wir beide nachher noch *lesen* können, was du geschrieben hast.«

Louise schwieg. Pierres Versprecher war äußerst befremdlich gewesen. Pierre holte die Laterne herein, zündete sie mit einiger Mühe an und stellte sie auf den Boden zwischen die beiden Sitzbänke in der Kutsche. Das Innere der Kutsche begann, nach heißem Tran zu riechen.

Pierre zog die Vorhänge zu und schloss die Tür. Dann klopfte er plötzlich hart an die Tür. Louise schrak zusammen.

»Jemand drin?«, fragte Pierre fröhlich. »Ein Schmetterling, zum Beispiel?«

»Pierre, ich …«, setzte Louise an. Sie wollte sagen: … ich hasse es, dass du mich Schmetterling nennst. Aber sie sagte nur: »… ich bin da.«

»Flieg bloß nicht weg!«

»Haha«, machte Louise. Ihr war leicht übel vor Aufregung und vom Gestank des Trans.

Er wird dich sicher sehen wollen?

Sie schüttelte den Kopf, aber der Argwohn ließ sich nicht vertreiben, nicht einmal, als sie sich erneut selbst schalt und eine undankbare Ziege nannte. Dann hatte Pierre sich eben versprochen! Er war sicherlich auch nervös wegen dieses heimlichen Zusammentreffens.

Aber ausgerechnet dieser merkwürdige Versprecher?

Draußen näherten sich Schritte über das Pflaster und blieben stehen. Die dumpf klingende Stimme eines Mannes ertönte, doch Louise verstand nicht, was er sagte.

»Renard, der Fuchs«, hörte sie Pierre antworten. »Eine

überaus wohl gewählte Maske, Monsieur. Der Fuchs ist es, der am Ende die Gans stiehlt, nicht wahr?«

»Sind Sie allein?«, fragte der Mann. Louise musste sich anstrengen, ihn zu verstehen. Pierres Gesprächspartner schien keine Anstalten zu machen, die Maske abzulegen.

»Natürlich nicht«, erwiderte Pierre. Nichts folgte. Anscheinend hatte er mit dem Daumen auf die Kutsche gezeigt, um anzudeuten, dass er mit seiner … Assistentin? Kollegin? Journalistin? … hierhergekommen war und diese in der Kutsche saß.

Sollte sie das bereits mitschreiben? Ratlos setzte sie den Bleistift auf dem Papier auf ihren Knien an.

»Gut«, sagte der Maskierte.

Ein kurzes Schweigen entstand. Louises Bleistiftspitze zitterte über dem Papier. Die Übelkeit vom Trangeruch höhlte ihren Magen aus.

»Ich bin ganz Ohr«, erklang die Stimme Pierres.

»Erst Ihr Teil des Handels«, entgegnete der Maskierte.

»Ah, nein, nein, Monsieur.« Louise hatte den Eindruck, dass Pierres Stimme vor Liebenswürdigkeit geradezu triefte. »Natürlich ist es der Fluch von uns Männern, dass wir hinterher immer am gesprächigsten werden, aber in diesem Fall bitte ich Sie darum, vorher gesprächig zu werden. Vergessen Sie nicht, ich bin Ihnen und Ihrer Großzügigkeit sonst wehrlos ausgeliefert.«

Der maskierte Mann stieß ein Grunzen aus, das nicht erheitert klang. »Ich bestehe auf dem Augenschein«, sagte er dann.

»Tut mir leid, Monsieur. Doch ich schlage Ihnen einen Ausgleich vor. Sie erzählen mir, was Sie wissen, ohne Namen zu nennen. Dann halte ich meinen Teil des Handels ein. Danach erfahre ich die Namen. Ohne die Namen ist die ganze Geschichte wertlos, also halten Sie trotzdem fast alle Trümpfe in der Hand.«

»Hören Sie, Charrier – wenn es jemals rauskommt, dass Sie diese Sache von mir haben, bin ich geliefert. Schreiben Sie den Artikel in Gottes Namen so, dass er nicht mit mir in Verbindung gebracht werden kann. Wenn ich falle, reiße ich Sie mit.«

»Keine Sorge, Monsieur. Ich weiß, was auf dem Spiel steht.«

Sollte Louise das jetzt aufschreiben? Aber ihr schien, dass die letzten paar Augenblicke des Gesprächs eher etwas waren, was niemals jemand erfahren durfte. Verzweifelt starrte sie das immer noch leere Blatt an. Sie war überhaupt keine Hilfe für Pierre!

Von draußen erklang ein leises Murmeln! Verdammt! Der Maskierte wagte nicht, laut zu sprechen! Wie sollte Louise da auch nur ein Wort verstehen? Sie hielt den Atem an, bis ihr das Blut in den Ohren rauschte, was es nur noch unmöglicher machte, etwas zu verstehen. Sie ließ den Bleistift sinken. Ihr war zum Heulen zumute. Pierre würde so enttäuscht sein! Er hatte ihr doch gesagt, wie wichtig diese Sache war. Er vertraute ihr, und sie ließ ihn hängen.

Das Murmeln verklang. Pierre sagte: »Vielen Dank, Monsieur. Sie verrichten einen heiligen Dienst am französischen Volk.«

»Kommen Sie mir nicht damit, Charrier. Jetzt sind Sie dran.«

»In der Kutsche, Monsieur. Steigen Sie ein.«

Louise sah überrascht auf. In der Kutsche? Aber in der Kutsche saß doch sie? Was sollte das jetzt bedeuten?

Fassungslos saß sie da, die Papiere auf den Knien und die Laterne zu ihren Füßen. Pierres Gesprächspartner stieg ein und setzte sich schwer ihr gegenüber auf die Sitzbank. Die Kutsche knarrte. Sie sah seine Augen hinter einer Maske funkeln, die wie die Schnauze eines Fuchses geformt und mit echtem Fuchshaar beklebt war.

»Großer Gott«, hörte sie den Mann flüstern.

Pierre schlug die Kutschentür zu. Louise fuhr herum und versuchte, die Tür zu öffnen. Sie gab nach und schlug dann wieder zu. Pierre hielt sie von außen zu!

»Louise«, sagte der Mann. Dann nahm er die Maske ab. Ein verschwitztes, leichenblasses Gesicht mit hektischen roten Flecken auf den Wangen und blutunterlaufenen Augen kam zum Vorschein. Das Gesicht verzog sich zu einer Grimasse, die wahrscheinlich ein Lächeln hätte sein sollen. Louise starrte es an und konnte sich nicht rühren.

Der Mann mit der Fuchsmaske war Alexandre DuPlessys.

Und Louise verstand auf einmal, welcher Art der Gewinn war, der Alexandre dazu getrieben hatte, Pierre ein Geheimnis aus seinem Verantwortungsbereich zu verraten. Und warum Yvettes verstohlene Seitenblicke so bedauernd gewesen waren.

»Louise«, sagte Alexandre heiser. »Du bist tausendmal schöner als deine Mutter. Ich konnte nicht aufhören, an dich zu denken.«

Der Mensch lebt aus Freude am Gewinn …

Louise fühlte ihren Mageninhalt hochsteigen, wie damals, als sie vor dem Schlafzimmer ihrer Mutter auf dem Boden gekauert hatte. Ihr Kehlkopf arbeitete krampfhaft. Ein paar Augenblicke lang dachte sie, sie würde ersticken.

Alexandre beugte sich vor, streckte die Hand aus.

Louise wusste, dass sie seine Berührung nicht ertragen konnte. Alles um sie herum verschwamm. Sie sah nur diese Hand, die sich ihr näherte, die fein manikürten Fingernägel, den klotzigen Ring am Mittelfinger, sie roch den Hauch von Parfüm und Zigarrenrauch, die an Alexandres Haut klebten – diese Hand, die ihre Mutter berührt und liebkost hatte … Ihre

Finger klammerten sich um den Bleistift in ihrer Rechten, den sie so scharf zugespitzt hatte, wie sie konnte, um Pierres Gespräch mitschreiben zu können …

… Pierre Charrier, Journalist und Verleger, Aufrührer und Anarchist, Adelshasser und Kämpfer für das Volk, ihr Freund, der Mann, dem sie ihre Unschuld geschenkt hatte … Pierre, der all das war, aber hauptsächlich: ein Zuhälter, der sie für ein paar Namen und ein paar schlüpfrige Details an den ehemaligen Liebhaber ihrer Mutter verkauft hatte und der erwartete, dass sie sich diesem Mann hier in der Kutsche hingab, während er draußen den Verschlag zuhielt …

Auf einmal wusste Louise, dass sie Alexandre den Bleistift ins Gehirn rammen würde, wenn er sie anfasste. Ins Auge oder ins Ohr, egal, Hauptsache, die scharfe Spitze drang in seinen Schädel und tötete ihn. Sie würde dafür unter die Guillotine kommen, aber das war nur eine abstrakte Bedrohung angesichts des Abscheus, der sie erfüllte vor dieser Hand, die sich immer weiter näherte.

Und in der Luft verharrte, ein paar Zentimeter von ihrem Gesicht entfernt.

Sie starrte in Alexandre DuPlessys' weit aufgerissene Augen. Ein Lid zuckte. Schweiß stand ihm in großen Tropfen auf der Stirn. Der Stift in ihrer Rechten fühlte sich glitschig an von ihrem eigenen Schweiß, aber sie musste ihn nur für diesen einen Stoß festhalten können. Ihr ganzer Arm begann zu zittern, so fest hielt sie den Bleistift umklammert.

Aus Alexandres Kehle kam so etwas wie ein Schluchzen.

»O Gott«, flüsterte er. »Oh Herr, vergib mir, ich kann das nicht. Ich will es, doch ich kann es nicht …«

Tränen standen auf einmal in seinen Augen. »Louise«, wisperte er. Seine Hand hing immer noch zwischen ihnen. »O Jesus Christus, Louise, bitte … was tue ich hier?«

Mit tauben Lippen erwiderte Louise: »Wenn du mich anfasst, bist du tot.«

Alexandre schien es nicht gehört zu haben. »Amélie«, stammelte er. »Wie geht es ihr, Louise?« Die Tränen liefen ihm über die Wangen.

Von draußen ertönte Pierres Stimme: »Monsieur, ist alles in Ordnung?«

Alexandres Blicke irrten zum Kutschenverschlag, dann zurück zu Louise. »Wie kannst du dich mit diesem Ungeheuer einlassen, Louise? Ist … ist deine … ist Amélie auch … seine … Jesus Christus, ist Amélie auch seine …?« Alexandres Lippen zitterten.

»… seine Hure?«, wisperte Louise, denn das war die einzig richtige Bezeichnung. Was sollte sie weiter antworten? Sie wollte den Kopf schütteln, doch sie schien wie erstarrt. Sie wollte rufen: Nein, sie ist es nicht, und ich bin es auch nicht! Aber sie konnte es nicht rufen, weil nur eine Hälfte dieser Aussage stimmte und die andere Hälfte, der wahre Teil, in ihrer Kehle steckte wie ein Kloß aus Feuer. Der Bleistift zerbrach in Louises Hand, die Splitter drangen ihr in die Handfläche. Sie spürte den Schmerz, aber er konnte sie nicht aus ihrer Erstarrung lösen.

Auf einmal verstand sie alles. Wie Pierre sie aus dem Gefängnis freibekommen hatte – weil er nicht an Fäden gezogen, sondern einfach die richtigen Leute erpresst oder bestochen hatte. Und warum hatte er sie aus dem Gefängnis geholt? Weil ihm klar war, dass ein junger, frischer Körper wie der von Louise zusammen mit ihrer Schönheit viel wertvoller und zu größerer Korruption einsetzbar war als die verbrauchte, alkoholsüchtige und resignierte Yvette, die nur deshalb seine Assistentin gespielt hatte, damit Louise den Braten nicht roch. Sie war nun sicher, dass die beiden dunklen Gestalten, die sie angegriffen hatten, von Pierre bezahlt gewesen waren – damit sie ihm für ihre Rettung dankbar war. Ihr Liebe vorzuspielen war danach die geringste Anstrengung gewesen. Und um sie in dieser Liebe nicht zu selbstbewusst werden zu lassen, hatte er sie niemals zärtlich geliebt, sondern immer nur mit ihr kopuliert wie mit einer Hündin. Er hatte mit ihr, ihrem Körper und ihren Gefühlen gespielt wie ein Meistermusiker auf seinem Instrument.

Alexandre sank auf seiner Sitzbank zusammen und schlug die Hände vors Gesicht. »Ich hätte nie hierherkommen dürfen. Mein Gott, warum hab ich mich darauf eingelassen?« Er holte tief Atem und ließ die Hände sinken. Er sah schrecklich aus. »Louise, bitte … du darfst Amélie niemals sagen, dass ich … dass wir … dass ich beinahe …«

Er warf sich herum und drückte den Kutschverschlag auf. Offenbar überraschte er Pierre dabei, oder seine Verzweiflung verlieh ihm Bärenkräfte, denn der Verschlag schwang auf, als hätte Pierre sich niemals dagegengelehnt. Louise sah Pierre auf dem Rücken liegen, sein Hut kullerte übers Pflaster davon. Er schnappte nach Luft.

Alexandre stolperte um ihn herum.

Pierre angelte nach seinem Fuß. »Monsieur, die Namen!«

»Sie schreiben nichts!«, zischte Alexandre. »Gar nichts! Erst recht keine Namen!« Er trat sich frei und rannte davon. Die Bänder der total zerdrückten Fuchsmaske baumelten aus einer Faust.

Pierre sprang auf die Beine und wandte sich an Louise. Sein Gesicht war verzerrt vor Wut. »Was hast du getan?«, stieß er hervor.

Louise antwortete nicht.

Die Faust, die heranflog, hatte sie nicht einmal geahnt. Der Schlag traf sie auf den Wangenknochen, warf sie auf der Sitzbank zurück und ließ sie dann von dort in den Fußraum der Kutsche fallen. Pierre war in der Kutsche und über ihr, bevor der Schmerz Zeit hatte, in ihren Schädel zu schießen. Er packte sie am Haar und schüttelte sie. »Was hast du getan, du blödes Miststück?« Er ohrfeigte sie links und rechts. Louise spürte, wie Blut aus ihrer Nase zu laufen begann.

»Du völlig verblödetes Dreckstück!« Aufgebracht zerrte Pierre weiter an ihren Haaren. Der Schmerz war so groß, dass Louise wimmerte. »Das Arschloch war so geil auf dich, den hätten wir in alle Ewigkeit melken können. Was glaubst du überhaupt, wer du bist? Deine Fotze gehört mir, Louise!« Er griff unter ihren Rock und zwischen ihre Beine und drückte so brutal zu, dass sie aufschrie. »Und deine Seele auch!«

Dann verdrehte er die Augen und stieß ein langgezogenes Seufzen aus. Der Griff in ihrem Haar löste sich, die Hand zwischen ihren Beinen zuckte und sank dann herab. Pierre fiel gegen die Sitzbank und krümmte sich zusammen.

Louise hatte mit dem Knie zugestoßen. Es war nur zur Hälfte bewusst geschehen. Ihr Körper, ihr Überlebensinstinkt oder irgendetwas anderes hatte reagiert und sie das Knie so hart in Pierres Weichteile rammen lassen, wie sie nur konnte.

Pierre sank noch mehr in sich zusammen. Sein Mund öffnete und schloss sich in dem einen besonderen Schmerz, der auch einen Riesen zu einem hilflosen Bündel Nerven reduzierte. Spucke lief in einem langen Faden heraus.

Louise rappelte sich auf. Ihr Wangenknochen tobte, als hätte der Schlag ihren Schädel gespalten, ihre Wangen brannten von den Ohrfeigen, ihre Kopfhaut stach. Noch ein Schmerz machte sich bemerkbar, der in ihrer rechten Hand. Sie öffnete die Faust. Die eine Hälfte des Bleistifts steckte tief in ihrer Handfläche. Blut lief an ihrem Handgelenk hinunter und in ihren Ärmel hinein.

Sie zog den abgebrochenen Stift aus der Wunde und keuchte vor Schmerz. Dann ließ sie sich schwer auf den stöhnenden Pierre fallen. Pierre ächzte. Mit dem Bleistift in der linken Faust näherte sie sich seinem Auge und verharrte so kurz davor, dass seine Wimpern den scharfen Splitter berührten, als ein Tropfen Blut in sein Auge fiel und er krampfhaft blinzelte.

»Komm nie wieder in meine Nähe«, keuchte Louise. »Tust du es doch, musst du mich töten, denn sonst bringe ich dich um. Ich schwöre dir, Pierre, ich bringe dich um. Ich werde aus dem Grab herausgreifen, wenn es sein muss, und dir das Herz aus dem Leib reißen, falls du mir noch ein einziges Mal nahe kommst.«

»Ich mach dich fertig …«, presste Pierre hervor.

»Ich brauche nur zu zucken«, flüsterte Louise, »und du trägst den Rest deines Lebens eine Augenklappe. Sag mir noch mal, was du tust.«

»Ich … ich werde dich in Ruhe lassen …«, stieß Pierre hervor.

Louise zog die Hand zurück und ließ den Bleistift fallen. Er rollte unter eine Sitzbank. Sie richtete sich auf. Pierre sank in sich zusammen und starrte sie an, die Hände um sein Gemächt geklammert. Sein Gesicht war schweißnass, aus seinen Augen liefen Tränen. Louise schaute auf ihn hinunter.

Würde er sein Wort halten? Oder war es nicht besser, seine momentane Hilflosigkeit zu nutzen und ihn unschädlich zu machen? Louises geknöpfte Halbstiefel hatten harte, scharfe Absätze und ebenso harte Kappen. Sie musste ihn nur ein paarmal gegen den Kopf treten, bis er besinnungslos wäre, und dann weitertreten, die Bösartigkeit, die Korruption, die Menschenverachtung aus ihm heraustreten, das *Leben* aus ihm heraustreten …

Der Augenblick verflog. Auf einmal wusste sie, dass sie es nicht tun konnte. Nicht, während er hilflos vor ihr auf dem Boden lag. Ihre Liebe zu ihm hatte sich in den letzten Augenblicken in tödlichen Hass verwandelt, und doch konnte sie es nicht.

Sie wandte sich ab. In ihrem Innersten tobte ein wilder Aufruhr. »Ich hoffe, ich sehe dich nie wieder«, sagte sie.

Eine Hand packte ihren Fußknöchel und riss daran. Sie fiel nach vorn und stieß mit dem Kopf gegen den Kutschverschlag. Er schwang auf, prallte außen gegen die Kutsche und wieder zurück und traf sie nochmals, gerade als sie versuchte, sich herumzuwerfen. Mit dem Oberkörper hing sie halb im Freien. Pierre zerrte sie wieder herein.

»Ich mach dich kalt, du Fotze«, hörte sie ihn stöhnen. »Ich mach dich kalt …«

Louise gelang es, sich auf den Rücken zu drehen. Pierre holte aus und schlug sie in den Magen. Eine Welle lähmenden Schmerzes breitete sich von der Stelle aus. Sie würgte und hustete.

»Das hast du dir so gedacht …« Pierre keuchte. »Ich richte dir deine Visage her …!«

Er ließ sich auf sie fallen. Mit der rechten Hand fummelte er an seinem Stiefel herum. Louise wurde klar, dass er dort ein Messer stecken haben musste. Wenn er es zu fassen bekam, würde er seine Drohung wahr machen und ihr Gesicht in einen Alptraum verwandeln – aus Rache für das verpatzte Geschäft und für den Tritt in die Hoden und weil es ein grausames Signal an alle anderen wäre, dass man besser die Wünsche von Pierre Charrier erfüllt, wenn man in seiner Gewalt war.

Mit der Erkenntnis, dass sie nichts mehr zu verlieren hatte, griff sie mit beiden Händen in sein Haar und riss mit aller Gewalt daran. Sie hörte ihn brüllen, als sich ein dickes Büschel in ihrer rechten Hand mit einem Ruck aus der Kopfhaut löste. Er warf sich nach hinten. Ihre linke Hand verlor den Halt, doch mit ihr löste sich ein weiteres Büschel Haare aus Pierres Skalp. Er sprang auf. Sie trat gegen seine Beine. Er fiel bäuchlings auf die Sitzbank. Louise stieß sich voller Panik nach hinten, verlor das Gleichgewicht, versuchte vergeblich, sich am Türrahmen der Kutsche festzuhalten, und fiel nach draußen. Ihr Rücken schrammte über das Trittbrett, dann prallte sie aufs Pflaster. Die Luft wurde aus ihren Lungen getrieben. Für ein paar Momente war sie wie gelähmt. Entsetzt starrte sie nach oben. Jeden Moment würde Pierre aus der Kutsche stürzen und über sie herfallen.

Pierre kam nicht. Stöhnend rappelte Louise sich auf. Im ersten Impuls wollte sie weglaufen, doch dann schaute sie in die Kutsche hinein. Pierre kauerte zwischen den Sitzbänken. Er hatte sich erbrochen und holte pfeifend Luft. An einer Stelle seines Schädels war eine rohe, handflächengroße Lücke in seinem Haar, aus der Blut sickerte. Er war blass und starrte stumm an sich hinab. Die Hände presste er krampfhaft gegen den Bauch. Louise sah es nass zwischen seinen Fingern glänzen.

Er musste sein Messer bereits gezogen haben, als sie ihm die Haare ausgerissen hatte. Und als er bäuchlings gegen die Sitzbank prallte, hatte er es sich selbst in den Leib getrieben.

Er hob den Kopf und starrte sie an. Seine Lippen zuckten. Er flüsterte etwas. Unwillkürlich beugte sie sich vor, um es zu verstehen.

»Dreckstück«, wisperte Pierre langsam und ohne sich zu bewegen.

Wortlos wandte sie sich ab und ließ ihn in der Kutsche liegen. Wie schwer war er verletzt? Sie konnte es nicht sagen. Würde er daran sterben? Sie konnte es nur hoffen.

Aber dann würde sein Tod auf ihrem Gewissen lasten. Wollte sie das?

Sie wollte nur eins: dass das ganze letzte Jahr nicht geschehen wäre und dass sie immer noch in dem schönen Haus leben würde und nicht die dunkle Seite der Stadt der Lichter kennengelernt hätte. Zugleich wusste sie, dass es nie wieder so sein würde wie damals – und erkannte, dass sie sich erst jetzt mit diesem Gedanken abfand. Es wurde Zeit, das Leben in die Hand zu nehmen. Nach dem Selbstmord ihres Vaters hatte sie es zuerst in der Abhängigkeit aus zweiter Hand vom Liebhaber ihrer Mutter gelebt und dann in der Abhängigkeit von Pierre Charrier. Ein drittes Mal würde sie sich nicht mehr in die Abhängigkeit begeben.

Im Erdgeschoss des Palais, in dem die Feier stattfand, öffnete sich eine Tür. In den Lichtkegel, der herausfiel, trat jemand und schien sich umzusehen. Pierres Gebrüll war in dem Haus gehört worden. Es wurde Zeit für Louise, zu verschwinden.

Sie drehte sich um und sagte über die Schulter zu dem kauernden Mann in der Kutsche. »Leb wohl, Pierre.«

»Du kannst mich doch hier nicht liegenlassen. Ich verblute. Louise …«

Sie schritt davon. Die Dienstboten des Palais würden ihn finden und sich um ihn kümmern. Wenn Pierre die Verletzung überlebte, würde er seine Drohung wahr machen. Und nicht nur sie, sondern auch ihre Mutter würde seiner Rache zum Opfer fallen. Pierres Unfall hatte ihr einen Vorsprung von ein paar Tagen gegeben; danach würde er, wenn der Teufel es wollte, wieder so weit auf dem Damm sein, dass er jemanden mit einem Mordbefehl losschickte. Sie zweifelte nicht daran, dass er die Mittel hatte, einen Mordauftrag zu erteilen, entweder mit Geld oder mittels einer Erpressung.

Ein paar Tage. Sie musste sie nutzen, um mit ihrer Mutter zusammen aus Paris zu fliehen. Irgendwohin. An einen Ort, an dem Pierre sie nicht finden würde. Weit weg von Paris.

Wohin? Sie wusste es nicht.

Mit welchen Mitteln? Sie hatte das Gefühl, dass sie wenigstens dafür eine Lösung kannte.

Immer hastiger eilte sie davon, bis ihr aufging, dass es fast eine Flucht war und dass ihre schnellen Schritte in den leeren Gassen alles mögliche Gesindel anlocken konnten. Sie bremste sich und ging gemessen weiter, während sie im Kopf ihr weiteres Vorgehen plante.

Louise Ferrand wendete ihr Gesicht in den Sturm.

24

Louise hatte die Spuren des Vorfalls nicht vor ihrer Mutter verbergen können. Sie hatte ihr notgedrungen die Wahrheit erzählt. Das Detail, dass der Mann, mit dem Pierre sie für ein paar Indiskretionen hatte verkuppeln wollen, Alexandre DuPlessys gewesen war, hatte sie jedoch verschwiegen. Nicht dass sie sich Alexandres Bitte verpflichtet gefühlt hätte; er hatte sich zwar letzten Endes anständig verhalten, aber sie verabscheute ihn trotzdem. Was sie zurückhielt, war das Mitleid mit ihrer Mutter. Es war, als ob die Episode den letzten Rest an Verachtung, den sie ihr immer noch entgegenbrachte, gelöscht hätte. Irgendwie ließ sich die Verachtung nicht mehr aufrechterhalten, wenn einem die Verzweiflung einer unmöglichen Liebe bewusst wurde. Klargeworden war sie Louise, als sie Alexandres Tränen in der Kutsche gesehen hatte; die Verzweiflung war auf seiner Seite nicht geringer als auf der Seite Amélies, und diese Erkenntnis hatte Louise spüren lassen, wie sehr ihre Mutter Alexandre geliebt hatte. Angesichts eines solchen Dramas verblasste die eigene Empörung; selbst wenn man wie ein Stück Ware als Unterpfand angeboten worden war.

Amélie hatte den Ernst der Lage erkannt. Dennoch schreckte sie vor Louises Plan zurück. Louise konnte es ihr nicht einmal verdenken.

»Maman, wir müssen hier weg!«, drängte Louise. »Ich habe in den letzten beiden Tagen Erkundigungen eingezogen. Niemand weiß, wo Pierre im Moment ist. Aber er kann nicht tot sein, denn das hätte sich herumgesprochen. Er hat sich irgendwo versteckt, wahrscheinlich im Haus von jemandem, über den er Macht hat, und lässt sich gesund pflegen. Sobald er so weit ist, dass er wieder Anweisungen geben kann, wird er uns ein paar Totschläger auf den Hals hetzen!«

»Aber ausgerechnet *ihn* um Hilfe bitten …« Amélie stöhnte auf. »Weshalb sollte *er* uns helfen wollen?«

Weil ich ihn in der Hand habe, dachte Louise. Aber mehr noch, weil er dich immer noch liebt und den Tag verflucht, an dem er dich seiner Karriere zuliebe geopfert hat.

»Er wird es tun«, sagte sie besänftigend. »Und er hat die Mittel dazu. Was wollen wir denn schon? Ein bisschen Geld, damit wir woanders hingehen können. Und eine Arbeit bei der Eisenbahn. Für dich und für mich. Damit wir ihm das Geld zurückzahlen können.«

»Arbeiten, Louise?«, fragte Amélie hoffnungslos. »Wozu kann man uns schon brauchen? Wir können nichts …«

»Wir sind wir«, sagte Louise. »Und wir haben uns trotz all der Schicksalsschläge des letzten Jahres behauptet. Wir haben vielleicht keine besonderen Fähigkeiten, aber wir lassen uns nicht unterkriegen. Die Eisenbahngesellschaft wäre dumm, wenn sie darauf verzichten würde, Amélie und Louise Ferrand einzustellen. Wer weiß, in ein paar Jahren sind wir vielleicht die neuen Herrinnen der Gesellschaft?«

Über Amélies Gesicht huschte ein Lächeln, das von feuchten Augen begleitet war. »Ach, Louise«, sagte sie. »Was hab ich nur falsch gemacht, dass du all das durchleiden musst?«

»Du hast nichts falsch gemacht. Es war Papa. Und er ist tot. Wir können ihm keine Vorwürfe mehr machen. Wir müssen zu uns selber stehen.«

»Ich kenne dich gar nicht wieder, Louise!«

»Ich mich auch nicht«, sagte Louise grimmig und strich über den blauschillernden Fleck auf ihrer Wange, wo Pierres Faustschlag sie getroffen hatte. Ihr Körper war immer noch steif; ein zweiter blutunterlaufener Fleck verunstaltete ihren Bauch, auf dem Rücken prangte eine große Abschürfung vom Trittbrett der Kutsche, und die Blasen an ihren Füßen von dem langen Fußmarsch aus der Stadt zurück nach La Villette begannen gerade erst zu trocknen. So musste sich ein Soldat nach einer überstandenen Schlacht fühlen. Nur dass die Schlacht noch lang nicht vorüber war. Aber wie ein Soldat Zuversicht aus der Tatsache schöpfte, dass er den ersten Waffengang überlebt hatte, so fühlte Louise Optimismus, dass sie die Dinge weiterhin zu ihren Gunsten beeinflussen konnte. Sie war aufgewacht; wenn man den Aufwand betrachtete, den das Schicksal betrieben hatte, um sie aufzuwecken, musste man zu dem Schluss kommen, dass all das nicht umsonst gewesen sein konnte.

Louise erkannte sich nicht wieder. Aber sie mochte diese unbekannte neue Louise, die in diesem schmerzenden Körper steckte und Pläne für die Zukunft schmiedete.

»Ich begleite dich, wenn du zu Alexandre gehst«, sagte Amélie tapfer.

»Nein, Maman, das wirst du nicht tun.« Schon weil ich ihn dann nicht unter Druck setzen kann, wenn es sein muss, dachte Louise. Laut sagte sie: »Erspar es dir, Maman.«

»Kannst du dir vorstellen, dass ich ihn … dass ich ihn trotz allem … einfach gerne wiedersehen würde?«

»Ich gehe allein, und dabei bleibt es. Bitte, Maman! Ich muss nur noch herausfinden, wie ich an ihn herankomme.«

Amélie schluckte. »Alexandre ist jetzt Staatsrat im Ministerium für öffentliche Arbeiten. Er ist Assistent von Monsieur Legrand, dem Staatssekretär für die Errichtung der Eisenbahnlinien in ganz Frankreich. Alexandre ist einer der Männer, die die Enteignungen der Grundstücksbesitzer leiten, die ihren Boden nicht freiwillig für den Bau der Bahntrassen an den Staat verkaufen.« Amélie wich Louises Blick aus. »Ich habe nie aufgehört, mich über ihn zu erkundigen«, murmelte sie kaum hörbar und wischte sich über die Augen.

Louise sagte nichts. Sie hatte das Gefühl, nun etwas besser zu verstehen, warum Alexandre DuPlessys seiner Geliebten den Laufpass gegeben hatte. Ein Regierungsbeamter, der für Enteignungen zuständig war, musste zumindest nach außen hin einen untadeligen Lebenswandel aufweisen, um nicht in den Verdacht der Bestechlichkeit zu geraten. Zugleich mussten ihm alle möglichen Ungereimtheiten auffallen, in die weniger aufrechte Kollegen und Vorgesetzte verwickelt waren. Deshalb wäre Alexandre auch ein so wertvoller Informant für Pierre gewesen – für Pierres Hetzblatt, die *Gazette Libération*, die in Wahrheit eine *Gazette Duplicité* war – und für Pierres persönliche Sammlung an Menschen, die er erpressen konnte.

»Weißt du auch, wo ich ihn finden kann?«, fragte Louise nach einer Weile sanft. »Ich will nicht zu Hause bei ihm vorsprechen.«

»Der Chefingenieur der Bahngesellschaft Paris-St. Germain und seine Planer arbeiten eng mit dem Ministerium zusammen. Soweit ich weiß, hat Alexandre ein Büro bei der Gesellschaft.«

»Maman, ich bin erstaunt, was du alles weißt und dir nicht anmerken lässt.« Louise grinste.

Amélie räusperte sich. »Das hört sich wie eine Unverschämtheit an, Mademoiselle«, sagte sie, aber sie erwiderte das Lächeln. Gleich darauf wurde sie wieder ernst. »Was glaubst du, wie oft ich überlegt habe, einfach dorthin zu gehen und mich in der Nähe des Gebäudes zu verstecken, nur um ihn sehen zu können, wenn er abends nach Hause geht.«

»Hast du es getan, Maman?«

Amélie schüttelte den Kopf. »Ich war nicht sicher, dass ich es ertragen könnte«, sagte sie heiser.

»Morgen gehe ich zu ihm«, erklärte Louise. »Ich weiß, dass er uns helfen wird. Und dann kannst du den Gedanken an ihn endgültig loslassen.« Und ich meine Furcht vor Pierre, dachte Louise. Morgen wird alles gut.

25

Alvin von Briest und Stéphane Flachat sichteten die Unterlagen, die sie aus dem Tresor geborgen hatten. Den Schlüssel hatten sie dem Tresorbesitzer beinahe mit Gewalt wegnehmen müssen.

»Gut, dass ich dich dazugeholt habe«, brummte Stéphane. »Es ist, wie ich es mir gedacht habe. Die Korruption ist nicht nur auf unserer Seite. Überall dort, wo wir die Anschlüsse des *Grand Stern* nach Deutschland geplant haben, tauchen die gleichen Muster auf.« Er warf einen wütenden Seitenblick auf den leeren Sessel hinter dem Schreibtisch. »Unser Bürschchen hier hat uns direkt einen Gefallen getan, so fleißig zu sammeln; fast schade, dass ihm daraus jetzt der Strick gedreht wird. *Merde!* Nicht dass er es nicht verdient hätte. Wir haben etwas so Wunderbares mit der Eisenbahn geschaffen, und so ein Kerl und seine Komplizen beschmutzen es mit ihren geldgierigen Pfoten!«

Alvin seufzte. Seine Gespräche mit Stéphane Flachat hätten sich für jeden Außenstehenden merkwürdig angehört. Stéphane sprach deutsch, Alvin französisch. Auf diese Weise blieb Stéphanes ohnehin ausgezeichnetes Deutsch frisch, während sich Alvins Französisch ungemein verbessert hatte. »Stimmt«, sagte er. »Es war eine gute Idee. Sonst wären wieder auf beiden Seiten die Nationalisten aufgestanden und hätten behauptet, die Franzosen versuchen, die Deutschen schlechtzumachen, und umgekehrt.«

Alvin war nicht weniger aufgebracht als Stéphane, doch nicht aus den gleichen Motiven. Stéphane war voller Zorn, weil der Bau der Eisenbahn, die für ihn ein Gottesgeschenk der Zivilisation war, zu verbrecherischen Zwecken missbraucht wurde, und gleichzeitig erstaunt, dass es solche Niedertracht gab. Alvin stand der Eisenbahn nicht so naiv enthusiastisch gegenüber und war auch nicht so erstaunt, weil er sich immer noch an den Vorfall in Jerichow erinnerte. Seine Wut nährte sich eher aus der Tatsache, dass man immer wieder auf Männer wie Gerhard von Cramm stieß, nicht nur in der Adelsschicht, sondern auch unter den Beamten. In den Listen, auf die sie gestoßen waren, standen etliche Namen, die in die zuständigen Stellen in der preußischen Verwaltung führten. In dieser Hinsicht, sagte er sich nüchtern, war er offenbar ebenso naiv wie Stéphane, was Glanz und Gloria der Eisenbahn betraf.

»Wenn dieser Idiot«, sagte Stéphane und gab dem leeren Stuhl einen Tritt, »mit den Listen zu uns gekommen wäre, wäre er jetzt der Held und der Retter des *Grand Stern* vor der Korruption. Was hat ihn nur geritten, stattdessen zu einem dieser Schmierblätter zu laufen?«

Alvin blätterte durch die Unterlagen. Selbst für ihn, der mit Buchhaltung nichts zu tun hatte, waren die Aufzeichnungen nachvollziehbar. Grundstücksbesitzer, die mehr Geld für ihre Grundstücke bekommen hatten als den reellen Preis, und den Überschuss mit den zuständigen Beamten geteilt hatten, während deren Buchhalter die erhöhten Kosten geschickt in Dutzenden von Rechnungspositionen versteckt hatten. Enteignungen, die auf Kosten einer effizienten Streckenführung gegen mächtige Schmiergelder verhindert worden waren. Strecken, die umgeplant, und Verladebahnhöfe, die ursprünglich nicht vorgesehen gewesen waren, weil ein Fabrikbesitzer den Segen der Eisenbahn direkt vor seinen Produktionsanlagen erkannt und dafür ordentlich gezahlt hatte. Alles, was sich an Korruption bei der Planung eines Eisenbahnnetzes vorstellen ließ, stand hier in den Unterlagen verzeichnet.

»Glaubst du auch nur für einen Moment, dass der Verleger des Blattes aus patriotischen Motiven gehandelt hat, als er seinen Informanten an deinen Bruder verriet?«, fragte Alvin.

»Nie im Leben«, erwiderte Stéphane und grinste böse. »Aber leider können wir ihn nicht fragen, weil er untergetaucht ist. Irgendwas wird für ihn dabei schon drin gewesen sein.«

»Rache?«

»Aber wofür? Ist doch egal, Alvin. Die Anzeige hat die Ratte in unserer Mitte aufgestöbert, so dass wir sie entfernen konnten.« Ein neuerlicher Tritt traf den Sessel. »Das zählt, oder nicht?«

»DuPlessys behauptet, er hätte die Korruption nur aufgedeckt, wäre aber nicht Teil davon gewesen.«

»Haha. Er hat lediglich dafür gesorgt, dass seine Beteiligung nicht aus den Unterlagen ersichtlich ist. Ich sage dir, dass er die Spinne im Netz war. Mit diesen Aufzeichnungen hat er all die anderen erpresst.«

»Vor Gericht werden wir nicht damit durchkommen, fürchte ich.«

»Ja, ich weiß. Aber gesellschaftlich ist der Kerl erledigt, wenn wir diese Geschichte erst an die Öffentlichkeit gebracht haben. Der kommt nicht mehr auf die Füße. Ich hoffe, er ist so anständig und jagt sich zu Hause eine Kugel in den Kopf.«

Jemand räusperte sich vor dem Büro. Die beiden Männer blickten auf. Feldwebel Bronikowski stand draußen. Bronikowski war der ehemalige Polizeisergeant, der nach der Rauferei im Wedding in die Schenke gekommen war. Nach seiner Beförderung zum Hauptmann, wenn auch nur auf Zeit, hatte Alvin die Privilegien seines höheren Ranges genutzt und den Polizisten ausfindig machen lassen. Er hatte ihm angeboten, zur Truppe zu wechseln und mit nach Paris zu kommen. Bronikowski hatte sich einen Tag Bedenkzeit ausgebeten. Dann war er in die Garnison gekommen und hatte Alvin gebeten, folgende Anrede auszuprobieren: »*Feldwebel* Bronikowski.«

»Feldwebel?«, hatte Alvin gefragt. »Eine Beförderung vom Sergeanten zum Feldwebel? Das überspringt aber einen Dienstgrad.«

»Von Balin nach Paris isset ja ooch 'n weiter Sprung«, hatte der Sergeant unbewegten Gesichts erwidert.

»*Feldwebel* Bronikowski«, hatte Alvin gesagt. »Hmmm … geht irgendwie leicht über die Zunge.«

Bronikowski hatte salutiert und dann in lupenreinem

Hochdeutsch erklärt: »Marschgepäck wartet draußen, Herr Hauptmann. Irgendwelche Befehle?«

Jetzt sagte Bronikowski: »Besuch für Missjöh Düplessis. Wegschicken, Herr Hauptmann?«

Stéphane und Alvin sahen sich an. »Wer ist es?«, fragte Alvin.

»Junge Dame namens Luise Ferrong.«

»Ferrand«, korrigierte Stéphane automatisch. Bronikowskis hartnäckig preußische Aussprache aller französischen Namen reizte Stéphane, der Alvins Feldwebel insgeheim fast ebenso schätzte wie dessen Hauptmann, zur ständigen Korrektur.

Bronikowski wandte sich an Stéphane. »Entschuldigen bitte, Herr Flachat. Ferrong.« Bronikowski, der die Zuneigung durchaus erwiderte, spielte das Spiel mit der gleichen Begeisterung wie Stéphane. Dass der Feldwebel den Ingenieur schätzte, zeigte sich daran, dass er dessen Namen als Einzigen richtig aussprach.

»*Broni, vous avez un tête de mule.*« Stéphane seufzte.

»Sehr wohl, Herr Flachat. Besucherin wegschicken, Herr Hauptmann?«

»Warten Sie, Feldwebel.« Alvin wechselte einen Blick mit Stéphane. »F oder V?«

»Ich nehme das F.«

Beide blätterten die Notizen durch, die sie sich zu Alexandre DuPlessys' Aufzeichnungen gemacht hatten. Weder unter F noch unter V war ein Name zu finden, dessen Schreibweise zu Ferrand gepasst hätte.

»Wir lassen bitten«, sagte Alvin zu Bronikowski. Er wechselte erneut einen Blick mit Stéphane. Dieser zuckte in einer beredten Geste mit den Schultern: Schauen wir sie uns an – vielleicht erfahren wir etwas Neues.

Die junge Frau, die der Feldwebel hereinführte, trug einen

Kaschmirschal über den Schultern, darunter eine hüftkurze, enganliegende Jacke, einen weiten, bodenlangen Rock mit umlaufender Borte und auf dem Kopf eine Haube, unter der eine Strähne dunklen Haars hervorschaute. Ihre Sachen hatten bessere Zeiten gesehen und waren für die Jahreszeit zu leicht; die Borte am Rocksaum sah so aus, als sollte sie bemänteln, dass man das Kleidungsstück unten ausgelassen hatte, weil es ihrer Trägerin zu kurz geworden war. Aber ihr Gesicht war frisch und lebendig. Über ihre Nase, Stirn und Wangen zogen sich Sommersprossen. Was Alvin jedoch hauptsächlich an ihr auffiel, waren ihre Augen, die groß und braun und von einem Kranz dichter dunkler Wimpern eingefasst waren.

Die Besucherin blickte von einem zum anderen und schien verwirrt. »Entschuldigen Sie, ich glaube, hier liegt ein Irrtum vor«, sagte sie und wandte sich dabei an Stéphane. Alvin unterdrückte ein Grinsen. Dies war einer der wesentlichsten Unterschiede zwischen Frankreich und Preußen, den er kennengelernt hatte. In Preußen wandte sich jeder instinktiv an die Uniformträger, in Frankreich an die Zivilisten.

»Zu wem wollten Sie, Mademoiselle?«, fragte Stéphane.

»Zu Monsieur DuPlessys.«

»Ihr Name?«

»Louise Ferrand, Monsieur. Habe ich mich im Gebäude geirrt …?«

»Nein, Sie sind schon richtig, Mademoiselle.«

Alvin, der sich lange genug von Louises klaren braunen Augen losriss, um Feldwebel Bronikowski zu bemerken, der in Habtachtstellung hinter ihr stand, nickte dem Unteroffizier zu. Bronikowski vollführte eine exakte Kehrtwendung und stapfte hinaus.

Louise räusperte sich und fragte: »Darf ich wissen, wer Sie sind, Monsieur?«

»Stéphane Flachat, Mademoiselle, zu Ihren Diensten.«

Alvin stieß Stéphane unter dem Tisch mit dem Fuß an, damit dieser ihn auch vorstellte, aber der Ingenieur lächelte Louise an und war gegenüber dem Tritt unempfindlich.

»In welcher Angelegenheit wollten Sie zu Monsieur DuPlessys, Mademoiselle Ferrand?«, erkundigte sich Stéphane.

Louise zog ihren Schal nervös enger um die Schultern zusammen. »Eine Privatangelegenheit.«

»Nun«, begann Stéphane und zögerte; dann sagte er: »Es tut mir leid, aber Monsieur DuPlessys ist nicht mehr für die Eisenbahngesellschaft tätig.«

Louise überraschte Alvin, indem sie sagte: »Soweit ich verstanden habe, ist Monsieur DuPlessys der Assistent von Staatssekretär Monsieur Legrand und überhaupt nicht bei der Gesellschaft angestellt.« Ihre Stimme klang beunruhigt, aber sie stockte nicht. Sie schien sich ihrer Sache sicher zu sein.

»Da haben Sie recht, Mademoiselle.«

Stéphane und Louise schauten sich an. Keiner schien so recht zu wissen, wie er weitermachen sollte. Louise brach den Blickkontakt ab, schaute zu Alvin, schaute gleich wieder weg und begann, sich im Raum umzusehen. Alvin konnte förmlich sehen, was in ihrem Kopf vorging – sie erblickte die aufgezogenen Schubladen, die geöffneten Truhen, die Unordnung, den kalten Kamin, die beiden Mäntel der Männer, die achtlos über einen kleinen Beistelltisch geworfen worden waren, die Schmutzspuren auf dem Boden von ihren Schuhen …

»Ist Monsieur DuPlessys etwas zugestoßen?«, fragte Louise. Der Ausdruck des Schocks, der sich auf ihrem Gesicht breitmachte, tat Alvin in der Seele weh.

»Nein, Mademoiselle«, sagte Stéphane. »Können wir … ähm … kann ich anstelle von Monsieur DuPlessys etwas für Sie tun?«

»Was ist mit ihm passiert?«

»Ich fürchte, das ist eine interne Angelegenheit.«

»Ich … es wäre dringend!«

»Tut mir leid, Mademoiselle.«

»Wie kann ich ihn erreichen?«

»Auch das kann ich Ihnen nicht sagen, Mademoiselle.«

Louise Ferrand wurde noch bleicher. »Hat er sich … hat er sich etwas angetan?«

»Wie kommen Sie darauf?«, fragte Stéphane, aber sein winziges Zögern verriet, dass er unwillkürlich das Gleiche wie Alvin gedacht haben musste – dass sie vor ein paar Minuten noch voller Grimm übereingestimmt hatten, Alexandre DuPlessys sollte sich am besten selbst eine Kugel in den Kopf schießen.

Louise antwortete nichts darauf. Sie blickte sich erneut im Raum um, als habe sie die aberwitzige Hoffnung, DuPlessys würde plötzlich auftauchen wie ein Trickkünstler. Ihre Hände hatten sich zu Fäusten geballt. Stéphane schob unschlüssig ein Blatt auf dem Tisch unter das andere und holte es wieder hervor. Alvin war klar, dass der Ingenieur das Interesse an Louise verlor und mit ihrer Aufklärungsarbeit weiterkommen wollte.

Anders Alvin. Das Nachvollziehen von DuPlessys' Vergehen war auf einmal zweitrangig geworden. Er wollte mehr über die hübsche und nun verzweifelt wirkende junge Frau herausfinden, die sich ebenso offensichtlich bemühte, sich ihre Verzweiflung nicht anmerken zu lassen. In welcher Beziehung stand sie zu so einem korrupten Bastard wie Alexandre DuPlessys? Wobei hätte ihr der Beamte helfen sollen? Denn Hilfe war es ganz offenbar, was sie hier gesucht hatte.

»*Sergent* Bronikowski wird Sie hinausbegleiten, Mademoiselle. Wenn das alles wäre …?« Stéphane öffnete den Mund, um nach dem Feldwebel zu rufen.

»Ich mache das«, sagte Alvin schnell. »Sie gestatten, Mademoiselle?«

Stéphane zog die Augenbrauen hoch und wies stumm auf die Arbeit auf dem Tisch. Alvin lächelte den Ingenieur an. »Bin bald wieder zurück.«

Stéphane rollte mit den Augen und wandte sich ab. Alvin kam um den Tisch herum, klaubte seinen Paletot vom Beistelltisch und machte eine einladende Geste zu Louise. »Nach Ihnen, Mademoiselle.«

Er brachte sie vor die Tür. Das Gebäude der Bahngesellschaft befand sich auf dem Gelände des Bahnhofs, der Start- und Zielpunkt der Strecke Paris-St. Germain darstellte, im achten Arrondissement, auf der Place de l'Europe. Die Betreiber der Bahngesellschaft, die Gebrüder Péreire, die Chefs von Eugène und Stéphane Flachat, hatten einen provisorischen Holzbau errichten lassen, der schon nicht mehr adäquat war und durch einen gemauerten Bahnhof in einer anliegenden Straße ersetzt werden sollte. Sobald dieser den Betrieb übernahm, wollte Eugène Flachat den Holzbau niederreißen und einen einzigen großen, neuen Bahnhof erbauen. Das gesamte Gelände war ein einziges Durcheinander aus Löchern und Gräben, abgesperrten Stellen, Holzstapeln und Steinhaufen, aufgewühltem Schlamm, dreckbespritzten Bauarbeitern, die es mit ebenso dreckbespritzten Lastpferden überquerten, das Ganze in Abständen in Rauch und Dampf gehüllt, wenn der Zug einfuhr oder den Bahnhof verließ. Der Lärm war unbeschreiblich und klang nach Marktplatz, Volksfest, Bürgeraufstand und Barbarenüberfall gleichzeitig.

Alvin führte seine Begleiterin auf einem verschlungenen Pfad über das Gelände, um dem größten Dreck und den Arbeiten auszuweichen. Die französischen Bauarbeiter, so viel hatte Alvin schon erfahren, waren zwar höflich und sagten

»Pardon!«, aber erst, nachdem sie einen so angerempelt hatten, dass man der Länge nach in den Schlamm klatschte. Louise blickte starr geradeaus. Ihre Hände waren immer noch zu Fäusten geballt. Alvin hängte ihr seinen warmen Paletot um die Schultern, den er nur zu diesem Zweck mitgenommen hatte. Sie schien es gar nicht zu merken.

Als der Zug, der gerade ausfahrbereit auf das Signal wartete, plötzlich Dampf abließ und ein schrilles Zischen ertönte, fuhr sie doch zusammen. Sie blickte zum Gleis hinüber, und ihre Lippen begannen zu zittern.

Alvin beugte sich zu ihr und rief, um den Lärm zu übertönen: »Mademoiselle! Geht es Ihnen nicht gut?« Er legte die Hand leicht an ihren Oberarm und spürte, dass das Zittern ihren ganzen Körper erfasst hatte.

Sie wandte sich vom Anblick des Zugs ab. Alvin schnappte nach Luft, als er ihrem Blick begegnete. In ihren Augen standen so große Verzweiflung und Angst, dass sie ihn mitten ins Herz trafen.

»Kommen Sie, ich bringe Sie in ein Café und bestelle Ihnen etwas zu trinken. Sie müssen aus der Kälte heraus.«

Louise schüttelte den Kopf, doch als er sie einfach weiterführte, leistete sie keinen Widerstand. Das Café lag in einer Seitengasse; der Wirt war ein Freund von jedem, der mit der Eisenbahn und dem Bahnhofsbau zu tun hatte, weil beides ihm jeden Tag eine Menge Geschäft bescherte – von den Arbeitern und Angestellten der Gesellschaft bis hin zu den Schaulustigen, die immer noch in Scharen kamen und es sehen wollten, wenn der Zug ankam oder den Bahnhof verließ.

Um diese Zeit war das Café fast leer. Direkt beim Eingang saßen zwei Männer in ordentlicher Kleidung und notierten etwas in Notizbücher. Alvin hörte an den Geräuschen, dass der Zug nach St. Germain gerade ausfuhr. Mit der Aufnahme des Bahnbetriebs, hatte Stéphane erzählt, war eine neue Sorte Müßiggänger aufgetaucht: zumeist Männer mittleren Alters, die in kleinen Notizbüchern die Ein- und Ausfahrzeiten des Zuges notierten sowie sämtliche Änderungen, die im Lauf des Betriebs bemerkbar wurden – die Anzahl der Wagen, die die Lokomotive zog, Variationen im Anstrich, an welcher Stelle die überdachten und an welcher die offenen Wagen eingehängt wurden, welche Kleidung der Lokführer trug und so weiter. Wenn die Abweichungen vom Normalbetrieb zu groß wurden, schrieben sie Briefe an die Gesellschaft und wiesen mit höflicher Bestimmtheit auf die Abweichungen hin. Sie achteten besser auf den Zugbetrieb als der Bahnhofsvorsteher.

Alvin steuerte Louise in den hinteren, ruhigeren Bereich des Cafés und bestellte *un chocolat* für sie beide. Der Preis war ruinös, aber er hatte das Gefühl, dass die junge Frau etwas anderes brauchte als den sonst allgegenwärtigen Kaffee. Sie schien gar nicht zu bemerken, zu welchem Luxus er sie einlud. Sie trank, nachdem die beiden Tassen gekommen waren, mit kleinen Schlucken und starrte geradeaus. Auf einmal lief eine Träne ihre Wange hinab.

»Mademoiselle …«, begann Alvin besorgt.

»Ich brauchte nur zu sagen, dass ich mir eine heiße Schokolade wünschte, dann hat die Köchin eine für mich gemacht«, flüsterte Louise, ohne ihn anzusehen.

»Wann war das?«, fragte Alvin.

»Vor hunderttausend Jahren.« Nun wandte sie sich ihm doch zu. Sie stellte die Tasse ab und tupfte sich mit einem Tuch über die Wangen. »Verzeihen Sie, Monsieur. Ich bin unhöflich. Das ist meine erste heiße Schokolade seitdem.«

»Kein Problem. Wenn ich Ihnen irgendwie helfen kann?«

»Sie könnten mir sagen, was mit Monsieur DuPlessys geschehen ist.«

»Tut mir leid. Aber wenn Sie mir verraten, wobei er Ihnen hätte behilflich sein können … vielleicht kann ich es auch?«

Sie schüttelte den Kopf.

»Sind Sie eine Verwandte von Monsieur DuPlessys?«

Sie schüttelte erneut den Kopf.

»Mademoiselle, glauben Sie mir, ich möchte Ihnen wirklich gern helfen!«

»Gab es eine Anzeige gegen Alexandre?«, fragte Louise. Alvin war so verblüfft, dass er einen Moment nicht antworten konnte. Sein Schweigen schien für sie Antwort genug zu sein.

»Anonym?«

»Wie kommen Sie darauf?«

»Weil ihm das ähnlich sieht!«, murmelte sie. Röte stieg in ihre Wangen, die nicht nur von der heißen Schokolade stammen konnte. In ihre Augen kam wieder Leben: Wut. »Alexandre hat ihm die Namen nicht gegeben, und jetzt rächt er sich an ihm, indem er ihn verleumdet. Anhaben kann ihm keiner was, weil er sich versteckt hat.«

»Von wem sprechen Sie, Mademoiselle?«

»So ist es doch, oder? Die Bahngesellschaft hat eine Meldung vom Ministerium bekommen, dass gegen Alexandre eine Anzeige vorliege und dass man ihn vom Dienst suspendiert habe! Sie haben Alexandres Unterlagen überprüft … und was festgestellt?«

»Alexandre DuPlessys scheint das Zentrum eines Korruptionsrings im Zusammenhang mit dem Bau des *Grand Stern* zu sein, der bis über die Grenzen reicht«, erklärte Alvin und fragte sich, wie groß der Vertraulichkeitsbruch war, den er gerade beging. Morgen, spätestens übermorgen würde der Skandal in den Zeitungen stehen, mit klaren Hinweisen auf Alexandre DuPlessys, um Schaden von der Bahngesellschaft abzuwenden; aber heute war die Untersuchung noch geheim.

Dennoch – Louise Ferrand hatte bemerkenswert richtiggelegen mit ihrer Vermutung.

»Alexandre hat versucht, die Sache aufzudecken!«, stieß Louise hervor. Plötzlich griff sie nach seiner Hand. »Was immer er sonst getan haben mag, in dieser Sache ist er unschuldig, Monsieur … verzeihen Sie, ich kann Sie nicht mit Ihrem Rang ansprechen. Ihre Uniform ist mir fremd.«

»Ich bin *capitaine* Al …«

»*Capitaine* … Alexandre wollte diese Sache einem Zeitungsverleger aufdecken. Im letzten Augenblick hat er zurückgezogen. Der Zeitungsverleger ist ein Schuft und rächt sich jetzt an ihm mit dieser Anzeige!«

»Warum kam DuPlessys damit nicht zu seinem Vorgesetzten? Oder zu Isaac oder Jacob Péreire, den Betreibern der Bahngesellschaft?«

»Ich nehme an, dass ein paar Namen in höheren Kreisen ebenfalls in die Sache verwickelt sind. Den Herren dürfte es äußerst willkommen sein, dass sie jetzt Alexandre die ganze Sache anhängen können!«

Alvin hatte das Gefühl, dass Louise ihm nicht die Wahrheit gesagt hatte. Es hörte sich plausibel an und war wahrscheinlich auch so, aber er war beinahe sicher, dass etwas anderes hinter DuPlessys' Gang zu dem Zeitungsverleger steckte.

»In welcher Verbindung stehen Sie zu Monsieur DuPlessys?«, fragte er ein zweites Mal. »Sie scheinen ja viel über ihn zu wissen.«

»In gar keiner«, sagte Louise schnell.

Alvin lächelte. »Vertrauen gegen Vertrauen«, sagte er. »Ich dürfte eigentlich gar nicht hier sitzen und mit Ihnen über diese Sache sprechen.«

Louise kämpfte eine Weile mit sich. Sie seufzte. »*Capitaine* … ich kenne Monsieur DuPlessys gar nicht wirklich.

Aber ich kenne den Zeitungsverleger. Er lebt im selben Quartier wie ich.« Sie sprach stockend, und einmal mehr hatte Alvin das Gefühl, nicht die volle Wahrheit serviert zu bekommen. »Ich habe mitbekommen, dass Monsieur DuPlessys mit dem Verleger Kontakt aufgenommen hat, sich es dann aber doch anders überlegte, und wollte ihn vor ihm warnen. Der Mann ist bösartig und gemein. Wie es scheint, bin ich zu spät gekommen.« Louise ließ den Kopf hängen und spielte mit ihrer Tasse. Der Wirt des Cafés hatte die Schokolade gewohnheitsmäßig in einer *trembleuse* serviert, einem Geschirr, dessen Unterteller mit einer hochgezogenen, fein durchbrochenen Aufnahme für die Tasse ausgestattet war, so dass auch eine zittrige Hand das teure Getränk nicht verschütten konnte.

»Warum wollten Sie ihn warnen, wenn Sie ihn doch kaum kennen?«, fragte Alvin.

Louise stieß die Luft aus. »Sie wollen viel wissen, *capitaine*.«

»Ich will nur feststellen, wie ich Ihnen helfen kann.«

»Warum?«

»Warum? Weil mir scheint, dass Sie Hilfe brauchen.«

»Ach? Ist das so?«

Alvin lächelte erneut. »Darf ich Ihnen sagen, dass ich Ihren Stolz bewundere? Aber ich habe gesehen, wie schwer es Sie getroffen hat, die Neuigkeiten über Monsieur DuPlessys zu erfahren. Ich bin gern geneigt, Ihnen zu glauben, dass Sie ihn warnen wollten. Aber Sie hofften, dass er auch Ihnen helfen würde.«

Er gab den Blick aus ihren braunen Augen offen zurück. Ihre Musterung fühlte er bis tief in seine Seele. Ihm wurde klar, dass er dabei war, mehr als Mitgefühl für Louise zu empfinden.

»Also … wenn ich Ihnen helfen kann, Mademoiselle?«

Louise ließ sich so lange mit der Antwort Zeit, dass Alvin

bereits dachte, er würde keine erhalten. »Ich lebe mit meiner Mutter in La Villette«, sagte sie dann kaum hörbar. »Früher besaßen wir ein schönes Haus mit einem Park und Dienstboten. Mein Vater hat alles verspielt. Heute hausen meine Mutter und ich in einer Bruchbude mit zwei Zimmern in einem Quartier, das die Vorstufe zur Hölle ist. Wir sind umgeben von gescheiterten Existenzen aus Deutschland, die nach Amerika auswandern wollten und in La Villette gestrandet sind. Es riecht nach Schweinefett und altem Bier, und am Samstagabend werden Lieder gegrölt, zu denen ein Bataillon marschieren könnte, aber mit Musik haben sie nichts gemein. Können Sie sich vorstellen, wie es ist, von deutschem Gesindel umgeben zu leben?«

»So ungefähr«, erwiderte Alvin.

Louise hatte ihm gar nicht zugehört. »Der Zeitungsverleger, von dem ich gesprochen habe – er ist unser Feind. Bitte glauben Sie es mir einfach, *capitaine*. Zurzeit hält er sich versteckt, aber wenn er wieder auftaucht …«

»Sie wollen von dort weg. Sie haben gehofft, dass DuPlessys Ihnen Geld für Ihre Warnung bezahlen würde.«

»Ich wollte nur so viel, dass meine Mutter und ich anderswo eine neue Existenz aufbauen können. Und eine Arbeit bei der Eisenbahn. Ist das so unredlich, *capitaine*?«

Alvin hob die Hände. »Ich maße mir keinerlei Urteil an!«

Louise erhob sich. »Ich bin Ihnen sehr dankbar für Ihre Einladung, *capitaine*, aber wenn Sie mich nun entschuldigen wollen …«

Alvin stand ebenfalls auf. »Ich werde das, was Sie mir erzählt haben, an die Gesellschaft weiterberichten. Vielleicht gelingt es uns, Alexandre DuPlessys zu rehabilitieren. Ich gehe davon aus, dass den Mann noch keiner angehört hat. Man hat ihn nur nach Hause geschickt und unter Hausarrest gestellt. Und sollte es nicht gelingen oder Monsieur DuPlessys nicht willens sein, Ihnen zu helfen, dann werde ich es tun.«

Louise musterte ihn erneut mit diesem eindringlichen Blick.

»Ich schwöre es Ihnen.« Alvin blickte an sich herab. »Mein Rang und diese Uniform sind alles, was ich habe. Ich schwöre bei beiden, dass ich Ihnen helfen werde, wenn Sie mich brauchen.«

»Ich kenne Ihre Uniform nicht einmal, *capitaine*. Sie sprechen mit einem Akzent, aber ich kann ihn nicht zuordnen. Sind Sie Belgier?«

»Nein, ich bin Preuße.«

Louise sagte nach einer langen Pause: »Das ist in Deutschland, nicht wahr?«

»Preußen *ist* Deutschland, Mademoiselle.« Alvin grinste.

»O Gott … was ich vorhin gesagt habe …«

Alvin wollte sie besänftigen, doch da sah er Stéphane Flachat mit allen Anzeichen der Erregung ins Café kommen. Der Wirt deutete wortlos zu dem Tisch im dunklen hinteren Bereich, an dem Alvin und Louise standen. Stéphane rannte durch das leere Lokal und warf dabei ein paar Stühle um.

»Alexandre DuPlessys hat sich zu Hause erhängt«, stieß er keuchend hervor. »Man hat ihn eben gefunden.«

Louise setzte sich so hart auf den Stuhl, als hätte ihr jemand die Beine weggezogen, und begann zu weinen.

26

Es gelang Alvin, Louise bis zu den Schlachthöfen von La Villette zu begleiten, dann blieb die junge Frau stehen.

»Bitte«, sagte sie. »Ich komme jetzt alleine nach Hause.«

»Sind Sie sicher?«, fragte Alvin und meinte damit: Kommen Sie nach Hause, ohne dass Ihnen etwas passiert? Er musterte die Schlachthofgebäude, die sich hinter einem hohen Eisenzaun auf einem kahlen Gelände erhoben, schmutzig braune Backsteinhallen zwischen gewaltigen Holzkonstruktionen auf Hunderten von Tragsäulen, die der Halle eines Bahnhofs nicht unähnlich sahen. Der Geruch nach Tieren, Exkrementen, Blut und verdorbenem Fleisch war ekelerregend. Es ging auf den Nachmittag zu. Von allen Richtungen näherten sich Männer, Frauen und Kinder dem Schlachthofgelände, wahrscheinlich die zweite Schicht. Starre Gesichter mit finsteren Augen musterten den Offizier in seiner schmucken preußischen Uniform und die junge Frau neben ihm. Einige Arbeiter wandten sich schnell ab oder versteckten sich unauffällig hinter Leidensgenossen. Alvin ahnte, dass es Landsleute waren, die die preußische Uniform erkannten und sicherheitshalber auf Abstand gingen. Wahrscheinlich waren nicht alle hier gestrandeten Deutschen unbescholtene Auswanderer, die Pech gehabt hatten; manche Menschen verließen ihre Heimat auch, weil das Zuchthaus, das Arbeitslager oder der Strick auf sie warteten.

»Ich muss nur Pierre Charrier fürchten«, erwiderte Louise, die anscheinend Alvins Gedanken erraten hatte.

Pierre Charrier … wenigstens hatte Alvin das Vertrauen Louises so weit erringen können, dass sie ihm den Namen ihres Feindes mitgeteilt hatte. Sein Angebot, sie nach Hause zu begleiten, hatte sie nach anfänglichem Sträuben angenommen. Alvin war überrascht, dass es gar nicht so weit nach La Villette war; Louises knappen Schilderungen nach hatte er das Gefühl gehabt, das Quartier müsse auf dem Mond liegen, so unwirtlich-exotisch hatte es sich angehört. Das Gelände der Bahngesellschaft lag von der Ile de la Cité aus gesehen im Nordwesten, La Villette im Nordosten. Eine halbe Stunde Fußmarsch hatte Alvin und Louise zu den Schlachthöfen gebracht.

Alvin, der versuchte, den Abschied hinauszuzögern, sagte zum wiederholten Mal: »Sie können mir wirklich vertrauen, Mademoiselle Ferrand. Ich will nur Ihr Bestes.«

Louise begegnete seinem Blick und wandte sich wieder ab. »Das ist sehr freundlich von Ihnen, *capitaine*. Aber …«

»Bitte nennen Sie mich doch Alvin.«

»… aber Sie können weder mir noch meiner Mutter helfen.«

»Ich kann mich ebenso gut wie Alexandre DuPlessys nach einer Bleibe und einer Arbeit für Sie umsehen.«

Sie erwiderte nichts. In gewisser Weise konnte Alvin sie verstehen. Zwischen ihnen stand nicht zuletzt Louises tödliche Verlegenheit wegen ihrer bösen Worte über die deutschen Auswanderer – die Alvin jedoch nicht sonderlich ernst genommen hatte, weil er tagtäglich hörte, mit welch abfälligen Worten Feldwebel Bronikowski die Franzosen beschrieb und doch an den Abenden fröhlich mit den Arbeitern, den Militärs und den Polizisten, die mit der Bahngesellschaft zu tun hatten, Karten spielte, trank und ihr Essen teilte; wie es schien, gehörten die gegenseitigen Beschimpfungen einfach dazu.

Was sie sonst noch davon abhielt, ihm ihr Vertrauen zu schenken, konnte er nur ahnen. Er war ein Fremder für sie, gewiss. Doch DuPlessys war, wenn man ihren Worten Glauben schenken konnte, auch ein Fremder gewesen, und ihn hatte sie sogar aus eigenem Antrieb aufgesucht. Es war ein Rätsel. Louise selbst war ein Rätsel. Er merkte, dass ihm immer mehr daran lag, das Rätsel zu lösen. Selbst der Verdacht, dass die Hälfte von dem, was sie preisgegeben hatte, gelogen oder von massiven Auslassungen gekennzeichnet war, hielt ihn nicht davon ab, ihr näherkommen, ihr helfen zu wollen.

»Leben Sie wohl, *capitaine.* Danke für alles«, sagte Louise und schritt davon.

Alvin blieb stehen, ratlos und niedergeschlagen. Er wollte sich gerade abwenden, als sie sich an der Ecke des Schlachthofgeländes unerwartet umdrehte und zu ihm zurückblickte. Unwillkürlich schlug er die Hacken zusammen und deutete eine knappe Verbeugung an. Als er sich wieder aufrichtete, war sie um die Ecke verschwunden. Zwei kleine Jungen, die an ihm vorbeiliefen, kicherten und imitierten das Hackenzusammenschlagen. Er ignorierte sie. Auf sein Gesicht stahl sich ein Lächeln.

Sie hatte sich zu ihm umgedreht. Er war geneigt, es als einen Anfang zu betrachten.

Auf dem Rückweg lief er in Feldwebel Bronikowski hinein, der an einer Hausmauer lehnte.

»Was machen Sie denn hier?«, fragte er überrascht. »Warum sind Sie nicht beim Bahnhof?«

»Hatte keinen diesbezüglichen Befehl, Herr Hauptmann!«

»Das ist ein Dauerbefehl, Mann!«

»Bitte um Verzeihung, Herr Hauptmann. War mir entfallen, Herr Hauptmann.«

»Und da sind Sie mir nachgeschlichen?«

Bronikowskis betont soldatisch-neutrales Gesicht entspannte sich gerade so weit, dass Alvin ahnte, jetzt meinte der ehemalige Polizeisergeant es ernst. »Kein gutes Viertel da vorn, Herr Hauptmann. Auch nicht untertags.«

»Ich brauche keinen Geleitschutz, Broni.«

Bronikowski stand wieder stramm. »War ja auch der erweiterte Geleitschutz für die junge Dame, Herr Hauptmann.«

»Haben Sie gewusst, dass in La Villette ein Haufen deutscher Auswanderer lebt? Wahrscheinlich sind jede Menge Berliner darunter.«

»Det isset ja, wasset so jefährlich macht, Herr Hauptmann«, sagte Bronikowski, und an der Art und Weise, wie sein Gesicht sich keinen Deut verzog, konnte Alvin erkennen, dass der Feldwebel innerlich grinste.

»Wie machen wir das jetzt auf dem Rückweg, Broni? Laufen Sie wieder heimlich hinter mir her, oder gehen wir zusammen?«

»Ihr Wunsch ist mir Befehl, Herr Hauptmann.«

»Dann kommen Sie, Sie Hornochse. Und erzählen Sie mir was darüber, wie man eine Frau dazu bringt, einen zu mögen, die einen in einer Tour abblitzen lässt.«

Bronikowski seufzte und machte eine resignierende Handbewegung. »Französinnen«, sagte er. »Finger weg, Herr Hauptmann. An denen verbrennt man sich.«

»Und wenn ich mich verbrennen will, Broni?«

Der Feldwebel rollte mit den Augen. »Denn kuckense man zu, Herr Hauptmann, det ick in der Nähe bin, um Ihnen uff de Griffel zu pusten.«

»Können Sie sich für mich mal ein bisschen umhören, Broni? Nach einem Kerl namens Pierre Charrier? Ich möchte es vor allem wissen, wenn er plötzlich wieder auftaucht. Für Sie als alter Puhler dürfte das selbst hier ein Klacks sein, oder? Sie haben doch nichts verlernt in den letzten paar Wochen?«

Bronikowski, der »alte Puhler«, der höchstens zehn Jahre älter als Alvin war und die Gaunerbezeichnung für einen Polizeibeamten gleichmütigen Gesichts hinnahm, nickte. »Eenmal 'n Puhler, immer 'n Puhler.«

»Dann wissen Sie vermutlich, worum ich Sie außerdem bitten möchte.«

Bronikowski nickte langsam. »Verbrennse sich nur nich die Finger, Herr Hauptmann«, sagte er.

27

Es dauerte vier Wochen, bis Louise wieder etwas von Pierre hörte. Vier Wochen, in denen sie jeden Tag hundertmal vor Angst zitterte und nachts kaum schlafen konnte. Ihre Mutter hatte sich überwunden und einem der deutschen Nachbarn ein wenig Geld gegeben, damit dieser in der Nacht auf einem Stuhl vor ihrem Häuschen Wache hielt. Nach den kalten ersten Märztagen war das Wetter für ein paar Tage frühlingshaft geworden, doch dann hatte es sich wieder eingetrübt, und der Nachbar hatte für die nasskalten Nachtwachen mehr verlangt. Amélie hatte es ihm nicht geben können.

Für Louise hatte es keinen großen Unterschied gemacht, ob der Wächter draußen saß. Sie war sicher, dass Pierre sich von ihm nicht würde aufhalten lassen, selbst wenn er allein kam – was er nicht tun würde. Er würde zwei oder drei Totschläger angeheuert haben, die Louise und Amélie festhielten, während er an ihnen Rache nahm, und das, was von ihnen beiden dann noch übrig war, seinen Männern überlassen. Wenn die Anwesenheit des Nachbarn überhaupt irgendeinen beruhigenden Einfluss hatte, dann den, dass Louise wenigstens sicher sein konnte, dass Pierre noch nicht im Haus war, solange sie das Schnarchen von draußen hörte.

Louises Gedanken irrten immer wieder zu dem preußischen Offizier, der sich ihrer angenommen und ihr seine Hilfe zugesichert hatte. Wie ernst sollte sie dieses Angebot nehmen? Er hatte ihr das Gefühl vermittelt, dass sie sich auf ihn verlassen konnte. Aber konnte man sich auf irgendeinen Mann verlassen, egal von wo er kam? Ihr Vater, Alexandre, Pierre – sie waren Musterbeispiele dafür, dass einen die Männer am Ende immer verrieten.

Sie hatte keine Ahnung, wo Pierre sich versteckt hielt. Dass er gewillt war, Rache zu üben, hatte er bereits an Alexandre DuPlessys bewiesen. Was Louise betraf, würde er sich nicht damit begnügen, sein Opfer nur gesellschaftlich zu vernichten. Dass Alexandre sich selbst umbringen würde, hatte er nicht einkalkulieren können. An Louise würde er sich jedenfalls persönlich rächen, und was immer sie dabei erlitt, würde sehr wohl einkalkuliert sein.

In Wahrheit wirkte seine Rache schon die ganze Zeit. Louise war so weit, dass sie hätte aufschreien können, wenn nur jemand unerwartet vor ihr aus einer Gasse trat. Sie war ein Nervenbündel mit fleckiger Haut, hohlen Wangen und zitternden Händen, als die Karwoche begann.

Am Abend des Palmsonntags kam ein Gassenjunge mit einer Botschaft und rückte sie erst heraus, als Louise ihm etwas Geld gegeben hatte. Sie faltete den Zettel fahrig auseinander. *Ich warte an der Schlachthofmauer beim großen Tor*, stand in Yvettes Schrift darauf. *Komm gleich. Ist wichtig.* Schlachthof war falsch geschrieben; das zweite »t« von »abattoir« fehlte.

Louise kämpfte mit sich. Es konnte genauso gut eine Falle Pierres sein. Auf der anderen Seite: Wozu hätte er ihr eine Falle stellen sollen? Er brauchte nur einfach in Amélies und Louises Häuschen einzudringen. Selbst wenn der Nachbar aus irgendeinem Gefühl der Loyalität wegen des erhaltenen Wächtergehalts kam und nach dem Rechten sah, würde das keinen Unterschied machen, denn Pierres Totschläger würden sich seiner annehmen. Und sonst würde garantiert niemand aus der Nachbarschaft intervenieren. Nein, Pierre brauchte Louise nicht aus dem Haus zu locken, um ihrer habhaft zu werden.

Dennoch fühlte Louise den Drang, den Gassenjungen nochmals zu rufen und ihn mit einer Nachricht loszuschicken … Nur wohin? Zu dem preußischen Hauptmann … aber was wusste sie von ihm außer dem Rang und den Namen – den sie nicht richtig aussprechen konnte – und dass er mit der Eisenbahngesellschaft verbandelt war. Es war Sonntag. Er würde sich sicherlich nicht auf dem Bahngelände aufhalten.

Die Frage war außerdem, ob er ihrem Hilferuf folgen würde.

Er würde es wahrscheinlich tun. Sie ahnte es trotz aller Zweifel an der Zuverlässigkeit der Männer. Er würde es tun, weil sie irgendwie sein Herz berührt hatte. So viel war ihr klargeworden auf dem gemeinsamen Rückweg von ihrem fehlgeschlagenen Besuch bei Alexandre; es hatte sich ihr trotz des Schockzustands mitgeteilt, in dem sie sich befunden hatte. Zum ersten Mal seitdem horchte sie in sich hinein, ob auch er in ihr etwas wachgerufen hatte. Aber ihr schien, dass die Fähigkeit, einen Mann zu lieben, in ihr abgestorben war.

Trotzdem hatte sie das ernsthafte, gut geschnittene Gesicht des Preußen ständig vor Augen, als sie mit klopfendem Herzen durch die Gassen in Richtung Schlachthof eilte. So lebendig und laut der Schlachthof an den Werktagen auch war, am Sonntag war seine nähere Umgebung verwaist. Der Gestank war ständig der gleiche, ob am Feiertag oder wochentags. Wahrscheinlich vertrieb das die Müßiggänger; der Gestank und außerdem das Gebrüll der Tiere, die am Samstagabend noch angeliefert worden waren und während der Montagsfrühschicht geschlachtet würden.

Das große Zufahrtstor war gebaut wie das einer Burg, mit einem wuchtigen Torbau und einem hohen, tiefen Eingang. Keine Menschenseele hielt sich dort auf. Louise zögerte, dann eilte sie über den weiten freien Platz vor dem Tor. Auf halbem Weg sah sie Yvette aus dem Torbogen treten. Sie strich ihren Rock glatt und schüttelte sich. Als sie Louise sah, winkte sie.

Louise stockte, als hinter Yvette ein Mann aus dem Torbogen trat. Doch der Mann schlenderte mit den Händen in den Taschen seiner knielangen Jacke davon, ohne Yvette oder sie eines Blickes zu würdigen. Er pfiff. Seine Wangen waren gerötet.

Yvette sah noch hagerer und abgearbeiteter aus als bei ihrem letzten Treffen. Sie roch von weitem nach Alkohol, aber sie schien nüchtern genug zu sein. Ihre Kleidung war verschmutzt und wie immer zu bunt.

»Hast du den gesehen?«, zischte Yvette und wies auf den davonschlendernden Mann. »Verhandelt um den Preis und will dann noch Extratouren.« Sie spuckte aus. »Scheißkerle, einer wie der andere. Lass dich ansehen, Mädchen. Du siehst beschissen aus.«

»Yvette …«, begann Louise, deren Herz wieder bis zum Hals klopfte. Yvette sah sich um, dann zog sie Louise in den Schatten des Torbogens. Dort drin war es düster und der Gestank nach Tieren und Exkrementen fast nicht auszuhalten. Der Boden war schlüpfrig.

»Hab gehört, dass du Pierre die verdammten Eingeweide durchlöchert hast«, erklärte Yvette.

»Ich habe …«

»Er hat aber nich ins Gras gebissen. Scheißarbeit, Mädchen. Wenn du so was machst, musst du es ganz erledigen. Pierre hat eine Scheißwut auf dich.«

»Hast du … hast du etwas von ihm gehört? Hast du ihn gesehen?«

»Gesehen nich. Gehört hab ich so allerlei.«

»Was?«

»Na, dass er auf dich eine …«

»Ja, ja. Was noch?«

Yvette sah erstaunt aus. »Reicht dir das nich?«

»Nein, ich meine: Warum hast du mich hierhergebeten?«

»Weil ich dir das erzählen wollte.«

»Was, dass Pierre wieder da ist?«

Yvette nickte. Dann seufzte sie und sagte: »Die letzten vier Wochen waren die Hölle.«

»Das stimmt«, stieß Louise hervor. Es klang fast wie ein Schluchzen.

»Scheiße, Mädchen, was weißt du schon?«, knurrte Yvette. »Ich meine für mich. Bist du am Sonntag und an jedem Feiertag hier und kniest in der Kacke? Für ein paar Centimes, um die du noch verhandeln musst?« Zu Louises Horror hob Yvette ihren Rock. Ihre Knie waren schwarz.

»Aber … warum hast du das nicht einfach dem Gassenjungen gesagt? Oder auf den Zettel geschrieben? Warum hast du mich hierherlaufen lassen?«

»Wirst du jetzt auch noch undankbar?«, rief Yvette. Aber sie wich Louises Blick aus.

Louise bekam solche Angst, dass ihr die Kehle eng wurde.

»Yvette …«, stammelte sie. »Warum?«

Zwei Schatten fielen ins düstere Innere des Torbogens. Louise schrie auf und wirbelte herum. Pierre! Aus dem Augenwinkel sah sie, wie Yvette zurückwich.

»Warum, Mademoiselle Ferrand?«, fragte der eine Schatten. Der preußische Offizier! Louise fühlte ihre Knie weich werden. »Um Sie von zu Hause wegzulocken. Weil Pierre Charrier anscheinend gemerkt hat, dass Feldwebel Bronikowski ein wenig auf Ihr Haus aufgepasst hat und ihn für Ihren Leibwächter hielt. Also wollte er Sie und damit ihn aus dem Weg haben, um sich ungefährdet bei Ihnen einzunisten und Ihre Rückkehr aus einer sicheren Position abzuwarten.«

»Maman!«, keuchte Louise, die ihre Hände unbewusst in die Weste des Offiziers verkrallte. Er trug Zivil, was an ihm merkwürdig aussah.

»Scheiße«, rief Yvette und versuchte davonzurennen. Der Begleiter des Offiziers hielt sie auf. Sie wand sich, spuckte ihm ins Gesicht und trat gegen seine Schienbeine. Er knurrte etwas, was sich wie ein Fluch anhörte, und bellte dann einen Befehl.

»Scheiß-Alboche!«, kreischte Yvette. »Lass mich los, du Bastard!«

»Lass sie laufen, Paul.«

Der Begleiter des Offiziers gab Yvette frei. Sie raffte ihre Röcke hoch und rannte über den Platz davon.

»Darf ich vorstellen – Paul Baermann. Louise Ferrand.«

Louise hörte nicht zu. Sie schüttelte den Offizier. »*Capitaine!*«, rief sie. »Bitte. Meine Mutter. Pierre ist bei ihr. Bitte helfen Sie mir …«

»Machen Sie sich keine Sorgen. Er wird nichts tun, bis Sie nicht wieder zu Hause sind. Außerdem passt Bronikowski auf. Er beobachtet das Haus. Wenn er das Gefühl hat, dass etwas nicht stimmt, greift er ein.«

Louise hatte nur die Hälfte verstanden. Sie war voller Furcht um ihre Mutter und sich selbst und erschüttert über Yvettes Verrat. »Bitte kommen Sie!«, flehte sie.

Der Offizier ließ sich von ihr mitziehen. Sein Freund folgte ihm. Sie nahmen Louise in die Mitte. Gemeinsam eilten sie über den Platz in die nächste Gassenmündung, in Richtung Louises Heim. Das Laufen verscheuchte Louises panische Gedanken, so dass sie sich auf die zwei Männer konzentrieren konnte, die ihr beistanden.

Der Offizier wirkte in seiner zivilen Kleidung, als hätte er die Sachen eines anderen Mannes angezogen. Sein schmales Gesicht war entschlossen, sein dunkles Haar hing ihm in die Stirn. Louise fiel erst jetzt auf, wie jung er noch war; er konnte keine fünf Jahre älter sein als sie. Sein Freund durfte kaum älter sein, aber er war breiter in den Schultern und wirkte, als wollten sein Brustkorb und seine Arme den Stoff seiner Weste und Jacke sprengen. Sein Haar war blond und viel kürzer als das des Offiziers. War er ein einfacher Soldat, der sich der Disziplin mehr beugen musste als sein Vorgesetzter? Doch die beiden wirkten wie Freunde und nicht wie Vorgesetzter und Untergebener. Jedenfalls bewegte er sich mit derselben Entschlossenheit und wirkte nicht wie ein Befehlsempfänger. Er schien Louises Musterung zu bemerken, denn er warf ihr einen Blick zu. Bevor Louise die Augen senken konnte, grinste er und zwinkerte ihr zu. Louise war überrascht, wie sehr das Grinsen und das Augenzwinkern ihre Angst besänftigten.

»Kennen Sie einen Mann, ungefähr so groß, mit kurzgeschnittenem Bart, Goldzahn vorne links und ein schielendes Auge?«, fragte der Offizier.

»Ja!« Louise keuchte vom Laufen. Sie erinnerte sich an den Überfall vor dem Gefängnis, vor dem Pierre sie gerettet hatte. Ihr war längst klar, dass er das nur inszeniert hatte, um sie in sein Netz zu locken.

»Er ist Ihnen und Bronikowski gefolgt, als sie von zu Hause aufbrachen.«

»Woher wissen Sie das?«

»Weil wir wiederum ihm gefolgt sind.«

»Der Mann ist gefährlich!«, stieß Louise hervor. »Er gehört mit Sicherheit zu Pierre.«

»Kann schon sein«, sagte der Freund des Offiziers in

schlechtem Französisch. »Aber gefährlich ist er nicht mehr. Jedenfalls nicht die nächsten paar Wochen.«

»Was ist mit ihm passiert?«

»Er ist zwischen Bronikowski und Paul geraten«, sagte der Offizier. »Kein guter Ort, wenn man einer der Schurken ist.« Er wandte sich an Paul. »Mir war gar nicht klar, wie gefährlich du auch ohne einen Bierkrug in der Hand sein kannst.«

Paul zuckte mit den Schultern. Er schien nicht alles verstanden zu haben. Der Offizier hatte mit Rücksicht auf Louise französisch gesprochen. Paul schien ebenso wie sein Freund Deutscher zu sein. Zwei verhasste Alboches, die einer Französin zu Hilfe eilten, die von einem Franzosen bedroht wurde! Louise schämte sich noch mehr als zuvor für die abfälligen Worte gegen die Landsleute des Offiziers.

Jemand trat aus einer Gasse und winkte, bevor er sich wieder zurückzog. Um die Ecke war das Haus von Amélie und Louise. Louise folgte ihren Begleitern in die Gasse hinein. Der dritte Mann trug einen Mantel, der für die Jahreszeit zu warm war, über einer Uniformjacke. Er setzte zu einem Salut an, ließ die Hand dann aber wieder sinken. Es war klar, dass zumindest er ein Untergebener des Offiziers war – und nun fiel ihr auch wieder ein, dass er der Sergeant war, der sie bei ihrem Versuch, Alexandre zu sprechen, in Empfang genommen hatte. Er nickte ihr zu und flüsterte dann mit den anderen beiden. Noch etwas war klar: Dies war eine private Unternehmung der drei. Dass der Offizier Zivil trug und sein Sergeant mit dem Mantel wenigstens versuchte, die Uniform zu verstecken, sprach Bände.

Louise wäre am liebsten weitergelaufen, doch ein weiterer Seitenblick Pauls und sein Lächeln beruhigten sie. Pauls Grinsen war so breit, dass seine weißen Zähne aus seinem Gesicht leuchteten. Es war von der Art, dass man es sich sofort wiederzusehen wünschte, wenn es erloschen war.

»Sie sind zu dritt«, wandte sich der Offizier wieder an sie. »Gleichstand. Gut, dass wir den Kerl mit dem Goldzahn unschädlich gemacht haben.«

»Wo ist er jetzt?«, fragte Louise.

»In einem Kellerabgang nicht weit von hier. Wenn er erwacht, wird er sich wünschen, weiterhin besinnungslos geblieben zu sein.«

»Hat Ihr … Ihr …?«

»Bronikowski?«

Der Soldat, der offenbar noch weniger Französisch verstand als Paul, blickte bei der Nennung seines Namens auf und nickte Louise gemessen zu.

»Hat er … Was ist mit meiner Mutter?«

»Nichts geschehen«, sagte Bronikowski mit starkem Akzent. »Ich habe aufgepasst.« Sie fühlte seinen Blick wie eine eingehende Musterung, und es kam ihr vor, als habe sie diese nicht bestanden.

»Wie gehen wir vor, Alvin?«, fragte Paul. »Wie lautet dein Plan?«

Alvin! Trotz ihrer Unruhe empfand Louise Erleichterung, als ihr der volle Name des Offiziers wieder einfiel. Alvin von Briest. Er ging schwer über eine Zunge, die das melodische Französisch gewohnt war.

»Wir platzen rein und machen die Kerle fertig«, sagte Alvin.

»Ich liebe die Finessen der preußischen Militärtaktik«, erklärte Paul.

»Wenn wir in Preußen wären, würden wir das Haus auch noch mit abreißen«, sagte Bronikowski, ohne mit der Wimper zu zucken. »Zum Angriff, Herr Hauptm… Herr von Briest?«

»*A l'attaque*, *Monsieu*r Bronikowski.«

28

Paul Baermann hatte sich bislang in Paris wohl gefühlt wie ein Fisch im Wasser. Der Vergleich war nicht einmal weit hergeholt, denn die Bahngesellschaft und die Arbeit, die sie ihm ermöglichte, waren sein Element. Wenn man dachte, dass er ausgezogen war, um den Bau von Lokomotiven zu erlernen! Und nun war er hier und arbeitete an der Projektierung eines Eisenbahnnetzes mit, das zwei Länder miteinander verbinden und dadurch im Frieden vereinen würde, die seit tausend Jahren verfeindet waren: Frankreich und Deutschland. Statt voller Schmiere und Fett in einer dröhnenden Halle unter einer Maschine zu liegen und sie zusammenzuschrauben, half er mit, die Strecken zu planen, auf denen die Maschinen in die Zukunft stampfen würden. Und das alles, weil er es nicht ausgehalten hatte, zuzusehen, wie ein einzelner Mann von einer Übermacht gequält wurde. Die Wertvorstellungen, die sein Vater ihn gelehrt und die ihn in Nürnberg in den Ruin geführt hatten, hatten ein knappes Jahr später in Berlin dazu geführt, dass sein Traum auf eine noch phantastischere Weise wahr geworden war, als er sich je hatte erträumen lassen. Er bekam sogar noch Geld dafür. Genug, um in ein paar Wochen einen anständigen Betrag an seine Eltern in München zu senden. Er hatte ihnen und Lily seit Weihnachten nicht mehr geschrieben, seit er angedeutet hatte, das Glück könne ihm womöglich winken. Er wollte sie überraschen mit einem Brief, aus dem die Abschrift einer Verfügung an das Bankhaus Maffei fiel, wenn man ihn öffnete – die Verfügung, eine bestimmte Summe vom französischen Bankhaus der Bahngesellschaft, bei dem auch Paul ein Konto eröffnet hatte, als erste Rate für den Kredit entgegenzunehmen.

Doch Paul hatte nicht nur seinen Traum, sondern auch einen Freund gefunden, wie er ihn bisher nicht gekannt hatte. Seine Altersgenossen in München waren ihm meist fremd geblieben; oder besser gesagt er ihnen, weil sie seine Interessen nicht verstanden und darüber spotteten. Alvin von Briest verstand sie auch nicht wirklich, aber er spottete nicht, sondern schien fasziniert davon, dass ein Mann sich einer einzigen Sache im Leben so dermaßen intensiv widmete und nicht in den Kategorien von Nationalstolz und Hingabe an den Staat dachte, sondern von Stolz auf die Errungenschaften des menschlichen Genies und der Hingabe an eine bessere Zukunft mit Hilfe der Technik. Paul verehrte Stéphane Flachat und mochte den fähigen Feldwebel Bronikowski; aber tiefe Freundschaft empfand er für Alvin von Briest.

Deshalb hatte Paul nicht gezögert, als Alvin ihn gebeten hatte, ihm beizustehen in einer Angelegenheit, die vermutlich illegal war und zu großen Schwierigkeiten führen würde, wenn herauskam, dass Deutsche – und noch dazu Angehörige des Militärs! – darin verwickelt waren.

Alvin hatte Paul die Lage geschildert, in der Louise Ferrand sich befand. Paul hatte nicht lange überredet zu werden brauchen. Er wäre auch zu Hause in München und ohne dass ein Freund ihn bekniete eingeschritten, um jemandem zu helfen, der durch schurkische Machenschaften in Schwierigkeiten geraten war. Dafür hatte Gott den Menschen Mitgefühl und eine Seele gegeben – damit sie sich der schwächeren unter ihren Mitmenschen annahmen und diese gegen Unterdrückung verteidigten.

Bevor der Kerl mit dem Schielauge versucht hatte, Bronikowski von hinten ein Messer in den Rücken zu rammen, war bei dieser Hilfeleistung nicht von Gewalt die Rede gewesen. Alvin hatte darauf gebaut, dass Pierre Charrier und seine

Kumpane klein beigaben, wenn sie sahen, dass Louise Ferrand und ihre Mutter plötzlich Helfer hatten, die ihnen zur Seite standen.

Paul hatte selbst dann noch gehofft, dass keine weitere Gewalt nötig würde, nachdem er und der Feldwebel den schielenden Mann mit ein paar Griffen außer Gefecht gesetzt hatten; schneller, als Alvin auch noch hätte eingreifen können, und wenn man ehrlich war, ohne dass Paul mehr dazu beigetragen hatte, als dem Schielenden den Fluchtweg zu verbauen, nachdem Bronikowski ihn entwaffnet hatte und über ihn hergefallen war. Der Feldwebel hatte gewusst, wie man einen Mann auf den Boden zwang, ohne dabei mehr Zeit zu verlieren als nötig. Und wie man es so machte, dass der Mann auf dem Boden blieb.

Doch dann war ihm Louise Ferrand vorgestellt worden, und auf einmal schien ihm jede Form von Gewalt rechtens, wenn sie sich nur gegen die Leute richtete, die dieser Frau schaden wollten. Jedes Mal, wenn er sie angesehen hatte, hatte er nicht anders gekonnt, als zu lächeln, selbst in dieser Lage. Paul Baermann hatte in Paris seinen Traum gefunden; und nun war auch noch die Liebe zu ihm gekommen. Ein Blick auf Louise Ferrand hatte gereicht, um ihm klarzumachen, dass sein Herz verloren war. Er war geradezu dankbar, dass Alvin in seiner ritterlich-preußischen Art beschlossen hatte, der jungen Frau zu helfen. Irgendwann musste er ihn fragen, wie genau er sie kennengelernt hatte. Alvins Erklärung war etwas konfus gewesen, aber es hatte sich angehört, als fühle er sich Louise gegenüber in der Schuld wegen der Geschichte mit Alexandre DuPlessys. Vielleicht hatte sie dazu beigetragen, dass der Korruptionsring, dem DuPlessys anscheinend vorgestanden hatte, aufgedeckt werden konnte. Eine beeindruckend mutige, beeindruckend schöne Frau!

Aus all diesen Gründen war Paul dabei, als sie das Häuschen stürmten und ungewollt den Tod mit hineintrugen.

29

Einer der Männer saß am Tisch, die Beine auf der Tischplatte. Er hatte lockiges Haar mit zwei großen, kahlen, entzündeten Stellen darin, und ein modisches Kinnbärtchen. Ein zweiter stand hinter einer Frau mittleren Alters, die an einen Stuhl gefesselt war. Um sie herum lagen Haarsträhnen auf dem Boden. Sie weinte. Der Mann hinter ihr sägte mit gelangweilter Konzentration ein weiteres Haarbüschel ab. Die Haare der Frau sahen aus wie der Alptraum eines verrückten Perückenmachers.

Alvin war der Erste im Raum. Der Kerl am Tisch sprang auf. Alvin war über ihm, noch bevor er richtig auf den Beinen war. Er bog ihm einen Arm nach hinten und drückte ihn mit dem Oberkörper auf die Tischplatte. Der Kopf des Burschen knallte auf das Holz. Er brüllte vor Überraschung und Schmerz. Alvin setzte ihm das Knie in den Rücken.

Der Mann mit dem Messer, der die Haare seiner Gefangenen abgeschnitten hatte, blickte von seiner Tätigkeit auf, als sie hereinplatzten. Sein Gesicht verzog sich zu einer erschrockenen Grimasse, seine Hand mit dem Messer darin zuckte und hinterließ einen Schnitt in der Wange der Frau, aber er brachte die Waffe nicht weit genug herum, um sich damit gegen Paul verteidigen zu können. Pauls Faust landete mitten in seinem Gesicht. Das Messer wirbelte davon. Der Kerl taumelte nach hinten. Paul setzte ihm nach und landete zwei weitere wuchtige Treffer, unter denen er ein Nasenbein brechen und mehrere Zähne zersplittern fühlte. Sein Gegner prallte mit dem Rücken an die Wand und rutschte daran herab, die Arme schützend über den Kopf erhoben. Paul blieb über ihm stehen, schwer atmend und bereit, ein weiteres Mal zuzuschlagen. Der Mann krümmte sich auf dem Boden zusammen und fasste keinerlei Gedanken mehr daran, sich zu wehren. Paul schaute über die Schulter zurück.

Zuerst sah er Louise Ferrand hereinkommen, der sie eingeschärft hatten, draußen zu bleiben, bis sie ihr ein Zeichen gaben, die sich aber nicht an die Anweisung hielt. »Maman!«, schrie sie und eilte auf die schluchzende, blutende Frau auf dem Stuhl zu.

Dann blickte er zu Alvin, ob dieser Hilfe benötigte, aber der Mann mit dem Bärtchen hatte alle Gegenwehr eingestellt und ächzte, weil Alvin seinen Arm so weit nach hinten verdreht hatte, dass er ihn fast aus dem Schultergelenk kugelte.

Zuletzt sah er Feldwebel Bronikowski, und da wurde ihm klar, dass sie irgendwie den dritten Schurken vergessen hatten.

Der Franzose schien hinter der Tür gestanden zu haben und war von ihr gedeckt worden, als sie hereingestürmt waren. Er musste von hinten auf Bronikowski losgegangen sein. Er und der Feldwebel standen in einer seltsam verdrehten Haltung ineinander verklammert da und starrten sich in die Augen. Bronikowski hatte eine Hand im Nacken seines Gegners und presste dessen Stirn an die seine. Die andere Hand war zwischen ihren Körpern versteckt. Jetzt hob Bronikowski sie langsam und schielte zu ihr. Sie war rot und nass von Blut.

Bronikowski gab ein gequältes Geräusch von sich, und seine Hand sank vom Nacken seines Angreifers herab. Dieser blieb stehen, immer noch Stirn an Stirn mit dem Feldwebel, und grinste verächtlich.

Dann sackte der Franzose langsam in sich zusammen, bis er vor Bronikowski auf den Knien lag. Er fiel seitlich um und krümmte sich, dann lag er still. Der Griff eines Messers, das er umklammert hatte, ragte etwa in der Höhe seines Herzens aus seiner Brust. Die Hände fielen herab. Er grinste immer noch, weil er eine Narbe in einem Mundwinkel hatte, die seinen Mund verzog. Er würde noch grinsen, wenn die Erde auf seinen Sarg geschüttet wurde.

Bronikowski wischte sich die blutige Hand an seinem Mantel ab. »Scheiße«, sagte er klar und deutlich. Dann kauerte er sich neben den Mann auf den Boden und legte ihm die Finger an die Schlagader. Er verzog das Gesicht. Vor dem Mund seines Gegners bildete sich rosafarbener Schaum; die Beine zuckten.

Alvin riss den Mann mit dem Bärtchen hoch und setzte ihn so hart auf den Stuhl, dass dieser unter ihm zerbrach. Der Bärtchenträger schrie erneut auf, als er mit den Trümmern zu Boden ging. Paul ließ von seinem Gegner ab und trat zum Tisch. Der Bärtchenträger krabbelte panisch darunter, um sich in Sicherheit zu bringen. Während Alvin neben Bronikowski niederkniete und ebenfalls nach dem Puls des Sterbenden tastete, bückte Paul sich nach dem Messer und schnitt Louises Mutter mit einem Ruck los. Mutter und Tochter umarmten sich wie Ertrinkende.

»Alles in Ordnung mit Ihnen?«, fragte Paul und sah Louise an.

Sie nickte mit weit aufgerissenen Augen und hielt ihre schluchzende Mutter fest.

Alvin sah zu ihm hoch, als er zu ihm trat. Der preußische Offizier schüttelte den Kopf.

»Ditt«, sagte Bronikowski düster, »hätte nich passieren dürfen. Den Typen die Schnauze polieren, dittse nich wiederkommen, is det eene. Aber een' von ihnen abmurksen …«

»Ist er …?«, fragte Paul.

Der Feldwebel zuckte mit den Schultern. »Ich hab gespürt, dass er mir das Messer reinstechen wollte. Verfluchte Messerstecher, diese Franzosen, einer wie der andere. Ich weiß, wie man sich gegen so was wehrt. Aber ich wollte ihn nur entwaffnen.« Plötzlich stand er auf und trat den Toten in die Seite. »Hättste mal stilljehalten, du Dämlack!« Dass er immer wieder in seinen Berliner Dialekt zurückfiel, zeigte Paul, wie erschüttert Bronikowski war. Seine Herkunft als Polizist ließ ihn den Tod eines Gegners ganz anders empfinden, als wenn er schon immer Soldat gewesen wäre.

Louise schrie auf. Paul fuhr erschrocken herum. Im gleichen Moment, in dem er die beiden Schatten sah, die zur Hintertür hinausstürzten, fiel ihm ein, dass sie in den letzten Augenblicken vergessen hatten, dass noch zwei Männer im Raum gewesen waren.

Alvin und Paul rempelten sich gegenseitig an in dem Versuch, zur gleichen Zeit zur Hintertür hinauszugelangen. Sie verloren wertvolle Sekunden. Der Hinterhof des Häuschens führte in einen ungepflegten Garten mit einem hölzernen Schuppen, der nur einer in einem wirren Labyrinth aus weiteren Hinterhöfen, Gärten, Gärtchen und Schuppen war. Der Anblick erinnerte Paul an die Kleinhäuslergassen in den Dörfern rund um München, die langsam, aber sicher vom Wachsen der Stadt geschluckt wurden – Haidhausen, Neuhausen, Föhring und wie sie alle hießen. Bronikowski kam hinter ihnen aus der Tür gestürzt.

»Wohin?«, zischte Alvin und blickte sich um.

Wie weit konnten die beiden Männer gekommen sein? Beide waren angeschlagen …

»Der Schuppen!«

Ohne sich abstimmen zu müssen, teilten sie sich auf. Bronikowski trat die Tür des Schuppens auf, Alvin und Paul rannten links und rechts herum, Paul das Messer, das er an sich genommen hatte, vorgestreckt wie eine Lanze. Sie trafen sich auf der anderen Seite des Schuppens. Es gab keine zweite Tür. Es verbarg sich auch niemand auf der Rückseite.

Krachend flogen ein paar morsche Bretter davon, Bronikowskis gestiefelter Fuß erschien, dann bückte sich der Feldwebel durch die von ihm geschaffene Öffnung in der Rückwand des Schuppens ins Freie. Er schüttelte den Kopf, doch da war Alvin schon über den niedrigen Holzzaun des nächsten Gartens gesprungen. Paul und Bronikowski folgten ihm.

Auch dort versteckte sich niemand im Schuppen. Keuchend starrten sie einander an, dann die unregelmäßige Reihe der eingezäunten Hinterhöfe hinauf und hinunter. Wie weit konnten die beiden Flüchtigen in den kurzen Augenblicken gekommen sein?

Dann wechselten sie erneut einen Blick, diesmal voller Bestürzung. Paul fühlte, wie eine eiskalte Hand in sein Innerstes griff. Wie auf Kommando setzten sie zurück über den Zaun und rannten ins Haus.

Paul, der als Zweiter hineingelangte, blieb entsetzt stehen. Louise lag auf dem Boden neben dem Toten, ihre Mutter kauerte über ihr und stöhnte. Die Haustür stand offen.

Alvin schlug Paul beim Rennen zu den beiden Frauen. Der preußische Offizier fiel neben Louise auf die Knie. Paul hatte noch nie solche Furcht im Gesicht seines Freundes gesehen – und ahnte, dass auch seine eigene Miene verzerrt war.

Sie hatten noch einen Fehler begangen. Sie hatten nicht über ihre Schultern geblickt, als sie in den Garten gestürzt waren. Hätten sie es getan, hätten sie die beiden Männer gesehen, die sich wahrscheinlich links und rechts um die Ecke des Häuschens geflüchtet und dort an die Mauer gedrückt hatten.

Denn zu mehr hatten sie tatsächlich nicht Zeit gehabt. Während Alvin und Paul um den Schuppen und Bronikowski mitten hindurchgerannt waren, hatten sie lediglich wieder zurück ins Haus schlüpfen müssen.

»O Gott, Louise!«, hörte Paul seinen Freund flüstern. Er selbst stand wie gelähmt da und wagte nicht, der jungen Frau ins Gesicht zu schauen, voller Angst, dort die Leblosigkeit des Todes zu sehen oder eine Maske aus Blut. Doch dann sank Louises Mutter zur Seite, und der Blick wurde frei – und Paul sah mit einer Erleichterung, die ihn schwindlig machte, dass Louise abgesehen von einer Schwellung auf einer Wange äußerlich unverletzt war. Ihre Lider flatterten, und sie sah Alvin ins Gesicht. Alvin riss sie in seine Arme und drückte sie an sich. Sie erwiderte die Umarmung und presste sich an ihn.

Bronikowski stieg über den Toten und stapfte nach draußen. Er kam gleich wieder zurück. »Macht keinen Sinn, nach den Kerlen zu suchen. Zu viele Hauseingänge, zu viele Vorder- und Hinterausgänge – und zu viele Gaffer, die die Gasse füllen. Wir sollten machen, dass wir wegkommen.«

»Das war Pierre«, hörte Paul Louise flüstern. Sie sprach französisch. Er verstand nur einen Teil davon. Der Kerl, den Alvin überwältigt hatte, war also Pierre Charrier gewesen; Alvin hatte Paul erzählt, was er über den Burschen wusste. Pierre war geflohen. Louise hatte versucht, ihn festzuhalten. Er hatte ihr ins Gesicht geschlagen und war davongerannt. Abgesehen von einem Brummschädel war Louise unverletzt.

»Dem Himmel sei Dank«, murmelte Alvin. »Grundgütiger, Louise!« Er umarmte die junge Frau noch heftiger als zuvor.

Sie erwiderte die Umarmung. »Wenn Sie nicht gekommen wären, *capitaine* …« Paul sah, wie sie erschauerte und die Augen schloss.

»Alvin. Ich bin Alvin. Bitte! Großer Gott, Louise, ich dachte für einen Augenblick …«

Paul, der die Umarmung mit einer solchen Mischung aus Erleichterung, Freude, Neid und Eifersucht betrachtete, dass er kaum denken konnte, fühlte einen Stoß in der Seite.

»Die beiden Frauen können nicht hierbleiben«, sagte der Feldwebel. »Nicht, nachdem uns der Hauptgauner entkommen ist. Schlage vor, wir quartieren sie vorerst in Ihrer Bleibe ein. Sie können solange zu mir ziehen.«

Paul riss sich von Alvin und Louises Anblick los. »Zu Ihnen?«, hörte er sich sagen. »Ich dachte, Sie haben nur einen Raum in einer Baracke auf dem Bahnhofsgelände.«

»Stimmt genau«, sagte Bronikowski und grinste. »Und ich gebe auch das Bett nicht her.«

»Ich wollte schon immer mal einem Berliner zu Füßen liegen«, sagte Paul.

»Eene verständliche Rejung für een Münchner«, erklärte Bronikowski mit steinerner Miene. »Ditt is nämlich so, wie et Jott jewollt hat.«

»Was machen wir mit ihm?« Paul deutete auf den Toten.

»Den lassen wir hier. Ich kann mir nicht vorstellen, dass hier so schnell die Polizei auftaucht. Bis dahin haben Pierre Charrier und seine Leute die Leiche beseitigt.«

»Und dann?« Pauls Blicke wanderten wieder zu Alvin, der Louise und ihrer Mutter jetzt auf die Beine half und sie zum Tisch führte, wo sie sich hinsetzten. Er ließ Louises Hand nicht los.

»Dann verschwinden wir von hier und hoffen, dass das dicke Ende nicht noch kommt. Wir sind Ausländer, wir haben ein Haus überfallen und einen Mann getötet.«

»Das alles geschah nicht ohne Grund …!«

»Mag schon sein, aber die Frage ist, wie es von außen aussieht. Und wer als Erster die Chance bekommt, seine Geschichte den Behörden aufzutischen.«

»Pierre Charrier.«

Bronikowski nickte düster.

»Und wie sieht es von außen aus?«, fragte Paul.

»Gar nich mal so jut«, sagte Bronikowski.

30

Zwei Tage später bekam Paul, der im Lokschuppen mit einem der Maschinenbauer darüber beriet, welche Brückenkonstruktionen nötig wären, um das Gewicht einer Lokomotive mit Wagen zuverlässig zu tragen, Besuch von Alvin. Es war noch früh am Morgen. Paul hatte in den letzten beiden Nächten nicht gut geschlafen. Es hatte nicht nur an Bronikowskis ausdauerndem Gesäge gelegen. An Alvins zerknitterter Miene konnte er sehen, dass es seinem Freund nicht anders gegangen war.

»Stéphane will uns sehen«, sagte Alvin.

Auf dem Weg zum Verwaltungsgebäude der Bahngesellschaft trafen sie auf Feldwebel Bronikowski, der Alvin fragend ansah. »Zu Herrn Flachat?«

Alvin nickte. Bronikowski schloss sich ihnen an. Er und Alvin trugen wieder ihre Uniformen. Bronikowski polierte unbewusst und ohne hinzusehen mit dem Ärmelaufschlag sein Gürtelschloss.

Einer der Arbeiter, der den Eimer, den er trug, kurz abgestellt hatte, nahm seine Last wieder auf und trottete an ihnen vorbei. »Hintenrum«, knurrte er, ohne innezuhalten.

»Wie bitte?« Alvin machte Anstalten, stehen zu bleiben. Bronikowski zog ihn am Ärmel weiter und änderte die Richtung, auf den Hintereingang des Verwaltungsgebäudes zu. Paul brauchte keine zweite Aufforderung. Stéphane Flachat musste den Arbeiter beauftragt haben, sie auf diese unauffällige Weise vom Vordereingang des Gebäudes fernzuhalten. Aber wozu die Geheimnistuerei? Paul wechselte einen Blick mit Alvin und Bronikowski und sah im Gesicht des einen Beunruhigung, im Gesicht des anderen verdrossene Resignation.

Stéphane Flachat wartete beim rückwärtigen Gebäudeeingang auf sie. Er wirkte wütend und nervös. »Ihr habt eine Minute Zeit, mir das alles zu erklären«, stieß er hervor.

»Was erklären?«, fragte Alvin nach einem winzigen Zögern, das so gut wie ein lautes Schuldbekenntnis war.

»Warum mein Bruder Eugène in seinem Büro mit der Polizei spricht, die eine Anzeige wegen Überfalls und Mord an einem französischen Staatsbürger bekommen hat, begangen von drei Männern, die von einem Soldaten in preußischer Uniform geführt wurden.«

Nach einem kurzen Moment des Schweigens trat Feldwebel Bronikowski einen Schritt vor. »Ich bekenne …«, begann er.

»Feldwebel!«, bellte Alvin. »Schweigen Sie!«

Bronikowski stand unwillkürlich stramm. Ebenso unwillkürlich zischte Stéphane: »Sssssch! Leise!« Er sah von einem zum anderen. Dann seufzte er. »Na gut. Wer von euch will mir eine völlig unglaubwürdige Geschichte zu dieser Sache auftischen?«

»Bitte um Erlaubnis, sprechen zu dürfen!«, sagte Bronikowski drängend.

»Verweigert«, schnarrte Alvin. Paul war ebenso wie Alvin klar, dass der Feldwebel die Schuld auf sich nehmen wollte. Er war der Einzige gewesen, der unter seinem Mantel die Uniformjacke getragen hatte, und er sah es wahrscheinlich als seine soldatische und moralische Verpflichtung an, seinen Vorgesetzten zu schützen.

Sie erzählten Stéphane die Wahrheit. Bronikowski seufzte.

»Stehen Sie bequem, Broni«, sagte Alvin leise.

Der Feldwebel ließ die Schultern hängen. »Ditt hättense nich tun sollen, Herr Hauptmann«, murmelte er resigniert. »Bei Ihnen steht viel mehr uffm Spiel als bei meener Wenigkeit.«

»Es war alles meine Idee, Broni«, erwiderte Alvin. »Ich lasse nicht zu, dass Sie den Sündenbock spielen.«

Stéphane nickte grimmig. »Nicht, dass ich etwas anderes erwartet hätte … aber was ihr mir erzählt habt, deckt sich mit dem, was Mademoiselle und Madame Ferrand berichtet haben.«

Alvin und Paul wechselten einen überraschten Blick. »Die beiden haben …?«, begann Paul. Vor seinem geistigen Auge erstand das Gesicht von Louise Ferrand – so wie Hunderte Male in den letzten beiden Tagen.

»Ja«, sagte Stéphane. Er breitete die Arme aus. »Mir scheint, ihr habt euch für die Richtigen eingesetzt. Jetzt müssen wir sehen, wie ihr da wieder rauskommt. Alvin, du und Paul, ihr wart in Zivil bei dieser Sache? Nur Broni war uniformiert? *Merde*, Broni, wieso haben Sie nicht irgendeine andere Jacke angezogen?!«

»Hatte einen Mantel drüber, Herr Flachat!«

»Es kommt drauf an, was Sie drunter anhatten.«

»Preußischer Unteroffizier zieht nicht ohne Uniform ins Gefecht, Herr Flachat!«

Stéphane rollte mit den Augen. »Gott, ihr Preußen!« Er öffnete eine Tür zu einem Raum, aus dem der Geruch von Farben, Öl und Schmiere drang. »Armand, lassen Sie sich mal anschauen«, sagte er auf Französisch.

Einer der Arbeiter kam heraus und nickte ihnen zu. Er war etwa so groß und so gebaut wie Bronikowski. Stéphane betrachtete ihn abschätzend.

»Die Sache ist die«, erklärte er dann. »Die Polizei hat einen Augenzeugen dabei. Dieser behauptet, sich an das Gesicht des preußischen Soldaten erinnern zu können.«

»Einen Augenzeugen?!« Paul schüttelte erstaunt den Kopf. Konnte es tatsächlich sein, dass Pierre Charrier oder sein Kumpan die Frechheit besaßen, hier aufzutauchen und den Spieß umzudrehen?

»Wahrscheinlich ein Betrüger«, brummte Stéphane. »Aber wir können uns nicht darauf verlassen. Also zieht Armand hier die Uniform von Broni an, und dann kann der Zeuge ihm gegenübertreten. Erkennt er ihn nicht, können wir aussagen, dass wir keinen anderen Preußen zu bieten hätten und dass es offensichtlich nicht *unser* Preuße ist, der in die Sache verwickelt ist. ›Erkennt‹ er ihn wieder, entlarven wir ihn als Betrüger, weil wir dann zugeben, einen Tausch vorgenommen zu haben, um unseren Verdacht zu beweisen, dass es sich hier um eine Verleumdung handelt. So oder so kommen wir gut aus der Sache heraus.«

»Ein preußischer Unteroffizier verleiht seine Uniform nicht«, erklärte Bronikowski.

»Dann bekommt er eben den Befehl, sie zu verleihen, Feldwebel«, sagte Alvin.

Bronikowski brummte: »Mensch, Herr Hauptmann, lassen Sie mich vortreten und die Sache gestehen, das ist das Einfachste!«

»Klappe halten und umziehen, Feldwebel.«

Sie versteckten sich in dem Lagerraum, dessen Geruch ihnen nach ein paar Minuten das Wasser in die Augen trieb. Bronikowski stand im Hemd und ohne Stiefel da und war knurrig. Paul hatte die Tür einen winzigen Spalt offengelassen; er und Alvin spähten abwechselnd hinaus. Im Gang, der zu dem Raum führte, stand Armand mit Bronikowskis Uniform und versuchte, so auszusehen wie ein preußischer Unteroffizier, der Haltung angenommen hatte – woran er grandios scheiterte, wie sogar Paul bemerkte.

Sie hörten Stimmen, die sich näherten. Paul presste sein Gesicht unterhalb von Alvin an den Türspalt.

Eugène Flachat kam in Pauls Blickfeld – größer und schwerer als sein Bruder, mit einem Bart, der unter seinem Kinn hindurchlief und das Gesicht komplett frei ließ, was ihm das Aussehen eines Affen verliehen hätte, wenn seine Miene nicht permanent freundlich und offen gewesen wäre. Jetzt allerdings sah er angespannt aus.

»Bitte sagen Sie uns nun, ob dies der Mann ist, den Sie bei dem Überfall gesehen haben«, brummelte Eugène. »Dies ist Sergeant Bronikowski aus Berlin, der seit ein paar Wochen hier ist, weil er wichtige Maschinenteile bewacht, die wir zusammen mit der preußischen Eisenbahngesellschaft testen.« Er sprach die Lüge so flüssig aus, dass Paul selbst daran geglaubt hätte.

Armand knallte die Hacken zusammen und salutierte mit der falschen Hand. Paul hörte Alvin leise stöhnen.

»Ich werde übersetzen, wenn es nötig ist«, sagte Stéphane, der neben Armand auftauchte. »Der *sergent* spricht kein Französisch.«

»Also, bitte …«, forderte Eugène auf.

Zwei Polizisten wurden sichtbar. Sie trugen ihre hohen Zweispitze auf den Köpfen und waren korrekt in ihre blauen Uniformjacken mit den roten Brustteilen, in weiße Hosen und kniehohe lackglänzende Stiefel gekleidet. Sie schritten um den falschen Bronikowski herum.

Paul hörte Alvin scharf den Atem einziehen. Er selbst gaffte fassungslos durch den Türspalt. Ihm wurde klar, dass die Angelegenheit mit der Täuschung keineswegs ausgestanden war und es sein könnte, dass sie nicht gut aus der Sache herauskommen würden.

Der eine der beiden Polizisten hatte ein verquollenes Gesicht mit zwei blauen Augen und einer dicken, rot und blau angelaufenen Nase. Seine Mundpartie war ebenfalls geschwollen. Er atmete durch den Mund, weil seine Nase verstopft war. Man konnte sehen, dass seine Vorderzähne abgebrochen waren. Paul schüttelte unwillkürlich seine rechte Hand.

Der Polizist mit dem zerschundenen Gesicht war derjenige von Pierre Charriers Kumpanen, der Amélie Ferrand Haarsträhne um Haarsträhne abgeschnitten und ihr den Schnitt in die Wange beigebracht hatte.

»Der kleine Scheißkerl hat beste Verbindungen«, flüsterte Paul und meinte damit Pierre Charrier. Er spürte, wie Alvin ihm eine Hand auf die Schulter legte, und nickte. Pierre Charrier hatte es offenbar geschafft, mindestens einen Polizeioffizier zu korrumpieren; wenn man daran dachte, mit welchem Genuss der Mann Amélie gequält hatte, konnte das nicht allzu schwer gewesen sein. Eines war ebenso klar: Auf die Unterstützung durch die Gendarmerie konnten sie nicht hoffen. Selbst wenn den Vorgesetzten und Kameraden des korrupten Offiziers bekannt war, dass sie ein schwarzes Schaf in ihren Reihen hatten – selbst wenn man davon ausging, dass alle anderen aufrechte Beamten waren! –, würde der Korpsgeist der Gendarmerie verhindern, dass ihr Ruf von Ausländern beschmutzt wurde, schon gar nicht von Deutschen.

Es gab nur eine Hoffnung – dass der Gendarm den Köder schluckte und Armand als Bronikowski identifizierte.

Der Polizist starrte Armand in die Augen. Soweit Paul erkennen konnte, starrte Armand zurück. Er schien nicht eingeschüchtert zu sein durch die Musterung des Beamten. Gendarmen erfreuten sich nirgendwo der Wertschätzung oder des Respekts der Arbeiterschicht.

Der Polizist murmelte etwas. Armand zuckte mit den Schultern. Es war schwer, durch den winzigen Spalt Details zu erkennen oder in dem verschwollenen Gesicht des Gendarmen etwas zu lesen, aber Paul hatte den Eindruck, dass der Polizist wusste, dass er aufs Kreuz gelegt wurde.

Er tat das einzig Richtige in seiner Lage. Er schüttelte den Kopf. Alvins Hand auf Pauls Schulter ballte sich zur Faust.

Die Gegenüberstellung war vorbei. Eugène und Stéphane Flachat nahmen die Polizisten mit. Armand blieb eine Weile unschlüssig in seiner fehlerhaften Habtachtstellung im Gang stehen, dann schien er genug zu haben. Er lehnte sich an die Wand und kramte einen Zigarrenstumpen heraus, den er zu rauchen begann. Paul war sicher, dass Bronikowski der Schlag treffen würde, wenn er sah, wie lässig Armand sich in seiner Uniform benahm. Er richtete sich auf. Alvin zog sich ebenfalls vom Türspalt zurück. Er zog seinen Uniformrock glatt und atmete langsam aus.

»Was ist los?«, fragte Bronikowski.

»Die werden keine Ruhe geben«, sagte Paul. »Jetzt schon gar nicht, wo sie gedacht haben, sie könnten uns ganz elegant mit dieser Anzeige hochnehmen. Das entwickelt nun ein Eigenleben. Wie viele preußische Soldaten laufen wohl in Paris herum? Die brauchen sich nur ein bisschen umzuhören und die Baustelle ein, zwei Tage zu beobachten, um draufzukommen, wer wirklich in die Uniform gehört – und wer sein Vorgesetzter ist.«

»Sie hätten mich machen lassen sollen, Herr Hauptmann«, erklärte Bronikowski vorwurfsvoll. »Sie haben hier mehr zu verlieren als ich.«

Alvin ignorierte ihn. »Ich schätze, es gibt nur eine Lösung«, sagte er. Seine Stimme klang heiser.

Paul, dem völlig klar war, welche Lösung gemeint war, erstarrte. So schnell musste er diesen wahr gewordenen Traum wieder aufgeben, nur weil er sich einem Freund gegenüber loyal und hilfsbereit gezeigt hatte? Und nicht nur den Traum von der Eisenbahn – er würde auch alle Gedankenspiele begraben müssen, die mit Louise zusammenhingen! Obwohl er sich bereits selbst klargemacht hatte, dass diese ohnehin Gedankenspiele bleiben würden, da es ganz offensichtlich war, dass Alvin sich in Louise verliebt hatte und auch diese nur Augen für ihn hatte.

»Kruzifix!«, presste er hervor.

Alvin holte noch einmal tief Luft und stieß sie wieder aus. »Hätte nicht gedacht, dass ich mir die Finger auf diese Weise verbrenne, was, Broni?«, sagte er leise.

»Wenn's nur die Finger wären, Herr Hauptmann.« Die Stimme des Feldwebels klang so mitleidvoll, dass Paul sich noch elender fühlte als zuvor.

Stéphane kam herein, mit Armand im Schlepptau. Der Arbeiter begann wortlos, die Uniform auszuziehen. Stéphane grinste.

»Die haben wir geleimt«, feixte er. »Eugène kocht, aber den kriege ich schon wieder besänftigt. Habt ihr gesehen, wie der eine Polyp zugerichtet war? Ich frage mich, wer ihm diese Abreibung verpasst hat.«

»Das war ich«, sagte Paul düster.

Stéphane stutzte. Langsam wich das Lächeln aus seinem Gesicht.

»Pierre Charrier steckt mit der Polizei unter einer Decke – oder jedenfalls mit diesem einen Polizisten«, erläuterte Alvin. »Er war an dem Überfall auf Louise und ihre Mutter beteiligt.

Egal, ob Charrier ihn in der Hand hat oder ob er freiwillig mitmacht, er ist auf der Seite des Mistkerls und wird nicht so schnell aufgeben.«

Stéphane war ganz still geworden.

»Es hat Spaß gemacht, für die französische Eisenbahn zu arbeiten«, sagte Alvin mit belegter Stimme.

»Für die europäische Eisenbahn«, korrigierte Stéphane.

»Es tut mir so leid, Stéphane.«

»Gibt es denn keine Möglichkeit …?«, begann Stéphane. Er verstummte. Er wusste so gut wie Alvin, dass es nur eine Chance gab, von der Eisenbahngesellschaft Schaden abzuwenden – wenn man der Polizei mitteilen konnte, dass es keinen preußischen Soldaten mehr in Paris gab, weil diesem die Rückkehr in seine Heimat befohlen worden war.

Alvin wandte sich an Bronikowski. »Packen Sie unser Zeug zusammen, Feldwebel. Den Papierkrieg und die Erklärungen erledige ich, wenn wir zurück in Berlin sind.« Alvin wandte sich ab, weil seine Stimme beim letzten Wort versagte und er offensichtlich Tränen in den Augen hatte.

Paul trat an Bronikowskis Seite. »Ich komme mit und packe auch«, murmelte er.

Alvin blickte auf. Seine Augen waren tatsächlich feucht. »Was hat das mit dir zu tun, Paul?«

»Na ja, ich …«

»Unsinn. Du hast doch gehört – sie suchen einen preußischen Soldaten. Mit dir gibt es keinerlei Probleme. Sie haben ihre Anklage an der Uniform aufgehängt. Dabei müssen sie jetzt bleiben.«

»Ich werde trotzdem dafür sorgen, dass du ein paar Wochen aus Paris verschwindest«, sagte Stéphane, der kaum weniger niedergeschlagen als Alvin klang. »Die Gesellschaft braucht einen Streckenplaner, und du hast ein natürliches Talent dafür, Paul. Ich werde dich überall dorthin senden, wo wir die Strecken entlangführen wollen.«

»Aber …«

»Die Eisenbahn ist doch dein Traum, Paul!«, stieß Alvin hervor. »Lass ihn dir nicht durch die Finger schlüpfen.«

»Aber du … aber wir …«

Alvin nahm Pauls Hand in die seine. Alvins Finger waren eiskalt. »Das ist nur das Ende einer gemeinsamen Wegstrecke, nicht das Ende unserer Freundschaft!«, flüsterte er. »Wir treffen wieder zusammen!«

»Aber ich kann doch nicht …«

»Ich brauche dich hier, Paul! Bitte pass auf Louise auf, wenn ich weg bin. Ich muss meine Verhältnisse zu Hause ordnen und meine Vorgesetzten überzeugen, dass meine Rückkehr mit rechten Dingen zu tun hat. Sonst sind Broni und ich auch zu Hause erledigt. Das kann einige Zeit dauern. Dann hole ich Louise nach. Ich werde um ihre Hand anhalten. Ich liebe sie, Paul! Ich liebe sie!«

31

Levin von Briest, Alvins älterer Bruder und Gutsherr von Briest und Eichenhain, war unglücklicher Gastgeber eines Festbanketts auf seinem pommerschen Besitz. Ursprünglich hatte er nur für die Osterzeit mit Hedwig nach Eichenhain fahren wollen, doch jetzt war es Ende April, zwei Wochen nach dem Osterfest, und sie waren immer noch dort.

Schuld daran war nicht zuletzt die Tatsache, dass einige der Junker aus der Nachbarschaft von Gut Briest ebenfalls über die Ostertage zu ihren pommerschen Besitzungen gefahren waren und man sich gegenseitig einlud, um der Etikette Genüge zu tun. Man war sich hier so nahe wie dort. Der Grund dafür lag auf der Hand – die meisten Familien waren enger oder weiter miteinander verwandt, hatten in den letzten zweihundert Jahren ihre Besitztümer in gegenseitiger Verbundenheit oder Feindschaft aufgebaut, geteilt, vererbt, vergrößert, und das hatte notgedrungen zu einer Zusammenballung geführt. Um die ersten in Pommern entstandenen Güter hatten sich weitere Güter gebildet, so wie sich auch um die ersten Rittergüter in Preußen die Landsitze der Verbündeten und Verwandten herum gebildet hatten. Mittlerweile war es mit den Nachbarn wie mit dem Hausstand: Sie begleiteten einen auf die Reise, waren schon dort, wenn man ankam, oder trafen nur wenig später ein.

Levin hatte gehofft, die Osterfeiertage etwas ruhiger und in Zurückgezogenheit verbringen zu können. Er und Hedwig hatten sich ein Projekt vorgenommen. Das Projekt war, endlich einen Nachkommen zu zeugen. Levin war bewusst, dass sie schon zu lange kinderlos verheiratet waren und dass man über sie und über die bekannte Lendenschwäche der Familie Briest tuschelte. Im Fall Levins war die Lendenschwäche sogar buchstäblich zu nehmen. Seine Frau hatte ihre liebe Mühe, die Lust in ihm zu erwecken. Da Hedwig weder besonders temperamentvoll noch einfallsreich war, was diese Übungen betraf, und Levin zu verklemmt, um ihr zu sagen, was ihm eventuell gefallen könnte, und außerdem den Kopf mit der Verwaltung der beiden Güter voll hatte, war das Ehebett für Levin längst zur Tortur geworden. Er ahnte, dass es Hedwig nicht anders ging, konnte aber weder genug Mut noch Selbstüberwindung fassen, um sie darauf anzusprechen. Dabei war er Hedwig von Herzen zugetan, schon allein, weil sie ihm so ähnlich war und seine Vorstellungen in einem Maß teilte, wie man es sich nicht besser für eine Ehefrau wünschen konnte.

Die Osterfeiertage auf Eichenhain hätten hier Abhilfe schaffen sollen, auch wenn Levin keinerlei Plan gehabt hatte, wie es anzugehen gewesen wäre. Aber nun war die Sache ohnehin hinfällig. Sie hatten so vielen Einladungen mit zu vielem Essen und zu viel Alkohol beigewohnt, dass sie es nur ein einziges Mal versucht hatten. Levin war dabei aber nicht zum Ende gekommen, weil sie sich im Haus eines Nachbarn befunden hatten, das zu weit ab vom Schuss lag, um bei Nacht die Heimreise anzutreten, und Hedwig ihn ständig ermahnt hatte, das Bett nicht so heftig zum Quietschen zu bringen, weil man das überall im Haus hören würde. Als sie beschlossen hatten, das Experiment zu beenden, und in der nächtlichen Stille starr nebeneinanderlagen, hatten sie aus den Zimmern um sie herum das Quietschen und rhythmische Klopfen der Liebesaktivitäten der anderen Gäste vernommen. Sie hätten vor Lust brüllen können, und niemand hätte sie gehört. Das hatte Levin und offenbar auch Hedwig so verlegen gemacht, dass sie erst recht nicht mehr zueinandergefunden hatten.

Und nun saß Levin da, hörte in seinem eigenen Salon den Gesprächen seiner Gäste zu und stellte fest, dass er nicht mitreden konnte, weil er sich in den letzten Monaten zu wenig mit der Welt um ihn herum befasst hatte. Er hatte alle Kraft dafür benötigt, die Güter gewinnbringend zu bewirtschaften … was ihm auch nur annähernd gelungen war.

»Schon verrückt«, sagte einer der Gäste. »Da wählen sie in den amerikanischen Staaten einen neuen Präsidenten, und vier Wochen später ist er tot, weil er sich bei seiner Amtseinführungsrede eine Lungenentzündung geholt hat. Hat sich geweigert, einen Mantel zu tragen, damit die Wähler ihn nicht für einen Weichling halten. Jetzt ist sein Vizepräsident sein Nachfolger, und alle streiten sich, ob er nur amtierender oder wirklicher Präsident ist.«

»Diese Demokratie bringt einen um«, sagte ein anderer und erntete allgemeines Gelächter.

»In Dresden gibt es ein neues Operngebäude«, erzählte jemand, der sich offenbar weniger für die Politik in Übersee als für die Lustbarkeiten in den benachbarten Fürstentümern interessierte. »Es soll eines der schönsten Theater in ganz Europa geworden sein.«

Levin holte Atem, um zu erzählen, dass er einmal in der Lindenoper in Berlin gewesen war und dort eine Opernaufführung gesehen hatte, in der es um Erdgeister und die Liebe eines Zwergenkönigs zu einer sterblichen Frau gegangen war; doch dann wurde ihm klar, dass ihm entfallen war, wie die Oper geheißen hatte, und wie es ausgegangen war, war ihm auch nicht mehr präsent. Er hielt den Mund, um sich nicht zu blamieren. Dass er daran gut getan hatte, erwies sich gleich darauf, denn das Gespräch bewegte sich nicht auf Opern, sondern auf den Bau des Dresdner Opernhauses zu.

»Hat das nicht dieser Architekt gebaut, der in Paris, Athen und Rom und weiß der Teufel wo studiert hat? Hab den Namen vergessen …«

»Semper«, warf einer der Gäste ein. »Stammt aus Hamburg. Behauptet, dass die alten Griechen und Römer alle ihre Statuen bunt angemalt hatten!«

Großes Gelächter. Der Sprecher blickte sich vorsichtig um. Die Frauen hatten sich in einen anderen Raum zurückgezogen; die Männer waren unter sich. »Führen Sie sich das mal vor Augen – auch die weiblichen Statuen. Bunt angemalt. Nackt. Na!« Er lehnte sich zurück und paffte an seiner Zigarre. Levin konnte am Grinsen seiner Gäste erkennen, dass alle genügend Vorstellungskraft hatten, um der Anregung des

Sprechers zu folgen. Er selbst spürte beim Gedanken daran eine schwächliche Regung in seiner Lendengegend, von der er ahnte, dass sie folgenlos bleiben würde.

»Das Opernhaus in Dresden soll aber wirklich sehr schön sein. Hoffe, es stellt sich nicht heraus, dass es schöner ist als eine unserer Opern.«

»Nie im Leben!«

»Allein schon das Andeuten dieser Möglichkeit ist satisfaktionsfähig, mein Lieber!«

Levin schrak zusammen, aber das Duellangebot war offensichtlich nicht ernst gemeint gewesen, weil der Junker, der es ausgesprochen hatte, grinste und hinzufügte: »Als Waffen wähle ich Champagner. Wer als Erster unter den Tisch sinkt, hat verloren.«

»Na, Briest – was gibt Ihr Keller her? Ihre Gäste wollen sich duellieren.«

»Es ist genug für alle da«, sagte Levin, der keinen Überblick über seinen Weinkeller hatte und nur hoffen konnte, dass er damit richtiglag oder dass er gar nicht erst beim Wort genommen wurde.

»Schlimmstenfalls soll Seine Majestät diesen Semper nach Berlin holen, damit er uns das schönste Opernhaus baut!«

»Semper ist ein Revolutionär«, ertönte da eine helle, kratzige Stimme, die man bis dahin kaum vernommen hatte. Levin schloss die Augen. Es war klar, wer nun mit seinen Reden und Theorien den Tisch beherrschen würde. Nicht dass Levin auf die Herrschaft über das Tischgespräch eifersüchtig gewesen wäre, es war nur so, dass er stets nur die Hälfte der Ausführungen seines temperamentvollen Gastes verstand und dieser sich gerne in Rage redete und dann das Wort zum Verdruss der anderen Gäste nicht mehr abgab. Levin als Gastgeber oblag die Aufrechterhaltung eines ausgewogenen Tischgesprächs, und er hatte in den letzten Tagen erlebt, dass auch fähigere Gastgeber als er an der Streitlust des hochgewachsenen blonden Gutsherrn vom Kniephof, der aus irgendwelchen Gründen ein Freund seines kleinen Bruders Alvin war, gescheitert waren. Bismarck galt in jeder Beziehung als unberechenbar und wild; eines der ersten Dinge, die der Gutsverwalter zu Levin nach dessen Ankunft gesagt hatte, war gewesen: »Wenn Sie eine Einladung aussprechen, Herr von Briest, vergessen Sie bloß den tollen Junker nicht, sonst kommt er uneingeladen.«

Einer der Gäste dehnte: »Ein Revolutionär?«

»Was Sie nicht sagen, Bismarck.«

»Dachte, Revolutionäre reißen nur Dinge ein, statt sie zu bauen.«

»Lachen Sie nur, meine Herren«, erwiderte Bismarck kühl. »All diese … hmmmm … Künstler sind im Herzen Revolutionäre. Wollen wir hoffen, dass niemand sie nach Berlin holt.«

»Preußische Untertanen und Revolution – das verträgt sich nicht.«

»Wenn Sie das sagen, Cramm. Sie haben ja Erfahrung mit … hmmm … Aufständischen, die dann doch keine waren.«

Gerhard von Cramm verschluckte sich am Champagner und bekam einen roten Kopf. Seine Augen wurden schmal vor Wut. Die Blicke der anderen Gäste zuckten zwischen ihm und Bismarck hin und her. Bismarck blieb äußerlich völlig unbewegt und prostete Cramm zu.

»Ich glaube auch nicht, dass der preußische Untertan Revolutionsgedanken hegt«, bemerkte Levin in einem völlig untauglichen Versuch, den Frieden am Tisch zu wahren. Als Belohnung für seine Mühe wandte sich Bismarcks eisiger Blick ihm zu. Levins zittriges Lächeln starb einen raschen Tod.

»Ich prophezeie Ihnen«, sagte Bismarck, »dass wir in spätestens drei oder vier Jahren in Schlesien einen Aufstand am Hals haben werden. Die Bedingungen dort sind … hmmm … katastrophal. Der ganze Landstrich lebt von der Weberei und wird immer ärmer, weil die Qualität der Produkte nicht mit der Ware aus dem Ausland mithalten kann. Schuld sind die Fabrikbesitzer, die sich weigern, in bessere Webstühle zu investieren. Die Heimweber selbst können es sich nicht leisten, die teuren Maschinen zu kaufen.«

»Habe Besitz in Schlesien«, erklärte jemand. »Kann Ihnen diesbezüglich nur beipflichten, Bismarck. Gibt dort Fabrikanten, die sind üble Blutsauger und bei allen verhasst – die Zwanziger, die Andretzkys, die Hilberts …«

»Hört, hört«, knurrte Cramm. »der Herr von Bismarck schwingt sich zum Anwalt der Unterdrückten auf.«

»Nein, nur zum Anwalt einer vernünftigen Ressourcenpolitik. Die Arbeiter sind auch eine Ressource.«

»Die Arbeiter haben das zu tun, was man ihnen sagt.«

»Ah ja – apropos«, sagte Levin laut. »Wenn man mir sagt, was noch zu trinken gewünscht wird, lasse ich in den Keller schicken.« Er lachte bemüht.

Alle schauten ihn an. Nach einer peinlichen Pause hob jemand eine leere Champagnerflasche hoch und winkte damit. Einer der Hausdiener, der in einer Ecke gewartet hatte, kam herbei und nahm sie in Empfang. »Nur zu, mein Guter, hol Er uns eine neue«, sagte Levin gönnerhaft und im Wissen, dass er den beginnenden Streit zwischen Bismarck und Cramm abgebogen hatte. Wenn auch auf Kosten seiner Würde, weil er sich mit seiner Bemerkung absolut lächerlich gemacht hatte, und einer weiteren Reduzierung seines Weinkellers.

Nach einer Weile verabschiedeten sich diejenigen Gäste, die noch nach Hause fuhren, während diejenigen, die Schlafräume in Eichenhain zugewiesen bekommen hatten, vom Personal und von Hedwig von Briest persönlich dorthin geführt wurden.

Levin stand resigniert am Tisch, goss den Rest aus einer Champagnerflasche in ein Glas und stürzte es hinunter. Er fuhr erschrocken zusammen, als jemand lautlos neben ihn trat, und verschüttete etwas aus seinem Glas auf seine Weste. »Ah, Herr von Bismarck«, sagte er unglücklich. »Bleiben Sie über Nacht?«

Bismarck ging nicht auf die Frage ein. »Ihr Bruder Alvin ist aus Paris zurück«, sagte er stattdessen.

Levin konnte sich nicht helfen, er empfand die Feststellung als leisen Vorwurf. »Ja, äh … er hat mir deshalb geschrieben. Ich dachte natürlich, er habe Ihnen auch … sonst hätte ich es Ihnen natürlich …«

»Hat er, Herr von Briest.« Bismarck zuckte mit den Schultern. »Natürlich …« Sein Lächeln trug eine nicht zu übersehende Spur von Verachtung.

»Er … er hat wohl die Zusammenarbeit mit der französischen Eisenbahngesellschaft abgebrochen und um seine sofortige Rückversetzung gebeten, weil er das Gefühl hatte, er werde dort drüben nur über den Stand der preußischen Technik ausgehorcht. Wahrscheinlich sind die Franzosen scharf auf die Entwicklungen von August Borsig. Borsig will noch diesen Sommer die erste in Berlin gebaute Lokomotive ausliefern.« Levin war froh, dass er auch einmal etwas wusste, was nicht unmittelbar mit seinen Gütern zu tun hatte.

Bismarck schnaubte. »Den Franzosen war noch nie zu trauen.«

»Äh … hat er Ihnen nicht geschrieben, dass er plant, eine Frau zu heiraten, die er in Paris kennengelernt hat?«

»Doch, doch. Glauben Sie, das ändert meine … hmmm …

Meinung über die Franzosen? Ihr Bruder hätte sich in England nach einer Frau umsehen sollen, wenn er in seiner Heimat keine findet – die Engländer sind ein Kulturvolk, von dem selbst wir Preußen noch etwas lernen können. Aber selbstverständlich ist das alles seine Entscheidung.«

»Ja. Ahem. Ist es wohl, oder?«

»Wird er mit seinem Hauptmannslohn eine Familie ernähren können?«

»Meinen Sie nicht?«

»Mein Bruder Bernd und ich bewirtschaften die beiden Güter der Familie gemeinsam«, sagte Bismarck.

»Ah ja.« Levin wand sich.

»Alvin ist jederzeit auf Kniephof willkommen. Ich werde es ihm noch schreiben. Und um Ihre Frage zu beantworten – ich reite noch nach Hause. Es ist nicht so weit. Hmmm … gute Nacht, Herr von Briest.«

»Gute Nacht, Herr von Bismarck.«

»Was wollte er noch?«, fragte Hedwig, die neben Levin trat, als dieser Bismarck vom Eingangsportal aus nachwinkte. Bismarck drehte sich nicht zu ihm um. »Immer muss er der Letzte sein, der von einer Feier nach Hause geht. Der Mann ist mir unheimlich. Er glaubt an nichts, außer dass das Leben ihm mehr schuldig ist als das, was er hat, und er dient weder Gott noch irgendeinem Menschen, nur sich selbst.«

»Er hat angedeutet, dass ich Alvin eines der Güter überschreiben solle.«

»Damit der dort mit seiner Franzosenmetze dein Erbe verprassen kann? Nie im Leben!«

»Er ist mein Bruder, Hedwig.«

»Ja, was Ihren Bruder angeht …« Die neue Stimme kam von draußen. Levin trat erschrocken vor die Tür und entdeckte Gerhard von Cramm, der an der Hauswand lehnte, ein leeres

Glas Champagner in der Hand. Cramm war einer von Levins Übernachtungsgästen. »Entschuldigen Sie«, sagte Cramm und gestikulierte mit dem Glas. »Konnte nicht umhin, Ihre Unterhaltung anzuhören. Erscheint mir merkwürdig, dass Ihr Bruder so schnell wieder aus Paris zurückkommt. Sollten da mal etwas nachforschen, denke ich. Mit Verlaub … ist nicht meine Angelegenheit. Aber Sie überlegen doch, sich als Landrat aufstellen zu lassen.«

»Ja«, erwiderte Levin, unsicher, wieso Cramm darüber Bescheid wusste, weil er dachte, er hätte seine Pläne nur vertrauenswürdigen, verschwiegenen Freunden mitgeteilt. »Entweder hier oder im Jerichower Kreis … ich weiß noch nicht genau …«

»Eine politische Karriere ist schnell unmöglich gemacht, wenn Skandale in der eigenen Familie offenkundig werden. Will Ihnen nur helfen, Briest. Man hilft sich doch unter Nachbarn, nicht wahr?«

»Ja, man hilft sich«, sagte Levin, nun noch unglücklicher als zuvor.

32

Paul Baermann hatte, so unwahrscheinlich es ihm selbst vorkam, Paris noch nie im Sommer gesehen. Als er vor einem guten halben Jahr mit Alvin und Feldwebel Bronikowski angekommen war, war es kurz vor Weihnachten gewesen. Verlassen hatte er Paris im späten April auf Weisung Stéphane Flachats, um die beste Streckenführung für die Planung des *Grand Stern* auszukundschaften. Jetzt war es August – vier Monate später. Er war seitdem nicht mehr in Paris gewesen.

Nicht in Paris – aber überall sonst in Frankreich, wie ihm schien.

Wie Paul von Stéphane wusste, sollten die Pläne, die Legrand unter Mithilfe des unseligen Alexandre DuPlessys entworfen hatte, als Vorlage für ein Gesetz zu einem von der Regierung gestützten Eisenbahnbau dienen. Baptiste Legrand hatte ein auf Paris zentriertes Netz von Hauptstrecken vorgesehen, für das die grobe Streckenführung feststand sowie die Zielorte und die wichtigsten Zwischenstationen. Darauf hatten auch die Verhandlungen mit den betroffenen Grundstückseignern und die Enteignungsvorlagen gefußt, mit denen DuPlessys beschäftigt gewesen war. Wo die Gleise aber im Detail vorüberführten und welche Topographie dabei zu überwinden war … das näher festzustellen, war Pauls Aufgabe geworden. Auf seinen Informationen würde nicht zuletzt der Zeitplan basieren. Die leichter zu erreichenden Streckenführungen sollten zuerst realisiert werden; der Regierung war es wichtig, schnelle Erfolge vorzeigen zu können.

Paul hatte ständig Stéphanes begeisterte Stimme im Ohr, während er unterwegs war: »Zwanzig Jahre, auf keinen Fall länger wird es dauern! Ich schwöre dir, Paul, in zwanzig Jahren besitzt Frankreich ein Schienennetz, das von Perpignan bis Calais reicht!«

Paris—Orléans; danach Paris—Rouen; und dann Paris—Le Havre, Paris—Lille, Paris—Tours. Nach der viermonatigen Reise, zumeist auf dem Pferderücken – ein Vergnügen, auf das Paul hätte verzichten können –, standen für ihn diese ersten Streckenführungen fest. Seine Taschen beulten sich aus vor Notizen, Landschaftsskizzen, Befragungsergebnissen der Bevölkerung, Vermessungsprotokollen sowie Beobachtungen über die entlang der vorgesehenen Strecken vorhandene Infrastruktur an Wäldern, Handwerksbetrieben, Arbeitskräften und Unternehmern, die gegen Beteiligung an den erhofften Einnahmen Geld in den Streckenbau investieren wollten. Mit Paul zusammen waren manchmal zwei Dutzend Ingenieure, Landvermesser, Regierungsbeamte und Unterhändler unterwegs gewesen und hatten ihn unterstützt – was die Ingenieure und Vermesser anging – oder waren ihm lästig – was die Regierungsbeamten betraf. Sein Französisch näherte sich zum Ende der vier Monate der Perfektion. Das Ausmaß an Zustimmung und Ablehnung, das ihm abwechselnd entgegenschlug, wenn herauskam, dass er aus Deutschland stammte, hielt sich die Waage. Mit Sicherheit wäre es in den deutschen Fürstentümern nicht anders gewesen, wenn dort ein französischer Streckenplaner mit seiner Entourage aufgetaucht wäre.

Nun also war er endlich wieder zurück in Paris. Seine Unterlagen hatte er sofort bei den Flachats abgegeben, die sich auf die Packen gestürzt hatten wie Kinder zu Weihnachten. Da er mit den Brüdern in engem Briefkontakt gestanden hatte, gab es nicht übermäßig viel mündlich zu berichten. Eugène und Stéphane hielten ihn trotzdem mehrere Stunden lang fest und löcherten ihn mit Fragen, dies alles im Rahmen eines Essens, das Paul nach der höchst heterogenen Kost der letzten vier Monate wie Nektar und Ambrosia vorkam. Er fühlte sich immer noch beschwipst vom Champagner, der dabei geflossen war, als das Essen schon längst vorüber und er auf dem Weg zu seiner früheren Unterkunft war.

Ursprünglich hatte er gedacht, aus reiner Kameradschaft auf seine Erkundungsreise geschickt worden zu sein – und als Vorsichtsmaßnahme wegen der Anzeige. Mit der Abreise Alvins und Bronikowskis war er der Einzige, der im Zweifelsfall doch noch hätte identifiziert werden können. Wahrscheinlich hatten diese Motive auch eine Rolle gespielt. Doch erst im Gespräch mit Eugène und Stéphane Flachat – beim sechsgängigen Menü mit Potages, Horsd'œuvre, Fisch, Braten, Entremets und Käseplatte, komplett mit Kaffee und *chocolade* zum Abschluss – war Paul klargeworden, dass auch ganz handfeste Überlegungen eine Rolle gespielt hatten.

Was Stéphane schon angedeutet hatte, nämlich dass Paul ein Talent dafür besaß, gute Streckenführungen zu finden, hatte sich bewahrheitet. Ohne sich etwas dabei zu denken, hatte er zum Teil die Vorschläge der Vermesser ignoriert und andere Strecken vorgeschlagen. Anfangs, als diese Vorschläge bei Eugène und Stéphane eingingen und es sich noch um Gelände in relativer Nähe zu Paris handelte, hatten sie ein Team von Schienenlegern losgeschickt, um Pauls Einfälle zu überprüfen. Es hatte sich stets herausgestellt, dass Pauls Ideen kostengünstiger zu verwirklichen waren als die Vorschläge der Vermesser. Danach hatten die Flachats sich blind auf Pauls Intuition verlassen.

Diese Intuition ließ ihn nun, während er durch den heißen Nachmittag stapfte, komplett im Stich. Er hatte keine Ahnung, was er sagen, wie er sich verhalten sollte. Er war unterwegs, um sich mit Louise Ferrand zu treffen.

Er hatte Louise in den vergangenen Monaten ein paar Briefe geschrieben, völlig ratlos, was er darin sagen sollte. Sie hatte ihm jedes Mal geantwortet. Er fragte sich immer noch, ob ihre Antworten nur kühl gewesen waren oder sie von derselben Ratlosigkeit sprachen, die auch ihn bei der Korrespondenz beherrscht hatte. Und selbst wenn Letzteres der Fall war, was sollte daraus werden? Er hatte Alvins Worte noch immer gut im Gedächtnis: Ich liebe sie, Paul! Ich liebe sie! Dass Louise diese Liebe erwiderte, daran konnte kein Zweifel bestehen. Was war er dann in dieser Konstellation? Der völlig überflüssige Dritte, das war er.

Dennoch klopfte sein Herz vor Freude, während er sich

dem Haus näherte, in dem Louise und ihre Mutter wohnten. Paul hatte Alvins Bitte erfüllt und dafür gesorgt, dass die beiden Frauen in Sicherheit waren, auch wenn er sich nicht persönlich um sie hatte kümmern können. Er hatte ihnen seine Bleibe in der Rue des Mathurins überlassen und war bis zum Antritt seiner Erkundungsreise in der Kammer geblieben, in der vorher Bronikowski gehaust hatte. Er hatte außerdem dafür Sorge getragen, dass niemand im Haus die zwei Frauen unter ihrem richtigen Namen kannte. Nur die Brüder Flachat, Alvin von Briest und er selbst wussten, dass Julie und Joséphine Careau in Wahrheit Louise und Amélie Ferrand waren. Zusätzlich hatten sie als Vorsichtsmaßnahme eingeführt, dass die Briefe, welche die beiden von Alvin und Paul erhielten, alle über das Büro von Stéphane Flachat geleitet wurden. Bis jetzt hatten die Maßnahmen allesamt gewirkt. Weder war die Gesellschaft wegen der Anzeige noch einmal behelligt worden, noch hatte man von Pierre Charrier wieder etwas gehört.

Als er sich dem Haus näherte, trat ein kleiner Junge in schäbigen Klamotten in seinen Weg. Selbst in einem wirtschaftlich gesunden Viertel wie dem um die Rue des Mathurins herum gab es Hinterhöfe, Kellerwohnungen, Armut und demzufolge Gassenkinder. »Sind Sie der Alboche?«, fragte er und blinzelte zu Paul hoch, während er die Hand aufhielt.

»Wer will das wissen?«, fragte Paul.

»Sind Sie's?«

»Was glaubst du?«

Der Junge lächelte schlau. »Ich glaube, Sie sind's. Sie hat gesagt, ich soll nach einem großen Kerl mit blonden Haaren Ausschau halten.«

»M-hm. Dann brauche ich dir ja kein Geld zu geben, wenn du es selber rausgefunden hast.«

Der Junge stutzte. Seine Miene verdüsterte sich.

Paul grinste und kramte ein paar Centimes aus der Tasche. Das Gesicht des Jungen hellte sich wieder auf. »Für wen hältst du hier nach mir Ausschau?«

Der Junge deutete mit dem Daumen über die Schulter in Richtung des Wohnhauses von Louise und Amélie.

Paul gab ihm das Geld. »Dann sag ihr, du hast den Alboche gefunden.«

Der Junge rannte los und verschwand im Eingang des Hauses. Paul ging langsamer weiter. Aus dem Hauseingang erklang das empörte Gezeter einer Hauswirtin, die den Dreckspatz nicht im Haus haben wollte. Er kam wenig später wieder heraus und lief davon, beide Hände zu Fäusten geballt. Dem von weitem sichtbaren Grinsen in seinem Gesicht konnte Paul ansehen, dass er sie nicht aus Wut ballte, sondern weil er jetzt in beiden Händen Münzen hielt. Ihm auf den Fuß folgte Louise.

Paul blieb stehen. Über die Distanz der letzten fünfzig Schritte hinweg sahen sie sich an, dann öffnete Louise einen kleinen Sonnenschirm und schritt langsam davon, in Richtung Seine. Ihr leichtes Nicken, dass er ihr folgen sollte, hätte Paul fast übersehen.

Er setzte sich in Bewegung. Einige Häuser weiter blieb Louise stehen und wartete auf ihn. Als er vor ihr stand und sie ansah, wusste er nicht, was er sagen sollte. »Mademoiselle«, brachte er schließlich hervor und dachte, dass sie das Hämmern seines Herzens hören musste. »Wie geht es Ihnen?«

»Sehr gut, vielen Dank, Monsieur«, sagte sie und deutete einen Knicks an.

»Äh … Ihrer Mutter geht es ebenfalls gut, hoffe ich.«

»O ja, auch sehr gut.«

Sie musterte ihn. Er konnte ihren Gesichtsausdruck nicht enträtseln. Sein Herz pochte noch immer.

»Äh … der Gassenjunge …«, sagte er.

»Ich habe ihn, nachdem ich Ihre Botschaft erhalten habe, dass sie heute von Ihrer Reise zurückkämen, als Wächter angestellt, damit Sie nicht ins Haus kommen müssen.«

»Oh!«

»Damit es kein Gerede gibt. Die Hauswirtin ist sehr neugierig.«

»Ah.«

Paul hatte das Gefühl, keinen klaren Gedanken fassen zu können. Sie erwiderte seinen Blick unverwandt. War das ein Lächeln, das um ihre Lippen spielte? Wenn ja, was hatte es zu bedeuten?

Er riss sich zusammen. Er sprach mit der zukünftigen Frau seines besten Freundes! »Ich … ich wollte nur wissen, ob alles in Ordnung ist. Äh … Ihrer Mutter geht es gut, hoffe ich?« Ihm wurde bewusst, dass er sich wiederholte.

»Ja, sehr gut, danke.«

»Das freut mich.«

»Wollen Sie mich zur Seine begleiten, Paul?«, fragte Louise, als Paul vergeblich nach einem weiteren Gesprächsthema suchte, das er anschneiden konnte.

»Sehr gern!«

Sie wandte sich ab und spazierte die Straße entlang. Paul beeilte sich, zu ihr aufzuschließen.

»Haben Sie von Alvin gehört?«, fragte er nach einem Schweigen, das ihm peinlich war, weil er nicht recht wusste, wie er es beenden sollte, weil er währenddessen an Louises Seite dahinschlenderte.

Louise senkte den Kopf, so dass er ihren Gesichtsausdruck nicht erkennen konnte. »Ja, er schreibt mir jede Woche. Manchmal werden die Briefe nicht in der richtigen Reihenfolge zugestellt, dann wird es etwas verwirrend, aber meistens klappt es ganz gut.«

»Er hat mir auch geschrieben. Seine Vorgesetzten haben seinen Hauptmannsrang bestätigt. Er ist jetzt in einem Heeresbereich, der sich mit der neuen Technik für Militärzwecke befasst. Bronikowski ist bei der Garde geblieben; seinen Rang hat man ebenfalls bestätigt.«

»Ich freue mich für den Sergeant. Er ist ein anständiger Mensch.«

»Ja, das ist er.« Paul war sich bewusst, dass sie beide plapperten, weil sie Informationen austauschten, die sie längst kannten.

»So wie Alvin«, sagte Louise.

Paul nickte.

»So wie Sie«, sagte Louise.

Paul räusperte sich. »Ich … ich hoffe, die Wohnung ist für Sie und Ihre Mutter adäquat …«

»Sie ist ein Paradies, verglichen mit La Villette.«

»Brauchen Sie irgendetwas? Sie müssen es mir nur sagen.«

»Wir stehen tief in Ihrer Schuld, Monsieur … Paul.«

»Nein, nein, ich habe das gern getan.«

»Trotzdem …« Sie warf ihm ein rasches Lächeln zu und wandte sich gleich wieder ab.

Schweigend gingen sie weiter. Mitten auf der Place de la Concorde blieb Louise plötzlich stehen. Sie schüttelte sich.

»Was ist los?«, fragte Paul.

»Dort – die Avenue des Champs-Élysées … dort hat irgendwie alles angefangen … mit Pierre. Das ist noch nicht einmal ein Jahr her. Mir kommt es vor wie zehn Jahre – und zugleich wie gestern. Besonders, wenn ich von ihm träume.« Sie schüttelte sich erneut.

»Sie träumen von diesem Schurken?«

»Um danach schwitzend vor Angst aufzuwachen, das dürfen Sie mir glauben!«

»Pierre Charrier ist Geschichte, Mademoiselle … Louise!«, sagte Paul. »Er wird Sie nie mehr behelligen.«

»Es wird eine Weile dauern, bis ich darauf vertraue.« Sie atmete tief ein und sah ihm dann mit einem bemühten Lächeln ins Gesicht. »Kommen Sie, gehen wir am Kai an den Tuilerien entlang. Das vertreibt die Geister der Vergangenheit.«

Die Bäume, die in Doppelreihe am Kai gepflanzt waren, spendeten in der Augusthitze angenehmen Schatten. Das Wasser der Seine roch nach Moos, altem Fisch und Fäulnis, aber es war insgesamt kein übler Geruch. Die Boote, die in Zweier- und Dreierreihen am Kai festgemacht hatten, schaukelten leicht und stießen mit leisen hohlen Tönen aneinander; von ihnen stieg der Duft sonnenheißen Holzes auf, von Teer und Farbe. Blumenverkäufer und ein paar fliegende Buchhändler saßen neben ihrem Angebot auf dem Boden und blickten kaum auf, als sie an ihnen vorbeikamen. Paul fragte sich, ob er eine Blume kaufen und Louise schenken sollte, doch was würde sie davon halten? Und was würde Alvin davon halten? Verstohlen linste er zu Louise und erkannte überrascht, dass sie schnell den Blick abwandte. Sie schien ihn ebenfalls heimlich gemustert zu haben. Eine seltsame Spannung lag zwischen ihnen in der Luft, ein Gefühl, das ihn atemlos vor Erregung machte und zugleich zu Tode betrübte. Eines war jedenfalls klar: Es ergab keinen Sinn mehr, vor sich selbst zu leugnen, dass er Louise mit jeder Faser seines Herzens liebte. Beim Gehen streiften sich ihre Schultern. Paul schluckte, als Louise nicht wie erwartet mehr Abstand von ihm nahm, sondern einfach weiterging, den Blick auf den Boden gerichtet.

»Wann haben Sie zuletzt von Alvin gehört?«, fragte er, als brauche es die Erwähnung seines Namens, um die Gefühle, die in ihm brodelten, wieder halbwegs unter Kontrolle zu bekommen.

Louise blieb stehen. »Vor ein paar Tagen.«

»Wie geht es ihm? Ich habe schon länger nichts mehr von ihm gehört, wahrscheinlich ist er schwer beschäftigt, und ich war ja auch nicht gerade einfach zu erreichen, womöglich ist ein Brief von ihm verlorengegangen …« Paul hörte sich selbst plappern und zwang sich zu schweigen.

»Alvin hat um meine Hand angehalten. Er will mich zu sich holen.«

Da war es. Paul fragte sich, weshalb er sich fühlte, als habe Louise ihm einen Dolch ins Herz gerammt, wo er doch gewusst hatte, dass Alvin genau das plante.

»Ich gratuliere«, brachte er krächzend hervor.

Louise sah zu ihm auf. Ihre Augen schwammen. »Er ist der edelste Mann, den ich kenne«, sagte sie. »Ohne ihn stünde ich heute nicht hier, in der Sonne, mit heilen Knochen, einem Gesicht ohne Narben und befreit von der Pest namens Pierre Charrier. Ich kann mich glücklich schätzen, dass er mich liebt.«

»Er liebt Sie von Herzen«, bestätigte Paul und dachte, Glasscherben in der Kehle zu haben.

»Ja«, sagte sie. »Ich weiß.«

Er musste es fragen: »Lieben Sie ihn auch, Louise?«

Ihr Blick ließ seinen nicht los. »Wenn ich an ihn denke«, flüsterte sie, »möchte ich neben ihm vor dem Eingang eines Hauses stehen und seine Hand halten. Ich möchte Kinder über das Gras tollen sehen. Seine und meine Kinder. Ich möchte mit ihm darüber nachdenken, wie wir unseren Kindern eine noch bessere Zukunft schenken können. Ich möchte mit ihm Bücher lesen und Pläne machen und an seiner Seite alt werden.«

»Sie lieben ihn«, sagte Paul und nickte. Ihr Anblick verschwamm vor seinen Augen, aber es war unmöglich, das Gesicht von ihr abzuwenden. Sein Herz blutete, er wusste, dass sie es wusste – was machte es da noch aus, dass sie ihn weinen sah?

Louise sagte: »Und Sie, Paul ... mit Ihnen möchte ich durch einen Bach reiten, dass das Wasser in allen Regenbogenfarben aufspritzt und bei Nacht am Meeresufer entlangrennen und in die Flut springen. Ich möchte mit Ihnen auf einen Berg steigen und die Morgensonne aus den Wolken emporsteigen sehen, bis alles um uns herum golden glänzt. Ich möchte unter Bäumen übernachten und beim Essen Brotkrümel von meinem Rock picken und Wein aus einem Holzbecher trinken, den wir miteinander teilen. Ich möchte neben Ihnen auf der Lokomotive eines Zugs stehen und fühlen, wie mir der Wind die Haare zerzaust.« Tränen liefen ihr über die Wangen. »Ich möchte mit Ihnen auf einer Decke liegen, Ihren Atem auf meiner Haut spüren, die Sterne am Himmel betrachten, nicht an morgen denken und an Ihrer Seite ewig jung bleiben.«

»Jesus, Maria und Joseph ...«, hauchte Paul. Er sah kaum, dass sich eine der Blumenhändlerinnen, eine alte Frau, aufgerappelt hatte und an sie herangetreten war. Die Alte hielt eine feuerrote Nelke in der Hand, neben der Rose eines der Symbole für die Liebe. Sie drückte die Blume Louise in die widerstandlosen Hände. Als Paul blind vor Tränen in seiner Tasche nach Münzen zu kramen begann, schüttelte sie nur den Kopf, tätschelte ihm lächelnd den Arm und tappte wieder davon.

»Ich liebe dich, Paul«, sagte Louise. »Von dem Moment an, an dem ich dich zum ersten Mal gesehen habe. Ich liebe Alvin auf die eine Weise und dich auf die andere. Ich bin verflucht.«

Sie wollte weitersprechen, aber Paul beugte sich zu ihr hinab und küsste sie auf den Mund. Seine Hand fand die ihre und umklammerte sie. Ihr Schirm fiel zu Boden. Sie presste sich an ihn mit einer Verzweiflung, die ihm den Atem nahm. Seinen Kuss erwiderte sie so hungrig, dass ihm schwindlig wurde. In diesem Augenblick wusste er, dass er sie nie mehr loslassen und eher seine Seele verkaufen als sie verlieren würde.

»Ich liebe dich, Louise«, sagte er, als sie Atem holen musste.

Sie waren beide verflucht.

März 1842 bis November 1842

»Ohne mit der Wimper zu zucken, Paul.«

Lily Baermann

33

Lily Baermann saß frierend auf einem wackligen Stuhl und fühlte sich unbehaglich in dem teuren Kleid, das sie trug. Das Kleid gehörte nicht ihr, sondern Josephine Stieler; in ihrer eigenen Garderobe fand sich nichts vergleichbar Prächtiges. Über den Rock des Kleids war ein Leintuch gebreitet, damit Lily, welche die Hände in den Schoß gelegt hatte, es nicht beflecken oder daran zupfen konnte. Außerdem war das Kleid am Rücken nicht anständig verschnürt, weil Lily ein breiteres Kreuz als die äußerst schmächtige Josephine hatte, so dass die Kälte im Zimmer ihr unters Hemd kriechen konnte. Sie verstand nicht, wie Joseph Stieler, der königlich-bayerische Hofmaler, in der Kälte in seinem Atelierzimmer überhaupt arbeiten konnte, ohne dass ihm die Finger steif wurden. Draußen vor dem Fenster lag die erste Märzwärme in der Luft; im Atelier Stielers herrschte noch tiefster Winter.

Ihr Nacken schmerzte von der steifen Haltung, zu welcher der Maler sie aufgefordert hatte. Und sie langweilte sich. Sie wusste, dass die meisten jungen Frauen Münchens einen Arm dafür gegeben hätten, von Joseph Stieler als Kandidatin für die Schönheitengalerie König Ludwigs porträtiert zu werden und dass es ein ungeheures Kompliment an ihr Aussehen war, dass Stieler sie überhaupt angesprochen hatte. Aber sie konnte sich nicht helfen. Sie fror und langweilte sich bei Stielers erschöpfenden Sitzungen, und das Geturtel zwischen Stieler und seiner jungen Frau nervte sie. Beinahe noch mehr regte sie sich über Stielers Getue mit seinen Augenkompressen auf, die er alle Stunde für ein paar Minuten auflegte und dann darüber dozierte, während sie in ihrer steifen Haltung verharren musste. Sie konnte erkennen, dass der Maler mit dem kantigen Gesicht und dem ergrauenden Backenbart nicht zuletzt deshalb über die Kräutermischungen in seinen Kompressen referierte, um die Distanz zwischen ihm und seinem Modell zu überbrücken. Doch was sie betraf, vergrößerte das erschöpfende Geschwafel über Euphrasia, Schöllkraut, Theriak und Kalmuswurzel nur den Abstand zwischen ihnen. Sie verstand auch, dass Stieler in jungen Jahren eine Augenerkrankung erlitten hatte, die beinahe seiner Künstlerkarriere ein Ende gesetzt hätte und dass er sich vor einer Rückkehr dieser Krankheit fürchtete. Dennoch langweilte es sie immens.

Josephine Stieler, die Frau des Malers, die sich aus Gründen des Anstands stets mit im Atelier aufhielt, schien mit der üblichen weiblichen Intuition zu erkennen, wie es in Lily aussah, und war dementsprechend kühl zu ihr. Josephine war eine bekannte Dichterin und las ihrem Mann, während dieser zurückgelehnt in einem alten Sessel saß und seine Kompressen wirken ließ, aus ihren neuesten Werken vor. Stieler zeigte sich immer begeistert davon. Lily war bereit zuzugeben, dass sie keine Ahnung von Lyrik hatte; dennoch stand für sie fest, dass Josephines Ergüsse übelster Blödsinn waren. Dass die Mehrheit der Leserinnen und Leser – Josephine war unter ihrem Mädchennamen von Miller als Autorin äußerst beliebt – anderer Meinung war, beeindruckte Lily wenig.

In Stielers Atelier hingen die Vorentwürfe anderer Porträts für die Schönheitengalerie. Fast alle der darauf abgebildeten Frauen waren dunkelhaarig. Anscheinend besaß der König eine Vorliebe für seelenvolle, südländisch wirkende Gesichter. Selbst Josephine entsprach diesem Ideal mit ihren brünetten Locken und ihren großen, leuchtenden Augen. Hatte der Maler sich seine zweite Frau unbewusst nach den von ihm porträtierten Schönheiten ausgesucht, oder teilten er und der König bloß zufällig das gleiche Frauenideal? Lily fragte sich, wie sie mit ihrem blonden Haar und ihren blauen Augen dort hineinpasste, aber Stieler würde schon wissen, was er tat … hoffte sie. Auf keinen Fall wollte sie, dass ihr Porträt in der Mappe endete, die in einer dunklen Ecke des Ateliers lehnte: die Mappe, in der sich die Bilder fanden, die der König des Motivs wegen abgelehnt hatte, nicht wegen der künstlerischen Ausarbeitung.

Stieler nahm die Augenkompresse ab und blinzelte, bis seine Augen sie wieder fokussierten.

»Ah!« Er lächelte Lily an. Sein hessischer Dialekt hörte sich stets so an, als nuschle er. »Geht's noch, meine Liebe? Wissen Sie, ich würde ja gerne diese neue Kunst der Bilderstellung nutzen, die Professor Steinheil und Professor von Kobell an unserer Universität entdeckt haben. Es nennt sich Daguerreotypie. Man kann die Wirklichkeit damit in überraschender Naturtreue nachbilden. Man braucht dazu eine Camera obscura, in der dann das Licht selbst malt – auf eine versilberte Kupferplatte! Stellen Sie sich das vor! Es dauert allerdings eine Ewigkeit, bis das Bild entstanden ist; aber, was man hört, nicht so lange wie ein gemaltes Porträt. Da müssten Sie nicht so lange sitzen, Fräulein Baermann.«

»Diese Daguerreotypien können die Wirklichkeit niemals so rein wiedergeben wie deine Kunst, Liebster«, sagte Josephine Stieler.

Stieler lächelte erfreut und geschmeichelt. »Das Geheimnis ist die Idealisierung. Auch bei Ihnen sind noch ein paar Idealisierungen nötig, aber Ihr Bild ist ansonsten so gut wie fertig.«

»Idealisierungen?«, fragte Lily misstrauisch.

»Verbesserungen«, erklärte Josephine Stieler.

Stieler schmunzelte. »Aber meine Liebe, was für eine Miene. Es ist keine Beleidigung Ihrer Schönheit, wenn ich Idealisierungen vornehme. Das höchste Ziel eines Porträts ist die Verbindung dreier Dinge: technische Perfektion, das Einfangen der Eigenart des dargestellten Modells und das Erfüllen der Erwartung des Betrachtenden. Wenn wir großer Schönheit in natura gegenüberstehen, übersehen wir die kleinen Imperfektionen. Auf einem Bild hingegen kämen diese Imperfektionen viel stärker zur Geltung. Deshalb ist es die Aufgabe des Malers, diese Stellen zu finden und zu eliminieren.«

»Eine zu schmale Oberlippe, zum Beispiel«, sagte Josephine mit kaum unterdrückter Genugtuung.

»Zum Beispiel«, bestätigte Stieler wie ein Echo, der nicht in der Lage war, den emotionalen Gehalt aus der Bemerkung seiner Frau herauszuhören. Er strahlte Josephine an. Lily musste sich beherrschen, um nicht mit dem Finger über ihre Lippen zu fahren. Zu schmale Oberlippe?! Sie überlegte, welchen Schaden sie dem offenbar geheiligten Kleid Josephines unauffällig zufügen konnte, um ihr die Boshaftigkeit heimzuzahlen.

Stielers nächste Bemerkung riss Lily aus ihren düsteren Überlegungen. »Gehen Sie heute früh zu Bett, meine Liebe, damit Sie morgen frisch und jung aussehen, wenn Seine Majestät kommt.«

»Wenn *wer* kommt?«, fragte Lily alarmiert.

»Der König pflegt jeder Sitzung wenigstens einmal beizuwohnen«, erklärte Stieler stolz. »Immerhin soll das Ergebnis ja die Galerie in der Residenz erweitern.«

Lily schluckte. Sie sollte Modell sitzen, während der König zusah? Ihr Blick fiel auf Josephine Stieler, die ihren Schock bemerkt hatte und ein kaum merkliches, spöttisches Lächeln aufgesetzt hatte. Lily straffte sich. »Ich fühle mich geehrt, die Bekanntschaft Seiner Majestät zu machen«, sagte sie fest.

»Als ich eine andere schöne Münchnerin malte, das Fräulein Sedlmayr«, erzählte Stieler, der Lily nicht zugehört hatte, »war Seine Majestät von ihrer Schönheit so begeistert, dass er ihr nicht nur die Tracht, in der ich sie porträtierte, zum Geschenk machte, sondern auch noch die Ehe zwischen ihr und seinem Kammerdiener arrangierte. Seine Majestät ist sogar Taufzeuge von zweien ihrer Söhne.« Seufzend und ohne zu bemerken, dass er Lily damit beleidigte, fügte er hinzu: »Aber *sie* war wirklich von außergewöhnlicher Schönheit.«

Josephine, die Lily sehr genau zugehört hatte, sagte: »Eine Bekanntschaft wird man das nicht nennen können, Fräulein Baermann. Sie richten bitte das Wort nicht an den König, und er wird Sie selbstverständlich auch nicht ansprechen. Es geht um das Bild, nicht um Ihre Person.«

»Ah ja, das stimmt natürlich«, erklärte Stieler und lächelte freundlich. »Das verstehen Sie sicher, meine Liebe.«

Am nächsten Tag saß Lily, die zu ihrer eigenen Erbitterung Stielers Rat befolgt hatte und so früh wie möglich zu Bett gegangen war, auf dem wackligen Stuhl und wartete auf die Ankunft des Königs. Stieler saß mit der Palette in der einen und dem Pinsel in der anderen Hand da; offenbar war fast nichts mehr an dem Porträt zu tun, aber diese wenigen Tupfer wollte der Maler in Anwesenheit von König Ludwig vollenden. Josephine hielt sich in Lilys Nähe auf und zupfte an ihr herum; wo immer ihre Finger Lilys blanke Haut berührten, spürte sie deren Kälte. Entweder fror Stielers Frau im Atelier genauso wie Lily, oder Josephine war aufgeregt.

Der König kam überraschend plötzlich. Lily hatte gedacht, er würde wenigstens von einem halben Dutzend Leibwächter begleitet sein, aber auf einmal stand ein schlaksiger Mann mit einer langen Nase, pomadisiertem Lockenkopf, gesträubtem Schnauzer und schmalem Kinnbart im Raum. Er trug einen grauen Frack mit üppigem Revers und einen Zylinder in der Hand und wirkte nur durch seine Körpergröße imposant. Stieler sprang auf und verbeugte sich tief. Lily, die so überrascht war, dass sie zunächst nicht reagierte, fühlte einen scharfen Rippenstoß Josephines und wie ihr das Tuch, das einmal mehr zum Schutz des Kleids über ihren Schoß gebreitet war, weggezogen wurde. Sie sprang ebenfalls auf und knickste neben Josephine, auf einmal voller Panik, dass das Oberteil des locker verschnürten Kleids aufgehen würde. Aber die Bänder hielten.

»Welche Ehre, Majestät!«, brüllte Stieler in Richtung Boden.

Josephine, die ebenfalls den Kopf gesenkt hielt, schrie nicht weniger laut: »Majestät erweisen uns eine große Freude, die wir nicht verdient haben!«

König Ludwig erwiderte in derselben Lautstärke: »Kein Aufhebens, mein lieber Stieler, kein Aufhebens!«

Lily wurde klar, dass der König schwerhörig war. Beinahe hätte sie gelacht. Im letzten Moment konnte sie sich zurückhalten.

Danach wurde ihr bedeutet, sich wieder zu setzen. Josephine zupfte erneut an ihr herum. Der König setzte sich vor das Porträt, das Lily bislang noch nicht zu Gesicht bekommen hatte, und musterte erst das Bild, dann das Original. Lily erinnerte sich, dass man Majestäten nie in die Augen schaute, und senkte den Kopf. Ein neuer Rippenstoß von Josephine veranlasste sie dazu, ihn wieder zu heben. Der altbekannte Trotz stieg in ihr auf, und sie richtete den Blick auf König Ludwig; doch der hatte sich bereits wieder abgewandt und konsultierte einen Zettel, den er in der Tasche hatte.

»Das ist die Baermann?«, brüllte er in Richtung Stieler.

Stieler deutete mit dem Pinsel auf das Bild; Lily konnte nicht sehen, worauf. »Majestät können sehen, wo die Künstlerhand eine Idealisierung vorgenommen hat?« Zu Lilys Trotz gesellte sich Ärger – wahrscheinlich deutete Stieler auf die Oberlippe des Porträts! Deren Original ja viel zu schmal war, wenn man der glupschäugigen Josephine glauben wollte!

»Das ist also die Baermann?«, wiederholte der König.

»Ja, Majestät.«

»Ihr Vater ist Paul Baermann, der Prokurist bei Georg Brey, dem Besitzer der Löwenbrauerei?«

Erst als Stieler nicht antwortete und ein dritter Rippenstoß endgültig einen blauen Fleck hinterließ, erkannte Lily, dass der König mit ihr gesprochen hatte. Er hatte nicht sie, sondern das Porträt angesehen.

»Jawohl, Majestät«, murmelte sie und kam einem vierten Stoß zuvor, indem sie lautstark wiederholte: »Jawohl, Majestät!«

»Und Sie hat einen Bruder, der ebenfalls Paul heißt?«

Stieler, den Pinsel immer noch in der ausgestreckten Hand, schaute von König Ludwig zu Lily und zurück. Er schien leicht irritiert. Offenbar verliefen die Besuche des Königs sonst ein wenig anders.

»Jawohl, Majestät!«, schrie Lily.

Der König nickte und steckte den Zettel ein. Konnte es denn sein, dass er sich über Lily erkundigt hatte? Wider Willen fühlte sie sich geschmeichelt. Doch dann sagte sie sich, dass das Interesse des Königs mit Sicherheit rein akademisch war. Nicht immer hatte die Wahl der bisherigen Schönheiten den Beifall des Hofes gefunden, und die eine oder andere Entscheidung hatte auch Murren unter den Münchnern hervorgerufen, das seltsamerweise umso lauter klang, je einfacher die Herkunft der Porträtierten war. Lily war sicher, dass Frömmelei, Klassenbewusstsein und blanker Neid sich dabei die Waage hielten, mit leichtem Übergewicht in Richtung Neid.

Jedenfalls musste der König seinen gut funktionierenden Apparat aus Gendarmerie, Geheimpolizei und Spitzeln, den er nach der Pariser Julirevolution vor über zehn Jahren aufgebaut hatte, auf Lily angesetzt haben. Sie fühlte Beunruhigung darüber, dass jemand ihr Leben und ihre Familie ausspioniert hatte.

Doch dann sagte sie sich, dass das ein geringer Preis dafür war, das eigene Porträt in der Schönheitengalerie aufgehängt zu bekommen. Immerhin bedeutete dies so etwas wie Unsterblichkeit; und es war bekannt, dass der König sich gegenüber allen Frauen, deren Bilder er in seine Sammlung aufgenommen hatte, äußerst großzügig verhielt. Die Geschichte von Helene Sedlmayr und ihrer glücklichen Verheiratung war nur ein Beispiel dafür. Sie beschloss, den König anzulächeln, wenn er noch einmal in ihre Richtung blicken sollte.

Der König winkte Stieler zu sich heran. Er flüsterte längere Zeit in Stielers Ohr. Die Miene des Malers fror ein. Lily konnte spüren, wie Josephine sich an ihrer Seite unruhig bewegte. Der König zuckte mit den Schultern und machte ein bedauerndes Gesicht. Stieler, die Züge steinern, nickte.

»Die geleistete Arbeit wird selbstverständlich bezahlt, lieber Stieler«, tönte der König.

»Majestät sind zu gütig!«

Ratlos sah Lily zu, wie der König aufstand, noch einen letzten Blick auf das Porträt warf und dann seinen Zylinder aufnahm, den er auf ein Tischchen gelegt hatte. Der Blick, mit dem er sie streifte, war so kurz, dass es ihr nicht gelang, rechtzeitig zu lächeln. Ihre Ratlosigkeit wandelte sich in Nervosität, während sie erneut aufsprang und zusammen mit Josephine knickste. König Ludwig schritt hinaus.

Im Atelier breitete sich bleiernes Schweigen aus. Stieler und seine Frau wechselten vielsagende Blicke, die Lily nicht zu deuten verstand. Der Maler legte Pinsel und Palette weg und nahm das fast fertige Porträt von der Staffelei. Lily erwartete, dass sie es nun zu sehen bekommen würde, doch der Maler stellte es zu ihrer immer größer werdenden Verwirrung mit dem Gesicht gegen die Wand. Sie hörte, wie draußen eine Kutsche losfuhr.

»Was hat er gesagt?«, fragte Josephine atemlos, die offenbar nur gewartet hatte, bis sie sicher sein konnte, dass der König losgefahren war und sie nicht mehr hören konnte – was angesichts der Tatsache, dass man brüllen musste, um sich ihm verständlich zu machen, lächerlich war.

Lily fühlte eine schmerzhafte Mischung aus Ratlosigkeit, Verachtung, Wut und Furcht in sich brodeln.

»Sie haben einen Bruder namens Paul?«, fragte Stieler. Seine Stimme klang resigniert.

»Ja …«

»Seiner Majestät Informanten haben herausgefunden, dass Ihr Bruder vor zwei Jahren einen erheblichen Schaden an einer wertvollen Maschine in Nürnberg verursacht hat, den er nicht in vollem Umfang erstattet, sondern sich stattdessen in schnöder Verantwortungslosigkeit nach Preußen abgesetzt hat, mit dem das Königreich Bayern in gespanntem Verhältnis steht. Im Nachgang hat Ihr Bruder sich offenbar bei einer französischen Eisenbahngesellschaft verdingt, obwohl auch der französische Staat und das Königreich Bayern wenig freundschaftliche Beziehungen hegen, und er hat zudem sein Wissen, das er in einer Ausbildung hier in München erhalten hat, an die Franzosen weitergegeben, anstatt es zum Nutzen der bayerischen Industrie einzusetzen.« Stieler seufzte. »Wissen Sie, meine Liebe, Seiner Majestät und mir ist natürlich klar, dass Sie nichts für die Verantwortungslosigkeit Ihres Bruders können, aber unter den gegebenen Umständen hält es Seine Majestät nicht für opportun, Ihr Bild in seine Sammlung aufzunehmen. Zu großes Gemurre könnte entstehen, wenn die Geschichte über Ihren Bruder herauskommt.«

Lily, die das Gefühl hatte, der Stuhl, auf dem sie saß, würde in einen Abgrund kippen, brachte heraus: »Was?«

»Bitte ziehen Sie sich um, meine Liebe. Ich bedauere. Die Sitzungen sind beendet. Schade. Dem König hätte Ihr idealisiertes Bild eigentlich gefallen.«

»Ich bin … mein Bild … der König hat es … abgelehnt?!«

»Nicht Ihr Bild«, sagte Josephine, »sondern Ihre Person.«

»Die Person von Fräulein Baermanns Bruder, um genau zu sein«, korrigierte Stieler, offenbar in einem Versuch, Lily zu trösten.

»Sie hätten meinem Mann von Ihrem Bruder erzählen sollen«, sagte Josephine. »Dann wäre ihm diese Peinlichkeit vor Seiner Majestät erspart geblieben. Man kann sehen, dass die verantwortungslose Ader, die es in Ihrer Familie zu geben scheint, auch durch Ihren Charakter läuft.«

»Es tut mir leid«, sagte Stieler.

Lily stand wie in Trance auf. Ganz kurz blitzte der Wunsch in ihr auf, sich das Kleid einfach vom Körper zu reißen und draufzutreten, bevor sie im Hemd aus dem Atelier rauschte, aber dann ging sie doch nur stumm in den kleinen Umkleideraum. Josephine half ihr wortlos aus dem Kleid. Die Wut von Stielers Gattin machte ihre Finger ungeschickt. Sie keuchte, riss an den Bändern und rupfte an Lilys Haar. War ihre Berührung vorhin kalt vor Nervosität gewesen, strahlte der Zorn jetzt wie eine Hitzewelle von ihr aus.

Lily hingegen war bis ins Mark erkaltet. Sie hörte Josephine etwas murmeln, was wahrscheinlich Verwünschungen und Vorwürfe waren, aber sie verstand die Worte nicht. In ihrem Inneren wiederholte sich ständig nur ein Name: Paul … Paul … Paul …

34

Paul starrte an die Decke der kleinen Unterkunft unweit der Place de la Concorde, die er gefunden hatte und für die ein erheblicher Teil des monatlichen Gehalts draufging, das er von den Brüdern Flachat erhielt. Die Abendsonne, die durch das Fenster der Schlafkammer fiel, zeichnete ein rosafarbenes, rechteckiges Muster an die Decke. Es sah heimelig aus. Es sah nach Sommer aus. Es war Sommer.

Sommer 1842. Seit eineinhalb Jahren war Paul nun in Paris; die Welt hatte sich mehrfach gedreht seitdem. Einschneidende Ereignisse waren Alvins Abschied und die Entdeckung gewesen, dass Louise ihn ebenso sehr liebte wie er sie. Andere Dinge hatten sich schleichender entwickelt: die Entfremdung, die zwischen seinen französischen Kollegen und Arbeitgebern und ihm entstand, die Verkrampfung, die die tägliche Arbeit am *Grand Stern* mehr und mehr belastete. Wenn man so wollte, hatte für eine Weile die Sonne geschienen zwischen dem französischen Staat und den deutschen Fürstentümern, aber es war nur eine Abendsonne gewesen. Jetzt fielen die Schatten auf die deutsch-französischen Beziehungen, und die Atmosphäre wurde merklich kühler.

Auf einer anderen Ebene hatte sich in den letzten zwölf Monaten ebenfalls Verstimmung eingeschlichen. Die Pläne, den *Grand Stern* an ein noch zu planendes deutsches Eisenbahnnetz anzuschließen, wurden mehr und mehr in Frage gestellt. Das lag nicht zuletzt daran, dass die französischen Eisenbahnbauer plötzlich ins Hintertreffen geraten waren. Im Oktober 1841 hatte der Münchner Bankier und Industrielle Joseph von Maffei – der Mann, mit dessen Kredit Paul seinen Weg in der Welt hatte machen wollen – eine Probefahrt mit einer in seiner Hammerschmiede in der Münchner Hirschau entwickelten Lokomotive unternommen. Sie hatte fast sechzig Stundenkilometer erreicht. Deutlich mehr als der »Adler«, deutlich mehr als jede andere Lok aus englischer Fertigung, auf deren unschlagbare Genialität man sich in Frankreich verlassen hatte.

König Ludwig hatte die Lok »Der Münchner« getauft und weitere acht Lokomotiven dieses Typs bestellt. Dann hatte er Joseph von Maffei verbieten lassen, diese Technik außerhalb Bayerns zu verkaufen, und ihn aufgefordert, die französische Delegation, die bereits mit ihm über einen Auftrag verhandelte, nach Hause zu schicken.

Eugène Flachat war ein Mitglied der Delegation gewesen. Stéphanes älterer Bruder empfand die Entscheidung des bayerischen Königs als Affront, umso mehr, als Frankreich die kühnen Pläne zum Bau des *Grand Stern* ohne großes Zögern – wenn auch zu einem gesalzenen Preis – an die Nachbarn jenseits des Rheins verkauft hatte. Pauls Erklärung, dass es wegen der Souveränität der deutschen Fürstentümer nicht möglich war, von einem einigen Deutschland zu reden, das seinen Nachbarn Frankreich düpierte, wollte Eugène gar nicht hören. Für ihn verhielt sich Deutschland feindselig. Seine plötzliche Abneigung gegenüber den Deutschen bekam Paul zu spüren, der zu allem Unglück auch noch aus Bayern stammte. Stéphane hielt weiterhin zu ihm, aber Eugène begegnete Paul in letzter Zeit nur noch mit dem Mindestmaß an Höflichkeit. Paul hatte bereits feststellen müssen, dass man seinen Expertisen mittlerweile nicht mehr vertraute und – ganz wie am Anfang – die Vermesser wieder aufforderte, seine Streckenpläne nachzumessen.

Es fühlte sich an, als sei Paul nur noch widerwillig geduldet. Auch bei Stéphane, der wegen seiner Loyalität zu Paul zwischen allen Stühlen saß, machte sich zusehends eine Art nervlicher Abnutzung bemerkbar. Paul, der gedacht hatte, Paris könne seine neue Heimat werden, war auf einmal wieder ein Fremder. Er konnte ebenso gut allem hier den Rücken kehren.

Louise war es, die ihn hielt. Louise, die sich jetzt in seinem Arm regte und ihm mit einem Finger über die Stirn streichelte.

»So tiefe Falten«, murmelte sie. »Woran denkst du?«

»An die Eisenbahn«, log Paul. »Darüber, dass ich demnächst wieder ein, zwei Wochen unterwegs sein werde, um den Bau der projektierten Strecken zu überwachen.«

»Das scheint eine finstere Aussicht zu sein, deiner Miene nach zu schließen.«

»Sie ist finster, weil sie bedeutet, dass ich dich eine Weile nicht sehen kann.«

Louise schwieg. Seit sie zum ersten Mal zärtlich miteinander gewesen waren, hing wie ein Menetekel das Wissen zwischen ihnen, dass ihre Zeit begrenzt war. Keiner von ihnen hatte es je direkt ausgesprochen, aber in vielen Gesprächsfetzen, unvollendeten Sätzen und verzweifelten Küssen war es deutlich geworden: Louise liebte Paul. Aber sie liebte auch Alvin. Und wenn Alvin, wie er in jedem seiner Briefe versprach, Louise zu sich holte, um sie zu heiraten, würde sie seinem Ruf folgen. Alvin konnte ihr ein Heim bieten, Alvin konnte für die Sicherheit ihrer Mutter garantieren, die natürlich mitkommen würde. Alvin war ein sicherer Hafen, er konnte Louise all das zurückgeben, was sie verloren hatte. Paul war dazu nicht in der Lage.

Alles, was er tun konnte, war, sie so lange festzuhalten, wie es ging, und jeden Tag als Geschenk anzusehen. Er wandte sich ihr zu und küsste sie. Sie erwiderte seinen Kuss. Paul spürte, wie die Leidenschaft sich erneut in ihm regte. An der

Art und Weise, wie sie ihn küsste, konnte er erkennen, dass es Louise nicht anders ging, und das feuerte seine Lust nur noch mehr an. Er ließ sich von ihr davontragen.

35

Louise erwiderte Pauls Zärtlichkeiten leidenschaftlich. Jedes Mal, wenn sie und er zusammen Erfüllung fanden, rückte die Erinnerung an ihr erstes Zusammensein ein Stück weiter weg. Es war ein Debakel gewesen.

Paul hatte zu diesem Zeitpunkt noch Bronikowskis ehemalige Kammer bewohnt. Louise war vollkommen überrascht gewesen, dass er sie küssen und streicheln wollte; dass es ihn verlangte, ihre Brüste zu berühren, dass er sie nackt sehen wollte, dass er wünschte, auch von ihr berührt und geküsst zu werden. Sie hatte mit ihm schlafen wollen, sie hatte innerlich vor Lust gezittert, doch zugleich war sie davor zurückgeschreckt. Sie hatte keine Ahnung gehabt, wie sie auf seine Zärtlichkeiten reagieren sollte.

In ihrer Angst, ihn zu enttäuschen, hatte sie Zuflucht zu dem genommen, was sie kannte und was sie immer als erniedrigend empfunden hatte. Jetzt tat sie es von sich aus, während sie sich innerlich schämte.

Sie hatte sich aus seiner Umarmung befreit, den Rock hochgeschlagen und sich vornübergebeugt vor sein Bett gestellt, gerade als er hatte anfangen wollen, sie aus dem Oberteil ihres Kleids zu schnüren. Sie hatte sich ihm dargeboten, wie Pierre es immer von ihr verlangt hatte, wie eine Hure in einem Hinterhof.

Paul hatte nur dagestanden und sie fassungslos angestarrt. Scham und Verzweiflung hatten sie überwältigt. Sie hatte nicht länger in seinem Raum, in seiner Nähe bleiben können. Sie war gerannt, als wäre der Teufel hinter ihr her, schluchzend vor Entsetzen, wie schrecklich plötzlich alles geworden war. Er würde sie nie wieder ansehen. *Sie* würde *ihm* nie wieder ins Gesicht sehen können.

Sie war schon fast zu Hause gewesen, als er sie endlich eingeholt und dazu gebracht hatte, mit ihm zu reden.

»Ich schäme mich immer noch für das erste Mal«, flüsterte Louise jetzt, als sie eng aneinandergeschmiegt dalagen. Sie konnte seinen Herzschlag spüren. Auch ihres klopfte noch heftig nach dem Liebesakt.

»Unsinn. Du konntest doch nichts dafür. Das war Pierres Schuld.«

»Ich musste daran denken, wie demütigend es mit ihm immer gewesen war … dann dachte ich, du würdest mich für eine Hure halten, weil ich keine Jungfrau mehr war … dann sah ich dein Gesicht. Ich konnte nicht anders, als wegzulaufen.«

»Was du in meinem Gesicht gesehen hast, war nur Verblüffung, keine Verachtung!« Paul musste diesen Satz in den letzten Monaten mindestens zwanzigmal wiederholt haben. Manchmal konnte sie ihm immer noch nicht glauben.

»Bist du sicher?«

»Ja, Louise, absolut sicher.«

»Wenn du mich nicht eingeholt hättest, wäre ich wahrscheinlich bis zur Seine gelaufen und hineingesprungen.«

»Ich danke Gott, dass ich schneller laufen kann als du.« Paul grinste, und Louise lächelte zurück.

Nach dieser Episode hatte sie gewusst, dass sie seiner Liebe vertrauen konnte. An jenem Tag hatte sie es nicht über sich gebracht, wieder zu ihm zu kommen, aber bei ihrem nächsten Zusammensein hatte sie sich ihm überlassen.

Die ersten paar Male war es merkwürdig gewesen. Ihre Schüchternheit war noch viel zu groß gewesen, als dass sie ihm den Wunsch hätte erfüllen können, sie nackt zu sehen. Obwohl sie sich wünschte, ihn in sich spüren und seine Ekstase zu fühlen, hatte sie es abgelehnt, bis zum Ende zu gehen. Zu frisch war noch die Erinnerung an das verunglückte erste Mal. Doch sie hatte im Dunkeln seine Hände über ihre Haut wandern lassen, zitternd und zuckend, wenn er eine Stelle berührte, die die Lust in ihr hochschießen ließ, hatte ihn geküsst und sich von ihm küssen lassen und das Feuer in sich wachsen gespürt, das Feuer, das die falsche Scham und die schlechten Erinnerungen verdrängen würde.

Irgendwann hatte sie allen Mut zusammengenommen und ihn daran gehindert, die Laterne auszupusten. Sie hatte sich splitternackt auf der Bettdecke zurückgelehnt und ihm ihren nackten Körper präsentiert. Sie hatte unendliche Erregung empfunden, als sie gesehen hatte, wie sehr ihn dies mit Lust erfüllte. Sie hatten sich an diesem Tag zum ersten Mal geliebt, richtig geliebt. Beinahe hätte die Scham in ihr noch einmal die Oberhand gewonnen, als seine Zärtlichkeiten immer ungestümer und fordernder wurden – nicht, weil sie es als abstoßend empfunden hätte, sondern weil es sie im Gegenteil mit einer derartigen Lust überschwemmte, so heftig liebkost zu werden, dass sie einen Augenblick überzeugt war, sich für diese Lust schämen zu müssen. Im nächsten Moment war diese Regung zerstoben, und sie hatte ihn festgehalten und umklammert, sich ihm entgegengedrängt und ihn so heftig geküsst, dass ihre Lippen danach geschwollen waren und ihr Kinn wund von seinem Bart.

Es hatte den Damm gebrochen, der noch zwischen ihr und

der Freisetzung ihrer Leidenschaft bestanden hatte. Nun hatte sie das Gefühl, dass ihre Sinnlichkeit erblüht war. Sie fühlte sich zum ersten Mal in ihrem Leben heil und eins mit sich selbst.

Er hatte sie dorthin geführt, er, Paul, mit seiner Energie, seinem Ungestüm und seiner ungebremsten Lust! Er brauchte sie nur anzusehen, und ihr Herz begann zu klopfen, ihr Körper zu glühen und ihr Verlangen zu kochen. Ihr Rhythmus hatte sich von allein eingestellt, ihre Neugier aufeinander war gleich groß, ihre Freude daran, sich gegenseitig um den Verstand zu bringen. Es war vollkommen.

Und trotzdem trug all das bereits den bitteren Stachel der Vergänglichkeit in sich, denn Louise hatte zugestimmt, Alvin zu heiraten, zu dem sie sich auf andere Weise ebenso hingezogen fühlte wie zu Paul.

Doch Pauls Küsse waren zu süß und ihr Verlangen nach ihm offensichtlich ebenso groß wie seines nach ihr. Sie küssten sich schläfrig, seine Hand auf ihrer Haut, ihr Bein über seiner Hüfte. Bevor die Nacht zu weit fortgeschritten war und sie nach Hause musste, würden sie sich ein drittes Mal lieben, aber jetzt war es einfach nur wunderbar, in Pauls Armen zu liegen und zuzusehen, wie der rechteckige Ausschnitt Abendrot über die Zimmerdecke wanderte und sie beide in zärtliches Licht tauchte.

36

Der Brief aus München erreichte Paul in der Nähe von Rouen. Die Strecke Paris—Rouen sollte demnächst als zweite ausgebaute Bahnlinie der Gesellschaft in Betrieb genommen werden, und Stéphane hatte Pauls Auftrag kurz vor dessen Abreise geändert. Statt neue Streckenführungen zu finden, sollte er eine letzte Prüfung der verlegten Gleise vornehmen, bevor diese freigegeben wurden. Paul hatte den Auftrag als Affront empfunden, weil er nicht seinen Stärken entsprach, aber er hatte sich gefügt. Es war nur ein weiteres Zeichen dafür, dass dieser Abschnitt seines Lebens zu Ende ging.

Der Überbringer des Briefs war einer der Boten, die den Nachrichtendienst entlang der Strecke besorgten. Der Brief war von Pauls Mutter. Er steckte ihn in die Tasche und vergaß ihn bis zum Abend. Beim Essen in der Herberge, in der ein Zimmer für ihn reserviert worden war, zog er ihn heraus. Als er die ungewöhnlich krakelige Handschrift seiner Mutter sah, wurde ihm kalt. Er öffnete ihn, las ihn. Dann ließ er ihn sinken und versuchte, ein anderes Gefühl in sich zu entdecken als Verwirrung.

Sein Vater war tot.

Paul Baermann hatte sich vor über einer Woche vom Mittagstisch erhoben mit der Ankündigung, dass er müde sei und Übelkeit verspüre. Er war in die kleine Stube hinübergegangen und hatte sich auf den Diwan gelegt. Als Franziska Baermann eine Viertelstunde später nach ihm schauen ging, lag er mit angezogenen Knien und friedlichem Gesicht auf dem Möbel, aber seine Lippen waren blau, und sein Brustkorb hob und senkte sich nicht mehr.

Der Arzt, den sie hatten holen lassen, hatte den Tod bestätigt.

Paul las den Brief ein zweites Mal. Er hatte den Eindruck, zwischen den Zeilen herauslesen zu können, dass es Streit gegeben haben musste bei jenem Mittagessen. Aber er hatte nie erlebt, dass seine Eltern gestritten hätten. Hatte es Ärger wegen Lily gegeben?

Lily war kein einfacher Charakter, doch daran hatte Paul sich im Lauf der Jahre gewöhnt. Er hatte oft unter ihren Bosheiten gelitten, als sie beide noch kleiner gewesen waren, aber seine Mutter hatte ihm stets versichert, dass Lily es nicht so meinte, ihren jüngeren Bruder liebte und es nur nicht so offen zeigen konnte. Gegen ihre Eltern hatte Paul seine Schwester nie aufsässig oder unbeherrscht erlebt. Und selbst wenn – dann konnte es auf keinen Fall so schlimm gewesen sein, dass der Vater …

Oder doch?

Seine Mutter hatte in ihren Briefen nie etwas von einer Verstimmung geschrieben. Nun fiel ihm ein, dass sie überhaupt nicht viel über Lily geschrieben hatte. Lily selbst hatte Paul keinen einzigen Brief geschrieben – ebenso wenig wie sein Vater, offensichtlich hatten beide sich darauf verlassen, dass die Mutter die Korrespondenz aufrechterhielt, und ebenso offensichtlich waren Vater und Tochter in dieser Hinsicht aus dem gleichen Holz geschnitzt – doch sie hatte stets Grüße ausrichten lassen. Die Mutter hatte geschrieben, dass Lilys Verlobter ein feiner Kerl war, dass er bereits um Lilys Hand angehalten habe, aber noch keine konkreten Hochzeitspläne ins Auge gefasst worden waren … sehr viel mehr war in keinem der Briefe zu lesen gewesen.

Er hatte sich nichts dabei gedacht.

Jetzt las er das Schreiben zum dritten Mal. Es offenbarte ihm keine neue Erkenntnis.

Sein Vater war tot.

Er schaute auf, als der Wirt neben ihn trat. »Das Essen, Monsieur?«

Paul erkannte, dass er keinerlei Appetit mehr hatte. Die Höflichkeit gebot ihm jedoch zu fragen: »Haben Sie es schon zubereitet?«

»Wo denken Sie hin, Monsieur? Für den Abgesandten der Eisenbahn bereiten wir alles frisch zu!«

»Ich habe keinen Hunger, tut mir leid.«

Der Wirt wies auf den Brief in Pauls Hand. »Schlechte Nachrichten, Monsieur? Sie entschuldigen meine Neugier – aber Sie sind weiß wie ein Laken.«

Paul sagte: »Ich habe erfahren, dass mein Vater verstorben ist.«

»Oh! Der Herr sei seiner Seele gnädig. Mein Beileid, Monsieur. Woher kommen Sie?«

»Aus München.«

»Oh«, machte der Wirt noch einmal. Er trat einen Schritt zurück. »Wenn Monsieur wirklich nichts zu essen wollen?«

»Nein, danke.«

Der Wirt zog sich zurück. Paul wartete noch eine Weile, aber er kam nicht mehr wieder, auch nicht, um wenigstens etwas zu trinken zu bringen. Zwei Worte hatten offenbar genügt, um vom geehrten Abgesandten der Eisenbahn zu einem Gast degradiert zu werden, den man duldete, aber nicht willkommen hieß. Auch ein Todesfall konnte die plötzliche Ablehnung nicht durchdringen. Paul erinnerte sich an die Nacht, in der er mit Stéphane Flachat und Alvin von Briest bekannt geworden war – in der Schenke im Wedding vor Berlin. Was Stéphane dort passiert war, passierte Paul jetzt hier; mit dem Unterschied, dass niemand ihm Prügel anbot. Die Menschen waren so borniert, dass es einem weh tat. Wie konnte eine so wunderbare, Völker verbindende, den Horizont erweiternde Erfindung wie die Eisenbahn gleichzeitig mit einem so dumpfen, boshaften Nationalismus einhergehen? Die Staaten Europas wuchsen dank der Bahn auf einmal ganz nahe zusammen. Und alles, was die Menschen auf beiden Seiten der Grenzen aus der Nähe sehen konnten, waren die alten, sinnlosen Ressentiments.

Paul betrachtete den Brief auf dem Tisch.

Sein Vater war tot. Er war jetzt nominell das Oberhaupt der Familie. Er musste sich um seine Mutter und seine Schwester kümmern.

Wie seltsam. Er hatte erwartet, dass das Ende seiner Zeit hier mit einem Brief von Alvin kommen würde, in dem dieser Louise bat, ihm nach Berlin zu folgen und seine Frau zu werden.

Stattdessen kam das Ende mit einem Brief von seiner Mutter. Und es war nur der Schlusspunkt einer Entwicklung, die sich seit Monaten andeutete.

Der Brief begann, vor seinen Augen zu verschwimmen. Es gelang Paul nicht, die Tränen wegzublinzeln. Schließlich ließ er den Kopf hängen und weinte an seinem einsam stehenden Tisch in der großen, fast leeren Schankstube der Herberge, ohne dass ihm klarwurde, ob er nun um seinen verstorbenen Vater, wegen des baldigen Endes seines Aufenthalts in Paris oder darum weinte, dass sein nächstes Treffen mit Louise wahrscheinlich ihr Abschied voneinander sein würde.

Es war an der Zeit, heimzukehren.

37

Alvin hatte geahnt, dass es nicht einfach sein würde, seinen Bruder zu überzeugen. Er hatte nicht gedacht, dass es unmöglich wäre.

»Levin«, sagte er ungläubig. »Wir reden hier von meiner zukünftigen Frau! Alles, was ich will, ist, dass du sie und ihre Mutter hier auf Briest willkommen heißt, wenn ich sie geholt habe.

Sie braucht ein Dach über dem Kopf, bis ich selbst eine Existenz für sie und mich aufgebaut habe und sie heiraten kann.«

Levin wand sich. »Na ja, das verstehe ich ja, aber …«

»Ich kenne das nur so, dass man sich zuerst eine Existenz aufbaut und dann auf Brautschau geht«, mischte sich Hedwig von Briest ein, die dabei nicht von dem Aquarellgemälde aufblickte, an dem sie arbeitete. Mehrere von ihren Werken hingen im Salon. Es war klar, dass es, wenn überhaupt welche auch in den Salons der Nachbarn hingen, nur zur Pflege der guten Beziehungen geschehen war und nicht etwa, weil jemand außer Hedwig daran Gefallen gefunden hätte. Hedwigs Produktion beschränkte sich auf Ansichten der Landschaft rund um Briest, was insofern keine übermäßige Herausforderung darstellte, als das platte Gelände keine Besonderheiten außer den verstreuten Herrenhäusern und ab und zu einem interessanten Baum aufwies.

»Den Teil des Besitzes, der es mir ermöglicht hätte, sofort eine Existenz aufzubauen, hat leider mein Bruder mit geerbt«, sagte Alvin schärfer als beabsichtigt.

»Dein Bruder arbeitet sehr hart daran, diesen Besitz auch zu erhalten, lieber Schwager.«

»Ja, äh …«, sagte Levin. »Es ist wirklich nicht leicht. Weißt du, dass ich dieses Jahr für die Kartoffelernte in Eichenhain Tagelöhner aus dem Warthebruch werde anheuern müssen, weil sie viel fleißiger sind als die dortigen Arbeiter? Aber auch viel teurer … und ich kann nur hoffen, dass der Ernteertrag die Mehrkosten hereinbringt.«

»Levin, alles, worum ich dich bitte, ist, Louise und ihrer Mutter ein Dach über dem Kopf zu geben. Ich möchte sie endlich wieder in meiner Nähe haben.«

Hedwig räusperte sich und tat so, als müsse sie einen Fehler in ihrem Gemälde mit Titanweiß wegtupfen. Auch die anderen Gemälde wiesen solche Tupfer auf. Alvin, dem man die Werke gezeigt hatte, als er heute Mittag auf Briest angekommen war, hatte in aller Unschuld gefragt, ob die Flecken Dinge darstellten, die ihm als Laien beim Betrachten der originalen Motive bisher entgangen waren. Das Treffen hatte nicht gut angefangen.

»Dein Freund«, klagte Levin, ohne auf Alvin einzugehen, »dieser Bismarck! Der hat es gut. Isst und trinkt sich durch alle Einladungen oder gibt selber welche, reitet wie ein Verrückter oder wandert durch die Gegend, duelliert sich mit Pistolen und hat Romanzen, die ihm nicht gut anstehen. Nie sieht man ihn irgendetwas tun, und doch prosperiert sein Gut.«

»Ich bin nicht für Otto von Bismarck verantwortlich«, sagte Alvin und dachte bei sich: Auch wenn es mir scheint, dass ich seine Gesellschaft der euren vorziehen würde. Bei weitem.

»Kannst du dir vorstellen, was man sich von ihm erzählt? Er hat Besuch bewirtet, einen Freund und dessen Reisegefährten. Die ganze Nacht haben sie durchgezecht. Am nächsten Morgen wollten seine Gäste nicht wach werden, obwohl sie vereinbart hatten, um sieben Uhr geweckt zu werden, weil sie noch einen weiten Weg vor sich hätten. Was tut dein toller Bismarck? Stellt sich in den Hof und ballert so lange mit seiner Pistole in die Fensterscheiben ihres Zimmers, bis die Gäste ein Handtuch als weiße Fahne hissen und sich ergeben. Und danach setzt er sich mit ihnen zum Frühstück, als ob nichts gewesen wäre.«

»Jetzt ist er in England«, sagte Hedwig säuerlich. »Oder jedenfalls, was man so hört. Unsereiner arbeitet Tag und Nacht, um den Staat zu erhalten, und einer wie Bismarck besichtigt andere Länder. Na, England ist wenigstens nicht ein so verdorbenes Land wie Frankreich.« Hedwig hob ihr auf ein Brett gepinntes Gemälde hoch und betrachtete es kritisch im Licht, das durchs Fenster hereinfiel. »Ich will mich nicht selbst loben, aber das ist wirklich gut gelungen«, sagte sie.

Danach herrschte eine kurze Zeit lang Schweigen, weil Alvin versuchte, nicht zu explodieren, und weil Levin aufgestanden war, um das Werk seiner Gattin zu betrachten.

»Läuft es darauf hinaus?«, fragte Alvin schließlich. »Dass Louise Französin ist?«

»Ich bin sicher, auch unter den Franzosen gibt es anständige Menschen«, sagte Hedwig. Sie hätte auch »Französinnen« sagen können, aber sie hatte es nicht getan.

»Wenn die Gastfreundschaft in Frankreich so hochgehalten würde wie auf Gut Briest, wäre ich nach einem Tag schon wieder abgereist«, versetzte Alvin.

»So bist du nach einem Vierteljahr wieder in Berlin gewesen«, bemerkte Hedwig. »Wie lange willst du deine … Freundin … bei uns einquartieren?«

Alvin, der sich beherrschen musste, seine Schwägerin nicht laut anzuschreien, sagte: »Nur so lange, bis du all deine Bilder an eine Ausstellung in Berlin verkauft hast.«

Hedwig wurde bleich. Alvin verfluchte sich im Stillen. Es war schon lange klar, dass sein Bruder von seiner Gattin gesteuert wurde und dass er bei Levin kaum etwas würde durchsetzen können, von dem Hedwig nicht überzeugt war. Sie schien als Künstlerin gut genug zu sein, um zu erkennen, wie schlecht sie war. Aber solange ihr dies niemand ins Gesicht sagte, konnte sie die Illusion aufrechterhalten, dass sie ein Talent fürs Malen besaß. Und außer dieser Illusion hatte sie nichts: weder gesellschaftliche Anerkennung – dazu war Levin als Gastgeber zu ungeschickt – noch großen Wohlstand – dazu warfen die Güter zu wenig ab – noch Kinder.

»Das war nicht so gemeint«, sagte Alvin im vergeblichen Versuch, etwas zu retten.

Hedwig stand auf, warf den Kopf zurück und packte ihre Malsachen ein.

»Ich mag deine Bildchen«, sagte Levin und machte dadurch alles nur noch schlimmer.

»Bildchen?«, brachte Hedwig mühsam hervor. »Bildchen? Ist dir klar, wie schwer es ist, so etwas zu malen? Ist dir klar, dass ich Tag für Tag in dieser Gruft von einem Haus sitze und einen Haushalt führe und darauf warte, dass wir endlich mal bei irgendetwas die Schäfchen ins Trockene bringen, und währenddessen versuche, nicht zu hören, wie alle hinter unserem Rücken über uns lachen? Das Neueste, das man hört, ist: Wisst ihr schon, Levin von Briest will für den Landtag kandidieren. Wir sollten ihn alle wählen, damit er seine Einladungen zukünftig in Berlin gibt und nicht mehr hier, wo wir alle teilnehmen müssen!« Hedwigs Stimme überschlug sich. Mit einem Schluchzen warf sie ihre ganzen Utensilien auf den Boden und rauschte hinaus. Nach einer kleinen Pause kam ein Dienstmädchen herein, blickte niemanden an und räumte die Sachen weg.

»Sie ist zurzeit etwas … angespannt«, murmelte Levin.

Alvin fragte: »Du willst Landrat werden?«

Levin nickte.

»Wann entscheidet sich das?«

»Diesen Sommer.«

»Und wie stehen deine Chancen?«

»Sehr gut, wenn das stimmt, was Hedwig eben gesagt hat.« Levin starrte mit einem verletzten Gesichtsausdruck in sein leeres Glas. »Verstehst du, Alvin? Was würden die Leute sagen, wenn ich deine … äh, deine …«

»Braut«, sagte Alvin mit zusammengebissenen Zähnen.

»… *Französin* hier einquartiere?«

»Sie würden sagen: Levin von Briest ist ein Herr von altem

Schlag. Er steht zu seiner Familie und kümmert sich einen Dreck um die Neidhammel, die sich das Maul zerreißen.«

»Ach herrje«, sagte Levin, »wenn du das wirklich glaubst, bist du zu lange nicht mehr hier gewesen.«

»Levin, was soll ich denn tun? Bitte … du hast doch Hedwig auch mal geliebt und kannst dich daran erinnern, dass du sie in deiner Nähe haben wolltest … so nahe es nur irgend ging …!«

»Ich liebe Hedwig wie am ersten Tag«, sagte Levin steif.

»So hab ich das doch nicht gemeint …«

»Und wir haben uns vollkommen sittsam verhalten und tun es noch.«

»Ja, Levin, ja! Ich wollte nichts andeuten!«

Levin stand auf. »Es tut mir leid, Alvin. Ich muss jetzt nach Hedwig sehen.«

Alvin saß wie vor den Kopf geschlagen im Salon, nachdem Levin gegangen war. Er wusste, dass es keinen Sinn hatte, noch weiter in Levin zu dringen. Er würde Louise und Amélie nicht aufnehmen. Und Alvin konnte kaum hoffen, mit dem Hauptmannsgehalt, das er erhielt, in Berlin einen Haushalt zu gründen.

Die einzige Chance war, so schnell wie möglich aufzusteigen. Tatsächlich bot sich eine Möglichkeit. Er hatte nur bis jetzt gezögert, sie zu ergreifen. Nun würde er wohl deutlicher auf sich aufmerksam machen müssen als bisher.

Das Kriegsministerium in Berlin plante, die Nutzung der neuen Technik der Eisenbahn für militärische Zwecke zu ergründen. Einer der Gründe, warum man Alvin und Bronikowski nach Paris hatte gehen lassen, war nicht zuletzt der gewesen, herauszufinden, inwiefern die Franzosen auch schon auf diesen Gedanken gekommen waren. Alvin hatte berichten können, dass die Pläne Frankreichs ausschließlich mit einer zivilen Nutzung der Eisenbahn zu tun hatten. Aber selbstverständlich konnte man, wenn man genug Schienen verlegt, die Eisenbahn dazu nutzen, Nachschublinien aufrechtzuerhalten … oder gar Truppen an ein Schlachtfeld zu führen, die ausgeruht und frisch dort ankamen und nicht erschöpft von tagelangen Märschen.

Die hohen Offiziere, mit denen Alvin nach seiner Rückkehr gesprochen hatte, hatten missmutig die Köpfe gewiegt. Man hatte ihnen ansehen können, dass sie sich nur schwer an solche Ideen gewöhnen konnten. Die jüngeren Offiziere hatten Alvin nachdenklich betrachtet und sich Notizen gemacht.

Es war davon auszugehen, dass im Augenblick Alvin von Briest derjenige unter den preußischen Offizieren war, der die meiste Ahnung von Planung und Projektierung eines Eisenbahnnetzes hatte. Er musste diesen Vorteil nun nutzen. In einem Jahr mochte sich alles geändert haben. Entweder er griff jetzt zu, oder er verpasste eine Chance.

Erregt stand er auf. Er würde an Paul schreiben und ihn bitten, seinen Freundschaftsdienst hinsichtlich des Schutzes für Louise und Amélie noch etwas zu verlängern. Ein halbes Jahr, länger durfte es nicht dauern, bis Alvin sich im Kriegsministerium als Experte für die militärische Nutzung der Eisenbahn platziert hatte. Aus den letzten Briefen Pauls hatte er herausgelesen, dass die Verhältnisse in Paris sich verschlechtert hatten und dass es dort nicht mehr so freundschaftlich zuging. Aber wenn er Paul die Gründe schilderte und ihn eindringlich bat, die Fittiche noch so lange über Louise zu halten?

Paul würde nicht froh darüber sein, zu erfahren, dass Alvin danach trachtete, die Eisenbahn und das Militär zusammenzubringen. Aber in dieser Hinsicht waren sie nie einer Meinung gewesen, obwohl sie beide das gleiche Ziel verfolgten: den Frieden zu wahren. Nur dass Paul überzeugt war, der Frieden ließe sich von allein erhalten, während Alvin überzeugt war, dass der Frieden stets neu erkämpft werden musste und dass eine starke, unbezwingbare Armee der beste Garant dafür war, diesen Kampf zu gewinnen. Hätten sie ihn damals nicht geführt, wäre heute ganz Europa napoleonisch. Die Stärke und das Selbstbewusstsein nicht zuletzt des preußischen Militärs hatte Napoleon aufgehalten. Seitdem war Frieden gewesen.

Alvin konnte nur hoffen, dass Paul seine Beweggründe verstand und dass er seine Bitte nicht als Nötigung auffasste; ihm lag viel an der Freundschaft zu dem jungen Münchner.

Er schüttelte eine kleine Klingel auf der Anrichte so lange, bis einer der Dienstboten erschien.

»Herr?«

»Ich brauche Schreibzeug und Papier, bitte. Und dann jemanden, der einen Brief zur nächsten Poststation bringt.«

38

Sébastien Lestait war ein Feigling, ein Schnüffler, ein Speichellecker und ein durch und durch von Neid auf die Welt zerfressener, boshafter kleiner Mann. Mit anderen Worten, er war ein idealer Verbündeter für Pierre Charrier.

Pierre war stets sicher gewesen, dass es nur eine Frage der Zeit sein konnte, bis er Louise wieder aufgespürt hatte. Nach dem Überfall auf Louise und ihre Mutter, der sich unerwartet in einen Überfall auf Pierre und seine Männer verwandelt hatte, hatte er zunächst so getan, als sei überhaupt nichts gewesen. Niemand hatte Jacqui le Dague groß vermisst, der bei der Sache ums Leben gekommen war, und auch dass Zylinder-Bertrand einige Tage lang grün und blau geschlagen im Bett hatte verbringen müssen und nachher noch grimmiger aufgetreten war als zuvor, hatte in La Villette nicht zu Unruhe geführt … man war Kummer gewohnt im Zusammenhang mit dem ungeschlachten Mann mit seinem Zylinder, dem Goldzahn und dem Schielauge.

Doch dass Pierre auf den Gedanken gekommen war, Gendarmeriesergeant Pascal Forès in die Sache zu verwickeln, hatte sich zum Nachteil entwickelt. Dabei hatte es zunächst wie eine gute Idee gewirkt – den korrupten, lüsternen Forès in eine Angelegenheit hineinzuziehen, die so gesetzeswidrig war, dass er sich durch seine Mitwirkung in Pierres Hand begab. Forès jedoch hatte die Sache bei seinen Vorgesetzten als etwas dargestellt, bei der er – guter Gendarm, der er war – helfend hatte eingreifen wollen und dafür kräftig Prügel einstecken müssen. Pierre musste zugeben, dass Forès' Version nicht ohne eine gewisse Eleganz war. Aber es hatte dazu geführt, dass Pierre untertauchen musste, weil die Polizei begonnen hatte, massiv in La Villette herumzuschnüffeln. Bis er den Kopf wieder aus der Deckung heben konnte, hatte er Louise und Amélie aus den Augen verloren.

Die *Gazette Libération* existierte auch nicht mehr. Der Drucker, der sie nebenher hatte mitlaufen lassen, war damit aufgeflogen, dass er die Druckkosten sowohl seinen regulären Kunden auf die Rechnung gesetzt hatte als auch Pierre. Es war bestürzend, wie viele schlechte Menschen es auf der Welt gab! Der Drucker war auf Betreiben seiner Kunden verhaftet worden, weswegen Pierre, der sich ebenfalls als Betrogener sah, leider um die Gelegenheit herumgekommen war, dem Drucker persönlich zu sagen, was er von so einem Benehmen hielt.

Mit dem Einstellen des Drucks waren Pierres Mittel langsam versiegt. Der Herausgeber der *Gazette Libération* hatte davon gelebt, Dinge nicht zu drucken – die Dinge, die man ihm zugetragen oder die er erfahren oder aus jemandem herausgepresst hatte und die jemand anderem schaden konnten. Dafür, dass Pierre sie nicht veröffentlichte, wurde er bezahlt; meistens in Geld, manchmal mit weiteren Informationen, die dann wiederum jemand ganz Neuem schaden würden, wenn die *Gazette* sie veröffentlichte. Dafür, dass das Blatt eine so geringe Auflage hatte, war seine Wirkung immens gewesen. Es mochte daran liegen, dass Pierre die *Gazette* stets frei Haus an alle wirklichen Zeitungen gesandt hatte, mit der freundlichen Erlaubnis, seine Artikel jederzeit gerne nachzudrucken.

Pierres Einnahmequelle war also zum Erliegen gekommen. Und daran war allein Louise Ferrand schuld, dieses Miststück! Deshalb war Pierre hocherfreut, als sich Sébastien bei ihm meldete.

»Ich hab sie gesehen«, sagte Sébastien. »Deine kleine Schlampe. Louise.«

»Bist du sicher?«, fragte Pierre, in dem Wut und Freude gleichzeitig erwachten.

»Ich hab mir jedes Mal einen runtergeholt, wenn ich dich mit ihr in deiner Bude hab verschwinden sehen. So ein Gesicht merke ich mir.«

Pierre verzog den Mund. Sébastien widerte ihn an, aber die kleine Kröte war nützlich und hatte ihm gerade ein wertvolles Geschenk gemacht – wenn das stimmte, was er sagte. Sébastien wusste das auch, seine selbstzufriedene Miene sprach Bände. Ein Geschenk würden die Informationen über Louise nur im übertragenen Sinn sein: Sébastien würde eine saftige Belohnung erwarten. Eine Idee nahm in ihm Gestalt an, wie er diese Belohnung und seine Rache an Louise gleichzeitig verwirklichen konnte.

»Sie ist eng«, sagte er und tat so, als würde er in vergangenen Erinnerungen schwelgen. »Eng und zart. Ein Gefühl, als wenn du einen Engel im Bett hättest.«

Sébastien schluckte schwer.

Pierre sah voller Verachtung, wie sich seine Hand unwillkürlich seinem Schritt näherte. »Ich denke, du würdest das gerne mal kosten, Sébastien mein Freund, oder?«

»So eine wie Louise lässt doch so einen wie mich niemals ran«, sagte Sébastien.

»Und wenn ein paar Kerle sie dabei festhalten?« Pierre grinste. »Nur so lange, bis du ihr den Hintern mit dem Rohrstock so bearbeitet hast, dass sie dich anbettelt, alles für dich tun zu dürfen, nur damit du aufhörst.«

»Alles?«, fragte Sébastien.

»Du wärst der Herr und sie deine Stute«, sagte Pierre und lächelte diabolisch.

»Ich meine, würde sie auch …« Sébastien zögerte.

Pierre wollte die Perversionen des kleinen Schnüfflers gar nicht hören. Er verstand ohnehin nicht so recht, warum der Körper einer Frau ein so dermaßen mächtiges Instrument war, dass man damit Gefälligkeiten erkaufen konnte. Was ihn betraf, war sein Interesse an geschlechtlichen Vergnügungen gering. Das Wissen, einen der einflussreichen Bastarde des Geld- oder wirklichen Adels an den Eiern zu haben und nur zudrücken zu müssen, um ihn gesellschaftlich zu vernichten, erregte ihn tausendmal mehr. »Alles, was dir einfällt, mein Freund«, schnitt er Sébastien das Wort ab.

»Ich könnte ihr zusehen, wie sie's den anderen Jungs macht«, sinnierte Sébastien.

»Du könntest es ihr besorgen, während du dabei zusiehst,

wie sie's den anderen Jungs macht«, sagte Pierre. »Aber das gibt's nicht umsonst, Sébastien. Und schon gar nicht, wenn ich nicht weiß, wo du Louise gesehen hast.«

Der kleine Mann hatte sichtlich Mühe, aus seinen Phantasien zurück in die Wirklichkeit zu finden. »Ich weiß sogar, wo sie lebt«, sagte er heiser.

»Bist du ihr gefolgt?«

»Klar, Pierre.«

»Erzähl mir mehr!«

Sébastien berichtete, wie er sich auf der Place de la Concorde herumgetrieben hatte, in der Hoffnung, ein paar Taschen leeren zu können oder einen auswärtigen Besucher zu finden, dem er vorgaukeln konnte, er würde ihn zu einem exquisiten Bordell führen, um ihn dann in einer dunklen Gasse mit vorgehaltenem Messer auszurauben.

»Die Engländer sind die dankbarsten«, schwärmte Sébastien. »Seit die ihre kleine Königin und den Alboche als Prinzgemahl haben, sterben die richtig guten Läden dort drüben anscheinend aus. Sag einem reichen Engländer, du kennst einen Schuppen, in dem die Mädels noch unter zehn sind, und er folgt dir überallhin.«

Pierre, der aus der Erfahrung der vergangenen Jahre wusste, dass diese Beschreibung auch auf genug reiche Franzosen, Italiener, Deutsche, Russen und wen auch immer zutraf, fragte ungeduldig: »Wo hast du Louise gesehen?«

»Direkt auf der Place. Und, Pierre – sie war nicht allein.«

»In wessen Begleitung war sie?« So wie Sébastien geklungen hatte, konnte es sich nicht um Louises Mutter gehandelt haben.

Sébastien beschrieb einen großen, athletisch gebauten Mann mit kurzem blondem Haar und nicht allzu teurer Kleidung.

Pierre nickte nachdenklich. »Das ist der Typ, der Forès die Fresse poliert hat«, murmelte er. »War sonst noch jemand bei ihr?«

»Nein, Pierre.«

»Und dann?«

Sébastien beschrieb, wie er dem Paar unauffällig gefolgt war und einen halben Nachmittag damit verbracht hatte. Am Ende hatte der blonde Kerl Louise zu einem Haus in der Rue des Mathurins gebracht und sich an der Eingangstür von ihr verabschiedet.

»Ich sag dir, der vögelt Louise«, erklärte Sébastien, die Hand erneut im Schritt.

»Woher willst du das wissen?«

»So was sehe ich von weitem. Und sie vögelt ihn. Kein Zweifel.«

»Nimm die Pfote da weg, du Ferkel!«, stieß Pierre hervor, dessen Geduldsfaden plötzlich riss.

»Oh – entschuldige, Pierre. Hör mal, das, was du gesagt hast … dass ich Louise … das gilt noch, oder?«

»Kannst du mir das Haus zeigen, Sébastien?«

»Ja, klar, Pierre. Das heißt – du hältst dein Versprechen, oder? Wegen Louise …«

»Ja, verdammt. Ich halte sie selber fest, wenn es dich glücklich macht! Wo kann ich dich erreichen? Ich muss ein paar Jungs zusammentrommeln, dann bringst du uns zu ihr. Und Louise lebt da mit ihrer Mutter?«

»Gott, die Alte interessiert mich nicht, Pierre. Der kannst du gleich die Gurgel durchschneiden.«

»Was ich mit Louise und Amélie tue, entscheide ganz allein ich, Sébastien.«

»Natürlich. Entschuldige, Pierre.«

»Wie groß ist das Haus?«

»Fünf Stockwerke.«

»Also mindestens zehn Parteien, und wahrscheinlich noch ein ehemaliges Dienstbotengeschoss unterm Dach … Wir müssen leise sein. In welcher Wohnung lebt Louise?«

Sébastien wich Pierres Blick aus. »Äh …«, machte er.

»Was? Sag bloß, du bist nachher nicht rangeschlichen und hast auf die Schlüsselkästen bei der Concierge geschaut?«

»Doch, hab ich, Pierre. Aber der Name Ferrand steht nirgends. Ich schwör dir, sie ist dort reingegangen! Und ich hab bis zum Abend dort gewartet, weil ich schon wusste, dass ich dir damit eine Freude machen kann. Sie ist nicht mehr rausgekommen. Also war sie nicht bei jemandem zu Besuch. Ich versteh selbst nicht, wie es das gibt.«

»Weil Louise und ihre Mutter unter falschem Namen dort leben, du Idiot«, versetzte Pierre. »Deshalb hab ich auch nichts über sie rausgekriegt in der ganzen Zeit. Ganz schön schlau, das kleine Miststück.«

»Äh … Pierre?«

»Was denn?«

»Dafür weiß ich, wer der Blonde ist.«

»Und?«

»Ein Alboche, der für die Bahngesellschaft arbeitet.« In Sébastien erwachte so etwas wie Nationalstolz. »Als ob's in Frankreich nicht genügend Männer zum Vögeln gäbe.«

Pierre grinste. »Das wird Forès freuen zu hören – dass ihm ein Alboche die Zähne ausgeschlagen hat. Wir kaufen uns zuerst die beiden Weiber, dann den Deutschen!«

39

Paul saß mit Eugène und Stéphane Flachat beim Abendessen in einem der feineren Pariser Restaurants, aber das Menü schmeckte ihm nicht, ebenso wenig der Wein. Es lag nicht an der Qualität des Angebots. Es lag daran, dass ihm während des Gesprächs bewusstgeworden war, was er hier aufgab. Er fühlte sich beinahe so wie an dem Tag in Nürnberg, als er William Wilsons Angebot, klammheimlich zu verschwinden, nicht genutzt und sich stattdessen seiner Verantwortung gestellt hatte.

Er hatte sich das Gespräch leichter vorgestellt. Er hatte gedacht, dass Eugène unverhohlene Erleichterung und Stéphane nur leises Bedauern zeigen würden. Stattdessen waren beide betroffen, sowohl von Paul Baermann seniors Tod als auch von Pauls Ankündigung, nach München zurückkehren zu wollen, und sie versuchten, ihn zu überzeugen, noch etwas länger zu bleiben. Konnte er denn seine Schwester und seine Mutter nicht unterstützen, indem er ihnen von hier aus Geld schickte? Die Gesellschaft wäre nicht abgeneigt, Pauls Gehalt aufzustocken, um ihm dies zu erleichtern.

»Ich habe die Verantwortung für die beiden«, sagte Paul niedergeschlagen. »Mit Geldsendungen allein ist es nicht getan. Meine Schwester will demnächst heiraten und einen eigenen Haushalt gründen. Was passiert dann mit meiner Mutter?«

»Deine Schwester soll sie mit zu sich nehmen. Oder mit ihrem Mann in das Haus deiner Eltern einziehen«, schlug Stéphane vor.

»Außerdem ist der Kredit noch abzuzahlen, den mein Vater für meine Ausbildung aufgenommen hat.«

Stéphane und Eugène wechselten Blicke. »Sie sind ein wertvoller Mitarbeiter und ein noch wertvollerer Freund«, sagte Eugène. »Es tut mir in der Seele weh, Sie gehen zu lassen.«

»Komm schon, Paul«, sagte Stéphane. »Wollten wir nicht ganz Europa mit der Eisenbahn verbinden? Was wird nun aus diesen Plänen?«

»Ihr werdet sie ohne mich zu Ende bringen«, erwiderte Paul und starrte dabei auf sein nur angepicktes Abendessen.

»Sie fühlen sich hier nicht mehr willkommen«, stellte Eugène fest.

Stéphane fuhr auf. »Was? So ein Unsinn …«

»Nein, nein, Stéphane. Schauen wir den Dingen ins Gesicht. Die Verhältnisse haben sich verschlechtert. Frankreich und Deutschland fangen ein weiteres Mal an, sich zu hassen.«

»Wissen Sie, Eugène, ich verstehe das nicht«, sagte Paul leise. »Wo kommt dieser Hass her? Sie, Stéphane und ich … und vor einem Jahr noch Alvin und Bronikowski … wir haben uns verstanden, wir haben als Freunde zusammengearbeitet, wir haben Dinge vorangebracht, die unseren Ländern nutzen. Wenn Sie auf der Straße einen Ihrer Landsleute fragen, welche schlechten Erfahrungen er persönlich mit einem Preußen, einem Bayern, einem Hessen – irgendeinem Menschen aus den deutschen Ländern! – gemacht hat, wird er Ihnen wahrscheinlich keine nennen können. Wenn ich dasselbe bei mir zu Hause täte, wäre das Ergebnis ähnlich. Und doch würden beide Befragten ohne zu zögern bestätigen, dass die Alboches eine Bedrohung für Frankreich und dass die Franzmänner eine Beleidigung für jeden guten Deutschen sind. Es ist idiotisch, es stimmt nicht, und doch würden beide Stein und Bein darauf schwören.«

»So ist das nicht!«, begehrte Stéphane auf.

»Doch«, seufzte Eugène, »so ist das. Und es beeinträchtigt

sogar unsere Beziehungen. Ich fürchte, Sie haben in der letzten Zeit manchmal an unserer Freundschaft gezweifelt, oder?«

Paul suchte nach einer Antwort. Dass er nicht gleich eine fand, war Antwort genug.

»Aber Paul!«, murmelte Stéphane verletzt, »wie kannst du so was denken?«

»Warte, Stéphane«, sagte Eugène. »Wann haben wir das letzte Mal, als jemand von unserer französischen Belegschaft eine böse Bemerkung über Deutschland machte, das mit aller Strenge unterbunden?«

»Ich kann mich erinnern, dass Broni und die Arbeiter sich ständig gegenseitig beleidigt haben und …«

»Das war im Spaß, Stéphane, und sie haben sich dabei zugeprostet. Ich meine *böse* Bemerkungen.«

Stéphane öffnete den Mund und schloss ihn wieder. »So viele böse Bemerkungen gab es gar nicht«, erklärte er schließlich lahm.

»Eine einzige ist schon eine zu viel. Und es gab jede Menge davon. Nur: Wir haben meistens weggehört.« Der ältere der Flachat-Brüder wandte sich Paul zu. »Würden Sie es – auch wenn meine Bitte merkwürdig erscheint – als Zeichen meiner Freundschaft ansehen, wenn ich Ihnen offen gestehe, dass ich tatsächlich manchmal gedacht habe, es wäre einfacher, Ihre Stelle einem Franzosen zu geben, nur um das Grummeln in der Belegschaft zum Schweigen zu bringen?«

»Danke für Ihre Ehrlichkeit«, sagte Paul, der nicht wusste, ob er sich geehrt oder betroffen fühlen sollte.

»Es ergab überhaupt keinen Sinn, über so etwas nachzudenken. Paul war und ist der Beste!«

»Das ist schon richtig, Stéphane. Aber müsste die Aussage nicht lauten: Es ergibt überhaupt keinen Sinn, darüber nachzudenken, denn Paul ist unser Freund?«

Stéphane schluckte. Er senkte den Blick. »Paul *ist* unser Freund«, sagte er.

»Das alles tut mir sehr leid, Paul«, sagte Eugène. »Bitte glauben Sie mir: Die Spannungen in der letzten Zeit hatten nichts mit Ihnen zu tun. Das Ministerium will immer größere Kontrolle über die Gesellschaft erlangen. Die Entwicklung des französischen Eisenbahnbaus soll zentralistisch voranschreiten. Meine Vorgesetzten, die Brüder Péreire, sind nicht mehr ganz abgeneigt, sich den Besitz der Gesellschaft vom Staat abkaufen zu lassen, sich daraus zurückzuziehen und das Geld in irgendetwas anderes zu investieren. Ich kämpfe dagegen an. Solange die Gesellschaft unabhängig ist, wird sie das tun, was ihren Fortbestand sichert – und das ist das, was die Menschen, die unsere Technik nutzen und dafür bezahlen, wünschen. Was wünschen sich die Menschen? Sicher und günstig und in Frieden ihre Waren transportieren und selbst reisen zu können, die Grenzen zu überwinden und ihren Horizont zu erweitern. Falls der Staat die Macht über den Eisenbahnbau bekommt, wird er ihn vielleicht für etwas anderes nutzen – vielleicht für einen künftigen Krieg.«

Paul sagte: »Sprechen wir von den Menschen, die hüben wie drüben Spottgesänge dichten, in denen es darauf hinausläuft, dass Frankreich oder Deutschland wunderbare Länder wären, wenn sich darin nicht nur so viele Franzosen oder Deutsche aufhalten würden?«

Eugène Flachat, der weiter hatte ausholen wollen, schwieg mit betroffener Miene.

»Wir glauben immer, dass der Staat nur seinen eigenen Interessen folgt und nicht denen des Volks. Aber selbst Könige befehlen nur das, von dem sie wissen, dass es genügend Rückhalt in der Bevölkerung besitzt. Das Gift, Monsieur Flachat, wird nicht in den Kabinetten und Hinterzimmern der Regierung gestreut. Es liegt frei in den Gassen, und jeder leckt es auf.«

»Die Eisenbahn«, sagte Stéphane, »die Eisenbahn kann diese dumpfe Feindschaft überwinden. Wir bauen daran. Du, wir … was wir tun, bringt den Frieden.«

»Wiederhol das, Stéphane«, bat Paul. »Wiederhol es, damit ich wieder daran glauben kann. Als Alvin, Bronikowski und ich vor eineinhalb Jahren hier ankamen, war es anders. Ich habe zugehört, wie Bronikowski den Arbeitern alle unanständigen Wörter, die er kannte, auf Deutsch beigebracht hat, und dann lernte, wie sie auf Französisch hießen. Und dann lachten sie alle, bis ihnen die Bäuche weh taten.«

Stéphane grinste schief. Eugène seufzte, aber er lächelte.

»Und als ich vor drei Tagen dem Wirt in der Herberge bei Rouen, der mir gerade noch sein Beileid ausdrückte, verriet, dass ich aus Deutschland komme, zog er sich zurück und hat mich den restlichen Abend nicht mehr bedient. Nur eineinhalb Jahre liegen dazwischen, Stéphane. So schnell wächst der Hass nicht. Der Hass ist schon immer dagewesen, er hat nur geschlafen und ist jetzt wieder erwacht.«

»Aber warum muss das heißen, dass du die Gesellschaft verlässt und allem hier den Rücken kehrst?«

»Vielleicht«, sagte Eugène, »weil er es jetzt noch in Würde tun kann und wir ihn in Freundschaft gehen lassen können, statt ihn nach Hause schicken zu müssen, um ihn und die Gesellschaft vor Schaden zu bewahren.«

»Mein Gott«, sagte Stéphane und schob sein Weinglas von sich weg. »Ich habe keinen Appetit mehr.«

»Es tut mir leid«, murmelte Paul, »jemals an Ihrer beider Freundschaft gezweifelt zu haben.«

»Nein, Paul«, entgegnete Eugène. »Mir tut es leid, dass wir es dazu haben kommen lassen.«

Stéphane, der rechts neben Paul saß, holte auf einmal aus und gab Paul einen freundschaftlichen Schlag auf den Oberarm. In seinen Augen schimmerte es feucht. »Meine Güte, Paul«, sagte er. »In was für einer Scheißwelt leben wir eigentlich?«

»Darf ich Sie beide noch um etwas bitten?«, fragte Paul.

Eugène nickte. »Was immer wir für Sie tun können.«

»Louise und Amélie Ferrand. Alvin möchte Louise heiraten, aber er kann sie noch nicht zu sich holen. Er ist in Gesprächen mit seinem Bruder, der ein Gut bei Berlin bewirtschaftet, Louise und ihrer Mutter so lange Obdach zu gewähren, bis er und Louise heiraten können. Ich bin sicher, sein Bruder wird ihn unterstützen und dass es nur eine Frage von ein paar Wochen sein kann, bis die zwei Frauen Paris verlassen. Kann bis dahin jemand ein Auge auf sie haben?«

Eugène, dem sie nach der Affäre mit dem falschen Bronikowski und dem korrupten Polizisten reinen Wein bezüglich Louise und ihrer Verstrickung mit Pierre Charrier eingeschenkt hatten, sah nicht besonders glücklich aus, aber er nickte. »Wir werden tun, was in unserer Macht steht.«

Nach dem Essen erklärte Paul, dass er zu Fuß zu seiner Unterkunft laufen würde. Stéphane, der schon zu seinem Bruder in die Kutsche gestiegen war, kletterte wieder heraus, um Paul Gesellschaft zu leisten. Eugène versprach, die Kutsche zu Pauls Wohnung zu senden, wenn sie ihn abgesetzt hatte, um Stéphane nach Hause zu bringen.

Paul und Stéphane gingen eine Weile schweigend nebeneinanderher durch den warmen Abend. Die alten Freundschaftsgefühle waren wieder so stark in Paul, dass er seinen Entschluss verfluchte und sich dabei ertappte, zu wünschen, Stéphane würde weiter in ihn dringen, seine Entscheidung zu widerrufen – weil er es dann nämlich tun würde. Er konzentrierte sich auf seine Mutter und seine Schwester und auf Louises bevorstehende Abreise zu Alvin, um sich wieder ins Gedächtnis zu rufen, warum der Entschluss richtig war, in München neu anzufangen.

»Alvin will Louise also heiraten?«, fragte Stéphane plötzlich.

»Er kann es kaum erwarten – und Louise auch nicht.« Paul musterte Stéphane von der Seite. Seine Frage hatte eine Spur zu beiläufig geklungen.

»Mhm.« Stéphane nickte.

»Versuchst du, mir etwas zu sagen, Stéphane?«

»Weiß ich nicht. Sag du es mir.«

Sie gingen weiter nebeneinanderher. Wie es sich für einen lauen Abend in Paris gehörte, waren jede Menge Flaneure und Müßiggänger unterwegs – allein, als Pärchen, in Gruppen. Gelächter und Gemurmel formten eine heitere Geräuschkulisse, begleitet von der Musik, die aus den geöffneten Türen von Gasthäusern herausdrang: Ziehharmonikas, Violinen, Gitarren, Tambourine … was immer die Musiker, die von Etablissement zu Etablissement zogen, beherrschten. Der Geruch von Gebackenem und Gebratenem vermischte sich und zog über die Gassen; von den höherwertigen Restaurants gesellte sich der Duft von Gewürzen dazu, und über allem lag kaum merklich der Geruch vom Fluss einige hundert Schritte hinter ihnen. Kerzen und Talglichter hinter Fensterscheiben schienen im Abendblau zu schweben. Paul nahm all diese Eindrücke weniger mit den Sinnen als mit dem Herzen auf. Ihm war zugleich elend und luftig zumute. Wenn er mit Louise an der Seite statt Stéphane hier entlanggeschlendert wäre, hätte er vor Glück lauthals gelacht.

Stéphane seufzte. »Wie willst du das regeln, *mon ami*?«

Es war unnötig zu fragen, wie Stéphane das meinte. Es war

auch unnötig, weiterhin zu leugnen oder sich zu wundern, wie Stéphane es herausgefunden hatte. Wahrscheinlich sah man ihm die Verliebtheit geradezu an.

»Es gibt keine Regelung«, sagte er. »Ich liebe sie, Alvin liebt sie … wen sie von uns beiden stärker liebt, weiß ich nicht, aber es ist ja auch zweitrangig. Ich kann ihr nichts bieten als ein langweiliges Leben in München in bescheidenem Wohlstand, und dazu muss ich schon sehr viel Glück haben. Alvin kann ihr die Welt zu Füßen legen.«

»Was braucht es die Welt, wenn man die Liebe hat?«

»Stéphane«, sagte Paul und grinste trotz der Melancholie, die ihn befallen hatte, »wenn überhaupt ein Mensch auf der Welt so einen Satz laut sagen darf, dann nur ein Franzose.«

»Deshalb hat Gott Frankreich und die Franzosen erschaffen.«

»Ich werde zurückstehen. Alvin ist mein bester Freund, und er hat mir die Frau anvertraut, die er liebt. Ich habe sein Vertrauen schon lange genug missbraucht.«

»Hast du Louise schon gefragt, wie sie das sieht?«

»Nein.«

Stéphane warf die Arme in komischer Verzweiflung in die Luft. »Was ist los mit euch Deutschen? Wie schafft ihr eure Frauen zu euch nach Hause? Schleift ihr sie an den Haaren in die Höhle?«

»Louise hat stets deutlich gemacht, dass sie und Alvin …«

»Aber hast du sie schon *gefragt*? Hast du dich vor sie hingestellt und gesagt …«, Stéphane warf sich vor Paul in Positur, »… es gibt nur eine Lösung: ihn oder mich! Entscheide dich! Ich liebe dich, seit ich zum ersten Mal dein Lächeln gesehen habe, ich liebe dich, seit ich zum ersten Mal deine Hand berührt habe – ich liebe dich! Entscheide dich für mich, und ich bin mein Leben lang der glücklichste Mann auf der Welt.«

Ein paar Flaneure passierten sie, kicherten und stießen sich an. Jemand machte ein Kussgeräusch. Stéphane, dessen Wangen rot angelaufen waren, räusperte sich und trat einen Schritt zurück. Paul starrte ihn an. Ihm gingen ein paar Dinge auf, die ihm vorher nicht klar gewesen waren.

»O mein Gott, Stéphane«, sagte er.

Stéphane räusperte sich noch einmal. »Geh heute Abend zu ihr, Paul«, sagte er und schaute dabei zu Boden. »Lass dir die Liebe nicht aus den Fingern gleiten.«

40

Pierre Charrier hielt die Zeit vor der ersten Dämmerung für die beste Zeit, um zuzuschlagen. Das ganze Haus würde tief und fest schlafen, ebenso wie Louise und ihre Mutter. Bis die beiden realisierten, was geschehen war, würden Pierre und seine Männer schon in der Wohnung sein. Was sie – schlaftrunken – an Gegenwehr aufbrächten, würde sich schon im Keim ersticken lassen. Dann brauchte es nur noch zwei Knebel. Niemand im Haus würde etwas merken, und wenn Pierres Truppe am Tag darauf vor dem Morgengrauen wieder davonschlich, würde sie ebenfalls niemandem auffallen. Aufmerken würde das Haus erst einige Tage später, wenn der Geruch aus der Wohnung der beiden Frauen durch die Tür drang.

Blieb nur noch herauszufinden, in welcher Wohnung sich Louise und Amélie versteckten. Pierre spielte mit dem Gedanken, Sébastien als Wachposten zu platzieren, aber er war nicht sicher, ob sich der kleine Mann nicht zu dämlich anstellte und sich verriet. Eine weitere Möglichkeit war, Sergeant Forès in Polizeiuniform bei der Concierge auflaufen zu lassen und die Namen und Beschreibungen aller Hausbewohner zu verlangen. Doch da war die Gefahr zu groß, dass die Concierge log oder dass sie alle Bewohner von den Fragen des Polizisten unterrichtete. Die Loyalität einer Concierge gehörte in erster Linie den Mietern ihres Hauses, und gegenüber der Polizei fühlte sowieso kaum jemand irgendeine Verbundenheit.

Es blieb nur eine Möglichkeit, die zugleich die beste war: Er musste sich selbst erkundigen.

»Lass uns den Alboche schnappen«, drängte Forès bei der Lagebesprechung. »Wir holen aus ihm heraus, wo wir die Kleine finden. *Ich* hole es aus ihm heraus. Und es wird nicht lange dauern.« Forès' Nase war schief zusammengewachsen; wegen des Verlusts seiner Vorderzähne sah er zehn Jahre älter aus, als er war, und wenn er redete, nuschelte er und sprühte Spucke. Sein Hass auf den Mann, der ihm das angetan hatte, war grenzenlos.

»Nein, mit dem Deutschen hab ich was Besseres vor«, erwiderte Pierre. Er war nicht sicher, was aus den beiden anderen Männern geworden war, von denen einer angeblich eine preußische Uniform getragen hatte. Forès hatte darauf geschworen, ebenso wie er vor Pierre geschworen hatte, dass die Bahngesellschaft ihm den falschen Mann präsentiert hatte und mit den Kerlen unter einer Decke steckte. Pierre hatte daran seine Zweifel. Auch er hatte die Uniform gesehen, hätte aber nicht sagen könnte, zu welchem Militär sie gehörte. Und weshalb sollte die Bahngesellschaft einen Mann decken, der in einen vorgeblichen Mordfall verwickelt war? Wie auch immer, wenn sie den Deutschen überfielen, schnappten sie nur ihn allein. Was würden seine Kumpane daraufhin tun? Sie stellten ein Risiko dar. Da war Pierres Plan hundertmal besser.

»Der Alboche wird kommen, wenn wir am Morgen, nachdem wir die Wohnung besetzt haben, eine Nachricht an ihn senden. Louise wird die Nachricht schreiben. Sie wird schreiben, dass sie nachts merkwürdige Gestalten um das Haus hat lungern sehen und dass sie Angst hat. Er wird so schnell wie möglich zu ihr kommen. Und wenn wir Glück haben, bringt er seine zwei Kumpane auch noch mit, so wie zu Louises Haus. Dann haben wir sie alle drei – und diesmal sind sie die Überraschten.«

»Das mit Jacqui wird denen leidtun«, knurrte Zylinder-Bertrand.

»*Das* hier wird ihnen leidtun«, stieß Forès hervor und deutete auf sein ruiniertes Gesicht. »Und zwar stundenlang.«

»Na gut«, sagte Pierre. »Gibt es noch Unklarheiten? Nein? Gut. Morgen Mittag werde ich aus der Concierge herausholen, welches die richtige Wohnung ist, und übermorgen vor der Dämmerung schlagen wir zu.«

»*Müssen* wir die kleine Ratte mitnehmen?«, fragte Bertrand und deutete auf Sébastien.

»Ja. Ohne Sébastien wüssten wir gar nichts. Er bekommt seine Belohnung. Das habe ich ihm versprochen.«

Sébastien grinste und nickte. An seinen Bewegungen konnte Pierre erkennen, dass er sich unter dem Tisch selbst befummelte. Er wartete ab, bis Sébastien und Forès gegangen waren, dann nahm er Bertrand beiseite. »Sobald wir in der Wohnung sind, machst du Sébastien kalt«, sagte er. »Ich trau der Kröte nicht.«

»Und dein Versprechen?«

»Selbst schuld, wenn er sich drauf verlässt.«

Am Mittag des nächsten Tages stand Pierre in einem sauberen Anzug und mit seinem strahlendsten Lächeln vor der Tür der

Erdgeschosswohnung und wickelte die Concierge ein. Er hatte eine der Karten dabei, die er sich hatte drucken lassen und die ihn als Herausgeber der *Gazette Libération* auswies, sowie ein paar alte Exemplare der *Gazette*.

»Meine Zeitung geht derzeit einem Phänomen nach, das jeden aufrechten Pariser empören muss. Was sage ich? Empören? Auf die Barrikaden treiben muss es einen, Madame! So wie vor fünfzig Jahren, wenn Sie mir erlauben, auf die glorreiche Revolution anzuspielen.«

Die Concierge musterte ihn argwöhnisch. Sie war eine hagere alte Dame, die die siebzig bereits überschritten haben musste und aus deren Wohnung im Erdgeschoss es nach Gekochtem roch. Nicht besonders gut, wie Pierre fand.

»Vor fünfzig Jahren haben sie die Leute geköpft«, sagte die Concierge. »Sie haben den König geköpft. Den König! Und die schöne Madame Dubarry, die noch auf der Guillotine den Henker angefleht hat zu warten, aber der …« Eine beredte Handbewegung folgte. Pierre kannte die Geschichte, so wie jeder Pariser, egal, ob er damals dabei gewesen war oder nicht. Die langjährige Mätresse des Königs hatte mit Gewalt zum Richtplatz geschleift werden müssen; sie hatte solche Todesfurcht gehabt, dass sie dem Henker noch mit dem Hals in der Zwinge ein paar kostbare Sekunden Leben abringen wollte und schrie: *Einen Moment, Monsieur* … Weiter war sie nicht gekommen.

Daran, dass die Concierge die Königin nicht erwähnte, die unter der Guillotine einen weitaus würdigeren Abgang geboten hatte, erkannte Pierre, dass er mit seiner Gesprächsstrategie vermutlich Erfolg haben würde. Königin Marie Antoinette war eine Ausländerin gewesen. Er musste nur den Bogen weg von den Gräueln der Revolution finden.

Ein paar Komplimente über die Reinlichkeit des Eingangsbereichs und den schmackhaften Duft aus der Wohnung der Concierge später hatte Pierre das Gefühl, sich seinem Gesprächsgegenstand erneut nähern zu können.

»Worüber meine Zeitung demnächst berichtet, sind die Zustände auf dem Wohnungsmarkt. Ehrliche Pariser Familienväter hausen mit fünf Kindern unter dem Dach. In Würde grau gewordene Arbeiter und ihre Frauen werden aus ihren Wohnungen vertrieben. Junge Mütter, deren Ehemänner sich verdingt haben, um in den Kolonien an der Größe Frankreichs zu arbeiten, finden keine Bleibe. Aber wer wohnt stattdessen in den schönsten Häusern und genießt die aufopfernden Dienste von hart arbeitenden, verschwiegenen Concierges wie Ihnen? Wer, Madame? Wer?«

»Wer denn?«, stieß die Concierge hervor.

»Die Gespielinnen reicher Ausländer, Madame! Für deren Luxus sind die jungen Mütter obdachlos, irren die alten Arbeiter durch die Gassen, vegetieren die Familien in unwürdigen Zuständen dahin. Manche von diesen Geschöpfen sind sogar Französinnen – auch wenn es einem schwerfällt, diese Frauen als solche zu sehen und nicht als Vaterlandsverräterinnen! Reiche Ausländer, Madame! Sie kaufen oder mieten die Wohnungen, die von Rechts wegen uns ehrlichen Franzosen zustehen, und platzieren ihre Mätressen darin. Fünf Zimmer und mehr für eine einzige Person, die dort den ganzen Tag nichts zu tun hat, als das Kommen ihres Liebhabers zu erwarten. Und die Pariser Familie unter dem Dach friert im Winter und schwitzt im Sommer. So sind die Zustände, Madame, man möchte weinen! Ich weiß, dass in Ihrem Haus hier so etwas nicht vorkommen kann, weil Sie über Sitte und Moral wachen, aber in anderen Häusern … und deshalb bin ich hier, Madame. Ich brauche Ihre Hilfe beim Kampf gegen diese monströse Ungerechtigkeit, gegen diesen Ausverkauf Frankreichs, gegen die Verhöhnung ehrlicher französischer Arbeit! Die frierende Familie, Madame; die vertriebenen Alten; die obdachlose junge Mutter! Für sie kämpft meine Zeitung. Helfen Sie mir kämpfen, Madame! Helfen Sie mir?«

Die Concierge blinzelte, als müsse sie wieder in die Wirklichkeit zurückfinden. Auf ihren Wangen hatten sich zwei rote Flecke gebildet. »Selbstverständlich, Monsieur!«, sagte sie.

»Ich danke Ihnen, Madame. Paris dankt Ihnen. Das französische Volk dankt Ihnen! Ich werde Ihren Namen in meinem Artikel erwähnen. Sie sind ein Leuchtfeuer im Nebel der Korruption. Auch wenn es in Ihrem Haus keine derartigen Zustände gibt – können Sie mir verraten, ob Sie Häuser kennen, in denen die Concierge machtlos gegen solche Machenschaften ist und sie dulden muss?« Pierre zückte einen Notizblock und einen Stift und setzte ein erwartungsvolles Gesicht auf.

Die Concierge sicherte links und rechts, ob jemand in der Nähe war und lauschte. »Was glauben Sie, Monsieur!«, raunte sie dann. »Auch ich muss solche Zustände in diesem Haus dulden. Völlig hilflos ist man, wenn das Geld spricht, Monsieur, völlig hilflos. Sie erwarten von einem, dass man den Anstand bewahrt, aber sie sind die Ersten, die sich darüber hinwegsetzen. Es ist eine Schande, Monsieur. Seit vierzig Jahren versehe ich die Aufsicht über dieses Haus, aber niemals war es so schlimm wie jetzt. Manchmal gehe ich in die Kirche und weine, wenn ich der Heiligen Jungfrau davon erzähle. So wahr ich hier stehe, Monsieur, ich weine. Und manchmal sehe ich auch in den Augen der Heiligen Jungfrau Tränen stehen.«

Heilige Johanna, dachte Pierre begeistert, während sich sein Gesicht in eine Maske aus Mitleid, Fassungslosigkeit und Ehrfurcht verwandelte, *die Alte ist Gold wert!*

Laut sagte er im Ton äußerster Empörung: »Nein!«

»Doch, Monsieur, doch!«

»Hier in diesem Haus, Madame?«

»Unter diesem Dach!«

»Madame, Sie sind mir eine unschätzbare Hilfe. Ich werde das sofort notieren.« Er begann zu kritzeln.

»Mit einem kleinen v«, sagte die Concierge.

»Wie bitte?«

»Levasseur mit einem kleinen v. Mein Name. Brigitte Levasseur.«

»Gerade wollte ich danach fragen, Madame.«

»Und die Leute, von denen wir sprechen …« Die Stimme von Madame Levasseur wurde noch leiser. »Wie Sie sagten, Monsieur: ein Ausländer. Ein großer blonder Mann. Er holt sie manchmal hier ab und bringt sie dann wieder zurück. Ich habe noch nicht gesehen, dass er übernachten würde, aber vielleicht schleicht er sich ja herein, wenn ich nicht aufpasse? Ich bin zweiundsiebzig, Monsieur, ich kann nicht immer auf der Hut sein. Was ist das für eine Perfidie, eine alte Dame zu überlisten, frage ich Sie?«

»Perfide, Madame, absolut perfide.«

»Zwei sind es, Monsieur. Sie geben sich als Mutter und Tochter aus, aber mich kann man nicht so leicht täuschen. Ich dachte mir von Anfang an, dass da etwas nicht stimmt. Die Jüngere ist es, die abgeholt wird. Und die Ältere hat eine Narbe auf der Wange. So etwas bekommt man doch nicht als anständige Frau.«

Ja!, dachte Pierre. *Sébastien hat nicht gelogen. Sie sind es!* »Keine anständige Frau hat eine Narbe auf der Wange, Madame.«

»Sie dürfen natürlich niemals ihren Namen erwähnen, Monsieur. Ich wache seit vierzig Jahren über dieses Haus. Ich möchte nicht, dass es heißt, ich wäre indiskret.«

»Ich werde lediglich schreiben, dass ich aufgrund Ihrer wertvollen Informationen in der Lage war, erschütternde Zustände aufzudecken.«

Madame Levasseur nickte befriedigt.

»Aber nur für meine persönliche Neugier … wie heißen die beiden … ähm … Damen?«

Die Diskretion der Concierge brachte sie dazu, eine halbe Sekunde zu zögern. »Careau«, wisperte sie dann. »Dritter Stock links.«

»Vielen Dank, Madame. Ich hätte noch eine Bitte … hoffentlich halten Sie mich nicht für unverschämt. Es duftet so köstlich aus Ihrer Wohnung. Ich fühle mich an die Küche meiner Mutter erinnert. Darf ich fragen, was Sie kochen?«

»Sauerkraut. Elsässer Art«, sagte die Concierge und lächelte geschmeichelt. »Möchten Sie davon kosten, Monsieur?«

»Nur, wenn ich Ihren Namen auch im Zusammenhang mit der himmlischen französischen Kochkunst verwenden darf, Madame.«

Madame Levasseur kicherte. »Ach nein, Monsieur, das ist zu viel der Ehre. Aber bitte, folgen Sie mir.«

Zehn Minuten später trat Pierre auf die Straße, wandte sich nach links, trabte ein paar Häuser weiter und bog in eine enge Gasse ein. Ein Mann lehnte an der Wand. Sein Zylinder verlieh ihm eine unverwechselbare Silhouette.

»Hat dir die Zeit gereicht?«, fragte Pierre.

»Locker«, erwiderte Bertrand. »Das Schloss der Tür ist hin. Man kann den Schlüssel umdrehen, aber der Riegel bewegt sich nicht mehr. Die Bude ist heute Nacht so offen wie eine Fabrikschlampe am Zahltag. Hat mich keine drei Minuten gekostet.«

»Verdammt. Und ich hab dir noch zusätzlich Zeit verschafft, indem ich eine zweite Portion von dem verschissenen

Sauerkraut gefressen habe. Ich hab nie einen schlimmeren Fraß runtergewürgt.«

Bertrand zauberte eine kleine, flache Metallflasche hervor und hielt sie Pierre hin. »Mundspülung«, sagte er und grinste.

Pierre trank gierig einen Schluck. Der scharfe, billige Calvados trieb ihm Tränen in die Augen, aber er lähmte auch jeden Geschmackssinn auf seiner Zunge. Er gab die Flasche zurück. »Morgen früh um vier«, sagte er. »Wir kommen getrennt und treffen uns genau an dieser Stelle.«

»Ist recht, Pierre.«

Pierre verbrachte eine unruhige Nacht in seiner Unterkunft in La Villette. Eine merkwürdige Mischung aus Vorfreude, Hass und Bedauern erfüllte ihn. Louises Verrat hatte ihn tiefer getroffen, als er selbst gedacht hatte, und das lag nicht allein daran, wie sie ihn in der Kutsche zugerichtet hatte. Tatsächlich hatte er gehofft, sie zu seinem ganz besonderen Werkzeug zu machen und lange Jahre mit ihr zu arbeiten. Ihre Schönheit hätte ihm viele Türen zu geheimen Informationen geöffnet; und wann immer er gewollt hätte, hätte er von dieser Schönheit auch kosten dürfen. Sowenig ihn der Akt der Liebe an sich interessierte, so sehr hatte es ihn doch erregt, ihn mit Louise zu begehen. Dass er sie genommen hatte wie eine Hinterhofhure, war zum Teil Berechnung gewesen, um sie zu verunsichern, und zum Teil seiner eigenen Indifferenz gegenüber dem Sex geschuldet. Tatsächlich hatte er angefangen, darüber nachzudenken, ob es nicht ein besonderes Erlebnis sein konnte, mit Louise ganz normal zu schlafen … ihren Körper zu betrachten, zu berühren und ihr dabei in die Augen zu schauen. Er hatte es ausprobieren wollen, sobald das Geschäft mit Alexandre DuPlessys beendet gewesen wäre. Das dumme Stück hatte Pierre auch um dieses Vergnügen gebracht.

In ein paar Stunden würde sie es bitter bereuen. Und er konnte doch noch seinen Spaß mit ihr haben. Wobei ihm aufging, dass es ihm lieber gewesen wäre, wenn er sie dazu nicht vergewaltigen müsste.

Am nächsten Morgen um vier Uhr trafen sie sich in der Gasse: Pierre, Bertrand, Forès und Sébastien. Bertrand und der Gendarm machten grimmige Gesichter, Sébastien konnte nicht stillstehen vor Aufregung.

Die Eingangstür öffnete sich problemlos. Das Treppenhaus war aus Holz und knarzte, aber indem sie hintereinander an der Wand entlang hochschlichen, konnten sie das Knarzen auf ein Minimum beschränken. Im dritten Stock angekommen, machte Bertrand sich am Türschloss zu schaffen. Es leistete ihm keinen nennenswerten Widerstand.

Pierre ging voran. Er öffnete die Tür ganz langsam, ganz vorsichtig. Hinter der Tür war Finsternis. Er wartete, bis alle an ihm vorbeigeschlichen waren, dann schloss er die Tür leise. In der Dunkelheit eines kleinen Flurs konnte er die anderen nur ahnen. Es half nichts. Er musste es riskieren und eine Zimmertür öffnen.

Er drückte eine Klinke nach unten und schob die Tür auf. Vom Fenster kam genügend Helligkeit herein, um einen völlig leeren Raum zu erleuchten. Überrascht wechselte er einen Blick mit Forès. Der Gendarm zuckte mit den Schultern.

Das Zimmer hatte eine Verbindungstür zu einem weiteren Raum. Mit angehaltenem Atem schlich Pierre zu ihr und öffnete sie. Der zweite Raum war ebenfalls leer. Weitere Räume gab es nicht, dazu war die Wohnung nicht groß genug.

Sie waren zu spät gekommen! Louise und ihre Mutter hatten sich davongemacht.

Fassungslos drehte Pierre sich zu den anderen um. Er hörte

ein Ächzen und Gurgeln und sah, wie Sébastien in einer Drahtschlinge hing, die Bertrand ihm von hinten um den Hals gewickelt und ihn daran hochgehoben hatte. Die Füße des kleinen Mannes zuckten in der Luft. Seine Hände griffen hilflos ins Leere. Die Augen waren weit aufgerissen.

Nach einer Weile ließ Bertrand den Leichnam sanft zu Boden gleiten und nahm die Drahtschlinge wieder an sich. Er begegnete Pierres und Forès' Blick.

»Was?«, flüsterte er. »Hätte ich ihn nicht erledigen sollen?«

»Schon in Ordnung«, sagte Pierre, dessen Stimme vor Wut und Enttäuschung zitterte. »Machen wir, dass wir hier wegkommen.«

41

Da gehen sie wieder«, flüsterte Armand, der durch den Türspalt hinausspähte. »Aber sie sind einer weniger als zuvor. Der Typ mit dem Rattengesicht fehlt.« Pause. Man hörte, wie eine Tür sanft geschlossen wurde. »Sie sind weg.«

Paul, der sich mit geballten Fäusten neben Armand an die Wand gedrückt hatte, atmete auf. Er warf einen Blick zu Stéphane hinüber, der mit der Concierge an deren Küchentisch saß. In der Wohnung hing ein empörender Geruch von zu lange gekochtem Kraut, als wäre eine Latrine übergelaufen. So wie Stéphane entspannt der alten Dame gegenübersaß, wirkte es wie eine Plauderei zwischen Großmutter und Enkel. Doch die Concierge war ungekämmt, trug einen langen, verschlissenen Morgenmantel und war totenblass.

»Was ist mit dem Kerl, der fehlt?«, fragte Paul.

Armand zuckte mit den Schultern. »Ist wahrscheinlich zurückgeblieben, um zu sehen, ob Madame und Mademoiselle nicht doch noch wiederkommen.«

»Da kann er warten, bis er tot umfällt«, sagte Paul grimmig.

»Ich verstehe das alles nicht, Messieurs!«, klagte die Concierge. »Der Mann von der Zeitung machte so einen ehrlichen Eindruck. Er hat mein Elsässer Kraut gelobt.«

Stéphane schien zu überlegen, ob er der alten Dame mitteilen sollte, dass jemand, der ihre Kochkunst lobte, auf keinen Fall ehrlich sein konnte. Doch er sagte nur: »Wenn Monsieur hier«, er deutete auf Paul, »gestern Abend nicht aufgefallen wäre, dass jemand sich am Schloss der Haustür zu schaffen gemacht hatte, wäre das Ganze übel ausgegangen.«

Paul fühlte den misstrauischen Blick der Concierge. Sie hatte noch kein Wort mit ihm gewechselt, seit er und Stéphane sie gestern Abend aus dem Bett geholt und ihr ein paar unangenehme Fragen gestellt hatten. Stéphane war mit Paul zu dem Haus gegangen, in dem Louise und Amélie wohnten, und hatte sich dort von ihm verabschieden wollen. Paul hatte ihn zurückgerufen, als er mit seinem Schlüssel aufsperren wollte und merkte, dass das Schloss manipuliert worden war. Die kleinen, frischen Kratzspuren rund um das Schlüsselloch, die sie im Licht eines Streichholzes entdeckt hatten, hatten ihnen gesagt, dass das Schloss nicht einfach nur defekt war. Die Manipulation war geschickt gewesen. Jemand, der die Tür zudrückte und dann den Schlüssel herumdrehte, zum Beispiel die Concierge, wenn sie zu Bett ging, würde gar nicht merken, dass die Tür nicht versperrt worden war. Es hatte schon des mechanischen Feingefühls eines Mannes wie Paul bedurft, um zu spüren, dass etwas nicht stimmte. Nachdem sie sich vergewissert hatten, dass Louise und Amélie nichts geschehen war, hatten sie bei der Concierge geklopft. Eine Stunde später waren mehrere Arbeiter der Bahngesellschaft mit einem großen Karren vor dem Haus aufgetaucht, hatten Louises und Amélies wenige Besitztümer nach unten getragen, auf den Karren verladen und waren mit den beiden Frauen davongefahren. Armand war hiergeblieben.

»Sie sind einem Betrüger aufgesessen, Madame«, sagte Stéphane. Seine Stimme klang ruhig. Wie wütend er war, erwies sich an seiner nächsten Bemerkung. »Wenn wir nicht gewesen wären, würden zwei Frauen im dritten Stock jetzt die Hölle auf Erden erleiden. Vielleicht sollten Sie sich klarmachen, dass Ihre Zeit als Concierge vorbei ist, Madame.«

Die alte Dame wirkte, als habe Stéphane sie geohrfeigt. »Aber ich verstehe das Ganze immer noch nicht …« Sie stöhnte auf.

»Die beiden Damen, die Sie als Mutter und Tochter Careau kennen, haben sich hier unter einem falschen Namen vor einem Verbrecher versteckt, der ihnen nach dem Leben trachtet. Dank Ihrer Indiskretion wäre er heute beinahe zum Ziel gekommen.«

»Aber …« Ein weiterer argwöhnischer Blick traf Paul, »Monsieur hier hat doch vorher in der Wohnung gewohnt. Und er ist …«, sie flüsterte laut: »… nicht von hier!«

»Monsieurs Aufgabe war es, die beiden Damen zu schützen«, sagte Stéphane. »Monsieur spricht übrigens ausgezeichnet Französisch, Madame. Sie dürfen ihn jederzeit selbst anreden.«

Die Concierge sah Paul von oben bis unten an, jetzt noch argwöhnischer. Sie wandte sich wieder an Stéphane: »Wo hat er es denn gelernt?«

»Ich gehe denen jetzt nach und brech ihnen die Hälse«, sagte Armand, der im Begriff war, die Tür zu öffnen.

Paul schüttelte den Kopf. »Die sind zu dritt, Armand. Und

außerdem ist einer von ihnen ein korrupter Polyp. Sie würden auf jeden Fall den Kürzeren ziehen.«

»Ist mir schon klar, den kenn ich noch von der Gegenüberstellung. Seine Fresse hat sich seitdem nicht wesentlich verschönert.«

»Sie haben mit denen keinen Streit, Armand. Dabei soll es auch bleiben. Ich bin Ihnen dankbar, dass Sie mitgekommen und hiergeblieben sind. Mehr, als ich Ihnen sagen kann.«

»Nicht alle von uns denken, ein Kerl ist ein Arsch, nur weil er ein Alboche ist«, sagte Armand und zuckte die Schultern. »Dann lassen Sie mich wenigstens schauen, ob das Rattengesicht noch oben ist.«

Paul und Stéphane wechselten einen Blick. Stéphane nickte.

»Seien Sie vorsichtig, Armand.« Paul drückte ihm den Schlüssel für die Wohnung in die Hand.

Der Bahnarbeiter rollte verächtlich mit den Augen und schlüpfte hinaus.

»Ich möchte zu Bett gehen«, sagte die Concierge. »*Jetzt sofort.* Verlassen Sie endlich meine Wohnung.«

»Nein«, erwiderte Stéphane. »Sie möchten zu Bett gehen, *nachdem* wir sichergestellt haben, dass in der Wohnung im dritten Stock nicht ein Mörder wartet.«

Die Concierge fasste sich an den Hals und sah noch blasser aus als zuvor.

Armand kam wieder zurück und schloss die Tür hinter sich.

»Was haben Sie gesehen, Armand?«

»Der Kerl ist noch da«, erklärte Armand. Er blickte die Concierge an. »Jetzt sollten Sie die Polizei rufen, Madame«, sagte er.

»Aber die ganze Zeit haben Sie mir verboten, die Polizei …«

»Jetzt dürfen Sie«, brummte Armand. »Aber wir sollten zuerst sehen, dass wir von hier wegkommen. Rattengesicht ist noch in der Wohnung, und er ist so tot, wie er nur sein kann. Seine Kumpane haben ihn erdrosselt. Sie wollen nicht damit in Verbindung gebracht werden, Messieurs.«

Stéphane stand auf. »Sie zählen jetzt bis fünfhundert, Madame. Dann dürfen Sie auf die Straße hinauslaufen und nach der Polizei rufen. Verstanden? Und unsere Anwesenheit hier vergessen Sie wieder, ebenso wie Sie vergessen, dass im dritten Stock zwei Frauen namens Careau gewohnt haben. Dann können wir vergessen, wie wenig in diesem Haus die Privatsphäre der Bewohner zählt.«

Als sie die Tür hinter sich schlossen, warf Paul noch einen letzten Blick zum Küchentisch. Die Concierge saß da, die Hand immer noch um ihren Hals geklammert, und zählte mit bebenden Lippen. Er versuchte, Abscheu zu empfinden für ihre Bigotterie, aber es gelang ihm nicht. Stattdessen fühlte er Mitleid. In der Wohnung im dritten Stock lag ein Toter, aber auch das erfüllte ihn nur mit vager Unruhe. Was er hauptsächlich fühlte, war die Gewissheit, dass sie das Richtige getan hatten.

Er fühlte es noch immer, als er ein paar Straßenzüge weiter in die Kutsche schaute, in der Louise und Amélie saßen. Hinter der Kutsche stand der Karren mit den Habseligkeiten von Mutter und Tochter Ferrand. Im Osten färbte sich der Himmel über Paris langsam hellgrau. Es würde erneut ein schöner Tag werden.

»Es ist alles in Ordnung«, sagte er. »Pierre und seine Leute sind unverrichteter Dinge abgezogen.«

»Sind Sie sicher, dass wir nicht in Paris bleiben können, Monsieur?«, fragte Amélie.

Paul nickte. »Pierre wird das nicht auf sich sitzenlassen. Er wird weiter nach Louise suchen. Und irgendwann wird er Sie beide ein zweites Mal finden.«

»Aber Rouen …?«

»Die Bahngesellschaft hat eine Niederlassung in Rouen. Demnächst wird die Strecke Paris—Rouen eröffnet werden. Ich kann mir nicht vorstellen, dass Pierre Charrier bis dorthin Verbindungen hat. Außerdem reisen Sie als die Schwester und die Nichte von Eugène Flachat. In Rouen sind Sie sicher.«

Amélie reichte Paul die Hand. »Monsieur, wir sind dem Himmel dankbar, Sie kennengelernt zu haben. Sie und Monsieur Alvin.« Ein Seitenblick traf Louise. Soweit Paul wusste, hatte Louise ihrer Mutter mitgeteilt, dass Alvin beabsichtigte, sie zu heiraten. Was zwischen ihr und Paul die letzten Monate gewesen war, hatte sie Amélie offensichtlich nicht gesagt. »Gott segne Sie, Monsieur Baermann.«

»Ich steige noch kurz aus und wünsche Monsieur Baermann Glück«, sagte Louise. Amélie nickte und lächelte Paul zum Abschied zu.

Louise und Paul traten um die Kutsche herum. Hinter ihnen hockte der Lenker des Karrens auf dem Bock und betrachtete sie gelangweilt. Der Kutscher stand ein paar Schritte abseits und paffte an einer Zigarre, deren Rauch bis zu ihnen herüberzog. Vögel zwitscherten in den Zweigen vereinzelter Bäume und bekamen Antwort von Käfigvögeln, die vor einigen Fenstern der umliegenden Häuser hingen. Sonst war alles still. Paris schlief noch.

Sie blieben mit zwei Schritten Abstand voreinander stehen.

»Was kommt nach Rouen?«, flüsterte Louise.

»Ich schreibe Alvin und unterrichte ihn über alles, was vorgefallen ist. Er wird dich und deine Mutter so schnell wie möglich holen. Rouen ist nur eine Zwischenstation.«

»Und du?«

»Ich kehre nach München zurück.«

»Was wirst du dort tun – außer dich um deine Mutter und deine Schwester zu kümmern?«

»Ich weiß es noch nicht.«

So leise, dass Paul sie kaum hören konnte, sagte Louise: »Nimm mich mit.«

Es war ihm unendlich schwergefallen, die letzten Sätze mit fester Stimme zu sagen. Nun war es mit seiner Selbstbeherrschung vorbei. »Es geht nicht«, krächzte er. »Es geht nicht, Louise.«

»Ich liebe dich, Paul.«

»Und ich liebe dich, Louise. Genauso wie Alvin. Und genauso, wie du Alvin liebst. Es gibt keinen Ausweg.«

Sie stand vor ihm, die Hände vor dem Schoß gefaltet, den Kopf gesenkt. Für den Kutscher und den Karrenlenker musste es aussehen, als würden zwei Menschen ein stockendes Abschiedsgespräch führen. Sie konnten nicht sehen, dass Louise Tränen über die Wangen liefen. Paul konnte es sehen. Die Sicherheit, das Richtige getan zu haben, die er vorhin noch gespürt hatte, verschwand und machte einer tiefschwarzen Verzweiflung Platz. Er brauchte nur zu sagen: »Bleib bei mir, Louise!«, und dieser Abschied wäre nicht nötig. Aber er durfte es nicht tun.

»Leb wohl, Louise«, sagte er und erstickte fast daran.

»Sehe ich dich wieder?«

»Vielleicht. Wenn der Schmerz vorüber ist. Ich weiß auch das nicht.« Bei sich dachte er: Dieser Schmerz wird nie vorübergehen.

»O Gott, Paul!«

Dieser Seufzer und das tränenüberströmte Gesicht Louises verfolgten ihn noch, als er schon lange auf dem Pferd saß und die Vororte von Paris in südöstlicher Richtung hinter sich ließ. Zu diesem Zeitpunkt wurde ihm klar, dass er sie wenigstens noch einmal in den Arm nehmen, wenigstens noch einmal hätte küssen sollen. Zu spät …

Er würde sie nie wiedersehen. Er würde auch Alvin nie wiedersehen, weil er es nicht aushalten könnte, Zeuge ihres Glücks zu sein; oder, was noch schlimmer wäre, Louise als Gutsherrin von Briest wieder zu treffen und nach einem Blick in ihre Augen festzustellen, dass sie beide die falsche Entscheidung getroffen hatten.

Paul hatte in einer Nacht die Frau, die er liebte, und seinen besten Freund verloren. Er kehrte einer Aufgabe den Rücken, die ihn begeisterte, und hatte Abschied genommen von einem Mann, dessen Loyalität und Freundschaft ihm die Tür zur Welt geöffnet hatten und von dem er nie geahnt hatte, dass er für Paul stets viel mehr empfunden hatte als nur Freundschaft.

Alles, was ihm in den letzten eineinhalb Jahren teuer geworden war, war nun Vergangenheit und würde nicht wiederkehren. Er war wie Ikarus – er war einen köstlichen Moment über den Wolken geflogen, und jetzt stürzte er mit verbrannten Schwingen zurück auf die Erde.

42

Überlegen Sie es sich«, sagte Otto von Bismarck und lehnte sich entspannt zurück. Er griff nach der Champagnerflasche und drehte sie über seinem Glas um. Ein Tropfen fiel träge heraus und in Bismarcks leeres Glas. »*Oh. Where did it go, I wonder?*«

Mit ein paar geübten Griffen entkorkte er eine zweite Flasche, goss seinen Kelch voll, bevor etwas auf die Tischplatte überschäumen konnte, und schob die Flasche dann zu Levin von Briest hinüber. »Sie trinken zu langsam, Briest. *Here – help yourself.*«

Levin war völlig entnervt von Bismarcks Marotte, ständig englische Floskeln ins Gespräch einfließen zu lassen. Er hatte sie anscheinend von seinem Besuch auf der Insel mit zurückgebracht, ebenso wie einen unerschöpflichen Vorrat von Geschichten über die »größte Maschinenfabrik der Welt«, die er dort besucht hatte, und über die »Höflichkeit und Gefälligkeit der Engländer«, ihre Artigkeit, ihre Bescheidenheit, ihre Klugheit, die günstigen Preise in den Hotels und Restaurants und die großen Portionen auf den Tellern. Levin, der gedacht hatte, die Franzosen seien ihm verhasst, hatte in den letzten paar Wochen auf Gut Eichenhain, wohin er nach der Landtagswahl im Jerichower Kreis geflohen war, festgestellt, dass er die Engländer noch viel mehr zu hassen begann; allein schon deswegen, weil Bismarck sie nicht genug rühmen konnte.

»Es ist sicher ein großzügiges Angebot«, sagte Levin vorsichtig.

»Und hilft Ihnen, das Gesicht zu wahren«, meinte Bismarck. Er sagte es genauso entspannt wie zuvor, doch Levin spürte, wie Schamröte in seine Wangen stieg.

Man konnte es nicht leugnen – die Landratswahl war eine Katastrophe gewesen. Levin hatte genau eine Stimme bekommen, so dass auch noch vor aller Welt klargeworden war, dass er den schlechten Stil besessen hatte, sich selbst zu wählen. Zu dieser Niederlage war noch die Demütigung in Gestalt von Gerhard von Cramm gekommen, der ein paar Tage nach der verlorenen Wahl bei Levin aufgetaucht war und ihm angeboten hatte, Gut Briest zu kaufen – mit der Begründung, dass Levin doch sicher kein Interesse daran haben konnte, am »Ort seiner Schande« zu bleiben. Levin hatte begonnen zu argwöhnen, dass Gerhard von Cramm vielleicht nicht ganz unschuldig daran war, dass niemand seine Stimme für einen Landrat Levin von Briest abgeben wollte; Cramm besaß immensen Einfluss, und seine starre, unbeugsame Haltung gegenüber seinen Pächtern fand angesichts der weiterhin schwächelnden wirtschaftlichen Lage auf den Gütern immer mehr Anhänger. Cramm hatte Levin, als er sich nach seinem Angebot wieder verabschiedete, noch auf die Schulter geklopft und angemerkt: »Will nur helfen, Briest!« Levin hatte seit dieser Berührung ein Ziehen im Nacken; und die Begegnung mit Cramm war sechs Wochen her!

Seit vier Wochen waren er und Hedwig nun auf Eichenhain, wo immer noch heiße Sommertage die Regel waren, auch wenn es schon weit im September war. Sie waren in den üblichen Reigen von Einladungen aufgenommen worden, die die Gutsherren und ihre Frauen von Besitz zu Besitz führten. Man dinierte an langen, weißbetuchten Tafeln unter alten Parkbäumen oder mitten in raschelnden Kornfeldern, und wenn die Nacht kam, lagen die Herren auf Veranden in bequemen Korbstühlen und vernebelten die Luft mit Zigarrendunst, bis man die Sterne nicht mehr sehen konnte. Die Frauen saßen abseits auf Decken im Gras und zeigten sich gegenseitig die Sternbilder. Selbst die Einladungen, die Levin aussprach, wurden zahlreich angenommen. Es war wie ein heißer, träger, alkoholisierter, verfressener Sommertraum.

Nur dass Levin diesen Traum nicht genießen konnte. Seine krachende Wahlniederlage zehrte an ihm. Tief in seinem Inneren war er außerdem sicher, dass seine Feste nur deshalb so gut besucht waren, weil jeder den so kläglich gescheiterten politischen Aspiranten sehen und hinter seinem Rücken über ihn lästern wollte.

»Also, denken Sie darüber nach, Briest«, sagte Bismarck. Er

stand auf, nahm seinen Champagnerkelch in die eine und die Flasche in die andere Hand. »Wollen wieder zu den anderen Gästen zurückkehren. *Must not neglect my duties.*« Er zwinkerte Levin zu und verließ den Salon, in den er und Levin sich zurückgezogen hatten und in dem kalter Zigarrenrauch und die Tageshitze standen.

Levin starrte ins Leere. Das Schlimme an Bismarcks Angebot war, dass es tatsächlich alles das halten konnte, was es versprach. Noch nicht einmal der Preis war besonders hoch, und er würde auch nicht sofort zu entrichten sein. Schlimm war all das deshalb, weil Levin mit seiner Annahme in Bismarcks Richtung signalisierte, dass er rat- und hilflos und bis tief ins Mark getroffen war. Insofern war der Preis doch grausam hoch – weil Levin danach Otto von Bismarck nie wieder etwas würde vormachen können.

Als ob ich das je gekonnt hätte, dachte er im Stillen und seufzte. Er würde mir dieses Angebot nicht machen, wenn er mich nicht schon durchschaut hätte.

Es klopfte an der Tür. Ein Dienstmädchen schaute herein. »Entschuldigen Sie, Herr von Briest. Ihre Gattin hat Sie gesucht.«

Hedwig schob sich an dem Dienstmädchen vorbei und wartete, bis dieses die Tür geschlossen hatte. Dann setzte sie sich neben Levin, beugte sich zu ihm hinüber und flüsterte – man konnte nie wissen, ob das Personal nicht an der Tür lauschte: »Was hat er von dir gewollt?«

Levin betrachtete seine Frau. Er wünschte sich, dass er im Umgang mit seinen Standesgenossen ebenso freimütig reden konnte wie mit ihr. Mit Hedwig war es immer einfach, auf den Punkt zu kommen, weil er sich darauf verlassen konnte, dass sie zu einem Problem eine Lösung suchte – und nicht erst überlegte, wie sie ihn lächerlich machen konnte. Die Reden, die er vor den Versammlungen der maßgebenden Herrschaften des Jerichower Kreises geführt hatte, um für sich als Landrat zu werben, waren dementsprechend inhaltsarm gewesen. Er hatte schlicht und einfach gefürchtet, sich auf irgendetwas festzulegen. In der Zeitung des Jerichower Kreises war eine infame Karikatur zu sehen gewesen: Levin von Briest, der vor einer kümmerlichen Menge Zuhörer sprach, welche alle eingeschlafen waren. Aus Levins Mund war eine riesige leere Sprechblase gekommen, die sich über die Anwesenden legte wie eine erstickende Decke. Erst bei genauem Hinsehen hatte man erkannt, dass mitten in der Sprechblase doch ein winziges Wort stand. Wenn man eine Lupe hervorholte, konnte man es lesen: »Nichts.«

»Er will mich unterstützen, wenn ich hier im Naugarder Kreis als Landrat kandidiere. Dewitz, einer der Landräte, ist erkrankt und wird sich wahrscheinlich zurückziehen. Bismarck meint, genügend Einfluss zu haben, um einen günstigen Wahlausgang vorhersagen zu können, falls ich mich um die frei werdende Position bemühe.«

Hedwig nickte. »Hat er gesagt, warum er das tun will?«

»Sogar ganz unverblümt. Er sagte, dass ihn das Landleben zu Tode langweile, dass er das Gut hier aber nicht aufgeben könne, weil er seinem Vater versprochen habe, sich darum zu kümmern. Da es seinem alten Herrn aber nicht gutgehe, wäre seine Zeit hier nur begrenzt. Danach würde er sich vielleicht selbst ein bisschen in der Politik umtun wollen.«

»Was hat das mit dir zu tun?«

»Wenn Dewitz den Landrat verlässt, dann wird nicht exakt *seine* Stelle neu besetzt. Es gibt sechs Landräte. Dewitz ist an vierter Position. Üblicherweise rückt der fünfte an Dewitz' Stelle, der sechste rückt ebenfalls nach und wird Fünfter, und der neue ist dann an Platz sechs.«

»Du wärst an Platz sechs«, sagte Hedwig.

Levin verzog das Gesicht. »Besser, als gar nicht gewählt zu werden, oder?«

Hedwig tätschelte ihm die Hand. »Es war keine Kritik, mein Lieber. Nur weiß ich jetzt immer noch nicht, was Bismarck davon hat.«

»Wenn Bismarcks Vater stirbt und er als Landrat kandidiert, erwartet er, dass ich meinen Posten aufgebe und ihm ermögliche, für mich einzutreten. Wenn das noch ein paar Jahre dauert, bin ich erwartungsgemäß irgendwo an die dritte, vielleicht sogar an die zweite Stelle aufgerückt. Meine Aufgabe wäre es, die anderen zu überzeugen, dass meine Stelle direkt an Bismarck geht, so dass er nicht von unten anfangen muss.«

»Grundgütiger, diese Selbstverliebtheit. Und diese Arroganz, zu glauben, dass die Welt seine Wünsche erfüllen muss.«

»Soll ich das Angebot ablehnen, Hedwig?«

Hedwig von Briest überlegte lange.

Levin hatte gelernt, sie in diesen Phasen nicht anzusprechen. Er schaute ins Leere und hütete sich, vorhersagen zu wollen, zu welchem Schluss Hedwig kommen würde.

»Was ist, wenn du sein Angebot annimmst, aber nachher deine Zusage nicht einhältst?«

»Großer Gott, Hedwig, es wäre ein Versprechen unter Junkern!«

»Darüber nachzudenken, ist noch kein Ehrverlust.«

»Doch, ist es schon!«

»Sag's mir trotzdem«, beharrte Hedwig ungerührt. »Was könnte er dann gegen dich unternehmen?«

»Nichts. Er könnte niemals offen verkünden, welche Vereinbarung wir hatten und dass ich sie gebrochen hätte.«

»Er trägt das volle Risiko«, murmelte Hedwig. »Gut. So ist

die Lage: Bismarck verhilft dir zu einem Landratsposten, den er selbst noch nicht einnehmen kann, weil er seinem Vater versprochen hat, sich um das Gut zu kümmern. Wenn sein Vater nächstes Jahr stirbt, bist du den Posten wieder los, kaum dass du ihn eingenommen hast, weil du deine Zusage ihm gegenüber einhalten musst. Das ist der schlimmste Fall. Der günstigste Fall ist der, dass der alte Bismarck noch zehn Jahre lebt, und bis dahin bist du schon lange der erste Landrat geworden und hast deinen weiteren Aufstieg in der Politik gemacht – wahrscheinlich sogar in Berlin. Dann bist du dort, wo du hinwolltest.«

»So, wie du das sagst, glaube ich es fast selbst«, erklärte Levin und fühlte, wie ein Lächeln sich auf seinem Gesicht ausbreitete.

»Ich bin immer überzeugt von dir«, sagte Hedwig und tätschelte seine Hand erneut. »Also, das größte Risiko ist, dass der alte Bismarck in den nächsten ein, zwei Jahren das Zeitliche segnet. Ab dann spielt die Zeit für dich. Du trägst das kleinere Risiko.«

»Dann soll ich das Angebot annehmen?«

»Ich würde es an deiner Stelle tun, aber selbstverständlich ist es deine Entscheidung.«

»Lieber Gott, Hedwig, stell dir mal vor! Alle, die sich heute noch das Maul zerreißen über mich, müssten dann doch zu mir kommen, wenn es um Genehmigungen oder Steuerstundungen oder sonst etwas geht.«

Hedwig lächelte und tätschelte seine Hand zum dritten Mal.

»Aber … Hedwig … wenn ich hier zum Landrat gewählt werde, müssen wir unser Leben nach Eichenhain verlegen. Wer kümmert sich dann um Briest?«

Hedwig überlegte erneut lange. Schließlich sagte sie: »Dein

Bruder. Er soll sich vom Militär beurlauben lassen – auf halben Sold. Meinetwegen kann er sogar seine Franzosenschlampe nachholen. Sie wird dann ihm angelastet und nicht dir. Und wenn sich das alles hier doch nicht so entwickeln sollte, wie ich … wie du und Bismarck glauben, können wir jederzeit nach Briest zurückkehren. Du übernimmst das Gut wieder, und dein Bruder soll sich nach etwas anderem umsehen oder zieht die Uniform wieder an.«

Levin dachte nach: »Das wäre aber dann ungerecht gegenüber Alvin.«

Hedwig beugte sich vor und gab ihm einen Kuss auf die Wange. »Es kommt ja nicht so. Es kommt alles ganz genau so, wie du es dir wünschst.«

43

Mitte Oktober 1842 saß Paul in einem Zimmer des Bankhauses Maffei & Co. Joseph von Maffei nahm sich persönlich Zeit für ihn. Er sprach Paul sein Beileid zum Tod seines Vaters aus und winkte großzügig ab, als Paul versicherte, dass die Bank sich um den Kredit keine Sorgen zu machen brauche. Stattdessen lenkte Maffei das Gesprächsthema auf den Eisenbahnbau und stürzte sich sofort voller Enthusiasmus in eine Aufzählung aller Anstrengungen, die er persönlich für die neue Technik auf sich genommen hatte. Seine üppigen grauen Locken und sein wuchernder Backenbart wippten bei seinen begeisterten Gesten.

»Als ich vor vier Jahren das Gelände in der Hirschau kaufte, um darauf ein Eisenwerk zu errichten, haben mich viele für verrückt erklärt – es hieß: Kümmere dich um deine Bank,

Joseph, da hast du genug zu tun! Aber ich ließ mich nicht beirren – ich habe sogar die Tabakhandlung, die ich von meinem Vater geerbt habe, verpfändet, um genug Geld für das Werk zu haben. Innerhalb eines Jahres habe ich bereits mit dem Bau von Lokomotiven beginnen lassen – und letztes Jahr habe ich die erste bayerische Lokomotive an die Königliche Staatseisenbahn ausgeliefert!«

Paul lächelte. »*Den Münchner.* Die Lok ist allen anderen Modellen davongefahren.«

»Natürlich. Sie wissen über diese Dinge besser Bescheid als meine sonstigen Gesprächspartner.« Maffei seufzte stolz. »Wir müssen einiges nachholen hier in Bayern. Wir hatten die erste dampfbetriebene Eisenbahnstrecke in Deutschland, aber seitdem haben uns die anderen den Rang abgelaufen. Allen voran die Preußen – immer die Preußen.« Er lächelte, um zu zeigen, dass er mehr beeindruckt als verärgert war von den Leistungen des preußischen Staats. »Als Erstes müssen wir eine Bahnlinie von München nach Augsburg führen. Und natürlich nach Starnberg. Für diese Strecke setze ich mich persönlich ein. Denn …« Maffei machte ein dramatische Pause.

»Denn … Sie erholen sich gern am Seeufer?«, fragte Paul.

Maffei grinste. »Fast erraten, junger Mann. In meinen Schubladen befinden sich Pläne für den Aufbau einer Schifffahrt auf dem Starnberger See – mit Dampfern. Und damit die Ausflügler ohne Anstrengung an die Anlegestelle kommen, braucht es selbstverständlich eine Bahnlinie.«

Und du brauchst mich, dachte Paul aufgeregt. Maffei erinnerte ihn mit seinem Enthusiasmus für den Segen der Technik an die Brüder Flachat. Er wagte zu hoffen, dass er mit seiner Bewerbung als Streckensucher bei Maffei eine offene Tür eingerannt hatte.

»Wie geht es Ihrer Mutter?«, fragte Maffei unvermittelt. »Ich habe gehört, sie sei bettlägerig.«

»Der Tod meines Vaters war ein schwerer Schlag für sie. Sie hat sich noch nicht davon erholt. Um ehrlich zu sein, fürchte ich, dass sie sich nie ganz davon erholen wird.«

Maffei nickte und seufzte. »Alles, woran wir unser Trachten heften, ist letztlich irdisch und wird vergehen.«

Seltsame Worte für einen Bankier und Industriellen, dachte Paul. Doch noch bevor er etwas erwidern konnte, sagte Maffei: »Wissen Sie, Herr Baermann, in der letzten Zeit ist es Mode geworden, der Religion voller Zynismus und Verachtung zu begegnen. Der sogenannte Rationalismus wird überall hochgehalten. Wohin das führen kann, haben wir bei den fanatischen Jakobinern in Frankreich sehen können, die Gott vergessen und stattdessen Gleichheit und Guillotine gepredigt haben. Und – da mache ich aus meiner Überzeugung kein Hehl! – man kann es sogar zuweilen verstehen, wenn die Gläubigen sich abwenden, weil die Kirchen erstarrt sind in äußerlichem Symbolismus. Gottes Gnade findet man nur im eigenen Herzen.«

»Es heißt, dass es für die Suche nach Gott einer Anleitung bedarf«, sagte Paul vorsichtig, »und diese Anleitung geben die Kirchen.«

»Die Rettung der Seele erfolgt durch die göttliche Gnade, nicht durch die Worte eines Pfarrers.«

»Manche können die Gnade Gottes nur verstehen, wenn ein Pfarrer sie ihnen erklärt, fürchte ich.«

Maffei musterte ihn lächelnd. »Entschuldigen Sie, Herr Baermann. Ich fange an, Sie zu missionieren. Wissen Sie, ich bin in letzter Zeit durch meine Verbindungen vor allem nach Preußen mit einer Bewegung in Berührung gekommen, der die subjektive Seite des Glaubens wichtig ist; Frömmigkeit hat nichts mit Ritualen oder äußeren Formen zu tun, sondern mit dem eigenen Gefühl. Jeder hat seine persönliche Empfindung von Gott. Und Gott will das so, sonst hätte er uns nicht mit individuellen Empfindungen ausgestattet, oder?«

»Ich bin Techniker, Herr Maffei. Ich verstehe von solchen Dingen nicht viel.«

»Und ich bin Unternehmer und dachte lange Zeit, dass diese Dinge nichts mit meiner Arbeit zu tun hätten. Aber wissen Sie, je mehr ich darüber sinniere, desto mehr wird mir bewusst, wie wichtig es ist, dass jedem Menschen ermöglicht wird, diese fromme Innerlichkeit in sich zu erforschen. Doch leider gibt es so viele Mitchristen, denen diese Erforschung nicht möglich ist – weil sie keine Zeit haben, ihr nachzugehen, weil sie ihre ganze Kraft brauchen, ihre Familien zu ernähren, weil sie vor Sorge um das tägliche Brot nicht dazu kommen, sich um ihre Seelen zu kümmern. Und genau hier beginnt die Pflicht von Unternehmern wie mir ...«

»Indem sie den Armenhäusern und Obdachlosenheimen spenden?«, fragte Paul, der keine Ahnung hatte, worauf Maffei hinauswollte und wieso er dem Gespräch diese Wendung gegeben hatte.

»Aber nein! Ich rede vom Los der Fabrikarbeiter! Deshalb spreche ich von der Verantwortung der Unternehmer. Ich zum Beispiel plane, seit ich das verstanden habe, für die Belegschaft meines Eisenwerks einen Wohltätigkeitsfonds. Meine Buchhalter rechnen das alles gerade durch. Ich möchte auch nicht, dass es eines Tages heißt, Maffei setzt die Arbeiter, wenn sie zu alt geworden sind, mittellos auf die Straße. Ich will eine Alterskasse einführen, in die jeder, solange er arbeiten kann, einen geringen Beitrag einzahlt, auf den das Unternehmen dann eine eigene Spende drauflegt. Aus dieser Kasse sollen dann Pensionen gezahlt werden.«

»Das ist sehr christlich und nobel gedacht, Herr Maffei.«

»Ist nicht meine Idee. Ich stehe in engem Kontakt mit meinem geschätzten Kollegen August Borsig in Berlin. Borsig hat Dampfmaschinen, doch neuerdings ist er auch in den Lokomotivenbau eingestiegen. Ich fühle mich geehrt, dass ich ihm mit ein paar Ideen beispringen konnte, die seine Produktion deutlich verbessert haben. Er hat mir dafür etwas ungleich Wertvolleres gegeben, nämlich zum einen die Erkenntnis, dass das wichtigste Produktionsmittel eines Unternehmers seine Belegschaft ist, und zum anderen die Gewissheit, dass das Seelenheil nicht von außen kommt, sondern dass jeder sein ganz persönliches Heil finden muss. Borsig hat für seine Arbeiter eine Krankenkasse eingerichtet, eine Sterbekasse, und er gibt ihnen sogar die Möglichkeit, ihr Geld gegen Zinsen bei ihm einzulegen.«

»Das hört sich gut an«, bestätigte Paul, der immer noch nicht wusste, wohin das führen sollte. Er wünschte sich, endlich über seine Bewerbung sprechen zu können.

Maffei lächelte erneut und holte einen Pappumschlag aus einer Schublade seines Schreibtischs.

»Lieber Herr Baermann, Sie fragen sich sicher, worauf ich hinauswill …«

Paul räusperte sich. »Ja …«, bekannte er vorsichtig.

»Wissen Sie, was das hier ist?« Er deutete auf den Umschlag, der mit einer Kordel um einen Knopf an der Vorderseite verschnürt war.

»Die Streckenpläne für die Verbindung München—Starnberg?«

Maffei schüttelte den Kopf. »Das Dossier der königlich-bayerischen Polizei über Sie.«

»Das … was?!«

Maffei legte den Umschlag wieder zurück in die Schublade.

Paul folgte ihm mit dem Blick und ohne mehr zu verstehen, als dass seine Unterredung mit Joseph Anton Maffei plötzlich an einen Punkt geraten war, mit dem er nicht gerechnet hatte und über den er lieber nichts gewusst hätte.

»Diesem Dossier zufolge sind Sie ein verantwortungsloser Mensch, der sich an den preußischen Staat und an die Franzosen verkauft hat.«

Paul versuchte, etwas zu sagen, brachte aber nichts heraus.

»Alle bayerischen Unternehmer, die etwas mit Maschinenbau oder der neuen Eisenbahntechnik zu tun haben, werden mit diesem Dossier davor gewarnt, Ihnen eine Anstellung zu geben oder anderweitig Ihr Fortkommen zu fördern. Sie sind eine Persona non grata im Königreich Bayern geworden, Herr Baermann.«

Alles, was Paul in seiner absoluten Fassungslosigkeit einfiel, war die Frage: »Hat mein Vater das gewusst?« Er fühlte Panik an sich hochkriechen.

»Ich fürchte, ja. Haben Sie gewusst, dass er in den Monaten vor seinem Tod nicht mehr zur Arbeit ging? Es lag nicht an seiner Gesundheit oder am Alter, sondern weil man ihm nahegelegt hatte, zu kündigen.«

»Um meinetwillen.« Pauls Lippen waren taub. »Ich wusste das … meine Mutter hat mir das nie … ich habe kein Sterbenswörtchen davon …«

Maffei seufzte. »Herr Baermann, ich kann Sie nicht einstellen. Mein Unternehmen hängt zu stark vom Wohlwollen der Regierung ab.«

»Aber …«

»Alles, was ich tun kann, ist, Ihnen eine Empfehlung auszuschreiben.« Maffei beugte sich plötzlich über den Tisch und nahm Pauls eiskalte Hand, mit der dieser sich am Schreibtisch festhielt, in die seinen. »Sehen Sie mich an, Herr Baermann!«

Paul fokussierte seinen Blick mit Mühe auf den Bankier.

»Sie müssen Bayern verlassen, Herr Baermann. Hier haben Sie keine Zukunft. Ich weiß, das ist in höchstem Maß ungerecht und unmoralisch, aber es ist nun einmal so, und weder Sie noch ich können etwas daran ändern. Sie sind in die Maschen der bayerischen Polizei geraten, und was diese in Ihre Handlungen hineininterpretiert hat, das klebt nun an Ihnen für alle Zeit – oder bis es einen Regierungswechsel gibt. Ich rate Ihnen dringend, suchen Sie Ihr Glück woanders.«

»Aber …«

»Ich persönlich habe aus dem Dossier herausgelesen, dass Sie ein Mensch sind, dem ein Missgeschick widerfahren ist und der sich nicht damit aufgehalten hat, darüber zu jammern, sondern sein Schicksal in die Hand genommen hat. Als Unternehmer denke ich auch nicht in den Kategorien von Staatsfeinden oder verfeindeten Staaten. Preußen kann in vielerlei Hinsicht ein Vorbild für uns sein; Frankreich ist eine Nation, die aus ihren Fehlern gelernt hat. Mit beiden kann man Geschäfte machen, was viel lohnender ist, als sie zu bekriegen; mit beiden kann man die europäischen Staaten weiterentwickeln, wenn man zusammenarbeitet. Aber Regierungen denken anders, wenn sie überhaupt denken. Sie bekommen von mir eine Empfehlung an August Borsig in Berlin. Gehen Sie nach Berlin, Herr Baermann. Sie waren doch schon einmal dort. August wird Ihnen ohne zu fragen Arbeit geben, wenn ich Sie empfehle. Sie haben geschrieben, Ihr Talent liege darin, günstige Bahnstrecken zu finden. August Borsig baut Lokomotiven, keine Eisenbahnstrecken. Aber wenn Sie erst einmal bei ihm etabliert sind, finden Sie bei jeder preußischen Bahngesellschaft eine Aufgabe nach Ihrem Gefallen.« Maffei erhob sich und kam um den Schreibtisch herum. Er schüttelte dem widerstandslosen Paul die Hand. »Viel Glück, Herr Baermann.

Ich habe Ihren Vater von dem Augenblick an geschätzt, als er nicht auf mein Angebot einging, den Kredit zu stunden. Sie sind aus seinem Holz geschnitzt. Gehen Sie nach Berlin, machen Sie dort Ihr Glück, und kommen Sie zurück, wenn die Umstände hier günstiger sind für Sie. Bei J. A. Maffei wird sich dann immer ein Platz für Sie finden.«

Zu Hause angekommen, setzte Paul sich an den Esstisch und starrte auf die Tischplatte. Sie war leer bis auf einen Brief, der darauf lag. Der Brief war vor ein paar Tagen angekommen. Nach einer Weile fühlte er die Nähe einer anderen Person. Er drehte sich um. Lily stand im Raum und musterte ihn schweigend.

»Was ist?«, fragte er.

»Komm mit«, sagte sie.

Lily führte ihn in das Schlafzimmer, das früher ihren Eltern gehört hatte und in dem Franziska Baermann nun ihre Tage verbrachte. Pauls und Lilys Mutter lag darin mit geschlossenen Augen und schlummerte. Nach ein paar Sekunden wurde Paul jedoch klar, dass sie nicht schlummerte. Er fühlte, wie sein Magen sank und wie seine Knie weich wurden.

»Sie hat gerufen«, sagte Lily mit klarer, erbarmungsloser Stimme. »Nach dir. Ich bin zu ihr gegangen. Du warst ja nicht da. Sie hat mich nicht erkannt. Sie hat geredet – mit dir. Sie dachte, ich wäre du. Eine Viertelstunde lang. Dann sank sie zurück und war tot.«

Paul wandte sich ab und versuchte, Lilys Gesicht durch den Tränenschleier zu erkennen, der sich vor seine Augen legte. »Was hat sie gesagt?«, flüsterte er.

»Wärst du mal da gewesen, dann hättest du es gehört.«

Paul keuchte. Trotz des Schleiers auf seinen Augen war er sicher, dass in Lilys Gesicht keine Träne zu sehen war. »Lily …«, sagte er und hob die Hand, um sie zu berühren.

Sie wich zurück. »Ich habe ihr die Augen geschlossen«, sagte sie. »Es heißt ja, die Seele verweilt noch ein bisschen im Raum, wenn der Körper sie freigegeben hat. Vielleicht hat ihre Seele gesehen, dass ich es gewesen bin, die bei ihr war, als sie starb, und ihr die Augen zugedrückt hat.« Ihre Stimme klang dabei so trocken, als wenn sie ein Kochrezept vorgelesen hätte. Oder war da ein winziges Schwanken bei den letzten Worten gewesen?

»Lily ... Jesus Maria, ach Lily«, hörte Paul sich wispern. »Was hat Mutter gesagt?«

Lily drehte sich um und verließ den Raum ohne Eile. Über die Schulter sagte sie: »Ich habe nicht darauf geachtet. Es war ja nicht für mich bestimmt.«

Als sie draußen war, überwand Paul seine Erstarrung und den Schock, den Lilys Worte in ihm ausgelöst hatten. Er musste sich getäuscht haben – oder seine Schwester war wegen des Todes ihrer Mutter selbst so schockiert, dass sie nicht wusste, was sie sprach und wie sie sich anhörte. Denn angehört hatte sie sich, als würde sie niemanden auf der Welt so abgrundtief hassen wie ihn, ihren Bruder.

Er musste sich verhört haben.

Mit einer zitternden Hand fuhr er sich über die Augen. Dann holte er tief Atem und setzte sich neben den Leichnam seiner Mutter aufs Bett. Er fuhr ihr über die Haare, streichelte ihre Wange. Er beugte sich vor und küsste eine Stirn, die noch warm war. Lily hatte der Toten die Hände über der Decke gefaltet. Paul griff nach einer Hand und hielt sie fest. Es war das Ausbleiben des Gegendrucks, der ihn die Wahrheit endlich vollends verstehen ließ. Wann immer er als kleiner Junge die Hand seiner Mutter ergriffen hatte, hatte sie ihre Finger um seine kleine Hand geschlossen und sie in rascher Folge gedrückt; es hatte sich angefühlt wie die Versicherung, dass sie ja da sei und er deshalb ruhig sein könne und dass das, was ihn womöglich dazu gebracht hatte, angsterfüllt nach ihrer Hand zu fassen, ihm jetzt nicht mehr schaden konnte. Danach hatte sie ihn immer wieder losgelassen, weil sie etwas zu arbeiten oder zu kochen hatte, weil sie beten wollte oder sie auf der Straße unterwegs waren und es sich für einen Jungen nicht gehörte, an der Hand seiner Mutter zu gehen, wenn er schon selbständig laufen konnte. Dennoch hatte Paul sich von diesem kurzen, schnellen Händedruck immer getröstet gefühlt.

Der Trost blieb heute aus. Er sah seine Tränen auf die toten, schlaffen Hände fallen und wünschte sich, Lily wäre neben ihm gewesen, weil sie nun alles an Familie war, was er noch hatte, aber Lily kam nicht wieder in das Schlafzimmer zurück. Allein mit sich, seiner Trauer und seiner Angst vor der Zukunft, nahm Paul Abschied von seiner Mutter.

44

Es gab ein Testament. Paul Baermann senior hatte dafür gesorgt. In seinem eigenen Testament hatte er alles seiner Frau vermacht; das Testament, das er für sie hatte aufsetzen lassen, regelte nun die Aufteilung des Nachlasses an Paul und Lily. Der Notar, der seine Kanzlei am Marienhof hatte und hinter einem Schreibtisch thronte, den man als Bollwerk gegen ein angreifendes Heer hätte verwenden können, erklärte es ihnen.

»Ihre Eltern haben Ihnen, Fräulein Lily, alles vermacht, was an beweglichen finanziellen Gütern und Wertgegenständen vorhanden ist – also alles Bargeld, alles Geld auf irgendwelchen Konten, Wertbriefe, Aktien und so weiter, sowie allen Schmuck Ihrer Mutter. Ihnen, Paul, haben sie das Grundstück und das Haus mit allen darin befindlichen Gütern vermacht, ausgenommen den Dingen, die unter das Erbe Ihrer Schwester fallen.«

Paul nickte. Er fühlte sich immer noch wie betäubt von der gestrigen Beerdigung. Franziska Baermann war in das Familiengrab neben ihren Mann gelegt worden. Die Totengräber hatten ihr Bestes getan, mit Tüchern und Blumenbuketts einen Sichtschutz zu schaffen, aber Paul hatte die Umrisse des Sargs, in dem sein Vater lag und den die Totengräber etwas hatten beiseiterücken müssen, um Platz für den Sarg der Mutter zu gewinnen, dennoch sehen können.

Als Paul aus Frankreich zurückgekommen war, war Baermann senior längst unter der Erde gewesen. Nun fühlte er sich, als würde die Bestattung extra für ihn nachgeholt werden, und der Schmerz über den Verlust beider Elternteile ergriff ihn erneut. Er schüttelte viele Hände, nahm Beileidsbekundungen entgegen und erkannte kaum eines der Gesichter, die ihn mitleidig ansahen oder die sich verlegen abwandten. Zwischendurch hatte er den Eindruck, dass die Trauergäste am Grab, die ihn so mitfühlend ansahen, befremdet wirkten, wenn sie Lily neben ihm die Hand schüttelten, aber dann vergaß er diesen Eindruck wieder.

Er erinnerte sich jetzt aber daran, als er Lily sagen hörte: »Wie viel ist das? Mein Erbteil? Wie viel ist das?«

Wenn der Notar überrascht von der Vehemenz der Frage war, zeigte er es nicht. Er blätterte in seinen Unterlagen.

»Sie müssen verstehen, Fräulein Baermann«, sagte er dann, »dass Ihr Vater ebenfalls verfügt hat, dass die Schulden, die er noch beim Bankhaus Maffei und Co. hatte, aus diesem beweglichen Vermögen getilgt werden müssen. Sie müssen ebenfalls verstehen, dass dieses Vermögen nicht dazu ausreicht, den Kredit aufzulösen.«

Lilys Brauen senkten sich. »Soll das heißen, dass nichts für mich übrig bleibt?«, zischte sie. »Nichts, außer Mutters Schmuck?«

»Ich bin sicher, der Schmuck ist Ihnen mit seinem emotionalen Gehalt tausendmal mehr wert als das Geld und die Wertpapiere«, sagte der Notar beschwichtigend.

Lily öffnete den Mund, und Paul ahnte, dass das, was sie jetzt sagen wollte, ihnen die Gunst des Notars für immer verscherzen würde. Die Erkenntnis, dass das Testament in all seinem Bemühen, gerecht zu sein, völlig ungerecht war, hatte ihn aus seiner Betäubung aufgerüttelt. Er kam seiner Schwester zuvor, indem er sagte: »Wie viel an Belastung bleibt dann noch auf dem Haus?«

»Nichts, was sich nicht in ein paar Jahren endgültig abzahlen ließe. Die genauen Zahlen muss ich noch errechnen lassen.« Er hob ein Dokument hoch. »Dazu müssten Sie nur Ihrem Bankhaus die schriftliche Erlaubnis erteilen, die Zahlen mir gegenüber offenzulegen.«

»Was ist, wenn ich das Haus verkaufe?«

»Warum sollten Sie das wollen, Herr Baermann? Es ist zwar kein großes und auch kein neues Haus, und der Grund, auf dem es steht, ist klein, aber die Lage direkt am Rindermarkt ist nicht schlecht. München wächst, und mit all den Eisenbahnverbindungen, von deren Planung man hört, wird es weiter wachsen. Grundbesitz im Kernbereich der Stadt wird an Wert zulegen – warten Sie nur zehn oder zwanzig Jahre ab.«

»Was ist, wenn ich es trotzdem verkaufe?«

»Dann entscheiden Sie, was mit dem Verkaufserlös geschieht. Der Gewinn aus der Liquidierung des Hauses fällt nicht unter bewegliches Vermögen und daher nicht an Ihre Schwester.« Ein um Verzeihung heischendes Nicken ging in Richtung Lily.

»Darum geht es mir nicht«, stieß Paul hervor. »Es geht mir darum, ob noch etwas vom Erlös des Hauses übrig bleibt, wenn ich davon den Kredit endgültig zurückgezahlt habe.«

»Auch hier gilt, was ich vorhin gesagt habe: Ich muss die Zahlen erst noch …«

»Eine grobe Schätzung«, sagte Paul. »Nur damit ich mir ungefähr ein Bild machen kann.«

»Wenn Sie mich nicht darauf festnageln …« Der Notar wand sich. »Eintausend Taler für Haus und Grund … das wären etwa dreitausend Gulden … davon abgezogen, was noch vom Kredit abzuzahlen ist … davon wieder zuerst abgezogen, was das bewegliche Vermögen einbringt … nehmen wir also einen Rest von tausend Gulden, der noch zu leisten wäre … das sind dreihundert Taler … Ich gehe davon aus, dass so um die siebenhundert Taler übrig bleiben, Herr Baermann; rund zweitausend Gulden.«

Siebenhundert Taler. Davon ließ sich gute fünf Jahre leben. Das war es also, was von all den Anstrengungen eines ganzen Lebens zweier Menschen übrig blieb: eine Galgenfrist von fünf Jahren, und danach: nichts.

Paul sah zu Lily hinüber. Ihr Gesicht war steinern. Sie blickte zu Boden. Ihre Hände umklammerten die kleine Tasche auf ihrem Schoß, als wollten sie sie erwürgen.

»Darf ich Sie damit betrauen, für den Verkauf des Hauses zu sorgen?«, fragte Paul den Notar.

Lily fuhr auf. »Du willst wirklich das Haus verkaufen?«

Paul achtete nicht auf sie. »Und bitte setzen Sie eine Verfügung auf, dass der Verkaufserlös abzüglich … sagen wir: hundert Taler, also ein Siebtel … dass das, was dann vom Verkaufserlös übrig bleibt, meiner Schwester Lily Baermann überschrieben wird.«

»Damit geben Sie Ihr Erbe aus der Hand, Herr Baermann«, sagte der Notar betroffen, während Lily ihn ungläubig anstarrte.

»Machen Sie es so«, sagte Paul.

Auf dem Heimweg, der nur eines kurzen Fußmarsches bedurfte, schwieg Lily zunächst, dann sagte sie: »Warum tust du das?«

»Weil ich nicht will, dass du die Betrogene bist. Du bist meine Schwester, Lily.«

»Die Betrogene!« Lily schnaubte. »Ich bekomme sechshundert Taler, von denen ich einige Jahre leben kann – aber nicht in meinem Elternhaus, sondern irgendwo in einer Unterkunft, die ich mir nun suchen muss! Und das nur deswegen, weil alles andere von den Krediten und Kosten aufgefressen wird, die du verursacht hast … Und da soll mich dann nicht wie eine Betrogene fühlen?«

Paul blieb stehen. Er fühlte sich, als sei er gegen eine Wand gelaufen. Nicht, dass er von Lily demütige Dankbarkeit für seine großzügige Geste erwartet hätte, dazu glaubte er, sie gut genug zu kennen. Aber er hatte zumindest erwartet, dass sie sich erkundigen würde, welche Pläne er hatte, mit nichts als hundert Talern in der Tasche; was er aus seinem Leben zu machen plante. Dann hätte er ihr mitgeteilt, dass er nach Berlin gehen und versuchen würde, mit der Empfehlung Joseph Maffeis bei August Borsig unterzukommen. Er hätte ihr nicht erzählt, dass Berlin der letzte Ort auf der Welt war, an dem er sein wollte, was mit dem Brief zusammenhing, den er erhalten hatte. Oder vielleicht hätte er es ihr doch erzählt? Vielleicht wäre es aus ihm herausgebrochen, weil es sonst niemanden gab, dem er davon erzählen und mit dem er seinen Schmerz teilen konnte – nur seine große Schwester. Immerhin hatte seine Mutter einmal gesagt, dass er als kleiner Junge stets in Lily seine erste und beste Vertraute gesehen hatte, woran Paul sich zwar nicht erinnern konnte, was aber sicherlich stimmte. Lilys scharfe Worte machten ihn ratlos.

Als er sich seiner Schwester zuwandte, spürte er förmlich eine heiße Welle aus Hass, die ihm entgegenschlug. Er erkannte, dass er sich doch nicht getäuscht hatte, als er zuvor geargwöhnt hatte, dass Lily finstere Gefühle für ihn hegte.

Lily sagte: »Und jetzt erwartest du auch noch Dankbarkeit, oder? Dafür, dass du mir einen Bruchteil von dem gibst, was mir zusteht.«

»Aber Lily … sechshundert Taler. Ich behalte mir nur das, was ich für die Reise und die erste Zeit in Berlin brauche …«

Sie ließ ihn nicht ausreden. Sie hörte ihm nicht einmal zu. Passanten, die um sie herumeilten, wurden langsamer und warfen ihnen neugierige Blicke zu. Ein in Trauerschwarz gekleidetes junges Pärchen, das auf offener Straße einen Streit austrug, weckte das Interesse der Gaffer.

»Sechshundert Taler! Und danach? Gehe ich ins Armenhaus? Oder fange ich in einer Fabrik zu arbeiten an, zwölf Stunden am Tag, nur am Sonntag frei, in ein paar Jahren krumm und lahm von der immer gleichen Bewegung – als Näherin, als Wäscherin, beim Zusammenschrauben irgendwelcher kleinen Teile, die Bestandteil von irgendwelchen größeren Teilen sind, die wiederum zusammen eine Maschine ergeben, die ich nicht verstehe und die mir so egal ist wie sonst was und die meinetwegen zusammen mit dir im tiefsten Pfuhl der Hölle versinken kann!« Am Ende hatte Lily zu schreien angefangen. Die Neugierigen blieben nun stehen und bildeten einen lockeren Kreis um sie.

»Lily, bitte komm weiter!« Paul versuchte, sie wegzuziehen.

Zuerst sträubte sie sich, aber dann legte sich ihre Wut so weit, dass sie die Gaffer sah, und folgte ihm. Die Menge wich beiseite. Jemand raunte Paul ins Ohr: »Gib ihr a gscheite Watschn, Bub, dann folgt sie dir schon. Hast ihr bei der Hochzeit nicht erklärt, wer der Herr ist?«

Paul ignorierte das feixende Gesicht, das zu der Stimme gehörte. Er hielt Lily immer noch am Arm fest und strebte ihrem Elternhaus zu.

»Ich dachte, du wolltest Elias Peißner heiraten?«, stieß er hervor. »Kann Elias nicht für dein Auskommen sorgen? Er hat doch studiert!«

»Elias ist nicht mehr mein Verlobter!«

»Oh … aber Mutter hat geschrieben … und du hast immer noch schöne Grüße daruntersetzen lassen … »

Lilys Mund verzog sich höhnisch. »Sie wollte dich nicht mit der Wahrheit konfrontieren, weil du ja so hart arbeitest drüben bei den Franzmännern und man die Sorgen von dir fernhalten muss, du hast ja genug eigene. Elias ist ein armseliger Hanswurst, ich habe die Verlobung aufgelöst, und ich habe dir nie schöne Grüße ausrichten lassen! Das hat Mutter nur dazugeschrieben, weil sie überzeugt war, dass es sich so gehört.«

»Jesus Maria!«

Als sie sich dem Haus näherten, wandte sich eine kleine Gruppe schlicht gekleideter Männer um, die davor gewartet hatten, und sah ihnen erwartungsvoll entgegen. Paul erinnerte sich plötzlich daran, dass er die Männer auch auf der Beerdigung gesehen hatte. Sie hatten abseits gestanden. Ob sie auch unter denen gewesen waren, die ihm und Lily ihr Beileid bekundet hatten, konnte er nicht sagen.

»Paul Baermann?«, fragte einer von ihnen, als sie vor ihnen standen.

»Das bin ich«, sagte Paul.

Der Mann holte ein Dokument mit einem offiziellen Siegel aus seiner Jacke und hielt es Paul hin. Paul überwand seinen ersten Instinkt, danach zu greifen. Die Männer hatten einen Halbkreis um ihn und Lily gebildet. Sein Misstrauen war geweckt. Unwillkürlich trat er einen Schritt von Lily weg, um die Hände frei zu haben, falls die Männer etwas im Schilde führten. Es war zwar heller Tag, und sie sahen nicht wie Gauner aus, aber man konnte nie wissen … Pierre Charrier in Paris hatte auf den ersten Blick auch nicht wie ein Gauner ausgesehen.

»Was ist das?«, fragte er.

Der Mann mit dem Dokument griff nochmals in die Tasche. Als er sah, wie Pauls Hände sich zu Fäusten ballten, stockte er. »Immer schön langsam, junger Mann«, knurrte er dann. »Wir sind von der königlich bayerischen Polizei.« Er holte eine Legitimationsmedaille heraus und zeigte sie Paul, der auf der kleinen, ovalen Marke die Prägung *K.Criminal Schutzmannschaft*, eine Nummer und darunter *München* lesen konnte. Als er aufblickte, sah er, dass die anderen schlicht gekleideten Männer ebenfalls ihre Legitimation vorzeigten.

»Sie waren auf der Beerdigung unserer Mutter«, sagte Paul.

Der Anführer der Kriminalbeamten nickte.

»Wozu?«

»Das geht Sie nichts an.«

»Beobachten Sie uns?«

»Nein.«

»Nein?«, wiederholte Paul gedehnt.

»Nein, wir beobachten *Sie*.« Unvermittelt wandte er sich an Lily und deutete eine winzige Verbeugung an. »Fräulein Baermann? Sie dürfen gerne das Haus betreten und schon beginnen zu packen. Die Verfügung muss Ihr Bruder ausgehändigt bekommen, nachdem er das Erbe angenommen hat.«

Lily musterte den Polizisten mit einer Miene, dass dieser sich unwillkürlich straffte und sagte: »Diesen frechen Blick verbitte ich mir, Fräulein!«

»Wir kommen eben erst vom Notar!«, rief Paul. »Wie können Sie schon wissen, dass ich das Erbe … ah!«

Der Kriminalbeamte grinste. »Auch ein Notar ist dem Gesetz verpflichtet – letztlich.« Seine Männer lachten leise.

»Gibt es ein Gesetz, das besagt, mein Notar muss der Kriminalpolizei melden, was ich mit meinem Erbe tue oder lasse?«

»Nein, Herr Baermann. Aber es gibt eine Verfügung gegen Sie, und es gibt ein Gesetz, das besagt, königlichen Verfügungen ist Folge zu leisten.«

»Eine Verfügung?« Auf einmal fiel Paul wieder ein, was Maffei ihm vor ein paar Tagen gesagt hatte. Es gab ein Dossier über ihn. Er würde in Bayern unter dieser Regierung keinen Fuß auf den Boden bekommen. Er fühlte, wie das Blut aus seinem Gesicht wich.

Das Dokument wurde ihm nochmals vor die Nase gehalten. Er nahm es und versuchte, es aufzufalten. Seine Finger zitterten plötzlich, so dass er das Siegel nicht brechen konnte.

»Was haben Sie mit ›packen‹ gemeint?«, fragte Lily.

Der Kriminalbeamte sagte: »Ihr Bruder schuldet dem Königreich Bayern die Kosten für die Übernahme des Restbetrags aus einem Schadensfall, den er in Nürnberg verursacht hat, ferner den geschätzten Schaden, der dem Königreich Bayern daraus entstanden ist, dass Ihr Bruder die Früchte seiner in München genossenen Ausbildung zuerst dem Königreich Preußen, welches nicht mit uns verbündet ist, sowie in Folge dem Staat Frankreich, welcher als Feind zu betrachten ist, hat zukommen lassen.«

»Ich habe alles, was ich hatte, für die Reparatur des Adler

gegeben!«, rief Paul. »Herr Wilson, der Ingenieur, hat mir versichert, dass damit alles abgeleistet wäre.«

»Was ein Herr Wilson gesagt hat oder nicht, ist nicht Sache der Polizei. Tatsache ist, dass die Ludwigs-Eisenbahn-Gesellschaft, an der das Königreich Bayern Anteile hält, um einen Betrag von etwa dreitausend Gulden an Reparaturkosten betrogen worden ist, und zwar durch Sie. Eine von Ihnen erwähnte Zusage eines Herrn Wilson, ob sie nun gemacht wurde oder nicht, ist Angelegenheit der Bahngesellschaft, in deren Organisation sich das Königreich Bayern nicht einmischt. Die Schmälerung des Gewinns der Gesellschaft betrifft das Königreich Bayern jedoch sehr wohl. Besonders, wenn es sich dabei um Sabotage handelt.«

»Sabotage?«, schrie Paul. »Es war ein Unfall!«

Der Kriminalbeamte sagte ganz ruhig: »Schreien Sie mich noch einmal an, Herr Baermann, und ich nehme Sie in Haft wegen Widerstand gegen und Bedrohung eines Vollstreckungsbeamten.« Er deutete auf das Dokument. »Lesen Sie. Das Haus, das Sie als Erbe angetreten haben, ist gepfändet. Es wird veräußert und der Erlös gegen Ihre Schulden an das Königreich Bayern aufgerechnet. Etwaige nachrangige Schulden, zum Beispiel an private Bankhäuser, stehen dahinter zurück.« Er tippte sich an den Hut und winkte seinen Kollegen. »Einen guten Tag noch, Herr Baermann, Fräulein Baermann. Morgen früh wird das Haus versiegelt. Stellen Sie bis dahin eine Liste des Inventars zusammen, von dem Sie glauben, dass Sie es mitnehmen können. Wir werden diese Liste überprüfen und Ihnen dann die Gegenstände aushändigen, von denen das *Gesetz* glaubt, dass Sie sie mitnehmen dürfen.«

»Was ist mit *meinem* Erbe?«, fragte Lily.

»Fräulein, wir sind hier im gerechten und fortschrittlichen Königreich Bayern. Hier wird niemand in Sippenhaft genommen. Selbstverständlich gehört Ihr persönliches Erbe Ihnen.«

»Ich habe den Schmuck meiner Mutter geerbt.«

»Ich bin sicher, er wird Sie immer liebevoll an Ihre Mutter erinnern.«

Als Paul, nun vollkommen fassungslos und zwischen Wut und Hoffnungslosigkeit schwankend, in der Stube des Hauses stand und seine Blicke über die Einrichtung wandern ließ, ohne dass er etwas wahrnahm, verlor Lily die Nerven.

»Jetzt bleibt uns gar nichts mehr, oder?«, kreischte sie. Ihre Tasche flog durch die Stube. »Wegen meinem Herrn Bruder haben wir jetzt auch noch die Polizei auf dem Hals! Sabotage! Vaterlandsverrat! Das ist es, was man von dir erwarten kann! Wenn sie es doch nur als Verrat bezeichnen würden, dann würden sie dich wenigstens inhaftieren und aufhängen! Nichts bleibt mir übrig außer ein bisschen billigem Schmuck, nichts! Seit du da bist, musste ich für dich zurückstehen, und jetzt wird mir sogar noch das Almosen vorenthalten, das du in deiner großen Güte für mich übrig lassen wolltest! Da!« Sie griff nach einem der guten Teller, die in einem Bord oberhalb des Esstischs standen, und schmetterte ihn auf den Boden. Es krachte wie ein Pistolenschuss. Porzellansplitter flogen herum. »Was soll's, das Zeug gehört uns sowieso nicht. Sollen sie es doch dazurechnen zu dem Betrag, den du dem König schuldest! Da! Und da!« Weitere Teller wurden an der Tischkante zerbrochen, flogen durch den Raum, prallten an die Wand und zersplitterten. »Da!«

Paul packte Lilys Handgelenke. »Hör auf damit!«, brüllte er.

Lily warf den Kopf zurück und heulte wie eine Wahnsinnige. Sie wand sich in seinem Griff und grub mit den Fingernägeln Furchen in seine Handrücken. Er zuckte zurück.

»Was willst du jetzt tun, Paul? Hm? Was willst du jetzt tun?« Sie schrie immer noch in höchster Lautstärke. »Willst du nach Berlin abhauen? Ja, geh nach Berlin, kleiner Bruder, dort warten sie ja schon auf dich! Vielleicht kannst du deine adligen Freunde dort bitten, ihnen die Stiefel ausziehen zu dürfen? Oder bei der Hochzeit die Pferdeäpfel unter den Kutschen aufzuklauben?«

Sie stürzte zum Esstisch, auf dem noch immer der Brief lag, den Paul gelesen und wieder verschlossen hatte. Sie riss ihn auf und holte die Karte hervor, die darin gewesen war.

»Seit Tagen starrst du diesen Schrieb an wie die Maus die Katze und redest nicht darüber. Glaubst du, ich hab ihn nicht schon lange gelesen, als du geschlafen hast? Es ist doch nur eine Einladung. Wieso hast du Angst davor?« Mit höhnischer Stimme begann sie vorzulesen: »*Alvin von Briest und seine Verlobte, Mlle. Luise Ferrand* – ist das eine Franzmannbraut, Paul, hm? – *erlauben sich, zur Feier ihrer Verehelichung auf Gut Briest einzuladen …*«

Paul versuchte, sich den Brief zu schnappen, aber Lily war schneller. Sie tanzte damit durch den Raum wie eine boshafte Dreizehnjährige und las voller Hohn weiter, während Paul ihr hinterherjagte, jegliche Würde vergessend.

»Und was steht auf der Rückseite? *Tue uns den Gefallen, lieber Freund, und komm zu unserer Vermählung. Unser Haus ist Dein Haus. Unsere Verbindung ist nicht perfekt, wenn Du uns nicht persönlich Deinen Segen dazu gibst. In tiefster Freundschaft, Alvin!* – In Freundschaft, Alvin! Hahaha! Ist das einer von diesen preußischen Kommissköpfen? Du bist dir für keinen zu schade, was, Paul? Und da steht ja noch was! *In großer Zuneigung, L.* L? Zuneigung? Die Franzosenschlampe? Wie groß war denn ihre Zuneigung zu dir, Brüderchen?«

Lily stockte, als Paul plötzlich stehen blieb und die Hände, die er nach ihr ausgestreckt hatte, sinken ließ. Er wusste selbst, was für eine verräterische Miene er ziehen musste, denn Lilys Worte hatten ihn wie ein Tritt in die Magengrube getroffen.

»Ich verstehe«, sagte Lily schwer atmend. Sie war ebenfalls stehen geblieben. »*In großer Zuneigung, L.* Deshalb hast du den Brief behandelt wie der Teufel das Weihwasser. Weil du den Gedanken nicht erträgst, dass dein In-tiefster-Freundschaft-Alvin sie bekommt und nicht du. Du wolltest der Einladung gar nicht folgen. Und doch wolltest du nach Berlin? Hättest du dich dorthin geschlichen und einen Bogen um sie gemacht? Gut Briest? Wie weit ist das weg von Berlin? Weit genug, dass du ihm und ihr nicht aus Versehen über den Weg läufst?«

»Gib mir den Brief, Lily«, sagte Paul müde.

»Da!« Sie warf ihm die Einladung vor die Füße. »Ich sag dir was, kleiner Bruder. Du gehst nach Berlin. Und du nimmst mich mit! Du bist mir meine Mitgift, mein Erbe, mein ganzes Leben schuldig, seit du kamst. Das zahlst du mir zurück – entweder von dem Geld, das du dort verdienst, oder von dem, was du von deinem feinen adligen Freund erbetteln kannst. Es ist mir egal, wo es herkommt. Du bist es mir schuldig, und du bezahlst es mir. Und falls du dich weigerst …«, sie steckte den Umschlag, in dem die Karte gewesen war, in ihr Kleid, »… kann ich mich jederzeit an In-tiefster-Freundschaft-Alvin wenden und ihn ermutigen, seine Frau zu fragen, was sie wirklich gemeint hat mit: *In großer Zuneigung, L.*«

»Das würdest du nicht tun, Lily«, sagte Paul.

»Ohne mit der Wimper zu zucken, Paul«, sagte Lily.

45

Es gab natürlich Gemurre, dass eine Hochzeit im November gefeiert wurde. Alvin setzte sich darüber hinweg. Es hätte sowieso wegen irgendetwas Gemurre gegeben – die Braut eine Französin, der Bräutigam nur Verwalter des brüderlichen Besitzes statt Mit-Erbe, der Trauzeuge ein Bürgerlicher aus dem Süden statt eines Junkers und Standesgenossen … Da war es am besten, die Lästerei konzentrierte sich auf das Datum.

Paul Baermann war drei Tage vor dem Hochzeitstermin angekommen und hatte erst mit dem Wunsch vertraut gemacht werden müssen, dass Alvin ihn als Trauzeugen haben wollte. Alvin schrieb es der Befangenheit seines Freundes angesichts all des alten, aber wiederaufpolierten Junkerglanzes von Gut Briest zu, dass Paul sich anfangs zierte. Alvin ließ jedoch nicht locker, bis Paul zusagte.

Paul war Alvin verändert vorgekommen. Er war schon, seit sie sich kennengelernt hatten, immer ruhiger gewesen als Alvin, doch nun schien er geradezu scheu. Alvin sprach ihn am zweiten Tag nach seiner Ankunft, als er und Paul vor dem Gewiener und Geputze aus dem Haus geflohen waren, darauf an. »Geht's dir gut?«, fragte er besorgt.

Paul zuckte mit den Schultern. »Wie ich dir schon geschrieben habe – meine Eltern sind verstorben, in meiner Heimat gelte ich als unzuverlässiges Subjekt und bekomme keine Arbeit, ich muss mich um meine Schwester kümmern, ich kann nur hoffen, dass mir die Empfehlung, die mir Joseph Maffei ausgestellt hat, wirklich zu einer Position verhilft …«

»Paul, du bist jederzeit auf Briest willkommen. Ich wette, du könntest dich um die Verwaltung des Guts viel besser kümmern als ich. August, der alte Verwalter, der mir zur Hand gehen soll, ist so tattrig, dass ich ohnehin einen Nachfolger für ihn brauche.«

Paul lächelte schwach und sagte: »Alvin, ich brauche eine Position, in der ich das einsetzen kann, was mir als Talent mitgegeben worden ist. Ich bin kein Verwalter. Ich bin Eisenbahnplaner. Meine Aufgabe besteht darin, den perfekten Schienenverlauf zu finden.«

»Ich denke, das kannst du bei Borsig auch nicht?«

»Nein, aber da bin ich näher an der Möglichkeit dran, als wenn ich versuche, deine Ausgaben und Einnahmen richtig herum zusammenzuzählen.«

»Was deine Schwester betrifft …«, begann Alvin und sah zu seinem Erstaunen, wie Paul sich versteifte.

»Was ist mit ihr?«, fragte er eine Spur zu schnell.

»Verstehst du dich mit ihr denn nicht? Ich wusste, dass du eine Schwester hast, aber ansonsten hast du in Paris nie viel von ihr erzählt.«

»Wir … wir haben unterschiedliche Auffassungen vom Leben und wie man es meistert.«

»Tatsächlich? Welche hat Lily denn?«

Paul zögerte. »Andere einfach. Es ist schwer zu erklären.«

Alvin lachte. »Du machst den Eindruck, als würdest du befürchten zu hören, dass sie das Tafelsilber von Gut Briest geklaut und verscherbelt hat. Nein, nein! Was ich sagen wollte, ist, dass sie und Louise sich gut verstehen.«

»Ach was!«, sagte Paul und wirkte nun noch angespannter als zuvor.

»Was ist los?«, fragte Alvin. »Zwischen uns sollte es keine Peinlichkeiten geben. Was liegt dir auf dem Herzen?«

»Nichts, Alvin. Ich bin nur immer noch etwas mitgenommen von den Ereignissen der letzten Zeit.«

»Na gut.« Alvin war sich nicht sicher, ob Paul die volle

Wahrheit gesagt hatte. Aber wenn er mit seiner Schwester über Kreuz lag und es nur nicht zugeben wollte, weil es ihm unangenehm war, dann würde Alvin auch nicht weiter in ihn dringen. »Jedenfalls – es wäre schön, wenn du sie, nachdem du in Berlin Fuß gefasst hast, so oft wie möglich hierher mitnimmst. Vielleicht können sie und Louise Freundinnen werden. Ich denke, dass Louise hier unter den Gutsbesitzerfrauen nicht viele Freundinnen haben wird, oder jedenfalls nicht so schnell. Die alten preußischen Junkersgemüter brauchen eine Weile, um sich auf Neuerungen einzustellen wie zum Beispiel den Gedanken, dass eine Französin jetzt zu ihnen gehört.«

Louise konnte wirklich eine Freundin gebrauchen. Ihre Mutter war nicht mit ihr nach Briest gekommen. Es war Amélie schon nicht leichtgefallen zu akzeptieren, von Paris nach Rouen zu ziehen; und sie hatte sich auch nicht leicht damit getan, einen preußischen Junker als Schwiegersohn anzunehmen, auch wenn dieser Junker und sein bester Freund ihr und ihrer Tochter das Leben gerettet hatten. Frankreich gänzlich zu verlassen und nach Preußen zu gehen war ihr jedoch unmöglich gewesen. Alvin hatte in vielen Briefen versucht, Amélie zu überreden, seit sein Bruder ihm die Verwaltung von Gut Briest angeboten und Alvin gewusst hatte, dass er nun heiraten und eine Familie gründen konnte. Es war vergeblich gewesen. Louise war schließlich allein nach Briest gekommen.

»Wenn du meinst …«, sagte Paul zögerlich.

Alvin schlug ihm kameradschaftlich auf die Schulter. »Na, komm schon, so schlimm ist deine Schwester doch wirklich nicht. Sie hat einen etwas beißenden Humor, das gebe ich zu, aber damit kommt sie bei einem Mann wie Otto von Bismarck sehr gut an. Bismarck ist ein Nachbar und guter Freund. Du hast ihn noch nicht kennengelernt, weil er gestern vorgesprochen hat, als wir beide auf dem Gut unterwegs waren, aber ich möchte ihn dir morgen bei der Hochzeit gerne vorstellen.«

»Wie du willst.«

»Bismarck lebt eigentlich nicht hier, sondern auf seinem pommerschen Besitz Kniephof, wo er wiederum ein Nachbar von uns ist, weil unser dortiges Gut Eichenhain in seiner Nähe liegt. Unsere Welt ist erschreckend klein, Paul.« Alvin drehte sich um und umfasste das, was man von Gut Briest sah, mit einer Armbewegung: die Ostflanke des Gutshauses mit seinen zwei Regelstockwerken und den vielen Sprossenfenstern und dem hohen, steilen Dach darüber, den vorgesetzten Turm, den weiten Gutshof, dessen Wirtschaftsgebäude sich in einem großzügigen U darum herumgruppierten, die Parkbäume, welche die Anlage einrahmten und an denen das Herbstlaub noch golden hing, den riesigen Fischteich, in dem das Gutshaus sich spiegelte, die Gutskapelle aus feuerrotem Klinker mit dem Dachreiter …

Paul begann zu lachen, und Alvin drehte sich erstaunt um.

»Was ist so lustig?«

»Deine erschreckend kleine Welt ist so groß wie die Münchner Innenstadt«, sagte Paul. »Und das ist nur das, was man hier sieht. Das gesamte Gut dürfte so groß sein, dass die Münchner Stadtmauern nicht ganz drumherum reichen.«

»Tja«, sagte Alvin mit falscher Bescheidenheit.

»Natürlich fehlt es an Bergen. Perfekt ist eine Landschaft nur mit Bergen.«

»Berge«, sagte Alvin würdevoll und war froh, dass sein Freund wieder ein Stück weit zu seinem trockenen Humor zurückgefunden zu haben schien, »verstellen einem die Sicht auf das Wesentliche.«

»Berge *sind* das Wesentliche!«

Sie wanderten um den Teich herum zur Gutskapelle. Auch hier waren Frauen mit der Reinigung und dem Schmücken des Baus beschäftigt. Sie grüßten Alvin mit fröhlicher Ehrerbietung und musterten Paul neugierig.

»Was hast du denen über mich erzählt, dass sie so große Augen machen?«, fragte Paul, als sie die Kapelle wieder verlassen hatten.

»Dass du aus Bayern kommst. Sie haben etwas mit mehr Haaren erwartet. Am ganzen Körper.«

»Hast du ihnen gesagt, dass wir uns mittlerweile die Hände waschen, bevor wir die Missionare aufessen?«

»Die Arbeit, welche die Frauen dort verrichten«, sagte Alvin, »hätten sie früher ohne Entgelt leisten müssen. Auch für den Blumenschmuck hätten sie auf ihre Kosten sorgen müssen. Das war etwas, das der Gutsherr erwarten durfte. Ich habe selbstverständlich zugesichert, alles zu bezahlen.«

»Und woher nimmst du das Geld?«

»Ich hab mich bis über beide Ohren verschuldet«, sagte Alvin fröhlich.

Paul verzog erneut das Gesicht. Alvin räusperte sich. Paul hatte ihm von seinen finanziellen Schwierigkeiten erzählt. Er beschloss, das Thema zu wechseln.

»Otto von Bismarck ist übrigens schwerhörig«, sagte er. »Du musst brüllen, wenn du mit ihm sprichst.«

»Er sollte sich mal mit unserem König Ludwig unterhalten. Der hört auch schwer. Das wäre ein interessantes Gespräch.«

»Ja, das wäre es«, stimmte Alvin zu. »Aber es wird auch so interessant werden.«

46

Die Hochzeit war eine einzige Qual für Paul. Das glückliche Gesicht seines Freundes zu sehen vergrößerte die Pein noch. Schon als er Louise bei seiner Ankunft begrüßt hatte, hatte er gespürt, dass ihre Gefühle zu ihm noch so stark waren wie die seinen ihr gegenüber: Sie war bei seinem Anblick erblasst, und als er sie freundschaftlich umarmt hatte, hatte sie am ganzen Körper gezittert. Mittlerweile wusste er genau, wie stark ihre Liebe zu ihm noch immer war …

Die Hochzeitsprozession begann im Portal des Gutshauses. Alvin und seine Braut würden vor das Haus treten und dann zum Beifall aller Anwesenden über den Gutshof zur Kapelle gehen, begleitet nur von ihren Trauzeugen – Paul, der für Alvin den Zeugen machte, und Hedwig von Briest, die mit demonstrativ säuerlicher Miene als Louises Trauzeugin eingesprungen war. Ihnen voran würde der Gutsherr gehen und damit vor allen kundtun, dass auch er mit der Verbindung einverstanden war. Levin würde diese Aufgabe übernehmen, da Alvin nur der Verwalter des Besitzes war. Die öffentliche Einverständniserklärung des Gutsherrn war rein rechtlich nicht mehr nötig, aber sie gehörte irgendwie zum Zeremoniell, daher wurde bei keiner Hochzeit darauf verzichtet. Paul hatte Alvin verächtlich sagen hören, dass manche Gutsherren sich diesen Dienst von ihren Pächtern bezahlen ließen.

Doch der Beginn der Prozession verzögerte sich, weil Alvins zwei Hunde plötzlich hereinkamen und schwanzwedelnd an ihrem Herrn hochsprangen. Alvins Anzug war versaut. Fluchend und gleichzeitig grinsend ging er nach oben, um den Anzug ausbürsten zu lassen. Hedwig von Briest trat vor die Tür, um ihren dort wartenden Gatten sowie die Pächter und das Gesinde Briests, den Kirchenchor von Jerichow, den Stadtrat und die Landräte des Kreises sowie alle geladenen Gäste zu informieren, dass eine leichte Verzögerung im Ablauf eintrat. Die Wartenden hatten bereits ein Spalier gebildet, durch das die zu Vermählenden schreiten sollten; lediglich der Kirchenchor stand nicht Spalier, sondern abseits und stimmte sich mit melodischen Stimmübungen auf seinen Auftritt ein.

Paul, der neben Louise getreten war, als Alvin seinen Platz verlassen hatte, spürte plötzlich, wie Louise seine Hand ergriff.

»Ich bin so glücklich und gleichzeitig so tieftraurig«, flüsterte Louise auf Französisch.

»Er ist der Richtige für dich«, raunte Paul und spürte bei jedem Wort ein Messer im Herzen.

»Paul ... auch du wärst der Richtige für mich.«

»Du heiratest Alvin.«

»Ich weiß. Ich weiß ...«

Er sah aus dem Augenwinkel, dass sie zu ihm aufblickte. Bislang hatte er stur geradeaus geschaut. Nun konnte er nicht mehr anders, als sie anzublicken. Sie war so wunderschön. Was von seinem Herzen noch übrig war, zersprang erneut.

»*Je t'aime, Paul*«, wisperte Louise.

»*Oui*«, erwiderte Paul, der lieber verflucht sein wollte, als ihr das gleiche Geständnis zu machen, weil er nicht wusste, wie er den heutigen Tag anschließend überleben sollte. Doch dann konnte er nicht mehr anders; er beugte sich herab und küsste sie kurz auf die Lippen. »*Adieu, mon cœur*«, hauchte er. Er dachte, ersticken zu müssen. Er dachte daran, was gestern Nacht in der Dunkelheit seines Zimmers im Gutshaus geschehen war, während unten im Salon Alvin die letzten noch senkrecht gebliebenen Gäste seines Burschenabschieds bewirtet hatte: Gestern hatte er seinen besten Freund erneut betrogen, heute betrog er die Frau, die er liebte, indem er nicht mit ihr floh, und für den Rest seines Lebens würde er sich damit betrügen, dass Alvin der bessere Mann für sie war.

Louises Augen füllten sich mit Tränen. Dann atmete sie tief durch und schaute wieder geradeaus, weil Hedwig hereinkam.

Paul sah sich um. Weiter hinten im Gang stand Lily, die eigentlich draußen bei den Gästen hätte sein sollen. Ihre Blicke trafen sich. Lily spitzte die Lippen und ahmte einen Kuss nach. Paul überlief es kalt. Lily lächelte.

»So«, sagte Alvin, als er die Treppe heruntergepoltert kam. »Wenn jetzt noch irgendwer an mir hochspringt, gehe ich so versaut raus, wie ich bin.« Er musterte Louise. »Ach herrje, nicht weinen, Louise. Heute ist der erste Tag unseres großen Glücks! Endlich werden wir Mann und Frau!«

Paul hatte gedacht, dass die eigentliche Trauzeremonie das Schlimmste für ihn sein würde, aber schlimmer als im Portal des Gutshauses konnte es nicht mehr werden. Die Trauung war kurz und protestantisch nüchtern. Der Pfarrer übersah großzügig, dass Louise, die zum Glauben ihres Mannes konvertiert war, die Liturgie nicht beherrschte, und sprach ihr die Antworten vor, die sie zu geben hatte.

Danach verteilten sich die Gäste über den Hof, Champagnerkelche in der Hand, oder standen um die kleinen Feuerkörbe herum, die entzündet worden waren. Die Sonne schien, aber die Novemberluft war kalt. Paul zog sich in eine Ecke zurück, um wieder zur Ruhe zu kommen. Ein hochgewachsener blonder Mann stöberte ihn dort auf.

»Sie müssen Paul Baermann sein!«, schrie der Mann. »Sind uns zwar nicht vorgestellt worden, aber … hmmmm … schließe es daraus, dass ich alle anderen Gäste hier kenne und mir angekündigt wurde, Alvins Freund aus München wäre auch hier.«

»Sie sind Otto von Bismarck!«, schrie Paul zurück. Er erinnerte sich daran, dass Alvin gesagt hatte, sein Nachbar sei schwerhörig. »Sehr erfreut, Sie kennenzulernen!«

»Ganz meinerseits! Habe viel von Ihnen gehört! Sollen ein … hmmm … begnadeter Eisenbahningenieur sein!«

»Ich tue nur meine Arbeit!« Paul dachte, dass Bismarck wirklich extrem schwerhörig sein musste, so laut, wie er beim Reden schrie.

»Sind extra aus München angereist für die Hochzeit?!«

»Ja!«, erwiderte Paul, dem diese Antwort einfacher erschien, als in höchster Lautstärke zu erklären, dass er hier nach einer neuen Arbeit suchte.

»Ich finde Heiraten eine bedenkliche Sache!«, schrie Bismarck. »Bin zwar dem weiblichen Umgang nicht abgeneigt, aber solange ich es als Junggeselle aushalten kann, werde ich es bleiben!«

»Ich habe ebenfalls keine Heiratsabsichten in nächster Zeit!«

»Bin tatsächlich am Nachdenken, ob ich nicht für ein paar Jahre Asiat spiele und meine Zigarre am Ganges rauche statt an der Rega! Es zieht mich in die Ferne! Sie waren in Frankreich mit Briest?«

»Ja!«

»Was halten Sie von den Franzosen?!«

»Bis auf die Tatsache, dass sie französisch reden, sind sie nicht viel anders als wir!« Pauls Kehle begann zu schmerzen.

»Tatsächlich? Ich meinerseits bin begeistert von den Engländern. *Most formidable people!*«

»Ich wollte ursprünglich in England arbeiten, aber es hat sich dann anders ergeben!«

»Ah! Haben was verpasst, fürchte ich! War selbst erst dieses Jahr drüben!«

Eine Dienstmagd näherte sich mit einem Tablett, auf dem

mehrere volle und leere Champagnergläser standen. Paul und Otto von Bismarck stellten ihre leeren Gläser gleichzeitig ab und nahmen sich volle.

»Danke«, sagte Paul in normaler Lautstärke zu der Dienstmagd.

Das junge Mädchen knickste. Bismarck sagte, ebenfalls in normaler Lautstärke: »Schauen Sie, ob Sie ein wenig Lachs von der Tafel für uns entführen können, mein Kind.«

»Das wäre eine gute Idee«, bekräftigte Paul und lächelte die Dienstmagd an.

Bismarck musterte ihn argwöhnisch. »Was haben Sie gerade gesagt?«, fragte er, erneut in normaler Lautstärke.

»Dass ich einer Portion Lachs nicht abgeneigt wäre!«, schrie Paul.

»Sie brauchen nicht zu schreien. Ich bin nicht schwerhörig. Und Sie auch nicht, oder?«

»Äh … ich?«, sagte Paul verblüfft. »Es hieß, dass Sie …«

»Donner und Doria«, sagte Bismarck. »Unser gemeinsamer Freund Briest hat uns zum Besten gehalten.«

»Warum? Hat er Ihnen etwa gesagt, ich wäre …? Und zu mir sagte er, Sie wären …«

Bismarck begann zu lachen. »Tolle Geschichte«, stieß er hervor. »Werde sie zu Hause in Kniephof weitererzählen.« Er zwinkerte Paul zu. »Selbstverständlich mit zwei anderen Darstellern als Dummköpfe.«

Bismarck erwies sich trotz seiner heiseren Stimme als charmanter Redner, der freimütig über seine Situation erzählte. Sein Gut in Pommern hatte er in den letzten Jahren auf gesunde finanzielle Beine gestellt, aber er langweilte sich unter den »pommerschen Krautjunkern, Philistern und Ulanenoffizieren« nach eigenen Worten »zum Hängen«. In seiner Jugend hatte er den Wunsch gehabt, Soldat zu werden, aber seine Mutter hoffte, ihn eines Tages als Regierungsrat zu sehen, so dass er ihr zuliebe mehrere Jahre im Justiz- und Verwaltungsdienst verbrachte, was ihm aber nicht schmeckte. Nach ihrem Tod verließ er den Dienst und kam als freier Junker nach Kniephof.

Paul, der sich an eine Bemerkung Alvins zu erinnern glaubte, dass Bismarck den Gerüchten zufolge den Staatsdienst, den er in Aachen absolviert hatte, nicht ganz freiwillig aufgrund seines dauernden Fehlens und seiner hohen Spielschulden verlassen hatte, nickte und lächelte trotzdem an den richtigen Stellen. Bismarcks schamlose Selbstzurschaustellung lenkte ihn davon ab, dass im Zentrum des Gutshofs Alvin und Louise, die jetzt Louise von Briest war, von den Gästen gefeiert wurden. Die Dienstmagd kam mit Lachs und wurde von Bismarck erneut losgeschickt, um noch mehr Lachs zu holen. Die leeren Champagnergläser wurden abgeholt und durch volle ersetzt.

»Habe doch vorhin vom Heiraten gesprochen«, sagte Bismarck und deutete in Richtung der Menge im Gutshof. »Die Schöne dort … die Blonde … die könnte einen Mann allerdings zum Nachdenken bringen, ob das Junggesellendasein wirklich besser ist.«

Paul, bei dem der Alkohol schon Wirkung zeigte, blinzelte, um klarer sehen zu können. »Welche?«

»Die dort mit dem guten Trittwerk.«

»Das ist meine Schwester«, sagte Paul ungläubig.

Bismarck war nicht im Geringsten verlegen. »Worauf warten Sie, stellen Sie mich vor!«

Den restlichen Tag und Abend war Paul seinen Gesprächspartner los. Es machte ihm nichts aus. Der reichlich genossene Champagner hatte dazu geführt, dass sich ein gewisser Frieden seiner bemächtigte. Louise verbrachte nicht viel Zeit an der Tafel. Alle Männer wollten mit ihr tanzen. Alvin hatte Mühe, seine frisch angetraute Frau selbst einmal auf die von Steinen und Kiesel peinlich freigefegte Tanzfläche zu führen. Wegen des Trubels fiel es auch niemandem auf, dass Paul und Louise nicht miteinander tanzten.

Ab und zu spähte Paul zu der Stelle an der Tafel, an der sich Otto von Bismarck mit Lily unterhielt. Einige seiner Gesten kamen Paul bekannt vor – offenbar erzählte Bismarck ihr das Gleiche, was er vorher ihm erzählt hatte. Lily saß mit glänzenden Augen da, nickte und lachte. Paul erkannte erstaunt, dass seine Schwester tatsächlich eine schöne junge Frau war; er hatte sie bisher nie so wahrgenommen. Noch erstaunter war er, ihr Lachen zu hören. Er war sicher, sich nicht erinnern zu können, es jemals zuvor gehört zu haben. Auf einmal wagte er zu hoffen, dass auch Lily ihr Glück finden würde.

Auch?, fragte eine innere Stimme. Wer sagt denn, dass ich es finde?

Er ignorierte die Stimme. Als um Mitternacht das Feuerwerk entzündet wurde, stand er in der staunenden Menge und half dann lachend und stolpernd mit, den alten verdorrten Baum bei der Gutskapelle zu löschen, den die Feuerwerker versehentlich in Brand gesteckt hatten. Das trockene Holz brannte lichterloh, so dass man sich schließlich darauf beschränkte, die nahe Kapelle zu tränken und den Baum abbrennen zu lassen. Einige Abenteuerlustige fassten sich an den Händen und bildeten einen Reigen um den Baum, worauf sie um ihn herumtanzten wie um ein heidnisches Heiligtum. Die weniger Abenteuerlustigen feuerten sie lachend an.

Nur eine Bemerkung, die Paul mit halbem Ohr mitbekam, passte nicht in die Fröhlichkeit. Er konnte nicht feststellen, von wem sie kam.

»Der Baum stand da, seit Gut Briest gebaut wurde. Er ist

zwar in den letzten Jahren verdorrt – aber dass er jetzt abgebrannt ist, ist kein gutes Omen.«

Er vergaß die Bemerkung, weil am Ende Louise doch kam und ihn zum Tanz aufforderte und sein Herz dabei nicht wie erwartet blutete, sondern sich mit ihr freute, dass ihr Gesicht heiß von Gelächter und Glück war, und so konnte etwas von ihrem Glück auch auf ihn übergehen und ihn mit voller Ehrlichkeit sagen lassen: »Ich wünsche euch beiden ewige Glückseligkeit in eurer Liebe!«

47

August Borsig war noch im November 1842 zu einem Gespräch mit Paul bereit. Sein vor fünf Jahren gegründetes Unternehmen, das Dampfmaschinen, Kunst- und Baugussteile herstellte, sich jedoch mehr und mehr auf den Lokomotivenbau verlegte, wuchs schnell. Deutschland war im Eisenbahnfieber, vierteljährlich entstanden neue Eisenbahnunternehmen. Die meisten waren, wie Borsig Paul erklärte, Aktiengesellschaften, deren Papiere vielfach überzeichnet waren. Borsig war der Ansicht, dass die Entwicklung in die falsche Richtung ging.

»Sie waren in Frankreich, wie ich Ihren Papieren entnehme, Herr Baermann«, sagte der Unternehmer bei ihrem Gespräch in Berlin. Er war ein fülliger, großer Mann, der mit Breslauer Akzent sprach und sich aus kleinen Verhältnissen hochgearbeitet hatte. Nicht dass Paul dies irgendwo nachgelesen hätte; Borsig war stolz auf seine Herkunft und hatte Paul als Erstes seinen eigenen Werdegang geschildert, bevor er Paul hatte reden lassen. »In Frankreich geht der Bau des Eisenbahnnetzes von einer zentralen Regierung aus, mit einem zentralen Plan – Sie wissen das besser als ich, Sie haben daran mitgearbeitet. Hier in Deutschland ist ein länderübergreifender Plan nicht in Sicht. Die Fürstentümer verfolgen regionale Interessen, also tun es die einzelnen Gesellschaften auch. Was für eine Verschwendung von Ressourcen. Und was für eine Verschwendung der Möglichkeiten, die die deutschen Unternehmen bieten.«

Borsig stand auf und trat ans Fenster. Seine Firma lag vor dem Oranienburger Tor auf einem ausgedehnten Gelände an der Chausseestraße und sah aus wie eine Ritterburg aus einem romantisierenden Gemälde – der große Fabrikturm war der Bergfried, die Schornsteine die Wachtürme, die Fabrikhalle das Herrenhaus. Schwarzer Rauch quoll unablässig aus den Schornsteinen, aus den kleineren Werkshallen drang Dampf aus den Fenstern. Es roch überall nach heißem Metall und Kohlen, Holzfeuer und Rauch, selbst in Borsigs Arbeitszimmer. Das schien den Unternehmer jedoch eher zu beflügeln als zu stören. Der Lärm einer ganzen Stadt lag über dem Gelände – das Klingen von schweren Hämmern, das Rattern von Rädern, Glocken, die irgendwelche Warn- oder Hinweissignale gaben, Rufen, Pferdewiehern, Gelächter.

»Weshalb ist das eine Verschwendung von Ressourcen, Herr Borsig?«

Borsig wandte sich vom Fenster ab, wo er stumm den Anblick seines Werks genossen hatte. »Wie ist das, Herr Baermann? Wollen Sie für mich arbeiten? Ich biete Ihnen die Mitarbeit in einem Unternehmen, das sich auf den Lokomotivenbau konzentriert und so schnell wächst wie ein Kind, das gestern krabbelte und Ihnen heute schon entgegengerannt kommt.«

Borsigs Blick fiel auf eine Daguerreotypie auf seinem Tisch. Paul konnte nicht sehen, wer darauf abgebildet war, weil er so schräg zu dem Bild saß, dass er nur eine Abbildung im Negativ erkennen konnte. Er nahm an, dass es Borsigs Familie zeigte. Neben der Fotographie stand ein handspannenlanges eisernes Modell einer Lokomotive. Pauls neugierige Blicke hatten Borsig dazu verleitet, von der Lokomotive zu schwärmen. Sie war ein Prototyp, den Borsig im Jahr zuvor fertiggestellt hatte. Er hatte eine Wettfahrt organisiert, um zu beweisen, dass seine Lokomotive konkurrenzfähig war. Seine Maschine hatte sogar die englischen Produkte geschlagen.

»Ich würde Ihnen das Gehalt eines Faktors geben, auch wenn ich Sie nicht als Betriebsleiter einstelle. Dreihundert Gulden pro Jahr. Was sagen Sie?«

»Was erwarten Sie von mir, damit ich mir diese dreihundert Gulden verdienen kann?«

Borsig strahlte übers ganze Gesicht. »Sehen Sie, jetzt haben Sie mir das letzte Argument dafür geliefert, warum ich Sie unbedingt einstellen muss.«

Paul lächelte verwirrt.

»Sie haben zu meinem großzügigen Angebot nicht gesagt: Oh, danke!, und es einfach gedankenlos akzeptiert. Sie haben sich offensichtlich auch nicht gedacht: Der alte Borsig hat heute die Spendierhosen an, mal schauen, ob ich nicht noch mehr aus ihm herausholen kann. Stattdessen haben Sie das Gehalt angenommen in dem stillen Wissen, dass Sie es wert sind und dass ich weiß, dass Sie es wert sind, und sich dann nur erkundigt, welche Vorstellungen ich von Ihrer Arbeitsleistung habe. Sie gefallen mir. Wissen Sie, ich baue meine Lokomotiven nach amerikanischen Vorbildern. Sie erinnern mich an die Amerikaner – oder jedenfalls an diejenigen, die nicht geistig noch im puritanisch-frommen Mittelalter feststecken. Selbstbewusst, fleißig, zupackend, überzeugt, dass man das schaffen kann, was man sich nur fest genug vornimmt.«

Paul zuckte verlegen mit den Schultern.

»Vorhin habe ich von Ressourcenverschwendung gesprochen, die daher kommt, dass die deutschen Länder nicht zusammenarbeiten. So, wie es heute ist, wird in jedem Fürstentum das Rad neu erfunden. Eigene Eisenbahngesellschaften, eigene Streckenplanungen, eigene Lokomotivbauer. Wissen Sie, wie viel Eisen nötig ist, um nur einen Kilometer Bahnstrecke zu bauen? Über hundertfünfzig Tonnen! Einen solchen Ausstoß kann man nur dann zuverlässig erreichen, wenn die Werke groß genug sind. Wir brauchen mächtige Stahlhütten, die länderübergreifend produzieren! Und wir brauchen länderübergreifende Produktionsaufträge für die Lokomotivenbauer. Mein Kollege Joseph Maffei produziert nur für Bayern. Ich produziere nur für Preußen – acht Lokomotiven in diesem Jahr, für nächstes Jahr sind zehn bestellt. Zehn! Ich möchte fünfzig pro Jahr bauen! Dann wird auch die einzelne Maschine billiger in der Herstellung, so wie die Schienen billiger werden, wenn sie von ein paar wenigen Unternehmen in großen Mengen hergestellt werden können. Werden die eingesetzten Mittel billiger, sinken am Ende auch die Reisekosten. Mehr Menschen werden die Bahn nutzen! Und sie werden nicht an den Grenzen ihrer Länder haltmachen wollen. Sie werden weiterreisen wollen. Sie werden die Bewohner der anderen Fürstentümer kennenlernen, weil sie in ihren Gasthäusern essen, in ihren Herbergen übernachten, ihre Dienste in Anspruch nehmen – sie werden feststellen, dass ihnen diese Menschen näher sind, als sie dachten. Sie werden Bekanntschaften und Freundschaften schließen. Und diese grenzüberschreitenden Bekanntschaften und Freundschaften werden Kriege verhindern, weil man nicht auf seine Bekannten und Freunde schießen möchte.«

Paul, der der Rede mit zunehmender Begeisterung gefolgt

war, sagte: »Bis hin zu einem europäischen Eisenbahnnetz, das nicht nur Länder, sondern ganze Staaten zusammenführen kann!« Er erinnerte sich an etwas, das Stéphane Flachat einmal in einem Anfall von Poesie gesagt hatte, als er über den Plänen des *Grand Stern* brütete: *Wir holen die Berge und Wälder aller Länder nach Paris. Wir werden die Brandung der Nordsee vor unserer Haustür haben und den Duft der römischen Pinien riechen!*

Borsig kehrte wieder zu seinem Schreibtisch zurück und setzte sich. »Genau«, sagte er sanft. »Und mit der Zeit werden die Eisenhütten nur noch das Material für Maschinen, Werkzeuge und Schienen liefern und nicht mehr für Kanonen, Gewehre und Bajonette.«

»An dieser Entwicklung möchte ich teilhaben, Herr Borsig.«

»Dann seien Sie mein Botschafter. Besuchen Sie in meinem Namen die Eisenbahngesellschaften in den anderen Ländern. Überprüfen Sie deren Streckenplanungen. Sie haben ein Talent dafür, heißt es. Wenn Sie bessere Streckenführungen ausmachen können, teilen Sie Ihr Wissen freimütig. Nutzen Sie Ihre Kenntnisse von der Streckenplanung des einen Landes, um die des Nachbarlandes so zu verbessern, dass sie einfacher miteinander vernetzt werden können. Bauen wir am gesamtdeutschen Eisenbahnnetz mit, Herr Baermann! Sie und ich!«

»Was hat Ihr Unternehmen davon?«

Borsig grinste. »Natürlich werde ich Ihnen Informationsmaterial über die Borsig-Werke mitgeben; und die Freiheit, allen Gesellschaften Rabatte anzubieten, die bei mir eine Lokomotive in Auftrag geben. Meine Maschinen sind für lange Strecken ausgelegt, so wie die amerikanischen Lokomotiven. Überzeugen Sie die Bahngesellschaften von unseren Träumen, dann werden sie notgedrungen längere Strecken planen – und dann werden sie auch ganz von selbst Borsig-Lokomotiven der Konkurrenz vorziehen. Und die Schienen, die dazu gebraucht werden, kann Borsig auch bald anbieten – ich plane ein eigenes Eisenwerk, für das ich nur noch einen geeigneten Standort finden muss.«

Paul zögerte plötzlich. »Herr Borsig, ich bin einundzwanzig Jahre alt. Halten Sie mich nicht für zu jung für diese Verantwortung?«

»Halten Sie sich denn selbst für zu grün?«

»Nein, aber meine Gesprächspartner in den Bahngesellschaften könnten vielleicht …«

»Ich war dreiundzwanzig, als ich meine erste Berufung als Betriebsleiter bei Franz Egells Neuer Berliner Eisengießerei bekam. Das war vor fünfzehn Jahren. Beweisen Sie denen, dass Sie etwas von Ihrem Geschäft verstehen, so wie ich es Egells bewiesen habe, indem ich ihm in Rekordzeit eine Dampfmaschine zusammengebaut habe. Dann wird keiner mehr nach Ihrem Alter fragen, sondern nur noch nach Ihrem Können.«

Als Paul nach dem Gespräch zurück zum Gut Briest ritt, hatte er einen unterschriebenen Vertrag in der Tasche. Er fühlte sich gleichzeitig kurzatmig, wenn er an die Aufgabe dachte, die vor ihm lag, und freudig erregt, wenn er sich die Möglichkeiten vor Augen führte.

Vor zwei Jahren war er aus München aufgebrochen. Seitdem war er in Berlin gewesen, dann in Paris, dann wieder in München, nun wieder in Berlin. Die nächsten Jahre würden ihn überall hinführen – von Königsberg nach Stuttgart, von München nach Lübeck. Er würde ein Zigeunerleben führen. Seine Heimat wäre nicht mehr eine Stadt, sondern ein ganzes Land: Deutschland.

Er stellte es sich vor und hätte am liebsten seinen Hut in die Luft geworfen und gejauchzt.

Und er würde dreihundert Taler im Jahr bekommen. Seine Reisekosten deckte Borsig. Er musste nur für das Essen selbst aufkommen, das er verzehrte; wobei Borsig ihm augenzwinkernd geraten und sich dabei auf seine stattliche Leibesfülle geklopft hatte, dass er seine Gespräche mit den Bahngesellschaftern so legen sollte, dass das Mittag- oder Abendessen in die Gesprächszeit fielen. Er würde dann in den meisten Fällen zum Essen eingeladen werden, und je interessanter seine Angebote wären, desto üppiger würden die Menüs ausfallen. »Ich habe mir diesen Bauch ehrlich erarbeitet«, hatte Borsig fröhlich erklärt.

All das bedeutete, dass er Lily einen Großteil seines Gehalts geben konnte, mit einem weiteren Teil die Schulden bezahlen würde, die das Königreich Bayern ihm auferlegt hatte … und in ein paar Jahren diese beiden Verpflichtungen los wäre und auch überlegen könnte, so wie Alvin eine Familie zu gründen.

Das Wissen, dass er sich eigentlich außer Louise keine andere Frau an seiner Seite vorstellen konnte, trübte seine Freude etwas, aber insgesamt war er guter Dinge, als er am Abend auf Gut Briest ankam, wo Alvin und Louise ihm und Lily Logis gewährt hatten.

Dort angekommen, erfuhr er, dass seine Schwester ein Angebot erhalten hatte, auf einem Rittergut als Gesellschafterin und Hauslehrerin einzustehen. Das Rittergut lag in Pommern und hieß Kniephof. Das Angebot war von Otto von Bismarck gekommen, der gestern Morgen auf Briest eingetroffen und um ein Gespräch mit Lily gebeten hatte, als Paul gerade nach Berlin losgeritten war.

Heute war Bismarck wiedergekommen, um Lilys Antwort zu hören. Statt mit dem Pferd war Bismarck mit einem Landauer eingetroffen, den er selbst gelenkt hatte.

»Er war sich seiner Sache ziemlich sicher«, sagte Alvin, der sich mit Paul in einen Salon zurückgezogen hatte, um seinem Freund die Neuigkeiten mitzuteilen. »Ich hab ihn sonst immer nur zu Pferd gesehen; er ist ein tollkühner Reiter, der keine Gelegenheit auslässt, über die Felder zu jagen.«

»Und Lily ist mit ihm gegangen?«, fragte Paul fassungslos.

Alvin nickte. »Eine halbe Stunde nachdem er angekommen war, erklärte er Louise und mir die Sachlage; eine weitere halbe Stunde später fuhren sie gemeinsam davon. Ich soll dich schön von ihm grüßen und dir seinen Dank ausrichten, dass du ihn deiner verehrten Schwester vorgestellt hast. Und hier habe ich eine Nachricht, die Lily für dich dagelassen hat.«

Immer noch perplex und ohne zu wissen, was er von der ganzen Geschichte halten sollte, öffnete Paul Lilys zusammengefalteten und mit einem Klecks Siegellack verschlossenen Brief.

Die Nachricht war so knapp und schroff, dass Paul schluckte. *Deine Schulden sind nicht vergessen, Bruderherz*, hatte Lily gekritzelt. *Schick mir das Geld nach. L.*

Kein »Deine Schwester«, kein »Leb wohl«, kein »Ich wünsche Dir Glück«. Nur »L.«. Paul fragte sich, ob das eine letzte boshafte Anspielung auf die Art und Weise war, wie Louise die Hochzeitseinladung unterzeichnet hatte. Er blickte auf und sah in Alvins besorgte Miene. »Alles in Ordnung«, sagte er. »Ich bin nur noch ganz verwirrt von dieser Entwicklung.«

»Ganz unter uns, mein Freund: Auf Kniephof braucht es keine Gesellschafterin, weil es dort keine Gutsherrin gibt. Und es braucht auch keine Hauslehrerin, weil dementsprechend auch keine Kinder da sind. Otto ist Junggeselle.«

»Ich weiß.«

»Dann ist dir auch klar, welche Stellung Lily tatsächlich auf Kniephof haben wird. Otto ist nicht nur bekannt für seine tolldreisten Reitausflüge, sondern auch dafür, dass er sich schnell … ähm … verliebt.«

Paul nickte.

»Wenn du möchtest, reite ich mit dir nach Schönhausen, damit du mit Otto und deiner Schwester reden kannst. Die beiden werden heute nicht mehr nach Kniephof aufgebrochen sein. Du brauchst die Dinge nicht so laufen zu lassen.«

Paul schüttelte den Kopf. Er dachte daran, dass er Lily auf der Hochzeitsfeier im Gespräch mit Otto von Bismarck zum ersten Mal in seinem Leben herzhaft hatte lachen hören. Die Wahrscheinlichkeit war groß, dass diese Affäre in Tränen enden würde, weil er Bismarck nicht als jemanden einschätzte, der eine Frau aus dem vollkommen falschen Milieu, die er sich noch dazu vorher als Geliebte gehalten hatte, heiraten würde. Aber die Wahrscheinlichkeit war noch größer, dass Paul Lily nicht würde überzeugen können, sich die Sache noch einmal zu überlegen. Es würde stattdessen eine Szene geben, die Dienstboten auf Schönhausen würden darüber tratschen, die Affäre würde gleich einen unguten Anfang nehmen, und die Sympathie, die zwischen ihm und Bismarck geherrscht hatte, wäre auch vorüber. Er würde nur verlieren. Lily würde nur verlieren.

Mit dem Gefühl, das Falsche zu tun, obwohl er das Richtige für noch falscher hielt, sagte er: »Wenn Lily auf diese Weise glücklich wird, will ich ihr nicht im Weg stehen.«

Eine Woche später brach Paul endgültig nach Berlin auf, um seinen Dienst bei August Borsig anzutreten. Alvin umarmte ihn zum Abschied, Louise küsste ihn auf beide Wangen und schenkte ihm dabei einen Blick, den er bis tief in sein Innerstes spürte, ohne zu wissen, ob er ihn glücklich oder tieftraurig machte. Dann ritt er weg, von dem zweiten Ort nach dem Haus in München, den er als Heimat empfand, und machte sich daran, einen Traum erfüllen zu helfen, den er mit Männern wie Stéphane Flachat, Joseph Maffei und August Borsig teilte.

Juli 1846 bis November 1847

»Was würdest du an meiner Stelle tun?«

Levin von Briest

48

Krieg!« Alvin stöhnte. »Das ist ein einziger verdammter Krieg, und ich weiß nur eines: dass ich nicht weiß, wie ich ihn gewinnen soll.«

Er legte die Feder vorsichtig beiseite und atmete tief durch. Früher hätte er sie in die Ecke gepfeffert, dachte er bei sich, und dann eine neue kaufen müssen. Man fängt an, seine schlechten Angewohnheiten zu überdenken, wenn man dauernd unter Beobachtung steht.

Der Beobachter hieß Moritz Levin Paul Otto von Briest. Alvins und Louises Sohn würde in einem Monat drei Jahre alt werden. Er hatte das rote Haar geerbt, das angeblich Alvins Großvater gehabt hatte, und die blauen Augen von Alvins Vater. Seiner Mutter und seinem Vater sah er nicht sonderlich ähnlich, wenn er zwischen ihnen stand. Jedermann, der den Kleinen zum ersten Mal sah, erklärte jedoch voller Überzeugung, dass Moritz seinem Vater ähnle, was Alvin jedes Mal amüsierte. Louise pflegte ihm dann zu erklären, dass es nicht nur Schmeichelei war, sondern dass Ähnlichkeiten oft viel mehr von Gestik und Mimik bestimmt wurden als von Gesichtszügen. Moritz hatte schon mit einem Jahr genau wie Alvin eine Braue hochgezogen, wenn er amüsiert oder irritiert war, und wie sein Vater besaß er eine unbewusste kraftvolle Eleganz, wenn er sich bewegte. Er war groß für sein Alter, und er redete wenig; aber wenn er es tat, geschah es in einem ungezwungenen Mischmasch aus Französisch und Deutsch, das, je nachdem, ob er mit seiner Mutter oder seinem Vater sprach, mehr Anteile von der einen oder der anderen Sprache besaß.

Jetzt saß Moritz auf dem Teppich in Alvins Arbeitszimmer und stapelte Klötze aufeinander. Die Klötze hatten vielfältige Formen: Quader, Würfel, Zylinder, Kegel, Bogen. Man konnte ganze Ritterburgen damit bauen. Moritz war gut darin. Er baute schnell, und seine Bauwerke waren erstaunlich stabil. Das Bauen schien ihm die eigentliche Freude daran zu sein. Alvin war immer wieder überrascht, wie selten der Kleine aus der Fassung geriet, wenn einer der Hunde hereintollte und Moritz' neuestes Camelot einriss. Er fing dann einfach wieder von vorn an. Alvin, der angesichts der Burgen manchmal ein Jucken in sich verspürte, seine alten Zinnsoldaten zu suchen und damit die Burg zu bemannen und dann eine Schlacht um die Vorherrschaft auf dem Perserteppich zu führen, wäre an Moritz' Stelle nicht so geduldig gewesen. Aber ihm wäre es auch darauf angekommen, mit der Burg zu spielen, anstatt sie nur zu konstruieren.

Louise blickte von ihrer eigenen Arbeit auf. Sie war damit beschäftigt, einen Berg französischer Kochrezepte ins Deutsche zu übersetzen. Die Kochrezepte hatte sie sich von ihrer Mutter diktieren lassen, als diese im Frühjahr zu Besuch auf Briest gewesen war. Es war das erste Wiedersehen zwischen Mutter und Tochter gewesen, seit Louise aus Rouen weggegangen war. Alvin hatte in den sechs Wochen, die Amélie zu Besuch war, weder seine Frau noch seine Schwiegermutter noch seinen Sohn viel zu Gesicht bekommen. Er hatte es lächelnd hingenommen, weil er sehen konnte, wie glücklich Louise war, ihre Mutter wieder um sich zu haben, den ganzen Tag Französisch zu reden und Amélie mit dem Komfort zu verwöhnen, den diese gekannt hatte, bevor Louises Vater die Familie ruiniert hatte. Dass der Luxus nur geborgt war, weil Gut Briest wirtschaftlich schlecht dastand, hatten Louise und Alvin vor Amélie verborgen. Alvins Schwiegermutter musste mit dem Eindruck abgereist sein, dass ihre Tochter, ihr Schwiegersohn und ihr Enkel ein sorgenfreies Leben führten.

»Krieg?«, fragte Louise. »Und wie ist die Lage, *mon général*?«

»Der Feind bekämpft uns mit unzeitigen Nachtfrösten und Trockenheit, krankem Vieh, schlechtem Raps, toten Lämmern, hungrigen Schafen und Mangel an Stroh, Futter, Geld, Kartoffeln und Dünger. Und er schlägt immer dort zu, wo man es gerade nicht erwartet.«

»Müssen wir uns Gedanken machen? Müssen wir erwarten, dass dein Bruder dich für einen schlechten Verwalter seines Besitzes hält?«

»Das tut er sicher, aber er kämpft auf Eichenhain mit ähnlichen Problemen. Und von Otto von Bismarck habe ich letztens einen Brief aus Kniephof bekommen, der genauso klang wie die Schreiben von Levin, nur dass Otto voller Ironie formuliert und Levin jammert wie ein Weib. Ich habe ihn dir ja vorgelesen.«

»Meine Erfahrung ist, dass die Männer mehr jammern als die Weiber.«

»Und Levin jammert am meisten.« Alvin grinste. Dann erlosch sein Grinsen wieder. »Am meisten Sorgen machen mir die Kartoffeln. Die armen Leute ernähren sich praktisch von nichts anderem. Die Landräte befürchten, dass es hier ähnlich werden könnte wie vor vier Jahren in den amerikanischen Staaten, als man dort die gesamte Ernte verlor, weil die Kartoffeln alle verfaulten. Voriges Jahr gab es bereits Ausfälle in den Niederlanden und in Belgien, und was Stéphane mir geschrieben hat, nämlich dass die Bahngesellschaft sich gezwungen gesehen hat, letzten Oktober Lohnzuschüsse zu bezahlen, weil in deiner Heimat auch die Ernte betroffen war und die Kartoffeln irrsinnig teuer wurden, weißt du ohnehin. In Irland ist letztes Jahr die Ernte vollständig verfault. Die Armenhäuser dort füllen sich. Falls es dieses Jahr wieder so schlecht aussieht mit der Ernte, wird dort eine Hungersnot ausbrechen. Die Iren bauen fast nur Kartoffeln an.«

Louise betrachtete ihre Arbeit, dann legte sie plötzlich ihre Feder weg. »Irgendwie komme ich mir auf einmal borniert vor, Rezepte für unsere Köchin zu übersetzen, in denen von Kartoffeln mit Butter, Rahm, Speck und Hühnchen die Rede ist.«

Alvin spürte, wie ihm trotz seiner Beunruhigung wegen der schlechten landwirtschaftlichen Lage das Wasser im Mund zusammenlief. Amélie hatte, mit Louise als Übersetzerin, während ihres Besuchs ein paar Kochrezepte mit der Köchin von Gut Briest ausprobiert, die diese zunächst grummelnd, dann mit wachsender Begeisterung umgesetzt hatte. Daraus war die Idee entstanden – von Alvin vehement unterstützt –, ein Kochbuch mit all den Rezepten zusammenzustellen, an die Amélie sich erinnerte, das Louise nun übersetzte. Auf Gut Briest aß man seit dem Frühjahr 1846 hauptsächlich französische Küche. Es war erstaunlich, wie oft sich seither die Nachbarn selbst zum Essen einluden.

»Ich habe Otto eingeladen«, sagte er. »Da könnte die Köchin eines der Gerichte ausprobieren. Du weißt doch, wie gern er isst. Und wie viel.«

Louise versteifte sich, aber sie sagte nichts. Alvin wusste, wie seine Frau über den Gutsbesitzer dachte. Seit der alte Ferdinand von Bismarck, Ottos Vater, im Herbst letzten Jahres verstorben war, hatte Otto angefangen, die Verantwortung für Schönhausen zu übernehmen, und war nun öfter als bisher in der Gegend. Seine Anwesenheit hatte er mehrfach genutzt, um Alvin und Louise zu besuchen.

Auf seine übliche schroff-zynische Art erklärte er dann seinen Gastgebern die Lage Preußens und der Welt – stets mit einer Klarheit, die atemberaubend war, aber auch mit ebenso atemberaubender Schärfe. Seine Ansichten schienen sich in den letzten Jahren verhärtet zu haben. Er zog über die Liberalisierungsbewegung her, die in ganz Europa die Schicht der intellektuellen Bürger erfasst zu haben schien, und applaudierte allen Maßnahmen der Fürsten und Regierungen, mit denen die Bemühungen, den Bürgern mehr Rechte und Freiheiten zu geben und den Absolutismus einzuschränken, unterdrückt wurden. Bevorzugt arbeitete er sich an Frankreich ab; natürlich nicht, ohne ständig zu betonen, dass er mit seinen Spitzen den französischen Staat meinte und nicht die französische Bevölkerung und schon gar nichts gegen die Herkunft seiner Gastgeberin sagen wollte. Dabei konnte er so charmant sein, dass selbst Louise lächelte und ihm für den Abend verzieh.

Bei Bismarcks letztem Besuch hatte er unerwartet sanft geklungen, so als wären ihm die christlichen Werte wieder nähergerückt. Seine Belehrungen hatten weniger der politischen Lage als der Notwendigkeit gegolten, als Christ den Weg zu seinem persönlichen Glauben zu finden und sich auf die Stärke der eigenen Seele zu verlassen statt auf die kirchlichen Rituale. Doch was auch immer das Thema war, Bismarck wusste stets glänzend Bescheid und war nach Kräften bemüht, seinen Zuhörern zu zeigen, dass sie weniger wussten als er.

Hauptsächlich nahm ihm Louise jedoch krumm, dass er nie über Lily sprach und auf Fragen nach ihrem Befinden nur ausweichend reagierte. Louise hatte gehofft, Pauls Schwester als Freundin zu gewinnen, doch Bismarck hatte Lily mit nach Kniephof genommen und auch dort gelassen, wann immer er Schönhausen aufgesucht hatte. Alvin gegenüber hatte sich Bismarck einmal bei einer Zigarre und Champagner geäußert, dass er oft starke Lust verspürte und dass Lily ihm dabei half, sie »in die richtigen Bahnen« zu lenken. Alvin hatte bereits gefürchtet, nun käme eines jener Männergespräche zustande, die er vom Offiziersklub her kannte und in denen die Qualitäten der Eroberungen der letzten Nacht freizügig geschildert wurden. Doch Bismarck hatte danach nur fast verlegen mit den Schultern gezuckt, sich geräuspert und das Thema gewechselt. Alvin, der sich seiner Freundschaft zu Paul wegen über Lily Gedanken machte, fand nie den richtigen Zugang, um Bismarck über das Wohlergehen der jungen Münchnerin auszuhorchen.

Alvin lächelte plötzlich. »Wie spät ist es? Geht schon nach dem Abend zu, oder? Eigentlich müsste Paul bald eintreffen. Gott, wie lang hab ich ihn nicht mehr gesehen? Das letzte Mal, als Moritz noch gar nicht auf der Welt war. Er wird staunen, wenn er den Kleinen sieht!«

»Du hast ihn vermisst, Liebster. Ich auch, um ehrlich zu sein.«

Alvin lächelte seine Frau an. Louise gab das Lächeln nicht zurück. Stattdessen musterte sie den kleinen Moritz. »Er sieht erhitzt aus, findest du nicht?«

»Erhitzt?«

»Er hat ganz rote Wangen.«

»Er spielt. Wahrscheinlich versucht er, Briest nachzubauen.«

Louise stand auf und kauerte sich neben Moritz, der aufgesehen hatte, als sie von ihm gesprochen hatten, dann aber wieder in seiner Tätigkeit aufgegangen war. Sie nahm ihn in den Arm und legte ihm den Handrücken auf die Stirn und auf die Wangen. »Ziemlich heiß. Ich glaube, es ist besser, er legt sich ins Bett.«

»Was? Wegen ein bisschen Hitze? Denkst du nicht, Paul würde ihn gerne sehen?«

»Paul kann ihn auch sehen, wenn er im Bett liegt und schläft. Alvin – bei diesem wirren Wetter und dem dauernden Wechsel zwischen Regen und Trockenheit kann ein Kind sich schnell erkälten. Riskieren wir lieber nichts, oder?«

Alvin versuchte, Louises Vorsicht als das zu sehen, was sie war, nämlich mütterliche Fürsorge. Es fiel ihm jedoch schwer, nicht ständig denselben Unterton hineinzuinterpretieren, wenn sie auf die Verletzlichkeit des Kleinen hinwies. Alvin hörte dann immer heraus, dass sie ja nur ihn hatten. Bislang hatten sich keine weiteren Kinder eingestellt, obwohl sie viele leidenschaftliche Nächte miteinander verbracht hatten. Es war die alte Kinderlosigkeit des Hauses Briest, die Alvin bei diesem Thema empfindlich werden ließ. Er lächelte, zuckte mit den Schultern und ließ sich nicht anmerken, welche Gedanken ihm durch den Kopf gegangen waren.

»Dann ab ins Bett mit dem Stammhalter«, sagte er und seufzte. Er stand ebenfalls auf und streckte die Arme aus. Moritz zögerte einen Moment, unentschieden zwischen dem Schoß seiner Mutter, den Bauklötzchen und seinem Vater. Dann trabte er auf Alvin zu und ließ sich hochnehmen.

»Papa nicht zu Bett«, sagte er.

»Nein«, lachte Alvin, »Papa bleibt noch auf, weil Papas bester Freund kommt, und wenn du wieder auf dem Damm bist, lernst du ihn auch kennen, und er wird genauso vernarrt sein in dich wie Mutter und Vater.«

»Ich nehm ihn«, sagte Louise. Als sie hinausging, zog sie an der Klingelschnur für die Bediensteten und rief dann, während sie aus dem Arbeitszimmer in den Flur trat, nach Moritz' Kinderfrau. Alvin hörte die beiden die Treppe hinaufgehen, dann wandte er sich wieder seiner Arbeit zu.

Paul kam nur wenig später an. Alvin und Paul lachten, schlugen sich auf die Schultern, umarmten sich und waren beide vergeblich bemüht, nicht zu zeigen, wie sehr ihr Wiedersehen nach drei Jahren sie bewegte. Paul hatte sich verändert; er trug das Haar nun modisch halblang, Koteletten bis zum Kiefer und einen Schnurr- und Kinnbart. Sein Gesicht war gebräunt. Louise umarmte ihn und schien dann verlegen, als Paul sie auf Armlänge von sich hielt und ihr sagte, wie schön sie war. Seine Stimme klang belegt. Dann wandte er sich an Alvin: »Und wo ist der neue Herr auf Briest? Schläft er schon?«

»Er ist krank«, sagte Louise. »Nichts Ernstes. Er ist im Bett. Lass uns nachher zu ihm schauen, wenn er tief und fest schläft.«

Paul nickte. Dann sah er sich um. Er atmete tief ein und aus. »Ich war hier nur so kurze Zeit, und trotzdem ist mir Briest wie eine Heimat. Wie schön, dass sich nichts verändert hat seitdem.«

»Bei jedem anderen würde ich das für eine leise Kritik halten, dass ich nichts verbessert habe, seit ich das Gut verwalte«, erklärte Alvin und lächelte.

Paul musterte ihn grinsend. »Und – warum hast du noch nichts verbessert, du fauler Sack?«

»Ich hab eine junge Frau, die mich an nichts anderes denken lässt«, erwiderte Alvin.

Louise gab ihm einen überraschend heftigen Klaps auf den Oberarm. »Alvin!«, rief sie empört.

Beim Abendessen spürte Alvin eine Art Sprachlosigkeit zwischen Louise und Paul, die er sich nicht erklären konnte. Louise wirkte fast verlegen in seiner Gegenwart, und Paul richtete nur selten das Wort an sie. Lag es an Alvins anzüglicher Bemerkung bei Pauls Ankunft? Aber weder Louise noch Paul hatten sich in der Vergangenheit empfindlich gegenüber flapsigen Sprüchen gezeigt. Hatte die lange Trennung eine Barriere entstehen lassen? Doch zwischen Paul und Alvin war auch keine Barriere zu spüren; Alvin hatte schon nach ein paar Minuten das Gefühl gehabt, Paul sei nie weg gewesen, und Paul schien es ähnlich zu gehen. Schließlich glaubte Alvin, den Grund für die zurückhaltende Stimmung zu erkennen; Paul lag etwas auf der Seele.

Er und Alvin zogen sich nach dem Essen in einen der Salons zurück, um Zigarren zu rauchen.

»Ich bin in den letzten drei Jahren ziemlich weit rumgekommen«, sagte Paul. »Mit je mehr Menschen man spricht, desto mehr bekommt man das Gefühl ...«, er zögerte und betrachtete seine Zigarre, und Alvin bekam plötzlich ein bleiernes Gefühl im Magen, »... weißt du, ich erinnere mich an dieses Gefühl aus meiner Kindheit. Ich hatte es oft an Sommerabenden, wenn ein Gewitter aufzog. Ich liebte diese besondere Art von Stille, wenn sich noch kein Lüftchen regte und die Sonne noch schien, aber im Südwesten schon die Wolkenberge standen. Ich liebte es auch, nach dem Gewitter wieder hinauszugehen, besonders wenn nachher die Abendsonne noch einmal herauskam; die Gespräche in der Gasse zu hören, wenn alle anderen auch hinaustraten und die Männer uns Kinder mit den Keferlohern zur Wirtschaft schickten, um Bier zu holen; den Duft von nasser Erde und nassem Pflaster, nach Zigarren und nach den verschiedenen Abendessengerüchen aus den offenen Haustüren. Wir Kinder rannten barfuß durch die Pfützen, deren Wasser ganz warm war. Wir Buben durften ein paar Schluck Bier mittrinken, die Mädchen bekamen irgendwelche Süßigkeiten. In unserer Gasse war die Nachbarschaft immer gut gewesen, aber bei solchen Gelegenheiten, nach einem heftigen Gewitter, war sie aus irgendeinem Grund immer am heimeligsten. Ich freute mich angesichts eines Gewitters immer schon auf diese kostbaren ein, zwei Stunden, bevor ich zu Bett musste.«

Alvin seufzte. Seine Erinnerung an Gewitter war weniger romantisch. Vielleicht sah man den Regen, den Wind und den Blitzschlag anders, wenn man auf einem Gut lebte, dessen Wohl und Wehe davon abhing, dass die Ernte gut war, die Wälder unbeschädigt, die Wege begehbar und die Kühe und Schafe auf den Weiden unversehrt. All das waren Dinge, die durch ein Gewitter bedroht waren, weshalb Alvins Eltern immer nur grimmig aus dem Fenster geschaut hatten, wenn ein Gewitter aufzog. War es vorbei, hatte der alte Levin breitbeinig im Gutshof gestanden und darauf gewartet, dass man ihm sein Pferd brachte, während er von den herbeieilenden Dienstboten und Aufsehern schon die Meldungen über etwaige Schäden in der unmittelbaren Umgebung des Gutshofs bekam. Danach war er zwei, drei Stunden unterwegs gewesen, oft bis in die Nacht, um die Teile seines Besitzes zu inspizieren, die gerade wegen des hochstehenden Getreides oder junger Baumpflanzungen oder frisch ausgebesserter Wege besonders verletzlich waren. Er wollte soeben eine Bemerkung dazu machen, als Paul weitersprach.

»Aber manchmal ging meine Mutter vor einem Gewitter durchs Haus, verschloss die Fensterläden, zündete in jedem Raum vor dem Herrgottswinkel eine Wetterkerze an und betete dann vor dem Kruzifix in der Stube einen Rosenkranz. Dann bekam ich es mit der Angst zu tun. Es bedeutete nämlich, dass ein sehr schweres Gewitter erwartet wurde, dass es Blitzeinschläge, Sturmschäden und Überschwemmungen geben würde, dass unser Haus in Mitleidenschaft gezogen werden konnte oder jemand zu Schaden kam. Ich verkroch mich dann in der verdunkelten Stube und wartete auf die Ankunft des Gewitters nicht anders als ein Verurteilter, der am Morgen auf das Schafott steigen muss, in meiner Furcht nur begleitet vom Geflüster des Rosenkranzes, vom Geruch der

Kerze in der dunklen Stube und vom Nahen des Donnergrollens draußen.«

»Und dieses Gefühl hast du jetzt wieder?«

Paul paffte an seiner Zigarre und griff dann nach seinem Glas. Er hatte den Champagner gegen einen schweren Rotwein aus dem Keller des Gutes ausgetauscht und nahm einen kleinen Schluck.

Alvin hatte das Gefühl, dass Paul ein kaltes Bier aus einem der von ihm so geschätzten Keferloher Steinkrüge mit dem Zinndeckel obendrauf jetzt lieber gewesen wäre. Alvin hatte noch nie eines der bayerischen Biere genossen, von denen Paul ihm in Paris vorgeschwärmt hatte. Doch auf einmal hätte auch er sich den kühlen, frischen, bitteren Geschmack auf der Zunge gewünscht, den Paul ihm zu beschreiben versucht hatte.

»Ja«, sagte Paul schließlich. »Ein Gewitter zieht auf, Alvin, und wir können noch so viele Wetterkerzen dagegen anzünden, ohne dass wir davon verschont bleiben. Meistens waren die Gewitter, vor denen meine Mutter die Kerzen anzündete und den Rosenkranz betete, nicht schlimmer als die anderen. Hinterher gab es keine Schäden, die Nachbarn standen draußen und unterhielten sich, und wir Kinder patschten durch die Pfützen, ich insgeheim mit einem Gefühl grenzenloser Erleichterung, dass ich einer Katastrophe entronnen war. Aber dieses Gewitter, das auf den Deutschen Bund zukommt, wird, fürchte ich, alles umstürzen.«

»Wie kommst du darauf? Und welcher Art …?«

Paul ließ Alvin nicht ausreden. Er starrte auf die glimmende Asche an der Spitze seiner Zigarre. »Und was mich dabei am meisten beklommen macht, ist, dass dieses Gewitter überfällig ist. Im Grunde warten die Länder des Bundes darauf, seit wir Napoleons Joch abgeschüttelt haben. Es braut sich aus den Versprechungen, den Erwartungen und den gebrochenen Zusagen von damals zusammen, und es hat dreißig Jahre lang Kraft gesammelt. Es wird alles einreißen, was wir bisher kannten – Regierungen, Fürstenhäuser, Lebensformen, Traditionen, Sicherheiten.«

»So hab ich dich noch nie reden hören, Paul!«

»Ich würde sogar behaupten, dass dieses Gewitter gut ist und dass wir die Veränderungen brauchen, die es hervorrufen wird. Aber mittlerweile ist mir klar, dass diejenigen, die schon angefangen haben, es zu entfachen, nicht die geringste Ahnung haben, wie es weitergehen soll, wenn die alte Ordnung in Schutt und Asche liegt. Sie denken nur an den Sturm und den Donner, die Blitzschläge, den Hagel und die Flut – und nicht daran, wie sie nachher aufräumen und die Schäden beseitigen können.«

»1789«, ertönte Louises Stimme von der Tür her.

Alvin sah überrascht auf. Er hatte seine Frau nicht hereinkommen hören.

Sie sprach französisch. »Unsere Revolution hat alles eingerissen, was zuvor gegolten hatte; statt einer Flut aus Regenwasser hat eine Sturzwelle aus Blut alles hinweggespült. Und was haben wir nachher bekommen? Napoleon. Und jetzt König Louis Philippe, den jeder hasst.«

»Und ein hungerndes Volk, Armenviertel, Krankheiten und ein paar wenige, die davon reich werden; genau wie vor der Revolution«, sagte Paul bitter und ebenfalls auf französisch.

»Etwas ist aber doch anders«, widersprach Louise. »Das Volk nimmt es nicht mehr so wie zuvor hin und hält diese Ordnung nicht mehr für gottgegeben.«

»Du denkst, dass es zu einer neuen Revolution kommt, Paul?«, fragte Alvin und empfand plötzlich Ärger und Furcht bei dieser Vorstellung. War das Leben denn zurzeit nicht schwer genug? Das ständig wechselnde Wetter, die schlechte Wirtschaftslage, der andauernde Überlebenskampf der Gutsbesitzer und ihre Mühen, das Land zusammenzuhalten … das Land, das für sie alle Heimat war: Preußen, das Rückgrat des Deutschen Bundes? Hauptsächlich dachte er jedoch an Moritz und die Pläne, die er für sein Kind hatte, und an all das Glück und die wundervolle Zukunft, die er ihm bereiten wollte. Was würde eine Revolution davon übrig lassen? Und wie würde sie aussehen? So wie die in Frankreich? Mit den Köpfen von König Friedrich Wilhelm und Kronprinzessin Elisabeth auf Stangen vor einem der Stadttore Berlins? Und danach mussten alle Junker unter das Fallbeil? Er selbst … Louise … Moritz …! Alvin schüttelte sich. Ihm wurde bewusst, dass Paul und Louise ihn anstarrten, und er räusperte sich.

»Was?«, fragte er. »Ich war gerade abwesend. Hab ich was verpasst?«

»Du wolltest wissen, ob ich denke, es käme zu einer neuen Revolution …«, sagte Paul.

»Entschuldige«, sagte Alvin, der das Spukbild nicht loswurde, wie vor dem Berliner Stadtschloss eine Guillotine ihre grausige Arbeit verrichtete. »Und – was denkst du?«

»Was ist los mit dir? Du bist auf einmal ganz blass.«

»Nichts, nichts.«

Paul legte seine Zigarre in einen silbernen Aschenbecher auf dem Tisch und stand auf. »Ich habe genug schlechte Stimmung verbreitet. Bitte verzeiht mir, ihr beiden. Wie ist das – darf ich einen Blick auf euren Stammhalter werfen? Er müsste doch schon tief und fest schlafen, oder, Louise? Ihr habt mir so viel über ihn geschrieben … ich habe das Gefühl, ihn fast so gut zu kennen, als wäre er mein eigenes Kind.« Er lächelte breit.

Louise blinzelte und gab sich einen sichtlichen Ruck. »Ich denke, wir können es jetzt riskieren«, sagte sie.

Alvin verstand nicht, warum sie so zögerlich war. Sonst war sie die Erste, die einem Besucher stolz den jungen Herrn von Briest präsentierte. Das leichte Fieber des Jungen und jetzt die Gespräche über Revolution und den Zusammenbruch der bisherigen Ordnung mussten sie aus dem Gleichgewicht gebracht haben.

Die Kinderfrau blickte auf, als sie die Tür öffneten und vorsichtig ins Zimmer schauten. Sie hatte eine kleine Laterne aufgestellt und versuchte in ihrem trüben Licht, Kleidung zu flicken. Auf Louises fragenden Blick legte sie den Finger an die Lippen und trat an Moritz' Bett, um die Decke ein wenig wegzuziehen. Louise schüttelte den Kopf.

Alvin betrachte Paul von der Seite, als dieser sich über das Bett beugte. Er erwartete, Enttäuschung in den Zügen seines Freundes zu sehen. Von Moritz war nicht viel mehr zu sehen als eine Menge roter Locken auf dem Kissen und ein Teil seiner Stirn; eine seiner kleinen Hände lag auf der Decke, locker zur Faust geballt, weich und gut gepolstert. Doch Paul begann zu lächeln. Er streckte die Hand aus, als wolle er über die Locken streichen, aber dann zog er sie wieder zurück. Ein Seitenblick traf Alvin. Paul zwinkerte ihm zu. Auf seltsame Art und Weise fühlte Alvin sich gelobt. Er klopfte seinem Freund sanft auf die Schulter.

Louise entschloss sich, noch ein wenig bei Moritz und der Kinderfrau zu bleiben. Alvin steuerte den Salon an, doch Paul fragte ihn, ob es ihm etwas ausmache, einen Moment vor die Tür zu treten. Es war noch hell draußen; die Tage waren lang und die Dämmerung eben erst herabgesunken. Sie stapften zum Weiher hinüber, der absolut still lag und den immer grauer werdenden Himmel über dem Gut spiegelte; Enten zogen Furchen hindurch, da und dort platzten Gasbläschen an der Oberfläche. Ein Frosch sang am einen Ende, am anderen Ende antwortete ihm einer.

»Wie ist das, wenn man Vater ist?«, fragte Paul. »Wacht man jeden Tag stolz auf und kann es nicht erwarten, das eigene Kind im Arm zu halten?«

»Genau so«, sagte Alvin und wartete, bis Paul sich halb grinsend, halb seufzend abwandte, um fortzufahren: »Und man geht jeden Tag geschafft zu Bett, weil das eigene Kind einem zum falschen Zeitpunkt zwischen die Beine geraten ist, weil man Todesangst bekommt, wenn es hustet oder blass im Bett liegt, weil man sich Sorgen über seine Zukunft macht, weil man es ansieht und so sehr liebt, dass es einem weh tut, und weil man fünf Minuten später, wenn es in einem Trotzanfall schreiend auf dem Boden liegt, sich so sehr ärgert, dass es auch weh tut.«

»Das hört sich ja ernüchternd an.«

»Ich würde den Kleinen um keinen Schatz in der Welt hergeben wollen«, sagte Alvin.

Paul schnaubte amüsiert. Er legte Alvin eine Hand auf die Schulter und ließ sie dort. Sie betrachteten die Spiegelung im Wasser.

»Ja«, sagte Paul. »Als Antwort auf deine Frage im Salon: Glaube ich, dass eine Revolution kommt? Ja. Der Weberaufstand in Schlesien vor zwei Jahren war nur ein kleiner Vorgeschmack. Stéphane – oder August Borsig – würde sagen: Der Druck im Kessel steigt.«

»Erzähl es mir«, sagte Alvin.

»Ich bin im Auftrag von August Borsig in fast allen Ländern des Deutschen Bundes gewesen: in Sachsen, Württemberg, Baden, Hannover, Hessen, Holstein, Braunschweig … ich bringe gar nicht alle zusammen. Ich glaube, ich habe nur

Bayern ausgelassen – nicht dass ich sie mich dort noch verhaften …« Paul lächelte schief. »Und in Österreich war ich auch nicht. Aber sonst so gut wie überall.«

»Louise hat einmal gemeint, wenn ich deine Briefe an uns nach Ländern sortiert an eine große Wand hefte, würde daraus eine Karte des Bundes entstehen.«

»Alvin, wir haben ein paar wichtige Entwicklungen versäumt, als wir in Paris waren. Ich habe sie auf meinen Reisen nachgeholt. Ich weiß jetzt, wie naiv und blauäugig alle nach Napoleons Sturz gehofft haben, dass die Freiheit kommt – nicht nur die Freiheit von der napoleonischen Unterdrückung, sondern auch die Freiheit für die Bürgerrechte. Napoleon wollten alle loswerden; aber die Freiheiten seines Code Civil wollten alle beibehalten; das heißt alle, außer den Fürsten. Und alle – außer den Fürsten – wollten die geistige Einheit Deutschlands, die mit dem Widerstand gegen Napoleon gekommen war, auch in Wirklichkeit vollziehen. All diese Träume sind zerschlagen worden. Wie wir vorhin schon festgestellt haben: Europa hat sich in den Zustand zurückbegeben, der vor der Revolution in Frankreich herrschte; aber den Menschen ist das jetzt bewusster, als es ihnen zuvor war. Von den Studentenburschenschaften bis zu Untergrundbewegungen wie den Turnern haben alle darauf hingearbeitet, mehr Demokratie und eine nationale Einigung zu erzwingen.«

»Ich kann mich erinnern, dass mein Vater immer gegrollt hat, wenn die Rede auf diese Bewegungen kam.«

»Hast du mit Louise mal über die Julirevolution in Frankreich gesprochen? 1830? Als die Franzosen ihren König Charles X. stürzten und stattdessen Louis Philippe von Orléans auf den Thron setzten?«

»Mit Louise nicht, und ich fürchte, ich war damals noch zu klein, um das alles zu verstehen – neun Jahre. Du warst genauso alt. Was damals zu mir durchgedrungen ist, war die Furcht meiner Eltern, dass die Guillotinenherrschaft wieder auferstünde und nach Bayern käme, besonders, nachdem es gleich danach weitere Aufstände gab – in den Niederlanden, in Belgien, Italien, aber auch in ein paar deutschen Staaten. Dabei war das Ziel nicht die Abschaffung des Adels wie damals in Frankreich, sondern die Einführung von liberaleren Verfassungen und mehr Bürgerrechten. Danach kam das Hambacher Fest, der Sturm auf die Frankfurter Polizeiwachen durch Studenten; und als Reaktion darauf die Abschaffung von bereits bestehenden freiheitlicheren Verfassungen, wie zum Beispiel in Hannover …«

»Woher weißt du das alles? Ich komme mir vor wie ein rückständiger Krautjunker, der auf seinem Gut am Ende der Welt versauert!«

»Ich habe in den letzten drei Jahren mit so vielen Männern gesprochen! Viele von denen, die seinerzeit für die Liberalisierung geschwärmt haben, sitzen jetzt in den Gremien der Eisenbahngesellschaften oder haben selbst welche gegründet. Die Eisenbahn ist das Werkzeug der Demokratie, wenn wir das zulassen! Menschen, die reisen, die andere Länder kennenlernen, die aus ihrem eigenen Sumpf herauskommen, werden aufgeschlossen gegenüber Ideen wie Freiheit, Selbstverantwortung, Bürgerrechten …«

»Die Eisenbahn«, sagte Alvin langsam und hatte das Gefühl, dass das Gespräch plötzlich auf dünnes Eis geraten war, »ist ein Werkzeug, um Menschen und Dinge komfortabler hin und her zu bewegen, mehr nicht. Und als das ist sie schon faszinierend genug.«

»Sie ist weit mehr als das. Weißt du nicht mehr, was Stéphane immer sagte: *Mes amis, le chemin de fer est une philosophie*!«

Alvin grinste unwillkürlich. »Das sagte er besonders gern nach drei Glas Calvados. Soll ich dir was sagen? Er schreibt es immer noch, in jedem dritten Brief.«

Paul lachte. »Ja, das Gefühl habe ich auch. Wir sollten die Briefe, die er dir und mir geschrieben hat, mal miteinander abgleichen. Er ist ein Ingenieur, und die denken praktisch. Ich wette, er schreibt immer nur einen und kopiert ihn dann für den anderen.« Paul wurde wieder ernst. »Alvin, die Herrscherhäuser in Europa haben die Chance verpasst, aus dem Sieg über Napoleon auch einen Sieg über das Mittelalter zu machen. Sie haben alle versucht, die Uhr zurückzudrehen! Aber sie lässt sich nicht mehr zurückdrehen. Und die Spannung, die dadurch verursacht wird … noch hält sie, so wie die Oberflächenspannung des Wassers das Spiegelbild hier im Teich möglich macht. Aber wenn nun ein Element hinzukommt …«

Paul bückte sich und grub einen Stein aus der Erde. Er warf ihn in den Teich. Das Spiegelbild zerplatzte.

Alvin schluckte und fragte: »Und was könnte zu diesem Element werden?«

»Es ist schon entstanden, Alvin. Und es wächst mit jedem Tag. Die Lebensumstände der Arbeiter.«

49

Levin von Briest hatte Besuch und war nicht erbaut davon. Der Besucher hieß Gerhard von Cramm und war mit einem Angebot gekommen.

»Seehausen heißt das Gut«, sagte Cramm und breitete Stiche und Bleistiftzeichnungen vor Levin aus. Die Bilder zeigten ein Haus mit zwei Flügeln, drei Stockwerken und umliegenden Wirtschaftsgebäuden, umrahmt von Bäumen. »Liegt in der Provinz Posen in der Nähe von Bromberg; drei Reitstunden allerhöchstens, wenn man ein gutes Pferd hat.«

»Die Bilder sehen schön aus«, sagte Levin in Ermangelung von etwas Besserem.

»Schön? Treffen die Wahrheit nicht annähernd«, erklärte Cramm und schenkte Levin etwas Champagner nach. Dass nicht er der Gastgeber war, sondern Levin, und es sich um Levins Champagner handelte, ignorierte er. »Das Gut ist superb! Auf Ehre! Und auf die Gesundheit, Briest«, er hob das Glas und nötigte Levin so, mitzutrinken, »und darauf, dass wieder bessere Zeiten kommen. Haben es wahrhaft verdient.«

»Allerdings«, sagte Levin düster.

»Geht Ihnen doch auch so, oder?«, fragte Cramm vertraulich. »Hier in Pommern hält man sich noch einigermaßen über Wasser, aber die Güter im Westen … zum Verzweifeln. Entweder alles vertrocknet, oder es gießt und schwemmt Saat und Frucht gleichermaßen weg. Mein Besitz macht Verlust. Wie hält sich Ihr Bruder auf Briest?«

Levin schnaubte. »Nichts in der Kasse, und kaum Einnahmen. Ich habe ihm aufgetragen, die Ziegelei zu schließen, weil die Kunden auch nicht bezahlen, aber er meint, dass er durch eine solche Maßnahme die Kundschaft erst recht verderben würde.«

»Halten Sie ihn für einen guten Verwalter?«

»Er ist mein Bruder.«

Cramm nickte mitfühlend und sorgenvoll, so zumindest schien es Levin. Er hob das Glas noch einmal, und Levin trank erneut mit. Er hatte noch nicht zu Abend gegessen und wollte auch nicht auftragen lassen, damit er Cramm, den er eigentlich nicht leiden konnte, nicht einladen musste. Der Champagner ließ ihn schwindlig werden, aber er gab keine Leichtigkeit, sondern sorgte eher für finstere Gedanken.

»Wird sich sicher Mühe geben, der junge Alvin«, sagte Cramm. »Es liegt auch an der Größe des Besitzes. In Zeiten wie diesen kann man nicht genug Land haben – irgendwo kriegt man dann schon genügend Ertrag herein. Kenne das, Sternberg ist ja nicht viel größer als Briest.«

»Na ja, schon um eine ganze Ecke«, protestierte Levin und glaubte sich daran zu erinnern, dass sein Vater mit dem alten Cramm mehrfach um die Grenzen zwischen ihren beiden Gütern gestritten hatte. Aber er wusste es nicht mehr genau, und Gerhard von Cramm war sicher nicht für Schlitzohrigkeiten seines Vaters verantwortlich zu machen.

»Reicht trotzdem nicht …« Cramm seufzte.

Levin war überrascht, dass sein Nachbar so offen zugab, dass auch er in der Klemme steckte. Üblicherweise hörte man von Gerhard von Cramm nur, dass er alles im Griff hatte. Es geschah extrem selten, dass er bei irgendetwas den Kürzeren zog. Die Affäre mit den aufsässigen Bauern in Jerichow, in die Alvin am Todestag ihres Vaters verwickelt gewesen war, war der einzige Vorfall dieser Art, an den Levin sich erinnern konnte. Vermutlich wirkte Cramm deshalb immer ein wenig verkrampft, wenn die Rede auf Alvin kam – und auf Otto von Bismarck, der Alvin auf eine für Levin nicht näher bekannte Weise beigesprungen war. Obwohl … gerade eben hatte Cramm nicht gehässig, sondern eher besorgt wegen Alvins Fähigkeiten als Verwalter geklungen. Levin trank noch einen Schluck Champagner und spähte wieder auf die Zeichnungen.

Cramm schob sie dienstfertig nebeneinander und erklärte, was zu dem Gut an landwirtschaftlichem Besitz gehörte: Wiesen, Felder, Waldstücke, ein kleines Torfgebiet, zwei Bauerndörfer, eines sogar mit einer Kapelle aus Stein. »Das Beste ist aber«, erläuterte er, »dass das Wetter in Posen noch superber ist als hier; und hier ist es superber als im alten Land. Wenn das so weitergeht, liegt unsere landwirtschaftliche Zukunft in den ostpreußischen Provinzen. Auf Ehre, Briest – noch zwei, drei solche Jahre, und die Güter im Osten werden in Gold aufgewogen.«

»Wenn das so ist, warum machen Sie mir dann das Angebot, Seehausen zu kaufen?«, fragte Levin.

Cramm grinste und zog anerkennend eine Braue hoch. »Man kann schwer was vor Ihnen verbergen, was?«

Levin räusperte sich. »Meine Frau meint, ich könnte Zusammenhänge schnell durchblicken«, sagte er bescheiden.

»Hat verdammt recht, die Gute. Wo ist sie überhaupt?«

»Nachbarschaftsbesuch – Geschenke zur Geburt eines Stammhalters und dergleichen. Müsste bald zurück sein. Sie können sie sicher abwarten.« Bei sich dachte Levin, der wusste, wie sehr Hedwig aufgrund der eigenen Kinderlosigkeit solche Besuche hasste, dass Cramm seine Frau dann sicherlich nicht in ihrem besten Zustand antreffen würde. Deshalb war er erleichtert, als Cramm ablehnte, weil er selbst noch vor Einbruch der Dunkelheit zurück auf seinem Besitz sein müsse.

»Also, jedenfalls«, sagte Cramm, »da Sie schon erraten haben, dass ich was im Schilde führe, kann ich die Karten ja auf den Tisch legen, was? Auf Ehre! Geht mir gar nicht darum, Ihnen Seehausen zu verkaufen oder zu verpachten, Briest. Habe eine viel bessere Idee.«

»Ich hoffe, eine *für mich* bessere Idee«, versetzte Levin und kam sich witzig vor. Cramm hatte vorhin erneut nachgeschenkt. Nun schenkte Levin sich und seinem Gast ein.

Cramm wurde ernst. »Tatsächlich ist das Geschäft einseitig«, erklärte er. »Können daran erkennen, dass mir viel dran liegt. Bin bereit, einige Zugeständnisse zu machen. Gute Gelegenheit für Sie, Briest!«

»Und wie lautet das Geschäft?«

»Es ist ein Tauschgeschäft. Ich überschreibe Ihnen Seehausen, und Sie überschreiben mir Briest.«

Levin war überrascht. »Aber wieso wollen Sie das tun? Gerade haben Sie noch gesagt, die Zukunft liegt möglicherweise genau in solchen Gütern wie Seehausen. Und Sie wissen, dass die Zahlen, die Alvin in Briest schreibt, nicht gerade gutaussehen.«

Cramm kratzte sich am Kopf. Er wirkte verlegen. »Würde ehrlich gesagt auch nichts lieber tun, als den umgekehrten Weg gehen, wenn mir jemand Besitz in Posen anbieten würde zum Tausch für Sternberg. Habe aber meinem Vater auf dem Sterbebett versprechen müssen, dass ich das Gut zusammenhalte und dass immer ein Cramm auf Sternberg sitzen wird. Wissen ja, wie das ist, Briest – solche Versprechen gibt man, weil man will, dass der alte Herr einen friedlichen Abgang hat, und dann stellt man fest, dass man nicht anders kann, als sie zu halten.«

»Und deshalb wollen Sie mir Seehausen für Briest geben … weil dann …«

»Weil ich dann den Grund von Sternberg und Briest zusammenlegen kann und eine Chance habe, diese schlechten Zeiten zu überstehen.«

»Und Alvin …«

»Würde natürlich meinen eigenen Verwalter auf Briest einsetzen. Bitte um Verständnis dafür – würden Sie auch nicht anders machen. Ihr Bruder ist doch Reserveoffizier; braucht sein Patent bloß wieder zu aktivieren, damit er ein Auskommen hat.«

»Er hat eine Frau und einen Sohn.«

»Kann sie doch beide mit nach Berlin nehmen. Stadtluft ist gesund für Kinder. Und seine Frau … ähm … fällt in Berlin vielleicht auch weniger auf als auf dem Land.«

»Ich werde es mir überlegen«, sagte Levin zögerlich.

»Überlegen Sie nicht zu lange, Briest. Sind mein Nachbar, deshalb halte ich das Angebot zu den heutigen Bedingungen noch eine kleine Weile lang aufrecht. Wie lange brauchen Sie eigentlich von Briest nach hierher? Mit Ihrem Wagen?«

»Hm? Äh – bei schlechtem Wetter drei Tage. Die Straßen …«

»Weiß schon. Bin manchmal selbst mit dem Pferd drei Tage unterwegs. Von hier nach Seehausen brauchen Sie nur die Hälfte der Zeit. Viel praktischer, um seinem Verwalter besser auf die Finger schauen zu können. Nach Briest ist es einfach zu weit. Sind ja hier auf Eichenhain mittlerweile zu Hause, Briest, warum sollten Sie dann nicht auch alles nach diesem Mittelpunkt ausrichten?«

Seine größten Bedenken hatte Levin sich bis zum Schluss aufgehoben, weil er ahnte, dass sie ihn wie einen Angsthasen dastehen lassen würden. Aber andererseits wäre es leichtsinnig gewesen, sie nicht ans Licht zu bringen.

»Drüben in der Republik Krakau … da gab es doch im Frühjahr diesen Aufstand mit dem Ziel, Polen wieder zu vereinen … ich meine, das hat doch selbst bis hierher nach Pommern ausgestrahlt. Und Posen ist noch viel näher dran …«

»Verstehe vollkommen, was Sie meinen, Briest. Gut, dass Sie danach fragen. Nur ein unvernünftiger Mann rennt sehenden Auges in ein Risiko hinein. Gibt aber gar kein Risiko, mein Bester. Auf Ehre! Die Bevölkerung in der Provinz ist der preußischen Herrschaft treu verbunden und hat die Pläne der Aufständischen, auch auf dieser Seite der Grenze einen Streich gegen die Staatsmacht zu führen, an die Polizei verraten. Die Aufrührer wurden geschnappt. Ist doch ein superber Beweis, dass es dort wirklich sicher ist, oder?«

»Na gut!«, sagte Levin, der mittlerweile viel Gefallen an Cramms Idee gefunden hatte und erleichtert war, dass dieser seine Bedenken zerstreut hatte.

Nachdem Levin seinen Nachbarn verabschiedet hatte, begab er sich zurück in sein Arbeitszimmer und las sich Alvins neuesten Bericht durch. Er fragte sich, ob er jemanden kannte, der wie Cramm Besitz in Posen hatte und den er noch fragen konnte, ob Cramm nicht ein wenig mit der Qualität des Guts übertrieb.

Wenn er Briest an Cramm überschrieb, würde er seinen Bruder und dessen Familie zu Obdachlosen machen, sobald Cramm das Gut übernahm. Aber niemand hatte Alvin geraten, eine Französin zu heiraten und sich beurlauben zu lassen, oder? Wäre er aktiver Offizier geblieben, wäre er jetzt wahrscheinlich schon Major – oder was kam gleich wieder nach Hauptmann? Egal, er hätte jedenfalls schon einen höheren Rang und könnte sich eine Familie eher leisten. Es war Alvins eigene Schuld. Und hatte Levin nicht auch Pflichten – seiner Frau gegenüber und einem Kind, das vielleicht noch kommen würde? Außerdem hatte Alvin sich in Berlin und dann in Paris vergnügt, während Levin stets die ganze Verantwortung und die Arbeit getragen hatte.

Man sollte sich Seehausen vielleicht einmal anschauen. Nicht jetzt im Sommer, wenn man als Gutsbesitzer alle Hände voll zu tun hatte. Im Herbst, nach der letzten Ernte. Wo es doch nur ein Katzensprung dorthin war …

Er hörte Hedwig nach Hause kommen und stapfte hinaus, um sie zu begrüßen und ihr mitzuteilen, dass sie auf dem besten Weg waren, ihren mäßigen Besitz gegen eine Goldgrube einzutauschen. Ha! Gerhard Cramm war wegen seines Versprechens an seinen sterbenden Vater in einer Zwangslage, und das konnte man auch als einen Wink des Schicksals verstehen. Cramm hatte vor Alvin einmal den Schwanz einziehen müssen. Nun würde sich zeigen, dass auch der ältere der beiden Brüder Briest durchaus in der Lage war, dem gewieften Fuchs Respekt abzufordern.

50

Die Lebensumstände der Arbeiter?«, fragte Alvin überrascht. Er hatte als das Element, das die prekäre Spannung in Europa zum Zerreißen bringen würde, instinktiv eine Kriegserklärung oder einen feindlichen Angriff erwartet. Wie es aussah, hatte das Tragen der Uniform, auch wenn man beurlaubt war, bestimmte automatische Denkmuster zur Folge. Er räusperte sich.

Paul schien von Alvins kurzer Verlegenheit nichts zu bemerken. »Ganz am Anfang brachte mich die Kleinstaaterei der Länder zum Wahnsinn, weil natürlich auch die jeweiligen Eisenbahngesellschaften nur in den eigenen Grenzen denken. Man kann nicht ein Eisenbahnnetz für Deutschland planen, wenn man gleichzeitig aufhört, sich darüber Gedanken zu machen, wie es jenseits des eigenen Schlagbaums weitergeht. Ich fürchte, das hat August Borsig sich zu leicht vorgestellt; aber ich bin ja nicht weniger blauäugig an die Sache herangegangen. Mittlerweile allerdings bin ich mir gar nicht mehr so sicher, ob wir wirklich wollen, dass riesengroße, länderübergreifende Einzelunternehmen entstehen, so wie Borsig sie sich denkt. Ich habe genügend Beispiele gesehen, dass schon regionale Betriebe vom Staat nicht mehr gelenkt werden können, wenn sie zu groß werden und das Wohlergehen eines Landstrichs oder einfach zu viele Arbeitsplätze daran hängen. Drohe einem solchen Unternehmen mit Sanktionen wegen Gesetzesverstößen, und sofort werden die Verkaufspreise erhöht oder die Produktion eingeschränkt oder Arbeiter entlassen. Was auch immer, es hat Unruhen in der Bevölkerung zur Folge. Und so haben diese Unternehmen den Staat in der Hand und verhindern Gesetze, die eigentlich dem Schutz des Volks dienen sollten.«

»Aber das muss den Leuten doch auffallen ...«

»Den Gebildeten ist es egal, weil sie nicht direkt davon benachteiligt sind. Die Reichen verdienen daran. Und die Armen und die Arbeiter sind zu ungebildet, zu geknechtet, zu unfrei, um zu bemerken, dass sie in jeder Hinsicht benutzt werden. Mit der Verachtung für die Menschen kommt auch die Verachtung für die Schöpfung. Als ich im Rheinland war, habe ich Zustände gesehen ...« Paul trat mit finsterer Miene gegen den Boden, sah sich um und seufzte. »Jesus Maria, es ist so schön hier«, sagte er dann. »Wenn wir durstig wären, müssten wir nur die Wasserläufer beiseiteschieben, und wir könnten aus deinem Teich trinken. Wir könnten uns unter einen Baum setzen, und, egal, ob es regnet oder die Sonne scheint, sein Blätterdach würde uns Schutz bieten. Ich habe Bäume ohne Blätter gesehen, mitten im Frühling, und Wasserläufe, in denen die Fische zu Hunderten verendet waren – ich habe mich geschämt, ein menschliches Wesen zu sein.«

»Grundgütiger!«, stieß Alvin hervor. Er kam sich angesichts der Worte von Paul wie ein Hinterwäldler vor, der nichts von der Welt ahnte. Gleichzeitig fragte er sich, ob er einen solchen Anblick, wie Paul ihn schilderte, überhaupt hätte sehen wollen. Die lange Geschichte seiner Familie als Gutsbesitzer hatte in ihm wenn schon nicht Liebe, so doch einen tiefen Respekt vor der Schöpfung geweckt. Wenn das eigene Wohl davon abhängig war, dass die Natur einem ihren Reichtum schenkte, dann war der sorgsame Umgang mit ihr eine Selbstverständlichkeit. Wenn man einen Baum fällte, pflanzte man zwei neue. Wenn man ein Feld mehrere Jahre bestellt hatte, gab man ihm Ruhe, um sich zu regenerieren. Man brachte den Dünger erst dann aus, wenn der Boden aufgetaut war, damit es die Gülle nicht in die Bäche und Teiche wusch. Als Junker war man zwar Landbesitzer, aber hauptsächlich war man der Hüter des Landes. Man hielt es nicht nur zusammen, man *erhielt* es.

»Ich war in einer Gegend, in der die Leute ausnahmslos Arbeit bei den Textilfärbereien finden«, schilderte Paul. »Diese benötigen das reine Wasser der Flüsse, um ihre Garne zu färben; aber als ob sie blind und dumm wären, leiten sie ihre Abwässer in genau dieselben Flüsse hinein und verschmutzen sie. Ich war an einem Flüsschen namens Wupper. Es riecht nach Fäulnis und nach Säure und ist die längste Zeit des Tages tiefrot vom Färberkrapp. Die armen Leute und die Arbeiter, die in Siedlungen am Fluss wohnen, kochen und waschen mit diesem Wasser – es gibt keine andere Wahl. Dabei kann man es teilweise nicht einmal mehr dazu verwenden, Brände zu löschen, weil es zu sehr mit Giften durchsetzt ist; wer es in die Augen bekommt, wird blind … von den Unternehmern ist natürlich keiner gezwungen, das Wasser aus dem Fluss zu nehmen, sie wohnen in Villen auf den umliegenden Hügeln und haben sogar fließendes Wasser im Haus, das direkt aus den Grundwasserreservoirs kommt.«

»Ich glaube nicht, dass diese Unternehmer dumm sind …«, begann Alvin, »aber blind sind sie allemal.«

»Nicht einmal das. Sie sehen ja, was sie anrichten. Die Textilfärber, die besonders reines Wasser brauchen, mussten ihre

Betriebe schon an den Oberlauf der Wupper verlegen – nur, um dort ihren Teil zur Verschmutzung beizutragen. Sie sind tatsächlich nicht blind und nicht dumm. Sie sind nur verblendet, sie denken nur noch kurzfristig. Bist du einmal in einem der wirklich üblen Arbeiterviertel gewesen?«

Alvin, der als junger Offizier ohne Geld nicht immer die besten Gegenden Berlins kennengelernt hatte, zuckte mit den Schultern. Der Wedding, in dem er und seine Kameraden sich oft herumgetrieben hatten, galt als eines der schlimmsten Viertel Berlins. Und sie beide hatten La Villette kennengelernt. Er wusste so gut wie Paul, in welchem Elend die Menschen, die mit ihren Unternehmen als Stütze der Gesellschaft gelten, die mittwochs und samstags in die Kirche gingen und Geld für Wohltätigkeitsaktionen spenden und dem Pfarrer zu Weihnachten Spenden für die Waisenkinder überreichen – in welchem Elend diese Menschen die Arbeiter verkommen ließen, die ihnen ihren Wohlstand ermöglichten.

Sie plauderten noch eine Weile über weniger belastende Dinge, wärmten alte Anekdoten auf und genossen ihr Beisammensein. Es war bald wieder zu Ende, denn Paul brach bereits am nächsten Mittag nach Berlin auf, um mit August Borsig dessen weitere Pläne zu besprechen. Borsigs Unternehmen war so zuverlässig gewachsen, wie Borsig es seinerzeit prophezeit hatte. Vor zwei Jahren hatte er auf der Berliner Industrieausstellung die erste komplett in Deutschland entwickelte Lokomotive vorgestellt – die Beuth 24. Borsig hatte sie mit dem ihm eigenen Humor nach dem Leiter der Akademie benannt, an der Borsig als junger Mann studiert hatte. Der Direktor hatte ihm damals eröffnet, dass er leider ein hoffnungsloser Fall sei, der es nie zu etwas bringen werde. Borsig hatte damit begonnen, die Lok in Serie zu produzieren, und Nachbaulizenzen verkauft. Paul war der Ansicht, dass die

Maschine aufgrund ihrer intelligenten Konstruktion zum Vorbild für die nächsten paar Generationen von Dampflokomotiven werden würde.

Beim Abschied scherzte Paul, dass es Zeit wurde, eine Bahnlinie von Berlin nach Briest zu projektieren, damit er nicht immer mit weichgerittenem Hintern und nach Pferd riechend bei seinen Freunden ankam. Alvin bedauerte, dass Paul den kleinen Moritz wieder nicht hatte sehen können. Das Fieber des Jungen hatte sich nach Angaben der Kinderfrau verstärkt, und Louise hatte zu viel Angst gehabt, ihn einer Zugluft auszusetzen. Aber Paul schien vollkommen glücklich zu sein, einen kurzen Blick in das Kinderzimmer zu werfen, in dem Moritz – unter einem Berg von Decken und in Kissen versinkend – von der Kinderfrau vorgelesen bekam. Louise hatte die Läden vor den Fenstern schließen lassen, so dass das Zimmer im Halbdunkel lag.

Nach Pauls Abschied begann Alvin, sich Sorgen um seinen Sohn zu machen. Doch gegen Abend verkündete eine erleichterte Louise, dass das Fieber zurückgegangen war. Nach dem Abendessen tollte Moritz bereits wieder draußen herum und warf Steine in den Teich. Alvin sah ihm dabei zu. Moritz erklärte in seiner kindlich-holprigen Sprechweise, dass ihm gar nichts weh getan habe und dass er Onkel Paul gerne gesehen hätte, aber er schien auch zufrieden damit zu sein, jetzt im Freien sein zu können, Steine zu werfen und ab und zu nach der kleinen, sorgfältig aus Metall gefertigten Lokomotive zu sehen, die eines der neuen Modelle Borsigs darstellte und die Paul ihm mitgebracht hatte.

Alvin hingegen betrachtete die Ringe, die sich von den Steinwürfen im Teich ausbreiteten und das perfekte Spiegelbild von Gut Briest zersplitterten. Er dachte an das gestrige Gespräch mit Paul. Beklommenheit vor der Zukunft stieg in ihm auf, und eine Welle so heißer Liebe zu Moritz, dass er nicht anders konnte, als den Jungen in seinem Spiel zu stören, ihn hochzuheben und an sich zu drücken, weil die Furcht plötzlich riesengroß war, dass er ihn und alles, was er liebte, verlieren könnte.

51

Im Oktober stand fest, dass die Hoffnungen auf eine gute Ernte vergeblich gewesen waren. Im Frühjahr war es zu kalt gewesen, im Sommer zu trocken. Was trotzdem gewachsen war, hatten ein paar heftige Gewitter mit Hagelschauern vernichtet. Am schlimmsten war die Kartoffelernte betroffen – die Fäulnis hatte zugeschlagen. Ein Teil der Ernte auf Gut Briest war zum Glück unversehrt, weil Alvin, eher unabsichtlich als geplant, unterschiedliche Kartoffelsorten hatte anpflanzen lassen. Einige davon hielten der Fäulnis besser stand. Andere Gutsbesitzer hatten Totalausfälle zu verzeichnen. Dennoch war die finanzielle Lage auf Briest schwierig. Dass Levin, der auf Eichenhain nicht so arg in Mitleidenschaft gezogen worden war, mittlerweile monatliche Abrechnungen von Alvin verlangte und die daraus ablesbaren schlechten Botschaften mit verärgert klingenden Ratschlägen quittierte, machte es nicht besser. Louise, die besser als jeder andere wusste, wie sehr Alvin versuchte, den Anforderungen gerecht zu werden, begann, ihren Schwager zu verachten, und musste zuweilen der Versuchung widerstehen, ein paar der im Wochenrhythmus eintreffenden Briefe ungelesen zu verbrennen. Es hätte Alvin zumindest den Ärger erspart, sie lesen und sich darüber grämen zu müssen.

An einem späten Oktobermittag kam einer der Dienstboten und meldete einen Besucher. Da Alvin irgendwo auf dem Besitz unterwegs war, nahm Louise den Gast in Empfang.

Es war Otto von Bismarck.

Bismarck sah aus, als hätte der Teufel persönlich ihn gehetzt. Sein über der Stirn mittlerweile merklich ausgedünntes Haar stand in allen Richtungen ab. Dass er keine Kopfbedeckung trug, schien er gar nicht zu bemerken. Er war auf dem Pferd sitzen geblieben, auf dem er hergeritten war, und schien vergessen zu haben, wie man abstieg. Sein Gesicht war verschwitzt, aber bleich. Der Gaul dampfte und schäumte unter dem Sattel – Bismarck musste ihn scharf geritten haben.

Er blinzelte, als müsse er sich vergegenwärtigen, wer Louise war.

»Herr von Bismarck«, sagte sie und neigte den Kopf zur Begrüßung. Sie war nie sicher, wie sie Bismarck anreden sollte und ob sie, wenn sie ihm begegnete, Schmähungen Frankreichs aus seinem Mund anhören musste – die er dann zu relativieren versuchte, indem er sie persönlich und dann das französische Volk davon ausnahm und seine Antipathie auf die napoleonische Unterdrückung zurückführte, die er gar nicht am eigenen Leib erlebt hatte, weil er Jahrgang 1815 war, wie er einmal im Gespräch verraten hatte.

»Ist Alvin zugegen?«, fragte Bismarck statt einer Begrüßung.

»Nein, er ist auf dem Gut unterwegs. Wollen Sie nicht absteigen und einen Moment verschnaufen? Sie sind ja ganz erhitzt.«

»Ich … ja. Ja.« Bismarck kletterte vom Pferd wie jemand, der gerade aufgewacht ist. Er blieb daneben stehen, die Zügel in der Hand, und starrte Louise an. »Nein. Ich gehe besser wieder.«

Louise rollte mit den Augen und legte eine Hand auf seinen

Arm. »Nun sind Sie da, nun kommen Sie auch herein und stärken sich etwas. Ich bestehe darauf.«

Im Salon plumpste er in einen Sessel. Louise schickte einen Dienstboten um einen Calvados, dann überlegte sie es sich anders, lief ihm nach und korrigierte die Anweisung. Was Bismarck schließlich auf einen Zug hinunterstürzte, war feiner schottischer Whisky. Sie hatte sich daran erinnert, dass er ständig von England schwärmte – vielleicht würde ein Schluck Destillierkunst von der Insel seine Lebensgeister zurückholen.

Bismarcks Augen weiteten sich. Er atmete tief ein und aus, dann schnupperte er an dem Glas. Ein Blick traf sie, der ihr verriet, dass ihre Taktik aufgegangen war; was er sagte, war nur ein weiterer Beweis dafür, dass der Whisky seinen inneren Aufruhr besänftigt hatte.

»Hätte gewettet, dass Sie mir zur Stärkung einen Calvados anbieten, *Madame*«, sagte er.

Sie erwiderte: »Wie schade, dass Sie nicht gewettet haben, *Sir.* Dann würde mir jetzt Schönhausen gehören.«

»So hoch hätten Sie gewettet?«

»Ich habe das Gefühl, dass es mit Ihnen immer alles oder nichts sein muss.«

Zu Louises Überraschung lachte Bismarck nicht – oder schenkte ihr einen aufgebrachten Blick; bei ihm konnte man es nie wissen –, sondern musterte sie weiterhin. Seine eisblauen Augen konnten einem das Gefühl geben, dass sie jedem bis tief ins Herz schauen konnten; was sie da sahen, verrieten sie jedoch nie.

»Kann ich Ihnen … hmmmm … trauen?«, fragte er.

»Sie meinen, weil ich Französin bin?«

»Ich meine, weil Sie eine Frau sind.«

»Sie können darauf vertrauen, dass ich nichts tue, was zu

Ihrem Schaden ist, es sei denn, ich könnte dadurch Schaden von meiner Familie abwenden.«

Er dachte eine lange Weile über ihre Worte nach. »Das gefällt mir«, sagte er. »So etwas sagt man sich über zwei gekreuzte Klingen hinweg – oder über zwei geschüttelte Hände. Habe ich jemals erwähnt, dass niemand es ehrlicher mit einem meint als ein geschworener Feind?«

»Ich will gar nicht Ihr Feind sein.«

»Und ich nicht der Ihre, Madame. Es wäre mir zu … hmmm … gefährlich.«

Louise lächelte. »Was wollen Sie mir nun anvertrauen, Herr von Bismarck?«

Bismarck schien seine Entscheidung getroffen zu haben, denn er sagte ohne großes Zögern: »Ich liebe sie.«

»Was? *Mon Dieu …!*«

»Wie? Nein! Das haben Sie missverstanden. Liebe Güte! Ich sprach nicht von Ihnen!«

»So entschieden, wie Sie das sagen, ist es auch schon wieder beleidigend.«

Bismarck ging nicht auf ihre Spitze ein. Er stand plötzlich auf und sagte feierlich: »Madame, erinnern Sie sich, dass Sie mir einmal vorgeworfen haben, ich zelebriere eine bodenlose Langeweile und innere Leere und wäre im Herzen ein Heide, der Julius Caesar in nichts nachstehe?«

»Äh … das sagte ich an einem Abend, an dem Sie erklärten, es sei ein Fehler gewesen, 1815 nur Napoleon nach Sankt Helena zu verbannen und nicht gleich ganz Frankreich mit dazu.«

Bismarck räusperte sich ebenfalls und hatte die Würde, rot zu werden. »Ja«, sagte er dann. »Was man so alles … hmmmm … sagt an einem Abend mit viel Champagner und gutem Essen, nicht wahr?«

Louise ließ es dabei bewenden, weil ihr der Bismarck, der

vor ihr stand, so ungewöhnlich verletzlich vorkam; sie vermied deshalb auch, ihn darauf hinzuweisen, dass er damals auf ihre Beleidigung geantwortet habe, der Vergleich mit Caesar schmeichle ihm.

»Jedenfalls«, fuhr Bismarck fort, »ist ein Mensch in mein Leben getreten, der mir die bodenlose Langeweile fortgenommen, der meine Leere gefüllt und der mein Heidentum durch eine erneuerte Hoffnung, dass man doch an Gott glauben kann, ersetzt hat.«

»Ich freue mich sehr für Sie«, sagte Louise und fragte sich im Stillen ungläubig: Kann er Lily meinen? Aber sie hatte den Verdacht, dass Bismarck nicht von Pauls Schwester sprach. In ihr Mitleid mit dem aufgelösten Bismarck mischte sich Argwohn: Wenn Bismarck die große Liebe entdeckt hatte – was wurde dann aus Lily?

Bismarck setzte sich wieder und sah so elend aus wie zuvor. »Sie ist die Verlobte eines guten Freundes. Ich kenne sie seit drei Jahren.«

»Oh – Sie haben nie darüber gesprochen … es sei denn, vertraulich mit Alvin …«

»Nein, ich habe nie darüber gesprochen. Ich habe nicht einmal meiner Schwester oder meinem Bruder darüber geschrieben.«

»Liebt sie Sie auch?«

»Ich habe Grund zu dieser Annahme …«, sagte Bismarck. Seine Stimme schwankte.

»Eine Verlobung kann aufgelöst werden, wenn alle Seiten damit einverstanden sind«, erklärte Louise langsam. Dann glaubte sie zu ahnen, warum Bismarck in seinem desolaten Zustand auf Gut Briest aufgetaucht war. »Warum sprechen Sie das Thema nun an?«, fragte sie und war sicher, dass sie die Antwort wusste.

»Marie und Moritz von Blanckenburg haben Anfang dieses Monats geheiratet«, antwortete er tonlos. »Ich war auf der Hochzeit.« Er hob den Blick und sah ihr ins Gesicht. »Sie müssen mir versprechen, dass Sie die Namen für sich behalten. Ich wollte sie nie nennen. Schreiben Sie es meinem Zustand zu, dass sie mir herausgerutscht sind.«

»Welche Namen?«, fragte Louise.

Das Gespenst eines Lächelns huschte über Bismarcks Gesicht.

Louise wusste, wie Bismarck sich gefühlt haben musste. Sie hatte Pauls Gesicht an ihrem Hochzeitstag gesehen und erinnerte sich gut, welche Gefühle ihr Herz zerrissen hatten.

Bismarck erhob sich ruckartig aus seinem Sessel. »Verzeihen Sie«, sagte er. »Ich dachte, ich könnte darüber sprechen, aber … ich kann es nicht. Vergeben Sie mir, dass ich Ihre Zeit beansprucht habe.«

»Nein, warten Sie doch. Wenn Sie es wünschen, sende ich jemanden mit einem Pferd aus, um nach Alvin zu suchen. Vielleicht fällt es Ihnen leichter, Ihr Herz meinem Mann auszuschütten.«

Bismarck, der schon mit seinen langen Beinen zur Tür geschritten war, blieb stehen. Er wandte ihr den Rücken zu. »Danke«, sagte er erstickt. »Danke, aber nicht nötig.«

Louise war wie vom Donner gerührt. Sie war sicher, dass sie ein Schluchzen in seiner Stimme gehört hatte. Der arrogante, zynische, stets über allen Dingen stehende Otto von Bismarck weinte aus Liebeskummer? Sie lief ihm in den Gutshof hinaus nach, wo er auf sein Pferd wartete.

»Wollen Sie nicht wenigstens ein frisches Pferd nehmen? Alvin kann Ihnen morgen Ihres bringen und unseres mit zurücknehmen.«

Er wandte sich erneut von ihr ab, so dass sie sein Gesicht

nicht sehen konnte. »Es ist alles in Ordnung«, murmelte er. »Ich werde morgen nicht mehr hier sein. Ich reise wieder zurück nach Kniephof. Ich habe Schönhausen nach dem Tod meines Vaters übernommen, aber ich kann nicht hier sein … wenn sie dort … ich muss in ihrer Nähe bleiben … und doch so fern von ihr …«

Louise nahm an, dass die letzten Worte gar nicht mehr ihr gegolten hatten. Sie zog sich zurück. Erst als Bismarck schon lange weggeritten war, fiel ihr ein, dass sie am Ende tatsächlich vergessen hatte, ihn nach Lily zu fragen.

Ein paar Tage später traf ein Brief von Bismarck ein. Ein ziemlich abgekämpfter Dienstbote aus Schönhausen überbrachte ihn und schien zunächst nicht zu wissen, sollte er das Schreiben Louise oder Alvin geben, die beide anwesend waren. Anscheinend hatte Bismarck ihm keine genauen Anweisungen zur Aushändigung des Schreibens erteilt. Louise schloss daraus, dass Bismarck ihr tatsächlich vertraute, weil er nicht explizit angeordnet hatte, dass nur Alvin die Nachricht bekommen sollte.

Der Dienstbote entschied sich trotzdem für den traditionellen Weg und lieferte das Schreiben Alvin aus, bevor er sich wieder auf den Rückweg machte. Er war zu Fuß hergelaufen. Als Alvin einem seiner Knechte befahl, zwei Pferde zu satteln, mit dem Boten nach Schönhausen zu reiten und dann mit beiden Pferden wieder zurückzukehren, war der Mann erstaunt. Er ging mit dem Knecht zum Stall. Ein paar Minuten später kam er wieder zurück und bat Alvin um ein Gespräch. Alvin nahm ihn mit in den Salon.

Louise wartete, bis der Bote wenig später davongeritten war. Alvin kam nicht wieder aus dem Salon heraus, also ging sie zu ihm. Ihr Mann saß inmitten von aufgefalteten Landkarten, die er aus dem Dienst mitgebracht und in einer Truhe verstaut gehabt hatte. Er blickte auf, als Louise hereinkam. Sein Gesicht war ernst.

»Was wollte er noch?«, fragte sie.

»Mir seine Dankbarkeit zum Ausdruck bringen, dass ich ihn nicht wieder zu Fuß zurücklaufen lasse.«

»Unter vier Augen?«

»Seine Dankbarkeit drückte er in Form von Neuigkeiten aus, von denen wir bisher noch gar nichts gehört haben. Anscheinend ist Otto besser informiert als die meisten; sieht ihm ähnlich, dass er nichts davon teilt, nur um selbst die Nase vorn zu haben. Aber vor dem Gesinde kann man eben nichts verschweigen ...«

»Haben diese Neuigkeiten mit den Karten zu tun?«

Alvin holte tief Atem. »Weißt du, warum der Bote zu mir persönlich gekommen ist?«

»Weil ich Französin bin? Betreffen die Nachrichten Frankreich?«

»Grundgütiger, nein!«, sagte Alvin ungeduldig. »Er wollte dich nur nicht beunruhigen – Moritz' wegen und so ...«

»Jetzt *bin* ich beunruhigt«, erklärte Louise.

»Otto hat Nachrichten bekommen, dass die Lage im Krakauer Land erneut kritisch wird. Im Frühjahr wollten doch ein paar polnische Gruppierungen einen Krieg anzetteln. Freischärler sollten in den Provinzen unsere und die österreichischen Truppen angreifen und im russischen Teil Polens einen Aufstand auslösen. Den erhofften Krieg zwischen Russland, Österreich und Preußen wollte man nutzen, um Polen wieder zu vereinen. Erinnere dich, wie oft ich im Frühjahr nach Berlin gerufen wurde, zusammen mit den anderen Reserveoffizieren.«

»Ich ahnte nicht, dass die Gefahr eines Kriegs so groß war«, sagte Louise und fühlte, wie ihr kalt wurde.

»Unsere und die österreichischen Truppen haben diese Bemühungen ziemlich schnell vereitelt, weil die Pläne verraten wurden. Zu einem Massaker ist es nur in Galizien gekommen, wo die aufgehetzten Bauern Hunderte von Grundbesitzern umgebracht haben – zumeist Polen, was eine bittere Ironie in sich darstellt. Wie auch immer, es gibt nun Nachricht aus Österreich, dass man dort plant, die Republik Krakau zu annektieren, um die Aufständischen zu bestrafen und so etwas in Zukunft zu verhindern. Das wird womöglich zu neuen Ausschreitungen führen.«

»Warum glauben die Menschen immer, dass Gewalt der einzige Weg ist, etwas zu erreichen? Am Ende sterben immer die Unschuldigen.«

Alvin erwiderte nichts. Er hatte wieder angefangen, auf die Landkarten zu schauen. »Und das ist auch ein Grund, warum Otto nach Kniephof fährt, statt auf Schönhausen zu bleiben, wo er nun hingehört. Du kannst dich darauf verlassen, dass bei allem, was Otto tut, ein Rest von Opportunismus bleibt, selbst wenn es um sein Herz geht. Wenn die Polen irgendeine Dummheit machen, will er ganz vorn mit dabei sein.«

»Um für sich Kapital daraus zu schlagen?«

»Auf welche Weise auch immer.« Alvin lächelte plötzlich. »Doch so, wie ich ihn einschätze, freut er sich auch einfach nur auf eine schöne große Rauferei. Ich hab dir doch erzählt, was er damals zu mir sagte, als wir in das Rathaus in Jerichow gingen und …«

»Das ist keine Rauferei, Alvin. Gott, ihr Militärs müsst immer so harmlose Beschreibungen dafür finden, dass die Menschen wie Tiere aufeinander losgehen. Warum tut ihr das? Damit ihr selbst genug Mut fassen könnt, euch mitten hineinzustürzen? Es werden Häuser in Flammen aufgehen, Männer, Frauen und Kinder sterben, das Land wird verwüstet werden, es wird Krankheit und Hunger geben, und der Hass wird sich vertiefen, und die Gräben zwischen den Völkern weiter aufgerissen werden … so eine Sprache ist der Grund dafür, warum die Gewalt weitergeht und weitergeht!« Sie sah Alvins überrascht-verletzten Blick und erkannte, dass die Pferde mit ihr durchgegangen waren. Ihr Mann war gewiss kein Kommisskopf. Sie hatte ihn mit den Kriegstreibern und Menschenverächtern auf beiden Seiten, in den Generalsuniformen und den teuren Westen der Politiker, in einen Topf geworfen. »Entschuldige bitte«, sagte sie. »Ich weiß nicht, was über mich gekommen ist.«

Alvin seufzte und starrte erneut auf die Karten.

Louise stand neben ihm und spürte die Verstimmung, die sie zwischen sie getragen hatte. Wie sie sie auflösen konnte, wusste sie nicht. In ihr war immer noch so viel jäh emporgekochte Wut; weil ihr erst jetzt klarwurde, wie knapp sie im Frühjahr an einem verheerenden Krieg vorbeigeschrammt waren; weil ein Mann wie Otto von Bismarck trotz seines gebrochenen Herzens nicht aufhörte, sich in Szene setzen zu wollen. Weil sie auf einmal große Furcht hatte, dass doch noch ein Krieg ausbrach und dass Alvin würde kämpfen müssen. Dass sie ihn und alles verlieren würde, was sie zu lieben gelernt hatte.

»Levin hat uns doch erzählt, dass er ein Gut dazukaufen will«, sagte Alvin nach einer Weile. »Ich habe versucht festzustellen, wo es liegt. Es liegt so nahe an der Grenze zur Republik Krakau, dass man fast herüberspucken könnte. Wenn dort irgendeine Schweinerei passiert, sind Levin und Hedwig mittendrin.«

»Glaubst du wirklich, dass dein Bruder das Gut kaufen will?«, fragte Louise, froh darüber, das Gespräch in eine andere Richtung lenken zu können. »Wo soll er denn das Geld hernehmen? Vielleicht pachtet er es nur und setzt einen Verwalter ein, dann bleibt er selbst in Eichenhain und gerät nicht in Gefahr.«

»Er hat ausdrücklich von einem Kauf geschrieben.«

Louise zuckte mit den Schultern. »Alvin, er ist näher dran an den Geschehnissen als du. Wenn Bismarck die Gerüchte gehört hat, wird Levin sie auch hören.«

»Das bezweifle ich. Otto hat auf jeden Fall bessere Verbindungen. Und Levin war noch nie großartig darin, die Dinge wahrzunehmen, die seinen Plänen zuwiderlaufen.«

»Was willst du tun, Alvin?«

»Er ist mein Bruder, Louise. Ich kann ihn doch nicht ins Verderben laufen lassen.«

»Es ist ja noch nicht gesagt, dass wirklich etwas passiert. Und selbst wenn du ihm jetzt einen Brief schreibst – wird er dann auf dich hören?«

Alvins Gesicht hellte sich auf. »Ich schreibe Otto einen Brief und bitte ihn, Levin zu warnen. Vor Otto hat er Respekt; auf ihn wird er hören!«

»Wenn du Otto schreibst, bringst du den Dienstboten in Schwierigkeiten, der uns die Neuigkeiten gebracht hat.«

»Ich werde schreiben, ich hätte Gerüchte bei einer Lagebesprechung in Berlin gehört. Das wird er mir abnehmen.«

»Gut, Alvin«, sagte Louise. »Tu das. Und bitte erkundige dich in deinem Brief, wie es Lily geht.«

»Ach ja, der Brief von Otto!« Alvin reichte ihr den noch ungeöffneten Brief Bismarcks, den der Bote hergebracht hatte. Sie riss ihn auf und überflog ihn. Bismarcks Schrift war schwer zu lesen, steil und spitz mit markanten Ober- und Unterlängen. Sie schnaubte, als sie ihn überflogen hatte. »Er schreibt, dass er uns eine Ladung grüner Bohnen zukommen lassen wird, die in Schönhausen in einem Gewächshaus geerntet wurden, und ein größeres Bündel … Wurstkraut?« So gut Louise mittlerweile Deutsch sprach, mit den landwirtschaftlichen Fachausdrücken hatte sie Schwierigkeiten.

Alvin wiederum hatte keine Ahnung, wie das von Bismarck angebotene Kraut auf Französisch hieß. »Man sagt dazu auch Majoran«, erklärte er.

Louise schnaubte. »*Marjolain*! Er kann es jedenfalls nicht verwenden, da er nach Kniephof abreist und vermeiden will, dass es verdirbt. Du sollst dir kein schlechtes Gewissen machen, weil es unter diesen Umständen kein Opfer für ihn ist und nicht seinem ›inneren Moloch‹ entzogen wird.«

Alvin grunzte erheitert. »Der Mann kann nicht mal etwas schenken, ohne einem im gleichen Atemzug klarzumachen, dass er der Überlegene ist.«

»Manchmal verstehe ich nicht, was du an ihm findest«, sagte Louise, die festgestellt hatte, dass Lily in keiner Zeile des Schreibens erwähnt wurde. »Ich bin froh, dass du auch einen wirklich guten Freund wie Paul hast.«

52

Als sie von der Beerdigung zurück waren und Levin sich im Salon mit einem Schluck Rotwein stärkte, um die beklemmenden Szenen am Grab zu vergessen und die Kälte des Novemberwinds aus den Knochen zu bekommen, sagte Hedwig: »Die Arbeit hier ist für dieses Jahr getan, oder?«

»Ja. Den Rest kann der Verwalter hier allein erledigen. Warum? Möchtest du nach Briest fahren? Ich hätte selbst gute Lust dazu – dieses Begräbnis ist mir auf den Magen geschlagen, und wenn der Witwer sich nicht erholt, haben wir noch vor Weihnachten eine weitere Beerdigung.«

»Nicht nach Briest. Nach Seehausen.«

Überrascht sah Levin über den Rand seines Weinglases seine Frau an.

Hedwig erwiderte seinen Blick, nahm ihm das Glas ab und nahm selbst einen tiefen Schluck Wein. Sie atmete tief ein und aus und sagte dann: »Wann immer ein Leben endet, sollte man diesem Ende etwas entgegensetzen, das klarmacht, das Leben an sich geht weiter.«

Levin blinzelte verwirrt. Er kannte diese Weisheit so, dass das Gleichgewicht erhalten werden sollte, indem man dem Tod ein neues Leben entgegensetzte. Er war jedoch sicher, dass Hedwig ihm nicht angeboten hatte, mit ihr ins Bett zu gehen und einen neuen Anlauf zu unternehmen, ein Kind zu zeugen. Sie hatten schon lange keinen solchen Anlauf mehr gewagt. Es war nicht so, dass Levin dabei etwas vermisst hätte. Er fand es schöner, abends am Kamin in der Zeitung zu lesen und in Abständen zu Hedwig hinüberzusehen, die seine Buchhaltung korrigierte, als mit ihr auf der Matratze die würdelosen Verrenkungen zu vollführen, die nötig waren, um miteinander Verkehr zu haben. Seit er und Hedwig aufgehört hatten, sich damit zu quälen, war sein Respekt vor seiner Frau gewachsen, und seine Zuneigung ebenso. Sie hatten keine Kinder, aber das lag ja vielleicht daran, dass Hedwig schon das größte Gottesgeschenk war, das Levin hatte erhalten können.

»Du willst, dass wir uns Seehausen ansehen?«, fragte er.

»Wenn nicht jetzt, wann dann? Es sei denn, du willst das Angebot doch nicht annehmen. Dann solltest du es Gerhard von Cramm so schnell wie möglich mitteilen. Er wird schon ungeduldig.«

»Ich weiß nicht so recht, Hedwig. Ich denke immer noch an Alvin und seine Familie.«

Hedwig hielt Levin den leeren Weinkelch hin. Er füllte ihn auf. Hedwig nahm einen weiteren Schluck und reichte ihm dann das Glas. Als er es ihr aus der Hand nahm, strich sie über seine Wange und lächelte. »Dein Zögern wegen deines Bruders ehrt dich, mein Liebster. Aber du kannst dich nicht entscheiden, wenn du nicht gesehen hast, worum es eigentlich geht. Lass uns das Gut anschauen, bevor das Wetter zu schlecht wird und wir nicht mehr fahren können. Es ist November, es ist kalt, und die Straßen sind trocken. In zwei Tagen sind wir dort, zwei Tage lang sehen wir es uns an, zwei Tage brauchen wir zurück. Wir sind nicht einmal eine Woche unterwegs.«

»Wenn du meinst.«

»Es ist nicht wichtig, was ich meine. Es ist natürlich deine Entscheidung, Liebster.«

»Ja …«, sagte Levin. »Das ist es – natürlich. Aber was würdest du an meiner Stelle tun?«

Am übernächsten Morgen waren sie mit der großen Kutsche unterwegs. Sie hätte sechs Passagieren Platz geboten, aber Hedwig hatte argumentiert, dass, wer im Spätherbst reiste, sich mit so viel Komfort wie möglich umgeben sollte. Levin hatte eine Sitzbank ausbauen und stattdessen einen kleinen Kohlenbrenner einbauen lassen, der die Kutsche mit Wärme erfüllte und mit seinem zu einem Fenster hinausgeführten, qualmenden Schornstein dafür sorgte, dass die Kutsche wie eine Lokomotive wirkte. Levin hatte eine amüsierte Bemerkung darüber zu seinem Kutscher gemacht, der ihn nur ausdruckslos angesehen und dann genickt hatte, ohne den Scherz zu verstehen. Manchmal war es zum Verzweifeln mit dem Personal.

Sie kamen schneller voran als erwartet. Levin hielt es für ein gutes Omen. Einmal übernachteten sie in einer Herberge, in der sie die einzigen Gäste waren und in der die Familie des Wirts immer wieder einmal Blicke aus der Küche heraus riskierte, als ob sie noch nie Reisende gesehen hätten. Das Essen war nicht üppig, aber genießbar. In einer Anwandlung von Überschwang versuchte Levin in der Nacht, Hedwig zu Zärtlichkeiten zu ermuntern, ließ aber davon ab, als sie ihn darauf hinwies, dass die Herberge wahrscheinlich hellhörig war und die Wirtsfamilie ohnehin schon ihre übergroße Neugier bewiesen hatte. Sie hat wie immer recht, dachte Levin, der von seinem Eifer selbst überrascht war und bei längerem Nachdenken fand, dass es sich für ein Gutsbesitzerpaar in einer Herberge mitten im Nirgendwo ohnehin nicht ziemte. Die Reise an sich schien ihm jedenfalls gutzutun. Innerhalb weniger Minuten war er eingeschlafen und wachte erst auf, als Hedwig ihn am nächsten Morgen weckte.

Seehausen erreichten sie am Spätnachmittag des zweiten Reisetags. Was die Reisezeit betraf, hatte Gerhard von Cramm nicht übertrieben. Levin fühlte sich, als seien seine eigenen Vorhersagen und nicht die seines Nachbarn eingetroffen, als er das Haus erblickte, und ließ die Kutsche stolz anhalten. Er erkannte das Gut von weitem von den Zeichnungen, die Cramm ihm gezeigt hatte. Es erhob sich, was aus den Bildern nicht so recht hervorgegangen war, auf einem kleinen Hügel direkt oberhalb eines Weihers, der schon fast die Größe eines kleinen Sees hatte.

»Schöner als auf den Bildern«, sagte Levin. Konnte es wirklich sein, dass Gerhard von Cramm ein Schmuckstück in solcher Lage gegen das notleidende Briest eintauschte? Das war ja – um es mit Cramms eigenen Worten zu sagen – eine superbe Gelegenheit. Davon würde man noch länger sprechen!

Haben Sie gehört? Briest hat dem zugeknöpften Cramm ein Gut in Posen in Bestlage abgeluchst!

Was, ausgerechnet Cramm, dem alten Fuchs?

Sieht so aus. Haben den alten Briest wohl unterschätzt. Freue mich drauf, ihm auf diesen Coup die Pfote zu schütteln.

»Wie findest du es?«, fragte Levin, an Hedwig gewandt.

»Ich hoffe, wir können uns das Haus von innen ansehen«, erwiderte Hedwig nüchtern wie immer. »Zuvor werde ich keine … solltest du keine Entscheidung treffen, Liebster.«

»Natürlich nicht.«

Sie ließen die Kutsche weiterfahren. Als sie in den Gutshof einbogen, bekam Levins Enthusiasmus einen kleinen Dämpfer. Das Gut wirkte menschenleer, wo er hektische Aktivität erwartet hatte, um den Besitz für den Winter zu rüsten. Niemand kletterte auf dem Dach herum, um nach Lücken im Dachbelag zu suchen, niemand war in den Ställen zugange, um lose gewordenes Mauerwerk zwischen den Fachwerkbalken auszubessern, niemand schichtete Brennholz auf oder klob es in die passende Länge. Auch der Gutshof wirkte ein wenig schmutzig – zwei, drei dunkle Flächen im Erdreich sahen aus, als wäre etwas verschüttet worden: Jauche vielleicht, oder Schmutzwasser, der Färbung nach zu urteilen. Der Weiher besaß einen kleinen Landungssteg, an dem ein Boot festgemacht war. Das Boot schien leck geworden zu sein, weil es an der straffen Kette tief im Wasser lag. Um es herum schwammen ein paar undefinierbare Lumpen, als wären Heubündel ins Wasser geweht und nicht daraus geborgen worden.

Levin räusperte sich. »Werden dem Gutsverwalter wohl etwas genauer auf die Finger blicken müssen«, sagte er. »Schlampiger Kerl, wie es scheint.« Er beugte sich aus dem Kutschfenster und befahl seinem Kutscher, nach drinnen zu gehen und sie anzumelden.

»Lassen Sie uns wieder fahren, Herr von Briest«, gab der Kutscher zur Antwort.

»Was?«

»Ist recht merkwürdig hier, Herr von Briest«, sagte der Kutscher.

Levin wechselte einen Blick mit Hedwig, die genauso überrascht wirkte, wie er sich fühlte. Was war das jetzt? Wollte der Kutscher etwa impertinent werden?

»Unsinn«, sagte er barsch. Er erinnerte sich, wie sein Vater die Dienstboten immer angesprochen hatte – in der dritten Person, damit gar nicht erst der Verdacht aufkam, es würde eine persönliche Verbindung zwischen Herr und Knecht geben. »Geh Er rein und hol den Verwalter, und ein bisschen plötzlich.« Er wäre nicht er selbst gewesen, wenn er nicht noch hinzugefügt hätte: »Wenn ich bitten darf.«

Zu Levins noch größerem Erstaunen reichte ihm der Kutscher etwas zum Fenster herein. Levin hätte es beinahe fallen lassen – es war eine alte, einschüssige Pistole. »Zur Sicherheit, Herr von Briest«, erklärte der Kutscher.

Zwischen Hedwigs Brauen hatte sich eine steile Falte gebildet. Sie sah dem Kutscher hinterher, der mit der Faust gegen die Eingangstür hämmerte, dann gegen das Türblatt drückte. Es öffnete sich nach innen. Der Kutscher zögerte kurz, dann ging er hinein. Levin hörte ihn »Hallo?« rufen.

»Ich glaube, ich werf den Kerl raus, wenn wir wieder zu Hause sind«, sagte er im Glauben, Hedwigs finstere Miene galt dem Verhalten des Kutschers.

»Hol ihn zurück«, sagte Hedwig stattdessen.

»Was?«

»Hol den Kutscher zurück. Machen wir, dass wir hier wegkommen.«

»Aber ich bitte dich, Liebste!« Levin bemerkte, dass er die

Pistole immer noch in der Hand hatte. Er legte sie auf die Sitzbank. »Schau, alles ist bestens. Da kommt das Empfangskomitee.«

Eine Gruppe von fünf Männern war aus der Tür getreten und kam auf die Kutsche zu. Levin öffnete den Verschlag und machte sich daran, hinauszuklettern. Er fühlte, wie Hedwig sich an seiner Manteltasche zu schaffen machte. Auf einmal war ein schweres Gewicht darin – die Pistole. Er blickte in ihr blass gewordenes Gesicht. Sein Herz begann zu pochen. Mit einem Schlag war seine ganze Zuversicht dahin.

Die Männer blieben in einem lockeren Halbkreis vor der Kutsche stehen. Levin baute sich vor ihnen auf und versuchte, selbstbewusst auszusehen. Das Gewicht der Waffe zog seinen Mantel auf einer Seite nach unten.

»Mein Name ist Levin von Briest«, sagte er. »Ich trage mich mit dem Gedanken, dieses Gut hier zu kaufen. Wer ist der Verwalter?«

»Kaufen?«, fragte einer der Männer. Er sprach mit einem singenden Akzent. – War das Polnisch?

Ratlos machte sich Levin klar, dass die Männer kein Deutsch sprachen. Davon hatte Cramm aber nichts erwähnt! Das verächtliche Grinsen, das zwei von ihnen in der Visage trugen, war auch unerhört. Levins Herz pochte härter.

»Wer ist der Verwalter?«, fragte er noch einmal, etwas schärfer.

»Verkaufen nicht«, sagte derjenige, der vorhin gesprochen hatte.

»Das lassen Sie ruhig meine Sorge sein«, schnarrte Levin. »Ich möchte mir das Gut ansehen. Und ich brauche für die edle Frau von Briest und mich ein paar Zimmer zur Übernachtung.«

Aus dem Augenwinkel nahm er eine Bewegung wahr. Ein

Hund streunte unten am Seeufer umher. Er lief auf den Landungssteg, schaute ins Wasser und machte einen langen Hals. Levin hörte ihn bis hierher knurren und winseln.

Dann erkannte er, was die Bündel Heu im Wasser wirklich waren. Er fuhr herum. Plötzlich wusste er, was die dunklen Flecke im Gutshof zu bedeuten hatten.

Die Eingangstür wurde aufgerissen. Der Kutscher kam heraus – aber nicht freiwillig. Jemand, der ihm ein Messer an die Kehle drückte und seine Arme hinter dem Rücken zusammenhielt, schob ihn vor sich her. Levin gaffte ihn an. Das Pochen seines Herzens war jetzt ein Crescendo, das in seinen Ohren widerhallte. Seine Eingeweide ballten sich zusammen.

»Großer Gott, fliehen Sie, Herr von Briest, fliehen Sie …«, stieß der Kutscher hervor. Das Messer fuhr durch seine Kehle.

Levin starrte wie gelähmt auf die Szene. Die Augen des Kutschers weiteten sich, sein Mund klappte zu einem stummen Schrei auf. Levin hatte nicht gewusst, wie rot Blut sein konnte und wie weit es aus einer solchen Wunde spritzen konnte. Der Kutscher zuckte. Der Mann mit dem Messer ließ ihn los. Der Kutscher fiel auf die Knie und griff mit den Händen in die Luft. Die entsetzte Miene war auf seinen Gesichtszügen eingefroren. Er gurgelte und sackte zur Seite. Um ihn herum bildete sich bestürzend schnell ein hellroter Fleck, der bald so dunkel sein würde wie die anderen. Und was Levin bei seiner oberflächlichen Betrachtung für Heubündel im Wasser gehalten hatte, waren Leichen gewesen.

Levin merkte, dass seine Blase nachgeben wollte. Was von seinem Verstand noch übrig war in der blinden Panik, die ihn ergriff, verhinderte, dass er sich vor diesen Männern in die Hose machte. Er fühlte, wie seine Knie weich wurden.

»Verkaufen nicht«, sagte der Sprecher noch einmal.

Einer der Männer deutete auf die Kutsche. Wie in Trance

drehte Levin sich um und folgte dem Fingerzeig. Hedwig stierte mit aufgerissenem Mund und blankem Entsetzten heraus. Der Mann sagte etwas. Die anderen vier lachten.

Levin griff in seine Manteltasche und holte die Pistole heraus. Er verhaspelte sich, aber die fünf Männer waren davon so überrascht, dass er trotzdem schneller war als sie. Er hielt die Pistole mit gestrecktem Arm von sich, spannte den Hahn und zielte auf das Gesicht des Sprechers. Ihm fiel ein, dass er etwas über den Rückschlag von Feuerwaffen gehört hatte und wie die Jagdgewehre, mit denen er sich auskannte, einem gegen die Schulter schlugen und nach oben bockten, und senkte den Lauf der Pistole, bis er auf die Mitte des Sprechers der fünf Männer zielte. Dessen Augen wurden schmale Schlitze. Er spreizte langsam die Arme ab.

»Keinen Schritt näher!«, rief Levin. Er hörte, wie schrill seine Stimme klang.

Einer der fünf trat dennoch einen Schritt vor. Levin schwang die Pistole herum und zielte auf ihn. Der Mann blieb stehen. Dafür trat der Sprecher einen Schritt vor. Levin schwang die Waffe wieder zurück.

In den Gesichtern der Männer konnte er lesen, dass sie nicht wirklich damit rechneten, dass er traf. Und dass sie wussten, dass es sich nur um eine einschüssige Pistole handelte. Und dass es sich – egal, ob er abdrückte oder nicht – nur um wenige Augenblicke handeln konnte, bis sie ihn überwältigt hatten.

Levin wurde klar, dass er keine Chance hatte. Die Erkenntnis hätte ihn auf die Knie zwingen sollen, aber stattdessen machte sie ihn plötzlich ruhiger. Und als ob sich davon etwas in seinen Zügen gezeigt hätte, hielten die fünf Männer, die sich vorsichtig vorwärtsbewegt hatten, an.

»Einem von euch würde es auf jeden Fall an den Kragen gehen«, sagte Levin. »Wer will dem Teufel als Erster die Hand schütteln?«

Der Sprecher der Männer machte eine beschwichtigende Geste. »Lege weg«, sagte er in radebrechendem Deutsch.

»Das könnte dir so passen«, sagte Levin.

Es stimmte – er hatte keine Chance. Höchstens noch drei Schritte trennten ihn von dem vordersten der Männer. Auch wenn er sie gerade dazu gebracht hatte, ihn ernster zu nehmen als vorhin, war es doch klar, wie das hier ausgehen musste.

Dennoch gab es eine Chance, von hier zu entkommen. Nur nicht für ihn.

Er hätte in der Kutsche bleiben sollen. Hedwig hatte wie immer recht behalten.

Er hätte nie mit ihr hierherkommen sollen.

War das die Strafe dafür, dass er den Ruin von Alvin und seiner Familie in Kauf genommen hätte, wenn der Tausch der beiden Güter stattgefunden hätte?

Er dachte: Gott, was für ein Feigling war ich mein ganzes Leben lang! Die Witzfigur meiner Nachbarn!

Niemand hätte anerkennend genickt nach dem Tausch und gesagt, dass Levin ein ganz Abgebrühter war, der es geschafft hatte, eine Zwangslage des Fuchses Gerhard von Cramm zu seinem Vorteil zu nutzen! Stattdessen hätte man hinter seinem Rücken darüber getuschelt, dass er in seiner Gier seinen eigenen Bruder den Wölfen vorgeworfen hatte.

Ein preußischer Junker erfüllte seine Pflicht, indem er das Land zusammenhielt. Und seine Familie. Levin war im Begriff gewesen, all das zu verraten.

Bis auf Hedwig, die er von ganzem Herzen liebte. Es tat ihm plötzlich unendlich leid, ihr das in den letzten Jahren nicht oft genug gesagt zu haben.

All diese Gedanken brauchten nur einen Herzschlag lang,

um durch seinen Kopf zu gehen. Einer der Männer trat einen weiteren Schritt vor.

Levin fuhr herum, sprang zu den Pferden und feuerte die Pistole über ihre Köpfe hinweg ab. Die Pferde wieherten, scheuten und gingen durch. Hedwigs Gesicht verschwand aus dem Kutschfenster, weil sie auf die Sitzbank zurückgeworfen wurde, dann raste die Kutsche mit den wild gewordenen Pferden über den Gutshof und auf die Straße hinaus.

Die Männer hatten versucht, den Pferden ins Geschirr zu greifen, aber sie waren zu langsam gewesen. Jetzt kamen sie auf ihn zu, die Gesichter vor Wut verzerrt.

Levin warf die Pistole auf den Boden und hob die Fäuste. »Kommt her, wenn ihr euch traut«, knurrte er.

53

Lily Baermann war schwindlig. Es kam daher, dass sie schon wieder die Luft angehalten hatte. Sie stieß sie aus und schöpfte krampfhaft Atem. Wenn das so weiterging, würde sie noch ohnmächtig werden. Und diesen Gefallen tat sie ihm nicht. Auf keinen Fall!

Die Kutsche rüttelte und stieß sie hin und her. Nachdem die erste Hälfte des Novembers trocken und kalt gewesen war, hatte es in der zweiten Hälfte erst ununterbrochen zu schneien und dann wieder zu regnen begonnen. Innerhalb weniger Tage hatte sich jedes unbefestigte Erdreich in knöcheltiefen Schlamm verwandelt. Dann, in der letzten Novemberwoche, waren die Temperaturen wieder drastisch gesunken. Die Furchen und Rillen in den Straßen waren zu Stein erstarrt. Eine

Fahrt mit der Kutsche darüber war so, als würde man über die Ausläufer einer Geröllawine holpern. Lily hoffte, dass es dem Reiter, der die Kutsche begleitete, ebenso unbequem war. Vielleicht fiel er vom Pferd und brach sich den Hals? Vielleicht sollte sie einfach die Tür aufreißen und das Pferd so erschrecken, dass es ihn abwarf, damit er sich ganz sicher den Hals brach?

Sie hielt schon wieder die Luft an. Sie atmete aus und hätte beinahe zu weinen begonnen. Nur gut, dass der Reiter draußen den Schluchzer, der ihr Einatmen begleitet hatte, wegen des Ratterns der Kutsche nicht hören konnte.

In Lily brodelte eine Mischung aus Gefühlen, die einen schwächeren Menschen dazu gebracht hätte, mit den Füßen aufzustampfen, laut zu schreien und dabei zu weinen, bis die Augen entzündet wären. Lily hingegen saß so gerade, wie es ging, in der Kutsche und machte ein so unbeteiligtes Gesicht wie möglich. Sie war schon immer gut darin gewesen, ihre Gefühle nicht zu zeigen. In den letzten zwei Jahren hatte sie darin Perfektion erlangt.

Es wäre auch nicht möglich gewesen, sie zu zeigen. Ihm gegenüber nicht, weil sonst ihre Selbstachtung vollkommen dahin gewesen wäre. Und den anderen erst recht nicht, weil sie sie sonst fertiggemacht hätten. Es war auch so schlimm genug gewesen.

Die Kutsche wurde langsamer. Da der Reiter rechts von der Kutsche war, schob Lily den Ledervorhang vor dem linken Kutschfenster zurück und schaute hinaus. Die Karosse folgte dem Fahrweg, zu dem die Straße sich verengt hatte, in einer sanften Linkskurve zu einem Gutshaus. Lily erkannte den Weiher, der jetzt zugefroren war, und den Turm. Sie waren angekommen. Das dort vorn war Gut Briest. Der Reiter überholte die Kutsche und setzte sich vor sie, und Lily zuckte vom

Fenster zurück, damit sich ihre Blicke nicht begegnen konnten. Sie hörte ihn vorangaloppieren und wartete noch ein paar Augenblicke, bis sie wieder aus dem Fenster spähte.

Der Innenhof von Gut Briest lag nun vor ihnen. Ein anderes Fuhrwerk stand schon darin, aber es war keine Kutsche, sondern ein langer, zweiachsiger Wagen mit extra hohen Speichenrädern – ein Erntewagen. Er konnte um diese Jahreszeit keine Ernte eingebracht haben. Dennoch standen einige Leute darum herum. Der Wagen konnte nicht lange vor ihnen eingetroffen sein. Zwei in dicke Mäntel, Schals und Pelzmützen gekleidete Männer, die offensichtlich die Wagenlenker gewesen waren, machten sich an der hinteren Ladebordwand zu schaffen.

Während ihre Kutsche immer langsamer wurde und schließlich stehen blieb, weil sie um den Erntewagen nicht herumfahren konnte – er stand so ungeschickt mitten im Hof, dass er alles blockierte –, beobachtete Lily, wie einer der Zuschauer sich abwandte und dem Reiter entgegenblickte. Der Mann war Alvin von Briest. Pauls Freund. Und auch *sein* Freund; der Freund des Reiters. Sie hatte gelernt, den Reiter zu hassen. Plötzlich fand sie auch Alvin, den sie vorher als gutaussehend, aber langweilig abgetan hatte, so abstoßend wie den Reiter. Wie sie alle immer herumliefen, diese preußischen Junker – im Winter wie im Sommer in hohen Reitstiefeln und teurer Kleidung, selbst wenn sie nur in den Stall gingen, um die Pferdeknechte zu überwachen. Alvin trug einen langen Kutschermantel, genau wie *er*; und als der Reiter abgestiegen war und er und Alvin sich begrüßten, war sich Lily sicher, dass sie auch Alvin zu hassen begonnen hatte. Die ganze Junkerschicht bestand nur aus selbstsüchtigen, dekadenten Hinterwäldlern, die so taten, als würde ohne sie ihr verdammtes Preußen nicht existieren können! Was in München die Kamarilla aus Speichelleckern um König Ludwig gewesen war, waren hier die Gutsbesitzer in ihren alten Häusern. Eine Sorte so verachtenswert wie die andere! Und von solchen Leuten musste man sich auch noch verschmähen lassen … aus Furcht vor einem Skandal das eine Mal in München, aus dem lächerlichen Entschluss, ab sofort ein geordnetes, frommes Leben zu führen hier in Preußen. In München war es wenigstens noch der König gewesen, der Lily verschmäht hatte. Hier … hier war es ein unbedeutender, aufgeblasener Wichtigtuer von Junker namens Otto von Bismarck. Sie hasste sie alle, oh, wie sie sie alle hasste, diese Leute mit den »vons« im Namen!

Vorn hörte sich Otto von Bismarck, der abgestiegen war und Alvin die Hand geschüttelt hatte, eine Erklärung Alvins an. Er trat mit allen Anzeichen der Bestürzung einen Schritt zurück. Alvin fragte etwas. Bismarck schüttelte den Kopf. Alvin breitete die Arme in einer resignierten Geste aus. Bismarck erklärte lang und breit etwas, wobei seine arrogant-gerade Körperhaltung an Spannung verlor und er am Ende mit ebenso hängendem Kopf dastand wie Alvin. Lily konnte sich schon denken, was Bismarck erzählte. Ihr Hass erhielt eine schuldbewusste Note, als ihr klarwurde, dass sie noch immer vor Eifersucht kochte.

Es war Eifersucht auf eine Tote.

Und zugleich wurde ihr einmal mehr bewusst, dass all der Hass, den sie gegenüber Otto von Bismarck empfand, nur daher kam, dass sie ihn liebte. Sie, die sich verächtlich geschworen hatte, dass nie ein Mann ihr Herz würde berühren können, die in ihrer Seele nur Spott für Elias Peißner und dessen hündische Ergebenheit gehabt hatte … ausgerechnet sie war so von Otto von Bismarck verzaubert gewesen auf Alvins und Louises Hochzeit, dass sie ihm ihr Herz geöffnet hatte.

Er hatte es benutzt und weggeworfen.

Vor ihrer Kutsche klopfte Alvin Bismarck auf die Schulter. Einen Augenblick standen beide wie verloren da, dann sah sie, wie Bismarck sich verstohlen über die Augen wischte. Sie kannte diese Geste mittlerweile genug, weil sie sie in den letzten Wochen oft gesehen hatte. Otto von Bismarck wischte sich die Tränen ab.

Sie unterdrückte ein Schluchzen. Seine Pein, die dazu geführt hatte, dass sie jetzt hier in der Kutsche saß, im Begriff, endgültig aus seinem Leben gestrichen zu werden, berührte sie dennoch jedes Mal aufs Neue.

Sie war froh, dass sie ihn hassen konnte. Sie wünschte sich nur, dass nicht gleichzeitig noch so viel Liebe für ihn da gewesen wäre.

Die Wagenlenker hatten die Bordwand geöffnet. Lily konnte nicht sehen, was auf dem Wagen war, nur dass die Fracht mit Decken und Tüchern bedeckt gewesen sein musste, denn einer der Wagenlenker war hinaufgeklettert und hatte sie beiseitegeschlagen und über die Seitenwand gehängt. Er bückte sich und schob an etwas. Der zweite Wagenlenker machte sich bereit. Zwei Knechte von Gut Briest kamen ihm zu Hilfe.

Die Fracht war schwer. Es war ein Sarg. Die drei Männer schwankten unter seinem Gewicht.

Die Sargträger machten sich auf einen müden Wink Alvins hin auf den Weg in Richtung Gutskapelle. Lilys Gedanken setzten wieder ein, als sie sah, wie Alvins Schultern sich plötzlich hoben und senkten und wie er mit zu Fäusten geballten Händen dastand, um seinen Schmerz zu unterdrücken. Da wurde ihr klar, wer in dem Sarg liegen musste.

Paul.

Sie war aus der Kutsche gestiegen und hatte die halbe Entfernung zu Alvin und Bismarck zurückgelegt, bevor einer der beiden Männer auf sie aufmerksam wurde. Bismarck versteifte sich. Alvin starrte ihr entgegen, als habe er sie noch nie zuvor gesehen. Sie wollte etwas sagen und konnte es nicht.

Die Sargträger kamen an ihr vorbei. Diejenigen, die auf ihrer Seite des Sargs gingen, nickten ihr zu. Sie trugen den Sarg an ihr vorbei. Lilys Blick folgte ihm. Sie konnte sich nicht bewegen, aber sie hätte auch nicht gewusst, was sie tun sollte. Dem Sarg folgen? In die Kutsche zurückklettern? Auf den Boden sinken?

Paul?

Ihr Bruder war tot?

Der erste Gedanke, der ihr nach dieser Erkenntnis durch den Kopf ging, war: Nun bin ich ganz allein auf der Welt.

Der zweite war: Und ich bin mittellos, weil er mir das Geld, das mir zusteht, nicht gezahlt hat.

Die dritte Überlegung war die, dass sie eigentlich Trauer empfinden müsste, aber sie empfand nur eine Steigerung ihres Zorns, weil ihr mit Pauls Tod nun jede Zukunftsaussicht verwehrt war.

Sie wandte sich von den Sargträgern ab, als Alvin neben sie trat. Seine Augen waren rot. Er hatte geweint. Sein Gesicht war blass.

»Lily«, sagte er heiser und nahm sie zu ihrer grenzenlosen Überraschung in den Arm. »Ach Gott, Lily. Otto hat gar nicht gesagt, dass er dich mitgebracht hat. Ihr kommt in einer dunklen Stunde. Sei trotzdem willkommen.«

Lily, Wange an Wange mit Alvin, sagte sich, dass sie Alvin Tränen würde zeigen müssen. Aber außer der Wut spürte sie nichts. Sie versuchte, die Verzweiflung heraufzubeschwören, die sie noch in der Kutsche empfunden hatte, aber es gelang ihr nicht. Paul, du mieser, feiger …, ging es ihr durch den Kopf. Dann dachte sie: Er ist tot. Über die Toten redet man nichts Schlechtes. Und gleich darauf: Du bist mir mein Leben schuldig geblieben, Paul!

Sie sah hinüber zu Bismarck, der neben dem Wagen stand. Ihre Blicke trafen sich. Bismarck blinzelte und schaute dann zum Portal des Gutshauses.

»Danke, Herr von Briest«, hörte Lily sich sagen.

»Vergiss die Förmlichkeit, Lily, bitte. Uns vereint heute die Trauer.«

»Ja«, sagte Lily. Sie fragte sich, ob sie sich losmachen sollte. Die Umarmung wurde ihr unangenehm.

Alvin ließ sie los, als hätte ihr Körper ihm ein Signal gegeben. Seine Augen schwammen. »Komm«, sagte er. »In der Kälte herumzustehen hilft keinem. Geht ins Haus, du und Otto. Ich kümmere mich um alles.«

Sie ließ es zu, dass er sie zu dem Wagen führte, vor dem Bismarck stand. Von der anderen Seite des Hofs näherten sich Schritte – die Sargträger. Alvin wandte sich ihnen zu. Sofort trat Bismarck einen Schritt zurück, um einen Abstand zwischen sich und Lily zu schaffen. In Lily schäumte noch mehr Wut empor. Er hatte nicht einmal den Anstand, ihr wenigstens sein Beileid auszudrücken zum Tod ihres Bruders! Sie schwankte und erkannte, dass sie zum dritten Mal vor Zorn die Luft anhielt.

»Danke, Männer«, sagte Alvin und klopfte den Sargträgern auf die Schultern. Diese wanden sich vor Verlegenheit angesichts der vertraulichen Geste und von Alvins offenkundiger Trauer. »Bahrt den zweiten Sarg bitte auch noch auf, dann holt euch drinnen Schnaps und etwas zu essen.«

Den zweiten Sarg?

Lily ging um den Wagen herum und schaute auf die Ladefläche. Noch halb verdeckt von der Plane, stand darauf ein zweiter Sarg. Sie gaffte ihn an. Jemand räusperte sich neben ihr. Sie trat beiseite. Die Sargträger machten sich an dem zweiten Sarg zu schaffen.

Unwillkürlich blickte sich Lily zu Bismarck um, doch dieser schaute nur verbissen zu Boden. Dann suchte sie Alvins Blick, doch Alvin half dabei mit, den Sarg herauszuziehen, und achtete nicht auf sie.

Im Portal des Gutshauses erschien plötzlich jemand. Lily blickte auf. Es war Louise. Auch sie hatte geweint. Als sie Lily sah, machte sie ein erstauntes Gesicht, dann huschte so etwas wie Freude darüber. Sie eilte die Stufen herunter und auf Lily zu, und ehe diese sich versah, wurde sie erneut umarmt, diesmal von Louise, die sie an sich drückte wie eine lang vermisste Schwester. Sie stieß etwas auf Französisch hervor, das Lily nicht verstand.

Wer lag in dem zweiten Sarg?

Lily machte sich los. »Was …?«, begann sie und wies auf den Sarg, der auf den Schultern der Träger seinem Vorgänger folgte.

»Oh, Lily«, sagte Louise. »Was für ein schlimmer Tag. Es tut mir leid, dass wir euch auf diese Weise empfangen müssen. Alvin und ich sind untröstlich.« Sie gab sich einen Ruck, trat zu Otto, der sich nicht vom Fleck gerührt hatte, und reichte ihm die Hand, doch als er diese schüttelte, zog sie auch ihn in eine Umarmung. »Dabei fühlen Sie Ihren eigenen Schmerz, Herr von Bismarck. Die Nachrichten sind auch bis zu uns gekommen. Ich weiß ja, wie nahe Sie ihr standen.«

Alvin war auf einmal neben Lily und legte eine Hand an ihren Arm. »Gehen wir nach drinnen.«

»Was ist passiert?«, brachte Lily hervor.

»Es waren anscheinend aufständische Arbeiter und Bauern aus der Republik Krakau, die über die Grenze gekommen sind«, erwiderte Alvin. »Die Nachricht der Behörden in Posen traf ein paar Tage vor den … den Särgen ein.«

»Posen?«

»Er wollte dort ein Gut kaufen – oder pachten, ich bin selbst noch nicht schlau daraus geworden.«

»Paul wollte ein Gut …?«

Alvin blickte sie verständnislos an. »Paul?«, fragte er. »Was hat Paul damit zu tun?« Dann zog sich sein Gesicht vor Bestürzung noch mehr in die Länge. »Grundgütiger, hast du gedacht, in einem der Särge läge Paul?«

Lilys Blicke huschten von ihm zu Louise, deren Augen erneut überliefen, als sie verstand, was Alvin zum Ausdruck brachte, und zu Bismarck, dessen Backenknochen mahlten und der ihr erneut auswich. Louise eilte heran, nahm Lily ein zweites Mal in den Arm und strich ihr über den Rücken.

»*Mon Dieu*«, flüsterte Louise, »verzeih uns, bitte verzeih uns, dass wir dich auch nur eine Sekunde glauben ließen, dein Bruder … nein, es handelt sich um Levin, Alvins Bruder. Und seine Frau. Die Aufständischen haben sie ermordet, zusammen mit ihrem Kutscher – vor zwei oder drei Wochen schon.«

»Wir hätten es nicht einmal erfahren, wenn nicht preußisches Militär in der Gegend nach dem Rechten gesehen hätte, in der das Gut lag, das Levin und Hedwig besuchten«, sagte Alvin. »Aus einem Gutshaus wurde auf sie geschossen. Da schauten sie genauer nach und fanden einen See, in dem …« Seine Stimme versagte für einen Moment. »… in dem Leichen trieben. Es waren der Gutsverwalter und seine Familie und ein paar Dienstboten sowie der Kutscher … und Levin und Hedwig. Sie … sie lagen alle schon ein paar Tage im Wasser, deshalb sind die Särge auch schon zugenagelt und so … schwer …« Alvin kämpfte um seine Fassung. »Als die Behörden aus den gefangenen Aufrührern herausgeholt hatten, was passiert war, und die Papiere, welche die Kerle gestohlen hatten, den Toten zugeordnet waren, wurden wir benachrichtigt. Ich habe verfügt, dass Levin und Hedwig heimgeholt werden. Levin hat … er hat Eichenhain immer als seine neue Heimat angesehen, aber ich weiß, wie sehr er an Briest hing und wie wichtig es ihm immer war, dass unsere Familie es schon so lange besitzt, daher wollte ich ihn und Hedwig hier beerdigen.«

Lily sagte das Erste, das ihr einfiel: »Und der Kutscher?«

»Äh? Ah … der Kutscher … ich weiß nicht, was aus ihm …«

»Er hatte vermutlich auch irgendwo eine Heimat«, sagte Lily.

Alvin blinzelte, als hätte sie ihm ins Gesicht gespuckt.

»Oder liegt er noch in dem See?«

»Nein, ich … wir … ich nehme an, man hat ihn …«

Jemand nahm sie am Arm. Zu Lilys grenzenloser Überraschung war es Otto von Bismarck.

»Wäre es möglich, hineinzugehen?«, fragte er mit seiner hellen, kratzigen Stimme. »Der Anblick des Karrens und der Särge … hmmmm … keiner von uns weiß so recht, was er sagt.« Seine Hand schloss sich so hart um Lilys Oberarm, dass es ihr weh tat. Das Signal war klar. Sie sollte ihren Mund halten.

Alles in ihr begehrte auf. Was hatte er ihr noch zu befehlen? Was hatte er ihr je zu befehlen gehabt? Sie war Lily Baermann, und sie schwieg dann, wann sie es für richtig hielt!

In diesem Moment musste sie jedoch zugeben, dass es wahrscheinlich besser war, jetzt zu schweigen. Sie hasste sich dafür. Sie hasste *ihn* dafür. Sie hasste sich und ihn dafür, dass es nie anders gewesen war zwischen ihnen. Was immer er ihr befohlen, wozu immer er sie aufgefordert hatte, sie hatte in sich hineingehorcht und es für gut und richtig befunden. Und war er nicht in jeder Hinsicht an die Grenzen gegangen? Und hatte sie nicht stets mitgemacht und das Gefühl gehabt, es war gut, weil *er* es für gut befand?

Schweigend gingen sie ins Haus. Der Flur war düster.

Paul war also nicht … tot? Es war ein Missverständnis gewesen? In den Särgen lagen Levin und Hedwig von Briest, die Lily so egal waren wie zwei tote Hunde.

Paul lebte.

Und dann kam ihr Paul entgegen, als sie in den Salon traten, dessen Tür Louise öffnete. Nur dass es der Paul von vor zwanzig Jahren war und mit rotem Haar statt blondem, aber ansonsten war es sein Gesicht. Paul stand vor ihr, drei Jahre alt, extrem lästig und eine Bürde für seine große Schwester, die auf ihn aufzupassen hatte.

Lily schüttelte verwirrt den Kopf und hatte einen Moment lang das schreckliche Gefühl, dass alles durcheinandergewirbelt worden war und sie in einem Traum lebte, dessen Anfang und Ende ausgetauscht worden waren.

Dann lief der Junge, der wie Paul aussah, zu Alvin, hielt die Arme in die Höhe, um aufgehoben zu werden, und sagte: »Papa, Onkel Levin im Himmel?«

Lily sah in Louises Augen und verstand.

54

Louise lag im Bett neben Alvin und konnte nicht schlafen. Ihre Augen waren geschlossen, und ihr Atem ging gleichmäßig, aber sie war hellwach. Die Empörung über Otto von Bismarcks Zumutung, die Trauer über Levins und Hedwigs Tod und das offenkundige Leid ihres Ehemanns wegen seines Bruders und seiner Schwägerin ließen sie nicht schlafen. Da war noch etwas anderes, das sie nicht zur Ruhe kommen ließ und das sich ebenso hartnäckig in den Vordergrund ihres Bewusstseins zu schieben versuchte, wie sie es vergeblich verdrängte.

Dieser Blick in Lilys Augen. Konnte sie es wissen …? Aber woher? Paul konnte es ihr nicht gesagt haben, denn er wusste es selbst nicht. Louises Herz schlug schwer und angstvoll angesichts der Möglichkeit, dass Lily ihr Geheimnis bekannt war – und was Pauls Schwester mit diesem Geheimnis anfangen würde. Konnte sie sich auf Lilys Diskretion verlassen? Louise hatte gehofft, dass Pauls Schwester ihre Freundin würde. Nun war sie plötzlich nicht mehr so sicher. Von Lily war eine derartige Eiseskälte ausgegangen!

Dieser Gedankenpfad brachte sie wieder auf das, was Otto von Bismarck getan hatte, und Zorn auf den Gutsbesitzer ersetzte für eine Weile die Angst.

Schließlich fiel ihr auf, dass Alvin ebenso still und ruhig atmend im Bett lag wie sie.

»Alvin?«, flüsterte sie, um ihn nicht aufzuwecken, falls er doch schlafen sollte.

»Kannst du nicht schlafen, Louise?«

»Nein.«

»Ich auch nicht.«

Sie drehte sich auf die Seite, so dass sie ihn ansehen konnte. Alvin hatte die Augen geöffnet und starrte in die trübe Finsternis. Sie hatten die Vorhänge ihres Schlafzimmerfensters nicht zugezogen, weil sie es beide liebten, am Morgen zum Dämmern des Tageslichts zu erwachen. Im schwachen Nachtlicht, das von draußen hereinkam, konnte sie die Umrisse von Alvins Profil sehen.

»Ich konnte ihm nicht einmal mehr Lebewohl sagen«, murmelte Alvin. »Ich habe mich von einem Sarg verabschiedet, nicht von meinem toten Bruder.«

»Ich weiß«, sagte Louise und vermied es, ihren Mann darauf hinzuweisen, dass das, was im Sarg lag, keinerlei Ähnlichkeit mehr mit Levin von Briest haben konnte.

»Ich bete, dass es wenigstens schnell gegangen ist«, sagte Alvin.

»Ich bin mir sicher«, erwiderte Louise, die sich sicher war, dass es zumindest für Hedwig nicht schnell gegangen war.

»Sie haben die Kerle alle aufgehängt, die das getan haben, aber ich kann keine Befriedigung darin finden.«

»Es geht auch nicht um Befriedigung, sondern um Recht und Gesetz.«

Alvin wandte sich ihr zu. »Ich hatte immer so viel Verständnis für die Bauern und die Pächter … und für die Arbeiter«, sagte er. »Ich wollte Paul, als er das letzte Mal hier war, nur nicht recht geben, weil ich mir sagte, dass ein Gutsbesitzer anders empfinden müsse und dass die schlechten Wohnbedingungen, die Unterdrückung und die Ausbeutung der Armen und der Arbeiter von ihnen selbst verschuldet wären und sie nur nicht genügend Energie besäßen, sich daraus zu befreien.«

Louise lächelte ihm zu. Bei sich dachte sie: Alle Energie der Welt reicht nicht, sich aus dem Strudel der Armut zu befreien, wenn man einmal darin gefangen ist. Ich weiß es. Ich habe in dem Strudel gelebt, und wenn du und Paul nicht gekommen wärt, wären meine Mutter und ich niemals daraus freigekommen.

Alvin sagte: »Doch wenn ich an diese Leute denke, sehe ich immer nur Gestalten wie Pierre Charrier und seine Totschläger vor mir … oder wie Yvette … oder wie die Männer, die meinen Bruder und meine Schwägerin ermordet haben. Und die beiden sind nicht die Einzigen. Wenn ich an die Berichte aus dem Krakauer Land und aus Galizien denke: Die aufständischen polnischen Bauern haben auf der österreichischen

Seite Tausende von Gutsbesitzern ermordet – ihre eigenen Landsleute! Das war kein Aufstand gegen die österreichische Oberhoheit, das war einfach nur Neid auf diejenigen, die mehr hatten als sie. Du weißt, wie hart man als Gutsbesitzer arbeiten muss, um über die Runden zu kommen, und dass wir keine reichen Leute sind. Die polnischen Gutsbesitzer, die sie ermordet haben, waren Menschen wie wir, sie haben hart gearbeitet, sie haben ihre Pächter nicht unterdrückt, sie hatten es nicht verdient, erschlagen zu werden wie Hunde!«

»Nicht alle Gutsbesitzer beuten ihre Pächter aus, und nicht alle Fabrikanten ihre Arbeiter«, sagte Louise leise. »Aber es geschieht. Und nicht alle Pächter, Arbeiter und Dienstboten wollen ihre Herren ermorden, sondern stehen loyal zu ihnen. Levins Kutscher ist mit ihm und Hedwig gestorben; und die Posener Behörden haben geschrieben, dass das Gesinde des Guts, das Levin besichtigen wollte, zusammen mit ihrer Herrschaft umgebracht worden ist.«

Alvin schien nicht zugehört zu haben. »Und was hat Levin diesen Leuten Böses getan? Er war nur zu Besuch dort, nichts weiter! Sie kannten ihn nicht mal. Sie haben ihn ermordet, nur weil er nicht zu ihnen gehörte. So wie die Jakobiner damals alle guillotiniert haben, die nicht zu ihnen gehörten. Alles Verbrecher! Ich hoffe, sie haben die Schweine, die Levin und Hedwig ermordet haben, ganz langsam aufgehängt!«

Louise hatte Alvin selten so bitter und unversöhnlich reden hören. Bei sich selbst dachte sie, dass Alvin die Beziehung zu seinem Bruder zu sehr beschönigte. Sicher, den Toten sollte man nichts Schlechtes nachreden, doch es kam ihr so vor, als steigere sich Alvin in seiner Trauer und seiner Wut in eine Innigkeit zwischen sich und Levin hinein, die nie existiert hatte.

»Weißt du denn schon, was Levin mit diesem Gut vorhatte?«, fragte sie, um Alvins schwarze Gedanken zu verscheuchen.

»Nein. Ich habe an seinen Verwalter in Eichenhain geschrieben, aber wahrscheinlich hat dieser den Brief noch gar nicht erhalten.« Er schnaubte. »Da fragt man sich dann, was all die modere Technik mit den Dampfmaschinen und der Eisenbahn soll! Warum erfindet nicht jemand etwas, mit dem man Nachrichten schneller ans Ziel bringen kann?«

»Die Eisenbahn ist schneller als die Postkutsche.«

»Ja, aber sie fährt nicht überallhin.«

Eine Pause trat ein. Alvin legte sich wieder auf den Rücken und schaute in die Finsternis. Louise schob die Hand unter seine Decke und legte sie auf seine Brust. Er hielt sie fest und streichelte gedankenverloren ihre Finger.

»Ich hatte Otto gebeten, Levin zu warnen«, murmelte Alvin. Louise fühlte mehr, als sie es sah, dass er resigniert den Kopf schüttelte. »Er hat es nicht getan. Er hat sich tausendmal entschuldigt, dass er es vergessen hat. Der Tod der Frau seines Freundes Moritz von Blanckenburg hat ihn so mitgenommen, sagte er, dass nichts anderes mehr für ihn existierte als die Trauer und die Gewissheit, dass er einen von den wenigen Menschen, die ihm teuer sind, für immer verloren hatte …« Er räusperte sich. »Ich schätze, er hat sie geliebt; mehr als jeden anderen Menschen auf der Welt. Gott, was für ein Schlag für ihn: Zuerst verliert er die Frau, die er liebt, an seinen Freund, und dann an den Tod. Aber er steht immer noch aufrecht da. Die Tränen laufen ihm übers Gesicht, aber schon handelt er und tut das, was er für richtig hält. Er hat Kniephof verpachtet, er kehrt für immer nach Schönhausen zurück, er sorgt dafür, dass das Leben weitergeht. Ich weiß nicht, ob ich das aushalten würde.«

Louise schluckte. Sie hoffte, dass Alvin nicht merkte, wie

kalt ihre Hand plötzlich wurde. Sie dachte an Paul. Sie dachte daran, wer der wirkliche Vater des kleinen Moritz war. Zum hundertsten Mal war sie froh, dass Paul so weit weg war, und hoffte, dass sie ihn nie wiedersehen würde – während ihr Herz ihr gleichzeitig klarmachte, dass sie das nicht wirklich wünschte und dass sie sich jeden Tag nach Paul sehnte. Es war teuflisch. Es war nicht so, dass sie sich von Alvin wegsehnte, ganz im Gegenteil. Sie liebte ihren Mann. Es war nur so, dass sie auch Paul herbeisehnte. Beide Männer erfüllten ihr Herz, ihre Träume und ihre Gedanken.

Selbst was die Leidenschaft betraf, wusste sie nicht, wen sie hätte vorziehen sollen. Alvin war zärtlich, verspielt und zuvorkommend und wusste genau, wo er sie berühren musste, um sie vor Lust vergehen zu lassen. Paul war direkter und heftiger; er sah es nicht als seine alleinige Aufgabe, sie zur Erfüllung zu bringen, sondern er nahm sie einfach auf die Reise in die Lust mit und erwartete, dass sie sich ihrem gemeinsamen Rhythmus hingab.

Auf einmal wollte sie nichts mehr, als mit Alvin zu schlafen. Sie richtete sich halb auf und küsste ihn, bevor er reagieren konnte. Einen Augenblick lang schien er verblüfft, dann erwiderte er ihren gierigen Kuss. Sie befreite ihre Hand aus der seinen, schob sie zwischen seine Beine und fühlte ihn hart werden.

»Louise …«, stieß er hervor, doch sie konnte die erwachende Leidenschaft in seiner Stimme hören.

»Küss mich«, flüsterte sie. Sie ließ ihn lange genug los, um eine seiner Hände zu nehmen und sie auf ihre Brust zu legen. Sie zuckte unter der Berührung zusammen und fühlte, wie sich das Zucken köstlich durch ihren Körper fortsetzte. Ihre Hand kehrte zurück und raffte sein langes Hemd nach oben, umschloss ihn und begann, den heißen, harten Schaft zu reiben. Sie spürte auch ihn zucken und konnte unter der Erregung sein Erstaunen fühlen. Bislang hatte sie sich immer ihm überlassen und seiner Führung.

Er richtete sich auf und versuchte, sie auf den Rücken zu drehen. Sie widersetzte sich. Stattdessen zerrte sie ihr Nachthemd nach oben und wand sich heraus. Die Kälte biss in ihre nackte Haut, aber statt zu frieren, feuerte es ihre Leidenschaft nur an. Sie stieß ihn zurück, bis er wieder auf dem Rücken lag, dann schwang sie sich auf ihn.

»Grundgütiger, Louise …«, stammelte Alvin und ächzte dann, als sie sich auf ihn sinken und ihn eindringen ließ. Seine Hände kamen nach oben und krallten sich köstlich in ihre Brüste. Sie richtete sich auf ihm auf und ließ ihn ihren nackten Oberkörper im trüben Licht sehen. Seine Augen glitzerten.

»Liebe mich«, keuchte sie und begann, sich zu bewegen, schneller und immer schneller. Er stöhnte und kam ihren Bewegungen entgegen. Sie hatte das Gefühl, dass er noch nie so tief in ihr gewesen war wie jetzt. Das Bettgestell begann zu hämmern und zu klopfen.

»Liebe mich!«

»Liebe mich, Alvin. Schneller. Fester.«

»Liebe mich!«

Alvin bäumte sich auf. »Ich liebe dich!«, presste er stöhnend hervor, warf sie herum und nahm sie so heftig wie noch nie. Und während sie seinen Rücken zerkratzte, die Beine um seine Hüften schlang und sich seinen Stößen entgegenstemmte, um alles von ihm aufzunehmen, verwischten die Unterschiede zwischen Alvin und Paul und mit ihnen die Erkenntnis, dass sie genau das beabsichtigt hatte und dass sie sinnlos, hoffnungslos von den beiden Männern in ihrem Leben besessen war und sich niemals für nur einen von ihnen würde entscheiden können.

55

Nachher lagen sie nebeneinander, nicht eng aneinandergekuschelt, sondern jeder auf seiner Seite des Betts, nur die Hände ineinander verschlungen. Louise hatte ihre Decke weggestrampelt. Sie war schweißgebadet. Der Schweiß trocknete in der Kälte des Schlafzimmers auf ihrer Haut, aber noch war es ein angenehmes Gefühl. Ein paar Fasern in ihrem Körper zuckten noch immer von dem Höhepunkt, den sie erlebt hatte, und sandten Funkenschauer über ihre Haut.

Alvin neben ihr seufzte wohlig. »Ich liebe dich«, sagte er nach einer Weile.

»Ich liebe dich auch, Alvin.«

»Vielleicht haben wir es ja heute geschafft, ein Brüderchen oder Schwesterchen für Moritz zu zeugen?«

Louise fühlte, wie all die Gedanken, die sie vorhin wach gehalten hatten, auf einen Schlag wiederkamen. Paul – Moritz – und die Angst, dass ihr Geheimnis aufflog und Alvin genau das passierte, was er vorhin gesagt hatte: dass er es nicht aushalten würde. »Und wenn nicht?«, hörte sie sich fragen.

Er seufzte erneut, aber es war keine Wehmut darin. »Dann hat es sich trotzdem gelohnt!« Er drehte den Kopf, bis er sie ansehen konnte. »Louise, du bist … einfach wunderbar.«

Sie erwiderte sein Lächeln, erleichtert über seine Antwort. Doch ihre Gedanken waren nun endgültig zu den Momenten vor ihrem Liebesakt zurückgekehrt, und so begann sie: »Alvin … was Otto von Bismarck heute von dir verlangt hat …«

»Worum er mich gebeten hat!«, korrigierte Alvin.

»Ja … worum er dich *gebeten* hat.«

»Hätte ich es ablehnen können, Louise? Otto ist ein guter

Freund. Lily ist die Schwester meines besten Freundes. Und du hast dir schon so lange eine Freundin gewünscht. Lily kann deine Freundin werden. Allen ist geholfen.«

»Bist du sicher, dass auch Lily damit geholfen ist?«

Alvin stutzte. »Aber wo soll sie denn sonst hin?«, fragte er.

»Das ist etwas ganz anderes, Liebster, und zugleich der Kern des Problems. Sie hat keine Wahl.«

Alvin schwieg. Louise schätzte ihn umso mehr dafür, dass er nach seiner ersten naiven Antwort nachzudenken begonnen hatte und nicht mit Argumenten kam wie, dass Lily ja auch Paul hinterherreisen oder in der Stadt irgendeine Arbeitsstelle suchen konnte.

Während Louise heute Nachmittag versucht hatte, ein Band zwischen dem misstrauischen Moritz und der kühl und distanziert wirkenden Lily zu knüpfen, hatten Alvin und Otto von Bismarck sich ins Arbeitszimmer zu einem Gespräch zurückgezogen.

Bald danach hatte Otto sich verabschiedet und war mit Lily nach draußen gegangen. Louise hatte sie durch das Fenster des Salons im Gutshof stehen sehen, während Alvin ihr von dem Gespräch erzählte: Lily mit hocherhobenem Haupt und schweigend, während Bismarck auf sie einredete, ohne ihr dabei in die Augen zu sehen.

Otto hatte keine Verwendung mehr für Lily. Sie war als seine inoffizielle Geliebte nach Kniephof mitgekommen, doch damit war bereits vor zwei Jahren Schluss gewesen, als Otto von Bismarck sich in die Verlobte Moritz von Blanckenburgs, Marie von Thadden, verliebt hatte. Lily war dem Gesinde auf dem Kniephof zugeteilt worden, ohne dass sie Aufgaben übertragen bekommen hätte; immer noch unter dem besonderen Schutz des Gutsherrn, aber nicht mehr über dem Personal und dementsprechend den subtilen Schikanen ausgesetzt, die diejenigen, die unten stehen, immer für die bereithalten, die auf ihr Niveau herabgefallen sind.

Nun hatte Otto beschlossen, dass seine wilden Jahre vorbei waren. Die Begegnung mit Marie von Thadden – und vor allem ihre Heirat, die plötzliche Erkrankung und ihr schneller Tod – hatten seine strotzende Selbstsicherheit erschüttert und ihn nach einem tieferen Sinn in seinem Leben suchen lassen. Er hatte verzweifelt um ihr Leben gebetet und war nicht erhört worden, doch der Trost, den er aus den Gebeten gewonnen hatte, war ihm geblieben und hatte ihm den Willen vermittelt, sich wieder näher mit dem Glauben an Gott zu befassen.

Wie sehr er jedoch vom Tod Maries erschüttert war, zeigte sich vor allem in einem: dass er die Einsamkeit seines Herzens so zu fürchten begonnen hatte, dass er den Entschluss gefasst hatte zu heiraten. Er plante, um die Hand einer Freundin der Verstorbenen anzuhalten, und so durchsichtig das Manöver auch in Louises Augen war – mit seiner Erwählten konnte er wenigstens die Erinnerung an Marie in sein Haus holen –, so folgerichtig handelte er danach.

Louise hatte durchs Fenster zugesehen, wie der Kutscher zwei Truhen abgeladen und neben Lily gestellt hatte. Sie hatte beobachtet, wie die Kutsche danach gewendet hatte. Bismarck war auf sein Pferd gestiegen. Sie hatte zugesehen, wie Reiter und Kutsche den Gutshof verließen, während Lily immer noch kerzengerade dagestanden hatte, die Truhen neben sich.

Es gab keinen Platz mehr für Lily an Bismarcks Seite, nicht im verpachteten Kniephof und erst recht nicht in Schönhausen, wo, wenn es nach ihm ging, bald eine Frau von Bismarck die Hausherrin sein würde. Deshalb hatte er sie mit nach Briest genommen und seinen Freund Alvin gebeten, Lily in seinem Haushalt aufzunehmen.

»Wenn er sie einfach auf die Straße gesetzt hätte, hätte ihm deswegen auch niemand den Prozess gemacht«, sagte Alvin. »Er hat versucht, sich ihr gegenüber so fair wie möglich zu verhalten.«

»Wenn er sie auf die Straße gesetzt hätte, hätte Lily mit aller Macht versucht, einen Skandal zu entfachen, der ihn seine Zukunftspläne gekostet hätte. Was hat er gesagt? Er plant, in die Politik zu gehen? Plant er das nicht schon seit langem und konnte sich nur nicht dazu durchringen, weil ihm sein Ruf als der ›tolle Junker‹ im Weg war? Ich denke, nun wird er es umsetzen – er wird öffentlich verkünden, dass er den Weg zu Gott gefunden hat, er wird auf Schönhausen sesshaft werden, er wird heiraten. Er wird seriös werden und damit für die Politik verwendbar. Hat er nicht selbst gesagt, dass er sich um das Amt des Deichhauptmanns beworben hat? Ein Posten, der viel Arbeit, viel Ärger und keinerlei Einnahmen bringt – er dient dem Gemeinwohl, und Bismarck muss jetzt zeigen, dass er sich dem Gemeinwohl verpflichtet fühlt, wenn er aufsteigen will. Und deshalb hat er Lily auch genau hier unterzubringen versucht, anstatt ihr Geld zu geben und sie einfach zu verlassen. Weil Lily nämlich nun, wenn sie trotzdem einen Skandal loszutreten versucht, auch uns und damit auch Paul in den Schmutz zieht, und weil er weiß, dass sie das niemals tun würde. Sie liebt ihren Bruder, und sie schätzt dich und mich.«

»Für so berechnend hältst du Lily?«, fragte Alvin und wirkte schockiert.

»Für so berechnend halte ich Otto von Bismarck.«

»Aber dann konnte ich doch gar nicht anders handeln, als ich es getan habe!«

»Richtig. Du hast so gehandelt, wie man es von dir erwarten darf. Wie ich es von dir erwartet habe. Wir werden Lily mit offenen Armen hier aufnehmen, und ich hoffe, dass sie meine Freundin wird und vielleicht die Schwester, die ich niemals hatte. Ich möchte nur, dass du verstehst, was Otto von Bismarck hier treibt.«

»Was treibt er denn?«

»Er benutzt uns alle dazu, sich ein neues Leben einzurichten.«

56

Im Januar 1847 kam Gerhard von Cramm mit einem Jerichower Notar nach Briest.

»Verfluchte Sache mit Ihrem Bruder, Briest«, schnarrte Cramm, nachdem Alvin mit den beiden Männern in den Salon gegangen war.

In den meisten Zimmern des Gutshauses herrschte Eiseskälte; nur der Salon, das Schlafzimmer und die Küche waren anständig beheizt. In seinem Arbeitszimmer saß Alvin mit Stiefeln und Mantel und trug Handschuhe mit abgeschnittenen Fingern, damit er schreiben konnte. In den besonders kalten Tagen gleich nach Dreikönig hatte er am Morgen erst das Tintenfässchen in die Küche getragen, damit die Flüssigkeit auftaute. Im Salon brannte ein Kaminfeuer, auf das Alvin weitere Scheite legen ließ, um es seinen Gästen angenehm zu machen.

Gerhard von Cramm sah sich neugierig um, während der Notar mit dem Rücken zum flackernden Kaminfeuer stand und die Schöße seines Mantels aufhob, damit die Wärme an seinen Körper gelangen konnte. »Schade um Levin«, fuhr Cramm fort. »Bauernpack gehört ordentlich gezüchtigt, wenn es nur beginnt aufzumucken, auf Ehre! Haben Sie jetzt auch erkannt, was, Briest?«

Alvin, der mehr Häme als Mitgefühl in Cramms Worten zu hören glaubte, erwiderte: »Setzen Sie sich doch. Etwas warmen Würzwein? Oder Rum?«

Cramm und der Notar setzten sich, nur um gleich wieder aufzuspringen, als Louise den Raum betrat.

»Oh, bitte«, sagte Louise, »lassen Sie sich nicht aufhalten, meine Herren.«

Sie reichte den Männern die Hand. Der Notar begrüßte sie offensichtlich hingerissen. Cramm murmelte unbeholfen »Ongschantee« und beäugte Louise misstrauisch.

Louise strahlte und klatschte in die Hände. »Bitte fahren Sie fort. Alvin, Liebster, soll ich eine Stärkung für deine Gäste bringen lassen?«

»Rum?«, fragte Alvin etwas brüsker als beabsichtigt. »Wein?«

Der Notar holte erfreut Luft.

Cramm sagte: »Danke, nein.«

Der Notar fiel in sich zusammen.

Alvin, dessen erster Impuls es gewesen war, Louises Gegenwart als lästig zu empfinden, erinnerte sich plötzlich daran, wie Hedwig immer dabei gewesen war, wenn Levin mit ihm geschäftlich gesprochen hatte. Wahrscheinlich war Hedwig auch bei den meisten anderen Geschäftsbesprechungen Levins dabei gewesen. Hedwig war bissig und bitter, aber klug gewesen. Louise war weder bissig noch bitter, aber mindestens ebenso klug wie Alvins verstorbene Schwägerin. Und sie teilte Alvins Abneigung gegen Gerhard von Cramm, seit er ihr von seiner Begegnung mit dem Gutsbesitzer erzählt hatte.

Und das war auch der Grund, warum Louise sich jetzt anschickte, einen Sessel zum Feuer zu schieben. Der Notar sprang ihr sofort zu Hilfe. Louise bedankte sich höflich und setzte sich. Alvin beantwortete ihren kurzen Seitenblick mit einem dankbaren Nicken und einem Lächeln.

»Äh … haben Männersachen mit Ihrem Mann zu besprechen, Madamm«, sagte Cramm unter Verletzung aller Anstandsregeln.

»Das stört mich nicht«, sagte Louise fröhlich.

»Geht um den Nachlass Ihres … äh … verstorbenen Schwagers!«

»Natürlich tut es das. Sonst hätten Sie ja keinen Notar mitgebracht. Wie geht es Ihrer Frau, Herr Zieglaff?«

»Oh, danke, bestens«, stotterte der Notar, der vor Freude errötete, weil Louise seinen Namen kannte.

»Empfehlen Sie mich Sophie, mein Bester.«

»Ich fühlte mich geehrt, Frau von Briest.« Der Notar verbeugte sich.

Cramm schnaubte. Alvin war sicher, dass der Gutsherr nicht einmal hätte sagen können, ob der Notar überhaupt verheiratet war – geschweige denn, dass es ihn interessiert hätte.

»Schön, schön, Briest«, sagte Cramm mit einem letzten Blick zu Louise. Er machte sich nicht die Mühe, seinen Widerwillen gegen ihre Anwesenheit zu verbergen. »Lesen Sie das.« Er schnippte mit den Fingern. Der Notar zog einen dünnen Stapel Papier aus einer Umhängetasche und reichte sie Cramm, der sie Alvin auf den Schoß flattern ließ. Ein Blatt fiel zu Boden.

Alvin machte keine Anstalten, es aufzuheben. Er lieferte sich ein stummes Blickduell mit Gerhard von Cramm. Auch dieser bückte sich nicht. Schließlich schnappte Louise sich das Blatt und legte es Alvin lächelnd auf den Stapel auf dessen Knien.

»Bedanken Sie sich bei meiner Frau«, sagte Alvin leise.

»Was?« Cramm war so überrascht, dass er das Blickduell abbrach und zu Louise hinüberschaute.

»Sie sollen sich bei ihr bedanken, Herr von Cramm. Sie hat

ein Blatt Papier für Sie aufgehoben. Sie sind Gast in meinem Haus, also benehmen Sie sich auch wie einer.«

Cramm grinste plötzlich, und dieses Grinsen ließ Alvins Herz auf einmal heftig pochen. »Lesen Sie«, sagte Cramm jovial. »Dann unterhalten wir uns weiter darüber, wer bei wem zu Gast ist.« Er wandte sich an Louise. »Merssi bokupp, Madamm.«

Louise reagierte nicht. Alvin fühlte ihre Musterung. Unwillig schaute er auf den Stoß Blätter auf seinen Knien.

Es war ein Vertrag.

Alvin begann, ihn zu lesen.

Es war ein Tauschvertrag.

Der Eigentümer von Gut Briest im Kreis Jerichow – eingetragener Name Levin von Briest – vereinbart mit dem Eigentümer von Gut Seehausen im Kreis Posen – eingetragener Name Gerhard von Cramm – den gütlichen Tausch ihrer beider Besitzungen. Mit Inkrafttreten des Vertrags, gekennzeichnet durch das Datum der Unterschriftsleistung, wechseln die Güter ihren Eigentümer dergestalt, dass Levin von Briest, vormals Gutsherr von Briest …

»Unterschrift stammt vom elften November letzten Jahres«, sagte Gerhard von Cramm hilfreich. »Martinitag.«

»Das ist nicht Ihr Ernst«, sagte Alvin, weil ihm nichts Besseres einfiel. Aus dem Augenwinkel sah er, wie Louise sich besorgt vorbeugte, aber er konnte den Blick nicht von dem Vertrag wenden. Da war klar und deutlich Levins Unterschrift – etwas gekritzelt, als sei er in großer Hast gewesen, aber erkennbar.

»Es war der Ernst Ihres Bruders, dem Gut Briest gehörte, und das zählt, Herr von Briest.«

»Dann … soll das heißen … dann sind Sie jetzt Besitzer von Gut Briest?«

»Eigentümer, junger Freund«, korrigierte Cramm.

»Was? Soll das ein Witz sein?«, rief Louise.

»In Frankreich vielleicht, aber nicht hier«, versetzte Cramm. Alvin sah endlich auf und in das Gesicht des Gutsbesitzers.

Cramms Augen funkelten verächtlich, er grinste mit herabgezogenen Mundwinkeln.

»Alvin!«, sagte Louise, und zum ersten Mal seit langem hörte Alvin einen Hauch von Panik in der Stimme seiner Frau.

»Wussten nichts davon, was?«, fragte Cramm. »Hat Ihnen wohl nicht vertraut, Ihr Bruder?«

»Das muss ein Missverständnis … Levin hätte doch nie … ohne vorher mit mir zu reden …«

Cramm zuckte mit den Schultern. »Wissen selbst am besten, wie gut Sie mit Ihrem Bruder standen, Herr von Briest.«

Alvin konnte nicht anders: Er sah den Notar hilfesuchend an. Zieglaff versuchte, gleichzeitig mitfühlend und amtlich auszusehen, und zuckte ebenfalls mit den Schultern.

»Alvin, was steht in diesem Dokument?«, fragte Louise.

Cramm antwortete, bevor Alvin es tun konnte. »Levin von Briest hat dieses Gut gegen mein Gut Seehausen getauscht«, sagte er. »Der neue Herr auf Gut Briest bin ich. Habe aus Pietät die Beerdigung Levins und die Weihnachtsfeiertage abgewartet, doch jetzt komme ich, mein Recht zu fordern. Mein verbrieftes Recht, Madamm. Oder kennt man so etwas in Frankreich nicht?«

»Das Recht schon, aber nicht, dass es mit solchem Hohn gefordert wird.«

»Richtig, in Frankreich wird es mit der Guillotine gefordert.«

»Sie haben keinen Streit mit meiner Frau, Cramm«, hörte

Alvin sich sagen. »Aber Sie können gleich Streit mit mir haben.«

»Wollen Sie mich zu einem Duell fordern, Junge?«, sagte Cramm fassungslos.

»Nein, ich will Ihnen die Zähne einschlagen, wenn Sie meine Frau noch einmal beleidigen, und Ihnen so in den Arsch treten, dass Sie Gut Briest auf allen vieren schneller verlassen als mit dem Pferd.«

Zu Alvins Überraschung begann Cramm zu lachen. »Auf Ehre, Briest. Sie machen mir Spaß. Wissen Sie was? Wenn hier einer vom Hof kriecht, dann Sie. Brauche keinen Verwalter, der das Gut herunterwirtschaftet. Brauche *Sie* nicht. Ende Februar will ich Sie hier nicht mehr sehen.«

Alvin sagte: »Ist das jetzt die Vergeltung für Jerichow, Cramm?«

»Jerichow? Auf Ehre! Halten Sie sich für so wichtig, als dass ich da immer noch dran denken würde? Jerichow? Bringen Sie mich nicht zum Lachen.«

»Sie lachen ja gar nicht«, sagte Alvin.

Louise warf ein: »Sie wollen uns von Briest vertreiben? Wir haben ein kleines Kind! Warum?« Zu Alvins Überraschung klang ihre Stimme nicht feindselig, sondern schockiert. Während in ihm eine unbändige Wut auf Gerhard von Cramm – und immer mehr auf seinen toten Bruder – zu kochen begonnen hatte, schien Louise plötzlich Angst zu bekommen. Schmerzhaft wurde ihm bewusst, dass sich die große Tragödie in Louises Leben wiederholte; sie wurde aus einem Haus vertrieben, das ihr Sicherheit gab. Sie verlor zum zweiten Mal ihre Heimat. Wahrscheinlich hatte er das Gespräch total falsch angepackt. Schon um Louises willen hätte er Gerhard von Cramm nicht so feindselig gegenübertreten sollen. Levin hatte seinen Bruder und dessen Familie der Willkür Cramms überlassen. Er musste Cramm überzeugen, ihn als Verwalter auf Briest zu belassen. Er musste seinen Stolz hinunterschlucken, damit Louise und Moritz nicht ihr Heim verloren.

Cramm sagte zu Louise: »Nicht meine Schuld, dass Sie ein Kind haben, daher nicht meine Verantwortung. Dass ein Gutsbesitzer einen Verwalter einsetzt, der seinen Besitz vermehrt, anstatt ihn herunterzuwirtschaften, ist sicher auch in Frankreich so … Madamm.«

»Herr von Cramm«, sagte Alvin und erstickte fast daran, »ich bitte Sie. Seehausen ist eine Ruine. Die Aufständischen haben das Gut geplündert, und als das Militär sie ausräucherte, ist der Dachstuhl ausgebrannt. Die gesamte Ernte des letzten Jahres ist entweder zerstört oder gestohlen. Allein um das Haus für eine Familie mit einem Kind bewohnbar zu machen, braucht es ein Vermögen. Ich habe kein Vermögen.«

»Seehausen war intakt, als Ihr Bruder und ich den Tauschvertrag unterschrieben. Für alles andere kann ich nichts.«

»Ich will ja gar nicht die Besitzverhältnisse anzweifeln. Levin hat Briest geerbt. Wenn er es vor Recht und Gesetz weggetauscht hat, kann ich keinen Einwand haben. Ich bitte Sie nur: Lassen Sie mich weiterhin Ihr Verwalter sein. Ich kann Ihnen die Abrechnungen vorlegen, dann sehen Sie, dass es keine Misswirtschaft gab, sondern einfach nur schlechte Zeiten. Das hat die Erträge geschmälert. Daran wird auch ein neuer Verwalter nichts ändern können.« Während Alvin sprach, kam ihm der Umstand, dass Levin Briest – ihr gemeinsames Heim! Den Familienbesitz seit Hunderten von Jahren! Das Haus, in dem alle Briests geboren und aufgewachsen waren! – einfach so weggegeben hatte, erst richtig zu Bewusstsein. Grundgütiger, dachte er. Hat er nicht Vater auf dem Sterbebett versprochen, den Besitz zusammenzuhalten? Habe ich mich so in ihm getäuscht? Und warum ausgerechnet an Gerhard von Cramm?

»Tja, Briest – war der Hauptgrund, warum Levin das Gut hier weggeben wollte. Verluste waren zu groß.«

»Briest hat keine Verluste gemacht!«, rief Louise. »Es hat nur keine großen Gewinne abgeworfen. Aber es hat sich getragen und noch ein bisschen übrig gelassen. Alvin und ich haben die Abrechnungen immer gemeinsam durchgesehen!«

Cramm zuckte mit den Schultern. Louises Einwand war ihm offensichtlich nicht einmal eine Antwort wert. Und Alvin dachte, während eine innere Kälte immer mehr von ihm Besitz ergriff: Levin hat die Abrechnungen immer von Hedwig durchsehen und sich dann von ihr das Ergebnis vorlegen lassen. Nach außen wusste das niemand – aber er wusste es. Welche Zahlen hatte Hedwig seinem Bruder gezeigt?

Alvin war sich sicher, dass Cramm ebenfalls wusste, dass Briest in Wirklichkeit keine roten Zahlen geschrieben hat. Hat er beide übertölpelt? Oder hat Hedwig mit ihm zusammen gegen Louise und ihn intrigiert …?

Er ahnte, dass er es nie erfahren würde – sowohl Levin als auch Hedwig hatten das Wissen darüber mit ins Grab genommen. Er erschauerte bei der Vorstellung, dass Hedwig, wenn sie diesen Betrug eingefädelt hatte, wahrscheinlich bitter dafür bezahlt hatte. Er hatte es vor Louise nie aussprechen wollen, aber ihm war klar, dass die Aufständischen sie mit Sicherheit nicht sofort umgebracht hatten.

Cramm stand auf. »Verstehe das Gejammer nicht, Briest«, sagte er abfällig. »Sie haben doch noch Eichenhain.«

»Briest ist meine Heimat«, erwiderte Alvin. »Und Eichenhain ist zu weit weg. Ich bin Reserveoffizier. Ich kann nicht so weit von Berlin entfernt leben. Ich müsste mein Offizierspatent ganz niederlegen, aber dann würde ich den halben Sold verlieren, den ich bekomme, und ich brauche das Geld für meine Familie.«

»Dann verkaufen Sie Eichenhain und gehen Sie in die Stadt.«

»Aber dann bleibt mir überhaupt kein Landbesitz! Ich bin Junker. Meine Familie reicht zurück bis …«

Cramm beugte sich plötzlich vor und stützte sich auf Alvins Sessellehnen ab. Alvin musste den Impuls, zurückzuzucken, genauso unterdrücken wie den gleich danach hochschießenden Wunsch, Cramm ins Gesicht zu schlagen. »Weiß, wie weit Ihre Familie zurückreicht, Briest. Verabschieden Sie sich davon. Heulen Sie mir nichts vor vom Junkerstand. Den haben Sie verraten, als Sie nach Frankreich gegangen sind und eine französische Frau mitgebracht haben! Und als Sie in …« Er hielt inne.

»Als ich in Jerichow Ihre Pächter unterstützt habe«, vollendete Alvin bitter. »Es ist doch die alte Geschichte. Sie sind erbärmlich, Cramm.«

»Nein, Briest, Sie sind erbärmlich. Sie und Ihr Bruder. Haben den Staat, das Land und Ihre Familie verraten. Verschwinden Sie von meinem Gut. Ich lasse Ihnen die Frist, die ich Ihnen gesetzt habe, obwohl ich Sie sofort von hier vertreiben lassen könnte. Gehen Sie nach Berlin.«

»Ich kann mir nicht mal eine Bleibe in Berlin leisten …«, sagte Alvin mit tauben Lippen.

Cramm grinste. »Dann verkaufen Sie Eichenhain.« Er schnippte mit den Fingern. Der Notar zuckte zusammen und zog mit schuldbewusstem Gesicht einen weiteren Packen Papier aus seiner Tasche. Er warf ihn Alvin in den Schoß. Wieder flatterte etwas davon zu Boden, doch diesmal hob Louise es nicht auf. Sie wirkte wie erstarrt. »Lesen Sie den Kaufvertrag. Werden sehen, dass ich einen anständigen Preis nenne.«

»Warum tun Sie das?«, fragte Louise zum zweiten Mal.

Cramm sah sie gar nicht an. Er antwortete, ohne Alvins Blicke loszulassen.

»Weil Sie eine Schande sind, Briest.«

Er stand auf und schritt hinaus. Der Notar zuckte nochmals zusammen, sprang auf, presste seine Tasche an sich, blickte zwischen Alvin und Louise hin und her.

»Verzeihen Sie«, wisperte er. Dann war er draußen.

Und Alvin von Briest war samt seiner Familie heimatlos.

57

Anfang März 1847 stellte Paul fest, dass er die Situation nicht sehr viel länger ertragen konnte.

Mit Hilfe von August Borsig hatte er bald nach seinem Dienstantritt bei dem Unternehmer eine geräumige Wohnung in Königsstadt im Nordosten Berlins gefunden, welche die meiste Zeit leergestanden hatte, aber so etwas wie eine Heimat geworden war, wenn er von einer Reise zurückkehrte. Nun lebte dort Alvin mit seiner Familie und Pauls Schwester Lily, und die Wohnung, die für einen Mann allein riesig gewirkt hatte, war plötzlich eng und stickig. Paul war erst Anfang Februar von einer längeren Reise zurückgekehrt und hatte seine Freunde und seine Schwester bereitwillig aufgenommen. Nun sehnte er sich schon wieder fort.

Die Enge war es nicht, die Paul den Aufenthalt in seiner Wohnung so schwermachte. Es war zum einen das Entsetzen darüber, wie seinen Freunden und seiner Schwester mitgespielt worden war. Paul hatte, seit er zum ersten Mal auf Briest gewesen war, das Gut für einen unverrückbaren Fixpunkt gehalten, der auch sein unstetes Leben ankerte. Gut, Alvin war nur der Verwalter seines Bruders gewesen und nicht der Gutsherr, aber im Alltag war das nicht spürbar geworden. Alvin gehörte nach Briest, und für Paul hatte festgestanden, dass sein Freund und dessen Frau für immer dort leben würden. Nach dem Verlust seiner eigenen Heimat hatte ihm die vermeintliche Konstante von Gut Briest gutgetan. Doch nun waren Alvin und seine Familie genauso heimatlos wie er selbst.

Und was Lily betraf – wie mochte sie sich fühlen als verstoßene Geliebte? Paul konnte darüber nur rätseln. Um mit seiner Schwester darüber zu sprechen, hätte es größerer Nähe zwischen ihnen bedurft; und weniger kalte Feindseligkeit, die Lily ihm fortwährend entgegenbrachte. Er wusste, ohne dass sie es aussprechen musste, dass sie ihm die Schuld an ihrem gescheiterten Leben gab.

Und das war einer der weiteren Gründe, warum Paul begonnen hatte, seine Wohnung zu meiden. Lily begegnete ihm mit Eiseskälte und Alvin mit stummer Verachtung. Nur zu Louise schien sie freundlich, und die Geduld, die sie mit Moritz aufbrachte – dem der erzwungene Abschied von Briest zu schaffen machte und ihn von einem fröhlichen, aufgeschlossenen Jungen in einen stillen, misstrauischen Brüter verwandelt hatte –, war erstaunlich. Doch im Gegensatz zu ihrer Feindseligkeit schien Paul die Sympathie für Moritz nicht echt zu sein. Ihm war, als ob Lily eine Rolle spielte, die ihr die Umstände aufzwangen. Im Stillen schalt er sich dafür, dass er so negativ über seine Schwester dachte. Dennoch war es, als lebte mit Lily eine stumme, nicht fassbare Bedrohung in der Wohnung, die Paul umso absurder erschien, je länger er darüber nachdachte – und das Gefühl doch nicht abschütteln konnte.

Was ihm den Aufenthalt zu Hause aber am meisten verleidete, war Louises Gegenwart. Er brauchte sie nur anzusehen, und sein Herz brach immer wieder von neuem. Es war das eine Paar Stiefel, zu wissen, dass Louise und Alvin verheiratet waren; er hatte den Gedanken daran auf seinen Reisen sogar manchmal verdrängen können. Es war aber etwas ganz anderes, Nacht für Nacht zu erleben, wie sie sich gemeinsam ins Schlafzimmer zurückzogen, das Paul ihnen überlassen hatte. Am Anfang hatte er es sich zur Angewohnheit gemacht, ein, zwei Stunden durch die Gassen seines Viertels zu laufen, sobald Alvin und Louise zu Bett gegangen waren, nur um nicht versehentlich hören zu müssen, dass sie sich dort liebten. Im Lauf des Februar waren daraus lange Spaziergänge geworden, die ihn weit nach Mitternacht erst zurückkehren ließen. Es grenzte an ein Wunder, dass er bisher noch nicht überfallen worden war. Es grenzte noch mehr an ein Wunder, dass er nicht verrückt wurde vor Kummer und unterdrückter Eifersucht.

Lily war ihm dabei keine Hilfe; er hätte ihr, auch wenn sie sich nähergestanden hätten, nie zu beichten gewagt, wie sehr er Louise liebte und was in Paris gewesen war. Umso schlimmer war es, dass er manchmal den Verdacht hatte, sie wusste es ohnehin. Dass Alvin Ende Februar wieder aus der Reserve in sein Regiment zurückkehrte und tagsüber so wie in etlichen Nächten nicht anwesend war, machte die Lage keinesfalls besser. Paul verließ weiterhin die Wohnung so früh wie möglich, kehrte, so spät es ging, von seinen Besprechungen mit August Borsig – in denen er den Unternehmer bekniete, ihn bald wieder auf eine Reise zu senden – zurück und lief den größten Teil der Nacht in den Gassen zwischen dem Friedrichshain und dem Alexanderplatz herum. Er war übernächtigt, blass und fühlte eine körperliche und seelische Erschöpfung, die ihm alle Freude nahm.

Pauls Wohngebiet grenzte an das Stralauer Viertel, einen

der am schnellsten wachsenden Bereiche der Stadt. Schäbige, schnell emporgezogene Mietskasernen reihten sich in engen Gassen aneinander, aus denen an schönen Tagen die Sonne durch die kreuz und quer über die Gassen gezogenen Wäscheleinen ferngehalten wurde. Die Arbeiterfamilien, die dort lebten, versorgten sich beim Donnerstagsmarkt auf dem Alexanderplatz an den Ständen der Niederbarnimer und Teltower Bauern mit dem, was sie zum Leben brauchten. An den anderen Tagen boten Fischweiber auf dem Platz ihre Ware an, Lumpensammler gingen ihrem Gewerbe nach, Wasserträger, Sandträger, Scherenschleifer suchten nach Arbeit, Eckensteher mit Armbinden, auf denen ihre Dienstmanns-Konzessionsnummern standen, machten mit Gesang oder Witzeerzählen oder trockenen Kommentaren zu allem, was ihnen ins Auge stach, auf sich aufmerksam. Lily weigerte sich, dort einkaufen zu gehen, und Moritz hatte Angst vor dem Lärm. Anfangs war Louise einige Male mit Paul dort gewesen, um die Einkäufe zu erledigen, aber auch ihr schienen das ständige Geschrei, die Hektik und die vielen abgerissenen Gestalten auf die Nerven zu gehen – vielleicht war es aber auch nur die merkwürdige Situation, zusammen mit Paul wie ein bürgerliches Ehepaar frühmorgens auf dem Markt herumzubummeln, ohne der Liebe, die sie beide verband, Raum geben zu dürfen. Jedenfalls war es Paul zur Gewohnheit geworden, am Donnerstag vor seinem Gang zu Borsig dort einzukaufen und die Lebensmittel dann durch einen der Dienstmänner zur Wohnung schaffen zu lassen. Dass sich seit Jahresanfang die Spannung auf dem Platz wöchentlich steigerte, blieb ihm nicht verborgen.

Es lag an den Preisen. Die schlechte Ernte im letzten Jahr hatte zu einer Teuerung geführt. Die Stadtbehörden hatten schon im Herbst 1846 versucht, dem entgegenzuwirken, indem sie den König um zeitlich begrenztes Exportverbot von Getreide gebeten hatten und darum, die Verarbeitung von Kartoffeln zu Branntwein einstellen zu lassen. Das wirtschaftliche Interesse eines Großteils der preußischen Junkerschaft, die an den Preissteigerungen verdienten – und vor allem an den exorbitanten Schutzzöllen für den heimischen Schnaps –, hatte dies verhindert. Im Januar dieses Jahres war auch die Regierung aufgewacht und hatte Kommissare nach Rotterdam, Antwerpen und Le Havre geschickt, um überseeisches Getreide anzukaufen. Um die Bevölkerung zu beruhigen, war diese Aktion überall laut verkündet worden; was dazu geführt hatte, dass die Preise in den Atlantikhäfen in die Höhe schossen, kaum dass die Kommissare dort angekommen waren.

Ende Januar hatten sich die Preise für eine Metze Kartoffeln im Vergleich zum Vorjahr verdreifacht. Aufforderungen der Presse, einen Höchstpreis amtlich festzulegen, wurden von der Regierung ignoriert. Auf den Wochenmärkten – dem Gendarmenmarkt, dem Molkenmarkt, dem Neuen Markt, dem Markt auf dem Dönhoffplatz und auf dem Alexanderplatz – war das gutmütig-spöttische Hin und Her zwischen Verkäufern und Kunden seitdem gereizten Streitereien gewichen.

Paul, der die Verteuerung ebenfalls spürte, aber nicht in so starkem Maß wie die Arbeiter und die Arbeitslosen, versuchte, innerlich neutral zu bleiben. Von Alvin wusste er, wie hart das Leben der Bauern und Landpächter war und dass diese sich nicht besser ernährten als die Arbeiter, die von ihnen kauften. Die Preissteigerungen, die sie propagierten, waren weniger dem eigenen Gewinnstreben geschuldet als vielmehr dem allgemeinen Mangel; und wenn doch Profitmaximierung dahintersteckte, dann auf Geheiß der Landbesitzer, in deren Auftrag sie die Ware anboten. Paul wusste jedoch auch, in welchen

Umständen die Arbeiter hausten und dass sie ihre Kinder kaum ernähren konnten. Sie fühlten sich von den Bauern ausgenutzt und übervorteilt.

Als Paul an einem Donnerstag Ende März auf dem Alexanderplatz eintraf, wurde er auf eine schreiende Meute von Frauen aufmerksam, die einen Bauernkarren belagerten. Einige Schaulustige standen in sicherer Entfernung herum und grinsten, aber die meisten der untätigen Zuschauer zogen grimmige Mienen. Die Mägen knurrten ihnen allen, und kaum jemand hatte Sympathie für die Höker übrig. Paul fiel ein Mädchen in Begleitung eines halbwüchsigen Jungen auf, das unter den Zuschauern stand und ihn musterte. Er gab ihren Blick zurück, und sie nickte ihm zu. Sie kam ihm vage bekannt vor, doch er konnte sich nicht erinnern, woher er sie kannte. Sie trug einfache, fast schäbige Kleidung, aber ihr Haar schien gewaschen, und ihr Gesicht war frisch und sauber. Während im Zentrum des Geschehens das Geschrei in immer neue Höhen stieg, trat er an ihre Seite. Ihr Lächeln wurde breiter.

»Entschuldigen Sie, aber … kennen wir uns?«, fragte er.

»Ick kenne Sie«, sagte sie fröhlich. »Sie sind der Borsig-Bayer.«

»Wer bin ich?«, platzte Paul verblüfft heraus.

»Mein Vater und mein großer Bruder jehen nach Borsig arbeetn«, sagte sie. »Ick bring ihnen manchma wat zu beißen. Da hab ick Se jesehen.« Sie sprach so breites Berlinerisch, dass Paul unwillkürlich lächeln musste. Im selben Augenblick fügte sie hinzu: »Un jehört, naturalmang. Wejen det Bairische.«

Der Junge, der bei ihr war, blickte zu Paul auf. Er sagte kein Wort, aber es schien, als wäre er von Pauls hochgewachsener, athletischer Gestalt eingeschüchtert.

Paul sagte in bestem Hochdeutsch: »Na, wenn das so ist – mein Name ist Paul Baermann.«

»Un icke«, erwiderte sie, nur um sich zu verbessern: »Und ich … bin Emilie Kühn.«

Sie reichten sich die Hände. Paul hielt seine Pranke auch dem Jungen hin. Der schüttelte sie ihm scheu.

»Det is … Herrjott, Emmi, det kannste doch … *das ist* Paul, mein kleiner Bruder.«

»Ein schöner Name«, sagte Paul und grinste.

»Det saachn Se nur, weil Se ooch so heeßen!«, platzte der Junge heraus.

Um den Marktkarren wurde der Lärm plötzlich so laut, dass Paul herumfuhr. Die Wut der Arbeiterfrauen auf den Kartoffelverkäufer schäumte über. Der Mann wurde zu Boden gestoßen. Die Frauen begannen, auf ihn einzutreten. Sein Fluchen verwandelte sich in Geschrei, als er den Kopf zwischen den Armen barg und sich einrollte, um seine Weichteile zu schützen. Fassungslos beobachtete Paul, mit welch entfesseltem Zorn die Frauen mit ihren schweren Schuhen traten und kickten und sich nicht darum scherten, wo sie ihn trafen. Der Verkäufer begann, um Hilfe zu schreien.

Paul schüttelte seine Fassungslosigkeit ab und eilte hinüber. Er war noch nicht halb angekommen, da stürzten die Frauen den Verkaufskarren um. Kartoffelsäcke rutschten herunter, lose Kartoffeln rollten davon. Die Angreiferinnen ließen von dem Verkäufer ab und stürzten sich darauf. Messer wurden gezückt, Säcke aufgeschnitten, Röcke und Schürzen gerafft und die Kartoffeln aufgesammelt. Das Wutgeschrei verwandelte sich in Triumphgeheul, und die aufgebrachten Frauen machten sich über ihre Beute her.

Paul zerrte den stöhnenden Verkäufer aus der Reichweite des Mobs. Er war ein magerer Mann mittleren Alters, der nicht viel gesünder aussah als die hohlwangigen, bleichen Frauen, die seinen Karren plünderten.

»Die sin doch verrückt jeworden«, ächzte er. »Der Herr bringt mir um, wenn ick mit leere Hände zurückkomme …!«

Paul fragte sich, ob er eingreifen und die Frauen daran hindern sollte, den Karren zu plündern. Doch er hätte gegen sie keine Chance gehabt. Er ließ den Verkäufer liegen und drehte sich zu Emmi und Paul um.

Zwei dicke Kartoffeln waren den beiden vor die Füße gerollt. Emmis Blick begegnete dem seinen, dann sah sie auf die Kartoffeln hinunter. Bevor sie reagieren konnte, bückte ihr kleiner Bruder sich und raffte sie auf. Sie verschwanden in den Taschen seiner viel zu weiten Hose. Es war die Sache eines Augenblicks – und doch war der Junge zu langsam.

»Jib die Dinger zurück!«, brüllte jemand. Zwei Marktpolizisten kamen über den Platz gerannt. Der eine von ihnen musste den kleinen Paul bei seinem Diebstahl gesehen haben, denn er deutete beim Rennen mit dem Finger auf ihn. Der Junge wurde bleich und fasste unwillkürlich nach der Hand seiner großen Schwester.

»Schambergarnie!«, schrien ein paar Frauen, die auf die Gendarmen aufmerksam wurden. Die Plünderinnen wandten sich zur Flucht, die Röcke immer noch gerafft. Sie verloren ein paar Kartoffeln, die über den Boden sprangen, doch sie hielten sich nicht damit auf. In einem Manöver, das eine Kompanie Soldaten nicht besser gemacht hätte, zerstreuten sie sich, tauchten zwischen anderen Marktständen unter oder schlugen sich in die Menge. Der Karren blieb umgekippt zurück. Ein Rad war von der Achse gesprungen, zertretene und heile Kartoffeln lagen darum herum verstreut.

Die Marktgendarmen kamen keuchend bei Emmi und ihrem Bruder an. Einer packte den Jungen am Arm. Er keuchte und begann sich zu wehren. Der Gendarm holte aus und gab ihm eine Ohrfeige, dass der Kopf des Jungen nach hinten flog.

»Det wirste bereuen!«, brüllte der Mann und holte noch einmal aus. Der zweite Gendarm fasste in die Hosentaschen von Emmis Bruder und zog die Kartoffeln heraus. Er riss eine der Taschen dabei auf, dass sich die Hosennaht des Jungen bis zum Knie auftrennte.

Emmi fiel dem ersten Gendarmen, der den kleinen Paul noch einmal schlagen wollte, in den Arm. Er fuhr herum, ohne den Jungen loszulassen. Mit einer heftigen Bewegung schüttelte er Emmi ab.

Paul ließ alle Münzen, die er in der Hast aus seiner Hosentasche fischen konnte, neben dem verletzten Verkäufer auf den Boden klimpern. »Ich bezahl Ihnen die ganze Ladung!«, stieß er hervor. »Wenn Sie jetzt das Richtige tun!«

Der erste Gendarm hatte Emmi zu Boden gestoßen und trat nun vor, um sie an den Haaren in die Höhe zu ziehen. Paul packte sein Handgelenk, bevor er zugreifen konnte. Er griff so hart zu, dass der Polizist aufschrie und halb auf die Knie sank.

Der zweite Polizist starrte Paul überrascht an, zögerte einen winzigen Moment angesichts dieses neuen Gegners, der einen Kopf größer war als er und doppelt so breite Schultern hatte, dann wich er zurück und schnappte sich statt des Bajonetts, das er im Gürtel trug, eine Pfeife.

»Schluss damit!«, brüllte Paul. Er fuhr den Gendarmen, den er festhielt, an: »Hören Sie zu! Da, hören Sie dem Bauern zu!«

Er zwang den Gendarmen, zu dem Verkäufer zu blicken. Dieser sah ratlos von Paul zu dem Polizisten und zurück, dann wurde ihm klar, was von ihm erwartet wurde. »Lassen Se die Kinder los, Herr Gendarm«, sagte er schwach. »Die beeden ham ja bezahlt.« Er hielt ein paar von Pauls Münzen hoch. »Laufen Se man lieber nach die verrückten Weiber.«

Paul ließ das Handgelenk des Gendarmen los. Dieser richtete sich auf und blinzelte überrascht. Sein Kollege, der um

Hilfe hatte trillern wollen, hielt inne. Der kleine Paul befreite sich mit einem heftigen Ruck und rieb sich dann mit verzerrtem Gesicht den Oberarm. Er sah an seiner zerrissenen Hose herab und begann zu weinen.

»Bezahlt?«, wiederholte der Polizist.

»Eene janze Metze«, bestätigte der Bauer. »So wahr ick hier stehe.« Er wurde sich seiner Lage bewusst. »… lieje«, verbesserte er sich und wechselte einen Blick mit Paul. »Vier Silberjroschen per Metze, een anständjen Preis.« Das war der vierfache Preis, der normalerweise für eine Metze Kartoffeln zu entrichten war. Pauls Augen weiteten sich. Dem Bauern schien einzufallen, dass Paul ihm geholfen hatte, denn er sagte nach kurzem Zögern. »Und denn hamse mir um eenen Jroschen runterjehandelt. Lassen Se se, Herr Gendarm, die ham niemand nix jetan.«

Etwas später begleitete Paul die beiden Kinder, denen der Bauer ohne Murren eine großzügige Metze Kartoffeln überreicht hatte, nach Hause. Paul hatte stramme vier Taler bezahlt – den Gegenwert von hundertzwanzig Silbergroschen für die gesamte Ladung des Karrens, die laut Aussagen des Hökers vierzig Metzen betragen hatte: hundert Kilogramm. Emmi wurde zusehends nervöser, je weiter Paul mit ihnen in die engen Gassen der Spandauer Vorstadt eindrang. Paul war klar, dass sie ihn nicht sehen lassen wollte, wie sie wohnten. Paul hingegen war neugierig, ihre Lebensumstände kennenzulernen. August Borsig hatte vor kurzem begonnen, auf Grundstücken, die der Firma gehörten und rund um das Fabrikgelände lagen, Mietshäuser für seine Arbeiter hochzuziehen. Er orientierte sich dabei an Grundsätzen, die schon vor über zwanzig Jahren von preußischen Stadtplanern entwickelt worden waren: Jede Wohnung verfügte über eine Stube und eine Wohnküche, es mussten Licht und Luft auch in die engen Innenhöfe dringen, es gab billige, kleine Wohnungen in den rückwärtigen Gebäudeteilen für die einfachen Arbeiter und großzügige, teurere Wohnungen für die Fach- und Vorarbeiter im Vorderhaus. In den Hinterhäusern fand sich Platz für kleine Werkstätten, die die Bewohner der Mietskaserne versorgten: Schuster und Schneider zumeist, dazwischen der eine oder andere Barbier und Apotheker.

In den innerstädtischen Quartieren hielt sich kaum ein Vermieter an die Vorschläge der Städteplaner. Es zählte, wie viel Menschen in einem Wohnblock untergebracht werden konnten, nicht, wie sie dort lebten. Am schlimmsten waren die Gegenden, in denen noch die teils mittelalterliche Bausubstanz bestand. Die meisten Hauseigentümer stockten ungeniert weitere Etagen auf, bis die Innenhöfe dunkle Schluchten waren, in denen nicht einmal mehr Gras zwischen den Pflastersteinen wuchs. Die alten Vorgärten wurden mit Anbauten zugestellt, die Gassen, ohnehin schon schmal, wurden dadurch noch enger. Solche Quartiere zogen sich ringförmig um die Innenstadt und schlossen einen Kreis von Armut, Elend, Verbrechen und Laster um die innerstädtischen Paläste. Am berüchtigtsten war das Scheunenviertel in der Spandauer Vorstadt.

Ein paar Minuten lang dachte Paul, Emmi und ihr kleiner Bruder würden ihn genau dorthin führen, doch das Haus, in das sie schließlich zögernd eintrat, lag noch davor.

»Nüscht für unjut«, sagte Emmi, »Sie warn een Schutzengel, aber ab hier schaffen wir's alleene.«

Sie reichte Paul die Hand – eine klare Aufforderung, dass er sich nun auf den Rückweg machen sollte.

»Hören Sie, Emmi«, sagte Paul. »Wenn Sie wissen, wer ich bin, dann wissen Sie auch, dass ich über eine enge Beziehung zu Herrn Borsig verfüge. Borsig lässt eine Werkssiedlung in der Nähe der Fabrik errichten. Die Wohnungen dort sind alle weitgehend schon im Voraus vergeben. Aber ich kann gern versuchen, ein gutes Wort für Ihre Familie einzulegen.«

»Wat wollense dafür?«, fragte Emmi misstrauisch. »Ick meene, Se zahlen de Kartoffeln und pauken uns bei die Polente raus, und jetz wollnse ooch nochn jutet Wort für uns einlejen …« Sie strich sich plötzlich mit einer trotzig-verlegenen Geste das Haar hinter die Ohren und warf dann den Kopf zurück. »Machense sich bloß keene Hoffnungen auf mir, wa? So eene bin ick nich.«

Paul, der bei Emmis Worten ehrliches Entsetzen empfand, denn das Mädchen war noch ein halbes Kind, sagte lauter als beabsichtigt: »Jesus Maria, nein!«

»Warum loofen Se uns denn hinterher?« Ein Schatten fiel über ihr Gesicht. »Ah, ick kanns mir denken. Weil Se glooben, mir lügen Se an, und weil Se selber überprüfen wollen, ob wa nich vielleicht in die Palast von die Königin von Sansibar hausen.«

»Saba«, sagte Paul und grinste. Er hatte es freundlich gemeint, doch Emmi fühlte sich beleidigt.

Erneut warf sie den Kopf zurück. »Ick bin vielleicht nich jebildet, aber ick bin nich doof!«, stieß sie hervor. »Wenn Se mir ooch noch verspotten wollen, denn könnse Ihre Kartoffeln wieda mitnehm, denn essen wa lieber den Putz vonne Wände!«

Paul ahnte, wie sehr sie sich für ihre Lebensumstände schämte, dass sie so mit ihm umsprang. Er fühlte keinen Ärger auf sie – aber auf die Umstände, die Menschen wie sie und ihre Familie zwangen, in übelsten Unterkünften zu hausen. Menschen, die ihre eigene Würde und ihren eigenen Stolz besaßen … und die so gut wie keine Chance hatten, aus dem Elend zu entkommen, in dem sie festsaßen. Er schaute an der Fassade des Mietshauses empor – dunkler, verrußter Backstein, kleine Fenster, das Dach hoch oben berührte beinahe das Dach des Gebäudes auf der gegenüberliegenden Gassenseite; vom Himmel blieb nur ein schmaler Ausschnitt, der geradezu grell wirkte, wenn man von der Düsternis hier in der Gasse nach oben schaute.

»Ich spotte nicht, Emmi«, murmelte er. »Ich schäme mich – dafür, dass jemand, der für Borsig arbeitet, hier in diesem Viertel leben muss.«

»Dann schämen Sie sich ruhig weiter, werter Herr«, ertönte eine sanfte Stimme. »Vielleicht wächst Ihnen dadurch die Kraft zu, etwas an den Umständen zu ändern.« Ein Mann schob sich aus dem dunklen Eingang und trat auf sie zu.

Emmi rollte mit den Augen. »Mensch, Alfons!«, schnappte sie. »Det hier is nich einer wie die anderen Pinkel. Det isn feiner Mensch. Verschon uns mit die Predigten.«

»Sehen Sie sich die Wohnung von Emmis Familie ruhig an«, sagte der Mann. Er blieb vor Paul stehen und schaute zu ihm auf. Er war noch jung – einige Jahre jünger als Paul und nicht sehr viel älter als Emmi. Aber sein ernstes Gesicht mit den verkniffenen Lippen und den Schatten unter den Augen ließ ihn älter wirken. Älter – und gefährlicher. »Es ist die Dachwohnung. Im Sommer so heiß, dass das Harz aus den Bodendielen quillt. Im Winter so kalt, dass das Wasser auf dem Waschstand einfriert. Ständig zieht es. Die Treppen sind eine Qual, wenn man etwas schleppen muss oder alt ist. Und dabei haben es die Kühns noch gut! Schauen Sie sich nachher noch eine Kellerwohnung an, wo die Wände selbst im Sommer nicht trocknen, wo der Schimmel wuchert, wo es so sehr nach Moder riecht, dass man, wenn man am Morgen aufwacht, meinen könnte, man sei gestorben und liege schon zwei Meter unter der Erde.« Der junge Mann hielt Paul eine Hand hin. »Alfons Alfred von Boganowski. Angenehm.« Er schlug die Hacken zusammen.

Paul kannte die Eigenheiten der Menschen seiner neuen Heimat gut genug, um sagen zu können: »Sie sind ein Junker?«

»Falsch geraten. Mein Vater ist einer. Ich bin Student ... und Demokrat ...«

»Und Sie wohnen hier.«

Boganowski zögerte. »Äh ... nein ... tatsächlich wohne ich im Heim meiner Verbindung. Aber ich weiß sehr gut, wie es in diesen Mietskasernen aussieht.«

Paul fühlte Abneigung gegen den jungen Studenten in sich aufsteigen. Ein Aufwiegler, dachte er; einer, der glaubt, der Anwalt der Armen zu sein, selbst aber im Komfort lebt und sich dazu berufen fühlte, die Unterdrückten zu führen. Dabei verachtet er sie insgeheim, weil er gar nicht auf die Idee kommt, dass die Unterdrückten auch in der Lage sind, sich selbst zu führen. Er warf Emmi einen Seitenblick zu, die Boganowski ohne große Sympathie musterte. Der kleine Paul dagegen hing mit einem Blick von geradezu hündischer Ergebenheit an dem jungen Mann.

»Ich verwende mich für Sie, Emmi«, sagte Paul und sprach über den Kopf Boganowskis hinweg. »Die Häuser werden im Sommer fertig sein. Bis dahin müssen Sie Geduld haben. Richten Sie Ihrem Vater und Ihrem Bruder aus, dass sie sich schriftlich um eine Wohnung in der Werkssiedlung bewerben sollen.«

Emmi wirkte immer noch misstrauisch. Aber sie nickte.

»Einer einzigen Familie zu helfen löst das große Problem nicht«, tadelte Boganowski.

»Das Problem dieser Familie schon«, versetzte Paul. »Und darauf kommt es an, oder nicht? Emmi, Paul ... ich wünsche euch und eurer Familie alles Gute.« Er nickte Boganowski knapp zu und schritt davon.

»Damit verhindern Sie den Aufstand der Werktätigen auch nicht«, rief Boganowski ihm hinterher. »Der Aufstand wird kommen. Und das Blut der Arbeiter im Rinnstein wird ihr Streben nach Gerechtigkeit adeln.«

Paul kehrte wieder um. Boganowski trat unwillkürlich einen Schritt zurück. Paul blieb dicht vor ihm stehen. »Das Einzige, was Blut im Rinnstein tut, ist stinken«, sagte er. »Dass der Tod etwas adelt, finden nur die, die überlebt haben.«

Er wandte sich endgültig ab. Wieso war der Zorn plötzlich so in ihm hochgeschossen? Weil er den anbetenden Blick des Jungen gesehen hatte und ahnte, dass der kleine Paul seinem Idol, dem verzogenen Junkerssohn und selbsternannten Demokraten Boganowski, bei jeder Dummheit hinterherlaufen würde? Beinahe wäre er nochmals umgekehrt, um zu fragen, ob das Blut eines zwölfjährigen ahnungslosen Knaben auch etwas adelte, aber er riss sich zusammen. Alles in allem war er hier noch mehr ein Fremdling als Boganowski; und das einzig Sinnvolle, das er nach seiner Hilfeleistung für Emmi und Paul tun konnte, war, ihnen eine Wohnung in Borsigs neuer Werkssiedlung zu beschaffen.

Er wünschte, die Häuser wären noch vor dem Sommer fertig. Und er fragte sich, ob es nicht ohnehin schon viel zu spät für solche Maßnahmen war.

58

Im April erhielt Alvin einen Brief von Otto von Bismarck, von dem er seit Monaten nichts mehr gehört hatte. Der Brief war nach Briest zugestellt worden, was zeigte, dass Otto den neuesten Entwicklungen im Hause Briest nicht unbedingt gefolgt war, und erreichte Alvin an einem Mittwochabend in der Garnison, wohin Gerhard von Cramms Verwalter ihn hatte nachsenden lassen. Er war mittlerweile fast zehn Tage alt.

Otto hatte sich in diesem Frühjahr selbst in Szene gesetzt und war nun ein bekannter Name unter den Grundbesitzern. Im Dezember vergangenen Jahres hatte der preußische Justizminister verlauten lassen, dass er eine Reform des alten Rechts plane, das den Grundherrn erlaube, auf ihrem eigenen Boden selbst Gericht abzuhalten. Otto hatte im Gegensatz zu seinen Standesgenossen, die nur gemurrt und wütend auf den Tisch geschlagen hatten, sofort reagiert. Er hatte Versammlungen der Grundbesitzer einberufen, Gegenvorschläge ausgearbeitet, auf dem Kreistag und sogar auf dem Konvent der Magdeburgischen Ritterschaft gesprochen. Er hatte einen scheinbaren Kompromiss zwischen den Forderungen des Justizministeriums und der Tradition gefunden, der letztlich aber darauf hinauslief, dass die alten Rechte Schritt für Schritt aufgehoben werden sollten, und es war ihm durch unermüdliches Reden und Überzeugen gelungen, alle auf seine Seite zu bringen und seinen eigenen Reformplan zu unterstützen.

Otto hatte sich dadurch einen Namen gemacht, der bis ins Justizministerium hinauf gehört wurde. Nicht alle sprachen freundlich über ihn – aber sie *sprachen* über ihn, und das war anscheinend auf dem Feld der Politik, in das Otto mit seinen Aktivitäten erste Schritte gewagt hatte, das Wichtigste. Wie es aussah, war Otto durch den Tod Maries nicht nur in seinem Herzen erschüttert, sondern dadurch auch aus seiner Langeweile wachgerüttelt worden. Er hatte plötzlich eine Aufgabe gefunden, und er nahm sich ihrer so entschlossen an wie damals in Jerichow, als er mit Alvin in das besetzte Rathaus eingedrungen war.

Nachdem Bismarck auf Briest gewesen und Lily dort zurückgelassen hatte, war das Verhältnis zwischen ihm und Alvin etwas abgekühlt. Bald darauf hatte die Runde gemacht, dass Otto sich verlobt habe – mit Johanna von Puttkamer, einer extrem frommen jungen Frau, die aus einem Rittergut in Hinterpommern stammte. Dieses rasche Verlöbnis hatte Otto in den Augen Louises noch mehr abgewertet; was Lily davon hielt, darüber hatte Alvin nur rätseln können, denn Pauls Schwester war so verschlossen, wie Paul selbst offen war. Jedenfalls hatte Bismarck sich – vermutlich wegen Lily – kaum mehr auf Briest blicken lassen, und seit Alvins erzwungenem Weggang nach Berlin hatte er ihn völlig aus den Augen verloren. Der Brief war daher eine Überraschung – nicht zuletzt, weil er zeigte, dass Otto sehr wohl über die Vorgänge auf Briest informiert gewesen war, aber entweder seine eigenen Belange als wichtiger erachtet und Alvins Problem deshalb ignoriert hatte – oder weil er gedacht hatte, Alvin würde sich schon melden, wenn er Hilfe brauchte.

Bismarck drückte in dem Brief sein Bedauern darüber aus, dass Alvin das väterliche Gut hatte verlassen müssen, und versicherte ihm, dass er ihn für einen fähigen Verwalter hielt und dass Gerhard von Cramm sich keinen Gefallen getan hatte, einen neuen Verwalter einzusetzen. Levin erwähnte er mit keinem Wort, was ebenso deutlich sein Missfallen zum Ausdruck brachte, als wenn er darüber geschrieben hätte. Alvin wusste, dass Otto ein harmonisches Verhältnis zu seinem eigenen Bruder und seiner Schwester hatte; Levins Verrat musste ihm daher doppelt schwer erscheinen.

Danach kam Otto schnell zum Punkt. Er erkundigte sich, wie die Stimmung in der Berliner Garnison war und ob die Loyalität des Militärs ungebrochen war. Alvin konnte sich denken, weshalb Otto sich danach erkundigte.

Mitte April hatte der König den Vereinigten Landtag einberufen und die Abgeordneten, die sich in ihrer Mehrheit Hoffnungen auf eine Liberalisierung des Staates und die Umwandlung des Landtags in ein echtes Parlament gemacht hatten, vor den Kopf gestoßen. Er hatte den Männern klipp und klar gesagt, dass ihre Aufgaben sich auf die Bewilligung von neuen Steuern und der Erhöhung der Staatsverschuldung beschränkten, dass die unumschränkte Herrschaft des Königs über sein Land heilig sei und sich zwischen ihn und die Treue des Volks nicht ein Blatt Papier voller Paragraphen drängen dürfe. Damit hatte der König den siebzig von den fünfhundertdreiundvierzig Abgeordneten, die für die Fortführung des Absolutismus waren, aus dem Herzen gesprochen. Nun wollte Bismarck wissen, wie die Offiziere der Berliner Garnison dazu standen – denn wenn er frühzeitig den Finger hob und davor warnte, dass auch unter dem Stab der Berliner Garnison liberal gesinnte Männer waren, dann würde sein Verdienst um den preußischen Staat nur umso größer sein und sein Stern umso heller strahlen.

Der weitere Verlauf des Briefs war so alarmierend, dass Alvin um ein Gespräch mit dem Regimentskommandeur bat.

»Was schreibt Ihr Freund da?«, fragte Oberstlieutenant von Zenge. »Plünderungen?«

»In Cöslin«, erwiderte Alvin. »Otto von Bismarck ist da wohl hineingeraten, als er Hinterpommern vor knapp zwei Wochen verließ. Er schreibt, dass die Landwehr ihn und seine Reisegesellschaft vor Ausschreitungen beschützen musste. Die Läden von Bäckern und Schlachtern wurden geplündert, Kornspeicher verwüstet …«

»Und was wollen Sie mir damit sagen, Briest?«

»Nichts weiter, als dass die Garde-Reserve die Augen offen halten muss und bereit sein, falls es hier in Berlin zu ähnlichen Dingen kommt.«

Von Zenge grinste. »Cöslin ist nicht Berlin. Und Stettin auch nicht. Wir sind das Herz des Staates, nicht die Provinz. Unsere Arbeiterschaft ist viel zu stolz, um auf so ein Niveau zu sinken.«

In Stettin hatte es ebenfalls Krawalle gegeben wegen der Brotknappheit. Die ersten Nachrichten hatten gelautet, dass scharf geschossen worden sei. Dies hatte sich als übertrieben herausgestellt. Dennoch – auch in Stettin waren Läden geplündert worden.

»Ich meine ja auch nur wegen heute … was auf den Märkten passiert ist …«

Auf dem Gendarmenmarkt hatte sich eine ähnliche Szene abgespielt wie die, von der Paul vor einigen Tagen erzählt hatte. Heute jedoch war die Lage kurzzeitig außer Kontrolle geraten. Auch auf dem Molkenmarkt und dem Dönhoffplatz waren Händler verprügelt, Marktstände zerstört und geplündert worden.

»Ich glaube kaum, dass morgen Händler zum Donnerstagsmarkt auf den Alexanderplatz kommen werden«, sagte Alvin. »Die wollen sich nicht noch mal verprügeln und ausrauben lassen. Was die Hungrigen davon halten, wenn sie gar nichts mehr einkaufen können, mag ich mir gar nicht ausmalen, Herr Oberstlieutenant.«

Von Zenge musterte Alvin nachdenklich. »Hm«, machte er. »Na gut. Lassen Sie Alarmbereitschaft für die Mannschaften und Unteroffiziere befehlen. Offiziere haben Ausgang. Ich gebe den anderen Kompanieführern Bescheid. Die Garde hat heute nicht eingegriffen, weil die Beschädigung der Marktstände in die Verantwortung des Magistrats und der Marktpolizei fällt. Aber wenn auch in Berlin die Läden geplündert werden …«

Am Tag darauf fiel der Donnerstagmarkt auf dem Alexanderplatz tatsächlich aus, weil die Markthändler wegblieben. Dies hatte, wie von Alvin befürchtet, zur Folge, dass brüllende Haufen die Bäcker- und Metzgergeschäfte der anliegenden Straßen ausräumten.

Als Paul erregt zur Wohnung zurückkehrte und von den Plünderungen der Geschäfte berichten und die Frauen davor warnen wollte, das Haus zu verlassen, traf Alvin mit ihm auf der Straße zusammen. Alvin war bereits in voller Uniform; man hatte einen seiner Soldaten zu ihm gesandt, um ihn zur Kaserne zu befehlen.

»Bleibst du zu Hause bei Louise und Moritz?«, fragte Alvin atemlos und voller Sorge. »Grundgütiger, Berlin ist verrückt geworden. Gestern habe ich meinen Regimentskommandeur noch gewarnt. Heute stelle ich fest, dass ich es selbst nicht glauben kann, was da passiert. Hörst du das?«

Paul nickte. Selbst bis in ihre Gasse waren das Pfeifen, Brüllen und Toben, das Klirren von Fensterscheiben und das Bersten von eingetretenen Türen zu hören. »Ich sende einen Nachbarsjungen zu Borsig, sobald es etwas ruhiger geworden ist, und lasse ausrichten, dass ich heute nicht komme.«

»Prinz Wilhelm, der Bruder des Königs, hat den Oberbefehl über das Gardekorps. Wenn er es aufstellt, um gegen die Plünderer vorzugehen, wird auch die Garde-Reserve requiriert werden. Ich weiß nicht, wann ich zurückkomme.«

»Pass auf dich auf«, sagte Paul.

Alvin nickte und schlug seinem Freund auf die Schulter, dann rannte er los, dem Soldaten hinterher.

Es dauerte bis zum Mittag, bis der Prinz sich entschloss, das Regiment in die Stadt zu senden und Verhaftungen vorzunehmen. Alvin war bestürzt darüber, wie groß die Wut der Aufrührer tatsächlich war. Er kam einem Offizierskameraden zu Hilfe, der sich auf die Autorität der Uniform verlassen hatte und von einem noch jungen Arbeiter ins Gesicht geschlagen wurde. Zusammen mit zwei Soldaten schritt er ein und ließ den Schläger festnehmen. Dieser schaffte es, die Soldaten abzuschütteln – und noch bevor jemand reagieren konnte, hatte er einem der Männer den gezogenen Säbel aus der Hand genommen und stand nun kampfbereit da. Er hielt die Waffe ungeschickt, seine Augen flackerten, sein Gesicht war von Hass und Angst gleichermaßen verzerrt. Alvin, der seinen Soldaten verboten hatte, die Gewehre zu laden und die Bajonette aufzusetzen, und deshalb Murren und Fragen geerntet hatte, ob man sich vom Pöbel totschlagen lassen solle, war nun froh über seinen Befehl. Zweifellos hätte der Mann, der seinen Säbel verloren hatte, sonst geschossen – oder wäre mit dem Bajonett auf den Arbeiter losgegangen. Sich von einem Zivilisten entwaffnen zu lassen war eine ungeheure Schande.

»Gib das Ding zurück!«, sagte Alvin scharf, der seine beiden Soldaten an den Gürteln festhielt, damit sie sich nicht auf den jungen Mann stürzten.

Der Arbeiter blickte gehetzt von Alvin zu seinen Männern und dann zu dem Säbel in seiner Hand.

»Ihr murkst mich doch ab, ihr Schweine!«, keuchte er.

»Und verdient hättest du es! Jetzt gib den Säbel zurück. Du wirst nur verhaftet, nichts weiter.«

»Nüscht weiter?! Damit ich dann im Bau vergammle?! Ich hab eine Frau und Kinder!«

»Dann trag die Verantwortung wie ein Mann«, sagte Alvins Offizierskamerad verächtlich, dem Blut aus einer aufgeschlagenen Lippe über das Kinn lief.

»Wenn ick den Säbel abgebe, schlagen die beiden mich doch tot!« Die zitternde Säbelspitze zeigte auf die knurrenden Soldaten.

»Nein, tun sie nicht«, sagte Alvin. Er ließ die Gürtel los und rief: »Regiment – stillgestanden!«

Die beiden Soldaten gehorchten und standen stramm, aber Alvin konnte am Mahlen ihrer Kiefer erkennen, wie wütend sie über den Befehl waren.

»Der Säbel. Leg ihn auf den Boden. Vor dem Korporal!« Alvin zeigte auf den Soldaten, dem der Säbel gehörte.

Der Arbeiter zögerte, dann folgte er der Anweisung und legte dem Korporal den Säbel vor die Füße. Hastig trat er zurück. Alvin nickte seinem Offizierskameraden zu.

Dieser schritt vor und packte den Arbeiter am Genick. »Sie sind verhaftet«, sagte er. »Folgen Sie mir, bevor Sie Ihre Lage noch weiter verschlimmern.«

Die Offiziere wechselten einen Blick, dann führte Alvins Kamerad den Arbeiter ab. Dieser leistete keinen Widerstand. Alvin wartete, bis sie außer Sicht waren, dann sagte er leise: »Rührt euch, Männer.«

Der Korporal bückte sich nach seinem Säbel und schob ihn in die Scheide. Er sagte kein Wort. Der Gefreite druckste herum.

»Na, sprechen Sie schon!«, schnappte Alvin. »Erlaubnis erteilt.«

»Herr Hauptmann, wieso durften wir unsere Ehre nicht verteidigen?«

»Weil die Lage völlig außer Kontrolle gerät, wenn auf der Arbeiterseite Blut fließt.«

»Aber unser Blut ist auch geflossen.« Der Gefreite wies in die Richtung, in der Alvins Offizierskamerad gegangen war.

»Aber wir sind Soldaten, Gefreiter. Wir werden dafür bezahlt, dass wir unser Blut geben. Die Arbeiter werden dafür bezahlt, dass sie Preußen zum mächtigsten Staat Deutschlands machen. Und das Geld, das sie bekommen, reicht nicht mal, um sich Kartoffeln zu kaufen. Wie viel kostet die Metze jetzt? Fünf Silbergroschen. Manche bekommen weniger Tageslohn! Und ob eine Metze reicht, eine fünfköpfige Familie ohne Hunger über den Tag zu bringen, könnt ihr euch selber ausrechnen.«

»Bitte um Erlaubnis, sprechen zu dürfen«, grollte der Korporal.

»Erlaubnis erteilt.«

»Herr Hauptmann, wennse denken, det wir det wieder unter Kontrolle kriejen, denkense verkehrt, mit Verlaub, Herr Hauptmann. Selbst wenn wir hundert Aufrührer verhaften, wird det weiterjehen. Vielleicht nicht gleich, aber in eenem Jahr stehen wir wieder so da wie jetzt.«

»Wie kommen Sie darauf?«

Der Korporal tat so, als würde er schnuppern. »Det liejt in die Luft, Herr Hauptmann. Denkense an meene Worte. Ick wette, damals bei die Franzmänner hattet ooch in die Luft gelejen … und denne ham sie sich jejenseitig die Köpfe abjehackt.«

Am Freitag sah es dennoch so aus, als sei die Lage unter Kontrolle. Zwar hatten Krawallmacher noch am Donnerstagnachmittag die Fenster des Palais eingeworfen, in dem Prinz Wilhelm lebte, aber die Freitagsmärkte fanden ohne weiteren Aufstand statt. Die gesamte Berliner Garnison war auf dem Gendarmenmarkt, dem Dönhoffplatz und dem Neuen Markt aufgezogen, wo die üblichen Freitagsmärkte stattfanden. Die Soldaten standen in zwanzig Schritt Abstand zueinander mit aufgepflanzten Seitengewehren – ein Befehl, den Alvin nicht hatte rückgängig machen können –, aber ungeladenen Waffen; wenigstens in dieser Hinsicht hatte sich Alvins Ansicht unter dem Regimentsstab durchgesetzt.

Die Lage blieb ruhig auf den Märkten, obwohl eine feindselig dreinblickende Menge von den Vorstädten her zu den

Plätzen gezogen war. Die Präsenz der Soldaten schüchterte sie offensichtlich nun doch ein. Zur weiteren Beruhigung der Situation trug bei, dass der Berliner Magistrat die Notvorräte der Stadt geöffnet hatte und nun Kartoffeln auf eigene Rechnung anbot, die Metze für zweieinhalb Silbergroschen, also zum halben Marktpreis. Die Gesetze von Angebot und Nachfrage, die auch dem verstocktesten Höker klar waren, sorgten dafür, dass sich die Preise auf den Marktständen Zug um Zug diesem Preis anglichen, so dass die Kartoffeln am Ende des Tages immer noch das Zweieinhalbfache des normalen Preises kosteten, die Leute das aber begrüßten, weil sie sich die zweieinhalb Silbergroschen wenigstens kurzfristig leisten konnten.

Alvin jedoch, der anders als die meisten Offiziere bei seinen Soldaten auf dem Gendarmenmarkt stehen blieb, anstatt den Befehl den Sergeanten zu überlassen, dachte an die Worte des Korporals. Im Augenblick waren die Leute beruhigt. Doch bald würden sie merken, dass sie weiterhin betrogen wurden, weil sie sich die zweieinhalb Silbergroschen auf Dauer auch nicht leisten konnten. Außerdem würden die Preise wieder zu steigen beginnen, sobald der Schock über die Kartoffelrevolution, wie Alvins Offizierskameraden den Aufstand verächtlich nannten, abgeklungen war. Und es liefen genügend Aufrührer herum, die aus echter Sorge um die Lage der Arbeiter, aus Geltungsbedürfnis oder aus dem Wunsch heraus, die Armut der Arbeiter für ihre Liberalisierungsbemühungen zu instrumentalisieren, die Leute aufwiegelten.

Nein, es war noch nicht überstanden. Der üblicherweise heiße und trockene Berliner Sommer, der vor der Tür stand, würde die Gemüter zunächst beruhigen, weil sich mit ihm auch die Lebensmittellage besserte, sobald die Kleingärten und die Plantagen ihren Anteil an den Marktverkäufen beisteuerten. Aber es würden die nächsten dunklen, kalten Monate kommen – November, Dezember, Januar, Februar – und die Menschen in ihren schlechten Wohnungen frieren und hungern und das hart verdiente Geld nicht zum Leben reichen. Und dann?

Alvin fühlte eine hilflose Wut auf seinen toten Bruder und auf Gerhard von Cramm. Ohne deren Machenschaften würden Louise und Moritz jetzt sicher außerhalb der Stadt auf Briest leben. Sollte er das Geld, das Cramm ihm für den Verkauf Eichenhains gezahlt hatte, im Kauf eines eigenen Guts anlegen? Aber wo? Die alten Adelsgüter rund um Berlin standen nicht zum Verkauf, und verpachten würde keiner der Junker etwas an einen Mann, der nur marginale Erfahrung in der Landwirtschaft besaß und von dem Gerhard von Cramm garantiert verbreitet hatte, dass er unfähig war.

Paul hatte ihm geraten, das Geld in ein Unternehmen zu investieren; entweder in die Fabrik von August Borsig oder in eine der immer noch aus dem Boden schießenden Eisenbahngesellschaften. Alvin zögerte, weil er sich nicht vorstellen konnte, was dann aus dem Geld wurde. Das Unternehmen, in das er es steckte, würde damit Dinge kaufen; und wenn am Ende des Jahres ein Gewinn von den Aktivitäten des Unternehmens übrig blieb, würde Alvin einen Anteil davon erhalten. Wenn er nicht mehr wollte, konnte er sein Geld jederzeit wieder zurückfordern. Es klang zu einfach. Was passierte, wenn das Unternehmen bankrott machte? Oder wenn der Unternehmer keine Lust hatte, von seinem Gewinn an seine Finanziers etwas abzugeben? Es war zu riskant, und Alvin hatte das Gefühl, dass ein Mann von seinem Stand sein Geld besser in das Land steckte anstatt in rauchende Schornsteine und Werkshallen.

Er sollte Otto von Bismarck um Rat fragen. Eigentlich hätte

er ihn gleich um Rat fragen sollen, als Gerhard von Cramm und sein Notar auf Briest gewesen waren. Nun, dafür war es zu spät. Aber der Brief, den er Alvin geschrieben hatte, zeigte, dass er weiterhin an ihrer Freundschaft interessiert war, wenn auch vielleicht mit dem Hintergedanken, dass sie ihm in seiner beginnenden politischen Karriere nützen konnte.

Sobald der Irrsinn hier wieder vorüber war, würde er Otto schreiben und versuchen, ein paar Tage Urlaub zu bekommen, um ihn auf Schönhausen zu besuchen.

Er dachte wieder daran, was der Korporal gesagt hatte. Und hoffte inständig, dass dieser nicht recht hatte und die Kartoffelrevolte nicht nur die Vorahnung von etwas Größerem war.

59

Lily hatte Alvins und vor allem Pauls Berichten gut zugehört. Während Alvin etwas schweigsamer war, weil er offensichtlich nicht recht wusste, was von den Geschehnissen, deren Zeuge er gewesen war, unter das Militärgeheimnis fiel, erzählte Paul frei von der Leber weg. Lily wusste daher genau Bescheid, wer die Familie Kühn war und wie Paul dafür gesorgt hatte, dass sie eine Wohnung in der neuen Werkssiedlung von August Borsig bekamen. Während sie zuhörte, wusste sie sowohl ihre Verachtung für Pauls Bemühungen zu verbergen wie auch ihr Interesse für eine ganz bestimmte Person, die immer wieder in Pauls Reden vorkam.

Im Sommer hatte sie endlich genug Mut gefasst, den ersten Schritt zu tun. Wenn alles gutging, würden die noch folgenden Maßnahmen zu einem Ziel führen, auf dessen Erfüllung sie wartete, seit sie vor vielen Monaten in Kniephof in eine Kutsche gesetzt und nach Briest gekarrt worden war.

Der Sommer hatte wie erwartet etwas Erleichterung in die gespannte Nahrungsmittellage gebracht, wenn auch das Wetter weiterhin kühl und schlecht war. An einem Freitag erbot sich Lily, die Einkäufe auf dem Markt zu besorgen. Da sie sich bisher stets geweigert hatte, wurde ihr Angebot mit einiger Überraschung angenommen. Sie schaffte es, sowohl Louise, die ihr ihre Begleitung antrug, freundlich abzuweisen, als auch die Idee zu zerstreuen, dass sie den kleinen Moritz mitnehmen könnte. Auf dem Markt drückte sie einem der Eckensteher Geld in die Hand und bat ihn, sie zum Tagungsort der Landsmannschaft Normannia zu führen.

»Wo is dit denn, Frollein?«, fragte der Mann.

»In der Bischofsstraße.«

»Dit is nich weit vom Molkenmarkt. Wat Jenauet wissense nich?«

»Nein. Nur den Namen eines Gasthofs: Zeller.« Lily erwartete halb, dass der Dienstmann abwinken würde. Sie verfluchte Paul im Stillen, dass er die genaue Adresse nie erwähnt hatte.

Der Dienstmann dachte nach. »Ham wa Jeld für um inne Droschke zu fahren?«

Lily überschlug die Summe, die sie bei sich trug. Sie hatte Schwierigkeiten erwartet und alles eingesteckt, was sie seit ihrem Eintreffen in Alvins Familie hatte beiseiteschaffen können. »Wir fahren Droschke, wenn Sie sicher sind, dass Sie mich an Ort und Stelle bringen können.«

»Ick nich«, der Dienstmann strahlte, »aber der Droschkenkutscher.«

»Wofür brauche ich dann Sie?«

»Um eenen zu haben, der dem Droschkenkutscher jeigt,

det er een paar Zähne verliert, wenn er mit nem Umweg extra Reibach machen will.«

»Das wären dann Sie?« Lily unterdrückte ein Lächeln.

»In voller Lebensgröße, Frollein.« Der Dienstmann richtete sich auf.

»Also gut«, sagte Lily. »Ich nehme Sie. Lohn gibt's, wenn ich heil wieder hier bin und der Kutscher keinen Umweg gefahren ist und ich bei dem, was ich tun wollte, Erfolg gehabt habe. Und falls Sie überlegen sollten, mich auszurauben ...« Sie zog aus der kleinen Tasche, die sie trug, ein kurzes Messer mit scharf geschliffener Klinge heraus und zeigte es ihm, bevor sie es wieder einsteckte.

»Wennse det herzeigen, Frollein, solltense auch damit umjehen können.«

Lily musterte betont die aufgetriebene Bierwampe des Dienstmanns. »Die Kunst ist eher, hier nichts zu treffen«, sagte sie. »Auf geht's.«

»Wo kommse eijentlich her, Frollein? Wie unsereiner redense ja nich jerade.«

»Aus München.«

»Halleluja«, sagte der Dienstmann. »Denn jeh ick mal los, ne Droschke suchen, wennse extra den weiten Weg bis nach Berlin jemacht ham.«

Die Droschke kam nur langsam durch den dichten Verkehr eines Freitagvormittags voran. Die Bischofsstraße lag im historischen Stadtkern Berlins und beherbergte die Stadtpaläste einiger Hofräte sowie etliche jüdische Firmen, vor allem Textilfabrikanten. Der Dienstmann erzählte noch weitere Einzelheiten zur Berliner Topographie, die Lily allesamt zu einem Ohr hinein- und zum anderen hinausgingen. Ihre Gedanken waren bei dem Gespräch, das sie führen wollte. Je näher sie ihrem Ziel kam, desto absurder schien ihr, was sie vorhatte. Wie hatte sie nur einen Moment lang glauben können, dass das klappen würde? Jesus Maria! Im günstigsten Fall würde man sie lachend wegschicken und ihr spöttische Bemerkungen hinterherrufen. Im ungünstigsten Fall würde man sie festhalten und die Gendarmerie rufen – oder die Garde –, die sie verhaftete. Am Ende würde sie noch von Alvin von Briest verhaftet werden. Sie war drauf und dran, den Droschkenkutscher umkehren zu lassen, doch da ließ sich der Dienstmann, der den Kopf nach draußen gestreckt und mit dem Kutscher konferiert hatte, wieder auf seine Sitzbank plumpsen.

»Wir sin gleich da«, sagte er. Dann beugte er sich vor und fragte ernsthaft: »Frollein – ma unter uns beeden: Wat wollense dort?«

»Ich glaube nicht, dass Sie das was angeht.«

»Ick meene nur, weil diese Burschenschaften recht speziell sin. Een Weibsbild … entschuljense, eene Dame! … kommt bei denen nich in die Stube.«

»Oh.« Lily überlegte ein paar Momente, in denen eine Stimme ihr riet: Na gut, das war's, du hast es versucht, jetzt kannst du umkehren!, dann sagte sie: »Ich muss mit einem Mitglied der Burschenschaft sprechen.«

»Worüber?«

»Also das ist jetzt wirklich …«

»Nee«, sagte der Dienstmann geduldig. »Ick will Ihnen helfen für Ihr Jeld, Frollein. Wennse für eene Freundin da sind, weil eeener der Burschen ihr nen Braten in die Röhre geschoben hat …«

Lily starrte den Mann an und fühlte gleichzeitig Zorn wegen seiner Anmaßung und Belustigung darüber, dass er auf seine plumpe Art versuchte, diskret zu sein. Was dachte er? Dass sie sich von einem Studenten hatte schwängern lassen und nun versuchte herauszufinden, wer der junge Mann war?

Für so eine hielt er sie? Und um sie nicht noch weiter zu kompromittieren, tat er so, als glaube er, sie würde nur die Emissärin für eine tatsächlich betroffene Freundin spielen? Sie wollte ihn gerade scharf zurechtweisen, doch dann hielt sie sich zurück. Auf seine Weise wollte er wirklich helfen, und das konnte sie ausnutzen. Außerdem brauchte sie ihn, wenn es stimmte, dass sie als Frau an die Mitglieder der Burschenschaft nicht herankam.

»Nein«, sagte sie und ließ ihre Stimme eisig klingen, »darum geht es nicht. Ich möchte, dass einer der jungen Männer eine Botschaft erhält. Die Botschaft lautet: *Ich kenne Ihren Kampf um Gerechtigkeit, und ich gebe Ihnen dafür ein Ziel. Wollen Sie der Held des Volks werden*?«

»Wat?«

»Die Botschaft lautet …«, begann Lily ein zweites Mal.

»Dit hab ick mir schon jemerkt, Frollein. Aber wat soll det denn heißen?«

»Der Empfänger wird es verstehen.« Oder er ist sowieso der falsche Mann, dachte Lily.

»Un det soll ick den jungen Leuten da drin ausrichten?«

»Wenn Sie so lieb sein wollen.« Lily bemühte sich um ein Lächeln.

Zu ihrer Überraschung kam ein zahnlückiges Lächeln zurück. »Sie sin so hübsch, Frollein, wennse lächeln«, sagte der Dienstmann. »Sie sollten öfter lächeln.«

Lilys Lächeln erlosch. »Ich brauche Sie als Dienstboten, nicht als Ratgeber!«

»Is jut, is jut. Wie heißt der junge Mann?«

»Alfons Alfred von Boganowski.«

»Det is n janzet Maul voll«, brummte der Dienstmann und wiederholte den Namen. Dann kletterte er aus der Kutsche.

Es dauerte eine Weile, bis er zurückkam; eine Weile, in der

Lily hin- und hergerissen war zwischen ihrem Wunsch, ihren Plan weiterzuverfolgen, und der Angst, was daraus werden würde. Noch hatte sie sich mit keinem Wort kompromittiert. Wenn der Dienstmann unverrichteter Dinge wieder zurückkam, konnte sie zurückfahren und hatte außer einer Handvoll Geld nichts verloren. Aber wenn er mit Boganowski zur Droschke zurückkam und sie mit dem jungen Mann sprach, würde sie ihre Pläne offenlegen und sich darauf verlassen müssen, dass Paul, aus dessen Berichten sie Boganowski kannte, den Studenten richtig eingeschätzt hatte. Wenn nicht …

»Frollein, wenn Sie bitte aussteigen wollen?«

Lily lehnte sich aus dem Fenster. Das Herz klopfte ihr bis zum Hals, aber sie ließ sich nichts anmerken. Der Dienstmann stand draußen. In der Einfahrt eines Gasthofs, halb versteckt im Schatten, sah sie zwei weitere Männer stehen. »Ich möchte das Gespräch in der Droschke führen.«

»Sie können nich mit einem der Burschen alleene in der Droschke sein. Dit lassen die nich zu, und Sie sollten es ooch nicht zulassen. Steigense aus, Frollein, und keine Bange. Ick bleib in die Nähe – so, det ick nich hören kann, was Se zu reden haben, aber so, det ich den Burschen im Jenicke packen kann, wenn er Ihnen zudringlich wird.«

Boganowski trat zögernd auf Lily zu, nachdem diese ausgestiegen war, blieb in drei Schritten Abstand vor ihr stehen und knallte die Hacken zusammen, bevor er sich verbeugte. Er war sehr jung, hatte das blasse Gesicht und die tiefen Augenringe eines Eiferers und ein dickes Pflaster auf einer Wange kleben.

»Alfons Alfred von Boganowski, zu Diensten«, sagte er. Er wies mit einer Handbewegung auf seinen Kameraden, der im Schatten der Toreinfahrt stehen geblieben war. »Mein Sekundant, Herr Berthold Trautmann.«

Lily fragte nicht, wozu Boganowski einen Sekundanten brauchte. Sie konnte es sich denken. Der Kamerad würde sowohl darüber wachen, dass keine Unschicklichkeit geschah, als auch – sollte Kompromittierendes geäußert werden – als Zeuge herbeigebeten werden. So, wie er jetzt dastand, würde er das Gespräch nicht mitverfolgen können. Sie blickte unwillkürlich zu ihrem Dienstmann, der in einigem Abstand zu dem zweiten Burschenschafter ebenfalls in der Toreinfahrt stand. Die Absurdität und gleichzeitige Ausweglosigkeit der Situation wurde ihr deutlich. Sie würde ihren Gesprächspartner zu einem Verbrechen animieren, und das knapp außerhalb der Hörweite von Zeugen; falls Boganowski nicht darauf ansprang, brauchte er nur seinen Kameraden herbeizubitten, um einen Zeugen für Lilys Angebot zu haben – und es wäre aus mit ihr.

Sie sollte ihren Plan jetzt und hier begraben. Sofort. Auf der Stelle.

»Darf ich fragen, was Ihre Botschaft zu bedeuten hat?«, erkundigte sich Boganowski. Dann grinste er plötzlich vertraulich, was mit dem dicken Pflaster auf seiner Wange seine beabsichtigte Wirkung auf Lily verfehlte, ihm jedoch ganz offensichtlich nicht klar war. Das Grinsen sagte Lily, dass Paul den jungen Mann richtig eingeschätzt hatte, und seine nächsten Worte bestätigten es: »Ich meine, abgesehen von der Passage mit dem Helden. Wenn Sie einen solchen suchen …«, er zwinkerte ihr zu, »… sind Sie an der richtigen Stelle.«

Lily sagte: »Sie engagieren sich doch für die Armen und die Arbeiter, die von den Fabrikanten und dem Geldadel wie Vieh in Baracken gehalten werden?«

»Ja, das tue ich. Und es ist eine gerechte Sache, weil …«

»Wie wollen Sie gegen die übelsten Tyrannen dieser Sorte vorgehen?«

»Vorgehen? Äh …«

»Richtig«, sagte Lily, die innerlich die Augen verdrehte. »Es ist schwer, an diese Leute heranzukommen, und Nadelstiche spüren sie nicht. Es muss etwas geschehen, das ihnen zeigt, dass sie nicht unverwundbar sind. Und dem unterdrückten Volk muss klarwerden, dass es jemanden gibt, der für sie kämpft und bereit ist, das Äußerste zu tun, um ihnen zu ihrem Recht zu verhelfen.«

»Das muss es!«, bekräftigte Boganowski, dem sichtlich unklar war, worauf Lily hinauswollte.

»Wie viele neugeborene Kinder und Kranke sterben wohl in einer dieser Baracken allein in Berlin, während wir hier reden?«

»Äh? Keine Ahnung …«

»Ich sage es Ihnen: Alle Viertelstunde stirbt jemand von diesen Unglücklichen. Ein kranker Mann, den die Arbeit in einer der Fabriken ruiniert hat und dem der Lohn abgezogen wurde, seit er sich ins Bett legen musste; ein neugeborenes Kind, dessen Mutter zu schwach ist, um ihm Milch zu geben; eine alte Frau, deren Mann und deren Söhne im Frondienst für einen Fabrikanten umgekommen sind und die in der Gosse verhungert, verdurstet, erfriert. Allein für die Zeit, die ich hierher gebraucht habe, sind drei Todesfälle zu beklagen. Wenn wir unser Gespräch beendet haben, werden weitere vier Menschen verstorben sein. Sie haben die Macht, etwas dagegen zu unternehmen.«

Boganowski sah sie mit großen Augen an. »Woher wissen Sie das alles?«

»Glauben Sie mir, ich weiß es. Ich wäre nicht hier, wenn ich nicht hieb- und stichfeste Informationen hätte«, sagte Lily, die sich ihre Worte ausgedacht hatte, noch während sie gesprochen hatte. In Wahrheit war es ihr vollkommen egal, ob in einer Stunde vier oder vierzig von diesen Unseligen in den Arbeitervierteln starben. Worum es ihr ging, war Gerechtigkeit für Lily Baermann, und nicht Gerechtigkeit für irgendwelche zerlumpten Proletarier.

»Du meine Güte«, murmelte Boganowski.

»Wollen Sie wissen, wer der übelste Tyrann unter den Ausbeutern ist?«

»Ja, natürlich.«

»Sein Name lautet Otto von Bismarck.«

»Der Name sagt mir was …«

»Er ist ein Junker. Alter preußischer Adel. So einer …«, Lily setzte alles auf eine Karte, »… wie Ihr Vater.«

In Boganowskis Augen kam ein harter Glanz. »So einer?«, fragte er mit rauer Stimme.

»So einer.«

Boganowskis Mund verzerrte sich. »Sie haben keine Ahnung, wie mein Vater ist!«

»Aber ich weiß, wie Otto von Bismarck ist.«

»Und was ist Ihr Plan, Fräulein …?«

»Ich bin Lily Baermann«, sagte Lily und setzte eine noch strahlendere Version des Lächelns auf, das den Dienstmann vorhin dazu gebracht hatte, ihr ein Kompliment zu machen. Boganowski holte unwillkürlich Luft. Lily senkte den Kopf und sah ihn von unten herauf an. Sie gab ihrer Stimme einen verführerischen Klang, als sie fortfuhr: »Und ich denke, die weiteren Gespräche sollten wir an einem Ort führen, wo wir unter uns sein können.«

60

Es brach Alvin schier das Herz, im Hof von Gut Schönhausen unter den beiden großen Linden zu sitzen. Die herbstlich gelben Blätter vor dem grauen Himmel wirkten zugleich melancholisch und heimelig, die Duftmischung aus feuchter Erde, Holzrauch und dem Essen, das in der Küche zubereitet wurde, rief Kindheitserinnerungen wach. Der Verlust von Briest wurde Alvin hier stärker denn je bewusst.

Er bemühte sich, still zu sitzen und nicht aus Nervosität zu viel von dem Wein zu trinken, den Otto von Bismarck hatte kredenzen lassen. Otto saß da und las mit großer Konzentration die Verträge durch, die Alvin mitgebracht hatte – den Tauschvertrag zwischen Levin und Gerhard von Cramm und den Kaufvertrag für Gut Eichenhain. Als Otto den einen fertig hatte, legte er ihn beiseite und widmete sich dem anderen. Er sprach kein Wort dabei.

Die Begrüßung war äußerst freundschaftlich ausgefallen. Otto war aus der Tür getreten, noch während Alvin einem Stallknecht sein Pferd anvertraut hatte. Dann hatte er ihn ins Haus geführt und seiner frisch angetrauten Ehefrau vorgestellt. Alvin, der Otto im Juli Glückwünsche zu seiner Hochzeit übermittelt hatte, war überrascht von Johanna von Bismarck. Er hatte erwartet, eine schöne, selbstbewusste, feurige Frau an Ottos Seite vorzufinden. Johanna von Bismarck war jedoch eine unscheinbare Person, die Alvin mit offensichtlichem Desinteresse begrüßte, nachlässig gekleidet war und sich schnell zurückzog. Seit er und Otto von Bismarck sich an dem Tisch unter den Linden niedergelassen hatten, hatte er sie nicht wiedergesehen. Er dachte daran, wie Louise sich in diesem Fall verhalten hätte – sie hätte mit dem Gast Konversation betrieben, während ihr Gatte mit der Lektüre beschäftigt war, sie hätte ihm das Gut gezeigt, sie hätte mit ihm den Weinkeller aufgesucht und ihm eine teure Flasche als Willkommensgeschenk aufgenötigt; kurz, sie hätte all das getan, was man von der Frau eines Gutsherrn erwartete. Johanna von Bismarck hingegen verhielt sich wie ein Stoffel. Alvin ertappte sich bei dem Gedanken, dass Otto wohl mit Lily Baermann eine bessere Partie gemacht hätte – und das, obwohl Pauls Schwester ihm im Grunde unheimlich war. Auf jeden Fall war Lily tausendmal attraktiver, und trotz ihrer bürgerlichen Herkunft hätte sie die sozialen Pflichten einer Gutsherrin wahrscheinlich gewandter erfüllt als Bismarcks tatsächliche Gattin.

Bismarck legte das letzte Blatt seiner Lektüre auf den umgedrehten Papierstapel, dann lehnte er sich zurück, nahm einen Schluck Wein und musterte Alvin aus seinen eisblauen Augen. Es schien Alvin, dass der Blick nicht besonders freundlich war.

Er wand sich. »Ich weiß, was du gleich sagen wirst – wie konnte ich nur Eichenhain auch aufgeben, nachdem ich schon Briest verloren hatte. Aber ich konnte nicht nach Eichenhain gehen, ohne mein Offizierspatent völlig aufzugeben, und dann wäre ich nichts weiter gewesen als ein Gutsherr, dessen Ungeschicklichkeit und Ahnungslosigkeit in landwirtschaftlichen Dingen durch die schlechte Lage Briests dokumentiert war ... ich musste ja auch an Louise und Moritz denken ...«

»Niemand macht dir einen Vorwurf«, unterbrach Bismarck ihn ungnädig. »Hör auf zu jammern! Ich muss ... hmmmm ... nachdenken.«

Alvin verstummte überrascht. Er erkannte, dass das, was er für einen abschätzigen Blick gehalten hatte, in Wirklichkeit nur Nachdenklichkeit gewesen war. Trotzdem war Bismarck schroffer, als Alvin ihn bisher kennengelernt hatte. Wie es schien, hatte seine bisherige politische Karriere ihn zu der

Einsicht gebracht, dass man mit Ungeduld und brüskem Benehmen weiterkam als mit Freundlichkeit – und Otto von Bismarck war noch nie ein Musterbeispiel von Freundlichkeit gewesen.

Seine Antrittsrede im Mai im Landtag, in den er kurz zuvor als Nachrücker für einen erkrankten Abgeordneten gewählt worden war, war legendär geworden. Er hatte den liberalen Abgeordneten in deutlichen Worten erklärt, er glaube nicht daran, dass die preußische Erhebung von 1813, mit der das Ende der französischen Besatzung eingeleitet worden war, auch nur im Entferntesten mit Liberalismus oder dem Wunsch nach einer volksnahen Verfassung zu tun gehabt hatte. Er hatte den Mythos, dem die Liberalen anhingen – dass das freie Volk sich aus Hunger nach Freiheit und Demokratie erhoben habe –, ins Lächerliche gezogen. Er hatte, von minutenlangem Zwischengebrüll unterbrochen, das er ausgesessen hatte, indem er vorn am Rednerpult Zeitung gelesen hatte, klargemacht, dass die Erhebung nur wegen der Schmach geschehen war, dass Fremde in Preußen das Sagen gehabt hätten. Und er hatte die freiheitlichen Abgeordneten dafür gegeißelt, dass sie absurde verfassungsliberale Motive hineindeuteten, wo es sich in Wahrheit um den heiligen Zorn des preußischen Volks gegen die Erniedrigungen und Misshandlungen durch die Fremdherrschaft gehandelt hatte. Bismarck hatte mit einer eloquenten, von Verachtung für den Großteil der Abgeordneten gekennzeichneten und in lässigem Konversationston vorgetragenen Rede dafür gesorgt, dass jeder wusste, wo er stand: fest in seiner Treue gegenüber dem Absolutheitsanspruch des Königshauses, unversöhnlich in seiner Abneigung gegen alles liberale Gedankengut und unbeugsam in seinem Hass gegen Frankreich.

Alvin schätzte, dass er einer der wenigen Menschen war, denen Bismarck seine Unsicherheit wegen dieses Auftritts eingestanden hatte. Als das Gespräch gleich nach der Begrüßung hier auf Schönhausen auf Bismarcks Rede gekommen war, hatte Bismarck verständnislos gesagt: »Verstehe die ganze Erbitterung nicht, die sich gegen mich richtet, wo ich doch nur die Wahrheit gesagt habe. Das preußische Volk kann sich doch keinen Anspruch gegen den König daraus herleiten, dass es sich gegen das Geprügeltwerden durch die Franzosen gewehrt hat!«

Jetzt sagte Bismarck: »Glaube, du bist betrogen worden.«

Alvin seufzte. »Ich weiß, der Preis für Eichenhain hätte höher sein können. Aber er ist auch nicht unanständig niedrig, und ich hatte wie gesagt …«

»Ich meine bezüglich Briest.«

Alvin stockte überrascht.

»Ich weiß, dass Levin sich mit dem Gedanken trug, Briest gegen Seehausen einzutauschen. Aber soweit ich weiß, hatte er noch nicht vertraglich eingewilligt. Er selbst hätte es vielleicht getan, wenn Cramm ihm genügend … hmmm … Druck gemacht hätte, aber du weißt so gut wie ich, dass Levin in allem, was er tat, auf seine Frau hörte. Und Hedwig hätte nie die … hmmm … Katze im Sack gekauft.«

»Was willst du damit sagen?«

»Ganz unverblümt?« Bismarck schmunzelte plötzlich, aber es war auch spöttische Resignation in diesem Lächeln zu sehen. »So, wie man mich kennt …? Denke, Cramm hat alles darauf gesetzt, dass Levin dich nur ungenügend informiert hat, und die Unterschrift auf dem Vertrag gefälscht. Noch einen Schluck Wein? Das Essen müsste bald fertig sein.«

Es dauerte einige Augenblicke, bis Alvin seine Fassung wiederfand. Dann sprang er auf. Ihm war, als müsse er vor Wut ersticken.

»Setz dich wieder«, sagte Bismarck.

»Wo ist mein Pferd? Ich reite sofort zu dem Schweinekerl und erschieße ihn vor aller Augen!«

»Schlechte Idee«, sagte Bismarck. »Wenn überhaupt, kannst du ihn beleidigen, bis er dich zum Duell fordert, und dann hoffen, dass er schlechter trifft als du. Briest bekommst du auf diese Weise aber nicht zurück.«

Alvin beruhigte sich mühsam. Wenn er Gerhard von Cramm vor sich gehabt hätte, hätte er sich auf ihn gestürzt und ihn mit Zähnen und Klauen zerstückelt.

»Er hat mich um mein Erbe betrogen! Dieser Bastard hat mich …« Alvin hielt inne, weil ihm nun auffiel, dass Bismarck seine Zurechtweisung merkwürdig betont hatte. »Was wolltest du damit sagen: Ich bekomme Briest *auf diese Weise* nicht wieder?«

Bismarck zuckte mit den Schultern. »Weiß ich noch nicht. Muss darüber nachdenken. Was du brauchst, ist eine ganz legale Aktion; ein Beweis, dass Cramm den Vertrag gefälscht hat, oder irgendetwas anderes. Speziell jemand wie du muss genau darauf achten, dass er in so einem Fall legal vorgeht.«

»Was soll das nun wieder heißen?«

»Du hast eine französische Frau«, sagte Bismarck schlicht. »Dein Sohn wird einmal den Besitz erben. Ein halber Franzose. Das wird vielen nicht gefallen. Ach, übrigens – bitte empfiehl mich Louise, wenn du nach Berlin zurückkehrst. Und lass mich nicht vergessen, dass ich ein paar Beutel mit getrockneten Kräutern, Blütenblätter und Seife für sie habe bereitstellen lassen. Ich würde mich geehrt fühlen, wenn sie es als bescheidenes Geschenk von einem ungebrochenen Bewunderer ihrer Schönheit annehmen würde. Für deinen Sohn habe ich Früchtebrot einpacken lassen.«

»Otto – wieso wetterst du ständig gegen die Franzosen und bist dann so freundlich zu Louise?«

»Ich wettere nicht gegen die Franzosen, sondern gegen Frankreich. Ich glaube, ich habe das oft genug betont.«

»Ich verstehe nicht, wo der Unterschied liegt.«

»Jeder einzelne Franzose, der unter Napoleon in Preußen einmarschiert ist, wäre hunderttausendmal lieber zu Hause in seinem Dorf geblieben und hätte dort in Frieden gelebt. Doch unter der Fahne Frankreichs sind Hunderttausende Franzosen über Europa hergefallen.«

»Das würde umgekehrt auch für Preußen gelten, Otto.«

»Natürlich. Aber da ich Preuße bin, richtet sich meine gesunde politische Furcht gegen Frankreich und nicht gegen meine eigene Heimat.«

Alvin sagte nach einer Pause: »Denkst du wirklich, du kannst etwas gegen Gerhard von Cramm unternehmen?«

»Ich hoffe, ich kann etwas unternehmen, damit du Briest zurückbekommst. Das ist nicht zwangsweise das Gleiche.«

Ein Dienstbote erschien und verkündete, dass das Essen fertig sei. Bismarck ließ es unter den Linden auftragen, während er und Alvin sich auf einem Rundgang um das Gutshaus die Beine vertraten.

»Du hast das Gut zu einem Schmuckstück gemacht«, sagte Alvin. »Ich gratuliere dir. Du musst glücklich sein, hier leben zu können. Jeder muss glücklich sein, hier leben zu können. Es ist wie eine Zuflucht vor der Welt. Ich habe Briest immer als Zuflucht vor der Welt empfunden.«

Bismarck musterte ihn von der Seite. »Danke«, sagte er schlicht. Und dann: »Was liegt dir noch auf dem Herzen, mein Freund?«

»Wie immer kann ich nichts vor dir verbergen.« Alvin zögerte. Er war mit der Hoffnung nach Schönhausen gekommen, von Otto zu erfahren, was dieser von der politischen Entwicklung der nächsten zwölf Monate dachte und wozu er Alvin bezüglich seiner Geldangelegenheiten riet. Die Verträge hatte er nur mitgenommen, weil er gefürchtet hatte, dem versierten Juristen Otto mit eigenen Worten seine Lage nicht hinreichend erklären zu können. Was sich nun daraus hinsichtlich eines wahrscheinlichen Betrugs Gerhard von Cramms entwickelt hatte, war völlig überraschend gekommen und zeigte plötzlich viel mehr Möglichkeiten für Alvin auf, als er sich hatte träumen lassen. Wenn Otto wirklich einen Weg fand, dass Alvin sein Gut zurückbekam, hätte er mehr für ihn getan, als man vom besten aller besten Freunde erwarten konnte. Und doch war da noch etwas, um das Alvin sein Gegenüber hatte bitten wollen. Er kam sich vor wie jemand, der die Großzügigkeit eines anderen schamlos ausnutzt, als er sagte: »Ich wollte dich fragen, ob es möglich wäre, dass meine Familie ein paar Monate auf Schönhausen lebt. Zwei Zimmer reichen völlig – meinetwegen auch im Gesindetrakt. Ich möchte Louise und Moritz nur aus Berlin heraushaben.«

Bismarck antwortete mit einer Gegenfrage: »Das Militär denkt, dass die Unruhen erneut aufflackern?«

»Wir haben seit der Kartoffelrevolte Alarmbereitschaft. Ich musste Oberstlieutenant von Zenge wochenlang bearbeiten, nur damit er mir diese zwei Tage Urlaub hier gewährte, statt mich zu kasernieren.«

Bismarck nickte. »Fürchte auch, dass es noch nicht vorbei ist. Der König verhält sich zu zögerlich und konziliant gegenüber diesen … hmmmm … Liberalen. Er ermutigt sie zu sehr, und damit auch die Agitatoren und die Krawallmacher. Er müsste schon im Vorfeld eine harte Hand zeigen! Einige der Radikalen sind bekannt. Festungshaft und Verbannung! Das würde schnell Ruhe hineinbringen!«

Alvin sagte mit freundschaftlichem Spott: »Seine Majestät sollte dich als Berater haben.«

»Vielleicht hat er das auch eines Tages«, sagte Bismarck völlig ernsthaft. »Was deine Bitte betrifft … hmmm …«

»Otto … ich weiß, worauf du hinauswillst. Aber ich kann nicht einfach aus Sicherheitsgründen meine Frau und meinen Sohn aus Berlin fortschaffen und Lily Baermann zurücklassen. Noch dazu, wo Paul wieder auf Reisen ist. Sie kann nicht allein in Berlin bleiben.«

»Lass mich ganz offen sein. Lily kann nicht auf Schönhausen wohnen. Deine Frau und dein Sohn sind uns herzlich willkommen, aber nicht sie.«

Alvin verstand Bismarcks vehemente Verleugnung Lilys: Johanna von Bismarck wusste nichts von ihr. Was immer Otto ihr von sich offenbart hatte, als er um ihre Hand anhielt, er musste zumindest Lily ausgelassen haben; und wahrscheinlich auch die meisten Details aus den Jahren auf Kniephof, als man ihn den »tollen Junker« genannt hatte. Er hatte Johanna ein Bild von sich gezeichnet, das mit der Wirklichkeit nur bedingt übereinstimmte. Mit anderen Worten, er hatte sie angelogen – und nun konnte er es sich keinesfalls leisten, dass eine Indiskretion Lilys dieses Lügengebäude zerstörte.

Alvin senkte den Kopf. Auf seine Weise konnte er Otto verstehen, aber dessen Weigerung schuf ein Dilemma für ihn. Er überlegte kurz, Otto trotz allem darauf hinzuweisen, dass es die Pflicht eines anständigen Mannes war, für eine Geliebte zu sorgen, auch wenn er sie in die Wüste geschickt hatte. Ihm fiel ein, was Louise über Alexandre DuPlessys und ihre Mutter erzählt hatte. Otto hatte nicht einmal so viel Anstand wie der Franzose gehabt – er hatte Lily einfach auf Briest abgeladen. Alvin hatte ihm einen Gefallen getan, sie aufzunehmen. Sollte er den Gefallen einfordern?

Aber Otto tat ohnehin mehr für ihn, als er musste, indem er Asyl für Louise und Moritz anbot und versprochen hatte, über einen Weg nachzudenken, Alvin bezüglich Gut Briest zu seinem Recht zu verhelfen. Was konnte er mehr verlangen? Außerdem ahnte er, dass es die Freundschaft zu Otto von Bismarck zerstören würde, wenn er auf die Dankbarkeit des jungen Landrats bestand.

Ratlos, was er tun sollte, und zwischen seiner Pflicht für seine Familie und seinem Verantwortungsgefühl für Pauls Schwester hin- und hergerissen, beschloss Alvin, das Abendessen abzuwarten. Vielleicht wurde er dabei ein wenig mehr aus Bismarcks junger Gattin schlau und bekam ein Gefühl dafür, ob es nicht doch möglich war, auch Lily auf Schönhausen einzuquartieren, wenn sie absolute Diskretion über ihr früheres Verhältnis zu Otto wahrte. Doch Johanna von Bismarck blieb nur so lange, wie es die Schicklichkeit gebot, bei den beiden Männern sitzen, aß kaum etwas, sprach überhaupt nichts, schon gar nicht mit Alvin, und verabschiedete sich dann ins Bett. Alvin sah sie an diesem Abend nicht wieder und auch am nächsten Morgen nicht. Otto tat so, als würde er die gesellschaftliche Unbeholfenheit seiner Frau nicht bemerken. Erneut fragte er sich, wie um alles in der Welt Otto sich ausgerechnet diese spröde, reizlose Frau hatte aussuchen können.

Als sie sich voneinander verabschiedeten, klopfte Otto ihm in einer seiner seltenen intimen Gesten freundschaftlich auf die Schulter. »Gib mir Zeit wegen Briest«, sagte er. »Und schick mir deine Frau und deinen Sohn, sobald du es für richtig erachtest. Ich werde oft in Berlin sein in der nächsten Zeit, aber Johanna weiß Bescheid. Sie wird die beiden mit offenen Armen empfangen.«

Alvin ritt zurück nach Berlin, mit sich selbst hadernd und noch unentschlossener als zuvor. Hätte er Otto doch zu einem Zugeständnis Lilys wegen zwingen sollen? Aber es wäre ihm nicht gelungen, dessen war er sicher. Dennoch: Konnte er sich wirklich hinstellen und sagen, dass er Louise und Moritz aus Berlin wegbringen, Lily jedoch sich selbst überlassen würde?

Dann fiel ihm die Lösung ein: Feldwebel Bronikowski!

Broni diente mittlerweile unter einem von Alvins Offizierskameraden im königlichen Gardekorps als Etatmäßiger Feldwebel und hatte den Befehl über alle anderen Unteroffiziere seiner Kompanie. Alvin selbst hatte den Aufstieg Bronikowskis durch glänzende Beurteilungen ermöglicht und den Feldwebel nicht ohne Bedauern ziehen lassen, als im Gardekorps der Posten frei geworden war, den Bronikowski jetzt bekleidete.

Wenn Alvin seinem Kameraden seinen eigenen Etatmäßigen Feldwebel überstellte, die Lücke mit einem Vizefeldwebel füllte und Bronikowski dazu abstellte, ein Auge auf Lily zu haben? Auf diese Weise würde er alle Familien- und Freundschaftspflichten erfüllen können.

Der gute alte Bronikowski. So wie es ein Glücksfall war, dass Alvin seinerzeit in die Schenke gekommen und Stéphane Flachat und Paul beigestanden hatte, so war es ein Glücksfall, dass ausgerechnet Bronikowski als Gendarmeriesergeant dort nach dem Rechten gesehen hatte. Es gab Augenblicke, die so kurz waren und doch über das gesamte weitere Leben eines Mannes bestimmten.

61

Im November erhielt Louise einen Brief ihrer Mutter. Als sie ihn gelesen hatte, saß sie fassungslos da. Sie las ihn noch einmal. Aber am Inhalt ließ sich nichts ändern. Lange Momente wusste sie nicht, was sie angesichts dessen, was Amélie ihr geschrieben hatte, fühlen sollte. Schließlich brach sie in Tränen aus.

Als sie sich wieder gefasst hatte, brauchte sie jemanden, dem sie es erzählen konnte. Wann Alvin aus der Garnison zurückkam, stand in den Sternen. Die Offiziere der Garde-Reserve hatten zwar theoretisch Ausgang bis zum Wecken, aber vor allem die jüngeren Dienstgrade bis zu den Hauptleuten blieben immer wieder tagelang in der Kaserne, um ihren Männern ein Vorbild zu sein und um endlos taktische Dinge zu besprechen, über die sich Alvin ausschwieg. Louise ahnte, dass die Soldaten sich darauf vorbereiteten, eine Revolution zu bekämpfen; man musste schon blind, taub und mit Blödheit geschlagen sein, um nicht zu wittern, wie sich die Dinge zu entwickeln drohten. Bei dem Gedanken daran verbreitete sich ein flaues Gefühl in ihrem Magen.

Kein Franzose, ob sein Herz nun für die Jakobiner oder den Adel schlug, konnte ohne insgeheime Furcht an eine Revolution des Volks denken. Zu lebendig waren die Schilderungen der Geräusche, die jeden Tag durch die Gassen von Paris gehallt waren, selbst bei denen, die sie nur aus dritter Hand kannten: das hasserfüllte Gebrüll einer riesigen Menge, das langsame Schlagen der Glocken der nahe gelegenen Kirche, das Pfeifen und Johlen, wenn das Urteil verlesen wurde, dann das erwartungsvolle, tonnenschwere Schweigen auf dem Platz, in das plötzlich das Scharren, Schleifen und Knallen der Guillotine fuhr. Danach: tobendes Gebrüll, das von den Häuserwänden widerhallte wie der Brecher eines Ozeans. Das war die Musik der Revolution, die jedem Franzosen ein Begriff war; untermalt vom Schlachthausgestank des vielen Bluts.

Amélies Brief ließ Louises Besorgnis wegen der Zustände in Berlin jedoch in den Hintergrund treten. Die Nachrichten waren zu aufregend. Sie fand Lily zusammen mit Moritz in dem Raum, in dem Louise und Alvin schliefen, wenn Alvin zu Hause war, und in dem in den anderen Nächten Louise und Lily sich das breite Bett teilten, das Alvin aus Briest mitgenommen hatte.

»Was ist los?«, fragte Lily nach einem Blick in Louises Gesicht. Lilys Blicke drangen einem immer bis ins Mark und sorgten zusammen mit ihrer ständigen Distanz dafür, dass Louise es nie geschafft hatte, sich ganz auf sie einzulassen. Sie kam dem am nächsten, was Louise eine Freundin genannt hätte; doch manchmal war ihr Pauls Schwester – die unter anderen Umständen ihre Schwägerin hätte sein können – einfach unheimlich. Auch diese Gedanken traten angesichts Amélies Brief in den Hintergrund.

»Meine Mutter heiratet wieder!«, stieß Louise hervor und merkte erst, dass sie in der Aufregung französisch gesprochen hatte, als Lilys Lippen sich bewegten, um das Gehörte zu übersetzen. Louise hatte in den langen ereignislosen Stunden, wenn sie den Tag in der Wohnung verbrachten, damit begonnen, Lily Französisch beizubringen. Anders als Paul, der die Sprache in Paris quasi im Vorbeigehen gelernt hatte, tat Lily sich schwer damit. Louise riss sich zusammen.

»Ich habe dir doch erzählt, dass meine Mutter in Rouen lebt … dass Stéphane Flachat, Alvin und Paul dafür sorgten, dass wir Paris verlassen konnten, um vor den Nachstellungen Pierres sicher zu sein …«

»Pierre Charrier«, sagte Lily. »Der Mann, der dich …«

»Genau der«, unterbrach Louise, um zu verhindern, dass Lily vor Moritz' Ohren aussprach, wie Pierre versucht hatte, Louise zu prostituieren. Sie kannte Lily gut genug, um zu wissen, dass ihr eine solche brutale Direktheit zuzutrauen war. »Maman hat doch eine Suppenküche in Rouen ins Leben gerufen – für die ledigen und verwitweten Bahnarbeiter, denen niemand ein Mittagessen zubereitet.«

Tatsächlich war niemand erstaunter gewesen als Louise, nachdem sie von Amélies Plänen gehört hatte. Es war klar gewesen, dass Amélie irgendwann das Gesparte ausgehen würde, auch wenn sie allein lebte, und dass die kleinen Geldbeträge, die Louise ihr über die Bahngesellschaft zukommen ließ, auch nicht reichten. Die Energie, die Amélie in die Suppenküche gesteckt hatte, hatte Louise dennoch überrascht. Amélie hatte sich sogar gegen die Anfeindungen der Gastwirte durchgesetzt, die in ihr einen Konkurrenten sahen; doch Eugène und Stéphane Flachat, welche die Vorzüge der Suppenküche für die Gesellschaft sofort erkannten, hatten eine schützende Hand über sie gehalten. Schließlich hatte sogar einer der Wirte die Zeichen der Zeit erkannt und Amélie angeboten, mit ihr zusammenzuarbeiten, anstatt sie zu bekämpfen.

»Und nun heiratet Maman diesen Wirt«, sagte Louise. »Er ist verwitwet wie sie und hat ihr einen Heiratsantrag gemacht, und sie hat ihn angenommen …« Ihre Gefühle überwältigten sie erneut, und sie brach wieder in Tränen aus.

Lily betrachtete Louises Gefühlsausbruch mit misstrauischer Miene. »Was ist daran schlimm?«, fragte sie. »Ich dachte, deine Mutter müsste doch froh sein, aus der Misere herauszukommen.«

»Ich weine«, schluchzte Louise, »weil ich so glücklich bin, dass Maman auch wieder zur Liebe gefunden hat.«

»Verstehe«, murrte Lily.

»Wir müssen nach Rouen«, sagte Louise. »Wenn meine Mutter wieder heiratet, muss ich bei der Hochzeit dabei sein.«

»*Wir* müssen …?«, sagte Lily gedehnt.

»Moritz und ich. Und du! Wir können doch nicht ohne dich fahren!«

»Ich habe dafür keine Zeit«, erwiderte Lily schroff.

Louise, die schon seit langem beschlossen hatte, sich von Lilys üblicher Schroffheit nicht aus dem Konzept bringen zu lassen, sagte mit einem Lächeln: »Weil es da jemanden gibt, der dir Berlin süß hat werden lassen?« Sie sah den alarmierten Ausdruck in Lilys Gesicht und fügte hastig hinzu: »Ich bin sicher, Paul und Alvin ahnen davon nichts! Aber ich habe Augen im Kopf. Und unter uns Frauen: Es dauert normalerweise nicht so lange, wie du immer brauchst, um auf dem Wochenmarkt einkaufen zu gehen.« Sie zwinkerte Lily zu.

»Soso«, sagte Lily und sah nun nicht alarmiert, sondern genervt aus.

Louise lächelte noch mehr. »Kein Grund, verlegen zu sein. Ich bewahre dein Geheimnis. Wir sind Freundinnen, Lily! Und ich freue mich für dich. Wenn du mir deinen Verehrer vorstellen willst, würde ich mich geehrt fühlen.«

»Dafür ist noch nicht der richtige Zeitpunkt.«

»Du weißt am besten, was für dich richtig ist. Aber ich bitte dich, Lily: Begleite mich nach Rouen! Wir können sicher einige Teilstrecken mit der Bahn fahren. Paul wird das für uns herausfinden. Und ehrlich gesagt – ich bin froh, auch nur für eine Woche aus Berlin herauszukommen. Die Stimmung hier ist wie kurz vor einem Gewitter, und sie macht mir Angst.«

»Ich überleg's mir«, sagte Lily. Dann sah sie zu Moritz, der ihrem Gespräch mit dem üblichen richtungslosen Interesse eines kleinen Kinds gefolgt war und nun mit nachdenklichem Gesichtsausdruck ins Leere starrte. Einen Augenblick später erfüllte ein charakteristischer Geruch den Raum. Lily verdrehte die Augen. Moritz schaute erleichtert.

»*Mon Dieu!*«, rief Louise. »Und das in Gegenwart von Damen!« Sie begann zu lachen. Lily lachte mit. Louise fühlte sich glücklich und voller Liebe wegen Amélies Nachricht und hätte die ganze Welt küssen können, und so verdrängte sie den Gedanken, dass Lilys Lachen mechanisch und blechern klang, sofort aus ihrem Bewusstsein, umarmte Pauls Schwester und tanzte mit ihr durch das Zimmer.

62

Pierre Charrier dachte, dass die Eisenbahn gar nicht so übel war. Sie förderte das Unternehmertum. Man konnte zum Beispiel am Morgen den Zug nach Mantes oder nach Rouen oder nach Pontoise, Creil, Compiegne oder Amiens nehmen, dort ein, zwei Stunden intensiv tätig werden und dann mit dem Zug zurückfahren. Während all die Leute, die Opfer einer massiven Serie von Taschendiebstählen geworden oder in einer unbelebten Gasse mit einem Messer an der Kehle ausgeraubt worden waren, zur Gendarmerie liefen und die Polizei das ortsansässige Gesindel aufstöberte, saßen die eigentlichen Täter bereits wieder im Zug zurück nach Paris. Wahrhaftig, dies war die Epoche des entschlossenen Entrepreneurs.

Nach dem Untergang der *Gazette Libération* und dem Verlust seiner Einnahmequelle als Zuhälter – Yvette war eines Tages in einem der Verladebecken der Seine gefunden worden, und so wie man sie zugerichtet hatte, war selbst ein abgebrühter Bursche wie Zylinder-Bertrand bleich geworden –, hatte sich Pierre auf das ganz normale Verbrechertum verlegt. Er arbeitete mit wechselnden Diebesbanden zusammen, denen er die Fahrten zu den Bahnhöfen außerhalb von Paris finanzierte; als Gegenleistung verlangte er sechzig Prozent der Einnahmen. Um sicherzugehen, dass er von der ganzen Beute sechzig

Prozent bekam, folgte Zylinder-Bertrand manchmal Pierres Angestellten, beobachtete ihr Werk und traf dann vor ihnen wieder in Paris ein, um Pierre seine Einschätzung des erzielten Verdiensts mitzuteilen. Lagen die Summen, die Pierre genannt bekam, extrem weit davon entfernt, zog sich Zylinder-Bertrand mit dem betreffenden Dieb zu einem Gespräch unter vier Augen in einen Kellerraum zurück. Mittlerweile bedurfte es nur noch weniger solcher Aufmunterungsgespräche. Die Verhältnisse hatten sich eingespielt, und diejenigen von Bertrands Gesprächspartnern, deren Finger nicht wieder gerade zusammengewachsen waren, waren jetzt in einem anderen Gewerbe als dem Taschendiebstahl tätig. Man konnte nicht in Saus und Braus leben, aber man konnte leben, und wenn man berücksichtigte, dass die anderen die Arbeit und das Risiko zugleich hatten, war es gar kein schlechtes Einkommen.

Natürlich wäre alles ganz anders gekommen, wenn Louise nicht gewesen wäre. Louise, die verfluchte Fotze, und ihre verschissenen Alboche-Freunde! Pierre war nach wie vor überzeugt, dass Louise an seinem Abstieg schuld war, und die Lust auf Rache brannte so heiß in ihm wie eh und je. Wenn ihn ab und zu – was selten war – doch einmal das Verlangen nach Geschlechtsverkehr überkam und er das Glück hatte, auf ein Mädchen zu treffen, das Louise irgendwie ähnlich sah, musste Zylinder-Bertrand danach auch ein Gespräch führen. Sein Gesprächspartner war dann der Zuhälter des Mädchens, und Bertrand musste Pierres finanzielle Reserven angreifen, um den Mann wieder zu befrieden und den wochenlangen Verdienstausfall der halb totgeschlagenen Nutte zu kompensieren. Nach solchen Eskapaden brauchte es immer mehrere erfolgreiche Raubzüge an den Zielorten der Eisenbahn, um Pierre wieder fröhlich zu stimmen.

Nun war es Ende November, und die Einnahmen begannen wieder einmal spärlicher zu fließen, weil die Tage kälter waren und die Leute sich dicker einmummelten in Mäntel und Überwürfe, Schals und Paletots und man so schwerer an die Börsen herankam. Die kalte Luft tat auch der Beweglichkeit der Langfinger nicht unbedingt gut. Deshalb dachte Pierre auch, die Polizei habe wieder einen seiner Mitarbeiter geschnappt, als Zylinder-Bertrand aufgeregt hereingeplatzt bekam. Bertrand war als heimlicher Aufpasser nach Rouen gefahren, wohin Pierre einen relativ neuen Mann geschickt hatte, von dem man noch nicht wissen konnte, ob er vertrauenswürdig war oder seinen Auftraggeber zu betrügen versuchte.

»Das wirst du mir nicht glauben, Pierre!«, stieß Bertrand keuchend hervor.

»Warum erzählst du es mir dann?«

Bertrand ließ sich nicht beirren. »Ich hab sie gesehen. In Rouen.«

»Wen hast du gesehen?«

»Na, Louise!«

Pierre sprang auf, und seine Finger krallten sich in die Tischkante. Er bezwang sich mühsam und ließ sich schließlich wieder auf die Sitzbank sinken. »Unsinn«, brummte er. »Louise ist irgendwo in Scheiß-Albochien.«

»Pierre – so wahr ich hier stehe: Sie war's! Und ihre Mutter.« Bertrand bekreuzigte sich. »Bei allem, was mir heilig ist.«

Pierre sprang ein zweites Mal auf. Ihm war schwindlig vor Hass und Erregung. »In Rouen? Wie zum Teufel …?«

»Ich bin dem Kleinen gefolgt, den du nach Rouen geschickt hast. Als er die Gassen um den Bahnhof verließ, dachte ich zuerst, er geht stiften, doch dann fand ich heraus, dass er was von einer Feier mitgekriegt hatte, die auf dem Bahnhofsgelände stattfand.«

»Eine Feier?«, sagte Pierre verständnislos. »Was für eine verdammte Feier?«

»Pass auf. Ich also dem Kleinen hinterher, immer schön auf Abstand. Und was seh ich? Auf dem Bahnhofsgelände gibt's eine Suppenküche für die Arbeiter. Die ist auch in Betrieb, aber heute gibt's die Suppe gratis, weil der Trottel, dem sie gehört, geheiratet hat und was springen lässt. Und weißt du, wen er geheiratet hat? Louises Mutter!«

Pierre schüttelte fassungslos den Kopf.

»Es kommt noch besser«, sagte Bertrand. »Ich schieb mich so ran, als ich Amélie erkenne, und da sehe ich Louise. Mit 'nem Bankert an der Hand! Steht da und grinst.«

Pierre schob den Tisch beiseite, dass die Reste seines Mittagessens über die Platte hüpften. »Wir müssen nach Rouen. Sofort!«

Bertrand schaute betreten. »Das bringt nichts, Pierre. Es ist nämlich so: Als ich Louise sah, hab ich mich wieder zurückgezogen, damit sie mich nicht am Ende noch sieht. Aber ich hab den Kleinen vorgeschickt, und der hat gelauscht und rausbekommen, dass Louise schon seit ein paar Tagen in Rouen ist und heute abgereist ist. Mit der Postkutsche nach Amiens, von da mit dem Zug nach Lille und dann zurück nach Deutschland. Die holen wir nie ein, Pierre.«

Pierre starrte Zylinder-Bertrand an. Der grobschlächtige, bärtige Mann zuckte nervös. Er erwartete mit Sicherheit einen Wutausbruch Pierres, aber dieser verhielt sich ganz ruhig. Er spürte zwar die Wut darüber in sich brodeln, dass er Bertrand nicht einen Tag eher nach Rouen geschickt hatte oder dass er nie auf die Idee gekommen war, dort nach Amélie und Louise zu suchen; aber er wusste auch, dass das Schicksal ihm eine Fährte beschert hatte, die ihn ans Ziel führen würde. Er atmete tief durch.

»Tut mir leid, Pierre«, sagte Bertrand. »Ich weiß, ich hätte sie mir schnappen sollen, als sie da neben dem Suppenkessel stand, aber es waren zu viele Leute und alles …«

»Du hast das Richtige getan«, beruhigte ihn Pierre. »Wir wissen ja jetzt, wo Amélie zu finden ist!«

»An die Alte kommen wir nicht ran, Pierre. Die ist respektabel geworden. Das würde zu aufwendig. Der Typ, der sie geheiratet hat, betreibt 'ne Schenke voll baumlanger Schankknechte und hat einen Stall voll erwachsener Söhne.«

»Kein Problem, Bertrand. Amélie interessiert mich nicht. Ich will Louise. Und ich will sie schreien hören! Schreien, Bertrand, verstehst du – bis sie nicht mehr schreien kann, weil ihr die Stimmbänder reißen. Und danach nehme ich sie mir erst richtig vor!«

»Schon, Pierre, aber wie …«

»Ich sag dir, was wir machen. Ab sofort bleibst du in Rouen. Irgendwann – in allernächster Zeit, da wette ich – wird Amélie ihrem lieben Töchterlein einen Brief schreiben, schon weil sie ihr sagen muss, wie gut sie es jetzt hat mit dem verdammten Wirt in ihrem Bett. Was sag ich, einen Brief? Die Alte wird ihr jede Woche schreiben! Du fängst einen der Briefe ab und bringst ihn zu mir.«

»Wieso willst du lesen, was Amélie schreibt? Die wird ihrer Tochter garantiert nicht schildern, auf welche Art ihr Wirtshausstecher sie rannimmt …« Bertrand grinste lüstern.

»Wegen der Adresse auf dem Brief«, sagte Pierre genervt. »Das ist nämlich dann die Adresse, wo Louise lebt. *Comprends?*«

Bertrands Miene zog sich in die Breite. Sein Lächeln teilte das Bartgestrüpp in seinem Gesicht. »Genial, Pierre«, sagte er.

»Dann fahren wir dorthin – du und ich! Wolltest du nicht schon lange mal nach Albochien? Wir belauern sie, und wenn sie rauskommt, schnappen wir sie und den Kleinen. Für den Bastard verlangen wir genauso viel Lösegeld wie für Louise ... aber wenn wir die beiden abliefern, wird der Herr Papa keinen von beiden mehr wiedererkennen! Vielleicht müssen wir die Säcke beschriften, in denen wir ihre Einzelteile verstauen.«

Bertrand wand sich. »Pierre, der Hosenscheißer ist aber wirklich noch verdammt klein. Du weißt, ich hab kein Problem mit dem, was du Louise antun willst, aber der Kleine ...«

»Na gut, dann bleibt der Kleine am Leben. Wir verkaufen ihn in Paris. Dann haben wir mit ihm sogar doppelt verdient. Was sagst du jetzt?«

»Genial, Pierre!« Bertrand strahlte zum zweiten Mal.

Pierre angelte sich seinen Mantel von der Bank. »Gut!«, sagte er. »Gehen wir ein paar Zugfahrkarten für dich kaufen.«

Als sie zur Tür hinaustraten, rannten sie direkt in vier Gendarmen hinein. Zwei von ihnen hielten einen jungen Mann zwischen sich fest, einer richtete eine Pistole auf Zylinder-Bertrand, der andere packte Pierre am Kragen.

»Pierre Charrier?«, schnarrte er. »Sie sind verhaftet wegen Anstiftung zum Diebstahl, Beihilfe zum Diebstahl, Hehlerei und Erpressung. Unsere beiden Kollegen hier sind aus Rouen. Sie haben den Scheißkerl dort auf frischer Tat ertappt, und er hat sie hierher nach Paris gewiesen. Das bringt Ihnen ein paar Monate in der Kitte, Sie Arschloch. Kommen Sie freiwillig mit, oder möchten Sie sich bei einem Fluchtversuch ein Bein brechen lassen?«

Der junge Mann wand sich im Griff der beiden Polizisten. Er hatte zugeschwollene Augen und eine blutige Nase. »Die haben mich gefoltert, Pierre ...«, jaulte er.

»Der Kleine«, knirschte Bertrand. »Den hatte ich vergessen!«

»Halten Sie den Mund!«, rief der zweite Pariser Polizist und zielte mit der Pistole auf Bertrands Gesicht. Bertrand bleckte verächtlich die Zähne.

»Immer langsam«, sagte Pierre, über den eine Art innere Ruhe gekommen war. Auch ein paar Monate Gefängnisaufenthalt würden ihn nicht von Louises Fährte abbringen. Zweimal hatte er versucht, sich an ihr zu rächen, und zweimal war es fehlgeschlagen. Das dritte Mal würde es klappen. Er war sich dessen so sicher, dass er dem Polizisten die Hände entgegenstreckte und freundlich fragte: »Wollen Sie mir eine Fesselzange anlegen? Ich komme aber auch ohne mit.«

Februar bis März 1848

»Verlasst Berlin. Hier wird Blut fließen.«

ALVIN VON BRIEST

63

Im Februar brach in Frankreich die Revolution aus.

Paul, der in Karlsruhe mit den Vertretern der Großherzoglich-Badischen Eisenbahn verhandelte, um diese davon abzubringen, weiterhin Breitspur-Schienen zu verlegen und so den Anschluss an das restliche deutsche Bahnnetz unmöglich zu machen, bekam die Nachrichten druckfrisch mit – und wurde Zeuge der Panik, die die beschauliche Residenzstadt befiel. Die Badener hatten sich schon im Herbst des vorigen Jahres aufsässig gezeigt und in Offenburg eine Volksversammlung einberufen, die ein dreizehnteiliges Programm hervorgebracht hatte, um die Grundrechte der Bürger zu stärken und die Not der arbeitenden Bevölkerung zu lindern. Nun bekamen es all die herzogtreuen Badener mit der Angst zu tun, denn die Rhetorik, die aus Frankreich herüberschallte und von den radikalen Liberalen auf dieser Seite der Grenze begeistert aufgenommen wurde, hörte sich äußerst jakobinisch an. König Louis Philippe war, so hieß es, innerhalb weniger Stunden nach den ersten heftigen Barrikadenkämpfen nach England geflohen; Frankreich war zur Republik ausgerufen worden.

Als Paul am Morgen des 25. Februar im großherzoglichen Residenzpalast erschien, selbst unsicher, ob seine Gespräche weitergingen oder nicht, herrschte im Schloss helle Aufruhr. In aller Hast wurden hölzerne Läden gezimmert, um die Fenster im Erdgeschoss zu verbarrikadieren; Dienstpersonal packte zerbrechliche Kunstgegenstände und teures Geschirr ein, Brokatvorhänge wurden heruntergenommen und wertvolle Teppiche eingerollt. Paul fand einen der Protokollbeamten des herzoglichen Bauleiters Franz Keller, der ihn voller Panik in eine Nische zog und sich nach allen Seiten ängstlich umblickte, während er mit ihm sprach.

»Niemandem kann man mehr trauen, am wenigsten dem Personal!«, presste er hervor. »Das ist der Dank dafür, dass Seine Gnaden Großherzog Leopold die liberale Gesinnung seiner Vorgänger fortgeführt hat! Geben Sie dem Pöbel den kleinen Finger, und er reißt Ihnen den Arm samt Schultergelenk heraus. Ach, Herr Baermann, glauben Sie mir, das ist der Anfang vom Ende! Haben Sie Familie? Kehren Sie nach Hause zurück und schützen Sie sie. Alles, was wir in den letzten Tagen besprochen haben, ist nun erst einmal nichtig. Gehen Sie nach Hause und verstecken Sie sich und Ihre Lieben vor dem Sturm!«

Paul nahm den Zug von Karlsruhe nach Mannheim, wo er in eine Massendemonstration geriet. Deren Teilnehmer forderten Pressefreiheit, ordentliche Schwurgerichtsverfahren, die Schaffung eines Parlaments und die Aufstellung einer bürgerlichen Milizarmee. Die badischen Soldaten standen ratlos in Habtachtstellung; noch ratloser schienen ihre Offiziere, die sich nirgendwo blicken ließen, vermutlich weil sie fürchteten, dass ihre Mannschaften sich mit den Demonstranten verbinden und dann gemeinsam mit ihnen über ihre Vorgesetzten herfallen würden.

Die Weiterreise gestaltete sich extrem schwierig. Niemand griff Paul an, doch in jeder Stadt, die er erreichte, strandete er zunächst. Die bereits existierenden Bahnverbindungen funktionierten nicht mehr, die Postkutschen waren eingestellt worden, die Eigentümer von Stallungen weigerten sich, ihm ein Pferd zu leihen. Wenn sie denn überhaupt öffneten, da jemand, der Reitpferde verlieh, deren Nutzung allgemein mit der Obrigkeit und dem Adel verbunden wurde, Gefahr lief, von den Revolutionären als Reaktionär bezeichnet zu werden und in Schwierigkeiten zu geraten. Besser, man tat so, als wäre man gar nicht da. Kam Paul endlich weiter, wurde er an jedem Schlagbaum jeder Staatsgrenze aufgehalten und mit äußerstem Misstrauen behandelt. Was ihm half, war, dass man ihn aufgrund seiner Dokumente als Preußen betrachtete. Vor dem preußischen Staat hatten die Zöllner aller deutschen Länder Respekt; es mochte geraten sein, einen preußischen Bürger nicht länger als nötig aufzuhalten, auch und erst recht nicht in diesen Zeiten.

Paul schlug sich verbissen und mit immer größer werdender Sorge weiter durch – ein Mann, der durch ein zerfallendes Land fuhr, ritt, manchmal lief, und der Zeuge wurde, wie die schwarz-rot-goldene Fahne von Kirchtürmen hing, über Stadtmauern geschwenkt wurde und über den Köpfen marschierender Demonstranten flatterte. Die alte Ordnung löste sich auf, und er, der in den letzten Jahren immer mehr Verständnis für das Aufbegehren der Bürger gehabt hatte, wünschte sich nur, dass der Irrsinn wieder aufhörte, dass er heil nach Hause kam und dass der Familie seines Freundes Alvin und der Frau, die er liebte, in Berlin nichts zustieß.

In den Städten geriet er in Massenkundgebungen, die immer wieder in Barrikadenkämpfe ausarteten. Mehrfach hörte er Schüsse und sah und roch Pulverdampf durch die Gassen ziehen, doch wenn es Tote und Verletzte gab, bekam er es nicht mit. Er ging davon aus, dass die Bürger, die sich mit Gewehren bewaffnet hatten, nur ungenügend damit umgehen konnten und jede Menge Luftlöcher schossen, während die Soldaten, die aus den gleichen bürgerlichen oder ärmlichen Verhältnissen stammten wie ihre Gegenüber auf den Barrikaden, kein großes Interesse daran hatten, genauer zu zielen.

Auf dem Land machte er weite Bogen um brennende Herrenhäuser. Was in den Städten die Revolution des freiheitshungrigen Bürgertums und des halbverhungerten Proletariats war, geriet in den Dörfern zu einem Bauernaufstand, bei dem jahrzehntelange Abhängigkeit von rücksichtslosen Grundherrn, Neid und generationenalter Hass auf die Herrschaft die Triebfedern waren. Hier waren die Fronten verhärteter, weil auch auf Seiten des Militärs keinerlei Sympathie für die Aufständischen vorhanden war. Die Bauern kämpften wie immer für sich, und sie kämpften allein gegen alle und hatten keine Chance. Als Paul die rauchenden Ruinen eines kleinen Dorfs im Kurhessischen erreichte, sah er eine Kompanie Soldaten, die drei Männer abführte. Die Männer trugen die schweren Stiefel und die groben graublauen Kleider von Bauern. Die Soldaten führten ihre Gefangenen bis zur Mauer eines Kirchhofs und stellten sie gegen die Wand. Erst da erkannte Paul, dass einer der Gefangenen ein höchstens zwölfjähriger Junge war. Unwillkürlich dachte er an Paul Kühn in Berlin. Fassungslos sah er zu, wie die Soldaten die drei Gefangenen ohne langes Federlesen und ohne Prozess erschossen. Die drei baten nicht um Gnade und sagten kein Wort. Als der Pulverdampf sich verzog, trat der Kompanieführer an die an der Wand heruntergerutschten Männer heran. Einer von ihnen bewegte sich noch. Er hielt ihm seine Pistole an den Schädel und drückte ab. Paul fand nie heraus, was die Erschossenen getan hatten.

Im Herzogtum Braunschweig klopfte er abends an die Tür eines intakten, aber verlassenen Herrenhauses und verbrachte eine Nacht in einem Salon, in dem die gesamte Einrichtung zertrümmert war, die Vorhänge von den Wänden gerissen, die Bilder zerschlitzt und das Geschirr zerschmettert. Als er am nächsten Morgen im Stall nach Futter für das Pferd suchte, das er einem Händler gegen einen Schuldschein auf die Firma Borsig abgeschwatzt hatte, stieß er dort auf die Familie des Gutsherrn. Ihn selbst hatte man mit einer Mistgabel an die Wand eines Pferchs genagelt, seine Söhne erschlagen und seine Frau und seine Töchter vergewaltigt und ihnen dann die Kehlen durchgeschnitten. Paul löste den Leichnam des Gutsherrn von der Trennwand und legte ihn zu den anderen Toten, dann übergab er sich und floh, ohne die Nerven aufzubringen, die Ermordeten zu begraben.

In Berlin kam er am Morgen des 17. März an und traf dort auf eine bleierne Ruhe. Polizisten patrouillierten in Paaren und in großer Menge durch die Straßen. Die städtischen Gendarmerietruppen mussten Verstärkung vom Land bekommen haben; die Ordnungshüter waren mit Gewehren ausgestattet und hatten Bajonette aufgepflanzt. Die Märzsonne strahlte über der Stadt und sorgte dafür, dass jeder, der laufen konnte, draußen war. Obwohl die Polizisten bewaffnet waren und grimmige Gesichter schnitten, konnte man ihnen ansehen, dass sie sich als die Bedrohten fühlten. Sie waren mehrere hundert. Die Berliner waren zu Tausenden auf den Plätzen.

Kaum jemand sprach. Niemand lachte. Da und dort war das Kichern von Kindern zu hören; doch es klang hohl und hallte unpassend durch die Stille. Paul kam es vor, als ginge er durch ein Pulverlager und jeder seiner Schritte könne Funken schlagen und eine Explosion auslösen. Er zog sein Pferd hinter sich her und ging an den Hauswänden entlang. Immer wieder hielt er die Luft an. Polizisten warfen ihm misstrauische Blicke zu, so dass er den Kopf senkte und so unauffällig wie möglich tat. Finster dreinblickende junge Männer in Grüppchen, die normalerweise in einer Situation wie dieser zersprengt worden wären, aber in Ruhe gelassen wurden, weil weder Polizei noch Militär dies wagte, warfen Paul ebenfalls argwöhnische Blicke zu. Er gehörte weder zur einen noch zur anderen Fraktion. Es verursachte ihm ein Gefühl der Fremdheit in seiner Wahlheimat, wie er es zuletzt in München gehabt hatte, als die Geheimpolizisten vor seinem Elternhaus warteten.

Auf dem Alexanderplatz war die Situation ähnlich, doch dann eskalierte sie plötzlich. Paul war die Contrescarpe entlanggekommen und überquerte den Platz, um zu seiner Wohnung zu gelangen, als er aus der Richtung, aus der er gekommen war, Gejohle und Gekreisch vernahm. Die Leute zuckten zusammen, die Polizisten packten ihre Gewehre fester.

Eine Meute rannte aus der Contrescarpe auf den Alexanderplatz. Sie jagten drei Männer. Die Männer trugen Offiziersuniformen des Garde-Korps, aber sie hatten jegliche Würde verloren und rannten um ihr Leben. Steine flogen, Pfiffe gellten. Einer der Offiziere verlor seine goldbeschlagene Pickelhaube mit der Adlerfigur auf der Helmkrone, aber er blieb nicht stehen, um sie aufzuheben. Der Mob trampelte darüber. Den Offizieren flogen Steine um die Ohren. Wann immer einer von ihnen getroffen wurde, geriet er ins Stolpern, doch die anderen beiden zerrten ihn mit sich. Erst auf den zweiten Blick offenbarte sich, dass die Meute, die hinter ihnen her war, ausschließlich aus Gassenkindern bestand. Es mussten zweihundert sein, keiner älter als zwölf oder vierzehn Jahre, zerlumpte, magere Gestalten wie Wölfe in einem Hungerwinter, aber hundertmal gefährlicher, denn sie hatten nichts zu verlieren.

Die Polizisten starrten dem Mob, der sich auf den Platz ergoss, mit offenen Mündern entgegen. Ganz offensichtlich hatten sie strengsten Befehl, nicht zu schießen, um kein Blutbad zu provozieren. Jeder von ihnen hielt sein Gewehr auf eine andere Weise ungeschickt. Wenn es einen Gendarmerieoffizier gab, der den Befehl über die Ordnungshüter auf dem Alexanderplatz hatte, dann wusste er auch nicht, was er tun sollte, denn keiner von ihnen ergriff die Initiative. Die drei Garde-Offiziere rannten, stolperten und duckten sich unter dem Geschosshagel und würden verloren sein, wenn die Meute sie einholte. Die aufgehetzten Gassenkinder würden sie in Stücke reißen!

Paul, der sofort an Alvin gedacht hatte, als er die Uniformen sah, reagierte als Einziger. Er schwang sich auf sein Pferd und spornte es an, noch bevor er den zweiten Fuß im Steigbügel hatte. Der Gaul wieherte, drehte sich auf der Stelle und rannte dann los, direkt auf die flüchtenden Männer zu. Paul sah neues Entsetzen in ihren rot erhitzten Gesichtern, als sie ihn erblickten. Er lenkte das Pferd an ihnen vorbei und wendete es, zog am Zügel und ließ es auf den Hinterbeinen tanzen – genau zwischen den drei Männern und dem heranrennenden Mob. Er war kein ausgezeichneter Reiter und das Pferd nicht so gut trainiert wie ein Kavalleriegaul, aber er konnte sich im Sattel halten, und der Gaul, der selbst um sein Gleichgewicht kämpfte und mit den Vorderhufen ausschlug, wirkte für die herannahenden Kinder wahrscheinlich riesig und gefährlich. Die vordersten Läufer bremsten ab; die Flanken der Menge bewegten sich weiter vorwärts und schickten sich an, um Paul herumzustürmen wie die Brandung um einen Felsen. Paul zwang das Pferd mit allen vier Hufen auf den Boden und ließ es auf eine der ausgreifenden Flanken zustürmen. Die Kinder wichen zurück; ihr Vordringen kam ins Stocken. Er schrie sie an. Sie spuckten und brüllten zurück. Pauls Herz machte einen Satz, als er unter den vordersten der Gassenkinder einen leidlich besser als den Rest angezogenen Paul Kühn entdeckte, doch der Junge schien ihn nicht zu erkennen; er schrie und schüttelte die Fäuste, keinen anderen Ausdruck im Gesicht als Hass und Mordgier.

»Jesus Maria!«, stieß Paul hervor. Er riss das Pferd herum und galoppierte hinter den flüchtenden Offizieren her. Das Pferd wieherte und machte einen Satz – ein Stein hatte es getroffen. Ein weiterer Stein prallte schmerzhaft von Pauls Schulter ab. Der Gaul sprengte an den stolpernden Offizieren vorbei. Paul wendete ihn erneut.

»Laufen Sie, laufen Sie!«, schrie Paul sie an. »In die Neue Königsstraße! Schnell!« Er ritt ein zweites Mal auf die Meute los, und wieder schreckten die Kinder zurück. Er ahnte, dass er sie kein drittes Mal würde zurückdrängen können; dann würden sie einfach in Kauf nehmen, dass die ersten paar von ihnen unter die Hufe gerieten. Jesus Maria, dachte er voller Entsetzen, bitte mach, dass ich nicht über Kinder reiten muss, um diese drei Idioten zu retten, die sich mit ihren Uniformen in die Stadt gewagt haben!

Die Polizisten fassten sich endlich ein Herz und bildeten einen Kordon, welcher der Kindermeute entgegenrannte. Nun flogen auch auf sie Steine. Tschakos fielen zu Boden, ein Polizist stürzte und wand sich auf dem Pflaster.

Paul holte die drei Offiziere wieder ein und ritt ihnen voraus. »Folgen Sie mir!«, brüllte er. Er sprengte in die Neue Königsstraße hinein und in Richtung seiner Wohnung. Ein Blick zurück zeigte ihm, dass der Polizeikordon die Gassenkinder abdrängen konnte. Die Meute lief auseinander, die Polizisten versuchten, Einzelne davon zu greifen. Es kam zu Rangeleien. Ein Gewehrkolben hob sich wie ein Prügel und fuhr herab. Dann konnte Paul nichts mehr sehen, weil er zu weit in die Straße vorgedrungen war, und war dafür dankbar.

Er trieb das Pferd in die Durchfahrt hinein, die zum Innenhof seines Wohnhauses führte, sprang aus dem Sattel und band den Gaul irgendwo an. Als er wieder auf die Straße lief, kamen ihm die drei Offiziere schon keuchend entgegen. Zwei von ihnen bluteten aus Platzwunden am Kopf. Paul drückte die Haustür auf. »Rein mit Ihnen, schnell.«

Er führte sie die Treppe hinauf in den ersten Stock, kramte mit fliegenden Fingern nach seinem Schlüssel, fand ihn nicht und hämmerte gegen die Tür.

»Alvin!«, schrie er. »Louise! Lily! Irgendwer! Macht auf!« Er malte sich aus, dass einige aus der Meute gesehen hatten, in welches Haus die Offiziere geflüchtet waren, und dass sie jeden Moment zur Haustür hereinkommen und die Stufen hochschwärmen würden, ein hasserfüllter, entmenschter Mob aus Gassenkindern, von denen jedes unterernährt und krank war und die in der Gemeinschaft so tödlich waren wie das Rudel Wölfe, dem sie ähnelten.

Die Tür flog auf. Noch bevor Paul reagieren konnte, wurde er gepackt und nach drinnen gezogen; die Beine wurden ihm weggetreten, er fiel auf den Bauch, jemand kniete sich auf seinen Rücken, dass er aufschrie und die Luft aus seinen Lungen gepresst wurde, eine Hand krallte sich in seine Haare und zog seinen Kopf nach hinten. Er sah Louise mit vors Gesicht geschlagenen Händen am Ende des Gangs stehen, die Augen weit aufgerissen. Jemand blies ihm seinen Atem ins Ohr. Eine raue Stimme sagte erstaunt: »Hol's der Deibel, Herr Baermann. Wenn Se hier wohnen, wat pumpern Se an die Türe wie een Berserker?«

Ein paar Minuten später saßen die verletzten Offiziere in der kleinen Küche, während Louise mit zusammengefalteten, angefeuchteten Tüchern ihre Platzwunden versorgte. Der kleine Moritz stand mit bleichem Gesicht in der Tür und verfolgte die Prozedur. Paul massierte sich den schmerzenden Rücken und funkelte Bronikowski an, der die anklagenden Blicke mit einem Schulterzucken quittierte und immer wieder zum Fenster hinaus sicherte.

»Da kommt keiner«, sagte der Feldwebel nach einiger Zeit. »Sie haben die Meute abgehängt. Respekt.«

»Broni, ich weiß aus Alvins Brief, dass er Sie gebeten hat, hier aufzupassen. Aber warum sind Louise und Moritz noch hier und nicht schon längst in Schönhausen? Und wo ist meine Schwester?«

»Deswegen sind wir ja noch hier«, erklärte Louise und drückte dem unverletzt gebliebenen Offizier weitere Tücher in die Hände, damit er sich um seine Kameraden kümmerte. »Lily ist seit heute Morgen verschwunden.«

64

Broni, Sie müssen mit Louise und Moritz nach Schönhausen gehen«, sagte Paul am Abend. Sie standen in der kleinen Kochnische der Wohnung, wo Bronikowski stoisch einen Kaffee aufbrühte. An dem Feldwebel waren die Jahre völlig spurlos vorübergegangen. Er hatte sich einen Backen- und Schnauzbart stehen lassen wie ein Kavallerist, aber sonst war er unverändert.

Die drei Garde-Offiziere waren im Lauf des Nachmittags in ihre Garnison zurückgekehrt. Louise hatte ihnen Mäntel und Jacken mitgegeben, mit denen sie ihre Uniformen zumindest von weitem verdecken konnten. Die beiden übriggebliebenen Pickelhauben hatten sie hiergelassen. Sie schämten sich, dass sie ihre Uniform unter zivilen Sachen verstecken mussten; doch Louise, die mit der Autorität der Frau Hauptmann zu den zwei Secondelieutenants und dem Lieutenant sprach, hatte darauf bestanden. Paul hatte sie bis zum Alexanderplatz begleitet. Dort war Ruhe eingekehrt. Eine Proklamation der Aufständischen, dass am nächsten Tag eine ordentliche Demonstration auf dem Schlossplatz stattfinde, hatte die Energie der Revolutionäre kanalisiert.

Die Offiziere hatten eine Nachricht Pauls an Alvin mitgenommen, dass er Louise und den Kleinen persönlich nach Schönhausen eskortieren würde. Doch da hatte Paul auch noch gedacht, dass Lily spätestens am Abend zurückkehren würde.

»Nichts zu machen, Herr Baermann. Mein Befehl lautet, in der Wohnung zu bleiben und auf Fräulein Lily aufzupassen. Sie bringen die beiden nach Schönhausen.«

»Broni – Lily ist meine Schwester! Ich kann doch nicht einfach meine Schwester im Stich lassen!«

»Tun Sie ja nicht. Ich bin ja da.«

»Und es könnte keinen Besseren geben. Aber trotzdem …«

»Was ›trotzdem‹? Sie denken zu viel nach. Sie müssen sich einfach nur wie ein Soldat die eine Frage stellen: Wem gilt meine Treue?«

»Jesus Maria, Broni, Sie wissen doch, wie wichtig mir Louise und Alvins Sohn sind. Aber es gibt auch noch die Treue eines Bruders gegenüber seiner Schwester!« Auch wenn die Schwester ein rücksichtsloses Miststück sein kann, dachte Paul bei sich. Louise hatte ihm erzählt, dass Lily wahrscheinlich einen Verehrer in der Stadt hatte. War sie bei ihm? Niemand wusste, wer er war – Lily hatte niemandem Näheres anvertraut und Paul schon gleich gar nicht. Doch selbst wenn er der anständigste Mensch in Berlin war – es war eine Gemeinheit von Lily, einfach am Morgen aus dem Haus zu spazieren, als wolle sie eine Besorgung machen, und dann nicht wieder zurückzukommen. Alles in allem war Pauls Sorge um Lily jedoch größer als der Ärger über sie.

Bronikowski war mit dem Kaffee fertig und goss ihn in

zwei Becher. Dampf und Kaffeeduft erfüllten den kleinen Raum. Der Feldwebel ging nach draußen auf den Flur und horchte vor dem Zimmer, in das Louise und Moritz sich zum Schlafen zurückgezogen hatten. Dann kam er wieder zurück und schloss die Tür hinter sich. Paul beobachtete sein Treiben verständnislos. Bronikowski setzte sich, nahm sich einen Becher und zeigte aufmunternd auf den zweiten. Als Paul ihn ergriff, nickte Bronikowski ihm über den Rand seines Bechers zu, als wären sie zwei Trinker, die sich in einer Bierhalle zuprosteten. Der Kaffee war heiß und bitter und vertrieb Pauls Erschöpfung mit dem ersten Schluck.

»Lassen Sie mal sehen, wem Sie hier alles die Treue schulden«, sagte Bronikowski und akzentuierte seine Aufzählung mit kleinen Schlucken aus seinem Becher. »Ihrer Schwester – einverstanden. Hauptmann von Briest, weil Sie der Mann sind, dem er bedingungslos vertraut. Frau von Briest, aus Gründen, die Sie und Louise selbst am besten wissen …«

Paul wollte auffahren, doch Bronikowski winkte ab.

»Jesus Maria, Broni …«, stammelte Paul.

»Keine Sorge, ich denke nicht schlechter über Sie als vorher – und wenn man bedenkt, dass Sie aus Bayern kommen, denke ich sogar sehr gut über Sie.« Bronikowksi grinste von Ohr zu Ohr. »Ich weiß, wie Louise ihren Ehemann ansieht, und ich weiß, wie er sie ansieht. Ich sehe aber auch die Blicke zwischen Ihnen und ihr. Dit jeht mir allet nüscht an, Herr Baermann, aber falls doch: Keener kann wat dafür, wo die Liebe hinfällt.«

»Jesus Maria, Broni«, sagte Paul zum zweiten Mal und spürte, wie Tränen hinter seinen Lidern brannten.

Bronikowski nahm einen weiteren Schluck Kaffee. »Und Sie haben eine Treuepflicht, die alle anderen überwiegt. Die zu Ihrem Kind.«

Paul starrte ihn an.

Bronikowski nahm noch einen Schluck. Er seufzte. »Dachte mir schon, dass Sie es nicht wissen.«

»Was für …«, begann Paul und hatte das Gefühl, dass er die Frage gar nicht zu stellen brauchte. Alles war auf einmal klar. Und dann war überhaupt nichts mehr klar, als ihn die Wucht der Erkenntnis traf. Er versuchte, etwas zu sagen, und brachte kein Wort heraus.

»Ja«, sagte Bronikowski und trank seinen Kaffee aus. Dann klopfte er mit dem Finger gegen den Becher, der vergessen in Pauls Hand in der Luft schwebte. »Trinkense, Herr Baermann. Kaffee hilft immer. Trinkense, und dann sagense mir noch mal, wer hierbleiben und auf Ihre vermaledeite Schwester warten soll und wer morgen Louise und Ihren kleinen Jungen nach Schönhausen bringt.«

65

Am nächsten Morgen war Paul blass, hatte rot umränderte Augen und sah aus, als hätte er die ganze Nacht nicht geschlafen. Louise, die selbst die meiste Zeit schlaflos in ihrem Bett gelegen hatte, musterte ihn verstohlen. Paul schien so unsicher, wie sie ihn noch nie erlebt hatte, und schien vergessen zu haben, dass er eigentlich der Gastgeber hier war. Er konnte ihr kaum in die Augen schauen. Bronikowski war so stoisch wie immer, aber Paul … dann sah Louise ihn zusammenzucken, als Moritz verschlafen in den Raum tappte, der als Salon, Esszimmer und Stube gleichzeitig diente, und ihr wurde schwindlig, als sie sah, wie Pauls Blicke den Kleinen verfolgten, bis er bei ihr angekommen war. Gähnende Furcht befiel sie – und gleichzeitig eine Art ekstatischer Erleichterung, die sie nicht zulassen wollte. Wusste Paul …? Sie hatte sich geschworen, es ihn nie wissen zu lassen, um zu verhindern, dass sein Herz und das von Alvin und damit auch ihres brach, und sie hatte ihr Wissen nie jemandem anvertraut … nicht einmal Amélie. Sie argwöhnte zwar, dass Lily Bescheid wusste, aber sie hatte sie nie darauf angesprochen. Woher also sollte Paul …?

Bronikowski? Doch woher hätte er es wissen sollen? Sie konnte das Gesicht des Feldwebels nicht lesen, es war zu verschlossen. Sie ahnte nur, dass er es gut meinte und dass er einem tiefer ins Herz blicken konnte, als man es ihm zutraute.

Moritz kletterte auf Louises Schoß und rollte sich dort gähnend ein. Pauls Augen schimmerten feucht.

Er weiß es, flüsterte eine Stimme in Louises Herz. Er weiß es.

Plötzlich traten auch in ihre Augen Tränen. Gütiger Himmel, er *konnte* es nicht wissen. Er *durfte* es nicht wissen.

»Louise, ich …«, begann Paul. Seine Stimme versagte. Er begann von vorn. »Louise, ich …«

Bronikowski saß auf einmal zwischen ihr und Paul. »Was er sagen will, Frau Hauptmann, ist, dass er Sie und den Kleinen heute nach Schönhausen bringt. Ich bleibe in Berlin und warte darauf, dass Fräulein Lily kommt.«

»Wo *ist* Lily?«, fragte Louise, nur um irgendetwas zu sagen.

»Keine Ahnung, Frau Hauptmann. Aber wenn Sie mit Herrn Baermann weg sind, werde ich mal in ein paar Löchern herumstöbern.«

»Sie mögen Lily nicht, oder, Broni?«, fragte Paul heiser. Man konnte ihm anhören, dass er das Thema mit ähnlicher Verzweiflung wie Louise aufnahm.

Bronikowski zuckte mit den Schultern. »Es spielt keine Rolle. Wichtiger ist, wen Fräulein Lily mag.«

»Und wen mag sie?«

Bronikowski schwieg. Es sagte mehr als jede Erklärung.

Louise und Paul sahen sich an. Louise schluckte. Paul streckte eine Hand aus, um die Louises zu ergreifen. Bronikowski schlug auf den Tisch, dass Moritz im Halbschlaf zusammenfuhr.

»Wird Zeit, ditse Ihnen verdünnisieren«, sagte er. »Is n janzet Stück nach Schönhausen, un ooch wenn ick nie jeglaubt hätte, det ick so wat ma sage: is besser, aus Berlin raus zu sein als drinne.«

Louise packte zusammen, was sie nicht ohnehin schon in Taschen verstaut hatte. Moritz begann zu weinen, als ihm klarwurde, dass sie schon wieder einen Ort verlassen mussten, der ihm zur Heimat geworden war. Louise versuchte, ihn zu trösten. Paul stand mit hängenden Schultern daneben.

»Sehen wir mal nach dem Pferd«, sagte Bronikowski und zog Paul mit sich aus dem Raum. »Das nehmen Sie nämlich mit.«

Als sie die Wohnung verlassen hatten, drückte Louise ihren Sohn zitternd an sich. Es gab keinen Zweifel mehr daran, dass Paul Bescheid wusste. Und es konnte nur Bronikowski gewesen sein, der es ihm gesagt hatte. Bronikowski, der sie durchschaut hatte. Gütiger Gott, Broni war Alvins Feldwebel. Es konnte keine Zweifel geben, wem gegenüber er loyal war. Wenn Broni es wusste, würde Alvin es auch wissen, sobald er und der Feldwebel wieder aufeinandertrafen. Louise schloss die Augen. Es war alles aus. Sie hätte diese Lüge von Anfang an nicht leben sollen.

Als die Tür aufflog, schrie sie auf. Sie hörte schnelle Schritte und dann Alvins Stimme: »Louise? Louise!«

Er kam in den Raum gestürmt. Louise konnte sich nicht bewegen. Tränenüberströmt sah sie aus ihrer kauernden Stellung zu ihm auf. Alvin trug seine blaue Garde-Uniform mit den roten Aufschlägen und roch nach Schweiß und Pferd. Er war unrasiert. Seine Stiefel waren blind gewetzt. Er fiel neben ihr auf die Knie und umarmte sie und den weinenden Moritz. »Grundgütiger, Louise. Bin ich froh, euch zu sehen. Ich habe gestern die Nachricht bekommen von den drei Narren, die ihr in der Wohnung versteckt habt. Warum seid ihr noch hier? Ihr müsst nach Schönhausen. Schnell, Liebste, schnell. Hier in Berlin fliegt uns gleich alles um die Ohren. Der König hat mit den Demonstranten auf dem Schlossplatz gesprochen, obwohl ihm alle davon abgeraten haben. Es gab Jubel, als er ihnen Zugeständnisse machte, dann Chaos, als die Meute verlangte, dass die Garde sich zurückziehen soll. Generallieutenant von Prittwitz hat die Dragoner eingesetzt, um den Platz zu räumen. Es sind Schüsse gefallen. Louise, was glaubst du, was hier los ist, wenn sich das überall herumgesprochen hat? Ich habe die Verwirrung genutzt, um mit zwei Kameraden hierherzureiten. Paul hat ein Pferd. Nehmt meines auch noch. Einer meiner Kameraden nimmt mich mit zurück. Verlasst Berlin, Louise. Bitte! Hier wird Blut fließen!«

Er küsste Moritz stürmisch auf die Stirn und dann Louise auf den Mund. Sein Kuss schmeckte sauer und nach schlechtem Offiziersmessen-Essen und zu viel Zigarren und Kaffee. Sie erwiderte ihn schwer atmend.

»Grundgütiger, Louise, ich liebe euch so!«, stieß Alvin hervor. Er rappelte sich auf und rannte wieder hinaus.

Sie verließen Berlin über das Königstor. Hinter sich hörten sie die Hassgesänge vom Alexanderplatz, das Klirren von Fensterscheiben und das Bersten von Türen. Berlin errichtete Barrikaden.

66

Lily hatte zugesehen, wie Paul, Louise und Moritz aus der Wohnung stürmten. Sie hatte die Nacht in einem Zimmer zugebracht, das Alfons Alfred von Boganowski gemietet hatte, um mit ihr allein sein zu können. Schon im Morgengrauen war sie zusammen mit dem Studenten hierhergekommen und hatte sich in einem Hauseingang gegenüber versteckt. Ihr Plan war einfach. Sie würde mit ein, zwei Stunden Abstand hinter den anderen nach Schönhausen reisen. Boganowski hatte eine der Kutschen geliehen, die der Normannia gehörten. Sie würden warten, bis Otto von Bismarck, dessen großkotzige Posen sie zur Genüge kannte, seine Gäste zu einem Abendessen einlud. Sie war über die Örtlichkeiten in Schönhausen bestens im Bilde und wusste, wo das Abendessen stattfinden sollte.

Sie und Boganowski würden zu einem der Fenster schleichen. Boganowski würde das Jagdgewehr anlegen, das er aus der Waffenkammer der Normannia genommen hatte. Sie würde ihm zuflüstern, wann er abdrücken sollte.

Das Fenster würde bersten. Die Kugel würde innerhalb eines Lidschlags ihr Ziel erreichen. Blut würde über das opulente Abendmahl spritzen.

Otto von Bismarck würde tot sein, noch bevor sein Körper über dem Tisch zusammensackte.

Und dann? Danach war alles Leere. Es gab kein Danach, jedenfalls nicht für Lily. Sie hatte darüber hinaus keine Pläne gemacht. Vielleicht würden sie und Boganowski verhaftet werden. Vielleicht würde man sie hängen für den Mord an dem Gutsherrn und Landtagsabgeordneten Otto von Bismarck. Es war egal. Sie wollte Otto tot sehen. Danach würde auch sie innerlich tot sein. Und wahrscheinlich würde ihr der Tod am Galgen willkommen sein.

Boganowski? Sie hatte nur Verachtung für ihn übrig. Ein Kollateralschaden. Sie dachte an sein eifriges Gestrampel, wenn er sie in dem schäbigen kleinen Zimmer bestieg und sich vorkam wie der größte Liebhaber vor dem Herrn mit seinen billigen, langweiligen kleinen Phantasien. Er führte die Waffe, mit der Otto sterben würde, das war seine einzige Daseinsberechtigung. Er *war* die Waffe.

»Lily«, wisperte Boganowski. »Was ist los? Bekommst du Angst?« Er blickte sich gehetzt um. Wann immer ein Fenster vorn am Alexanderplatz zersplitterte, zuckte er zusammen. Seine Augen huschten hin und her.

»Weshalb?«

»Weil du weinst.«

»Das sind Freudentränen über den Ausbruch der Revolution«, versetzte Lily.

»Die Revolution …«

»Die findet auch ohne dich statt. Wir warten noch eine Weile, dann holen wir die Kutsche und fahren nach Schönhausen!«

»Aber Lily …«

Lily wandte sich ihm zu. Er zuckte beim Anblick ihrer Miene zurück. »Wir haben eine Vereinbarung, Alfons!«, sagte sie drohend. »Wage es nicht, sie zu brechen.«

»Aber Lily, die Revolution … Sie errichten Barrikaden … Lily, ich muss bei den Barrikaden sein. Das musst du doch verstehen?«

Boganowski hörte sich an wie Elias Peißner bei seinem Heiratsantrag: jämmerlich. Lily biss die Zähne zusammen. Das Gegröle vom Platz her bekam plötzlich eine Melodie, die von weiteren eingeschlagenen Fensterscheiben und vom Krachen der Möbelstücke untermalt wurde, mit denen man in aller Hast Barrikaden aufschichtete. Die Aufständischen sangen »Die Gedanken sind frei«. Lily schnaubte. Ihre Gedanken waren so wenig frei wie zuvor, aber das war den Narren nicht klar, weil sie besoffen waren von ihrer eigenen Wichtigkeit. Zuerst hatte der Adel dem Pöbel eingegeben, was er zu denken hatte, und jetzt dachten sie den Verheißungen vom Bürgeraufstand und von Liberalität und von der Gleichheit aller Menschen hinterher – auch nur wieder von anderen eingegeben, die sich damit so leichttaten wie ihre Vorgänger, weil in leere Gehirne einfach alles gefüllt werden konnte.

»Lily, wenn du so schaust, könnte man direkt Angst bekommen«, sagte Boganowski und versuchte vergeblich, es amüsiert klingen zu lassen. Seine Augen schimmerten feucht, und er starrte wieder in Richtung Alexanderplatz. Als eine Gruppe Männer plötzlich um eine Ecke bog und die Straße zum Platz hinauflief, bewaffnet mit alten Piken, Mistgabeln und ein paar altertümlichen Gewehren, ballte er die Hände zu Fäusten. Auch Lily spähte ihnen hinterher und sah, dass dort, wo die Straße auf den Alexanderplatz mündete, nun auch eine Barrikade in die Höhe wuchs. Ihr wurde klar, dass sie wie alle anderen Barrikaden dazu dienen sollte, das Militär auf den Plätzen festzunageln und ihr Vordringen in die Wohnviertel zu verhindern. Wenn die Soldaten die Barrikaden erst überwanden, würden sie auch hierherkommen.

»Wir müssen hier weg«, sagte Lily.

Boganowski reagierte nicht. Er starrte zu der Barrikade hinüber. Seine Lippen bewegten sich. Er sang das Lied tonlos mit, das vom Platz herüberwehte: … *denn meine Gedanken zerreißen die Schranken und Mauern entzwei …*

Sie gab ihm einen Stoß. »Alfons!«, zischte sie. Sie begann, sich um ihren Plan Sorgen zu machen. Die ganze Zeit über hatte sie Boganowski als Feigling eingeschätzt, der die anderen aufhetzte, sich gegen die Obrigkeit aufzulehnen, der aber dann danebenstehen und mit dem Finger zeigen und *Verhaftet sie!* schreien würde, wenn es tatsächlich zu einem Aufstand kam. Sie hatte sich anscheinend getäuscht. Oder es war die Atmosphäre der Revolution, die ihn nun doch wider Erwarten mitriss. Wie auch immer, sie musste ihn zwingen, sich wieder mit ihr zu befassen und ihrem Plan, Otto von Bismarck zu töten.

»Alfons … wenn du Bismarck erschießt, tust du der Revolution einen größeren Gefallen, als wenn du auf einer Barrikade eine schwarz-rot-goldene Trikolore schwenkst.«

»Siehst du die Kinder da vorn, Lily? Das sind Gassenkinder und die Kinder von armen Arbeitern. Ich wette, ich kenne ein paar von ihnen. Die laufen nicht weg. Die wollen kämpfen. Um ihre Freiheit!«

»Du läufst nicht weg, wenn du mit mir nach Schönhausen kommst. Du wirst zum größten Helden der Revolution!«

Boganowski wandte sich ihr zu. Über sein Gesicht liefen Tränen. »Komm mit«, stieß er hervor »Du willst das doch auch. Genauso wie ich. Genauso wie all die anderen. Komm mit auf die Barrikade! Wir kämpfen für die Freiheit, du und ich.« Er küsste sie, bevor sie es verhindern konnte. Sie schmeckte das Salz von seinen Tränen auf den Lippen. »Ich liebe dich, Lily!«

Er packte Lilys Hand und zog sie mit sich. Lily folgte ihm, innerlich fluchend. Es blieb ihr nichts anderes übrig. Wenn sie ihn wieder umstimmen wollte, musste sie bei ihm bleiben.

Sie rannten in einen Alptraum hinein.

67

Die Barrikade bestand aus einer mehr als mannshohen Anhäufung von Möbeln, umgestürzten Karren, aus den Angeln gerissenen Türen und undefinierbaren Bruchstücken von irgendwas. Beim Königstädter Theater waren alle Fensterscheiben eingeschlagen, Theaterstühle, Dekorationsteile, Bestandteile von Bühnenbildern wurden aus den Fenstern gereicht oder geworfen und sofort im Laufschritt davongeschleppt, um die Barrikaden zu erhöhen. Bei der Einmündung der Contrescarpe in den Alexanderplatz wurde keine Barrikade errichtet – wahrscheinlich war die Straßenmündung zu weit, oder ein selbsternannter General der Aufständischen hatte beschlossen, das von dort herankommende Militär auf den Platz zu locken und dann mit den Barrikaden in all den anderen Straßen- und Gassenmündungen zu konfrontieren.

Aus Wohnhäusern wurden weitere Möbel gereicht. Der Stelzenhof besaß ebenso wie das Theater keine heile Fensterscheibe mehr und schien sein gesamtes Mobiliar diversen Barrikaden geopfert zu haben. Lily sah Bettgestelle in die Luft ragen; die Federn aus zerrissenen Kissen hatten eine dünne Schicht über eine Barrikade gebreitet wie Schnee. Gewehrläufe ragten aus den Fensterlöchern. Auf dem flachen Dach der vorgebauten Fassade standen Berliner Bürger und hatten Stapel aus herausgerissenen Pflastersteinen und andere Wurfgeschosse neben sich. Auf dem Dach des Theaters brannte ein kleines Feuer, über dem ein Dreibein mit einem Kessel stand – Lily nahm an, dass dort Wasser zum Kochen gebracht wurde, um es von oben auf die anrückenden Soldaten zu schütten. Die privaten Haushalte steuerten volle Nachttöpfe und – in Eimern – den Inhalt hastig ausgeschöpfter Latrinen bei. Die

Revolution roch nach brennenden Fensterrahmen, verschüttetem Urin und frisch aufgerührtem Kot. Der Schwefelgestank vorzeitig abgefeuerter Musketen machte es nicht besser.

Boganowski, der Lily immer noch an der Hand hielt, starrte zu den Männern und Frauen hinauf, die auf der Krone der Barrikade standen und sie in aller Eile erhöhten. Es überraschte Lily, dass die Aufständischen nichts dagegen hatten, dass auch Frauen und junge Mädchen auf der Barrikade waren. Wenigstens in dieser Hinsicht gab es Gleichheit unter den Revolutionären, auch wenn Lily darauf hätte verzichten können. Die fieberhaften Bemühungen, deren Zeuge sie wurde, machten ihr auf einmal klar, dass sie den Aufstand in ihrem tiefsten Herzen bislang nur für eine Verrücktheit gehalten hatte, die von sich aus enden würde, sobald das Militär aufzog. Doch nun erkannte sie, wie bitterernst die Berliner diesen Aufstand nahmen, und eine kalte Furcht ergriff sie, die sie gar nicht hätte benennen können. Es war Angst um ihre Pläne dabei, Angst um ihre eigene Unversehrtheit, aber hauptsächlich die Angst davor, dass die Welt, wie man sie kannte, in einen Strudel versank und man selbst mitgerissen würde. Sie starrte mit weit aufgerissenen Augen umher und hatte aufgehört, sich gegen Boganowskis Griff zu sträuben. Die Berührung, sosehr sie diese bisher verachtet hatte, gab ihr jetzt wenigstens ein bisschen Sicherheit.

Eine helle Stimme rief von der Barrikade herunter: »Alfons! Jetzt wird alles gut! Die Gedanken sind frei!«

Das ist ja ein Kind!, dachte Lily fassungslos. Ein Junge!

Ein Mädchen, das dieselbe Haarfarbe und dasselbe freche Gesicht wie der Junge hatte, stieß die Fäuste in die Luft und schrie: »Frei-heit! Frei-heit! Frei-heit!« Mehrere andere nahmen den Ruf auf.

»Wir zeigen es ihnen, Emmi!«, brüllte Boganowski zurück.

Und: »Gut gemacht, Paul!«, als der Junge seine Waffe in die Höhe hielt: eine Zwille.

Paul? Lily schüttelte sich. Sie hatte das Gefühl, dass ihr die Realität entglitt. Paul – ihr Bruder Paul – hatte als Junge die gleiche Begeisterung im Gesicht gehabt wie der Bursche auf der Barrikade, wenn er von Rittern, Drachen und Abenteuern erzählt hatte. Sie wollte rufen: Ihr Narren, dies ist kein Abenteuer, sie werden euch in Fetzen schießen, aber sie bekam keinen Ton heraus. Ihr Mund war trocken, und ihr Magen rebellierte.

»Militär!«, schrie jemand, der den Ruf offenbar von den Wachtposten auf den Dächern aufgenommen hatte. Die Warnung pflanzte sich zu den anderen Barrikaden fort. Fassungslos sah Lily zu, wie noch mehr Leute auf die Barrikade kletterten, anstatt sie zu verlassen und sich dahinter zu verstecken.

»Komm mit, Lily!«, rief Boganowski und zog sie zu der verkeilten Masse.

Lily schüttelte den Kopf. Endlich fand sie ihre Besinnung wieder. Sie riss sich los und packte ihn am Kragen. »Du bist verrückt!«, schrie sie ihm ins Gesicht. »Du kommst sofort mit mir mit!«

Boganowski lachte und küsste sie auf den Mund. Rings um sie herum klatschten und pfiffen ein paar Leute und klopften ihm auf die Schulter. Auf den Barrikaden kam ein Sprechchor in Gang: »Militär zurück, Militär zurück!!« Andere sangen mit Inbrunst das Lied von der Freiheit der Gedanken, das sich um den Platz herum in einen unfreiwilligen Kanon verwandelte, weil jede Barrikade ihren eigenen Chorleiter hatte. Stöcke schoben sich aus Fenstern, von denen sich Fahnen entrollten: die schwarz-rot-goldene Trikolore. An der Barrikade lehnte eine weitere zusammengerollte Trikolore in den Farben der Revolution. Boganowski schnappte sie sich und kletterte auf die Barrikade. Lily blieb an ihrem Fuß zurück. Boganowski entrollte die Fahne, als er oben war, und begann sie zu schwenken. Die Morgensonne schien von der Seite darauf und ließ die flatternden Farben wirken, als würden sie brennen.

Das Militär näherte sich nicht mit Trommeln und Pfeifen, wie sonst, wenn die Soldaten in eine Schlacht zogen. Entweder verachteten die Offiziere, die sie führten, die Aufständischen so sehr, dass sie ihnen nicht einmal die Ehre des klingenden Spiels zuteilwerden lassen wollten – oder sie empfanden die gleiche grimmige Beklommenheit wie Lily und fühlten, dass nichts, was hier geschah, seine Richtigkeit hatte. Nur die Aufständischen schienen nach wie vor begeistert. Mittlerweile hatten sich die Gesänge auf den Barrikaden aufeinander eingestimmt. Die Sprechchöre waren verstummt; alle sangen jetzt »Die Gedanken sind frei«. Selbst Lily fühlte, dass der gewaltige, um den Alexanderplatz hallende Chor ihr ans Herz griff; nur dass er bei ihr keine Begeisterung auslöste, sondern noch mehr Beklemmung. Der stumme Marschtritt der Soldaten, der näher und näher kam, war zuerst eine Untermalung des getragenen Lieds, dann ein Kontrapunkt, schließlich begann die Melodie, darunter zu ersticken. Lily presste sich an den Fuß der Barrikade und spähte mit klopfendem Herzen durch eine Lücke hinaus auf den Platz.

Die eine Kompanie Gardisten, die dort aufgezogen war, wirkte zuerst jämmerlich. Dann wurde Lily klar, dass die Soldaten ihre schmucken blauroten Röcke gegen graue Felduniformen getauscht hatten und dass nur der Hauptmann, der mit gezogenem Säbel vor seinen Männern stand, seine Prachtuniform trug. Das Militär meinte es ernst, bitterernst. Es bereitete sich auf eine Schlacht vor.

Sie presste ihr Gesicht noch näher an die Lücke in der Barrikade und konnte nun mehr vom Alexanderplatz sehen – und die einsame Kompanie wirkte gar nicht mehr einsam oder jämmerlich, denn es standen mindestens zehn weitere Kompanien verteilt auf dem Platz, die Gesichter einzelnen Barrikaden zugewandt, in strammer Haltung, die Gewehrkolben neben sich auf den Boden gestellt, die Läufe am ausgestreckten Arm nach schräg vorn gestellt, die Offiziere vor ihnen mit gezogenen Klingen. Und der Marschtritt hörte nicht auf, denn weitere Kompanien kamen auf den Platz und bezogen Posten. Es war ein Uhrwerk bedrohlicher Präzision, das, wenn es erst einmal aufgezogen war, nur darauf wartete, den Tod auszuteilen. Die Aufständischen sangen gegen das rhythmische Trampeln der Soldatenstiefel an. Auf einmal klangen ihre Stimmen dünn. Auf allen Barrikaden standen jetzt Männer oder Frauen und schwenkten schwarz-rot-goldene Fahnen. Lily bildete sich ein, dass sie das Knattern der Fahnentücher hören konnte.

Dann merkte sie, dass sie es tatsächlich hörte, denn die Marschtritte waren verstummt – und mit ihnen das Lied. Stille breitete sich auf dem Alexanderplatz aus. Lily riss sich von ihrem Ausguck los und begann, die Barrikade zu erklettern; nicht, weil ihre Angst verschwunden war, sondern weil sie es nicht mehr aushielt, nur einen kleinen Teil des Geschehens zu überblicken. Jemand half ihr hoch. Der Atem stockte ihr, als sie die aufgezogenen Kompanien mit einem Blick überschauen konnte. Der Platz war grau vor Soldaten. Sie hätten vor den Barrikaden, die sie ringsum bedrohten, winzig und verloren wirken müssen, doch tatsächlich waren sie es, von denen die Bedrohung ausging.

Statt dass sie wirkten, als wären sie umzingelt, machten sie den Eindruck einer Ramme, die an ihren Ketten aufs Äußerste angehoben worden war und jeden Moment nach vorn schwingen und alles zerschmettern würde, was ihr in den Weg kam.

Auf den ersten Barrikaden senkten sich die Trikoloren, weil ihre Träger entweder erlahmten oder ihnen aufging, welcher Gegner ihnen da gegenüberstand. Von dieser Barrikade ertönte immer noch das Geknatter des Tuchs: Boganowski schwenkte die Fahne mit wilder Verbissenheit.

Ein Reiter mit jeder Menge Gold auf seiner Pickelhaube und vielen Schnüren und Tressen auf seinem blauen Rock kam aus der Contrescarpe und ritt in die Mitte des Platzes. Pfiffe und Buhrufe ertönten, aber der Trotz konnte sich nicht behaupten und verstummte. Der Reiter wartete geduldig ab, bis die letzten Pfiffe verklangen. Dann hob er eine Hand. Die Hauptleute vor ihren Kompanien, die ihn beobachtet hatten, bellten ein Kommando, das Lily nicht verstand. Aber es hatte zur Folge, dass die Soldaten alle mit einer Bewegung, die durch ihre Reihen lief wie ein Windstoß, die Gewehrläufe an sich rissen. Ein vielstimmiges Schnappen und Scharren ertönte. Lily wich das Blut aus dem Gesicht, als sie verstand, was der Befehl bedeutet hatte: Die Soldaten setzten die Bajonette auf ihre Gewehrmündungen und drehten sie mit einem Ruck fest. Bajonette … die Offiziere hatten vor, die Barrikaden im Kampf Mann gegen Mann zu stürmen … und zuerst würden sie schießen, mit krachenden Salven, die die Barrikaden und alle darauf zerfetzten! Lily konnte kaum mehr atmen.

Ein weiteres Kommando ertönte. Die Soldaten nahmen ihre Gewehre auf und hielten sie vor die Brust, die rechte Hand am Gewehrschloss. Wieder lief die Bewegung durch die Kompanien wie eine Bö durch Getreide. Die langen Gewehrläufe mit ihren noch längeren, nadelspitzen Bajonetten ragten über die Köpfe der Soldaten auf wie ein tödlicher Wald.

Der Mann auf dem Pferd richtete sich in den Steigbügeln auf und sah sich einmal um. Befriedigt ließ er sich zurücksinken und zog eine Uhr heraus.

Seine Stimme schallte laut und im Kasernenhofton über den Platz. »Eine Stunde, dann sind die Barrikaden abgebaut!«, brüllte er.

»Sagt wer?«, rief eine vorwitzige Stimme von einer Barrikade.

»Sagt Seine Majestät der König!«

»Wir hören den König gar nicht!«, erwiderte der selbsternannte Sprecher der Aufständischen.

Der Offizier auf dem Pferd machte eine Handbewegung zu den Hauptleuten vor ihren Kompanien. Es war klar, dass die Soldaten diesen Ablauf eingeübt hatten. Die Offiziere hatten vorausgesehen, wie das hier vonstattengehen würde.

»Kompaniiiiie – prääääsentiert!«, schrien die Hauptleute.

Die Soldaten rissen ihre Gewehre an die Schultern und zielten schräg nach oben.

»Kompaniiiiie – auf mein Kommando …«

Schnappend wurden Hähne gespannt.

»… Feuer!«

Es war ohrenbetäubend. Es war eine Beleidigung für das Gehör. Es war ein Krachen und Donnern, das einem ins Hirn stach, in den Magen trat und einem die Luft nahm. Lange Feuerlanzen stachen aus den Gewehrmündungen, brachten den Platz zum Beben. Mehrere Frauen- und Kinderstimmen auf den Barrikaden kreischten auf. Dicker weißer Qualm stieg über den Kompanien in die Höhe.

»Kompaniiiiie – nachladen!«

Die schnellen Handgriffe, mit denen die Soldaten die Gewehrkolben auf den Boden stießen, die Patronen aus den Taschen nahmen, sie aufbissen, das Pulver in den Lauf rieseln ließen, die Kugeln hinterherspuckten und mit den Ladestöcken hineinrammten, dann die Gewehre wiederaufnahmen, die Pulverpfannen füllten und die Kolben erneut an die Schultern setzten, machten einen schwindlig. Der Qualm zog über den Platz und verbreitete einen Höllengestank von faulen Eiern.

Der Offizier auf dem Pferd schrie: »Habt ihr ihn jetzt gehört?« Er zog eine Taschenuhr heraus. »Noch fünfundfünfzig Minuten!«

Auf den Barrikaden erhob sich keine Stimme. Nur ein paar Kinder weinten. Boganowski hatte aufgehört, die Trikolore zu schwenken. Er stierte mit bleichem Gesicht auf den Platz hinunter; dann suchte er Lilys Blick.

»Lass uns gehen«, sagte Lily und hörte, wie unerwartet sanft ihre Stimme klang.

Boganowski schüttelte den Kopf. Stattdessen begann er wieder damit, die Fahne zu schwenken. Nach einer Weile nahm die junge Frau, die er als Emmi begrüßt hatte, das Lied wieder auf, und die Barrikade fiel ein. Andere Barrikaden schlossen sich an. Ein weiteres Mal erscholl der Chor rund um den Platz. Die Soldaten nahmen auf einen Befehl ihrer Hauptleute die Gewehre wieder von den Schultern und stellten die Kolben auf den Boden. Sie warteten.

Es war klar, dass niemand von den Aufständischen damit beginnen würde, die Barrikaden freiwillig niederzureißen.

Also warteten sie auf den Befehl, auf ihre Nachbarn und Mitbürger zu schießen.

68

Lily wurde von einer Art ungläubigen, grausigen Faszination an Ort und Stelle gehalten. Sie zweifelte keine Sekunde daran, dass der Offizier zu Pferd nicht zögern würde, den Schießbefehl zu erteilen, wenn das Ultimatum verstrichen war. Was sie mit Unglauben erfüllte, war die sture Hartnäckigkeit, mit der die Aufständischen an Ort und Stelle verblieben. Niemand schlich sich davon. Im Gegenteil – nach einiger Zeit kamen weitere Frauen und brachten Getränke und etwas zu essen, als sei dies ein ganz normaler Werktag und ihre Väter, Männer, Brüder und Söhne würden lediglich hier ihrer Arbeit nachgehen. Auf allen Barrikaden wurde die Trikolore ohne Unterlass geschwenkt – wenn einer der Schwenker müde wurde, löste ihn ein anderer ab. Lily wusste, dass die bunt zusammengewürfelten Scharen auf den Barrikaden um lauter unterschiedliche Ziele kämpften: um genug zu essen, um angemessenen Lohn, um menschenwürdige Arbeitsbedingungen, um Mitsprache bei politischen Entscheidungen, um die Verabschiedung einer liberalen Verfassung, um die Einheit der deutschen Länder. Aus ihrer Sicht strebten sie aber alle sehenden Auges auf ein einziges Ende hin: von den Soldaten des königlichen Garde-Korps erschossen zu werden. Noch nicht einmal das Gerücht, dass Generallieutenant von Prittwitz und Kronprinz Wilhelm den König gebeten hatten, Artillerie gegen die Barrikaden einsetzen zu dürfen, ließ sie wanken. Sie waren Narren, alle miteinander.

Je mehr von der Stunde verstrich, desto öfter sah Lily sich um und schätzte die Entfernung zu Pauls Wohnung ab. Sobald das Feuer eröffnet wurde und die ersten Aufständischen fielen, würde sie Boganowski am Kragen packen und ihn notfalls mit Gewalt dorthin schleppen. Ohne ihn konnte sie ihren Plan, Bismarck zu töten, nicht durchführen. Sie hätte mit einem Gewehr auf zwanzig Schritt kein Scheunentor getroffen.

Als sie das Hufgeklapper auf dem ansonsten stillen Alexanderplatz hörte, krabbelte sie wieder die Barrikade hinauf. Der Offizier ritt auf den Platz hinaus und zog seine Uhr hervor. Er beobachtete sie eine Weile; Lily vermutete, dass er abwartete, bis der Minutenzeiger genau die volle Stunde anzeigte. Es war völlig überflüssig, weil niemand auch nur einen Stuhl von einer der Barrikaden abgetragen hatte, aber es war typisch preußische Korrektheit. Schließlich steckte er die Uhr weg und ließ seine Blicke über die Barrikaden wandern. Seinen Auftritt hatte verstärktes Fahnenschwenken begleitet, und als er die Uhr wegsteckte, erhoben sich da und dort einzelne Singstimmen. Diesmal war es nicht das Freiheitslied. Die Aufständischen sangen – und immer mehr von ihnen fielen ein – das Preußenlied, die neu eingeführte Nationalhymne Preußens. Der Offizier auf dem Pferd erstarrte. Lily, die in ihrer Zeit in Berlin das Lied oft genug bei feierlichen Veranstaltungen gehört hatte, erkannte die Textänderungen, welche die Aufständischen vorgenommen hatten: *Ich bin ein Preuße, kennt ihr meine Farben?/Die Fahne schwebt schwarz, rot und gold voran;/dass wir für unsere Freiheit starben/das deuten, merkt es, meine Farben an …*

Später dachte Lily, dass der Offizier auf dem Platz den Feuerbefehl vielleicht doch nicht erteilt hätte. Vielleicht hatte er Freunde, Verwandte, Nachbarn unter den Aufständischen. Vielleicht hegte er insgeheim Verständnis für sie. Doch dass die Revolutionäre die Nationalhymne sangen und den Text auch noch geändert hatten … Sie sah ihn geradezu fassungslos in die Runde blicken, dann gab er den Hauptleuten einen Wink und wendete das Pferd.

Die Hauptleute zogen wieder ihre Säbel. Diesmal legten sie die Klingen nicht wie vorhin an ihre Schultern, sondern hoben sie hoch in die Luft.

Der Chor der Aufständischen geriet ins Stocken.

»Kompaniiiiee – erste Reihe … kniet nieder!«

Die ersten Reihen der dreireihig aufgestellten Kompanien knieten mit exakten Bewegungen nieder.

»Kompaniiiie – zweite Reihe … zwei Schritt Abstand!«

Die zweite Reihe schuf mit kurzen, stampfenden Seitwärtsschritten Lücken zwischen den einzelnen Soldaten.

»Kompaniiiieee – Gewehre legt an!«

Das Lied der Aufständischen geriet noch mehr ins Stocken. Auf ihrer Barrikade sah Lily den Fahnenschwenker seine Bewegungen einstellen und mit gerunzelter Stirn nach unten blicken. Offensichtlich waren einige der Revolutionäre nicht aus persönlicher Tapferkeit auf den Barrikaden geblieben, sondern weil sie sich geweigert hatten zu glauben, dass die Soldaten auf ihre eigenen Mitbürger schießen würden. Sie spürte, wie Boganowski, der neben ihr kauerte, aufspringen wollte. Zweifellos wollte er die Fahne ergreifen und den Zaudernden ablösen. Sie packte ihn am Genick und stieß ihn stärker als sie beabsichtigt hatte mit der Stirn gegen ein Möbelstück. Er schüttelte sich und stierte sie überrascht an. Auf seiner Stirn entstand ein roter Fleck. Ein anderer Aufständischer erklomm die Barrikade und nahm die Fahne an sich. Der vorherige Fahnenschwenker blieb an Ort und Stelle stehen und gaffte mit hängenden Armen zum Platz hinunter.

Mag Fels und Eiche splittern/ich werde nicht erzittern …

Das Lied gewann wieder an Kraft.

»Kompaniiiiee – erste Reihe wartet auf mein Kommando …!«

Es stürm und krach, es blitze wild darein …

»Kompaniiiiee – erste Reihe …«

Ich bin ein Preuße …

»… Feuer!«

»Kompaniiiiee – zweite Reihe: Feuer!«

»Kompaniiiiee – dritte Reihe: Feuer!«

… will ein Preuße sein!

»Kompaniiiee – erste Reihe …«

Das Lied erstarb.

Die Schreie begannen.

69

Die sind doch alle wahnsinnig hier!«, kommentierte Zylinder-Bertrand die Lage.

Das Stakkato der Schüsse vorn am großen Paradeplatz war bis hierher zu hören. Die Schreie der Verwundeten auch. Pierre Charrier war so erleichtert, hier in der relativen Sicherheit des Wohnhauses zu sein und nicht irgendwo draußen zwischen den Fronten, dass er sich sogar kommentarlos bückte, als Bertrand eines seiner Einbruchswerkzeuge fallen ließ, und es ihm reichte.

»Wo sind die alle?«, sagte Bertrand missmutig und meinte die Besitzer der Wohnung.

»Keine Ahnung«, brummte Pierre und versuchte, den Gedanken nicht an sich heranzulassen, dass Louise womöglich schon wieder schneller gewesen war als er. Sie hatten geklopft und gegen die Tür geschlagen. Doch niemand hatte geantwortet. »Bestimmt nicht auf dem Markt einkaufen«, fügte er hinzu und dachte bei sich, dass genau das der springende Punkt war: Wo waren Louise und ihre Familie in einer Lage wie dieser, wo es lebensgefährlich war, sich draußen aufzuhalten?

»Vielleicht in der Kaserne?«, beantwortete Bertrand seine Frage selbst. »Es hat doch auf dem Brief geheißen: an Madame le Capitaine … Ihr Alter ist ein Kommisskopf. Er wird sie und den Bankert bei den anderen Kommissköpfen in Sicherheit gebracht haben.«

Pierre schlug ihm auf die Schulter. »Du hast recht, Bertrand! Wir brauchen nur zu warten, bis sie zurückkommt. Warum hab ich daran nicht gleich gedacht? Kriegst du die Tür bald auf, oder was?«

»Ist offen«, sagte Bertrand und gab der Tür einen Stoß. Sie schwang nach innen auf.

Pierre spazierte an ihm vorbei in die stickige, nach verbrauchter Luft riechende Wohnung. »Das blöde Stück wird uns direkt in die Arme laufen«, sagte er. »Und bis dahin schauen wir, was sie zu trinken zu Hause hat.« Im Stillen dachte er mit leiser Unruhe daran, dass er vielleicht zu optimistisch war und dass Louise ihm immerhin schon zweimal ein Schnippchen geschlagen hatte. Aber er hatte auf der Reise hierher – die er mit Bertrand angetreten hatte, sobald sich die Pforten der Pariser Gefängnisse nach der Generalamnestie zu König Louis Philippes Abdankung geöffnet hatten – schon genug Unsicherheiten gezeigt. Es war nicht einfach gewesen, sich durch ein fremdes Land zu schlagen, in dem Revolution herrschte. Pierre hatte zu spät erkannt, dass ihre Herkunft ihnen von Vorteil war, weil die Leute, als sie sie als Franzosen erkannt hatten, ihnen gratuliert hatten – ihre Revolution im Februar hatte den Aufstand in Deutschland erst möglich gemacht!

Bertrand war ein Klotz, aber er war nicht völlig dämlich, und wenn er das Gefühl bekam, dass Pierre schwach zu werden begann, dann würde er ihn abservieren. Pierre machte sich da keine Illusionen. Im günstigsten Fall würde er sich einfach einen anderen Patron suchen. Im ungünstigsten Fall würde sein Abschiedsgeschenk für Pierre ein gebrochenes Genick sein. So oder so wäre Pierre erledigt. Bertrand war in La Villette eine bekannte Figur, um deren Gunst mehrere Männer wie Pierre gebuhlt hatten. Wenn bekannt wurde, dass Bertrand sich von Pierre abgewandt hatte, wäre der Respekt vor Pierre dahin – und seine Tage gezählt. Er öffnete aufs Geratewohl eine schmale Tür und sah im Tageslicht Einmachgläser schimmern. Ein Vorratslager. Bauchige Flaschen mit einem herrschaftlichen Etikett standen in einer Gruppe beisammen. »Das ist das Einzige, was die Alboches können«, sagte er zu Bertrand und grinste. »Den anderen Leuten die Köpfe wegpusten und unseren Champagner saufen. Einen Schluck, Bertrand?«

Pierre schlug den Hals einer Champagnerflasche an einem Regalbrett ab und ließ den Inhalt auf den Boden schäumen. »Auf unsere Gesundheit, Bertrand. Und darauf, dass Louise uns so lange erhalten bleibt … wie sie uns Freude bereitet!«

»Ah … Pierre?«, sagte Bertrand. Er hörte sich drängend an.

Pierre drehte sich um, die angebrochene Champagnerflasche in der einen und eine zweite in der anderen Hand.

Ein mittelgroßer Mann mit kurzgeschnittenem Haar und einem Backen- und Schnauzbart stand neben Bertrand. Er musste sich in der Wohnung versteckt haben. Und er hatte genau den richtigen Zeitpunkt abgewartet, um sich zu erkennen zu geben, nämlich jetzt. Der Mann hielt Bertrand eine gespannte Pistole an die Schläfe.

»Bongschuhr, Messjöh«, sagte er in grauenhaftem Französisch. »Es ist unhöflich, in eine Wohnung einzudringen, wenn einem beim Klopfen schon nicht geöffnet worden ist. So sieht man sich wieder.«

70

Lily wusste nicht, wie sie es zur Wohnung geschafft hatte. Im Treppenhaus sank sie keuchend auf die erste Stufe. Ihr Magen ballte sich zusammen, und sie hustete und schluckte krampfhaft.

Die Toten! Die Verwundeten! Die Schreie auf beiden Seiten! Wie rot das Blut in der Morgensonne geleuchtet hatte, und wie es aus den Schusswunden gesprüht hatte! Der Gestank von Pulver, Schwefel und aufgerissenem Gedärm!

Vor ihrem inneren Auge sah sie, wie einzelne Soldaten in sich zusammensackten oder aus der Reihe taumelten, um auf die Knie zu sinken und Blut zu spucken. Sie sah menschliche Gestalten, die von den Dächern fielen und auf dem Pflaster aufschlugen, bereits tot, von den Scharfschützen der Garde heruntergeschossen. Sie sah den Fahnenträger ihrer Barrikade, der plötzlich einen Satz nach hinten machte und dann wie eine Gliederpuppe an der Innenseite der Barrikade herunterrollte, leblose Gliedmaßen und ein totes Gesicht. Sie hielt Boganowski mit Gewalt fest, weil er die Fahne erneut ergreifen wollte.

Eine schmale Gestalt war die Barrikade hinaufgestürmt, um die Fahne zu übernehmen – der Junge, den Boganowski begrüßt hatte. Er schwenkte sie, drehte sich plötzlich einmal um die eigene Achse und fiel dann nach vorn von der Barrikade, die Fahne immer noch fest in Händen. Lily hörte das Echo von Boganowskis wildem Aufschrei: »Neeeeein!« Sie hatte ihn nicht mehr halten können. Auf allen vieren war er auf die Barrikade gekrabbelt, hatte sich vornübergeworfen, war auf die Beine gekommen, die Trikolore in den Händen, war zum höchsten Punkt der Barrikade gesprungen und hatte zu schwenken begonnen wie ein Wahnsinniger. Er hatte das Preußenlied gesungen. Nein, er hatte es gebrüllt, mit sich überschlagender Stimme.

Die Trikolore hatte zu tanzen begonnen unter den Treffern einer neuen Salve, die das Tuch zerfetzten. Boganowski hatte den schrecklichen Tanz mitgemacht. Dann war die Fahne aus seinen Händen gefallen, und er war wie ein Bündel Kleider nach unten gerollt und direkt neben Lily zu liegen gekommen, verrenkt, zerbrochen wie ein altes Spielzeug.

Sie hatte ihn umgedreht. Er war blutüberströmt gewesen. Er hatte sie angestarrt. Er hatte versucht, etwas zu sagen. Blutige Bläschen waren vor seinen Lippen zerplatzt.

Lily war aufgesprungen und geflohen, hatte ihn liegenlassen, hatte ihn bluten, hatte ihn sterben lassen.

Boganowski war tot.

Und mit ihm war ihr Racheplan gestorben!

All die Energie, die sie darauf verwandt hatte. All die Male, in denen sie mit ihm geschlafen hatte, seine täppischen Versuche, sie zu erregen – nur Otto von Bismarck hatte es vermocht, Lily derart zu erregen, dass sie ein brennendes Bündel Gefühle war, das zu vergehen wünschte. All die Verachtung, die sie hinuntergeschluckt hatte, und all das mühsam geheuchelte Verständnis für seine läppischen Unsicherheiten und Probleme … All das nur dafür, dass der Narr sich auf der Barrikade abknallen ließ?

Die knatternden Salven und das Geschrei waren auch hier zu hören, aber nun erfüllten sie Lily nicht mehr mit Entsetzen, sondern mit blinder Wut. Diese … diese … diese Hornochsen! Dieser verbohrte, dämliche, hinrissige Idiot von Boganowski! Ein Vierteljahr Erwartung, ein Vierteljahr Planung für nichts und wieder nichts! Hoffentlich hatte er den Einschlag jeder einzelnen Kugel gespürt! Der Zorn kochte über in ihr. Keuchend rannte sie nun die Treppe hinauf und trat gegen die Tür, um sie aus dem Schloss zu sprengen.

Doch die Tür war nur angelehnt, nicht versperrt. Das Türblatt flog auf und traf auf etwas. Sie sah drei Männer im kurzen Flur der Wohnung stehen. Einer von ihnen war Bronikowski, der eine Pistole am ausgestreckten Arm gehalten hatte. Das Türblatt traf seinen Arm und schlug ihm die Waffe aus der Hand. Sie ging dröhnend und funkensprühend los und vernebelte den Flur sofort mit Pulverqualm. Putzbrocken flogen Lily um die Ohren vom Einschlag der Kugel in die Wand. Sie hörte ein dumpfes Geräusch und das Splittern von Glas. Eine Hand packte sie und zerrte sie roh in die Wohnung herein, mitten hinein in die schwefelig stinkende Pulverdampfwolke. Jemand hielt ihr den Mund zu. Ihr Zorn, der immer noch gewaltig war, setzte sich über die Überraschung hinweg und ließ sie zappeln. Ein Finger geriet in ihren Mund. Sie biss zu, so fest sie konnte. Blut war auf einmal auf ihrer Zunge. Eine Männerstimme heulte vor Schmerz auf. Sie wurde losgelassen und fuhr herum. Eine Gestalt sprang auf sie zu, im Pulvernebel eher geahnt als gesehen, aber Lily war in ihrer Wut wie ein Berserker. Sie trat zu. Die Gestalt fiel auf die Knie. Noch einmal wurde sie gepackt, diesmal an einem Handgelenk. Die andere Hand war frei, fand Kontakt mit einem Gesicht voller Bartgestrüpp und grub vier lange, vom Herumklettern auf der Barrikade gesplitterte und messerscharfe Nägel hinein. Ihr Handgelenk wurde losgelassen. Sie wich zurück und stieß mit dem Rücken an eine Zimmertür. Die Tür öffnete sich und ließ etwas Licht in den düsteren Flur. Der Pulverdampf sank herab und wurde flüchtiger. Schwer atmend versuchte Lily zu begreifen, was sie da sah: einen Hünen von einem Mann, bärtig, der seine linke Hand auf eine Wange gepresst hatte und sich krümmte. Blut lief zwischen seinen Fingern hindurch. Seine andere Hand hing herab und blutete ebenfalls; das Blut tropfte auf den Dielenboden; einen zweiten Mann, der auf den Knien hockte und sich wiegte von dem Tritt, der genau seine Weichteile getroffen hatte. In einer Hand hielt er noch immer den abgebrochenen Hals einer Champagnerflasche, in dem der Korken festsaß.

Feldwebel Bronikowski, der in sich zusammengesunken in einer Ecke des Flurs lehnte, sein Haar, sein Gesicht und seine Uniformjacke triefend von perlender Nässe, in die mehrere dicke Blutfäden von seinem Schädel liefen. Seine Haut sah grau und leblos aus.

Der Mann, dem sie zwischen die Beine getreten hatte, stöhnte. *»Louise? Merde!«*, und schielte sie an. Dann sagte er keuchend: *»Que le diable t'emporte! Qui tu es? Où est Louise?«*

71

Eine Viertelstunde später war Lily alles klar – und sie arbeitete daran, aus den beiden Männern in Pauls Wohnung neue Verbündete zu machen.

»Sie haben doch zugegeben, dass Sie Pierre Charrier sind«, sagte sie in ihrem stockenden, fehlerhaften Französisch. »Von Louise weiß ich, was Sie mit ihr verbindet. Und ich kann mir denken, weswegen Sie hier sind – Sie und Ihr Freund. Ich kann Ihnen sagen, wo Sie Louise finden. Aber Sie müssen mir helfen, meine eigenen Pläne zu erfüllen.«

»Was sind das für Pläne?«, fragte Pierre.

»Zuerst möchte ich Ihr Versprechen, dass Sie mir helfen werden.«

»Mademoiselle«, sagte Pierre und grinste, »woher wollen Sie wissen, dass ich mein Versprechen halten werde?«

»Ganz einfach. Nur indem Sie es halten, haben Sie überhaupt eine Chance, an Louise heranzukommen.«

»Aha.« Pierre überlegte. Er wechselte Blicke mit dem Hünen, der bislang kaum etwas gesagt hatte. Aus Louises Erzählungen wusste Lily, dass er Bertrand sein musste, Pierres Helfer für alle Dinge, die mit Blut und Gewalt zu tun hatten. »Und es macht Ihnen nichts aus, dass ich Louise … dass ich mit ihr …?«

»Sie brauchen es nicht auszusprechen. Es interessiert mich nicht. Und es macht mir daher auch nichts aus. Ich bin ihr nichts schuldig.« Das stimmte nicht, aber in Lily rührte sich das schlechte Gewissen nur mäßig. Wenn Sie Louise opfern musste, um ihre Rache an Otto von Bismarck zu vollziehen, dann sollte es so sein. Die leise Sympathie, die sie für Alvins Frau empfand, durfte ihr dabei nicht im Weg stehen. Dass sie Pierre das Wort abgeschnitten hatte, weil sie seine Pläne mit Louise nicht interessierten, war ebenfalls gelogen; sie ahnte, dass sie vielleicht wanken würde, wenn Pierre aussprach, was er ihr alles antun wollte. Sie durfte nicht weiter darüber nachdenken. So schluckte sie die wenigen Zweifel, die sie hatte, hinunter.

»Wenn der Kleine uns in die Quere kommt, wird auch er …«, erklärte Pierre und fuhr sich mit dem Finger über die Kehle.

»Nein«, sagte Lily. »Der Kleine bleibt unangetastet.«

Pierre lächelte. »Bis gerade eben haben Sie mir gut gefallen, Mademoiselle. Jetzt enttäuschen Sie mich.«

Lily gab das Lächeln kalt zurück. Das von Pierre geriet daraufhin ein wenig bemüht. »Der Kleine bleibt unangetastet«, sagte sie entschieden. »Wenn er uns in die Quere kommt und es nicht anders geht, dann soll es so sein.« Nun fuhr sie sich mit dem Finger über die Kehle. »Aber ansonsten: Finger weg von ihm.«

Bertrand murmelte etwas, was Lily nicht verstand. Pierre murmelte zurück. Eine kurze, emotionale Diskussion entstand. Dann wandte Pierre sich wieder Lily zu. »Bertrand teilt Ihre Meinung, Mademoiselle. Na gut. Da überall in Europa für Freiheit und Demokratie gekämpft wird, wollen wir es auch demokratisch halten. Zwei Stimmen gegen eine.«

Lily nickte Bertrand zu. Dieser verzog keine Miene.

Pierre deutete mit dem Daumen über die Schulter zum Flur. »Was machen wir mit ihm? Gibt es da auch Vorbehalte von Ihrer Seite, Mademoiselle? Der Kerl ist uns Blut schuldig. Vor allem Bertrand!«

Lily stand wortlos auf und ging hinaus. Bronikowski lag noch immer dort, wo er zusammengesunken war. Das Vorderteil seines Uniformrocks war mittlerweile dunkel vor Blut, sein Bart starrte davon. Er roch danach und nach verschüttetem Champagner. In seinem Skalp steckte ein großes Bruchstück der vollen Flasche, mit der Pierre ihn niedergeschlagen hatte, nachdem er von Lily unabsichtlich entwaffnet worden war. Blut sickerte immer noch aus mehreren Schnittwunden. Bronikowskis Gesicht war noch grauer geworden in den letzten Minuten. Lily hielt ihm zwei Finger an den Hals. Sein Puls flatterte. Als sie ihm einen Stoß gab, stöhnte er nicht einmal.

Sie starrte auf den Feldwebel hinunter und dachte daran, dass er sie wahrscheinlich von Anfang an durchschaut hatte. Ohne sie anzusprechen, hatte er ihr zu verstehen gegeben, dass sie zu seiner Feindin werden würde, wenn sie Alvins Familie oder Paul etwas antat. Auf ihre eigene Art waren sie zu einem Verständnis gekommen, das zu ignorieren selbst Lily nicht leichtfiel. Jetzt war er hilflos. Sie brauchte nur das Richtige zu sagen, und Bertrand würde den Besinnungslosen töten. Erneut fühlte sie Bronikowskis Puls. Ihr schien, dass er noch unregelmäßiger und schwächer war als vorhin. Sie kam zu einem Entschluss, richtete sich auf und ging in die Stube zurück.

»Lassen Sie ihn«, sagte sie. »Ich glaube, er liegt im Sterben. Sie müssen ihm den Schädel eingeschlagen haben.«

»Schade um den Champagner. Wir sollten auf unsere Partnerschaft trinken, finden Sie nicht?«

Lily nickte und machte keine Anstalten, eine neue Flasche zu holen. Pierre zog eine Braue in die Höhe, dann grinste er und schickte Bertrand los.

Als die Flasche entkorkt war, hielt Pierre sie ihr hin, damit sie als Erste davon trinken konnte. Sie nahm einen Schluck und gab sie ihm zurück.

»Als Partner sollten wir die Formalitäten überwinden und uns wie Freunde ansprechen«, sagte Pierre. »Ich bin Pierre.« Er neigte sich vor, als wolle er sie küssen.

»Ich beiße Ihnen die Lippen und die Zunge ab, wenn Sie das versuchen«, sagte Lily und sah ihm in die Augen. »Ich bin Lily.«

Pierre lehnte sich zurück und prostete ihr mit der Flasche zu. »*A ta santé*«, sagte er und lächelte. »Hast du auch eine Idee, wie wir dorthin kommen, wo Louise jetzt ist?«

»Ich hab sogar eine Kutsche«, erwiderte Lily. »Und jetzt hör mir zu … ich möchte, dass du Folgendes für mich machst …«

72

Aus Berlin hinauszukommen war kein Problem. Betreten konnte die Stadt allerdings niemand. Eine Reihe von beklommen dastehenden Reisenden zu Fuß, zu Pferd und mit Wagen zeugte davon, dass das Militär die Stadt abgeriegelt hatte. Als Lily sich in einiger Entfernung aus der Kutsche lehnte und nach hinten blickte, sah sie Berlin unter einer riesigen Dampfwolke liegen wie in einem Nebelfeld. In der Wolke schien es zu gewittern, weil der Pulverdampf aufleuchtete, wann immer Salven geschossen wurden. Der Anblick war unwirklich, weil die Märzsonne die gesamte Umgebung in strahlendes Licht tauchte.

Die Straße war gesäumt von Militär und Landwehr. In Abständen waren Kontrollposten aufgestellt. Auch hier galt, dass nur aufgehalten wurde, wer in Richtung Stadt unterwegs war. Dennoch mussten sie immer wieder anhalten, bis die Soldaten einen prüfenden Blick in den Wagen geworfen hatten und dann die Straßensperren beiseitegeräumt hatten. Bei diesen Gelegenheiten sah Lily einige schwarz-rot-goldene Trikoloren neben der Straße im Dreck liegen. Auf manche von ihnen war mit schmutzigen Soldatenstiefeln getreten worden. Einmal passierten sie ein Dutzend Männer, die dreifarbige Armbinden trugen. Sie wurden von Soldaten mit aufgepflanzten Bajonetten bewacht. In einem Weiler wiederum saß eine Kompanie Landwehrmänner mit hängenden Köpfen unter einem Baum, bewacht von Bauern mit Dreschflegeln und Musketen. Der Weiler besaß eine kleine Kapelle, von deren Türmchen die Trikolore hing. Wie es schien, hatte niemand die Lage unter Kontrolle.

Schönhausen erreichten sie bei Sonnenuntergang, nicht zu früh und nicht zu spät, was sie nicht zuletzt Bertrand auf dem Kutschbock verdankten, der jedes Stück freie Straße nutzte, um das Kutschpferd mit der Peitsche anzutreiben. Sie ließen das Fahrzeug beim äußeren Zufahrtstor stehen und gingen die letzten paar hundert Meter zu Fuß, lautlos durch die herabsinkende Dunkelheit, wie Diebe in der Nacht. Bertrand trug das

Jagdgewehr, das Boganowski aus dem Haus seiner Burschenschaft mitgenommen und in der Kutsche gelassen hatte, als er mit Lily zur Barrikade gerannt war. Lily gewann den Eindruck, dass Pierre Charrier nur die wenigsten Dinge selbst erledigte, und fühlte gleichzeitig Verachtung und Neid. Sie musste im Gegensatz zum ihm wirklich alles selbst tun.

Sie versteckten sich bei den Büschen hinter den Pferdeställen und warteten, bis die letzte Geschäftigkeit der Dienstboten im Gutshof verklungen war und der Hof verlassen dalag. Hinter mehreren Fenstern brannte Licht. Die Fenster des Salons, in dem Otto seine Gäste zu bewirten pflegte, gehörten dazu. Sie blickten auf den Gutshof hinaus, so dass ein Schütze keine Deckung finden konnte. Aber das war auch nicht nötig. Sie mussten nur sicher sein, dass niemand überraschend auf den Hof trat. Von innen würde man nichts sehen können außer Dunkelheit, wenn man aus dem Fenster blickte.

Lily huschte zu den Stallgebäuden und stellte sicher, dass sie leer waren. Den Hintereingang des Herrenhauses konnten sie ignorieren; wer dort herauskam, musste um das Gebäude herumgehen, und man würde ihn rechtzeitig hören. Sie schlich zu Pierre und Bertrand zurück und nickte. Ihr Herz pochte bis zum Hals, und ihr war übel. Heilige Muttergottes, was tat sie hier eigentlich? Plötzlich wollte sie überall sein, nur nicht hier. Sie wollte Otto von Bismarck töten? Und Louise diesen beiden Verbrechern ausliefern? Die Luft wurde ihr knapp, und sie stand da wie erstarrt. Pierre musterte sie.

»Was ist?«, zischte er. Er musste ihrem Gesicht angesehen haben, dass ihre Zweifel auf einmal riesengroß waren. Er nahm sie an den Schultern und schüttelte sie grob. »Wenn du jetzt Bedenken hast, dann hau ab!«

Lily straffte sich. Sie schlug Pierres Hände weg. »Worauf warten wir?«, stieß sie hervor.

Sie huschten zu den beiden Linden in der Mitte des Hofs und schmiegten sich an die Stämme. Hinter den Fenstern des Salons waren schemenhaft Bewegungen zu erkennen. Klavierspiel drang gedämpft zu ihnen herüber. Lily keuchte, als wäre sie tausend Meter gerannt. Ihr Herz schlug so heftig, dass ihr immer wieder schwindlig wurde. Sie musste sich daran erinnern, dass sie das Richtige tat, dass sie nur ihr Recht behauptete, dass Bismarck ihr so dermaßen unrecht getan hatte, dass er nichts Besseres verdiente, dass sie keine Schuld gegenüber Louise hatte und dass Alvin auch nur einer von der gleichen Sorte wie Otto war, mit dem man kein Mitleid haben musste, wenn man dafür sorgte, dass ihm die Frau genommen wurde. Hatte Alvin etwa Otto irgendwelche Vorwürfe gemacht, als dieser Lily bei ihm abgeladen hatte? Oder sich für sie verwendet? Na also. Sie schuldete keinem von beiden etwas, und dass Moritz nach Möglichkeit nichts passierte, dafür hatte sie ja gesorgt.

Sie spürte erneut Pierres Blicke auf sich. Ohne abzuwarten, was er sagte oder tat, lief sie auf Fußspitzen über den Kies zum Herrenhaus hinüber und drückte sich unterhalb der Salonfenster an die Hauswand. Das Klavierspiel aus dem Salon war laut und deutlich zu hören; jemand, der mit mehr Kraft spielte, als der Melodie guttat, oder überhaupt kein musikalisches Gehör besaß. Pierre und Bertrand folgten ihr.

»Dort sind wahrscheinlich zwei Männer«, wisperte sie. »Beide groß und blond. Otto von Bismarck wird den Vorsitz an der Tafel führen. Ich zeige euch, wer er ist … Moment …«

Sie nahm ihren ganzen Mut zusammen und richtete sich auf, um durch das Fenster hineinspähen zu können. Obwohl sie wusste, dass niemand drin sie sehen konnte, wenn sie sich nicht direkt an die Fensterscheibe presste, zitterte sie vor Nervosität.

Sie sah Louise, die mit Moritz auf den Knien dasaß und dem Klavierspiel lauschte. Am Klavier saß eine dunkelhaarige junge Frau mit einem eher harten Gesicht und einem Schwangerschaftsbauch, an dem vorbei sie die Tasten malträtierte. Lily konnte den Blick nicht von ihr wenden. Sie ahnte, dass dies Johanna von Bismarck war, und empfand die alte Fassungslosigkeit wieder, die sie gefühlt hatte, als Otto ihr Verhältnis beendet hatte. Dies war die Frau, die Otto ihr letztlich vorgezogen hatte? Sie hatte Johanna vorher nie gesehen und konnte nicht glauben, wie reizlos Ottos Gattin war – und wie verkrampft sie dasaß, offenbar unglücklich darüber, dass ihr Mann Gäste bewirtete und ihr eine gesellschaftliche Verpflichtung aufzwang.

»Und?«, zischte Pierre.

Lily riss ihre Blicke von Johanna von Bismarck los. Sie entdeckte Paul, der an einer Anrichte lehnte und bleich und verhärmt aussah. Als das Klavierspiel beendet war, klatschte er zu spät und wirkte zerstreut. Und sie sah …

… niemanden sonst!

Wo war Otto?

Die Tür des Salons öffnete sich. Mehrere Dienstboten kamen mit Tabletts herein. Johanna stand auf und wies ihnen die Plätze auf dem Tisch an, wohin sie sie stellen sollten. Stimmen drangen heraus, ohne dass Lily hätte verstehen können, was sie sagten.

»Und? Was ist jetzt?«

Sie winkte fahrig ab. Otto musste jeden Moment hereinkommen. Sie kannte ihn. Den Vorsitz an seiner eigenen Tafel zu führen war ihm immer heilig gewesen.

Johanna von Bismarck setzte sich und machte eine Handbewegung zu Paul. Einer der Diener hob den Deckel von einer Terrine und reichte ihm höflich ein Messer. Paul stand da, als wüsste er nicht, was er damit anfangen sollte. Das Fleisch in der Terrine dampfte.

In dem Moment wurde Lily klar, dass Otto von Bismarck nicht auf Gut Schönhausen weilte. Ihr Herz, das eben noch wie rasend geklopft hatte, schien auszusetzen. Ihr wurde eiskalt.

Otto war nicht da. Sie war völlig umsonst hierhergekommen. Und sie hatte sich völlig umsonst mit dem Schwachkopf von Boganowski eingelassen, völlig umsonst auf der verfluchten Barrikade in Lebensgefahr gebracht, völlig umsonst mit diesen beiden Ganoven hier auf eine Stufe gestellt. Während die Erkenntnis in sie einsickerte, sah sie zu, wie Paul das Fleisch tranchierte, wie die Dienstboten es auf die Teller der anderen verteilten, wie das Gesinde bis auf eine Magd, die sich in den Hintergrund zurückzog, den Salon verließ, wie Johanna von Bismarck die Hände faltete und einen auffordernden Blick zu Paul hinsandte, wie Paul anscheinend ein Tischgebet stotterte …

»Ist er das?«, hauchte Pierre neben ihr. Sie fuhr herum. Er hatte sich aufgerichtet und starrte neben ihr durchs Fenster.

»Was?«

»Der Kerl mit dem blonden Haar und dem Bart. Ist er das?«

»Nein«, sagte Lily wie im Traum.

»Wie? Wer ist das dann?«

»Mein Bruder«, sagte Lily.

»Wer?!«

»Mein Bruder.«

»*Merde!*«, fluchte Pierre. »Wo ist dieser Bismarck?«

»Nicht hier.« Wie dumm war sie gewesen! Natürlich war Otto nicht hier! Sie hatte ihn mehr als einmal über die Liberalen und die Krawallmacher schimpfen hören. Er hatte vermutlich, als die Nachrichten von den ersten Zusammenstößen in Berlin bekanntgeworden waren, alle ihm treu ergebenen Bauern bewaffnet und war mit ihnen in die Hauptstadt marschiert, um mitzukämpfen!

Pierre starrte Paul an. Plötzlich weiteten sich seine Augen. *»Putain bordel de merde!«*, stieß er hervor. »Das Schwein kenne ich doch. Das ist dein Bruder?«

»Ja …«, sagte Lily und erinnerte sich auf einmal, dass Louise erzählt hatte, Paul habe sie zweimal vor Pierre Charrier gerettet. Sie hatte überhaupt nicht mehr daran gedacht – und dass Pierre demzufolge Paul eigentlich kennen musste!

Pierre trat einen Schritt zurück und gestikulierte zu Bertrand. Dieser stand auf und nahm das Gewehr an die Schulter.

»Was soll das?«, fragte Lily.

»Schau dir den Typ an«, knurrte Pierre in Bertrands Richtung. »Noch so ein Wiedersehen, was?«

Bertrands Augen verengten sich. Er spannte den Hahn des Gewehrs.

»Nimm das Gewehr runter!«, zischte Lily.

»Bist du verrückt?«, stieß Pierre hervor. »Wenn der Typ, den Bertrand für dich umlegen sollte, nicht da ist, ist das dein Pech. Das Arschloch da drin muss dran glauben – nicht nur, weil wir ihn ausschalten müssen, wenn wir uns Louise schnappen wollen, sondern auch, weil jeder bezahlen muss, der Pierre Charrier in die Quere kommt!«

»Aber er ist …«, begann Lily und sah sich plötzlich wieder zu Hause in München, als sie erfuhr, dass Pauls Leichtsinn sie ihre Mitgift gekostet hatte; hörte die salbungsvollen Worte ihrer Eltern über Pauls bedauerliches Missgeschick und wie die Familie ihn nun unterstützen musste; erinnerte sich daran, wie die Geheimpolizisten nach der Beerdigung ihrer Mutter erneut eine Rechnung aufgemacht hatten, für deren Bezahlung Paul verantwortlich war … erinnerte sich an ihren Neid und ihren Hass und wie sie sich oft gewünscht hatte, dass es ihren Bruder nie gegeben hätte. Bertrand konnte ihr diesen Wunsch erfüllen! Sie konnte heute nicht mit Otto von Bismarck abrechnen, aber wenigstens mit Paul!

»Knall ihn ab, Bertrand«, flüsterte Pierre. »Schieß durch die Scheibe. Wenn das Glas rausfliegt, springen wir rein und schnappen uns Louise, und dann auf die gleiche Weise wieder raus und zur Kutsche. Bis die da drin reagiert und sich sein Blut aus dem Gesicht geputzt haben, sind wir schon unterwegs!«

»Der Kleine?«, fragte Bertrand mit zusammengebissenen Zähnen.

Lily fühlte Pierres kurzen Blick. »Lass ihn in Ruhe«, brummte er.

Pierre trat beiseite und schob Lily vom Fenster weg. Lily ließ es widerstandslos geschehen. Ihre Gedanken wateten wie durch einen Sumpf. Bertrand stellte sich in Positur, dann näherte er die Mündung langsam dem Glas. Lily hörte das leise Klicken, als er sie dagegenpresste. Drinnen wurde niemand aufmerksam. Paul und Louise pickten auf ihren Tellern herum.

Bertrand holte Atem und hielt dann die Luft an. Sein Finger krümmte sich um den Abzug.

Lily dachte an Paul, hinter dem sie hatte zurückstehen müssen, seit er auf der Welt war. Paul, der ihr immer im Weg gewesen war.

Bertrand drückte ab.

Und Lily gab ihm mit der Schulter einen Stoß.

Der Schuss dröhnte, das Glas splitterte, die Pulverdampfwolke schoss in den Salon. Bertrand hatte das Gewehr unwillkürlich hochgerissen, als Lily ihn gerempelt hatte. Die Kugel musste in die Decke gegangen sein. In dem einen Moment der Stille, der nach dem Schuss eintrat, starrte Pierre Lily mit offenem Mund an, stierte Bertrand fassungslos auf das Gewehr in seinen Händen, sagte Lily: »… mein Bruder.«

73

Zwei Frauenstimmen und eine helle Jungenstimme kreischten. Pierre brüllte etwas. Bertrand ließ das Gewehr fallen und packte die reglos dastehende Lily. Jemand sprang aus dem Fenster – Paul! Er schwang das Tranchiermesser.

Ein weiterer Schuss knallte. Putzbrocken flogen Lily ins Gesicht.

»Halt!«, schrie eine Stimme, »halt!«

Alvin! Lily wand sich in Bertrands Griff. Sie sah Alvin in den Gutshof rennen. Ein reiterloses Pferd folgte ihm. Er musste aus dem Sattel gesprungen sein. In einer Hand war eine rauchende Pistole. Ein zweiter Reiter folgte ihm, der sich schwankend im Sattel hielt und einen Verband um den Kopf hatte. Bronikowski.

Plötzlich hatte Bertrand ein Messer in der Hand und er presste die Klinge an Lilys Hals.

»Zurück!«, brüllte Pierre. »Oder die Schlampe hier bezahlt!« Er fuhr herum und packte Lily an den Haaren. Sie schrie vor Schmerz auf. Pierre zischte: »Spiel mit, du Nutte, sonst sind wir alle erledigt!«

»Lass sie los!«, schrie Paul, der stehen geblieben war. »Sie ist meine Schwester!«

»Das weiß ich, du Arschloch!«, brüllte Pierre mit überschnappender Stimme. Er fuhr herum zu Alvin, der ebenfalls stehen geblieben war, seine Pistole weggeworfen und seinen

Säbel gezogen hatte. »Lass den Säbel fallen, Soldat, sonst bist du an ihrem Tod schuld!«

Lily sah seine Faust heranfliegen. Sie wusste, dass er nur zur Hälfte aus Berechnung zuschlug; der Rest war Wut, dass sie den Schuss abgelenkt hatte. Der Schlag traf sie und brach ihre Nase. Der Schmerz schoss wie ein Blitz durch ihren Schädel. Ihre Knie gaben nach. Bertrands grober Griff und Pierres Hand in ihrem Haar hielten sie aufrecht. Die Umgebung verschwamm vor ihrem Blick.

»Hör auf!«, schrie Paul.

»So läuft das jetzt!«, keuchte Pierre. »Ihr gebt uns die beiden Pferde. Du, Soldatenarschloch – zerbrich deinen Säbel. Jetzt, oder ich schlag ihr die Zähne aus!«

Lily hörte sich vor Angst wimmern. Sie wusste, dass Pierre es tun würde. Ihr ganzes Gesicht pochte, sie war halb blind vor Tränen. Pierre zerrte an ihrem Haar.

»Bitte, Alvin!«, rief Paul.

»Paul – sie steckt mit den beiden unter einer Decke. Broni hat es mir gesagt …!«

Pierre schlug zu. Lily spürte, wie ein Vorderzahn abbrach. Sie begann zu schreien.

»Alvin!!!«

»Na also!«, grollte Pierre. »Du – wirf das Messer weg. Gut. Du auf dem Pferd – runter mit dir! Warum haben wir dich nicht kaltgemacht, hä? Runter, aber sofort.«

Lily hörte, wie Bronikowski vom Pferd glitt und auf den Kies taumelte. Sie konnte ihn nicht sehen, aber das Knirschen verriet, dass er sich hart auf den Boden gesetzt hatte. Er musste mehr tot als lebendig sein – doch er hatte es geschafft, Alvin zu warnen und mit ihm nach Schönhausen zu reiten. War Alvin einfach aus seiner Einheit desertiert, als Bronikowski ihn alarmiert hatte? Es spielte keine Rolle.

»Alle rüber zu den Bäumen. Jetzt!«

Bertrand schleifte Lily mit sich. Pierre hielt sich dicht bei ihnen und ließ Lilys Haar nicht los. Sie gurgelte, weil das Blut aus ihrer Nase in ihren Mund lief. Der abgebrochene Zahn schmerzte.

Als sie bei Alvins Pistole vorbeikamen, ließ Pierre sie kurz los und bückte sich nach der Waffe. Er legte sie an und drehte sich einmal um sich selbst. Schritte, die sich von überallher über den Kies genähert hatten, stockten. Die Dienstboten sahen die Waffe und blieben stehen.

Lily fühlte, wie sie über die Kruppe eines Pferds geworfen wurde wie ein Sack. Bertrand schwang sich hinter ihr in den Sattel. Pierre stieg auf das zweite. Die Pferde schnaubten und scheuten.

»Lass sie laufen!«, schrie Paul. »Lass Lily laufen.«

»Wir sehen uns wieder, Louise!«, schrie Pierre. »Wir sehen uns wieder!«

Sie sprengten zum Tor hinaus und in die Nacht hinein, aufs Geratewohl in die Felder. Lily wurde durchgeschüttelt, sie hatte das Gefühl, dass ihr gleich der Kopf platzte, sie erbrach sich und hörte Bertrand fluchen. Sie stöhnte und keuchte und versuchte, mit dem Schmerz in ihrem Gesicht, ihrem Mund und dem peinvollen Druck in ihrem Magen von der Kruppe des Pferds gleichzeitig fertig zu werden. Sie erbrach sich erneut und schrie vor Schmerz. Bertrand konnte sie nicht mehr halten. Er zügelte unwillkürlich sein Pferd. Lily rutschte herunter und fiel auf den Boden.

Pierre zog seinen Gaul herum und ritt auf sie zu. »Du blöde Fotze!«, brüllte er. Lily rollte sich zur Seite, aber das Pferd brach ohnehin aus. Pierre beherrschte es nur mangelhaft. Er riss am Zügel und sprang aus dem Sattel.

»Pierre, wir müssen hier weg«, rief Bertrand.

»Ich mach die Fotze kalt!«, schrie Pierre, rasend vor Wut. Er trat sie in die Seite.

Lily rollte sich noch weiter von ihm weg. Sie schluchzte und schnappte nach Luft.

Pierre griff wieder in ihr Haar, bog ihr den Kopf zurück. »Ich-schlag-dich-tot!«, keuchte er und holte mit der Faust aus.

Lilys rechte Hand fuhr nach oben. Pierre zuckte zurück. Lily ließ den Griff des Messers los und hörte Bertrand verblüfft keuchen. Sie sah nicht zu ihm hin, aber sie ahnte, dass er an seinen Stiefel fasste, wo er nichts finden würde. Lily hatte das Messer herausgezogen, als sie vom Pferd gerutscht war. Sie hatte gewusst, was kommen würde. Und sie hatte es nicht zulassen wollen, ohne sich zu wehren.

Pierres Finger flatterten über den Griff des Messers, der unten aus seinem Kinn herausragte. Die Klinge steckte in seinem Gaumen und musste seine Zunge dort festgenagelt haben. Er taumelte zurück. Er gab dumpfe Geräusche von sich. Sie hörten sich an wie das Muhen eines Kalbs. Blut rann aus seinen Mundwinkeln. Er setzte sich hart auf den Boden. Seine Augen waren groß und schimmerten weiß.

Lily kam auf die Beine und kroch ihm auf allen vieren nach. Sie wollte das Messer an sich bringen, bevor Bertrand seine Überraschung überwand und sie packte. Sie wollte die Klinge herausreißen und dann noch einmal zustoßen und danach versuchen, Bertrand damit zu erledigen.

Bertrand war bei ihr, noch bevor sie Pierre erreicht hatte. Er hielt sie fest. Sie schlug um sich. Er drückte ihr die Arme an den Leib. Dann zog er mit der freien Hand das Messer aus Pierres Unterkiefer und rammte es ihm ins Herz. Pierre bäumte sich auf. Seine Beine scharrten. Er versuchte zu schreien. Bertrand drehte die Klinge und rammte sie noch tiefer hinein. Pierre keuchte und zuckte und streckte die Hände nach Bertrand aus, ließ sie auf halbem Weg sinken und starb. Sein Gesicht trug noch immer den Ausdruck der Verwunderung, den es gehabt hatte, als Bertrand das Messer in sein Herz gestoßen hatte.

Bertrand stand auf und stellte Lily auf die Beine. Er trat einen Schritt von ihr zurück. Sie blieb schwankend stehen.

»Du gefällst mir«, sagte er langsam. »Pierre war ein Idiot. Du bist keine Idiotin. Und hier kannst du nicht bleiben. Die wissen, dass du mit uns zusammengearbeitet hast. Komm mit mir nach Paris. Wir übernehmen Pierres Bezirk, und der Teufel soll mich holen, wenn wir nicht in ein paar Jahren alle anderen Bezirke auch übernommen haben.« Bevor Lily etwas sagen konnte, fasste er in ihr Gesicht. Sie hörte den Klick, mit dem er ihre gebrochene Nase richtete, und sank auf die Knie von dem scharfen Schmerz. Bertrand betrachtete sie. »Ganz grade wird sie nicht wieder werden, aber dein Gesicht ist auch mit 'ner schiefen Nase noch verteufelt hübsch. Was sagst du?«

Lily blickte den grobschlächtigen Mann mit dem Schielauge an. Bertrand grinste. Ein Goldzahn blinkte. Sie wischte sich vorsichtig Blut und Tränen aus dem Gesicht. »Aber ich sage, wo es langgeht«, erklärte sie schwach.

Bertrand grinste noch breiter. »Das wollte ich hören. Kannst du reiten? Die holen uns sonst noch ein, wenn wir uns nicht beeilen.«

2. BUCH

Der Pfad aus Eisen

Januar 1851 – September 1866

Januar 1851 bis Oktober 1857

»Willst du nicht noch ein bisschen naschen vor der Mahlzeit, patron?«

Zylinder-Bertrand

1

Merken Sie das?«, fragte Peter Klein. Er war der Lokomotivführer der *Gütersloh*, einer 1A1-Dampflok von Robert Stephenson, die den Schnellzug zwischen Köln und Minden zog. »Sie schwingt.«

Paul, der nichts gemerkt hatte, zuckte mit den Schultern. Sie waren zu dritt auf dem Führerstand der Lok – Peter Klein, Paul und der bullige Mann, der für Feuer unterm Kessel sorgte und Peter als Majowski vorgestellt worden war. Als er freundlich gefragt hatte: »Majowski – und wie noch?«, hatte der Mann stolz geantwortet: »*Heizer* Majowski.«

Es war eng und unbequem. Die Hitze aus dem Feuerloch waberte um Pauls Beine. Von der Brust an aufwärts fühlte er sich hingegen wie ein Eiszapfen. Die Temperaturen im Januar waren definitiv nicht dafür geeignet, auf dem Führerstand einer Lok zu stehen, die mit achtzig Kilometern pro Stunde über die Schienen raste. Paul hatte seinen Hut mit einem Schal festgebunden und sich eine rußige Schutzbrille ausgeliehen; den unteren Teil seines Gesichts hatte er mit dem Schal umwickelt. Er schlotterte vor Kälte. Klein und Majowski hingegen wirkten, als fühlten sie die Kälte nicht. Klein zog lediglich eine besorgte Miene wegen der Vibrationen, die er fühlte.

»Die Direktion meint, es liegt an der Streckenführung!«, rief Klein. Der Wind pfiff um den halboffenen Führerstand herum, die Lok dampfte, stampfte und zischte, das Feuer unter dem Kessel toste. Wenn man sich unterhalten wollte, musste man sich gegenseitig anschreien. Es war eine Kakophonie, aber irgendwo mochte sie jeder, der mit Zügen zu tun hatte – das Lied der Eisenbahn. »Sie ist falsch geplant!«

»Die Strecke? Keinesfalls. Ich hab sie selbst geplant, damals, als ich noch bei Borsig war!«

»Ich weiß. Ich erinnere mich an Sie. Sie nicht an mich. Macht nichts.«

»Entschuldigung!«

»Kein Problem. Sie haben wahrscheinlich Hunderte von Leuten kennengelernt damals. Ich war einer der Mechaniker!« Klein machte eine Pause. »Da – fühlen Sie es nicht?«

»Doch, jetzt merke ich es auch!«

»Jetzt ist es auch so stark wie noch nie. Und?«

»Keine Ahnung. Was denken Sie denn?«

»Ich dachte, die Gesellschaft hat Sie geholt, um das Problem zu finden!«, rief Klein, aber er grinste geschmeichelt, weil Paul ihn um Rat fragte. Die Köln-Mindener-Eisenbahngesellschaft, die ihn beschäftigte, hatte auf seine Meinung offenbar nichts gegeben, sonst hätten sie Paul nicht engagiert.

»Ich werde oft zu Problemen bei der Eisenbahn gerufen, und meistens lassen sie sich lösen, wenn man die Leute fragt, die direkt damit zu tun haben. So wie Sie!«

Klein grinste noch breiter. »Das ist ja einfach.«

»Irrtum, das ist das Schwierigste überhaupt; jedenfalls für einen Bahndirektor – einzusehen, dass seine Bediensteten mehr Ahnung haben als er selbst.«

»Ich glaube, es ist die Lok«, erklärte Klein und tätschelte gleichzeitig die Maschine, wie um sich bei ihr zu entschuldigen. »Sie hat einen verlängerten Kessel; mit dem läuft sie schneller. Aber der Kessel ragt zu weit über den Achsenstand hinaus. Die Achsen können die Eigenschwingungen der Maschine nicht abfangen.«

»Haben Sie das Ihren hohen Herren mitgeteilt?«

»Ja. Aber keiner wollte auf mich hören. Die Lok ist von Stephenson, und es hieß, die Engländer hätten auf den langen Kessel nicht nur ein Patent, sondern schon Hunderte davon ausgeliefert, und das würde ja wohl bedeuten, dass das Prinzip in Ordnung sei.«

Paul nickte. Der Stolz, den die Firma Stephenson mit ihren Produkten verband, war ihm bekannt, ebenso die aggressive Werbung, die Stephenson betrieb, indem er sich seine Kunden mit Drohungen von Lieferverzug und mit Geldgeschenken gefügig machte. Stephenson-Kunden hielten schon aus reinem Selbstschutz fest zu ihrem Lieferanten.

Paul fragte sich, ob er denselben Stolz empfinden würde, wenn es damals, vor elf Jahren, mit ihm und Stephenson geklappt hätte. Nun, jetzt jedenfalls stand er auf der anderen Seite, wenn man so wollte.

Vor zwei Jahren, 1849, hatte er bei Borsig gekündigt. Nachdem ihm klargeworden war, dass Moritz von Briest wirklich sein Sohn war, hatte er es nicht mehr in Berlin und in der Nähe von Alvins Familie ausgehalten. Er hatte sich selbständig gemacht und ein Ein-Mann-Unternehmen mit Sitz in Frankfurt gegründet – als unabhängiger Prüfer für die Sicherheit des Schienenverkehrs. August Borsig hatte ihm geholfen, aus einer vagen Idee ein Geschäftskonzept zu machen, und hatte die ersten Türen für ihn geöffnet, und der immer stärker werdende Güter- und Personenverkehr mit der Bahn hatte ihm Auftrag um Auftrag beschert. Die Bahngesellschaften fürchteten nichts so sehr wie ein Unglück auf einer ihrer Strecken.

Der schlimmste Eisenbahnunfall, den es je gegeben hatte, war fast zehn Jahre her. Er hatte sich in Versailles ereignet. Ein Achsbruch hatte den Zug entgleisen lassen, die hölzernen

Waggons hatten sich ineinandergeschoben, das Feuer in der Feuerbüchse hatte sie in Brand gesetzt ... über fünfzig Menschen waren in dem verunglückten Zug verbrannt.

»Ich gehe die Länge des Zugs ab«, sagte Paul. »Wenn es an der Strecke liegt, müssten die Vibrationen auch durch die Waggonböden zu fühlen sein. Wenn nicht ...«

Klein zuckte mit den Schultern. »Können Sie sich sparen. Ich sage Ihnen, es ist der lange Kessel. Spüren Sie's? Es hört überhaupt nicht mehr auf.«

Paul schlug ihm auf die Schulter und machte sich daran, über den Kohlenwagen zum ersten Waggon hinter der Lok zu klettern. Klein hielt ihn auf. »Wir haben einen besonderen Fahrgast heute – müssten Sie eigentlich kennen. Prinz Friedrich Wilhelm von Preußen. Ist mit zwei Militärs im vierten Wagen, ganz hinten.«

»Woher sollte ich den kennen?«

»Na, Sie waren doch lange in Berlin, oder nicht?«

»Ich hab dort immer nur mit dem König und dem Ministerpräsidenten gespeist, nicht mit den unwichtigen Thronfolgern.«

Klein starrte ihn mit offenem Mund an. Dann grinste der Lokführer. »Hahaaa!«, machte er. »Beinahe wäre ich drauf reingefallen.«

Durch den Tender zu gehen war kein Problem, weil der Heizer einen schmalen Gang durch den Kohlenhaufen geschaufelt hatte, der von einem Ende des schweren Wagens zum anderen führte. Danach wurde es knifflig. Paul stellte einen Fuß auf die Kupplung zwischen dem Tender und dem ersten Waggon. Die Kupplung war schmierig von Fett und glatt vom Reif. Dies war der gefährliche Teil. Er öffnete die Tür und zog sich schnell in den Waggon. Es war der Gepäckwagen. Paul wollte in den letzten Waggon am Ende des Zugs vordringen. Dort würde er, wenn die Vibrationen von der Lok kamen, sie auf keinen Fall mehr spüren können – wenn sie von der Strecke kamen, hingegen schon.

Der Zug war gut besetzt. In Bielefeld waren viele Menschen zugestiegen, die von einem Pferdemarkt kamen. Die Lok zog mit dem Gepäckwagen zehn Waggons, und in allen waren nur noch wenige Plätze frei. Die Passagiere starrten Paul mit großen Augen an, und ihm ging auf, dass er mit dem Schal vor dem Gesicht und der Schutzbrille aussehen musste wie ein Verrückter. Das Erste-Klasse-Abteil im vierten Waggon, in dem der Prinz saß, hatte zugezogene Vorhänge. Im fünften Waggon begrüßte ihn der Bremser.

»Und?«, fragte der Mann. Er war ebenso wie der Lokführer und der Heizer darüber informiert, weshalb Paul hier war.

Paul zuckte mit den Schultern. »Ich würde auch sagen, es ist die Lok, aber ich will auf Nummer sicher gehen und …«

Er erhielt plötzlich einen Schlag, der ihn gegen die Wand des Waggons warf und gleich darauf in die andere Richtung, dem Bremser in die Arme. Zusammen fielen sie auf den Boden. Der Waggon schlingerte wie wild. Aus dem Passagierraum hinter ihnen ertönten Schreie.

Paul rappelte sich auf. Der Waggon schwankte hin und her. Von den Rädern kam ein Kreischen, wenn sie so gegen die Gleise gedrückt wurden, dass ihre Spurkränze daran entlangschleiften. Der hölzerne Wagenkasten ächzte und knarrte. Paul torkelte zu der Waggontür, durch die er eben noch hereingekommen war, und riss sie auf. Kalte Luft schlug ihm ins Gesicht und peitschte ihm das Schalende um die Ohren. Er hatte seinen Hut verloren. Er riss sich die schmierige Brille herunter. Was er sah, ließ ihn erstarren.

Die Schienen zogen sich in einer leichten Rechtskurve dahin, so dass er bis zur Lok nach vorn blicken konnte. Die Maschine schwankte im Gleis wie ein Betrunkener und neigte sich so stark zu beiden Seiten, dass die Räder für Augenblicke die Fühlung mit dem Gleis verloren. Wenn sie zurück auf die Schienen kippten, zogen sie lange Funkenstreifen hinter sich her. Der Schornstein wackelte, Dampf zischte aus diversen Spalten im Kessel, welche die Dehnung und Zerrung des Materials verursacht haben musste. Paul konnte förmlich hören, wie die Nieten abplatzten. Der Tender folgte der Schlingerbewegung der Lok und verstärkte die Kippbewegung noch. Der Gepäckwagen bockte und rüttelte.

Ein neuer Stoß warf Paul und den Bremser zu Boden. Der lange Zug war wie der Körper einer Schlange, durch den jede Bewegung der Lok wie eine Welle lief. Die Passagiere schrien, die Spurkränze kreischten, der Waggon stöhnte. Irgendwo in einem der hinteren Wagen gab es heftiges Getrampel und das Splittern von Holz, das so laut war, dass es bis hierher drang. Paul fiel ein, dass einer davon Pferde transportierte. Die Tiere wurden hin- und hergeworfen und mussten vor Panik halb verrückt sein.

»Heiliger Christophorus!«, presste der Bremser hervor.

Paul sah es ebenfalls.

Die Lok kippte zurück auf das Gleis, aber ein Rad der führenden Laufachse verfehlte die Schiene. Die Geschwindigkeit und das Gewicht der Lok schoben sie weiter vorwärts. Ein Funkenschweif wie von einem Kometen stob hinter dem vorderen Laufrad in die Luft, als es neben der Schiene entlanggeschleift wurde. Es pflügte in die Schwellen und riss sie heraus. Holzsplitter und Teile von Balken wirbelten durch die Luft. Die Lok machte einen Sprung, dann war auch die Antriebsachse aus dem Gleis. Noch mehr Funken sprühten. Die Lok neigte sich nach rechts.

»Bremsen!«, schrie Paul. »Ziehen Sie die Bremse an!«

Der Bremser hatte bereits reagiert und kurbelte wie rasend mit beiden Händen.

»Nicht so schnell!«, brüllte Paul, der fürchtete, dass die Kupplung zum vorderen Waggon reißen würde. Vorn neigte sich die Lok noch weiter. Statt eines Funkenschweifs zog sie jetzt eine hoch aufspritzende Fontäne aus Dreck, Schotter und Holztrümmern hinter sich her. Der Bahndamm war hier gute fünf Meter hoch. Wenn die Lok hinabstürzte, würde sie den ganzen Zug mit sich reißen, Waggon um Waggon, würde die anderen Wagen mit sich ziehen, würde sie zusammenschieben wie eine splitternde, krachende Ziehharmonika, und wer darin gefangen war, würde zerquetscht werden.

Die Lok neigte sich noch mehr. Der Tender sprang aus dem Gleis. Der Gepäckwagen bäumte sich auf.

Paul erkannte, dass die einzige Rettung für den Rest des Zugs die Bremse im fünften Waggon war. Sie mussten sie so stark blockieren, dass die Kupplung zum vierten Wagen tatsächlich brach. Ohne weiter nachzudenken, sprang er zum Bremser und half ihm kurbeln. Sie hörten das schrille Quietschen, mit dem die Blöcke sich auf die Räder senkten. Der Waggon begann zu zittern und zu rucken.

»Weiter, weiter!«

Ihre schwitzenden Hände ineinander verklammert, drehten sie die Bremsklötze hinab. Der Waggon stöhnte und ächzte, er schien auseinanderreißen zu wollen.

Paul blickte über die Schulter zur offenen Tür hinaus. Er konnte nicht glauben, was er sah.

Die Lok kippte ganz zur Seite und grub sich wie eine riesige Kanonenkugel, Dreck in die Höhe schleudernd und Dampf und Rauch hustend, am Bahndamm entlang nach unten. Der Tender rammte das Führerhaus und zerstörte es. Der Gepäckwagen kippte ebenfalls und wurde vom Tempo des Zugs und seinem eigenen Gewicht förmlich zermalmt. Seine Beplankung splitterte, mannshohe Planken wirbelten davon, das Dach riss auf. Der zweite Waggon folgte dem Gepäckwagen, aber er machte dabei einen Satz, so dass die Front des dritten Wagens zur anderen Seite hin schleuderte und ein Knick zwischen dem zweiten und dem dritten Wagen entstand. Die Kupplung musste gebrochen sein, denn der Knick wurde immer enger. Die Wagen knallten direkt mit den Längsseiten aneinander. Entsetzt sah Paul, dass ein Mann, der in Panik aus einem Fenster des dritten Waggons klettern wollte, dazwischengeriet. Flanke an Flanke schoben sich die beiden Waggons über das Gleis, hebelten den vierten Waggon aus den Schienen, dann rumpelten sie den Damm hinunter.

Es gab einen Ruck, der Paul beinahe zur Tür hinausgeschleudert hätte. Im nächsten Moment hatte sich der vierte Waggon schon eine Manneslänge entfernt, dann fünf, dann zehn … er schob sich noch ein paar Sekunden lang weiter voran, die Räder holperten über die Schwellen … dann stürzte er um und rutschte auf den Schienen entlang, drehte sich einmal majestätisch um die Längsachse und schlitterte auf das Gegengleis hinüber, wo er liegen blieb.

Der Rest des Zugs, dessen ursprünglich fünfter Waggon jetzt der erste war, hielt mit einem sanften Ruck. Es roch nach heiß gewordenem Metall und versengtem Holz. Die abgetrennten Waggons standen still und unbeschädigt auf den Schienen. Das Schreckensgebrüll aus dem Passagierbereich verstummte. Von weiter hinten ertönte gedämpft das Wiehern und Schnauben verletzter Pferde.

Weit, weit vorn kam auch die Lokomotive, die sich in den gefrorenen Boden gegraben hatte, zum Stehen. Von ihr bis zu Pauls Waggon zog sich eine tiefe Narbe den Bahndamm entlang, lagen die völlig zertrümmerten Überreste des Gepäckwagens, lagen Waggon zwei und drei, die beide umgestürzt waren und deren Räder in die Luft ragten. Waggon vier lag immer noch auf dem gegenüberliegenden Gleis. Metall knackte, Holz stöhnte. Sonst war alles still. Die Räder der auf dem Dach liegenden Waggons drehten sich lautlos.

Paul und der Bremser sahen sich an. Es fiel ihnen schwer, die Finger von der Bremskurbel zu lösen, so verkrampft waren sie.

»Heiliger Christophorus«, sagte der Bremser erneut. Dann fiel er auf die Knie und vergrub das Gesicht in den Händen.

Paul sprang aus dem Waggon und begann zu laufen, nach vorn, wo er ein Blutbad wie nach einer Schlacht erwartete.

2

Paul hatte den Prinz von Preußen völlig vergessen und dachte auch jetzt nicht an ihn. Als sich aus einer der geborstenen Scheiben von Waggon vier, der umgestürzt auf dem Gegengleis lag, jemand herausarbeitete, kletterte Paul einfach auf den Wagen und half dem Mann ins Freie. Er trug eine preußische Offiziersuniform und schien benommen, aber ansonsten unverletzt.

»Seine Königliche Hoheit«, stammelte er. »Helfen Sie …«

Paul schaute durch das Abteilfenster nach innen. Das Erste-Klasse-Abteil war ein einziges Durcheinander von aus den Halterungen gerissenen Sitzbänken, verstreuten Polstern und dem Inhalt aufgeplatzter Koffer. Es roch nach verschüttetem Champagner und nass gewordenen Zigarren.

Ein junger Mann mit einem schmal rasierten Backen- und

Schnauzbart lag in dem Chaos und schüttelte unablässig den Kopf. Er schien einen Schock zu haben. Der Kragen seiner Offiziersuniform und eine Schulter waren dunkel und nass vor Blut. Ein älterer Offizier versuchte mit einem Tuch, die Blutung einer Wunde am Hinterkopf des jungen Mannes zu stillen.

Aus den anderen Abteilen erklangen Schreie, Stöhnen und Schluchzen. Paul konnte nicht allen gleichzeitig helfen. Noch immer ohne groß nachzudenken, ließ er sich durch das Fenster in das Zugabteil hinunter und beugte sich über den jungen Mann.

»Seine Königliche Hoheit blutet …«, sagte der ältere Offizier überflüssigerweise. Auch er schien sich im Schockzustand zu befinden. Es war bemerkenswert. Offiziere mussten das Chaos einer Schlacht gewohnt sein; aber eine Katastrophe, die sie im zivilen Leben ereilte, brachte sie genauso aus dem Gleichgewicht wie alle anderen.

Paul sah eine Glasscherbe im Skalp des jungen Mannes stecken. Sie war dick und gebogen – eine Scherbe von einer Champagnerflasche. Er fasste sie und zog sie kurzerhand heraus. Der Prinz zuckte und sah ihn anklagend an. Noch mehr Blut quoll heraus. Paul riss sich den Schal vom Hals und presste das durchnässte Tuch des Offiziers auf die Wunde, dann umwickelte er den Kopf des Prinzen mit seinem Schal.

»Schaffen wir ihn nach draußen«, sagte er. »Die Kälte wird helfen, die Blutung zu stillen.«

Der Prinz sah ihn. »Vielen Dank für Ihre Bemühungen, mein Herr«, murmelte er. »Wir werden Sie nicht vergessen.«

Paul tätschelte ihm die Wange und grinste ihn an. »Wird schon wieder, Hoheit«, sagte er und merkte erst dann, was er getan hatte. Offenbar stand auch er unter Schock. Er zog die Hand zurück, als hätte er sich verbrannt.

Prinz Friedrich Wilhelm hielt sie fest. »Sind Sie von der Eisenbahn?«, fragte er. Wie es schien, begann er, seinen Schock zu überwinden.

»Nein, Hoheit.«

»Ist es … ist es schlimm?«

»Nur eine Fleischwunde am Kopf, Hoheit. Die bluten immer am meisten.«

»Ich meine den Zug. Die anderen Passagiere.«

Paul räusperte sich. »Es ist eine Katastrophe, Hoheit.«

Der Prinz holte zitternd Atem. Er versuchte, sich aufzurichten. Sein Gesicht wurde grau. »Wir müssen helfen …«, murmelte er und sank zurück.

»Zuerst müssen Sie hier raus, Hoheit«, sagte Paul.

Zu dritt schafften sie Friedrich Wilhelm nach draußen und vom Bahndamm hinunter. Mittlerweile hatten mehr Passagiere den Weg ins Freie gefunden und taumelten oder fielen den Bahndamm hinab. Vom unbeschädigten Rest des Zugs eilten die Reisenden, die wieder klar denken konnten, herbei, um den Verletzten zu helfen. Es war um die Mittagszeit, so dass das Unglück gesehen worden war und auch von den umliegenden Gehöften und Dörfern Menschen herbeiliefen, -ritten und -fuhren. Ein Zugschaffner, der in einem der umgestürzten Waggons gewesen sein musste, weil er aus einer Stirnwunde blutete und ein gebrochenes Handgelenk festhielt, versuchte, die Bergung der schwerer Verletzten zu organisieren. Paul zog seinen Mantel aus, als er sah, wie der Prinz zu schlottern begann, und legte ihn dem jungen Mann um die Schultern. Er selbst fühlte die Kälte nicht. Er rannte zu den Waggons zwei und drei und fand, was von dem Mann übriggeblieben war, der versucht hatte, sich aus dem Fenster zu retten und zwischen die zusammenprallenden Waggons geraten war. Sein Magen hob sich.

Er rannte weiter, den Bahndamm hinauf, weil die Trümmer des Gepäckwagens sein Weiterkommen erschwerten, und lief auf den Gleisen, bis er die Lok erreichte, die sich halb in die Erde gewühlt hatte. Dampf zischte immer noch aus dem Wrack heraus, Glut aus der Feuerbüchse lag überall verstreut, hatte aber nichts in Brand gesteckt.

Als Ersten fand er Majowski. Der Heizer musste von der Lok geworfen worden sein, bevor der Tender das Führerhaus zermalmte – aber nicht, bevor die tanzende Lokomotive entweder ihn mit der Höllenglut aus dem Feuerloch überschüttet hatte oder er halb hineingeschleudert worden war. Er lebte noch, aber er erkannte Paul nicht, stöhnte und zuckte in halber Bewusstlosigkeit. Paul lief zur Lok.

Der Tender steckte immer noch im Führerhaus fest. Es sah fast so aus, als seien er und die Lok keine zwei unabhängigen Fahrzeuge, sondern aus einem Stück. Paul hoffte, Peter Klein irgendwo daneben zu finden, dann sah er, dass die Flüssigkeit, die aus der Nahtstelle zwischen Tender und Führerhaus troff, kein Wasser war. Er wandte sich ab, kniete sich neben Majowski und hielt eine von seinen verbrannten Händen, bis der Heizer starb.

Der Zugverkehr in Deutschland hatte seine ersten Todesopfer gefordert. Er hatte seine Unschuld verloren.

3

Ich glaube, wir werden Paul bald wiedersehen!«, sagte Alvin und ließ den Brief sinken, den er gelesen hatte. Er strahlte übers ganze Gesicht. »Endlich! Ich freue mich!«

Louise nickte. Als Alvin ihr den Brief herüberreichte, streckte sie unwillkürlich die Hand danach aus, obwohl sie ihn eigentlich gar nicht lesen wollte. In der letzten Zeit hatte sie sich angewöhnt, Alvin die Briefe vorlesen zu lassen. Es schmerzte sie zu sehr, Pauls Handschrift zu sehen und ein Papier in der Hand zu halten, das er vorher berührt hatte. Seit ihr klargeworden war, dass Paul das Geheimnis von Moritz kannte, hatten sich ihre Gefühle zu ihm verändert. Sie waren noch tiefer, noch sehnsuchtsvoller geworden. Gleichzeitig hatte sich ihre Liebe zu Alvin ebenfalls verstärkt. Sie war eine Gefangene ihres eigenen Herzens.

Paul verwies auf einen Brief, den er im Februar geschrieben und in dem er ein Zugunglück geschildert hatte, in das er verwickelt gewesen war. Prinz Friedrich Wilhelm von Preußen war einer der Passagiere gewesen. Nun schrieb Paul, dass der Prinz ihn nach Berlin eingeladen hatte, um sich für seinen Einsatz bei dem Unglück zu bedanken. Immerhin – es war erst Anfang August. Der Prinz hatte sich nur ein halbes Jahr Zeit gelassen. Da Friedrich Wilhelm im Allgemeinem als volksnah, freundlich und von alter preußisch-adliger Höflichkeit galt, nahm Louise an, dass es einen Grund für das Zögern des Prinzen gab, doch sie konnte sich nicht denken, welchen.

Er schrieb, dass er hoffe, Alvin und Louise bald wiederzusehen, und erkundigte sich in so freundlich-neutraler Weise nach Moritz, dass Louise mit den Tränen kämpfen musste. Dann las sie weiter und schaute überrascht zu Alvin hinüber, der sie liebevoll beim Lesen beobachtet hatte.

»Hast du das gelesen? Die Köln-Mindener Bahngesellschaft macht ihm Schwierigkeiten, weil er sich gegen deren offiziellen Untersuchungsbericht gewehrt hat, dass die Unglücksursache nicht feststellbar sei?«, fragte Louise. »Und von

England aus schießt Stephenson gegen ihn? Seine Aufträge gehen bereits zurück …«

»Hab ich gelesen, mein Schatz. Die Aufrechten sind immer die Dummen, oder?«

Louise ließ den Brief sinken. »Du bist ebenfalls ein Aufrechter, Alvin. Für dich hat es sich gelohnt.«

Alvin seufzte. »Ich bin auch beim Militär und nicht draußen in der fiesen, feigen Welt des Geldverdienens.«

Alvin war mittlerweile Major. Seine Beförderung – und damit den Umzug aus Pauls kleiner in eine eigene Wohnung in Potsdam in der Nähe der Garnison, die sie sich mit Alvins höherem Sold leisten konnten – verdankte er seinem Einsatz für einen Offizier der Garde-Infanterie-Brigade bei den Barrikadenkämpfen. Der Kommandeur der Brigade, Johann Carl von Möllendorff, war beim Schutz des Berliner Schlosses von Aufständischen überwältigt und weggeschleppt worden. Die Aufständischen hatten angefangen, ihn zu misshandeln, und hätten ihn vermutlich totgeschlagen, wenn Alvin den Überfall nicht gesehen und zusammen mit einigen seiner Soldaten eingegriffen hätte.

Alvin wäre gar nicht Zeuge des Vorfalls geworden, wenn er sich nicht in aller Panik unerlaubt aus Berlin entfernt hätte, um nach Schönhausen zu reiten. Als er sich im Morgengrauen des nächsten Tages, nachdem Louise, Moritz und Johanna von Bismarck in Sicherheit waren, bei seinem Kommandeur gemeldet und darum gebeten hatte, wegen Fahnenflucht inhaftiert zu werden, hatte man ihm gar nicht zugehört. Man hatte ihm vielmehr befohlen, kein dummes Zeug zu schwätzen und dafür zu sorgen, dass er mit seiner Kompanie das Regiment verstärkte, welche das Schloss bewachte.

Alvin und seine Männer hatten wie in einer Schlacht einen Stoßtrupp gebildet, waren zwischen die Haufen der Aufständischen vorgedrungen und hatten den Kommandeur herausgehauen. Später hatte Alvin gesagt, wenn Feldwebel Bronikowski nicht verletzt gewesen wäre, hätte er nur ihn mitgenommen und nicht sechs Soldaten. Broni, dem man diese Bemerkung später zutrug, hatte gegrummelt – er fand es eine Unverschämtheit, dass Alvin der Meinung war, er könne mit lediglich sechs Soldaten ersetzt werden.

Wie auch immer, Möllendorff hatte dafür gesorgt, dass Alvin zum Major befördert und zur 2. Garde-Infanterie-Brigade versetzt wurde. Beinahe wäre Alvin diese Beförderung zum Verderben geworden, weil Möllendorff und seine Brigade schon im April 1848 im Schleswig-Holsteinischen Krieg kämpften, doch Alvin, der bei der Rettungsaktion einen Säbelhieb in den Oberarm erhalten hatte, war zu Hause geblieben. Die Säbelwunde war längst verheilt und hatte außer einer eindrucksvollen Narbe keine Folgen zurückgelassen. Alvin hatte mutig und aufrecht gehandelt, und er war dafür belohnt worden.

Wie es aussah, bestand die Belohnung für Pauls Aufrichtigkeit darin, dass er sein Unternehmen verlor.

»Man möchte um sich schlagen«, murmelte Louise. »Es hat sich nichts geändert. Rein gar nichts. Der ganze Aufstand war umsonst.«

»Er ist auch nicht geführt worden, um die Ungerechtigkeit aus der Welt zu vertreiben«, erklärte Alvin und lächelte.

»Doch!«, sagte Louise hitzig. »Eigentlich ist er genau deshalb geführt worden!«

Mit der Revolution hatte sich die Welt, wie es schien, nur einmal um sich selbst gedreht. Einige Dinge hatten sich verändert, ein paar Herrscherfiguren waren von diesem Karussell heruntergefallen, aber im Wesentlichen war die Situation so wie vor dem Aufstand.

In Preußen hatte König Friedrich Wilhelm IV. vor den toten Revolutionären, die in einem Trauerzug am Schlossplatz vorbeigeführt wurden, den Hut ziehen müssen. Dann hatte er die Einsetzung eines liberalen Ministeriums zugelassen, es aber schon im Juni 1848 wieder abgeschafft, worauf die Revolution ein zweites Mal aufgeflammt war und wieder von den königlichen Truppen niedergeschlagen wurde. Im November hatte er die preußische Nationalversammlung aufgelöst, die um eine freiheitliche Verfassung gerungen hatte, und selbst eine Verfassung in Kraft gesetzt, die mit dem freiheitlichen Grundgedanken nicht mehr viel zu tun hatte. Ein neues Wahlrecht war eingeführt worden, das hauptsächlich die Vorherrschaft der besitzenden Klasse sicherte, da das Stimmengewicht sich nach der Steuerleistung richtete und damit die Vermögenden bevorzugte. Wo danach noch Widerstand im Königreich aufflammte – im Rheinland, in Westfalen –, hatten die königlichen Truppen damit aufgeräumt.

Der Aufstand in Polen, dessen erste Regungen Levin und Hedwig von Briest das Leben gekostet hatten, war schon von preußischen Truppen niedergeschlagen worden, bevor in Berlin die Revolution ein zweites Mal aufflammte. Im österreichischen Kaiserreich war der verhasste Kanzler Metternich vertrieben worden. Ein konterrevolutionäres Heer hatte jedoch das von Aufständischen in ihre Gewalt gebrachte Wien belagert und eingenommen; von der Revolution war nichts geblieben als zweitausend gefallene Aufständische in Wien, Hunderte von Todesurteilen, das leere Versprechen einer Verfassung, die nie in Kraft getreten war, und ein neuer Kaiser namens Franz Joseph I.

In Italien hatte die Revolution die Ausmaße eines Kriegs angenommen, in dem die Aufständischen, geführt von König Karl Albert von Sardinien-Piemont, jede Schlacht gegen die

Österreicher verloren. Der Papst war vor den Unruhen aus Rom geflohen und erst letztes Jahr zurückgekehrt, wo er so gut wie alle Reformen, zu denen er sich noch vor Ausbruch der Revolution hatte überreden lassen, zurücknahm und den Kirchen- zu einem Polizeistaat machte.

In Bayern hatte die Revolution König Ludwig I. vom Thron gefegt – aber hauptsächlich wegen seines Verhältnisses zu der Abenteurerin Lola Montez. Sein Sohn Maximilian, jetzt König Max II., lehnte die in Frankfurt beschlossene Reichsverfassung ab und schlug den daraufhin ausgebrochenen Aufstand in der Pfalz mit Soldaten nieder. Ob er einige der Reformen, deren Umsetzung er versprochen hatte, auch realisieren würde, blieb abzuwarten.

Lediglich in Frankreich hatte die Februarrevolution von 1848, die all die anderen Aufstände gezündet hatte, dauerhaften Erfolg gezeigt. Das Königreich war abgeschafft. Ein Staatspräsident regierte die Zweite Französische Republik. Er hieß Louis Napoléon und war ein Neffe Bonapartes. Drei Viertel der Wahlberechtigten hatten für ihn gestimmt; aber viele, unter ihnen Louise, misstrauten ihm, seit er Truppen nach Italien entsandt hatte, um dem Papst zu helfen, den Kirchenstaat wiederherzustellen.

Alvin musterte Louise erstaunt, und sie seufzte. Sie wedelte mit dem Brief. »Es macht mich rasend«, sagte sie. »So viel Blut vergossen, nur damit nachher alles wieder so ist wie vorher und Männer wie Paul das Nachsehen haben, wenn sie sich ehrlich verhalten. Warum tut dein Freund nichts dagegen?«

»Wen meinst du? Otto von Bismarck?«

»Genau den. Er ist ja wohl die kommende Größe in Preußen, oder?«

»Was soll er denn dagegen unternehmen, dass die Bahngesellschaft die Gründe für das Unglück vertuscht und die anderen Gesellschaften davor warnt, Paul weiter zu beauftragen? Die Macht eines Abgeordneten reicht nicht so weit, nicht mal in Preußen.«

»Wieso nicht? Er hat doch sonst auch alles erreicht, was er sich vorgenommen hat. Pflegst du jedenfalls zu erzählen, wenn du ihn mal wieder irgendwo getroffen hast.«

»Louise, warum greifst du mich an? Ich kann doch nichts dafür …«

Louise senkte den Kopf. »Es tut mir leid.«

»Otto hat sich richtig positioniert, das stimmt. Aber das ging auch nicht ohne Rückschläge. In die Nationalversammlung ist er nicht gewählt worden, und als er nach der Gegenrevolution auf einen Ministerposten hoffte, ist er auch enttäuscht worden …«

»Weil er selbst den Militärs zu extrem war! Hast du mir erzählt …«

»Ja, aber seit er vor zwei Jahren in den preußischen Landtag gewählt worden und nach Berlin umgezogen ist, hat er sich geändert. Jedermann erkennt nun an, dass es ihm, auch in seinen extremen Ansichten, immer nur um die Größe Preußens geht. Als König Friedrich Wilhelm die deutsche Kaiserkrone ablehnte, hat er ihm applaudiert und erklärt, der König habe damit verhindert, dass Preußen in Deutschland aufgehen würde. Und immerhin ist er sogar ins Erfurter Unionsparlament gewählt worden; die Zeitungen haben die Reden, die er dort gehalten hat, abgedruckt, weil sie so geschliffen und geistreich waren.«

»Bei der Wiedererlangung von Gut Briest hat er dir trotzdem nicht helfen können.«

»Er hat gesagt, er habe alles geprüft und feststellen müssen, dass die Unterschrift Levins auf dem Vertrag echt ist. Gerhard von Cramm hat nicht betrogen.«

»Gerhard von Cramm ist auch zufällig Vorsitzender des Junkerparlaments gewesen, über das dein Freund Otto bei den alten Männern um den König bekannt geworden ist.«

»Was willst du damit sagen, Louise?«

»Nichts«, erwiderte Louise verdrossen.

Alvin stand auf. Er streckte die Hand nach Pauls Brief aus. »Ich antworte ihm besser gleich, damit die Antwort ihn noch erreicht, bevor er nach Berlin abreist.«

»Ich habe dich verärgert. Verzeih mir!«

»Schon gut.« Alvin beugte sich zu Louise herab und küsste sie auf die Stirn. »Wofür habe ich eine Französin geheiratet, wenn ich nicht auch ein bisschen Temperament abkriege?«

Louise sagte nichts, aber sie streichelte Alvin über die Wange. Er hielt ihre Hand fest und hauchte einen Kuss darauf. Alvin, der tapfere, gutmütige, nachgiebige, immer schnell mit ihr versöhnte, verständnisvolle Alvin. Sie hatte ihn nicht verdient. Und er hatte nicht verdient, dass sie immer wieder, wenn sie mit ihm schlief, sich vorstellte, es wäre Paul, seine Hände, seine Lippen, die sie liebkosten, und es wäre Pauls heftige Leidenschaft, die sie zum Stöhnen brachte, und nicht Alvins verspielte Zärtlichkeit.

4

Paul hatte anders als Alvin und Louise nicht erwartet, nach Berlin gebeten zu werden, damit Prinz Friedrich Wilhelm sich offiziell bei ihm bedankte, ob nun mit einem Abendessen oder am Rand eines Empfangs oder wie auch immer. Inoffiziell hatte der Prinz, an dessen Seite er nach dem Unfall im Februar geblieben war, bis dieser mit einem Ersatzzug weiterfahren konnte, sich nämlich schon mehr als ausreichend bedankt, indem er Paul beim Abschied versichert hatte, dass dieser nun einen treuen Freund habe. Paul folgte der Einladung, die auf königlichem Briefpapier ausgestellt war, dennoch. Es wäre ihm unhöflich erschienen, sie abzulehnen, und seine Auftragslage war auch überschaubar, so dass er Zeit dafür hatte.

Den Grund, warum er sie eigentlich ablehnen wollte – und eigentlich auch wieder nicht –, hätte er ohnehin nicht angeben können. Er hätte gelautet: Es schmerzt mich zu sehr, meinem Sohn, der Frau, die ich liebe, und meinem besten Freund, den ich mit ihr betrogen habe, in die Augen zu sehen … und doch wünsche ich mir nichts sehnlicher als das.

Er nahm Quartier in dem Hotel, in dem ihm von der königlichen Kanzlei eine Zimmerflucht reserviert worden war, und stieg in die Kutsche, die man ihm vor das Hotelportal sandte. Vor dem Schloss warteten zwei Gardisten unter Führung eines Feldwebels auf ihn. Der Feldwebel grinste übers ganze Gesicht, was sich seltsam zu seiner strammen Haltung ausnahm.

»Broni!«, sagte Paul überrascht. Er wusste nicht, wie er Bronikowski, dessen Anblick sein Herz erwärmte, begrüßen sollte – in seiner schmucken Paradeuniform sah er unnahbar und beinahe fremd aus.

»Aaaaaaach-TUNG!!«, brüllte Bronikowski.

Die Gardisten standen noch strammer und knallten die Hacken zusammen.

»Das Ganze … KEHRT!«

Die Gardisten drehten sich mit exakten Bewegungen um die halbe Achse, so dass sie jetzt das Schloss anschauten und nicht mehr Paul. Sie standen weiterhin stramm. Bronikowski trat einen Schritt vor, packte Paul an den Schultern und umarmte ihn.

»Dit tut meenen Oogen jut, Sie zu sehen!«, sagte er strahlend. »Is schon wieder viel zu lange her, wa?«

»Jesus Maria, Broni!«, erwiderte Paul. »Meinen Augen tut es auch gut. Dass Sie mich hier empfangen, hätte ich nicht gedacht.«

»Bring Sie auch nur rein, Herr Baermann. Seit der Revolution kommt hier keiner mehr rein, ohne dass die Garde einen links und rechts nimmt. Aber als ich gehört habe, dass man Sie erwartet, hab ich mich selbst für Ihren Empfang eingeteilt. So – und nu ohne die Romantik, sonst denken die Kerls hier noch, ick werd'n Mädchen!«

Begleitet von den beiden Gardisten und einem nun dienstlich unnahbar blickenden Bronikowski, wurde Paul ins Schloss gebracht, wo ihn andere Gardisten in Empfang nahmen und in einen Raum brachten, dessen Größe für die Verhältnisse des Schlosses geradezu intim wirkte. Ein Abendessen war dort aufgedeckt – für vier Personen. Drei davon waren schon da. Paul wurden die Knie weich, als er den einen davon erkannte – und dann stieg ihm unwillkürlich die Galle hoch, als sich ihm der zweite zuwandte. Der dritte Mann betrachtete ihn neugierig. Paul riss sich zusammen, verbeugte sich tief und war zur Abwechslung einmal froh, dass man sich als einfacher Sterblicher vor königlichen Hoheiten verneigen musste, weil es ihm half, seine Gefühle unter Kontrolle zu bekommen.

»Lassen Sie sich die Hand schütteln, mein Lieber!«, rief König Friedrich Wilhelm IV. und nahm Paul bei den Schultern, um ihn aufzurichten. Das breite Gesicht des Königs mit der hohen Stirn und den dicken, bärtigen Wangen strahlte. »Sie haben meinen Enkel gerettet, und jetzt ist es Zeit, dass sich das Haus Hohenzollern dafür erkenntlich zeigt. Ich darf Ihnen meine Gäste vorstellen … den Herrn Gesandten Otto von

Bismarck, der eigentlich schon auf der Reise nach Frankfurt zu seinen neuen Aufgaben beim Bundestag ist …«

Bismarck nickte Paul lächelnd zu, und dieser bemühte sich, seinen Zorn auf den Politiker nicht sichtbar werden zu lassen. Er hatte Bismarck bei ihrer Begegnung auf Alvins und Louises Hochzeit sympathisch gefunden – bis er erfahren hatte, wie dieser mit Lily umgesprungen war. Er hatte ihn seit Jahren nicht gesehen. Bismarck hatte sich einen kurzgeschnittenen Vollbart stehen lassen, sein Haar war schütter geworden, aber ansonsten war er so gertenschlank und stand so gerade wie immer. Seine großen eisblauen Augen ließen keinerlei Peinlichkeit oder Schuldgefühle erkennen, als er Pauls Blick zurückgab. »Wir kennen uns, Eure Hoheit«, sagte er, seine Stimme ebenfalls so hell und heiser wie immer. »Ich fühle mich geehrt, Herrn Baermann wiederzusehen.«

Paul fiel keine Antwort ein, erst recht nicht, als der König sagte: »Wir haben es Herrn von Bismarck zu verdanken, dass ich Sie heute persönlich begrüßen kann. Als mein Enkel mir sagte, dass ein bayerischer Ingenieur mit einem besonderen Instinkt für Eisenbahnen ihn gerettet habe und Herr von Bismarck dies erfuhr, sagte er sofort, dass es sich dabei nur um Sie handeln könne. Denn …«, der König zwinkerte und schlug Paul jovial gegen den Oberarm, »… Sie Filou haben dem Prinzen Ihren Namen nie genannt.«

»Ich habe ihn auch nicht gerettet, Eure Hoheit«, stotterte Paul. »Er …« Er wollte gerade sagen, dass der Prinz nur oberflächlich verletzt gewesen sei, da fing er einen Blick von Bismarck auf, der so unbewegt und betont neutral war, dass er nichts anderes als eine Botschaft enthalten konnte. Die Botschaft wurde Paul eine Sekunde später klar: Wenn er jetzt erklärte, dass Prinz Friedrich Wilhelm nur von einer Scherbe seiner eigenen Champagnerflasche in die Kopfhaut gepikt worden war, würde er den jungen Mann womöglich lächerlich machen; denn dieser hatte ganz offenbar sein Abenteuer bei dem Zugunglück gewaltig übertrieben. Paul hätte damit einen Freund – den Prinzen – und einen im Augenblick glücklichen Gönner – den König – verloren.

»… er – ich meine Seine Königliche Hoheit Prinz Friedrich Wilhelm – war außergewöhnlich tapfer und erkundigte sich trotz seiner schweren Verletzung sofort nach den anderen Reisenden und verlangte, dass ich diesen zuerst half.«

Der König schluckte gerührt. »Ein Prachtkerl ist der Junge. Sage ich das nicht immer, Bismarck? Hm? Von der Heydt? Ein Prachtkerl. Und der hier auch!« Paul erhielt einen zweiten freundschaftlich gemeinten Schlag gegen den Oberarm. Er hatte das Gefühl, dass Bismarck ihm kaum merklich zunickte und dass in dessen blauen Augen ein amüsiertes Lächeln zu sehen war, das sich auf seinem Gesicht nicht widerspiegelte.

Paul biss die Zähne zusammen. Bismarck hatte ihm soeben geholfen, sich vor dem König nicht unmöglich zu machen. Er versuchte, seinen Zorn auf den Politiker aufrechtzuerhalten, aber zugleich spürte er eine gewisse Dankbarkeit und Respekt für dessen Schlauheit.

»Und dieser Herr hier«, fuhr der König fort und deutete auf den dritten Anwesenden, der ein freundliches Gesicht mit langen Koteletten und kurzem, pomadisiertem Haar hatte, »ist August Freiherr von der Heydt, mein Handelsminister. Er ist besonders neugierig auf Sie. Aber zuerst – stärken Sie sich, mein Lieber.«

Während des Essens musste Paul erzählen, wie der Eisenbahnunfall verlaufen war. Nach einem weiteren Blick in die Augen Bismarcks baute er Prinz Friedrich Wilhelm als Akteur darin ein, der als Erster erkannte, dass der Rest des Zugs gebremst werden müsse und der zurück auf den zum Untergang verdammten vorderen Zugteil sprang, kurz bevor die Kupplung brach, um den Leuten dort helfen zu können. Er fühlte sich schlecht, eine Räuberpistole aus der Katastrophe zu machen, bei der so viele Menschen verletzt und drei getötet worden waren. Aber er gehorchte der unmerklichen Führung, die Bismarck ihm zukommen ließ, und fragte sich, welches Charisma dieser Mann besaß, dass er ihm trotz seines Ärgers wegen seines Verhaltens Lily gegenüber vertraute.

»Ein Prachtkerl!«, sagte der König. »Ein Prachtkerl! Davon hat er gar nichts erzählt.«

Es war kaum zu glauben, dass dieser joviale, von den erfundenen Heldentaten seines Enkels fast zu Tränen gerührte alte Herr derselbe war, der die Aufständischen von 1848 so glatt um ihre Errungenschaften gebracht und die alten Zustände wiederhergestellt hatte; aber er war auch derselbe, der, nach einem Tag voller Schießereien, den Militärs verboten hatte, Kanonen gegen die Berliner Bürger einzusetzen, und die Soldaten abgezogen hatte.

Das Essen wurde mit Kaffee und Zigarren und weiterem Champagner beschlossen. Zu diesem Zeitpunkt war Paul klar, dass der persönliche Dank des Königs nicht gerade ein Vorwand, aber doch ein willkommenes Entree war und es in Wirklichkeit bei diesem Gespräch um etwas anderes ging. Er fühlte sich deswegen unsicher und nervös, aber der Champagner, zu dem der König ihn mit freundlichem Zwang genötigt hatte, milderte seine Besorgnis etwas ab. Er hoffte, dass er noch nüchtern genug war, um zu verstehen, worauf diese drei Männer hinauswollten. Eines ahnte er jetzt schon – dass Bismarck der heimliche Strippenzieher war und dass, worauf immer das hier hinauslief, sowohl der Gesandte selbst als auch der preußische Staat davon profitieren würden.

»Von der Heydt«, sagte der König, der sich zurückgelehnt

und einen Knopf seiner eleganten Frackhose geöffnet hatte, um seinem Kugelbauch etwas mehr Raum zu geben, »wenn ich bitten darf?«

August von der Heydt kam ohne Umschweife zur Sache. Das Tischgespräch hatte ergeben, dass der Freiherr Bankier gewesen war, bevor er kurz nach den Revolutionsgeschehnissen zum Handelsminister ernannt worden war. Seine Art, ohne Umschweife zu reden, erinnerte Paul an Joseph Maffei in München, nur dass die fromme Menschenfreundlichkeit Maffeis ein Wesenszug war, der dem preußischen Handelsminister zu fehlen schien.

»Seine Hoheit möchte die Preußische Ostbahn voranbringen«, erklärte von der Heydt. »Sie soll die schwachen Gebiete in Ostpreußen und Pommern beleben. Seine Hoheit möchte dies keiner privaten Gesellschaft überantworten, sondern den Bahnbau in staatlicher Hand belassen. Der Landtag hat die Mittel dazu lange Zeit verwehrt.«

»Nicht einstimmig«, warf Bismarck ein, und Paul konnte sich denken, auf welcher Seite er gestanden hatte.

»Doch nun gibt es einen Eisenbahnfonds, der mit den entsprechenden Mitteln bestückt ist. Das erste Teilstück ist bereits gebaut – von Berlin nach Bromberg. Nun soll Danzig angeschlossen werden; dann Königsberg, dann Marienburg … und so weiter. Bis 1860 wollen wir Schienen bis zur östlichen Reichsgrenze verlegt haben – bis zur Grenze Russlands!«

»Das ist ein ambitionierter Plan«, sagte Paul, der aus seiner Zeit bei Borsig einen vagen Überblick über die Topographie des Gebiets hatte. »Sie müssen Brücken bauen … über die Weichsel, über die Nogat …« Er lächelte plötzlich, weil er nun zu verstehen glaubte. Der Champagner gab ihm genug Mut, seine Vermutung auszusprechen. »Sie brauchen einen verdammt guten Streckenplaner dafür.«

»Wir brauchen den Besten«, sagte von der Heydt.

»Wir brauchen Sie, mein Lieber!«, sagte der König und verabreichte Paul den dritten kameradschaftlichen Schlag gegen den Oberarm.

Bismarck sagte nichts. Er lächelte nur fein und selbstzufrieden und ließ sich, ohne ein Wort zu sagen, anmerken, wie bewusst ihm war, dass er sowohl die ehrgeizigen Pläne des Handelsministers als auch das öffentliche Ansehen des Königs als Erschließer der neuen Technik gerettet hatte. Und dass er Paul eine neue Arbeitsstelle beschafft hatte, in der er das tun konnte, was ihm am meisten lag.

5

Im Herbst 1854 wurde Louise klar, dass die Frauen, die sie als ihre Freundinnen betrachtet hatte, in Wirklichkeit Feindinnen waren, die nur zu höflich gewesen waren, es sich anmerken zu lassen.

Die Frauen der preußischen Offiziere lebten in einer Welt, die der ihrer Männer nicht unähnlich war. Statt der Stabsbesprechungen gab es Tee- und Kaffee-Partys nach englischem Vorbild, statt Manövern gab es Picknick-Ausflüge im Sommer und Wohltätigkeitsveranstaltungen im Winter – aber all das hatte einen militärisch effizienten Anstrich. Vor allem zählte wie in der Welt der Männer eines am meisten: der Rang. Es war zwar der Rang des Ehemanns, aber da die Gattin eines Generals von ihren Dienstboten, von den Lieferanten und von den Nachbarn als »gnädige Frau General« angesprochen wurde, machte sie sich die hierarchische Stellung ihres Ehemanns ganz natürlich zu eigen.

Die Secondelieutenants und Premierlieutenants waren in der Regel nicht verheiratet, da ihr Sold keine Ehe erlaubte und sie meistens in der Garnison lebten oder in winzigen möblierten Zimmern in der Umgebung der Kaserne. Viele Familien von selbständigen Handwerkern oder Fabrik-Vorarbeitern besserten ihren schmalen Unterhalt auf, indem sie ein Zimmer ihrer Wohnungen an einen jungen Offizier vermieteten. Auch die Hauptleute und Rittmeister waren meistens nicht verheiratet. Die vermögenderen unter ihnen hielten Mätressen aus, die je nach Luxusanspruch auch zwei oder drei Gönner hatten, deren Besuche militärisch exakt aufeinander abgestimmt waren. Wenn die Männer sich kannten und befreundet waren, waren diese Arrangements unkompliziert, selbst wenn die Regie einmal nicht klappte und sich zwei Galane unerwartet im Salon ihrer Herzensdame gegenüberstanden. Empfanden sie sich als Rivalen, wurde die Angelegenheit dann meistens in einem Duell gelöst, in dem beide Seiten häufig absichtlich oder aus Nervosität danebenschossen. Die Ehre war damit aber wiederhergestellt, und das Arrangement konnte weitergehen, diesmal etwas vorsichtiger von der Dame des wechselseitigen Begehrens organisiert, um weitere unverhoffte Begegnungen zu vermeiden.

Selbstverständlich wurden diese Frauen niemals zu irgendwelchen Zirkeln eingeladen, und selbstverständlich wurden sie von den Offizieren, die sie aushielten, auch niemals geheiratet, wenn diese die Karriereleiter hinaufstiegen. Solange sie ansehnlich waren, gab es immer nachrückende Jung-Offiziere, die froh waren, von erfahrenen zärtlichen Händen in die Geheimnisse der Lust eingeführt zu werden.

Ebenso selbstverständlich wurde über solche Dinge in den Zirkeln der höheren Offiziersfrauen nicht gesprochen, doch jede wusste es, und auch Louise war dies klar. Wenn sie überhaupt darüber nachdachten, waren die meisten Frauen wahrscheinlich froh darüber, dass ihre Männer in jungen Jahren eine gute Einführung in die Techniken der Liebe erhalten hatten, weil ihnen dann die Peinlichkeit erspart blieb, in der Nervosität der Hochzeitsnacht einem frischgebackenen, glücklich betrunkenen Ehemann mit den wenigen eigenen – theoretischen – Kenntnissen zur Hand gehen zu müssen.

Die Frauen der Stabsoffiziere und des Generalstabs waren es, die sich in den Zirkeln trafen. Majorsfrauen besaßen den niedrigsten Rang; die Frauen der Generallieutenants den höchsten. Vom General an aufwärts hatten die Frauen einen eigenen Zirkel, der mit diversen versteckten Ratschlägen und Intrigen steuerte, was im Zirkel der unteren Stabsränge geschah und wer sich dort tummeln durfte. Immerhin würden einige der Frauen aus dem unteren Zirkel, deren Männer klug und ehrgeizig genug waren, irgendwann einmal in den oberen Zirkel aufsteigen, und man musste von Anfang an vermeiden, dass mit irgendwelchen Skandalen behaftete Personen dorthin gelangten – wenn der Skandal nicht ohnehin verhinderte, dass der Ehemann in die höheren Stabsränge aufsteigen konnte. Ein Offiziersehepaar bildete eine auf Gedeih und Verderb aufeinander angewiesene Einheit. Leisteten sich die Männer zu viele Fehler oder eigene Skandale, gerieten ihre Frauen ins gesellschaftliche Abseits. Waren die Frauen in eine Peinlichkeit verwickelt, beschädigte dies die Karriere der Männer.

Manchmal geriet man auch ins gesellschaftliche Abseits, obwohl niemand einen Fehler gemacht hatte – außer dass die eigenen Eltern die falsche Nationalität gehabt hatten. Dies war der Fall bei Louise, nachdem Frankreich zusammen mit England den Russen den Krieg erklärte und Preußen sich aufgrund einer Neutralitätszusage gegenüber Zar Nikolaus heraushielt. Für Louise war die Entwicklung doppelt bitter, weil Alvin in diesen Tagen mehr Zeit in der Garnison als zu Hause zubrachte und sie niemanden außer dem Kindermädchen hatte, mit dem sie reden konnte, und das Kindermädchen war die sechzehnjährige Tochter einer Arbeiterfamilie und so redselig und gebildet wie ein Stück Brot.

Als sie einer Einladung von Julie von Möllendorff, der Frau von Generalmajor von Möllendorff folgte und feststellte, dass nur sie allein eingeladen war, schwante ihr Übles. Die Ehefrau von Carl von Möllendorff, den Alvin aus den Händen der Aufständischen gerettet hatte, war so etwas wie eine Mentorin für Louise geworden und das, was einer Freundin noch am nächsten kam.

Julie von Möllendorff hatte Kaffee und Gebäck bereitgestellt, erkundigte sich nach dem Wohlergehen von Alvin und Moritz und versuchte, ein mühsames Gespräch in Gang zu halten. Das Gespräch steuerte ganz offensichtlich auf ein Ziel zu, das Julie schwer anzusprechen fand.

»Es heißt«, sagte Louises Gastgeberin und zerbröselte nervös einen Keks auf dem Teller, »dass die Hochzeit zwischen Kaiser Franz Joseph I. und Prinzessin Elisabeth von Bayern nächsten Monat stattfinden soll. Man sagt, die beiden seien ein außerordentlich schönes Paar.«

Louise nickte.

»Und haben Sie die Zeitungen gelesen – was man über den Untergang dieses unglücklichen Eisenschiffs vor Irland herausgefunden hat, bei dem fast vierhundert Menschen ertrunken sind?«

»Die *RMS Tayleur*?«, fragte Louise. »Das Schiffsunglück im Januar?«

»Ja. Stellen Sie sich vor – zuerst hieß es, der Kapitän sei schuld, aber jetzt hat man herausgefunden, dass die Kompasse nicht richtig funktionierten wegen der Eisenhülle und dass die Reeder das vorher nicht überprüft hätten. Die meisten Mitglieder der Besatzung sprachen kein Englisch oder waren keine Seeleute, sondern verdienten sich die Überfahrt mit Matrosenarbeiten, was für die Reederei natürlich billiger war, als ausgebildete Seeleute anzuheuern. Das Ruder war zu klein ausgelegt für das große, schwere Schiff, die Taue für die Takelage zu neu …«

Die Schiffskatastrophe hatte eine Weile die ersten Seiten der Zeitungen bestimmt, besonders, als die tragischen Details bekannt wurden – wie das Schiff in einem schweren Sturm auf den Klippen vor der Dublin Bay festsaß, wie die Rettungsboote wegen der aufgewühlten See nicht herabgelassen werden konnten, wie die Mannschaft einen Mast zum nahen Ufer hin fällte, damit die Passagiere sich über ihn krabbelnd in Sicherheit bringen konnten … wie die Brecher alle Frauen und Kinder, die den Mast benutzten, herunterspülten und mit sich fortrissen, wie die hohen Wellen das Schiff am Ende von den Klippen hoben und versenkten, wie der Kapitän bis zur letzten Sekunde an Bord blieb und dann ins Meer sprang, wie die Mehrzahl der Passagiere, die zu diesem Zeitpunkt noch auf dem Schiff waren, damit untergingen …

Louise schüttelte sich. Sie hatte kaum zugehört, als Julie von Möllendorff ausgeführt hatte, dass die Profitgier der Unternehmer noch viele Menschen zu Tode bringen werde und dass es traurig war, dass die Welt jetzt zusehends von den Kapitalisten regiert wurde und nicht mehr von der Adelsschicht und dass auch in Preußen das Junkertum immer mehr in Bedrängnis geriet wegen der Finanziers, Bankiers und Fabrikbesitzer und dass man sich, wenn man von Geblüt war, mit allen Kräften gegen den Ausverkauf des Landes stemmen musste!

»Ich habe in der letzten Zeit nur noch die Berichte über den Krieg gelesen«, entschuldigte sich Louise.

Julie von Möllendorff atmete tief ein und legte Louise dann eine Hand auf den Arm. »Ach, meine Liebe«, sagte sie, »Sie geben mir das Stichwort. Es tut mir so leid.«

Die Berichte über den Krieg zwischen der Türkei und Russland, der Frankreich und England mit hineingezogen und Preußen und das diplomatisch äußerst ungeschickt agierende und zusehends mit allen Fraktionen verfeindete Österreich in eine ungeliebte Defensivallianz gezwungen hatte, waren stets reißerisch. Alvin hatte Louise erklärt, dass die Neutralität, die der König zu diesem Konflikt wahrte, in den konservativen Kreisen Preußens nicht gern gesehen war. Die einen waren der Meinung, man müsse sich auf Russlands Seite stellen, die anderen fürchteten, Preußen würde durch seine Neutralität und durch das Schutzbündnis mit Österreich als schwach und furchtsam dastehen. Die österreichischen Diplomaten, die gegenüber Preußen so tapsig daherkamen wie gegenüber allen anderen, ließen keinen Zweifel daran, dass Preußen in diesem Bündnis der Juniorpartner war – was Männern wie Otto von Bismarck, der als Gesandter im Frankfurter Bundestag saß, sauer aufstieß.

Deshalb waren die Zeitungen, je nachdem, auf welcher Seite sie standen, bemüht, jedes Detail in ihrem Sinn aufzubauschen. In Berlin herrschte in den Nachrichtenblättern die Sicht der Regierung, die besagte, dass Frankreich und England Kriegstreiber waren, welche die berechtigten Interessen Russlands, das in die osmanisch regierten Donaufürstentümer einmarschiert war, um den christlichen Glauben zu schützen, mit Füßen traten. Im loyalen Offizierskorps herrschte – abgesehen von einer gewissen Enttäuschung, nicht in den Krieg ziehen zu können – die gleiche Meinung vor.

Frankreich und England machten es den besonnenen Kreisen in Preußen, die ein differenzierteres Bild von der Lage zu zeichnen versuchten, nicht leichter; alliierte Kriegsschiffe und Marinesoldaten operierten in der Ostsee und griffen russische Werften und Häfen an, aber die Ostsee war eigentlich das Meer Preußens, und so wurden die Belagerungen und Beschießungen als Affront empfunden.

»Wissen Sie«, sagte Julie von Möllendorff; die sonst so beredte Gastgeberin suchte nach Worten, »es geht mir darum, Sie vor irgendwelchen Peinlichkeiten zu beschützen, meine Liebe. Also, was ich sagen will … es gibt Gerede … nicht Ihretwegen persönlich, Ihr Verhalten ist tadellos und darf vielen von uns als Beispiel gelten … manche haben ja schon gesagt, als es vor zwei Jahren den Staatsstreich in Ihrem Land gab und sich Ihr Präsident plötzlich zum Kaiser ausrufen ließ und jetzt Napoleon III. ist, dass es sich nicht schickt – und ich entgegnete, die arme Person kann doch nichts dafür, dass der Lump sich selbst die Krone hat aufsetzen lassen … ähm … aber die anderen Damen meinen jetzt wieder …« Julie von Möllendorff verstummte unglücklich.

Louise beschloss, es ihrer Gastgeberin leichtzumachen. In ihren Augen brannten Tränen der Enttäuschung, und ihre Kehle schmerzte, als sie sagte: »Sie meinen, es schickt sich nicht, wenn eine Französin im Kreis der Frauen der preußischen Stabsoffiziere zugegen ist.«

Julie von Möllendorff nahm Louises Hand und drückte sie. »Ach Herr Jesus, es tut mir so leid, meine Liebe.« Sie sah aus, als würde sie gleich anfangen zu weinen.

Louise stand auf. »Es war sehr freundlich von Ihnen, mir das zu sagen, Frau Generalmajor. Ich schätze Ihre Offenheit.«

»Wenn dieser unselige Konflikt erst vorbei ist, meine Liebe, wird alles wieder so sein wie vorher.«

»Nein«, sagte Louise. »Es wird nie wieder so sein wie vorher. Allein schon deshalb, weil ich nun weiß, dass ich immer nur geduldet war.«

»Auf mich trifft dies nicht zu!«, widersprach Julie von Möllendorff heftig. Louise erkannte, dass sie mit ihrer Bitterkeit die falsche Adressatin traf. Sie umarmte die überraschte Julie und drückte sie fest an sich.

»Ich weiß«, wisperte sie erstickt. »Sie werden mir fehlen.«

»Wenn das erst vorbei ist …«, wiederholte Julie.

Louise zwang sich ein Lächeln ab. »Ja«, sagte sie. »Bis dahin: Leben Sie wohl.«

6

Alvin kam erst am übernächsten Abend wieder nach Hause. Er wirkte müde und war blass.

»Die Alliierten sind auf der Krim gelandet«, sagte er, als er seufzend in einen Sessel sank und sich bemühte, die Stiefel auszuziehen. Louise half ihm zu zerren. Moritz, mittlerweile zehn Jahre alt, kicherte und stieg in die Stiefel, nachdem Alvin und Louise sie mit vereinten Kräften endlich abbekommen hatten. Er stapfte damit im Salon umher und drückte die Brust heraus. Alvin und Louise betrachteten ihn lächelnd. Moritz war der ernste Junge geblieben, in den er sich nach dem Wegzug von Briest verwandelt hatte, und die wenigen Albernheiten, die er sich leistete, taten seinen Eltern ebenso gut wie ihm.

»Mit Kriegsschiffen«, erklärte Alvin. »Und Truppentransportern. Sie haben so viel Soldaten und Material dorthin geschickt, dass sie allein zum Ausladen fünf Tage brauchten. Dann sind sie vormarschiert und haben die Russen in einer ersten Schlacht geschlagen. Jetzt, so lauten die Berichte, haben sie Sewastopol eingeschlossen und belagern es von Land her, weil der Zugang von See zu schwer verteidigt und durch versenkte Schiffe blockiert ist.«

Moritz zog die Stiefel wieder aus und stellte sie ordentlich neben den Stuhl seines Vaters. »Darf ich in mein Zimmer gehen?«, fragte er.

Alvin grinste schief. »Möchtest du nicht noch ein paar Soldatengeschichten hören?«

Moritz wirkte verlegen. »Ich wollte noch mit meinen Zinnfiguren spielen …«

»Na gut …« Alvin seufzte. »Was wird heute gebaut?«

Moritz strahlte. »Eine Brücke über die Spree, Herr Vater!«

»Ein wichtiges Projekt!«

»Sehr wichtig, Herr Vater!«

Alvin hatte sich damit abgefunden, dass Moritz nicht wie die meisten Jungen seines Alters – und wie alle Offizierssöhne – mit seinen Zinnfiguren Kriege und Schlachten nachstellte. Seine Figuren waren Arbeiter und Ingenieure, und sie bauten Straßen und Brücken. Er hatte dazu sogar Figuren umgebaut, indem er Soldaten anders bemalt und aus Gewehren Schaufeln oder Messstöcke geformt hatte. Für seine Konstruktionen gingen endlose Mengen von kleinen Holzplättchen drauf, die er geduldig mit Draht zusammenband oder mit Fischleim verklebte. Manchmal roch es in seinem Zimmer wie in einer Tapetenfabrik.

»Ich schau mir das Ding nachher an«, verkündete Alvin. »Mal sehen, ob man auch mit einer Artilleriebrigade darüberrollen könnte.«

»Dann muss ich die Stützkonstruktion verstärken«, erklärte Moritz. »Aber eigentlich sollte es eine Eisenbahnbrücke werden.«

»Ah«, machte Alvin, während Louise lachte und eigentlich weinen wollte, weil sich in Moritz so deutlich das Erbe seines Vaters zeigte und weil Alvin stets verwirrt war über die Leidenschaften seines Sohnes, die so gar nichts mit den seinen zu tun hatten.

»Wird Preußen doch in den Krieg ziehen?«, fragte Louise, als Moritz endlich im Bett war. Sie fühlte ihr Herz ängstlich klopfen, als sie auf die Antwort wartete.

»Louise, du sollst mir keine Fragen stellen, auf die ich dir keine Antwort geben darf«, sagte Alvin.

»Unsinn. Die Zeitungen stellen andauernd diese Frage, und irgendjemand im Kriegsministerium beantwortet sie. Da kannst du sie doch auch deiner Frau beantworten.«

»Die Leute im Kriegsministerium, die darauf antworten, lügen in der Regel.«

»Dann lüg du mich auch an, wenn die Wahrheit mir Angst machen würde.«

Alvin lächelte und schüttelte den Kopf, dann stand er von seinem Sessel auf und ging zu Louise hinüber, die auf einer Chaiselongue saß. Er setzte sich neben sie und nahm sie in den Arm. »Ich denke, nicht«, sagte er ernsthaft. »Preußen gibt sich als Großmacht, aber wir sind noch nicht so weit, einen Waffengang mit Österreich zu wagen – oder Russland – oder *La Grande Republique!*« Er küsste Louise auf die Nasenspitze. »Natürlich bekommst du, wenn vier Leute darüber befragt werden, fünf verschiedene Meinungen. Das ist nur meine Meinung.«

»Mir ist deine Meinung wichtig.«

»Weißt du, dieser Krieg ist ganz anders als alle vorherigen, und das liegt an der modernen Technik. Die Russen haben eine von diesen Telegraphenlinien, die von Sewastopol direkt bis nach Moskau führt. Zwei Tage dauert da eine Nachrichtenübermittlung nur noch! Und von Moskau nach St. Petersburg führt eine noch schnellere Verbindung über eine elektromagnetische Linie. Die Alliierten haben ebenfalls eine Telegraphenlinie, die von London über Paris nach Bukarest führt, und sie haben sie jetzt bis Warna am Schwarzen Meer verlängert. Ich wette, sie werden sie weiter verlängern, mindestens bis nach Balaklawa, wo die Flotte der Alliierten ihre Basis hat. Dann können Nachrichten aus dem Kriegsgebiet einen Tag später schon in Paris sein. Unter normalen Umständen würden sie drei Wochen brauchen! Stell dir das mal vor!«

»Und wofür werden diese schnellen Nachrichten verwendet? Um noch mehr Soldaten dorthin zu senden, wo sie erschossen werden.«

Alvin schien Louises bitteren Vorwurf nicht gehört zu haben. »Die britische Infanterie verwendet Gewehre mit gezogenen Läufen. Die gesamte Infanterie, nicht nur die Jägertruppen! Die Gewehre haben eine Reichweite von siebenhundert Metern, wenn's reicht – und sind dann immer noch zielsicher. Die Russen verwenden immer noch zuglose Musketen mit glattem Lauf und einer Reichweite von zweihundert Metern. Bis die russischen Linien auf Schussweite an die britischen Linien herankommen, sind sie schon sechshundert Meter lang unter zielsicheres Feuer genommen worden.«

»Ich hoffe«, sagte Louise ätzend, »du verlangst nicht, dass ich mir das auch noch vorstelle.«

»Wie?«

Louise winkte ab. Sie fühlte einen plötzlichen Zorn auf alles Militärische und versuchte zu verhindern, dass dieser Zorn auch auf ihren Mann übersprang. Sie hatte Berichte in den Zeitungen gelesen, wonach die hygienischen Bedingungen auf dem Feldzug so katastrophal waren, dass die Franzosen und Engländer schon Tote zu beklagen hatten, bevor die ersten Kampfhandlungen begonnen hatten. Die Soldaten waren noch auf den Transportschiffen an Krankheiten gestorben. Die französische Streitmacht hatte siebentausend Mann wegen eines Choleraausbruchs verloren. Und die scheinheiligen Offiziersweiber hatten sie, Louise, aus ihrem Zirkel ausgeschlossen, weil es sich nicht schickte, dass eine Französin unter ihnen war. Dass Generäle ihre Soldaten an Krankheiten verrecken ließen, das schickte sich offenbar schon!

Louise wusste, dass sie ungerecht war. Es waren nicht die Ehemänner ihres ehemaligen Offiziersfrauenzirkels, die an dem sinnlosen Sterben der Soldaten schuld waren. Es waren nicht einmal preußische Offiziere, sondern nicht zuletzt Offiziere und Befehlshaber aus ihrem eigenen Heimatland Frankreich. Aber das Wissen um ihre Ungerechtigkeit konnte die Wut nicht bezähmen, genauso wenig wie das Wissen darüber, dass Alvin es nicht böse meinte, wenn er mit Bewunderung von neuen Nachrichtentechniken und neuen Waffen sprach, die doch nur dazu verwendet wurden, den Tod auf dem Schlachtfeld zu vertausendfachen. Die Angst, dass dieser erste große Krieg seit 1815 zu einem neuen europäischen Flächenbrand werden konnte, beherrschte viele Gedanken und auch die von Louise, die vor Furcht schwitzte, wenn sie daran dachte, dass Alvin würde einrücken und kämpfen müssen.

Wie schnell das alles gegangen war! Im Januar dieses Jahres hatte Kaiser Napoleon III. noch versucht, beim Zaren zu vermitteln; und jetzt, im Oktober, gab es schon Tausende von Toten auf Seiten der Alliierten, und Gott allein wusste wie viele auf Seiten Russlands! Der Krieg war ein Monster, das sich nicht zähmen ließ, wenn man es einmal von der Kette genommen hatte.

In dieser Nacht wandte Louise sich ab, als Alvin sie küssen wollte. Er schien das Signal zu verstehen, denn er rollte sich wortlos auf die Seite und war innerhalb kurzer Zeit eingeschlafen. Louise schlief viel später ein und einmal mehr mit dem Gedanken an Paul und auf merkwürdige Art getröstet, dass wenigstens der eine von den beiden Männern, die sie liebte, nicht für den Krieg arbeitete.

7

Louise hatte nie richtig über den Krieg nachgedacht. Selbst der Aufstand in Berlin war etwas Fernes gewesen, da Paul sie aus der Stadt gebracht hatte, bevor die Schießereien losgegangen waren. Umso beklommener fühlte sie sich jetzt, während die Kämpfe und das Schlachten auf der Krim weitergingen. Eine Erzählung ging um von einer englischen Kavalleriebrigade, die aufgrund eines Missverständnisses todesmutig in ein Tal geritten war, wo man sie von drei Seiten aus mit Kanonen unter Feuer nahm; andere Kriegsgeschichten berichteten von Belagerungen, Feldschlachten, von Toten, Toten, Toten … und immer wieder von den erbärmlichen Verhältnissen in den Feldlazaretten: von schlecht belüfteten Krankenstationen, in denen die Ratten herumliefen, von dreckigen Böden, von Flöhen und Läusen, welche die Patienten plagten, von Verwundeten, die wochenlang dieselbe Kleidung tragen mussten, von den zahlreich herumstehenden offenen Holzeimern für die grassierende Ruhr, vom unglaublichen Gestank, der überall herrschte, vom Elend derer, die tapfer gekämpft hatten und in Ausübung ihrer Pflicht verwundet worden waren und nun zu Hunderten verreckten.

»Louise«, sagte Alvin und klang so geduldig, dass Louise

erneut wütend wurde, »das war schon immer so. Glaubst du, in der preußischen Armee ist es viel besser? Das weiß man, wenn man sich dafür entscheidet, Soldat zu werden.«

»Entscheidet?«, rief Louise. »Was denn für eine Entscheidung? Die Engländer holen sich ihre Soldaten vom Galgen weg – entweder hängen für einen kleinen Diebstahl oder sieben Jahre Dienst in der Infanterie. In Preußen gibt es die allgemeine Wehrpflicht. Was nennst du daran freiwillig?«

»Der Dienst in der Armee ist ein Ehrendienst«, begehrte Alvin auf. »Die Armee ist die Schule der Nation. Dafür darf man von einem Soldaten verlangen, dass er gewisse Härten durchleidet. Übrigens gibt es auch in Frankreich die Wehrpflicht. Schon länger als in Preußen! Napoleon Bonaparte hat die französischen Wehrpflichtigen zu Tausenden in seinen Angriffskolonnen verheizt!«

»Und um die Verwundeten kümmern sich Pflegerinnen, während das hochgelobte Preußen die Soldaten in Todeslazaretten verkommen lässt, genauso wie bei den Engländern.«

»Die Pflegerinnen sind katholische Nonnen. Nonnen! Die es unentgeltlich tun! Glaubst du vielleicht, auch in Frankreich würde sich nur ein Finger für die verwundeten Soldaten rühren, wenn das Kriegsministerium dafür bezahlen müsste?«

In letzter Zeit endeten viele ihrer aufflammenden Streits auf diese Weise. Alvin fühlte sich von Louises immer stärker werdender Abneigung gegen den Kriegsdienst persönlich beleidigt, selbst wenn sie weder ihn noch die preußische Armee angriff, und schlug zurück, indem er irgendetwas Negatives über Frankreich hervorkramte, bevorzugt aus der Ära Napoleon Bonapartes, in der sich jede Menge Abschlägiges finden ließ. Und Louise fand dies wiederum beleidigend, obwohl sie selbst Napoleon verabscheute. Es schien Louise, dass sie immer weniger gemeinsamen Boden hatten, auf dem sie stehen konnten. Sie wusste, dass sie diejenige war, die sich geändert hatte. Die Änderung war ganz allmählich eingetreten; sie ahnte, dass sie mit Pauls jäher Erkenntnis begonnen hatte, wer der wahre Vater von Moritz war. Sie liebte Alvin von ganzem Herzen, aber mehr und mehr gewann sie den Eindruck, dass sie sich von ihm weg und zu Paul hin entwickelte. Ihre Liebe war immer im Gleichgewicht gewesen. Dies hatte sie oft leiden lassen, weil sie sich nie für einen der beiden Männer hatte entscheiden können. Nun veränderte sich das Gleichgewicht hin zu Paul, und sie litt erneut, weil sie nicht wusste, wie sie Alvin dies klarmachen konnte, wie diese Situation weitergehen würde und ob es eine anständige Lösung dafür gab. Es machte sie gereizt, und das Ziel für ihre Gereiztheit war Alvin, der am wenigsten dafür konnte. Manchmal hätte sie sich am liebsten selbst geohrfeigt.

Kurz vor Weihnachten 1854 studierte Louise einen Bericht in der liberalen *National-Zeitung*, der sie den ganzen Tag nicht losließ. Am Abend überfiel sie Alvin damit.

»Es gibt eine Engländerin, die in London ein Pflegeheim geleitet hat. Sie ist im Oktober mit vierzig Pflegerinnen, katholischen Nonnen und Freiwilligen auf der Krim angekommen und kümmert sich seitdem darum, dass es den Verwundeten bessergeht. Sie heißt Florence Nightingale. Die verwundeten Soldaten nennen sie »die Dame mit der Lampe«, weil sie nachts durch die Krankenräume geht und nach dem Rechten sieht.«

»Woher hast du das?«, fragte Alvin und überflog den Artikel in der Zeitung. »Die englischen Kriegsberichterstatter«, brummelte er. »Alles melden die nach Hause. Der Telegraph macht es möglich …«

Louise war verärgert über Alvins missmutige Reaktion, bis er aufblickte und sie seine glänzenden Augen sah.

»Alles melden die nach Hause!«, wiederholte er. »Endlich ist es mit den ganzen Entstellungen und falschen Berichten vorbei. Jedermann wird künftig erfahren, wer ehrenhaft gekämpft und wer versagt hat!«

Das machte sie fassungslos. »Es geht doch nicht um die Berichterstatter!«, rief sie. »Es geht um das, was diese Florence Nightingale tut! Hast du das nicht gelesen? Sie hat einen Bericht an die *London Times* über die Zustände in den Lazaretten geschrieben, und diese hat eine Spendenaktion ins Leben gerufen, damit Frau Nightingale frische Hemden und Socken, Bettzeug und Verbände für die Soldaten kaufen konnte!«

»Hm!«, machte Alvin. »Das Kriegsministerium in London hat den Verwundeten nicht einmal frische Hemden gestattet?«

Louise erkannte, dass Alvin ihr auf einmal zuhörte. Sie setzte sofort nach. »Alvin – ich möchte auch so eine Aktion ins Leben rufen. Eine Spende für die Soldaten auf der Krim!«

Alvin starrte sie perplex an. »Das sind doch nicht einmal preußische Soldaten. Wer spendet dann für die armen Teufel?«

»Dann … dann soll es ein Fonds werden. Für die medizinische Versorgung der preußischen Armee im Kriegsfall. Das Geld kommt in einen Fonds, und wenn – was Gott verhüten möge! – Preußen in einen neuen Krieg eintritt oder sich doch noch entscheidet, in diesem mitzumachen, dann kann das Geld eingesetzt werden.«

»Und wenn Preußen in keinen Krieg mehr eintritt?«

»Du willst mich wohl erheitern?«, fragte Louise bitter.

»Ich weiß nicht«, sagte Alvin. »Du überfällst mich hier. Wir haben nicht genug Geld, um so eine Aktion überhaupt erst zu starten. Um andere dazu zu bringen, Geld zu geben, muss man erst selber welches einsetzen.«

»Dein Freund Bismarck – kann der sich dafür nicht einsetzen?«

»Otto?«

»Er ist doch immer dafür, dass Preußen seine Stärke beweist! Zur Stärke gehört ein starkes Militär. Und zu einem starken Militär gehören Soldaten. Soldaten, die überleben und kämpfen und nicht vor der Schlacht zu Hunderten sterben, bloß weil sie krank werden und in einem Lazarett verkommen.«

»Grundgütiger, Louise, wenn du so im Feuer bist, solltest du dich selbst auf die Rednertribüne stellen. Du könntest die ganze Welt von deiner Meinung überzeugen.« Alvin grinste, aber Louise erkannte, dass er sie auf einmal mit anderen Augen sah. »Gut – ich schreibe Otto«, sagte er.

»Das willst du tun?«

»Ja, natürlich. Wenn es dir so viel bedeutet!«

»Ich liebe dich, Alvin«, sagte Louise und meinte es so ernst wie immer, aber es kam mit solcher Inbrunst hervor, dass sie plötzlich in Tränen ausbrach und Alvin sie in den Arm nahm und ein ums andere Mal sagte: »Ist ja schon gut, mein Schatz.«

Mit Alvins positiver Antwort löste sich eine Frustration, die Louise bis dahin selbst nur vage bewusst gewesen war. Jetzt erkannte sie auf einmal, dass ihre Gereiztheit und ihre Bitterkeit zu einem nicht geringen Teil daher rührte, dass die anderen Offiziersfrauen sie so brutal aus ihrem Kreis ausgeschlossen hatten. Sie verachten mich, weil ich eine Französin bin, dachte sie. Sie werden mich nicht mehr verachten, wenn sich herausstellt, dass die Französin mehr für Preußen tut, als ihnen jemals eingefallen ist! Eine andere, stolze Stimme in ihr sagte zwar: Hast du es nötig, etwas auf die Beine zu stellen, nur um diesen Ziegen zu beweisen, wer du bist? Du bist wer! Aber die Vorfreude darauf, endlich wieder aus der Isolation herauszukommen, brachte diese Stimme zum Schweigen.

Die Antwort von Otto von Bismarck ließ bis nach Neujahr

auf sich warten und war eine Enttäuschung, so gut sie auch gemeint war.

Bismarck war der Meinung, dass die Pflege wie in Frankreich in die Hände der Klöster gehörte. Bei den Nonnen war die Nächstenliebe quasi Bestandteil ihrer Daseinsberechtigung, und um einen Kranken oder verwundeten Soldaten zu pflegen, benötigte man zuallererst eine gehörige Portion Nächstenliebe. Private Krankenpflegerinnen, die es auch in Preußen gab, standen in einem extrem schlechten Ansehen, und Bismarck warnte Alvin davor, seine Frau damit in Berührung zu bringen. Er war wie immer glänzend informiert und zitierte Gerichtsurteile, die gegen Pflegerinnen gefällt worden waren, die ihre Patienten bestahlen, betrunken ihre Pflichten vernachlässigten oder sich auf Wunsch der von ihnen betreuten Männer für sie prostituierten.

Louise war sprachlos, als sie den Brief las.

»Es tut mir leid«, sagte Alvin. »Aber ich glaube, er hat recht. Vergiss deine Pläne. Sie schaden dir, mir und Moritz mehr, als sie uns nützen.«

8

Im Sommer 1855 starb der englische Oberbefehlshaber Lord Raglan an den Folgen seiner sturen Weigerung, die hygienischen Verhältnisse in den Feldlagern seiner Truppen verbessern zu lassen – die Cholera holte ihn. Und in Europa horchte man auf, weil nun plötzlich nicht nur ein namenloser Soldat der Nachlässigkeit zum Opfer gefallen war, sondern ein General und hoher Adliger. Louise, welche die Monate seit Bismarcks Antwortbrief in einer Mischung aus Depression, Wut und Trotz verbracht und keine Lust hatte, denselben Fehler zweimal zu begehen, wartete ab, bis Alvin sich ein paar Tage lang wegen eines Manövers außerhalb Berlins befand. Dann wandte sie sich direkt an die *National-Zeitung*. Sie hatte das Gefühl, Alvin damit zu betrügen, aber sie sagte sich, dass sie Alvin ohnehin noch viel schlimmer betrogen hatte, als nur seine Warnungen und Bismarcks Unkenrufe zu ignorieren. Sie verzichtete auf den üblichen Weg, dem Verleger einen Brief zu schreiben, und sprach selbst in seinem Unternehmen vor. Das Kindermädchen begleitete sie mit Moritz an der Hand. Louise sagte sich, dass eine Mutter mit Kind vielleicht nicht so lange in einem Wartezimmer abgestellt würde wie eine normale Bittstellerin.

Die *National-Zeitung* residierte im selben Haus wie *Wolffs Telegraphisches Bureau*, in der Charlottenstraße 15. Beide Unternehmen, das Telegraphenbüro und die Zeitung, waren von Bernhard Wolff gegründet worden, einem studierten Arzt, der als Buchhändler tätig gewesen war und nacheinander 1848 die Zeitung und 1849 das Telegraphenbüro ins Leben gerufen hatte. Er war der Erste gewesen, der die Freigabe des Telegraphen für private Nachrichten unternehmerisch genutzt hatte. Seine Zeitung genoss ihren guten Ruf und damit ihre hohe Auflage nicht zuletzt wegen des Telegraphenbüros, das die neuesten Nachrichten sofort zur Verwertung an die Druckerpresse weitergab, während die Konkurrenzblätter – die *Vossische* und die *Spenersche Zeitung*, die *Allgemeine Preußische Zeitung* und die *Berliner Zeitungs-Halle* – ihre Nachrichten erst noch zusammenkaufen mussten.

Louise reichte einem Pförtner den versiegelten Brief, in dem sie ihre Idee schriftlich zusammengefasst hatte, ließ sich von dem Mann in einen kleinen Raum gegenüber dem Pförtnerbüro führen, und wartete.

Moritz sagte: »Hier stinkt's.«

Louise nickte. In dem Raum hingen Zigarrenrauch und der Geruch von Schnaps in geradezu greifbaren Schwaden. Um den einzigen, zerkratzten Tisch herum standen Stühle, in einer Ecke ein Spucknapf, in einer anderen ein Herrendiener mit zwei unordentlich hingeworfenen Stiefelknechten. Louise ging auf, dass dies der Raum sein musste, in dem die Berliner Korrespondenten der *National-Zeitung* am Morgen ihre Termine planten und am Mittag und Abend zusammensaßen, um ihre Berichte abzugleichen und sie dann für den Verleger aufzubereiten. Plötzlich fiel ihr Pierre Charrier und seine vorgebliche *Gazette Libération* ein.

»Friernse, Frau von Briest?«, fragte das Kindermädchen. »Bei die Hitze draußen?«

Louise lächelte, schüttelte den Kopf und hoffte, dass das Lächeln nicht zu bemüht wirkte.

Der Mann, der gleich darauf zur Tür hereinplatzte, hatte ein zerknautschtes Gesicht, wirres Haar und große, abstehende Ohren. Im Mundwinkel klebte eine kalte Zigarre.

»Donnerwetter!«, sagte er. Er fasste Louise, dann das Kindermädchen und dann Moritz, der ihn groß anstarrte, ins Auge. »Donnerwetter!«, sagte er noch einmal.

Louise stand auf. »Mit wem habe ich die Ehre? Ich bin Louise von Briest.«

Im nächsten Augenblick steckte ihre Hand wie in einem Schraubstock und wurde auf und ab bewegt wie ein Pumpenschwengel.

»*Ich* habe die Ehre!«, rief der Mann. »Ich bin Bernhard Wolff, und ich will tausend Flöhe haben und keine Hand zum Kratzen, wenn das nicht die beste Idee ist, die schon jemand vorher gehabt hat und die niemand schlau genug war, nachzumachen!«

Louise hatte das Gefühl, plötzlich kein Deutsch mehr zu verstehen. Sie lächelte verwirrt.

»Kommen Sie mit, gnädige Frau«, sagte Wolff. »Ihren Junior und seine Gouvernante lassen wir auch nicht hier sitzen. Junger Mann«, Wolff wandte sich an Moritz, »du betrittst jetzt gleich das Allerheiligste.«

»Eine Kirche?«, fragte Moritz staunend.

»Nein, keine Kirche! Und keinen Tempel, keine Synagoge, keine Moschee! Sondern – die Räume einer Zeitung!« Wolff wedelte stolz mit seinem kalten Zigarrenstumpen.

In seinem Büro mit der weit offenstehenden Tür, in dem der Lärm eines daran angrenzenden riesengroßen Raums voller Menschen hallte, die alle mit offenbar einander widersprechenden Absichten hin und her rannten, rief Wolff: »Frau von Briest, ich finde Ihren Einfall grandios. Um es kurz zu machen: Die *National-Zeitung* unterstützt Sie dabei. Sie sind eine Dame der gehobenen Gesellschaft und haben die Verbindungen, die *National-Zeitung* hat den nötigen Widerhall in der Bevölkerung. Ich habe mir das schon genau überlegt. Sie trommeln …«

»Sie haben sich das schon überlegt? Sie kennen meine Pläne doch erst seit ein paar Minuten!«

»Meine liebe Frau von Briest, im Zeitungsgewerbe sind ein paar Minuten eine Ewigkeit! Also, Sie trommeln Ihre Freundinnen zusammen und organisieren eine Gala, ich übernehme die Kosten dafür, Sie spenden alle bei dieser Gala einen ordentlichen Betrag, und ich soll nicht der Sohn eines Bankiers sein, wenn wir nicht allein an diesem Abend das Zehnfache dieser ersten Einlage an weiteren spontanen Spenden zusammenbekommen! Und das ist erst der Anfang!«

Louise, die anfangs gedacht hatte, von einer freundlich grinsenden Postkutsche überrollt worden zu sein, sah nun ihre aufkeimende Hoffnung schwinden. »Herr Wolff«, sagte sie leise, »ich bin Französin.«

»Ja und?«

»Und die Frau eines preußischen Offiziers.«

»Ja und … Oh!«, sagte Wolff. Er musterte Louise. »Lassen Sie mich raten. Ihre Freundinnen sind alles Offiziersfrauen, und Sie dachten nur, dass sie Ihre Freundinnen seien.«

»Ja«, erwiderte Louise. Sie hätte es nicht besser zusammenfassen können.

»Das kenne ich. Ich bin Jude. Je nachdem, wie der Wind gerade weht, ist unser Volk entweder in den Palästen der Herrscher willkommen oder wird aus der Stadt gepeitscht.«

»Leider wird also aus der Gala nichts.«

»Mhm.« Wolff klemmte die Zigarre zwischen die Lippen, runzelte die Stirn, betrachtete Louise, nahm die Zigarre wieder in die Hand, stand auf, ging zur Tür und öffnete sie.

Louise fühlte sich durch den abrupten Hinauswurf wie vor den Kopf gestoßen. Diese Unhöflichkeit hätte sie dem Verleger nicht zugetraut. Sie erhob sich und sagte mit aller Würde, die sie aufbringen konnte: »Ich bedauere, Ihre Zeit gestohlen zu haben, Herr Wolff.«

Wolff drehte sich in der offenen Tür zu ihr um. »Was? Schmonzes. Setzen Sie sich wieder, meine liebe Frau von Briest.« Er holte Atem und brüllte zur Tür hinaus. »Feeliiiix!«

Ein vielleicht vierzehnjähriger Junge kam nach wenigen Augenblicken herbeigerannt. Wolff zog ihn in sein Büro und deutete auf Moritz und das Kindermädchen. »Felix – zeig dem jungen Mann und seiner reizenden Begleiterin …«, das Kindermädchen kicherte und wurde rot, »… die Zeitung. Seine hochverehrte Frau Mutter und ich haben Pläne zu schmieden!«

9

Bernhard Wolff schien zu den Menschen zu gehören, die nicht mehr losließen, wenn sie sich einmal in ein Thema verbissen hatten. Zugleich war er in der Lage, strategisch zu denken. Und wie ein General hatte er eine Armee zur Verfügung. Seine Armee waren die Zeitungsboten – Jungs im Alter zwischen zehn und sechzehn Jahren – und die Veteranen vergangener Kriege, die als Versehrte ein mühseliges Dasein fristeten.

Dass die meisten Versehrten, denen Arme oder Beine fehlten, keine Kriegsverwundeten waren, weil der letzte heftige Krieg schon zu lange her war, war nur ein kleiner Schönheitsfehler, den niemand bemerkte. Für die Authentizität sorgten die paar echten Versehrten aus den kurzen Kämpfen im Deutsch-Dänischen Krieg. Die anderen waren in der Regel Arbeiter, die mit einer Gliedmaße in Maschinen geraten waren, oder Männer, deren ursprünglich nachrangige Verletzungen wie ein Beinbruch oder eine tiefe Quetschung durch mangelnde ärztliche Versorgung schließlich zu einer Amputation geführt hatten. Sie hielten sich nun neben den Zeitungsboten auf und drückten allen Zeitungskäufern ein Blatt in die Hände, auf dem die Lage der Verwundeten nach einer Schlacht erklärt wurde, gefolgt von einem Aufruf, für die Stiftung Ferrand-Wolff zu spenden.

Die Idee dafür war Wolff nach der Lektüre von Berichten über den Nightingale Fund gekommen, einen öffentlichen Spendenaufruf in England für die Gründung einer Krankenpflegerschule. Noch niemals zuvor waren außerkirchliche Spendenaufrufe an die gesamte Bevölkerung ergangen, sondern immer nur an die Wohlhabenden, und die Spenden waren im Rahmen von Festveranstaltungen zusammengetragen worden und nicht durch Sammlungen auf der Straße. Selbst Soldaten zahlten in den Nightingale Fund ein und trennten sich dafür von einem Teil ihres Solds.

Alvin hatte, nach anfänglichem Missvergnügen über Louises Alleingang, wie immer versucht, seine Frau zu unterstützen. Seine Vorgesetzten hatten ihm klargemacht, dass die Garde nicht wünschte, den Namen eines seiner Offiziere mit einer Aktion in Verbindung gebracht zu sehen, die implizierte, dass das Militär nicht genug für seine Soldaten tat. Unter vier Augen hatte der Regimentskommandeur, bei dem Alvin einen Stein im Brett hatte, dann erklärt, dass das Militär – damit meinte er die Bürokraten im Kriegsministerium – tatsächlich verdammt wenig für die Soldaten tat und dass es eine verdammte Schande war, dass Frauen und Zivilistinnen wie Florence Nightingale oder Louise von Briest nötig waren, um dem Abhilfe zu schaffen. Er persönlich beglückwünsche Alvin zu einer Frau, die das Militär so verdammt liebe, dass sie sich für dessen verdammtes Wohlergehen einsetze, und wenn es eine Möglichkeit gab, dass der Name Briest aus der ganzen verdammten Geschichte herausgehalten würde, dann würde er persönlich dafür sorgen, dass ein paar seiner verdammten wohlhabenden Freunde für den Fonds spendeten, verdammt noch mal. Also hatte Louise ihren Mädchennamen für die Aktion verwendet und sich gleichzeitig gefragt, ob sie Alvins Regimentskommandeur und Bernhard Wolff einmal zusammenbringen solle, denn die beiden hätten sich vermutlich verstanden wie Pech und Schwefel – nur dass der Regimentskommandeur Louises Motive vollkommen fehlinterpretiert hatte, während Wolff nicht lange gebraucht hatte, um sie zu verstehen.

Dennoch ging die Aktion nur schleppend voran. Wolff

und Louise hatten erwartet, dass die Reaktion ähnlich sein würde wie in England, doch sie hatten nicht bedacht, dass für die preußische Bevölkerung der Krieg auf der Krim nur eine ferne Bedrohung war, während in England täglich Beileidsschreiben von Regimentskommandeuren eintrafen, die einer Mutter oder einer Ehefrau mitteilten, dass ihr Sohn oder Gatte in einem Lazarett den Heldentod gestorben war.

»Wir müssen die Abonnenten erreichen, nicht den Mann auf der Straße«, grollte Wolff. »Das sind die Leute, denen das Geld ein bisschen lockerer sitzt. Die *National-Zeitung* hat zehntausend Abonnenten. Wenn jeder nur dreißig Kreuzer spendet, sind das fünftausend Gulden. Dafür kann man eine Menge Bandagen kaufen!«

Wolff begann, den Freitagsausgaben der Zeitung ein Flugblatt beizulegen. Gleichzeitig konzentrierte er die Berichte von den Kämpfen auf der Krim ebenfalls auf die Freitagsbeilagen und garnierte sie mit Lebensberichten versehrter preußischer Soldaten. Er gab nicht auf. Als im Frühjahr 1856 ein Friedensvertrag zwischen den Alliierten, der Türkei und Russland geschlossen wurde, blieben die Spenden für eine Weile ganz aus; dann stiegen sie wieder an, als die *National-Zeitung* und die Konkurrenzblätter neue Horrorberichte druckten, die von den überlebenden englischen, französischen und italienischen Offizieren stammten. Und dann, im Sommer 1856, versiegten sie ganz.

Der Nightingale Fund hatte vierundvierzigtausend Pfund erbracht. Der Ferrand-Wolff-Fonds hatte zweitausend Gulden eingesammelt. Louise erinnerte sich mit bitterer Enttäuschung daran, dass das genau der Betrag war, den Paul mit sich geführt hatte, als er zu seiner Lehre bei Stephenson in Newcastle hatte aufbrechen wollen. Es hatte nicht einmal gereicht, die Reparatur des von ihm beschädigten Adler zu bezahlen. Sie war auf ganzer Linie gescheitert. Selbst Bernhard Wolff war nun nahe daran zu resignieren und überlegte bereits, ob man den Betrag einfach auf die Versehrtenheime aufteilte, die es in Berlin für ehemalige Soldaten gab.

Doch im Frühherbst 1856 geschah ein Wunder…

10

Paris war eine einzige Baustelle. Seit sich Präsident Louis-Napoléon Bonaparte zu Kaiser Napoleon III. gemacht hatte, bekam die französische Hauptstadt ein neues Gesicht. Ganze Viertel wurden dem Erdboden gleichgemacht, Alleen entstanden anstelle der alten, verwinkelten Gassen. Es gab nicht genug Arbeiter für all die Projekte, die Baron Haussmann, der vom Kaiser eingesetzte Präfekt, anschob. Die Löhne stiegen. Nicht alles Geld landete in den Taschen derer, die für die Neugestaltung der Stadt schwitzten. Vielmehr machte es die zahlreichen kleinen, zunftähnlichen Organisationen reich, in denen sich die Arbeiter zusammengeschart hatten oder, wie in La Villette, in denen sie zusammengeschart wurden. Wer sich weigerte, der dortigen Union der Freien Kräfte beizutreten, fand sich bald darauf mit einem gebrochenen Bein und gänzlich ohne Einkommen wieder. Wer zu stark war, um einfach überfallen zu werden, oder zu vorsichtig, um allein in irgendwelche einsamen Gegenden des Quartiers zu gehen, wurde zum Beitritt ermuntert, indem man seine Familie bedrohte. Die Gewerkschaft beherrschte in kürzester Zeit alle Arbeiter in La Villette. Da sich in den letzten Jahren der Charakter der Arbeiterschaft von den Schlachthausarbeitern weg zu Maurern, Pflasterern, Zimmerern und Handlangern entwickelt hatte, hatte die Union keine Probleme damit, ihre Mitglieder zu vermitteln – und dafür saftige Löhne zu kassieren.

Der Kopf der Union war Lily Baermann. Ihr Partner fürs Grobe war Zylinder-Bertrand, der mittlerweile Bertrand l'Étalon d'Alboche genannt wurde, allerdings nur hinter seinem Rücken und wenn sichergestellt war, dass die Zuhörer alle verschwiegen waren. Lily wusste es dennoch und hasste die Männer und Frauen, die sie auf die Baustellen vermittelte und von deren Lohn sie fünfundsiebzig Prozent einbehielt, dafür voller Inbrunst. Ihre Union war nicht die einzige kriminelle Organisation, welche die Bauwut des Kaisers und die Gleichgültigkeit der Behörden zum Schaden der Arbeiter und zum eigenen Gewinn ausnutzte. Aber keiner der französischen Konkurrenten auf diesem modernen Sklavenmarkt war den Subjekten, die er aussaugte, derartig in Hass verbunden wie Lily.

Étalon d'Alboche – der Beschläfer der Deutschen. Dabei waren Bertrand und sie nur Geschäftspartner. Bertrand schlief nicht mit Lily. Er hatte es nur ein einziges Mal getan, ganz am Anfang und – so viel war Lily später klargeworden – nur, weil er sich von ihr dazu genötigt gefühlt hatte; so wie sie das völlig überflüssige Gefühl gehabt hatte, es tun zu müssen, um sich seiner Loyalität zu versichern.

Das Perverse war, dass es ihr gefallen hatte. Das noch Perversere daran war, dass sie sich seitdem eine Wiederholung wünschte und dass, was ihr Gefühlsleben anging, Bertrand darin einen gewissen Stellenwert besaß. Er war groß und grobschlächtig und nicht der Klügste, aber er war schlauer, als er sich anmerken ließ, er zweifelte ihre Führung nicht an, und er respektierte sie. Ihr Vater und ihre Mutter hatten sie immer nur als nachrangig betrachtet, Paul hatte sie auf einen Sockel gestellt und keinerlei Ahnung gehabt, wer sie wirklich war, und Otto von Bismarck hatte sie benutzt.

Bertrand hatte sich ihr bei ihrem Liebesakt einfach unterworfen. Er hatte gefragt: »Was soll ich tun?«, als Lily den Rock gehoben hatte und ihn dazu ermuntert hatte, ihre Partnerschaft körperlich zu besiegeln.

Lily war perplex gewesen. Sie lag auf dem Rücken, hatte ihren Schoß entblößt und die Beine gespreizt, und dieser Ochse fragte, was er tun sollte?

»Bist du ein warmer Bruder?«, hatte sie hervorgestoßen.

»Was soll ich tun, damit es dir gefällt?«, hatte Bertrand geduldig nachgefragt.

Zum ersten Mal, seit sie sich Otto von Bismarck hingegeben hatte, hatte Lily darüber nachgedacht, welche sexuellen Wünsche sie hatte. Schließlich hatte sie gesagt: »Zieh mich aus.«

Bertrand hatte es getan, mit erstaunlich vorsichtigen Bewegungen. Erregung hatte sie ergriffen, als sie splitternackt vor ihm lag.

»Jetzt zieh dich aus.«

Bertrands Körper war knotig vor Muskeln und Narben und mit schlecht gemachten, verblassten Tätowierungen übersät. Er war so mächtig ausgestattet, wie es seinem Körperbau entsprach, er war erregt, und er schämte sich weder, es Lily zu zeigen noch mit seiner Erektion zu spielen, als Lily sie anstarrte. In der Zeit, in der sie noch Otto von Bismarcks Geliebte gewesen war, hatte er zum Teil mehrmals täglich nach ihr verlangt, aber es waren fast immer hastige, heftige Kopulationen gewesen, bei denen sie nur das entblößt hatten, was nötig war, oder sie hatten in der Dunkelheit eines nächtlichen Schlafzimmers stattgefunden. Bertrand, dieser nach Schweiß und Männlichkeit riechende Barbar, schien dagegen keinerlei Schamgefühl zu haben. Lily fühlte, wie die Lust zwischen ihre Beine schoss.

»Nimm mich«, sagte sie und atmete heftiger.

»*Merde*, warum denn so schnell? Willst du nicht noch ein bisschen naschen vor der Mahlzeit, *patron*?«

Das war das erste Mal gewesen, dass er sie *patron* genannt hatte, als wäre sie ein Mann und er ihr Schutzbefohlener. Seitdem verwendete er es fast ständig, ohne sich jemals näher dazu zu erklären als mit der Bemerkung, dass er Pierre immer nur beim Vornamen angeredet hatte.

Beim Akt mit Bertrand erfuhr Lily, womit zwei Menschen einander Lust schenken konnten, wenn sie sich nicht genierten, wenn es keine Zurückhaltung gab, wenn beide bestrebt waren, den anderen gewähren zu lassen und davon weiteren Lustgewinn zu haben. Sie hungerte seitdem nach diesem Taumel, dem sie sich hingegeben hatte, aber sie verstand auch, dass die Enthaltsamkeit eine Art Test war, dem Bertrand sie – und wahrscheinlich auch sich selbst – unterzog. Sollte sie ihn jemals bitten, sie ein zweites Mal zu nehmen, wäre sie die Schwächere von ihnen beiden; sollte er jemals nicht mehr widerstehen können und über sie herfallen, würde das bedeuten, dass er den Respekt vor ihr verloren hatte. Beide wussten, was geschah, wenn Bertrand den Respekt vor seinem *patron* verlor.

Im Herbst 1856 brachten Bertrand und seine handverlesene Truppe aus Schlägern zwei Männer vor Lily. Die Männer waren übel zugerichtet und konnten kaum stehen.

»Was ist mit denen passiert?«, fragte Lily.

»Sind verprügelt worden«, erklärte Bertrand.

»Sind das welche von unseren Arbeitern?«

»Ja, *patron*.«

»Verdammt. Wer war das?«

Bertrand blickte Lily überrascht an. »Na, ich.«

Nun war die Reihe an Lily, verwirrt zu blicken. »Weshalb um alles in der Welt?«

Bertrand, dem anscheinend aufging, dass er ein paar Basisinformationen für sich behalten hatte, führte aus, dass die beiden Männer für Unruhe unter den anderen Arbeitern gesorgt und versucht hatten, diese aufzuwiegeln. Sie hatten den Männern und Frauen erklärt, dass Lily zu viel von ihrem Lohn einbehielt und dass, wenn sie sich alle gegen Lily, Bertrand und deren Schlägertruppe gemeinsam erhoben, diese keine Chance hatten und leicht verjagt werden könnten. Die so angesprochenen Arbeiter hatten nach einigem Nachdenken den Schluss gezogen, dass ein Teil des Lohns immer noch besser war, als lazarettreif geschlagen wochenlang zu Hause ohne Lohn zu liegen; und dass, wenn schon jemand verprügelt wurde, es am besten die beiden Unruhestifter waren. Bertrand war benachrichtigt worden und hatte sich die beiden vorgenommen.

»Was machen wir mit denen?«, fragte er nun.

Lily wusste oft nicht, was Bertrand von ihr in solchen und ähnlichen Konfliktfällen erwartete. Bisher hatte sie sich immer für eine dramatische Lösung entschieden, und er hatte nur ein einziges Mal widersprochen. Das war der Tag gewesen, an dem sie angeordnet hatte, dass der Hund einer Familie, die vom Vater bis zum zwölfjährigen Sohn auf einer der Baustellen schufteten, erschlagen werden sollte. Der Sohn hatte den Hund verbotenerweise auf die Baustelle mitgenommen, der Köter hatte sich losgemacht und Schaden angerichtet, weil er einem anderen Arbeiter zwischen die Füße geraten war, der daraufhin eine teure Glasscheibe hatten fallen lassen. Der Generalunternehmer, der Lily beauftragt hatte, hatte den Schaden von ihr ersetzen lassen; und Lily hatte beschlossen, dass ein Exempel statuiert werden sollte als Signal für alle, die sich vernünftigen Anordnungen widersetzten.

Bis zu diesem Zeitpunkt hatte Bertrand auf Lilys Anweisungen stets mit »Geht in Ordnung, *patron*!« oder Ähnlichem geantwortet. Nach Anordnung, den Hund zu erschlagen, hatte Bertrand gefragt: »Bist du dir sicher, *patron*?«

Lily hatte blitzschnell verstanden und gelacht. In ihren eigenen Ohren hatte das Lachen gescheppert, aber die anderen schien sie damit überzeugt zu haben. »Meine Güte, das war nur ein Spaß!«, hatte sie gerufen. Sie hatte der Familie die Kosten für das Glas vom Lohn abgezogen und den Hund leben lassen. Danach hatte sie den Eindruck gehabt, dass sie Bertrand ein kleines bisschen besser verstand als zuvor.

»Fahrt sie irgendwo ins Grüne und brecht ihnen die Beine«, sagte sie. »Dann sollen sie ihr Glück woanders versuchen.«

»Geht in Ordnung, *patron*.«

Einer der Männer stieß hervor: »Stimmt es, dass du eine Deutsche bist?« Seine Stimme klang schrill.

Lily antwortete, ohne nachzudenken: »Hast du was dagegen, du Holzkopf?«

Erst dann wurde ihr klar, dass der Mann deutsch gesprochen und sie ihm auf Deutsch geantwortet hatte. Sie musterte die beiden grün und blau geschlagenen Burschen verblüfft.

»Woher kommt ihr?«, fragte sie schließlich.

»Aus Magdeburg.«

»Und was tut hier in La Villette – außer meine Arbeiter zu beunruhigen?«

»Wir mussten aus Preußen fliehen.«

»Weil ihr mit der Kollekte eurer Gemeindekirche durchgebrannt seid?«

»Weil wir …«, sagte der Sprecher der beiden Männer und reckte sich plötzlich stolz, soweit seine Schmerzen dies zuließen, »… Sozialisten sind und ein Attentat auf den König geplant haben.«

»Ein Attentat?«, wiederholte Lily nachdenklich.

»Jemand hat unsere Pläne verraten.«

»*Patron*, worum geht es?«, fragte Bertrand.

Lily begann zu lächeln. »Die beiden bekommen die Beine nicht gebrochen. Weist ihnen eine Bleibe zu. Sie sollen sich waschen und auskurieren. Wenn sie wieder aus den Augen schauen können, will ich mit ihnen sprechen. Selbstverständlich werden sie bewacht.«

»Wenn sich herumspricht, dass du gegen Aufrührer Gnade walten lässt … bist du dir sicher, *patron?*«

»Ja«, sagte Lily entschlossen. »Ich bin mir sicher. Und der Gnadenakt wird sich nicht herumsprechen, weil …«, sie wechselte ins Deutsche, »… die beiden hier fein den Mund halten werden. Sie wollen nämlich nicht wissen, womit man ihnen noch weh tun kann, ohne ihnen die Beine brechen zu müssen.«

Die beiden selbsternannten Sozialisten sahen sich an und nickten.

»Ein Attentat also …«, sagte Lily und lächelte erneut.

11

Der Brief war an Louise gerichtet und enthielt eine Einladung. Er stammte von Julie von Möllendorff.

»Wissen Sie«, sagte Julie, als Louise ihr im Salon des Möllendorff'schen Stadthauses gegenübersaß, »ich habe mich in Ihnen getäuscht. Wir alle haben uns in Ihnen getäuscht.«

Louise erwiderte nichts. Sie erinnerte sich an das letzte

Mal, als sie hier gesessen hatte, und an das, was Julie von Möllendorff ihr zu sagen gehabt hatte, voller Verlegenheit und doch auch ohne Erbarmen. Sie schwieg und wartete.

Julie von Möllendorff räusperte sich. »Was ich an Ihrer Stelle getan hätte …« Sie begann noch einmal von vorn. »Wenn ich Sie gewesen wäre, hätte ich der Militärgesellschaft in Berlin ein für alle Mal den Rücken gekehrt – so wie die Frauen … nein, so wie *wir* Sie behandelt haben. Und was haben Sie getan? Sie haben eine Sammlung für das Wohlergehen unserer Soldaten ins Leben gerufen. Daran hätte jede Einzelne von uns auch denken können; wir haben die Berichte über diese junge Engländerin auf der Krim genauso gelesen wie Sie. Doch Sie haben es getan; und wir nicht. Wir sind … nein, ich bin tief beschämt, Frau von Briest. Wollen Sie meine Entschuldigung annehmen?« Julie streckte eine Hand über den Kaffeetisch aus und sah Louise eindringlich an.

Louise zögerte, aber in Wahrheit war sie froh und erleichtert. Die Freude war sogar größer als jedes Triumphgefühl. Sie ergriff Julies Hand und drückte sie. »Es hat mich tief getroffen«, sagte sie nur.

Julie starrte auf den Kaffeetisch. »Es tut mir leid.« Dann blickte sie auf. »Aber ich werde es wiedergutmachen. Wie läuft Ihre Sammlung?«

»Nicht gut, um ehrlich zu sein. Der Aufruf erreicht die Leute nicht, die wirklich spenden könnten.«

»Ich verstehe. Was Ihnen fehlt, ist eine große Gala für die Politiker, die Kaufherren und die höheren Militärränge.«

Louise schnaubte. »Das war der erste Gedanke, den Herr Wolff hatte, aber …«

»Ja«, sagte Julie. »Ja. Ich weiß. Doch nun ist es anders. Ich verlange jetzt wahrscheinlich zu viel von Ihnen, aber ich frage trotzdem: Vertrauen Sie mir?«

Louise ließ sich lange Zeit mit der Antwort. Sie musterte Julie von Möllendorffs Gesicht. Julie war die zweite Ehefrau von Carl von Möllendorff und viele Jahre jünger als ihr Mann, wenn auch älter als Louise. Sie war keine Schönheit, aber auch nicht hässlich, sie war frei von der Arroganz der durchschnittlichen Offiziersfrau, und sie war ehrlich. Dennoch … es war Julie gewesen, die Louises gesellschaftlicher Verbindung den Todesstoß versetzt hatte. Es war sie gewesen, weil die anderen zu feige gewesen waren, Louise in die Augen zu schauen.

Julie von Möllendorff gab Louises Blick zurück. Sie regte sich nicht, sondern ließ die Musterung über sich ergehen.

»Ja«, erklärte Louise schließlich.

Ihre Gesprächspartnerin stieß die Luft aus. »Ich muss Ihnen sagen, dass ich es verstanden hätte, wenn die Antwort nein gewesen wäre. Und dass ich mit ganzem Herzen gehofft habe, sie möge ja sein.«

»Ich vertraue Ihnen, Frau von Möllendorff.«

»Nennen Sie mich Julie, bitte. Und darf ich Sie Louise nennen? Ich wäre stolz darauf, so öffentlich zu bekunden, dass wir Freundinnen sind.«

»Ich vertraue Ihnen, Julie.«

Julie von Möllendorff grinste plötzlich. »Schön!«, stieß sie hervor. »Dann lassen Sie uns planen, Louise. Wir haben viel zu tun. Wir müssen eine Weihnachtsgala für Ihre Stiftung auf die Beine stellen!«

12

Paul hatte alle Jahreszeiten in Ostpreußen kennengelernt. Den Herbst, wenn die Birkenwälder golden vor einem tiefblauen Himmel explodierten und ein Duft von Blättern, Gras, Meer und kommendem Frost mit dem Wind heranwehte. Den Winter, wenn die Wolken so tief hingen, dass man glaubte, sich nur strecken zu müssen, um sie zu berühren, und an den schlafenden Bäumen die Eiszapfen waagrecht in Windrichtung standen. Das Frühjahr, wenn der Boden sich in knietiefen Schlamm verwandelte und die flache Heide sich so sattgrün färbte, dass sie flimmerte. Den Sommer, wenn der Himmel eine unendlich große blassblaue Schale war, durch die Wolken und Schwärme von Vögeln zogen und in dem man, wenn man sich zu lange in der Nähe eines Tümpels aufhielt, von den Mücken aufgefressen wurde.

Paul erkannte die poetische Schönheit der Landschaft, und sie berührte ihn, aber so, wie sie einen Ingenieur berührte. Er hatte das Gefühl, sie war erst komplett, wenn darin auch menschengemachte Dinge standen, am besten Dinge, die von Pioniergeist, Handwerkskunst und großer technischer Leistung kündeten – Straßen, Schienen und Brücken. Er fand, dass es eine Landschaft vervollkommnete, wenn darin Zeugen des menschlichen Wirkens zu sehen waren, und das menschliche Wirken adelte, wenn man erkennen konnte, wie schwer es der Natur abgerungen worden war. Die Natur und das Streben der Menschen waren eine Einheit, in der die Natur der Anfang und das menschliche Streben die logische Vervollkommnung waren.

Im Augenblick plante er die Streckenführung von Königsberg über Trakehnen nach Eydtkuhnen zur Grenze des preußischen Königreichs. Von Berlin nach Königsberg konnte man bereits mit dem Zug fahren; die Bahnbrücken über die Weichsel und die Nogat würden noch diesen Herbst fertig werden, dann konnten die Schienen bis nach Marienburg verlegt werden. Es hatte ein paar Auseinandersetzungen mit den konservativen Streckenbauern gegeben, weil Paul nicht immer belegen konnte, warum er eine Streckenführung für besser hielt als eine andere. Mehr als einmal hatten die Gleisbauer für Umwege plädiert, weil sie vorgeblichen Sumpfgebieten nicht getraut oder das Flussufer für zu bröcklig für die Fundamente der Brückenpfeiler gehalten hatten oder weil sie den Aufwand scheuten, Schneisen durch Wälder zu schlagen. Paul, mit seinem mittlerweile gefestigten Zutrauen in seinen Instinkt und durch das Vertrauen des Königshauses bestärkt, hatte seinen Willen stets durchgesetzt. Der Erfolg gab ihm recht. Die Strecken, die nach seinen Vorgaben gebaut wurden, waren die kürzestmöglichen zwischen zwei Punkten, wichen allen Bodenerhebungen, die das Tempo eines Zugs verlangsamt hätten, aus und brachten die Lokomotiven schneller ans Ziel, als die Disponenten, welche die Fahrpläne berechneten, für möglich gehalten hatten.

Im August 1857 bekam Paul Besuch von einem Reiter, der vor einem von Westen her aufziehenden Sommergewitter in das kleine Zeltlager galoppierte, das Paul und seine Helfer am Rand des Dorfs Eydtkuhnen aufgeschlagen hatten. Es war Alvin von Briest. Ihre Begrüßung war herzlich und von viel Flachserei begleitet, mit denen die beiden Männer ihre Rührung voreinander verbargen. Sie hatten sich eine Ewigkeit nicht mehr gesehen.

Pauls kleine Truppe war gut ausgestattet mit den Dingen, die man brauchte, um lokale Ortsgrößen von den Vorzügen einer Bahnstrecke über ihren Grund und Boden zu überzeugen. Der Champagner konnte im Sommer nicht richtig kühl gehalten werden, weil nicht immer ein Frischwassertümpel in der Nähe war, in dem man die Flaschen lagern konnte. Eydtkuhnen, ein Fleck in der weiten Landschaft, der gut hundert Einwohner beherbergte, bot auch keine Möglichkeiten zur korrekten Lagerung außer ein paar stickig-dumpfen Erdkellern. So tranken sie den Champagner warm und rauchten Zigarren, die zu trocken waren, aber die Mücken erfolgreich vertrieben.

»Louise hat dir doch von ihrer Stiftung für eine bessere Versorgung verwundeter und kranker Soldaten geschrieben«, sagte Alvin. »Seit Ende letzten Jahres hat sie die Unterstützung aller hochrangigen Offiziersfrauen. Sie haben eine Weihnachts- und eine Ostergala veranstaltet und mittlerweile jede Menge Geld eingesammelt. Sie haben einen Verein gegründet, und Louise verwaltet die Gelder. Es hat ein bisschen Eifersucht deswegen unter den Damen gegeben, aber nachdem sie sie zuerst aus ihrem Zirkel hinausgebissen hatten und jetzt zu Kreuze gekrochen sind, hatte keine den Mut, Louises Bestallung wirklich in Frage zu stellen. Falls eine hintenrum meckert, bekommt sie von Julie von Möllendorff die Leviten gelesen.« Alvin grinste. »Ist das nicht schön, wenn man mal erlebt, dass jemandem die eigene Gemeinheit selbst um die Ohren fliegt?«

»Was passiert mit dem Geld? Es war ja nicht dafür gedacht, in irgendeiner Kiste zu liegen.«

Alvin wurde ernst. »Louise hat es in einer Berliner Bank eingezahlt. Sie wollte es bei Bernhard Wolffs Bruder anlegen, aber Wolff meinte, das würde komisch aussehen, wenn er als Verleger der *National-Zeitung* die Stiftung mit ins Leben gerufen hat. Wolff hat ihr ein kleines Bankhaus empfohlen, das in Bahn- und Schifffahrtsgesellschaften investiert und in den Überseehandel. Sie zahlen gute Renditen. So vermehrt sich das Geld noch, während es herumliegt und auf Entscheidungen wartet.«

»Was denn für Entscheidungen?«

»Um ein besseres Lazarett zu bauen oder dafür zu sorgen, dass mehr Pflegerinnen und Pfleger ausgebildet und dem Heer beigestellt werden, braucht es entsprechende Beschlüsse von ganz oben. Sonst versickert das Geld irgendwo. In den bürokratischen Wüsten der preußischen Armee könnte ein Vermögen spurlos versickern, ohne dass sich jemand persönlich bereichert und ohne dass auch nur ein Kreuzer irgendwo ankäme, wo er gebraucht wird. Aber derzeit ist es schwer, Beschlüsse zu erwirken, die nicht gerade von staatstragender Bedeutung sind.«

»Wegen der Krankheit des Königs«, sagte Paul und erinnerte sich an den jovialen älteren Herrn mit den Hängebacken und seinen kameradschaftlichen Boxhieben gegen Pauls Oberarm. Es hatte ihm von Herzen leidgetan, zu hören, dass König Friedrich Wilhelm IV. Mitte Juli einen Schlaganfall erlitten hatte. Die Nachricht hatte drei Wochen benötigt, um zu Paul zu gelangen, und wahrscheinlich wüsste er es immer noch nicht, wenn Alvin es ihm nicht geschrieben hätte. Nun war es Ende August. Prinz Wilhelm, der Vater des jungen Mannes, dem Paul beim Zugunglück beigestanden hatte, hatte die Stellvertretung für seinen angeschlagenen Bruder übernommen. Er regierte von Koblenz aus, was die Kommunikationswege innerhalb der Regierung nicht unbedingt erleichterte, und musste erst noch feststellen, wem im Kabinett er trauen konnte und wem nicht.

»Während der Revolution haben die Bürger ihn den Kartätschenprinzen genannt, weil er dafür plädiert hat, Kanonen gegen die Aufständischen einzusetzen«, sagte Alvin. »Sie haben Lieder auf ihn gesungen: *Schlächtermeister Prinz von*

Preußen, komm doch nach Berlin, wir wollen dich mit Steinen schmeißen ... Sogar sein Stadtpalais wollten sie anzünden.« Alvin schüttelte den Kopf. »Und jetzt wird er allseits gerühmt für seine Wendung hin zum Liberalismus und für seinen Patriotismus. Preußen darf sich nicht mehr fremden Einflüssen beugen, Preußen braucht eine weisere Gesetzgebung, Preußen muss die Mitbestimmung der Kirchen beschneiden und nach vorn blicken, Preußen muss die Einigung Deutschlands vorantreiben ... das Abgeordnetenhaus und das Volk jubeln ihm jetzt zu, dafür hat er die Junker gegen sich. Wie gesagt, er muss sich erst noch positionieren und die Giftschlangen von den Unterstützern unterscheiden, bevor in der preußischen Verwaltung wieder die alte, schnelle Effizienz eintritt.«

»Du meinst die Effizienz, von der es heißt, mit dem Papieraufwand, den Preußen für sein kleines Ländchen betreibt, würden anderswo ganze Kontinente regiert?«

»Hauptsache, es funktioniert«, sagte Alvin und seufzte. Dann lächelte er wieder. »Weißt du, was es heißt, wenn der Prinz davon spricht, dass Preußen die Führungsrolle übernehmen soll?«

»Dass der Staat hervorragend ausgebaute Verkehrswege braucht und die Errungenschaften der neuen Technik zu seinem Wohl einsetzt?«

Alvin stieß Paul mit dem Ellbogen an. »So was musste ja von dir kommen. Ich meinte eher, dass das Heer mächtiger werden muss. Und das bedeutet wiederum, dass es Chancen auf Beförderungen gibt. Wir kommen mit meinem Sold gerade so über die Runden; für die Einlage in den Stiftungsfonds Louises, die von jedem der Vereinsmitglieder erwartet wurde, musste ich beim Bankhaus Wolff einen Kredit aufnehmen. Ich hoffe dringend darauf, dass ich bald eine freie Obrist-Lieutenants-Stelle bekomme. Dazu braucht es aber ein neues Bataillon, das ich übernehmen kann, oder gleich ein ganz neues Regiment mit mehreren neuen Bataillonen.«

»Da wir von der Zukunft sprechen«, sagte Paul, der Alvins Ausführungen zu seinen Karrierehoffnungen in der Armee nicht ganz gefolgt war, weil er die Hierarchie der Dienstränge nie richtig verstanden hatte, »wie geht es Moritz?« Er hatte bewusst nicht sofort nach dem Jungen gefragt, weil er sich nicht sicher war, ob er nicht zu eifrig klang und Alvin misstrauisch wurde. Dass Moritz in Wahrheit sein Sohn war und dass er seinen besten Freund Alvin mit einer Dauerlüge betrügen musste, um dessen Familie nicht zu zerstören, belastete ihn ebenso sehr, wie ihn die Sehnsucht nach Louise belastete oder dass er sein Kind nicht beim Aufwachsen begleiten konnte. Es konnte wahrscheinlich keinen besseren Vater auf der Welt geben als Alvin von Briest, aber dennoch … seit Paul von der wahren Abstammung Moritz' wusste, schien es ihm noch undenkbarer, je mit einer anderen Frau als Louise glücklich zu werden. Er besuchte ab und zu ein Bordell, wenn der Druck seiner Leidenschaft zu groß wurde, aber er hielt sich von allen Liebschaften fern; sie wären von Anfang an eine Lüge gewesen, und er lebte schon genügend Lügen.

»Dreizehn Jahre ist der Kerl schon!«, sagte Alvin beinahe ungläubig. »Und so groß wie Louise. Wir werden alt, mein Freund.«

»Nur du wirst alt«, erklärte Paul. »Ich werde bloß erfahrener.« Er grinste.

Alvin lachte ebenfalls. »Ich kann mich erinnern, dass mein Vater eines Tages ganz laut sagte: Herr im Himmel, ich werde alt. Ich habe heute Morgen ein graues Sackhaar entdeckt.«

Paul prustete los. »Solltest du auch schon eines haben, behalt's für dich. Ich will es gar nicht wissen. Was führt dich eigentlich hierher? Wenn du Urlaub hast, warum hast du Louise und Moritz nicht mitgebracht? Bis Königsberg lässt es sich ganz komfortabel mit dem Zug reisen.«

»Ich weiß, ich saß selber drin. Das Pferd habe ich in Königsberg gemietet. Nein, ich wollte mal sehen, wie weit du mit deinen Streckenplanungen bist.«

»Was? Das ist nicht dein Ernst.«

»Na ja … schon. Aber sosehr ich mich gefreut habe, dich wiederzusehen – ich muss gestehen, dass mich ein dienstlicher Auftrag hierhergeführt hat.«

»Ein dienstlicher Auftrag, meine Streckenplanung zu begutachten? Weshalb schickt man da dich?«

»Weil man weiß, dass wir befreundet sind.«

Paul begann zu ahnen, was er sich weigerte zu glauben. »Ich wollte fragen: Warum schickt man dazu einen Offizier und nicht jemanden aus dem Kabinett des Handelsministers? Ich meine … ich bin doch hier im Auftrag des Freiherrn von der Heydt.«

»Du bist hier im Auftrag des Staates Preußen«, sagte Alvin. »So wie ich.«

Paul stand auf. Ihm war kalt geworden. Er glaubte auf einmal zu verstehen, weshalb seine kleine Truppe stets so gut ausgerüstet gewesen war. Der Champagner, die Zigarren … wenn Messinstrumente defekt waren, wurden sie schnellstens ersetzt, wenn Pferde ausgetauscht oder beschuht werden mussten, geschah dies in kürzester Zeit. Wie hatte er so naiv sein können, dass diese Großzügigkeit aus einem Haus wie dem preußischen Handelsministerium kommen konnte? Er starrte Alvin an und fühlte, wie Überraschung, Fassungslosigkeit und das Gefühl, betrogen worden zu sein, sich zu Zorn verdichteten. »Ich helfe hier, das Netz der preußischen Ostbahn zu erweitern«, presste er mühsam hervor. »Für die friedliche, wirtschaftliche Nutzung der Eisenbahn im Staat Preußen.« Er wollte wütend lachen, weil er das die ganze Zeit tatsächlich inbrünstig geglaubt hatte.

Alvin sagte: »Ja, Paul. Aber in Preußen dient nichts nur einem Zweck, das ist dir doch auch klar. Der Generalstab hat schon vor ein paar Jahren Pläne dafür ausgearbeitet, die Eisenbahn als Transportmittel in Kriegszeiten einzusetzen – bis hin zu Bauvorschriften für Waggons und Bahnhöfe und zur Koordinierung von Fahrplänen. Das liegt alles noch in den Schubladen, kann aber jederzeit hervorgezogen werden. Die Idee, dich hier einzusetzen, stammt zu gleichen Teilen von Otto von Bismarck und von Prinz Wilhelm, und der hat sie von seinem Adjutanten Generalmajor von Moltke, der wiederum darüber einen langen Briefwechsel mit Otto hatte. Prinz Wilhelm hat den Plan seinem Bruder, dem König, vorgelegt, und der hat zugestimmt.«

»Ich dachte«, sagte Paul bitter und mit einem Kloß im Hals, »ich wurde ausgewählt, weil der König wegen des Eisenbahnunglücks auf mich aufmerksam wurde.«

»Das stimmt. Und wahrscheinlich wärst du ohne dieses Ereignis auch nicht als verantwortlicher Streckenplaner ausgewählt worden; und wenn Otto nicht deine Fähigkeiten über den grünen Klee gelobt hätte. Paul, warum bist du auf einmal so wütend? Ist dir nicht klar, welche Ehre man dir hat zuteilwerden lassen? Der preußische Staat hat dir sein Vertrauen ausgesprochen und verlässt sich auf dich.«

»Verlässt sich auf mich? Wobei? Dass ich Strecken plane, die dazu dienen, Truppen und Kanonen schneller herumzutransportieren? Mit dem Netz, das ich skizziert habe, lassen sich ganze Regimenter innerhalb von Tagen in ganz Ostpreußen verlegen. Die Eisenbahn ist die größte Erfindung aller Zeiten für die Freiheit der Menschen, und ihr … ihr benutzt sie für den Krieg! Und was soll das für ein Vertrauen sein, wenn mir vorgegaukelt wird, ich würde für den Handel und für den Frieden arbeiten, dabei arbeite ich fürs Militär?«

»Ich kann mir nicht vorstellen, dass dir etwas vorgegaukelt wurde. Du hast doch selbst erzählt, dass der König und Otto von Bismarck persönlich bei deiner Beauftragung zugegen waren.«

»Und Handelsminister von der Heydt! Ich habe keine einzige Offizierstresse bei diesem Treffen gesehen!«

»Aber man hat dir doch gesagt, dass auch Generalmajor von Moltke als Chef des Generalstabs hätte dabei sein sollen und nur nicht rechtzeitig nach Berlin reisen konnte!«

»Kein Wort davon!«

Alvin blinzelte verwundert. »Bist du sicher? Otto hat mir geschrieben, dass …«

»Otto von Bismarck ist ein verlogener Mistkerl!«

Alvins Miene spannte sich. »Ich weiß, dass du wegen Lily nicht gut auf ihn zu sprechen bist. Aber denkst du auch mal dran, was Lily vorhatte? Ohne Rücksicht auf Verluste? Sie hat sich mit Pierre Charrier zusammengetan, um auf Otto zu schießen. Wir dachten, Pierre hätte sie als Geisel genommen, bis wir Pierres Leiche fanden und uns klarwurde, was abgelaufen ist. Ich hab dir das doch alles geschrieben! Was glaubst du, hat sie Pierre für die Hilfe bei diesem Anschlag angeboten? Louise! Deine Schwester hat mein Vertrauen, das von Louise und auch deines schamlos missbraucht, um sich an Otto zu rächen! Du kannst nicht auf ihrer Seite sein! Und ich kann nicht zulassen, dass du Otto einen Mistkerl nennst. Er ist ein Freund. Ich würde genauso reagieren, wenn jemand dich einen Mistkerl nennt!«

»Er benutzt dich doch nur. Und mich hat er auch benutzt!«

»Er sorgt sich um die Zukunft Preußens! Er ist ein großer Mann!«

»Kruzifix! Und ich bin nur der Ochse, der die Drecksarbeit macht und noch nicht mal gesagt bekommt, wofür!«

»Paul, selbstverständlich wird die Ostbahn primär für friedliche Zwecke genutzt. Aber wenn es dazu kommt, sich verteidigen und Truppen schnell verlegen zu müssen …«

»Verteidigen? Ich plane eine Strecke bis zur russischen Grenze! Da drüben! Hinter Eydtkuhnen! Da beginnt schon Russland. Verteidigen? Bis die Russen ihre Truppen zu Fuß hierhergebracht haben, kann Preußen mit der Bahn seine Soldaten dreimal herkarren. Seit wann verteidigt man, bevor das fremde Heer da ist? Mir sieht das eher nach Vorbereitung für einen Angriff aus.«

»Und wenn nun Angriff die beste Verteidigung ist?«

»Louise sammelt Gelder für die Verwundeten, und du hilfst mit, für den Nachschub an Verwundeten zu sorgen!«

Paul war so außer sich, dass er den verletzten Unterton in Alvins Stimme gar nicht hörte, als dieser sagte: »Paul, das ist doch nicht auf meinem Mist gewachsen. Aber ich bin Offizier. Ich erkenne die Notwendigkeit dieser Pläne.«

»Heute ›verteidigt‹ sich Preußen gegen Russland, morgen gegen Österreich, und übermorgen? Gegen Frankreich? Was wird Louise davon halten, wenn das Geld ihrer Stiftung zur Pflege von Soldaten verwendet wird, die vorher ihre Landsleute zu Krüppeln geschossen haben?«

»Paul, bitte … hol erst mal Luft!«

»Ich soll Luft holen? Seit Jahren krieche ich durch Sümpfe, lass mich von Mücken auffressen oder vom Frost halbtot frieren im Glauben, ich tue etwas zur Weiterentwicklung von benachteiligten Gebieten und den Menschen, die dort leben … zur Weiterentwicklung von Freiheit und Handel … und dabei hab ich nur dafür gesorgt, dass Kanonen schneller von A nach B kommen?!«

»Grundgütiger! Du konntest doch nicht so naiv sein zu glauben …«

»Naiv?«, schrie Paul. »Vielleicht bin ich naiv, aber wenigstens bin ich kein so hinterfotziges Miststück wie dein … dein Politikerfreund Bismarck!« Paul hörte seine eigene Stimme in seinen Ohren gellen. Mit einem letzten Rest seines Verstandes fragte er sich, warum er derart die Fassung verlor, aber die Situation mit Louise und sein Wissen um Moritz und nun diese Eröffnung, die ausgerechnet von Alvin kam, waren zu viel. Er konnte seine Beherrschung nicht wiederfinden. Er konnte nur mit Mühe verhindern, dass er Alvin nicht fragte, wie er so naiv sein konnte zu glauben, dass Moritz sein Fleisch und Blut war.

Auch Alvin stand nun auf. Sein Gesicht war starr. »Es tut mir leid, dass du das so aufnimmst«, sagte er steif. »Ich habe immer gedacht …«

»Und das ist auch der Grund, warum du gekommen bist. Weil dein Politikerfreund und dein Generalstabschef wissen wollten, ob der naive Bayer schon die Vorbereitungen dafür zu Ende gebracht hat, dass das preußische Heer wieder mächtig wird. Versprichst du dir auch eine Beförderung davon? Und Bismarck? Will er der nächste Ministerpräsident werden und bringt sich schon beim Kronprinzen in Stellung?«

»Um den Fortschritt der Arbeiten festzustellen, hätte man jeden schicken können. *Ich* bin gekommen, weil ich dich wiedersehen wollte.«

Paul blinzelte. Er erkannte, dass er zu weit gegangen war.

Alvin bückte sich wortlos und hob den Säbel auf, den er abgeschnallt und gegen seinen Stuhl gelehnt hatte. Er hängte die Scheide an seinen Gürtel. »Ich sollte dich noch von Louise grüßen«, sagte er, ohne Paul ins Gesicht zu sehen. »Auf Wiedersehen.«

Paul versuchte, sich dazu zu zwingen, um Entschuldigung

zu bitten, aber er brachte es nicht über die Lippen. »Du kannst doch nicht in die Nacht hineinreiten«, sagte er nur.

»Was kümmert es dich? Du bist doch dagegen, dass Soldaten mit dem Zug fahren.«

»Kruzifix!«, brauste Paul abermals auf. Er war aufs Neue so wütend, dass er sonst nichts herausbrachte.

Alvin schlug die Klappe des Zelts zurück, in dem Paul hauste, und stapfte davon.

Wenige Minuten später hörte Paul, wie ein Pferd sich im Galopp entfernte. Er starrte auf den wackligen Holztisch, auf dem eine viertelvolle Flasche warmer Champagner und zwei Becher standen und zwei Zigarren qualmten. Ein paar Sekunden brodelten Zorn, Trauer und Fassungslosigkeit in ihm und lähmten ihn. Dann warf er den Tisch um, trat die Champagnerflasche in eine Ecke, dass es nur so spritzte, und trampelte auf den qualmenden Zigarren herum, bis sie verloschen waren. Schwer atmend stand er da.

Die Klappe seines Zelts wurde aufgerissen. Der Vorarbeiter der Streckenbauer, die ihn begleiteten, starrte erschrocken herein.

Paul gestikulierte hilflos. »Hab versucht, eine Mücke zu erschlagen«, sagte er. Er richtete den Tisch wieder auf und machte sein Zelt sauber. Dann schrieb er einen Brief an August Freiherr von der Heydt, mit dem er seinen Abschied einreichte.

Am nächsten Morgen nahm er den Vorarbeiter beiseite und erklärte ihm, dass dieser nun der Leiter des Projekts sei. Er ließ den überraschten Mann stehen, schwang sich auf sein Pferd und ritt davon.

Zwei Meilen von seinem ehemaligen Lager entfernt geriet er in das Gewitter, das seit gestern über der Gegend hing. Ein Wolkenbruch durchnässte ihn, aber er ritt einfach weiter. Das Wasser, das ihm übers Gesicht lief, versteckte seine Tränen.

13

Ende Oktober 1857 kam ein völlig aufgelöster Bernhard Wolff zu Louise nach Hause. Alvin war in der Garnison, und eigentlich hätte, um die Schicklichkeit zu wahren, jemand mit Wolff und Louise im Salon bleiben müssen – das Kindermädchen, zum Beispiel. Aber Wolff bestand darauf, dass er Louise unter vier Augen sprechen müsse. Er hatte seine Zigarre ausnahmsweise nicht im Mundwinkel, sondern hinter das Ohr geklemmt, und so zerknautscht, wie sie da saß, schien er sie vergessen zu haben. Noch bevor er mit dem Gespräch begann, lieferte er den Beweis dafür, denn er fischte eine weitere Zigarre aus seinem Überrock und steckte sie sich in den Mund. Louise deutete stumm auf den Stumpen hinter Wolffs Ohr. Sie konnte keine Belustigung über den verwirrten Verleger empfinden, dazu sah er zu abgehetzt und besorgt aus.

»Wir beobachten seit zwei Wochen eine besorgniserregende Entwicklung in den amerikanischen Staaten«, sagte Wolff. »Alle Zeitungen in Preußen sind in Abstimmung mit dem Königshaus übereingekommen, nichts darüber zu schreiben, um nicht die gleiche Panik wie in New York auszulösen. Aber Ihnen muss ich es sagen. Frau von Briest – wir müssen die Stiftung retten. Jetzt! Und wenn Sie irgendwo in einer Bank Einlagen haben, die außerhalb Preußens investiert – vielleicht sogar in der Bank, die ich Ihnen empfohlen habe –, dann heben Sie das Geld ab. Sofort.«

Louise fühlte, wie ihr Herz schwer zu pochen begann. »Was ist passiert?«, stieß sie hervor. »Gibt es Krieg?«

Wie sich aus der Schilderung Wolffs herausstellte, brauchte es in der modernen Welt keinen Krieg mehr, um ganze Länder zu ruinieren. Aber wie im Krieg ein Fehler eines einzigen

Generals über Sieg oder Niederlage entscheiden konnte, konnte in der Welt des Gelds ein einziger Mann das Fundament zerstören, ohne das keine Wirtschaft existieren konnte: das Fundament des Glaubens, dass sich all die Transaktionen, Versprechungen, Pläne und Vorhersagen zum großen Gewinn irgendwann auch einmal realisierten.

»Wir wüssten darüber auch nur die Hälfte, wenn wir nicht ab und zu einen freien Korrespondenten für Berichte aus England bezahlen würden«, sagte Wolff, der mit der frischen Zigarre in der einen und dem Stumpen in der anderen Hand dasaß, beide unangezündet, und damit gestikulierte. »Er stammt aus Rheinpreußen, aus Trier, und musste nach der Gegenrevolution 1848 ins Exil nach London gehen, wo er als Korrespondent für die *New York Tribune* arbeitet. Sein Name ist Marx. Soweit ich das verstanden habe, ist Ökonomie sein Steckenpferd, deshalb dürfte er einer der wenigen sein, die verstehen, was da auf uns zukommt. Es ist ein Schlamassel, Frau von Briest, ein wahrer Schlamassel.«

Der Mann, von dem dieser Schlamassel angeblich ausging, hieß Edward Ludlow und leitete das reichste Bankhaus in New York. Ludlow hatte in den vergangenen Jahren immer mehr Geld in Eisenbahnprojekte investiert, eines kühner als das andere. Das Eisenbahnfieber war in Amerika noch heißer als in Europa, und jeder, der Geld hatte, investierte in die Bahngesellschaften, die aus dem Boden schossen. Aber Ludlow war der Einzige, dessen Urteilsvermögen von seiner Begeisterung für die neue Technik so getrübt war, dass er Luftschlösser nicht mehr von vernünftigen Unternehmungen unterscheiden konnte.

Das Geld, mit dem er spekulierte, stammte aus den Einlagen seiner Kunden, den vermögenden und halbvermögenden New Yorker Geschäftsleuten, Anwälten, Politikern und Unternehmern. Als die versprochenen Renditen ausblieben, hatte Ludlow damit begonnen, sich Geld von anderen Banken zu leihen, um den Anschein aufrechtzuerhalten, dass seine Spekulationen seriös waren. Seine Bank hatte den Ruf zu verlieren, zu den zuverlässigsten Kreditinstituten des amerikanischen Ostens zu gehören, und Ludlow wollte diesen Ruf – und das Geld seiner Kunden – retten, indem er weiter und weiter Kredite aufnahm und Unternehmern Handlungsspielraum gewährte, von denen er sich die Rettung vor seinen Fehlspekulationen erwartete.

»Ende August hat Herr Ludlow dann zugeben müssen, dass seine Bank pleite ist«, sagte Wolff, der atemlos und so schnell erzählte, dass es sich anhörte wie das Stampfen der Dampflokomotiven, die das Bankhaus von Edward Ludlow drüben in New York in den Abgrund gerissen hatten. »Natürlich verlangten all die Banken, die durch ihn Geld verloren hatten, ihre Kredite zurück, die sie New Yorker Unternehmern gegeben hatten, um wieder flüssig zu sein. Daher mussten viele Unternehmer Wertpapiere verkaufen, um das Geld zusammenzubringen. Und dadurch verloren diese Aktien schnell an Wert, weil Aktien immer an Wert verlieren, wenn zu viele davon auf einmal und voller Panik an der Börse verkauft werden. Die Verkäufer konnten nicht so viel Erlöse erzielen, wie sie gehofft hatten, und mussten Konkurs anmelden, weil sie die Kredite nicht zurückzahlen konnten. Die fallenden Aktienkurse rissen wiederum die Unternehmen in den Bankrott, die zwar nicht von den Kreditrückforderungen betroffen waren, aber deren einziges Kapital der Wert ihrer Aktien gewesen war, und … Entschuldigen Sie, Frau von Briest, ich glaube, ich habe Sie überfordert, oder?«

»Nein«, sagte Louise mit tauben Lippen. »Nein, ich kann Ihnen gut folgen. Ich bin nur …«

»… total entsetzt? Es kommt noch schlimmer!« Wolff steckte sich den Stumpen, der hinter seinem Ohr gewesen war, in den Mund, vergaß aber erneut, ihn anzuzünden. Die neue Zigarre wanderte hinter das andere Ohr. »Die New Yorker Banken ließen nach dem Abklingen der ersten Panik im September Gold aus den kalifornischen Minen holen, um ihre Reserven aufzustocken. Das Gold – mehrere Tonnen – wurde mit einem Dampfer transportiert. Doch das Schiff sank in einem Sturm mit Mann und Maus. Die Goldreserven der Banken befinden sich seitdem auf dem Grund des Atlantik – abgesehen von den fast fünfhundert Besatzungsmitgliedern und Passagieren, die auch auf dem Schiff waren.«

»Aber die Banken können doch nicht nur in Eisenbahnunternehmen investiert haben!«, sagte Louise. »Selbst ich als Laie würde meine Investitionen so gut wie möglich streuen. Amerika ist riesengroß – da gibt es doch mehr als nur die Eisenbahnunternehmen!«

»Richtig – es gibt die riesigen Farmen und Ranches im Westen – Rinder, Schafe, Schweine, vor allem aber die gewaltigen Kornfelder. Was glauben Sie, wo Europa das Getreide herbekommen hat während des Krimkriegs, als von Russland nichts zu haben war? Aus Amerika. Die Farmer dort haben in den letzten paar Jahren extrem gute Geschäfte gemacht, und die Banken haben natürlich auch in sie investiert. Doch der Krieg ist jetzt zu Ende, die Soldaten sind nach Hause gegangen und haben ihre Bauernhöfe in Italien, in Frankreich, in England und Russland wieder bewirtschaftet. Hatten wir nicht ein herrlich warmes, fruchtbares Wetter dieses Jahr? Ganz anders als die Jahre zuvor. Die Ernte ist so gut wie schon lange nicht. Europa braucht keinen Weizen aus Amerika mehr. Das heißt aber, dass die Bauern dort drüben jetzt auf ihrem Weizen sitzenbleiben. Die Preise verfallen. Sie können ihrerseits die Kredite nicht zurückzahlen, mit denen die Banken in sie investiert haben. Sie, liebe Frau von Briest, würden Ihre Investitionen streuen?« Wolff nahm den unangezündeten Zigarrenstumpen aus dem Mund und drückte ihn heftig in einem Ascher aus, ohne zu bemerken, dass er nicht geglommen hatte. »Das haben dic amerikanischen Bankiers auch. Aber genützt hat es nichts.«

Und dann beschrieb er ein Szenario, das Übelkeit in Louise aufsteigen ließ. Hunderte, dann Tausende von Menschen, die gutgekleidete, vermögende Schicht der New Yorker, die die Banken stürmten, so dass es nicht anders aussah als der Aufstand in Berlin; Männer, die Angst um ihr Geld hatten, ihr Vermögen, ihre Zukunft, die Zukunft ihrer Kinder; Männer mit bunten Westen und teuren Uhrketten, die in Panik durch die geschlossenen Gitter vor den Bankschaltern brüllten, die sich gegenseitig die Hüte von den Köpfen schlugen; Männer, die das Geld, das sie in langen Jahren verdient und den Banken anvertraut hatten, wiederhaben wollten. Ihr Geld. Und die Banken – konnten ihnen schon nach wenigen Stunden nichts mehr geben. Die Banken waren nun auch pleite, leergeräumt von den Bürgern, die ihr Geld in Sicherheit bringen wollten. Wie im echten Leben bei einem Zug, dessen Lokomotive das Bankhaus von Edward Ludlow und dessen Waggons die anderen Banken und die privaten Unternehmer waren, war die amerikanische Wirtschaft hilflos der führenden Maschine gefolgt und in den Abgrund gefahren.

»Das war vor zwei Wochen – am dreizehnten Oktober«, sagte Wolff. »Seitdem haben Tausende von Menschen in Amerika ihre Arbeit verloren, weil die Unternehmen, bei denen sie gearbeitet haben, bankrottgegangen sind. Unternehmen brauchen Geld, um sich weiterzuentwickeln, und das Geld stellen die Banken zur Verfügung. Können diese keine

Kredite stellen, können die Stahlgießer kein Erz einkaufen; dann können keine Schienen gegossen und keine Dampflokomotiven hergestellt werden; dann haben die Bahngesellschaften keine Zugmaschinen und keine Gleise, auf denen sie rollen können; dann werden keine Güter mehr transportiert, woran andere Unternehmen bankrottgehen. Und die Hilfskräfte und Arbeiter, die Buchhalter und Kontoristen, die Sekretäre und Schreiber in den Stahlwerken, in den Maschinenfabriken, bei der Bahngesellschaft und bei den Unternehmen, die keine Ware mehr bekommen, verlieren ihr Einkommen, weshalb sie nichts mehr einkaufen können und die kleinen Händler, die Markthökerer, die Hausierer nun ihrerseits pleitegehen und die Familien der Arbeitslosen hungern, obwohl in den Lagerhallen und Speichern noch jede Menge Überfluss vorhanden ist und vor sich hin fault, doch der kann nicht eingesetzt werden, weil es ja niemanden gibt, der ihn bezahlen kann …«

»Hören Sie auf«, sagte Louise. Ihr war übel. »Ich hab's schon verstanden.«

»Frau von Briest«, sagte Wolff eindringlich und schöpfte erneut Atem, »die Krise wird demnächst auch hier in Europa ankommen. Die amerikanischen Banken und die Industrie haben sich nicht nur im eigenen Land Geld geliehen, das sie nicht mehr zurückzahlen können. In London, in Liverpool und in Glasgow müssen schon die ersten Bankhäuser schließen. Da sind generationenalte Institute darunter, von denen man dachte, sie existieren noch am Jüngsten Tag. Hamburg ist als Nächstes an der Reihe …«

»Die Bank, bei der ich die Stiftungsgelder angelegt habe«, hörte Louise sich sagen, »investiert hauptsächlich in die Handelshäuser in Hamburg …«

»Ich weiß, weil ich Ihnen die Bank empfohlen habe. Und

deshalb bin ich hier. Ich habe schon einen Termin mit dem Bankeigentümer vereinbart. Ich begleite Sie dorthin. Heben Sie das Geld der Stiftung ab, Louise, sonst ist es weg. Und machen Sie schnell. Unten wartet eine Droschke auf uns.«

14

Gottfried Sabatier war Bankangestellter und stolz darauf. Die Banken halfen dem Fortschritt. Die Banken verschafften den Menschen Freiheit, weil die Wirtschaft für Freiheit sorgte und damit letztlich das Geld; und die Banken sorgten dafür, dass immer genügend Geld im Umlauf war. Gottfrieds Vater war 1848 an einer Barrikade gefallen für die Freiheit, und sein Sohn hatte sich geschworen, dessen Bemühen fortzusetzen – allerdings auf eine Weise, bei der es weniger wahrscheinlich war, dass man dabei zu Tode kam; und die viel effektiver war, als sich auf einer Barrikade mit der schwarz-rot-goldenen Trikolore in der Hand durchlöchern zu lassen. Gottfrieds Vater, ein braver Buchhalter, war zwar tatsächlich an einem Herzinfarkt gestorben, als er geholfen hatte, eine Barrikade aufzurichten, aber sein Name stand auf der Liste der heldenhaften Märzopfer, und der König hatte damals auch vor seinem Sarg den Hut gezogen, weswegen er genauso gut als Freiheitskämpfer galt wie all die anderen.

In den letzten Tagen war Gottfrieds Glaube an die Herrlichkeit der Banken etwas ins Wanken geraten, als ihm klargeworden war, wie rücksichtlos und verblendet mit dem Geld, diesem Agenten der Freiheit, umgegangen worden war, in welchen Massen Vermögen vernichtet worden war. Er hatte sich zu fragen begonnen, ob der Freiheitsbegriff, den seine Vorgesetzten und die Gesellschafter der Bank mit dem Geld und der Wirtschaft verbanden, nicht ein wenig falsch verstanden worden war. Sie hatten ihn anscheinend als Aufforderung betrachtet, frei von allen Skrupeln mit dem Geld anderer Leute ihren Spieltrieb zu befriedigen.

Deshalb folgte er nicht den Anweisungen, die er erhalten hatte, als die attraktive junge Frau an seinem Schalter erschien, begleitet von einem älteren Mann mit einem Gesicht wie ein zerknüllter Schuh und einer Zigarre hinter dem Ohr, sondern sagte: »Oh … äh … ich … also …«

Seine Anweisung lautete, jeden Kunden, der mit der Bitte kam, sein Konto aufzulösen und ihm sein Geld auszuzahlen, freundlich, aber bestimmt mit dem Hinweis wegzuschicken, dass die Bank sich gerade ihre Auslagen zurückhole, dies ein oder zwei Tage dauern würde und der geschätzte Kunde dann selbstverständlich seine Einlage abheben könne. Es gab sogar ein Schreiben dazu, das hektisch und mit etlichen Fehlern darin gedruckt worden war und das alle Schalterbeamten vor den Augen der Kunden unterzeichneten, bevor sie es ihnen mitgaben. Die eigenhändige Unterschrift beeindruckte die meisten Kunden. Sie konnten nicht wissen, dass die Schalterbeamten nicht zeichnungsberechtigt waren und das Schreiben überhaupt keinen Wert besaß.

Gottfried Sabatier war bewusst, um welches Geld es sich handelte, das die junge Frau abheben wollte, nachdem sie sich ausgewiesen hatte. Und während er bei den anderen Kunden sein Gewissen noch hatte unterdrücken können, war es ihm nun nicht mehr möglich. Louise von Briest ging es nicht um ihr eigenes Vermögen.

»Ich will hoffen, Sie haben auch noch etwas anderes zu sagen, junger Mann«, grollte der Mann mit dem zerknüllten

Gesicht. »Zum Beispiel: Selbstverständlich, Frau von Briest, ich werde die Auszahlung sofort in die Wege leiten.«

Gottfried fing sich. »Selbstverständlich, Frau von Briest«, sagte er. »Ich werde sofort bei der Leitung der Bank nachfragen. Es handelt sich ja doch um eine substantielle Summe …«

»Fünfundvierzigtausend Gulden«, sagte Louise von Briest. »Ich habe mir sagen lassen, da beginnt das Jahreseinkommen eines kleinen Fabrikbesitzers. Solche Summen dürften bei einer Bank wie der Ihren doch nicht unüblich sein.«

»Ich muss trotzdem nachfragen. Sie gestatten …«

Gottfried eilte davon. Sein Vorgesetzter war nicht begeistert davon, dass Gottfried ihn um eine Ausnahme von den bestehenden Anweisungen bat, und riet ihm, damit selbst zu einem der Gesellschafter der Bank zu gehen, die ihre Büros im ersten Stock des Gebäudes hatten und nur dann anwesend waren, wenn es sich nicht vermeiden ließ oder etwas zu feiern gab. Gottfried war hin- und hergerissen. Er wusste, dass sein Vorgesetzter nur zu feige war. Aber die Männer, welche die Bank leiteten, mussten doch ebensolche Patrioten sein wie Gottfried selbst! Sie mussten ihn doch beglückwünschen, wenn er sie darauf aufmerksam machte, dass es eine gute, preußisch-korrekte und außerdem edle Tat war, das Stiftungsgeld auszuzahlen.

Es war nur ein Gesellschafter anwesend. Gottfried klopfte schüchtern an die Tür und trat dann nach einer kurzen Wartezeit und nachdem niemand sich gemeldet hatte, ein.

Der Gesellschafter hatte das Kaminfeuer in seinem Büro anzünden lassen, aber es ging ihm offensichtlich nicht um die Wärme, die es verstrahlte. Er legte methodisch ein Blatt Papier nach dem anderen in die Flammen. Alle Schränke, alle Schubladen standen offen, Dokumente waren auf dem Boden und auf dem Schreibtisch verstreut, und im Raum hing der beißende Geruch von verbrannter Druckerschwärze auf dickem, teurem Papier.

Gottfried räusperte sich. Der Gesellschafter drehte sich um und musterte ihn ungnädig.

»Nichts zu tun, der junge Mann?«, schnappte er.

Gottfried schilderte betreten sein Anliegen. Zu seiner Genugtuung hörte der Gesellschafter damit auf, die Dokumente zu verbrennen, und setzte sich an seinen Tisch. Er schob die darauf liegenden Blätter beiseite und ließ sich die Akte geben, die Gottfried mitgebracht hatte. Dann nickte er langsam.

»Louise von Briest und ihre Stiftung für die versehrten Soldaten. Auf Ehre – wusste gar nicht, dass wir dieses Konto führen.«

»Euer Ehren haben sicher anderes zu tun, als sich um einzelne Konten zu kümmern«, sagte Gottfried, der den Namen des Gesellschafters zwar kannte, den Mann aber noch nie in der Bank gesehen hatte und im Stillen annahm, dass er über kein einziges Konto Bescheid wusste.

Der Gesellschafter blickte auf. »Um dieses hier kümmere ich mich jedenfalls jetzt persönlich.«

»Was darf ich Frau von Briest sagen?«

»Ist sie allein hier oder mit Ihrem Mann?«

»Äh … also …«

»Ein Offizier? Dunkelhaarig, groß? Reden Sie schon, Sie Maulaffe.«

Gottfried zuckte zusammen. »Äh … nein … der Mann in ihrer Begleitung ist Zivilist und schon älter …«

»Bleiben Sie hier!«

Der Gesellschafter ging hinaus. Gottfried nahm an, dass er sich zu einem Fenster begab, die in den Flur vor den Gesellschafterbüros eingebaut waren und einen Blick ins Erdgeschoss ermöglichten, wo die Schalter waren. Nach kurzer Zeit kam der Gesellschafter zurück. Er blickte nachdenklich.

»Bernard Wolff ist das, der Verleger der *National-Zeitung*. Hat mir gerade noch gefehlt, auf Ehre!«, sagte er missmutig.

»Soll ich das Geld auszahlen, Euer …?«

»Wohl verrückt geworden?«

»Aber …«

Der Gesellschafter lächelte plötzlich und legte dem von der Vertraulichkeit wie erstarrten Gottfried einen Arm um die Schultern. Er führte ihn zu einem der Fenster, die auf die Behrenstraße hinausgingen. »Wie war gleich noch mal Ihr Name, junger Mann?«

»Gottfried Sabatier, Euer …«

»Sabatier. Wissen Sie, was wir hier tun? Wir versuchen, die Bank zu retten. Sie, ich, wir alle. Auf Ehre! Müssen die Finanzen konsolidieren, wenn wir das überstehen wollen. Ist Ihnen doch klar, was von den amerikanischen Staaten da auf uns zurollt? Na eben – sind doch ein schlaues Bürschchen, Daladier. Hab Ihren Namen schon oft nennen gehört; Hoffnungsträger für die Bank, sagt man. Also: Wenn wir jetzt überstürzt Einlagen auflösen, dann spricht sich das rum. Dann kommen alle an und wollen ihr Geld haben. Dann können wir nicht konsolidieren. Dann geraten wir ins Schlingern. Dann ist die Bank hinüber, Cartier. Keiner kann das wollen. Wollen Sie das? Na also.« Der Gesellschafter strahlte. »Gehen Sie zu Frau von Briest runter und sagen Sie ihr, dass sie das Geld in zwei Tagen haben kann. Bis dahin haben wir die Bank gerettet. Sie, ich und noch ein paar andere. Gut gemacht, Martinier, gut gemacht. Ach, und wenn Sie rausgehen – sagen Sie meiner Perle draußen, sie möchte den Verleger der *Zeitungs-Halle* bitten, mir heute beim Abendessen Gesellschaft zu leisten.«

Gottfried fühlte, wie seine Hand geschüttelt wurde. Kurz

darauf stand er wieder auf dem Flur, verwirrt, ratlos, vor allem aber stolz. *Wir*, hatte der Gesellschafter gesagt. *Wir* retten die Bank. *Sie und ich*, Sabatier. Hatte er das nicht gesagt? Und dass Gottfried ein Hoffnungsträger war?

Gottfried pumpte Luft in seinen Brustkasten und machte sich auf den Weg nach unten, um seinem Vorgesetzten zu sagen, was er Frau von Briest sagen sollte. Sein Vorgesetzter würde sich in den Hintern beißen, das Gespräch mit dem Gesellschafter nicht selbst geführt zu haben.

Hoffnungsträger. Vielleicht sollte er seiner langjährigen Verlobten Helene endlich einen Heiratsantrag machen, jetzt, wo sich die Zukunft für ihn auftat?

Zwei Tage später traf der Hoffnungsträger Gottfried Sabatier auf einen Mob, der ihm den Zugang zur Bank versperrte. Er drängte sich durch die Meute, nur um festzustellen, dass das Eingangsportal verschlossen war. Ein Fetzen eines Zettels hing noch am Türblatt, der Rest musste abgerissen worden sein. Er wurde herumgeschubst und begann gerade ärgerlich zu erklären, dass er ein Angestellter der Bank sei, da fühlte er sich am Arm gepackt und aus der Menge heraus in die nächste Seitengasse gezerrt. Sein Vorgesetzter stand vor ihm, die Haare wirr und die Augen gerötet. Hatte der Mann geweint?

»Geben Sie sich bloß nicht als Mitarbeiter zu erkennen«, zischte der Vorgesetzte. »Die Meute reißt Sie in Stücke.«

»Was ist denn los?«

»Lesen Sie keine Zeitung?«

»Nein, ich … ich …« Gottfried errötete. Er war spät dran, weil er sich hatte sputen müssen. Er hatte verschlafen. Sein gestriger Heiratsantrag war von Helene und ihren Eltern so gut aufgenommen worden, dass diese ihn und ihre Tochter direkt eine Stunde lang miteinander allein in Helenes Zimmer gelassen hatten, wo Helene ihm gestattet hatte, ein bisschen unter ihrem Rock herumzufummeln. Das hatte dazu geführt, dass Gottfried nach der Rückkehr in sein Junggesellenzimmer erst einmal hatte Dampf ablassen müssen, und nachdem er sich gewaschen hatte gleich noch einmal. Es hatte eine Weile gedauert, bis er eingeschlafen war. »Nein, heute nicht«, sagte Gottfried, halb beschämt.

»Die Bank ist pleite, Sabatier. Sie hat geschlossen. Die Einlagen sind perdu. Unsere Arbeitsplätze sind perdu. Alles futsch. Ich hoffe, Sie haben noch keine Zukunftspläne darauf gebaut, dass Sie dort drin alt geworden wären?«

»Äh?«, machte Gottfried, dem es eiskalt wurde. »Aber ... er hat mir doch gesagt, dass die Bank konsolidiert würde ... dass die Einlagen gerettet würden.«

»Ein Teil davon ist ja auch gerettet worden. Die Einlagen der Gesellschafter. Die haben sie nämlich in den letzten beiden Tagen alle rausgezogen. Danach war gerade noch so viel übrig, um ein paar der anderen Banken zu bezahlen, bei denen unsere Gesellschafter ebenfalls im Vorstand sitzen. Der Rest – pfffft!«

»Aber ...«

»Auf welches Gespräch spielen Sie da überhaupt an? Auf das von vorgestern, aus dem Sie gekommen sind wie der bunteste Gockel auf dem Mist? Mit wem haben Sie da geredet?«

»Herrn von Cramm«, flüsterte Gottfried.

»Tja, was immer er Ihnen erzählt hat, Sabatier – es war alles Scheiße. Und wenn ich Scheiße sage, meine ich Scheiße. Cramm und die anderen haben uns reingelegt – uns und die Kunden der Bank, und keiner kann was dagegen machen, weil die Statuten der Bank ihr Vorgehen erlauben. Leben Sie wohl, Sabatier. Wir sehen uns bei der Armenspeisung wieder.«

Dezember 1857 bis September 1862

»Ein Ingenieur überlässt nichts dem Zufall.«

Moritz von Briest

15

Weihnachten 1857 war Louise so niedergeschlagen und hoffnungslos, dass die Erinnerungen an jenes schreckliche Weihnachten 1840 in La Villette in ihrer Seele auftauchten wie formlose Schatten aus den Tiefen eines dunklen Teichs. Sie saß im Salon und versuchte, mit einem Brief an Paul weiterzukommen und nicht zuzulassen, dass sie von der Schwärze verschluckt wurde, die ihr Innerstes ausfüllte.

Sie hatte den Briefwechsel mit Paul aufrechterhalten, als sie erfahren hatte, wie sehr Alvin und Paul sich zerstritten hatten und dass beide zu stur waren, als Erster auf den anderen zuzugehen. Die Briefe hatten sie einander noch näher gebracht und gleichzeitig weiter entfernt, weil sie ihnen bewusstmachten, wie unmöglich ihre Liebe war.

Zugleich war der Graben zwischen Alvin und ihr gewachsen. Der Skandal um die verspekulierten Stiftungsgelder hatte nicht nur die neugewonnene Freundschaft zu Julie von Möllendorff wieder zerstört, sondern auch Alvins Karriere in der Garde erschwert. Die Ehefrauen all seiner Vorgesetzten waren in dem Verein gewesen, den Julie und Louise gegründet hatten und der nun selbstverständlich auch nicht mehr existierte. In der Garnison wurde Alvin seitdem geschnitten, so wie Louise von den Frauen gemieden wurde. Selbst die subalternen Offiziere machten einen Bogen um Alvin. Es war scheinheilig. Zuerst hatte niemand außer Louise daran gedacht, eine Sammlung für die Verbesserung der Pflege verwundeter Soldaten ins Leben zu rufen, und nun wurde der Verlust des gesammelten

Geldes Louise und damit auch Alvin angelastet und fast wie Vaterlandsverrat aufgenommen.

Sie las den Brief, den Paul geschrieben hatte: »Ich habe den Artikel der *Zeitungs-Halle*, den du mir zugesandt hast, mehrfach gelesen. Er ist doch erstunken und erlogen. Du hast doch keine riskanten Spekulationen mit den Stiftungsgeldern vorgenommen, im Gegenteil, du hast nur das getan, was alle getan haben, und du hast rechtzeitig versucht, das Geld wiederzubekommen. Wie kann man nur so etwas schreiben? Und die Gegendarstellungen von Bernhard Wolff in der *National-Zeitung* haben auch nichts gebracht?«

Nein, antwortete Louise im Stillen, nein, sie haben nichts gebracht. Im Gegenteil, es ist über Wolffs jüdischen Glauben hergezogen worden und dass man gleich hätte misstrauisch sein müssen, wenn ein Jude in Geldangelegenheiten Ratschläge gab. Die Galle stieg ihr noch im Nachhinein auf.

Die paar Zeilen ihres Antwortbriefs, die sie bisher zustande gebracht hatte, waren jämmerlich. »*Mon cher Paul*, geht es Dir gut in München? Ich bin glücklich, dass Du wieder in Deiner Heimatstadt leben kannst, seit der alte König abgedankt hat und die Forderungen gegen Dich erloschen sind. Behandelt man Dich gut bei der Firma Maffei? Du hast geschrieben, dass Ms. Maffei Dich sofort eingestellt hat, als Du Dich mit ihm in Verbindung gesetzt und ihm Deine neue Lage erklärt hast. Kannst Du dort die Dinge tun, die Du liebst?«

»Behandelt man Dich gut?« *Mon Dieu!* Als ob sie einem kleinen Jungen schreiben würde, der zum ersten Mal allein zu Verwandten gereist war. Aber tatsächlich wünschte sie sich kaum etwas so dringend, als dass es Paul gutging.

Sie stützte den Kopf in die Hände. Tränen stiegen ihr in die Augen. Sie kämpfte sie zurück. Was hatte sie falsch gemacht? Was konnte sie sich vorwerfen? Und wie weit musste sie dabei zurückgehen? Bis zu dem missglückten Versuch, die Stiftungsgelder abzuheben, bei dem sie und Wolff sich von dem freundlichen, zuversichtlichen Mann am Schalter hatten abwimmeln lassen? Bis zu dem Tag, an dem sie, geblendet von den in Aussicht gestellten Renditen und Sicherheiten, das Geld bei der Bank angelegt hatte, anstatt es unter der Matratze zu lagern? Oder gleich bis zu der Anmaßung, eine solche Summe verwalten zu wollen, anstatt der Wahrheit ins Auge zu sehen, nämlich dass sie zu naiv dafür war?

Oder ganz, ganz weit zurück, bis zu dem Tag, an dem sie sich für Alvin entschieden hatte und nicht für Paul? Wo wäre sie dann heute? Glücklich in München statt unglücklich in Berlin? Oder würde sie – aus anderen Gründen, aber dennoch genauso unglücklich – dann heute in München sitzen und sich fragen, ob Alvin die bessere Wahl gewesen wäre?

Sie merkte, dass sie doch zu weinen angefangen hatte, als die Tropfen auf ihren Briefanfang fielen und die Zeilen verwischten. Sie kramte ein Tuch hervor und tupfte darauf herum. Dass sich die Tür zum Salon geöffnet hatte, merkte sie erst, als Moritz neben ihr stand. Sie schrak zusammen.

»Haben Sie geweint, Maman?«, fragte Moritz besorgt.

Louise schniefte. »Ja, mein Schatz. Entschuldige, dass du Maman so sehen musst.«

»Was ist los? Immer noch die Verleumdungen der Offiziersweiber und der Zeitungsschmierer?«

»Moritz!«, sagte Louise schockiert. »Wie redest du denn?«

»So, wie ich mich fühle«, erklärte Moritz. »Ich habe eine solche Wut im Bauch auf diese …«

»Oh-oh!«, rief Louise warnend und hob einen Finger.

»… Leute«, vollendete Moritz und fletschte die Zähne.

Louise musterte ihren Sohn. Dreizehn Jahre alt, einen halben Kopf größer als sie, blasse Haut, helle Augen, rote

Haare … und wenn man sich die Haare blond dachte und die Sommersprossen aus seinem Gesicht, das Ebenbild Pauls. Außer, wenn er zu sprechen begann oder sich bewegte – dann überwogen die von Alvin unbewusst übernommene Mimik und Gestik, und er sah wie eine rothaarige Ausgabe Alvins aus. Wahrscheinlich war dies der Grund, warum die Leute, wenn sie Moritz und Alvin zusammen sahen, stets sagten: »Wie der Vater, heruntergerissen wie der Vater!« Im Grunde konnte sie froh darüber sein – und erst recht darüber, dass auch Alvin dadurch nie Verdacht schöpfte.

Ihr Moritz, ihr nachdenklicher, erfindungsreicher, stiller, alles beobachtender Moritz! Gott, sie liebte ihn so sehr. Eine Weile hatte sie gedacht, sie würde Paul in ihm lieben, aber schon lange liebte sie den Jungen nur um seiner selbst willen. Sie nahm seine Hand und drückte sie an ihre Wange.

»Ich bin traurig«, sagte sie. »Aber das geht vorbei. Du brauchst dir keine Sorgen zu machen.«

»Muss ich zum Militär?«, platzte Moritz heraus.

»Hat Vater das Thema angesprochen?«

»Ja.«

»Was hat er gesagt?«

»Dass ich es mir überlegen soll. Ich könnte so wie er als Einjährig-Freiwilliger eintreten, dann bräuchte ich die drei Jahre Wehrpflicht nicht zu absolvieren, und dann die Reserve-Offizierslaufbahn einschlagen oder mich so wie Vater fest verpflichten. Der Vorteil wäre, dass ich mir die Truppengattung nach der Grundausbildung aussuchen kann. Die Armee braucht Soldaten, die mit Technik umgehen können, sagt er. Die Zukunft der Armee liegt in der Nutzung der neuen Technik.«

»Aber es ist doch viel zu früh, sich darüber Gedanken zu machen!«, sagte Louise, die von der Vernunft des Vorschlags überrascht war. Sie hatte gedacht, Alvin würde mehr Druck auf Moritz ausüben, sein Heil in der Armee zu suchen. Dass der Zeitpunkt verfrüht war, war der einzige Kritikpunkt, der ihr einfiel. Moritz musste zumindest die Sekundarreife an seinem Gymnasium absolviert haben, um sich freiwillig für diese Art des Militärdienstes melden zu können – das war in vier Jahren.

»Ich glaube, ich bin schuld, dass Vater das angesprochen hat.«

»Weshalb?«

»Weil ich ihm gesagt habe, dass ich nie im Leben Soldat werden möchte.«

»Oje«, sagte Louise.

»Maman, ich will neue Dinge erschaffen. Etwas bauen. Etwas erfinden. Soldaten machen Dinge nur kaputt.«

»Im Krieg«, sagte Louise gegen ihre eigene Überzeugung, »werden viele neue Erfindungen gemacht – von klugen und erfindungsreichen Soldaten.«

»Ja, aber nur, um damit weitere Dinge kaputtzumachen.«

»Moritz, ich verstehe dich. Aber es ist ohnehin viel zu früh, um über solche Dinge nachzudenken.«

Moritz sah sie ernst an. »Maman, warum glauben Sie, dass ich eine andere Meinung haben werde, wenn Vater oder Sie mich in ein paar Jahren danach fragen?«

Nachdem Moritz wieder auf sein Zimmer gegangen war, konnte Louise sich überhaupt nicht mehr auf den Brief konzentrieren. Sie schwankte hin und her zwischen Stolz auf das, was Moritz gesagt hatte, und der Angst vor den Auseinandersetzungen, die noch kommen würden, wenn er Alvin mit dieser unbeugsamen Ablehnung des Militärs konfrontierte. Währenddessen schrieb ihre Hand beinahe von allein weiter. Sie wurde darauf aufmerksam und starrte auf das Blatt. Die

Schrift war gekritzelt und dort verschmiert, wo sie über die nassen Flecke ihrer Tränen gelaufen war, aber dennoch gut lesbar.

Sie hatte geschrieben: *Je t'aime*. Dreimal, viermal, fünfmal. *Je t'taime*. Nun konnte sie den Brief zerreißen und verbrennen und von vorn anfangen.

Dann, nach kurzem Zögern, faltete sie ihn zusammen, versiegelte ihn und starrte ihn an. Wann hatte sie Paul das letzte Mal gesagt, dass sie ihn liebte? Wann hatte sie es jemals geschrieben? Sollte sie ihn wirklich abschicken …?

Sie dachte an Moritz, wie er gesagt hatte, dass er bei seiner Meinung bleiben werde, und dabei plötzlich so bezwingend seinem wirklichen Vater ähnlich gesehen hatte. Dann klingelte sie dem Kindermädchen, das mittlerweile zu einer Art Haushaltsperle geworden war, und bat sie, den Brief zur nächstgelegenen Post-Expedition zu bringen.

Pauls Antwort kam nach dem Dreikönigstag. Sie enthielt Grüße für Alvin und Moritz und eine Beschreibung von Pauls Tätigkeiten bei Maffei, die im Wesentlichen denen entsprachen, die er als selbständiger Unternehmer ausgeübt hatte – Maffei hatte ihn als Sicherheitsinspektor eingestellt. Die Frage, ob Paul das tat, was er liebte, war damit beantwortet, denn Paul liebte es, neue Strecken für die Bahn zu finden. Er verdiente seinen Lebensunterhalt bei Maffei, das war alles.

Dem Brief war ein zweiter, viel kleinerer Brief beigefügt, der an Louise persönlich gerichtet war und sich als kleines Weihnachtsgedicht auf Französisch tarnte. Auf die Rückseite des vielfach gefalteten Zettels hatte Paul nur ein einziges Wort geschrieben.

Komm.

Louise verbrannte ihn, als Alvin in der Garnison war. Sie weinte dabei.

16

Ende 1858, nach einem Jahr, von dem Alvin das Gefühl hatte, dass es ihm zwischen den Fingern zerronnen war, kündigte sich Otto von Bismarck brieflich bei ihm an. Alvin hatte sich in den Monaten nach dem Skandal um Louises Stiftung daran gewöhnt, dass seine Offizierskameraden es vermieden, sich öffentlich mit ihm zu zeigen. Mittlerweile hatten sich die Verhältnisse für ihn wieder normalisiert, nur Louise trug weiterhin das Stigma der Gier und der gewissenlosen Spekulation mit Spendengeldern. Es gab keinen Straftatbestand, nach dem man sie hätte verurteilen können, sonst hätten einige der Offiziersfrauen ihres ehemaligen Vereins mit Sicherheit Anklage gegen sie erhoben. So wie die Lage für sie war, war sie dennoch eine Verurteilte.

Jedenfalls sprach Alvin ganz automatisch eine Einladung für Otto von Bismarck zu sich nach Hause aus und war erstaunt, dass Otto im Gegenzug ihn einlud – ins *Hotel Petersbourg*, eines der teuersten Hotels in der Stadt. Der Besuch rief Erinnerungen hervor, die Alvin wehmütig werden ließen. Das *Hotel Ville de Rome*, in dem damals Stéphane Flachat residiert hatte, lag nur ein paar Häuser weiter.

Bismarck wartete bereits auf Alvin, obwohl dieser eine gute Viertelstunde zu früh angekommen war. Alvin hatte sich eine Ausgangserlaubnis besorgt und trug seine Uniform, so dass die Kellner bereitwillig vor ihm herscharwenzelten; ältere Herren in Zivil, die den Anschein erwecken wollten, in hohen Offiziersrängen gedient zu haben, musterten ihn von oben bis unten und nickten ihm dann knapp zu wie Regimentskommandeure bei der Truppenschau; und Matronen in Begleitung von Töchtern, die das klassische Heiratsalter schon hinter sich gelassen hatten, gaben diesen Ellbogenstöße, damit sie sich aufrichteten, um die Aufmerksamkeit des schneidigen hochgewachsenen Offiziers zu erwecken.

Otto trug Zivil, hatte Champagner und Zigarren auf dem Tisch und winkte Alvin von weitem. Sein Haar hatte sich über der Stirn noch weiter gelichtet in der Zeit, in der Alvin ihn nicht gesehen hatte. Sein Gesicht war etwas fülliger geworden und etwas müder um die Augen, er trug einen mächtigen Schnauzbart mit gezwirbelten Enden, und auf seinem dunklen Rock prangte das Johanniterkreuz wie ein Orden.

Alvin setzte sich und bekam die Champagnerflasche vor seinen Platz geschoben. »*Help yourself*«, sagte Otto in seiner üblichen schroffen Großzügigkeit und seiner meistens unangebrachten Verwendung englischer Floskeln. Alvin kam nicht dazu, sich selbst einzuschenken. Ein Kellner war schon an seiner Seite und goss ihm Champagner in den Kelch. Otto paffte eine Rauchwolke in die Luft. Wie üblich fragte er nicht, wie es Alvin ging, sondern erzählte nach ein paar Höflichkeitsfloskeln von sich selbst. Dabei brachte er seine Person natürlich in Verbindung mit dem Zeitgeschehen. Im Wesentlichen verlief dies nach einem vorhersehbaren Muster.

Bismarck hatte in der Abgeordnetenkammer als einer der Ersten nach dem missglückten Attentat auf Kaiser Napoleon III. geahnt, dass dies zu Ärger zwischen England und Frankreich führen würde, weil die Extremisten sich dort organisiert hatten – weshalb es nötig war, extremistischen, anarchistischen und revolutionären Kräften den Boden zu entziehen, selbst wenn ihre Aktionen sich gegen möglicherweise antagonistische Staatsoberhäupter richteten … denn sonst wurde die Außenpolitik gefährdet, und die Außenpolitik war wie ein höchst kompliziertes Schachspiel, bei dem man keine Figuren brauchen konnte, die sich den Regeln entzogen. Außerdem konnte man etwas von Napoleon III. lernen. Das revolutionäre Frankreich hatte für ihn gestimmt und damit für Ordnung von oben, für Zentralismus und für strikte Gesetzgebung – genau für das Gegenteil von dem, für das die Franzosen 1848 auf die Barrikaden gegangen waren. Im Grunde ihres Herzens hungerten die Menschen danach, dass alles in geordneten Bahnen lief. Man musste sich Napoleon III. annähern und studieren, wie es ihm gelungen war, dieses tiefe Sehnen nach Ordnung zu instrumentalisieren. Und dann musste man dasselbe Prinzip auf Deutschland anwenden, damit es sich ebenfalls demjenigen unterwarf, der der Garant für Ordnung und Ruhe im Staat war. Natürlich war das Preußen. Vom Erzfeind Frankreich zu lernen hieß, Preußen groß zu machen. Aber die phantasielosen Holzköpfe im Abgeordnetenhaus wollten ihn dabei nicht unterstützen.

Weitere Dinge, die Bismarck nicht gefielen, waren: die Hochzeit von Prinz Friedrich Wilhelm mit der englischen Prinzessin Victoria, weil dadurch die stupide Bewunderung des deutschen Volks für England eine weitere Steigerung erfuhr; die Entlassung des konservativen preußischen Ministerpräsidenten Otto von Manteuffel, nachdem der kranke König Friedrich Wilhelm IV. die Regentschaft im Herbst endgültig seinem Bruder Prinz Wilhelm übertragen hatte; und am allerwenigsten gefiel ihm die Aussicht, dass eine Versetzung für ihn im Raum stand. Nach Sankt Petersburg, als Geheimer Rat und Gesandter Preußens am Hof von Zar Alexander II.

»Hast du deshalb dieses Hotel für unser Treffen gewählt?«, fragte Alvin und grinste. »Um dich schon dran zu gewöhnen?«

Bismarck musterte ihn mit eisiger Miene und ging nicht darauf ein. »Die wollen mich kaltstellen dort an der Newa. Das neue Kabinett besteht nur aus … hmmmm … Mittelmäßigkeit. Die fürchten mich. Und Seine Königliche Hoheit versteht nicht, dass er intelligente Minister braucht, wenn er den Staat vernünftig verwalten will.« Bismarck zwirbelte missmutig seinen Bart.

»Was willst du dagegen tun?«, fragte Alvin.

»Bitten, betteln und überzeugen. Das ist das Einzige, was mir bleibt. Deshalb bin ich auch hier in Berlin. Ich warte auf eine Audienz bei Seiner Königlichen Hoheit.«

Bismarck bückte sich plötzlich und zog aus einer Tasche, die er neben sich auf den Boden gestellt hatte, einen schmalen Packen Dokumente hervor. »Habe etwas herausgefunden«, sagte er geheimnisvoll. »Etwas, das dich betrifft.«

»Oh?«

»Deine Frau – empfiehl mich ihr, ich bin sicher, sie ist noch schöner geworden – hat in der Krise die Stiftungsgelder verloren, die sie bei einer der Banken investiert hat, die pleitegegangen sind. Richtig?«

Alvin nickte und seufzte innerlich. Vermutlich war er dazu verdammt, auf ewig darauf angesprochen zu werden.

»Ich habe im Lauf dieses Jahres mehrere der preußischen Banken überprüfen lassen, die bankrottgegangen sind. Die Bank, bei der deine Frau das Geld angelegt hat, war auch darunter.« Bismarck klopfte mit der Faust auf den Papierstapel.

Alvin beugte sich vor, plötzlich erregt. »War es Betrug? Hat man Louise unrechtmäßig um die Stiftungsgelder gebracht?«

»Nein. Ich hatte diese Vermutung auch und habe deshalb die Untersuchung erbeten – immerhin ist der preußische Staat dabei auch geschädigt worden. Bin dabei so viel Gier und Dummheit begegnet, und gleichzeitig so viel Bauernschläue, wie Gesetzeslücken zum Vorteil der Bankeigentümer und damit zum Nachteil der Anleger genutzt werden konnten, dass ich nie wieder einen Bankier ansehen kann, ohne ihn sofort standrechtlich erschießen lassen zu wollen. Die Bank deiner Frau hat ihre Anleger kalt lächelnd um ihre Einlagen gebracht, aber rechtlich ist das alles vollkommen wasserdicht. Wobei man selbstverständlich davon ausgehen muss, dass alle Dokumente, mit denen man das Gegenteil hätte beweisen können, vernichtet worden sind.«

»Dann hilft das alles Louise überhaupt nichts.«

»Nein, aber dir. Erinnerst du dich an das Gespräch, das wir auf Schönhausen geführt haben – damals?«

»Das Gespräch auf Schönhausen ... weil Levin Gut Briest weggetauscht hatte? An Gerhard Cramm? Als du sagtest, wahrscheinlich habe Cramm in Wirklichkeit Levins Unterschrift ...?«

Bismarck unterbrach Alvins Gestotter mit einer Handbewegung. Er fächerte ein paar Dokumente vor Alvin aus. Zu seiner Überraschung handelte es sich um Geschäftspapiere Gerhard von Cramms.

»Cramm war Gesellschafter der Bank, so wie etliche andere Junker. Die, die am lautesten schreien, dass der Staat vom Landbesitz zusammengehalten wird und nicht vom Geld, greifen am schnellsten zu, wenn Münzen über die Tischplatte rollen. Hast du das nicht gewusst?«

»Nein«, sagte Alvin fassungslos. »Grundgütiger – dieser Mistkerl!«

Über Bismarcks Gesicht huschte das mild-verächtliche Lächeln, das Alvin immer dann an ihm sah, wenn Otto das Gefühl hatte, seinem Freund mehr als erwartbar auf die Sprünge helfen zu müssen.

»Hätte sich einfach feststellen lassen«, sagte er. »Wie auch immer. Cramm hat seinen Anteil als Gesellschafter zuerst nicht in flüssigem Kapital aufbringen können. Deshalb hat er Sicherheiten eingesetzt. Unter anderem Gut Briest, das ja ihm gehört. Zu den Sicherheiten gehört auch der Vertrag, den dein Bruder mit ihm geschlossen hat. Cramm hat zugleich, wahrscheinlich um Nachfragen vorzubeugen, einen Brief deines Bruders beigegeben, in dem Levin schreibt, dass er demnächst losfahren und Gut Seehausen besichtigen werde. Dies sind die Dokumente.«

Alvin beachtete den Vertrag nicht. Er kannte ihn fast auswendig. Der Brief Levins an Cramm war kurz und setzte diesen nur davon in Kenntnis, dass er an dem und dem Datum nach Seehausen aufbrechen wolle und dass er Cramm bitte, seinen Verwalter darüber zu unterrichten. Er blickte auf und zuckte mit den Schultern. »Sollte ich den Brief zwischen den Zeilen lesen? Auf Anhieb fällt mir nichts daran auf.«

»Du solltest«, sagte Bismarck mit einiger Ungeduld, »die Unterschriften deines Bruders vergleichen.«

»Sie sind identisch.«

»Einschließlich des dicken Punkts über dem i von Levin.«

»Es gibt Leute, die machen Kringel über dem i. Oder Striche …«

»Er hat das nur bei Levin gemacht. Nicht bei Briest.«

Alvin wurde still. Seine Blicke wanderten von den beiden Unterschriften zu Bismarck und zurück.

»Sieh dir den Brief genauer an«, sagte Bismarck.

»Der Klecks über dem i von Levin stammt von einer Schwäche im Papier«, sagte Alvin nach einiger Weile und hatte das Gefühl, dass ihm der Boden unter den Füßen zu entgleiten begann. Die Ahnung, die in ihm aufstieg, machte ihn schwindlig.

»Hier«, sagte Bismarck und breitete weitere Papiere aus, »sind ein paar Unterschriften deines Bruders aus der Zeit, in der er sich als Politiker versucht hat.«

Keines der i über dem Levin trug einen dicken schwarzen

Punkt. Tatsächlich hatte Levin dazu geneigt, i-Punkte und die Punkte über den Umlauten als schräge, hastige Striche zu malen wie die Akzente über französischen Wörtern.

»Cramm hatte als Vorlage auf die Schnelle wahrscheinlich nur das Schreiben Levins wegen des Besuchs auf Schönhausen. Die Unterschrift darauf hat er treu abgemalt. Und deshalb trägt die Unterschrift auf dem Vertrag den gleichen Klecks über dem i. Weil Cramm nicht erkannte, dass es keine Eigenheit Levins, sondern ein Fehler im Papier war.« Bismarck lehnte sich zurück und strich sich über den Schnauzbart.

»Er hat …«, sagte Alvin und verstummte. Ihm war so übel, dass er sich am Tisch festhalten musste.

»Wir haben ja damals schon bezweifelt, dass dein Bruder tatsächlich vorhatte, Briest wegzutauschen«, hörte er Bismarcks Stimme wie von weit her. »Nun wissen wir genau, dass er es nicht getan hat. Briest gehört nach wie vor dir. Cramm hat den Vertrag gefälscht.«

»Du hast mir seinerzeit gesagt, die Unterschrift wäre nicht …«

»Habe mich getäuscht«, erklärte Bismarck ungerührt.

»Ich …«, sagte Alvin und verstummte. »Ich hätte ihn damals erschießen sollen, als ich von dir aufbrach!«

»Ob du das jemals wirst einklagen können, ist fraglich«, erklärte Bismarck, als wäre ihm Alvins Erschütterung gar nicht klar und als habe er dessen letzte Bemerkung nicht gehört. »Die Rechtslage ist nicht anders als seinerzeit, und die instinktive Abneigung dagegen, dass ein Halbfranzose – dein Sohn Moritz – eines der ältesten Güter Preußens erben könnte, ist eher stärker als schwächer geworden. Was wir hier haben, ist ein Indizienbeweis, mehr nicht, und er kommt um einige Jahre zu spät. Aber vielleicht lässt es dich ruhiger schlafen, jetzt, wo du weißt, dass dein Bruder dich doch nicht verkommen lassen wollte.«

»Grundgütiger«, wisperte Alvin. Sein Blickfeld trübte sich, weil ihm Tränen in die Augen stiegen. »Was soll ich jetzt tun?«

»Du kannst nur eines tun – versuchen, hieb- und stichfeste Beweise zu sammeln und Cramm damit zu konfrontieren, und hoffen, dass er klein beigibt und Briest wieder dir übereignet, ohne dass dazu ein Prozess nötig wird.«

»Wie soll ich denn das anstellen ... ich bin doch kein Jurist, kein Notar ...« Alvin verstummte. Ein Gesicht schälte sich aus seiner Erinnerung, ein nervöses, mitleidiges, von scheuer Bewunderung erfülltes Lächeln. »Der Notar!«, rief er. Ein paar Leute an den Nebentischen fuhren zusammen und blickten tadelnd herüber. »Ich muss den Notar von damals finden!«

»Ich glaube nicht, dass ihm die Fälschung bewusst war«, sagte Otto. »Sonst hätte er sich bestimmt nicht dafür hergegeben.«

»Ich glaube, dass sie ihm sehr wohl bewusst war! Er wusste nur auch, dass weder ich noch Louise sie würden widerlegen können und dass auch er sie nicht beweisen konnte. Erst jetzt kann ich seine Blicke deuten. Grundgütiger!«

Erneut blickten sich die Leute um. Eine Frau machte »Ts, ts, ts!« und wurde gleich darauf von ihrem Mann getadelt. Der Mann deutete böse auf seine eigenen Schultern, um Alvins Epauletten nachzuahmen. Es sollte wohl heißen, dass ein preußischer Soldat auch an einem Ort wie diesem einmal leidenschaftlich werden durfte und dass das Weibsvolk sich dazu kein Urteil anmaßen sollte.

»Du musst doch Briefe von deinem Bruder gehabt haben. Dass dir die falsche Unterschrift nicht aufgefallen ist!«

»Wir haben immer nur Briefe bekommen, die Hedwig geschrieben hat.«

Bismarck nickte. Er schob die Champagnerflasche wieder zu Alvin herüber, und wieder war ein Kellner schneller und schenkte beflissen nach. Bismarck stand auf. »Viel Glück«, sagte er. »Ich gehe bei Seiner Königlichen Hoheit antichambrieren. Die Unterlagen lasse ich dir. Falls man mich doch an die Newa verbannt, werde ich sagen, ich hätte sie im Trubel des Packens verloren.«

»Wo ist Gerhard von Cramm jetzt?«, stieß Alvin hervor.

»Keine Ahnung. Warum? Willst du dich doch noch mit ihm duellieren?«

»Wenn es sein muss ...«

Bismarck verzog das Gesicht.

»Wäre das so falsch?«, fragte Alvin leidenschaftlich. »Du hast dich auch schon duelliert – als du noch im Preußischen Landtag warst.«

»Mit Georg von Vincke, ja ... Und es war kein gutes Gefühl, vorher nicht, währenddessen nicht und auch nicht hinterher«, erklärte Bismarck und schien damit einen der sehr seltenen Einblicke in seine wirkliche Gefühlslandschaft zu geben. »Wir haben beide gefehlt. Mittlerweile halte ich es für Gottes Fügung.«

»Ich hoffe, dass Gott es anders fügt, wenn ich Cramm gegenüberstehe!«

»Dann sorg vorher dafür, dass du wirklich gute Beweise hast, bevor du ihn öffentlich als Betrüger hinstellst und es dazu bringst, dass er dich fordert.«

»Es reicht doch, wenn ich ihn erschieße«, presste Alvin hervor.

»Nun – Cramm ist ein ausgezeichneter Schütze, und er wird vermutlich dich erschießen. Die Beweise brauchst du also dafür, dass deine Witwe nachher den Prozess weiterführen kann. Wie gesagt – viel Glück.«

17

Oberst Friedrich von Gaertringen war der Kommandeur des 1. Garde-Infanterie-Regiments, zu dem Alvin mittlerweile gehörte. Er ließ keinen Zweifel daran, was er von der ganzen Sache hielt.

»Gebe Ihnen gerne Urlaub, Herr Major, um diese Sache zu klären. Wäre eine Schweinerei, wenn sie wahr wäre. Aber das mit dem Duell schlagen Sie sich aus dem Kopf. Garde-Offiziere duellieren sich nicht, jedenfalls nicht, solange ich hier der Kommandeur bin. Ein Garde-Offizier kann nicht so kompromittiert werden, dass er in einem Duell sein Heil sucht. Verhält es sich doch so, ist er kein Garde-Offizier. Drücke ich mich klar aus?«

»Jawohl, Herr Oberst! Bitte aber zu bedenken, dass es hier um das Erbe meiner Väter …«

»Wegtreten, Herr Major. Viel Glück beim Versuch, Ihr Recht auf legalem Weg zu erstreiten.«

Alvin fühlte sich wie nackt in der zivilen Kleidung, mit der er aus der Kaserne ritt und die Richtung nach Jerichow einschlug. In den bürgerlichen Sachen würde er weniger auffallen als in der Uniform. Louise wusste nichts von seinem Plan, in Jerichow die Spur des Notars zu finden, der damals Gerhard von Cramm begleitet hatte, und zu versuchen, ihn auf seine Seite zu ziehen. Alvin war selbst nicht ganz klar, warum er ihr sein Vorhaben verschwieg. Stolz, Unsicherheit … Oder wollte er ihr einfach nur beweisen, dass auch er in der Lage war, etwas zu vollbringen? Was hatte er Louise in all den Jahren, in denen sie beisammen waren, gezeigt? Einen Mann, der es sich gefallen lassen musste, aus dem Land ausgewiesen zu werden, in dem die Liebe seines Lebens zurückblieb. Einen

Mann, der seinen Bruder anbetteln musste, ihm ein Obdach und eine Arbeit zu geben. Einen Mann, dem man einfach so sein Heim wegnehmen konnte, mit einem Zettel und einer gefälschten Unterschrift darauf. Einen Mann, der nicht verhindern konnte, dass seine Frau ins gesellschaftliche Abseits geriet und den ganzen Tag allein zu Hause saß, weil niemand aus ihren Kreisen sich mit ihr abgeben wollte.

Einen Mann, der so tat, als wüsste er nicht, dass sein Sohn in Wahrheit von seinem besten Freund gezeugt worden war und der noch froh sein musste darüber, weil er selbst offensichtlich überhaupt kein Kind zeugen konnte.

Tusch und Fanfaren! Das war er, Alvin von Briest! Immer der zweite Gewinner in einem Rennen, in dem es nur Sieg oder Niederlage gab.

Und zu allem Überfluss: Er war ein Mann, der dabei war, die Liebe seines Lebens zu verlieren, und keine Ahnung hatte, was er dagegen tun sollte.

Deshalb ritt er in Wahrheit nach Jerichow. Nicht, weil Otto von Bismarck ihm gesagt hatte, er müsse um sein Land kämpfen. Nicht, weil es ihm um das Erbe seiner Väter ging. Er ritt nach Jerichow Louises wegen. Seiner Liebe wegen. Und wenn am Ende ein Duell nötig war, dann würde er in das Duell gehen und alle Konsequenzen daraus tragen.

Im Rathaus von Jerichow erkannte ihn der Gemeindeschreiber und war voller Ehrerbietung, bis er hörte, nach wem Alvin suchte. Dann verwandelte sich die Ehrerbietung in Fassungslosigkeit.

»Theodor Zieglaff? Entschuldigen Sie, Herr von Briest, aber der Mann ist ein Wrack.«

»Tatsächlich?«

»Zieglaff ist noch nicht mal von hier. Ein Zugereister aus Berlin, kein Einheimischer. Wenn Sie einen Notar für einen

Geschäftsabschluss brauchen, kann ich Ihnen einen hervorragenden Mann aus Jerichow empfehlen …«

»Mir reicht es, wenn Sie mir sagen, wo ich Zieglaff finde.«

Das Haus, in dem der Notar lebte, war klein, aber gut in Schuss. Davor war ein Gemüsegarten angelegt. Die Pflanzen waren gewässert und gedüngt. Alvin begann zu argwöhnen, dass der Gemeindeschreiber ihn entweder zu einem falschen Haus geschickt oder Unsinn über den Notar erzählt hatte. Es befand sich kein Namensschild an der Tür, und auch sonst war nicht zu erkennen, wer hier lebte. Er klopfte an. Nach kurzer Wartezeit öffnete ihm eine kleine, knollennasige Frau mit einem misstrauischen Gesicht und sah ihn wortlos an.

»Wohnt hier der Notar Theodor Zieglaff?«

»Wer will'n det wissen?«, fragte die Frau.

»Sophie, wer ist das?«, ertönte da eine Männerstimme.

»Ick kennse doch«, sagte die Frau.

»Mein Name ist Alvin von Briest.«

Die Tür wurde zugeschlagen. Alvin war schneller und stellte einen Fuß in den Türspalt. Die kleine Frau wich zurück, aber sie fletschte die Zähne und sah ihn mit einem Hass an, der ein Feuer hätte entzünden können.

»Herr Zieglaff?«, rief Alvin in das düstere Innere des Hauses hinein. Er blickte in einen kurzen Flur, an den sich eine Küche anschloss. Dort auf dem Boden saß ein Kind.

»Wer ist da?«, drang eine Stimme durch einen Türspalt, hinter dem Alvin die Stube vermutete.

»Alvin von Briest. Herr Zieglaff? Ich muss mit Ihnen sprechen. Bitte.«

Die Pause dauerte so lange, dass die Frau – anscheinend Zieglaffs Ehefrau – erneut vortrat und gegen die Tür drückte, in der noch immer Alvins Fuß steckte. Sie sah ihm dabei gerade in die Augen und bleckte die Zähne wie ein wildes Tier. Alvin legte eine Hand gegen das Türblatt und fühlte, wie das Holz zitterte, weil die Frau am ganzen Körper bebte vor Hass.

»Kommen Sie rein, Herr von Briest«, kam die Stimme aus der Stube. »Sophie … bitte.«

Die Frau gab die Tür frei. »Er bringt uns nur Unglück!«, zischte sie.

»Bis jetzt, gnädige Frau, ist es eher so, dass Ihr Mann mir Unglück gebracht hat«, sagte Alvin, der den blinden Hass, der ihm entgegenschlug, nicht länger wortlos hinnehmen konnte.

Das Kind, das in der Küche gesessen hatte, begann zu weinen. Sophie Zieglaff wandte sich brüsk ab und kümmerte sich darum. Alvin betrat die Stube.

Man sah dem Raum noch immer die bäuerliche Herkunft an. Ein Kaminofen an der Innenwand in der einen Ecke, diagonal gegenüber, beim Fenster, die Herrgottsecke, ein Tisch mit einer Bank und einem Stuhl. Ein Mann saß auf dem Stuhl und blickte Alvin entgegen. Das seitlich einfallende Licht machte aus seinem Gesicht eine zerklüftete Fläche aus Kerben, eingefallenen Wangen und hohlen Augen, übersprenkelt von Bartstoppeln. Es roch sauer in der Stube. Auf der Ofenbank saß ein Mädchen mit gesenktem Kopf und stopfte an Socken herum. Ein jüngerer Bub klaubte in einem Holzkorb herum und holte Scheite heraus, die er übereinanderstapelte. Alvin fragte sich, ob die Schule in Jerichow geschlossen hatte, dass die Kinder an einem Werktag wie heute zu Hause sein konnten. Etwas an dem Jungen irritiere ihn, aber er wusste nicht, was es war.

Der Mann am Tisch stand auf und machte eine unbeholfene Willkommensgeste. Erst als Alvin näher trat, regte sich in ihm das Wiedererkennen. Er war damals zu schockiert gewesen, um Theodor Zieglaff genauer anzusehen, aber er glaubte, sich an einen noch jungen Menschen zu erinnern, im gleichen Alter wie er selbst. Der Mann, der ihm jetzt gegenüberstand, wirkte um zwanzig Jahre älter als Alvin. Sein Haar war grau, seine Gesichtshaut teigig. Als er Alvin den Stuhl anbot und selbst hinter den Tisch auf die Bank schlüpfte, roch Alvin den Fusel in seinem Atem.

»Wie geht es Ihrer Frau?«, fragte Zieglaff.

»Gut«, erwiderte Alvin und log: »Sie lässt Grüße an Sie und Ihre Gattin ausrichten.«

Zieglaffs Augen schimmerten feucht. »Selbst damals, als wir bei Ihnen waren, hat sie Grüße an Sophie ausrichten lassen. Frau von Briest ist eine Heilige.«

Sophie Zieglaff kam in die Stube gestapft. Auf dem Arm trug sie das Kind aus der Küche. Ein Mädchen, das gerade so alt war, dass es laufen konnte, hielt sich an ihrem Rockzipfel fest und stolperte hinterdrein. Es hatte einen Daumen im Mund; das Häubchen auf seinem Kopf war ihr so ins Gesicht gerutscht, dass es vermutlich nicht einmal sah, wo es hintrat. Das Kleinkind auf Sophies Arm hatte den Kopf in ihrem Hals vergraben und greinte.

Sophie stellte knallend einen Krug auf den Tisch, den sie in der Ellbeuge getragen hatte. Zwei Holzbecher folgten, die sie transportiert hatte, indem sie die Finger in die Öffnung gesteckt und mit dem Daumen dagegengedrückt hatte. Das gedrechselte Holz war matt. Sie wandte sich schroff ab und setzte sich mit den Kindern auf die Ofenbank.

Zieglaff goss mit einer zittrigen Hand ein und hob seinen Becher hoch. Alvin tat es ihm gleich. Der Krug enthielt Apfelmost. Er war verdorben und roch nach Essig und Urin. Alvin tat so, als würde er trinken. Zieglaff trank mit tanzendem Adamsapfel. Als er den Becher absetzte, war dieser leer.

»Ich habe die ganzen Jahre darauf gewartet, dass Sie kommen würden«, sagte der Notar dann. Seine Finger begannen, den leeren Becher zu drehen.

»Weil Sie wussten«, erwiderte Alvin, »dass Gerhard von Cramm mich damals betrogen hat.«

Zieglaff zuckte zusammen, als seine Frau von der Ofenbank her etwas zischte. Er sah mit einem verzweifelten Blick zu Alvin auf und gleich wieder weg. »Eine Heilige«, flüsterte er, »das ist Ihre Frau, jawohl.

»Meine Frau und mein Sohn«, sagte Alvin, »haben sehr gelitten, als wir von Briest vertrieben wurden.«

Zieglaff erwiderte nichts. Der Becher in seiner Hand drehte sich schneller.

»Herr Zieglaff, ich bin nicht hier, um Ihnen Vorwürfe zu machen.«

»Die ganze Zeit hab ich auf Sie gewartet. All die Jahre.«

»Weil Sie erwarteten, dass ich Sie um Hilfe bitten würde?«

»Weil ich dachte, dass Sie mich töten würden.« Der Notar sah auf. Er lachte hoffnungslos. »Am Anfang hatte ich immer eine geladene Pistole neben mir.« Er hob eine Hand in die Höhe. Sie zitterte wie die eines alten Mannes. »Sophie hat sie mir weggenommen. Sie hatte Angst, dass ich aus Versehen eines der Kinder erschieße. Oder mich …« Eine Träne lief ihm über die Wange. Zieglaff wischte sie nicht weg.

»Herr Zieglaff, ich brauche jetzt Ihre Hilfe. Meine Frau braucht Ihre Hilfe. Gerhard von Cramm hat uns betrogen. Ich weiß es. Und Sie wussten es bereits damals.«

Zieglaff schüttelte stumm den Kopf.

»Cramm hat die Unterschrift meines Bruders gefälscht. Levin wollte Briest nie gegen Seehausen eintauschen.«

»Wenn Sie das annehmen, was wollen Sie dann von mir?«

»Ich habe nur einen schwachen Indizienbeweis, den man vor Gericht nicht anerkennen wird, weil er sich gegen einen alteingesessenen Gutsherrn, Bankier und Politiker richtet – zugunsten«, Alvin ließ seine Stimme hart klingen, aber er hatte das Gefühl, dass man die Erbitterung trotzdem heraushörte, »zugunsten eines Halbfranzosen, nämlich meines Sohnes, welcher der Erbe von Briest wäre, wenn es wieder mir gehörte.«

Zieglaff schnaubte. »Erzählen Sie mir nichts von der Doppelmoral des preußischen Staates.«

»Wenn Sie aussagen, dass Sie von dem Betrug wussten …«

»… dann gehe ich noch nachträglich dafür ins Gefängnis. Und meine Bestallung als Notar bin ich auch los.«

»Wie viele Klienten haben Sie denn noch?«, fragte Alvin, bevor er sich zurückhalten konnte. Er biss sich auf die Zunge.

Zieglaff starrte lange den Becher in seiner Hand an. Schließlich schnappte er sich den Krug und schenkte nach. Der Rand des Krugs ratterte gegen den Rand des Bechers. Er blickte über Alvins Schulter zur Ofenbank. Alvin war sicher, dass Sophie Zieglaff heftig den Kopf schüttelte auf die stumme Frage ihres Mannes. Im Gesicht Zieglaffs zuckte es.

Alvin ergriff das Handgelenk des Notars und zwang es sanft nach oben, so dass kein Most mehr aus dem Krug laufen konnte. Der Becher war übergelaufen, der saure Most bildete einen kleinen See auf dem Tisch. Zieglaff betrachtete die Bescherung betroffen.

»Wir können sagen, dass Sie erst jetzt dahintergekommen sind. Wir können für Sie ins Feld führen, dass Sie von sich aus auf mich zugekommen sind, um mir zu meinem Recht zu verhelfen. Dann stehen Sie vor aller Augen als der Held da.«

»Was wäre dann mit Herrn von Cramm?«

»Er würde zu einer Geldbuße verurteilt werden und dazu, Briest herauszurücken. Meine Familie hätte ihr Heim wieder.«

»Würde man ihn dafür hängen?«

»Wo denken Sie hin?«

»Gefängnis?«

»Einen Junker mit Stammbaum wie ihn? Wohl kaum. Er müsste nur das wieder hergeben, was er sich unrechtmäßig angeeignet hat, und eine Entschädigung für die entgangenen zehn Jahre Gewinn aus den Erträgen des Guts. Ihr Honorar wäre diese Entschädigung. Was halten Sie davon?«

»Nein«, flüsterte Zieglaff.

»Aber weshalb nicht?«, fragte Alvin fassungslos. »Sind Sie denn nicht daran interessiert, das Unrecht wiedergutzumachen, an dem Sie damals teilgenommen haben – und noch einen Gewinn davon zu haben?« Er packte Zieglaffs Handgelenk erneut, als dieser trinken wollte. »Und Ihr Gewissen endlich zur Ruhe zu schicken?«

Zieglaff schluckte krampfhaft. »Nicht, solange Cramm lebt«, sagte er.

»Grundgütiger, was hat er denn gegen Sie in der Hand?«

Zieglaff schwieg. Da Alvin immer noch sein Handgelenk festhielt, packte er den Becher mit der freien Hand und trank ihn ebenso gierig aus wie den ersten. Most tropfte über sein Kinn und auf sein Hemd. Der Becher war leer. Zieglaff knallte ihn auf den Tisch, schloss die Augen und begann, lautlos zu weinen.

Alvin ließ sich zurücksinken und fuhr sich über das Gesicht. In ihm stritten sich Mitleid, Ekel und – Ratlosigkeit. Er hatte es vermasselt. Ihm war klar, dass der Notar nicht nur wegen seines Gesetzesbruchs unter Druck war, denn aus diesem hatte er ihm einen Ausweg gezeigt. Es war die Frage danach, ob Cramm für eine Weile oder für immer aus dem Verkehr gezogen wäre, wenn er Alvin half, die Alvin die Augen geöffnet hatte. Was *hatte* Cramm gegen Zieglaff in der Hand? Welche weiteren Gesetzesverstöße hatte der Notar begangen?

Etwas schepperte hinter ihm. Unwillkürlich drehte er sich

um. Der Junge, der die Holzscheite aufgetürmt hatte, hatte seinen wackligen Turm umgestoßen. Er betrachtete sein Werk, dann sah er auf und schien Alvin erst jetzt zu bemerken. Aus seinem Mund lief Speichel, während er Alvin musterte. Nun wusste Alvin, was ihn an dem spielenden Buben irritiert hatte. Er spielte das Spiel eines Dreijährigen, aber er musste mindestens zehn sein. Er war ein Idiot.

Auch das Mädchen, das die Socken stopfte, sah auf. Ihr Gesicht war breit und grob. Sie lachte ohne Grund und grunzte etwas. Alvin starrte Sophie Zieglaff an, die das greinende Kind auf dem Arm wiegte und seinen Blick herausfordernd zurückgab. Das Kind hatte das gleiche unfertig wirkende Gesicht wie seine große Schwester.

Das einzige Kind, das keinen Defekt aufzuweisen schien, war das Mädchen mit dem Häubchen und dem Daumen im Mund. Die anderen …

Grundgütiger! Theodor Zieglaff hatte drei geistig behinderte Kinder mit seiner Frau gezeugt! Was für ein Fluch schwebte über ihnen?

»Ja«, hörte er Zieglaff murmeln, der Alvins fassungslose Musterung seiner Familie beobachtet haben musste. »Nun wissen auch Sie Bescheid.«

Alvin drehte sich zu ihm um. »Es tut mir sehr leid für Sie und Ihre Frau«, sagte er. »Gott hat Ihnen ein schweres Schicksal auferlegt. Umso wichtiger wäre es, dass Sie mir helfen. Mit der Entschädigung, die ich Ihnen als Honorar anbiete, könnten Sie ein größeres Haus mieten … jemanden anstellen, der mit den Kindern hilft …«

»Geschwister«, sagte Zieglaff.

»Ja, natürlich sind sie Geschwister, und ich sage ja auch nicht, dass Sie die Kinder auseinanderreißen und in Anstalten geben sollen, ganz im Gegenteil …«

»Wir sind Geschwister«, sagte Ziegläff.

Alvins Gedanken kamen ins Stocken. Ohne es zu wollen, fuhr er herum und starrte Sophie Ziegläff ins Gesicht. Der Hass, der ihm erneut entgegenschlug, war fast greifbar. Der verkniffene Mund, die tiefliegenden Augen, die Knollennase … er wandte sich ab und musterte das Gesicht des Notars, bis ihm aufging, wie er sich benahm. Er wurde rot und senkte den Blick.

»Wir sehen uns nicht sehr ähnlich«, murmelte Ziegläff. »Das hat uns immer geholfen.«

»Warum erzählste dem det alles?«, schnappte Sophie. »Willste uns noch mehr in Kalamitäten bringen? Jenügt es nich, det et der Teufel von Cramm weeß?«

»Das hat er gegen Sie in der Hand«, wisperte Alvin. Und so wie er Cramm kannte, würde dieser den Notar unbarmherzig bei den Behörden anzeigen, sobald dieser sich gegen ihn wandte. Die Familie würde auseinandergerissen, Schwester und Bruder Ziegläff ins Zuchthaus wandern, die Kinder in Irrenanstalten gegeben – sogar das ohne Schäden geborene kleine Mädchen.

»Ich kann Ihnen nicht helfen, solange Herr von Cramm lebt«, sagte Ziegläff. »Sie wollen Ihrer Familie helfen. Ich helfe der meinen.«

»Wenn Sie vor Gericht aussagen«, hörte Alvin sich sagen, »dann sorge ich für Gerhard von Cramms Tod.« Innerlich lachte er verzweifelt. Es war von Anfang darauf hinausgelaufen, oder? Schon vor zehn Jahren. Was er damals hätte tun sollen, musste er nun zu Ende bringen.

Ziegläff war noch bleicher geworden. »Wollen Sie ihn ermorden lassen?«

»Nein. Ich stelle das Ganze als Ehrensache hin. Und fordere ihn zum Duell.«

18

Du bist wahnsinnig«, sagte Louise. »Das lasse ich nicht zu.«

»Es ist die einzige Möglichkeit.«

»Briest ist verloren, Alvin! Wir leben hier doch gut. Warum willst du das tun?«

»Weil man mich zweimal um mein Erbe betrogen hat. Mein Vater hat es getan, indem er alles Levin gegeben hat, und Cramm hat es getan mit dem gefälschten Vertrag. Ich bin ein Briest, Louise! Du bist eine Briest! Moritz ist ein Briest. Wir sind Junker. Wir lassen es nicht zu, dass man uns unser Land wegnimmt.«

»Ich lasse es nicht zu, dass dein Stolz dich deiner Familie wegnimmt.«

»Du scheinst ja schon fest daran zu glauben, dass Cramm mich erledigen wird«, erklärte Alvin bitter.

»Cramm ist ein Bastard, und du bist ein Ehrenmann«, sagte Louise. »Daher bist du im Nachteil.«

»Louise – ich hab's dir doch erklärt. Nur so habe ich eine Chance, dass Zieglaff aussagt und wir Gut Briest wiederbekommen.«

»Ich will es nicht wiederbekommen.«

»Das kannst du nicht ernst meinen. Es ist das Haus meiner Väter!«

»Im Haus meines Vaters lebt jetzt irgendwer, weil mein Vater es versoffen und verspielt hat. Gehe ich zurück nach Paris und versuche, irgendjemanden deshalb zu erschießen?«

»Vielleicht hat man in Frankreich andere Ehrbegriffe als in Preußen«, schnappte Alvin und merkte erst, was er gesagt hatte, als sich Louises Augen weiteten. »Grundgütiger, das ist mir so rausgerutscht. Entschuldige, Louise. Bitte!« Er nahm sie in den Arm. Sie war so steif wie ein Brett.

»Ich will nicht«, sagte Louise und machte sich frei, »dass du dich duellierst wegen eines Stücks Land mit einem Haus darauf. Ich will nicht hier darauf warten, dass dein Sekundant und der Doktor mit einer Kutsche vorfahren, in der dein Leichnam liegt!«

»Hast du schon mal in Erwägung gezogen, dass es Cramm sein könnte, der so nach Hause gefahren wird?« Alvins Bestürzung über seine böse Bemerkung machte erneutem Zorn Platz. »Du hältst mich für so einen Versager, dass ich nicht einmal das zustande bringe, wozu ich als Soldat ausgebildet worden bin.«

»Ich will nicht, dass du mich zur Witwe machst und Moritz zur Halbwaise!«

Alvins Bitterkeit überwältigte ihn so wie vorher sein Zorn. »Heirate doch Paul, nachdem ich in der Grube liege – dann hätte Moritz wenigstens seinen richtigen Vater.«

Ihm wurde eiskalt, als er sah, wie bleich Louise wurde. Sie schwankte. Alle Bitterkeit und Zorn verflogen und gaben einem unendlichen Bedauern, einer bodenlosen Traurigkeit und der verzweifelten Liebe Raum, die Alvin für seine Frau empfand. Er stützte Louise und setzte sie auf die Chaiselongue. Sie hockte da, in sich zusammengesunken, und starrte in sein Gesicht. »Ich hol dir was zu trinken«, stotterte Alvin. Mit fliegenden Händen riss er ein Kabinett auf. »Ein Schnaps, hier muss doch irgendwo ein Schnaps sein!«

»O mein Gott«, sagte Louise auf Französisch, »o mein Gott, wie lange weißt du es schon?«

»Spielt keine Rolle. Hier, trink!«

Als Louise zu husten begann, klopfte er ihr auf den Rücken. Dann kniete er vor ihr nieder, nahm ihre kalten Hände und legte die Stirn an ihre. Sie begann zu schluchzen.

»Es spielt keine Rolle, Louise. Wir sind eine Familie. Wir sind die Briests, nur das zählt.«

»O Gott, Alvin … es tut mir so leid …«

Alvin lächelte unter Tränen und fühlte eine andere Art von Bitterkeit in sich aufsteigen, die ihn genauso schlimm schmerzte wie Louises fehlendes Vertrauen. »Paul hat dir gegeben, was ich dir nie hätte geben können«, sagte er.

Louise legte die Hände an seine Wangen und hob seinen Kopf. Ihr Anblick schwamm vor seinen Augen. »Alvin … ich bitte dich inständig … fordere Cramm nicht heraus. Er hat dich um Briest betrogen. Er hat mich um die Stiftungsgelder betrogen. Wie viel Macht soll er noch über uns bekommen? Ignoriere alles, was geschehen ist. Lass ihn auf seinen Schienen dorthin fahren, wo es irgendwann einmal Gerechtigkeit geben wird. Wir sind auf einem anderen, auf unserem Gleis.«

Die Metapher traf Alvin, ohne dass er es verhindern konnte. »Das hätte Paul sagen können«, stieß er hervor.

»Nein, Alvin, so darfst du das nicht auffassen. Ich … ich finde nur keinen Vergleich, der zum Militär passt …«

»Gib dir keine Mühe.« Alvin löste ihre Hände von seinem Gesicht und küsste sie auf die Wangen. Er stand auf und zog seinen Uniformrock stramm.

»Alvin – ich liebe dich«, sagte Louise.

»Ich glaube es dir sogar. Aber um die Liebe aufrechtzuerhalten, braucht es Respekt, Louise. Und wie kannst du Respekt vor mir haben? Ich habe alles verloren und mich nie dagegen gewehrt. Jetzt wehre ich mich. Ich möchte, dass du wieder stolz auf mich sein kannst.«

»Du meinst, ich wäre stolz, wenn man dich tödlich verwundet nach Hause bringt?«

»Besser so, als unversehrt ohne deinen Respekt zu leben!«

»Du bist ein Narr, Alvin!«

»Kannst du mir versichern, dass du ebenso viel Respekt für mich empfindest wie damals? Und ebenso viel Liebe?«

»Ich …«, begann Louise.

»Kannst du es schwören bei Moritz' Leben?«

»Gott, Alvin, wie kannst du nur so eine Grässlichkeit verlangen! Mich beim Leben unseres Sohnes schwören zu lassen. Bist du verrückt?« Louise sprang von der Chaiselongue auf und stieß ihn vor die Brust. Alvin stolperte gegen das Kabinett. Die Flaschen und Gläser darin stießen zusammen und klingelten. Die geöffnete Schnapsflasche kippte um und fiel mit einem dumpfen Laut auf den Teppich. Der Schnaps gluckerte heraus.

»Er ist dein Sohn, nicht meiner!«, knurrte Alvin. Erneut merkte er, welch grauenhaften Fehler er begangen hatte. »O nein!«, rief er. »Ich weiß nicht mehr, was ich sage, Louise!«

»Aber ich weiß es«, sagte Louise. Ihre Lippen bebten. »Gehst du in das Duell, werden Moritz und ich nicht mehr hier sein, wenn du zurückkommst – unversehrt oder tot.«

»Louise, ich tue das doch nur für euch!«

»Wir wollen es nicht. Also lass es.«

»Ich … ich kann nicht … Louise, versteh mich doch …«

»Es gibt nichts mehr dazu zu sagen«, erklärte Louise. Sie schritt an ihm vorbei, bückte sich im Gehen und hob die Schnapsflasche auf. »Entscheide dich, Alvin. Für Briest – oder für uns.«

19

Es dauerte bis Ende Januar des neuen Jahres, bis Alvin endlich eine Gelegenheit fand, eine Anklage gegen Gerhard von Cramm wegen Betrugs auf den Weg zu bringen. Er war überrascht, dass Cramm selbst zu der Vorladung ins Landgericht im ehemaligen Collegienhaus in der Lindenstraße erschien. Es zeigte, dass er die Sache womöglich ernst nahm, auch wenn er wie üblich großspurig und verächtlich daherkam und Alvin, statt ihn zu begrüßen, musterte wie etwas, das er sich gerade von der Schuhsohle gekratzt hatte. Er hatte einen Rechtsanwalt dabei und einen Schreiber und verbreitete die Aura eines Mannes, der einem vorgeschriebenen, mühsamen Procedere folgt, obwohl er eigentlich Besseres zu tun hätte, zum Beispiel die Welt retten.

Mit der Anklage wegen Urkundenfälschung, Betrugs, Vorspiegelung falscher Tatsachen und widerrechtlicher Wegnahme fremden Eigentums konfrontiert, zuckte er nur mit den Schultern und sagte: »War nicht anders zu erwarten, Euer Ehren.«

»Wie meinen Sie das?«, fragte der Richter.

»Dass der Herr …«, Cramm tat so, als müsse er erst Alvins Rangabzeichen in Augenschein nehmen, »… Major von Briest erst nach zehn Jahren den Mut findet, mit seinem Anliegen herauszukommen. Na ja, handelt sich ja um eine familieninterne Peinlichkeit. Überlegt man eben als Junker, das an die Öffentlichkeit zu tragen, auf Ehre! Nicht jedermanns Sache, offen auszubreiten, dass der eigene Bruder einen auf die Straße setzen wollte.«

»Mein Bruder Levin von Briest wollte mich nicht auf die Straße setzen. Aus genau diesem Grund sind wir hier, Herr von Cramm. Weil Sie …«

Alvins Rechtsanwalt legte ihm eine Hand auf den Arm und unterbrach ihn. »Wir wollen es Sache des Gerichts sein lassen, die Anschuldigungen zu Protokoll zu bringen, Herr von Briest.«

»Und dann«, fuhr Cramm fort, »irgendwelche Lügen fabrizieren, um das verspielte Erbe wieder an sich zu bringen. Das eine wie das andere eines Junkers nicht würdig, auf Ehre. Weit ist es gekommen mit dem Adelsstand.«

»Wenn man sich manche Verhältnisse im Adelsstand ansieht, könnte man sich glücklich schätzen, ein Bauer zu sein«, versetzte Alvin.

»Was die Manieren betrifft, müssten Sie nicht mal umlernen«, erklärte Cramm genüsslich.

»Wir kommen nun zu der Anklage«, sagte der Richter, bevor Alvin antworten konnte. Er las die Anklageschrift laut vor. Cramm reagierte amüsiert.

»Gibt es dafür auch Beweise?«, fragte er. »Oder glaubt der Herr Major, dass er sich hat sparen können, welche anfertigen zu lassen? Oder haben die zehn Jahre Zaudern nicht gereicht …?«

»Die Beweisstücke«, sagte der Richter, »sind die Unterschriften des verstorbenen Herrn Levin von Briest auf dem Tauschvertrag.«

»Die vermutlich völlig unterschiedlich sind zu anderen vorliegenden Unterschriften?«, fragte Cramm.

Der Richter zögerte kaum merklich. »Die völlig identisch sind mit anderen vorliegenden Unterschriften bis auf Kleinigkeiten, die in der Natur einer Unterschrift liegen.«

»Auf Ehre«, sagte Cramm, »ich fürchte, ich bin schuldig … nichts Unrechtes getan zu haben.« Er lachte laut.

»Es gibt zwei Möglichkeiten, das aus der Welt zu schaffen, Cramm«, sagte Alvin. Er ignorierte die Hand seines Rechtsanwalts. Ihm war klar, dass seine leise Hoffnung, Cramm möge durch die Vorladung so erschüttert sein, dass er nachgab, statt einen Skandal zu riskieren, eitel gewesen war. Er wollte es dennoch ein letztes Mal versuchen, ohne den äußersten Schritt zu gehen. »Die eine Möglichkeit ist: Wir einigen uns hier und jetzt unter Edelmännern und wickeln das alles völlig geräuschlos ab und ohne dass Ihr Name beschmutzt wird. Die andere Möglichkeit lautet: Sie geben mir Briest zurück und den entgangenen Gewinn der letzten zehn Jahre und zahlen nebenher noch ein Bußgeld und laufen für immer mit dem Makel des Betrügers und Dokumentenfälschers herum, weil Sie nämlich den Prozess, auf dem ich dann bestehe, mit Pauken und Trompeten verlieren werden!«

Cramm betrachtete Alvin neugierig. »Sie bringen mich immer wieder zum Lachen, Briest«, sagte er. »Schade, dass Sie nach dem Prozess so vernichtet sein werden, dass Sie in Preußen keinen Fuß mehr auf den Boden bekommen. Werde die Gelegenheiten vermissen, mich über Sie zu amüsieren.«

»So wie Sie sich über meine Frau amüsiert haben, als Sie die Stiftungsgelder veruntreut haben?«

»Vorsicht, Herr von Briest«, sagte der Rechtsanwalt.

Der Richter funkelte Alvin an. »Halten Sie sich an die Anklage, Herr Major, alles andere könnte als Verleumdung Ihrerseits gewertet werden.«

»Fürs Protokoll«, sagte Cramm. »Wenn der Herr Major den Prozess wünscht, ist er herzlich willkommen.«

»Sie glauben doch nicht, dass ich nicht noch Zeugen aufbringen werde«, sagte Alvin und redete sich ein, dass dies nun der allerletzte Versuch war, die Sache friedlich zu regeln.

Cramm lächelte. »Zeugen wofür? Natürlich gibt es Zeugen für die Richtigkeit des Vertrags. Meinen damaligen Notar zum Beispiel.«

»Was für ein Zufall«, erklärte Alvin. »Genau den meine ich auch.«

Gerhard von Cramm zögerte einen so winzigen Augenblick, dass es nur Alvin auffiel. »Gefällt mir«, sagte er dann. »Spart Zeit. Der Zeuge der Anklage ist zugleich der Entlastungszeuge der angeklagten Partei. Klagen Sie sich doch am besten nächstes Mal selbst an, Briest, dann sparen Sie noch mehr Personal.«

»Und was Ihre vorherige Einlassung meine Manieren betreffend angeht«, erwiderte Alvin, »betrachte ich das als persönliche Beleidigung, besonders von jemandem, der, wenn er sie überhaupt genossen hat, sich nicht mehr an seine gute Erziehung erinnern kann. Ich bin gern bereit, Ihnen im selben Ton zu antworten.« Er hielt den Atem an. So verklausuliert es sich angehört hatte – jetzt stand die Forderung im Raum. Cramm konnte sich entweder entschuldigen oder nun seinerseits auf die Beleidigung reagieren, er habe womöglich keine gute Erziehung genossen. Es war eine wohlbedachte Verleumdung von Cramms Herkunft und Familie. Es gab für Cramm keine Möglichkeit, ohne Gesichtsverlust herauszukommen, wenn er nicht reagierte.

Cramm sagte: »Sie werden von mir hören, Herr Major – in keinem ungewissen Ton.« Er stand auf und wandte sich an den Richter. »Haben wir das gleiche Verständnis, Euer Ehren, dass diese Angelegenheit nun das Feld der Justiz verlassen hat und auf dem Gebiet der persönlichen Genugtuung angekommen ist?«

Der Richter musterte Alvin nachdenklich. »Ziehen Sie die Anklage zurück, Herr Major?«

»Nein«, sagte Alvin und hatte die Genugtuung, Cramms Überraschung zu sehen. »Das eine hat mit dem anderen nichts zu tun. Ich halte meine Forderung gegenüber Herrn von Cramms Erben aufrecht.«

»Meinen Erben?«, stieß Cramm hervor.

»Sie werde ich nicht mehr verantwortlich machen können, Cramm. Sie liegen dann ja tot im Grab.«

Cramm schmunzelte. »Sende Ihnen übermorgen meinen

Sekundanten und benenne Ihnen meinen parteilichen Zeugen«, sagte er. »Erwarte Ihre Vorschläge betreffs des Unparteiischen.«

»Gut«, sagte Alvin. »Gut.«

20

Alvin hatte gehofft, Otto von Bismarck als Sekundanten oder wenigstens als Unparteiischen zu bekommen, doch Otto war am 29. Januar nach Frankfurt abgereist, um zu packen. Seine Bitten, die Versetzung nach Sankt Petersburg rückgängig zu machen, waren vergeblich gewesen. Als Sekundanten bestimmte er daher am Tag nach dem Treffen im Gericht Feldwebel Bronikowski, der, als ihm die Bitte Alvins zugestellt worden war, wie üblich praktisch veranlagt mit einer Auswahl von Pistolen angerückt war und mit Alvin Schießübungen auf dem Garnisonsgelände veranstaltet hatte. Als parteilichen Zeugen benannte Alvin einen Offizierskameraden, und als Unparteiischen bat er seinen Regimentskommandeur Oberst von Gaertringen zu fungieren. Er hatte die Warnung des Obersten noch im Ohr und hoffte, ihn hinsichtlich des Duells gnädig zu stimmen, wenn er ihn als Zeugen hinzuholte und sich wie der vorbildlichste preußische Offizier überhaupt während des Duells gebärdete – einschließlich des Versuchs, Cramm zu erschießen.

Gaertringen hörte sich die Bitte an, seufzte dann, überlegte ein paar Sekunden und willigte ein. Alvin sah es als gutes Zeichen an.

Louise reagierte ähnlich wie der Oberst. Sie hörte sich Alvins Erklärungen ruhig an und ließ ihm dann ein gutes

Abendessen zubereiten. Sie nahmen es zu zweit und schweigsam ein. Dann beauftragte Louise das Dienstmädchen, ihr ein Bett im Salon zu richten. Das war kein gutes Zeichen, aber Alvin hatte keine Möglichkeit, mit ihr darüber zu reden, denn er musste seine Dinge regeln und einige Briefe schreiben. Einen davon richtete er an Paul, dem er seit Ewigkeiten nicht mehr geschrieben hatte. Er wusste nicht, was er schreiben sollte. Es wurde ein unpersönlicher, unbeholfener Brief, weder ihrer früheren Freundschaft würdig noch der Absicht hinter dem Brief, im Zweifelsfall für immer Abschied zu nehmen.

Am zweiten Tag nach dem Treffen im Gericht empfing Alvin den Sekundanten Cramms und dessen parteilichen Zeugen, beides Männer aus dem Junkerstand, die Alvin vom Sehen kannte, und stellte diesen Bronikowski und seinen parteilichen Zeugen vor. Ein Termin wurde vereinbart: der morgige Tag. Die Waffen wurden festgelegt, die Cramm hatte wählen dürfen, da er sich nach Alvins Angriff auf seine gute Erziehung als die beleidigte Partei sah. Er hatte Pistolen gewählt, wie Alvin nicht anders erwartet hatte – und einen Schuss für jede Waffe. Üblicherweise wurden drei oder vier Schuss gewählt. Cramm musste sich seiner Sache sehr sicher sein. Man war sich einig, dass der unparteiische Zeuge den Ort des Treffens festlegen solle, was Oberst von Gaertringen bereits getan und diesen in einem versiegelten Brief bezeichnet hatte. Sie ließen die beiden Zeugen den Brief öffnen. Gaertringen hatte das Seeufer in Tegel bestimmt. Danach bat Alvin den Pfarrer seiner Gemeinde um ein Gespräch und darum, ihm das Abendmahl zu reichen. Der Pfarrer lehnte ab, als er den Grund dafür erfuhr, und versuchte stattdessen, Alvin zu überreden, das Duell abzusagen. Ungetröstet im Glauben und ohne den Komfort, wenigstens von Louise in den Arm genommen zu werden, pickte Alvin in einem Essen herum, das er in der Offiziersmesse zusammen mit seinen Kameraden und Feldwebel Bronikowski, der als Alvins Sekundant eine Ausnahmeerlaubnis zum Betreten der Offiziersmesse erhalten hatte, einnahm. Am Wein nippte er nur, aber er riss sich zusammen, um sich an den Gesprächen und den immer derber werdenden Scherzen zu beteiligen. Niemand sollte den Eindruck bekommen, dass er nun, am Vorabend des vereinbarten Duelltermins, Furcht empfand. Die Nacht verbrachte er schwitzend vor Angst und abwechselnd voller Zorn und voller Trauer in der Garnison. Er hätte nicht zu Hause übernachten können; er hätte weder Louise noch Moritz in die Augen schauen können. Er erkannte, wie rasend gerne er Moritz die letzten Jahre seiner Kindheit noch begleitet hätte, bevor dieser allein sein Glück machte – auch wenn Moritz nicht sein leibliches Kind war. Und wie ebenso rasend gerne er noch fünfzig, hundert, tausend Jahre an der Seite Louises verbracht hätte. Und wie sehr er es bedauerte, dass er sich mit Paul nicht ausgesöhnt hatte. Die Tränen liefen ihm in der Dunkelheit seines Schlaflagers in der kargen Offizierszelle über die Wangen, die ihm in der Kaserne zustand. Schließlich stand er auf, außerstande zu schlafen, und schrieb einen weiteren Brief an Paul, einen an Louise und einen an Moritz, in dem er ihm erklärte, wer sein eigentlicher Vater war. Er hatte immer noch das Gefühl, sich nicht adäquat ausgedrückt zu haben, aber er wusste auch, dass er es nicht besser konnte.

Am dritten Tag nach dem Treffen im Gericht standen sie am Seeufer. Der Schnee lag knöcheltief, und die Sonne stand tief. Oberst von Gaertringen hatte den Platz so gewählt, dass sie keinem der Duellanten ins Gesicht schien. Alvin hatte ein hohles Gefühl im Magen, und ihm war schwindlig. Aber die

Angst war vergangen. Er war zu erschöpft, um noch Angst zu empfinden. Was er fühlte, war eine Art Ungeduld. Er wollte, dass es endlich vorüber war.

Sie trafen fast gleichzeitig ein, von verschiedenen Richtungen kommend, Alvin und seine Gruppe zu Pferd, Gerhard von Cramm und seine Begleiter in einer Kutsche. Die Sekundanten begrüßten einander, die Zeugen ebenso. Cramm blieb in seiner Kutsche sitzen. Alvin stand an der Stelle, die Oberst von Gaertringen ihm bezeichnet hatte. Er trug seinen Offiziersmantel. Ihm war warm, und jede Sekunde wurde ihm wärmer. Obwohl der Rand des Sees zugefroren war und die Sonne die Temperaturen nicht über den Gefrierpunkt heben konnte, begann er zu schwitzen. Er schälte sich aus dem Mantel und suchte jemanden, dem er ihn hätte reichen können. Aber die Sekundanten und die Zeugen berieten sich mit dem Oberst. Er konnte ihre knappen Gesten, ihr Schulterzucken und die Wölkchen vor ihren Mündern sehen, wenn sie ausatmeten. Die Sonne brachte den Schnee zum Funkeln und verwandelte das Seewasser, wo es nicht gefroren war, in einen indigoblauen perfekten Spiegel voller Lichtreflexe. Es war so schön, dass man nur sehen und staunen wollte.

Alvin ließ den Mantel einfach fallen und wartete weiter. Gerhard von Cramm hatte sich noch nicht blicken lassen. Für einen Augenblick gab Alvin dem Gedanken Raum, dass Cramm nicht gekommen war – dass er sich vor dem Duell drückte. Aber er verscheuchte den Gedanken sofort wieder, weil er ahnte, dass das merkwürdige, fatalistische Gleichgewicht, in dem er sich befand, durch diesen Gedanken zerstört würde. Erneut wurde ihm warm. Er öffnete die oberen Knöpfe seines Uniformrocks. Zum Teufel mit der Kleidervorschrift. Sie galt für alle möglichen Anlässe, sogar für die Schlacht, aber nicht auf dem Duellplatz.

Die Sekundanten gingen auseinander. Bronikowski trat auf Alvin zu. Cramms Sekundant sprach zum Kutschenfenster hinein. Sie beobachteten ihn.

»Der Herr Oberst hat angeregt, die beiden Kombattanten zu fragen, ob eine gegenseitige Entschuldigung das Duell unnötig macht«, raunte der Feldwebel. »Wenn Sie dem zustimmen, Herr Major, und Ihr Gegner tut es auch, entsteht kein Ehrverlust.«

»Nein, danke«, sagte Alvin wie im Traum. Er spürte, wie ihm der Schweiß aus den Nackenhaaren tropfte. Grundgütiger, wie konnte einem nur so heiß sein, wenn rundherum die Welt tiefgefroren war!

Bronikowski stapfte zurück zum Unparteiischen und erwartete die Rückkehr des anderen Sekundanten. Alvin konnte erkennen, dass Cramms Sekundant wartete, welche Antwort Bronikowski geben würde. Bronikowski schüttelte nur den Kopf. Der andere Sekundant ebenfalls.

Die Duellpistolen wurden geladen. Oberst von Gaertringen hatte sie zur Verfügung gestellt und überwachte die Prozedur. Die Pistolen der Sekundanten wurden ebenfalls geladen. Sollte ein Regelverstoß eines der Duellanten auftreten, dass die Schussdistanz nicht eingehalten oder vor dem verabredeten Zeitfenster geschossen wurde, war es die Aufgabe des Sekundanten des dadurch benachteiligten Duellanten, auf den Gegner zu schießen.

Alvin starrte auf das Kästchen mit den Pistolen. Den Regeln zufolge hatte er die erste Wahl. Ihm war so heiß, dass er dachte, der Dampf müsse aus seinem Haar aufsteigen. Kurzentschlossen riss er die Knöpfe an seinem Uniformrock auf und streifte ihn ab. Die Kälte, die durch sein verschwitztes Hemd an seine Haut drang, war köstlich. Ohne noch weiter zu zögern, nahm er eine der Pistolen. Sie lag so gut in der Hand, als wäre sie für ihn gemacht worden.

Nun stieg Gerhard von Cramm aus der Kutsche. Er hatte seinen Auftritt geplant. Ein dicker Pelz lag auf seinen Schultern und bedeckte ihn bis zu den Knien. Er streifte ihn ab und ließ ihn einfach fallen. Sein Sekundant hob ihn auf und warf ihn in die Kutsche.

Unter dem Pelz trug Gerhard von Cramm Abendgarderobe, komplett mit einer Nelke im Knopfloch seines Fracks. An seinen Händen waren Handschuhe, die wie eine zweite Haut saßen. Er bewegte die Schultern wie ein Mann, der endlich nach zu langer Zeit in einem Zimmer ins Freie treten durfte, und nahm die Pistole entgegen. Er wog die Pistole in der Hand, lächelte, nickte dann Oberst von Gaertringen zu und klaubte ein paar Haare von seinem Frack. Alvin schien für ihn nicht zu existieren.

»Nehmen Sie die Positionen ein«, befahl der Oberst. Die Schusspositionen waren bereits abgeschritten worden. Zwei kleine Wimpel steckten im Schnee, wo sich die Kombattanten aufstellen sollten. Es waren Wimpel mit dem Regimentswappen, dem schwarzen Adler im silbernen Lorbeerkranz. Cramm kickte seinen mit dem Fuß weg. Alvin bückte sich und überreichte den Wimpel an seiner Position seinem Zeugen.

Dieser salutierte und trat dann an die Seite des Unparteiischen. Bronikowski und der andere Sekundant stellten sich in der Nähe ihrer Duellanten auf, in genügend großer Entfernung, dass auch ein grober Fehlschuss sie nicht treffen konnte.

»Auf eins«, sagte Oberst von Gaertringen, »heben Sie Ihre Pistolen. Auf zwei zielen Sie auf Ihren Gegner. Bevor ich drei sage, müssen Sie schießen. Ich lasse Ihnen ausreichend Zeit. Haben beide Duellanten das verstanden?«

Alvin nickte. Trotz der Kälte und seines nassen Hemds hatte er erneut zu schwitzen begonnen. Ihm wurde klar, dass er gegenüber dem elegant gekleideten Cramm ein eher schlampiges Bild abgab, das weiße Hemd an seinem Körper klebend, verknittert und von den Hosenträgern zusammengeschoben. Er holte Luft und stieß sie wieder aus. Er fühlte das Kitzeln eines Schweißtropfens auf seinem Hals.

»Eins«, sagte der Oberst.

Alvin stellte sich gerade hin und hob die Pistole. Sie zielte grob in Cramms Richtung. Cramm tat es ihm nach. Erst jetzt sah er Alvin an. Er grinste, doch Alvin, der auf einmal das Gefühl hatte, wie durch ein Fernrohr sehen zu können, erkannte ein leises Flattern um Cramms Mundwinkel und die tiefen Ringe unter den Augen seines Gegners.

»Zwei.«

Grundgütiger, dachte Alvin. Der Schweiß brach ihm an allen Poren aus. Was tue ich hier?

Er nahm Cramm ins Visier, dachte daran, was er bei den Schießübungen immer seinen Rekruten eingebläut hatte – dass man umso weniger Chancen hatte, etwas zu treffen, je länger man zielte. Er sah Cramms Gesicht über dem Lauf der Pistole, senkte ihn, bis er auf die Mitte seines Gegners wies, weil er mit einem Rückschlag der Pistole rechnete, die die Kugel höher einschlagen lassen würde als gezielt, und drückte ab.

Der Rückstoß war marginal. Der Pulverdampf bildete eine weiße Wolke vor Alvins Sichtfeld. Er war erstaunt. Er hatte den Eindruck, keinen Schuss gehört zu haben. Noch erstaunter war er, als er feststellte, dass er auf der Seite im Schnee lag. Die Pistole hatte er immer noch erhoben. Über der Stelle, an der Cramm gestanden hatte, stand ebenfalls eine Pulverdampfwolke. Darunter lag etwas Schwarzes zusammengerollt und reglos im Schnee.

»Sekundanten!«

Bronikowski trat heran und nahm Alvin die Pistole weg. Die Augen des Feldwebels waren zusammengekniffen.

Ich habe ihn erwischt, dachte Alvin fassungslos. Ich habe ihn erwischt – und ich habe selbst keinen Kratzer! Er versuchte aufzustehen.

Das war der Augenblick, in dem ihm klarwurde, dass er kein Gefühl im linken Bein hatte. Er starrte an sich hinab. Der Schnee war voller Blut, wo sein linkes Knie gewesen war, beulte sich die Uniformhose unnatürlich aus. Die Gefühllosigkeit verging, noch während er die Verwundung anstarrte, und ein dumpfer, kalter, wühlender Schmerz begann, in seinem Bein zu pochen, dass er unwillkürlich stöhnte. Die Hitze war auch vergangen. Ihm war kalt, so kalt.

Bronikowski, der die Duellpistole beim Unparteiischen abgeliefert hatte, sank neben Alvin auf die Knie und zog dessen Oberkörper auf seinen Schoß. Alvins Zähne begannen zu klappern. Der Schmerz war so schlimm, dass er mit den Händen im Schnee scharrte und ihn zusammenpresste.

Sein Zeuge breitete den Uniformmantel über ihn.

»Hab ich … hab ich ihn …«, stammelte Alvin. Seine Zunge war wie gelähmt.

Oberst von Gaertringen stand plötzlich über ihm. »Sauberer Schuss durch die Schulter, Herr Major. Er ist bewusstlos. Er wird nicht daran sterben. Sie hat es am Knie erwischt. Auch Sie werden daran nicht sterben. Ob Ihr Gegner seinen Arm jemals wieder richtig bewegen kann, wird sich zeigen.«

Und mein Knie?, wollte Alvin fragen. Er brachte die Frage nicht heraus. Sein ganzer Körper begann, taub zu werden, und ihm war, als würde auch er jeden Moment das Bewusstsein verlieren. Er sah, wie Bronikowski seine Brust massierte, ohne es zu spüren, und wie sein Zeuge den Mantel erneut zurechtrückte, ohne dass ihm davon wärmer geworden wäre.

»Die Ärzte werden gleich hier sein. Ich habe Oberstabsarzt von Praun gebeten, sich bereitzuhalten.« Oberst von Gaertringen bückte sich und schob Alvin einen versiegelten Brief in eine seiner Manteltaschen.

»Was … ist das?«, stieß Alvin keuchend hervor.

»Ihre Versetzung aus dem 1. Garde-Regiment«, sagte der Oberst kühl. »Ich habe Ihnen doch gesagt: Ein Garde-Offizier duelliert sich nicht. Leben Sie wohl, Major von Briest.«

Von Gaertringen salutierte knapp, dann trat er zurück und sagte mit lauter Stimme: »Beide Seiten haben Satisfaktion gegeben und erhalten. Die Sekundanten haben sich bereits die Hände geschüttelt. Der Kampf ist vorüber.«

Alvin sah ihn wie durch ein langes Rohr davonschreiten. Seine Blicke suchten die Bronikowskis.

»Allet wird jut, Herr Major«, sagte Bronikowski heiser.

»Mann, es tut mir so leid«, sagte Alvins Offizierskamerad. Auch er klang heiser.

»Ja«, sagte Alvin. Die Schmerzen in seinem Knie waren unerträglich, und doch waren sie nichts gegen den Schmerz in seiner Seele. Er hatte alles richtig gemacht – und doch alles falsch. Gerhard von Cramm würde überleben. Theodor Zieglaff würde nicht aussagen. Er, Alvin, würde die Garde verlassen müssen. Er würde den Prozess nicht gewinnen. Briest war weiterhin verloren.

»Alles wird gut, Broni«, krächzte er und tätschelte die Hand des Feldwebels.

Dann kam der Arzt und untersuchte die Wunde, und es stellte sich heraus, dass es doch noch größere Schmerzen gab als die in Alvins Seele.

21

Im März wurde Alvin aus dem Lazarett entlassen. Louise hatte sich fast jeden Tag um ihn gekümmert. Wenn sie nicht da gewesen war, war Bronikowski gekommen.

Einmal hatte er Besuch von seinem neuen Kommandeur bekommen. Oberst von Gaertringen hatte sein Verdikt, dass ein Duellant bei der Garde nichts zu suchen hatte, abgemildert. Er hatte Alvin nur aus der kämpfenden Truppe entfernt. Sein Platz war jetzt beim Garde-Pionierbataillon in der Köpenicker Straße, und sein Regimentskommandeur war Oberstlieutenant Ludwig Bogun von Wangenheim, ein Offizier aus dem Königreich Hannover, der Alvin väterlich auf die Schulter klopfte, ihm versicherte, dass man auch einen Major mit einem steifen Bein bei der Pioniertruppe gebrauchen konnte und man sich auf ihn freue, denn es werde demnächst eine dritte Kompanie aufgestellt, die dann Alvin kommandieren solle. Und ob er etwas vom Brückenbau verstehe? Alvin hatte geantwortet, er würde seinen Sohn fragen, dieser verstünde etwas davon. Oberstlieutenant von Wangenheim hatte herzlich gelacht. Alvin hatte mitgelacht. Tief drinnen hatte er geschrien.

Ein weiterer Besucher, der nur einmal gekommen war, war der Rechtsanwalt gewesen, mit dem zusammen er die Anklage gegen Gerhard von Cramm eingereicht hatte. Der Rechtsanwalt hatte ihm geraten, die Anklage zurückzuziehen. Der Zeuge, den Alvin hatte aufbieten wollen, existierte nicht mehr. Der Notar Theodor Zieglaff hatte sich einige Tage, nachdem der Ausgang des Duells in den Zeitungen gestanden hatte, in Jerichow erhängt. Alvin hatte nur genickt. Der Tod des Notars ging auf sein Gewissen. Als er fragte, was aus der Familie geworden wäre, in der Hoffnung, Sophie Zieglaff wenigstens etwas Geld zu senden, hatte der Rechtsanwalt geantwortet, dass sie spurlos verschwunden sei. Nach dem Selbstmord des Notars habe der Eigentümer des Hauses die Familie an die Luft gesetzt.

Er fuhr nach seiner Entlassung mit einer Droschke nach Hause, mit schmerzendem Knie und gebrochenem Stolz. Dort erwartete ihn das blasse Dienstmädchen und brach in Tränen aus, als Alvin sich nach Louise und Moritz erkundigte.

Er brauchte keine weiteren Informationen. Moritz' Zimmer war leer, ebenso die Schränke und Truhen, in denen Louises Kleider gewesen waren. Sonst war alles unberührt. Alles, was sie während ihrer Ehe zusammen angeschafft oder geschenkt bekommen hatten, war noch da. Auf dem Schreibtisch lag Louises Abschiedsbrief. Er war kaum leserlich, so verwaschen war er, und dass Alvins Tränen darauf fielen, während er ihn zu entziffern versuchte, machte seine Leserlichkeit nicht besser.

Eine Weile wünschte er, Gerhard von Cramm hätte ihn erschossen. Dann hoffte er, dass Gerhard von Cramm sich gerade in diesem Augenblick in Schmerzen wand. Dann wieder starrte er blicklos an die Wand, nicht wissend, was er fühlte oder wünschte oder hoffte. Schließlich stand er auf und begann mit der Routine, die der Oberstabsarzt ihm empfohlen hatte und die dafür sorgen sollte, dass sein Kniegelenk nicht vollends steif wurde. Sie schmerzte. Sie schmerzte höllisch.

Er war dankbar für die Schmerzen, weil sie stärker waren als das waidwunde Heulen in seinem Inneren. Während er im Salon seiner leeren Wohnung herumstapfte, begann er, sich mit dem Gedanken vertraut zu machen, dass er wieder ganz am Anfang stand. Im Grunde war die Wunde in seiner Seele nicht sehr viel anders als damals, als er an der Grenze des Besitzes von Gut Briest gestanden und in die winterliche Weite hinausgestarrt hatte, während hinter ihm die Totenmusik seines Vaters vom Gutshof her erklang. Der Schmerz fühlte sich ähnlich an, nur mächtiger. Was hatte ihn damals eigentlich bewogen, wieder Mut zu fassen?

Es klopfte an der Tür zum Salon. Alvin hinkte hinüber und öffnete. Das Dienstmädchen stand da mit verheultem Gesicht und einem Brief in der Hand. »Is grade anjekommen, Herr Major«, sagte sie schniefend.

Alvin dankte ihr und schloss die Tür. Er schaute auf den Absender. Plötzlich begann er zu lachen. Es war ein Lachen voller Tränen, aber es war ein Lachen.

Genau – *das* hatte ihn bewogen, damals nicht aufzugeben!

Der Absender des Briefes lautete Otto von Bismarck, Preußischer Gesandter und Geheimer Rat, *Hotel Demidoff*, Sankt Petersburg.

22

Bist du dir sicher, *patron*?«, fragte Bertrand.

Lily nickte und lächelte kalt. Bertrand konnte zum Glück nicht wissen, wie es in ihrem Inneren aussah. Er hatte keine Ahnung, dass die Hälfte ihres Herzens sich gegen das Todesurteil sträubte, das sie eben ausgesprochen hatte.

Bertrand fuhr fort: »Wenn der Anschlag gelingt, ist überall der Teufel los. Hier in Paris, in ganz Frankreich … und drüben bei deinen Landsleuten in Albochien ebenso.«

»Es heißt Deutschland, nicht Albochien.«

»Es heißt Albochien, weil es von verdammten Alboches bewohnt ist.«

»Und Frankreich von verdammten Froschfressern.«

»Wie schön, dass wir uns einig sind, *patron.*«

»Er ist nur ein Gesandter, Bertrand, nicht der verfluchte König von Preußen«, sagte Lily.

»Ein Gesandter, der sich mit der Frau des russischen Botschafters im Meer tummelt und dem unser Vive-l'Empereur-Napoleon den Hof macht«, warf Bertrand ein. »Der Mann ist nicht irgendwer.«

Nein, der Mann war nicht irgendwer, und deshalb war der Hass, mit dem Lily heute sein Todesurteil ausgesprochen hatte, mit Verzweiflung getränkt. Der Mann war Otto von Bismarck, preußischer Gesandter, und Lily Baermann hätte nicht einmal gewusst, dass er, dem all ihr Hass und all ihre Liebe galten, sich in Frankreich aufhielt, wenn sie nicht auf den Zeitungsartikel aufmerksam geworden wäre.

Es war Mitte September 1862. Der Artikel beschrieb mit süffisanter Ironie, dass der preußische Gesandte Otto von Bismarck durch einen französischen Leuchtturmwächter vor dem Ertrinken gerettet worden war, als er vor der Küste von Biarritz beim Schwimmen in die Ebbe geraten und aufs Meer hinausgezogen worden war. Der Gesandte war in Begleitung einer russischen Fürstin gewesen. Die Fürstin selbst hatte keinerlei Begleitung gehabt, schon gar nicht eine des Anstands. Aber vielleicht – so der Artikel – waren die Sitten in Russland ja andere als in Frankreich, und eine verheiratete Frau durfte allein mit einem verheirateten Mann zum Schwimmen gehen und dabei fast ertrinken. Man fragte sich, welche Auswirkungen die losen Sitten der russischen und deutschen Badegäste wohl auf die Moral der Männer und Frauen in Biarritz haben würden und welche Verhaltensweisen wohl das einfache russische oder deutsche Volk an den Tag legen würde, wenn sich schon eine Fürstin und ein Diplomat so verhielten. Es war eine Schande, mit wie wenig Anstand sich diese Ausländer aufführten, und Kaiser Napoleon, der die Küste von Biarritz zu einem Wallfahrtsort der europäischen Aristokratie gemacht hatte, seit er dort seine Sommerresidenz hatte aufschlagen lassen, tat gut daran, diesen Sitten die Zügel anzulegen und …

Es war das übliche scheinheilige Gedöns der Zeitungsmacher, deren Redakteure sich zum Richter über Anstand und Sitte aufschwangen und in ihren Büros die Büroperlen begrapschten, während die Verleger, Männer mit Geld und einem tiefen moralischen Sendungsbewusstsein, die strammen Artikel lobten und jeden Freitagabend in den illegalen Bordellen in Saint-Paul darauf achteten, dass der Absinth in saubere Gläser eingeschenkt wurde.

Lily hatte den Artikel nicht weitergelesen. Sie hatte ins Leere gestarrt und dann – noch immer halb ungläubig – damit begonnen, Erkundigungen einzuziehen.

Der Artikel hatte sich als wahr herausgestellt. Otto von Bismarck residierte seit dem April dieses Jahres im Palais Beauharnais und gab den preußischen Gesandten. Lily hatte ihre Rachepläne zähneknirschend auf die lange Bank geschoben, als sie vor drei Jahren erfahren hatte, dass Bismarck nach Sankt Petersburg versetzt worden war. Nun zu erfahren, dass er seit einem halben Jahr direkt in ihrer Nähe war, hatte sie in einen Gefühlsaufruhr gestürzt, den sie kaum bewältigen konnte. Als sie sich beruhigt hatte, hatte sie die beiden ehemaligen Anarchisten herbeizitiert.

Bismarcks Gewohnheiten herauszufinden war nicht schwer. Er arbeitete bis in den frühen Abend in der Kanzlei der Gesandtschaft und ging dann zu seiner Residenz. Dort zog er sich um und verließ das Gebäude an den meisten Abenden wieder, um auswärts zu essen – meistens mit Fürst Orlow und Fürstin Orlowa, seiner Begleiterin beim beinahe tödlichen Schwimmausflug. Danach kehrte er zurück und ging zu Bett.

Lily war selbst am meisten erstaunt, dass sie, nachdem ihre beiden Spione ihr erklärt hatten, wie einfach es sein würde, Bismarck zu erledigen, immer noch Zweifel hegte. Die zwei Männer hatten dagegen keinerlei Skrupel, ihren Auftrag auszuführen. Sie waren als politische Kriminelle nach Paris gekommen und hatten sich seitdem in echte Verbrecher verwandelt. Die drei Jahre, die sie seither in Lilys Organisation verbracht hatten, hatten jegliche Bedenken gegen einen Mord an einem verhassten Vertreter der Obrigkeit ausgeräumt. Sie würden in einer der Gassen warten, die Bismarck jeden Tag auf dem Weg zwischen der Residenz und dem Hotel passierte. Sie würden an der Gassenmündung vorbeigehen, einer der beiden würde vortreten und Bismarck ansprechen, der andere würde von hinten an ihn herangehen, ihm die Pistole an den Hinterkopf pressen und abdrücken.

»Er ist tot, bevor er auf den Boden prallt«, sagte der eine der Männer zuversichtlich.

Lily nickte.

»Was sollen wir mitbringen – als Beweis?«, fragte der andere. »Ein Ohr? Seinen Finger mit dem Siegelring?« Er grinste dreckig. »Seinen Schwanz?«

Lily starrte ihn an. Langsam erlosch das Grinsen des Mannes. Lily trat vor ihn hin, musterte ihn und schlug ihm dann mit aller Kraft auf den Mund, mit einer Technik, die Bertrand sie gelehrt hatte: aus der Schulter, mit steifem Ellbogen, Handrücken und Unterarm eine Linie, die Hand zur Faust geballt. Der Mann krümmte sich und presste seine Hand auf seine zerquetschten Lippen. Blut lief zwischen seinen Finger hervor.

»Ich werde wissen, dass ihr erfolgreich wart, wenn es am

nächsten Tag in der Zeitung steht«, zischte sie. »Tötet ihn. Aber wenn ihr euch an seinem Leichnam vergreift, kriege ich euch, und dann werdet ihr tagelang wünschen, so tot zu sein wie er.«

Der unverletzte Attentäter gab ihren Blick eingeschüchtert zurück, der mit den zerquetschten Lippen voller Hass, aber mit nicht weniger Angst. Sie nickten beide.

Als sie sie verabschiedet hatte, schickte sie Bertrand zu seiner Bleibe. Dann stapfte sie in den Schlafraum ihres Hauses, das sie mit all der Pracht ausgestattet hatte, die man in ein Haus packen konnte, das von außen so unscheinbar aussehen musste, dass es nach La Villette passte. Sie hatte sich aufs Bett gelegt.

Berücksichtigte man, dass die beiden Attentäter ihr Opfer ein oder zwei Tage beobachten mussten, bevor sie zuschlagen konnten, musste sie in spätestens drei Tagen die Nachricht vom Tod Otto von Bismarcks bekommen.

Beim Gedanken daran begann sie zu weinen.

Einen irren Augenblick lang überlegte sie, was geschehen würde, wenn sie Otto vorher warnte. Wenn sie ihm nachschlich und ihn in letzter Sekunde vor den Attentätern rettete? Würde ihn das veranlassen, sie …

… zurückzuholen?

Sie fuhr hoch, von ihrem eigenen Gedankengang angeekelt.

Bismarck würde sterben, weil er es verdient hatte. Er war ihrer Rache einmal entkommen. Ein zweites Mal würde es ihm nicht gelingen.

Plötzlich sehnte sie sich danach, die Arme eines Mannes um sich zu spüren. Aber sie hatte unter all ihren Helfern und Helfershelfern die Aura der unberührbaren, erbarmungslosen Jungfrau etabliert. Keiner von ihnen hatte je ihr Bett geteilt. Und Bertrand würde das eine Mal nicht wiederholen.

Sie war wie üblich allein und auf sich gestellt – in jeder Beziehung.

Das Attentat schlug fehl. Die beiden Anarchisten hatten es für den 18. September geplant. Sie hatten herausgefunden, dass Bismarck für den Abend eine größere Gesellschaft in ein Hotel geladen hatte und deshalb noch später als sonst und sicherlich weinselig nach Hause gehen würde – ein besonders leichtes Opfer. Doch Bismarck hatte an diesem Tag eine Depesche aus Berlin bekommen und war dem Ruf, sofort nach Hause zurückzukehren, augenblicklich gefolgt. Wie Lily später erfuhr, hatte die Depesche mit den Worten begonnen: *Periculum in mora*. Gefahr liegt im Verzug. Wenn Sie nicht gezögert hätte, wäre Bismarck jetzt tot.

Sie ließ Bertrand auf die beiden Attentäter los, der sie verprügelte, bis sie nur noch halb am Leben waren. Sie konnten nichts für die Depesche oder deren Zeitpunkt, aber jemand musste dafür bezahlen, dass Lily erneut die Verliererin war.

Die Chance war vertan. Und eine neue würde so schnell nicht kommen, denn Bismarck war nun wieder in Berlin, und man würde nicht mehr so einfach in seine Nähe gelangen. Die Depesche hatte Bismarck wegen einer gewaltigen Krise in der preußischen Regierung ereilt, die den naiven König Wilhelm dazu veranlasst hatte, mit dem Gedanken an Rücktritt zu spielen. Ein Freund in hoher Position hatte Bismarck informiert und ihn gebeten, nach Berlin zu kommen, um mit dem König zu reden. Von all seinen Diplomaten war Bismarck der einzige, vor dem der König so viel Respekt besaß, dass er auf ihn hören würde. Bismarck wollte unbedingt verhindern, dass der König abdankte. Denn dann würde sein freiheitlich-demokratisch gesinnter Sohn Prinz Friedrich Wilhelm den Thron besteigen und Bismarcks politische Bemühungen, aus Preußen die herrschende Macht in Deutschland zu kreieren, zunichtemachen.

Bismarck war mit dem Zug nach Berlin gereist. Er hatte den König überzeugt, nicht zurückzutreten, indem er ihn seiner uneingeschränkten Loyalität versichert und ihm versprochen hatte, seine königliche Souveränität zu erhalten, wenn der König ihn zum Ministerpräsidenten machte.

Otto von Bismarck war nun Ministerpräsident. Lily kannte ihn gut genug, um zu wissen, dass er am Ziel seiner Träume war.

Lily krümmte sich auf ihrem Bett. Die Zeitungsseiten und geschmierten Berichte, die sie über all das informiert hatten, lagen zerrissen und zerfetzt um sie herum. Sie kochte vor unerfülltem Hass und erstickte fast vor verzweifelter Liebe. Sie schwor sich, dass sie nicht rasten würde, bis sich eine weitere Chance bot, den Mann zu töten, der immer ihr Ein und Alles sein würde.

September 1863 bis Mai 1864

»Bei der nächsten Siegesfeier sind wir vorbereitet.«

Lily Baermann

23

Louise betrachtete ihren neunzehnjährigen Sohn Moritz und dachte an den Alptraum, den sie letzte Nacht wieder gehabt hatte. Sie bemühte sich, ihn nicht als böses Omen zu werten, aber was sollte er sonst sein? Sie hatte ihn so lange nicht gehabt, und jetzt, ausgerechnet in der Nacht, bevor Moritz ihr und Paul erzählte, dass er nach Berlin gehen wolle, hatte sie wieder davon geträumt!

In ihrem Traum hatte sie wie immer einen Mann gesehen. Mal lag er über einem Schreibtisch, mal in einem Bett, manchmal in einem der Sessel eines Salons. Woher sie wusste, dass das Haus, in dem sich diese Räume und der tote Mann befanden, in Berlin stand, war unklar, aber sie wusste es. So, wie sie immer wusste, dass der Mann, dessen Gesicht sie nie sehen konnte, stattdessen aber die Pistole in seiner Hand, Alvin war.

Bei Tag war ihr klar, dass der Alptraum zwei Ereignisse verband, die sie jedes Mal ein Heim gekostet hatten, das sie liebte: den Selbstmord ihres Vaters und den Umstand, dass sie Alvin verlassen hatte.

Bei Nacht, wenn sie aus dem Traum aufwachte, war ihr nichts klar, außer dass sie sich schrecklich fühlte wegen des Schmerzes, den sie Alvin bereitet hatte, und dass sie eines Tages eine bittere Rechnung dafür würde zahlen müssen, ihren Mann in der Stunde im Stich gelassen zu haben, in der er sie am meisten gebraucht hätte.

Jetzt, in diesem Moment, war ihr nur klar, dass der Traum auch ein Omen sein konnte und davor warnte, dass Moritz etwas zustoßen konnte. Sie bemühte sich so sehr, zu lächeln und ihre irrationale Angst zu verbergen, dass ihre Mundwinkel zitterten.

Der Sommer des Jahres 1863 war vorbei. Er hatte einen erneuten Aufstand in Polen gebracht, den russische und preußische Truppen zunächst niedergeschlagen hatten, dann aber waren die Aufständischen siegreich gewesen. Wieder waren Soldaten zu Hunderten gestorben, und wieder hätten mehr Menschen überleben können, wenn man sich besser um die Verletzten gekümmert hätte. In Deutschland war ein erneuter Anlauf gescheitert, den Deutschen Bund zu reformieren. König Wilhelm war auf Anraten von Ministerpräsident Bismarck gar nicht erst zum Fürstentag erschienen. In London war die erste unterirdische Bahnlinie eröffnet worden, was tagelang keine anderen Gesprächsthemen zugelassen hatte, denn sowohl Paul als auch Moritz hatten von nichts anderem mehr gesprochen. Aber Louise hatte nur mit halbem Ohr zugehört, denn fast gleichzeitig war in Genf etwas geschehen, das ihr weitaus wichtiger schien und sie ebenso beschäftigte wie ihre Männer die technische Meisterleistung in England. Henri Dunant hatte ein Internationales Komitee für die Verwundetenpflege gegründet, das die Ausrichtung einer Konferenz zum selben Thema zum Ziel hatte. Dunant hatte Louise gebeten, ihre Ideen schriftlich beizusteuern, und so war in dem Haus in München, in dem Louise mit Paul und ihrem Sohn Moritz lebte, eine ganze Weile jeder beseelt von seiner eigenen Aufgabe und redete beim Essen glücklich an den anderen vorbei.

Jetzt saßen sie in dem Zimmer, das Louise als Salon empfand und das Paul hartnäckig Stube nannte, und hörten Moritz zu, der erneut von Begeisterung ergriffen war. Anders als im Frühjahr konnte sich Louise diesmal an seinem Eifer nicht freuen.

»… also jedenfalls«, sagte Moritz, »sind Siemens und Halske die wichtigsten Unternehmer, was den Telegraphenbau angeht. Sie haben damals die Kabel von Berlin nach Frankfurt zur Nationalversammlung verlegt, und mittlerweile haben sie Niederlassungen in London und Sankt Petersburg. In England haben sie eine eigene Fabrik, die Kabel herstellt!«

»Und deshalb willst du München verlassen und nach Berlin gehen«, sagte Louise. »Allein.«

Paul sagte mit leisem Lächeln: »Louise, ich war genauso alt wie Moritz, als ich aufbrach, um zu Stephenson nach England zu gehen.«

»Und es ist ja nicht so, dass ich in die Fremde ginge, Maman«, erklärte Moritz. »Ich habe Vater schon geschrieben. Ich kann bei ihm wohnen und alles …«

»Du hast deinem Vater geschrieben?!«

Louise fragte sich, wieso sie das Geständnis des jungen Mannes als Affront empfand. Natürlich hatte Moritz die ganze Zeit den Kontakt zu Alvin aufrechterhalten und Alvin zu ihm. Die Briefe von ihm, die Moritz sie hatte lesen lassen, waren liebevoll und interessiert gewesen; deutlich warmherziger als die Briefe, die Alvin mit Louise und – seltener – mit Paul wechselte. Aber dafür konnte man Alvin wohl kaum Vorhaltungen machen. Dennoch wäre es ihr lieber gewesen, dass Moritz seine Pläne erst mit ihr und Paul besprochen hätte, bevor er Alvin bereits in deren Umsetzung mit einbezog.

Moritz schien ihre Gedanken zu Ende gelesen zu haben, denn er sagte: »Wenn ich schon am Anfang damit zu Ihnen gekommen wäre, hätten Sie versucht, es mir auszureden.«

»Das wird sie immer noch tun«, sagte Paul und grinste.

Louise wandte sich aufgebracht an ihn. »Du musst auch noch Scherze darüber reißen!«

»Louise, Moritz ist schon fast erwachsen. Es ist sein gutes Recht, das Nest zu verlassen und flügge zu werden.«

»Danke«, sagte Moritz.

Louise sah zu Boden. Sie war sich nie sicher, ob sie sich ärgern oder stolz darauf sein sollte, dass Moritz und Paul sich oft freundlich-spöttisch gegen sie verbündeten und meistens ein Herz und eine Seele waren. Abgesehen davon war ihr Zusammenleben perfekt. Selbst die Komplikationen, die dadurch entstanden waren, dass Louise und Alvin noch immer verheiratet waren und sie und Paul dadurch in offener Sünde zusammenlebten, hatten sie gemeistert. Louise wusste nicht, ob Alvin in eine Scheidung eingewilligt hätte. Sie hatte ihn nie darum gebeten. Sich selbst hatte sie eingeredet, dass sie es nicht tat, um ihm zu allem Übel, das sie ihm schon zugefügt hatte, nicht auch noch erneut Karriereschwierigkeiten zu bereiten; dass ein Offizier von seiner Frau getrennt lebte, konnte man ignorieren oder Ausreden dafür erfinden, als geschiedener Mann hingegen hätte er in der verkrampften, traditionsbewussten Militärgesellschaft als gescheitert gegolten. Dass viele ihrer gut katholischen Nachbarn sie schnitten und es sich stillschweigend eingebürgert hatte, dass Paul die Maffei'schen Firmenfeiern nur dann besuchte, wenn es gar nicht anders ging, und dann alleine oder nur in Begleitung von Moritz, hatte sich verkraften lassen. Sie hatten einander, waren nicht auf die Nachbarn oder Pauls Kollegen angewiesen, und die wenigen Freunde, die sie gewonnen hatten, sahen über ihre Verhältnisse hinweg und hielten zu ihnen. Wenn es um bürokratische Dinge ging, für welche die Unterschrift von Moritz' offiziellem Vater oder Louises Ehemann nötig war, hatte Alvin stets klaglos mitgespielt und die ihm zugesandten Dokumente unterzeichnet und rechtzeitig zurückgeschickt. Nicht zuletzt deshalb war es Louise ein Graus, Moritz ziehen zu lassen. Ihr war bewusst, dass sie dadurch einen großen Teil ihres Lebens verlor.

»Wenn ich das richtig verstanden habe, hast du noch keinen Vertrag in der Tasche?«, fragte Paul.

»Stimmt. Der Onkel von Ludwig Boettcher – das ist ein Schulkamerad von mir – arbeitet als Ingenieur bei Siemens-Halske. Ludwig hat ihm geschrieben, und sein Onkel hat zugestimmt, mir dort einen Vorsprachetermin zu besorgen.«

»Du hast ja alles von langer Hand vorbereitet.«

Moritz grinste. »Ein Ingenieur überlässt nichts dem Zufall!«

Paul seufzte amüsiert. »O doch, mein Junge, o doch. Er gibt es nur nicht zu.«

Louise platzte heraus: »Du wolltest doch immer Brücken bauen, Moritz! Warum jetzt plötzlich Telegraphenleitungen?«

»Weil die Telegraphie noch viel bessere Brücken zwischen den Menschen baut«, erklärte Moritz.

»Und was kann sie transportieren? Nur Worte. Von Worten werden Menschen nicht satt.«

»Sie kann zum Beispiel eine Botschaft von mir von Berlin nach München zu Ihnen transportieren, Maman. Eine Botschaft, in der steht: Ich liebe Sie, Maman, und machen Sie sich keine Sorgen, mir geht es gut.«

Louise konnte nicht antworten, weil ein Kloß in ihrem Hals war und ihr Tränen in die Augen stiegen. Verschwommen sah sie, wie Moritz strahlte, und fühlte, wie er ihre Hand ergriff.

»Maman, ich muss meinen Weg machen«, sagte er sanft.

»Wie lange habe ich dich noch?«, fragte Louise unter Tränen.

»In drei Wochen fahre ich mit Ludwig Boettchers Tante nach Berlin. Sie hat mir angeboten, die Hälfte des Fahrscheins zu bezahlen, wenn ich mich darum kümmere, dass ihre Koffer beim Umsteigen richtig umgeladen werden, dass sie keinen Anschlusszug verpasst und so weiter.« Moritz grinste erneut. Wie immer machte ihn dieses Grinsen Paul so ähnlich, dass es Louise schier den Atem nahm.

»Man kann sagen, was man will«, bemerkte Paul, »aber unser junger Herr hat wirklich alles im Griff.«

»Wie alt ist die Tante deines Schulkameraden? Ist sie schon gebrechlich?«, fragte Louise.

Moritz zuckte mit den Schultern. »Was weiß ich. Aber …« Er schwieg.

»Was?«

Moritz räusperte sich. »Ich weiß, wie alt Ludwigs Cousine ist. Die fährt nämlich auch mit zurück nach Berlin.«

»Ah? Und wie alt ist sie?«

»Genau richtig, Maman, genau richtig.«

24

Antonie.

Antonie Boettcher.

Antonie.

Antonie von Briest?

Mmmmmh … Antonie!

Moritz probierte glücklich die Namen aus, während er auf dem Bahnhof auf seine Reisebegleitung wartete. Er erinnerte sich an das, was Antonie ihm bei ihrem letzten Treffen noch hastig zugeflüstert hatte: »Denk daran – wir kennen uns nicht. Mutter tut sonst kein Auge zu, und wir können die ganze Fahrt über nicht …!« Sie hatte seine Hand gedrückt und dann verstohlen mit der anderen Hand über seinen Handrücken gestreichelt.

Die Fahrt würde mit Umsteigen und Unterbrechungen eineinhalb Tage dauern – länger als ein Telegramm zwischen den beiden Städten. Die reine Fahrzeit, hatte Moritz berechnet, betrug dabei gute vierzehn Stunden. Der Rest ging mit Warten auf Anschlusszüge an den jeweiligen Ländergrenzen drauf, sowie mit der Übernachtung in Leipzig, auf der Antonies Mutter bestanden hatte. Ihr war die Reise am Anfang des Sommers von Berlin nach München ungeheuer beschwerlich erschienen, und sie hatte alle möglichen Bedenken, dass die Rückreise noch viel schlimmer würde. Jedenfalls – vierzehn Stunden in einem Abteil mit Antonie. Moritz hoffte inständig, dass Antonies Mutter in der vergangenen Nacht vor Aufregung kein Auge zugetan hatte, so dass sie im Zug einschlummern würde – dann konnten er und Antonie glücklich und händchenhaltend dasitzen, einander in die Augen schauen und ihre Verliebtheit genießen.

Er würde Ludwig Boettcher ewig dankbar sein, ihn seiner Cousine vorgestellt zu haben. Und in Gedanken sah sich Moritz bereits bei Siemens-Halske eine steile Karriere machen und Antonies Vater, seinen geplanten Mentor dort, so zu beeindrucken, dass er ihm die Hand seiner Tochter freudestrahlend überließ. Die Zukunft war weit offen für Moritz von Briest und die Tränen seiner Mutter, als er sich heute im Morgengrauen verabschiedet hatte, schon längst vergessen.

Auf der ersten Teilstrecke von München nach Nürnberg war Antonies Mutter allerdings hellwach – nicht weil sie gut geschlafen hätte, sondern, wie sie selbst sagte, das Reisen sie so aufregte, dass sie keine Sekunde würde schlummern können – keine einzige Sekunde! Antonies Mutter war nur unwesentlich älter als Moritz' Mutter, aber was für ein Unterschied bestand zwischen ihnen. Antonies Mutter wirkte wie eine nervöse Matrone, und Antonie schien zwischen Verlegenheit und mühsam unterdrücktem Amüsement zu schwanken, wann immer ihre Mutter den Mund auftat.

Kurz vor Augsburg hatte Antonies Mutter ihr Misstrauen gegenüber langen Reisen und den dazu nötigen Verkehrsmitteln hinreichend geäußert. Danach ging sie dazu über, Moritz über seine Familienverhältnisse auszuforschen. Moritz, der unerfahren, aber nicht naiv war, antwortete vorsichtig und versuchte, nicht allzu sehr zu lügen. Er hatte Antonie allerdings bereits reinen Wein eingeschenkt, und diese hatte die Umstände, unter denen Moritz in München gelandet war, zugleich romantisch und tragisch empfunden und feuchte Augen bei Moritz' Schilderung bekommen.

»Ihr Vater lebt also in Berlin, und Sie sind mit Ihrer Mutter nach München gezogen?«

»Mein Vater ist Offizier bei der königlich-preußischen Garde.«

Antonies Mutter war beeindruckt, aber leider nicht so sehr, dass sie zu fragen aufgehört hätte. »Warum ist Ihre Mutter dann nicht mit Ihnen in Berlin geblieben?«

»Mein Vater plant seit langem, sein Offizierspatent niederzulegen und nach München zu kommen, aber der preußische Ministerpräsident zählt ihn zu seinen Vertrauten, deshalb ist es für ihn schwer, aus Berlin loszukommen.«

»Der … Ministerpräsident? Der Prinz zu Hohenlohe?«

»Äh … nein, Frau Boettcher. Der neue. Otto von Bismarck.«

»Ah. Ah ja. Stimmt. Wir haben ja einen neuen Ministerpräsidenten. Ach – der Prinz. Ein schneidiger Mann. General der Kavallerie, müssen Sie wissen.«

Moritz heuchelte Interesse, in der Hoffnung, dass er Antonies Mutter damit von weiteren Fragen darüber, in welchen Familienverhältnissen Moritz in München lebte, wegsteuern konnte. Seine Taktik hatte Erfolg und bescherte ihm jede Menge unwillkommenes Wissen über die oberen Zehntausend des preußischen Staates, die Antonies Mutter alle auch nicht kannte, aber über die sie – *Und wissen Sie, was man sich noch so sagt?* – Bescheid wusste wie deren beste Freunde.

Dann musste Moritz feststellen, dass er seine Gesprächspartnerin doch nicht weit genug von den Untiefen seines Elternhauses weggebracht hatte.

»Ah … und Ihre Frau Mutter? Habe ich sie vielleicht einmal kennengelernt? Wir sind ja von meinem Schwager und seiner Familie vielen Leuten vorgestellt worden, aber das ist alles mittlerweile ein großer wirrer Haufen in meiner Erinnerung …«

»Nein, ich glaube nicht. Meine Mutter geht nicht viel aus … äh … sie ist sehr beschäftigt …«

»Mit dem Haushalt? Haben Sie noch Geschwister, Herr von Briest? Ihre Mutter sollte sich nach mehr Gesinde umsehen!«

»Ich bin ein Einzelkind. Meine Mutter … äh … sie engagiert sich für die Ziele von Henri Dunant, müssen Sie wissen. Es ist ihre Leidenschaft, seit ich denken kann.«

»Henri Dunant?«

»Ist das wahr?«, platzte Antonie plötzlich heraus. »Das hast … das haben … das finde ich interessant.«

»Antonie! Man mischt sich nicht einfach in ein Gespräch ein!«

»Entschuldigen Sie, Frau Mutter.«

Moritz wandte sich Antonie zu, voller Freude, endlich mit ihr reden zu können. Ihre Mutter war schneller. »Henri Dunant?«, wiederholte sie. »Das ist doch dieser Mann, der … der …« Sie sah Moritz hilfesuchend an.

»Der sich nach der Schlacht bei Solferino für die verwundeten Soldaten eingesetzt und deshalb einen Orden bekommen hat.«

»Richtig«, sagte Antonies Mutter. »Genau der.« Sie hatte so offensichtlich keine Ahnung, wovon sie sprach, dass Antonie die Augen verdrehte.

»Mutter, Henri Dunant kam zufällig nach Solferino, nachdem dort eine große Schlacht vorüber war. Er war eigentlich auf einer Geschäftsreise. Viele tausend tote und sterbende Soldaten lagen auf dem Schlachtfeld. Niemand kümmerte sich um sie. Herr Dunant organisierte darauf Hilfe aus der örtlichen Bevölkerung – hauptsächlich Frauen!« Antonies Augen leuchteten, während ihre Mutter vor Ekel das Gesicht verzog.

»Gott, all das Blut«, warf sie ein. »Wie kannst du nur darüber reden? Mir wird schon beim Zuhören übel.«

»Dunant hat danach ein Buch über seine Erlebnisse bei Solferino geschrieben«, sagte Moritz. »Meine Mutter hat es gelesen. Sie hat ihm Briefe geschrieben. Er hat geantwortet.«

Antonie sah Moritz mit offenem Mund an. »Sie ist mit ihm … in Briefkontakt?«

Moritz zuckte mit den Schultern und erzählte eine stark gekürzte Version von Louises ersten Ansätzen, nach dem Vorbild von Florence Nightingale für eine künftige bessere Betreuung verwundeter Soldaten in Preußen zu sorgen. Wie die Spendenbeschaffung ausgegangen war, verschwieg er. Er stieß auf absolutes Unverständnis auf Seiten von Antonies Mutter. Eine Frau, die sich für soziale Belange engagierte, statt zuzusehen, dass noch mehr Kinder ins Haus kamen und noch mehr Gesinde sich um sie kümmerte? Man konnte Frau Boettcher die Gedanken an der Stirn ablesen: befremdlich, sehr befremdlich …

Schon merkwürdig, dachte er bei sich selbst. All die Jahre

habe ich mir immer wieder gewünscht, eine Familie zu haben, die ein bisschen normaler und gewöhnlicher wäre. Und jetzt bin ich stolz auf meine Mutter und darauf, dass sie so ungewöhnlich ist. Er fragte sich, wie eine intelligente junge Frau wie Antonie vor ihrer Mutter Respekt haben konnte.

»Dunant möchte, dass in allen Ländern Hilfsorganisationen gegründet werden, die sich nach einer Schlacht um die Verwundeten kümmern – länderübergreifend und völlig neutral. Er versucht, dazu eine Konferenz ins Leben zu rufen. Meine Mutter hilft ihm bei der Organisation von München aus, indem sie Briefe schreibt und Anfragen weiterleitet.«

»Hat sie ihn denn mal kennengelernt?«, fragte Antonie.

»Nein, sie kennen sich nur brieflich. Aber ihr gemeinsames Interesse verbindet sie. Warum fragst du? Bist du etwa auch …?«

Er merkte seinen Lapsus an Antonies erschrockenem Gesichtsausdruck, doch ihre Mutter sagte in diesem Moment: »Gütiger Himmel, das gemeinsame Interesse an kaputtgeschossenen Soldaten!«, und hatte nichts mitbekommen.

»Ich frage nur aus höflichem Interesse, Herr von Briest«, sagte Antonie artig und rollte die Augen warnend in Richtung ihrer Mutter.

Moritz nickte und lächelte in sich hinein. Er ahnte, dass er eine Verbindung zwischen Antonie und seiner Mutter würde herstellen müssen, und er fühlte sich glücklich angesichts des Gedankens, dass die beiden sich auf Anhieb gut verstehen würden. Er lächelte Antonie so gedankenversunken an, dass diese ihm verstohlen einen Tritt ans Schienbein gab, doch ihre Mutter hatte auch diesen verliebten Blick nicht wahrgenommen, weil nebenan ein Kind zu schreien begonnen hatte und sie über den Gang hinweg beruhigende Geräusche machte und gurrte: »Muttu nicht weinen, kleiner Mann, die grässliche, lange Zugfahrt ist bald vorbei. Wohin fahren Sie denn, gnädige Frau?«

»Königsberg«, sagte die erschöpfte Mutter.

»Oh.«

Irgendwann schlief Antonies Mutter dann doch ein, und Moritz und Antonie hielten sich an den Händen, sahen sich an oder aus dem Fenster hinaus, und wenn sie redeten, waren es belanglose Dinge. Aber für sie waren diese Dinge bedeutungsvoll, denn in jedem Wort schwang eine Liebeserklärung mit, die nur sie hören konnten, und die Zeit verging viel zu schnell.

In Berlin sollte Moritz von Alvin am Bahnhof abgeholt werden. Zuerst dachte Moritz, dass Alvin ihn vergessen hätte oder irgendetwas dazwischengekommen wäre. Er half den Boettchers mit den Koffern, verabschiedete sich von Mutter und Tochter höflich distanziert, nahm die Einladung, demnächst zum Essen vorbeizuschauen, dankend an und dachte dabei an den Zettel mit der Adresse, den Antonie ihm während der Zugfahrt gegeben und auf den sie ein Herz gemalt hatte. Dann sah er sich ratlos um und fragte sich, ob er eine Droschke nehmen und zu Alvins Wohnung fahren sollte.

Die Zugfahrt hatte im Potsdamer Bahnhof geendet, dem ältesten Bahnhof der Stadt. Er stand direkt an der Zollmauer, die mittlerweile wie ein Relikt aus vergangenen Zeiten nur noch einen Stadtkern umspannte, während die Stadt selbst längst über sie hinausgewachsen war. Der Trubel auf dem Bahnhof war unbeschreiblich. Es wirkte, als würden gleichzeitig ein Markttag, ein Bauernaufstand, eine Militärparade und der Exodus stattfinden. Moritz schleppte seine Tasche in Richtung Ausgang.

Dann wurde ihm klar, dass Alvin ihn natürlich nicht vergessen hatte, denn er hörte plötzlich eine Stimme, die er so lange nicht gehört hatte und bei deren Klang ihm Tränen in die Augen traten, die er kaum unterdrücken konnte. All die Zeit in München war ihm nicht bewusstgeworden, wie sehr er Alvin von Briest, den er in jeder Hinsicht als seinen Vater empfand, obwohl sein leiblicher Vater Paul Baermann war, vermisst hatte.

Alvin sagte: »Auf die Gefahr hin, genau das zu sagen, was man als junger Mann nicht hören will: Grundgütiger, bist du erwachsen geworden!«

Moritz drehte sich um. Alvin lehnte an einer Tragsäule des Hallendachs und lächelte ihn an. Moritz hatte ihn dort nicht gesehen; er erkannte, dass Alvin genau das beabsichtigt hatte, damit er seinen Ziehsohn in Ruhe betrachten konnte, bevor er ihn ansprach.

Jetzt stieß Alvin sich von der Säule ab und hinkte die paar Schritte auf Moritz zu. Er trug die grauen Hosen und den zweireihigen dunkelblauen Uniformrock mit den schwarzen Ärmelaufschlägen und Kragen des Pionierbataillons. Die silbernen geflochtenen Epauletten zeigten den Stern des Oberstleutenants. Die Uniform sah bei weitem weniger schneidig aus als Alvins frühere Gardeuniform, aber die Leute, die stehen blieben, um ihm den Vortritt zu gewähren, nickten ihm trotzdem respektvoll zu; die Männer legten die Hände an die Hutkrempen wie in einem militärischen Salut.

In Alvins Augen glitzerte es verdächtig. »Na, Moritz?«, sagte er. »Willkommen in Berlin.« Er streckte die Hand aus.

Moritz warf die Formalität über Bord und umarmte Alvin. Er konnte daran, wie fest Alvin die Umarmung erwiderte, erkennen, dass Alvin genau das gehofft, aber nicht gewagt hatte, den ersten Schritt zu tun. Sie sahen sich in die Augen. Die Nervosität, die Moritz vor ihrer Begegnung empfunden hatte, verschwand so spurlos, dass er sich fragte, wie er überhaupt hatte nervös sein können.

»Na, Papa?«, sagte Moritz und lächelte. »Wie man sieht, bauen das preußische Militär und der Ministerpräsident immer noch auf Sie.«

Alvin räusperte sich bei der liebevollen Anrede und suchte einen Augenblick nach Worten. »Das mit dem Bauen kannst du wörtlich nehmen«, brummte er dann und zupfte an seiner Uniform. »Wir bauen Brücken und Straßen, auf denen das Heer marschiert, um zu kämpfen.«

Moritz erwiderte nichts. Aus Alvins Briefen war ihm längst klar, dass dieser mit seiner Einheit nicht glücklich war und gerne bei der Garde geblieben wäre. Er hatte auch seine militärische Karriere der Liebe zu Moritz' Mutter geopfert. Es hatte ihm nichts genützt. Louise war ihm entglitten. Heiße Zuneigung zu dem Mann, den er so lange als seinen Vater betrachtet hatte, breitete sich in Moritz aus. Konnte es – bei aller Verehrung, die Moritz für Paul empfand – einen anständigeren Menschen geben als Alvin von Briest?

»Ich will nicht lästern«, sagte Alvin. »Die Heeresreform, die Otto von Bismarck mit durchgesetzt hat, hat mir eine Beförderung eingebracht. Ich befehlige jetzt ein Bataillon, das Pontonbrücken über Flüsse schlägt. Wir können endlich mal zusammen über Brückenbau reden, mein S… Moritz!«

»Ich würde mich freuen, wenn Sie weiterhin ›mein Sohn‹ sagen.«

Alvin musterte Moritz. Dann schüttelte er den Kopf. »Ich werde dich bei deinem Namen nennen, Moritz. Und ich würde mich freuen, wenn du das auch tust. Nicht, dass ich mich nicht stolz fühlen würde, wenn du Papa oder Vater sagst. Aber ich wäre noch stolzer, wenn du mich Alvin nennst und wir nicht nur Vater und Sohn, sondern auch Freunde sein können.«

»Daran muss ich mich erst gewöhnen«, erwiderte Moritz verlegen.

Alvin lachte. »Und ich daran, dass ich zu dir hochschauen muss.«

»Der Unterschied ist nicht beträchtlich!«, protestierte Moritz.

»Von einem Brückenbauer hätte ich mehr Realitätssinn erwartet. Und Präzision. Na, komm, findest du noch nach Hause?« Alvin winkte einem Dienstmann, der eifrig herbeikam, Alvin mit seinem Rang anredete und Moritz die Tasche abnahm. Alvin klopfte Moritz nochmals auf die Schulter. »Willkommen zu Hause«, sagte er.

25

Telegraphie?«, fragte Alvin mit allen Anzeichen der Überraschung. »Ich dachte, du wolltest Brücken bauen?«

»Telegraphie ist der wahre Brückenbau, Papa! Eine Brücke überwindet einen Fluss. Die Telegraphie überwindet Kontinente!«

Sie saßen in Alvins Wohnung beim Abendessen zusammen. Einige Tage waren vergangen, seit Moritz in Berlin angekommen war. Er hatte eine Einladung der Familie Boettcher zum Sonntagsessen erhalten und ansonsten die Zeit genutzt, um mit seiner alten Heimatstadt wieder vertraut zu werden.

Alvins Aufforderung zu folgen, ihn beim Vornamen zu nennen, hatte er nicht übers Herz gebracht. Papa ging wesentlich leichter von den Lippen. Aber sie hatten wenigstens die offizielle Förmlichkeit überwunden und duzten sich nun.

»Das Pionierbataillon hat zwei Telegraphenkompanien«, sagte Alvin. »Seit 1856. Die Bedienung der Apparate liegt aber in der Hand von zivilen Beamten – wir Soldaten bauen nur die Trassen. Billroth und von Owstien, die zwei Kompanieführer, sind allerdings überzeugt, dass die Telegraphie den modernen Krieg enorm verändern kann: für den, der weiß, wie man sie einsetzt. Ich glaube, du würdest sofort …«, Alvin grinste, »… *einen Draht zu Ihnen finden*, um die beiden zu zitieren. Möchtest du sie kennenlernen?«

»Papa, ich will Telegraphenleitungen für den Frieden bauen, nicht für den Krieg.«

»Manchmal ist ein Krieg nötig, damit es Frieden geben kann.«

»Und manchmal ist es nötig, den Krieg nicht zu einfach zu machen, damit er nicht so leicht vom Zaun gebrochen wird.«

Alvin lächelte. »Nicht immer ist der Krieg schlecht.«

»Doch!«, widersprach Moritz. »Von ganzem Herzen: doch!«

»Dann ist ein Soldat ein schlechter Mensch?«

»Nein, Papa – und du weißt genau, dass ich nicht so denke. Die schlechten Menschen sind die, die einen Krieg zulassen, nicht die, die ihn dann ausfechten müssen.«

»Gäbe es keine Kriege, gäbe es keine Soldaten.«

»Ach, Papa – wenn du kein Soldat wärst, würdest du irgendetwas anderes tun, in dem du ebenso gut wärst.«

Alvin sah verlegen auf seinen Teller.

»Ich bin am Sonntag bei Boettchers eingeladen«, sagte Moritz, der das Thema nicht nur deshalb wechselte, um den Konflikt zu beenden, sondern weil er Alvins Hilfe brauchte. »Ich brauche deinen Rat, wie ich mich dort verhalten soll.«

»Du willst doch, dass Boettcher dich bei Siemens-Halske empfiehlt. Also überzeug ihn, dass es auch ihm Vorteile verschafft, wenn er einen jungen Mann mit deinen Fähigkeiten in das Unternehmen bringt. Nicht dass ich Zweifel daran hätte, dass du das kannst …«

»Ich möchte ihn von noch etwas anderem überzeugen …«

Moritz fühlte Alvins ruhige Musterung. Nun war er an der Reihe, verlegen seinen Teller zu betrachten.

»Wie heißt sie und wie sieht sie aus?«, fragte Alvin.

»Antonie!«, platzte Moritz heraus. »Und sie ist wunderschön!«

»Dann bring ihre Mutter auf deine Seite, und der Sieg ist dir sicher.«

»Ach du lieber Gott«, sagte Moritz.

»So schlimm?«

»Nein, eigentlich nicht … oder doch. Ich weiß nicht. Ich habe Antonies Mutter auf der Bahnfahrt kennengelernt. Ich habe sie mit Maman verglichen, und seitdem kann ich sie nicht mehr ernst nehmen.«

»Ich kenne auch keine Frau, die einen Vergleich mit deiner Mutter aushielte.«

»Was soll ich also tun?«

»Du bist der Brückenbauer«, sagte Alvin völlig ohne jeden Spott. »Verlass dich einfach darauf, dass dir zum rechten Zeitpunkt das Rechte einfällt. So ein Gespräch kannst du ohnehin nicht planen. Es kommt immer ganz anders, als du dir zurechtlegst.«

Moritz dachte an Alvins Worte, als er nach dem Sonntagsessen von Franz Boettcher in den Salon geführt wurde. Sein Gastgeber bot ihm einen Sherry an, der als Frauengetränk galt, und keine Zigarre, worüber Moritz nicht unglücklich war. Boettcher begründete seine scheinbare Ungastlichkeit mit Moritz' Jugend. Er war ein großer, fülliger Mann mit Hängebacken, dünnen Haaren und einem permanent spöttischen Gesichtsausdruck; bei Tisch hatte er Moritz unverhohlen über dessen technische Kenntnisse auf den Zahn gefühlt und schließlich – halb beeindruckt, halb grummelig – gesagt, dass man den jungen Leuten heutzutage nichts mehr beibringen könne, weil sie schon alles wüssten.

»Herr von Briest«, sagte Boettcher, »schlagen Sie sich das besser aus dem Kopf.«

»Was? Dass ich bei Siemens-Halske einstehe? Aber Sie haben doch selbst gesagt, dass meine Kenntnisse …«

Boettcher wedelte mit der Zigarre. »Das auch. Aber zunächst meine ich Antonie.«

Moritz hörte das »das auch« und vergaß es sofort wieder, als Antonies Name fiel. »Aber …«, begann er.

»Herr von Briest, ich wäre ein schlechter Vater, wenn ich nicht gemerkt hätte, wie Sie Antonie anschauen, sobald Sie glauben, dass niemand Sie beobachtet.«

»Es tut mir leid … ich wollte nicht unverschämt sein. Aber wenn Sie das Thema schon ansprechen …«

»Wir brauchen es nicht weiter zu vertiefen, denn meine Antwort lautet nein.«

»Aber …«, versuchte Moritz es ein zweites Mal.

Boettcher seufzte. »Antonie ist eine Träumerin. Immer den Kopf in den Wolken, immer den zweiten Schritt vor dem ersten. So ein Mädchen braucht einen Mann, der beide Beine auf dem Boden hat. Sie jedoch, Herr von Briest – und ich sage das als jemand, der Sie ganz sympathisch findet –, haben den Kopf auch in den Wolken. Sie sind genauso ein Träumer wie Antonie.«

»Ich bin ein Träumer? Ich bin Techniker, Herr Boettcher. Ich möchte Telegraphenleitungen bauen und die Menschen miteinander verbinden. Das ist kein Luftschloss. Siemens und Halske sind damit groß geworden!«

»Sie sind ein Träumer, mein Junge, weil Sie glauben, dass Sie all das für friedliche Zwecke tun können.«

»Selbstverständlich glaube ich das! Ich glaube fest daran, dass die Menschen in Europa irgendwann über Grenzen schreiten, an denen kein Schlagbaum steht, sondern nur ein Schild mit der Aufschrift *Willkommen*. Und ich glaube deshalb daran, weil es so etwas wie den Telegraphen gibt. Wenn die Menschen über Grenzen und Kontinente hinweg so einfach miteinander reden können, kann es keine Kriege mehr geben.«

»Sag ich doch ...« Boettcher seufzte und goss Moritz Sherry nach. Dann zögerte er einen Moment, nahm sich ein Glas aus dem Schrank und füllte ebenfalls Sherry hinein. Sein Schnapsglas stellte er beiseite. Er schnupperte an dem zweiten Sherry. »Zum Teufel mit dem Schnaps«, sagte er. »Ich mag Sherry! Er ist ein Weibergetränk. Na und? Ich mag ihn. Wohlsein, Herr von Briest!« Nachdem er getrunken hatte, musterte er Moritz. »Ein Träumer«, erklärte er freundlich. »Wir werden eher erleben, dass ein Telegramm einen Krieg auslöst als einen beendet, das versichere ich Ihnen.«

Moritz nahm seinen Mut zusammen. »Herr Boettcher, ich liebe Antonie!«

»Es geht hier aber nicht um Liebe, sondern um die Zukunft meiner Tochter. Meine Frau führt zur gleichen Minute ein ähnliches Gespräch mit Antonie, also akzeptieren Sie bitte meine Position. Ich werde sie nicht ändern. Vergessen Sie Ihre Absichten. Und was Siemens und Halske betrifft ...«

Moritz starrte Franz Boettcher an. Er fühlte, wie sich ein klaffendes Loch in seiner Mitte auftat. Er sollte seine Liebe zu Antonie vergessen? Nie! Er verstand kaum Boettchers weitere Ausführungen, so dass dieser plötzlich sagte: »Hören Sie mir zu, Herr von Briest?«

»Was?«

Boettcher machte kurz den Eindruck, als wolle er zornig werden, doch dann setzte er sich auf einmal neben Moritz in den zweiten Sessel. Zwischen ihnen stand ein Tischchen; Boettcher stellte sein Glas darauf ab und legte die glimmende Zigarre in den Aschenbecher.

»Es tut mir leid, mein Junge«, sagte er. »Ich weiß, dass Sie extra deswegen nach Berlin gekommen sind und dass ich versprochen habe, Ihnen bei Siemens und Halske die Türen zu öffnen.«

»Wollen Sie das nun nicht mehr tun?«, fragte Moritz, der keine Ahnung hatte, was Boettcher in den letzten Minuten alles erzählt hatte. Er konnte sich auch jetzt nur mit Mühe auf sein Gegenüber konzentrieren.

»Glauben Sie mir, es hat keinen Sinn. Derzeit wird Ihnen niemand zuhören. Und neue Leute werden auch keine eingestellt.«

»Herr Boettcher«, sagte Moritz, um das Trauerspiel zu beenden, selbst wenn er seinen Gastgeber nun endgültig wütend machte, »es tut mir leid, aber ich habe Ihnen vorhin nicht zugehört.«

»Das hätten Sie aber sollen, Herr von Briest!«

»Richtig. Entschuldigen Sie.«

»Na, Ihre aufrechte Art spricht für Sie. Und für Ihr gutes Elternhaus. Also, noch mal: Siemens und Halske wird in der nächsten Zeit niemanden einstellen und auch keine neuen Aufträge annehmen. Die Firma strukturiert sich um. Die Verlegung eines Seekabels von Cartagena nach Oran ist gescheitert, was jede Menge Verluste eingefahren hat. Die Londoner Niederlassung der Firma, die dieses Projekt geführt hat, soll nun aus Siemens und Halske ausgegliedert werden, sobald die Bücher bereinigt sind. Werner, Wilhelm und Carl Siemens wollen ein neues Haus aufmachen, das parallel zu Siemens und Halske internationale Aufträge annehmen soll. Ich kann mir nicht vorstellen, dass das lange gutgeht. Deshalb würde ich Ihnen sogar raten, Herr von Briest, nicht bei Siemens anzuheuern, selbst wenn es derzeit möglich wäre. Die Zukunft der Firma ist ungewiss.«

»Und Sie?«, fragte Moritz. »Was bedeutet das für Sie?«

»Ich weiß es nicht«, erwiderte Boettcher mit entwaffnender Offenheit. »Ich möchte Sie aber bitten, davon nirgendwo etwas zu erwähnen. Ich habe Ihnen Interna verraten, aber ich wollte Ihnen zeigen, wie die Lage wirklich ist.«

»Das heißt, ich bin umsonst nach Berlin gekommen?«

»Berlin ist immer eine Reise wert, Herr von Briest.«

Den Heimweg zu finden, überließ Moritz seinen Füßen. In seinem Kopf rotierten die Gedanken. Seine Stimmung schwankte zwischen Hoffnung und Verzweiflung. Die Hoffnung kam daher, dass Antonie ihm, als sie ihm zum – von ihren Eltern geplanten endgültigen – Abschied die Hand gereicht hatte, zugleich heimlich einen Zettel mitgegeben hatte. Er hatte den Zettel auseinandergefaltet, als er auf der Straße gestanden hatte. *Habe Deiner Mutter geschrieben* stand darauf. Die Hoffnung, die diese Nachricht beinhaltete, hatte damit zu tun, dass Antonie offensichtlich ebenso wenig wie Moritz die Vorgaben ihrer Eltern befolgen und ihn vergessen wollte. Über Louise würden sie Kontakt halten können. Moritz hoffte, dass Antonie den Briefen an Louise auch einen an Moritz beilegen würde, den Louise dann an Moritz weiterleiten konnte. Es würde ein mühsamer, zeitraubender Prozess mit langen Schreibpausen sein, doch Moritz fühlte sein Herz leichter schlagen, wenn er daran dachte. Er würde Antonie nicht aufgeben, und sie ihn auch nicht! Die Lage war ernst, aber nicht hoffnungslos!

Was seine geplante Anstellung betraf, war sie es jedoch allemal. Was sollte er nun tun? Zurück nach München fahren? Sich bei Maffei bewerben oder Pauls gute Beziehungen zu

Joseph Maffei nutzen, um woanders bei einer Telegraphenfirma unterzukommen? Aber Siemens und Halske waren die besten und mutigsten auf diesem Gebiet, und weshalb sollte ein junger Mann bei einer zweitrangigen Firma anfangen, wenn er so hohe Ziele hatte wie Moritz? Außerdem musste er hier in Berlin bleiben – Antonies wegen.

Seine Überlegungen waren zu keinem Ergebnis gekommen, als er sich dem Hauseingang zur Wohnung näherte. Von der Gegenrichtung kam ein hochgewachsener Mann mit Zylinder und dunklem, langen Gehrock heran, dessen Kleidung etwas zu fein und zu formell für die Tageszeit war. Sie trafen gleichzeitig vor dem Eingang an, und das übliche O-bitte-nach-Ihnen-nein-nach-*Ihnen*-Spielchen begann, an dessen Ende sie sich ratlos anblickten. Dann verzog ein Grinsen das schnauzbärtige Gesicht des Mannes.

»Herr Moritz von Briest?«, fragte er.

»Ja«, sagte Moritz. Dann zuckte er mit den Schultern. »Sie müssen verzeihen. Kennen wir uns?«

»Kann mir schon vorstellen, dass Sie sich nicht erinnern«, sagte der Mann. Seine Stimme war hell und kratzig. »Haben hinter mir im Sattel gesessen und sich festgehalten wie ein … hmmmm … Klammeraffe, als wir uns das letzte Mal begegneten. Können nicht älter als sechs oder sieben gewesen sein.«

Moritz starrte den Mann an. Plötzlich erkannte er ihn. »Onkel Otto!«, stieß er unwillkürlich hervor, dann wurde ihm heiß vor Verlegenheit. »Großer Gott, entschuldigen Sie bitte, Exzellenz! Herr Ministerpräsident …«

Otto von Bismarck winkte ab. »Onkel Otto hat heute einen guten Klang, finde ich.«

»Das würde ich nie wagen, Exzellenz. Ich bitte nochmals um Verzeihung, dass ich Sie nicht gleich erkannt habe. Aber ich hätte nie erwartet …«

»Was? Mich hier zu sehen? Wissen doch, dass Ihr Vater und ich Freunde sind.«

»Äh …«

»Jaja, weiß alles. Keine Sorge. Ist für mich einfacher, Alvin als Ihren Vater zu bezeichnen. Muss dann nicht umdenken. Der alte Kopf hier hat den ganzen Tag … hmmm … genug zu denken, glauben Sie mir.«

»Ich bin überrascht, dass Sie nicht …« Moritz machte eine hilflose Geste, »… mit Soldaten oder Leibwachen unterwegs sind.«

»Wer sollte mir schon etwas antun? Alle hassen mich so sehr, dass niemand dem anderen gönnen würde, mich abzumurksen. Daher bin ich sicher. Kann mich außerdem immer noch fabelhaft meiner Haut wehren. Wollen wir reingehen? Ihr Vater wartet auf uns.«

»Das ist kein zufälliger Besuch, oder?«

Bismarck grinste. »Ich wäre nicht da, wo ich bin, wenn ich Dinge dem Zufall überließe.«

26

Bismarck kam ohne Umschweife zur Sache, kaum dass sie sich gesetzt hatten und Alvins Diener Kaffee serviert hatte. Moritz' Kindermädchen war schon lange in einer anderen Stellung – Moritz hatte ihr dort bereits einen Besuch abgestattet und sie nach Erlaubnis ihrer Herrschaft auf eine Schokolade ausgeführt, was das plump und grau gewordene Mädchen mit ebenso viel Verlegenheit wie Stolz erfüllt und die ganze Zeit zum Kichern veranlasst hatte –, so dass Alvin das Recht eines höheren Offiziers genutzt hatte, einen Soldaten aus seinem Bataillon zu seinem Bediensteten zu machen. Der Mann war einfacher Pionier und hieß Carl Klinke. Pionier Klinke lächelte ständig selig. Moritz wusste, dass Alvin ein einfacher, anspruchsloser und vor allem stets freundlicher Dienstherr war. Klinke hatte das große Los gezogen.

Moritz hingegen hatte mehr und mehr das Gefühl, dass sich das Gespräch mit Franz Boettcher in der Unterhaltung seines Vaters mit Bismarck fortsetzte.

»Bin überzeugt davon, dass der Krieg mit den Mitteln der modernen Technik geführt werden muss«, erklärte Bismarck. »Die Eisenbahn für schnelle Truppenbewegungen, die Telegraphie für unmissverständliche, sofortige Befehlserteilung, moderne Gewehre … die nächsten Kriege gewinnt das Heer für sich, das am modernsten gerüstet ist und dessen Befehlshaber mit dieser Technik umgehen können.«

»Mit der Technik, die nie dazu gedacht war, im Krieg eingesetzt zu werden«, sagte Moritz.

»Jede neue Technik wird früher oder später im Krieg eingesetzt«, gab Bismarck zurück und machte eine wegwerfende Handbewegung. »Der Erste, der einen Funken in einen Haufen Heu geschlagen und Feuer gemacht hat, wollte vielleicht gar nicht mal damit kochen, sondern seinem Nachbarn den verfilzten Bart anzünden.« Er grinste herausfordernd, und Moritz konnte verstehen, warum Bismarck gesagt hatte, er sei bei allen verhasst. Die Arroganz, die er ausstrahlte, gemischt mit solch polarisierenden Bemerkungen, machte ihn weder zu einem einfachen politischen Gegner noch zu einem leichten Verbündeten. Doch ihm ging es wie seinem Ziehvater – das Charisma Bismarcks nahm ihn gefangen und weckte eine Faszination, die stärker war als die Abneigung. Außerdem wusste er aus der Familiengeschichte, dass Bismarck sich im Großen und Ganzen als treuer Freund und Helfer erwiesen hatte –

sicherlich meistens nicht ohne Hintergedanken, aber zur Stelle, wenn die Not am größten war. Und anders als bei vielen anderen galt die ständige Selbstüberhöhung und Trickserei Bismarcks nicht einem persönlichen Ziel. Bismarck wollte Preußen groß sehen. Dass er überzeugt war, dies könne nur geschehen, wenn er am Ruder war, änderte nichts daran, dass er primär keine egoistischen Ziele verfolgte.

Und dass auch dieses Gespräch geführt wurde, weil Bismarck sich davon Vorteile für Preußen versprach, und sei es um zwölf Ecken herum, war Moritz klar. Er störte sich nicht daran. Mittlerweile hatte er selbst Hintergedanken. Er ahnte, worauf Bismarck und Alvin hinauswollten, und mit einer kleinen Änderung der Pläne würde darin die Lösung für Moritz' Dilemma liegen.

»Kurz und gut«, sagte Bismarck, »das preußische Heer braucht gute Techniker. Alvin versichert mir, Sie wären genau das, und wenn Sie nach Ihrem … hmmm … leiblichen Vater schlagen, glaube ich es aufs Wort. Verpflichten Sie sich beim Heer, schlagen Sie eine Offizierslaufbahn bei den Pionieren ein. Kann Ihnen versichern, dass Sie höchste Protektion haben werden, solange ich im Amt bin. Sind damit ein gemachter Mann, Moritz. Und vergessen Sie Siemens und Halske, die Firma ist in Schwierigkeiten und wird sie nicht so schnell loswerden. Ich erwarte, dass sich Werner Siemens und Johann Halske bald trennen werden, und dann wird man sehen, welche der beiden neuen Firmen überlebt. Siemens liebt das Spiel mit dem Feuer, was die Geschäfte angeht. Kann gut sein, dass er sich verbrennt.«

»Es sei denn, das preußische Militär gibt ihm die Aufträge, die er braucht, um weiterzumachen. Aber das preußische Militär …«

»… möchte das nötige Wissen gern selbst haben, anstatt es

einzukaufen«, vollendete Bismarck. Er sah aus, als habe ihn dieses Geständnis einen halben Liter Blut gekostet, denn es bedeutete nichts weiter, als dass seine Heeresreform noch immer nicht beendet war und er gezwungen war, Hilfe von außen zu holen … was wiederum hieß, Schwäche einzugestehen. Moritz konnte verstehen, warum der Ministerpräsident so direkt vorging und nicht davor zurückschreckte, einen jungen, noch unerfahrenen Techniker zu rekrutieren.

»Ich möchte kein Soldat sein«, sagte Moritz.

»Es ist einer der ehrenhaftesten Berufe!«, sagte Alvin und hörte sich ärgerlich an.

»Darum geht es nicht. Es geht darum, dass ich mich nicht als Soldat sehe, das ist alles.«

»Ich wäre dein Kommandeur, Moritz«, sagte Alvin. »Ist es das, was dich stört?«

»Nein, Papa. Mich stört der Gedanke, überhaupt einen Kommandeur zu haben.«

»Auch im Zivilberuf gibt es einen, der befiehlt, und viele, die gehorchen.«

»Aber die, die gehorchen, sind nicht gezwungen, es zu tun, weil sie sonst als Befehlsverweigerer verurteilt werden.«

»Nein, sie werden nur rausgeworfen und leben von da an auf der Straße, weil niemand anderer sie mehr einstellt«, schnappte Alvin. »In der Armee gibt es eine Strafe, und danach ist alles wieder vergessen.«

»Wenn der Delinquent die Strafe überlebt. Was gibt es für Befehlsverweigerung? Spießrutenlaufen?«

Bismarck hob die Hand. »Ihr streitet euch darüber, was schlimmer ist – das Militär oder das Zivilleben. Ihr habt beide keine Ahnung, was das schlimmste Los ist.«

»Preußischer Ministerpräsident zu sein?«, fragte Moritz.

»Nein – preußischer König zu sein mit Bismarck als Ministerpräsident!« Bismarck grinste übers ganze Gesicht. »Jedenfalls muss das Seine Majestät letztens geäußert haben. Kriegsminister Roon hat es mir verraten.«

»Das könnte man auch als Kompliment verstehen«, brummelte Alvin, der noch immer aufgebracht wirkte.

»Keineswegs«, erwiderte Bismarck. »Ein Kompliment wäre es erst, wenn es hieße, König *unter* Bismarck als Ministerpräsident zu sein.«

Moritz prustete überrascht los. Bismarck tat so, als wisse er nicht, was daran komisch war, aber sein Schnauzbart zuckte verdächtig. Die Stimmung entspannte sich wieder. Carl Klinke kam, stellte eine Champagnerflasche auf den Tisch und öffnete eine schöne Zedernschatulle mit Zigarren darin. Bismarck stupste sie mit Kennermiene an, während Alvin den Champagner öffnete. Er blickte Moritz auffordernd an, als dieser seine Hand über das Glas legte.

»Keinen?«

»Papa – hast du ein Bier?«

Bismarck begann zu lachen. »Sie haben deinen Sohn in München verdorben, Alvin«, sagte er.

Alvin hatte kein Bier, aber Klinke wurde losgeschickt zu der Bierhalle am Alexanderplatz, um welches zu holen. Für eine Weile kam eine freundschaftliche Atmosphäre auf, die den Konflikt von vorhin vergessen machte. Moritz fühlte Bismarcks nachdenkliche und Alvins leicht verwirrte Musterung; ihm wurde klar, wie schwer es für Alvin sein musste, in seinem Ziehsohn nicht ständig den kleinen Jungen zu sehen, als der er ihm zuletzt gegenübergestanden hatte – und stattdessen den jungen Mann ernst zu nehmen, der er geworden war. Er zwang ein gelassenes Lächeln auf sein Gesicht.

»Also … wenn das preußische Militär mich unbedingt haben will, Onkel Otto … Exzellenz … dann würde ich vorschlagen, der Staat stellt mich als Zivilbeamten an und teilt mich dem Pionierbataillon zu. Ich habe gehört, das ist bei der Telegraphentruppe nicht ungewöhnlich.«

Bismarck stutzte. Er zupfte an seinem Schnauzbart. »Ohne Referenzen?«

»Fürs Militär brauche ich ja anscheinend auch keine.« Moritz lehnte sich zurück und versuchte, sich nicht anmerken zu lassen, wie wichtig ihm Bismarcks Antwort war. Es war der Hintergedanke, den er die ganze Zeit über gehegt hatte und den er jetzt offenlegte. Stimmte Bismarck zu, dann war alles gut. Er konnte in Berlin bleiben, hatte eine Stellung, konnte versuchen, Franz Boettcher davon zu überzeugen, dass er der richtige Mann für seine Tochter war, und würde außerdem genau das tun, was er mochte und was er gut konnte. Er würde eine Zukunft haben und sie mit Antonie teilen können. Die einzige Kröte war, dass er für das Militär arbeitete. Eine Stimme tief in ihm protestierte, dass er dann für diejenigen arbeiten würde, die immer wieder neue Kriege anzettelten, aber er strengte sich an, sie zum Schweigen zu bringen. Die andere Stimme, die ständig Antonies Namen nannte, war ohnehin mächtiger.

»Lassen Sie sich auf einen Beweis Ihres Könnens ein?«, fragte Bismarck.

»Jederzeit.«

»Gut. Ich lege so schnell wie möglich einen Termin fest.«

»Bei wem darf ich vorsprechen?«

»Bei Oberstlieutenant von Briest. Sie treten gegen Alvins Pioniere von Billroths Telegraphenkompanie an. Wenn Sie eine bessere Strecke schneller verlegen können als Billroths Männer, sorge ich dafür, dass Sie eingestellt werden.«

Für ein paar Sekunden herrschte Schweigen. Moritz wusste, wenn er jetzt falsch reagierte, würde Bismarck ihn nicht länger ernst nehmen. Er unterdrückte jede Bemerkung, dass dieser Test unfair war und ihm keine Chance ließ. Der Test war nicht unfairer als das Leben. Er fragte nur: »Mit welchen Technikern werde ich arbeiten, wenn ich eingestellt bin?«

»Sie werden unter einem der Beamten der preußischen Staatstelegraphie projektieren. Dieser untersteht die Militärtelegraphie.«

Moritz kratzte sich am Kopf. Nun musste er alles auf eine Karte setzen. »Das muss ich falsch verstanden haben. Ich gehe davon aus, dass die Beamten unter mir arbeiten.«

»Moritz, Sie sind erst neunzehn.«

»Wer war der jüngste preußische Ministerpräsident, Onkel Otto … Exzellenz?«

»Hol mich der Teufel«, sagte Bismarck. »Wollen Sie sich mit mir vergleichen, junger Mann?«

»Nicht vergleichen, nacheifern. Ich nehme mir immer ein Beispiel an den Besten.«

Bismarck warf Alvin einen verblüfften Blick zu. Alvin schien ebenso überrascht, aber dann begann er zu grinsen, und Moritz wusste, dass sich in den letzten paar Augenblicken etwas grundlegend geändert hatte und dass er geschafft hatte, sowohl bei Alvin als auch bei Bismarck als der akzeptiert zu werden, der er war.

Alvin sagte zu Otto von Bismarck: »Schau mich nicht so an. Von mir hat er das nicht!«

27

Mitte April 1864 kam es zu einem Streit zwischen Paul Baermann und Joseph von Maffei.

»Ist das wahr, Herr von Maffei? Wir liefern Kanonen für die preußische Armee?«

Maffei seufzte. »Wir bauen Drehlafetten für Belagerungsgeschütze, die auf Schienen an die Front gebracht werden können«, präzisierte er.

»Warum tun wir das?«

»Weil wir Aufträge brauchen und weil sowohl das bayerische wie auch das österreichische Kriegsministerium, denen wir die Pläne unterbreitet haben, nicht interessiert waren.«

Paul holte tief Luft. Er wusste, dass er seine Befugnisse weit überschritt, auch wenn ihn eine fast freundschaftliche Beziehung zu Joseph von Maffei verband; aber er musste seinem Herzen Luft machen. Die Frage war nur, in welcher Form. Am liebsten hätte er gebrüllt. Er fragte sich selbst, warum ihn die Entdeckung so aufbrachte; seine Erregung ging weit über seine pazifistische Einstellung hinaus. Wahrscheinlich lag es daran, dass Moritz mittlerweile für das preußische Heer arbeitete und sowohl Paul wie auch Louise seit der Kriegserklärung heftige Angst um ihren Sohn hatten.

»Sie wissen genau, was ich meine«, sagte Paul bemüht ruhig. »Warum liefern wir die Lafetten jetzt an die Preußen, wo diese einen Krieg gegen Dänemark führen?«

»Dänemark hat letzten November Schleswig annektiert – gegen alle staatsrechtlichen Verträge und gegen das Londoner Protokoll. Man kann sich darüber streiten, ob Österreich und Preußen berechtigt waren, sich zusammenzutun und Dänemark dafür den Krieg zu erklären, ohne die Beschlüsse des

Bundestags abzuwarten, aber in der Sache ist das ein gerechter Krieg.«

»Im Krieg gibt es keine Gerechtigkeit.«

»Im ganzen Leben gibt es keine Gerechtigkeit, Paul. Nur immer den Versuch, eine solche zu erkämpfen.«

»Warum bleiben wir nicht beim Lokomotivenbau? Wir liefern dieses Jahr die fünfhundertste Maschine aus!«

»Paul – wir sind ein Unternehmen. Das ist nicht mehr wie vor zwanzig Jahren, als wir noch allein auf dem Markt waren. Gott und die Welt baut Lokomotiven. Wenn der Bürgerkrieg in den amerikanischen Staaten vorbei ist, werden auch deren Firmen noch auf den europäischen Markt drücken. Wir müssen schauen, dass wir im Geschäft bleiben. Ich habe Verantwortung gegenüber allen meinen Mitarbeitern, die Firma zu erhalten.«

»Auch wenn das bedeutet, dass anderswo Menschen mit den Erzeugnissen unserer Firma getötet werden?«

»Beim Bau der Eisenbahn sind viele Menschen enteignet und ins Unglück gestürzt worden, andere sind bei Unfällen ums Leben gekommen«, sagte Maffei leise. »Obwohl die Eisenbahn für den Frieden gebaut wurde.«

Paul schwieg, weil er wusste, dass sein Chef in der Sache recht hatte. Er wollte ihm trotzdem nicht recht geben. Man konnte die Dinge nicht so pragmatisch sehen!

Oder doch? Er war Ingenieur. Wenn einer die Dinge pragmatisch sehen sollte, dann er!

Er verließ Maffeis Büro, ohne dass sie sich geeinigt hätten. Maffei brauchte die Genehmigung Pauls nicht, um irgendetwas in seiner Firma zu entscheiden, und hatte Paul dies höflich, aber unmissverständlich mitgeteilt, bevor er ihn verabschiedet hatte. Zornig machte Paul sich so früh wie möglich auf den Heimweg. Er freute sich nicht so sehr wie sonst darauf, denn seit Moritz' Entscheidung, als Beamter der preußischen Staatstelegraphie für das Militär zu arbeiten, war Louise unausgeglichen. Er hatte es ihnen in einem atemlos geschriebenen Brief mitgeteilt, den Louise Paul – am Anfang noch lachend – vorgelesen hatte. … *und dann, Maman, musste ich mit meiner Mannschaft gegen die Telegraphenkompanie antreten und beweisen, dass ich Telegraphenkabel besser und schneller verlegen kann, und wir mussten Kabel durch einen Wald ziehen und uns dann vom anderen Ende per Feldtelegraph beim Bataillon melden, und wir waren schon fertig und hatten ein kürzeres Kabel verlegt als die Pioniere, weil ich den Wald einfach nur ansehen musste, um zu wissen, welche Strecke die beste wäre …* Als sie zu der Stelle gekommen war, in der Moritz seine berufliche Entscheidung offenbarte, hatte sie aufgehört zu lachen. Seit der Krieg gegen Dänemark begonnen hatte, war sie nervös, voller Angst und reizbar wie selten. Sie stritten häufig.

Als er eintrat, saß Louise kreidebleich vor dem Sekretär in ihrem Näh- und Arbeitszimmer und starrte auf einen Brief. Auf dem Sekretär und daneben auf dem Boden stapelte sich Post. Louises Korrespondenz mit Henri Dunant war seit langem ausgeufert und hatte weitere und weitere Korrespondenzpartner ins Spiel gebracht, bis es Paul schien, dass Louise mit halb Europa und wenigstens vier Fünftel der Schweiz in Briefkontakt stand. Selbst mit Florence Nightingale in England hatte sie einige Briefe getauscht.

Louise sah auf. Paul schluckte. Er blickte hastig auf den Brief, in dem Louise gelesen hatte. Wahrscheinlich wäre er, hätte der Briefkopf das Wappen des preußischen Kriegsministeriums getragen, vor Entsetzen erstarrt. Zum Glück trug der Brief kein Wappen. Ein paar Zeilen waren geschwärzt. Er war durch die Militärzensur gegangen, was auch ein Stempel am Rand bezeugte. Er war von Moritz. Paul erkannte von weitem die Schrift seines Sohnes.

»Er ist bei der Belagerung der Schanzen von Düppel dabei«, sagte Louise tonlos. »Er und seine Leute haben Alvins Pionieren geholfen, ein Telegraphennetz bis direkt vor die Stellungen der Dänen zu legen. Der Oberbefehlshaber der Preußen kann so mit allen Bataillonen sofort Kontakt aufnehmen. Er schreibt, dass Alvins Soldaten sie ständig beschützen, dass bisher nie eine gefährliche Situation eingetreten ist und dass ihm die Dänen leidtun, die dort in der Festung belagert werden, und die preußischen Soldaten, die vom Regen durchnässt werden und frieren und dass die Geschütze, die herangefahren werden, den Belagerten die Hölle auf Erden bereiten werden, wenn sie erst einmal loslegen, und dass jeder den Befehl zum Sturmangriff erwartet, sobald die letzten Geschütze montiert und justiert sind und dass …« Sie musste Luft holen und konnte nicht mehr weitersprechen. Sie begann zu weinen, die Hände vors Gesicht geschlagen. »Mein Kind«, hörte Paul sie erstickt flüstern. »Mein Kind …«

Er nahm den Brief auf und las ihn mit zitternden Händen. Moritz klang nüchtern, aber das hatte er in seinen Briefen immer getan. Paul fragte sich, wie sein Sohn mit dem inneren Konflikt fertig wurde, dass seine Arbeit dazu diente, eine Schlacht zu schlagen. Nach ein paar Absätzen erhielt er eine Antwort darauf.

Natürlich dient die Verlegung dieses Telegraphennetzes nur der Erstürmung der Schanzen, also dem Krieg. Aber ich weiß nun, welches Chaos bei einem Sturmangriff entsteht und wie viele Soldaten dabei umsonst verwundet oder getötet werden, weil Bataillonskommandeure direkt an der Front die Nerven verlieren oder keine Übersicht haben und ihre Kompanien in feindliches Feuer schicken oder sie zu spät aus ihren Stellungen verlegen, so dass sie dort hilflos von Kanonenschüssen zerfetzt werden. Das Telegraphennetz beseitigt dieses Chaos und gibt dem Oberbefehlshaber die Möglichkeit, die Übersicht zu behalten und die Soldaten so einzusetzen, wie es am besten ist. Ich bete jede Nacht zu Gott, weil ich weiß, dass durch meine Arbeit viele Soldaten sterben werden. Ich weiß aber auch, dass noch mehr wegen dieses Telegraphennetzes überleben werden. Und dass Preußen den Krieg mit Hilfe der Technik schnell beenden kann.

Paul ließ den Brief sinken. Redete Moritz sich die Sache schön, so wie es Joseph von Maffei getan hatte? Oder war ihre Sicht der Dinge gerechtfertigt? Er las weiter.

Liebe Maman, es sind auch zwei Vertreter des Roten Kreuzes vor Ort. Einer bei uns, einer bei den Dänen. Als unser Delegierter sich bei Generalmajor von Raven meldete, um diesem seinen Auftrag zu schildern, soll der Befehlshaber nur gesagt haben: Das Zeichen, das Sie tragen, ist eine ausreichende Empfehlung, wir wissen, was es bedeutet. Sie sind hier für das öffentliche Wohl, hier haben Sie einen Requisitionsschein, wählen Sie im Wagenpark, was Ihnen zusagt.

Paul senkte den Brief erneut. Louise hatte sich beruhigt und starrte ins Leere. Sie rang die Hände.

»Welches Datum haben wir heute?«, fragte Paul.

»Den neunzehnten April.« Louises Stimme war tonlos.

»Der Brief ist zwei Wochen alt.«

»Soll mich das beruhigen? Zwei Wochen, in denen weiß Gott was passiert sein kann!« Erneut flossen Tränen über ihre Wangen. »Ich sollte dort sein, ich, und nicht irgendwelche Rot-Kreuz-Delegierten. Mein Sohn ist dort in Lebensgefahr. Alles, was ich tue, ist, hier zu sitzen und an alle Welt Briefe zu schreiben. Nutzlose, nutzlose Briefe!« Plötzlich ergriff sie den Federhalter und schleuderte ihn quer durch den Raum. Er prallte an die Wand, hinterließ einen Tintenfleck wie einen dunklen Stern und fiel dann in zwei Teilen zu Boden. Die stählerne Feder klimperte auf dem Parkett. »Nutzlos, nutzlos!«, rief sie.

Paul, dem nach Weinen zumute war und den das Leid Louises zusätzlich zu seiner eigenen Angst ans Herz griff, nahm ihre Hände. »Louise … alles wird gut werden. Die Gefahr besteht nur während des Sturmangriffs. Und an dem wird Moritz nicht beteiligt sein.«

»Und wenn das Netz, das er errichtet hat, unterbrochen wird? Wer repariert es dann?«

»Die Pioniere. Die Soldaten. Zivilbeamte nehmen an einer Schlacht nicht teil.«

Louise schnaubte. »Und was glaubst du wird Moritz tun, wenn das passiert und Alvin und seine Männer ins Feuer rücken müssen? Wird er tatenlos zusehen, wie sie niedergeschossen werden?«

Paul starrte sie an. Er hatte beinahe vergessen, dass Moritz direkt an das Pionierbataillon seines Ziehvaters angeschlossen war. Nun befiel ihn doppelte Sorge. Die Freundschaft zwischen ihm und Alvin war abgekühlt, und er, Paul, war daran schuld, aber das, was sie trennte, war längst vergessen. Er war sicher, dass sich ihre Freundschaft erneuert hätte, wenn sie in den letzten Jahren eine Gelegenheit gehabt hätten, miteinander zu sprechen. Alvin stand nun auch an der Front, nach so vielen Jahren ohne Krieg – und er war noch gefährdeter als Moritz.

»Ich hasse den Krieg!«, sagte er erbittert. »Ich hasse ihn! Wieso ein Mensch nur glauben kann, dass der Krieg eine Lösung für irgendwas ist, werde ich nie verstehen.«

Er erkannte, dass Louise ihm nicht zugehört hatte. Sie sah weiterhin ins Leere. »Ich kann das nicht«, murmelte sie. »Ich kann nicht zu Hause sitzen und abwarten, was passiert. Ich muss zu Moritz!«

»Wie willst du das anstellen?«, fragte Paul, überrascht und noch besorgter.

»Wozu bin ich so vertraut mit Henri Dunant, Florence Nightingale, Gustave Moynier und wie sie alle heißen? Ich werde mich als Delegierte des Roten Kreuzes aufstellen lassen und nach Dänemark reisen.«

»Aber Louise … du weißt so gut wie ich, dass keine Frauen zu Delegierten ernannt werden.«

»Florence Nightingale ist bis auf die Krim gereist, um den Soldaten zu helfen!«, fuhr Louise auf. »Und sie hatte keinen Sohn und keinen ehemaligen Ehemann unter den Kämpfenden!«

»Du bist nicht Florence Nightingale«, sagte Paul und wollte damit ausdrücken, dass Louise nicht auf eine Erfahrung als Pflegeheimleiterin und auf die Unterstützung einer vom Schicksal der Kriegsverwundeten empörten Presse zurückgreifen konnte. Aber Louise bekam seine Bemerkung in den falschen Hals.

»Nein, ich bin nur Louise von Briest, die von ihrem Mann getrennt und mit einem anderen Mann zusammenlebt und sich die Gesellschaft anderer Menschen erschreiben muss, weil das fromme Volk von München sie immer noch deswegen schneidet, und die schon einmal mit einem Vorhaben gescheitert ist und in Berlin immer noch als diejenige gilt, die das Stiftungsgeld für die versehrten Soldaten verspielt hat! Ich bin nur eine Mutter, die Angst hat um ihren Sohn und die sonst zu nichts nütze ist!« Ihre Stimme war immer lauter geworden. Am Ende hatte sie geschrien. Sie sprang auf, riss Moritz' Brief an sich und rannte zur Tür hinaus. Paul hörte die Schlafzimmertür auf- und zuklappen und dann die dumpfen Geräusche, mit denen Louise in ihrer Wut auf Bett und

Schrank eintrat. Er stand da, erschrocken und sich in seiner eigenen Angst um Moritz und Alvin ganz allein und hilflos fühlend. Auf einmal beneidete er Louise um ihre Wut und darum, dass sie wenigstens eine Vorstellung hatte, was sie tun konnte, um zu helfen. Was konnte er, Paul, tun? Außer eine Eisenbahnstrecke zum Schlachtfeld zu führen und die Toten abzutransportieren?

Er setzte sich an den Sekretär und strich über das eingelegte Holz. Ihm war elend zumute. Er wollte zu Louise hinübergehen, sie trösten und in ihrer Nähe selbst Trost finden, aber er konnte sich nicht aufraffen. Plötzlich war er absolut überzeugt, dass sowohl Moritz als auch Alvin den Tod finden würden. Seine Hände begannen zu zittern.

»Vater im Himmel«, wisperte er voller Panik, »Vater im Himmel … beschütze sie …«

Jemand läutete an der Wohnungstür. Er blieb sitzen, schwitzend und gleichzeitig kalt bis ins Mark. Das Dienstmädchen öffnete. Er hörte sie mit jemandem reden. Dann klopfte es an der Tür des Arbeitszimmers. Das Zimmermädchen schaute schüchtern herein. »Ein Telegramm«, sagte sie.

Paul blickte auf. Alle Kraft verließ ihn. Dass eine Privatperson eine telegraphische Botschaft zugestellt bekam, war so dermaßen selten, dass es sich nur um eine Nachricht von allergrößter Wichtigkeit handeln konnte. Es gab nur einen Grund, den Paul sich vorstellen konnte, warum er und Louise eines erhalten sollten.

Das Zimmermädchen zögerte, dann stellte sie das Tablett, auf das sie das Telegramm gelegt hatte, vor Paul auf die Schreibplatte des Sekretärs, knickste und floh aus dem Arbeitszimmer.

Paul stierte das Telegramm an. Er nahm es auf. Er wusste, was darin stand, ohne es lesen zu müssen. Er las es trotzdem.

Er las es nochmals. Tränen stiegen ihm in die Augen. Dann legte er die Stirn auf die Schreibplatte und begann zu schluchzen.

28

Lily Baermann kniff die Augen zusammen. »Sag das noch mal«, forderte sie Bertrand auf. »Das mit der Siegesfeier.«

Bertrand seufzte. »Die Preußen haben eine große Siegesfeier veranstaltet, mitten in Berlin. Sie haben ein paar Fahnen und Wimpel mitgeführt, die sie den Dänen bei der Schlacht um die Düppeler Schanzen abgenommen haben, und so getan, als hätten sie die ganze Welt besiegt und nicht nur den König von Dänemark. Dein Otto von Bismarck ist vor den Truppen hermarschiert und nachher die ganze Zeit neben dem preußischen König auf einem Podest gestanden. Ein Mann mit einem Scharfschützengewehr hätte ihn auf vierhundert Schritt erschießen können wie eine sitzende Ente – und einer mit einer Pistole hätte ohne weiteres aus dem Spalier der jubelnden Berliner ausbrechen und ihn aus nächster Nähe wegpusten können.«

»Warum erfahre ich das erst jetzt?«, zischte Lily.

»*Patron*, die Siegesfeier war gestern. Schneller geht's nicht.«

»Ich hätte vorher wissen müssen, dass diese Siegesfeier stattfand. Dann hätte ich etwas unternehmen können.«

»Wer ahnt denn, dass die Preußen die Dänen so schnell überrennen? Anfang Februar haben sie den Krieg angefangen. Jetzt ist es Oktober. Seit Mai herrscht schon Waffenstillstand. Jetzt ist der Friede vertraglich besiegelt.«

Lily verzog das Gesicht. Die Wut gärte in ihr, eine Chance

verpasst zu haben, aber es war unklug, sich zu lange damit aufzuhalten. Es würde eine zweite Chance kommen – bald. Wenn sie Otto von Bismarck richtig einschätzte – und sie kannte ihn wie kaum eine andere –, dann war diese Siegesfeier nicht die letzte. Sie hatte die Zeitungsmeldungen verfolgt, die seit Beginn des Krieges gegen Dänemark zu lesen gewesen waren.

Den Krieg hatte Otto gewonnen; oder jedenfalls würde er es so sehen. Er hatte als Ministerpräsident den alleinigen Oberbefehl über die Truppen übernommen; vor dem König und vor den hohen Militärs im Kriegsministerium. Er hatte sogar den altgedienten Feldmarschall von Wrangel erbarmungslos abgesetzt, als sich die taktischen Fehler des achtzigjährigen Oberbefehlshabers mehrten. Er würde Blut geleckt haben. Lily wusste, dass Otto damals darunter gelitten hatte, dass die langgedienten Offiziere unter den Junkern seine kurze Wehrpflichtzeit verächtlich kommentiert hatten und dass er sich dafür verflucht hatte, als junger Mann andere Interessen als das Militär gehabt zu haben; nicht zuletzt daraus hatte er seine Vorliebe für uniformähnliche Kleidung bezogen. Nun hatte er, der fast Ungediente, einen Krieg gewonnen. Er würde den Triumph wiederholen wollen.

»Preußen wird weitere Kriege führen«, sagte sie und lächelte grimmig. »Und gewinnen. Bei der nächsten Siegesfeier sind wir vorbereitet.«

29

Bei der Trauerfeier trafen sie zum ersten Mal seit Jahren wieder zusammen: Paul, Alvin und Louise. Die erste Begegnung war hölzern und unbeholfen, bis Louise und Paul gleichzeitig die Idee hatten, Alvin zu umarmen, und alle drei mit den Köpfen zusammenstießen.

Alvin rieb sich die Schläfe. Er musterte zuerst Louise, dann Paul. Paul versuchte, Alvins Blick standzuhalten, und sah dann doch zu Boden. Zu seiner großen Verlegenheit legte Alvin ihm die Hand auf die Schulter und berührte mit seiner Stirn die Pauls. »Grundgütiger«, sagte er sanft. »Wir hätten schon vor Jahren so mit den Köpfen zusammengestoßen gehört.«

Paul wies auf das Grab. Die meisten gefallenen Soldaten waren an Ort und Stelle neben den Schlachtfeldern in Massengräbern beerdigt worden: am Ufer der Schlei, vor dem Danewerk, bei den Düppeler Schanzen. Alvin hatte darauf bestanden, eine Ausnahme zu machen und die Grabstätte hier, auf dem Berliner Invalidenfriedhof, mit eigenen Mitteln gekauft. »Ein leeres Grab, oder?«

»Wie es sich für einen Soldaten gehört«, sagte Alvin. »In Wahrheit liegt er in Broacker begraben, aber er war ein Berliner, und ein Berliner braucht wenigstens eine Grabstelle in Berlin, wenn sein Körper schon woanders liegen muss. Ich bin froh, dass ihr gekommen seid.«

»Du weißt, dass es nicht seinetwegen ist.« Paul wies auf das Grab. »Wir haben ihn nicht mal gekannt.«

»Trotzdem wollte ich euch hierherbringen. Ohne ihn wären die Kämpfe mit Sicherheit noch stundenlang weitergegangen. Er hat Hunderte von Kameraden gerettet durch seinen Opfergang.«

Paul, der wieder einen Anflug der grauenhaften Angst empfand, die er durchlitten hatte, als er das Telegramm an sich genommen hatte, sagte mit rauer Stimme: »Alvin, wir danken Gott und allen Heiligen, dass du und Moritz unversehrt seid.«

»Moritz war nie in ernsthafter Gefahr, Paul.« Alvin nahm Louises Hände und legte dann erneut die Hand auf Pauls Schulter. Sie betrachteten das kleine, unscheinbare Grab. Zwei Jahreszahlen standen auf dem kleinen Grabstein und ein Epitaph. Der Name des Toten war klein darunter zu lesen.

Ick bin Klinke. Ick öffne dit Tor.

Pionier Carl Klinke.

Es war so schlicht und nüchtern, dass es umso mehr ans Herz rührte. Paul wandte sich um, als Moritz herankam. In seiner Begleitung war die junge Frau, die Moritz ihnen nach ihrer Ankunft in Berlin als seine große Liebe vorgestellt hatte: Antonie Boettcher. Antonie nickte ihnen zu; sie hatten sich heute bereits gesehen, als sie vor dem Friedhof zusammengetroffen waren. Antonie war in Begleitung ihrer Eltern gewesen, die nicht glücklich darüber gewirkt hatten, dass ihre Tochter Moritz ihr Herz geschenkt hatte. Aber nach dem preußischen Sieg über die Dänen und nach dem Bekanntwerden des Anteils, den die Pioniere und die Telegraphenbeamten unter Moritz' Führung daran gehabt hatten, war es Franz Boettcher schwergefallen, Moritz weiter zu ignorieren. Die Boettchers hielten Abstand und rupften Gras und Unkraut aus einem Grab, das einem Verwandten von ihnen gehörte.

»Ich hätte Klinke zu Hause gelassen, aber er bat mich auf Knien, nicht ohne ihn loszuziehen. Er deutete an, dass ich rettungslos verloren wäre ohne meinen Offiziersburschen. Und wer weiß, vielleicht wäre ich es auch gewesen – wenn Klinke nicht plötzlich losgerannt wäre, gerade als es so aussah, als würden uns die Dänen wieder aus den ersten Schanzen von Düppel vertreiben, die wir gleich nach Angriffsbeginn eingenommen hatten. Die Dänen kamen mit Bajonetten; wir hatten nur die neuen Gewehre ohne Bajonett. Es wäre ein Blutbad geworden. Aber Klinke schnappte sich eine Sprengladung, die wir vorbereitet hatten, und rannte damit mitten durch das feindliche Feuer los, wich allen Kugeln und Bajonettstößen aus, gelangte bis zu einer Stelle unterhalb einer Kanone und zündete die Ladung. Die Explosion ließ auch das Pulvermagazin der Kanone hochgehen, die Dänen verloren den Kopf und brachen den Gegenangriff ab, und die Infanterie hatte eine Bresche, durch die sie stürmen konnte …«

»Alvin«, unterbrach ihn Louise. »Bitte. Ich will dich nicht beleidigen, aber ich kann nichts mehr von Kämpfen und Blut hören.«

Alvin räusperte sich. »Jedenfalls brüllte Klinke die ganze Zeit die zwei Sätze, die ich auf seinen Grabstein habe meißeln lassen. Grundgütiger! Er war erst fünfundzwanzig. Und von all den siebenunddreißigtausend Mann, mit denen wir in den Krieg gezogen sind, der tapferste. Mich eingeschlossen.«

Moritz sagte: »Es ist nicht deine Schuld, Papa.«

Paul zuckte zusammen, obwohl er wusste, dass Moritz zu Alvin wie auch zu ihm Papa sagte. Er konnte sich trotzdem nicht daran gewöhnen.

»Es ist nichts von ihm übriggeblieben. Rein gar nichts«, sagte Alvin. Er trat einen Schritt zurück und salutierte. Paul sah Tränen in seinem Augenwinkel und ahnte, dass sie nicht nur von der ehrlichen Trauer um seinen tapferen Offiziersdiener stammten, sondern auch von der Vorstellung, dass die grimmige Aussage, die er eben getroffen hatte, auch auf Moritz hätte zutreffen können – und er wusste, wie sein bester Freund, der Moritz noch immer mit der Intensität des liebenden Vaters zugetan war, sich fühlte. Nachdem er in Alvins Telegramm gelesen hatte, dass mit der Erstürmung der Schanzen der Krieg wahrscheinlich entschieden sei und dass die Zivilbeamten unter den Pionieren nach Hause geschickt würden, weil man sie für den restlichen Feldzug nicht mehr benötigte, war er zusammengebrochen. Er hatte geweint vor Erleichterung und überstandener Angst.

Später spazierten sie über den Friedhof. Paul und Alvin gingen nebeneinander – obwohl Alvin hinkte, marschierten sie zügig. Louise hatte Franz Boettcher in ein widerstrebendes Gespräch verwickelt, während Antonies Mutter kein Auge von ihrer Tochter und Moritz ließ; Paul und Alvin hatten alle fünf bereits abgehängt.

»Was wird nun geschehen?«, fragte Paul. »Ganz Europa fragt sich, ob das Bündnis zwischen Österreich und Preußen bestehen bleibt – und ob die restlichen Länder dazwischen zerrieben werden.«

»Es geht darum, Preußen zu schützen und zu einer Großmacht zu machen, nicht darum, die anderen zu zerreiben.«

»Sagt dein Freund, der Ministerpräsident.«

Als Alvin schwieg, entschuldigte sich Paul. »Es war nicht als Beleidigung gemeint – weder gegen ihn noch gegen dich.«

»Paul, glaubst du denn, dass man sich den Krieg wünscht, nur weil man Soldat ist? Mir geht es darum, meinem Land und meinem König zu dienen, und ich tue es mit dem, was ich mittlerweile am besten kann – ich trage eine Uniform, baue Brücken und Telegraphenleitungen und greife nur dann zum Gewehr, wenn es nötig ist. Deutschland muss geeint werden, damit niemals wieder ein Mann wie Napoleon kommen und den halben Kontinent erobern kann – egal, ob er von westlich des Rheins oder von östlich der Memel kommt. Und wenn Deutschland unter preußischer Führung geeint wird, dann umso besser, weil Preußen der modernste Staat im ganzen Bund ist und sowohl den Willen als auch den Apparat hat, um die Einigkeit herbeizuführen und zu halten.«

»Und warum muss Preußen die Führung haben und nicht Österreich?«

»Weil wir im neunzehnten Jahrhundert leben und nicht im fünfzehnten.«

»Wie viele Kriege werden dazu noch nötig sein, Alvin?«

Alvin blieb stehen. »Wenn es nach mir geht – keiner.«

»Und wenn es nach Otto von Bismarck geht?«

Alvin seufzte. »Ich bin nicht für den Ministerpräsidenten verantwortlich, Paul.«

»Nein, aber du kennst ihn so gut wie wahrscheinlich kaum ein anderer.«

»Niemand kennt Otto von Bismarck«, sagte Alvin. »Was er uns sehen lässt, sind nur Facetten, und immer nur die Facette, die er gerade für nötig hält, um an sein Ziel zu gelangen.«

»Und trotzdem hältst du ihn für einen Freund?«

»Ja«, sagte Alvin schlicht. »Soweit er überhaupt einem anderen Menschen als sich selbst nahe sein kann, halte ich ihn für einen Freund.«

Paul lächelte, und diesmal gelang es ihm, alle Feindseligkeit aus seiner Stimme zu verbannen, als er fragte: »Wie viele Kriege wird er noch führen, dein Freund, um Deutschland zu einen und dafür zu sorgen, dass es nie wieder einen führen muss?«

Alvin blieb ihm die Antwort schuldig.

Juli 1866 bis September 1866

»Ich werde bei der letzten Attacke fallen.«

Otto von Bismarck

30

Wieso müssen wir die Kabel ausgerechnet durch den Wald ziehen?«, fragte Martin Gomol genervt.

»Weil sie von den österreichischen Dragonern, die hinter unseren Linien operieren, sonst sofort wieder ausgegraben werden«, erklärte Moritz geduldig. »Freies Gelände ist der Spielplatz der Kavallerie. Vom Wald halten sich die Burschen fern. Außerdem ist der Wald da vorn«, Moritz dachte kurz nach, dann fiel ihm der Name wieder ein, »der Swiepwald, von Franseckys Siebter Division besetzt worden. So weitläufig, wie das Gelände ist, brauchen die ohnehin ein eigenes Netz, um sich zu verständigen.«

»Richtig«, sagte Major Billroth, der Kommandeur der Telegraphenabteilung, der Moritz mit seinen Männern wie üblich zugeteilt worden war. Der erfolgreiche Einsatz der Telegraphen im Deutsch-Dänischen Krieg hatte Billroth eine Beförderung eingetragen. Moritz wusste, dass der Offizier stark hoffte, dass die Telegraphie auch in diesem Krieg wieder entscheidenden Anteil am Sieg der preußischen Armee haben würde. Er liebäugelte mit Alvins Posten als Bataillonskommandeur, denn er rechnete sich aus, dass Alvin bei einem guten Abschneiden der gesamten Pioniere in den Stab nach Berlin aufrücken würde.

Der Krieg Preußens gegen den Deutschen Bund unter Führung Österreichs hatte erst vor zwei Wochen begonnen. Seitdem trieben Moltke und seine Befehlshaber die Österreicher und Sachsen vor sich her. Gefechte wurden schneller geschlagen und gewonnen, als die Pioniere ihre Werkzeuge auspacken konnten. Gestern Abend hatte sich die österreichische Armee dann hier zum Kampf gestellt, bei den Orten Königgrätz und Sadowa, am Zusammenfluss von Elbe und Adler.

»Das wird die entscheidende Schlacht!«, sagte Billroth begeistert. »Können uns nicht mehr ausweichen, dic Schluchtenscheißer. Müssen sich stellen, sonst verlieren die Kerls in den Kompanien den Glauben und flüchten bis Wien.«

»Lassen wir sie flüchten, dann brauchen wir die Kabel nicht zu verlegen«, schlug Gomol vor.

Billroth ignorierte ihn. Moritz und die anderen Zivilbeamten taten es ihm gleich.

»Ich hasse es, Kabel durch den Wald zu verlegen. Schweinische Buddelei mit all den Wurzeln«, beschwerte sich Gomol.

»Geht uns nicht anders«, gab einer der uniformierten Pioniere mürrisch zurück. »Sieh zu, dass du dir nicht den Arsch auskugelst, damit wir nicht auch noch eine Grube für dich schaufeln müssen.«

»Wir hängen ihn in einen Baum«, sagte ein anderer Pionier.

»An seinen Kabeln.«

»Wenn es ihn gleich am Anfang erwischt, führen wir die Kabel durch seinen Arsch, dann sind sie auch sicher verlegt.«

Gomol wurde rot, und seine Augen wurden feucht vor Empörung und gerechter Wut. Moritz seufzte. Martin Gomol war der jüngste Telegraph in seiner Truppe, kaum neunzehn und ein ständiger Quell des Unfriedens. Gomol verstand sich selbst als Rebell, der sich gegen die täglichen Ungerechtigkeiten des Lebens auflehnte, wollte aber nicht akzeptieren, was die Kehrseite dieser Form des Rebellentums war – nämlich, dass keiner mit einem Menschen zusammenarbeiten will, der dauernd an allem herumnörgelt und alles schlechtredet.

Der Regen fiel in geraden Linien vom Himmel. Das Getreide lag nass und niedergedrückt auf den Feldern. Es war der 3. Juli, aber vom Wetter her hätte es auch November sein können. Am Morgen war Nebel über den Niederungen gelegen, in dem die trüben Lichttupfer der Biwakfeuer von Freund und Feind zu sehen gewesen waren. Moritz blickte auf seine Uhr. Viertel nach zehn am Vormittag.

Die Luft dröhnte vom Geschützlärm, in den tiefhängenden Wolken irrlichterte der Widerschein der Mündungsfeuer und Sprenggranaten. Es hörte sich nicht viel anders an als ein Gewitter und sah auch nicht viel anders aus – nur dass hier jeder Blitzschlag tödlich war. Seit zwei Stunden feuerten die Kanonen. Es war nicht erkennbar, welche davon die österreichische und welche die preußische Artillerie war. Das ständige Grollen ließ Moritz' Zwerchfell erbeben. Obwohl es kalt war, schwitzte er. Er versuchte, sich einzureden, dass es hier nicht anders sein würde als vor den Düppeler Schanzen; sein Trupp war nie mit den Kämpfen in Berührung gekommen, alles, was er davon gesehen hatte, waren die Verwundeten und später die Toten gewesen. Er konnte sich selbst nicht davon überzeugen. Ohne zu wissen, warum, ahnte er, dass er diesmal den Krieg würde aus nächster Nähe erleben müssen, und die Bilder von blutenden, schreienden Soldaten und zerfetzten, in den Dreck getretenen Leichen stiegen in seiner Erinnerung hoch und suchten ihn heim. Beinahe beneidete er Martin Gomol um seine Attitüde, der sich mehr Sorgen darüber machte, dass der Regen nicht leichter wurde, als darum, in die Schlacht zu geraten – oder Major Billroth, der in den Kämpfen eine Chance sah, sich als Soldat zu beweisen, und der heute Morgen, als das Kanonenfeuer begonnen hatte, noch begeistert gemurmelt hatte: »Höchste Zeit, dass Mutters Sohn wieder Pulver riecht!«

Er kannte nur so viel von der preußischen Schlachtordnung, wie nötig war, um seinen Teil des Telegraphennetzes zu verlegen, und so wusste er lediglich, dass das Geschützfeuer auf der rechten Flanke am stärksten war. Während er und die Pioniere, ihre Lasten entweder auf dem Rücken schleppend oder auf Maultieren und Karren transportierend, durch sumpfiges Gelände auf den Wald zustolperten, stellte er sich vor, wie die österreichischen Kanoniere ihre tödliche Arbeit verrichteten, wie die erfahrenen Feldwebel die Zündschnüre der Sprenggranaten und Schrapnellgeschosse zurechtkürzten, während die Feuerleitoffiziere die Distanz zum heranrückenden Feind ausriefen, wie die Kanoniere an den Stellschrauben drehten und die Verschlüsse aufrissen und Geschoss und Pulverbeutel hineinschoben; wie der Geschützführer am Auslösekabel riss und eine zehn Meter lange Feuerschlange aus der Mündung schoss, einen schwefelstinkenden Dampfstrahl in Richtung Feind spuckend; wie die verschiedenen Geschossarten entweder in die marschierenden Reihen pflügten, dass die Soldaten von den schweren Kugeln und Schrotladungen beiseitegeschleudert wurden wie Puppen, Blut und Gedärm in Fontänen über die Kameraden links und rechts sprühend, oder über den Kolonnen explodierten und Dutzende Männer darunter zerfetzten; wie sie nachluden und erneut blutigen, grausamen Tod über den Feind ausgossen, immer und immer wieder, schwitzend, keuchend, die Hände verbrannt von den heißen Geschützteilen, gebückt vom Gewicht der Geschosse, durstig, halb blind im Pulverdampf und fast taub vom Brüllen ihrer Geschütze, nachladend, zur Seite springend, feuernd, die vom Rückschlag meterweit nach hinten prallenden Kanonen wieder nach vorn in die bezeichneten Schusspositionen schiebend, nachjustierend, nachladend, feuernd.

Moritz spürte, wie sich sein leerer Magen hob. Auf einmal war ihm klar, dass er heute sterben würde. Die Erkenntnis war so stark, dass er stolperte und auf ein Knie sank. Einer seiner Männer half ihm auf, ohne zu merken, dass Moritz vor Angst in die Knie gesunken war und nicht wegen des schweren Geländes. Er zwang sich, weiterzugehen, sagte sich, dass noch kein Schuss in ihre Nähe gekommen war, dass sie wie auf einem Spaziergang über die linke Flanke des Schlachtfelds wanderten, vollkommen unbehelligt. Wenn sie erst im Schutz der Bäume angekommen waren, würden sie die Kabel verlegen und sich danach wieder zurückziehen. Wie lange konnte das dauern? Eine Stunde? Die Soldaten der Elbarmee ertrugen das Feuer der Österreicher nun schon über zwei Stunden und wankten auch nicht. Er musste sich an ihnen ein Beispiel nehmen.

»Grundgütiger«, flüsterte er und wusste nicht, dass er denselben Notseufzer tat wie sonst Alvin. »Grundgütiger.« In seiner schwitzenden Linken umklammerte er einen Anhänger mit einer Haarlocke Antonies, den er vom Hals genestelt hatte, um ihn festhalten zu können; in der Rechten schleppte er eine Kabeltrommel, deren Griff in die Handfläche schnitt.

»Großer Gott!«, hörte er Martin Gomol sagen und gleich darauf würgende Geräusche. Er blickte auf. Ein Dutzend toter Soldaten lag in einer schütteren Reihe nacheinander auf dem Boden, einige schon halb versunken im Morast. Blut schillerte in den torfigen Lachen. Die Soldaten trugen weiße Uniformen. Viel war nicht zu sehen von dem weißen Stoff unter dem Blut und dem Dreck. Hände, im Tod zu Krallen verkrümmt, reckten sich in die Luft.

»Königlich-kaiserliche Infanterie«, sagte Major Billroth. Man konnte ihm ansehen, dass er kaltschnäuziger tat, als er war. Die toten Österreicher lagen nicht weit von einer niedrigen Palisade entfernt, die in den weichen Boden gerammt worden war und eine Art erste Linie vor dem Waldsaum bildete. Preußische Infanterie in Blau stand und kniete dahinter in Stellung, aber es waren nur die Wachposten; das Gros der Siebten Division musste im Wald verborgen sein. Die Soldaten ließen die Pioniere durch und begrüßten sie mit der freundlichen Herablassung echter Soldaten gegenüber den Spatentruppen. Einer von ihnen schien die geschockte Reaktion Martin Gomols auf die toten Österreicher außerhalb der Palisade gesehen zu haben, denn er deutete mit dem Kopf zu den Gefallenen und sagte: »Die Kerls hebb'n den Waold nich herjeben woll'n, und, nuja, da hebb'n wa se druss vatrieben. Drinne sin noch mehr. Grabt uns een paar Löcher für die armen Schweine mit, Männer, dann bleibtet nich wieder an unsereenen hängen, nu?«

»Wo seid ihr her?«, fragte Billroth. Ihm schien der dunkelblaue Uniformrock mit dem roten Kragen und Ärmelaufschlägen und den golden paspelierten Patten so unbekannt zu sein wie Moritz.

»Zweetes Magdeburgsches Infanterierejiment Nummer siebenundzwanzig!«, erwiderte der Soldat stolz.

Der Wald war ein lichter Laubwald, der erst, wenn man in ihn eingedrungen war, preisgab, wie heftig die Siebte Division um ihn gerungen haben musste. Baumstämme waren gesplittert oder abgeknickt, der Boden mit Ästen und Laub übersät. An vielen Stellen schimmerten die weißen Uniformen toter österreichischer Soldaten, das stockende Blut darauf dunkel, fast schwarz im Dämmerlicht des verregneten Waldes. Eine Straße führte hindurch, an der entlang Soldaten saßen und an Baumstämme gelehnt schliefen oder die Pioniere unbewegt musterten. Einige von ihnen waren verwundet. Sie schienen zu betäubt, um große Schmerzen zu empfinden. Je weiter sie in den Wald hineinkamen, desto öfter sahen sie auch preußische Gefallene. Viele Tote waren schrecklich zugerichtet, manche sahen grotesk aus. Die österreichische Artillerie hatte den Wald beschossen, um ihre eigene Stellung dort zu sichern und die Preußen am weiteren Vordringen zu hindern. Die Granaten hatten die Bäume zum Platzen gebracht. Holzsplitter, so groß wie Männerarme und so scharf wie Glasscherben, hatten die Soldaten verstümmelt oder aufgespießt.

Die Lebenden kümmerten sich um ihre eigenen Toten ebenso wenig wie um die toten Österreicher. Es gab nichts für die Gefallenen zu tun. Alle Wertsachen waren in den Tornistern beim Tross geblieben; die Testamente und Abschiedsbriefe hatten die Soldaten bereits vor der Schlacht untereinander ausgetauscht. Wer tot war, war tot. Man konnte um einen Freund weinen, aber man ließ ihn trotzdem liegen, wo er gefallen war. Alle ahnten, dass der Kampf um den Wald noch nicht vorüber war; er stellte einen strategischen Fixpunkt im Schlachtgeschehen dar, und über kurz oder lang würden die königlich-kaiserlichen Truppen versuchen, die Preußen wieder hinauszuwerfen. An das Zusammentragen und Beerdigen der Gefallenen konnte man erst denken, wenn die Schlacht tatsächlich vorüber war. Martin Gomol war jetzt stumm und stapfte bleich und verängstigt neben Moritz und den anderen her.

Franseckys Generalstab hatte einen behelfsmäßigen Unterstand als Hauptquartier gewählt, den offenbar die vorher in den Wald eingerückten Österreicher angefangen hatten zu bauen. Der Generallieutenant war ein mittelgroßer Mann mit einem traurig aussehenden struppigen Schnauzer und hoher Stirn, auf der seine Offiziersmütze saß, als würde sie ihm nicht gehören. Er ignorierte die Zivilisten, gab Major Billroth die Befehle in weichem hessischem Dialekt und erkundigte sich nach Alvin, der mit einer rein militärischen Pionierabteilung den Bau einer Pontonbrücke über die Adler begonnen hatte.

»Formidabler Mann, Oberstlieutenant von Briest«, sagte er. »Hätte es in der Garde weit gebracht. Na, jetzt baut er Pontonbrücken, die halten. Ist genauso wertvoll.« Offenbar teilte der Generallieutenant die leise Verachtung der kämpfenden Truppen für die Pioniere nicht.

»Oberstlieutenant von Briest ist mein Ziehvater«, erklärte Moritz.

Fransecky nahm ihn in Augenschein, anscheinend überrascht, dass der Zivilist gesprochen hatte, und noch überraschter über das, was er gesagt hatte. »Sie sind Moritz von Briest? Hab von Ihnen gehört. Ihr Ziehvater hält große Stücke auf Sie.«

»Ich hoffe, ich erweise mich seines Vertrauens würdig, Herr Generallieutenant.«

»Hoffen Sie, dass Sie und Ihre Männer sich *meines* Vertrauens als würdig erweisen, Briest! Wir sind hier auf uns gestellt, bis die Zweite Armee unter seiner Hoheit Kronprinz Friedrich eintrifft, und wenn wir den Wald halten wollen, muss ich an allen Stellen zugleich sein«, sagte Fransecky. Er spähte auf seine Uhr und wandte sich an seinen Stab. »Hoffen wir auch auf pünktliche Fahrpläne, meine Herren.«

Moritz wusste, worauf er anspielte. Generalstabschef Moltke hatte einen ambitionierten Aufmarschplan erstellt, den der wortkarge Feldherr als »einfach« bezeichnete und der nach dem Prinzip »Getrennt marschieren – vereint schlagen« Truppenbewegungen mit der Eisenbahn vorsah, welche die Einheiten seiner Armee pünktlich zum jeweiligen Schlachtfeld transportieren sollten. Dass die Zweite Armee noch nicht am Schauplatz eingetroffen war, war ein Problem, das nach Meinung vieler mit Moltkes überehrgeiziger Modernisierung des Krieges zusammenhing.

Sie machten sich an die Arbeit, Major Billroth mit einem Lageplan in der Hand, den einer der Stabsoffiziere des Generals hastig auf ein Blatt Papier gekritzelt hatte. Auf der Rückseite befanden sich die letzten Zeilen eines Briefes, der einem der österreichischen Offiziere gehört haben musste. *Ich bete zu Gott und allen Heiligen, dass er Dich wieder unversehrt in meine Arme und zu unserem ungeborenen Kind zurückbringt*, lautete der letzte Satz. Das Papier war an einer Seite steif von eingetrocknetem Blut.

31

Im Hauptquartier des preußischen Generalstabs in Horzitz herrschte eisiges Schweigen. Louise hatte zuerst angenommen, dass das Schweigen ihr galt, und hatte sich, obwohl es ihr schwerfiel, im Hintergrund gehalten. Sie war Teil einer dreißigköpfigen Delegation des Roten Kreuzes, die schon in der gleichen Zusammensetzung am Anfang des Krieges bei der Schlacht von Langensalza dabei gewesen war – es war die erste große Aktion der Vereinigung gewesen. Noch immer war es ungewöhnlich, dass Frauen unter den Delegieren waren, aber Louise hatte sich durchgesetzt. Henri Dunant persönlich hatte sich für sie verwendet, als sie erklärt hatte, dass sowohl ihr Ehemann – sie hatte darauf verzichtet, die Verhältnisse näher zu erklären – als auch ihr Sohn in die Kämpfe verwickelt waren. Sie war die einzige Frau in der Delegation.

Die Offiziere blickten ständig auf ihre Uhren und dann auf

die Karten, die sie vor sich ausgebreitet hatten. Die Blicke, die sie immer wieder auf den Generalstabschef warfen, konnte Louise zunächst nicht deuten, bis sie hinter den sorgfältig blasierten Mienen Unmut und beginnende Panik zu wittern begann; und dann wurde ihr klar, dass die üble Stimmung weder mit ihr persönlich noch mit den Delegierten zu tun hatte, sondern mit dem Generalstabschef selbst. Moltke stand inmitten des unterdrückten Brodelns mit geradezu olympischer Ruhe, zückte ab und zu ein Taschentuch, schnäuzte sich und packte es wieder weg. Der drahtige Generalstabschef schien an Schnupfen zu leiden. Melder und Adjutanten eilten in das Schulhaus, in dem der Stab Posten bezogen hatte, flüsterten mit den Generälen, rannten wieder hinaus, manchmal angeführt von einem der hohen Offiziere. Von draußen klang das Grollen der Kanonen und immer wieder dazwischen ein Prasseln wie von verbrennendem Reisig. Sie hatte sich danach erkundigt und erfahren, dass es die Salven der Gewehre waren, wenn die Infanterieeinheiten aufeinander schossen. Ihr Mund war trocken, ihr Herz schlug heftig, und ihre Hände zitterten vor Angst um Moritz und Alvin. Es schien unmöglich, dass in diesem Chaos irgendjemand den Durchblick hatte, es schien noch unmöglicher, dass auch nur eine Maus, die auf das Schlachtfeld geriet, überleben konnte.

Jemand berührte sie leicht am Oberarm. Sie schrak zusammen, drehte sich um und sah sich einem hochgewachsenen Offizier gegenüber, dessen Pickelhaube tief in die Stirn gezogen war. Seine Augen funkelten blau aus dem Schatten hervor, auf seiner Oberlippe prangte ein gewaltiger, ergrauender Schnauzbart. Sie erkannte ihn erst auf den zweiten Blick.

»Exzellenz!«, keuchte sie überrascht.

»Herr Major reicht«, sagte Otto von Bismarck. »Heute bin

ich im Feld, nicht in der Politik. Ich habe erst jetzt erfahren, dass Sie … hmm … ein Delegationsmitglied sind.«

Louise, die wusste, dass Alvin in mehreren Briefen Otto von Bismarck unterrichtet hatte, dass Louise als Rotkreuzdelegierte zugelassen worden war, schwieg. Sie kannte Bismarck mittlerweile gut genug, um zu wissen, dass er bedenkenlos log, wenn es ihm half. Ob er damit nur kaschieren wollte, dass er sie schlicht vergessen oder als unwichtig erachtet hatte, oder ob das Chaos auch ihn verschluckt und daran gehindert hatte, sich um sie kümmern, war einerlei; ihr war klar, dass er lieber zu einer durchsichtigen Lüge griff, als zuzugeben, dass er irgendetwas nicht im Griff gehabt hatte. Und da seine Politik seit dem Krieg gegen Dänemark diesen Kriegsgang geradezu erzwungen hatte, musste er es hassen, dass sich auch nur der kleinste Anschein von Unsicherheit mit seiner Person verband. Moltke mochte der Generalstabschef sein und König Wilhelm der Feldherr – aber der eigentliche Gott dieses Krieges war Otto von Bismarck.

»Folgen Sie mir bitte, Madame«, sagte Bismarck und machte eine einladende Handbewegung nach draußen. Der Anführer der Rotkreuzdelegation richtete sich auf und trat einen Schritt auf Bismarck zu, als wolle er ihn begleiten. Bismarck schüttelte nur brüsk den Kopf.

Dann waren sie draußen auf der schlammigen Dorfstraße und in einem Hexenkessel, der von hin und her reitenden Meldern, marschierenden Kompanien, Kanonengespannen und gehfähigen Verwundeten verursacht wurde. Über den Hügeln bei Königgrätz und Sadowa ging die Welt unter, gewaltige Rauchpilze standen über dem Horizont, der Himmel war rot und gelb erleuchtet von den Kanonenfeuern und den einschlagenden Geschossen. Das unablässige Donnern der Geschütze war so laut, dass sie schreien mussten, um sich zu verständigen. Der Regen raute die Pfützen auf der zerfahrenen Dorfstraße auf. Louise sah zu ihrem Entsetzen, dass in manchen Pfützen Blut stand.

»Wo sind Moritz und Alvin?«, brüllte Louise.

Bismarck schien sie nicht gehört zu haben. »Moltke hat sich auf die Eisenbahn für die Truppentransporte verlassen«, rief er. »Aber wir haben zu wenig Lokomotiven. Die sächsischen Eisenbahner haben fast alle ihre Loks nach Eger … hmmm … entführt, bevor wir sie requirieren konnten. Wenn die Zweite Armee nicht rechtzeitig eintrifft, ist diese Schlacht verloren.«

Louise starrte ihn voller Schrecken an. »Verloren?« Nun wusste sie, warum Moltke sich den ganzen Morgen über geweigert hatte, Feldlokomotiven für den Verwundetentransport bereitzustellen, obwohl diese Verwendung dem Roten Kreuz zugesichert worden war.

»Die Elbarmee und die Erste Armee stehen allein gegen die Österreicher und die Sachsen im Feld. Hundertvierzigtausend Mann – gegen zweihundertsiebzigtausend Feinde.« Bismarck gab ihren Blick zurück, und für einen Moment wankte seine Contenance. »Ich komme mir vor wie jemand, der eine Million in einem Spiel gesetzt hat, die er gar nicht besitzt. Wissen Sie, dass per Zufall heute Wahltag zu Hause ist? Ich kämpfe quasi an zwei Fronten – nach innen und nach außen. Wenn wir hier geschlagen werden, kehre ich nicht nach Berlin zurück. Ich werde bei der letzten Attacke fallen.« Er schluckte und holte tief Atem.

Louise packte ihn an den Oberarmen und schüttelte ihn. In diesem Moment war es ihr egal, dass er der Ministerpräsident Preußens war. Sie erinnerte sich an den Gutsbesitzer und bedeutungslosen Landtagsabgeordneten, der im Salon von Gut Briest spitze Reden geführt und Wein getrunken hatte, der geschluchzt hatte, als er Alvin vom Tod seiner großen vergeblichen Liebe Marie von Thadden berichtet hatte und der, auf seine eigene egoistische, opportunistische und unzuverlässige Weise dennoch immer ein Freund gewesen war. »Wo sind Moritz und Alvin?«, brüllte sie ihm ins Gesicht.

Bismarck zuckte zusammen und fand wieder ins Hier und Jetzt zurück. »Wo ist Paul Baermann?«, schrie er zurück.

»Paul?«

»Ja! Er ist doch Ingenieur. Wenn Sie hier sind, kann er auch nicht weit sein. Ich brauche Lokomotiven, ich brauche Schienen, ich brauche die Zweite Armee. Es geht um Stunden, Louise! Wo ist er? Gebe ihm alle Pioniere, die er braucht. Er muss losfahren und die Zweite Armee heranschaffen!«

»Paul ist kein Lokomotivführer! Und er ist nicht hier!«

»Aber Alvin hat mir geschrieben, dass Maffei ihn abkommandiert hat, die Drehlafetten für die Eisenbahngeschütze zu liefern. Er kennt sich mit Zügen aus.«

»Er ist nicht hier!«, rief Louise. Sollte sie Bismarck erzählen, dass sich ihr Leben in den letzten Wochen aufgelöst hatte? Dass ihre und Pauls Welt zusammengebrochen war, als Moritz sich erneut für den Krieg hatte rekrutieren lassen, um für das preußische Militär Telegraphenleitungen zu ziehen? Dass Paul sich der Bitte Joseph Maffeis verweigert hatte, die Lafetten nach Berlin zu begleiten, und Maffei ihn deswegen beurlaubt hatte? Dass Paul und sie einen monströsen Streit gehabt hatten, als sie ihm erklärt hatte, dass sie als Delegierte angenommen worden war und selbst in den Krieg zog, wenn auch, um den Verwundeten zu helfen? Dass sie allein hierhergereist war und dass Paul in München geblieben war und dass sie ebenso viel Verständnis wie Zorn für ihn empfand und ihr Herz geblutet hatte, ihn zu verlassen?

Dass sie vorgestern Abend bei Alvin in dessen Offizierszelt gewesen war, um ihn zu bitten, auf Moritz zu achten, und dass sie sich plötzlich geküsst hatten? Auf einmal war sie so voller Sehnsucht nach ihm gewesen, nach seiner vorsichtigen, verspielten Zärtlichkeit … Lag es daran, dass hier alles um sie herum so voller Gewalt war, dass ihr Alvins zurückhaltende Sinnlichkeit auf einmal willkommener war als Pauls heftige, fordernde Leidenschaft? Ihr Herz hatte wild gepocht, und sie hatte ein tiefes Ziehen in ihrem Schoß gespürt. Doch dann hatte das Räuspern von Alvins Burschen, das sein Eintreten signalisierte, sie aus dieser Stimmung gerissen, in der sie sich nichts sehnlicher gewünscht hatte, als Alvin in sein Feldbett zu folgen.

Sie rief zum dritten Mal: »Wo sind mein Mann und mein Sohn?«

»Moritz ist bei der Siebten Division. Alvin ist bei der Achten Division und bringt sie über den Fluss, damit sie Fransecky unterstützen!«

Louise erinnerte sich an Fetzen von Meldungen, die sie in der letzten Stunde gehört hatte. Ihr wurde noch kälter. »Die Achte Division ist unter schwerem Beschuss«, sagte sie. »Österreichische Artillerie. Sie hängen am Fluss fest. Ich habe es vorhin gehört.« Sie dachte an Alvin. Ihr wurde übel vor Furcht um ihn.

Ein Major vom Generalstab platzte plötzlich heraus. Er sah sich um, erblickte Bismarck und rannte zu ihm und Louise. »Wir haben Verbindung zu Fransecky!«, rief er und fuchtelte mit einem Zettel. »Billroth und seine Pioniere haben es geschafft, eine Verbindung herzustellen!«

»Und die Verbindung zur Ersten Armee?«

»Nach wie vor nur über Meldereiter.«

»Was kabelt Fransecky?«

»Dass sie von zwei Abteilungen der österreichischen Armee angegriffen werden. Er schließt aus den Uniformen und den Bannern, dass es sich um das II. Korps der Nordarmee unter Thun und das IV. Korps unter Festetics handelt. Sie sind unter schwerem Beschuss und fürchten, dass sie die Infanterie nicht aus dem Swiepwald draußen halten können. Dann gibt es ein Handgemenge, und Sie wissen so gut wie ich, dass uns die Schluchtenscheißer mit ihren Bajonetten in diesem Fall überlegen sind.«

Louise begann zu weinen. Sie würgte trocken. *»Mon Dieu«*, hörte sie sich wispern. »Herr, beschütze meinen Sohn.«

Bismarck blickte den Offizier an. »Das II. und IV. Korps?«

Der Major nickte erregt. »Ja!«

»Sie haben ihre Front aufgemacht. Genau dort, wo wir die Zweite Armee erwarten!«

»Richtig.«

»Heiliger Jesus. Das kann nicht mit Benedek abgesprochen sein. Thun und Festetics handeln eigenmächtig. Halleluja!« Er fuhr herum und packte Louise an den Händen. »Wir brauchen die Lokomotiven!«, rief er. »Wir brauchen die Zweite Armee! Suchen Sie Paul Baermann. Er muss mir die Zweite Armee heranschaffen!«

»Paul ist nicht hier!«, schrie Louise. Bismarck hörte ihr nicht zu. Er rannte zusammen mit dem Major ins Hauptquartier hinein. Louise lehnte sich an eine Hauswand und umklammerte ihren Oberkörper. Ihre Angst war so groß, dass sie nicht einmal mehr weinen konnte.

Sie starrte zu einem Handkarren, der von zwei hinkenden Soldaten ins Dorf gezogen wurde. Ihre blauen Uniformen hatten goldene Kragenspiegel und rotgoldene Ärmelaufschläge. Auf dem Karren lag ein preußischer Soldat mit Offiziersabzeichen und stöhnte. Ein Unterschenkel fehlte ihm, der blutige Stumpf war abgebunden, aber aus ihm tropfte Blut. Blut lief auch den Arm des Offiziers hinab, der über den

Rand des Karrens baumelte, und tropfte von den Fingern. Der Offizier musste noch eine zweite Wunde empfangen haben. Die Soldaten sahen zu ihr herüber und auf die Binde an ihrem Arm. »Sind Sie Krankenschwester, Fräulein?«, rief einer. »Krankenschwester? Der Hauptmann ist verwundet!«

Louise konnte nicht reagieren.

»Das Lazarett? Bitte!«, rief der zweite Soldat.

Louise gab sich einen Ruck. Sie erkannte, dass die beiden Soldaten ebenfalls verwundet waren, aber die Sorge um ihren Hauptmann überlagerte ihre eigenen Schmerzen. Vor ihrem inneren Auge sah sie Alvin auf dem Karren liegen, dessen Männer ihn vermutlich so wie diese beiden hier quer durch die Hölle karren würden, wenn er verwundet wäre, um ihn zu retten. Sie sah Moritz darauf liegen. Ihr fiel wieder ein, was zu tun war und weswegen sie hier war.

»Folgen Sie mir!«, stieß sie hervor. »Ich helfe Ihnen ziehen. Sie – Feldwebel?«

»Jawohl, Fräulein.«

»Sagen Sie den Rotkreuzmitgliedern dort drin, dass es Arbeit gibt. Was ist das für ein Karren?«

»Protze«, erklärte der Feldwebel, sah ihr verständnisloses Gesicht und fügte hinzu: »Für den Geschütztransport, Fräulein.«

»Wo kommt das her?«

»Von unserer Kanone, Fräulein. Ist zerschossen worden. Wir sind von der Artillerie, Fräulein.«

»Gibt es noch mehr zerschossene Kanonen?«

»O Gott, jede Menge, Fräulein. Die Schluchtenschei… die Österreicher setzen uns mächtig zu.«

»Wir nehmen die Protzen für den Abtransport der Verwundeten von den Sammelstellen ins Lazarett«, sagte Louise. Sie dachte an die vergeblichen Versuche der Delegation,

Moltke die Feldlokomotiven für den Verwundetentransport abzuschwatzen. Sie brauchten sie nicht. Der Transport mit den Protzen würde für die Verwundeten eine Qual bedeuten, aber keine größere Qual, als in den Sammelstellen oder auf dem Feld liegen zu bleiben. Und sie hatte endlich etwas zu tun, um die Panik in Schach zu halten.

32

Die Felder waren in einer breiten, endlos langen Spur zertrampelt, das Getreide niedergewalzt, die Erde aufgerissen. Die Schlammpiste war eine schwarze Narbe, die sich durch das Gelände zog, scheinbar ohne Anfang und ohne Ende, gesäumt von Abfall: Tornister mit zerrissenen Tragegurten, leere Wasserflaschen, Lederhüllen von Gewehren, Stiefel mit lose gewordenen Sohlen, Karren, deren Räder sich zu tief in den Schlamm gewühlt hatten, aufgerissene Vorratstruhen, Glasscherben, an einer Stelle eine Geschützlafette mit gebrochener Achse und ohne Rohr. Die reglosen, vom Regen bereits halb in den Boden gewaschenen Leichname von Pferden lagen da und dort, Tiere, die sich den Fuß gebrochen oder gelahmt hatten und erschossen worden waren.

Der Anblick tat Paul in der Seele weh, während er ihn vom Führerstand der Lok betrachtete. Die riesige Narbe in der Natur und die zurückgelassene Ausrüstung – es sah aus wie der Nachlass einer geschlagenen Armee auf der Flucht. Und dabei war es nur die Hinterlassenschaft einer Armee auf dem eiligen Vormarsch, der Zweiten Preußischen Armee unter Kronprinz Friedrich Wilhelm. Es war kein gutes Omen.

Paul war vor zwei Tagen in Berlin eingetroffen. Er hatte Briefe an Alvin, Moritz und Louise geschrieben, aber geahnt, dass diese sie nicht mehr erreichen würden. Vor fünf Tagen war er von München aufgebrochen, mit einem Güterzug, der Maffeis Drehlafetten transportierte. Warum er zu Maffei gegangen und sich doch bereit erklärt hatte, die Lieferung zu übernehmen, wusste er selbst nicht genau, aber er wusste, dass er am Morgen des Tages, an dem er den Auftrag übernommen hatte, in den Spiegel geblickt und den Anblick verabscheut hatte.

Die Frau, die er liebte, sein Sohn und sein bester Freund waren in den Krieg gezogen. Es spielte keine Rolle, ob der Krieg gerechtfertigt oder vom Zaun gebrochen worden war und wem darin die Rolle des Schurken und wem die des Verteidigers zukam. Was eine Rolle spielte, war, dass er allein zu Hause saß und nicht an ihrer Seite war. Er wusste, dass es moralisch falsch war, diesen Krieg zu unterstützen – jeden Krieg zu unterstützen! –, aber er wusste auch, dass es ebenso falsch war, die im Stich zu lassen, die man liebte.

Er hatte die Lieferung übernommen, weil sie der einfachste und schnellste Weg war, dorthin zu gelangen, wo die anderen waren. In Berlin hatte er die Berichte von William Howard Russell gelesen, dem Korrespondenten der *London Times*, der mit dem Heer mitgezogen war, um zu berichten, und ohne Mühe die Strategie Helmuth von Moltkes herausgelesen – die Eisenbahn für den schnellen Truppentransport zu verwenden. Er hatte von der Entführung der sächsischen Lokomotiven gelesen, für Russell ein Husarenstück tapferer Lokomotivführer, und erkannte, dass die Strategie Moltkes dadurch ins Wanken geriet. Er hatte sich gesagt, dass, wenn das preußische Heer aufgerieben wurde, die Wahrscheinlichkeit groß war, dass seinen Lieben etwas zustieß.

Er hatte sich noch einmal im Spiegel betrachtet und noch weniger gemocht, was er da sah, aber gewusst, dass er nicht anders handeln konnte, wenn er sich überhaupt noch einmal im Leben im Spiegel betrachten wollte.

Dann hatte er den Zug, der ihn nach Berlin gebracht hatte, kurzerhand dem preußischen Kriegsministerium unterstellt, hatte vorgeschlagen, mit ihm und allen im Depot verbliebenen, weil defekten Lokomotiven Berlins nach Böhmen zu fahren, alle Ingenieure und Lokführer mitzunehmen, die sich dazu bereit erklärten, diese während der Fahrt an den mitgeschleppten Loks herumdoktern zu lassen und nebenher so viele Transportwaggons wie möglich mitzuziehen.

Und nun näherte er sich der verzweifelt in Richtung Königgrätz marschierenden Zweiten Armee und hoffte, dass er sie rechtzeitig erreichte und genug Soldaten mitnehmen konnte, um sie rechtzeitig ins Kampfgebiet zu bringen. Er, Paul Baermann, befehligte einen Eisenbahnzug in die Schlacht. Er hätte sich eigentlich minütlich deswegen übergeben müssen, aber statt Übelkeit fühlte er nur die Panik, dass er nicht rechtzeitig kommen würde, und den unbedingten Wunsch, es dennoch zu schaffen.

Der Zug zog elf Wagen und vier Lokomotiven. Sein Gewicht machte ihn langsam, aber das mangelnde Tempo lag nicht allein daran. Die Schienen waren hastig verlegt worden, nicht immer auf idealem Untergrund und auch nicht in der idealen Streckenführung, die sich Paul während der Fahrt vor seinem inneren Auge darbot wie eine rote Linie durch das Gelände. Die rote Linie war nur selten deckungsgleich mit der tatsächlichen Gleisführung. Der Zug schwankte und ruckelte, seine Geschwindigkeit war nur marginal höher als die eines laufenden Mannes. Die vier Loks waren zwischen die Wagen gespannt worden, die fast ausnahmslos nur aus Frachtplattformen auf vier Achsen bestanden. Die Techniker arbeiteten von dort aus an den Lokomotiven. Die Maschinen sahen aus wie Skelette. Diejenigen, die zu kompliziert zu reparieren waren, waren auseinandergenommen worden, um den anderen als Ersatzteillager zu dienen. Schäden an Achsen, Rädern und Triebstangen konnten während der Fahrt nicht repariert werden, nur die Dinge, die nicht in Bewegung waren. Die Techniker hatten Paul versichert, dass sie zwei der Loks zum Laufen bringen könnten. Eine von ihnen stieß bereits erste rußige Wolken aus ihrem Schornstein.

»Reiter!«, rief der Lokführer und deutete nach vorn. Paul beugte sich aus dem Seitenfenster. Der Regen peitschte ihm ins Gesicht und ließ ihn die Augen zusammenkneifen, der Dampf, den die auf den heißen Tender der Lok prasselnden Regentropfen verursachten und der die Maschine einhüllte wie ein flatterndes Gespinst, verwehrte ihm die Sicht. Wenn die Reiter königlich-kaiserliche waren, hatte er den schlimmsten Fehler begangen, den man sich vorstellen konnte – er hatte einen kompletten Zug in die Hände des Feindes gefahren.

Es waren fünf Reiter. Sie trugen die dunkelblauen Uniformen der preußischen Garde mit den roten Ärmelaufschlägen, Kragenspiegeln und Hosennähten. Sie zügelten die Pferde und starrten den Zug mit offenen Mündern an, als er an ihnen vorbeistampfte. Paul schätzte, dass die Nachhut den Dampf gesehen hatte und dass diese fünf ausgesandt worden waren, um nachzusehen, was sich der Armee da von hinten näherte. Die Männer machten Gesten, dass der Zug halten sollte.

»Bring ihn zum Stehen, aber lass Dampf auf dem Kessel«, sagte Paul zum Lokführer.

Es dauerte eine Weile, bis der Zug stand, fauchend, schnaubend, knackend wie ein langes Reptil aus Metall. Der Rauch aus dem Schornstein vermischte sich mit dem Dampf aus den

Kesselventilen und dem verzischenden Regen. Die Reiter waren der Lok gefolgt. Paul kletterte von ihr hinunter und lief den niedrigen Bahndamm hinab zu ihnen.

»Zweite Armee von Kronprinz Friedrich?«, rief er.

Die Soldaten wechselten Blicke. Einer von ihnen, ein Mann mit langem blonden Vollbart und grauem Offiziersmantel auf einem Rotfuchs, lenkte sein Pferd aus ihrer Mitte heraus und schaute auf Paul herunter.

»Ich kenne Sie!«, sagte der Offizier erstaunt.

Paul war ebenso entgeistert. Dann fielen ihm seine guten Manieren ein, und er machte eine Verbeugung. »Hoheit«, sagte er. »Ich bringe der Zweiten Armee einen Zug.«

»Ich kenne Sie ...«

»Jawohl, Hoheit. Alvensleben. Das Zugunglück. Ist eine Weile her.«

»Gütiger Himmel, ich erinnere mich. Sie sind ...«

»Paul ...«, begann Paul.

»... Baermann!«, vollendete der Kronprinz. Er lächelte plötzlich. »Sehen Sie, ich habe Sie nicht vergessen!«

»Zu gütig, Hoheit.«

Von weiter hinten im Zug ertönte auf einmal ein gellender Pfiff, eine Dampfwolke schoss in die Höhe. Die Pferde der Soldaten scheuten und stampften. Dem Maschinenpfiff folgten menschliche Pfiffe, Geschrei und Applaus. Offensichtlich war die erste der Zusatzloks einsatzfähig.

»Ich kann nicht die ganze Zweite Armee transportieren«, sagte Paul und gestikulierte.

»Macht nichts. Fahren Sie weiter, Herr Baermann. Wir marschieren zwei Meilen weiter vorn. Wie spät ist es?«

Einer der anderen Offiziere zog eine Uhr heraus. »Kurz nach Mittag, Hoheit.«

»Mein Gott«, seufzte Kronprinz Friedrich. »Seit dem Vormittag sollten wir auf dem Schlachtfeld sein. Verfluchte Geschichte.« Er wandte sich an Paul. »Nehmen Sie die Garde auf und fahren Sie sie so nahe wie möglich ans Schlachtfeld heran. Die Garde muss das Schlachtenglück wenden.«

Paul wandte sich ab. Schon kam einer der Techniker von der Mitte des Zugs gelaufen. Er ignorierte die Soldaten und keuchte: »Dit Ding jeht wieder wie 'ne Eins, Paule. Un dit andere kriejen wir ooch noch hin!«

»Teilt den Zug vor der reparierten Lok. Wir fahren dicht hintereinander. In zwei Teilen ist der Zug besser beherrschbar, und wir können schneller fahren.«

»Is jut, Paule!« Der Mann rannte wieder zurück.

Kronprinz Friedrich nickte. »Drei Loks. Hervorragend.«

Paul schüttelte den Kopf. »Mit Verlaub, Hoheit – zwei. Eine der Maschinen ist versprochen.«

Die Augenbrauen des Kronprinzen hoben sich überrascht. Seine Begleiter murmelten und knurrten etwas von Insolenz.

»Eine der Loks und ein Wagen sind dem Roten Kreuz versprochen beziehungsweise einer ganz bestimmten Delegierten des Roten Kreuzes, von der ich lieber hätte, dass sie mich heute Abend küsste, anstatt mir Sachen an den Kopf zu werfen, weil ich nicht an das Versprechen gedacht habe.«

Der Kronprinz lächelte schmal. Paul wusste, dass seine Ehe mit Kronprinzessin Victoria glücklich war. Friedrich von Preußen musste wissen, was Paul meinte. »Machen Sie schon, Herr Baermann. Bringen Sie meine Garde in die Schlacht.«

Paul kletterte auf die Lok und wandte sich wieder an den Kronprinzen. »Mit Ihrer Erlaubnis, Hoheit?«

»Fahren Sie, Mann, fahren Sie! Damals hing nur meine Haut von Ihrem Geschick ab. Jetzt tut es das gesamte preußische Heer!«

33

Lily konnte die Siegesfeierlichkeiten kaum abwarten. Seit Tagen hielt sie sich nun in Berlin auf. Sie hatte gefürchtet, dass die Grenzen zwischen Frankreich und Preußen wegen des anstehenden Krieges dichtgemacht würden und sie dann nicht mehr würde einreisen können. Sie hatte lediglich Bertrand nach La Villette geschickt, damit dort niemand in ihrer Abwesenheit auf dumme Gedanken kam, und sich dann in Berlin versteckt. Die Vorsicht war nicht nötig gewesen; Frankreich hatte sich aus dem Krieg herausgehalten und den Status seiner derzeit friedlichen Beziehungen zu Preußen nicht geändert, was zwar nicht im Sinn des französischen Volks, aber im Sinn des Kaisers gewesen war, der offensichtlich schon im Vorfeld Vorteile aus einem möglichen Sieg Preußens gezogen hatte. Natürlich liefen die Verhandlungen über keinen Geringeren als Otto von Bismarck selbst.

Seit dem Attentatsversuch eines radikalen Demokraten kurz vor Ausbruch des Krieges hatte Bismarck sich mit Soldaten umgeben, so dass an ihn nicht heranzukommen war. Aber dann schien seine Leibwache ihm lästig geworden zu sein, denn noch vor dem Einmarsch der Preußen in Böhmen hatte er sie wieder weggeschickt. Eine Gelegenheit, einen Anschlag auf ihn auszuüben, hatte sich dennoch nicht ergeben – was jedoch zum großen Teil daran lag, dass Lily sie nicht gesucht hatte. Mittlerweile war ihr klargeworden, dass ihr nicht viel daran lag, Bismarck in einer stillen Gasse um die Ecke zu bringen. Sie wollte ihn vor aller Leute Augen sterben lassen; und sie wollte, dass er wusste, wer ihm den Tod gebracht hatte. Sie wollte in seine Augen sehen und sagen: Das ist dafür, dass ich dich immer geliebt habe! Und dann wollte sie mit ihm sterben. In den letzten Wochen, fern von Paris, war ihr klargeworden, dass es nach dem Tod Ottos kein Ziel mehr gab, für das sich ein Weiterleben lohnen würde.

Wie sie dies anstellen wollte, wusste sie bereits, und dieses eine Mal hatten ihre beiden Anarchisten gute Arbeit geleistet. Sie hatten ihr eine Bombe gebaut, die sie in einer Tasche verstecken und mit einer Hand und einer Verzögerung von etwa zwölf Sekunden zünden konnte – ein zu einer engen Spirale gedrehtes Metallrohr, in dem die Lunte lief, und ein kleiner Mechanismus mit einem Reibrad und einem Zündstein sorgten dafür. Seit sie die Bombe besaß, träumte sie davon, wie sie auf Bismarck zurannte, wie sie den Zündmechanismus auslöste, Bismarck umarmte und ihn festhielt … weiter konnte sie nicht denken, weil es ihr trotz allem davor graute, aber es lag nahe, dass danach niemand mehr genau würde auseinanderhalten können, welche Teile von Lily und welche von Otto von Bismarck stammten. Nach dem Tod würden sie endlich untrennbar vereint sein.

In den Tagen in Berlin hatte Lily einiges aus den Zeitungen gelernt über den Mann, der ihr Herz so vollkommen mit Hass und verzweifelter Liebe erfüllte. Mit Zorn und Wehmut zugleich war ihr klargeworden, dass die Art und Weise, wie Bismarck auf den Krieg mit Österreich und dem Deutschen Bund hingearbeitet hatte, ihn auch befähigt hätte, einen brillanten *patron* in der Pariser Unterwelt abzugeben. War dies das Geheimnis seines Erfolgs? Dass er im Grunde seines Herzens so gewissenlos handelte wie ein Verbrecherpate, nur dass das Ziel seines Strebens nicht in persönlicher Bereicherung lag, sondern in der Größe Preußens? Sie verfolgte den Gedanken nicht weiter, weil er zu sehr schmerzte. Er und sie zusammen hätten die Welt aus den Angeln heben können! Warum nur hatte er sie weggeschickt?

In Preußens Abgeordnetenhaus hatte der Sieg bei Königgrätz – über Telegraphen noch im Lauf des Wahltags verbreitet – dazu geführt, dass die Bürger im Siegestaumel patriotisch stimmten und die Konservativen, Bismarcks heimliche Hausmacht, ihre Sitze vervierfacht hatten. Noch eine gute Woche zuvor hatte Lily verächtliche und scharfe Angriffe auf den Ministerpräsidenten gelesen; nach Königgrätz galt er allen plötzlich als Staatsmannsgenie. Sie fragte sich, ob Bismarcks Opportunismus wirklich so moralisch verwerflich war, wenn man ihn mit dem Opportunismus der Presse, der Besitzenden und vor allem des einfachen Volks verglich.

Kurze Zeit darauf zeigte sich jedoch, dass er den Stempel des genialen Staatsmanns tatsächlich verdiente. Er schloss einen Frieden mit Österreich, der dem Kaiserreich seine Würde beließ; verzichtete auf Gebietsannexionen und eine Siegesfeier in Wien und verkündete öffentlich, dass Österreichs Kraft nicht gebrochen werden dürfe. Lily fragte sich, ob die Gerüchte stimmten – dass Bismarck und der König sich darüber zerstritten hätten, weil König Wilhelm die Österreicher mit dem Friedensvertrag demütigen wollte; dass es auf beiden Seiten hysterische Ausbrüche, Weinkrämpfe und Rücktrittsdrohungen gegeben habe, bis der König schließlich, nach gutem Zureden des Kronprinzen, nachgab. Sie konnte sich Otto von Bismarck nicht bei einem Heulkrampf vorstellen. Dann sagte sie sich, dass ein gut gespielter Nervenzusammenbruch auch nur ein weiteres Mittel war, ans Ziel zu gelangen, und hätte beinahe in sich hineingelächelt, weil sie ihm dies durchaus zutraute.

Schließlich wurde ein Friedensvertrag unterzeichnet, in dem Österreich Kriegsreparationen bezahlte … und sich bereit erklärte, aus dem Deutschen Bund auszuscheiden, die Bildung eines norddeutschen Bundes unter preußischer Führung anzuerkennen und den süddeutschen Staaten keine Steine in den Weg zu legen, aus freien Stücken dem Norddeutschen Bund beizutreten.

Bei der endlich für den 20. und 21. September angesetzten Siegesfeier würde vorn auf dem Podium neben der königlichen Familie ein Ministerpräsident stehen, der das Äußerste riskiert und gewonnen hatte. Er hatte ganz allein eine völlige Umgestaltung Europas zuwege gebracht, gegen die öffentliche Ablehnung seiner Person, gegen die Parlamentsmehrheit, ohne Hilfe seines Kabinetts und seiner Diplomaten und gegen den Hass der Königin, die seine geschworene Feindin war. Mit einer winzigen Handvoll Freunde hatte er alles umgestürzt, was seit dem Ende Napoleons wieder festgemauert worden war. Er war auf dem Gipfel des Triumphs.

Lily fand, dass es keinen besseren Zeitpunkt für ihn geben konnte, um zu sterben.

34

Moritz hielt sich während der Parade vor dem Schloss abseits. Niemand hatte die Zivilbeamten aufgefordert, am Aufmarsch teilzunehmen, aber Moritz neidete dem Pionierbataillon, das unter Alvins Führung seinen Platz in der Parade stolz eingenommen hatte, die Feier nicht. Die Pioniere schmückten sich mindestens zur Hälfte mit fremden Federn, nämlich dem Erfolg der zivilen Telegraphenbeamten; Moritz machte es nichts aus. Er war in der gleichen melancholischen Stimmung, die ihn schon in den ersten Tagen nach der Schlacht begleitet und die er nur mühsam überwunden hatte.

Nun war sie zurückgekehrt. Die Bilder an das Gemetzel im Swiepwald, welche die Melancholie ebenfalls mitgebracht hatte, konnte er verdrängen, aber nicht die traurige Stimmung.

Er und seine Leute hatten Glück gehabt. Sie hatten nur einen einzigen Toten zu beklagen: Martin Gomol. Man hätte meinen können, dass ausgerechnet ein ständiger Nörgler wie er am wenigsten fehlte, doch Moritz machte sich Vorwürfe. Jeder, auch er, hatte Gomol mit immer weniger Geduld und Nachsicht behandelt. Er musste sich kurz vor seinem Tod gefühlt haben wie der unverstandenste Mensch auf der Welt. Niemand sollte mit einem solchen Gefühl sterben müssen, schon gar nicht durchbohrt von einem österreichischen Bajonett, mit aufgerissenem Bauch, den Schädel von einem Kolbenhieb eingeschlagen. Es sollte auch niemand mit neunzehn Jahren sterben müssen, nur weil er nichts anderes getan hatte, als seine Pflicht zu erfüllen.

Moritz wanderte durch die Seitengassen. Ohne dass es ihm richtig bewusst wurde, bewegte er sich parallel zur Siegesparade, die vom Brandenburger Tor zum Schloss führte. Der Jubel der Berliner hörte sich an wie das Donnern und Rauschen einer Meeresbrandung – oder wie das ferne Grollen von Kanonen, das sich nicht mehr in einzelne Schüsse unterscheiden ließ, wenn die Batterien Trommelfeuer gaben. Auf dem großen Podium vor dem Schloss würden die königliche Familie und der Generalstab zusammen mit Ministerpräsident Otto von Bismarck bereits auf die Soldaten warten, die dort in langer, langer Reihe eintreffen und daran vorbeimarschieren würden – die Infanterieregimenter der Ersten, Zweiten und der Elbarmee und der Landwehr, die Füsiliere, die Jäger, die Grenadiere, die Pioniere, die Artillerie mit ihren Gespannen und aufgeprotzten Geschützen, zu Pferd die Kürassiere, die Dragoner, die Husaren, die Ulanen und natürlich die Garde. Allesamt in neuen Uniformen, die Metallteile spiegelnd, die Stiefel blitzblank, die Koppel glänzend, die Lafetten der Geschütze frisch gestrichen und die Pferde seidig gestriegelt, Blumen in den Gewehrläufen oder an den Helmen, ein Meer aus blauen Röcken mit bunten Kragen und Ärmelaufschlägen, aus Pickelhauben und aus stolzen, glühenden Gesichtern.

Auf den Rängen neben dem Podium würden die Ehrengäste des Königs sitzen: ausländische Gesandte, deutsche Fürsten … und irgendwo zwischen ihnen ein bärtiger, stiller Mann namens Henri Dunant, den Moritz gestern kennengelernt hatte, an seiner Seite die zweitschönste Frau, die Moritz kannte, nämlich seine Mutter. Königin Augusta und König Wilhelm hatten Dunant nicht nur empfangen, sondern ihm zugesichert, dass die Rotkreuzflagge neben der preußischen Nationalflagge hängen würde. Dem Königspaar war klar, dass ein großer Teil der Soldaten, deren Parade sie heute abnahmen, stattdessen unter der Erde liegen würde, wenn die Delegation unter der inoffiziellen, aber umso energischeren Führung Louise von Briests nicht so viele Verwundete vom Schlachtfeld geholt und gerettet hätte. Otto von Bismarck hatte den preußischen Staat gerettet, Helmuth von Moltke mit seinem Glauben an die moderne Technik den Feldzug – und Louise von Briest, wenn man so wollte, die preußische Armee.

»Na?«, sagte eine Stimme. Moritz blickte auf. Paul Baermann lehnte an einer Mauer und rauchte eine Zigarre. Er fischte eine zweite aus der Tasche und reichte sie seinem Sohn.

»Ich rauche doch nicht, Papa«, sagte Moritz.

»Ein weiser Entschluss, mein Sohn. Aber heute solltest du ihn außer Kraft setzen. Wenn ich die ganzen Kisten, die ich von Seiner Hoheit dem Kronprinzen geschenkt bekommen habe, allein rauchen muss, ersticke ich dran.«

Moritz lächelte und paffte so lange, bis seine Zigarre sich an der Spitze von Pauls Stumpen entzündet hatte. Seine Zunge wurde pelzig und sein Gaumen rau, aber er sog den Rauch tapfer ein und stieß ihn wieder aus, weil es ein schönes Gefühl war, mit seinem Vater hier zu stehen und etwas gemeinsam zu tun. »Was machst du hier?«, fragte er. »Ich dachte, du hättest einen Platz auf der Tribüne?«

»Hab ich abgegeben. Auf ihm sitzt jetzt ein alter Herr, der zuvor in der Menge stand und der mir unter Tränen dankte und der …«, Paul kramte in einer anderen Jackentasche herum und förderte drei weitere Zigarren zutage, »… mir die hier zum Dank dafür gab. Jesus Maria, die Welt scheint zu glauben, dass ein Eisenbahningenieur auch daherkommen muss wie die Eisenbahn, nämlich weithin sichtbar Rauch ausstoßend.«

»Warum bist du nicht auf der Feier geblieben?«

»Weil ich ahnte, dass ich dich hier irgendwo finden würde.«

»Väterlicher Instinkt?« Moritz grinste. Er hatte das Gefühl, dass seine Zunge mittlerweile ein roher Lappen in seinem Mund war, und fragte sich, ob es Paul auffallen würde, wenn er die Zigarre ungenutzt zwischen seinen Fingern verglimmen ließ.

»Sagen wir mal, ich an deiner Stelle hätte mich auch hier wiedergefunden.«

Sie schwiegen und betrachteten sich. Sie hätten sich so viel sagen können, dass es nicht genug Worte dafür gab, und indem sie stattdessen schwiegen, sagten sie sie alle.

»Gehen wir ein Stück«, sagte Paul. »Nein, nicht hier lang. Da.«

»Das bringt uns aber nicht zum Schloss.«

»Wer will denn schon zum Schloss?«

Sie gingen nebeneinanderher. Moritz erinnerte sich an früher und wie er auf einmal, lange schon in München, Mut gefasst und bei einem ähnlichen Spaziergang die Hand des Mannes genommen hatte, der nun mit seiner Mutter zusammenlebte und von dem es ihm fast unmöglich war, ihn als seinen Vater zu betrachten. Die Erinnerung erfüllte ihn mit solcher Zuneigung zu Paul, dass er nicht anders konnte, als seinem Vater eine Hand auf die Schulter zu legen und sie zu drücken. Paul grinste ihn an.

»Wo gehen wir hin?«

»Zur Spree.«

»Was zum Henker ist heute auf der Spree los?«

»Nichts«, sagte Paul. »Deshalb gehen wir ja hin.«

Die Spree, normalerweise voller Frachtkähne und Boote, war tatsächlich ohne jeden Verkehr. Das Wasser spiegelte den Herbsthimmel wider, so ruhig war seine Oberfläche. Ein junger Mann stand auf, der in einem Ruderboot gesessen hatte, und zog seine Mütze ab. Er grinste von einem Ohr zum anderen. Man konnte sehen, dass seine Zivilkleidung nur ausgeliehen war und dass er vermutlich nichts anderes besaß als seine Uniform.

»Das hier«, sagte Paul, »ist Gardist Edgar Trönicke.« Der zivil gekleidete Gardist salutierte. »Gardist Trönicke wohnt der Parade nicht bei, weil er eigentlich im Bau sitzt wegen Trunkenheit und ungebührlichen Betragens in der Öffentlichkeit.«

»Habe jejen 'nen Baum jepinkelt, werter Herr«, sagte Trönicke. »Habe nich jesehn, det der Baum in Wahrheit een Schutzmann war.«

»Weshalb ist Gardist Trönicke dann hier, wenn er doch eigentlich im Bau sitzt?«, fragte Moritz, dem der grinsende junge Soldat auf Anhieb sympathisch war.

»Weil Gardist Trönicke neben seiner Fähigkeit, seine Notdurft an einem Schutzmann zu verrichten und es noch nicht mal zu merken, auch noch der Sohn eines Spreefischers ist und du heute von einem geübten Bootsmann auf der Spree herumgepaddelt werden willst.«

»Ach?«, fragte Moritz ratlos.

»Naturallemang nich alleene«, ertönte eine weitere Stimme. Ein Soldat in der Uniform eines Garde-Feldwebels trat kaum aus einer Gasse heraus. Auch er grinste bis über beide Ohren.

»Broni!«, rief Moritz, und dann: »Antonie!«

»Ich habe meinen Eltern gesagt, dass mir schlecht sei. Herr Bronikowski war sofort zur Stelle und erbot sich, mich nach Hause zu bringen. Meine Eltern sind bei der Parade geblieben. Sie werden nicht eher nach Hause gehen, bis die Feier zu Ende ist.« Antonie lachte und lief zu Moritz. Sie umarmte ihn stürmisch, dann küsste sie ihn auf die Wange. Moritz errötete, und Antonie auch. Sie traten beide einen Schritt zurück.

»Ach Jott, junge Liebe«, sagte Trönicke, als wäre er nicht mit Moritz ungefähr im gleichen Alter.

»Wenn der Abschlusssalut ertönt, sind der junge Herr und das junge Fräulein wieder hier, Trönicke«, sagte Bronikowski, der wie üblich nahtlos vom Dialekt ins Hochdeutsche wechselte, drohend.

»Verlassense sich janz uff mir, Herr Feldwebel«, erklärte Trönicke zackig.

»Das ist doch eine abgekartete Sache«, sagte Moritz und blickte von einem zum anderen.

»Selbstverständlich«, sagte Antonie und strahlte. »Kommen Sie, Herr von Briest – laden Sie mich auf eine Bootsfahrt ein!«

Moritz sah das Lächeln seines Vaters und wünschte sich auf einmal, dass er auch seinen Namen tragen und Moritz Baermann heißen würde. Er war nun volljährig und könnte die Namensänderung auch gegen den Willen Alvins beantragen, der ihm andererseits wahrscheinlich keine Steine in den Weg legen würde – aber unendlich traurig darüber wäre. Dass Moritz damit auch den Adelstitel verlieren würde, spielte dagegen eine untergeordnete Rolle. Das Leben war kompliziert, selbst dann, wenn man eigentlich glücklich war. Er schüttelte Bronikowski die Hand, umarmte Paul und half dann Antonie ins Boot. Er hörte Paul noch fragen: »Und was tun Sie jetzt, Broni?«, und Bronikowski antworten: »Ick jeh zurück zum Schlossplatz und pass weiter uff, nich det schon wieder eener unserm Ministerpräsidenten die Lampe auspusten will – obwohl, heute liebense ihn alle.«

Dann war Moritz plötzlich neben Antonie im Boot und spürte, wie sie seine Hand ergriff, drückte und sich an ihn lehnte, und seine Aufmerksamkeit wandte sich von den beiden so unterschiedlichen Männern ab, deren Freundschaft so unwahrscheinlich war wie diejenige, die sie beide mit Alvin von Briest verband, und doch so tief und wahrhaft.

Später würde er sich an diesen Augenblick erinnern und sich immer wünschen, er hätte sich richtig verabschiedet und nicht nur so hastig. Aber in diesem Moment dachte er nur an Antonie und an die zwei oder drei kostbaren Stunden, die sie für sich hatten.

35

Es waren Programmzettel verteilt worden, auf denen der Ablauf der Siegesfeierlichkeiten dargestellt war. Es wäre keine preußische Siegesfeier gewesen, wenn die Abfolge sich in der Realität nicht punktgenau an das Programm gehalten hätte.

Nach dem Ende der Parade auf dem Schlossplatz, der die Regimenter in einer nicht enden wollenden Schleife aus Stahl und buntem Tuch, Hochrufen und Marschmusik – Generalmusikmeister Piefke hatte eigens einen Königgrätzer Marsch komponiert, worauf das Programmblatt stolz hinwies – am Podium und den Tribünen vorbeiführte, gab es militärische Darbietungen in den einzelnen Garnisonskasernen. Für diejenigen, die es weniger zackig liebten, war ein Rummel im Schlossgarten aufgebaut worden. Die königliche Familie und ihre Gäste sowie der Ministerpräsident würden weder an dem einen noch an dem anderen teilnehmen. Für sie war ein Abendessen im Schloss vorbereitet. Das Programmblatt listete die Menüfolge auf. Wer einen normalen Magen besaß, dem musste angesichts der Fülle angst und bange werden.

Lily steckte den Programmzettel wieder weg. Sie hatte ihn gerade zum x-ten Mal konsultiert. Ihre eigene Nervosität verärgerte sie. Ihr Herz klopfte bis zum Hals, die Luft war ihr knapp, und ihre Hände zitterten. Man konnte dem eigenen Körper nicht einreden, dass man keine Angst vor dem Tod hatte. Nur der Geist war willig, einen solchen Selbstbetrug zu glauben. Das Fleisch war dafür zu stark.

Um das Schloss betreten zu können, würden die Honoratioren das Podium verlassen müssen und ein paar Schritte über den Platz gehen. Lily hatte sich nach eingehender Betrachtung der Lage ausgerechnet, dass dies die günstigste Zeit für ihren Anschlag war. Die Gardesoldaten, die rings um das Podium aufgestellt waren, würden beiseitetreten müssen; die Schaulustigen würden auf den Platz hinausflanieren, ein paar Wichtigtuer würden versuchen, sich dem König oder dem Ministerpräsidenten zu nähern, Journalisten würden versuchen, ein paar Worte zu erhaschen, und die Zweitauswahl der Prominenz auf den Tribünen würde ebenfalls auf den Platz herunterkommen und auf würdevoll machen. Lily hatte Louise von Briest auf der Tribüne erspäht, aber Louise hatte Lily selbstverständlich nicht sehen können. Sie hatte ihren Bruder Paul nicht gesehen, und auch nicht Alvin von Briest oder Louises Bankert Moritz. Es spielte auch keine Rolle. Sie würde heute zusammen mit Otto von Bismarck sterben, und dann mochten die anderen zur Hölle fahren oder nicht, es konnte ihr gleichgültig sein.

Die beiden Anarchisten waren bereits auf dem Weg nach Paris – oder wohin auch immer sie gehen wollten. Lily hatte sie freigegeben. Bertrand hätte wahrscheinlich dafür plädiert, sie umzubringen, und in jeder anderen Situation hätte Lily ihm zugestimmt. Aber was immer sie irgendwann irgendwem erzählen würden, würde ihr nicht mehr schaden können, und Bertrand war in Paris unangreifbar. Müßig fragte sie sich, während rings um sie herum Blumen und Hüte flogen, immer wieder »Heil dir im Siegerkranz« gesungen wurde, das Militär vorbeimarschierte und die Leute vor Begeisterung oder vor Rührung weinten, was Bertrand sich denken würde, wenn er erfuhr, dass sein *patron* nicht mehr zurückkehren würde. Würde er um sie trauern? Würde er sich einen neuen *patron* suchen, der dann das Imperium übernahm, das Lily geschaffen hatte? Lily redete sich ein, dass ihr auch das völlig egal war.

Dann war das letzte Artilleriegeschütz rasselnd vom Platz gefahren, der Druck der Menge gab plötzlich nach, und die Zuschauer quollen auf den Schlossplatz hinaus. Lily fixierte Otto von Bismarck, während sie sich durch die Meute drängte. Er war nicht zu übersehen, groß und breitschultrig und immer noch schlank in seiner weißen Kürassieruniform. Er ließ der königlichen Familie den Vortritt, wechselte ein paar Worte mit dem König, ignorierte die Königin, so wie sie ihn ignorierte, schüttelte die Hand des vollbärtigen Kronprinzen und stieg dann nach ihnen die hölzernen Stufen hinunter. Lily ging schneller. Viel mehr Leute waren auf den Platz hinausspaziert, als ihr lieb war, und sie musste sich durch die Meute drängeln. Schon murrten diejenigen, die von ihr angerempelt wurden. Sie hatte sich vollkommen unauffällig gekleidet, doch sie benahm sich nicht unauffällig, und sie erkannte, dass ihr das zum Verderben werden könnte, wenn die Gardesoldaten auf sie aufmerksam wurden. Sie zwang sich zur Ruhe. Gut, dass sie den Zündmechanismus noch nicht ausgelöst hatte. Sie würde es tun müssen, wenn Otto nur noch ein paar Schritte von ihr entfernt war.

Auch der Ministerpräsident kam nur langsam voran. Frauen drückten ihm Blumen in den Arm, Mütter hielten ihre Kinder hoch, als wäre er der Papst und könnte sie segnen. Mehr Aufmerksamkeit erhielt nur der alte König, der nun wie sein Ministerpräsident auf dem Höhepunkt seiner Popularität war. Dreißig Schritte trennten Lily, die den Kopf gesenkt hielt, noch von Bismarck. Eine Riesendistanz, berücksichtigte man, wie viele Leute im Weg standen. Ihr Herz trommelte, und ihre Knie gaben immer wieder nach. Sie drückte sie durch. Fünfundzwanzig Schritte. Jemand packte sie plötzlich an den Schultern und brüllte ihr begeistert ins Gesicht: »Heil dir im Siegerkranz, schöne Maid!«, begleitet von einer Bierfahne. Ihr Knie ruckte hoch, und der Mann taumelte seitwärts davon, ohne dass aufgefallen wäre, was sie getan hatte.

Zwanzig Schritte. Auf einmal tat sich eine Gasse zwischen ihr und Otto von Bismarck auf, der geduldig dastand und sich ein stockendes Gedicht anhörte, das zwei Kinder vortrugen. Jetzt oder nie! Es wäre ihr lieber gewesen, wenn sie die Kinder nicht mit ins Verderben gerissen hätte, aber es war nicht zu ändern. Sie löste den Zündmechanismus aus. Ihr Herz raste, und irgendwo in ihr schrie eine panische Stimme: Nein!

»Eins«, sagte sie laut. Sie hatte zwölf Sekunden.

Sie schritt los, eine Frau in schlichter Kleidung, die auf den Boden starrte, so gewöhnlich wie nur irgendetwas. »Zwei.«

Eine Hand riss sie herum, und sie starrte in ein Gesicht, das sie kannte, aber im ersten Augenblick nicht zuordnen konnte. In ihrem Zustand konnte sie jede Pore der Haut erkennen, die feinen Härchen auf der Nasenwurzel, die weißen und grauen Haare im gezwirbelten Schnurrbart, die goldenen Flecke in der Iris der blauen Augen.

»Wusst ick's doch«, sagte der Mann, der ihre Oberarme festhielt. In den blauen Augen war Wut zu lesen. »Ick hab dir schon von weitem jesehen.«

In Lilys Hirn lief der Sekundenzähler mit. Sie starrte den Mann an. »Bronikowski«, sagte sie tonlos. Und dann, weil sie es nicht verhindern konnte: »Fünf.«

Bronikowskis Blick fiel auf die Tasche, die sie vor ihrer Brust hielt, und dann wieder in ihr Gesicht. Verständnis breitete sich in seinen Zügen aus wie ein Schock.

Sechs, sagte der Sekundenzähler in ihr.

Der Kopfstoß traf sie wie ein Blitzschlag. Der Rand des Helms knallte gegen ihre Stirn und ließ die Haut aufplatzen. Sie prallte zurück. Auf einmal war die Tasche weg, die sie so verkrampft gehalten hatte. Ein stechender Schmerz schoss durch ihre Hand. Der Ruck musste ihr mindestens einen Fingernagel abgerissen haben. Dann taumelte sie rückwärts zu Boden, die Umgebung entfernte sich, und es kam ihr vor, als sähe sie sie durch das falsche Ende eines Fernrohrs. Sie wollte brüllen: »Neeeeeein!«, aber alles, was herauskam, war ein lallendes »Sieben!«

Sie sah Bronikowski mit der Tasche rennen und Leute zur Seite stoßen. Sie sah ihn auf die Flanke des Schlossbaus zusprinten. Er drückte die Tasche an sich.

Acht.

Gardisten stellten sich ihm in den Weg. Er stieß sie zu Boden.

Neun.

Der rennende Bronikowski, der Schlossplatz, die Zuschauer, von denen nur ein paar mitbekommen hatten, dass etwas nicht stimmte, all das bewegte sich immer weiter von Lily fort; Bismarck, den jemand ansprach und ihn aufgeregt gestikulierend beiseitenahm, so dass er sich von Lily abwandte, ohne sie gesehen zu haben; die königliche Familie, nur ein paar Schritte von Bismarck entfernt; die beiden Kinder, die ihre Gedichte aufgesagt hatten und nun ratlos dastanden, die Haare zerrauft vom gütigen Tätscheln des Ministerpräsidenten.

Zehn.

Bronikowski sprang mit der Schulter voran durch eines der Erdgeschossfenster des Schlosses. Glas klirrte laut. Er verschwand hinter der Fensterbrüstung.

Elf …

Zwölf!

Der Knall war erstaunlich leise. Eine weitere Fensterscheibe flog nach draußen. Staub wallte auf, ein paar Putzbrocken wirbelten durch die Luft. Leute schrien auf. Vom anderen Ende des Platzes ertönten fröhliche Pfiffe, als beschwere sich jemand gutgelaunt, dass das Salutschießen zu früh begonnen hatte. Gardisten rannten auf das Schloss zu, die Gewehre im Anschlag. Bismarck und die königliche Familie waren auf einmal von Gardisten umringt. Und noch immer hing eine fröhliche Feieratmosphäre über vier Fünfteln des Schlossplatzes.

Lily kam auf die Knie. Ein Mann half ihr. »Jute Jüte, Sie bluten, jnädije Frau!«

»Nichts passiert«, stammelte Lily. »Nichts passiert.«

Denn das war es. Es war nichts passiert. Ein Gardefeldwebel war tot, ein Raum im Schloss verwüstet, ein paar Dutzend Schaulustige erschrocken, und wahrscheinlich würde der Vorfall sogar totgeschwiegen, weil man den Anschein der neuen Unverwundbarkeit Preußens nicht gleich schon wieder beschädigen wollte.

Sie taumelte davon. Schon wieder hatte sie versagt.

3. BUCH

Der Pfad der Hoffnung

Dezember 1867 – August 1870

Dezember 1867 bis Juli 1870

»Sie haben nur zu viel Angst,
vor dir ihre Meinung frei zu sagen.«

ALVIN VON BRIEST

1

Was tun Sie da?«, fragte der noch junge Mann mit dem exakt gescheitelten Haar und dem Vollbart. Er blickte auf Paul herunter. Die große Schutzbrille gab ihm ein merkwürdiges Aussehen.

Paul wusste, dass er nicht besser aussah. Er schaute den jungen Mann durch die verschmierten Scheiben seiner eigenen Schutzbrille an und gestikulierte zu dem massiven hölzernen Wall, hinter den er sich gesetzt hatte, dann auf den Krater zwischen den Hügeln, und sagte: »Na, was Sie mir geraten haben: in Deckung gehen.«

»Hier? Wollen Sie mit in die Luft fliegen?«

Paul grinste, bis er merkte, dass der junge Mann keine Miene verzog. »Herr Nobel«, sagte er, »wollen Sie mir vielleicht erzählen, dass die Explosion Ihres neuen Sprengstoffs hier immer noch gefährlich wäre? Ihre Männer haben die Ladung tiefer vergraben als einen Sarg und Erde und Steine draufgehäuft – und wozu hätten Sie hier die Schutzmauer, wenn sie nicht sicher wäre?«

Der junge schwedische Fabrikant, der fast akzentfrei Deutsch sprach, lächelte immer noch nicht. »Der Schutzwall ist absolut sicher. Aber er ist für die Zündung einer kleinen Ladung gedacht. Für diese Demonstration haben wir eine große Ladung genommen. Natürlich würde Ihnen auch hier nichts zustoßen, aber Sicherheit geht vor.«

»Ich hab die Ladung gesehen. So groß ist sie nun auch wieder nicht.«

»Sie denken in alten Kategorien. Eine Schwarzpulverladung dieses Umfangs ist nicht groß. Eine Ladung Dynamit schon. Ich weiß, wovon ich rede. Ich habe vor drei Jahren meinen Bruder und vier Angestellte bei einer versehentlichen Zündung verloren.«

»Das wusste ich nicht.«

»Und mein Labor sowie einen ganzen Häuserblock«, fügte Nobel hinzu, und Paul war sich nicht sicher, ob der junge Fabrikant das nun sarkastisch oder todernst gemeint hatte. Er rappelte sich auf.

»Wenn Sie meinen …«

Nobel führte ihn zu einer weiter entfernt gelegenen Schutzmauer, deren dem Krater zugewandte Seite mit Erde und Grassoden verstärkt war. Der Raum dahinter war abgesenkt. Das Ganze sah nicht viel anders aus als ein Glacis – eine Erdanschüttung mit dahinterliegendem Graben, mit dem moderne Festungen gesichert wurden, damit die Kanonenkugeln von dort abprallten und über die Festungsmauer gelenkt wurden. Drei Männer in steif verstärkten leinenen Schutzanzügen und den klobigen Schutzbrillen im Gesicht warteten dort bereits auf sie. Paul konnte ihre Anspannung fühlen, als er mit Alfred Nobel zu ihnen hinunterstieg. Die Nervosität der Angestellten, der festungsartige Schutzwall und die ernste Miene Nobels ließen sein Herz plötzlich klopfen. Die neugierige Leichtigkeit, mit der er hierher nach Geesthacht bei Hamburg gereist war, um den Gerüchten von einem neuartigen, technisch einfach handhabbaren und sichereren Sprengstoff nachzugehen, verschwand.

Joseph Maffei hatte vollkommen überrascht geschaut, als er diesem von seinem Plan erzählt hatte, die Firma Alfred Nobel & Co. aufzusuchen. »Sind Sie verrückt, Paul?«, hatte Maffei gefragt. »Ich habe gehört, dass denen erst letztes Jahr die

Produktionsanlagen um die Ohren geflogen sind. Das Zeug ist so gefährlich wie nur irgendwas. Vollkommen unbrauchbar. Ich will meinen neuen Geschäftspartner nicht gleich wieder verlieren.«

»Ich versichere Ihnen, dass ich rechtzeitig den Kopf einziehen werde«, hatte Paul gesagt und gelacht. »Ich hab noch eintausend Visitenkarten mit dem Aufdruck *Paul Baermann, Eisenbahntrassen und Streckenplanung* zu Hause. Die will ich nicht ganz umsonst gekauft haben.«

»Paul, ich meine das ernst. Ich bin glücklich, dass Sie den Sprung gewagt haben, von einem Angestellten der Firma Maffei zum Geschäftspartner zu werden. Es gibt nichts Wichtigeres als Partner, denen man blind vertrauen kann.«

»Wenn das Zeug hält, was es verspricht«, hatte Paul gesagt, »dann verbilligt das den Trassenbau und macht ihn sicherer, weil die Zündung anders funktioniert. Es wird weniger Unfälle bei Sprengungen geben als bisher.«

»Außer denen, mit denen sich die Belegschaft von Alfred Nobel selbst in die Luft jagt«, hatte Maffei düster orakelt.

Und nun lehnte sich Paul an die Schutzmauer, betrachtete die Männer neben sich und sah, dass der eine Verbrennungen im Gesicht hatte, dass einem zweiten bis auf den Daumen alle Finger an der rechten Hand fehlten und dass der dritte einen Tick hatte, der ihm alle paar Sekunden die Augen krampfhaft zudrückte. Unwillkürlich schaute er zu Nobel. Der schwedische Fabrikant nickte ihm gemessen zu und wandte sich an einen der Männer.

»Das Signal, bitte«, sagte er.

Der mit den Verbrennungen im Gesicht holte eine Tröte hervor und blies hinein. Erst einmal, dann zweimal hintereinander, dann dreimal hintereinander.

»Der Sprengbereich dürfte nun frei von Personal sein«,

sagte Nobel. »Wir arbeiten mit Sprengkapseln für die Initialzündung. Wenn mein Mitarbeiter zum vierten Mal bläst, wird die Ladung gezündet.«

»Und was passiert, wenn sich noch jemand im Sprengbereich aufhält?«, fragte Paul und nahm sich vor, aufzustehen und zu gehen, wenn Nobel darauf antworten sollte, dass der Sprengbereich anschließend garantiert von Personal frei sein würde. Inzwischen waren ihm der Fabrikant und seine Belegschaft unheimlich.

»Es hält sich niemand mehr im Sprengbereich auf, Herr Baermann«, sagte Nobel ernst. Er stopfte sich die dicken Büschel aus Schafwolle, von denen er zwei Paul gegeben hatte, in die Ohren. Paul tat es ihm hastig nach.

Das vierte Signal ertönte, kaum hörbar durch den schafwollenen Hörschutz. Paul zog den Kopf ein. Wenige Augenblicke später erhielt er einen Tritt in den Hintern. Oder jedenfalls fühlte es sich so an – als ob der Boden ausgeschlagen hätte. Gleichzeitig vernahm er einen dumpfen Knall, der mehr mit dem Zwerchfell zu spüren als zu hören war. Die Luft wurde für einen halben Herzschlag lang dicker. Dann war sie voller Erde, Sand und Kieselsteinen, die rings um die Männer herunterprasselten. Das Geprassel dauerte erstaunlich lang. Schließlich war es vorüber. Paul schielte zu Alfred Nobel, der sich hinter der Deckung erhob und darüberspähte. Der Fabrikant zog sich die Schafwollbüschel aus den Ohren, dann schaute er seine Männer an. »Wie viel habt ihr verwendet?«

»Fünfunddreißig Kilogramm, Herr nnnh-nnnn Nobel«, erwiderte der Angestellte mit dem Tick.

Nobel zog eine Braue hoch. »Ich hatte gesagt, nehmt fünfundzwanzig.«

»Ja, aber wir dachten, der Herr nnh-nnh Ingenieur möchte gern sehen, wenn es richtig nnh-nnh kracht.«

Paul rappelte sich auf und schaute über die Deckung. Über dem Krater stand eine wenigstens fünfzehn Meter hohe Staubwolke, die vom feuchtkalten Seewind langsam landeinwärts verformt wurde. Auswurf lag sternförmig in weitem Umkreis verstreut. Von der vorderen Deckung, die Paul zuerst hatte benutzen wollen, hatte die Explosion den oberen Balken heruntergefegt. Das Holz der stehen gebliebenen Deckung wies Hunderte von hellen Pockennarben auf, wo Steine mit der Gewalt von Geschossen eingeschlagen waren. »Kruzifix«, murmelte er.

»Fünfunddreißig?«, fragte Nobel. Paul erwartete, dass der Fabrikant gleich in eine Schimpftirade ausbrechen würde wegen der Eigenmächtigkeit; er selbst fühlte eine leise Schwäche in den Beinen angesichts der Tatsache, dass er jetzt erschlagen unter dem heruntergefegten Balken liegen würde, wenn er dort geblieben wäre. »Famos«, sagte Nobel und änderte einen Eintrag in der Kladde, die er mitführte. »Man hat wirklich den Eindruck, es potenziert sich.«

Später, bei Tee und Gebäck im Verwaltungsgebäude und nachdem Paul Gelegenheit bekommen hatte, sich in einem Waschraum Steinchen und Dreck aus den Haaren zu klauben, erkundigte sich Alfred Nobel: »Und was halten Sie davon, Herr Baermann?«

Paul fühlte den irren Drang zu antworten: Ich bestelle fünfhundert Kilo, in der Erwartung, nie bezahlen zu müssen, weil ihr euch mit euren Sicherheitsmaßnahmen spätestens nächste Woche allesamt ins Jenseits gesprengt habt! Stattdessen sagte er, während er ein letztes daumennagelgroßes Steinchen aus dem Kragen fischte und neben einen Keks legte: »Sie sollten Helmpflicht bei Sprengvorführungen anordnen.«

Nobel musterte ihn mit seiner ernsten Miene. Dann griff er zu seiner Kladde und machte eine Notiz. »Guter Vorschlag«, meinte er. »Aber meine Frage bezog sich auf die Kraft des Dynamits.«

»Fünfunddreißig Kilogramm waren das?«

Nobel nickte.

»Was würden fünfundzwanzig Kilogramm anrichten?«

»Ein mittelgroßes Wohnhaus zerstören«, sagte Nobel, ohne mit der Wimper zu zucken.

Paul sog die Luft ein. »Wissen Sie, wie viel Schwarzpulver dafür nötig wäre?«

»Natürlich weiß ich das. Die vierfache Menge.«

»Ich schätze, fünfzig Kilo Dynamit würden reichen, um eine Bresche in eine Felsformation zu sprengen?«

»Ohne weiteres.«

»Jesus Maria.« Paul starrte den Fabrikanten an. Fünfzig Kilogramm konnten noch immer von einem einzigen, kräftigen Mann innerhalb von fünf Minuten an Ort und Stelle getragen werden. Um die äquivalente Menge von zweihundert Kilogramm Schwarzpulver vor Ort zu bringen, würden mehrere Männer zwei Stunden mit höchster Konzentration arbeiten, eine weitere Stunde für das Verlegen der Lunte, und dann konnte man nur hoffen, dass die gesamte Ladung losging und nicht bloß ein Teil der Beutel. Wenn Nobels Sprengstoff auch noch an Zuverlässigkeit zunahm, würde er den Bau von Verkehrswegen damit revolutionieren. Egal, ob es sich um Straßen, Bahntrassen oder Telegraphenleitungen handelte – mit Dynamit würde bald jeder Trassenplaner in der Lage sein, sich einen schnurgeraden Weg bis ans Ende der Welt freizusprengen, und er würde nur ein Viertel der Zeit dazu benötigen, die bis jetzt nötig gewesen wäre.

»Herr Nobel, Ihnen ist klar, was ich mit meinem kleinen Unternehmen anbieten kann?«

»Natürlich, Herr Baermann.«

»Wenn Sie mir garantieren können, dass das Zeug den Arbeitern bei sachgemäßer Handhabung nicht um die Ohren fliegt ...«

»Es gibt keinen Fortschritt ohne Risiko«, sagte Nobel.

Paul grinste und trank einen Schluck Tee. Er stellte fest, dass seine Hand leicht zitterte. »Wenn Sie mir die gleiche Sicherheit wie im Umgang mit Schwarzpulver garantieren können, werde ich die Verwendung von Dynamit bei meinen Streckenplanungen empfehlen.«

Nobel blieb so ernst wie bisher. »Die Patentanmeldung in Großbritannien und in Schweden ist bereits erfolgt, in den USA werde ich sie auch noch einreichen.«

Paul schwieg und trank einen weiteren Schluck. Nobel schwieg auch. Er schien kein Mann großer Worte zu sein; offenbar wartete er einfach ab, bis wieder ein Kommentar von seiner Seite erforderlich war, und bis dahin war er zufrieden damit, Paul beim Nachdenken zuzusehen.

»Fünfundzwanzig Kilo würden reichen, um ein Haus in Schutt und Asche zu legen?«

»Mehr oder weniger.«

Man würde ein ausgefeiltes Lagerwesen benötigen, dachte Paul. Nicht nur, weil das Dynamit gegen Feuchtigkeit allergisch war und dann einen seiner Bestandteile, das Nitroglyzerin, in extrem stoß- und feuerempfindlichen Pfützen ausschwitzte. Man würde auch eine doppelte Buchführung für die Dynamitstangen benötigen, um sicherzustellen, dass keine davon entwendet wurde. Schon ein halbes Dutzend davon, völlig unauffällig in einer Tasche getragen, konnte Verheerendes in einer großen Menschenmenge oder einem dichtgepackten Raum anrichten.

Der Anschlag in Berlin während der Siegesfeier nach der Schlacht von Königgrätz fiel ihm ein. Wem er gegolten hatte oder wer dafür verantwortlich war, war bis heute, zwei Jahre danach, noch immer unklar. Von der Öffentlichkeit ohnehin so gut wie unbemerkt, war der Vorfall totgeschwiegen worden. Der einzige Tote war Feldwebel Bronikowski gewesen, der sich geopfert und der das Wissen, wem er die Sprengladung entrissen hatte, mit ins Grab genommen hatte. Was wäre geschehen, wenn der Attentäter damals schon über Nobels Erfindung verfügt hätte? Fünfundzwanzig Kilo hätte selbst ein eher schwach gebauter Attentäter, der sein eigenes Leben für die Tat einsetzte, am Körper verstecken und dann zünden können. Wie viele Tote hätte es gegeben, wenn die Ladung mitten in der Menge losgegangen wäre? Fünfzig? Siebzig? Hundert? Und wenn Bronikowski damit durchs Fenster des Stadtschlosses gesprungen wäre? Hätte es den halben Gebäudeflügel eingerissen und noch mehr Tote gefordert?

Paul stellte die Tasse ab. Seine Hand zitterte auf einmal noch stärker. Nobels Entwicklung war ein Geschenk für den Straßenbau und das Minenwesen – und noch bevor es richtig in die Öffentlichkeit trat, musste man schon überlegen, wie man die Menschen davon abhielt, es zum gegenseitigen Schaden einzusetzen. Paul fühlte, wie ihn Niedergeschlagenheit ergriff. Die Versuchung war groß, mit dem Teufelszeug gar nichts zu tun haben zu wollen. Aber wie viele Leute hatten das auch von der Bahn gedacht, die Paul immer als Segen betrachtet hatte?

»Was ist mit dem Militär?«, fragte Paul.

Nobel musterte ihn eine Weile. »Sie meinen, ob sich Dynamit für kriegerische Zwecke einsetzen lässt? Nein. Dazu ist es zu empfindlich. Ich habe Ihnen ja anfangs schon erklärt, wie sorgfältig es gelagert und an den Anwendungsort verbracht werden muss. Außerdem …« Zum ersten Mal, seit er von Nobel heute Morgen begrüßt worden war, sah Paul einen Anflug von Leidenschaft über die Züge des jungen Fabrikanten huschen, »… habe ich meine Erfindung für den Fortschritt der Menschen gemacht. Krieg ist kein Fortschritt. Dynamit dient friedlichen Zwecken oder keinen.«

»Wir sollten eine Option verfassen«, sagte Paul. »Ich erhalte Ihre Sicherheitsgarantien und eine eingehende Beschreibung, wie das Dynamit zu handhaben ist. Die Kunden, die auf meine Empfehlung hin bei Ihnen bestellen, erhalten einen Rabatt von zehn Prozent. Meine Firma erhält bei jedem Kaufabschluss ein Vermittlungshonorar von ebenfalls zehn Prozent des Rechnungsbetrags. Und wenn ich selbst Dynamit bei Ihnen beschaffe, möchte ich einen Rabatt von zwanzig Prozent auf meine Einkäufe. Im Gegenzug erhalten Sie von mir die Zusicherung, dass ich Ihre Entwicklung in allen Gesprächen empfehlen werde.«

»Sie wollen viel und geben wenig, Herr Baermann.«

»Ich gebe Ihnen alles, Herr Nobel. Wenn Ihr Dynamit nicht funktioniert oder meinen Kunden um die Ohren fliegt, werde ich dafür am Pranger stehen und nicht Sie.«

»So habe ich es noch nicht gesehen«, sagte Nobel. »Welches Datum wünschen Sie auf der Option?«

»Das heutige. 13. Dezember 1867. Wenn Sie möchten, sind wir ab sofort Partner.«

2

Alvin betrachtete die flache Herbstlandschaft, die am Zugfenster vorüberzog. Den Boden bedeckte fahlgelbes Gras, über dem sich ein tiefhängender, bleigrauer Himmel mit dicken Wolkenbäuchen streckte. Kleine Wäldchen zogen vorüber, Inseln in der sanft gewellten Gleichförmigkeit des Landes. Wenn man es sich nur lange genug einbildete, wirkte es, als würden der Zug stillstehen und die Waldstücke sich bewegen in einer schnellen, steten Strömung. Die Wälder waren goldfarben, getupft mit dem dunklen Grün von Nadelbaumgruppen, weiße Birkenstämme schimmerten darin. Es war die Landschaft seiner Heimat, und er fühlte Heimweh nach dem verlorenen Gut Briest, obwohl er in Wahrheit in der ganz anderen Richtung unterwegs war. Gut Briest lag im Westen Berlins, während dieser Zug nach Osten fuhr.

Vier Stunden Zugfahrt, hatte es in dem Brief geheißen. In Varzin würde er halten, obwohl Varzin von seiner Bedeutung für die Wirtschaft und den Verkehr Preußens völlig nebensächlich war. Aber Varzin besaß immense politische Bedeutung, und deshalb gab es hier einen Bahnhof und einen Zug, der von und nach Berlin fuhr. Auf einem Gut außerhalb des Dorfs lebte der wichtigste Mann Preußens, und diese Beschreibung schloss die königliche Familie bereits mit ein: Otto von Bismarck. Der König hatte seinem Ministerpräsidenten zum Lohn für seine Verdienste um die Vormachtstellung Preußens vor zwei Jahren eine Dotation aus dem königlichen Fonds zukommen lassen, mit der Bismarck sich das Anwesen in Pommern gekauft hatte, welches Gut und Dorf Varzin einschloss.

Alvin wandte sich vom Fenster ab und las den Brief. Er saß allein in einer Vierergruppe aus Sitzbänken, obwohl der Zug ansonsten gut gefüllt war. Die Uniform verlieh ihm den nötigen Respekt, so dass er allein gelassen wurde; es war kein angstvoller Respekt, sondern ein bewundernder. Nach Königgrätz war die Begeisterung der Bevölkerung für die Armee geradezu ins Unermessliche gestiegen. Wer sich auch nur halbwegs legal mit einem Reservistenrang schmücken durfte, ließ sich eine entsprechende Uniform schneidern oder trug wenigstens seine Orden auf dem Zivilrock. Für einen ausländischen Besucher musste es scheinen, als ob die preußische Armee ein Personalproblem hatte, so viele versehrte, übergewichtige oder einfach nur steinalte Herren tatterten im Uniformrock mit veralteten Rangabzeichen Unter den Linden herum und zwangen die verzweifelten echten Mannschafts- und Unteroffiziersgrade zu ständigem Salutieren, weil man nie wissen konnte, wer von den alten Knackern tatsächlich noch im Dienst war und wer nicht.

Der Brief trug den Kopf des Bundeskanzleramts. Geschrieben hatte ihn der Bundeskanzler selbst – Otto von Bismarck. Er hatte seinen Beamten nicht einmal die Aufgabe anvertraut, den Brief zu kuvertieren und abzusenden. Er trug einen Poststempel aus Varzin. Otto musste ihn zu Hause verfasst haben und nicht in seinem Büro. Es war allgemein bekannt, dass der Bundeskanzler nur die Arbeiten aus der Hand gab, die ihm absolut zuwider waren; damit sie erledigt wurden, hatte er den Posten eines Vizekanzlers geschaffen und die Leitung des Bundeskanzleramts Rudolf Delbrück übertragen, der außerhalb seiner Hörweite aber nie als Vizekanzler, sondern als Vizebismarck bezeichnet wurde, so bedingungslos war er seinem Vorgesetzten ergeben.

Alvin fragte sich, ob er sich geschmeichelt fühlen sollte, dass der Bundeskanzler ihre Freundschaft immer noch als so wichtig erachtete, dass er die Einladung selbst verfasst hatte – oder ob mehr dahintersteckte, als sich aus dem Schreiben herauslesen ließ. Er hatte Otto seit der Siegesfeier nicht mehr gesprochen. Gesehen hatte er ihn umso öfter – auf den Zeichnungen und den ersten unscharf abgedruckten Fotographien in den Zeitungen, auf tausendfach reproduzierten Porträts, die sich auf Gedenktellern, -tassen und Bierkrügen wiederfanden und in den Auslagen von Geschäften hingen, und als Büsten, die es in jeder Größe zu kaufen gab. Preußen war verrückt nach dem Mann, der ihm eine neue Form gegeben hatte und eine Größe, die alles übertraf, was man aus der stolzen Geschichte des Landes kannte.

Seit drei Jahren besaß Preußen eine neue Verfassung. Otto von Bismarck hatte sie nach Königgrätz geschrieben, man munkelte, sie sei innerhalb weniger Wochen in einem Urlaub in Putbus geschehen. Die Namensgebung hielt nicht damit hinterm Berg, worauf die Verfassung abzielte – auf ein deutsches Reich unter der Führung Preußens. Der Bundestag hieß nun Reichstag, aus dem Amt des Ministerpräsidenten war der Bundeskanzler geworden, die Stelle des Präsidiums nahm nun der König ein. Aber die königliche Souveränität beruhte auf der Dualität der Krone mit dem Amt des Bundeskanzlers. Otto von Bismarck hatte den Grundstein eines Reichs gelegt, in dem der Mann auf dem Thron die absolute Herrschergewalt besaß – und sie nicht ausüben konnte, ohne seinen Bundeskanzler vorher um Erlaubnis zu fragen. Sein Machtanspruch hatte unter den Abgeordneten und den Politikern im gegnerischen Lager Empörung ausgelöst. Das Volk hatte gejubelt. Dass es nicht gefragt worden war und keinerlei Befugnisse über die hinaus bekommen hatte, die es vorher schon gehabt hatte – nämlich keine –, hatte der Begeisterung kein bisschen geschadet.

Je näher sie Varzin kamen und die flache, karge Landschaft sich in ein Gebiet mit ausgedehnten dunklen Wäldern und kleinen Ortschaften mit weiten Feldern darum herum verwandelte, desto größer wurde Alvins Nervosität. Er fragte sich, ob es daran lag, dass die Gerüchte über Otto von Bismarck in der letzten Zeit sehr befremdlich geworden waren. Es hieß, er verhalte sich wie ein Tyrann. Eigenständiges Denken bei seinen Untergebenen sei ihm zuwider. Er nehme alles persönlich und sei sofort gekränkt, wenn ihm auch nur der leiseste Widerspruch entgegengebracht würde. Alvin kannte ihn nun lange genug, um zu wissen, dass in Otto von Bismarcks Seele auch ein tyrannischer, rechthaberischer Mensch wohnte, der überzeugt war, dass nur er allein wusste, wo es langging, und der alle anderen für beschränkter als sich selbst hielt. Bisweilen war es geradezu schwer gewesen, den anderen Otto von Bismarck, den treuen Freund, fröhlichen Gastgeber und aufopferungsbereiten Junker, dahinter zu erkennen. Aber so wie es sich jetzt anhörte, war dieser exzentrisch-loyale Wesenszug völlig verschwunden.

Würde Alvin nun auch wie einige von Bismarcks Weggefährten vor ihm den Tyrannen am eigenen Leib erleben? Selbst treueste Freunde, wie Kriegsminister Albrecht Roon oder Moritz von Blanckenburg, der Witwer von Bismarcks geliebter Marie, wurden schon mit kritischen Äußerungen zitiert.

Als er mit dem Wagen, der am Bahnhof auf ihn gewartet hatte, auf dem Gut ankam, empfing ihn dort Johanna von Bismarck. Ihre ohnehin nie freudvolle Miene war grimmiger denn je, ihr schmaler Mund zusammengekniffen, und sie musterte ihn aus großen dunklen Augen unwillig. Ihrer Begrüßung war nicht anzumerken, wie lange Alvin und Otto nun schon befreundet waren.

»Mein Mann ist nicht wohl«, sagte sie abschließend. »Sie werden sich gedulden müssen, Herr Oberst.«

»Es tut mir sehr leid, das zu hören …«, erwiderte Alvin und wollte eine höfliche Konversation beginnen, doch Johanna von Bismarck ließ ihn einfach stehen. Den restlichen Nachmittag trieb Alvin sich auf dem Gut herum, wovon niemand ihn abhielt, und kämpfte mit seiner Beklommenheit wegen der merkwürdigen Situation; er kam sich immer mehr wie ein unerwünschter Bittsteller vor und nicht wie ein Freund, der zu einem Gespräch eingeladen worden war – und mit einem neuerlichen Anfall von Heimweh, weil Varzin Erinnerungen an Briest weckte, die er schon längst als geheilt betrachtet hatte.

Gut Varzin bestand aus einem großen dreiseitigen Hof, in dessen Seitenflügeln Unterkünfte für Gäste, Dienstboten und Beamte untergebracht waren – wenn Alvin das Hin und Her einer Handvoll Männer, die nicht wie Landarbeiter oder Gesinde gekleidet waren, richtig deutete. Das Gutshaus besaß eine langgestreckte Veranda, auf der für einen Nachmittagskaffee gedeckt war, ohne dass jemand den Kaffee eingenommen hätte. Später sollte Alvin erfahren, dass der gesamte Grundbesitz dreißigtausend Morgen Land umfasste, dass ein Fluss hindurchströmte, der zum Antrieb von Mühlen geeignet war, und dass Wälder und Felder in kleine Pachthöfe aufgeteilt waren, deren Ertrag in die Taschen des Gutsherrn floss. Das Gut war ein Vermögen wert. Alvin glaubte, Otto von Bismarck jedoch gut genug zu kennen, um zu ahnen, dass er es nicht nur seines wirtschaftlichen Werts wegen gekauft hatte. In Ottos Adern war das alte Junkerblut noch so kräftig wie eh und je; er brauchte die Wälder, die Ruhe, die Zurückgezogenheit, die Möglichkeit zu langen Spaziergängen und Ausritten, vor allem aber brauchte er das Gefühl, sich auf seinem eigenen Land zu befinden. Alvin ahnte es schon deswegen, weil auch in ihm im Lauf des Nachmittags die Sehnsucht nach diesen Dingen immer stärker wurde, bis sie ihm schier das Herz abdrückte und er von einem solchen Hass auf Gerhard von Cramm erfüllt war, wie er ihn seit Jahren nicht mehr empfunden hatte. Zu schade, dass er ihn bei dem Duell nicht getötet hatte. Die Reue, einen Menschen auf dem Gewissen zu haben, konnte nicht schlimmer sein als diese offene Wunde in seinem Herzen über den Verlust seiner Heimat.

Das Abendessen nahm er zuerst allein auf der Veranda ein; dann gesellte sich ein junger Mann zu ihm, der Otto von Bismarck wie aus dem Gesicht geschnitten war, fröhlich grinste und ihm auf die Schulter klopfte: »Alvin von Briest! Ewig nicht gesehen!« Dann stand er stramm. »Verzeihung, Herr Oberst. Die Wiedersehensfreude.«

Alvin stand auf und erwiderte die leutselige Begrüßung, froh darüber, dass jemand hier ihn freundlich empfing. »Stehen Sie bequem, Lieutenant von Bismarck. Sie tragen ja keine Uniform. Was tun Sie denn hier? Ich dachte, Sie dienen bei den Garde-Dragonern?« Er hatte – von den Pausen unterbrochen, in denen er und Otto keinen Kontakt gehabt hatten – die drei Kinder Bismarcks heranwachsen sehen: Herbert, Wilhelm und Marie. Herbert war der Älteste und Ottos Lieblingskind. Er war knapp zwanzig, fünf Jahre jünger als Moritz.

Herbert von Bismarck nickte. »Stimmt. Aber zurzeit bin ich hier. Ich bin beurlaubt. Papa geht es nicht gut – haben Sie sicher schon gehört?«

»Ihre Mutter sagte es mir.« Alvin fühlte Sorge um Otto aufsteigen. »Ist es ernst?«

»Spielen Sie eine Runde Billard mit, Herr Oberst?«

Alvin warf seinem halb aufgegessenen Abendbrot einen Blick zu, aber Herbert schien ihm etwas mitteilen zu wollen, was er lieber in der vergleichsweise vertraulichen Atmosphäre des Billardzimmers aussprach. Herbert schien seinen Blick bemerkt zu haben. Er lachte. Alvin war schon immer von Ottos ältestem Sohn fasziniert gewesen. Er schien alle Vorteile der Bismarck'schen Linie geerbt zu haben und keinen der Nachteile. Er war groß, schlank, blond und gutaussehend; er fühlte sich wohl in Gesellschaft, war höflich und zuvorkommend; er lachte viel, liebte Scherze und besaß eine wache, unaufdringliche Intelligenz. Alvin ertappte sich dabei, dass er auch jetzt so wie früher schon hoffte, dass diesem wohlgeratenen jungen Mann nichts widerfahren mochte, was die dunklen Seiten seines Erbes zum Vorschein brachte. Er mochte Herbert von Bismarck.

»Papa wird Sie heute sicher noch sprechen wollen, und ich wette, dann wird es ein zweites Abendessen geben. Gönnen Sie dem Gesinde die Reste von dem hier. Papa pflegt nicht viel übrig zu lassen.«

Eine Weile stießen sie die Kugeln schweigend auf dem Billardtisch hin und her, der in einer Ecke des geräumigen Speisesaals stand. Eine Dienstmagd hatte Ihnen Getränke gebracht, danach waren sie allein gelassen worden. Falls jemand dennoch lauschte, würde er außer dem Klackern der Kugeln nicht viel hören können.

»Papa hatte einen Zusammenbruch«, sagte Herbert von Bismarck schließlich.

»Wann? Vor kurzem?«

Ottos Sohn zielte mit der weißen Kugel auf seine gelbe Eins, traf aber nicht in die Tasche. Er trat vom Tisch zurück, damit Alvin seinen Spielzug machen konnte.

»Im Herbst 1866«, sagte Herbert. Alvins Stoß ging völlig ins Leere.

»Was?«, stieß er erstaunt hervor.

»Er wollte, dass niemand es erfährt. Alle Welt glaubt, er hat sich damals nach Putbus zurückgezogen, um die Verfassung aufzustellen. Doch die hatte er schon viel früher geschrieben. Er hat in Putbus nur noch den letzten Schliff überwacht und das Lektorat durch Lothar Bucher und seinen Sekretär, Robert von Keudell. Zu mehr wäre er auch gar nicht imstande gewesen. Ich glaube, ich bin wieder dran, oder?«

Während Herbert von Bismarck sich auf seinen Stoß konzentrierte, fragte Alvin: »Was hat ihm gefehlt?«

»Jeder Arzt meinte etwas anderes. Ich glaube, nach Königgrätz war er völlig ausgebrannt. Und seitdem … seitdem ist er nicht mehr derselbe.«

»Ich habe schon gehört, dass er sehr schroff sein soll.«

»Schroff ist das falsche Wort. Er hält es nicht mehr gut aus, dass etwas nicht nach seinem Kopf geht.« Herbert blickte vom Queue auf und grinste schief. »Konnte er noch nie gut, aber jetzt ist es schlimmer geworden. Wenn Sie mich fragen, merkt er es gar nicht. Er denkt, er hat sich wieder vollends erholt.«

»Grundgütiger«, murmelte Alvin.

»Wenn ich sage vollends erholt, meine ich: hier«, sagte Herbert und deutete auf sein Herz. »Körperlich ist er auch nicht mehr der Alte. Er wird schneller krank, er klagt über Schmerzen in den Beinen, über Atemnot – ganz besonders übel geht es ihm, wenn ihm widersprochen wird. Es hört sich vielleicht komisch an, aber Papa leidet echte körperliche Schmerzen, wenn es nicht nach seinem Willen geht.«

»Grundgütiger«, sagte Alvin ein zweites Mal. Ein so tiefes Mitleid mit Otto von Bismarck stieg in ihm auf, dass er es unerträglich fand, weiterzuspielen. Herbert von Bismarck führte das Spiel einfach fort, ohne aufzupassen, welche Kugeln er in die Taschen schoss. Das Klacken der Zusammenstöße hing über dem Tisch.

»Wissen Sie, weshalb er mich hergebeten hat, Herbert?«

»Nein. Ich wollte nur vermeiden, dass es Ihnen geht wie Albrecht Roon und Moritz von Blanckenburg, die sich so vor den Kopf gestoßen fühlen, dass ihre Freundschaft wankt. Papa hat nicht mehr viele echte Freunde.«

»Die beiden wissen nichts …?«

»Sie kennen nur die Resultate, nicht die Ursache.«

»Wenn es Ihrem Vater so schlechtgeht, warum dankt er dann nicht ab? Oder zieht sich wenigstens für eine Weile zurück?«

»Oh, er hat schon zweimal dieses Jahr seinen Rücktritt eingereicht, im Februar und im August. Der König hat ihn jedes Mal überzeugt, das Gesuch zurückzunehmen.« Herbert seufzte. »Ich weiß, wie schlecht es ihm dabei gegangen ist. Es ging nur um Nichtigkeiten, aber sie haben ihn so aufgeregt, dass er alles hinschmeißen wollte, und das, obwohl er überzeugt ist, dass alles, was er bis jetzt geschaffen hat, unter dem Hohngelächter der Welt zusammenbricht, wenn er den Bau nicht persönlich vollendet.«

»Wie kann ich helfen?«, fragte Alvin.

Herbert deutete auf die einzige Kugel, die von Alvins Spiel noch übriggeblieben war. Alle anderen hatte Herbert von Bismarck versenkt. »Indem Sie die hier danebenschießen, Herr Oberst – dann könnten Sie mir helfen, das Spiel doch noch zu gewinnen. Sie sind einfach zu gut für mich.«

Alvin drehte sich um. Johanna von Bismarck stand in der Tür. »Mein Mann wünscht, Sie jetzt zu sprechen«, sagte sie eisig.

Alvin folgte ihr. Er drehte sich beim Gehen um und fing einen letzten Blick und ein Nicken Herberts auf, dann wurde er von der Hausherrin persönlich in den ersten Stock geführt. Ihm wurde klar, dass Otto ihn in seinem Schlafzimmer empfangen würde, und er wusste nun ganz sicher, dass nichts mehr so war, wie er es kannte.

3

Otto von Bismarck sah zehn Jahre älter aus, als er war. Seine Haut war grobporig und bleich, die Bartstoppeln auf Wangen und Kinn, das zerzauste, spärlich gewordene Haar und der ebenso zerzauste, buschige Schnauzbart ließen ihn auf den ersten Blick ungepflegt wirken. Er saß, auf eine Lage Kissen gestützt, in seinem Bett und hatte Stöße von Papier darauf verteilt. Auf dem Nachttisch und dem Boden lagen weitere Papierstapel.

Otto hob die Hand, als Alvin eintrat, doch es war keine Begrüßung, sondern eine Aufforderung, still zu sein. Auf einem Stuhl vor dem Bett kauerte ein junger Mann in ordentlicher Kleidung und kritzelte auf einen Block.

»Haben Sie alles, Keudell?«, krächzte Bismarck. »Lesen Sie vor.«

Ottos Privatsekretär Robert von Keudell, der sich bei Alvins Eintreten gar nicht erst umgedreht hatte, las etwas vor, in dem es um die Ernennung eines neuen Direktors für den Norddeutschen Postbezirk ging. Alvin verstand den Inhalt nicht, aber der Ton des Briefes, den Otto diktiert hatte, klang scharf und beleidigt. Schließlich war der Bundeskanzler befriedigt, und Keudell zog ab mit der Weisung, den Brief dreimal zu schreiben, einmal für den Adressaten, einmal für das Archiv des Bundeskanzleramts und einmal für Ottos persönliches Archiv.

»Hallo, Alvin«, sagte Otto dann.

Alvin trat an das Bett und schüttelte eine Hand, die kalt und klamm war, deren Griff aber nichts von ihrer Festigkeit verloren hatte.

»Hattest du schon Abendbrot?«, fragte Otto. »Egal. Hoffe, du leistest mir nachher Gesellschaft beim Essen. Habe die ganze letzte Nacht Galle gespien und einen Kopf gehabt wie ein … hmmmm … Glutofen. Trotz Umschlägen. Heute geht es endlich etwas besser.«

»Tut mir leid zu hören, dass du krank bist.«

»Krank! Todmatt bin ich! Ich habe das Gefühl, dass alle

den Karren, auf dem wir fahren und den ich mühsam in Gang gebracht habe, zerschlagen wollen. Und sie wollen auch noch, dass ich dazu nicke! Dabei sind wir noch lange nicht am Ziel!«

»Ich bin sicher, du kriegst sie alle noch unter.«

Alvin fühlte die altbekannte Musterung aus den eisblauen Augen. Sie dauerte beinahe so lange, dass das Schweigen unangenehm wurde, dann sagte Otto: »Habe dich hergebeten, weil ich deine … weil ich einen Auftrag für dich habe.«

»Was kann ich für dich tun?«

»Ich brauche jemanden in Paris, dem ich vertrauen kann. Jemand, der sich dort auch unter den Franzosen sicher bewegt.«

»Paris?«, brachte Alvin hervor. Eine Flut von Erinnerungen schoss in ihm empor – die Gesichter von Stéphane und Eugène Flachat, Bronikowski, der mit den französischen Bahnarbeitern fröhliche Beleidigungen austauschte … Louise, wie sie ihre Tasse Schokolade umklammerte und sein Herz bei ihrem Anblick wie wild schlug …

»Karl von Werther, unser Gesandter dort, ist überfordert, und sein Militärattaché, Graf von Waldersee, ist ein Schwätzer und Intrigant. Traue beiden nicht über den Weg.« Bismarck räusperte sich. »Dir traue ich. Außerdem bist du gewissermaßen … hmmm … unverdächtig. Deine Entsendung lässt sich damit begründen, dass die Technik ein wesentlicher Bestandteil der modernen Kriegsführung geworden ist und unsere ausländischen Gesandtschaften daher erfahrene Militärberater benötigen, die sich damit auskennen. Du hast dir in den Kriegen gegen Dänemark und gegen Österreich Meriten erworben, es liegt absolut nahe, dich zu senden.«

»Unverdächtig?«, wiederholte Alvin fassungslos, von Bismarcks Vortrag wieder auf den Boden gebracht.

Otto von Bismarck ignorierte seinen Einwand. »Nicht zuletzt hast du eine französische Frau, man wird dir also eine gewisse Frankophilie unterstellen.«

»Otto, du weißt doch, dass Louise und ich nur noch auf dem Papier verheiratet sind. Und was meinst du mit *unverdächtig*?«

»Ich rate dir, bring dein Leben in Ordnung. Schau mich an. Ohne die Liebe und Fürsorge Johannas wäre ich schon längst nicht mehr hier.« Bismarck blätterte in einem der Papierstapel. Schließlich zog er eine Seite heraus. Aus der Art und Weise, wie er kaum auf die Notizen blicken musste, als er sprach, schloss Alvin, dass das Hervorsuchen des Dokuments nur eine von Ottos üblichen theatralischen Einlagen war. Wie das demonstrative Zeitunglesen in turbulenten Reichstagssitzungen diente sie nur dazu, ihm die Sammlung seiner Gedanken zu ermöglichen, ohne dass man es ihm anmerkte.

»Letzten September haben die spanischen *cortes* ihre Königin Isabella abgesetzt«, sagte Bismarck. »Eine Weile haben die Generäle das Land geführt, doch mittlerweile sind sie überzeugt, dass sie einen neuen royalen Hintern brauchen, der den spanischen Königsthron blank wetzt. Napoleon III. möchte, dass Isabellas Sohn Alfonso den Thron besteigt; die Generäle haben sich aber auf Leopold von Hohenzollern-Sigmaringen geeinigt.«

»Auf wen?«, stieß Alvin unwillkürlich hervor.

»Leopold von Hohenzollern-Sigmaringen ...« Bismarck seufzte. »Eine Seitenlinie unseres eigenen allergnädigsten Königshauses; allerdings sind die letzten gemeinsamen Vorfahren schon vor sechshundert Jahren gestorben. Die Generäle haben zuerst bei König Ferdinand von Portugal angefragt, doch der hat abgelehnt und auf Leopold verwiesen; Leopold ist sein Schwiegersohn.«

»Wird er annehmen?«

»Ich weiß es nicht. Ich weiß nur, dass unsere allergnädigste

Königliche Hoheit dagegen ist. Da er das Gesamtoberhaupt des Hauses Hohenzollern ist, wird Leopold sich nach seiner Meinung richten.«

Alvin fühlte Bismarcks Blick auf sich ruhen, aber er ließ sich Zeit damit, nachzudenken. Schließlich sagte er langsam: »Die Kandidatur kann Frankreich aus zwei Gründen nicht gefallen. Erstens, weil Kaiser Napoleon einen anderen Kandidaten ins Rennen gebracht hat und es daher eine diplomatische Niederlage für ihn wäre, würde der Hohenzollern-Prinz auf den Thron gelangen. Zweitens, weil Frankreich dann von zwei Reichen mit Hohenzollern als Oberhäuptern quasi umklammert wäre.«

»Leopold ist mütterlicherseits näher mit Napoleon verwandt als mit König Wilhelm.«

»Die französische Öffentlichkeit wird aber nur verstehen, dass auf dem spanischen Thron ein König sitzt, der mit dem preußischen Königshaus verwandt ist.«

Bismarck lächelte anerkennend. »Für einen Pionier-Obersten bist du erstaunlich weise, was die hohe Diplomatie angeht. Ich wollte, meine Beamten wären so schlau.«

»Sie sind genauso schlau, sie haben nur zu viel Angst, vor dir ihre Meinung frei zu sagen«, erklärte Alvin.

Bismarcks Lächeln erlosch. Er schnappte nach Luft. »Und du hast keine Angst?«, grollte er.

»Nein«, sagte Alvin.

»Ich könnte deine Karriere mit einem Fingerschnippen beenden und dich ans Ende der Welt versetzen. Ich bin dein oberster Vorgesetzter!«

»Richtig, Exzellenz. Aber wenn ich Sie betrachte, sehe ich immer den Mann, der mit mir zusammen in ein Haus eindrang, von dem er annehmen musste, es stecke voller bis an die Zähne bewaffneter Aufrührer, und ohne dessen Rat ich die Karriere, die ich habe, gar nicht erst begonnen hätte. Weshalb sollte ich vor dem Mann Angst haben, der sich mir gegenüber immer als Freund gezeigt hat, Exzellenz?«

Bismarck schwieg so lange, dass Alvin dachte, die Freundschaft, die ihn mit dem Bundeskanzler verband, doch überschätzt zu haben. Dann räusperte sich Bismarck erneut, und Alvin sah voller Überraschung, dass seine Augen kurz feucht wurden. »Sparen Sie sich die Exzellenz, Herr Oberst«, brummte er.

»Was kann ich unter diesen Umständen für dich tun in Paris?«, fragte Alvin. »Du hast mir das doch nicht erzählt, ohne dass es einen Zusammenhang mit deinem Plan gibt, mich dorthin zu senden.«

»Fang mir einen Spion«, sagte Otto.

Alvin sagte und dachte, dass die Welt sich gerade schlagartig gedreht habe und er auf dem Kopf stand: »Jetzt habe ich glatt verstanden, dass ich einen Spion fangen soll.«

»Das kommt daher, dass ich es gesagt habe.«

»Einen Spion? In unserer französischen Gesandtschaft?«

»Ich gehe davon aus, dass der eigentliche Verräter hier in Berlin sitzt und dort nur einen Helfershelfer hat, dem er Befehle gibt. Aber ich habe keine Beweise.«

»Otto, ich befehlige ein Pionierbataillon, keine Polizeieinheit. Ich kann so etwas nicht.«

»Wenn ich einen Polizisten sende, weiß man in Paris, dass der Mann ein Polizist ist, noch bevor er aus dem Zug gestiegen ist.«

»Und ich bin unverdächtig«, sagte Alvin.

»Genau«, erwiderte Otto von Bismarck.

»Du fürchtest, dass der Spion die Information, ob Leopold den spanischen Thron annimmt oder nicht, an die Franzosen verrät, bevor du weißt, auf welche Weise du seine Entscheidung politisch nutzen kannst und sie dann offiziell verkünden lässt.«

»So in etwa.«

»Und du hast schon einen Verdacht, wer es sein könnte. Du sagtest, du hättest keine Beweise. Das bedeutet, du hast bereits jemanden im Visier.«

»Ich werde dir nicht sagen, wen ich verdächtige, weil du sonst voreingenommen bist.«

»Ich kann das trotzdem nicht.«

»Aber du kannst es versuchen. Verschlimmern kannst du die Lage ohnehin nicht.«

»Du bist der Erste, der mir den Kopf abreißen wird, wenn ich scheitere.«

»Darauf kannst du Gift nehmen«, erklärte Bismarck heiter.

»Motiviere mich ruhig weiter.«

»Alvin, ich könnte dir diesen Einsatz einfach befehlen.«

»Sind wir wieder bei der Exzellenz angekommen, Exzellenz?«

»Verdammt noch mal!«, brauste Bismarck plötzlich auf. Er strampelte die Bettdecke frei und setzte sich aufrecht hin. »Ich bin es nicht gewohnt, zu bitten! Wenn ich sage, du gehst nach Paris, dann gehst du nach Paris. Und fängst den verdammten Spion!«

Alvin stand stramm. »Jawohl, Exzellenz. Wünschen Exzellenz noch etwas?«

»Verdammt!«, tobte Bismarck. »Komm mir nicht so!«

»Sehr wohl, Exzellenz. Bitten mich zu entschuldigen, Exzellenz. Werde mich reisefertig machen, Exzellenz.«

Alvin machte eine exakte Kehrtwendung und stapfte zur Tür. Er hatte schon die Hand auf der Klinke, als Bismarcks Stimme erklang. Er hatte keine Wahl, als stehen zu bleiben und sich wieder umzudrehen.

»Eine Sache noch, Herr Oberst.«

Sie musterten sich über die Distanz hinweg, Alvin in perfekter Habtachtstellung bei der Tür und Otto von Bismarck barfuß und im Hemd auf seinem Bett sitzend, das Gesicht hochrot.

»Der Mann, den ich im Verdacht habe, der Spion zu sein …«, begann Bismarck. Er bemühte sich offensichtlich, ruhig zu sprechen. »Du kennst ihn.«

Für einen Augenblick brach Alvins Pose zusammen. Völlig ohne jeden Zusammenhang und ohne dass er auch nur einen Augenblick daran glaubte, dass der Verdacht gerechtfertigt wäre, dachte er an Paul. Paul, der nun mit der Französin zusammenlebte, der Alvins Herz immer noch gehörte. Paul, der die Notwendigkeit von Staaten und deren Konflikte nie verstanden hatte, Paul, der sich nicht mehr als Bayer und nie als Preuße verstanden hatte, sondern immer nur als Europäer, der Schienenstränge durch ein schrankenloses Europa bauen wollte.

Grundgütiger, wenn es wirklich Paul war?

»Wer ist es?«, brachte er hervor.

»Gerhard von Cramm«, sagte Bismarck.

4

Louise hatte die Tage, seit der Brief eingetroffen war, in einer Art betriebsamer Untätigkeit verbracht. Sie hatte ihrerseits Korrespondenz geführt, war an der Isar spazieren gegangen, hatte eingekauft, hatte gegessen und geschlafen – aber all das war geschehen, ohne dass sie geistig wirklich anwesend gewesen wäre. Die Untätigkeit war eine Art Starre des Geistes gewesen, während der Körper seinen Verpflichtungen nachging. Die Starre war daher gekommen, dass sie sich gegen eine Entscheidung wehrte, die ihr Herz schon längst getroffen hatte.

Als Paul von seiner mehrtägigen Reise zurückkam, war ihr klar, dass sie ihm diese Entscheidung so schnell wie möglich mitteilen musste; am besten noch heute. Es gab, was ihn betraf, keinen schlechteren Zeitpunkt, aber sie fürchtete, dass sie den Mut dazu nicht mehr aufbringen würde, wenn sie wartete. Gleichzeitig hatte sie riesige Angst vor dem Gespräch. Irgendwer hatte einmal gesagt, dass die Schritte, vor denen man die meiste Furcht hatte, die wichtigsten Schritte waren. Über die Wichtigkeit konnte kein Zweifel bestehen. Über die Furcht auch nicht.

Sie aßen zusammen zu Abend, nachdem Paul Staub und Dreck seiner spätherbstlichen Reise zu verschiedenen Eisenbahnbaustellen abgewaschen hatte. Nachdem das Essen beendet war, lehnte Paul sich zurück und betrachtete Louise. Sein Blick ließ ihr Herz beben und sie verzweifelt fragen, wieso sie ihn nicht einfach weiterhin so lieben konnte, wie er es verdient hatte.

Paul sagte scheinbar leichthin: »Alvin hat mir telegraphiert. Muss ihn ein Vermögen gekostet haben. Ich hoffe, er hat es über die Armee getan und nicht bei einem zivilen Telegraphenamt.«

»Was hat er geschrieben?«, fragte Louise. Sie konnte nicht verhindern, dass ihre Stimme sich belegt anhörte.

»Das, was er dir geschrieben hat«, sagte Paul.

»*Mon Dieu*«, sagte Louise. Sie fühlte, wie die Kraft sie verließ.

Paul stand auf und machte sich an der Anrichte zu schaffen. Er wandte ihr den Rücken zu. »Wie hast du dich entschieden?«

Alvins Brief, der Louise in solche Nöte gestürzt hatte, war nicht lang gewesen. Er hatte über seine Versetzung nach Paris an die preußische Gesandtschaft geschrieben, geschrieben, dass er nach Weihnachten aufbrechen und im neuen Jahr dort schon eine Dienstwohnung im Palais der Gesandtschaft bezogen haben würde.

Er hatte Louise gefragt, ob er ihre Mutter besuchen und ihr etwas ausrichten solle.

Er hatte gefragt, ob sie mitkommen würde.

»*Was* hat Alvin dir telegraphiert?«, fragte Louise.

Paul antwortete nicht.

»Ich habe an Maman gedacht«, sagte Louise erstickt. »Dass ich sie so lange nicht gesehen habe. Dass sie mittlerweile alt ist. Dass ich sie vielleicht nie wiedersehen werde, wenn ich jetzt die Chance nicht nutze.«

Paul blieb stumm. Er hatte den Versuch aufgegeben, so zu tun, als habe er bei der Anrichte etwas zu erledigen.

Das Dienstmädchen kam herein und räumte das Geschirr ab. Als sie draußen war, flüsterte Louise: »Ich habe daran gedacht, wie wenig ich von Nutzen bin. Die Korrespondenz für das Rote Kreuz … meine Spendenaktionen … die eine oder andere Wohltätigkeitsveranstaltung, bei der ich mindestens einmal bewusst mit ›gnädige Frau Baermann‹ angeredet werde, obwohl jeder weiß, dass wir nicht verheiratet sind …« Sie brach ab.

Paul schwieg.

Louise war zum Weinen zumute. »Ich liebe ihn, Paul«, sagte sie zuletzt. »Darüber habe ich nachgedacht. Wie sehr ich ihn liebe. Wie sehr ich dich liebe. O Gott, hilf mir, Paul, sag irgendwas.«

Paul drehte sich um. Seine Augen waren gerötet, aber seine Stimme war ruhig. »Alvin hat mir geschrieben, dass er dich darum bitten wird, mit ihm nach Paris zu gehen. In deine Heimat. Er hat mich um Verzeihung dafür gebeten.«

»Kannst du ihm verzeihen?«

»So wie er mir verziehen hat, dass ich dich zu mir geholt habe damals?« Paul schüttelte den Kopf.

Louise begann zu weinen. Sie konnte es nicht aufhalten. Ihr war, als habe sich eine unbarmherzige Hand in ihre Brust gegraben und hielte nun ihr Herz und drücke es zusammen. »Kannst du mir verzeihen?«, sagte sie schluchzend.

»Du hast dich also entschieden.«

Louise nickte unter Tränen.

»Warum?«, fragte Paul.

»Weil ich ihn liebe.«

Paul senkte den Kopf. »Gegen alles andere hätte ich Argumente gehabt, aber nicht dagegen.«

»Ich liebe dich auch. Ich liebe euch beide mit gleicher Intensität. Ist dir das nicht klar?«

»Doch. Aber ich dürfte nicht sagen, ich liebe dich, wenn ich nicht ständig gehofft hätte, du würdest mich ein wenig mehr lieben als ihn.«

»Ich habe ihm das Herz gebrochen, als ich ihn verlassen habe«, wisperte Louise. »Jetzt breche ich deines, indem ich dich verlasse. Und beide Male ist mein Herz am grausamsten von allen gebrochen.«

»Warum, Louise? Warum jetzt? Was wäre geschehen, wenn Alvin nicht nach Paris versetzt worden wäre … wenn er einfach in Berlin geblieben wäre wie eh und je?«

»Ich weiß es nicht. Da die Dinge so sind, wie sie sind, kann ich es mir nicht einmal vorstellen. Ich weiß nur, was die Realität ist.«

»Oberst von Briest geht nach Paris, und Frau Oberst von Briest folgt ihm«, sagte Paul bitter.

»Vielleicht wäre es anders, wäre ich Frau Baermann.«

»Nein.« Paul schüttelte den Kopf.

Louise schüttelte ihren mit. »Nein«, sagte auch sie.

»Wann wirst du fahren?«

»Du lässt mich gehen?«, fragte Louise.

»Du bist nicht meine Gefangene, Louise. Du hast keinerlei Pflicht mir gegenüber.«

»Red keinen Unsinn«, sagte Louise und spürte plötzliche Verärgerung. »Natürlich habe ich eine Pflicht dir gegenüber. Ich empfinde sie nur nicht als Pflicht. Aber sie ist da, und sie heißt: Ich liebe dich.«

Er überraschte sie, indem er sagte: »Ich liebe dich auch, Louise.«

Sie sah eine Träne über seine Wange laufen. »Und nun?«

»Ich wünsche dir alles Glück der Welt, Louise. Ich versuche zu verstehen, was du empfindest, aber ich kann es nicht. Ich liebe keinen Menschen auf der Welt so sehr wie dich. Aber weil das so ist, will ich nicht meine Verständnislosigkeit zum Richter machen, sondern meine Liebe. Und meine Liebe sagt mir, dass mir dein Glück das Wichtigste in meinem Leben ist. Du hast mir all diese Jahre zum Geschenk gemacht. Ich gebe dir das Geschenk nun zurück. Ich habe nur eine Bitte: Vergiss nicht, wie sehr ich dich liebe.«

»Wie könnte ich das vergessen, wo ich dich ebenso sehr liebe?«

»Mich – und Alvin.«

»Es tut mir leid«, wisperte Louise.

»Für die Liebe sollte man sich nie entschuldigen, oder?« Er lächelte, obwohl er weinte.

»Ich werde nach Weihnachten abreisen«, sagte Louise. »Es

sei denn, du willst mich nicht mehr hier haben nach diesem Gespräch. Ich würde das verstehen. Dann würde ich eher abreisen und schauen, dass ich so lange bei meiner Mutter unterkommen kann.«

»Frau Baermann«, sagte Paul förmlich und brach Louise damit das Herz ein weiteres Mal, »darf ich Sie bitten, noch über Weihnachten bei mir zu bleiben?«

»Die Hälfte meiner Seele wird immer bei dir bleiben.«

Paul nickte. »Alvin und ich … wir sind zwei Glückskinder.«

»Nein«, sagte sie. »Das Glückskind bin ich.«

»Möchte das Glückskind einen Sherry?«

Louise schüttelte den Kopf. »Das Glückskind möchte zu Bett gebracht und geliebt werden, bis der Morgen anbricht.«

Sie weinten zusammen, dann küssten sie sich und liebten sich mit einer Leidenschaft, die fast alles in den Schatten stellte, was sie bisher miteinander erlebt hatten. Sie schliefen ein, erwachten mitten in der Nacht und fielen erneut übereinander her. Als ihnen endlich die Augen zufielen, dämmerte es draußen, sie waren verschwitzt und erschöpft und lagen eng aneinandergekuschelt im Bett, die Bettdecke weggestrampelt, obwohl es eiskalt im Schlafzimmer war. Louise fühlte Pauls nackten Körper und seine Arme, die sie hielten, spürte, wie sein Atem tiefer und regelmäßiger wurde, als er einzuschlafen begann, und dachte schläfrig: Lieber Gott, bitte lass es immer so bleiben.

Dann war sie hellwach, weil sie plötzlich ahnte, dass es nicht so bleiben würde. Sie hatte doppelt so viel Liebe empfangen in ihrem Leben wie alle anderen Frauen.

Und als Nächstes würde sie die Rechnung dafür zahlen müssen.

5

Die monatlichen sonntagmittäglichen Essenseinladungen bei Boettchers verliefen fast immer nach demselben Schema. Es gab zu essen – reichlich –, und es gab Vorträge von Franz Boettcher über die Entwicklung der Welt unter Berücksichtigung der Entwicklung Preußens, insbesondere Berlins, ganz besonders der Firma Siemens. Es gab knappe Kommentare und ansonsten argwöhnisches Schweigen seitens Mimi Boettchers, Antonies Mutter. Und es gab die Blicke, die Antonie über den Tisch hinweg zu Moritz sandte und Moritz' Wissen, dass Antonie auf der anderen Seite des massiven mittleren Tischbeins ihren Fuß an genau die Stelle drückte, an der Moritz auf seiner Seite dagegen presste. Mehr Intimität war nicht möglich, aber es war deutlich mehr, als Moritz sich nach dem ersten Gespräch mit Franz Boettcher vor über drei Jahren erhofft hatte.

Mittlerweile war viel geschehen. Moritz und Antonie waren offiziell verlobt. Die Verlobungsfeier hatte einen bizarren Verlauf genommen. Zuerst hatten Mimi und Franz Boettcher nicht gewusst, wie sie sich verhalten sollten, als Louise mit Paul zusammen erschien, während Alvin allein gekommen war. Die Harmonie zwischen den dreien und Moritz – in die Antonie sofort nahtlos mit einbezogen worden war – war so offensichtlich gewesen, dass sie alle Anspielungen und schrägen Blicke im Keim erstickt hatte. Dann hatten Boettchers noch weniger gewusst, wohin sie blicken und wie sie sich geben sollten, denn Otto von Bismarck war ebenfalls vorbeigekommen, hatte den Bundeskanzler heraushängen lassen und war trotzdem in Feierlaune gewesen, hatte die ehrfürchtig erstarrten Brauteltern fröhlich angegrinst und in der einen

Stunde, in der er da gewesen war, eine phantastische Menge Braten, Kuchen und Champagner vernichtet. Vor der Tür des Gasthofs hatte die Telegraphenkompanie von Alvins Pionierbataillon gesungen und war anschließend hereingebeten worden, ein Dutzend Soldaten in Ausgehuniform, deren Hauptmann Antonie und ihrer Mutter zugleich schamlos den Hof machte, während seine Männer Moritz unter großem Trara einen abgesägten Telegraphenmast zum Geschenk machten und dabei jeden anzüglichen Witz rissen, der ihnen zu dieser Symbolik einfiel.

Danach hatte Mimi Boettcher angestrengt versucht, so zu tun, als wäre die Verlobung niemals ausgesprochen worden. Franz Boettcher hingegen hatte sich den Tatsachen gefügt und seine Rolle als künftiger Vater der Braut angenommen, indem er den Patriarchen gab. Moritz hatte den Eindruck, dass er mittlerweile mehr von seinem Schwiegersohn in spe hielt als zu Anfang. Es hing mit Moritz' Einsatz im Krieg von 1866 zusammen; in den Augen Franz Boettchers hatte dies den Makel des Träumers vom Frieden beseitigt, der Moritz angehaftet hatte. Moritz war hin- und hergerissen zwischen seiner Erleichterung, dass Antonies Vater ihn nun anerkannte, und dem Grund dafür, den er immer noch genauso sehr hasste.

Als das Essen beendet war, setzte sich das Programm wie üblich fort, indem Franz Boettcher die Zeitung vom Vortag holte und die allerneuesten Nachrichten kommentierte. Moritz erinnerte sich an diverse leidenschaftliche Einlassungen, zum Beispiel zur Eröffnung des Sueskanals im letzten Herbst – Preußen hätte den Kanal schon ein Jahr vorher fertiggestellt gehabt! –, zum Beginn des Vatikanischen Konzils letzten Dezember – man würde sich nicht wundern dürfen, wenn dabei knapp zweitausend Jahre katholischer Selbstüberhebung die Unfehlbarkeit des Papstes beschließen würden! – oder zur Freigabe der ersten transkontinentalen Eisenbahnlinie in den Vereinigten Staaten – die Amerikaner waren wie die Preußen, selbst der erst kürzlich beendete Bürgerkrieg hielt sie nicht vom Fortschritt ab, kein Wunder, es waren ja genügend Preußen dorthin ausgewandert!

»Apropos«, mischte sich Mimi Boettcher ein, und ihre Stimme klang süß, »wissen Sie schon, ob man bei Siemens über Ihre Bewerbung entschieden hat, lieber Moritz?«

Moritz wechselte mit Franz Boettcher einen Blick. Sie hatten beide vereinbart, dass es Moritz überlassen bliebe, die Antwort des Unternehmens der Familie bekanntzugeben. Boettcher hatte Moritz im Herbst letzten Jahres darauf hingewiesen, dass die von Siemens vorangetriebene erste Indo-Europäische Telegraphenlinie von London nach Kalkutta Anfang 1870 fertig würde und dass man danach sicher hochwertige technische Fachkräfte einstellen werde, um das Personal entlang der Strecke zu schulen und die Leitung aufrechtzuerhalten. Knapp fünftausend Kilometer Kabel hatte Siemens neu zu verlegen, der Rest der Strecke zwischen London und Kalkutta bestand aus einzelnen lokalen Linien, die miteinander verbunden werden mussten. 1867 hatte der Bau begonnen. Moritz hatte zu spät reagiert, um sich bereits für den Bau zu bewerben; oder besser gesagt, Franz Boettcher hatte versäumt, ihn darauf hinzuweisen. Nun, da die Beziehung zu Antonies Vater besser war, hatte Boettcher Moritz sogar ermutigt, sich zu bewerben. Moritz, der Telegraphenstrecken lieber bauen als überwachen wollte, war dem Rat dennoch gefolgt. Bei Siemens einen Fuß in der Tür zu haben hieß, dass einem die ganze Welt offenstand, denn trotz aller Widrigkeiten genossen die Gebrüder Siemens Weltruf. Ein weiterer Grund, sich aus dem Staatsdienst wegzubewerben, war der, dass Moritz nicht noch einmal Telegraphennetze verlegen wollte, während auf ihn geschossen wurde und rund um ihn herum Soldaten zerfetzt wurden. Außerdem gab es einen weiteren Grund, der mit Feigheit nichts zu tun hatte, und der hieß Antonie.

Moritz hatte die Antwort von Siemens seit zwei Tagen. Antonie kannte sie bereits, ebenso Franz Boettcher. Beide taten dennoch so, als würden sie von nichts wissen.

»Frau Boettcher«, sagte Moritz, »ich habe die Ehre, Ihnen, Ihrem Gatten und meiner Verlobten mitzuteilen, dass ich die Stelle bei Siemens bekommen habe.«

Antonie klatschte in die Hände, Franz Boettcher klopfte Moritz auf die Schulter und grummelte etwas davon, dass der Sherry geöffnet werden solle. Mimi Boettcher musterte Moritz mit hartem Blick. Moritz ließ sich davon nicht den Mut nehmen.

»Da nun meine berufliche Zukunft gesichert ist, möchte ich gerne mit Ihnen über den Hochzeitstermin sprechen. Antonie und ich wünschen uns, gleich nach Ostern vermählt zu werden. Entsprechende Anfragen zu Arrangements habe ich mir bereits erlaubt zu stellen. Wollen wir demnächst die Einladungslisten besprechen? Meine Mutter und mein Ziehvater müssen aus Paris anreisen, mein Vater aus München, und …«, er gestattete sich ein Augenzwinkern, »… der Bundeskanzler hat auch einen vollen Terminkalender.«

»Heiraten?«, sagte Mimi gedehnt. »Natürlich wollen Sie heiraten. Und das mit der Sicherheit meinen Sie bestimmt wörtlich, lieber Moritz.«

Moritz versuchte, die Anspielung zu verstehen, aber Antonie war schneller.

»Sicherheit, Mama«, schnappte sie, »bedeutet, dass Moritz, wenn er bei Siemens ist, nicht mehr in den Krieg ziehen muss. Das dürfte doch wohl in unser aller Sinn sein, oder?«

»Achte auf deinen Ton, junge Dame«, sagte Franz Boettcher.

»Selbstverständlich ist das in unserem Sinn«, erwiderte Mimi. »Es gibt ja auch genug tapfere junge Männer hier in Preußen, die den Dienst am Vaterland verrichten.«

Moritz faltete die Serviette, die auf seinem Schoß gelegen hatte, sorgfältig zusammen und legte sie neben den Teller. Er vermied es, Antonie anzublicken. »Frau Boettcher«, sagte er langsam, »ich bin sicher, dass ich Sie missverstehe, wenn es mir so vorkommt, als würden Sie mir mangelnde Tapferkeit vorwerfen.«

»Mimi, der Mann hat bei Königgrätz unter schwerem Feuer dafür gesorgt, dass ein ganzes Regiment mit dem Hauptquartier in Verbindung bleiben konnte. Das hat die ganze Schlacht gerettet.« Franz Boettchers Stimme klang genauso scharf wie die Antonies.

»Es waren meine Mitarbeiter und die Pioniere unter Hauptmann Billroth«, sagte Moritz. Er erinnerte sich an die gefallenen Pioniere, die im Tod zu Fäusten geballten Hände, die leeren Gesichter, den Schmutz und das Blut und an die in den Schlamm getrampelte Leiche von Martin Gomol. Das Essen stieg ihm plötzlich in die Kehle. Er wusste genau, worauf Antonies Mutter hinauswollte, und es traf ihn völlig unvorbereitet.

»Vieles spricht dafür, dass Frankreich bald gegen uns rüsten wird«, sagte Mimi, als hätte die Zurechtweisung durch ihren Mann nicht stattgefunden. »Ihre Tapferkeit will ich nicht in Zweifel ziehen, lieber Moritz, aber ich denke an Ihre französische Mutter …«

Antonie sprang auf. »Mama!«, rief sie. »Was fällt Ihnen ein!«

»Antonie, so sprichst du nicht mit deiner Mutter!«, grollte Franz Boettcher.

Moritz stand ebenfalls auf. Er verbeugte sich vor Mimi und

Franz Boettcher. »Es tut mir leid«, sagte er steif. »Es ist besser, ich gehe jetzt.«

Mimis Augen waren wie Kieselsteine. Sie erwiderte nichts. Stattdessen beugte sich Antonie über den Tisch. Ihre Wangen waren hochrot, und sie keuchte vor Wut. »Was wollen Sie, Mama?«, stieß sie hervor. »Dass Moritz eine Uniform anzieht und in den Krieg zieht, egal gegen wen? Wollen Sie mit Ihren Freundinnen darüber reden, wie fesch die Männer ausgesehen haben, als sie abmarschierten? Moritz hat mir beschrieben, was von der Schmuckheit der Uniform übrig bleibt, wenn ein toter Soldat darin steckt! Wollen Sie, dass Papa und seine Freunde darüber herziehen, wie ungeschickt der oder der General eine Schlacht geführt hat, allesamt Stammtischstrategen? Wenn das Ergebnis einer noch so ungeschickt geführten Schlacht ist, dass der Boden vom Blut der Soldaten durchtränkt ist und das Brüllen der Verwundeten zum Himmel steigt?« Sie hatte zu weinen begonnen, aber sie sprach einfach weiter. »Moritz braucht nicht zu beweisen, dass er tapfer ist, und er braucht auch seine Loyalität nicht zu beweisen. Mir kommt es nur auf eine Loyalität an, und das ist die zu mir, und darüber sollten Sie froh sein, Mama, anstatt ihm Vorwürfe zu machen. Ich liebe Moritz, ich werde ihn heiraten, und wenn Ihnen das nicht passt, Mama, dann heirate ich ihn eben in einer kleinen Kapelle ohne Hochzeitsgesellschaft, und sogar in Frankreich oder in Timbuktu oder in Kalkutta, aber er und ich werden heiraten, und Sie werden meinem Mann den nötigen Respekt erweisen, Mama, wenn Sie wollen, dass ich Ihnen jemals wieder mit Respekt begegne!«

Schwer atmend stand Antonie über den Tisch gebeugt. Mimi und Franz Boettcher saßen mit offenen Mündern da und gafften ihre Tochter an. Absolutes Schweigen senkte sich über den Tisch. Moritz, der bereits einen Schritt zurückgetreten war, sah in die Augen seiner Verlobten, völlig paralysiert von ihrem Ausbruch. Er hatte sie niemals so sehr geliebt wie in diesem Augenblick. Dann wurde ihm klar, was er in Antonies Blick sah, und er schüttelte den Kopf.

»Nein, Antonie«, sagte er sanft.

Antonie ließ sich auf ihren Platz plumpsen. Eine Haarsträhne hatte sich gelöst und hing ihr ins Gesicht, ihre Wangen glühten immer noch. Ihr Blick ließ den von Moritz nicht los. Mimi und Franz Boettcher suchten immer noch nach Worten. Antonies Vater hatte die Zeitung unwillkürlich auf den Teller sinken lassen. Das Papier hatte die Soße aufgesaugt, ein dunkler Fettfleck, der sich von der Mitte des Blattes ausbreitete.

»Nein, Antonie«, sagte Moritz noch einmal.

»Doch, Moritz.« Antonie holte Luft. »Moritz will, dass Ihre Tochter nicht zur Witwe wird«, sagte sie entschieden, »und er will, dass Ihr Enkelkind nicht ohne Vater aufwächst. Ich erwarte ein Kind, Mama, und Moritz und ich werden gleich nach Ostern heiraten.«

Moritz schüttelte den Kopf; er hatte sich gewünscht, seinen Schwiegereltern in spe die Nachricht auf andere Weise beibringen zu können als im Streit. Franz Boettcher blinzelte, als habe ihn zu dem virtuellen Schlag mit dem Brett vor den Kopf, den Antonie ihm vorhin verabreicht hatte, nun noch jemand in den Bauch geboxt. Mimi Boettchers Gesicht wurde grau. Plötzlich wirkte sie wie eine Frau, deren Pläne für ihre Tochter allesamt fehlgeschlagen sind und die dies als persönliche Demütigung empfand.

Antonie sah trotzig von einem zum anderen. »So«, sagte sie. »Wo bleibt der Nachtisch?« Dann schlug sie die Hände vors Gesicht und begann zu schluchzen, dass ihre Schultern zuckten.

6

Louise fuhr innerlich aufgewühlt von München los. Hätte sie nicht im Zug gesessen, sondern ihre Reise zu Fuß angetreten, hätte sie keinen Schritt gehen können. Sie wäre wie erstarrt gewesen, von gleich großen Kräften schier zerrissen: der Sehnsucht, wieder mit Alvin zusammen zu sein, und dem Unwillen, Paul zu verlassen.

Der Zug rollte durch den Spätwinter – tiefhängende graue Wolken, Schneeregen, ein nasskalter Februarwind, der durch die mangelhaft schließenden Fenster des Wagens pfiff und ihr eiskalte Hände und Füße bescherte, obwohl in einer Ecke des Personenwagens ein kleiner Ofen bollerte und gegen die Kälte ankämpfte. Es war eine lange Fahrt bis nach Mannheim, eine der Zwischen- und Umsteigestationen der Strecke Berlin—Paris. Louise haderte mit ihrer Entscheidung, bis sie aus dem Zug stieg. Dann sah sie Alvin auf dem Bahnsteig stehen, einen Kopf größer als fast alle um ihn herum, und bereits nach ihr Ausschau halten. Er erblickte sie und winkte. Sie sah das Glück, das sein Gesicht aufhellte und zu einem breiten, hingerissenen Lächeln verzog. Aller Zweifel verblasste. Als er sich zu ihr durchgekämpft hatte und sie in den Arm nahm, fühlte sie das Glück, das er ausstrahlte, auch in ihrem Herzen. Sie küssten sich, und dann küssten sie sich noch einmal so lange und innig, dass ein Bahnbediensteter, der in ihrer Nähe stand und das Ausladen der Koffer überwachte, betreten hüstelte. Sie waren zu einem kleinen öffentlichen Ärgernis geworden. Louise hätte es nicht gleichgültiger sein können.

Sie trafen gegen Mitternacht auf dem Pariser Ostbahnhof ein und nahmen eine Droschke zu der Adresse, an der die Alvin zugewiesene Dienstwohnung lag. Der Kutscher half, die

Taschen zu schleppen, nachdem ihm Louises Pariser Dialekt klargemacht hatte, dass zumindest sein weiblicher Fahrgast keine Ausländerin war – und weil er selbst auch ein Pariser war und kein Pariser dem Lächeln einer Frau widerstehen kann.

Sie würdigten die eiskalte Wohnung zuerst keines Blickes, nachdem sie die Tür hinter sich versperrt hatten. Alvin hob Louise hoch und küsste sie. Sie legte die Arme um seinen Nacken und ließ sich von ihm ins Schlafzimmer tragen; es war die dritte Tür, die Alvin mit dem Ellbogen öffnete. Sie unterbrachen ihren Kuss nur, um sich umzusehen, in welchem Zimmer sie gelandet waren, und unternahmen auf diese Weise doch eine unfreiwillige Tour durch das kleine Appartement.

Das Schlafzimmer war so kalt wie die übrigen Räume. Sie zogen sich gegenseitig aus, doch dann überwältigte die Kälte sie, und sie schlüpften noch in den Hemden unter eine dicke Daunendecke, die von Dienstboten aus der Gesandtschaft bezogen und zurechtgelegt worden sein musste. Dort drängelten sie sich zähneklappernd und kichernd wie Jugendliche aneinander, bis ihre innere Hitze und ihre Körperwärme den Eiskeller, der das Bett war, aufgewärmt hatte. Dann liebten sie sich, langsam, spielerisch, zärtlich, ohne Vorbehalte, so neugierig auf den anderen, als wäre es das erste Mal, und gleichzeitig mit all der Vertrautheit der Jahre, die sie miteinander verbracht hatten. Louise war dort, wo sie hingehörte, bei dem Mann, zu dem sie gehörte, und sie war glücklich.

Paris im Februar war so grau und voller Schneematsch, Rauchgeruch und grimmiger Gesichter wie jede andere Stadt Europas um diese Zeit. Und dennoch war es viel schöner, denn es war Paris! Die ersten Tage verbrachten Louise und Alvin miteinander, trafen sich mit dem alt und zittrig gewordenen Eugène Flachat und seinem Bruder Stéphane, besuchten Amélie und ihren Ehemann in Rouen und stellten fest, dass beide grau und kugelrund geworden und immer noch voller Zuneigung zueinander waren. Mit Essen so vollgestopft, dass allein der Gedanke an weitere Nahrungsaufnahme ihnen die Tränen in die Augen trieb, und mit Vorräten für mehrere Tage beladen, fuhren sie nach Paris zurück und ließen sich erneut in ihre Zweisamkeit fallen, bis Alvin nicht mehr anders konnte und sich in der Gesandtschaft zum Dienst meldete.

Dort hatte sich herumgesprochen, dass Alvin ein persönlicher Freund des Bundeskanzlers war. Karl Freiherr von Werther, der Gesandte, lud Alvin und Louise daher an einem Abend zum Essen in eines der teureren Pariser Hotels ein. Werther und seine Frau barsten vor Aufmerksamkeit Louise gegenüber und gaben sich entzückt, dass sie eine waschechte Pariserin war. Erst jetzt wurde Louise klar, wie sehr sie sich in München während der Zeit mit Paul daran gewöhnt hatte, dass ihr gesellschaftliches Leben sich in einem engen Zirkel bewegte. Sie und Paul hatten zusammengelebt, ohne verheiratet zu sein, Louise war nicht von ihrem Ehemann geschieden, und sie war eine Ausländerin. Für die meisten gut katholisch-bayerischen Gemüter war dies mehr gewesen, als ihre Toleranz hatte ertragen können – oder sie hatten befürchtet, ebenfalls ins Gerede zu kommen, wenn sie sich mit Paul und Louise einließen, und sie daher gemieden.

Doch nun war Louise in ihrer Heimat, sie war mit ihrem rechtmäßigen Ehemann zusammen, und alles war gut. Nach dem Abendessen mit Werthers fragte Alvin sie, als sie sich unter der Decke an ihn kuschelte: »Bist du glücklich?«

»Ja«, erwiderte Louise, ohne nachdenken zu müssen.

»Wirklich?«

Ihr war klar, was die Frage bedeutete. Sie dachte an Paul, an den sie die ganze Zeit seit ihrer Ankunft nur wenige Male gedacht hatte. Sie wusste, dass er unglücklich war. Sie wusste, dass er über ihren Abschied verzweifelt war. Es gab ihr einen Stich. Aber dann sah sie zu Alvin auf und sah im Schein der Kerze auf dem Nachttisch sein lächelndes, glückliches Gesicht, das sich über sie beugte. Sie gab ihm einen Kuss und spürte seine Hand unter der Decke sich bewegen und über ihre Haut streichen, und sie sagte aus ganzem Herzen und voller Liebe: »Ja, wirklich.«

7

An einem Apriltag, an dem die französischen Zeitungen voll davon waren, dass vor kurzem die Übertragung eines Telegramms zwischen Kalkutta und London geklappt hatte – Anfrage und Antwort hatten insgesamt eine Stunde gebraucht für eine Strecke von elftausend Kilometern, die Kabel waren hauptsächlich von einer preußischen Firma namens Siemens & Halske verlegt worden, und wo bitte blieb die französische Erfindungskraft und das französische Unternehmertum?! –, kam Bertrand mit missmutigem Gesicht zu Lily.

»Es sieht so aus, als wäre unser Geschäft mit den Lebensmitteln für die preußische Gesandtschaft in Schwierigkeiten«, erklärte er.

Lily blickte auf. »Wer sagt das?«

Bertrand winkte jemandem, der außerhalb von Lilys Büro in einem der Lagergebäude am Seine-Ufer von La Villette stehen geblieben war. Der Mann kam herein, Mütze in der Hand und Angst im Gesicht. Er konnte Lily nicht in die Augen sehen und murmelte nur: »*Salve, patron.*«

»Erzähl schon!«, sagte Lily.

Lily hatte ein lukratives Geschäft mit mehreren ausländischen Gesandtschaften. Sie stellte einen Großteil desjenigen Personals, das hinter den Kulissen tätig und dadurch keiner großen Überprüfung ausgesetzt war. Die Leiter der Gesandtschaften kümmerten sich kaum um die technische Verwaltung der Häuser – solange die Küchen genug Vorräte hatten, die Räume gelüftet und gesäubert wurden und das, was an Einrichtungen vorhanden war, funktionierte, war die Welt in Ordnung. Lilys erbarmungsloses Regiment sorgte dafür, dass die Leute, die sie zu den Gesandtschaften schickte, besser spurten als Soldaten in der preußischen Armee, so dass die Gesandtschaftssekretäre gerne bereit waren, die höheren Personalkosten zu bezahlen. Umso mehr, als Lily zu Feiertagen, Geburtstagen und kirchlichen Festen die Sekretäre zu beschenken wusste. Weiteren Umsatz machte sie mit den Lebensmittellieferungen für die Gesandtschaften. Auch hier bezahlten die Sekretäre die höheren Preise, ohne zu murren, denn im Rahmen des großen Betrugs funktionierten die Lieferungen zuverlässig und ohne die üblichen kleinen Ungereimtheiten. Falls Lily so etwas wie eine moralische Rechtfertigung für ihr Tun gebraucht hätte, hätte sie sich sagen können, dass auf ihre Weise alle einen Gewinn davontrugen.

»Die haben einen neuen Mann aus Berlin bekommen«, stotterte der Mann, der in der Gesandtschaft als Souskoch arbeitete. »Einen Oberst. Zuerst schien es, als wäre er nur da, um den Leuten dort mit der neuen Technik unter die Arme zu greifen. Doch tatsächlich …«, der Koch sah sich nach allen Seiten um und kam unwillkürlich näher an Lilys Tisch heran; Bertrand zog ihn wieder zurück, »… sucht er einen Spion.«

Lily zog die Augenbrauen hoch und wechselte einen Blick mit Bertrand. »Seit wann ist der Kerl in der Gesandtschaft?«

»Seit Anfang des Jahres.«

Lily schwieg. Sie erinnerte sich, dass der neue Mann erwähnt worden war, ohne dass ein Name gefallen war. Sie hatte ihm keine große Bedeutung beigemessen. Stabsoffiziere wurden öfter ausgewechselt. Vielleicht hätte sie sich doch um ihn kümmern sollen.

»Hat er schon was rausgefunden?«, fragte sie.

»Ich weiß es nicht. Aber ich glaube nicht, *patron*.«

»Wie heißt der Offizier?«

»Keine Ahnung, *patron*. Tut mir leid. Ich kann es herausfinden.«

»Gut, tu das. Hab ein Auge auf ihn und halt mich auf dem Laufenden. Wenn du dich als hilfreich rausstellst, gibt's eine Belohnung.«

»Danke, *patron*.« Der Mann ging rückwärts und unter Verbeugungen hinaus.

Lily achtete nicht auf ihn. Sie suchte Bertrands Blick. Als sie allein waren, sagte sie: »Cramm, dieser verfluchte Idiot, war zu unvorsichtig.«

Der Lieferant für die preußische Gesandtschaft war Gerhard von Cramm. Er arbeitete von seinen Gütern in Preußen aus und versteckte sich hinter mehreren Strohmännern, aber Lily hatte sich nicht mit Subalternen zufriedengegeben, so dass Cramm, wenn er mit ihr Geschäfte machen wollte, ihr gegenüber aus der Deckung hatte kommen müssen. Sie hatte genug Material über ihn gesammelt, um ihn unter Druck setzen zu können, falls es nötig wäre. Ansonsten hatte sie sich nicht für ihn interessiert – auch wenn es ihr geschmeichelt hatte, dass ein Unternehmer aus Preußen, der in Paris ein Geschäft mit Betrug und Unterschlagung aufziehen wollte, an ihr nicht vorbeigekommen war.

Am interessantesten an den Geschäften Cramms fand sie, dass er nicht nur mit ihr ein Geschäft laufen hatte, was die preußische Gesandtschaft betraf. Er nutzte die Verbindungen, die ihm seine Lieferungen in die Gesandtschaft bescherten, indem er sich Interna beschaffte und weiterverkaufte: an die Franzosen, an die Engländer – wer sich gerade dafür interessierte. Sie wusste sogar, wer Cramm diese Informationen besorgte – einer der Pferdeknechte der Gesandtschaft und eines der Dienstmädchen. Sie wusste es deshalb, weil die beiden zu ihren Leuten gehörten und sie sie sich vorgeknöpft hatte, als sie dahintergekommen war, dass sie ein doppeltes Spiel trieben. Oder besser gesagt, Bertrand hatte sie sich vorgeknöpft. Sie hatte die beiden in der Gesandtschaft belassen, mit der Auflage, den Lohn, den Cramm ihnen bezahlte, an sie abzuliefern, ihre Tätigkeit fortzuführen und ihr alles zu berichten, was sie an Cramm weitergaben. Im Gegenzug hatte sie darauf verzichtet, an den beiden das Exempel zu statuieren, das sie sonst in Fällen von Untreue verhängte. Im Großen und Ganzen hatte die Affäre ihr sogar zusätzliche Informationen beschafft, die Gerhard von Cramm nicht kannte – wer von den verheirateten Frauen in der Gesandtschaft sich im Stall mit dem Pferdeknecht vergnügte und wer von den Männern zusätzliche »Gefälligkeiten« der Dienstmädchen in Anspruch nahm. Cramm, mit dem fehlenden Weitblick des erfahrenen *patron*, hatte sich nur für Informationen interessiert; Lily dagegen, wie sie gewonnen wurden.

»Wenn Cramm auffliegt, finden die Preußen den Weg zu uns«, sagte Bertrand.

»Na und? Sie können uns nichts anhaben. Wenn, dann müssten wir die französischen Behörden fürchten.«

»Ach Gott«, sagte Bertrand und grinste, »die französischen Behörden …«

»Aber wenn Cramm auffliegt, dann können wir seine Speziallieferung an uns vergessen«, sagte Lily nachdenklich.

Betrand nickte missmutig. »Wann wollte er liefern?«, fragte er.

Lily zuckte mit den Schultern. »Da er keine Genehmigung hat, damit zu handeln, muss er vorsichtig sein und sich jemanden vor Ort suchen, der das Zeug stiehlt und dann für ihn schmuggelt. Innerhalb der nächsten Wochen, hoffe ich.«

»Wir sollten uns mehr auf ihn draufknien«, schlug Bertrand vor.

Lily schüttelte den Kopf. »Wir können nicht wirklich von hier aus Druck machen. Und ihm jemanden zu schicken, der ihm klarmacht, dass wir wissen, wo er lebt – dafür ist es noch zu früh. Besser ist es …« Sie lächelte plötzlich. »… wir helfen ihm!« Ihr Blick fiel auf die Zeitung und den Artikel über das Telegramm zwischen London und Kalkutta. »Ich glaube, wir machen uns auch mal die moderne Technik zunutze und senden ihm ein Telegramm, das ihn vor dem Schnüffler in der Gesandtschaft warnt – zusammen mit einem Vorschlag, was wir in dieser Hinsicht für ihn tun können.«

8

Nach vier Monaten in der preußischen Botschaft in Paris konnte Alvin die Situation dort sehr genau einschätzen. Er wusste, dass der Gesandte, Karl Freiherr von Werther, ein viel zu sehr auf Ausgleich und Konfliktvermeidung bedachter Mann war, um ein Pulverfass wie die Pariser Gesandtschaft vernünftig leiten zu können. Der Militärattaché, Oberstlieutenant Alfred Graf von Waldersee, war entschlossener und durchsetzungsfreudiger als der Gesandte, aber wahrscheinlich auf einem Schlachtfeld besser aufgehoben als auf dem politischen Feld, auch wenn er selbst zu glauben schien, dass er beides gleich gut beherrschte. Das restliche Personal der Gesandtschaft verfolgte, wie immer, wenn an der Spitze ein zu freundlicher Vorgesetzter steht, eigene Interessen, die im Wesentlichen darin zu bestehen schienen, wenig zu arbeiten, das Leben in Paris zu genießen, zu spielen, zu trinken, Schulden zu machen und das gesamte Angebot der Pariser Bordelle nach und nach durchzuprobieren. Diejenigen, die verheiratet waren und ihre Frauen mitgebracht hatten, waren etwas weniger offensichtlich mit diesen Zerstreuungen beschäftigt, aber deshalb nicht weniger intensiv.

Das Gesandtschaftsgebäude selbst leistete eher der Zerstreuung Vorschub als der Arbeit. Das Palais Beauharnais war ein Prachtbau, den Napoleons Stiefsohn Eugène Beauharnais einst prächtig ausstaffiert hatte. Nach dem Ende Napoleons hatte der preußische König Friedrich Wilhelm III. es zum Sitz seiner Gesandtschaft in Paris erklärt. Die Botschaft war im Süden, zur Rue de Lille hin, und im Norden, zur Seine, von zwei Parkflächen eingefasst; im Westen und Osten befand es sich im Verbund mit seinen Gebäudeflügeln und anderen benachbarten Prachtbauten, es besaß drei Regelstockwerke und ein Dachgeschoss mit Wohnungen, die Inneneinrichtung ließ einen glauben, man befände sich in Ägypten oder in der Türkei – oder in der napoleonischen Vorstellung dieser beiden Länder, mit Boudoirs, Themenräumen, Sphinx-Figuren und kunstvoll gedrechseltem Mobiliar. Irgendwo in diesem pompösen Bau und unter seinen heiteren Bewohnern befand sich jemand, der – wenn man Otto von Bismarck glauben wollte, und Alvin zweifelte nicht an der Einschätzung des Bundeskanzlers – Interna an Gerhard von Cramm verriet, die dieser wiederum für Geld weiterverkaufte. Von der Erkenntnis, wer es sein konnte, war Alvin nach vier Monaten immer noch weit entfernt. Sein Verdacht konzentrierte sich auf zwei Sekretäre, von denen er wusste, dass sie Schulden hatten. Einer davon war unverheiratet und ein eifriger Besucher der Spielsalons und Freudenhäuser, weshalb Alvin ihn mehr verdächtigte als seinen Kollegen. Aber Beweise oder Indizien gab es nicht; nur Alvins Bauchgefühl, dem er getraut hätte, wäre er auf einem Schlachtfeld gewesen. Ob er sich in diesem Umfeld auch darauf verlassen konnte, wusste er nicht.

Insofern war er nicht glücklich mit seinem Auftrag in Paris. Alles andere jedoch war der Himmel auf Erden.

Schließlich hatte er eine Lösung gefunden und sie Otto von Bismarck telegraphisch vorgeschlagen. Die Antwort brauchte ein paar Tage, doch dann war sie mit der üblichen Bismarck'schen Präzision da – nicht nur eine Zustimmung zu Alvins Vorschlag, sondern auch gleich eine exakte Handlungsanweisung.

Wieder ein paar Tage später suchte Alvin die beiden Sekretäre auf, die er verdächtigte, und nahm sie beiseite, um mit ihnen nochmals die Bedienung des Telegraphen durchzugehen. Beide Männer murrten über die Zeitverschwendung. Alvin hatte sie bereits geschult.

»Das ist richtig«, sagte Alvin. »In der Handhabung des Telegrammversands. Was ich Ihnen heute zeigen möchte, sind Wartung und Reparatur des Geräts und ein paar kleine Kniffe, die nicht jeder kennt.«

»Und wozu?«

»Sagen wir mal so: In der Telegraphie liegt die Zukunft der Nachrichtenübermittlung, und jemand, der das Gerät nicht nur bedienen kann, sondern auch sein Innerstes versteht, ist jemand, an dessen Diensten man in der modernen Diplomatie nicht vorbeikommt.« Er zwinkerte den beiden zu. »Wenn Sie verstehen, was ich meine.«

Die Sekretäre wären nicht im diplomatischen Dienst gewesen, wenn sie die Anspielung nicht verstanden hätten. Erhöhte Karrierechancen winkten …

Alvin hatte mit Otto einen Zeitplan ausgearbeitet. Da er sich auf mehr inneren Widerstand der beiden Sekretäre eingestellt hatte, war er zu früh mit ihnen im Telegraphenraum, aus dem er den eigentlichen Telegraphenbeamten hinausgescheucht hatte. Die Gesandtschaft verfügte sowohl über einen Morsetelegraphen als auch über einen der neueren von Siemens vertriebenen Zeigertelegraphen, und Alvin begann damit, die Funktion des Zeigertelegraphen erneut zu erklären.

»Sie stellen hier diesen Zeiger auf den Buchstaben, den Sie senden wollen. Sehen Sie die kleine Scheibe oben auf der Kontrolltafel? Der Zeiger wandert mit und zeigt dieselbe Einstellung wie auf der Bedienscheibe. Das Gleiche sieht Ihr Gegenpart auf der Empfängerseite. Dann drücken Sie die Taste und verstellen den Zeiger erneut. Es ist so einfach wie das Buchstabieren. Aber ab und zu kommt es vor, dass es Störungen gibt und dass ganz andere Buchstaben beim Empfänger angezeigt werden als die, die Sie eingestellt haben. In diesem Fall müssen Sie hier den Deckel abschrauben und …«

Der Telegraph erwachte zum Leben, der Zeiger begann auszuschlagen. Alvin atmete im Stillen auf. Mit scheinbarer Hektik rief er: »Oh, eine Nachricht. Schnell, schreiben Sie sie mit, damit wir sie nicht verlieren!«

Die Sekretäre buchstabierten beide angestrengt mit. Die Nachricht war kurz und sensationell. Um dem noch immer nicht gelösten Streit wegen der spanischen Thronfolge eine neue Wendung zu geben, würde Preußen einen neuen Kandidaten ins Rennen bringen: den bayerischen König Ludwig II., der bereits Interesse signalisiert habe und sich nach geeigneten Orten für den Bau eines neuen Schlosses umsehe. Die Nachricht war gekennzeichnet mit: Streng vertraulich. Alvin schmunzelte innerlich. Sie hätte mit: Frei erfunden! gekennzeichnet werden sollen. Otto bewies einen gewissen zynischen Humor, dass er ausgerechnet diese Ente in die Welt gesetzt hatte.

»Oje«, sagte Alvin. »Das hätten wir gar nicht erfahren dürfen. Ich verlasse mich auf Ihre Diskretion. Bitte zerreißen Sie die Notizzettel und werfen Sie sie weg. Ich werde den Gesandten persönlich davon unterrichten.«

9

Wir hätten auf Sie hören sollen«, sagte Alfred Nobel mit seinem üblichen humorlosen Ernst. Er schritt eilig neben Paul her. Seine Kladde hatte er unter den Arm geklemmt. Paul hatte ihn noch nie ohne das Ding gesehen. Das Lagergebäude der Hamburg-Bergedorfer Eisenbahn lag etwas entfernt vom langgestreckten, niedrigen Klinkerbau des neuen Bergedorfer Bahnhofs. Schon von weitem konnte Paul den zerstörten Türflügel des Eingangstors sehen. Die obere Hälfte hing noch in der Angel, die untere Hälfte hatte jemand neben dem Eingang an die Wand des Lagerschuppens gelehnt.

»Ja«, sagte Paul, »das hätten Sie.« Er fühlte sich müde und gereizt nach der endlos langen Zugfahrt aus München hierher. Gestern Morgen war er aufgebrochen; nun war es bereits später Nachmittag. Er hatte das Gefühl, seine Hände seien mit Schmiere überzogen. Das Hemd klebte ihm am Körper, er roch nach dem Rauch der Lokomotive, der ins Abteil gezogen war, und nach Schweiß. Er wollte so schnell wie möglich sehen, weshalb Nobel ihn per Telegramm und mit allen Anzeichen der Panik gebeten hatte zu kommen. Nobel, der ihn am Bahnhof empfangen hatte, musste fast rennen, um mit ihm Schritt zu halten.

»Bergedorf ist der nächste Bahnhof zu Geesthacht, wenn man etwas mit der Bahn versenden will?«, fragte er den Unternehmer.

»Ja.«

»Hm. Man scheint sich sehr sicher gewesen zu sein, dass niemand auf den Diebstahl kommen würde.«

»Ich sage ja, wir hätten auf Sie hören sollen.«

»Wie viel ist gestohlen worden?«

»Mit dem, was hier hochgegangen ist?« Nobel blätterte in seiner Kladde. Paul musste an sich halten, um ihm nicht den Hals umzudrehen. »Um die dreißig Kilogramm. Genau können wir es nicht sagen, weil …«

»… weil sie nicht nur in puncto Sicherheit und Versperren des Dynamits nicht auf mich gehört haben, sondern auch noch schlampig Buch führen. Dreißig Kilo! Wie war das? Mit fünfundzwanzig Kilo kann man ein Haus in die Luft jagen?!«

»Wir tun, was wir können«, erklärte Nobel würdevoll. »Aber seien Sie versichert, dass uns dies hier eine Lehre ist.«

Sie erreichten das zerstörte Tor. In der Dunkelheit des Lagerschuppens konnte Paul einen flachen Krater gleich hinter dem Eingang erkennen. Der Boden rund um den Krater war sternförmig schwarz verbrannt. Außerdem waren da noch andere dunkle Flecke, die sich Paul lieber nicht ansehen wollte.

»Wir wissen mittlerweile, dass das gestohlene Dynamit zwischen einer Ladung Flusskrebse und mehreren Kisten mit in Eis gepackten Fischen versteckt wurde«, erklärte Nobel. »Vermutlich hätte alles gleich am frühen Morgen weitertransportiert werden sollen, aber dann fiel ein Zug aus, und die Ladung wurde hier untergestellt.«

Nobel führte ihn in die Düsternis des Lagerschuppens. Die Wärme des Frühsommertags hing stickig darin. Paul fühlte, wie sich unter seinen Achseln erneut Schweiß bildete. »Die Güter standen bis zum späten Nachmittag hier. Das Eis schmolz und durchnässte die versteckten Dynamitstangen. Wenn Dynamit nass wird, tritt das Nitroglyzerin aus. Es sammelte sich in der Pfütze, die sich des geschmolzenen Eises wegen bildete. Als die Bahnarbeiter am späten Nachmittag kamen, um die Kisten aufzuladen …«

»… stellten sie eine der Kisten zu hart in die Pfütze, in der sich das Nitroglyzerin gesammelt hatte.«

»Einer hat einen Unterschenkel verloren, einer eine Hand«, sagte Nobel leise. »Sie hatten Glück im Unglück, weil es nur eine kleine Portion Dynamit war und auch noch nicht viel Nitro ausgetreten war – und weil die größte Explosionswucht von der Fischkiste abgefangen wurde. Deren Trümmer haben den unteren Teil des Türflügels zerschmettert.«

»Konnten Sie die Diebe schon ermitteln?«

»Nein, aber wir konnten trotz unserer schlampigen Buchführung erkennen, dass uns im Lauf der letzten Wochen die besagten dreißig Kilogramm in kleinen Chargen entwendet wurden.«

Paul seufzte. »Herr Nobel, ich habe eine lange Fahrt hinter mir, um mir etwas anzusehen, das es nicht geben würde, wenn Sie von Anfang an auf mich gehört hätten. Gestehen Sie mir etwas Ärger zu.«

»Gestehen Sie mir zu, dass mein professioneller Stolz und mein Verantwortungsgefühl meinen Mitmenschen gegenüber durch dieses Vorkommnis erschüttert sind. Ich habe nicht absichtlich dafür gesorgt, dass man aus meinem Werk Dynamit stehlen kann.«

»Was sagt die Polizei?«, fragte Paul.

»Das werden sie uns selbst mitteilen. Wenn Sie mich nach Geesthacht begleiten wollen? Dort möchte uns ein Ermittlungsbeamter sprechen.«

»Herr Nobel, Sie arbeiten doch nicht nur mit mir zusammen. Warum bin ich der Einzige Ihrer Vertriebspartner, den Sie gebeten haben zu kommen?«

»Weil Sie der sind, zu dem ich am meisten Vertrauen habe«, sagte Nobel und hielt sich an seiner Kladde fest.

Paul seufzte ein zweites Mal. »Wo steht Ihr Wagen?«

Der Polizeibeamte hatte seinen Posten an Nobels Besprechungstischchen bezogen und ein halbes Dutzend wellig gewordener, zum Teil zerrissener Dokumente vor sich ausgebreitet. Er schüttelte Paul die Hand und ließ sich erklären, welche Rolle er spielte. Dann wies er auf die Papiere. Es waren Frachtbriefe.

»Es handelt sich hier um Durchgangsfracht«, sagte er. »Der erste Bestimmungsbahnhof ist Berlin. Die Fracht ist als eilige und verderbliche Lebensmittel gekennzeichnet.«

»Was Fische und Krebse ja auch sind«, meinte Paul.

»Und weswegen niemand nachprüft, was wirklich in den Kisten ist, weil niemand dafür verantwortlich gemacht werden will, zum Verderben der Fracht beigetragen zu haben. Die Fische – das haben wir bereits nachgeprüft – werden in Geesthacht am Elbhafen angelandet, dort verpackt und dann zum Abtransport nach Bergedorf bereitgemacht. Wussten Sie, dass Geesthacht seit zwei Jahren den bestausgebauten Winterhafen der ganzen Elbe hat? Wir verhören gerade die Fischer und die Hafenarbeiter, aber es gibt so viele unbewachte Momente, in denen ein Fremder die gestohlenen Dynamitstangen unter die Fracht mischen kann, dass ich eher nicht daran glaube, unter den Arbeitern den Schuldigen zu finden. Der, der das Dynamit aus der Fabrik stiehlt, ist auch der, der es zur Fracht bringt.«

»Und was passiert mit der Fracht in Berlin?«, fragte Paul.

»Da wird sie entladen, auseinandergepackt, neu zusammengestellt, neu gekühlt und auf den Weg gebracht. Mit Sicherheit wird das Dynamit dort entnommen. Wenn nicht eine Verzögerung geschieht wie dieses Mal, kommt es einigermaßen trocken in Berlin an.«

»Und dann?«

Der Polizist zuckte mit den Schultern. »Bleibt es dort – oder geht weiter. Ich wage zu wetten, dass Letzteres der Fall ist. Ich würde sogar so weit gehen zu behaupten, dass das Dynamit wieder zu den Fischen gepackt wird; oder zu anderen Lebensmitteln, die nicht eisgekühlt werden müssen und bei denen daher keine Gefahr für das Dynamit besteht. Und dann fährt die ganze Chose wieder los.«

»Sie sagten, die Papiere bezeichnen die Ladung als Durchgangsfracht. Wo ist das Endziel?«

Der Polizist lächelte. »Sie stellen die richtigen Fragen, Herr Baermann.«

»Ich habe viel Zeit mit einem ehemaligen Polizisten verbracht, der zum preußischen Heer ging, aber seine Vergangenheit nie ganz vergessen hat.«

»Wo war das?«

»In Paris«, sagte Paul und fühlte leise Wehmut, als er an Bronikowski dachte.

»Dann werden jetzt alte Erinnerungen in Ihnen wach werden«, meinte der Polizist. Er deutete auf einen Eintrag auf den Frachtpapieren, nass, verwischt und kaum leserlich, aber noch entzifferbar.

Paris.

10

Den restlichen Nachmittag verbrachte Alvin mit vorgetäuschter Arbeit in der Schreibstube, in der die beiden Sekretäre arbeiteten, um sie zu überwachen. Keiner von ihnen verließ den Raum. Als das Dienstende verkündet wurde, folgte er ihnen unauffällig ins oberste Geschoss unter dem Dach, in dem einige Dienstwohnungen und -zimmer lagen. Alvin kannte sie nur von einem Rundgang durch das Gebäude bei seiner Ankunft. Er, Werther und Waldersee lebten in geräumigeren Dienstwohnungen in der Nähe der Gesandtschaft. Einer der beiden Sekretäre bewohnte mit seiner Frau eine kleine Wohnung unter dem Dach, der andere eine Kammer. Alvin stellte sicher, dass die Männer in ihre Unterkünfte gingen, dann postierte er sich am Treppenaufgang in einer Kammer, in der Besen und Eimer aufbewahrt wurden. Er hatte einen Tag mitten unter der Woche gewählt, an dem bislang keiner der beiden abends ausgegangen war. Derjenige, der heute seine Gewohnheit brach, war wahrscheinlich der Verräter. Wenn er das Haus verlassen wollte, musste er hier vorbeikommen.

Dann wartete Alvin.

Und wartete.

Stille legte sich über die Gesandtschaft, die umso tiefer wurde, je mehr draußen die Dämmerung herabsank. Alvin beobachtete das Verschwinden des Lichts, das in einem kleinen Keil zur angelehnten Tür hereinfiel, bis es draußen im Flur ebenso dunkel war wie in der Besenkammer. Mittlerweile konnte er in der Stille wieder leise Geräusche hören, ohne sie unterscheiden oder genau sagen zu können, was sie waren. Es waren die kaum hörbaren Laute der Bewohner eines Hauses, die sich in ihre Räumlichkeiten zurückgezogen hatten, um dort den Abend ruhig zu beschließen, während das Haus selbst ebenfalls zur Ruhe kam.

Zu einer unwillkommenen Ruhe, was Alvin anging. Im Papierkorb des Telegraphieraums lagen die Schnipsel der fingierten Nachricht. Es war unverständlich, dass die brisante Nachricht nicht schon lange weitergegeben worden war. Worauf wartete der Verräter? Hatte Alvin sich getäuscht – hätte er den Kreis der Verdächtigen erweitern sollen? Was war, wenn er die Falschen verdächtigte? Ein paar Momente wurde ihm heiß, aber selbst wenn es so wäre, hätte er keinen Schaden angerichtet. Die falsche, politisch gefährliche Botschaft kannten nur die beiden Sekretäre. Falls keiner von ihnen der Täter war, würde sie einfach ungenutzt im Papierkorb verpuffen. Alvin würde von vorn anfangen und sich einige bösartige Bemerkungen Ottos gefallen lassen müssen.

Dann glomm das Gaslicht im Treppenhaus der Gesandtschaft wieder auf, und Schritte kamen die Stufen herunter. Neben den Schritten war ein seltsames Schleifen und Plumpsen zu hören, als würde etwas Schweres die Treppe heruntergezerrt. Alvin starrte mit weit aufgerissenen Augen in die Dunkelheit jenseits des trüben Lichtkegels, der wieder von draußen hereinfiel. Was zum Henker war das?

Noch während er darüber nachdachte, ins Treppenhaus hinauszutreten, hielten die Schritte direkt vor seiner Tür an, sie wurde geöffnet, und Alvin erblickte eine kleine, gebückte Gestalt, die mit einem erschrockenen Quietschen zurückwich und sich ans Herz griff.

»*Mon Dieu*«, sagte die Gestalt dann in schwer genuscheltem Französisch, »was tun Sie hier drin, Colonel?«

Alvin trat seufzend hinaus. Die kleine, gebückte Gestalt war eine der Putzfrauen, welche die Gesandtschaft angestellt hatte.

Es gab zwei von ihnen. Sie waren für die Reinigung der Flure, des Treppenhauses und aller Arbeitsräume zuständig. Die Privatwohnungen sauber zu halten war Pflicht der Bewohner, außer man war der Gesandte selbst, doch Alvin wusste, dass die beiden Frauen gegen Geld auch in den Zimmern und Appartements putzten. Niemand hatte etwas dagegen.

»Ich zähle die Besen«, sagte Alvin, weil ihm nichts Besseres einfiel. »Inventur, Madame.«

Die Putzfrau spähte an ihm vorbei in die Besenkammer. Sie musste um die sechzig sein, hatte ein dunkelhäutiges Gesicht mit mehr Runzeln als ein Winterapfel, noch immer pechschwarzes Haar, das unter einem Kopftuch hervorquoll, einen Buckel und große, rote, grobe Hände, die davon zeugten, dass sie tagsüber als Wäscherin tätig war. Alvin hatte sie schon öfter gesehen und immer freundlich gegrüßt. »Der eine Besen ist immer noch da, Colonel«, erklärte sie.

»Jjja!«, sagte Alvin. »Alles sehr korrekt hier! Respekt!«

Sie sahen sich gegenseitig an, Alvin, der unbewusst den Eingang zur Besenkammer blockierte, und die Alte. Schließlich deutete sie auf den Besen. »Kann ich ihn dann haben, nachdem Sie ihn gezählt haben, Colonel?«

»Oh. Natürlich.«

Alvin gab den Weg frei. Die Putzfrau holte den Besen und schlurfte mit ihm wieder hinaus. Auf dem Treppenabsatz hatte sie einen Sack liegenlassen, den sie jetzt wiederaufnahm und hinter sich herzog auf die Treppe zum nächsten Untergeschoss zu. Sie nickte Alvin zum Abschied zu. Was immer sie sich über sein seltsames Benehmen dachte, war nicht aus ihrem zerknitterten Gesicht abzulesen.

»Was tun Sie da, Madame?«, fragte Alvin.

»Das ist der Müll aus den Obergeschossen«, sagte die Alte mit einem Nicken zum Sack hin. »Ich bringe ihn hinaus.

Dann fege ich den Flur. Mit dem Besen. Ich hänge ihn nachher wieder zurück, Colonel, keine Sorge.«

»Ich helfe Ihnen mit dem Sack«, sagte Alvin, der den Verdacht hatte, dass er die Jagd auf den Verräter heute genauso gut auch aufgeben konnte.

»Sie sind sehr nett, Colonel«, erwiderte die Alte. »Sie sind zwar ein Preuße, aber Sie sind nett.« Sie lächelte mit einem zahnlosen Mund und quetschte dadurch noch ein paar Dutzend weitere Falten in ihr Gesicht.

Alvin hob den Sack hoch. »Grundgütiger, was ist da alles drin?«, rief er überrascht. Unwillkürlich stellte er den Sack wieder ab und spähte hinein.

Die Alte zuckte mit den Schultern. »Alles, was die Herrschaften wegwerfen. Den meisten Müll macht der Lieutenant-Colonel. Er schreibt viel und wirft noch mehr davon weg. Vielleicht schreibt er ein Buch?«

»Nur ein Tagebuch«, sagte Alvin zerstreut, der Alfred von Waldersees geradezu obsessives Festhalten seines Tagesablaufs kannte. Er starrte die Papierschnipsel an, die aus dem sonstigen Müll in dem Sack herausragten. Er spürte, wie ihm so kalt wurde, so kalt, wie es ihm vorhin heiß geworden war.

»Grundgütiger!«, stieß er hervor.

Er ließ die Alte und den Sack stehen und raste die Treppe hinab ins Erdgeschoss, mit seinem steifen Knie zwei Stufen auf einmal nehmend, so gut er konnte. Er hinkte den dunklen Gang entlang, an dessen Ende die Telegraphenbude lag, und sah schon von weitem den Lichtsaum unter der Tür. Keuchend langte er vor der Tür an und riss sie auf.

Zwei Menschen blickten erschrocken auf. Papierfetzen wirbelten vom Luftzug in die Höhe.

Es waren ein Mann und eine Frau. Alvin kannte sie beide. Der junge Mann war der Pferdeknecht der Gesandtschaft; die junge Frau die Putzfrau, deren Revier die unteren beiden Stockwerke des Palais waren. Sie hatten beide versucht, die zerrissene Botschaft vom Nachmittag zusammenzusetzen.

Es war so einfach, dass er nicht draufgekommen war. Die Putzfrau hatte Zugang zu allen Nachrichten, die der Telegraphenbeamte in den Eimer warf; zuweilen wahrscheinlich nicht einmal ordnungsgemäß in so kleine Fetzen wie möglich zerrissen. Der Pferdeknecht war dazu da, schnell weiterzugebende Nachrichten außer Haus zu bringen, wenn es zu auffällig war, dass die Putzfrau ihre Arbeit verließ – er musste nur durch den Wirtschaftstrakt und durch den Park zum Ufer der Seine hinausgehen, durch ein kleines Tor in der rückwärtigen Mauer des Parks, vor dem keine ständige Wache stand, und konnte dann in aller Seelenruhe zu einem Postamt oder einem Telegraphenbüro gehen und seine Botschaft absenden. Sie arbeiteten zusammen, und sie waren die Verräter, die Gerhard von Cramm mit Nachrichten versorgten.

Der Pferdeknecht hechtete über den Tisch und stürzte sich auf ihn.

11

Ein Schwall von Schweiß- und Pferdegeruch hüllte Alvin ein, als er mit dem Pferdeknecht zu Boden ging. Alvin knallte mit dem Hinterkopf auf die Dielen und sah Sterne. Die Putzfrau rannte an ihnen vorbei auf den Gang hinaus. Alvin schaffte es, mit einer Hand nach ihrem Knöchel zu angeln. Sie stolperte und fiel mit einem wütenden Aufschrei. Die Pranken des Pferdeknechts legten sich um Alvins Hals.

»Lauf, Sandrine, lauf!«, rief der Pferdeknecht. Er drückte zu.

Der Reflex, sich aufzubäumen und um sich zu schlagen, war fast übermächtig. Alvin schaffte es, ihn zu unterdrücken. Er brachte eine Hand zwischen die Arme des Knechts, fasste nach oben und krallte den Daumen in ein Nasenloch und den Zeigefinger in eine Augenhöhle. Der Knecht brüllte und warf sich nach hinten. Alvin bekam auf einmal wieder Luft. Er trat nach und fühlte, wie die harten Absätze seiner Schaftstiefel in einen Leib trafen. Er warf sich herum, um auf die Beine zu kommen. Immer noch war er außer Atem, von dem schnellen Lauf die Treppe herunter und jetzt von dem Kampf; die Erinnerung an die monströse Schlägerei in der Berliner Kneipe, bei der er Paul und Stéphane kennengelernt hatte, blitzte in ihm auf – und die Erkenntnis, dass er nicht mehr zwanzig, sondern knapp fünfzig war. Er musste nach Atem ringen wie ein Grenadier, der mit vollem Gepäck einen Geländelauf absolviert hat.

Der Pferdeknecht kam auch auf die Beine. Aus seiner Nase lief Blut, sein eines Auge war rot unterlaufen. Der Pferdeknecht war zwanzig, voller Wut und Angst und hatte noch jede Menge Kraft. Sofort stürzte er sich wieder auf Alvin.

Aber es hatte einen Vorteil, wenn man fünfzig war und das harte Training der preußischen Offiziersschule durchlaufen hatte, garniert von einigen wertvollen Übungsstunden mit den Sergeanten hinter der Mannschaftsbaracke und von den weisen Ratschlägen Feldwebel Bronikowskis: Man kannte mehr dreckige Tricks.

Der Pferdeknecht krachte mitsamt dem Stuhl des Telegraphenbeamten zu Boden, der sich plötzlich in seinem Weg befunden hatte. Alvin trat ihm in die Rippen und mit einer Stiefelspitze in den Oberschenkel, um ihm für ein paar Minuten ein lahmes Bein zu verschaffen und seine eigene Behinderung auszugleichen. Dann schnappte er sich den Zeigertelegraphen vom Tisch, riss die Drähte heraus und schleuderte ihn gegen das Fenster. Er musste verhindern, dass die Putzfrau durch das Hauptportal hinausgelangte, und wenn er den Schaden an Gerät und Fenster selbst bezahlte!

Der schwere Apparat krachte durch das Glas und flog nach draußen. Das Scheppern und Klirren musste die halbe Nachbarschaft aufwecken – und auf jeden Fall den einsamen Nachtposten vor dem Eingang alarmieren.

»Schließ das Tor!«, brüllte Alvin zum Fenster hinaus. »Hier ist Oberst von Briest! Schließ das Tor! Lass keinen …«

Er wurde zurückgerissen. Eine Faust grub sich in seinen Bauch. Er krümmte sich, seine Mitte plötzlich das Zentrum einer Übelkeit erregenden Taubheit. Statt sich wieder aufzurichten, stieß er mit der Schulter nach vorn und schob seinen überraschten Gegner vor sich her, bis dieser mit der Hüfte gegen die Kante des schweren Telegraphentischs stieß. Der verbliebene Morsetelegraph tanzte über die Tischplatte und krachte zu Boden. Er hörte den Pferdeknecht ächzen. Er richtete sich auf, so schnell er konnte, packte den Mann am Hemdkragen und zog ihn zu sich heran. Sein Kopf schnappte nach vorn. Er hörte Bronikowski sagen: »Die Stirn is dit Härteste, wat der menschliche Körper zu bieten hat, selbst die von eenem Offizier! Bevor Se mit die Fäuste zuhauen, stoßen Se lieber mit die Birne!«, und fühlte, wie das Nasenbein des Pferdeknechts unter dem Kopfstoß brach.

Der Knecht stieß ihn zurück. Alvin schüttelte sich, um seine Sicht zu klären. Er geriet mit den Füßen in das Kabelgewirr auf dem Boden und verlor beinahe das Gleichgewicht. Der Pferdeknecht stieß sich vom Tisch ab, seine untere Gesichtshälfte nun nass vor Blut und Rotz, und stürzte zur Tür hinaus.

Alvin setzte ihm nach. Der Pferdeknecht hatte die Geistesgegenwart, draußen auf ihn zu warten. Der Faustschlag traf Alvin in vollem Lauf direkt auf die Schläfe und warf ihn zurück in die Telegraphenstube. Torkelnd kam er auf die Füße und rannte erneut hinaus, den davoneilenden Schritten hinterher. Sein Kopf schmerzte, ihm war schwindlig, seine Kehle fühlte sich an, als hätte er Glasscherben geschluckt, und sein schlechtes Knie war steifer denn je, aber er durfte jetzt nicht nachlassen.

Im Treppenhaus stand der Nachtposten mit quer gehaltenem Gewehr vor der Ausgangstür. Er starrte Alvin mit offenem Mund an und deutete die Treppe hoch, als Alvin ihn anherrschte: »Wohin?«

Natürlich. Die Treppe. Und über die Dachklappe hinaus aufs Dach. Das Dach des Palais Beauharnais bot Zugang zu den Dächern der anderen Gebäudeflügel und zu den Nachbarhäusern. Mehr als eine schmale Brandgasse musste man nicht überwinden von einem Hausdach zum anderen. Irgendwo würde man schon eine offene Dachluke finden, eindringen und dann durch dieses Gebäude fliehen. Stöhnend nahm Alvin die Stufen. Er hörte das Poltern von zwei paar Schuhen über sich und erkannte, dass er schon ein Stockwerk im Nachteil war. Er versuchte, schneller zu laufen. Sein Atem pfiff. Wieso konnte die Gesandtschaft nicht in einem Stall untergebracht sein?

Als er die Leiter hochkrabbelte, die durch die Luke hinaus aufs Dach führte, war er so erschöpft, dass er schwarze Punkte vor den Augen sah. Wenn der Pferdeknecht oder seine Komplizin hier auf ihn gewartet hätten, hätten sie ihn mit einem gezielten Fußtritt gegen den Kopf erledigen können. Aber sie waren weitergeflohen. Er sah sie über das Dach laufen, dunkle Schatten auf den im Mond- und Sternenlicht schimmernden Blechbeschlägen des Dachs. Er hinkte hinterher und unterdrückte das Bedürfnis, ihnen Verwünschungen nachzurufen, weil er schon kaum mehr Atem zur Verfügung hatte. Sein Hinken ließ ihn unsicher auf den flachen Dachfirsten der verschiedenen Gebäudeflügel entlanghasten. Wenn er stolperte, gab es eine kurze Rutschfahrt an der Dachschräge entlang, einen Aufprall auf den breiten Dachrand und dann einen kurzen freien Fall vier Stockwerke in die Tiefe. Mindestens zwölf Meter. Genug, um den Sturz nicht zu überleben.

Die Verfolgten schlugen Haken und vergrößerten den Vorsprung. Sie hatten sich nach Osten gewandt, in Richtung der Rue de Solférino, eines breiten Prachtboulevards, den sie nicht würden überwinden können. Wären sie nach Westen gelaufen, wo der Gebäudeverbund an der Kreuzung des Boulevard Saint-Germain mit dem Seine-Kai endete, hätten sie über eines der dort befindlichen Baugerüste hinunterklettern können. Sie erkannten offensichtlich ihren Fehler und versuchten, nach Süden auszuweichen, zur Rue de Lille hin. Stöhnend folgte Alvin ihnen. Er geriet immer mehr ins Hintertreffen, aber er wollte verdammt sein, bevor er sich abschütteln ließ.

Der Pferdeknecht und die Putzfrau blieben plötzlich stehen. Sie drehten sich zu ihm um, als er hustend und ächzend auf sie zuhumpelte, dann traten sie ein paar Schritte zurück, nahmen Anlauf und sprangen.

Grundgütiger! Eine Lücke! Alvin beschleunigte, ohne zu wissen, wie breit die Brandgasse war, die das Palais vom Nachbargebäude trennte. Doch die beiden hatten es geschafft, dann würde er es auch schaffen. Er stieß sich mit dem gesunden Bein ab und flog über die Lücke, kam mit dem Fuß des steifen Beins auf, fiel nach vorn, prallte auf die Schräge des Dachs und krabbelte auf allen vieren daran hoch.

Die Flüchtenden waren bereits an der jenseitigen Dachkante, mussten am Dach nach unten gerutscht sein und sprangen nun erneut. Die Putzfrau hatte ihren Rock auf ganzer Länge entzweigerissen, um Bewegungsfreiheit zu haben; die Stoffbahnen flatterten ihr um die Beine. Alvin rutschte ebenfalls am Dach nach unten und sprang. Diesmal reichte ihm der Anlauf nicht. Er traf mit dem Oberkörper an die Dachkante, aber er konnte sich festhalten und mit strampelnden Beinen nach oben ziehen. Auf dem Dach angekommen, wusste er, dass die Jagd auf diesem Haus zu Ende gehen würde. Er hatte nicht mehr die Kraft, sie noch über weitere Dächer fortzusetzen. Röchelnd kroch er die Schräge zum Dachfirst hoch, die hier besonders steil war, um sich drüben wieder nach unten rutschen zu lassen, wissend, dass es sinnlos war, dass die Verfolgten mit Sicherheit schon auf dem nächsten Haus waren. Er hielt inne, als er über den First blicken konnte.

Die Putzfrau kauerte am Rand des Dachs und starrte nach unten, in die Rue de Lille. Vom Pferdeknecht war nichts zu sehen. Alvin schwang ein Bein über den First, geriet ins Rutschen und kam mit knapper Not am Dachrand zum Halten. Die Putzfrau machte keine Anstalten, wegzulaufen. Er sah ebenfalls nach unten.

Der Körper des Pferdeknechts lag vier Stockwerke weiter unten auf dem Pflaster, seltsam verrenkt. Um ihn herum glänzte frische Nässe in den Pflasterfugen. Er musste das Unmögliche versucht haben und hatte über die breite Rue de Lille springen wollen. Es hatte nicht gereicht.

»Grundgütiger«, stieß Alvin aus.

Er wandte sich um und wollte die Putzfrau ansprechen, doch diese kauerte nun nicht mehr, sondern stand am Rand des Dachs. In beiden Händen hielt sie eine Pistole und zielte damit auf ihn. Ihr Gesicht war verzerrt, ihr Haar zerzaust, ihr Atem flog; die Pistole in ihrer Hand schwankte hin und her.

Es war egal. Auf diese Nähe brauchte sie einfach nur abzudrücken und würde ihn auf jeden Fall treffen.

»Alboche!«, zischte sie. »Verfluchter Alboche!«

Ihr Finger krümmte sich. Der Schuss knallte. Ihr Kopf flog auseinander und spritzte Alvin heiße Flüssigkeit ins Gesicht. Ihr Körper sackte zusammen und verschwand lautlos über den Rand des Dachs. Sie hatte die Pistole nicht abgefeuert. Gleich darauf hörte er unten einen Aufprall.

Alvin sah auf. Auf dem Dach gegenüber stand der massige Schatten eines Mannes. In seinen Händen war ein rauchendes Gewehr. Der Mann tippte sich grüßend an den Schirm seiner Mütze und kletterte die Dachschräge hoch. Er verschwand dahinter, und es war, als ob es ihn nie gegeben hätte. Die feine Rauchfahne vom Abfeuern des Gewehrs verging in der Nachtluft.

Fassungslos blickte Alvin nach unten. Zwei verrenkte Leichen lagen jetzt dort. Er ließ sich zurücksinken und legte den Kopf auf die Dachschindeln. Von fern hörte er das Trillern von Polizeipfeifen, das sich näherte. Die Gardisten in der Gesandtschaft mussten die Beamten alarmiert haben. Er brauchte lange, bis sein Atem sich beruhigte, und dann breiteten sich die Schmerzen von den Treffern des Kampfs und vom Aufprall auf den Dachrand in ihm aus. Sein steifes Knie stach. Sein Herzschlag verlangsamte sich ganz zum Schluss.

Er hatte die beiden Spione ausgeschaltet. Er war sicher, dass sich bei ihnen keinerlei Beweise finden würden, die auf Gerhard von Cramm hinwiesen. Sie waren in jeder Hinsicht umsonst gestorben. Die Nachricht, derentwegen sie den Tod gefunden hatten, war ein Märchen, und ihr Auftraggeber war so wenig überführt wie zuvor.

Dann richtete er sich wieder auf, weil er erst jetzt alles verstand. Der Mann mit dem Gewehr! Er hatte die Putzfrau gezielt erschossen und ihm damit das Leben gerettet. Aber hatte er sie deswegen getötet? Oder weil er verhindern wollte, dass die junge Frau die Nerven verlor, sich ergab und in Alvins Gewahrsam dann geplaudert hätte?

Ächzend richtete er sich auf und winkte den Polizisten, die unten in die Rue de Lille einbogen und vor den beiden Leichen stehen blieben. Die Jagd war doch noch nicht vorüber. Sie hatte nur für diese Nacht einen Rückschlag erlitten. Als ein Polizeibeamter über den Dachfirst spähte, von dem er heruntergeschlittert war, sagte Alvin müde: »Passen Sie auf, wenn Sie hier runterkommen. Das Dach ist abschüssig.«

12

Otto von Bismarck antwortete nicht auf das Telegramm, das Alvin ihm am nächsten Morgen sandte.

In der Gesandtschaft schnüffelte ein halbes Dutzend Polizisten herum, ohne mehr zu finden als das, worauf Alvin sie schon hingewiesen hatte. Oberstlieutenant von Waldersee, über einen Teil der Vorgänge unterrichtet, zog sich in sein Arbeitszimmer zurück, zweifellos, um seinem Tagebuch zu klagen, dass man ihn außen vor gelassen hatte, und sicher auch, um die Einträge zu vernichten, wenn ihm im Lauf des Tages klarwurde, wie sehr sie die Geringschätzung unterstrichen, die der Bundeskanzler ihm entgegenbrachte. Freiherr von Werther, der Gesandte, gab sich entsetzt über die Schlechtigkeit der Welt und überlegte, ob er den Duc du Gramont, den französischen Außenminister, von der Angelegenheit in Kenntnis setzen sollte, bis Alvin ihm erklärte, dass der Herzog vermutlich schon Bescheid wusste und man es ihm überlassen sollte, ob er diplomatisch klug den Kopf in den Sand steckte oder aus den Ereignissen einen Sturm im Wasserglas machen wollte.

Alvin war nur mit halbem Herzen bei der Sache. Er dachte auch nicht so sehr an Otto von Bismarcks ausstehende Antwort als an den Mann mit dem Gewehr auf dem gegenüberliegenden Hausdach. Je länger er sich seinen Anblick ins Gedächtnis rief, desto mehr schien es ihm, dass er den Mann kannte. Aber woher? Konnte er dieser Ahnung vertrauen, geboren aus dem Blick auf eine in der nächtlichen Finsternis nur halb sichtbare Gestalt, während ihm der Schweiß in die Augen lief und er nach Luft ringen musste?

Dann kam doch noch ein Telegramm von Otto von Bismarck in der Verschlüsselung, die er mit Alvin vereinbart hatte. Alvin empfahl dem Telegraphenbeamten, einen Spaziergang durch die Junisonne zu unternehmen, sperrte die Tür zur Telegraphenbude hinter sich zu und machte sich an die Entschlüsselung. Sie war mühsam, denn das Telegramm war in Morsecode gehalten und musste erst noch in den Buchstabensalat umgewandelt werden, zu dem die Verschlüsselung die Nachricht machte. Der Zeigertelegraph, den Alvin aus dem Fenster geworfen hatte, war jenseits aller Reparatur; es war bereits ein neues Gerät bei Siemens & Halske bestellt worden. Zum Glück funktionierte aber das ältere Gerät noch.

Alvin hatte die schneidende Wut und die Verachtung Ottos erwartet, von der man ihm bereits berichtet hatte und die sich immer zeigte, wenn jemand nicht so arbeitete, wie es der Bundeskanzler erwartete. Doch stattdessen war die Antwort eine Information – und eine Anweisung, mit der Alvin nicht gerechnet hatte.

Der Text lautete: *Alle aktivitäten einstellen – now we must watch our every step – l hat zugesagt – viva el rey espagnol – behalte es für dich es darf niemand wissen. B. 19. Juni 1870.*

Alvin kratzte sich am Kopf, biss die Zähne zusammen, als er dabei die Beule an seiner Schläfe berührte, und kratzte anderswo. Leopold von Hohenzollern-Sigmaringen hatte anscheinend die Königswürde von Spanien angenommen. Er las das Datum erneut. 19. Juni 1870. Plötzlich schluckte er, weil ihm das Gewicht der Nachricht bewusst wurde. Es war der Fall eingetreten, der Frankreich am meisten von allen zuwider war – eingekreist von Hohenzollern-Herrschern zu sein. Frankreich würde sich das nicht gefallen lassen. In diesem Zusammenhang war Ottos Anweisung, sich still zu verhalten, verständlich: Die preußische Gesandtschaft durfte jetzt keinen Staub aufwirbeln, bis die Nachricht, die offenbar noch geheim gehalten wurde, in geeigneter Form an die Öffentlichkeit gelangte. Auf einmal war er doch froh, dass die beiden Verräter ausgeschaltet waren. Nun war wenigstens die Gefahr gebannt, dass die Neuigkeit bekannt wurde, bevor die nötigen Vorbereitungen auf preußischer Seite getroffen waren.

Welche die nötigen Vorbereitungen waren, darüber brauchte Alvin nicht lange nachzudenken. Er schluckte erneut, vergaß die Schmerzen in seinem Knie und seinem zerschundenen Oberkörper. Denn die Nachricht bedeutete in zweiter Linie dies: dass Frankreich und Preußen, im Krieg gegen Österreich noch heimliche Verbündete, nun keine politischen Partner mehr waren. Im Gegenteil. Sie waren zu Gegnern geworden. Vom Gegner zum Feind war es nur ein kurzer Weg, eine undiplomatische Rede, ein ansonsten ignorierter unwichtiger Grenzvorfall, eine Indiskretion zur falschen Zeit …

Vier Jahre nach der Schlacht von Königgrätz steuerte Preußen auf einen weiteren Krieg zu. Fünfundfünfzig Jahre nach der Schlacht von Waterloo hieß der Feind von neuem Frankreich. Bismarck musste sich dessen bewusst sein. Und er würde alles tun, damit Preußen darauf vorbereitet war.

Jemand klopfte vorsichtig an die Tür. Alvin stand auf und drehte den Schlüssel um. Ein Gesandtschaftssekretär stand draußen.

»Bitte die Störung zu entschuldigen, Herr Oberst, aber Herr Oberst haben Besuch«, sagte er zackig.

»Ein Besuch?«, fragte Alvin. »Na gut, ich lasse bitten ... äh ... im Empfangszimmer der Gesandtschaft.«

Ein Hüne von Mann in einem zerknitterten Anzug, der nach Eisenbahnrauch und zu langer Zeit in denselben Sachen roch, trat in die Tür, schob den Sekretär beiseite und grinste Alvin an. »Jetzt tu nicht so förmlich, Kruzifix.«

»Paul«, brachte Alvin noch erstaunt hervor, dann fühlte er sich umarmt und umarmte seinen Freund nach Kräften zurück. Sie schlugen sich gegenseitig auf den Rücken, lachten und schüttelten die Köpfe über grauer gewordenes Haar und tiefer gewordene Falten. Schließlich schickte Alvin den verlegen dastehenden Sekretär zurück und zog Paul in die Telegraphenbude. Als Paul stehen blieb und die Tür sorgfältig hinter sich zumachte, fühlte Alvin Unruhe in sich aufkommen.

»Wie geht es Louise?«, fragte Paul, um gleich darauf hinzuzusetzen: »Aber das ist nicht, weswegen ich gekommen bin.«

»Louise geht es gut. Sie wird glücklich sein, dich zu sehen.«

Ein paar Augenblicke lang sahen sie sich an, plötzlich in der Melancholie zweier Männer befangen, die dieselbe Frau lieben, die besten Freunde sind und vor langer Zeit im Stillen beschlossen haben, dass ihnen das Glück dieser Frau und ihre Freundschaft wichtiger ist als ihre gebrochenen Herzen.

Dann sagte Paul: »Ich brauche deine Hilfe, Alvin. Jemand schmuggelt Dynamit nach Paris.«

»Wie viel?«

»Genug, um ein ganzes Haus in die Luft zu sprengen«, sagte Paul und blickte sich bedeutungsvoll um. »Ich habe die Spur der Schmuggler von Hamburg über Berlin bis hierher verfolgt.« Er fuhr sich über das Gesicht. »Jesus Maria, wann hab ich das letzte Mal geschlafen?«

»Warum tust du das? Warum nicht die Polizei?«

»Weil die Polizei nur bis zu den Ländergrenzen ermittelt. Und weil meine Reputation an dieser Sache hängt. Ich bin mit dem Hersteller des Dynamits, Alfred Nobel, eine Partnerschaft eingegangen. Wenn irgendeine Schweinerei mit dem gestohlenen Dynamit passiert, wird auch mein Name beschmutzt.«

»Und der Hersteller?«

»Ist ein Idealist, der mich voller Panik zu Hilfe gerufen hat. Alvin – die Spur weist nach Paris, aber hier verliert sie sich. Kann die preußische Gesandtschaft mir helfen? Kannst du mir helfen?«

Alvin, in dessen Hirn sich in den letzten Augenblicken eine Idee geformt hatte, lächelte plötzlich. Er wusste, dass er sich auf die Verschwiegenheit Pauls verlassen konnte, daher legte er ihm Bismarcks Telegramm vor.

»Nein«, sagte er, während Paul es las. »Aber du kannst mir helfen. Ich wette, dass hinter dem Dynamitschmuggel und der Spionageaffäre, die ich hier verfolge, derselbe Mistkerl steckt: Gerhard von Cramm. Wegen der Spionage kommen wir nicht an ihn ran – ich erkläre dir gleich, wieso. Aber vielleicht über die Schmuggelei. Es ist mir egal, weswegen wir den Bastard ans Kreuz nageln; Hauptsache, er hängt dran.«

Paul blickte auf. Ein Grinsen stahl sich auf sein müdes Gesicht. »Wir haben Eisenbahnlinien gebaut, dieselbe Frau geliebt, Aufständen und Anschlägen getrotzt, zusammen einen prächtigen Sohn aufgezogen, Krieg geführt … und jetzt fangen wir einen Verbrecher?«

»Wenn es einfach wäre«, erwiderte Alvin und spürte eine solche Wärme und Freundschaft zu Paul in sich aufsteigen, dass er ihn am liebsten noch einmal umarmt hätte, »würde es jemand anderer machen.«

13

Lily wartete auf die Bestätigung. Nicht, dass sie an Bertrands Worten gezweifelt hätte, aber die Nachricht schien ihr zu wichtig, um sie nicht sicherheitshalber bestätigen zu lassen. Die Bestätigung kam am Abend des Tages nach dem Tod des Pferdeknechts und der Putzfrau.

Der Souskoch aus der Gesandtschaft knetete erneut nervös die Mütze in seinen Händen und sah Lily mit ängstlich erwartungsvoller Miene an.

»Alvin von Briest«, sagte Lily schließlich. »Und du bist dir sicher?«

»Sie haben doch gesagt, ich soll rausfinden, wie der neue Oberst heißt, *patron*«, haspelte der Koch. »Ich wollte es Ihnen schon heute Morgen sagen, aber den ganzen Tag haben Polypen in der Gesandtschaft rumgeschnüffelt, deshalb konnte ich erst jetzt weg.«

»Alvin von Briest«, wiederholte Lily und fragte sich, ob dies ein Wink des Schicksals war.

»Er ist mit seiner Frau angereist, aber sie wohnen nicht im Palais«, erklärte der Koch. »Seine Frau heißt …«

»Louise«, unterbrach Lily.

Der Koch nickte eifrig.

»Gut. Du kehrst morgen ganz normal an deine Arbeit zurück und tust nichts anderes als sonst. Wenn ich dich wieder brauche, lasse ich dich rufen.«

»Ist recht, *patron*. Danke, *patron*.«

Lily wandte sich an Bertrand, der dem kurzen Verhör stumm beigewohnt hatte. »Ich hab es dir schon beim ersten Mal geglaubt, aber ich wollte sichergehen«, sagte sie.

»Schon in Ordnung, *patron*. Ich hab ihn nur kurz gesehen, nach dem Schuss. Ich musste schauen, dass ich Land gewinne, und hätte mich auch täuschen können. Und dass er Louise bei sich hat, wusste ich gar nicht. Es war richtig, die kleine Ratte zu befragen.«

»Wir haben Cramm vor der Entdeckung bewahrt«, sagte Lily. »Und haben ihn damit in der Hand. Ich denke, der Rest der Lieferung wird gratis erfolgen, und wenn er es nicht von sich aus anbietet, schlagen wir es ihm vor. Was meinst du?«

»Siebzig Kilogramm Dynamit gratis …« Bertrand grinste. »Ein guter Gegenwert für ein Wurfmesser und eine Kugel.«

»Sandrine hat gar nicht gemerkt, dass der Pferdeknecht sich das Messer eingefangen hat?«

»Ich denke nicht, *patron*. Sie hat nicht mal gemerkt, dass ich drüben auf dem anderen Dach war – besser gesagt, sie hat es erst gemerkt, als ihr schon der Schädel platzte. Mit diesen Minié-Geschossen kann man einem Stier die Hörner wegpusten, wenn man sie an der Spitze einkerbt.« Bertrand lächelte.

»Ein wirklich gutes Geschäft«, sinnierte Lily. »Cramm ist uns verpflichtet, und die Gefahr, dass einer von den beiden die Polypen am Ende noch zu uns geführt hätte, ist auch vorüber. Danke, Bertrand.«

»*Avec plaisir, patron*«, sagte Bertrand und verbeugte sich.

»Alvin und Louise«, murmelte Lily. Sie erinnerte sich an den Tag, an dem Otto sie nach Gut Briest gebracht hatte – an dem Bismarck sie weggeworfen hatte wie ein altes Spielzeug. Sie erinnerte sich an Ottos Tränen und an Alvins Versuch, ihn zu trösten. »Einer der letzten verbliebenen persönlichen Freunde des preußischen Bundeskanzlers.« Sie musste den wie immer bitter aufsteigenden Hass hinunterschlucken. »Fehlt nur noch mein Bruder Paul. Wenn es mir nicht mit ihrer Hilfe gelingt, Otto auch hierherzulocken und ihm eine Falle zu stellen, dann soll mich der Teufel holen. Und dann vernichte ich sie alle miteinander!«

Bertrand hatte bei der Bemerkung mit dem Teufel eine verbissene Miene gezogen. Lily lachte rau.

»Keine Sorge. Diesmal versuche ich nicht, mit ihm draufzugehen. Das ist vorbei. Diesmal will ich zusehen, wie er stirbt. Und die anderen mit ihm.« Ihr kam der Gedanke, dass sie dann endlich frei sein würde. Wenn Paul tot war, dessen lächerliche Bruderliebe sie immer bedrängt hatte, und Alvin, der ihren Demütiger getröstet hatte, statt sich auf ihre Seite zu stellen, und Louise mit ihrer unerwünschten, sentimentalen Freundschaft – dann waren alle Fesseln gesprengt, die Lily noch mit der ungeliebten Vergangenheit verbanden. Erst dann würde sie auch in ihrem Herzen der niemandem verantwortliche und Gott und dem Teufel ins Gesicht lachende *patron* sein, für den die anderen sie schon lange hielten.

»Such zwei gute Männer, die Alvin und Louise ab jetzt beschatten. Ich überlege mir derweil, ob ich es schaffe, Paul hierherzulocken. Wenn ich ihm schreibe? Er hält mich sicher seit Jahren für tot. Wie muss sein verdammtes triefendes Bruderherz aufgehen, wenn ich mich plötzlich melde … hmmm.«

»Was immer du sagst, *patron*.«

Auf einmal hatte Lily Lust, Bertrand in ihr Schlafzimmer zu schleifen. Sie hatte in den vergangenen Jahren ihren Geschlechtstrieb fast abgetötet; wenn sie sich einmal alle paar

Wochen selbst befriedigt hatte, war das schon häufig gewesen. Nun verspürte sie ein unerwartetes Verlangen. War es die Chance, dass sie diesmal alle miteinander in die Hand bekommen würde, dass ihre Rache nun, im dritten Anlauf, umfassend sein würde?

Sie sagte nichts. Die ungeschriebene Vereinbarung zwischen ihr und Bertrand war stärker, und Bertrands Gesicht war die ganze Zeit über nicht anzusehen gewesen, dass er sie mit anderen Augen angesehen hätte als sonst. Sollte sie einmal, zur Feier des Tages, von ihrer Gewohnheit abweichen und einen Mann aus ihrer zahlreichen Gefolgschaft in ihr Bett holen? Es gab einige attraktive junge Burschen darunter, und keiner von ihnen hätte es gewagt, abzulehnen oder weniger als sein Allerbestes zu geben. Jeder würde sich ihr unterwerfen.

Sie tat auch das nicht. An diesem Abend lag sie wie üblich allein im Bett, auf dem Bauch, die Finger in ihrem Schoß und froh, dass sie ihre lüsternen Träume mit niemandem teilen musste. Sie rief die Bilder auf, die sie erregten, die Bilder, die sie niemandem jemals schildern wollte, weil sie sonst viel zu viel von den Abgründen in ihrem Herzen preisgegeben hätten. Manchmal, zu den seltenen Gelegenheiten, an denen sie über sie nachdachte, ekelte sie sich selbst vor ihren Phantasien.

Es waren Bilder von einer großen, weichen Decke im Schatten eines Baums in einer weiten, blumenduftenden Sommerwiese, von einem perfekten blauen Himmel und einer warmen Sonne darin, von einem Mann und einer Frau, die auf der Decke lagen und zärtlich, innig, vorsichtig und nur an die Erfüllung des anderen denkend Liebe machten.

Sie zuckte, als sie ihren Höhepunkt erreichte. Seufzend zog sie die Hand zurück und rollte sich auf dem Bett zusammen.

Es gab noch einen Grund, warum sie froh war, allein im Bett zu liegen: Manchmal weinte sie, weil die Bilder in ihrem

Kopf auch nach ihrem Höhepunkt nicht vergingen und weil sie keinen Hass auf das verliebte, zärtliche Paar im Schatten unter dem Baum auf der Sommerwiese empfinden konnte, sondern nur unendliche Sehnsucht.

Morgen würde sie darüber nachdenken, wie sie Otto von Bismarck in die Falle locken konnte.

Sie weinte.

Juli 1870 bis September 1870

»Es sind derzeit viel zu viele Alboches in Frankreich.«

Henri Chevreau

14

Auf dem Weg zum Weltausstellungsbahnhof beim Champ de Mars hatte Louise plötzlich den Eindruck, dass sie beobachtet wurde. Zuerst tat sie das Gefühl ab, aber es verging nicht, und ihr fiel ein, was sie von manchen verwundeten Soldaten gehört hatte, um die sie sich während ihrer aktiven Zeit im Roten Kreuz gekümmert hatte – dass sie verwundet worden waren, weil sie einer plötzlichen Warnung, einem Bauchgefühl, nicht nachgegeben und versäumt hatten, sich zu ducken.

Sie blieb stehen und tat so, als hätte sie sich etwas in die Sohle ihres Schuhs getreten. Dabei sah sie sich um. Es war um die Mittagszeit, eine Menge Passanten waren unterwegs. Sie konnte niemanden darunter erkennen, der sich besonders auffällig für sie interessiert hätte. Niemand blieb stehen, weder in der Nähe noch in der Ferne. Dennoch verging das Gefühl nicht. Verunsichert ging sie weiter und blieb noch zwei Mal stehen, so als wäre sie das, wohinein sie getreten war, immer noch nicht losgeworden. Das Ergebnis blieb das Gleiche. Sie konnte keinen Verfolger erblicken. Erst als sie den Bahnhof betrat, verging die seltsame Anwandlung, und als sie erkannte, dass der Zug früher angekommen sein musste und sie deshalb zu spät zum Rendezvous auf dem Bahnsteig kam, vergaß sie es vollkommen.

Antonie von Briest stand verloren im Gewimmel auf dem Bahnsteig und blickte sich um. Louises Schwiegertochter war bleich und hielt sich den schon deutlich sichtbaren Schwangerschaftsbauch. Ein Dienstmann stand mit einem Finger in der Nase neben ihrem Koffer und einer Tasche. Antonies Miene schien verängstigt. Louise hatte die junge Frau als kecke, temperamentvolle Frohnatur kennengelernt; sie so eingeschüchtert zu sehen, griff ihr ans Herz. Sie begann zu laufen, ohne daran zu denken, dass eine Frau, welche die Mitte der vierzig überschritten hatte, mehr Würde bewahren sollte, auch wenn sie zehn Jahre jünger aussah und noch immer so schlank war wie ein junges Mädchen.

»Antonie!«

»Ach herrje, Frau Schwiegermama!« Antonie schmiegte sich in Louises Umarmung. »Ein paar Sekunden lang dachte ich schon …« Antonie schüttelte sich: »Ich dachte, ich sei auf dem falschen Bahnhof ausgestiegen.«

»Nein, bist du nicht. Ich war zu spät. Entschuldige. Und meinetwegen musst du nicht hochdeutsch reden. Wenn ich nicht berlinerisch gelernt hätte, würde ich nicht verstehen, was mein Mann manchmal im Schlaf spricht, was …«, sie zwinkerte Antonie zu, »… eine Geschicklichkeit ist, die jede Frau beherrschen sollte.«

Antonies Lächeln geriet schief, auch wenn sie sich Mühe gab. Aus der Nähe besehen, wirkte sie nicht verängstigt, sondern müde, enttäuscht und todtraurig. Louise musterte sie. Antonies Brief, mit dem sie ihr Kommen angekündigt hatte, war erst vor kurzem eingetroffen, doch er hatte nicht gewirkt, als sei irgendetwas vorgefallen. Louise wusste, dass Moritz für Siemens in Odessa war, um das dortige Personal an den Telegraphen zu schulen; die Linie von London nach Kalkutta, deren größten Teilabschnitt Siemens gebaut hatte, führte dort vorbei. Franz Boettcher war ebenfalls im Einsatz; ihn hatte man nach Tiflis beordert. Im Stillen hatte Louise sich allerdings gewundert, dass Antonie gewillt war, die Strapaze der

Bahnfahrt auf sich zu nehmen; sie war immerhin im siebten Monat schwanger. Und dass Antonie ihre Mutter allein in Berlin zurückließ, hatte sie auch überrascht.

Nun blickte sie ihrer Schwiegertochter forschend ins Gesicht, sah, wie Tränen in deren Augen aufstiegen, und ahnte, dass Antonie nicht zu Besuch gekommen, sondern aus Berlin geflohen war.

»Wir nehmen einen Fiaker und fahren nach Hause«, sagte sie bestimmt. »Ich bin zwar zu Fuß gekommen, weil ich mit dir durch die Gassen spazieren wollte bei diesem herrlichen Wetter, aber ich glaube, du möchtest dich hinsetzen. Und etwas trinken. Und …«, sie sah Antonie von der Seite an, »… reden.«

Antonie nickte. »Ja«, sagte sie und wischte sich mit dem Handballen über die Augen. »Ja. Ich bin froh, dass ich bei Ihnen sein darf, Frau Schwiegermama.«

Louise hob einen Finger. »Eine Regel«, sagte sie. »Ich bin nicht Frau Schwiegermama, sondern Louise, und du siezt mich nicht, sondern duzt mich. Ich komme mir sonst wie eine Matrone vor. Und dein Kind wird mich früh genug Großmama nennen, so dass ich noch viele Gelegenheiten haben werde, mich damit zu befassen, dass ich alt bin.«

Antonie begann zu weinen, und Louise dachte bei sich, dass nun wenigstens klar war, woher Antonies Traurigkeit kam. Sie bemühte sich, die junge Frau auf dem Heimweg zu unterhalten und abzulenken und zeigte ihr von der offenen Droschke aus die Sehenswürdigkeiten, aber in ihrem Inneren wuchs die Angst vor dem, was sie später zu hören bekommen würde, und sie betete, ohne Worte dafür zu haben, dass mit Moritz' und Antonies Kind alles in Ordnung war.

»Moritz weiß, dass ich hier bin«, erklärte Antonie, als sie in dem kleinen kombinierten Ess-, Arbeits- und Wohnzimmer saßen, das in Alvins knapp gehaltener Dienstwohnung den Salon darstellte. »Ich habe ihm telegraphiert. Die Frauen der Siemens-Mitarbeiter, die im Ausland sind, dürfen kostenlos telegraphieren. Er war einverstanden, als ich ihm schrieb, dass ich hierherkommen würde.«

»Mein Kind, auch wenn Moritz mein Sohn ist, würde ich sagen, er hat gar nichts zu melden, wenn du kommen möchtest und ich dich willkommen heiße. Gewöhn dir gleich ab, deinen Mann um Rat zu fragen. Sorg lieber dafür, dass er dich fragt.«

»Ich meinte«, sagte Antonie und schluckte, »dass er weiß, warum ich gekommen bin, und es richtig findet.«

»Er findet es richtig … dass du aus Berlin abgereist bist?«, tastete Louise sich vor.

Antonie stieß die Luft aus und nickte. Dann schüttelte sie erschöpft den Kopf. »Gott, manchmal denke ich mir, ich hätte es einfach überhören sollen.«

»Was überhören?«

Antonie schüttelte noch einmal den Kopf. Sie setzte sich anders hin, wie um noch einmal Kraft zu schöpfen für einen Kampf … oder für eine Geschichte, die sich nicht leicht erzählen ließ. Mittlerweile fürchtete Louise nicht mehr, dass mit dem Kind etwas nicht in Ordnung wäre oder, was sie auch einmal kurz gedacht hatte, dass die Ehe von Moritz und Antonie schon jetzt gescheitert war. Als Antonie zu reden begann, bestätigte sich die Ahnung, die sie beschlichen hatte. Immerhin hatte sie auf der Hochzeit Mimi Boettcher kennengelernt.

»Meine Mutter hatte Besuch«, murmelte Antonie. »Eine Freundin. Deren Schwiegertochter hat vor kurzem ihr Kind verloren. Ich hörte die beiden darüber reden; ich war ein paar Tage bei ihr, weil ich dachte, sie wollte vielleicht nicht allein in der Wohnung sein, und ich wollte auch nicht allein in unserer Wohnung sein ohne Moritz. Ich hörte, wie meine Mutter sagte:

›Das arme Ding. Aber Ihre Schwiegertochter ist noch jung und wird andere Kinder haben. Es ist tragisch, wenn so etwas passiert. Meine Antonie dagegen – wenn sie ihr Kind verlieren würde …‹ Und ich stand draußen auf dem Flur vor dem Zimmer und hörte und wollte es nicht glauben, dass ich es hörte, wie …« Sie begann zu schluchzen. Louise wartete einfach ab. Alles, was sie tat, war, die Hand der jungen Frau zu nehmen und sie anzusehen.

»Ich hörte, wie meine Mutter sagte: ›Es ist ja ein offenes Geheimnis, dass mein erstes Enkelkind unehelich gezeugt wurde. Wie soll ich es je auf den Arm nehmen, ohne ständig daran zu denken? Ein Bankert! Da wünscht man sich fast, Antonie hätte das Kind verloren und nicht Ihre Schwiegertochter. Dann könnten sie und ihr Mann ein neues machen. Das wäre dann wenigstens ehelich.‹«

»*Oh, mon Dieu*«, sagte Louise. Sie hatte einen bitteren Geschmack im Mund.

Antonie weinte jetzt hemmungslos. »Das Nächste, was ich weiß«, sagte sie schließlich, »ist, dass ich in der Stube stand und die zwei Frauen anschrie und dann einen Weinkrampf bekam. Die Besucherin ging. Meine Mutter sagte mir am Abend, dass ich sie in tödliche Verlegenheit gebracht hätte und dass sie sich jetzt bei ihrer Freundin entschuldigen müsse für die Ungezogenheit ihrer Tochter. Und ich solle der Freundin einen Brief schreiben und mich ebenfalls entschuldigen.«

»Und daraufhin hast du deiner Mutter gesagt, was du davon hältst.«

Antonie schüttelte den Kopf. »Daraufhin habe ich den Brief an Sie … an dich geschrieben.«

Louise lächelte. »Wann hast du deiner Mutter gesagt, dass du fährst?«

»Ich habe es ihr nicht gesagt. Ich habe die Wohnung verlassen und den Zug genommen an dem Tag, an dem sie zu ihrer Freundin ging, um sich dafür zu entschuldigen, dass ich mich gegen den Wunsch verwahrt habe, mein Kind möge sterben.«

Louises Augen weiteten sich. Bei Antonies letzten Worten war plötzlich eine Grimmigkeit in ihrer Miene aufgeschienen, die sie bisher noch nie an der jungen Frau wahrgenommen hatte. Sie hatten sich viel geschrieben, sie waren Komplizinnen gewesen in der Zeit, in der Antonies Eltern nicht hatten wissen dürfen, dass die Liebe zwischen ihr und Moritz immer mehr aufgeblüht war, aber diese kalte Entschlossenheit war ihr fremd gewesen. Sie holte Atem. Auf einmal bekam sie Angst; nicht um Antonie, sondern weil sie sich fragte, ob Moritz, der gutmütige, sanfte, manchmal naive Moritz diese Frau würde glücklich machen können. Gleichzeitig fragte sie sich, wo sie selbst jetzt wäre, wenn sie an den Weichenstellungen ihres Lebens die gleiche kalte Entschlossenheit gezeigt hätte. Doch wollte sie überhaupt woanders sein als dort, wo sie im Augenblick war?

»Louise?«

»Hm?« Louise schüttelte ihre Gedanken ab. »Ja?«

»Wird es Krieg geben? Schon wieder?«

Louise, von der unerwarteten Frage aus dem Gleichgewicht gebracht, schüttelte den Kopf. »Nein«, sagte sie. »Ich kann es mir nicht vorstellen. Und nicht zwischen Preußen und Frankreich. Zu viele Freundschaften bestehen mittlerweile zwischen unseren Ländern. Nein, ich glaube es nicht. Und welches Ziel könnte auch einen Krieg rechtfertigen?«

»Keines«, sagte Antonie bestimmt. Und dann: »Das Kind in meinem Leib ist von Moritz. Ich werde bis zum letzten Atemzug darum kämpfen, dass es leben darf und glücklich wird. Und ich werde bis zum letzten Atemzug darum kämpfen, dass Moritz mit mir glücklich wird. Ich möchte, dass du das weißt. Ganz egal, was passiert – Moritz und ich und unser Kind werden leben und glücklich sein.«

Du hast mir meine Zweifel an der Stirn abgelesen, dachte Louise. Einen Augenblick schämte sie sich dafür. Hatte sie sich so viel anders verhalten als Antonies Mutter, indem sie die Zweifel zugelassen hatte?

»Verzeih mir«, sagte sie.

Antonie lächelte plötzlich. »Wofür?«

Louise stand auf und zog Antonie auf die Beine. Sie nahm sie in die Arme und drückte sie, so fest sie konnte. »Dass ich einen winzigen Moment lang vergessen habe, wie stolz ich darauf bin, dass du meine Schwiegertochter bist. Und jetzt ruh dich aus. Heute Abend möchte ich, dass du mit Alvin, Paul und mir zur Seine hinuntergehst. Wir werden essen und Holzschiffchen mit Kerzen den Fluss hinunterschwimmen lassen, dabei an Moritz denken und uns vorstellen, er wäre auch hier bei uns, und ich werde glauben, dass ich niemand anderen auf der Welt brauche, denn ich bin von den Menschen umgeben, die ich am meisten von allen liebe. Und du, Antonie, gehörst nun auch dazu.«

15

Der Mann, den Lily dazu eingeteilt hatte, Louise zu überwachen, ging hinaus. Bertrand trat ein, und einmal mehr fühlte sie die ruhige, freundliche Musterung des Hünen mit dem dichten, mittlerweile grauen Bart und dem Goldzahn.

»Was wirst du nun tun, *patron*?«, fragte Bertrand.

Lily blickte auf. »Nun, da ich weiß, dass Paul auch hier ist und ich nicht einmal etwas dafür tun musste?«

»Ja.«

Ihr war klar, dass Bertrand wusste, sie hatte die Rückfrage nur gestellt, um Zeit zu gewinnen. Sie hatte keine Antwort auf seine Frage gehabt. Sie hatte immer noch keine. Aber sie spürte seine Zweifel und dass sie ihm eine Antwort geben musste.

»Es wird Krieg geben«, sagte sie.

Bertrand antwortete nicht.

»Und Frankreich wird nicht darauf vorbereitet sein.«

Bertrand hob eine Augenbraue, doch er gab weiter keine Antwort.

»Frankreich wird nicht darauf vorbereitet sein«, wiederholte Lily. »Ich sage dir, was geschehen wird. Die Generäle von Kaiser Napoleon werden überzeugt sein, dass sie Preußen haushoch überlegen sind. Die Truppen werden aufbrechen, noch bevor sie die Reserven mobilisiert haben und die Nachschubwege gesichert sind. Jeder von ihnen wird den anderen beim Wettlauf in die erste Schlacht schlagen wollen. Sie werden sich darauf verlassen, dass sie die besseren Gewehre, mehr Soldaten und die schneidigeren Generäle haben. Und all das trifft zu.«

»Also wird Frankreich diesen Krieg gewinnen.«

»Nein«, sagte Lily. »Denn die französischen Generäle wollen nur Schlachten gewinnen. Die Preußen dagegen den Krieg.«

Bertrand machte schmale Augen. »Aber *patron* – keiner kann doch diesen Krieg wollen. Jedem ist klar, dass er fürchterlich wird. Ich bin bestimmt nicht zimperlich, aber selbst mir graut davor.«

»Viele wollen ihn«, widersprach Lily. »So viele, wie es Idioten auf beiden Seiten gibt.« Dann fuhr sie wie zu sich selbst fort: »Aber nur einer weiß, wie er diesen Krieg nutzen kann, um das zu erreichen, was er sich vorgenommen hat. Und wenn die, die ihn nicht wollen, auf einmal merken, dass der Krieg tatsächlich schon losgegangen ist wie ein Zug, auf dessen Lokomotive kein Führer steht, wird er es sein, der noch Feuer auf den Kessel gibt.«

»Von wem redest du, *patron*?«

»Und er wird siegen«, murmelte Lily. »Und er wird hierherkommen, nach Frankreich, nach Paris, auf einem Strom aus Blut, und er wird den Sieg feiern. Oh, er wird so tun, als sei er nur der Diener Deutschlands, aber in Wahrheit wird er sich sagen: Ich habe sie alle besiegt, ich allein! Schon damals war ihm die Welt zu klein und zu wenig nach seinem Geschmack. Nach diesem Sieg wird er sie neu geordnet haben, er wird der Architekt eines veränderten Europa sein, auch wenn er den Mörtel mit Blut und Tränen anmischt, und danach wird er darangehen, diese neue Ordnung für alle Ewigkeit festzuschreiben. Er wird sagen, es geschieht für die Glorie Preußens und zum Wohl Deutschlands, aber am Tag der Siegesfeier wird er wissen, dass er es getan hat, weil er die Gewissheit besaß, dass er es konnte, und dass er es nur für einen einzigen Menschen tat: für sich. Für Otto von Bismarck.«

Bertrand starrte sie an.

Ihr wurde bewusst, dass sie seit Jahren keine so lange Rede mehr gehalten hatte. Sie lächelte Bertrand an. »Das«, sagte sie, »wird der Zeitpunkt sein, an dem wir ihn töten.«

Bertrand schwieg lange Zeit. Dann fragte er: »Und was tun wir jetzt, *patron*?«

Lily wusste mittlerweile, welche Antwort sie auf diese Frage geben wollte. »Wir übermitteln Gerhard von Cramm unsere besten Grüße und dass er die Dynamit-Lieferungen wiederaufnehmen soll. Um Paul und die anderen kümmere ich mich später. Wir müssen uns darauf vorbereiten, den Kanzler des künftigen deutschen Reichs zu empfangen.«

16

Am Nachmittag des 2. Juli bat der Gesandte, Karl Freiherr von Werther, Alvin zu sich. Werther saß kreidebleich an seinem Tisch. Sein üppiger Backenbart, der bis zu seinem Jackettkragen reichte, war zerrauft.

»Briest«, stöhnte der Gesandte, »es ist eine Katastrophe!«

»Was ist eine Katastrophe, Herr Baron?«

Werther reichte ihm ein Telegramm über den Tisch. Er hielt es mit spitzen Fingern, als wäre es giftig.

Alvin las. Sein Herz sank, als ihm der Verdacht kam, dass er für das verantwortlich war, worüber das Telegramm berichtete.

Das Telegramm kam direkt aus dem Bundeskanzleramt. Es besagte, dass an diesem Mittag der britische Botschafter in Madrid seinem Außenminister ein Telegramm nach London geschickt hatte: Der Botschafter habe durch eine Indiskretion erfahren, dass Prinz Leopold das Angebot der spanischen Krone angenommen habe.

Die Information, die Otto von Bismarck so gehütet wissen wollte, war in der Welt. Jetzt war es nach drei Uhr, fast drei Stunden nach dem Versand des britischen Telegramms. Man konnte davon ausgehen, dass die Franzosen mittlerweile von den Engländern informiert worden waren. Grundgütiger, Alvin hatte erneut versagt!

Doch dann beruhigte sich sein Herzschlag wieder. Der Verrat war nicht seine Schuld. Mit dem Tod des Pferdeknechts und Sandrine, der jungen Putzfrau, hatte er jegliche Indiskretion aus der Gesandtschaft heraus unterbunden und im Nachhinein durch Sicherheitsmaßnahmen dafür gesorgt, dass kein Unbefugter mehr an irgendwelches kompromittierendes

Nachrichtenmaterial gelangen konnte. Es gab da zwar immer noch den geheimnisvollen Mann mit dem Gewehr, der Sandrine erschossen hatte, aber was seine Funktion in dieser Spionagegeschichte auch sein mochte, er konnte seitdem nichts Neues mehr erfahren haben. Außerdem war die Information, dass Leopold von Hohenzollern-Sigmaringen die spanische Königswürde angenommen hatte, ohnehin so geheim gewesen, dass Alvin nicht einmal gewusst hatte, ob Freiherr von Werther überhaupt eingeweiht gewesen war. Und dass Paul die Information nicht weitergegeben hatte, dafür legte Alvin seine Hand ins Feuer.

Wo also saß der Verräter diesmal, wenn er nicht in der Gesandtschaft sitzen konnte? Wie war Gerhard von Cramm an die Nachricht gelangt, jetzt, zwei Wochen später? Einen Augenblick lang glaubte Alvin, die Antwort zu haben, als Freiherr von Werther sagte: »Habe Sie dazugebeten, Briest, weil Sie der ranghöchste Offizier sind, seit Oberstlieutenant von Waldersee nach Bad Ems befohlen worden ist, um dort dem König an seinem Kurort zu dienen. Der Graf ist seit neuestem königlicher Flügeladjutant, müssen Sie wissen.«

»Weiß Oberstlieutenant von Waldersee …«

»Von diesem Telegramm? Natürlich nicht. Wie denn? Er wusste ja noch nicht einmal von Prinz Leopolds Zusage. Ich habe die Information darüber am 20. Juni bekommen, brandneu! Ich durfte sie niemandem verraten! Wussten Sie es etwa?«

Einen Tag früher als du, dachte Alvin, wieder einmal zugleich beeindruckt und abgestoßen von Otto von Bismarcks kleinen Spielchen. »Aber woher denn, Herr Baron!«, sagte er. »Ich bin vollkommen überrascht!«

»Na, sehen Sie!« Werther nahm das Telegramm wieder an sich, dann legte er es auf einen silbernen Teller und zündete es an. Der Geruch von brennendem Papier erfüllte den Raum. Das Telegramm wurde schwarz, wölbte sich, flammte auf und zerfiel. Werther zerstupste die Überreste mit einer halbgerauchten Zigarre zu kleinen Fetzchen. Dann sah er auf. »Werde Ihnen die Leitung der Gesandtschaft übergeben, solange ich weg bin, Herr Oberst«, sagte er förmlich. »Ich habe mich bereits beim Herzog von Gramont zu einer Audienz angemeldet. Er wird von der Sache erfahren haben, und ich muss wissen, wie er dazu steht. Das heißt, ich kann es mir denken, so wie Frankreich in den letzten Monaten allein schon wegen der Anfrage an Prinz Leopold getobt hat. Aber ich muss es aus seinem Mund hören, und dann werde ich heute noch aufbrechen und den Zug nach Bad Ems nehmen, um dem König Bericht zu erstatten.«

»Herr Baron, jeder Ihrer Obersekretäre kann das besser als ich.«

»Aber Sie sind vom Militär, Briest! Ich fürchte das Schlimmste! Es ist wichtig, dass in einer solchen Krise das preußische Militär seine Präsenz zeigt.«

Kaum zurück in seinem eigenen Arbeitszimmer, klopfte es an Alvins Tür. Der Telegraphenbeamte trat ein und überreichte Alvin eine Nachricht. Sie war von Otto von Bismarck, sie war codiert, und als er sie entschlüsselt hatte, lautete sie: *Nimm den nächsten zug nach berlin – brauche dich hier – sofort.* Noch während er ratlos las, klopfte der Telegraphenbeamte erneut und brachte eine weitere verschlüsselte Botschaft. Sie lautete: *Kümmere dich nicht um werther – periculum in mora – depechez-vous.*

Periculum in mora? Alvin kramte in seinen Lateinkenntnissen. *Gefahr liegt im Verzug?* »Grundgütiger«, sagte er laut.

Der Telegraphenbeamte klopfte ein drittes Mal. »Was denn, noch ein Telegramm?«, stieß Alvin aus.

»Nein, bin dem Herrn Gesandten auf dem Gang über den Weg gelaufen und soll Ihnen sagen, er ist jetzt beim französischen Außenminister.«

»Gut«, sagte Alvin und stand auf. »Wenn er wiederkommt, richten Sie ihm aus, ich sei beim deutschen Bundeskanzler. In Berlin.« Der Mann sah Alvin mit offenem Mund an. »Und holen Sie mir Hauptmann Seitz von der Garde-Wache und Obersekretär von Oeningen. Die beiden sollen übernehmen, bis der Gesandte zurück ist.«

17

Nach einer Woche der Ratlosigkeit, wie er dem geschmuggelten Dynamit auf die Spur kommen sollte, hatte Paul beschlossen, Stéphane Flachat einzuweihen und um Unterstützung zu bitten. Jetzt, wieder eine Woche später, saß er in Stéphanes Büro und hielt ein Telegramm in Händen, auf das er gehofft und das er am frühen Morgen erhalten hatte. Stéphane hatte ihm die Erlaubnis gegeben, das Telegraphenbüro der Eisenbahngesellschaft zu benutzen, und ihm sogar eine Wohnung in der Nähe des Geländes besorgt. Die Gesellschaft residierte noch wie früher auf der Place de l'Europe, nur dass es dort nicht mehr nur ein Schleppdach aus Holz gab, das den Bahnhof darstellen sollte. Mittlerweile stand dort der dritte Neubau, an der Rue Saint-Lazare: Eugène Flachat hatte ihn geplant. Der Pont de L'Europe überbrückte nun das tiefer gelegene Gleisgelände, prächtige mehrstöckige Bauten standen zu beiden Seiten der Brücke. Der Bahnhof selbst war einer der prächtigsten und der wichtigste von ganz

Paris. Als Paul zum ersten Mal wieder bei Stéphane gewesen war, hatte er wehmütig daran gedacht, wie sie damals davon geträumt hatten, ein europäisches Eisenbahnnetz zu bauen. Es gab nun ein Eisenbahnnetz, das Europa umspannte, aber es war kein europäisches, sondern ein Stückwerk aus den Eisenbahnnetzen vieler verschiedener Staaten und Nationen. Technisch gesehen, war ihr Traum in Erfüllung gegangen. Politisch nicht.

Stéphane war jetzt der Direktor der Westeisenbahn-Gesellschaft. Sein Bruder Eugène hatte sich aus dem aktiven Dienst zurückgezogen und beschäftigte sich mit kühnen Ingenieursphantasien, wie einem Tunnel durch die Alpen oder einer Untergrundeisenbahn ähnlich der in London, die die Pariser Bahnhöfe und die wichtigen Märkte miteinander verbinden sollte.

Stéphane war in Würde gealtert – ein schlanker, grauhaariger, perfekt gekleideter Grandseigneur, der Paul bei einer Verabredung zum Abendessen mit zwei Wangenküssen und den Worten begrüßt hatte: »Du bist kein Jahr älter geworden!« Stéphane war seinem Stil treu geblieben; das Abendessen fand in einem extrem edlen Restaurant statt, wo er sich einen Tisch so hatte platzieren lassen, dass ein ungestörtes Gespräch möglich war, obwohl der Speiseraum voll belegt war.

Paul hatte sich daran erinnert, was ihm bei dem Gespräch, das er damals mit Stéphane über seine Liebe zu Louise geführt hatte, aufgegangen war – nämlich dass Stéphane nicht weniger ausweglos in Paul verliebt war als dieser in Louise. Er hatte Stéphanes Umarmung erwidert, die Wangenküsse zurückgegeben und dann gesagt: »Und du, mein Lieber, hast dich zum Traum der schlaflosen Nächte aller jungen Männer zwischen Reims und Poitiers entwickelt!«

Stéphane hatte erwidert: »Nur zum Traum *eines* jungen

Mannes, Paul, der auch nicht mehr jung ist – aber was will man mehr, als dass man geliebt wird? Und du? Hast du die Liebe gefunden?«

»Gefunden, verloren, wiedergefunden, losgelassen«, sagte Paul. »Wie das Leben so spielt.«

»War es ein gutes Leben?«

»Bis jetzt schon. Und du kannst mir dabei helfen, dass es gut bleibt …«

Das Gespräch hatte letztlich dazu geführt, dass Paul jetzt hier saß und das Telegramm mit Stéphane diskutierte. Es war von Alfred Nobel. Die Polizei war dem Mann auf die Schliche gekommen, der das Dynamit aus den Lagern des Unternehmens gestohlen und unter die Lebensmittelfracht geliefert hatte. Sie hatte jedoch nicht verhindern können, dass noch eine Lieferung Berlin verlassen hatte. *Ldg ca 5 kg uwgs n P*, hatte Nobel unter anderem telegraphiert.

Das gesamte Telegramm war so von Abkürzungen entstellt, dass man es fast schon als verschlüsselt betrachten konnte. Paul hatte entziffert, dass man als Dieb einen Zulieferer von Kieselgur identifiziert hatte, einem der Bestandteile des Dynamits, der in der Lüneburger Heide großräumig abgebaut wurde. Man hatte das gestohlene Dynamit bis nach Berlin verfolgt, doch der Zug war schon nach Paris unterwegs gewesen. Es war ein reiner Frachtzug gewesen, so dass die Polizei der Versuchung widerstanden hatte, ihn aufzuhalten, weil es schon mit dem Teufel hätte zugehen müssen, wenn das Dynamit erstens explodiert und zweitens jemanden dabei in Gefahr gebracht hätte. Selbst wenn fünf Kilogramm ausgereicht hätten, den Kasten des Waggons zu zerstören, der Zug wäre nicht entgleist. Da die Polizei es schwer gehabt hätte, dem Dieb etwas nachzuweisen, hatte man auch darauf verzichtet, ihn zu verhaften. Stattdessen stand er nun unter ständiger Beobachtung. Beim nächsten Versuch würde man ihn auf frischer Tat ertappen.

»Wann willst du die Pariser Polizei einschalten, Paul?«, fragte Stéphane.

»Am liebsten gar nicht.«

»Aber wenn Sprengstoff ins Land geschmuggelt wird, sollten die Behörden das wissen.«

»Stéphane – alles, was ich brauche, sind ein paar Männer, die mir helfen, die Lieferung bis zu ihrem Endpunkt zu verfolgen, dort auseinanderzunehmen, das Dynamit sicherzustellen und die Verantwortlichen den Behörden zu übergeben. Meinetwegen kann die Pariser Polizei dann die ganzen Lorbeeren für sich einstreichen. Aber wenn ich sie schon jetzt mit dazunehme, entgleitet mir die ganze Sache, und am Ende hängt mein Name mit drin. Ich kann es mir nicht leisten, dass meine kleine Firma ein zweites Mal pleitegeht, diesmal, weil sie mit einem Verbrechen in Verbindung gebracht wird.«

»Du kannst dir auch nicht leisten, hier in Schwierigkeiten zu geraten, mein Freund. Seit die Kandidatur dieses Hohenzollern-Prinzen im Raum steht, sind die Beziehungen zwischen unseren Ländern nicht gerade die besten. Und sollte der Prinz die Kandidatur am Ende annehmen, wird hier der Teufel los sein – und jeder Preuße ein Feind.«

»Ich bin ein Bayer«, sagte Paul und fühlte sich unbehaglich, weil er dem wohlmeinenden Stéphane nicht verraten durfte, dass der Ernstfall schon längst eingetreten war.

»Wenn die Wut hochkocht, wird man keinen großen Unterschied machen.«

Trotzdem teilte Stéphane vier Bahnarbeiter dazu ein, Paul zu helfen. Bis alles geregelt war, konnte man die Rauchwolke des Zugs bereits sehen, der sich langsam dem Bahnhof näherte. Paul postierte seine Männer am Bahnsteig entlang. Er hatte ihnen erklärt, um welche Kisten es sich handeln musste. Er wusste nicht, in welchem Wagen sie transportiert wurden, nur dass es einer von den geschlossenen Frachtwaggons sein musste, der mit großen Mengen Eis auf eine Temperatur heruntergekühlt wurde, die den Lebensmitteltransport möglich machte. Die Bahnarbeiter hatten sich seinen Anweisungen gefügt, aber Paul konnte spüren, dass sie es nur widerwillig taten und aus Angst um ihre Arbeitsplätze. Sie hatten ihn als Deutschen erkannt, und sie ließen ihn spüren, dass sie ihn deswegen verachteten.

Zu seiner Überraschung traf Paul auf dem Bahnsteig auf Alvin, der mit einer Tasche und in Zivilkleidung dort stand. Paul wollte einen Scherz machen, doch Alvins angespannte Miene hielt ihn davon ab.

Alvin nahm ihn sofort beiseite. »Wie lange willst du noch hierbleiben?«

»Bis ich herausgefunden habe, wer an diesem Ende des Dynamitschmuggels sitzt«, gab Paul zurück.

»Sieh zu, dass du es schnell herausfindest.«

Paul brauchte nicht lange nachzudenken. »Es ist also rausgekommen«, sagte er leise.

Alvin nickte. »Jemand hat es der englischen Botschaft in Madrid gesteckt. Wir wissen es seit heute Mittag. Im Lauf des heutigen Tages wird die französische Regierung davon Wind bekommen, und morgen weiß es ganz Paris. Dann wird jeder …«

»Ich weiß …« Paul seufzte. »Stéphane hat mir vorhin denselben Vortrag gehalten, ohne zu wissen, dass der Fall der Fälle schon eingetreten ist. Deshalb stehst du hier auch nicht mit der Uniform herum – um keinem unangenehm aufzufallen.«

»Du musst das ernst nehmen, besonders wenn du vorhast,

hier jemandem auf die Zehen zu treten. Ich fürchte, die Situation ist angespannter, als wir alle denken. Dass ich mich in Zivil kleiden soll, hat mir Otto telegraphiert, kurz bevor ich aufbrechen wollte. Ich hab mir die Sachen von einem Gesandtschaftssekretär geliehen.«

»Sehr kleidsam«, erklärte Paul. Alvins Hosen endeten zu weit über den Knöcheln, und aus den Ärmeln seiner Jacke schauten die Handgelenke heraus. Es war nicht einfach, jemanden zu finden, der Alvins Körpergröße hatte. »Ich passe auf mich auf. Wohin fährst du?«

»Nach Berlin, auf Ottos Befehl. Ich nehme den Zug, der dort einfährt. Er verkehrt zwischen Berlin und Paris.«

»Ich weiß. Er ist verspätet.«

»Was glaubst du, warum ich hier herumstehe wie ein Trottel?«

»Wirst du wieder zurückkommen?«

»Ich hoffe es«, sagte Alvin leise. »Und ich hoffe, dass ich nicht hunderttausend Kameraden mit dabeihaben werde.«

Paul verstand die Anspielung sehr genau. »So ernst ist es? Kruzifix!«

»Wenn man die Korrespondenz verfolgt, hat man das Gefühl, dass keine der beiden Seiten eine Deeskalation wünscht. Die Franzosen wollen aus Preußens neuer Größe die Luft herauslassen und suchen nach einem Grund, eine Kriegserklärung in die Welt zu setzen; und Otto unternimmt keinerlei diplomatische Besänftigungsversuche. Man könnte glauben, er ist ihnen insgeheim dankbar, dass sie so mit dem Säbel rasseln, weil er es dann seinerseits nicht tun muss. Paul – wenn alles zu schnell geht, passt du für mich auf Louise und Antonie auf und bringst sie zurück nach Berlin?«

Paul hielt Alvins Blicken ein paar Herzschläge lang schweigend stand. Beiden Männern war klar, was Alvin verlangte –

und wie es beim letzten Mal ausgegangen war, als Paul diese Bitte erfüllt hatte. Paul schluckte über den neuerlichen Vertrauensbeweis seines Freundes. »Verlass dich auf mich«, sagte er rau.

»Und was tust du hier?«, fragte Alvin. Er deutete in Richtung der Rauchfahne des Zugs. Sie stand ungefähr über der Rue des Batignolles, dreihundert Meter vor dem Bahnsteig, und bewegte sich im Schneckentempo vorwärts. Paul hatte von Stéphane gehört, dass manche Zugführer warteten, bis ein Streckengeher ihnen bestätigt hatte, dass die Weichen richtig gestellt waren. Die Furcht davor, dass ein Zug durch eine schlampig gestellte Weiche aus dem Gleis geriet und den wichtigsten Bahnhof von Paris für Stunden oder Tage lahmlegte, war groß. Dieser Zugführer schien nur ganz langsam an das Weichenbündel heranzukriechen. Paul dankte es ihm innerlich von Herzen, wenn er an seine unfreiwillige Fracht dachte. »Denkst du, in dem Zug ist eine Ladung Dynamit?«

»Ich weiß es.«

»Grundgütiger. Wie viele Menschen sind in dem Zug? Wenn die Ladung hochgegangen wäre …!«

»Es ist ein reiner Frachtzug. Wahrscheinlich hängen sie für die Rückreise ein paar Personenwagen dran, wenn du mit ihm fährst. Aber ich bin sicher, die Schmuggler hätten das Dynamit auch mitgeschickt, wenn Hunderte von Passagieren gefährdet gewesen wären. Deshalb bin ich ja so scharf darauf, dass ihnen das Handwerk gelegt wird.«

Alvin grinste schief. »Ich hoffe, du kannst mir garantieren, dass auf der Rückfahrt nach Berlin kein Sprengstoff an Bord ist.«

»Ich kann dir garantieren, dass ich die Dreckskerle aufstöbern und der Polizei übergeben werde«, sagte Paul und meinte es so.

Es war nicht schwer, den Kisten zu folgen. In der Wärme des Nachmittags schwitzende Kühlwagen, gezogen von zwei stämmigen Pferden, innen vollgepackt mit Eis, warteten auf die Fracht. Das Eis wurde im Winter von der Seine und anderen Flüssen geborgen, zum Teil aus den Bergen herangeschafft, und in tiefen Kellern gelagert, wo es sich meistens bis in den Herbst hinein hielt, auch wenn ein Teil immer wieder dem Schmelzprozess zum Opfer fiel. Dennoch war es exorbitant teuer und machte dadurch auch die Lebensmittel, für die es gebraucht wurde, zu Luxusartikeln.

Bahnarbeiter verluden die Fischkisten in die zwei Kühlwagen, die danach sofort abfuhren. Paul gab seinen Männern einen Wink und verabschiedete sich von Alvin. Dann folgten sie den Kühlwagen, indem sie ihnen mehr oder weniger hinterherliefen. Paul, der bald zu keuchen begann, hoffte, sie würden nicht allzu weit fahren. Die Kühlwagen kamen zwar nur langsam voran, weil die Straßen voller Kutschen, Droschken, Reiter und Fußgänger waren. Die großen Boulevards bestanden über weite Strecken aus lärmenden Baustellen, trotzdem war die Geschwindigkeit der Wagen deutlich höher als ein Schlendertempo. Sie bewegten sich über die Rue Auber, die Place de l'Opéra und die Avenue Napoléon in Richtung Südosten, zum Palais Royal, zum Louvre, zur Seine.

Schließlich fuhren die Kühlwagen bei der Rue des Petit-Champs von der Avenue Napoléon ab und von dort wiederum in eine Seitengasse. Paul spähte vorsichtig um die Ecke. Die Wagen waren stehen geblieben.

Er zögerte einen Moment. Doch er musste wissen, was die beiden Wagenlenker dort taten. Er zog einen der Bahnarbeiter mit sich und kramte bereits in seiner Jackentasche. Als sie mitten in der Gassenöffnung standen, hielt er an, holte eine Zigarre heraus und hielt sie hoch.

»Haben Sie Feuer für mich, Monsieur?«, fragte er und zwinkerte angestrengt.

Der Bahnarbeiter war schnell von Begriff. »Einen Moment, Monsieur«, erwiderte er laut und begann, seine Taschen abzuklopfen. Paul beobachtete unauffällig die beiden Wagen. Ihm wurde klar, dass er sich die Scharade hätte sparen können. Die Wagenlenker waren viel zu beschäftigt. Sie rollten zwei Banner ab, die an beiden Seiten der Wagen unter der Dachleiste befestigt gewesen waren – Paul waren die beiden Rollen gar nicht aufgefallen. Nachdem dies getan war, ermunterten sie die Kutschpferde, rückwärts aus der Gasse auf die Rue des Petit-Champs herauszugehen.

»Voilà, Monsieur«, sagte der Bahnarbeiter und gab Paul Feuer. Beide traten höflich zurück wie normale Passanten, als die Wagen aus der Gasse kamen. Die Wagenlenker achteten weder auf sie noch auf die Gruppe der restlichen Bahnarbeiter. Sie stiegen auf die Böcke, wendeten die Wagen und fuhren weiter die Rue des Petit-Champs entlang.

»Ich will verdammt sein«, sagte der Bahnarbeiter. »Möchte wissen, welchen Idioten die hier übers Ohr hauen.«

Die Banner, die nun die Seiten der Kühlwagen zierten, trugen eine Aufschrift in geschwungenen Buchstaben: *Meeresfrüchte und Fisch – direkt von der Atlantikküste – fangfrisch aus der Normandie und der Bretagne – französischer Fisch für die französische Küche!*

Paul grinste unwillkürlich über die Fassungslosigkeit des Bahnarbeiters. »Letztlich kommt's auf die Zubereitung an, ob ein Fisch deutsch oder französisch schmeckt, oder?«, fragte er.

Der Bahnarbeiter antwortete nicht. Paul fragte sich im Stillen, wieso der Dynamitschmuggel noch mit diesem kulinarischen Betrug garniert wurde. Es wäre einfacher und für das eigentliche Verbrechen besser gewesen, nicht noch ein weiteres Risiko einzugehen, das die Gefahr einer Entdeckung beinhaltete. Zugleich kam ihm eine Idee. Warum sollte er genau dieses Risiko nicht zu seinen Gunsten nutzen?

Sie folgten den Wagen wieder in gehörigem Abstand. Bei der mondänen Rue de Richelieu bogen sie erneut in Richtung Süden ab und fuhren dann bei den Arkaden des Palais Royal in einen schmalen Durchgang. Nun wusste auch Paul, was das Ziel der Wagen war: das Restaurant Véry, eines der teuersten Etablissements von Paris, das seinen Standort in den Arkaden des Palasts mit dem ebenso teuren Le Grand Véfour um die Ecke teilte. Die beiden Restaurants befehdeten sich verbissen.

Die Wagen hielten und blockierten den Durchgang durch die Arkaden, so dass die Fußgänger gezwungen waren, außen herum zu gehen. Die meisten fluchten, aber einige blieben stehen, lasen die Banner und nickten anerkennend.

»Ich werd verrückt«, sagte der Bahnarbeiter. »Mein feiner Schwager geht hier manchmal her. Ob ich ihm sage, dass er dann in Wahrheit verdammte Alboche-Fische frisst?« Er räusperte sich. »Anwesende ausgenommen, Euer Ehren«, fügte er hinzu.

Paul ignorierte ihn. Er winkte den anderen. »Sie sagen die nächsten Minuten gar nichts«, befahl er. »Führen Sie nur meine Anweisungen durch. Wir werden uns die Hände schmutzig machen müssen, aber ich verspreche Ihnen, nachher werden wir die Helden des Tages sein.«

Dann drehte er sich um, führte seine kleine Truppe zu den beiden Wagen und rief laut: »Halt! Sofort aufhören!« Die Wagenlenker hatten eben die rückwärtigen Türen geöffnet, und Küchenhelfer des Véry standen bereit, um die Waren in Empfang zu nehmen.

Einer der Wagenlenker baute sich vor Paul auf. Paul ließ ihn gar nicht zu Wort kommen. Es war wichtig, dass er seinem Gegenüber keine Sekunde Zeit zum Nachdenken ließ. »Diese Lieferung ist beschlagnahmt!« Er fuchtelte mit einer seiner Visitenkarten herum. »Pariser Sûreté – händigen Sie uns sofort die Lieferung aus. Ich bin Inspektor Scuderi« – er rief einen Namen, den er in einer Kriminalnovelle gelesen hatte – »und ich befehle Ihnen, sofort mit dem Entladen aufzuhören.«

»Ich möchte …«, begann der Wagenlenker.

»Was möchten Sie?«, schrie Paul und brachte sein Gesicht so nahe an das des Wagenlenkers, wie er es Sergeanten beim Rekrutentraining hatte tun sehen. »Vielleicht meinen Ausweis sehen, hm? Möchten Sie meinen Ausweis sehen, Monsieur? Ich zeige Ihnen meinen Ausweis, Monsieur – im Verhörraum der Sûreté, nachdem wir festgestellt haben, wie Ihr Name lautet, Monsieur – und was wir über Sie haben! Sie möchten also meinen Ausweis sehen, Monsieur?« Er packte den Mann am Ärmel.

Der Wagenlenker riss sich los. »Nein«, brummelte er, »ist ja schon gut.«

Paul wandte sich an die Bahnarbeiter. »Kollegen – abladen und die ganze Fracht durchsuchen! *Vite, vite!* Wir haben heute noch mehrere Verbrechen vor uns!«

»Hier liegt kein Verbrechen vor!«, begehrte der Wagenlenker auf, während die Bahnarbeiter sich wenig begeistert ansahen und dann mit dem Entladen der eiskalten Fischlieferung begannen.

»Ach, hier liegt kein Verbrechen vor? Und wer sind Sie, das festzustellen, Monsieur? Sind Sie etwa auch von der Sûreté? Was? Was? Haben wir hier einen Kollegen vor uns? Dann kommen Sie mal gleich mit in die Sûreté, damit wir das klären können, Herr Kollege!« Er griff erneut nach dem Ärmel, und erneut riss der Mann sich los.

»Machen Sie doch, was Sie wollen«, brummelte er und trat beiseite.

Der Nächste war der Koch des Véry, der wissen wollte, was das Gebrüll und der Aufstand vor seinem Lokal bedeuten sollten. Paul schrie ihn ein bisschen an, und der Mann zuckte zurück. Hätte er nicht gewusst, dass zwischen den mittlerweile überall auf dem Boden verteilten Fischen und Eisstücken lebensgefährliche fünf Kilogramm Dynamit versteckt waren, hätte er sich regelrecht amüsiert.

Und wäre da nicht die immer stärker werdende Ahnung gewesen, dass etwas nicht zusammenpasste. Wenn irgendjemand in dem Lokal das Dynamit in Empfang nehmen sollte, warum stand dann die gesamte Belegschaft um die schuftenden und mittlerweile bis über die Ellbogen schuppenglänzenden Bahnarbeiter herum, deren Hosenbeine von schmelzendem Eiswasser trieften?

Beim Entladen des zweiten Wagens half Paul mit, ungläubig und mit steigender Beklommenheit. Nach kurzer Zeit sah er nicht besser aus als seine Männer und roch nach Fisch wie ein Hafenbecken. Das Dynamit war nirgends zu sehen. Auf dem Pflasterboden unter den Arkaden schwamm Eiswasser in riesigen Pfützen, Fische bildeten glitzernde Haufen, nasses Stroh lag welk im Wasser, Austern glänzten schwarz in kleinen Netzbeuteln. Paul hatte schon zwei Zuschauer dabei beobachtet, wie sie Austernsäckchen und ganze Fische unter den Jacken verschwinden ließen und pfeifend davongingen. Er war zu deprimiert, um sie aufzuhalten. Sie hatten alle Kisten auseinandergenommen und nichts gefunden. Fischschuppen klebten ihm und seinen Männern in den Haaren und Bärten. Seine Hände waren rot und eiskalt vom kalten Schmelzwasser.

»*Merde*«, sagte einer der Bahnarbeiter und zupfte an seiner versauten Jacke herum.

Der Koch, der Pauls plötzliche Ratlosigkeit spürte, stemmte die Hände in die Hüften und begann mit eine Schimpftirade mit der ständig wiederholten Frage, wer den Schaden bezahlen würde. Paul hörte es sich ein paar Augenblicke an, dann holte er Luft und brüllte zurück. Er fühlte sich nicht nach Brüllen, aber es war die einzige Art und Weise, aus der Nummer herauszukommen.

»Was heißt hier ›nichts gefunden‹, Monsieur?«, schrie er dem Koch ins Gesicht. Der Trick wirkte auch bei ihm. Der dicke Mann trat überrascht zurück. Paul setzte ihm nach. »Natürlich haben wir nichts gefunden, Monsieur! Gar nichts! Und soll ich Ihnen sagen, warum wir nichts gefunden haben, Monsieur? Weil nichts da ist! Vor allem nicht das, was wir gesucht haben! Verstanden?«

Der Mund des Kochs bewegte sich, während sich sein Gesicht noch mehr rötete. »Was reden Sie für einen Unsinn ...«, begann er.

Paul flüsterte ihm ins Ohr: »Vor allem haben wir keinen fangfrischen Fisch und Meeresfrüchte aus der Normandie gefunden, Monsieur, sondern Fisch aus Hamburg, der schon einen ganzen Tag hierher unterwegs war. Was halten Sie davon? Was werden Ihre wohlhabenden Kunden davon halten, die für einen Schweinepreis französischen Fisch für französische Mägen bei Ihnen genießen wollen?« Er trat zurück und brüllte wieder: »Was sagt der brave Pariser Bürger, Monsieur, wenn der Arm des Gesetzes seine Kooperation verlangt?«

»Freut mich, dass wir der Paris Sûreté helfen konnten«, presste der Koch hervor. Seine Äuglein glitzerten mordlüstern, doch seine Gesichtsfarbe war jetzt eindeutig käsiger als zuvor.

Paul schlug ihm auf die Schulter. »Keine Ursache, Monsieur, keine Ursache! Ihr Personal darf die Ladung jetzt übernehmen!« Und weil er wenigstens einen Rest von Gerechtigkeit bewahren wollte, fügte er in der gleichen Lautstärke hinzu: »Die Herren Wagenlenker wollen Ihnen sicher helfen, Monsieur, und ich bin geneigt, Gnade vor Recht ergehen zu lassen und sie nicht wie geplant zur Sûreté mitzunehmen. Ich meine, die Sauerei muss ja aufgeräumt werden, nicht wahr?«

Die beiden Wagenlenker nickten mit genauso mörderischem Gesichtsausdruck wie der Koch.

»Kollegen – wir rücken ab!«

Die Gaffer lachten, pfiffen und applaudierten, als sie abrückten. Halbwegs die Rue des Petit-Champs hinauf blieb Paul stehen und lehnte sich an eine Hauswand. Er fühlte sich schwach und wie der größte Trottel der Welt. »O Kruzifix!«, murmelte er. Er hatte alles verbockt – und er hatte keine Ahnung, wo das Dynamit abgeblieben war.

Die Bahnarbeiter musterten ihn finster.

»Tut mir leid«, sagte er. »Ich mache es wieder gut. Sie werden eine Belohnung erhalten.«

»Wonach haben wir eigentlich gesucht?«, fragte der Arbeiter, mit dem Paul die kleine Scharade gespielt hatte und der am wenigsten ablehnend ihm gegenüber schien.

Paul erklärte es ihnen. Die Männer wurden bleich und betrachteten unwillkürlich ihre Hände, als würde Sprengstoff an ihnen kleben.

»Das hätten Sie aber mal sagen können«, stieß der Bahnarbeiter hervor, »dass wir Kopf und Kragen riskieren!«

»Es konnte nichts passieren. Wenn Nitroglyzerin ausgetreten wäre, hätten sich die Kühlwagen auf dem Weg zum Lokal selbst in die Luft gejagt. Da sie unbeschadet ankamen, konnte ich annehmen, dass das Dynamit ordnungsgemäß verpackt war.«

»Die schmuggeln wirklich mit unseren Zügen Sprengstoff

nach Paris?«, fragte einer der Männer, als könne er es nicht glauben.

»Wer immer ›die‹ auch sind.«

»Und Sie dachten, es wäre aus dem Zug in die Kühlwagen umgeladen worden.«

Paul beschrieb, was er, Alfred Nobel sowie die Hamburger und Berliner Polizei herausgefunden hatten. »Aber so wie es aussieht, haben wir uns entweder von Anfang an getäuscht, oder die Lieferung ist doch nicht mitgekommen. In diesem Fall«, er räusperte sich krampfhaft, als ihm die ganze Bedeutung seines Gedankens aufging, »besteht die Möglichkeit, dass irgendwo auf dem Ausgangsbahnhof in Berlin eine Kiste mit fünf Kilo Dynamit herumsteht.« Er verfiel ins Bayerische, ohne es zu merken: »Kruzifix! Ich muss so schnell wie möglich nach Berlin telegraphieren.«

18

Alvin versuchte zu schlafen. Der Zug war kurz nach vier Uhr nachmittags abgefahren. Er wusste, dass er bis zur Grenze mit den gut hundertzwanzig Stundenkilometern dahinrasen würde, die die französischen Lokomotiven inzwischen erreichten. Sobald der Zug auf preußisches Gebiet gelangte und die Loks ausgewechselt wurden, würde sich das Tempo reduzieren. In Preußen galt eine Geschwindigkeitsbeschränkung auf höchstens neunzig Stundenkilometer, um die Gefahr von Unfällen aufgrund eines zu hohen Tempos herabzusetzen.

Er fragte sich, ob Paul seinem Ziel, das gestohlene Dynamit sicherzustellen und die Hintermänner des Diebstahls zu finden, näher gekommen war. Er fragte sich, wie es Louise ging und ob sie ihn vermisste; er vermisste sie bereits jetzt. Und er fragte sich, ob er wirklich in ein Land fuhr, das an der Schwelle zum Krieg stand, und ob er – wenn überhaupt – morgen oder übermorgen in ein Land zurückkehren würde, gegen das seine Heimat den Krieg führte.

Der Zug war auch in Frankreich langsamer als sonst. Nach Douai, dem vierten Halt, brauchte er zwei Stunden. Auf dem Bahnsteig von Douai herrschte ein heilloses Durcheinander, von irgendwoher schepperte eine Blechbläsergruppe die Marseillaise, Zeitungsjungen rannten mit Extrablättern den Zug entlang, die Hektik war greifbar. Alvin kaufte eines von einem Zeitungsjungen, der nur noch flüstern konnte, so heiser war er vom Schreien der Schlagzeile. Der Druck war schief und nicht überall gleichmäßig, und die Druckerschwärze färbte ab und beschmutzte seine Hände.

Den Inhalt konnte er trotzdem lesen. Er setzte sich auf seinen Platz und fühlte sich wie ein Mensch, der zwischen die Welten geraten ist.

Das Extrablatt berichtete von der Annahme des spanischen Throns durch Leopold von Hohenzollern-Sigmaringen und von der Reaktion des französischen Außenministers heute im Parlament darauf.

Der Herzog von Gramont hatte offen von Krieg gesprochen. Der erste Zug in einem dreckigen Spiel war getan, an dessen Ende das Blut der Soldaten wieder in den Kratern der Schlachtfelder stehen würde. Auf einmal bekam Alvin eine erstickende Wut auf die politischen Machenschaften im fernen Madrid, die nun vielleicht dazu führten, dass zwischen Paris und Berlin viele junge Männer sterben mussten. Dann erfasste ihn die gleiche Wut auf die französischen Politiker und auf ihr Gegenüber in Preußen. Und zuletzt dachte er an Otto von Bismarck und empfand auf einmal eine geradezu kindliche Hoffnung, dass sein arroganter, störrischer, selbstherrlicher, machtbesessener, intriganter und über alle Maßen kluger Freund das Ziel haben würde, den Krieg zu vermeiden – denn wenn Bismarck ihn nicht wollte, würde er auch nicht stattfinden.

Es hatte noch weitere Verzögerungen gegeben, vor allem bei der Übergabe von Alvins Zug an der Grenze. Er hatte sich gefragt, ob dies schon die ersten kleinen Schikanen zwischen zwei einander immer feindlicher gesinnten Ländern waren, oder ob es nur beiderseitige Verwirrung über die Ereignisse war, die sich so rasend schnell entwickelt hatten. In Berlin traf er gegen sechs Uhr morgens ein, zerschlagen und steif, hungrig und durstig nach einer vierzehnstündigen Reise. Er hoffte, dass sich nicht noch weitere vier Stunden Fahrt nach Varzin anschlossen, sondern dass Otto sich in Berlin aufhielt. Seine Hoffnung zerschlug sich, als er gähnend und mit schmerzendem Kreuz auf dem Bahnsteig stand und den fülligen Mann mit dem runden Gesicht und dem straff zurückgekämmten, bis auf den Scheitel zurückgewichenen Haar auf sich zukommen sah. Der Mann befand sich in Begleitung von zwei Gardisten und eilte mit kurzen Schritten und rudernden Armen voran. Alvin war nicht sicher, wie er ihn ansprechen sollte, also stand er sicherheitshalber stramm und salutierte.

»Exzellenz«, sagte er.

Rudolf Delbrück, Bismarcks Vizekanzler, winkte ab. Er gestikulierte so hastig, wie er ging. Seine Jacke spannte sich über seinem Bauch. »Freut mich, Sie kennenzulernen, Herr Oberst«, sagte er und schüttelte Alvin die Hand. »Unser gemeinsamer Freund, der Herr Bundeskanzler, fühlt sich leider nicht wohl und weilt auf Varzin. Habe Order, Sie in alles einzuweihen.«

Die beiden Gardisten, die Alvin militärisch straff begrüßt hatten, blieben ein paar Schritte zurück, während der Vizekanzler in seinem hektischen Gang neben Alvin hertrippelte. Alvin musste sich zwingen, langsamer zu gehen. Delbrück reichte ihm nur bis zur Schulter und hatte deutlich kürzere Beine als er.

»Als Erstes – Sie werden so schnell wie möglich wieder aufbrechen müssen. Tut mir leid. Kann mir denken, dass die Reise hierher strapaziös war.«

Alvin bemühte sich, nicht mit den Augen zu rollen. »Nach Varzin?«

»Nein, nein. Nach Sternberg.«

»Wo zum Henker liegt Sternberg?«, stieß Alvin unwillkürlich hervor, und weil Delbrück zusammenzuckte, fügte er hinzu: »Verzeihung, Exzellenz.« Im selben Moment fiel ihm wieder ein, wieso ihm der Ortsname bekannt vorkam. Er blieb unwillkürlich stehen. Delbrück lief noch ein paar Schritte weiter, als hätte er Schwierigkeiten, zum Halten zu kommen, und drehte sich dann zu Alvin um.

»Sie wissen, dass wir Gerhard von Cramm verdächtigen, Interna zu verkaufen«, sagte er, nachdem Alvin wieder aufgeschlossen hatte. »Haben ja selbst in Paris zwei seiner Handlanger zur Strecke gebracht. Wir vermuten stark, dass er es war, der die Information von der Thronannahme Prinz Leopolds an die Engländer verkauft hat. Haben aber keine greifbaren Beweise.«

Alvin erwiderte langsam: »Sie haben nur mich, der Cramms Informanten aus dem Verkehr gezogen hat. Oder sagen wir: zwei seiner Informanten. Er muss ja wohl noch mehr haben, wenn er das mit der Thronannahme erfahren hat. Nur nicht mehr bei der Gesandtschaft in Paris.«

»Richtig. Die Gesandtschaft ist sauber. Wahrscheinlich

stammen die Informationen sogar aus Berlin.« Delbrück ließ den Kopf hängen. »Es ist weit gekommen mit Preußen, dass es Verräter in den eigenen Reihen gibt.«

»Und was kann ich Ihrer und Ottos Vorstellung nach tun?«

Delbrück zuckte bei der vertraulichen Anrede für den Bundeskanzler erneut zusammen. Alvin hätte sich auch gewundert, wenn Otto zu seinem Stellvertreter so etwas wie freundschaftliche Nähe zugelassen hätte. Der Vizekanzler sah sich um und zupfte Alvin am Ärmel, damit dieser sich nahe zu ihm hinabbeugte. »Haben uns Folgendes gedacht …«, murmelte er.

Alvin hörte ihm zu. Als er zu Ende war, fragte er: »Und Sie denken ernsthaft, Cramm kauft mir das ab?«

»Keinem anderen, Herr Oberst.«

»Ach. Und wieso das?«

»Hat Ihnen der Herr Bundeskanzler das nie gesagt? Seit dem Duell lebt Gerhard von Cramm in der Angst, dass Sie eines Tages kommen und sich Gut Briest mit Gewalt zurückholen.«

Alvin war sprachlos. Dann hatte er eine Idee. »Ich werde mich bei ihm anmelden.«

»Nein! Der Herr Bundeskanzler meint, Sie sollten ihn unbedingt überraschen.«

»Waren Sie je im Feld – in einer Schlacht – Exzellenz?«

Delbrück räusperte sich. »Ich … äh … nein, ich … äh … habe gleich nach dem Studium die Beamtenlaufbahn eingeschlagen und wurde freigestellt …«

Alvin erkannte, dass er unbeabsichtigt einen wunden Punkt berührt hatte. Wahrscheinlich war es das Beste, die Sache zu ignorieren. »Ich habe Soldaten gesehen, die plötzlich ins Feuer gerieten – Granaten und Kartätschen aus dem Hinterhalt, eine völlige Überraschung. Ich habe gesehen, wie sie tapfer stehen blieben und das Feuer über sich ergehen ließen, obwohl die Geschosse in sie hineinhämmerten, wie ihre Reihen immer lichter wurden und sie alle überströmt waren vom Blut ihrer toten Kameraden; und wie sie schließlich ins Feuer hineinrannten und angriffen mit einem Mut, den kein Mensch nachvollziehen kann, und den Feind von seiner Position vertrieben. Ich habe gesehen, wie sie siegten …«

Delbrück sah Alvin mit weit aufgerissenen Augen an, und Alvin konnte erkennen, dass für den kleinen fülligen Mann der Bahnhof und die Leute um ihn herum verschwunden waren und durch die Bilder ersetzt wurden, die Alvin geschildert hatte und die niemand, niemand wirklich verstehen oder nachfühlen konnte, der nicht dabei gewesen war und es mit eigenen Augen gesehen hatte.

Alvin schauderte und versuchte, nicht an die Stunden im Swiepwald zu denken, an die Angriffswellen der Österreicher, an die Verzweiflung auf beiden Seiten, an die mörderische Wut, mit der die Soldaten aufeinander schossen, einhackten, einstachen, sich mit den Fingern an die Gurgel gingen … um in den Kampfpausen dann das brackige Wasser in der Feldflasche mit einem sterbenden Feind zu teilen und mit ihm ein Gebet zu sprechen – diese zwanzig- und fünfundzwanzigjährigen halben Kinder, die innerhalb einer Schlacht, innerhalb eines Tages zu erwachsenen Männern wurden in einem grausamen Taumel aus Blut und Schmerzen. An Delbrücks feucht werdenden Augen merkte er, dass die Erinnerung ihn überwältigt hatte und dass Tränen auch in seinen Augen stehen mussten. Plötzlich empfand er die Vorstellung, dass Politiker irgendwo einen neuen Krieg, neues Blutvergießen vorbereiteten, so empörend, dass er Delbrück beinahe den Rücken zugekehrt hätte und davongestapft wäre – denn auch dieser kleine, erschütterte Mann war einer von ihnen und würde niemals wissen, wie es war, sich nach einem überstandenen Angriff halb betäubt umzusehen und festzustellen, dass man von Toten umgeben war und bis zu den Knöcheln im Blut der Kameraden stand.

Er holte Atem. Er war nicht hierhergekommen, um einen Krieg zu verhindern – das stand nicht in seiner Macht. Aber er konnte Otto von Bismarck helfen, ihn zu vermeiden, und er konnte den Mann vernichten, dessen Gier die Gefahr eines neuen Krieges heraufbeschworen hatte. Er wusste jetzt, dass er die Chance nutzen würde, die Otto ihm geboten hatte. Es war ihm egal, ob Gerhard von Cramm ins Gefängnis wanderte, gehängt wurde oder vor einem Erschießungskommando endete – oder ob er selbst ihm den Garaus machte: Die Episode Gerhard von Cramm würde jetzt enden.

»Und ich habe Soldaten flüchten gesehen, obwohl kein einziger Schuss ihre Reihen traf«, fuhr Alvin fort, all die letzten Gedanken innerhalb eines Herzschlags lang gedacht, all die Erinnerungen gefühlt und wieder verstaut. »Sie rannten, weil sie es nicht mehr aushielten zu warten, weil sie die Kanonen und das Gewehrfeuer und die Schreie jenseits des Hügels hörten und sich die ganze Zeit ausmalten, wie es war, selbst dort im Feuer zu stehen anstelle ihrer Kameraden. In einer Schlacht zu stehen ist die Hölle, Exzellenz. Darauf warten zu müssen, in der Schlacht zu stehen, ist die Hölle hoch zehn. Ich werde dafür sorgen, dass Gerhard von Cramm darauf warten muss, in der Schlacht zu stehen. Und ich werde ihn zwingen, auf Gut Briest zu warten, wo er die ganze Zeit daran denken muss, mit welchem Betrug er es sich erschlichen hat. Ich brauche einen Boten, der zu ihm reitet und ihm eine Nachricht von mir bringt.«

Delbrück schüttelte seufzend den Kopf und setzte an: »Der Herr Bundeskanzler hat zu mir gesagt …«

»In diesem Fall ist es mir egal, was der Herr Bundeskanzler gesagt hat«, unterbrach Alvin ihn.

Delbrück sprach einfach weiter: »… er sagte: ›Delbrück, es kann sein, dass Oberst von Briest eine andere Vorstellung von der Vorgehensweise hat als wir. In diesem Fall‹«, Delbrück grinste plötzlich, »›lassen Sie ihn gewähren.‹«

19

Nichts hatte sich geändert, außer dass das Gutshaus und die Wirtschaftsgebäude heruntergekommen waren, das Gras in Büscheln im Hof wuchs und der riesige Misthaufen darin schwarze, stinkende Rinnsale in alle Richtungen über den vermoosten Kies sandte, der große Teich von Schilf zugewuchert und sein Wasser grün und moosig war, weil niemand die Blätter von vielen Herbsten herausgerecht hatte. Eine der großen Weiden, die an seinem Ufer gestanden hatten, war von einem Sturm oder einem Blitzschlag gefällt worden. Die Krone war heruntergebrochen; sie lag im Wasser, ein Tummelplatz für Wasservögel, schon fast in eine Halbinsel verwandelt. Aus dem Stumpf sprossen neue Äste schon im zweiten oder dritten Jahr. Alvin nahm es, obwohl es total verwahrlost aussah, als gutes Zeichen. Gerhard von Cramm hatte Briest nur als Mittel zum Zweck gebraucht, um mehr Geld zu verdienen, und es ansonsten verrotten lassen. Die vernachlässigte Weide jedoch hatte sich dem Verrotten widersetzt und trotzig neu ausgetrieben.

Heute war der 9. Juli. Als Alvin an diesem Morgen aufgebrochen war, hatten die Zeitungsjungen am Bahnhof verkündet, dass die Franzosen Kriegsvorbereitungen träfen. Die Stimmung unter den Berlinern war gut gewesen. Den Franzmännern würde man es schon zeigen, wenn sie es wagten, Preußen auch nur schief anzusehen! Auf den Mänteln vieler Männer hatte Alvin die Abzeichen der in den letzten Jahren wie Pilze aus dem Boden geschossenen Kriegervereine gesehen, und genauso viele gebrechliche Herren wie nach dem Sieg über Österreich führten ihre alten Uniformen aus und liefen, nach Mottenkugeln riechend, stolz durch die Gassen. Die Frauen trugen Bänder oder Schals in Schwarz-Weiß-Rot, den Farben der preußischen Kriegsflagge, und Alvin erinnerte sich halb mit Wehmut, halb mit Schrecken an die Tage, an denen die Berliner Schwarz-Rot-Gold getragen hatten. Von dieser Begeisterung war nichts mehr übrig, der preußische Staat war stärker als jemals zuvor, und seit die letzten Einschusslöcher an den Häusern rund um den Alexanderplatz verputzt waren, gab es auch keine sichtbaren Zeichen der Revolution mehr. Dic heutige Begeisterung diente nicht der Freiheit, sondern dem Krieg. Kleine Jungs marschierten mit Holzgewehren über den Schultern im Gleichschritt umher.

Alvin hatte sich Zeit gelassen. Er hatte Gerhard von Cramm schmoren lassen. Noch am Tag seiner Ankunft hatte er ihm eine Botschaft zukommen lassen, dass er ihn zu sprechen wünsche und dass er Gut Briest als Treffpunkt vorschlage – am 9. Juli, nach dem Mittag. Er hatte keine Adresse angegeben, unter der Cramm ihn hätte erreichen können, und hatte sich in den letzten drei Tagen hauptsächlich in der Kaserne des Garde-Pionierbataillons in der Köpenicker Straße aufgehalten. Cramm sollte keine Chance bekommen, einen anderen Treffpunkt vorzuschlagen, oder irgendwie die Oberhoheit über den Ablauf dieses Treffens bekommen.

Alvin trieb sein Pferd wieder an, dann merkte er, dass sein

Begleiter nicht mitkam. Delbrück hatte ihm einen Gardehauptmann aufgedrängt, einen schweigsamen, abweisenden Mann, der von seinem Auftrag genervt wirkte. Das Haar des Offiziers war an den Schläfen ergraut. Er war alt für seinen niedrigen Rang. Wahrscheinlich war er entbehrlich gewesen, deswegen hatte Delbrück ihn als unnützen Geleitschutz für Alvin mitgeschickt.

»Bleibe hier draußen und sehe mich etwas um, wenn's recht ist«, erklärte der Hauptmann.

»Wie Sie meinen.« Alvin hatte kein gesteigertes Verlangen, den Offizier an seinem Gespräch mit Cramm teilnehmen zu lassen. Wenn es nach ihm ging, konnte der Mann sich unter einen Baum legen und schlafen. Wenn seine Vorgesetzten nicht genug Vertrauen in ihn hatten, um ihn zu befördern, hatte Alvin erst recht keines zu ihm.

Keiner der Dienstboten, die Alvin mürrisch begrüßten, hatte ein bekanntes Gesicht. Cramm musste alle ausgewechselt haben. Es waren Menschen dabei gewesen, deren Großeltern schon auf Briest geboren waren. Ihre Treue hatte keine Bedeutung für Gerhard von Cramm gehabt. Die neuen Dienstboten betrachteten ihn alle misstrauisch. Alvin stieg vom Pferd und warf einem der Knechte die Zügel zu.

»Hier sieht es aus wie im Schweinestall«, sagte er. Auf dem Misthaufen lag nicht nur Dung, sondern auch Abfall. Er roch nach Verwesung. Im oberen Stockwerk war bei zwei Fenstern das Glas gesprungen. Andere Fenster waren mit Läden verrammelt. Dachschindeln fehlten. In einer Dachrinne hatte ein kleiner Baum gewurzelt. Selbst die Hühner, die um den Misthaufen und um die neben dem Eingang geparkte Kutsche herumpickten, sahen schmutzig und vernachlässigt aus. »Habt ihr keinen Stolz, ihr Bastarde?« Erst als er es gesagt hatte, merkte er, wie wütend er war.

Die Dienstboten antworteten nicht. Er wandte sich an den Knecht, der die Zügel hielt. »Reib das Pferd ab und bring es in den Stall. Wenn der Stall so dreckig ist wie das Gutshaus, dann lass es draußen.«

»Der Herr erwartet Sie im Salon, Herr Oberst«, murmelte eine ältere Frau. Sie gab den Eingang frei. Alvin zerrte den Uniformgürtel gerade und ruckte an der Scheide seines Offiziersdegens, dann hinkte er hinein.

Im Haus war es finster. Es roch muffig – feuchte Wände, feuchter Boden, Schimmel und jahrealter Dreck. Alvin biss die Zähne zusammen. Diese Verwahrlosung an dem Ort zu sehen, an dem er geboren und aufgewachsen war, drehte ihm den Magen um. Wieso hatte Cramm ihn aus Briest vertrieben, wenn er sich dann nicht darum kümmerte? Aber die Antwort darauf war klar – weil es zur einen Hälfte aus Rache geschehen war und zur anderen Hälfte, weil Cramm nur am Grundbesitz interessiert gewesen war und nicht an dem Gutshaus.

Er stieß die Tür zum Salon auf und blieb stehen. Gerhard von Cramm stand an einem blinden, spinnwebverhangenen Fenster und hatte einen kleinen Fleck darin frei gewischt, um nach draußen sehen zu können. Jetzt drehte er sich um. In der linken Hand hielt er die Nachricht, die Alvin ihm nach Sternberg gesandt hatte. Er blieb vor dem Fenster stehen. Alvin konnte nur seinen Umriss sehen gegen das helle, blinde Viereck des hohen Fensters; der Rest des Raums lag im Dunkeln, die Vorhänge vor dem anderen Fenster waren zugezogen. Cramm trug einen Zylinder und einen Kutschermantel, obwohl es im Haus stickig und warm war. Den Mantel hatte er sich wie ein Cape umgehängt.

»Der Teufel soll Sie holen, Briest«, sagte er zur Begrüßung.

Alvin trat näher. Die Tür hinter ihm schloss sich knarrend.

Gerhard von Cramm lachte leise. »Ich hoffe, das Hinkebein haben Sie seit unserem Duell.«

»Kriegsverletzung – Königgrätz«, log Alvin. Er würde verdammt sein, Cramm auch nur ein Fünkchen Befriedigung zu schenken. »Was Sie mir zugefügt haben, war nur eine Fleischwunde.«

»Und nun?«, fragte Cramm. Er ließ die Nachricht fallen und trat mit dem Fuß darauf. »Ist das alles, was Sie haben? Die Namen von zwei Dienstboten der Gesandtschaft in Paris und zwei Aussagen, die mich belasten?«

»Ich würde meinen, das reicht«, erklärte Alvin.

Cramm schnaubte. »Auf Ehre«, sagte er, »es reicht genau dafür.« Er spuckte auf das Papier.

»Und doch«, meinte Alvin milde, »sind Sie hier.«

»Wollte Ihre Fresse sehen, wenn ich auf Ihre Anschuldigung spucke. Denn wissen Sie was, Briest? Ich bin auch nicht von gestern. Habe gehört, dass die zwei Zeugen, von denen Sie hier faseln, sich der Verhaftung widersetzt haben und tot sind. Sie haben gar nichts.«

»Na gut«, sagte Alvin wie zu sich selbst. »Wenigstens das hat geklappt.«

»Wie meinen Sie das?«, schnappte Cramm.

»Glauben Sie ernsthaft, irgendjemand, den der Bundeskanzler nach Paris geschickt hat, um die Verräter auszuheben, wäre so dämlich, die Belastungszeugen bei der Verhaftung umkommen zu lassen? Die Meldung darüber wurde lanciert.«

»Der Bundeskanzler hat *Sie* geschickt, Briest. Gibt nichts, wofür Sie und Ihre gesamte Familie nicht zu dämlich sind. Die Zeugen sind tot, das weiß ich aus sicherer Quelle, und Sie bluffen nur.«

Alvin zuckte mit den Schultern. »Wenn Sie sich Ihrer Sache so sicher sind …«

»Natürlich bin ich das. Superb, Briest, ganz superb. Glauben Sie, Sie können mir drohen? Bleiben Sie stehen.«

Alvin war ein paar Schritte zur Seite getreten, um Gerhard von Cramm besser sehen zu können. Cramm machte eine schnelle Bewegung. Der Mantel rutschte von seinen Schultern. In der Linken hielt er jetzt eine Pistole. Sein rechter Arm hing reglos herab. Alvin lächelte trotz der Waffe, die Cramm auf ihn gerichtet hatte. Seine Wut über den Zustand des Guts und seine Verachtung gegenüber Gerhard von Cramm waren so groß, dass er keinerlei Furcht empfand.

»Ich habe Ihnen mehr als eine Fleischwunde verabreicht, was?«, fragte er und deutete auf Cramms nutzlosen rechten Arm. Provozierend ließ er den eigenen rechten Arm im Schultergelenk kreisen.

Cramms Gesicht verzerrte sich. Jetzt, da er ihn besser erkennen konnte, sah Alvin, dass der Gutsbesitzer alt und schwer geworden war. Das Gesicht in seinem kantigen Schädel war eine Ansammlung von Licht- und Schattenflächen und sah aufgedunsen und grob aus. Seine Hängebacken zitterten vor Hass. Die Waffe in seiner Hand zitterte jedoch nicht.

»Sie sind ein Idiot, Briest«, stieß er hervor. »Haben Sie gedacht, ich hätte mich vor Ihnen gefürchtet, während Sie mich hier in Ihrem ehemaligen Gutshaus warten ließen?«

»Sie fürchten sich vor mir, seit ich Ihnen die Schulter zerschossen habe«, sagte Alvin.

»Das Duell ist damals zu früh abgeblasen worden«, sagte Cramm. »Holen wir es jetzt nach, Sie und ich. Deshalb sind Sie nämlich hierhergekommen, Briest. Oder jedenfalls denkt das Volk da draußen das.« Er wies mit dem Kopf zum Fenster. »Die Dienstboten denken immer das, was man ihnen zu denken vorgibt. Auf Ehre. Sind hier herausgekommen, Briest, weil es Sie immer noch wurmt, dass Sie das Gut hergeben mussten. Habe Ihre Herausforderung angenommen. Da.«

Alvin folgte dem Blick Cramms. Auf einem Tisch, dessen feine Einlegearbeiten in den Jahren der Vernachlässigung und der Feuchtigkeit gesprungen waren, lag ein Kästchen mit einer Pistole.

»Nehmen Sie das Ding«, sagte Cramm.

Alvin spähte in das Kästchen, ohne die Waffe an sich zu nehmen.

»Kann Sie auch abknallen wie einen Hund und sagen, dass Sie zu feige waren, sich mir zu stellen, und mich stattdessen angegriffen haben.«

»Warum haben Sie das getan?«, fragte Alvin.

»Was? Da fragen Sie noch? Weil ich in Ihre toten Augen spucken möchte, Briest, während hinter Ihnen Ihr Gehirn von der Wand rinnt.«

»Nein, ich meine das mit dem Verrat von Prinz Leopolds Thronannahme. Sie sind doch Geschäftsmann. Krieg ist schlecht fürs Geschäft. Ihre Lieferungen nach Frankreich wären damit auf jeden Fall erledigt. Selbst jemandem wie Ihnen muss doch klar sein, dass Frankreich nur auf eine Weise reagieren konnte, wenn die Neuigkeit auf diese Art herauskam.«

»Wovon reden Sie, Sie Narr? Nehmen Sie die Pistole, damit ich Ihre blöde Fresse nicht mehr länger ertragen muss.«

»Ich rede davon«, sagte Alvin und begann auf einmal, eine große innere Kälte zu spüren, »dass Prinz Leopold den spanischen Königsthron angenommen hat, was man in Spanien und hier in Berlin sorgfältig gehütet hat, um es auf geeignete Weise ...«

»Halten Sie den Mund«, sagte Cramm. »Bin nicht hierhergekommen, um irgendwelche wilden Anschuldigungen anzuhören. Nehmen Sie die Pistole, oder auf Ehre, ich knall Sie ab.«

Er streckte die Hand mit der Pistole aus. Sie zielte jetzt auf Alvins Mitte.

»Cramm«, sagte Alvin drängend. Die Kälte in seinem Inneren wurde immer größer. »Legen wir unsere persönlichen Differenzen für einen Moment beiseite. Haben Sie die Information an die Engländer verkauft oder nicht?«

Cramm spannte den Hahn der Pistole. »Eins«, sagte er. Seine Augen flackerten vor Hass.

Alvin rührte die Pistole nicht an. »Warum soll ich sie nehmen? Außer der Pulverladung dürfte nichts im Lauf sein, hab ich recht? Die Kugel haben Sie draußen gelassen.«

»Zwei«, sagte Cramm. »Fahren Sie zur Hölle, Briest.«

Die Tür hinter Alvin öffnete sich erneut. Cramms Kopf ruckte herum. Seine Augen weiteten sich. Ein Schuss krachte und spuckte eine Feuerlanze und Pulverdampf in den düsteren Raum. Cramm erhielt einen Stoß wie von einer gewaltigen Faust. Sein linker Arm wurde hochgerissen. Ein Schuss löste sich aus seiner Pistole. Cramm prallte gegen das Fenster in seinem Rücken und fiel mit einem lauten Bersten und einem Schauer aus geborstenem Glas hinaus ins Freie. Alvin fuhr sich mit der Hand an die linke Wange, auf der plötzlich eine Feuerspur glühte. Er hatte einen Schlag ins Gesicht gespürt, als hätte ihm jemand eine Peitsche um die Ohren geschlagen. Er taumelte und wurde festgehalten.

»Hier«, stieß der grauhaarige Gardehauptmann hervor. Er drückte ihm einen Revolver in die Hand. »Halten Sie. Setzen Sie sich in den Sessel. Ich schaue nach, ob sich das Schwein noch rührt, dann kümmere ich mich um Sie.«

Alvin sackte auf dem Sessel zusammen. In seinem Kopf blühte ein Schmerz auf, der seine Augen tränen ließ. Der Raum stank nach Pulver. Der Revolver in seiner Hand war so schwer, dass er seine Hand nach unten zog. Verständnislos sah er dem Gardehauptmann zu, wie dieser sich aus dem Fenster beugte. Von draußen waren Geschrei und schnelle Schritte über den Kies zu hören. Der Gardehauptmann richtete sich auf und rief in den Hof hinaus: »Schnell, kommen Sie. Helfen Sie! Herr von Cramm hat versucht, den Herrn Oberst zu erschießen!«

Der Hauptmann wandte sich vom Fenster ab und kam zu Alvin. Das Trampeln von Stiefeln näherte sich draußen im Flur. Der Hauptmann bog Alvins Kopf zurück. Er grinste. »Streifschuss, Herr Oberst. Der Bastard hatte gutes Zielwasser, das muss man ihm lassen. Dachte einen Moment, ich hätte zu spät abgedrückt. Glück gehabt. Können jetzt mit einem feinen Schmiss bei den Weibern prahlen, Herr Oberst. Das Kopfweh vergeht nach ein paar Tagen. Haben Sie Zähne verloren? Sich auf die Zunge gebissen?«

Alvin schüttelte den Kopf. Ein neuer Schmerz schoss durch ihn hindurch. Auch sein Nacken schmerzte wie der Teufel. Er spürte Blut über seine Wange laufen und in seinen Kragen tropfen.

Das Gesinde drängte zur Tür herein und blieb wie angewurzelt stehen. Ihre Blicke wanderten vom zerborstenen Fenster zum Hauptmann und dann zu Alvin, dem auf einmal bewusst wurde, wie die Situation aussah. Der Hauptmann war unbewaffnet, er hingegen saß mit einem immer noch rauchenden Revolver auf dem Knie im Sessel und hatte eine Seite seines Gesichts voller Blut. Als hätte er sich verbrannt, warf er den Revolver auf den Tisch.

»Wasser!«, kommandierte der Hauptmann. »Frische Tücher. Wird sich doch irgendwo in dem Schweinestall finden lassen. *Vite, vite*, ihr Sauhaufen!«

Ein paar Leute rannten wieder hinaus. Andere kamen herein. Alvin sah einen älteren Mann den Kopf schütteln, als der

Hauptmann ihn fragend ansah, und ihn sich dann mit dem Finger über die Gurgel fahren. Ein paar Mägde begannen zu schluchzen.

Alvin blickte zum Hauptmann auf. Dieser grinste breit und gab dem Kästchen mit der Pistole darin einen Stoß. »Hat mir gefallen, als Sie ihm gesagt haben, die Pistole sei wahrscheinlich nicht geladen. Ein Mann sollte seine Feinde genau kennen.«

»Sie haben das gehört …?«, fragte Alvin.

»Klar. Stand die ganze Zeit hinter der Tür.«

»Sie sind kein Gardehauptmann«, sagte Alvin.

Der Hauptmann schüttelte den Kopf. Er grinste immer noch. »Habe die Uniform geliehen. Eigentlicher Besitzer hat sie verdammt runterkommen lassen. Spüre ein paar Flohbisse.«

»Wer sind Sie?«

»Jemand, der Seiner Exzellenz dem Bundeskanzler manchmal hilft, wenn er etwas zu erledigen hat, das er sonst keinem geben kann.«

»Sie haben mir das Leben gerettet!«

»War ein Teil der Aufgabe. Hoffe, Sie sind erleichtert, dass ich nicht danebengeschossen habe.«

»Und der andere Teil der Aufgabe?«

Der Hauptmann wackelte mit einem Finger vor Alvins Gesicht herum und schüttelte lächelnd den Kopf. »Lassen Sie mir meine Geheimnisse, Herr Oberst.«

»Ich weiß es auch so«, murmelte Alvin müde. »Cramm war nur ein kleiner Fisch. Die Indiskretionen, an die er geraten ist, waren nicht viel mehr als Klatsch und unwichtige Interna. Er hätte es nie geschafft, an so etwas wie die Information über Prinz Leopolds Thronannahme zu gelangen. Aber jetzt kann man ihm die Schuld daran geben, und was immer an Bösem sich daraus entwickelt, wird man ihm in die Schuhe schieben können – und keiner wird sich mehr fragen, wie die Information eigentlich an die englische Botschaft in Madrid gelangt ist.«

Der Hauptmann hatte aufgehört zu lächeln.

»Die Information …«, sagte Alvin leise und blickte ihm in die Augen. Er hatte den Schock überwunden und verdrängte die Kopfschmerzen. Der Hauptmann erwiderte seinen Blick, ohne zu blinzeln. »… die über kurz oder lang einen Krieg auslösen wird zwischen Frankreich und Deutschland. Wahrscheinlich ist nur noch ein winziger Schubs nötig, irgendeine diplomatische Finesse, und Frankreich erklärt uns den Krieg. Dann tritt das Schutz- und Trutzbündnis mit den süddeutschen Staaten in Kraft, Deutschland zieht als geeinte Nation unter preußischer Führung in den Krieg, und jemand hat das erreicht, was alle anderen vor ihm seit Karl dem Großen vergeblich versucht haben.«

Der Hauptmann lächelte wieder, aber es wirkte bemüht. Er beugte sich zu ihm herab. »Werde vergessen, dass Sie mir das gerade erzählt haben«, sagte er so leise in Alvins Ohr, dass dieser Mühe hatte, seine Worte zu verstehen. »Und Sie vergessen es auch. Sie gefallen mir, Herr Oberst. Würde ungern demnächst hinter einer Tür hervorkommen und *Sie* in den vorzeitigen Ruhestand versetzen.« Dann sagte er laut: »Na endlich. Kümmern Sie sich gefälligst um den Herrn Oberst, wenn ich bitten darf!«

Während ihm die Wunde vorsichtig mit heißem Wasser und sauberen Leintüchern abgetupft und dann mit Essig versorgt wurde, so dass er vor Schmerz ächzte, dachte Alvin nach. Er bildete sich ein, draußen das Getrappel von Hufen zu hören. Der falsche Gardehauptmann ritt davon. Alvin wusste, dass er ihn nie wiedersehen würde – oder wenn doch, dann würde er ihn nicht erkennen. Als er sich zu Alvin herabgebeugt hatte, um ihm ins Ohr zu flüstern, hatte Alvin gesehen, dass die grauen Schläfen des Mannes mit Kalkpulver gefärbt worden waren.

Dann gerieten seine Gedanken in eine andere Bahn, weil sich ein runzliges Frauengesicht in sein Blickfeld schob und seine Hand ergriffen wurde.

»Erkennse mir nich, Herr von Briest?«

»Tut mir leid …«, sagte Alvin.

»Macht ja nüscht. Könn ja nich jeden kennen. Bin noch von det alte Personal übrig, Herr von Briest. Jetzt, da Herr von Cramm tot is – sindse wieder der neue Herr auf Briest?«

Alvin hatte noch keinen Gedanken daran verschwendet. »Ich glaube schon«, sagte er verwirrt.

Seine Hand wurde gedrückt. »Halleluja«, sagte die alte Magd. Bevor er es verhindern konnte, gab sie ihm einen Schmatz auf die unverletzte Wange. »Halleluja. Jetzt kann Krieg kommen oder Frieden – allet wird jut. Sie sind wieder zurück.«

20

Alvin übernachtete auf Gut Briest in einem Zimmer, das von den Frauen des Gesindes in Windeseile bewohnbar gemacht worden war. Dennoch rochen die aus einem Schrank geholten Laken muffig und fühlten sich klamm an. Nach Berlin zurückzureiten hätte sich nicht mehr gelohnt, er wäre mitten in der Nacht angekommen. Außerdem fühlte sich sein Kopf an, als hätte ihn ein Pferd ins Gesicht getreten; und es war anzunehmen, dass der falsche Hauptmann einen vollständigen Bericht der Situation abliefern würde. Alvin war nun nicht mehr vonnöten. Er hatte seine Schuldigkeit getan. Genauso wie Gerhard von Cramm, dessen Leiche auf einem Karren nach Sternberg abtransportiert worden war.

Neben dem Bett lag eine Tasche, die er am Sattel seines Pferdes hängend gefunden hatte, als er in den Stall gegangen war, um es absatteln zu lassen. Die Tasche hatte dem Hauptmann gehört. Alvin hatte sie an dessen Sattel gesehen, ohne dass er ihr Bedeutung beigemessen hätte. In der Tasche hatte Alvin ein Dokument gefunden, das er nun in seinem Schlafzimmer auf dem Bett sitzend bei Kerzenlicht las. Eine Flasche Rotwein stand auf dem Nachttisch neben ihm und leerte sich. Alvin hatte sich nicht die Mühe gemacht, nach einem Glas zu suchen.

Das Dokument war ein zwanzig Jahre alter Brief seiner Schwägerin, Hedwig von Briest, eine Botschaft aus dem Grab heraus. Sie war nicht für ihn bestimmt, sondern an Gerhard von Cramm adressiert gewesen.

Geehrter Herr von Cramm,

ich schreibe Ihnen, damit die Dinge von vornherein zwischen uns klar sind. Ihr freundliches Angebot, Gut Briest gegen Ihr Gut Seehausen einzutauschen, hat meinen Mann und mich sehr bewegt. Wir müssen es leider dennoch und nach reiflicher Überlegung ablehnen. Gut Briest ist das Vaterhaus meines Mannes und meines Schwagers. Es wäre unrecht, es wegzugeben, selbst wenn wir mit Seehausen besser daran wären. Mein Mann möchte weder das Andenken an seine Vorfahren gegen bessere Renditen eintauschen noch daran schuld sein, dass sein Bruder und dessen junge Familie ihre Heimat verlassen müssen. Wir geben zu, dass Ihr Angebot uns in Versuchung gebracht hat, doch dies ist nun unsere endgültige Antwort.

Ich nutze diesen Brief gleichzeitig, um Sie davon in Kenntnis zu setzen, dass wir demnächst einen Besuch in Seehausen pla-

nen, um uns das Gut anzusehen. Eventuell wären Sie daran interessiert, wenn mein Mann Ihnen ein Pachtangebot macht? Unser Bankhaus Bleichröder in Berlin kann Ihnen auf Nachfrage jederzeit versichern, dass wir kreditwürdig wären, um einen langfristigen Pachtvertrag abzuschließen.

Mein Mann wird sich nach dem Besuch melden, um die Einzelheiten mit Ihnen zu besprechen.

Mit Gottes Segen, 14. November 1846, Eichenhain.

Alvin setzte die Flasche an die Lippen. »Auf deine Gesundheit, Levin«, murmelte er und trank. »Und auf deine auch, Hedwig, alter Drachen. Ich wette, Levin hat nie gewusst, dass du diesen Brief geschrieben hast. Ihr seid nach Seehausen gefahren, und Levin hat immer noch darüber nachgedacht, ob er Cramms Angebot nun annehmen soll oder nicht, dabei hattest du schon alles entschieden.«

Er stellte die Flasche ab, weil der Geschmack von Tränen sich nicht mit dem des Weins vertrug, und dachte darüber nach, wie lange Otto, der dem falschen Hauptmann aufgetragen haben musste, ihm den Brief zu übergeben, bereits von seiner Existenz gewusst hatte. Erst jetzt, weil er wahrscheinlich Cramms Wohnung in Berlin hatte durchsuchen lassen, nachdem Alvin ihn nach Briest gelockt hatte? Oder schon damals, als er Alvin die gefälschte Unterschrift auf dem Vertrag gezeigt hatte? All die Jahre hatte es nur diesen Brief gebraucht, um Alvins Ansprüche an Gut Briest zu untermauern. Konnte es sein, dass Otto sich diesen Trumpf in der Hinterhand behalten hatte, um ihn dann hervorzuziehen, wenn er ihn brauchte – wenn er *Alvin* für etwas brauchte, das mehr als anrüchig war, und sich sein Schweigen damit erkaufte, dass er ihm Briest unzweifelhaft und für alle Zeiten zurückgab? Das Zuckerbrot zusammen mit der Peitsche in Gestalt der kaum verhüllten Drohung des Hauptmanns?

Alvin wusste schon jetzt, dass er schweigen würde. Die Wahrheit zu erzählen hätte ihm keinerlei Vorteile gebracht. Otto hatte ihn benutzt, aber er hatte ihm dadurch gleichzeitig ermöglicht, die Rechnung mit Gerhard von Cramm zu begleichen und Briest zurückzubekommen. Es nun wieder aufs Spiel zu setzen brachte er ohnehin nicht übers Herz.

Nachdem er eine Weile versucht hatte zu schlafen, sanft berauscht von der Flasche Wein, und keinen Erfolg dabei erzielte, schlüpfte Alvin in seine Uniform und trat hinaus auf den Hof. Das Zimmer, das man für ihn bereitet hatte, lag an der Rückfront des Gutshauses, doch er hatte sich die ganze Zeit schon eingebildet, von vorn aus dem Gutshof Geräusche zu hören. Jetzt wusste er, woher sie kamen. In der warmen, sternfunkelnden Julinacht blakten ein paar Fackeln im Gutshof. Ihr Licht fiel auf den Misthaufen, auf dem eine Handvoll Knechte mit hohen Stiefeln standen und den Abfall aussortierten, der dort hinaufgeworfen worden war. Sie verwandelten den Dunghaufen wieder in das, was er war: wertvoller als Gold für eine florierende Landwirtschaft. Der Gestank war brutal, die Knechte hatten sich Tücher vor Mund und Nase gebunden, aber sie winkten ihm zu. Abseits stand ein Tischchen, auf dem sich ein Krug Wasser, Brot und Käse befanden – eine Mahlzeit, die sie sich für nachher bereitet hatten. Alvin stolperte ins Haus und fand die zwei anderen Flaschen Wein, die man für ihn aus einem Versteck im Keller geholt hatte. Er stellte sie neben den Wasserkrug, winkte den Knechten und kehrte wieder in sein Bett zurück.

Als er dort lag, stellte er fest, dass er den Misthaufengestank mitgebracht hatte und dass dieser nun das Schlafzimmer füllte. Er grinste, drehte sich um und schlief ein.

21

Fünf Tage nach der gescheiterten Jagd auf das geschmuggelte Dynamit kam Stéphane Flachat in das kleine leerstehende Büro, das er Paul zur Verfügung gestellt hatte. Er deutete auf die Planskizzen auf Pauls Tisch. »Mir ist immer noch peinlich, dass du das tust.«

»Was? Eure neuen Streckenplanungen überarbeiten? Es ist das Geringste, was ich für dich tun kann, Stéphane. Wenn ich hier nicht stündlich auf ein neues Telegramm aus Berlin warten würde, würde ich mir das vor Ort ansehen. Du weißt, dass ich im Gelände tausendmal besser bin als über einem Plan.«

»Lass dir die Arbeit wenigstens bezahlen.«

»Kommt nicht in Frage, Stéphane.«

Der Direktor der Westeisenbahn seufzte. »Wenigstens hat das Dynamit, das du verfolgt hast, nicht in einem Berliner Bahnhof herumgestanden und Menschen gefährdet.«

Paul fühlte sich bewegt von Stéphanes unerschütterlichem Glauben daran, dass er keinem Phantom hinterherjagte. Er selbst war sich nicht mehr so sicher, aber das würde er vor niemandem außer sich selbst zugeben. Grimmig sagte er: »Ja, aber die Kernaussage ist: Es hat nicht herumgestanden. Es wurde geliefert! Und ich habe keine Ahnung, wie es hier entgegengenommen wurde. Es ist vor meiner Nase verschwunden. *Merde!*«

»Oder wie du sonst zu sagen pflegst: Kruzifix!«, sagte Stéphane und lächelte. Sein Deutsch war nicht mehr so makellos wie damals, weil er es so lange nicht gebraucht hatte. Der bayerische Standard-Fluch kam als »Krüsifikess« heraus.

Paul lachte, obwohl er eigentlich von rastlosem Zorn erfüllt war wegen seines Versagens. »Du sagst es.«

»Vielleicht kann ich dir helfen. In meinem Büro wartet jemand auf dich.«

Der Wartende stellte sich als Bahnmitarbeiter André heraus. Paul erkannte mit Beschämung, dass er den Nachnamen des Mannes vollkommen vergessen hatte – oder besser gesagt, er war so von der Jagd auf das Dynamit erfüllt gewesen, dass er ihn gar nicht wahrgenommen hatte, als sie einander vorgestellt worden waren. Er schüttelte ihm die Hand. André schien in Gegenwart seines Direktors gehemmt, aber Stéphane verstand es, die Spannung zu zerstreuen, indem er Zigarren austeilte.

»Erklären Sie es bitte noch einmal«, forderte er André auf.

André sagte: »Sie haben doch letztens gesagt, dass das Dynamit in einzelnen kleineren Ladungen geliefert wurde, ja? Wie viele waren das insgesamt?«

Paul zuckte mit den Schultern. »Wir nehmen an, dass bis zur letzten Fracht dreißig Kilo Dynamit nach Paris geschmuggelt wurden. Wenn es immer Fünf-Kilo-Ladungen waren – sechsmal. Mit der letzten Fracht – der siebten – sind es mittlerweile fünfunddreißig Kilogramm.« Er räusperte sich. »Ich habe zu fühlen bekommen, was fünfunddreißig Kilo Dynamit anrichten können …«

»Mir ist nämlich aufgefallen, dass es immer derselbe Lokführer ist, der wegen der Weichen Zicken macht. Und dass das meiner Schätzung nach bis heute sechsmal vorgekommen ist. Die letzte Fracht war das siebte Mal.«

Paul starrte den Bahnarbeiter an. Er konnte direkt fühlen, wie Räder in seinem Gehirn ineinandergriffen, aber noch fehlte ihm die Erleuchtung.

»Komischerweise hat der Lokführer gestern, als er wieder einen Zug in den Bahnhof fuhr, keine Schwierigkeiten gemacht. Ich habe die anderen gefragt und erfahren, dass er eigentlich nicht als jemand bekannt ist, der dauernd für Ärger sorgt. Nur diese paarmal hat er gezögert …«

Paul sagte atemlos: »Wenn der Zug steht, ist es eine Sache von ein paar Minuten, über die Gleise zu laufen, einen vorher bezeichneten Frachtwaggon zu öffnen, eine bestimmte Kiste herauszunehmen und damit …«

»… zu verschwinden.«

»Verdammt, verdammt, verdammt. Irgendwo auf Höhe der Rue des Batignolles findet diese Übergabe statt. Ich hab es nicht geahnt! Wie ein Idiot bin ich den Kühlwagen hinterher. Und jetzt ist die Gelegenheit vorüber.«

»Sie wird wiederkommen«, sagte Stéphane. »Oder gibt es einen Grund, warum die Lieferungen plötzlich eingestellt werden sollten? Bis jetzt war jede einzelne von ihnen erfolgreich.«

»Nur dass jetzt unsere Länder auf Krieg zutreiben«, sagte Paul beklommen.

»Hast du das Gefühl, auf beiden Seiten dieser Geschäftsverbindung sind Patrioten am Werk? *O nein, wir lieförn nischt an diese Frongsmännör!*«, deklamierte Stéphane auf Deutsch. *»O non, nous ne pas voulont de la dynamite alboche!*«, fügte er dann hinzu, warf die Arme in einer dramatischen Geste in die Luft und grinste. André betrachtete ihn mit offenem Mund. Offensichtlich hatte er seinen Direktor bis jetzt für einen distanzierten, ernsten Menschen gehalten. »Es wird weitere Lieferungen geben, keine Sorge. Und bei der nächsten schnappst du dir die Kerle.«

Am Nachmittag trafen kurz nacheinander zwei Telegramme für Paul ein. Das erste war von Alfred Nobel und kündigte an, dass eine weitere Lieferung unterwegs war, diesmal in einem Zug mit Passagierabteil, und dass man sie trotzdem hatte abfahren lassen, weil Nobel die originalen Dynamitstangen durch Blindstangen ersetzt hatte. Den Dieb hatte man diesmal am Bahnhof gefasst. Er wurde verhört, während Paul das Telegramm las, und vermutlich hatte man bereits seinen Mittelsmann verhaftet, dessen Namen der Täter noch am Bahnhof preisgegeben hatte. Selbst aus dem wie üblich von Abkürzungen wimmelnden Nobel'schen Telegrammstil konnte Paul den Stolz und die Erleichterung des Unternehmers herauslesen.

Bei ihm selbst machte sich Nervosität breit. So wie es aussah, war dies die letzte Lieferung, es sei denn, der noch unbekannte Drahtzieher im Hintergrund konnte auf Ersatzleute zurückgreifen. Diesmal durfte nichts mehr schiefgehen, oder die Empfänger in Paris würden nie gefasst werden.

Das zweite Telegramm war von Alvin. Nach seiner Lektüre wusste Paul, dass er tatsächlich nur noch diese eine Chance hatte. Gerhard von Cramm war tot, und in seinen Unterlagen hatten sich Hinweise gefunden, dass er wie vermutet hinter dem Dynamitschmuggel steckte. Das Geschäft war vorbei. Und nun lag es an Paul, dass auch an diesem Ende der unseligen Verbindung das Gesetz zum Zuge kam.

22

Als der Zug aus Berlin den Pont d'Asniere über die Seine passierte – eine der Eisenbahnbrücken, die Eugène Flachat konstruiert hatte –, wurden Paul und die sechs Bahnarbeiter benachrichtigt. Die Männer hatten es sich nicht nehmen lassen, wieder mit von der Partie zu sein, und Stéphane hatte sie ohne weiteres von ihren Arbeiten freigestellt. Sie marschierten die

Rue Mosnier hinauf, aufgeteilt in drei Gruppen, damit sie nicht auffielen. Paul, der sich von der Kleidung her zu sehr von den anderen unterschied, ging allein. Die Rue des Batignolles verlief westlich und östlich der Gleise; beim Bahnbau war sie einfach durchschnitten worden und führte jetzt durch die Senke, in der die Gleise wie in einem flachen Bachbett verlegt waren. Kutschen und Karren holperten über die Schienen, Fußgänger stiegen darüber. Schwere Holzplanken in ansteigender Stärke fassten die Schienen ein, so dass man darüberfahren konnte, ohne gebrochene Achsen befürchten zu müssen. Sie verteilten sich an beiden Seiten der Gleise und warteten auf den Zug, dessen Rauch sie schon von weitem sehen konnten. Er näherte sich so langsam, dass es zum Verrücktwerden war. Paul ertappte sich dabei, dass er immer wieder die Hände zu Fäusten ballte, und er zwang sich, ruhig zu werden. Er hatte sich eine Zeitung besorgt und lehnte an einer Hausmauer, als wäre er ein Müßiggänger, der die Artikel studierte. Sie waren immer noch voller Schmähungen gegen Preußen. Selbst in seiner Nervosität dachte Paul, dass die Zeitungsschreiber hierüber berichten sollten – sechs französische Bahnarbeiter und ein bayerischer Ingenieur, die freiwillig zusammenarbeiteten, um Kriminellen das Handwerk zu legen. Aber vermutlich verkauften sich die Blätter besser, wenn sie vor Bosheiten und Chauvinismus trieften. Paul zweifelte keine Sekunde, dass die Zeitungen in Berlin sich nicht sehr viel anders lasen.

André kam auf ihn zugeschlendert und fragte ihn nach Feuer für den Zigarrenstumpen in seinem Mund. Leise sagte er: »Irgendwas stimmt nicht. Der Zug fährt viel zu langsam.«

Paul zündete ihm die Zigarre an und musterte ihn. »Ein Defekt? Das hätte uns gerade noch gefehlt.« Er hielt André die Zeitung hin, und dieser spähte hinein, so dass es von weitem aussah, als würden sie einen Artikel darin teilen. Paul war sicher, dass die Verbrecher bereits hier irgendwo waren, ebenso unauffällig verteilt wie Paul und seine Männer. Er wollte nichts riskieren.

»Ich weiß es nicht.« André nickte ihm zu und ging davon. Drei von den anderen Arbeitern hatten Kellen und kleine Spaten mitgebracht und reinigten die Gleise. Die anderen beiden saßen vor einem Bistro in der Sonne. André gesellte sich zu ihnen, als ob er alte Bekannte träfe.

Paul faltete die Zeitung und klemmte sie unter den Arm. Er spazierte auf die Gleise hinaus, tat so, als würde er den Arbeitern zusehen, dann wandte er sich um wie ein Mann, der taxiert, wie weit der Zug noch entfernt ist, und ob er die Schienen gefahrlos überqueren kann. Die Rauchwolke stand über den Dächern. Er konnte die Lok sehen, klein auf die Distanz. Sie musste gerade die Rue des Dames passieren. Der Rauch quoll in großen Schwaden aus ihrem Schornstein empor.

Es dauerte einen Herzschlag, bis er verstand. Der Rauch quoll senkrecht in die Höhe. Kein Fahrtwind drückte ihn nach hinten.

André stand auf einmal neben ihm. Er klang bestürzt, als er hervorstieß: »Sie steht!«

Ohne sich noch einmal anzusehen, rannten sie los. Die beiden Arbeiter auf den Stühlen vor dem Bistro sprangen auf. Paul sah sie Kleingeld auf den Tisch werfen, dass die Münzen hüpften, und ebenfalls losrennen. Die drei Männer an den Gleisen rappelten sich auf und nahmen die Beine in die Hand.

Sie eilten die Rue Boursault hinauf. Paul begann zu keuchen. Er lief, so schnell es seine Kräfte zuließen, die Füße schmerzten auf dem harten Pflaster. Er hätte andere Schuhe tragen sollen – aber er war mit diesem Paar nach Paris gekommen und hatte nicht daran gedacht, sich bequemere zu besorgen. André rannte neben ihm her. Die Bahnarbeiter schlossen auf.

»Wir laufen voran«, stieß André hervor. Paul nickte keuchend. Die Arbeiter beschleunigten und rannten leichtfüßig die Rue Boursault hinauf. Wie schon vorhin kam Paul der Gedanke, dass er und diese sechs Männer, die ihn vorbehaltlos unterstützten, womöglich in ein paar Tagen oder Wochen schon Feinde wären. Dann konzentrierte er sich auf das Naheliegende: ihnen so schnell wie möglich zu folgen, ohne dass ihn der Schlag traf.

Als sie an der Kreuzung der Schienen mit der Rue des Dames ankamen, war es zu spät. Der Zug hatte wieder Fahrt aufgenommen und den dortigen Weichenknoten bereits passiert. Die Waggons rollten an ihnen vorbei. Paul rannte ein paar Schritte in die Rue des Dames hinein, dann blieb er stehen. Es hatte keinen Sinn. Keuchend und mit Herzschlägen, die in seinen Schläfen hämmerten, lehnte er sich an eine Hauswand. Er schüttelte den Kopf. Am liebsten hätte er mit den Füßen aufgestampft wie ein Kind. Die Bahnarbeiter standen direkt am Gleis und sahen sich überall um. Sie schienen nicht weniger enttäuscht zu sein als Paul.

Dann fiel ihm ein Mann auf. Er hätte nicht zu sagen vermocht, warum er ihm auffiel. Er war größer als die meisten, doch das war auch alles, und er trug einen Zylinder, der nicht zu seiner einfach gehaltenen Kleidung passte. Er stand bestimmt hundertfünfzig Schritte entfernt, und es war ein Wunder, dass der vom Rennen erschöpfte und schwitzende Paul ihn überhaupt bemerkte. Er blickte zu ihm hinüber.

Und der Mann schien zurückzublicken. Auf die Ferne konnte Paul sein Gesicht nicht erkennen, dass er starrte, stand jedoch fest.

Der Zylinder war dermaßen absurd …

»Kruzifix«, sagte Paul und stieß sich von der Mauer ab. Im selben Moment wirbelte der Mann herum und tauchte in eine Gasse ein. »Kruzifix!« Er begann aufs Neue zu rennen und ignorierte die Rufe der Bahnarbeiter, die ihm überrascht folgten.

An der Gassenmündung angekommen, blieb Paul stehen. Der Mann mit dem Zylinder war nirgends zu sehen. Es gab Dutzende von Hauseingängen, noch einmal so viele Hinterhöfe und vermutlich jede Menge enger und engster Gässchen und Durchlässe. Dies hier war das Quartier des Batignolles; die kleinen Parzellen der ehemals ländlichen Vorstadt und das Hereinwachsen der Innenstadt hatten ein Labyrinth entstehen lassen. Aber im Grunde hatte Paul, was er brauchte. Er hatte den Mann wiedererkannt, und es war mit Sicherheit kein Zufall, dass er ausgerechnet hier war.

Jetzt musste ihm nur noch sein Name einfallen.

23

Louise und Antonie sahen sich erschrocken an, als jemand an die Wohnungstür hämmerte. Louise öffnete, während Antonie im Hintergrund blieb und zu Louises gleichzeitigem Schreck und Amüsement eine schwere Gusseisenpfanne aus der Küche in der Hand wog. Paul stand draußen, völlig verschwitzt und atemlos.

»Der Mann«, stieß er hervor. »Mit dem Zylinder. Wie hieß der?«

Louise sah Pauls rotes Gesicht, sein zerzaustes Haar, den durchnässten Hemdkragen. »Lieber Gott, Paul, geht's dir gut?«, rief sie besorgt.

»Der Mann mit dem Zylinder. Wie hieß der?«

Antonie trat an Louises Seite. In den wenigen Tagen, in denen Antonie jetzt hier war, hatte sich die Zuneigung zwischen den beiden Frauen gefestigt. Antonie war humorvoll, unverwüstlich und trotz ihrer Lage praktisch veranlagt. Sie hatte Louise erzählt, dass ihre Großmutter so gewesen war, und Louise hatte es für einen weiteren Beweis dafür gehalten, dass Talent und gute Anlagen meistens eine Generation übersprangen. Antonies Vater war nett und im Grunde seines Herzens anständig, aber bequem. Und Antonies Mutter war all das nicht, was ihre Mutter gewesen war und ihre Tochter geerbt hatte.

Antonie sagte: »Du meine Güte, Herr Baermann, kommen Sie doch erst mal rein und trinken Sie einen Schluck Wasser.«

Es war, als ob ihre Worte Paul halfen, klarer zu formulieren. Er schüttelte den Kopf und wandte sich wieder an Louise. »Der Mann, der die rechte Hand des Bastards war, der dich und deine Mutter damals …«

»O Gott«, sagte Louise, in deren Geist Bilder aufstiegen, die sie am liebsten nie mehr wiedergesehen hätte. »Zylinder-Bertrand.«

»Ein echter Name, Louise!«

Louise blinzelte. Wie sollte sie sich nach all den Jahren noch erinnern, wie … »Bertrand Saint-Armand«, sagte sie unvermittelt. »Ob du es glaubst oder nicht. Warum … hast du ihn gesehen?« Louise war plötzlich wie gelähmt. »*Mon Dieu* … nach all den Jahren dachte ich nicht, je wieder von ihm … was ist mit ihm?«

»Ich glaube, dass er in den Dynamitschmuggel verwickelt ist.«

»Paul, bitte … warum lässt du das nicht die Polizei erledigen?«

»Genau das habe ich vor. Ich muss zur Polizeipräfektur. Anzeige erstatten. Wie du mir geraten hast. Jetzt kann ich es tun, denn ich habe nicht nur ein paar Indizien, sondern auch einen Verdächtigen. Jetzt wird mir die Polizei zuhören, auch wenn ich ein Fremder bin und womöglich bald ein Feind …«

Bevor sie darüber nachdenken konnte, schlang Louise die Arme um Pauls Hals und küsste ihn auf den Mund. Sie war so erleichtert, dass ihr Herz flog. »Lieber Gott, Paul, einen Augenblick dachte ich, du wolltest allein gegen Bertrand … wegen Lily … ich hatte plötzlich solche Angst um dich.«

Sie spürte einen tiefen Seufzer, der Pauls Brust hob und senkte. Er nahm sie bei den Händen und sah ihr in die Augen. »Ich werde ihn fragen, was aus Lily geworden ist, darauf kannst du dich verlassen. Aber durch die Gitterstäbe der Gefängniszelle hindurch, in der er sitzt und auf die Guillotine wartet.«

Pauls Blicke fielen auf die Pfanne in Antonies Hand. Plötzlich lächelte er. »Wolltet ihr gerade kochen?«, fragte er. »Mitten am Nachmittag?«

»Wir wollten Ihnen die Pfanne über den Schädel ziehen, wenn Sie nicht der gewesen wären, der Sie sind«, erklärte Antonie etwas kraus, aber grimmig.

»Moritz ist zu beneiden«, erklärte Paul.

»Natürlich ist er das – dafür, dass er mit Louise als Mutter und Ihnen und Alvin als Väter aufwachsen durfte.«

Paul lächelte noch breiter. »Liebe Antonie, wir hatten bis jetzt nicht wirklich Gelegenheit, uns kennenzulernen, und jetzt haben wir sie auch nicht. Ich hoffe, wir können das nachholen.«

Er rannte die Treppe hinunter. Louise sah ihm hinterher. Erst als sie unten im Erdgeschoss die Haustür scheppern hörte, schloss sie die Wohnungstür hinter sich. Sie begegnete Antonies Blick und fühlte, wie ihr das Blut in die Wangen stieg. Sie wusste genau, mit welchem Blick sie Paul hinterhergesehen hatte. Den Kuss, den sie auf seine Lippen gedrückt hatte, spürte sie noch immer.

»Du musst mich für ein loses Frauenzimmer halten«, sagte Louise heiser. »Aber ich liebe sie beide. Ich kann nichts dafür.«

24

Das Gebäude der Polizeipräfektur in der Rue de la Cité war ein Neubau, der einer spätmittelalterlichen Burg nachempfunden war, mit einem hohen Eingangsbau und zwei wuchtigen Türmen. Paul fragte sich nach der Unterpräfektur des Département Seine durch, das unter anderem für Handel und Verkehr im Stadtbereich von Paris zuständig war. Der verantwortliche Präfekt war Henri Chevreau, aber es war ein grimmig aussehender Inspecteur Principal namens Charles Floquet, der sich seiner annahm.

»Sprengstoff?«, fragte Inspecteur Floquet. »In einem Zug? Aus Berlin? Und wieso wissen Sie davon?«

Paul setzte zu einer Erklärung an, aber der Polizist unterbrach ihn. »Lassen Sie mich zuerst mal Ihre Papiere sehen.«

»Papiere?«

»Einen Reisepass, persönliche Dokumente, Monsieur. Kennt man so etwas nicht im wohlorganisierten Preußen?«

»Woher wollen Sie wissen, dass ich …«

»Ihr Akzent, Monsieur. Grauenhaft, übrigens, wenn Sie mir die Bemerkung gestatten.«

»Ich stamme aus Bayern«, erklärte Paul, der fühlte, wie Zorn in ihm aufzusteigen begann.

»Das macht den Akzent nicht besser, Monsieur. Und ich möchte immer noch Ihre Papiere sehen.«

Paul hatte sich niemals einen Pass ausstellen lassen. Persönliche Dokumente wie Pässe, Wanderbücher und *livrets d'ouvrier* – Arbeitsbücher – waren Zwangsmaßnahmen, um das Verbrechen einzudämmen, kriminelle Elemente von der Straße zu entfernen und das ständig zwischen den Ländern hin- und herschwappende Heer von Migranten und Arbeitssuchenden irgendwie zu kontrollieren. Wenn er auf Reisen gewesen war, hatte er Einladungen von Kunden oder die Sendbriefe von Maffei & Co. im Gepäck gehabt. Sie hatten immer ausgereicht – er war anständig gekleidet und gepflegt, besaß die richtigen Umgangsformen und hatte Legitimationen für seine Reiseziele.

Nach Paris war er Hals über Kopf gereist. Er hatte nichts. Er fasste in die Tasche, aber er hatte nicht einmal das Telegramm von Alfred Nobel. Es lag noch in Stéphane Flachats Arbeitszimmer.

»Wir haben keine Papiere, Monsieur?«

»Ich weiß nicht, ob Sie welche haben – ich habe keine«, knurrte Paul.

Das überhebliche Lächeln von Inspecteur Floquet wich einem verärgerten Gesichtsausdruck. »Hüten Sie Ihre Zunge, Monsieur.«

»Was heißt hier *Hüten Sie Ihre Zunge*, Inspecteur? Ich komme hierher, um Sie zu warnen vor dreißig Kilogramm Dynamit und einem gefährlichen Kriminellen namens Bertrand Saint-Armand, und alles, was Ihnen dazu einfällt, ist, nach meinen Papieren zu fragen?«

»Ich nehme an, im wohlorganisierten Preußen würde das anders ablaufen?«, fragte Floquet mit kaum unterdrücktem Hass in der Stimme.

»Verdammt noch mal, ich komme aus Bayern. Aber ja – ich schätze, ein preußischer Polizist würde jetzt schon unterwegs sein, um die Burschen hochzunehmen.«

»So wie die Preußen immer dann am schnellsten sind, wenn es darum geht, irgendwo einzufallen und alles hochzunehmen.« Floquet starrte ihn mit zuckenden Wangenmuskeln an. Dann bückte er sich und holte einen Zettel aus einer Schublade. Es war die Extraausgabe von *Le Petit Journal*, einem Pariser Massenblatt. Floquet knallte es vor Paul auf den Schreibtisch. Paul wusste, was darin stand. Er hatte die Meldungen heute selbst gesehen, auf seinem nutzlosen Posten an der Rue des Batignolles.

»Wir sind im Krieg, *mein Herr*«, sagte Floquet zähneknirschend.

»Nein«, sagte Paul. »Ihr Außenminister spricht nur mal wieder von der Möglichkeit eines Krieges, nicht mehr. Das tut er seit einer Woche.«

»Sie hätten wohl gerne, dass schon geschossen wird, oder?«

»Ich hätte gerne, dass ein paar hochkriminelle Elemente verhaftet werden.«

Floquet nahm das Extrablatt wieder an sich. »Kommen wir dazu. Ihre Anschuldigungen sind ganz gegenstandslos. Seien Sie froh, dass ich Sie nicht wegen Verleumdung eines aufrechten französischen Patrioten festnehmen lasse.«

»Eines was?« Paul prustete los.

Floquet holte Atem. Dann brüllte er: »Dupont!«

Ein junger Polizist kam durch eine offene Tür hereingerannt, die von Floquets Arbeitszimmer in einen weiteren Raum führte. »*Oui, Inspecteur?*«

»Sind die Herrschaften noch bei Préfet Chevreau?«

»*Oui, Inspecteur.*«

»Fragen Sie, ob sie einen Augenblick für mich Zeit hätten.«

»Oui, Inspecteur.«

Floquet lehnte sich zurück. Er taxierte Paul. »Gehen Sie zurück nach Preußen, Alboche«, sagte er leise.

»Nicht ohne das Dynamit und ohne dass ich die Diebe hinter Gittern gesehen habe.«

Floquet schnaubte. Dann sagte er nichts mehr, sondern schaute aus dem Fenster. Er gab nicht einmal vor, etwas zu arbeiten. Das Schweigen im Raum wurde drückend.

Paul fragte sich, was er übersehen hatte und ob dies eine Art Test war – oder ein schlechter Traum. Auch wenn Außenminister Gramont im Parlament von der Möglichkeit gesprochen hatte, dass die Annahme der spanischen Königskrone durch Leopold von Hohenzollern-Sigmaringen zum Krieg zwischen Frankreich und Deutschland führen könnte, würde doch niemand in beiden Staaten so unverantwortlich sein, es dazu kommen zu lassen. Dass Frankreich sich von Hohenzollern-Königen eingekreist und dadurch bedroht fühlte, war doch nichts weiter als eine politische Finte! Alvin hatte gesagt, dass Leopold mütterlicherseits sogar näher mit Napoleon III. verwandt war als mit König Wilhelm.

Noch drängender aber war die Frage, was Inspecteur Floquet damit gemeint hatte, dass Paul einen Patrioten verleumdete. Zylinder-Bertrand, der Totschläger, Zuhälter und Mörder: plötzlich ein Patriot? Es musste irgendein Missverständnis vorliegen. Aber Floquet schwieg so finster, und Pauls Stolz war mittlerweile so angekratzt, dass er ebenso stur den Mund hielt wie der Polizeibeamte.

Dann kam Dupont herein und stand stramm.

»Kommen die Herrschaften?«, fragte Floquet.

»Oui, Inspecteur.«

»Merci, Dupont«, sagte Floquet.

Dupont hatte die Tür zum Gang offen gelassen. Paul hörte

Stimmen und Schritte, die sich langsam näherten. Die Tür wurde weiter geöffnet, jemand sagte: »*Aprez-vous, s'il-vous-plaît!*«, und Zylinder-Bertrand trat mit einem breiten Grinsen ein.

Er trug einen edlen Anzug mit Weste in schlichten, dunklen Farben und statt des Zylinders einen runden Hut mit kleiner Krempe. Auf der Weste glitzerte eine Uhrkette, in einer Hand hielt er einen Gehstock. Das war die einzige Extravaganz an ihm – und das Blinken des Goldzahns in seinem Mund. Er hatte seinen Bart gestutzt und sah in den edlen Sachen trotz seines groben Gesichts und dem Schielauge wie ein Mann von Welt aus. Er war nicht über Gebühr gealtert in den vergangenen Jahren, und er wirkte immer noch so, als könnte er einen Baum mit einer Hand ausreißen.

Paul sprang von seinem Stuhl auf, überrascht und mit plötzlich emporschäumender Wut. Bertrand trat beiseite und gab die Tür frei, ohne Paul eines Blickes zu würdigen.

Ein weiterer Mann und eine Frau traten ein. Paul setzte sich wieder hin, weil ihn unvermittelt die Kraft verließ. Unglaube, Freude und Erleichterung schossen zugleich durch seinen Sinn; und gleich darauf eine so grauenhafte Erkenntnis, dass ihm übel wurde.

Die Frau drehte sich beim Eintreten zu dem Mann um, der sie vorgelassen hatte, und sagte: »*Merci, Monsieur le Préfet.*«

»Bitte, nennen Sie mich Henri«, sagte Präfekt Chevreau und grinste wie ein Schaukelpferd.

Die Dame war in ein üppig verziertes Kleid mit weiter Krinoline gekleidet. Das edle Grau kontrastierte mit dem Blond ihres Haars. Dass es inzwischen von ein paar grauen Strähnen durchsetzt war, schuf eine elegante Verbindung zur Farbe des Kleids. Sie sah attraktiver aus denn je.

Paul brachte keinen Ton heraus. Er fühlte sich gemustert,

fühlte einen Blick von solcher Kälte, dass ihm noch übler wurde.

Floquet sagte höhnisch: »Ich weiß nicht, wen Sie verdächtigen, aber dies ist Monsieur Bertrand Saint-Armand, wie Sie sicher wissen, und Madame brauche ich Ihnen ohnehin nicht vorzustellen. Madame und Monsieur sind heute Nachmittag zur Präfektur gekommen und haben der französischen Regierung ein wertvolles Geschenk gemacht, das für den Verteidigungsfall der Stadt Paris dienen soll: dreißig Kilogramm Dynamit. Nebenbei hat Madame uns vor Ihnen gewarnt. Seien Sie froh, dass der Krieg noch nicht erklärt ist, sonst würden Sie heute noch vor Mitternacht an der Mauer stehen, Sie *agent provocateur*! Gehen Sie und berichten Sie Ihren Auftraggebern in Berlin, dass wir das Dynamit, das Sie uns unrechtmäßig und mit dieser monströsen Geschichte entreißen wollten, nicht hergeben werden.«

Paul, dessen Gedanken wie durch zähen Morast wateten, hörte sich murmeln: »Dynamit ist nicht kriegstauglich.«

»Sie sind also aus rein persönlichem Interesse dahinter her«, höhnte Floquet.

Paul war immer noch wie vor den Kopf gestoßen. Lily, die er tot geglaubt hatte, steckte in Wahrheit mit Bertrand unter einer Decke. Ihre Entführung war nur vorgetäuscht gewesen, damit sie nach dem misslungenen Anschlag fliehen konnten. Sie hatten damals Pierres Leiche gefunden. Offensichtlich hatte Lily seinen Platz eingenommen, wenn Zylinder-Bertrand nun ihr Faktotum war. Und sie hatte blitzschnell reagiert, als Bertrand ihn heute in der Rue des Dames erkannt hatte. Sie hatte die Flucht nach vorn angetreten und der Regierung das ergaunerte Dynamit zum Geschenk gemacht. Damit war sie tatsächlich eine Patriotin und für Pauls Anklage unerreichbar.

Eine Nebenerkenntnis war, dass viel mehr Dynamit als nur die dreißig Kilogramm abhandengekommen sein musste – denn Lily hätte niemals alles weggegeben. Er erschauerte. Lily war seit weiß Gott wie lange ein Mitglied der Pariser Unterwelt, und vermutlich ein sehr mächtiges. Seine Schwester! Um die er getrauert hatte nach der Geschichte in Schönhausen, nach der er in den ersten Jahren danach auf jeder Reise und dazwischen gesucht und die er nie wiedergefunden hatte. Sie hatte ihr altes Leben einfach abgestreift, und zuvor hatte sie alle verraten, die sie liebten.

Und jetzt hatte sie all seine Bemühungen mit einer so eleganten und lässigen Geste zunichtegemacht, als hätte sie eine Fliege erschlagen.

Als Paul nach dem niederschmetternden Besuch in der Präfektur nach Hause stapfte, schlug er unbewusst den Weg zu Alvins Dienstwohnung und nicht zu seiner eigenen Unterkunft ein. Erst der Blick in Louises Gesicht machte ihm klar, dass er falsch gegangen war.

»Verzeih mir«, sagte er verwirrt. »Ich wollte gar nicht …«

»Doch, du wolltest«, sagte Louise und zog ihn herein. »Was ist los? Du siehst aus, als hättest du einen Geist gesehen.«

Antonie trat aus dem Salon. Sie hielt beide Hände in die Höhe und grinste. »Diesmal ohne Pfanne, Herr Baermann.« Sie stockte und sah in sein Gesicht. »Was ist passiert?«

Paul erzählte, was ihm in der Präfektur widerfahren war. Dann erzählte er von Lily. Von München, davon, wie er mit seinem Leichtsinn Lilys Erbe zerstört hatte. Er erzählte von Lilys großer Liebe Otto von Bismarck und wie dieser sie abgeschoben hatte. Er erzählte davon, dass er – dass sie alle! – Lily für tot gehalten hatten nach dem Überfall auf Gut Schönhausen. Wo er nicht zusammenhängend erzählte, half Louise aus, die nach den ersten Worten Pauls geweint hatte und dann mit vor Zorn flackerndem Blick dasaß und Pauls Schilderung mit harter Stimme ergänzte. Manchmal fragte Antonie nach, manchmal signalisierte sie, dass sie einen Teil der Geschichte bereits kannte. Am Ende des Berichts saß Paul in sich zusammengesunken im Sessel und fühlte sich leer und wie der größte Narr der ganzen Welt. Erst jetzt erkannte er, wie sinnlos die Zuneigung gewesen war, die er immer für Lily empfunden hatte, wie sehr sie seine Bruderliebe in den Dreck getreten hatte.

Er stand auf. »Ich gehe nach Hause«, sagte er müde. »Morgen telegraphiere ich nach Berlin. Ich werde hierbleiben, bis Alvin zurückkommt, dann reise ich ab.« Er riss sich zusammen und rief sich die Feindseligkeit der Polizisten ins Gedächtnis. »Ich glaube, ihr solltet ebenfalls packen«, murmelte er.

»So schlimm?«, fragte Louise und sah ihn forschend an.

»Die französische Regierung will den Krieg. Was die preußische Regierung will, weiß ich nicht, aber nur ein Wunder kann jetzt noch verhindern, dass es dazu kommt. Wenn es so weit ist, müsst ihr Frankreich verlassen haben. Du weißt, wie es ist, Louise: Eine Frau, die einen Feind geheiratet hat, wird als Erste verfolgt werden. All die Nachbarn, die dich heute noch grüßen, werden dich dann anspucken. Und Sie, Antonie, müssen ebenfalls zurück nach Deutschland. Sie haben für zwei Leben die Verantwortung, nicht nur für Ihres.«

»Ich begleite dich nach Hause«, sagte Louise entschlossen. »Es ist noch hell und warm draußen – ein wunderbarer Pariser Sommerabend. Zurück nehme ich eine Droschke.« Antonie holte Atem. Louise sagte: »Keine Widerrede, Antonie. Du bleibst hier und schließt die Tür hinter dir zu.«

»Ich wollte doch nur sagen«, erklärte Antonie, »dass du einen Schlüssel mitnehmen sollst, weil ich schon schlafen werde, wenn du kommst.«

Paul erwiderte nichts darauf, obwohl er Antonies Anspielung verstand. Aber sie war ohne jede Feindseligkeit geäußert worden, höchstens mit einem Hauch von Melancholie und einem Anflug von Neid. Er hatte keine Kraft, sich gegen die Implikationen zu wehren. Tatsächlich sehnte er sich nach nichts mehr als nach dem, was Antonies Worte andeuteten. Er folgte Louise hinaus auf die Straße und in den wunderbaren Pariser Sommerabend hinein. Er war genauso schön wie die Sommerabende, die sie vor fast dreißig Jahren hier verbracht hatten, von der Zeit lebend, die sie Alvin gestohlen hatten. Die Gegenwart und die Vergangenheit verschwammen, und als Louise seinen Arm nahm, umklammerte er ihre Hand und dachte nicht mehr an die Zukunft, sondern nur daran, wie sehr er diese Frau liebte und wie viel Kraft es ihm gab, zu wissen, dass sie nicht weniger Liebe für ihn empfand.

25

Später, als sie nebeneinander in Pauls Bett lagen, nur das dünne Laken über sich gebreitet, weil das kleine Zimmer noch warm von der Sonne war, fragte Louise: »Nur ein Wunder kann den Krieg noch verhindern, nicht wahr?«

Paul antwortete lange nicht. Louise war nicht ungeduldig. Sie hatten das Fenster geöffnet und hörten die Straßengeräusche. Ihr kam es vor, als wären es noch immer genau dieselben Geräusche wie damals: Musik, Gelächter, das Scheppern von Geschirr irgendwo, das Klappern von Hufen auf dem Pflaster, das Pfeifen einer Lok irgendwo auf dem Weg in die Stadt oder aus ihr hinaus. Jemand rief einen Frauennamen, ein fröhliches Kichern antwortete ihm. Irgendwer musste auf das Dach geklettert sein und den Abend dort genießen, weil Louise Stimmen hörte, die von direkt über dem Fenster kamen. Wenn sie sich anstrengte, konnte sie in den Gesprächspausen das Seufzen hören, das von zwei Liebenden kam, die sich küssten.

»Ja«, sagte Paul schließlich.

Sie strich über seine Brust, über das grau gewordene Haar darauf. Genau wie sie war er splitternackt. Der Schweiß von ihrem Liebesakt trocknete auf seiner Haut. Paul war nicht mehr ganz so stürmisch und heftig gewesen wie in ihrer ersten Zeit in Paris. Aber er war immer noch erfinderisch, immer noch verzaubert von ihrem Körper, immer noch in jeden Quadratzoll davon verliebt, immer noch ein Meister darin, sie innerhalb von Minuten auf die Schwelle der Ekstase zu heben und dann mit ihr dort zu verweilen. Noch immer ließ er keinen Zweifel daran, dass er derjenige war, der sie beide durch das Land der Lust führte, und erwartete, dass sie sich ihm fügte. Gott, wie hatte sie es vermisst, sich einfach hingeben zu können! Und wie hatte sie innerlich gejubelt, als sie erkannt hatte, dass der Zauber, den sie über Paul ausübte, noch immer so stark war wie am ersten Tag und dass es ihn schon über alle Maßen erregte, wenn er sie nur küsste. Sie war bereits dreimal in seinen Armen vergangen in den letzten zwei Stunden, und als sie ihn schließlich erlöst und ihn – hilflos zuckend – in den Armen gehalten hatte, hatte seine Ekstase sie mühelos ein weiteres Mal mitgenommen.

»Weißt du, was ein Wunder ist?«, fragte sie.

»Nein.«

»Das hier.« Sie küsste ihn auf den Mund und schmiegte sich an ihn.

»Das ist kein Wunder, Louise. Das ist nur die Liebe.«

»Die Liebe ist das größte Wunder von allen.«

Er schwieg. Sie schaute auf. Bestürzt und bewegt sah sie, dass Tränen aus seinen Augen liefen. »Weißt du, was ein Wunder ist?«, wiederholte er ihre Worte.

»Nein.«

»Du«, sagte er. »Das größte Wunder meines Lebens bist du.«

26

Am nächsten Tag geschah ein Wunder.

Alvin war im Bundeskanzleramt in der Wilhelmstraße, nachdem er drei Tage auf Briest zugebracht hatte. Er hatte es nicht übers Herz gebracht, gleich wieder abzureisen, und sich gesagt, dass Delbrück oder Otto von Bismarck schon nach ihm rufen würden, wenn sie ihn brauchten. Als sie es am dritten Tag immer noch nicht getan hatten, überwog sein Pflichtgefühl, und er kehrte nach Berlin zurück, wo er am Spätnachmittag eintraf. Er schritt über den Innenhof mit der großen Linde und kam gerade rechtzeitig, um eine Kutsche vorfahren zu sehen. Er kannte die Kutsche. Sie gehörte Otto von Bismarck. Der Wagen wendete. Otto schien ihn gesehen zu haben, denn er winkte ihm aus dem Kutschenfenster, noch während das Gefährt zum Stehen kam.

»Habe die Neuigkeiten gehört«, sagte Otto, nachdem Alvin eingestiegen war. Er schien aufgeräumt und guter Laune zu sein und verstieg sich sogar dazu, Alvin auf die Schulter zu klopfen. »Briest gehört wieder dir, mein Freund. Sternberg wird der preußische Staat beschlagnahmen. Wäre geneigt, dir für einen Teil des Guts einen Preis zu machen, der … hmmm …

ein wenig unter dem liegt, was er wert ist – nicht sehr viel, natürlich, weil es nicht angeht, dass der Staat geschädigt wird.«

»Cramm hat die Engländer nicht von Prinz Leopolds Thronannahme unterrichtet«, sagte Alvin mit aller Direktheit. »Er wusste überhaupt nichts davon.«

Bismarcks gute Laune war nicht zu trüben. »Er war ein Ausbeuter, ein Krimineller und ein Spion«, erklärte er. »Es wundert mich nicht, dass er bis zum Ende alles abgestritten hat.«

»Ein Ende, für das du verantwortlich bist.«

»Lieber seins als deins«, sagte Bismarck mit der gleichen Direktheit wie zuvor Alvin. Es brachte Alvin zum Schweigen. »Er hätte dich kaltblütig ausgelöscht, wenn nicht …«

»Wenn nicht dein Agent auf mich aufgepasst hätte«, ergänzte Alvin.

»Ich weiß nicht, wovon du sprichst.« Otto grinste. Alvin fühlte sich an früher erinnert, als Otto mit seiner Mischung aus Großzügigkeit, Junkerhumor und scharfem Zynismus der Mittelpunkt jeder Feier gewesen war. Er hatte jeden, der ihn dazu herausforderte, kaltblütig unter den Tisch trinken und ebenso kaltblütig zu Tode lächeln können. Es tat Alvin gut, jetzt in der Kutsche diesen früheren Otto von Bismarck zwischen den buschigen Brauen und den schweren Tränensäcken aus seinen Augen herausblicken zu sehen; so gut, dass er den Groll wegen Ottos Manipulation verdrängte und sein Lächeln erwiderte.

»Hast du Aktien in deinem Portefeuille?«, fragte Bismarck unvermittelt. »Eisenbahnaktien, zum Beispiel? Die Eisenbahn hat dich doch immer angezogen.«

»Otto, ich bin nur ein kleiner Pionieroberst. Ich hab nicht mal ein Portefeuille. Ich hab einen Tornister in meiner Wohnung, in dem noch der Rest eines Kabelbündels aus Königgrätz ist.«

»Dann«, sagte Bismarck und grinste breit, »ist es jetzt auch zu spät, Eisenbahnaktien zu kaufen. Hätte dir jedenfalls geraten, sie abzustoßen.«

In Alvin dämmerte das Verstehen, dass dies nur eines bedeuten konnte: Die Kriegserklärung Frankreichs an Preußen stand unmittelbar davor – oder war vielleicht schon erfolgt, und Otto hielt sie nur noch geheim. Er dachte an Louise, Paul und Antonie in Paris. »Grundgütiger«, stieß er hervor.

»Exzellenz! Exzellenz!« Ein Mann schaute zum Fenster der Kutsche herein. Er keuchte. Er musste aus dem Kanzleramt gerannt sein und reichte Otto einen unordentlichen Stoß Telegramme. »Habe Ihre Kutsche gesehen, Exzellenz! Sie müssen das unbedingt lesen, Exzellenz!«

Ottos Gesicht wurde immer bleicher und seine Augen immer größer, während er las. Der Beamte, der zum Kutschfenster hereinschaute, schluckte. Alvin fing seinen Blick auf. Der Beamte schüttelte den Kopf wie jemand, den man gefragt hat, ob ein kranker Angehöriger die Nacht überlebt hat, und er dies verneinen muss.

Bismarck ließ die Telegramme sinken. Seine Züge waren wie aus Stein. In seinen Augen schimmerte es feucht. »Eine noch schlimmere Demütigung als Olmütz«, flüsterte er. In Olmütz hatte Preußen, noch erschüttert von den Wirren der Revolution zwei Jahre zuvor, den Forderungen Österreichs nach einer Neuordnung des Deutschen Bundes nachgeben und seinen Führungsanspruch an das Habsburgerreich abgeben müssen. Nicht zuletzt Männer wie Otto von Bismarck hatten sechzehn Jahre darauf hingearbeitet, diese Schmach ungeschehen zu machen, bis das Blutbad von Königgrätz Preußen die Führungsrolle zurückerobert hatte. Und nun war etwas geschehen, das noch schlimmer war?

Otto öffnete die Tür. Der Beamte draußen sprang zurück und klappte hastig die Stufen der Kutsche heraus. Der Bundeskanzler kletterte aus dem Wagen und stand dann draußen mit hängenden Schultern wie ein alter Mann. Vorhin hatte er noch zehn Jahre jünger als seine fünfundfünfzig Jahre ausgesehen; jetzt sah er zehn Jahre älter aus.

Alvin warf dem Beamten einen ratlosen Blick zu.

»Prinz Leopold hat auf den spanischen Thron verzichtet«, flüsterte der Beamte, der überarbeitet und schockiert aussah. »Sein Vater, Fürst Karl Anton von Hohenzollern-Sigmaringen, hat es heute bekanntgegeben.«

»Dann wird es keinen Krieg geben!«, stieß Alvin unwillkürlich hervor.

»Nein«, sagte Bismarck laut, ohne jemanden anzusehen. »Es wird keinen Krieg geben. Wir haben uns vor den französischen Drohgebärden in den Staub geworfen.« Zu Alvins Bestürzung liefen Tränen über Bismarcks Wangen. »Ein Leben lang habe ich darauf hingearbeitet, Preußen an die Spitze Europas zu führen, und jetzt machen fürstliche Privatneigungen, königliche Ängste und gekrönte Pflichtvergessenheit alles zunichte. Ich werde zurücktreten.«

»Exzellenz!«, rief der Beamte. »Das dürfen Sie nicht!«

Bismarck achtete nicht auf ihn. Sein Blick ging in die Ferne. »Muss den Schaden begrenzen«, murmelte er. »Wir müssen wenigstens das Gesicht wahren.« Er riss sich sichtbar zusammen. »Ich brauche Roon, Moltke und Eulenburg!«, schnappte er. Der Beamte stand stramm, obwohl er keine Uniform trug. »Gleich morgen früh! Notstandssitzung. Wer von den hohen ausländischen Diplomaten ist derzeit in Berlin?« Er wischte sich über die Augen.

Alvin war fasziniert. Innerhalb von Augenblicken hatte der schockierte und zutiefst gedemütigte Geist Bismarcks umgeschaltet und begonnen, an die Zukunft zu denken. Die Gerüchte, denen zufolge der Bundeskanzler tagelange Szenen machen konnte, wenn ihm etwas gegen den Strich ging, hatten offenbar ausgelassen, dass Bismarck auch anders konnte, wenn es um wirklich wichtige Dinge ging und wenn er wusste, dass er mit abwechselndem Gebrüll und beleidigtem Schweigen nichts erreichen konnte.

»Fürst Gortschakow, Exzellenz.«

»Brauche eine Einladung bei ihm. Morgen. Wenn die Kanonen schon schweigen müssen, muss das diplomatische Schlachtfeld eröffnet werden. Die europäischen Regierungen müssen Frankreich für die Scharfmacherei offiziell tadeln … ja … und zugleich«, er murmelte, während er vor sich hin starrte, »… und zugleich müssen sie die Mäßigung Seiner Königlichen Hoheit und des preußischen Ministeriums hervorheben … hmmm … ja, so könnte es gehen. Herr Oberst?«

Alvin zuckte zusammen. »Exzellenz?«

»Kommen Sie mit. Ich brauche Sie.«

Während sie nebeneinander durch den Flur des Palais eilten, in dem das Bundeskanzleramt beheimatet war, sagte Alvin: »Otto, wenn du diese diplomatische Offensive startest, treibst du Frankreich in die Ecke.«

»Willst du, dass ich tatenlos zulasse, wie Preußen gedemütigt wird?«

»Nein, aber …«

»Dann schweig und hilf mir!«

»Wie kann ich dir helfen, Otto? Morgen triffst du dich mit dem Kriegsminister, dem Chef des Generalstabs, dem Innenminister und dann mit dem russischen Außenminister. Ich bin nur ein kleines Licht!«

»Aber du bist der Einzige in meiner Nähe, der die Situation in Paris aus jüngster Anschauung kennt. Werther ist ein altes Weib und Waldersee ein Schwätzer. Ich brauche jemanden, der klar denken und Roon, Moltke und Eulenburg erklären kann, wie es aussieht. Hol deine beste Uniform oder lass dir über Nacht eine neue schneidern. Morgen brauche ich dich stramm und schneidig.«

Alvin schluckte die Bemerkung hinunter, dass er nach Paris hatte zurückkehren wollen. Er hatte nun andere Befehle. Die Sehnsucht nach Louise stieg ihm in die Kehle, aber er schluckte auch sie hinunter und war auf einmal erleichtert, dass der Krieg nun doch nicht stattfinden sollte und dass Paul in Paris war, um auf Louise achtzugeben.

27

Lily stand finster brütend am Fenster und starrte auf den Seine-Kai von La Villette hinab. Sie spürte, wie Bertrand hinter ihr sich unbehaglich in seinem Sessel bewegte. Sie hätte sich gerne umgedreht und ihm gesagt, dass sie seine Anwesenheit und seine Treue als tröstlich empfand, aber sie wollte keinerlei Schwäche eingestehen. Mit ihrem Coup, Pauls Anklage zuvorzukommen und dem Polizeipräfekten das Dynamit als patriotische Schenkung für den Kriegsfall zu übergeben, hatte sie zwar ihren und Bertrands Kopf aus der Schlinge gezogen; es war ein brillanter Coup gewesen. Aber er hatte sie das gesamte Dynamit gekostet, das sie so mühsam hierher hatte schmuggeln lassen. Die letzte Ladung waren auch noch Blindstangen gewesen! Verdammt! Die Befriedigung, Pauls Falle entkommen zu sein und nun einen Stein im Brett zu haben bei der Präfektur, wurde schal gegenüber dem Versagen, das Dynamit verloren zu haben. Und nun schien es auch noch so, als sei die Kriegsgefahr fürs Erste abgewendet! Die einzige

Chance, die sie gesehen hatte, um wieder in die Nähe Ottos zu kommen und ihre Rache endlich zu vollziehen!

»Die anderen«, rumpelte Bertrands Stimme, »werden fragen, wo das Dynamit bleibt.«

Die anderen, das waren die Führer der drei großen Unionen, die sich in den heimlichen Gassen- und Kellerkämpfen der letzten Jahre herausgeschält hatten. Vier Unionen waren übriggeblieben, die ihren Gewinn mit der gleichen Mischung aus wirtschaftlicher Sklaverei, Hehlerei, Bestechung, Prostitution und Mord erzielten wie Lily. Sie waren alle gleich stark. In dieser Welt aus Ehrlosigkeit gab es eine unverbrüchliche Ehre – dass man sich untereinander an die geschäftlichen Abmachungen hielt. Lily hatte das Dynamit versprochen. Lily hatte dafür Vorabzahlungen angenommen. Nun musste Lily liefern, oder es standen auf einmal drei Unionen gegen eine. Und selbst wenn dieser Krieg nicht mit Messern im Dunkeln und Pistolenschüssen aus einem Versteck heraus ausgetragen wurde, würde Lily ihn dennoch verlieren. Es würde überall verbreitet werden, dass sie sich nicht an Abmachungen hielt. Niemand würde mehr mit ihr Geschäfte machen wollen. Das Absurdeste an der Welt, in der sie lebte, war, dass tatsächlich der Großteil davon von Handel bestimmt war, nicht anders als die legale Welt. Gewalt wurde nur dann angewendet, wenn es unumgänglich war.

»Wir werden neues bekommen«, sagte Lily.

»Aber Cramm ist tot, wenn die Informationen stimmen, die wir bekommen haben.«

»Cramm ist tot«, bestätigte Lily. »Aber es gibt jemanden, der noch viel leichter an das Zeug herankommt als Cramm.«

»Dein Bruder.«

Lily nickte. »Endlich ist der verwöhnte Bastard mal zu etwas nütze«, sagte sie.

»Und wie willst du ihn dazu bringen?«

Lily sagte es ihm. Bertrand grinste. Sie hatte gewusst, dass er die Lösung mögen würde. Sie schloss einen Kreis, der dreißig Jahre alt war.

28

Alvin hatte erwartet, dass Roon und Moltke ihn als einfachen Bataillonskommandeur nicht ernst nehmen würden, aber aller Reserviertheit der beiden hohen Militärs zum Trotz hörten sie ihm zu. Alvin fühlte sich bei seinem Bericht, als säße er zwischen allen Stühlen. So absurd es auch war, er kam sich ein wenig wie ein Verräter vor, weil seine Rückkehr nach Paris dazu geführt hatte, dass er und Louise wieder ein Ehepaar geworden waren, und er fühlte eine sinnlose, doch deswegen nicht weniger echte Dankbarkeit der Stadt gegenüber.

»Ich habe nichts davon mitbekommen, dass die Reserven einbeordert worden wären, als ich Paris verließ«, sagte er. »Man hatte zwar den Eindruck, dass Truppenbewegungen im Gang wären, aber nur halbherzig. Die Ressentiments haben zugenommen in der Zeit, in der ich dort war, doch man hat das Gefühl, dass der Mann auf der Straße martialischer denkt als die Generäle. Die Eisenbahn ist, soweit mir gesagt wurde, von der Mobilmachung völlig ausgenommen.«

»Die Regierung und der Generalstab reden nicht miteinander«, konstatierte Bismarck. Die anderen drei Männer nickten. Es war klar, was dieses Nicken und das gesamte Treffen signalisierten: In Preußen wurde sehr wohl miteinander geredet. Ein Triumphgefühl kam dennoch nicht auf. Moltke murrte, dass das alles schön und recht sei, aber er habe sich seit Wochen auf den Krieg vorbereitet, nun sehe er ihn in der Ferne entschwinden, und wozu sei er überhaupt nach Berlin gekommen unter diesen Umständen? Auch Roon, auf dessen verschmitztem Großvatergesicht sich noch mehr Falten zeigten als sonst, war niedergeschlagen. Der Innenminister, Friedrich zu Eulenburg, schwieg ebenfalls.

»Gestern standen wir noch vor einem historischen Ereignis«, sagte Bismarck missmutig, »und heute sieht es so aus, als sei alles, was dabei herauskäme, die Unterbrechung meines Kuraufenthalts!«

Moltke fasste Alvin ins Auge und meinte ungnädig: »Werden weiter hart arbeiten müssen, Herr Oberst. Beförderung auf dem Schlachtfeld ist erst mal passé.«

»Ich habe gestern noch ein Telegramm nach Bad Ems zu Seiner Majestät geschickt«, berichtete Bismarck. »Ich habe Seine Majestät gebeten, mir zu berichten, wie der Besuch von Graf Benedetti verlaufen ist.«

»Der französische Botschafter?«, fragte Eulenburg überrascht.

»Ja. Er ist Seiner Majestät nach Bad Ems hinterhergereist, soweit ich in Erfahrung bringen konnte auf direkten Befehl von Herzog Gramont. Mal sehen, was wir aus diesem Besuch lernen können. Ich hoffe jede Sekunde auf eine Depesche aus Ems.«

»Glauben Sie, der Botschafter hat Seiner Majestät … die Kriegserklärung unterbreitet?«

»Warten wir ab. Das ist ja auch alles, was wir tun können.« Bismarck trat gegen ein Tischbein. Über dem Tisch hing trotz der frühen Morgenstunde eine beißende Zigarrenqualmwolke, welche die finstere Stimmung der Runde noch unterstrich. »Mir bleibt höchstens noch übrig zurückzutreten.«

»Wenn Sie das wirklich tun«, kommentierte Roon, »müssen Sie sich den Vorwurf gefallen lassen, dass Sie die im Vergleich mit uns größere Leichtigkeit des Rückzugs aus dem Dienst egoistisch benutzen.«

»Kann mein Ehrgefühl nicht der Politik opfern«, versetzte Bismarck gereizt. »Ist etwas anderes bei Ihnen. Sie sind Berufssoldat, Sie sind unfrei in Ihrer Entscheidung und müssen daher nicht dieselben Gesichtspunkte an Ihre berufliche Ehre anlegen wie ein verantwortlicher Bundeskanzler.«

Alvin, der den dringenden Wunsch hatte, den nun zu erwartenden Streit nicht mitzuerleben, stand aus seinem Sessel auf. »Brauchen die Herren mich noch?«

»Ja!«, erwiderte Bismarck knapp. Zu Alvins Überraschung hielt er vor den anderen nicht mit seiner Freundschaft zu Alvin hinter dem Berg. »Setz dich wieder.«

Roon, offenbar bemüht, von dem scharfen Wortwechsel zwischen ihm und Bismarck abzulenken, schob Alvin einen Teller hin, auf dem das Dienstpersonal Schnitten aufgebaut hatte. Der Berg war fast unberührt. Nur Bismarck hatte sich bedient. »Nehmen Sie, Herr Oberst. Königgrätz, hm? Der Swiepwald? Wenn die Pioniere es nicht geschafft hätten, die Telegraphenverbindung wiederherzustellen, hätten wir nie das 1. Garderegiment dorthin detachiert. Dann wäre die 7. Division aufgerieben worden. Chapeau, Herr Oberst, Ihnen und Ihren Leuten.«

»Und den zivilen Telegraphenbeamten, die wir dabeihatten«, sagte Alvin. »Mein Sohn war ihr Chef.«

»Gute Güte«, sagte Roon, »ist ihm etwas zugestoßen?«

»Nein, Gott sei Dank nicht.«

»Ihr Sohn war bei Königgrätz?«, erkundigte sich Moltke. Eine seiner Augenbrauen war nach oben gerutscht.

»Jawohl, Herr General.«

»Und seine Frau«, sagte Bismarck plötzlich und grinste.

»Was?«

Alvin räusperte sich. »Sie war eine der Rotkreuz-Delegierten …«

Moltke starrte ihn an. »Da war nur eine einzige Frau. Französin. Mit Feuer im Hintern und einem Mundwerk wie …« Er schwieg, wahrscheinlich weil er erkannt hatte, dass er gerade Frau Oberst von Briest beschrieb. Zu Alvins Überraschung wurde sein verschlossenes, hageres Gesicht vor Verlegenheit rot.

»Das ist sie«, sagte Alvin und gestattete sich ein schmales Lächeln. Und weil er das Gefühl hatte, dass nicht allen Genüge getan worden war, fügte er hinzu. »Der Zug, der die Garde rechtzeitig zum Schlachtfeld brachte, stand unter dem Kommando meines besten Freundes Paul Baermann, ein ziviler Ingenieur, der damals für Maffei in München arbeitete.«

»Haben uns einen Helden mitgebracht, Herr Bundeskanzler!«, sagte Moltke launig.

Roon lehnte sich zurück und lachte zum ersten Mal an diesem Tag. »Wie gut, dass wir uns rausgehalten haben. So konnten Oberst von Briest und seine Familie die Schlacht alleine gewinnen.«

Bismarck grinste in sich hinein, und Alvin erkannte zum hundertsten Mal, dass er eine Figur in einem taktischen Schachzug gewesen war. Was immer Alvin über die Situation in Frankreich gesagt hatte, nun würden die beiden hohen Militärs es ohne weiteres Zögern glauben. Selbst Friedrich zu Eulenburg hatte so etwas wie Bewunderung im Blick. Alvin fühlte sich unbehaglich und missbraucht und wusste doch, dass er aus diesem Gespräch als Gewinner hervorgehen würde. Die knurrige Aussage vom harten Arbeiten für eine Beförderung war nun vergessen. Alvin war fast sicher, dass er, sollte der Krieg doch geschehen, als Generalmajor dorthin ziehen würde – und dass er nicht an der Front, sondern im Stab sitzen würde. Er hätte darüber Verärgerung empfinden sollen; aber zu seiner eigenen Verlegenheit war die Befriedigung größer. Kurz fragte er sich, ob er eine unüberwindliche französische Kriegsmaschine hätte schildern sollen; hätte er die Kriegslust der Verantwortlichen hier am Tisch damit dämpfen können? Aber Otto von Bismarck hatte genau gewusst, wie er das Gespräch steuern musste – und dass Alvin keine Veranlassung sehen würde zu lügen. Aus Verlegenheit nahm er eine Schnitte und verursachte dadurch, dass die anderen es ihm nachtaten. Er hätte schwören können, dass Bismarck ihm trotz seiner schlechten Laune einmal kurz zuzwinkerte.

Das chiffrierte und bereits entschlüsselte Telegramm, das um die Mittagszeit aus Bad Ems eintraf, sorgte zwei Stunden später dafür, dass die Stimmung absolut auf den Tiefpunkt sank. Der Innenminister hatte die Besprechung verlassen, und Bismarck hatte die beiden Generäle und Alvin mit in seine Dienstwohnung genommen, wo sie im Salon saßen und das Essen serviert bekamen.

Das Telegramm berichtete nicht nur von einem, sondern von zwei Vorsprachen Graf Benedettis bei König Wilhelm. Der Botschafter hatte den König sowohl am Vorabend als auch am heutigen Vormittag angesprochen, als dieser auf der Kurpromenade spazieren ging. Er hatte eine unverschämte Forderung gestellt: dass König Wilhelm sich verpflichten möge, nach dem Verzicht auf die spanische Thronkandidatur zusätzlich noch zu verkünden, dass kein Mitglied des Hauses Hohenzollern jemals wieder irgendwo Ansprüche auf einen Thron anmelden würde. König Wilhelm, auch in dieser Situation noch höflich und konziliant, hatte die Forderung zurückgewiesen.

Die Depesche lautete unter anderem: *Graf Benedetti fing*

mich auf der Promenade ab, um auf zuletzt sehr zudringliche Art von mir zu verlangen, ich sollte ihn autorisieren, sofort zu telegraphieren, daß ich für alle Zukunft mich verpflichtete, niemals wieder meine Zustimmung zu geben, wenn die Hohenzollern auf ihre Kandidatur zurückkämen. Ich wies ihn, zuletzt etwas ernst, zurück, da man à tout jamais dergleichen Engagement nicht nehmen dürfe, noch könne. –

Bismarck hatte mit seiner kratzigen, stockenden Stimme vorgelesen. Moltke schob das dampfende Essen, das vor ihm auf dem Tisch stand, angewidert weg. Roon warf sein Besteck neben den Teller und stieß hervor: »Die Franzmänner glauben, sich jetzt alles erlauben zu können. Eine Bodenlosigkeit. Wie viel will Seine Majestät sich noch gefallen lassen? Soll der französische Kaiser ihm befehlen, was er tun darf und was nicht?«

Bismarck las weiter und murmelte vor sich hin. »Unglaublich … Benedetti verlangte später am Tag eine offizielle Audienz bei Seiner Majestät, um ihm die Zusage abzupressen … und Seine Majestät windet sich damit heraus, dass er noch gar nicht offiziell weiß, dass Leopold zurückgezogen hat …«

»… anstatt den Grafen auf seinen Platz zu verweisen!«, empörte sich Roon.

»Hier steht«, sagte Bismarck, »… *hat Allerhöchstderselbige beschlossen* … hmmm … *den Grafen Benedetti nicht mehr zu empfangen, sondern ihm nur durch einen Adjutanten sagen zu lassen, daß Seine Majestät …*«

»Durch einen Adjutanten!«, schnarrte Roon. »Wenigstens das!«

»… die Bestätigung der Nachricht erhalten, die Benedetti aus Paris schon gehabt, und dem Botschafter nichts weiter zu sagen habe.«

Moltke und Roon wechselten einen fassungslosen Blick.

Der König hatte in seiner unbegreiflichen Langmut und Höflichkeit die Audienz lediglich mit dem Hinweis darauf verweigert, dass es keine Neuigkeit auszutauschen gäbe – statt dem französischen Gesandten klarzumachen, dass er und der Kaiser sich entschieden im Ton vergriffen hatten.

Bismarck sagte nichts. Alvin konnte sehen, dass sich hinter seiner hohen Stirn die Gedanken jagten. »Hier steht noch, dass Seine Majestät mich ermächtigt, den Inhalt dieses Telegramms ganz oder teilweise zu veröffentlichen …«

Roon zuckte mit den Schultern. »Sollen wir diese Demütigung auch noch in der Presse verbreiten?«

»Herr General«, sagte Bismarck zu Moltke, »Sie haben gesagt, Sie vertrauen darauf, dass wir bei Kriegsausbruch sofort bereit wären, angemessen vorzugehen. Auf Ehre, mein Freund – stehen Sie noch dazu?«

»Selbst wenn wir zunächst nicht stark genug sein sollten, sofort alle linksrheinischen Landesteile gegen französische Invasion zu decken, wird unsere Kriegsbereitschaft die französische sehr bald überholen – haben ja gehört, was Oberst von Briest berichtet hat.« Es war für den schweigsamen Moltke gerade eine lange Rede. Alvin sah seine Augen funkeln und darin die Hoffnung, dass Bismarck eine Lösung entdeckt hatte, die ihm noch nicht aufgegangen war.

»Sind wir alle der Ansicht, dass der Krieg nach diesen beiden Demütigungen nur auf Kosten unserer preußischen Ehre und des nationalen Vertrauens darauf vermieden werden kann?«

»Was haben Sie vor?«, fragte Roon. »Wollen Sie den König überreden, dass wir den Krieg erklären? Dann stehen wir allein da. Ich dachte, das Ziel wäre, die süddeutschen Staaten in den Bund zu bringen, und das wird nur geschehen, wenn das Schutz- und Trutzbündnis greift.«

»Ich werde«, sagte Bismarck entschlossen, »von der Ermächtigung Seiner Majestät Gebrauch machen.«

Er legte die Botschaft auf den Tisch, sah sich um, stand auf, holte sich auf einer Anrichte Schreibzeug und begann zu Alvins Ratlosigkeit, in dem Text herumzustreichen. Dann lehnte er sich zurück und las das Ergebnis vor.

»*Nachdem die Nachrichten von der Entsagung des Erbprinzen von Hohenzollern der kaiserlich französischen Regierung von der königlich spanischen amtlich mitgeteilt worden sind, hat der französische Botschafter in Ems an Seine Majestät den König noch die Forderung gestellt, ihn zu autorisieren, daß er nach Paris telegraphiere, daß Seine Majestät der König sich verpflichte, niemals wieder seine Zustimmung zu geben, wenn die Hohenzollern auf ihre Kandidatur wieder zurückkommen sollten. Seine Majestät der König hat es darauf abgelehnt, den französischen Botschafter nochmals zu empfangen, und demselben durch den Adjutanten vom Dienst sagen lassen, daß Seine Majestät dem Botschafter nichts weiter mitzuteilen habe.*«

Die Generäle und der Innenminister gafften Bismarck mit offenen Mündern an. Moltke sagte nach einer langen, gerade fassungslosen Pause: »So hat das einen andern Klang, vorher klang es wie Schamade, jetzt wie eine Fanfare in Antwort auf eine Herausforderung.«

»Wenn ich diesen Text, der keine Änderungen und keinen Zusatz des Telegramms enthält, sofort nicht nur an die Zeitungen, sondern auch telegraphisch an alle unsre Gesandtschaften mitteile«, erklärte Bismarck und redete dabei so stockend, dass Alvin klar war, ein Teil seiner Strategie entwickelte sich, während er sprach, »wird er vor Mitternacht in Paris bekannt sein und dort nicht nur wegen des Inhalts, sondern auch wegen der Art der Verbreitung den Eindruck des roten Tuchs auf den … hmmm … gallischen Stier machen. Schlagen müssen wir uns, wenn wir nicht die Rolle des Geschlagenen ohne Kampf auf uns nehmen wollen. Es ist aber wichtig, dass wir die Angegriffenen sind, und die französische Überheblichkeit und Reizbarkeit werden uns dazu machen, wenn wir – und das ist der Kern, meine Herren! – auf diese Weise verkünden, dass wir den öffentlichen Drohungen Frankreichs furchtlos und mit Würde entgegentreten.«

Sprachlos sah Alvin, wie die beiden Generäle plötzlich wieder Appetit bekamen. Roon ging so weit, Bismarck auf die Schulter zu klopfen und zu rufen: »Der alte Gott lebt doch noch und wird uns nicht in Schande verkommen lassen.«

»Wenn ich das noch erlebe, in diesem Krieg unsere Heere zu führen«, murmelte Moltke, »kann mich nachher jederzeit der Teufel holen.«

Der Teufel wird uns alle holen, dachte Alvin, der nichts gesagt hatte. Ihm war schwindlig, weil er nun so unmittelbar wie nie zuvor Zeuge geworden war, wie sein Freund Otto von Bismarck erneut das Schicksal eines ganzen Kontinents in die Hand genommen, die Tatsachen auf den Kopf gestellt und die Wahrheit verdreht hatte, ohne sie zu ändern, und so ganz Frankreich zum unwissentlichen Handlager seiner Ziele gemacht hatte. Er hatte keinen Appetit mehr.

29

Am 19. Juli 1870 teilte der französische Außenminister dem Vertreter des preußischen Gesandten in Paris mit, dass Frankreich sich im Krieg betrachte. Kaiser Napoleon III. und mit ihm das gesamte französische Volk waren der Ansicht, dass Preußen das stolze Frankreich mit der Veröffentlichung der Depesche – dass diese geschickt redigiert worden war, ahnte man noch nicht einmal – brüskiert und auf die gerechten Forderungen der französischen Regierung unerträglich schroff reagiert hatte.

Kaiser Napoleon III. und mit ihm das gesamte französische Volk wussten nicht, dass die eigentliche Brüskierung darin lag, dass sie genau das taten, was Otto von Bismarck einkalkuliert hatte. Alvin, der in diesen Tagen an Ottos Seite und irgendwie ganz selbstverständlich ein Teil des Generalstabs geworden war, war gleichermaßen fasziniert und abgestoßen von diesem Uhrwerk aus Empfindsamkeit, Nationalstolz und Chauvinismus, das der Bundeskanzler da von weitem aufgezogen hatte und das nun reibungslos so ablief, wie es sollte.

Karl Freiherr von Werther konnte die Kriegserklärung nicht selbst entgegennehmen; Otto von Bismarck hatte ihm wegen seines kopflosen, schwächlichen Umgangs mit den französischen Herausforderungen auf dem Höhepunkt der Thronfolgekrise Urlaub befohlen und aus Paris weggeschickt. Alvin empfand Mitleid mit Werther. Er hatte ihn als Mann von Ehre kennengelernt, dessen Umgang mit der Krise nicht so sehr von Schwäche diktiert gewesen war als vielmehr von seinem tiefen Verlangen, einen sich anbahnenden Krieg mit allen Mitteln zu verhindern.

In Frankreich begann die Mobilmachung bereits fünf Tage vor der Kriegserklärung – für Alvin ein Zeichen, dass Kaiser Napoleon sich schon vor dem Gespräch seines Botschafters mit dem König in Bad Ems für den Kampf entschieden hatte, was Otto, der sich zugutehielt, Frankreich mit der Veröffentlichung der Depesche in den Krieg gezwungen zu haben, als Unsinn abtat. Dem Generalstab war es so und so einerlei. Die

Generäle lasen mit Vergnügen die Meldungen über das Chaos, in dem die Mobilmachung versank. Truppen brachen aus ihren Standorten auf, ohne auf das Eintreffen der Reserven oder ihrer Ausrüstung zu warten. Die Reserven wussten nicht, wo sich ihre Stammeinheiten befanden, und verstopften die Depots, während sich ihre Offiziere in die Haare kriegten und jeder versuchte, Fahrzeuge zu requirieren, die schon ein anderes Bataillon für sich requiriert hatte, und die zivilen Besitzer der beschlagnahmten Gefährte liefen dazwischen herum und verlangten Unterschriften und Stempel, damit ihre Entschädigung gesichert war. Die Bahnhöfe waren überfüllt, die Züge verstopft, weil man sich nun doch dazu entschlossen hatte, die Eisenbahn als Truppentransportmittel zu verwenden, aber weil man dies nicht vorbereitet hatte, brachen die Fahrpläne zusammen.

Am 20. Juli 1870 trafen die ersten aus Frankreich ausgewiesenen preußischen Bürger in Berlin ein. Alvin ließ sich für ein paar Stunden von seinem Dienst beurlauben und wartete auf Louise, Paul und Antonie, von denen er durch ein Telegramm wusste, dass sie in dem ankommenden Zug sein mussten. Seine Freude, Louise wiederzusehen, war so groß, dass er ihr einen monströsen Willkommensstrauß gekauft hatte, und er konnte kaum stillstehen in all dem Gedränge. Es kam ihm vor, als sei ganz Berlin auf den Beinen und genau auf diesem Bahnsteig versammelt und brülle sich die Seele aus dem Leib.

Er freute sich vergebens.

30

Am Mittag des 19. Juli stand Paul am Bahnsteig an der Rue St. Lazare und hoffte darauf, dass der Zug bald bereitgestellt wurde. Der Lärm und das Gewühl spotteten jeder Beschreibung – und das, dachte er, obwohl er nicht einmal abgewartet hatte, bis man sie offiziell auswies. Er wusste, dass in den nächsten beiden Tagen das Chaos noch größer sein würde, wenn die ausgewiesenen Deutschen, die vor dem Krieg fliehenden Besucher anderer Nationen und die französischen Drückeberger mit den auf die Züge verteilten Truppen zusammentrafen. Es würden Prügeleien um Plätze auf den Dächern der Waggons ausbrechen, und es würde ein Vorgeschmack der Hölle sein.

Er hatte sich von Stéphane Flachat verabschiedet, der ihm drei Erster-Klasse-Tickets und einen Geleitbrief der Eisenbahngesellschaft mitgegeben hatte, den man so interpretieren konnte, dass Paul, Louise und Antonie im Auftrag der Gesellschaft reisten und dass ihnen jede Unterstützung seitens der Bahnbeamten zukommen sollte. Sie hatten sich lange umarmt, Stéphane hatte geweint, und er hatte gesagt: »Komm wieder, sobald es dir möglich ist. Dieser Krieg hat nichts mit dir und mir zu tun.«

Louise und Antonie hatten sich in einiger Entfernung postiert. Sie blickten nicht zu Paul herüber und er nicht zu ihnen. Einem Beobachter – und Paul war sicher, dass es mindestens einen gab – wäre nicht aufgefallen, dass sie sich kannten. Paul hatte sogar vorgeschlagen, dass die beiden so taten, als würden auch sie sich nicht kennen. Seit ihm klargeworden war, dass Lily noch lebte, wie sie hierhergekommen war und was sie hier darstellte, rechnete er mit einer Schweinerei. Es mochte Verfolgungswahn sein, weil er seit seiner Begegnung mit Lily in der Präfektur weder von ihr noch von der Polizei etwas gehört hatte. Aber er sagte sich, dass er lieber hinterher über fünf Minuten Verfolgungswahn lachte, als sich ein Leben lang Vorwürfe zu machen, weil irgendetwas schiefgegangen war.

Der Zug würde nur bis Sedan fahren und wahrscheinlich davor x-mal halten. Es würde eine Zugfahrt werden, der man nur mit Grausen entgegenblicken konnte. In Sedan würden alle Zivilisten von Militär geleitet und unter dem Schutz von Parlamentärsflaggen über die Grenze abgeschoben, wo Paul und die beiden Frauen einen Zug nach Berlin bekommen mussten. Stéphane hatte Paul mit einem Fahrplan ausgestattet, und Paul hatte Alvin telegraphiert. Ob der Fahrplan noch in irgendeiner Weise Gültigkeit hatte, wusste niemand. In Deutschland würde es zwar bedeutend weniger chaotisch zugehen als hier, aber auch dort herrschte Ausnahmezustand. Die meisten Züge würden für Truppentransporte beschlagnahmt worden sein.

Paul machte sich Sorgen um Antonie. Sie war nun im achten Monat. In dem Gedränge konnte alles Mögliche passieren. Sie konnte getreten, geschubst, zu Boden gestoßen werden. Sie konnte das Kind verlieren und selbst zu Schaden kommen. Je größer das Gewühl wurde, desto mehr verfluchte er sich für seinen Verfolgungswahn. Er hätte dafür sorgen sollen, dass sie alle zusammenblieben, dann hätte er sie besser schützen können.

In die Wartenden kam Bewegung, als die Rauchwolke des herankommenden Zugs über den Dächern sichtbar wurde. Im gleichen Moment ertönten schrille Pfeifen- und Trompetensignale. Die französischen Soldaten in ihren dunkelblauen Jacken und knallroten Hosen begannen, sich verwirrt zu sammeln, aber sie sammelten sich auf der Straße und verließen den

Bahnsteig. Eine halbe Stunde absolutes Chaos später rückten sie ab, während der Zug auf Höhe der Rue des Batignolles stehen geblieben war. Paul konnte sich nicht vorstellen, was diese Aktion sollte. Die Vermutung lag jedoch nicht fern, dass irgendein Befehl, die abmarschierenden Truppen mit diesem Zug zu verlegen, gerade durch einen anderen Befehl ersetzt worden war, der besagte, dass die Truppen *nicht* mit diesem Zug verlegt werden sollten. Dass dieselben Truppen in zwei Stunden wieder hier stehen und fluchen würden, weil sie am Ende *doch* diesen Zug hätten nehmen sollen, dieser aber schon abgefahren war, lag ebenfalls im Bereich des Möglichen.

Die Truppen ließen den Bahnsteig halbleer zurück, weil mit ihnen eine große Schar Zivilisten den Bahnhof verließ. Paul, Louise und Antonie stiegen in einen ebenfalls halbleeren Zug – ein weiteres Beispiel für die komplette Desorganisation, die Frankreich befallen hatte. Paul setzte sich in einen Waggon, Louise und Antonie vereinbarungsgemäß getrennt voneinander in den nächsten. Paul hatte noch gesehen, wie zwei junge Männer Antonies Tasche nahmen und ihr galant in den Waggon halfen, bevor er eingestiegen war. Gegen seinen Willen hatte er lächeln müssen. Letztens auf der Präfektur hatte er die Pariser von ihrer schlechtesten Seite gesehen; nun zeigten sie ihm, ohne es zu wissen, dass sie auch anders konnten. Selbst wenn um sie herum der Kriegstaumel den Alltag in ein Durcheinander biblischen Ausmaßes verwandelte.

Der Zug fuhr an, schlich ein paar Minuten auf dem Gleis nach Norden und kam dann wieder ruckelnd zum Stehen. Nachdem ein paar Augenblicke vergangen waren, ohne dass sich etwas tat, blickte Paul aus dem Fenster.

Und sprang auf, weil der Schock ihn auf die Beine trieb. Er kannte den Abschnitt, den er vom Wagenfenster aus sehen konnte. Es war die Einmündung der Rue des Dames.

Er kam bis zur Mitte des Wagens, dann öffnete sich die Tür zu der kleinen wackligen Brücke, mit der man von Wagen zu Wagen gelangen konnte. Louise kam herein, gefolgt von Zylinder-Bertrand. Louise war kreidebleich.

»Schön, Sie hier wiederzusehen!«, rief Bertrand, als habe er in Paul einen alten Freund erblickt. Nur wenige von den Passagieren sahen teilnahmslos auf. So leise, dass nur Paul es hören konnte, fügte Bertrand hinzu: »Machen Sie keine Schwierigkeiten, sonst werden ein paar Unschuldige mit hineingezogen.« Er machte eine Kopfbewegung zu den anderen Passagieren hin und ließ Paul gleichzeitig einen Blick unter seine Jacke werfen. Aus seinem Hosenbund ragten die Griffe und Trommeln von zwei mehrschüssigen Revolvern.

Paul verzichtete darauf, zu sagen, dass Bertrand keine öffentliche Schießerei riskieren würde. Er würde es. Dass sich weder Zugpersonal blicken ließ noch der Zug wieder anfuhr, zeigte ihm, dass dieses mit Bertrand und Lily unter einer Decke stecken musste. Er hätte sich nicht gewundert, wenn Lily auch für den Abzug der Soldaten verantwortlich gewesen wäre. Er nickte, drehte sich um und ließ sich zusammen mit Louise zum Ende des Wagens führen. Es war der letzte Wagen. Paul öffnete auf einen Wink Bertrands die Tür. Draußen standen mehrere finster aussehende Männer. In ihrer Mitte Lily. Sie grinste verächtlich.

»Die Franzosen wollen alle Deutschen aus Paris weghaben, aber wen interessiert das schon, wenn sich zwei Geschwister nach so langer Zeit endlich wiedersehen?«, sagte sie. Und dann: »Hallo, Louise. Ich dachte mir, dass du auch da bist. Wen bevorzugst du zurzeit? Meinen Bruder oder deinen Ehemann, den General? Oder ist er schon Feldmarschall?«

»Lass sie gehen, Lily«, sagte Paul. »Sie hat mit der ganzen Sache nichts zu tun.«

»Oh, Irrtum«, erwiderte Lily. »Ich brauche euch beide ganz dringend, sie vor allem, damit du tust, was ich will.«

Paul kletterte die paar Stufen hinunter auf den Schotter des Bahngleises und streckte dann die Hände aus, um Louise herunterzuhelfen. Louise glitt auf einer der Stufen aus und fiel Paul in die Arme. Ihm war klar, dass sie es nur gespielt hatte.

»Antonie?«, hauchte er ihr ins Ohr.

Louise schüttelte nur den Kopf. Er stellte sie auf die Beine. Einer von Lilys Männern trat vom Gleis herunter und winkte nach vorn. Paul hörte das Zischen und Stampfen einer Lok, die wieder Dampf aufnimmt, dann ruckte der Zug an. Langsam, aber immer schneller werdend, rollte er davon.

Lily deutete auf zwei Kutschen, die am Gassenrand standen. Paul ließ es zu, dass er und Louise getrennt wurden, weil er nichts dagegen unternehmen konnte und weil er sicher war, dass man ihr kein Haar krümmen würde. Es war ein Hoffnungsschimmer in der Furcht, die er empfand und die ihm umso mehr zusetzte, weil es Angst vor seiner eigenen Schwester war. Was hatte Lily vor?

Es gab noch einen anderen Grund zur Hoffnung. So gut Lily und Bertrand auch informiert waren, von Antonie hatten sie nichts gewusst. Sie mussten ihre Erkundigungen seit gestern in aller Hast eingezogen haben, als Bertrand Paul in der Rue des Dames erkannt hatte. Antonies Existenz war ihnen entgangen.

Die junge Frau musste mitbekommen haben, was geschehen war, und sie war klug genug gewesen, sich ruhig zu verhalten. Der Zug trug sie und ihr ungeborenes Kind in Sicherheit.

31

Du bist wahnsinnig, Lily«, sagte Paul. »Wozu brauchst du das Dynamit?«

»Du sollst liefern, nicht fragen«, entgegnete Lily. Paul warf einen Blick zu Bertrand, doch dessen Gesicht verriet nichts. Und wenn doch – und sicher war das nur eine Einbildung –, dann höchstens, dass ihm selbst nicht ganz klar war, was Lily vorhatte.

»Ich dachte, du hättest dir etwas übrig behalten von der Ladung, die du dem Präfekten gegeben hast.«

»Ich habe mir das Sparen abgewöhnt. Wann immer ich etwas hatte, wurde es mir wieder aus den Händen genommen.«

»Lily, wenn das eine Sache zwischen dir und mir ist wegen damals … wegen des Erbes unserer Eltern und meines Leichtsinns mit dem Adler … dann bitte lass Louise gehen. Sie wollte immer nur deine Freundin sein.«

»Und jetzt ist sie deine.«

»Auch das hat nichts mit dir zu tun.«

Lily seufzte. Sie trat zum Fenster und schaute hinaus, dann wandte sie sich wieder Paul zu. Sie waren in einem Raum, der nicht sehr viel anders eingerichtet war als das Arbeitszimmer Stéphane Flachats, nur dass er sich im ersten Stock eines nach außen hin verkommen aussehenden Gebäudes am Seine-Kai von La Villette befand und dass hier kein Eisenbahnnetz gesponnen wurde, sondern die Fallstricke des Verbrechens. Paul saß in einem Sessel, der vor einem wuchtigen Schreibtisch stand und dessen Beine kürzer waren als üblich, so dass er unbeholfen darin saß, die Knie an den Ohren, und zu Bertrand und Lily hochschauen musste. Er hatte bereits einmal versucht, aus dem Sessel aufzustehen. Bertrand hatte ihn wieder hineingedrückt.

»Es ist ganz einfach«, sagte Lily. »Louise ist mein Gast, bis du mir dreißig Kilogramm Dynamit beschafft hast – genau die Menge, die deine Einmischung mich gekostet hat. Ich werde dich zu diesem Zweck sogar nach Deutschland schicken. Cramm musste das Dynamit immer in kleinen Portionen stehlen lassen. Du bekommst das sicher schneller und an einem Stück hin, Bruderherz. Fühl dich wie ein freier Mann; aber vergiss nicht, dass Louise erst wieder freikommt, wenn ich das Dynamit habe.«

»Und was willst du damit in die Luft sprengen?«

»Was immer sich lohnt«, sagte Lily. Sie lächelte, aber ihre Mundwinkel zitterten. Paul begriff, dass er sich mitten in einer bitteren Komödie befand, in der Lily weder zu Bertrand noch zu sich selbst ganz ehrlich war. Die Komödie konnte sich blitzschnell in eine Tragödie verwandeln, so viel war sicher.

»Lily, bitte nimm Vernunft an! Du denkst doch nicht im Ernst, dass ich dir das Dynamit beschaffe!«

Lily seufzte erneut. »Wir müssen ihn überzeugen, fürchte ich. Bertrand …«

Bertrand trat auf Pauls Sessel zu und beugte sich zu ihm hinab. Er stützte sich dabei mit beiden Händen auf die Sessellehnen und hielt so Pauls Handgelenke fest. Das grobe, wuchtige Gesicht mit dem Schielauge war ganz nah an seinem. Paul konnte Bertrands Haarpomade riechen. Es war ein Blütenduft, nicht unangenehm. Er zwang sich dazu, in Bertrands gesundes Auge zu starren.

»Du kannst ihm befehlen, mich zu verprügeln«, sagte Paul zwischen den Zähnen, »aber denk dran, dass ich zu nichts nutze bin, wenn ich mit gebrochenen Rippen oder einem eingeschlagenen Gesicht herumlaufe. Außerdem«, er starrte Bertrand immer noch an, »bin ich ungefähr gleich groß, gleich alt und habe meinen Teil an Raufereien überstanden. Es ist gar nicht gesagt, wer nachher mit dem eingeschlagenen Gesicht aufwacht.«

Bertrand grunzte verächtlich. Zu Pauls Überraschung zerrte er ihn nur an den Handgelenken aus dem Sessel und ließ dann von ihm ab.

»Wer will dich verprügeln?«, fragte Lily. »Komm mit. Ich lasse dich einen Blick in die Zukunft werfen.«

Sie verließen das Gebäude und marschierten ein paar Dutzend Schritte zum Ufer der Seine. Paul fiel auf, dass überall, wohin sie gingen, Dockarbeiter zu arbeiten aufhörten, Müßiggänger sich aufrappelten und verschwanden. Er blickte sich um. Hinter ihnen war der Kai, der vorher noch vor Aktivität gebrummt hatte, auf einmal menschenleer. Sie traten zu einem großen rechteckigen, gemauerten Becken, das vermutlich dazu diente, mehrere Schiffe gleichzeitig aus dem Fluss zu bugsieren und sie dann dort zu entladen, ohne den Verkehr auf der Seine zu behindern. Treppen führten hinab zur Wasserlinie. Ein Frachtboot war vertäut. Die Männer, die es entluden, ließen ihre Lasten sinken und wanderten davon. Der Kapitän des Schiffs erblickte Lily und Bertrand. Er gab seiner Frau und den Kindern, die beim Entladen zugesehen hatten, einen Befehl. Die gesamte Familie verschwand durch eine Klappe im Bauch des Frachtkahns. Die Klappe fiel mit einem lauten Knall zu.

Auf einem Absatz unten an der Wasserlinie war eine Gruppe Menschen – mehrere Männer und eine Frau. Die Frau trug einen Knebel. Paul erkannte die Panik in ihrem Blick, als sie sich umsah und erkannte, dass der gesamte nähere Umkreis und das Becken auf einmal verlassen waren.

»Nach dir«, sagte Lily und deutete zu den Stufen, die zur

Wasserlinie und zu der Frau und den Männern hinunterführten.

Unten wurde es eng. Paul hätte die Frau berühren können, so nahe war er ihr. Sie war nicht mehr jung und keine strahlende Schönheit, wozu auch ein blaugeschlagenes Auge beitrug, aber die Angst, die von ihr ausging, ihr flehender Blick und der stoßweise panische Atem, der an ihrem Knebel vorbeizischte, hätte auch einen Stein Mitgefühl mit ihr empfinden lassen. Sie zerrte schwächlich an den Handfesseln, die ihre Hände auf dem Rücken gebunden hielten.

Pauls Blicke fielen auf die Füße der Frau. Ihm wurde kalt und übel.

»Sie hat einen Coup an die Polypen verraten«, erklärte Lily. »Es war kein großer Coup, aber ihr Leben ist ja auch keine große Sache. Sie hatte das Pech, sich an einen Polypen zu wenden, dessen Name in meinen Kontobüchern steht.«

Die Frau gab Geräusche von sich, die sich so anhörten, als versuche sie, sich zu verteidigen. Der Knebel machte es unmöglich, irgendetwas zu verstehen. Aus ihren Augen quollen Tränen. Pauls Blicke wanderten immer wieder mit grausiger Faszination zu den Füßen der Frau.

»Loyalität ist das Wichtigste«, sagte Lily. »Das habe ich von Otto gelernt. Nicht dass es mir etwas genützt hätte, dass ich ihm gegenüber loyal war. Mir wurde klar, dass ich ihn falsch verstanden hatte. Es ging nicht um seine Loyalität, sondern um die Loyalität, die man ihm schuldete. Seitdem achte ich darauf, dass mir die Loyalität entgegengebracht wird, die man mir schuldet.«

Die Frau wand sich und stöhnte erstickt. Zwei von Lilys Männern hielten sie jetzt links und rechts fest.

»Das Becken hier ist ziemlich tief, weil man früher Kähne mit Weinfässern, Steinen und Sand entladen hat. Dieses Geschäft findet jetzt etwas weiter flussabwärts bei den neuen Dockanlagen statt. Das Becken ist dennoch sehr praktisch.«

Paul starrte erneut auf die Füße der Frau. In seinem Grauen und der Übelkeit, die in ihm rumorte, tauchte die absurde Frage auf, ob sie wohl Schmerzen hatte.

Lily nickte ihren Männern zu. Die Frau begann, zu stöhnen und erstickt zu schreien, als sie sie hochhoben. Sie wand sich mit der Kraft der Todesangst. Ein dritter Mann packte mit an. Es fiel ihnen nicht leicht, die Frau zu halten, weil das Gewicht beträchtlich war.

Das Gewicht des in halber Höhe abgeschnittenen Fässchens voller gut durchgetrocknetem Zement, in dem ihre Füße bis zu den Knien steckten und dessen Anblick Paul mit Horror erfüllt hatte.

»Bitte …«, krächzte Paul. Der Blick der Frau, der ihn festhielt mit dem Instinkt des Todeskandidaten, der weiß, wer nicht zu seinen Peinigern gehört und sich von ihm Rettung in letzter Sekunde erhofft, ließ ihn schwanken.

»Sieh genau hin«, sagte Lily. »Und stell dir dabei Louises Gesicht vor. Wobei es nicht wiederzuerkennen sein wird. Denn bevor ich das, was von ihr übrig ist, so wie diese Schlampe hier in der Seine versenke, lasse ich sie von allen Männern in La Villette rannehmen, tagelang, und mir wird es egal sein, was sie ihr antun, solange sie noch lebt, wenn wir ihre Füße einzementieren, und solange sie noch versteht, was ich ihr ins Ohr flüstern werde, bevor sie versinkt. Was werde ich ihr ins Ohr flüstern, Paul? Ich werde sagen: All das hast du erlitten, weil Paul mir das Dynamit nicht gebracht hat. Bin ich nicht barmherzig? Bald werden auf den Schlachtfeldern Tausende von Soldaten sterben, ohne dass ihnen wirklich klar sein wird, wofür. Aber Louise wird genau wissen, wofür sie stirbt.«

Sie nickte. Die Augen der zum Tode Verurteilten weiteten

sich, als sie hinausgewuchtet wurde. Ihr Rock bauschte sich auf und schlug über ihrem Kopf zusammen, aber da klatschte sie schon mit den einzementierten Füßen voraus ins Wasser und versank. Paul hatte unwillkürlich die Hände ausgestreckt, um sie festzuhalten, und Bertrand hatte ihn gepackt und zurückgerissen und presste ihn nun gegen die Mauer des Hafenbeckens. Lily schlenderte heran und sah ihm aus nächster Nähe ins Gesicht. Er fühlte, wie sein Magen rebellierte und seine Beine nachgaben. Er konnte nicht anders, als daran denken, dass vier oder fünf Meter tiefer, unten auf dem Grund des Beckens, die Frau ertrank, hilflos an ihren Fesseln zerrend, vom Gewicht an ihren Füßen aufrecht gehalten, im Todeskampf in die trübe Düsternis stierend und wahrscheinlich die Skelette von Dutzenden anderer Unglücklicher sehend, die vor ihr diesen Weg gegangen waren, weil sie Lily in die Quere gekommen waren, und um sie herum Totenwache standen.

»Vielleicht«, sagte Lily fast im Flüsterton, »hat die Schlampe gar keinen Verrat begangen. Vielleicht habe ich sie nur gebraucht, um dir klarzumachen, wie wichtig mir das Dynamit ist. Ich hoffe, du erkennst jetzt, dass es dir genauso wichtig sein muss. Und dass es für Louise am allerwichtigsten ist. Was brauchst du, um die Sache in die Wege zu leiten? Einen Telegraphen? Ein Zugticket erster Klasse? Einen Geleitbrief von der Pariser Präfektur, um aus Frankreich hinaus- und wieder hereinzukommen? Einen falschen Pass? Sag es, und du bekommst es.«

32

Sie werden was?«, zischte Otto von Bismarck. Alvin stand mit ihm im Flur das Bundeskanzleramts. Antonie, die erschöpft und bleich nach einer endlosen Zugfahrt in Berlin angekommen war, war in Alvins Berliner Wohnung. Sie hatte Alvin alles mitgeteilt, was sie wusste. »Und von wem?«

»Du hast schon richtig gehört.«

»Du hast mir gesagt, Lily sei tot.«

»Ich sagte damals, wir hielten sie alle für tot.«

Bismarck starrte ins Leere. »Gütiger Gott«, flüsterte er.

»Otto, du musst mir Urlaub geben. Ich muss nach Paris.«

»Um was zu tun?«

Alvin blinzelte verständnislos. »Um Paul und Louise zu befreien, natürlich.«

»Und wie?«

Alvin holte Atem, dann schloss er den Mund wieder. Er blinzelte erneut. Sein Herz pochte schwer, die Angst um Louise und Paul und Hass auf Lily stritten sich in ihm. Er hatte das Gefühl, keine Luft zu bekommen.

Bismarck nickte. »Selbst wenn kein Krieg wäre, hättest du keine Chance, sie zu finden, wenn sie nicht gefunden werden will.«

»Aber ich kann doch nicht ...«

»Du kannst vor allem deinen Posten nicht verlassen. Du hast eine Dienstpflicht dem preußischen Staat gegenüber, besonders in der Stunde seiner Prüfung.«

»Ein anderer Stabsoffizier kann meine Aufgaben übernehmen und ...«

»Keiner, zu dem ich das Vertrauen habe, das ich in dich setze. Und Moltke und Roon.«

»Otto, ich kann doch nicht einfach nichts tun!«, schrie Alvin. Weiter vorn öffnete sich eine Tür, und ein Offizier schaute empört heraus, sah den Bundeskanzler im Gang stehen und schloss die Tür sofort wieder, wahrscheinlich weil er gehört hatte, dass es in der Umgebung Otto von Bismarcks gerne einmal laut wurde, und er nicht darin verwickelt werden wollte.

»Du kannst helfen, dafür zu sorgen, dass wir mit unserem Heer im Oktober in Paris stehen. Dann räuchern wir alle Schlangennester dort aus und finden Louise und Paul.«

»Wir haben jetzt Juli!« Alvin stöhnte auf. »Ich warte doch nicht ein Vierteljahr, den beiden beizuspringen. Ich muss sofort los.«

Trotz seiner Panik konnte Alvin erkennen, dass Otto nur mühsam die Geduld bewahrte.

»Wenn du jetzt versuchst, nach Paris zu kommen, wirst du spätestens wenn du dort ankommst verhaftet werden. Dann wanderst du ins Gefängnis und kannst erst recht nichts tun. Du hilfst ihnen mehr, wenn du mir hilfst, den Krieg schnell zu gewinnen.«

»Otto«, sagte Alvin flehentlich. »Meine Frau. Mein bester Freund. In der Gewalt von …«

»… der Schwester deines besten Freundes. Denkst du, Lily wird den beiden etwas antun? Hast du dich schon gefragt, warum sie das getan hat?«

»Jede Sekunde! Und ich habe keine Antwort!«

»Vielleicht, weil sie dich nach Paris locken will? Dann hätte sie all die Menschen komplett, die sie verraten hat, als …« Otto stockte. Alvin konnte seine Gedanken aufnehmen.

»Vielleicht will sie *dich* nach Paris locken?«, fragte er.

»Ich werde kommen«, knurrte Bismarck. »Mit dreihunderttausend Mann hinter mir.« Er stockte und dachte nach.

Dann sah er auf und führte Alvin noch weiter in die Tiefe des Gangs hinein, als hätte er Lauscher zu befürchten.

»Bei unserer Freundschaft«, sagte er ernst zu Alvin. »Verrat mir, was du tun wirst, wenn ich dich nicht gehenlasse – du weißt, dass ich dich nicht gehenlasse. Wenn du versuchst, Berlin zu verlassen, lasse ich dich verhaften.«

»Ich werde versuchen, Moritz zu erreichen, und ihn bitten, nach Paris zu gehen, um sie zu finden – wenn du mir diese Demütigung antust, dass ich nicht selbst zur Rettung meiner Frau ausrücken kann.« Alvins Stimme klang erstickt.

»Gut.« Bismarck nickte. »Telegraphiere ihm. Er soll seine Arbeit für Siemens sofort beenden. Ich sorge dafür, dass er nach dem Krieg eine noch bessere Stelle bei Siemens bekommt. Moritz soll hierherkommen und dann nach Paris weiterreisen. Ich statte ihn mit einem Pass und einer Identität aus, die ihn vor Verfolgung schützt. Wenn Lily wirklich denkt, sie kann mich nach Paris locken, muss ich wissen, was sie dort dann vorhat.«

»Warum gibst du mir nicht so einen Pass?«, fragte Alvin bitter.

»Weil du ein Soldat und ein Junker Preußens bist. Für dich gibt es jetzt nur die Pflicht.«

33

Die preußische Mobilmachung war der französischen so unähnlich, wie sie nur sein konnte. Auch Preußen hatte noch vor der offiziellen Kriegserklärung damit begonnen, die Truppen mobilzumachen, zur allgemeinen Begeisterung in der Bevölkerung. Eigene Züge mit eigenen Lokomotiven wurden eingesetzt, so dass der zivile Zugverkehr nur in vertretbarem Maß beeinträchtigt wurde. Am 26. Juli stiegen die ersten kampfbereiten Verbände im Raum Mainz aus den Zügen. Am 29. Juli war die gesamte zweite Armee dort versammelt. Am 3. August hatte das preußische Heer seine Gesamtstärke erreicht – dreihunderttausend Mann. Alles verlief in Ruhe. Wenn überhaupt Aufregung entstand, dann war es die Aufregung der Soldaten, die mit einer Mischung aus Furcht und Kampfeslust dem Krieg entgegensahen, und der Zivilisten, die nur Kampfeslust empfanden, weil sie wussten, dass sie die zu erwartenden Schlachten nicht selbst schlagen mussten.

Zivile Journalisten aus ganz Europa und heereseigene Berichterstatter nutzten für ihre Reportagen die Telegraphenleitungen, die überall im Aufmarschgebiet neu verlegt wurden – eine Aufgabe, die Alvin vom Generalstab aus koordinierte. Der Generalstab blieb in Berlin, bis der Aufmarschplan so weit entfaltet war, dass er nur noch ablaufen musste; dann verlegte er sein Hauptquartier nach Mainz. Otto von Bismarck stieg in den Zug, der die Generäle dorthin brachte, mit der Uniform eines Kürassier-Generalmajors der Reserve, eine Pickelhaube auf dem Kopf und hüfthohe Schaftstiefel an den Beinen. Er sah so militärisch aus wie ein Operettengeneral, aber die Begeisterungsschreie, die sein Eintreffen in Mainz bei der Zivilbevölkerung hervorrief, die Blumensträuße und der schwunghafte Devotionalienhandel mit seinem Konterfei auf Bildern, Zierkrügen und Büsten gaben ihm recht. Der König, der einen Tag vor ihm eingetroffen war, konnte sich keiner größeren Zustimmung erfreut haben.

Alvin wartete, bis Otto und die Generäle in seinem Schlepptau vom Mainzer Bahnhof abgegangen waren, dann stieg auch er aus. Während die anderen Stabsoffiziere sich auf die Suche nach den Adressen machten, in denen sie untergebracht waren, blieb Alvin stehen. Vom anderen Ende des Zugs, wo der Tross des Generalstabs, Ottos Beamte und Assistenten und sonstige offizielle Herrschaften mitgefahren waren, näherte sich Moritz. Sein Gesicht wirkte angespannt und noch immer blass und müde. Er war erst am Vortag der Verlegung des Hauptquartiers in Berlin angekommen, nach einer langen Reise vom Schwarzen Meer. Er hatte eine kurze Nacht mit seiner Frau verbracht und war dann am frühen Morgen im Kanzleramt erschienen, um die falschen Papiere ausgehändigt zu bekommen. Er lächelte Alvin verkniffen an.

Es war nicht einfach gewesen, sich eine Identität für Moritz auszudenken, die ihm erlaubte, so unbehelligt wie möglich nach Frankreich einzureisen. Schließlich war Alvin auf die Idee gekommen, dass Moritz für eine neutrale österreichische Zeitung berichtete. Er hatte in den Jahren in München gut genug Bayerisch gelernt, um außerhalb des Habsburgerreichs als Österreicher durchzugehen, und Französisch sprach er dank der Bemühungen seiner Mutter fließend.

»Alles klar?«, fragte Alvin.

Moritz nickte. Er fragte nicht, ob Alvin sicher war, dass der Trick funktionierte, so wie er nicht gefragt hatte, ob sein Einsatz überhaupt Sinn hatte. Er war sofort aus Odessa abgereist. Jetzt fragte er nur: »Bist du sicher, dass es den beiden gutgeht?«

»Nein«, knurrte Alvin. »Aber ich sehe nicht, welchen Nutzen es für Lily hätte, Louise und Paul etwas anzutun. Ich hätte allerdings erwartet, in den letzten Tagen etwas von ihr zu hören. Paul und Louise sind jetzt zwei Wochen in ihrer Gewalt, und es gibt keine Nachrichten, keine Forderungen, gar nichts …« Alvin bemühte sich, die Panik, die seit Tagen immer wieder in ihm hochkroch, niederzuhalten.

Sie sahen sich an. Alvin fühlte eine Welle so heißer Zuneigung für Moritz, dass er schlucken musste.

Moritz versuchte ein Lächeln. »Verdammt, ich kann mich noch an Tante Lily erinnern. Ich hätte nie gedacht, dass sie eines Tages …«

»Das hat keiner von uns gedacht. Sie hat uns alle getäuscht.«

Moritz holte tief Luft und stieß sie wieder aus. »Also gut. Ich bin der Journalist Moritz Baermann vom neuen *Salzburger Volksblatt*. Ich möchte über den heroischen Widerstand der Pariser Bevölkerung berichten und über die ungebrochene Zuversicht der Stadt angesichts der feindlichen Horden, die sich an den Grenzen Frankreichs versammeln. Puh! Wer liest so einen Schwulst?«

»Keiner, weil du es ja nicht schreiben wirst.«

»Das ist der einzige Trost …«

»Morgen früh fährt ein Zug von Thionville nach Paris – oder jedenfalls sollte er das nach den Vorkriegs-Fahrplänen. Er ist die französische Hälfte des früheren Nachtzugs Frankfurt—Paris. Wenn du den nimmst, bist du am Mittag in Paris. Steig in einem der Hotels ab, in dem die anderen Kriegsberichterstatter logieren. Mit der Identität als Journalist kannst du in Paris herumfragen, ohne dass es auffällt.«

»Gut. Was tust du?«

»Ich werde zu meinem Bataillon zurückkehren. Im Generalstab kann ich mich in dieser Phase kaum nützlich machen. Otto hat gegrummelt, aber wenigstens das hat er mir zugestanden. Moltke hat mich unterstützt. Bei Königgrätz hat er den Segen funktionierender Feldtelegraphen erkannt, und wir waren uns einig, dass ich dort mehr zum Krieg beitragen könne als hinter einer Landkarte.«

»Onkel Otto hat sich von etwas überzeugen lassen, zu dem er zuerst eine andere Meinung hatte?!«

»Er schätzt Moltke. Er und Roon sind so ziemlich die einzigen Leute, denen er blind vertraut.«

»Und du.«

»Ja«, sagte Alvin und dachte daran, dass er das Vertrauen nicht verdiente.

Kurz vor Mitternacht stand er wieder auf einem Bahnsteig, diesmal in Ingelheim, wo der ehemalige Nachtzug aus Frankfurt einen letzten Zwischenhalt vor der Endstation an der Grenze hatte, und sah Moritz auf sich zukommen. Alvin trug Zivilkleidung, nämlich Jacke, Weste, Hose und Hemd des Gesandtschaftssekretärs, die zurückzusenden er noch keine Möglichkeit gehabt hatte. Die Sachen passten immer noch nicht. Zuerst dachte er, dass Moritz ihn auf dem schlecht beleuchteten Bahnsteig nicht erkannte, weil er ohne zu zögern auf ihn zuschlenderte, dann sah er das Grinsen auf seinem Gesicht.

»Hätte mich sehr gewundert, dich hier nicht vorzufinden«, sagte er statt einer Begrüßung.

»So?«, erwiderte Alvin und tat säuerlich.

»Ich wusste, dass du all die Dinge über Verantwortung, Ehrgefühl und Liebe, die du mir beigebracht hast, nicht nur dahergeredet hast.«

»Hab ich so viel darüber geredet?«

»Ihr beide – du und Paul. Ihr wart mir darin beide ein Vorbild.«

»So?«, wiederholte Alvin und musste diesmal einen Kloß im Hals hinunterschlucken.

»Du willst also mitkommen. Warum hast du mir dann so genaue Anweisungen gegeben mit dem Hotel und allem?«

»Weil wir in Paris getrennt vorgehen werden. Ich suche mir woanders eine Bleibe. Ich will nicht riskieren, dass uns per Zufall jemand von Lilys Bande zusammen sieht.«

»Weiß Onkel Otto, dass du dich von der Truppe absetzen willst?«

»Er hat mir gestattet, zu meinem Bataillon zurückzukehren. Nur weiß das Bataillon noch nicht, dass ich komme. Ein kleines Problem bei der Befehlsübermittlung. Der Telegraph muss defekt gewesen sein. Dass so was immer passiert, wenn man das Ding braucht …!« Alvin grinste. »Ich hoffe, die Telegraphenkompanie hat den Schaden mittlerweile behoben.«

»Wie lange haben wir Zeit, bis du vermisst wirst?«

»Bis der Vormarsch im Laufen ist und die Pioniere zum ersten Mal gebraucht werden.«

Moritz kniff die Augen zusammen. »Der Vormarsch beginnt morgen, nicht wahr? Das gibt dir höchstens bis übermorgen Zeit. Wenn du bis dahin nicht zurückgekehrt bist, giltst du als Deserteur.«

Alvin nickte. »Es gibt Dinge, für die man alles aufs Spiel setzen muss.«

Moritz packte Alvin am Arm. »Papa!«, sagte er. Alvin hatte es lange nicht mehr aus seinem Mund gehört. »Die Armee ist dein Leben. Selbst wenn Onkel Otto es schafft, dass man dich nicht an die Mauer stellt und erschießt, wirst du unehrenhaft ausgestoßen werden. Alles, was du dir aufgebaut hast, wird dahin sein. Deine ehemaligen Kameraden werden dich auf der Straße anspucken!«

Alvin zuckte mit den Schultern. »Es gibt Dinge, die sind auch das wert«, wiederholte er.

Moritz seufzte und nickte. Er hatte eine kleine Tasche in der Hand, die er Alvin reichte. »Du musst wissen, was du tust. Hier, halt das bitte mal. Hab ich dir eigentlich erzählt, dass ich bei der Siegesfeier von Königgrätz mit Antonie von einem Gardisten, dessen Vater Spreefischer ist, auf dem Fluss herumgepaddelt wurde? Damals habe ich Antonie gefragt, ob sie mich heiraten will. Der Gardist hieß Trönicke, Edgar Trönicke. Wir haben uns auf dieser Bootstour angefreundet.«

Alvin lächelte. »Bis auf das mit dem Heiratsantrag kannte ich die Geschichte.«

»Ich habe Edgar Trönicke hier in Mainz getroffen. Seine Kompanie bewacht das großherzogliche Palais, in dem der König untergebracht ist.«

Alvin hörte, wie sich Schritte über den Kies näherten. Er wollte aufblicken, aber Moritz sagte: »Schau mal in die Tasche, Papa.« Er öffnete die Klappe. Alvin blickte unwillkürlich nach unten. Er sah einen Teil einer Uniformjacke, entdeckte eine Schulterepaulette in Silber mit zwei Sternen und den schwarzen Jackenkragen der Pioniere.

Jemand trat hinter ihn und brummte: »Entschuldjense schon ma im Voraus, Herr Oberst.«

Alvin reagierte viel zu spät. Er fuhr herum und sah noch einen Mann in Zivilkleidung und mit dem kurzgeschnittenen Haar eines Soldaten dastehen, dann flog eine mit einem Lederband umwickelte Faust heran und traf ihn zwischen die Augen. Seine Beine gaben nach. Er sank Moritz in die Arme, versuchte, die Knie durchzudrücken, doch die Nacht, der Bahnsteig und das schuldbewusste Gesicht von Edgar Trönicke glitten wie durch eine lange Röhre davon.

»Du hast genug für uns alle getan, Papa«, hörte er Moritz noch sagen. »Jetzt bin ich an der Reihe.«

Dann hörte er nichts mehr, bis er am nächsten Morgen im Lazarett erwachte, Otto von Bismarck neben seinem Bett stehen sah und ein Militärarzt dem Bundeskanzler erklärte, dass Oberst von Briest noch einmal Glück gehabt hätte. Ein Gardist namens Trönicke habe ihn letzte Nacht bewusstlos hergebracht und erklärt, der Oberst habe eine nächtliche Inspektion von Telegraphenleitungen unternommen und sei dabei von französischen Saboteuren überfallen worden, die dank der Hilfe des Gardisten Trönicke in die Flucht geschlagen werden konnten. Er habe aber nicht verhindern können, dass der Herr Oberst niedergeschlagen wurde. Die Telegraphenleitungen seien heil geblieben.

»Verdammt, Alvin«, grollte Bismarck, der wieder als Kürassier-Generalmajor verkleidet war. »Pass besser auf. Willst du, dass dein Name die erste Gefallenenmeldung des Krieges ziert?«

»Nein, Exzellenz«, sagte Alvin schwach und dachte daran, dass Moritz alles so wasserdicht eingefädelt hatte, dass selbst Bismarck daran seine Freude gehabt hätte – wenn er es je hätte erfahren dürfen. Aber da Moritz den Gardisten Trönicke ins Spiel gebracht hatte und dieser auf jeden Fall standrechtlich erschossen worden wäre, wenn Alvin berichtet hätte, was sich wirklich zugetragen hatte, würde Alvin schweigen und Moritz seine Mission allein erfüllen lassen. Moritz würde seine Mutter retten – anstatt dass Alvin seine Frau rettete. Scham erfüllte Alvin in einem Maß, dass die Umgebung vor seinen Augen verschwamm.

»Kopfschmerzen?«, fragte der Militärarzt und klopfte ihm tröstend auf die Schulter.

»Dass einem die Augen tränen«, krächzte Alvin.

»Morgen sind Sie wieder auf den Beinen. Sie haben eine Beule auf der Stirn wie ein Hühnerei. Womit haben die Franzmänner Sie außer Gefecht gesetzt? Mit einer Bratpfanne?«

»Ich weiß es nicht mehr. Wahrscheinlich hatten sie einen Esel dabei, der mich getreten hat.«

»So habe ich mir das auch gedacht«, erklärte Otto von Bismarck und lächelte, aber der Blick, den er Alvin unter dem Rand seiner Pickelhaube hervor zuwarf, war streng und lächelte kein bisschen. »Passen Sie gut auf Generalmajor von Briest auf, Herr Doktor. Wir brauchen ihn noch. Der Krieg braucht ihn. Preußen braucht ihn.« Bismarck salutierte nachlässig. »Morgen um sechs Uhr dreißig im Hauptquartier, Herr Generalmajor.«

Bismarck stapfte hinaus. Als der Militärarzt auch gegangen war, schloss Alvin die Augen und fühlte die Tränen unter den Lidern hervorquellen. Generalmajor! Otto hatte ihn nicht weniger geschickt kaltgestellt als Moritz. Morgen früh würde er vom König persönlich zur Beförderung beglückwünscht werden, morgen Mittag mit dem Generalstab und dem König essen, morgen Abend würde man eine Feier von ihm erwarten, übermorgen würde er neue Aufgaben im Stab übertragen bekommen. Es würde Tage dauern, bis er fünf Minuten fände, in denen nicht ständig jemand um ihn herum war, und selbst dann würde irgendjemand, der niemandem auffiel, auf Bismarcks Order ein scharfes Auge auf ihn haben – wie es zweifellos auch jetzt schon geschah.

Er hatte das kaum gedacht, da hinkte ein Infanteriehauptmann herein, gestützt auf einen Pfleger. Der Hauptmann grummelte über sein Pech, dass er sich ausgerechnet jetzt den Fuß böse verstaucht habe, wo seine Reservekompanie ins Feld geworfen würde. Der Pfleger versicherte dem Hauptmann, dass er spätestens morgen wieder auf dem Damm wäre.

Der Hauptmann setzte sich auf ein Bett und begann, seine Uniform aufzuknöpfen. Er trug einen extremen militärischen Haarschnitt, die Schläfen komplett rasiert und auf dem Schädel einen schmalen Streifen Haar, durch einen Mittelscheitel exakt geteilt und pomadisiert. Die helle Haut an den Schläfen zeigte, dass er sich die Haare dort erst kürzlich abrasiert hatte. Er zwinkerte Alvin zu.

Alvin knurrte: »Noch gut nach Berlin gekommen nach Ihrem Besuch auf Briest, Hauptmann?«

Der Hauptmann lächelte freundlich. »Oh. Kennen wir uns, Herr Kamerad?«

Alvin ließ sich zurücksinken. Er war ein Gefangener mit einem eigenen Wärter. Die Scham darüber, dass er nichts für Louise und Paul tun konnte, brannte in ihm.

34

Der Krieg begann am 4. August. Und er begann katastrophal, was Frankreich betraf. Sie verloren ein Gefecht bei Weißenburg, am nächsten Tag eines bei Spichern, und am Tag darauf stellten sie sich den preußischen Truppen bei Wörth und wurden zu einem Rückzug gezwungen, der zu einer ungeordneten, panischen Flucht wurde. Die Journalisten der internationalen Tageszeitungen wussten schon am nächsten Tag Bescheid über den verheerenden Ausgang der Schlacht bei Wörth, in der auf beiden Seiten fast zweihunderttausend Soldaten gegeneinander aufmarschiert waren. Die preußische Seite gewann, trotz der für viele überraschenden technischen Überlegenheit der französischen Ausrüstung, deren Chassepôt-Gewehre besser waren als die der Preußen. Es zeigte sich, dass die überlegene Ausrüstung auch in dieser Zeit des Massenschlachtens auf dem Feld nicht allein entscheidend war. Eine hervorragende Organisation, straffe Befehlsführung, der ständige Überblick des Hauptquartiers durch glänzend funktionierende Telegraphenleitungen und die sofortige Abberufung von Generälen, die sich in den ersten beiden Kämpfen als unfähig oder ungehorsam erwiesen hatten, ließen den Kriegsgott auf Seiten der Preußen sein. Die niedrigen Offiziere, Unteroffiziere und Mannschaften fochten auf beiden Seiten verbissen und starben ohnmächtig verblutend oder sich vor Schmerzen windend in den Armen ihrer Kameraden oder allein zwischen den zermalmten Körpern ihrer Freunde.

»Ganz außerordentlich müssen die Verluste der Franzosen gewesen sein«, las einer der internationalen Journalisten, die in ihrer Mehrzahl im Pariser *Hotel Le Meurice* in der Rue de Rivoli logierten, laut aus seinem Bericht vor, »reihenweise liegen die Toten dahingestreckt, das rote Tuch ihrer Uniformen schimmert allerwärts, wohin das Auge blickt. Tränenüberströmt überreichen die gefangenen französischen Offiziere den preußischen Siegern ihre Degen, die diese zurückweisen und ihre Gefangenen zu trösten versuchen, indem sie ihre Tapferkeit und die ihrer Soldaten rühmen. Für die französische Seite gibt es nur ein Resümee: *Nous avons tout perdu.*«

Seine Kollegen klatschten, der Vorleser grinste und erklärte, dass es einfach nichts Besseres gab als junge Mitarbeiter, die vor Ort in der Scheiße lagen und denen, die aus ihren Berichten richtige Zeitungsartikel machen konnten, die Informationen ins Hauptquartier telegraphierten. Moritz lachte pflichtschuldig mit den anderen mit und ging dann hinaus an die frische Luft, weil er sich sonst hätte übergeben müssen.

Moritz war von den »Kollegen« freundlich empfangen worden. Freundlich bedeutete, dass man ihm eine Zigarre in die eine Hand und eine Champagnerflasche in die andere Hand gedrückt, ein kicherndes Mädchen mit zu viel Schminke im Gesicht auf seinem Schoß platziert und dann einen Toast auf den neuen Krieger in der immerwährenden Schlacht um Kultur, Literatur und Auflagenzahlen ausgesprochen hatte. Eventuell peinlich werdenden Detailfragen nach seinem Auftraggeber konnte er spielend damit begegnen, dass sein Blatt erst in diesem Jahr gegründet worden war – eines musste man Onkel Otto und seinen Leuten lassen, sie hatten viel über Moritz' falsche Identität nachgedacht!

Das Hotel war erst vor wenigen Jahren so umgebaut worden, dass es neben den geräumigen Suiten auch kleine Appartements und Einzelzimmer anbot – und einen Lese- und Raucherraum, den die internationale Journaille zu ihrem Hauptquartier bestimmt hatte und Tag und Nacht bevölkerte. Der Rauch hing dichter darin als auf einem Schlachtfeld, und der Champagner floss in Strömen, zum Vergnügen von Monsieur Scheurich, dem Hotelbesitzer, der wusste, dass die Zeitungen die Spesen ihrer Berichterstatter großzügig beglichen. Unter diesen Umständen war er auch geneigt, die Beschwerden anderer Hotelgäste leichtzunehmen, die sich echauffierten, dass zu jeder Tageszeit Damen mit zweifelhaftem Ruf und oft unzureichend bekleidet auf den Gängen des Hotels unterwegs waren. Moritz nahm an, dass die Hotel- und Einkaufsgutscheine, die Scheurich verärgerten Gästen überreicht hatte, ebenfalls zu gleichen Partien auf die Rechnungen an die Zeitungen verteilt würden. Er fragte sich, wann die ersten derartigen Rechnungen das *Salzburger Volksblatt* erreichen würden und sich dort jemand am Kopf kratzte und herumzufragen begann, wer zum Teufel von ihren Journalisten nach Paris geschickt worden war. Bis jetzt hatte er alle Auslagen sofort bar bezahlt – Alvin hatte ihn noch in Paris mit einem kleinen Vermögen ausgestattet, für das sein Ziehvater sich sicherlich bei seinem Bankier Bleichröder erneut verschuldet hatte.

Moritz schrieb keine Kriegsberichte. Stattdessen versuchte er, sich umzuhören, ob irgendjemand etwas von entführten und gefangen gehaltenen deutschen Zivilisten gehört hätte, und zu lernen, wie die Gesellschaft von Paris strukturiert war – besonders deren lichtscheuer Teil. Nach kurzer Zeit wurde ihm klar, dass seine vorgeblichen Journalistenkollegen die falschen Ansprechpartner waren. Was sie betraf, hätten sie in jeder Stadt der Welt sein können; sie hatten keine Ahnung, was außerhalb des Hotels und jenseits der Kämpfe vorging. Für alle ihre Bedürfnisse, die nicht direkt von Monsieur Scheurich und seinen Leuten gestillt werden konnten, fragten sie den Concierge.

Moritz fragte den Concierge ebenfalls und erhielt eine Reihe nutzloser Informationen, die nichtsdestotrotz gereicht hätten, um ein ganzes Buch zu verfassen. Doch dann horchte er auf.

»Dynamit?«, fragte er. »Eine der Arbeiter-Unionen hat dem Polizeipräfekten Dynamit geschenkt?«

»Mindestens dreihundert Kilo, wie man hört, Monsieur«, sagte der Concierge und zeichnete das Kreuz über sein Herz. »So wahr ich hier stehe. Dreihundert Kilo Dynamit – damit könnte man halb Paris sprengen. Oder ganz Preußen, *n'est-ce pas*?« Er zwinkerte. »Wenn es die Preußen bis vor Paris schaffen sollten, sprengt unser Polizeipräfekt sie einfach alle weg. POUF!«

»Das interessiert mich.«

»Was wollen Sie in die Luft sprengen, Monsieur?«

»Jedenfalls nicht Paris.«

»Weil wir gerade davon reden«, sagte der Concierge und fuhr völlig zusammenhanglos fort: »Die Mädchen, die Ihre Kollegen hierherbringen … *mon Dieu* … also wenn Sie wirklich Qualität haben wollen, Monsieur, dann kann ich Ihnen gerne zu Besserem raten. Die Damen kommen auch auf Ihr Zimmer, Monsieur …«

»Ich werde dran denken«, erwiderte Moritz. »Was können Sie mir noch über die Dynamit-Schenkung erzählen?«

Diese Auskünfte sowie eine großzügige Spende für den Fonds bedürftiger Concierges führten Moritz wenig später mit genaueren Informationen nach La Villette.

In den Tagen zuvor hatten sich die französische und die

gesamtdeutsche Armee ein Gefecht bei Beaumont geliefert, das die Franzosen erneut verloren hatten; sie waren nun im Begriff, von den deutschen Verbänden umzingelt zu werden. Der Schlacht von Beaumont folgte ein blutiger Häuserkampf um das Dorf Bazeilles, gleichzeitig schlossen die preußischen, bayerischen und sächsischen Armeekorps den Belagerungsring um Sedan, wohin sich die französischen Truppen zurückgezogen hatten. Die Nachrichtenübermittlung wurde immer schwieriger, weil viele Telegraphenlinien zwischen der Front und der Hauptstadt mittlerweile zerstört waren und auch der Eisenbahnverkehr wegen herausgerissener Schienen zum Erliegen gekommen war. Dennoch erreichte ein Ausspruch des französischen Oberbefehlshabers die fröhliche Horde im *Hotel Le Meurice*. General Ducrot hatte die Lage nach der erfolgreichen Einkesselung durch den Feind mit den Worten kommentiert: »Wir sitzen in einem Nachttopf, und wir werden darin zugeschissen werden.« Die internationalen Journalisten heulten vor Freude über dieses Bonmot, setzten es in jeden ihrer Artikel und tranken den ganzen Abend Ducrot zu Ehren Champagner aus Nachttöpfen, deren vorherige Reinigung sie selbst überwacht hatten.

Moritz machte sich am Morgen des 2. September auf den Weg nach La Villette. Er und die Journalisten hatten am vergangenen Abend noch mitbekommen, dass die Reste der französischen Truppen, die in den Kämpfen der letzten Tage nicht umgekommen oder gefangen genommen worden waren, sich in die alte Festung Sedan zurückgezogen hatten und dort beschossen wurden. Moritz, krank von all den Berichten über das Sterben, wanderte durch La Villette. Auf Anraten des Concierge hatte er einen bulligen Mann mit dem klingenden Namen Achille als Leibwächter mitgenommen, einen Cousin des Concierge, der im Übrigen über eine unerschöpfliche Anzahl von Cousins und Cousinen diverser Grade zu verfügen schien. Moritz wusste, dass seine Mutter in diesem Quartier eine üble Zeit verbracht und hier Moritz' Vater und seinen Ziehvater kennengelernt hatte. Der Ort bedrückte ihn in seiner Schäbigkeit, in seinem Herzen fühlte er Verzweiflung, weil er den beiden Entführten noch keinen Schritt näher gekommen war, und in seinen Ohren klangen die durch den Qualm im Raucherzimmer des Hotels gebrüllten Meldungen der Journalisten über atemberaubende Verluste an Menschen.

»Das muss es sein«, brummelte Achille und hielt Moritz am Ausgang einer Gasse zurück. Vor ihnen lagen Kaianlagen. Achille deutete auf einen Schuppen, in dessen Untergeschoss hohe, verschlossene Tore auf Lagerräume hindeuteten, während das Obergeschoss eine Reihe Fenster aufwies, als ob dahinter Zimmer lägen. Moritz schluckte und fühlte einen Knoten im Magen. »Und was nun, Grandseigneur?«

»Jetzt warten wir«, sagte Moritz. »Ich möchte wissen, was sich da vorn tut.«

Er wusste selbst nicht, was das Warten bringen sollte. Jetzt, da er möglicherweise am Ziel angekommen war, stellte er fest, dass er vom weiteren Verlauf seiner Schritte keine Ahnung hatte. Bei aller guten Vorbereitung – niemand hatte ihm Anweisungen geben können, was er tun sollte, wenn er den Ort gefunden hatte.

Wenn er denn den Ort gefunden hatte, an dem Paul und Louise festgehalten wurden. Außer der Aussage eines Hotel-Concierge, der diese wiederum aus dritter oder vierter Hand hatte, dass dies das Hauptquartier der Union war, die dem Polizeipräfekten das generöse Geschenk gemacht hatte, besaß er keinerlei Hinweise. Und selbst wenn die Informationen des Concierge richtig waren, bedeutete das noch lange nicht, dass es sich hier um Tante Lilys Organisation handelte. Moritz seufzte innerlich.

Sie warteten. Hier fiel es nicht besonders auf, wenn zwei Männer an einer Gassenecke herumlungerten. Der Cousin war schweigsam. Der Vormittag tröpfelte dahin. Moritz dachte daran, dass in Sedan die Soldaten starben. Es war heiß, ein stickiger, schwüler Augusttag in Paris an den Kaianlagen der Seine, und er wurde immer heißer, je mehr er sich dem Mittag näherte. Mücken schwirrten herum. Der Geruch von brackigem Wasser, Fischabfall, trocknendem Schlamm und Latrinen hing in der flirrenden Luft.

Nach dem Mittagsläuten trafen Gruppen von Männern und Frauen bei dem Gebäude ein, und Moritz und sein Leibwächter zogen sich weiter davon zurück, um nicht doch noch aufzufallen. Eine halbe Stunde lang herrschte reges Kommen und Gehen, hinter den Fenstern im ersten Stock konnte man Bewegung erkennen, dann wurde es abrupt so ruhig wie zuvor, und der Platz vor dem Gebäude wirkte ebenso verlassen. Moritz spitzte die Ohren und dachte, Stimmen aus dem Bau zu hören. Es sah aus wie eine Versammlung … ein Mittagsappell, dachte er plötzlich. Tante Lilys Zwangsarbeiter, Huren, Schmuggler, Taschendiebe, Einbrecher und Raubmörder kehren zurück, erstatten Bericht und liefern die Beute des Vormittags ab. Er erkannte, dass er irgendwann in den letzten Tagen akzeptiert haben musste, was aus seiner Tante geworden war. Er glaubte, gedämpften Applaus aus dem Schuppen zu vernehmen.

Achille stieß Moritz in die Seite. »Dort drüben, Grandseigneur«, sagte er. Er sprach plötzlich leise.

Drei Männer drückten sich an einer Gassenmündung weiter zum Kai hin herum. Moritz starrte zu ihnen hinüber. Er schüttelte den Kopf und sah nochmals hin. Die Männer trugen normale, unauffällige zivile Kleidung, aber jeder von ihnen hatte …

»Was zum Henker haben die im Gesicht?«, flüsterte er.

»Sieht aus wie Schutzbrillen«, sagte Achille. Er schien genauso ratlos zu sein, wie Moritz sich fühlte.

»Schutzbrillen? Wogegen? Die Mücken?«

»Keine Ahnung, Grandseigneur.«

Die drei Männer sicherten in alle Richtungen. Sie benahmen sich dabei so auffällig, dass es nicht einmal die Brillen gebraucht hätte, um jeden Menschen auf sie aufmerksam zu machen. Aber die nähere Umgebung war menschenleer. Moritz nahm an, dass hier um das Lagergebäude von Lilys Arbeiterunion herum – wenn es sich darum handelte! – niemand lebte, der nicht von ihr abhängig war und darum jetzt im Schuppen Bericht erstattete. Außer denen, die zu alt oder zu bettlägerig waren, um irgendeinem Tagwerk nachzugehen, falls Lily so etwas überhaupt zuließ; diese jedenfalls würden in ihren Behausungen sein und auch nichts mitbekommen.

Am Kai standen in größeren Abständen mehrere Fässer mit Regenwasser und halb vergammelte Holzkisten. Fassungslos betrachtete Moritz, wie die Männer mit den Schutzbrillen sich vorarbeiteten. Soldaten im Manöver hätten es nicht besser gemacht. Der erste rannte gebückt zu der ersten Deckung, ließ sich fallen und schlitterte dahinter, spähte dann hervor und winkte dem nächsten. Als sie alle drei hinter der Deckung kauerten, in diesem Fall einem Kistenstapel, wiederholte sich das Spiel. Bis sie sich zu dem großen Wasserfass vorgekämpft hatten, das dem Gebäude am nächsten stand, hatten sie zehnmal so lange gebraucht, als wenn sie einfach über den leeren Platz vor dem Kai geschlendert wären. Je länger Moritz ihnen zusah, desto mehr bekam er den Eindruck, dass die drei Männer den Spaß ihres Lebens hatten. Nur was sie vorhatten, war ihm völlig schleierhaft.

Sie hatten einen Sack bis zu ihrer letzten Deckung geschleppt. Jetzt holten sie etwas daraus hervor. Einer von ihnen huschte nach eingehender Sicherung nach links und rechts zum Schuppen und klemmte etwas unter einem Tor fest. Dann schlüpfte er zurück. Er zog einen dünnen, auf die Entfernung hin kaum sichtbaren Draht hinter sich her, der in dem Bündel festgemacht war, welches unter dem Portal steckte. Der Draht sah aus wie der einer Telegraphenleitung.

Die drei Männer in den Schutzbrillen kramten noch etwas aus dem Sack hervor. Sichern, aufspringen, rennen – der erste verschwand über die Kaimauer. Moritz ahnte, dass dahinter eine Treppe zum Wasser hinunterführte. Der zweite Mann folgte. Der dritte kam gleich danach. Er hatte die Hälfte geschafft, als der zweite über dem Rand der Mauer auftauchte und wild gestikulierte. Der dritte Mann blieb wie angewurzelt stehen, schlug sich gegen die Stirn, dann rannte er in gebückter Haltung zurück und nahm das Kästchen auf, das in dem Sack gewesen war und das er zurückgelassen hatte. Mit ihm in einem Arm machte er sich erneut auf den Weg. In der freien Hand hielt er etwas dicht über dem Boden, das Moritz als Kabelrolle erkannte. Er entschwand über die Kaimauer. Dann war der Platz erneut menschenleer, und nichts deutete auf die bizarre Aktion hin, deren Zeuge Moritz und der Cousin eben geworden waren – bis auf den Sack, den die drei Männer bei der letzten Deckung vergessen hatten.

Moritz und Achille wechselten einen Blick. Der Cousin zuckte mit den Schultern.

Moritz starrte die Drähte an, die sich über den Platz zwischen Schuppen und der Kaimauer schlängelten. Er rief sich die Schutzbrillen der Männer ins Gedächtnis. Sein Gehirn arbeitete wie verrückt, weil es versuchte, eine Verbindung herzustellen, von der Moritz das Gefühl hatte, dass er sie kannte. Telegraphenleitungen? Es war garantiert keine Telegraphenleitung, die das Bündel unter dem Portal mit dem Kästchen verband, das die Männer mit sich genommen hatten. Aber was war es dann?

Aus dem Obergeschoss des Schuppens ertönten auf einmal Gelächter, Pfiffe und Klatschen. Irgendjemand musste etwas gesagt oder getan haben, was alle anderen mächtig amüsierte. Der Lärm hielt an.

»O Grundgütiger«, flüsterte Moritz, weil er plötzlich wusste, was die Drähte, das Bündel und das Kästchen zu bedeuten hatten. »Kruzifix!«

Bevor er selbst wusste, was er tat, rannte er aus der Gassenmündung hinaus, auf die Stelle zu, an der die drei Männer hinter der Kaimauer verschwunden waren. Im Obergeschoss des Schuppens splitterte ein Fenster mit einem lauten Krach und zum überraschten Aufschrei mehrerer Menschen im Gebäude.

Drei Gesichter mit Schutzbrillen erschienen gleichzeitig über der Kaimauer und starrten zum Schuppen hinüber.

Moritz konnte nur daran denken, dass wahrscheinlich Paul und Louise in dem Schuppen waren. Er brüllte laut, während er lief: *»Nein! Non! No!«*

Die drei Köpfe gingen in Deckung.

Das Portal des Schuppens löste sich auf. Gerade war es noch ein großes, wuchtiges, oben halbrund zugeschnittenes Tor mit zwei Flügeln gewesen. Im nächsten Moment war es eine Wolke aus Staub, Dreck, Holztrümmern und Ziegelsteinen, die in alle Richtungen auseinanderplatzte und in deren Zentrum eine grelle Sonne erblühte und sofort wieder erlosch. Eine heiße Druckwelle erfasste Moritz und holte ihn von den Füßen. Ein dumpfes WRRRAPP! machte ihn fast taub. Dann war die Wolke aus Trümmern und Staub um ihn herum. Er wurde über den Rand des Kais gefegt und sah noch drei Gesichter mit Schutzbrillen und offenen Mündern, die zu ihm nach oben starrten, als er über sie hinwegflog – dann stürzte er zur Seine hinunter, schlug zusammen mit einem Geprassel aus Trümmerstücken auf die Wasseroberfläche auf und versank.

35

Im Morgengrauen des 2. September war Paul mit vierzig Kilogramm Dynamit in zwei Satteltaschen zurück nach Paris gekommen. Er war nicht allein unterwegs gewesen. Von seinen drei Begleitern hatte er sich getrennt, bevor sie La Villette erreichten.

»Drei Kilogramm, mehr nicht«, schärfte er ihnen ein. »Es geht nur darum, Verwirrung zu erzeugen!«

»Haben schon verstanden, Herr Baermann«, sagte der Mann mit dem verbrannten Gesicht.

»Wir richten nur ein bisschen Sachschaden an und sorgen dafür, dass es kracht«, sagte der Mann mit den fehlenden Fingern.

»Drei nnn-nnh Kilogramm, Herr Baermann, alles nnh-nnh klar«, sagte der mit dem Tick.

»Die anderen sieben Kilo sind nur für absolute Notfälle!«, sagte Paul mit Nachdruck.

Die drei nickten, dass das Rot der aufgehenden Sonne in den Gläsern ihrer Schutzbrillen blinkte. Sie packten zehn Kilogramm Dynamit in einen Sack um – etwa fünfzig von den kleinen Stangen. Paul hatte ihnen den Weg genau beschrieben, aber er tat es jetzt noch einmal und betonte, dass niemand sie entdecken durfte. Die drei nickten wieder. Paul trennte sich von ihnen mit einem äußerst unguten Gefühl, aber er sagte sich, dass sie erstens intelligent und zuverlässig sein mussten – auch wenn sie nicht so wirkten –, sonst hätte Nobel ihnen wohl kaum die Verantwortung für Sprengungen in seiner Fabrik übertragen … und zweitens hatte er sowieso keine Wahl, weil sein Plan allein nie funktionieren würde. Wie bereitwillig Nobel ihm die drei mitgeschickt hatte, als er den Fabrikanten um Helfer gebeten hatte, hatte ihm allerdings zu denken gegeben …

Egal. Die Würfel waren gefallen, und nun würde sein Plan ablaufen, ob mit gutem oder mit schlechtem Ergebnis. Er musste sich auf seine drei neuen Verbündeten verlassen. Eines war jedenfalls klar: Lily würde Louise und ihn nicht gehen lassen, nicht, wenn er ihr das geforderte Dynamit brachte. Sie würde ihn für weitere Dienste heranziehen, und Louise würde ihr Druckmittel bleiben.

Diesem Auftrag war er zuerst aus Panik gefolgt, dann, weil er ihm eine Möglichkeit präsentierte, Louise zu befreien. Er verdrängte alle Bedenken und setzte seinen Weg fort.

Wie er gedacht hatte, erwarteten Lily und Bertrand ihn bereits. Er hatte überlegt, nur einen Teil des Dynamits abzuliefern und den Rest nur, wenn er sich vorher von Louises Unversehrtheit überzeugen konnte, sich dann aber dagegen entschieden. Es war wichtig, dass seine Schwester und Zylinder-Bertrand von seiner Naivität überzeugt waren. Der Überraschungseffekt würde dann umso größer sein.

Bertrand nahm ihm die Satteltaschen ab und wog sie in einer Hand. Es schien ihm keine Mühe zu bereiten. »Könnte hinkommen, *patron*«, sagte er. »Dreißig Kilo.«

»Erstaunlich«, sagte Lily und maß Paul mit einem kalten Blick. »Für so zuverlässig habe ich dich gar nicht gehalten. Ich kenne dich ganz anders.«

»Du trägst mir den einen Fehler, für den ich mehr gelitten habe als du, mein Leben lang nach, oder?«, fragte Paul.

Lilys Augen verengten sich. »Du hast mehr gelitten als ich?«, stieß sie hervor. »Allein für diese Arroganz sollte ich dir zeigen, wie viel Leid sich einem menschlichen Körper zufügen lässt. Nicht dem deinen natürlich, Bruderherz ...«

Paul erkannte, dass die Sache sich in die falsche Richtung entwickelte. Er verfluchte sich für seine ärgerliche Antwort und senkte mit allen Anzeichen der Demut den Kopf. »Entschuldige«, sagte er. »Kann ich jetzt Louise sehen?«

»Wozu?«

»Um dann mit ihr nach Hause zu gehen. Ich habe meinen Teil der Abmachung eingehalten.«

»Stimmt«, sagte Lily. »Du hast deine Aufgabe erfüllt. Bertrand – bitte.«

Bertrand stellte die Satteltaschen ab und bedeutete Paul voranzugehen. Er brachte ihn zu einem der Zimmer, die vom Flur im ersten Stock des Lagerschuppens abgingen. Das Zimmer war abgeschlossen. Bertrand sperrte es auf, stieß die Tür auf und gab Paul dann einen Schlag zwischen die Schulterblätter, der diesen ins Zimmer taumeln ließ. Die Tür knallte zu und wurde verriegelt.

Der Raum besaß keinerlei Mobiliar. Er war noch immer sonnenwarm vom Vortag, staubig und roch nach Fisch. Louise war nicht darin. Paul hatte nichts anderes erwartet. Er setzte sich auf den Boden, streckte sich aus und schloss die Augen. Er war todmüde. Die Reise zu Pferd nach Geesthacht durch die Kriegsvorbereitungen in zwei Ländern und dann wieder zurück war extrem anstrengend gewesen und hatte viel länger gedauert, als er angenommen hatte. Er konnte nur hoffen, dass es wenigstens Louise nicht allzu schlecht ergangen war während dieser über vierwöchigen Haft. Dass man ihr etwas angetan hatte, war unwahrscheinlich, denn sie sollte ja für weitere Erpressungen herhalten. Würde man ihr mitteilen, dass er wieder da war? Wo würde man sie gefangen halten? Paul wäre bereit gewesen zu wetten, dass sie sich im selben Gebäude wie er befand.

Er schloss die Augen und schlief ein. Es gab im Moment nichts Sinnvolleres zu tun.

Tritte gegen die Fußsohlen weckten ihn. Bertrand ragte über ihm auf.

»Wenn ich bitten darf«, sagte der hünenhafte Mann.

Paul rappelte sich auf, kramte in seiner Westentasche und holte seine Uhr heraus. Bertrand beobachtete ihn dabei, machte aber keine Anstalten, sie ihm abzunehmen. Über solche kleinkriminellen Aktivitäten war Lilys Partner offenbar längst hinaus. Es war Mittag.

Wie lange würden Pauls drei Verbündete schon lauern? Selbst wenn man einrechnete, dass sie Paul erst mit der verabredeten Stunde Verzögerung gefolgt waren und sich einmal verirrt hatten, mussten sie seit wenigstens zwei Stunden in Stellung sein. Oder drei. Hoffentlich waren sie noch niemandem aufgefallen. Hoffentlich hatten sie nicht wie sonst zu fast jeder Gelegenheit – ein paarmal sogar beim Essen! – ihre verdammten Schutzbrillen übergezogen! Mit ihnen würden sie in einem Zirkuszelt voller Akrobaten auffallen.

Bertrand brachte ihn in einen großen Raum, dessen Fenster zum Kai hinausgingen. Er musste direkt an Lilys Arbeitszimmer angrenzen. Am großen Tisch in der Mitte des Raums hockten etwa zwei Dutzend Frauen und Männer. Auf einem der Stühle saß Louise. Pauls Herz machte einen Sprung, als er sie sah. Sie schien unversehrt, aber sie wirkte nervös, und als sie Paul hereinkommen sah, sprang sie auf. Eine ältere Frau, die neben ihr stand, drückte sie wieder zurück auf den Stuhl. Die Gesellschaft im Raum wandte sich Paul zu. Niemand sprach ein Wort. Paul lächelte Louise an. Sie erwiderte das Lächeln mit zitternden Mundwinkeln.

Lily trat in die Mitte des Raums und schnippte mit den Fingern. Jemand zerrte einen Stuhl heran und stellte ihn neben Louises. Bertrand wies mit einer seiner plump-eleganten Gesten darauf. Paul setzte sich.

»Geht's dir gut?«, stieß er hervor.

»Ja«, antwortete Louise hastig. »Hast du das …?«

»Ja.«

»Mon Dieu.«

Lily hatte ihnen diesen kurzen Austausch gegönnt. Jetzt klatschte sie langsam in die Hände und sah sich auffordernd um. Nach kurzen Momenten der Ratlosigkeit klatschten alle Anwesenden mit. Fragende Blicke wurden ausgetauscht. Lily hörte auf zu klatschen. Der Raum wurde wieder still.

Lily deutete auf Paul. »Das«, rief sie, »war unser Dankeschön für den Mann, der uns dreißig Kilogramm Dynamit geliefert hat.« Sie deutete eine Verneigung in Richtung Paul an und sagte auf Bayerisch: »Vergelt's Gott, Bruderherz.«

»Segne's Gott«, knurrte Paul.

Es gab einen Grund, dass Lily hier so viele ihrer Komplizen und Abhängigen versammelt hatte. Paul hatte eine vage Vorstellung davon und biss die Zähne zusammen, denn er wusste, dass Louise einige unangenehme Momente bevorstanden. Es würden nicht mehr als Drohgesten sein, aber sie konnte sich darüber nicht sicher sein. Nicht einmal er war sich sicher. Sicher war er sich nur über die Rolle, die er spielen musste. Jesus Maria, wenn die drei Clowns nicht zur Stelle waren, waren er und Louise geliefert! Sein Herz klopfte hart in seiner Brust, während er versuchte, sich den Anschein verwirrter Empörung zu geben.

»Weil du das so gut gemacht hast, Bruderherz, habe ich beschlossen, deine Dienste weiterhin in Anspruch zu nehmen«, sagte Lily.

Louise keuchte auf.

Paul rief: »Wir hatten vereinbart, dass ich dir das Dynamit besorge, dann lässt du Louise und mich gehen.«

»Du hast *geglaubt*, dass wir das vereinbart hätten«, sagte Lily. »Wir beide wissen ja, dass du manchmal etwas leichtsinnig bist.«

»Das kannst du nicht machen!«

Lily drehte sich mit ausgebreiteten Armen einmal um sich selbst. Sie hatten bayerisch miteinander gesprochen; jetzt übersetzte sie seine letzten Worte auf Französisch und drehte sich dabei weiter, als wolle sie allen sagen: *Ich* soll irgendwas nicht machen können?

Die Männer und Frauen im Raum kicherten.

Paul stand ruckartig auf. Bertrand war mit einem großen Schritt bei ihm und drückte ihn wieder auf den Stuhl. »Vergiss es, Lily!«, rief Paul, nun auch auf Französisch. »Ich bin nicht noch mal dein Handlanger!«

»Nein?«

»Nein! Und jetzt lass uns gehen!« Er stand erneut auf und versuchte, Louise hochzuziehen. Wieder war Bertrand zur Stelle und machte seine Bemühungen zunichte. Paul drückte Louises Hand. »Alles wird gut!«, wisperte er. Sie starrte ihn mit weit aufgerissenen Augen an und nickte.

»Hast du gerade zum zweiten Mal nein gesagt?«, fragte Lily.

»Du kannst es auch noch ein drittes Mal hören: Nein!«

Lily fragte in den Raum: »Wer kann sich erinnern, was geschieht, wenn jemand einmal nein zu mir sagt?«

Eine erwartungsvolle, nervöse Stille senkte sich über die Versammlung. Ein paar Männer und Frauen grinsten, andere wirkten unangenehm berührt.

»Weil Monsieur hier mein Bruder ist, habe ich ihm das erste Nein vergeben. Und weil er dazu neigt, zu wenig nachzudenken, und nichts dafür kann, habe ich ihm auch das zweite Nein vergeben. Was das dritte Nein betrifft …«

Es war alles bereits vorher abgesprochen gewesen, was Paul daran erkannte, dass Bertrand sich plötzlich vorbeugte und Louise um die Hüfte packte, ohne dass Lily ihm ein Zeichen gegeben hätte. Louise schrie erschrocken auf und strampelte mit den Beinen. Bertrand stellte sie ohne sichtbare Kraftanstrengung auf den Tisch und hielt einen ihrer Fußknöchel fest. Louise versuchte, ihm mit dem freien Fuß auf die Finger zu treten. Bertrands Fingerknöchel wurden weiß, als er fester zudrückte. Louise ächzte und stand still.

»Für das dritte Nein bezahlt Louise«, rief Lily. »Mein Bruder treibt es mit ihr, obwohl sie einen anderen Mann geheiratet hat. Sie ist es also gewohnt, die Beine breit zu machen. Gut. Wer im Raum ist der Meinung, dass er eine Viertelstunde mit Madame von Briest verdient hat? Hier vor aller Augen?«

Schockiertes Schweigen war die Antwort.

»Was, niemand von euch hat in letzter Zeit so gute Arbeit geleistet, dass er eine Belohnung verdient hat? Dann muss ich annehmen, dass stattdessen eine Bestrafung angebracht ist?«

Hektische Blicke wurden gewechselt, dann meldete sich ein junger Kerl und rief mit sich überschlagender Stimme: »Ich!« Seinen Augen war die Angst anzusehen, dass man ihn persönlich zur Rechenschaft ziehen würde, wenn er sich nicht meldete.

Eine zweite Männerstimme rief: »Hier! Ich!«

Paul starrte Lily mit offenem Mund an. Auf einmal wusste er nicht mehr, ob seine Einschätzung richtig war, dass man Louise nichts antun würde, weil man ihn bei Laune halten wollte. Die Wahrheit war doch, dass er noch viel verzweifelter bereit wäre, Louise vor weiteren Schmerzen zu schützen, wenn seine Weigerung dazu geführt hatte, dass sie einmal deswegen hatte leiden müssen. Er sah Lilys wildes Lächeln und wurde sich bewusst, dass ihr das zu hundert Prozent klar war. Und dass sie, wenn sie nun ein Exempel statuierte, ihre Autorität über ihr Volk aus Huren und Kriminellen mehr festigen würde denn je.

»Jesus Maria, Lily!« Paul stöhnte voller jäh aufsteigender Angst auf. Sie hatte ihn dazu gebracht, an das Wichtigste in seinem Leben erneut mit Selbstüberschätzung und Leichtsinn heranzugehen. Damals war es der Adler gewesen. Jetzt ging es um Louise, und sie war ihm tausendmal wichtiger, als es der Adler je gewesen war. »Jesus Maria«, sagte er noch einmal.

Lily rief: »Nur die zwei? Vielleicht denkt ihr, Madame wäre nicht mehr taufrisch genug?«

Sie machte eine Kopfbewegung zu Bertrand. Bertrand sah sie befremdet an und rührte sich nicht. Ungeduldig sprang Lily zum Tisch und packte den Saum von Louises Rock. Sie hob ihn so hoch, wie sie konnte. Louise versuchte, ihr Widerstand zu leisten, aber Lily schlug ihre Hände weg und entblößte ihre Beine bis zum Knie. »Gefällt euch das?«, schrie sie. »Gefällt euch das etwa nicht? Madame war mal eine von euch, aber jetzt spuckt sie auf euch!«

Jemand fing an zu pfeifen, andere fielen ein. Klatschen brandete auf, die ersten Rufe. Lily hatte die Meute im Griff wie ein Dompteur. Louise kämpfte um ihren Rocksaum und schwankte auf dem Tisch. Lily lachte. Bertrand starrte von

Louise zu Lily, die zwei brandrote Flecken auf den Wangen hatte, und schien selbst von der Entwicklung überrascht.

»Ich!«, schrien jetzt mehrere Männerstimmen. »Hier! Ich!«

»Wer soll sie kriegen? Hier auf dem Tisch! Wir feuern ihn alle an! Wer soll sie kriegen?«

»Hier! Hier!«

Paul sprang auf. Diesmal war Bertrand nicht zur Stelle, um ihn daran zu hindern. Er packte den Stuhl, auf dem er gesessen hatte, hob ihn hoch über den Kopf. Die Leute in seiner Nähe schraken zurück. Er wirbelte den Stuhl einmal herum und warf ihn mit aller Kraft – durch das Fenster.

Es zerbarst klirrend. Der Stuhl flog hinaus.

Lily fuhr herum. Bertrand war schon auf halbem Weg zu Paul, aber jetzt war der Vorteil auf dessen Seite. Noch mit dem Schwung von vorhin erwischte er Louises Stuhl und schlug ihn krachend in Bertrands Gesicht. Der Stuhl zerbrach. Bertrand taumelte zur Seite. Paul fühlte sich auf einmal wie in der Kneipe in Berlin vor dreißig Jahren. Er holte aus und trat den stolpernden Bertrand gegen ein Knie. Bertrand knickte ein. Ein weiterer Tritt traf den hünenhaften Mann gegen den Kopf. Er fiel zur Seite.

Zu mehr war keine Zeit. Paul wandte sich ab. Mit einem Satz war er auf dem Tisch. Er stieß Lily so hart beiseite, dass sie zu Boden fiel. Sie kreischte wie eine Wildkatze. Hände versuchten, nach ihm zu greifen. Er packte Louise um die Hüfte und drehte sie herum. Der Tisch war lang. Sie waren an dem einen Ende. Das andere Ende führte zur Eingangstür des Raums. Es reichte, wenn er und Louise es durch die Tür schafften. Dann würde der kleine Sprengsatz der drei Nobel'schen Mitarbeiter für genügend Aufregung und Verwirrung sorgen, dass sie mit all den anderen Flüchtenden einfach aus dem Gebäude rennen konnten. Keiner würde sich für sie interessieren. Jeder würde nur versuchen, nach draußen zu kommen, voller Angst, dass das Gebäude zusammenstürzte. Paul rannte, Louise halb vor sich hertragend. Er stampfte auf Hände, die nach ihm griffen, sah, wie Louise mit den harten Kappen und Absätzen ihrer Schnürstiefel in verzerrte Gesichter trat.

Das Gebäude ruckte, als habe der größte Schnürstiefel von allen dagegengetreten. Der Tisch verrutschte, Paul sprang hinunter, Louise in den Armen, stolperte, rollte mit ihr zusammen über den Boden. Der Boden schien sich aufzubäumen. Er hörte einen dumpfen Knall, der seine Trommelfelle zusammenpresste. Der Schuppen schwankte. Menschen schrien. Er rappelte sich auf und zerrte Louise mit sich. Sägemehl stäubte von den schweren Dachbalken über ihren Köpfen. Die Tür schwang von allein auf.

Paul sah drei grinsende Gesichter hinter Schutzbrillen vor seinem inneren Auge und erinnerte sich an eine Aussage: *Wir dachten, der Herr nnh-nnh Ingenieur möchte gern sehen, wenn es richtig nnh-nnh kracht.*

»Kruzifix«, stieß er hervor.

Sie schafften es durch die Tür, dann brach der Schuppen zusammen.

36

Alvin träumte, dass er durch die engen Gassen einer Stadt irrte. Die Gassen waren ihm unbekannt, aber er fühlte, dass er in Paris war. Er suchte nach Louise, Moritz und Paul. Wann immer er jemanden traf, fragte er nach ihnen, und die Antwort war stets dieselbe: Der Angesprochene zog den Hut, senkte den Kopf und schüttelte Alvin die Hand. Verzweifelt rannte Alvin weiter.

Der Traum wiederholte sich fast jede Nacht.

»Herr Generalmajor …«

Alvin schlug die Augen auf. Mit verklebtem Blick erkannte er seinen Offiziersburschen. »Was denn?«, fragte er.

»Man verlangt nach Ihnen, Herr Generalmajor.«

»Wie spät ist es? Haben die Franzosen nachgegeben?«

Die Kapitulationsverhandlungen des in Sedan eingeschlossenen Heers waren vergangene Nacht ohne Ergebnis zu Ende gegangen. Bismarck, Moltke und General Emanuel Félix de Wimpffen hatten in einem Bauernhaus in Donchéry verhandelt, aber der französische Oberbefehlshaber, der seine Seniorität gegenüber dem vorherigen General Ducros durchgesetzt hatte, wollte die Bedingungen des deutschen Generalstabs nicht annehmen. Man hatte ihm ein Ultimatum gesetzt – bis heute um neun Uhr musste er die Kapitulation unterzeichnen, oder die Beschießung Sedans würde fortgesetzt werden. Das französische Heer hatte keine Chance. Sein General konnte nur noch entscheiden, ob die Soldaten in die Gefangenschaft gingen oder in Massengräber gelegt wurden. Er tat sich offenbar schwer mit dieser Entscheidung.

»Nein, Herr Generalmajor. Es ist sechs Uhr, Herr Generalmajor. Sie werden verlangt, Herr Generalmajor.«

Langsam drang die Dringlichkeit seines Burschen zu Alvin durch. Seit er das erste Mal im Lazarett in Mainz aufgewacht war, hatte er das Gefühl, seine Umgebung nur noch abstrakt wahrzunehmen. Im Generalstab erfüllte er seine Aufgaben, wie man es von ihm erwartete; wenn an siegreichen Abenden getrunken und gegessen wurde, war er mit dabei. Aber er war still, lachte wenig und fühlte sich nicht wohl. Allein mit sich, fühlte er sich auch nicht wohl. Manchmal erfasste ihn die

Scham darüber, dass er nicht in Paris war, mit solcher Macht, dass sein Magen rebellierte, und manchmal empfand er eine derartige Angst davor, Louise, Moritz und Paul niemals mehr wiederzusehen, dass er sich schlaflos auf seinem Bett wälzte. Wenn er dann einschlief, kam der Alptraum.

Alvin hatte in Hose und Hemd geschlafen. Er setzte sich auf und nahm einen Schluck von dem mit Schnaps versetzten Wasser, das sein Bursche ihm reichte. Er spülte damit den Mund aus und spuckte in die Waschschüssel. Der scharfe Fermentgeschmack weckte ein paar von seinen Lebensgeistern. Er schlüpfte in die Stiefel. Sein Bursche putzte die Uniformjacke hektisch und zog sie ihm an, als Alvin aufstand und stampfte, damit die Stiefel richtig saßen. Er schlug die Hand des Burschen weg, als dieser ihm die Knöpfe schließen wollte, akzeptierte aber, dass er ihm das Koppel umschnallte, den Degen einhängte und mit dem Ärmelaufschlag die Gold- und Silberbeschläge der Pickelhaube polierte.

Draußen warteten zwei Pferde. Auf einem saß Otto von Bismarck.

»Wurde aber auch Zeit«, sagte Otto ungnädig.

»Wo reiten wir hin?«

»Donchéry.«

»Gehen die Verhandlungen weiter?«

»In gewisser Weise.«

Alvin sah ein, dass er nicht mehr aus Bismarck herausbringen würde. Der Bundeskanzler wirkte ungewöhnlich nervös. Sie ritten in einen Augustmorgen hinein, in dem noch der Pulvergestank der gestrigen Beschießung zu riechen war. Alvin bildete sich ein, außerdem Verwesungsgeruch wahrzunehmen. Dieser Geruch hatte den gesamten Feldzug begleitet. In der Sommerhitze stieg der Gestank von den blutgetränkten Schlachtfeldern schon nach wenigen Stunden auf, klebte einem im Hals und verursachte Würgereiz. Selbst wenn man das Schlachtfeld weit hinter sich gelassen hatte, glaubte man, ihn noch zu riechen. Er und Bismarck waren allein. Keine Kürassiere, keine Gardisten begleiteten sie. Otto trug seinen dunkelblauen Uniformrock, die hohen Schaftstiefel und statt der Pickelhaube eine weiße Fouragierkappe – es schien, als sei er selbst nicht sicher gewesen, wie martialisch er sich geben sollte. Sie ritten eine Allee entlang, an deren Rand weggeworfene Ausrüstungsgegenstände lagen – Gewehre mit geborstenem Kolben, Tornister, Mäntel, zerbrochene Säbel … da und dort lag ein zerschmetterter Baum halb im Weg, ein Opfer preußischer oder französischer Granaten.

Weiter vorn, neben einem einzeln stehenden Häuschen, hatte eine offene Kutsche angehalten. Mehrere Reiter in französischen Offiziersuniformen standen um die Kutsche herum. Der Kutscher war in Schwarz gekleidet, einen hohen Zylinder auf dem Kopf, wie bei einer Beerdigung. Bismarck ließ sein Pferd die Hufe heben, als sie sich der Kutsche näherten.

In der Kutsche saß ein in sich zusammengesunkener Mann mit dichtem Schnauz- und Knebelbart. Er war in einen Offiziersmantel gehüllt, als ob ihm kalt wäre. Sein Gesicht war kreidebleich. Das Zucken, das ab und zu darüberlief, verriet, dass er Schmerzen hatte. In einer Hand hielt er eine rauchende Zigarette.

Bismarck ignorierte die französischen Offiziere und salutierte dem Mann in der Kutsche. Alvin tat es ihm gleich, sprachlos vor Überraschung. Der bleiche Mann war Kaiser Napoleon III.

Alvin hatte natürlich mitbekommen, dass der Gesprächspartner, der dem preußischen Parlamentär am Tag zuvor in Sedan entgegengetreten war, um die Kapitulation anzubieten, zu aller Überraschung der Kaiser selbst gewesen war. Niemand hatte gewusst, dass er sich beim Heer befunden hatte. Er hatte sich in die Hände des Siegers begeben und war seitdem Kriegsgefangener. Da er sein Ehrenwort abgegeben hatte, durfte er sich hinter den Linien frei bewegen.

Otto stieg ab und warf Alvin die Zügel zu.

»So sehen wir uns wieder, Exzellenz«, sagte der Kaiser liebenswürdig.

»Wünschte, es würde unter anderen Umständen geschehen, Majestät.«

Der Kaiser deutete auf das Häuschen. »Wollen wir uns dort setzen? Sie müssen entschuldigen, ich bin nicht wohl.«

Otto half dem Kaiser aus der Kutsche. Alvin war betroffen, wie zusammengekrümmt Napoleon III. dastand. »Die Ärzte sagen, es sei die Blase«, hörte er ihn ächzen. »Was wissen die Ärzte. Es ist das Rheuma. Mein alter Fluch.« Er warf die halb gerauchte Zigarette auf den Boden.

»Die besten Mediziner des preußischen Heers werden sich schnellstens um Sie kümmern, Majestät«, erklärte Otto, als habe er die abfällige Bemerkung des Kaisers über die Ärzte nicht gehört. Er reichte dem Kaiser den Ellbogen, und dieser nahm ihn dankbar an. Die beiden Männer waren in etwa gleich alt, aber neben dem hochgewachsenen, füllig gewordenen, kraftstrotzenden Bismarck sah der französische Kaiser aus wie ein Tattergreis.

Alvin stellte fest, dass der Kaiser ihn neugierig musterte.

»Darf ich vorstellen, Majestät – Generalmajor Alvin von Briest, meine rechte Hand auf diesem Kriegszug.«

»Wie geht es Ihnen, Majestät?«, fragte Alvin. »Ich bin sehr geehrt, Ihre Bekanntschaft zu machen.«

»Ihr Preußen sprecht alle so ausgezeichnetes Französisch«, sagte Napoleon und seufzte. »Von meinen Offizieren spricht keiner Deutsch.«

»Weil Französisch die elegantere Sprache ist, Majestät«, erklärte Alvin. Er sah Otto verstohlen die Augen verdrehen.

»Generalmajor von Briest hat eine französische Ehefrau«, grollte der Bundeskanzler. »Sie hat es ihm beigebracht.«

Alvin fühlte Ottos Blick wie eine Aufforderung auf sich ruhen. Auf einmal fragte er sich, warum der Bundeskanzler ihn wirklich mitgenommen hatte. Um ihn damit zu beeindrucken, dass er sich mit dem gefangenen Kaiser zu einem Gespräch hinter dem Rücken des Generalstabs traf, wohl kaum. Bis eben hatte Alvin angenommen, der Grund wäre, dass Otto aufgrund seiner ständigen Einmischungen in Militärbelange nicht mehr auf viele Freunde im Generalstab bauen konnte und daher den Einzigen ausgewählt hatte, dem er nach wie vor vertraute. Oder war ein weiterer Grund in Ottos manchmal über tausend Umwege erfolgender Strategie darin zu sehen, ein begangenes Unrecht so wiedergutzumachen, dass man ihm auf keinen Fall eine Entschuldigung nachsagen konnte?

»Empfehlen Sie mich Ihrer Frau Gattin, Herr Generalmajor«, sagte der Kaiser.

»Sie ist derzeit in Paris, Majestät.« Alvin beschloss, Ottos Blick tatsächlich als Aufforderung zu nehmen. Der Bundeskanzler würde ihm schon ins Wort fallen, wenn er ihn falsch interpretiert hatte. »Sie ist entführt worden, Majestät. Ich bin in großer Sorge.«

»*Mon Dieu!* Entführt? Sind Sie sicher?«

»Leider ja, Majestät.«

»Gibt es Lösegeldforderungen? Oder was steckt hinter der Entführung?«

»Ein Racheakt aus früheren Tagen, Majestät. Ich habe eine Weile bei der französischen Eisenbahn mitgearbeitet – in Friedenszeiten. Es gab kriminelle Aktionen. Ich konnte ihnen entgegentreten. Dies ist nun die Vergeltung dafür.«

»*Mon Dieu!* Was haben Sie bisher unternommen?«

»Mein Sohn sucht in Paris nach ihr … ich habe noch nichts von ihm gehört.«

»Teilen Sie Ihrem Sohn mit, er soll sich an Polizeipräfekt Henri Chevreau wenden. Mit besten Empfehlungen von mir. Sagen Sie ihm, wenn der liebe Henri Zweifel hat, soll er sich jederzeit an mich wenden – über die preußische Armee. Ich sende ihm gerne eine Bestätigung.«

»Majestät sind zu gütig.«

Otto führte den freundlich grüßenden Kaiser von der Straße herunter. Sie gingen langsam zu dem Häuschen. Irgendjemand, wahrscheinlich der Adjutant des Kaisers, hatte dort zwei Klappstühle aufgestellt. Außer Hörweite der beiden und von den französischen Offizieren feindselig ignoriert, stieg Alvin ab, um sich die Beine zu vertreten. Er fühlte sich, als sei ein Lichtschimmer durch die Wolken in seinem Gemüt getreten. Wenn sie für die Suche nach Louise und Paul die Hilfe der französischen Polizei hatten …

Er bückte sich und hob die halbgerauchte Zigarette des Kaisers auf. Die Glut war erloschen. Auf dem Papier war der Adler im Hermelin gestempelt, Napoleons Wappen. In einer Augenblicksregung steckte er die Kippe ein.

Auf dem Rückweg, nur eine Stunde später, schwieg Otto lange Zeit. Schließlich sagte er: »Wenn der Mann nicht zu seinen Soldaten gekommen ist, um mit ihnen zu fallen, dann weiß ich auch nicht. Das Schicksal hat es ihm nicht vergönnt. Weißt du, was er in seiner gestrigen Kapitulationsbotschaft an Seine Majestät König Wilhelm geschrieben hat? ›*Mein Herr Bruder, da es mir nicht möglich ist, an der Spitze meiner Truppen zu sterben, bleibt mir nichts, als meinen Degen in die Hände Eurer Majestät zu legen.*‹«

»Was wollte er von dir?«

»Das Gleiche wie gestern General Wimpffen. Dass wir seine Armee entwaffnen, dann aber nach Hause zurückkehren lassen. Und dann erklärte er uns noch, dass er die Friedensverhandlungen nicht führen könne, da er als Gefangener nicht länger der französischen Regierung vorstehe. Dies sei nun Aufgabe der Kaiserin. Pah! Ich wette, wenn die Öffentlichkeit in Paris von der Kapitulation erfährt, ist es aus mit dem Zweiten Kaiserreich. Dann rufen sie zum x-ten Mal eine Republik aus.« Er seufzte. »Wie auch immer – Napoleon hat gestern mit dem Hissen der weißen Flagge sechzigtausend Soldaten das Leben gerettet. Jetzt versucht er, seine Ehre zu retten. Ich würde mir wünschen, dass ihm das zweite ebenso gelingt wie das erste.«

»Wie geht es nun weiter?«

»Das Ultimatum bis neun Uhr gilt. Aber wir werden es stillschweigend bis zehn Uhr ausdehnen, in der Hoffnung, dass Wimpffen noch zur Vernunft kommt, sonst ist die große Geste des Kaisers von gestern vergebens. Weder Seine Majestät der König noch Moltke noch ich wollen ein Massaker.«

»Exzellenz …« Alvin räusperte sich. »Otto … wenn Wimpffen kapituliert, steht der Weg nach Paris offen. Es wird für unser Heer fast ein Spaziergang werden. Du brauchst mich nicht mehr. Wenn es aber so kommt, wie du sagst, und die Franzosen rufen eine Republik aus, dann gilt der Waffenstillstand nicht mehr. Wir werden Paris belagern müssen. Und dann habe ich nicht die geringste Chance, Louise zu finden oder herauszubringen.«

»Glasklar argumentiert«, fand Bismarck.

»Und?«

»Und was?«

»Lässt du mich gehen?«

»Wimpffen hat noch nicht kapituliert.«

»Aber wenn er es tut?«

»Gott, wie sind diese alteingesessenen preußischen Landjunker störrisch!«, rief Bismarck so laut, dass sein Pferd erschrak. »Du hast deine Vergeltung an Gerhard von Cramm bekommen, du hast dein Gut wieder, dein Bruder ist rehabilitiert, du hast eine größere Karriere gemacht, als du dir je erträumt hast – was willst du denn noch?«

»Meine große Liebe retten, Otto. Und wenn ich all das andere dafür drangeben muss, dann soll es so sein.«

Otto sah ihn an. »Glücklich der Mann, der noch eine Chance hat, seine große Liebe zu retten«, sagte er leise. Er wandte sich ab und gab seinem Pferd die Sporen, so dass es ein paar Sprünge nach vorn trabte und dann wieder in einen gemächlichen Schritt fiel. So ritten sie bis zum Hauptquartier des Generalstabs. Erst als Bismarck abgestiegen war und die Zügel einem Soldaten überreichte, sah er Alvin wieder an.

»Wenn Wimpffen kapituliert …«, sagte er gedehnt.

»Ja?«, fragte Alvin.

»Viel Glück«, sagte Bismarck. »Meine Empfehlung an die Frau Gemahlin.« Er stapfte in das Haus hinein, ohne Alvin noch eines Blickes zu würdigen.

37

Moritz tauchte aus dem kalten, schmutzigen Wasser auf und schnappte krampfhaft nach Luft. Rings um ihn regneten brennende Trümmer herunter. Oben an der Treppe, die zum Kai hinaufführte, standen die drei Männer mit den Schutzbrillen und spähten zu dem Schuppen hinüber. Moritz sah eine gewaltige Staub- und Rauchwolke, wo der Schuppen gewesen sein musste. Er hörte das Klimpern und Klappern von Einzelteilen, die oben auf das Pflaster fielen.

Er schwamm zur Treppe und kletterte keuchend und triefend aus dem Nass. Die Männer starrten ihn verwundert an. Er sah sein eigenes Gesicht in ihren Brillengläsern gespiegelt.

»Unglaublich«, sagte der eine.

»Und das waren nur zehn Kilo«, sagte der zweite.

»Was das nnh-nnh anrichtet«, sagte der dritte und zuckte.

Moritz war sich nicht sicher, ob sie überhaupt bemerkten, dass sie redeten. Er drängelte sich an ihnen vorbei.

Der Platz zwischen dem Schuppen und dem Rand des Kais sah aus wie im Krieg. Er war übersät von gesplittertem Holz, geborstenem Ziegelstein und brennenden Trümmern. Der Schuppen war in eine dichte Qualmwolke und in Staub eingehüllt. In seiner Mitte prasselte ein Feuer. Menschen eilten von entfernteren Gassen heran und prallten zurück, als sie auf den Platz herausliefen. Auch Moritz war unwillkürlich stehen geblieben, fassungslos angesichts der Zerstörung.

Dann rannte er los, in die Wolke hinein, die ihn sofort beißend umfing. »Papa!«, schrie er. »Maman!«

Er hörte Stöhnen und Ächzen, stolperte über Trümmerstücke, fiel auf die Knie und griff in etwas Weiches. Entsetzt zog er die Hand zurück und starrte darauf. Sie war rot und triefte von Blut. »O mein Gott«, flüsterte er, ohne es zu merken. »O mein Gott. Papa! Maman! Hier ist Moritz! Grundgütiger!« Seine Augen brannten, und er bekam kaum Luft. Er packte blindlings ein Stück gesplitterten Balken und wuchtete ihn beiseite. In die Wolke kamen jetzt Leute von außen, hielten sich die Hände vor den Mund und versuchten zu helfen. Das Feuer im Zentrum des Qualms nahm an Intensität zu und strahlte große Hitze ab. Fetter Rauch stieg von ihm in die Höhe und verdunkelte die Szenerie, aber die Luft wälzte sich dadurch um und verdrängte den Staub, ließ ihn schneller zu Boden schweben.

»Papa! Maman!«

Erste Hilferufe wurden laut. Er hörte jemanden unter einem Haufen Balken husten und ächzen und rüttelte an den Trümmern. Jemand war auf einmal neben ihm und zerrte mit. Er sah eine Schutzbrille.

»Was das nnh-nnh anrichtet …!«

Gemeinsam schafften sie es, die Trümmer freizulegen. Ein blutüberströmtes Gesicht kam zum Vorschein, eine Hand streckte sich ihnen entgegen. »Um Gottes willen, helft mir!«

Sie zogen den Verletzten, der vor Schmerzen schrie, unter den Balken hervor. Moritz kannte ihn nicht. Er kämpfte gegen eine heulende Panik an und drang weiter in das Zentrum der Zerstörung vor. Überall kletterten jetzt Männer auf dem Trümmerhaufen herum und begannen, Verschüttete mit bloßen Händen auszugraben. Vor sich sah Moritz einen Schatten aufragen. Er bekam kaum noch Luft. Die Hitze des Feuers biss in sein Gesicht. Plötzlich zischte es, eine Dampfwolke schoss in die Höhe. Jemand bewies genug Verstand, um gegen das Feuer anzukämpfen. Weitere Dampfwolken entwickelten sich, anscheinend hatte sich eine Eimerkette vom Kai bis zum Brandherd gebildet.

»Papa! Maman!«

»Moritz?«

Moritz fuhr herum. Eine neue Dampfwolke quoll vor seinen Augen in die Höhe, doch dann sah er voller Fassungslosigkeit, dass ein Teil des Schuppens stehen geblieben war. Die Explosion musste nicht nur das Portal, sondern auch ein paar Tragbalken herausgerissen haben, so dass die eine Hälfte des Schuppens in sich zusammengesackt war. Der restliche Gebäudeteil ragte noch auf. Durch die sich immer weiter klärende Staubwolke konnte Moritz einen Gang im Obergeschoss sehen, der aus Fachwerk und Brettern gemacht war und die gesamte Länge des stehen gebliebenen Gebäudes entlanglief. Es war, als blickte Moritz in ein Puppenhaus hinein, von dem jemand die vordere Hälfte beiseitegeschoben hatte, nur dass dies hier ein Puppenhaus war, aus dem geschwärzte und geborstene Balken ragten. An einer Stelle des aufgerissenen Gangs sah er zwei weiß bepuderte Gestalten kauern. Es hätte Gott weiß wer sein können. Moritz wusste jedoch, dass es seine Eltern waren. Er hörte sich selbst schluchzen.

»Moritz?« Es war Pauls Stimme. Er hustete.

»Ja! Ich bin's! Papa! Maman! Ich hole euch raus!«

»Wir nnh-nnh helfen Ihnen!«

»Es waren nur zehn Kilo.«

»Unglaublich!«

Zusammen mit den drei bebrillten Männern gelang es Moritz, in das ächzende und instabile Treppenhaus vorzudringen, das sich ebenfalls im hinteren Teil des Baus befunden hatte und heil geblieben war. Sie kletterten hinauf. Die Holzkonstruktion schwankte wie ein Baum im Wind. Auch sie würde nicht mehr lange stehen, und wenn sie zusammensackte, würde auch der Rest des Gebäudes verloren sein. Sie hatten keine Zeit zu verlieren.

Paul und Louise kamen ihnen torkelnd auf halbem Weg entgegen. Sie sahen aus wie zwei Geister, dunkle Augenlöcher in der weißen Staubmaske in ihren Gesichtern, Schmierstreifen, wo Schweiß und Tränen Bahnen hineinwuschen. Moritz ahnte, dass er auch nicht besser aussah. Louise fiel ihm in die Arme. Er trug sie eigenhändig die Treppen hinunter. Paul wurde von den drei Männern eskortiert.

»Es waren nur zehn Kilo, Herr Ingenieur!«

Sie taumelten aus der Wolke hinaus. Mittlerweile hatte

sich der Staub fast gelegt. Der Brand war gelöscht, aber die Rauchwolke stand viele Dutzend Meter hoch über der Unglücksstelle. Von der Stadtmitte her ertönten Sirenen und Glockengebimmel. Überall lagen Tote und Verletzte, die aus dem Trümmerhaufen geborgen worden waren, die Toten ganz still und weiß vor Staub, auf dem sich das Blut obszön rot abzeichnete. Louise küsste Moritz' Gesicht unablässig und hielt ihn so fest wie eine Ertrinkende. Paul trat zu ihnen, und sie bezog ihn stürmisch in die Umarmung mit ein. Louise weinte und redete sinnloses Zeug.

Moritz' und Pauls Blicke trafen sich. »Papa hat mich geschickt«, stieß Moritz hervor. »Alvin, meine ich! Ich habe eine Ewigkeit nach euch gesucht!«

»Du hast uns grade rechtzeitig gefunden.«

Sie umarmten sich erneut, dann machte Paul sich los. Er trat zu einem Mann, der reglos auf dem Boden lag, so staubbedeckt wie alle anderen, Blut im Gesicht. Paul wischte es ab. Der Mann regte sich nicht. Eine Gesichtshälfte war eine einzige Wunde aus Blut und verbrannter Haut. Unter dem Blut und dem Staub sah Moritz ein grobes, bärtiges Gesicht. Der Mund stand halb offen. Ein Goldzahn blinkte. Moritz wusste aus den Beschreibungen, wer der Mann war.

»Ist er …?«, begann er.

Schreckensschreie unterbrachen ihn. Er blickte zum Schuppen. Das Treppenhaus knickte mit einer halben Drehung ein und löste sich plötzlich auf. Wer noch auf dem Trümmerhaufen stand, um Verschüttete zu bergen, floh hastig. Der stehen gebliebene Gebäudeteil sackte zu einer Seite hin ab. Dachschindeln flogen in die Höhe wie von einer erneuten Explosion.

Moritz sah es. Aus dem Augenwinkel erkannte er, dass Paul in dieselbe Richtung starrte. Er musste es ebenso gesehen haben wie sein Sohn.

Aus den Trümmern hatte sich eine schwankende Gestalt erhoben. Staub rieselte von ihr herunter und entblößte blondes Haar.

Lily stand da in den Trümmern des Lebens, das sie sich hier aufgebaut hatte. Sie schien Paul und Moritz direkt anzusehen. Sie stand ganz still und regte sich nicht.

Der Schuppen krachte direkt über ihr zusammen. Eine neue Staubwolke schoss in alle Richtungen davon und wälzte sich über Gerettete und Retter, Verletzte und Tote. Wer konnte, floh noch rechtzeitig. Moritz zerrte seinen Vater mit sich, der sich immer noch über die Schulter umsah.

»Jesus Maria, Lily«, hörte er ihn murmeln.

Dann liefen von allen Seiten Polizisten auf den Platz und trieben alle zusammen, die aufrecht stehen konnten. Ihnen folgten die Sapeurs Pompier, die Pariser Berufsfeuerwehr; von Pferden gezogene Spritzenwagen rasselten heran, und zwischen den Feuerwehrleuten kamen Soldaten der kaiserlichen Garde und der Stadtgarnison. Wasser prasselte auf den Trümmerhaufen, band den Staub und erstickte, was noch unter den Balken an Funkenherden schwelen mochte. Die Rauchwolke stand wie ein riesiger, an den Rändern zerfasernder Ballon in der Luft, löste sich langsam auf, trieb ostwärts.

Es war vorüber.

38

Sie müssen komplett verrückt sein«, sagte der Präfekt der Pariser Polizei, Henri Chevreau. »Wissen Sie, was hier los ist? Gestern ist die Republik ausgerufen worden. Die Kaiserin ist geflohen, General Trochu und Kriegsminister Gambetta bilden jetzt die Regierung. Der Krieg geht weiter. Frankreich hat noch jede Menge wehrfähige Männer, Material und Waffen. Wir haben eine intakte Industrie, offene Seehäfen und internationalen Kredit.«

»Ich rede nicht vom Krieg«, sagte Alvin, »sondern davon, meinen Sohn zu finden und meine Frau und meinen besten Freund zu befreien. Für mich findet der Krieg im Augenblick nicht statt. Und außerdem herrscht Waffenstillstand.«

»Die Regierung wird ihn demnächst aufheben.«

»Demnächst. Ich bin aber heute hier.«

»Wissen Sie, warum ich Sie nicht sofort habe an die Wand stellen lassen, Sie Narr?«, fragte Chevreau.

Alvin zupfte an der weißen Binde am Ärmel seiner Uniformjacke. »Weil Sie das Parlamentärszeichen genauso achten wie die Hauptleute der Stadtgarnison, die mich zu Ihnen geleitet haben?«

»Nein, weil ich einmal das Gesicht eines kompletten Idioten sehen wollte. Kommt einfach in die Hauptstadt des Feindes und glaubt, die Polizei hilft ihm, seine Verwandten wiederzufinden. Ich fasse es nicht!«

»Wenn Sie das Gesicht des Idioten genügend angesehen haben, würden Sie dann dem Idioten bitte helfen?«

»Und dann diese Geschichte, dass Seine Majestät der Kaiser Ihr Vorhaben unterstützt und mir jederzeit eine schriftliche Bestätigung zukommen lässt. Pah! Wieso hat Seine Majestät Ihnen das Schreiben nicht gleich gegeben?«

»Glauben Sie mir, er hatte anderes zu tun an diesem Morgen. Und er sah sehr krank und leidend aus. Er meinte, es sei das Rheuma, aber seine Ärzte würden die Blase verantwortlich machen. Ich hoffe, unsere Ärzte konnten ihm mittlerweile helfen.«

Chevreau machte schmale Augen. »Das mit dem Rheuma und der Blase wissen nur ganz wenige.«

Alvin zuckte mit den Schultern. Dann holte er die Zigarettenkippe vorsichtig aus der Tasche und legte sie vor Chevreau auf dessen Tisch.

»Was ist das?«, fragte der Präfekt misstrauisch.

»Er hat sie nicht fertig geraucht, wahrscheinlich aus Höflichkeit dem Bundeskanzler gegenüber.«

Chevreau sah sich die Kippe genau an. »Das Wappen Seiner Majestät. Hm. Das sagt gar nichts. Sie können sie irgendwo aufgehoben haben.«

»Natürlich. Ich nehme an, die Straßen zwischen Paris und Sedan sind gepflastert mit den Kippen Seiner Majestät.«

Chevreau lehnte sich zurück. »Noch mal«, sagte er. »Sie sind Generalmajor von Briest, Sie gehören dem preußischen Generalstab an, und man hat Ihnen Urlaub gegeben, damit Sie hierherkommen und nach Ihrer Frau suchen können?«

»Und nach meinem Sohn und meinem besten Freund«, ergänzte Alvin.

»Die haben Sie wirklich mit dieser Mission ziehen lassen?« Chevreaus Stimme überschlug sich fast.

»Der Bundeskanzler hat mich ziehen lassen.«

»Mit welchen Worten? ›Gehen Sie zum Teufel, Sie Vollidiot‹?«

»Nein«, sagte Alvin. »›Glücklich der Mann, der noch eine Chance hat, seine große Liebe zu retten.‹«

Chevreau schluckte. *»Mon Dieu«*, sagte er dann. *»Mon Dieu et merde, merde, merde!«*

»Das sagte er nicht, aber vielleicht hat er es sich gedacht.« Alvin lächelte.

Zu seiner Überraschung erwiderte Chevreau sein Grinsen plötzlich. Er schien einen Entschluss gefasst zu haben, denn er stand auf.

»Vielleicht kann ich Ihnen schneller helfen, als Sie denken«, sagte er. »Begleiten Sie mich zum Gefängnis.« Er hielt inne und deutete auf die Kippe auf seinem Tisch. »Darf ich die behalten?«

»*Vive l'Empereur*«, sagte Alvin leise.

Chevreau nahm die Kippe auf, als hielte er eine kostbare Reliquie in der Hand. »*Oui*«, murmelte er, und ein Gefühlssturm irrlichterte über sein Gesicht. »*Vive l'Empereur.* Und wie sagt man bei Ihnen? Vivat?«

Alvin nickte. »Vivat.«

Chevreau seufzte. »Gehen wir Ihre Bagage aus dem Bau holen, Herr Generalmajor. Ich gebe Ihnen noch drei Clowns mit, die irgendwie dazugehören, ohne dass ich wissen möchte, wie und warum. Und dann machen Sie, dass Sie verschwinden. Es sind derzeit viel zu viele Alboches in Frankreich.«

4. BUCH

Der Pfad zum Ziel

Januar 1871

1

Der Zug schoss durch die Januarnacht, die Fenster der letzten fünf Waggons hell erleuchtet. Die Rauch- und Dampfwolke, die er hinter sich herzog, glühte wie von innen heraus, ihr Bauch rot erleuchtet von den Funken, die aus dem Schornstein sprühten, wenn der Heizer vorn auf der Lok nachlegte.

»Es ist wunderschön«, sagte Paul, der in seinen Mantel gehüllt auf der vordersten Plattform des ersten Wagens stand.

Louise stand zwischen ihm und Alvin. Sie trug zwei dicke Armeemäntel übereinander und hatte einen Pelz um den Hals geschlungen. Sie fror trotzdem. Sie verstand nicht, dass den beiden Männern in ihren viel leichteren Mänteln nicht kalt war. Der Fahrtwind schnitt mühelos durch alle Lagen Stoff, in die man sich hüllte. Paul trug nicht einmal eine Mütze; sein halblanges blondes, mit immer mehr Grau durchzogenes Haar flatterte im Wind.

Zwischen dem Wagen, auf dessen Plattform sie standen, und der Lok befanden sich mehrere flache Plattformen, auf denen Fracht vertäut war, sowie der Wagen mit den Pferden. Sie waren dunkel. Louise hörte eine Plane im Wind flattern, die anscheinend nicht gut genug vertäut worden war. Man würde sie beim nächsten Zughalt wieder festzurren. Sonst war nur das Stampfen des Zugs und das Fauchen seines Kessels zu hören sowie der Fahrtwind, der in den Ohren brauste. Die fünf Personenwagen am Ende des Zugs waren die einzigen, die nicht der Beförderung von Fracht dienten.

Der Zug ratterte durch eine Traumlandschaft. Die gesamte

Gegend war tief verschneit. Die Zuglaterne riss ein paar Dutzend Meter aus der Dunkelheit und verwandelte den Schnee in Gold. Links und rechts der Lok sprühte der Schnee auf wie die Bugwelle eines Schnellboots. Wenn man hinter sich blickte, sah man ebenfalls goldglänzenden Schnee am Zug vorbeirauschen und in der Dunkelheit dahinter verschwinden – der Widerschein der beleuchteten Wagenfenster. Der Rest der Landschaft bis zum Horizont: dunkelblaue Nacht, in der Eiskristalle schimmerten.

Alvin hob sein Champagnerglas. Louise und Paul taten es ihm gleich. Sie stießen an, Louise mittlerweile zitternd vor Kälte. Aber sie wollte den Aufenthalt hier im Freien mit den beiden Männern, denen ihr Herz, ihre Seele und ihr Körper gehörten wie eh und je, so lange wie möglich hinauszögern.

»Worauf?«, fragte Paul.

»Darauf, dass die Bayern jetzt endlich auch Preußen sind?«, sagte Alvin und grinste.

»Darauf, dass die Preußen und die Bayern jetzt alle Deutsche sind«, sagte Louise.

Unwillkürlich drehten sie sich um, als ob sie durch den Wagen, auf dem sie standen, zu den anderen vier Wagen blicken könnten. In den letzten drei der fünf Wagen fuhren Mitglieder der ehemals königlich-preußischen Familie. Es war jetzt die Familie des Deutschen Kaisers. Danach kam der Wagen, in dem der Mann allein fuhr, der all das bewerkstelligt hatte: Otto von Bismarck. Im fünften Wagen waren Louise, Paul, Alvin, Moritz, Antonie und der kleine Otto Paul Alvin Ludwig von Briest untergebracht. Alvin und Paul hatten bis zur Taufe Einwände gegen den Rattenschwanz an Vornamen gehabt, aber Antonie und Moritz hatten sich durchgesetzt. Irgendwann hatte Louise gesagt: »Was wollt ihr, die Initialen der Vornamen ergeben zusammen OPAL – einen Edelstein.

Und der Kleine ist ein Edelstein, oder nicht?« Paul und Alvin hatten sich stöhnend abgewandt und ihren Widerstand aufgegeben.

Hinter dem Zug lag Paris, Paris, das seit September 1870 belagert wurde, Paris, das seit Anfang Januar 1871 von Granaten beschossen wurde, Paris, das hungerte. Louise versuchte, Verständnis mit den Siegern zu haben, welche die Pariser Kommune so lange zur Kapitulation gedrängt hatten, bevor sie sich zur Beschießung entschlossen hatten, aber es war bei dieser Sache wie bei fast jeder mit den Preußen und besonders mit ihrem Kanzler – man konnte verstehen, warum etwas getan wurde, aber man konnte nicht anders, als deswegen Wut und Ratlosigkeit zu empfinden.

Hinter dem Zug fiel auch Versailles zurück. Vor zwei Tagen war dort etwas geschehen, was die Landkarte Europas für immer verändert hatte. Es gab nun nicht mehr Preußen, Bayern, Sachsen, Hannover und wie all die Fürstentümer hießen, die zusammen zwei Gebilde ergaben, die sich Norddeutscher Bund und Süddeutscher Bund nannten. Es gab nun nur noch das Deutsche Reich. Am 18. Januar hatte König Wilhelm die Proklamation offiziell angenommen, die ihn zum Deutschen Kaiser machte. Nur Alvin war Zeuge der Feierlichkeit gewesen, und er hatte berichtet, dass sie in einem merkwürdig grimmigen, geschäftsmäßigen Rahmen vor sich gegangen war. Die meisten Offiziere waren nicht dazu gekommen, ihre Gala-Uniformen anzuziehen, und standen in ihren Felduniformen im Spiegelsaal von Versailles. Otto von Bismarck hatte eine Ansprache an das »Deutsche Volk« verlesen, die ohne jede Wärme und Pathos war; der Hofprediger hatte einen Text gewählt, der so daneben gewesen war, dass Otto von Bismarck noch am Abend des 18. vor Wut geschäumt hatte. König Wilhelm, jetzt Seine Kaiserliche Majestät Kaiser Wilhelm, hatte nur eine kurze Rede gehalten. Wäre nicht der Großherzog von Baden gewesen, der ein sechsmaliges Hurra ausbringen und dann »Heil dir im Siegerkranz« anstimmen ließ, hätte die Feier überhaupt kein festliches Gepräge besessen. Und doch war es der wichtigste Tag für Deutschland seit der Befreiung von Bonaparte, und so wie Louise die Dinge sah, würde sich nun alles ändern für das Land, das längst zu ihrer Wahlheimat geworden war, weil es letztlich nicht auf das Land ankam, sondern auf die Menschen, mit denen man dort lebte.

»Gehen wir rein«, sagte Alvin mit einem Blick auf Louise. »Du frierst, meine Liebste.«

Louise, die schlotterte, sagte: »Irrtum. Ich geh rein. Ihr nicht. Habt ihr schon vergessen, dass Antonie den Kleinen gerade stillt? Dazu braucht sie euch garantiert nicht.«

Sie küsste jeden von den beiden auf eine Wange, dann schlüpfte sie in die Wärme des Wagens. Dankbar seufzte sie und schälte sich aus den Mänteln. Antonie, mit dem kleinen Otto an der Brust, lächelte sie müde an.

»Stehen die beiden noch draußen?«, fragte sie.

»Ja.«

Moritz, der in einem Sessel saß und seiner Frau zugesehen hatte, blickte auf. »Um Gottes willen, sie erfrieren doch dort!«

»Nein«, sagte Louise, »die erfrieren so leicht nicht. Außerdem haben sie genug Champagner intus. Bis der zu Eis wird, vergeht eine Weile.«

»Wird man so, wenn man länger verheiratet ist?«, fragte Moritz spöttisch.

»Pass bloß auf, was du sagst, mein Junge«, rief Louise, aber sie grinste.

»Das war's, mein Schätzchen«, murmelte Antonie. Sie wischte dem Kleinen einen Tropfen Milch von den Lippen. »Er ist eingeschlafen. Bitte die beiden rein, Louise, sie holen sich sonst noch den Tod. Und der Kleine schläft besser, wenn er viele Stimmen hört.«

Eine halbe Stunde später strafte der kleine Otto die Bemerkung seiner Mutter Lügen, indem er wie am Spieß schrie und sich durch keine Maßnahme beruhigen ließ, nicht einmal mit einem französischen Eisenbahnerlied, das Alvin und Paul gemeinsam brummten. Moritz ging mit seinem Sohn auf und ab und tätschelte seinen Rücken.

»Warum kommt mir das bekannt vor?«, fragte Alvin verschmitzt.

»Ich hab nie so geschrien«, behauptete Moritz.

»Ich höre schlecht auf einem Ohr, seit du mir da reingebrüllt hast.«

»Dann nimm du ihn und halt ihn an deine taube Seite.«

Alvin wurde einer Antwort enthoben, weil die Tür, die zum nächsten Wagen führte, plötzlich aufging und Otto von Bismarck im Raum stand, angezogen mit einem Schlafrock und so rot im Gesicht wie ein Puter.

»Es gibt Leute, die versuchen zu schlafen!«, grollte er und sah alle der Reihe nach ungnädig an. Antonie, die halb eingeschlummert war, schluckte und versuchte aufzustehen. Ihr Respekt vor dem Bundeskanzler war noch immer immens, auch wenn er der Taufpate ihres Sohnes war.

»Tatsächlich?«, sagte Moritz. »Er hier auch.« Er hielt seinen brüllenden Sohn in die Höhe.

»Warum tut er es dann nicht und gibt Ruhe?«

Louise stapfte auf einmal zu Moritz hinüber und nahm ihm den Kleinen aus den Händen. Bevor Otto von Bismarck es sich versah, hatte sie ihm das schreiende Fellbündel in die Arme gedrückt.

»Vielleicht können Sie ihn ja dazu motivieren, Exzellenz«, sagte sie.

Bismarck sah von dem Kleinen zu den anderen und dann zu Louise. In seinen Augen regte sich etwas, das Louise nicht eindeutig entschlüsseln konnte.

Ihre Aktion war aus dem Augenblick heraus entstanden, aber auch aus dem seit ihrer Abfahrt immer stärker gewordenen Mitgefühl für Bismarck. In den letzten drei Wagen saßen Cousins und Cousinen des Kaisers zusammen und feierten, im ersten ihre Familie. Bismarck hatte die Fahrt bisher ganz allein in seinem Wagen verbracht, grimmig und schlechtgelaunt und mit Gott und der Welt über Kreuz an den Tagen seines größten Triumphs, weil er den Eindruck hatte, man war ihm nicht dankbar genug. Es war ein eitles, selbstsüchtiges, selbstmitleidiges Gefühl, das Louise normalerweise verachtet hätte. Doch der Gedanke an den alternden, polternden, rotgesichtigen Bismarck, einsam mit nur einer Flasche Rotwein zur Gesellschaft, ausgeschlossen von der Gemeinschaft der anderen, hatte sie die ganze Fahrt über bewegt. Sicher, er war selbst schuld daran, dass der Kreis der Menschen, die ihn ihren Freund nannten, stetig kleiner wurde. Aber hatte der Architekt des neuen geeinten Deutschland verdient, deshalb von allen gemieden zu werden?

All das ging in dem Moment durch ihren Kopf, in dem sie Bismarcks Blick auffing. Sie ahnte, dass er wie üblich genau wusste, was sein Gegenüber dachte. Beinahe trotzig warf sie den Kopf zurück und erwartete eine seiner als Spott getarnten Beleidigungen.

Stattdessen drückte Bismarck den schreienden Kleinen an den weichen, warmen Stoff seines Schlafrocks und sagte: »Das wollen wir doch mal sehen. Hier verstehen Sie dich nicht, junger Mann. Ist viel zu kalt hier. Alte Männer und kleine Kinder brauchen Wärme.« Er blickte hoch. »Ihr habt alle keine Ahnung. Der junge Briest kommt mit mir!«

»In zwei Stunden muss er wieder gestillt werden«, sagte Louise, die nicht anders konnte, als ihren Sieg auszukosten – und damit den Kloß loswurde, der sich in ihrem Hals gebildet hatte, als sie gesehen hatte, mit welcher Sanftheit der große, schwergewichtige Mann den Säugling an sich gedrückt hatte.

»Wir werden rufen lassen«, erklärte Bismarck würdevoll und verzog sich in seinen Wagen, in dem, soweit Louise wusste, Temperaturen wie in einem Backofen herrschten.

Die anderen sahen sich an. »Wenn wir ihm das später mal erzählen, glaubt er das nie«, sagte Moritz.

»Wer?«, fragte Alvin. »Otto – oder Otto?«

»Beide«, sagte Antonie.

»Noch jemand Champagner?«, fragte Paul.

Louise setzte sich in einen Sessel, ließ ihre Blicke über die drei Männer und die junge Frau wandern, und so heiße Liebe für sie alle stieg in ihr auf, dass sie auch noch den alternden Mann im nächsten Wagen mit einschloss. Gott, wer hätte jemals gedacht, dass sie hier sitzen würde – im gleichen Zug mit dem Bundeskanzler, vor allem aber: mit ihrer Familie! Sicher nicht das junge Mädchen, das innerlich wie vereist vor dem Haus gestanden hatte, in dem ihr Vater sich ein paar Wochen zuvor umgebracht hatte und das sie hatte verlassen müssen, weil er alles verspielt hatte.

Sie döste ein, wohlig warm nach der Kälte draußen, gerüttelt von der Bewegung des Zugs, sicher im leisen Murmeln der Stimmen um sie herum. Ihre Familie … im Halbschlaf sagte sie sich, dass sie sich noch würde entscheiden müssen, mit wem sie ging – mit Alvin nach Gut Briest oder mit Paul nach München … aber diese Entscheidung hatte noch Zeit, und keiner der beiden Männer drängte sie. Ihr fiel auf, dass sie den kleinen Otto nicht mehr weinen hörte, und stellte sich vor, wie beide Ottos in einem Sessel lagen, der Kleine sanft gewiegt vom Auf und Ab des Bundeskanzlerbauchs, beide selig schlummernd, ein Lächeln unter dem Schnauzbart Ottos von Bismarck versteckt. Sie schlief ein. Sie war glücklich.

2

Alvin betrachtete Paul von der Seite, der seit ein paar Minuten ständig zum Fenster hinaus in die Dunkelheit blickte. »Was ist los?«

»Es hieß doch, dass der Zug in Vitry-le-Francois haltmachen würde, um Wasser zu fassen?«, fragte Paul.

»Stimmt.«

»Wir müssten uns meinem Gefühl nach dem Halt nähern. Aber der Lokomotivführer verlangsamt nicht.«

Alvin wusste es besser, als Pauls Gefühl zu missachten. Wahrscheinlich war dies sogar eine der Strecken, die er mitgeplant hatte. Er trat zum Fenster und schaute hinaus – und prallte zurück, weil Lichter und Häuser und ein beleuchteter Bahndamm plötzlich daran vorbeihuschten. Die Laternen des Bahndamms wackelten, der aufgewirbelte Schnee hüllte ihn in einen glitzernden Schauer. Dann waren die Lichter verschwunden wie ein Phantom. Der Zug raste weiter.

Sie sahen sich an. Sie betrachteten die schlafende Louise und Antonie. Moritz wurde auf sie aufmerksam. »Was?«, fragte er leise.

»Ich hab plötzlich ein mieses Gefühl«, sagte Paul. Alvin nickte. Sie schlüpften in ihre Mäntel.

»Ich komme mit«, sagte Moritz.

»Auf keinen Fall«, sagten Paul und Alvin gleichzeitig. Moritz lächelte nur verächtlich und zog sich seinen Mantel an.

Auf der Plattform biss der Fahrtwind mit solcher Vehemenz in ihre Gesichter, dass Alvin seinen Kragen hochstellte und das Kinn einzog. Er musterte den Zug, der sich vor ihnen erstreckte. Ganz an der Spitze sah er die Lok, als der Zug in eine lange Kurve ging.

»Wie kommen wir zum Lokführer?«, fragte Moritz.

Paul wies auf die Wagen vor ihnen. »Über die Plattformen und dann durch den Viehwagen.«

»Grundgütiger«, sagte Alvin. Die Frachtplattformen würden vereist sein, der Fahrtwind würde an ihnen zerren, in der Dunkelheit würden sie nicht genau sehen, wohin sie traten … und ein Fehltritt bedeutete den Tod.

»Ich gehe zuerst«, sagte er.

»Warte!« Paul hielt ihn am Arm fest. »Mir ist gerade noch etwas eingefallen.«

»Was?«

»In Vitry sollte auch ein Lotse von den Pionieren zusteigen.«

Alvin starrte seinem Freund ins Gesicht. »Grundgütiger«, sagte er noch einmal.

»Wozu ein Lotse?«, fragte Moritz.

»Weil während des Feldzugs die Eisenbahnbrücke bei Fontenoy-sur-Moselle zerstört worden ist«, antwortete Alvin. »Die mittleren Bogen wurden gesprengt.«

»Der Lotse sollte den Zug über die neu verlegten Gleise bis nach Fontenoy bringen. Dort sollten wir über die Pontonbrücke gebracht werden und drüben in einen neuen Zug steigen«, sagte Paul.

»Der Lokführer hat den Lotsen nicht aufgenommen.« Alvin fühlte Moritz' beginnende Nervosität. Er wusste, dass der junge Mann an seine Frau und sein Kind dachte. Er selbst fühlte sich nicht weniger nervös.

»Deshalb wollen wir ihn ja aufsuchen«, sagte Paul.

Alvin stieg vorsichtig hinüber zur Frachtplattform. Wie er erwartet hatte, waren die Bodenbretter rutschig vom Eis und vom aufgewirbelten Schnee. Er hielt sich an den Tauen fest, welche die Planen über der Fracht niederhielten, und arbeitete sich nach vorn. Schnee peitschte ihm ins Gesicht und machte seine Wangen taub. Paul und Moritz folgten ihm dichtauf.

»Wenn der Zug nicht rechtzeitig anhält«, hörte er Moritz rufen, »fährt er auf die beschädigte Brücke und stürzt in den Fluss!«

»Oder er reißt die Brücke ein«, erwiderte Paul.

Beim nächsten Frachtwagen hatte sich eine Plane gelöst und flatterte wild umher. Alvin wartete den richtigen Zeitpunkt ab, dann schlüpfte er darunter hindurch. Die schwere Plane war wie der Flügel eines gewaltigen Vogels – wenn sie ihn traf, würde sie ihn einfach vom Wagen fegen. Das Tau, das die Plane hätte halten sollen, peitschte wie eine Schlange herum. Alvin bekam es zu fassen und sah es betroffen an. Es war durchgeschnitten. Er wandte sich zu Paul um. Dieser nickte grimmig. Er hatte es gesehen.

»Wie weit ist es noch bis Fontenoy?«, schrie er gegen den Lärm der flatternden Plane an.

»Halbe Stunde bei dem Tempo.«

Als sie den Viehwagen erreichten, die Tür aufschoben und hineinstiegen, war Alvin heilfroh, aus dem Wind und der Kälte zu kommen. Die Pferde standen in Boxen und beäugten sie argwöhnisch. Nach dem Viehwagen kam der Kohlentender, dann die Lok. Sie mussten nur noch über den Tender klettern, dann konnten sie feststellen, was passiert war. Mittlerweile hatte Alvin eine Befürchtung, die ihn dazu brachte, nach seinem Gürtel zu tasten. Er hatte keine Pistole eingesteckt.

Paul hatte seine Bewegung gesehen. »*Franc-tireurs?*«, fragte er.

Alvin zuckte mit den Schultern. »Ich weiß es nicht. Kann sein. Der Krieg ist noch nicht zu Ende. Die Republik hat offen dazu aufgerufen, mit Freischärlern gegen unsere Truppen vorzugehen. Verdammt. Ich bin unbewaffnet.«

Er begann, die Sättel umzudrehen, die in einer Ecke lagen. »Das sind doch die Pferde der kaiserlichen Familienangehörigen und der Gardekavalleristen, die im dritten Wagen untergebracht sind. Ich möchte wetten, dass mindestens einer … na also. Typisch Kavallerie. Nachlässig in jeder Beziehung.«

Er zog einen langläufigen Revolver aus einem Sattelholster. Es war ein amerikanisches Modell, ein Colt Navy 51, schwer und klobig, mit einer sechsschüssigen Trommel. Der Revolver war nicht geladen. In einer anderen Satteltasche fanden sich zum Glück vier unversehrte Papierpatronen und eine Handvoll Zündhütchen. Alvin lud die Waffe. Er wünschte sich, er hätte auch Moritz und Paul bewaffnen können. Wenn Freischärler den Zug in ihre Gewalt gebracht hatten, würde es ein Gefecht geben. Er stellte fest, dass er die Kälte nicht mehr spürte, seit er mit der Möglichkeit rechnete, dass der Zug überfallen worden war.

»Stellt euch links und rechts neben der Tür auf und geht in die Knie«, befahl er. Er packte den Griff der Tür, die zur Lok hinführte, und entriegelte sie. Dann schob er sie auf und ging blitzschnell neben Paul in Deckung.

Nichts tat sich, außer dass Schnee und Kälte hereinwirbelten und die Pferde zu wiehern und zu stampfen begannen.

Alvin versuchte, nach draußen zu spähen, aber hier, so nahe an der Lok, peitschte der aufgewirbelte Schnee mit solcher Vehemenz herein, dass es keinen Sinn hatte. Die Pferde wurden immer unruhiger. Sie mussten die Tür wieder schließen, sonst würde hier Panik ausbrechen. Alvin holte tief Atem.

»Ich gehe wieder vor«, sagte er. Er konnte den Widerspruch auf den Gesichtern der beiden anderen erkennen, doch sie schwiegen. Es ergab Sinn, dass der mit der Waffe nicht den Schlussmann machte.

Der Schlepptender war ein großer Kasten mit hochaufragenden Seitenwänden und einem engen Gang dazwischen, der von der aufgeschütteten Kohle gebildet wurde. Eine halbe Kompanie konnte sich bei diesen Wetter- und Lichtbedingungen darin verstecken, ohne gesehen zu werden.

Paul rief Alvin ins Ohr: »Der Tender hat wahrscheinlich eine kleine Kabine für den Heizer und den Lokführer an einer Seite. Über die Kupplung zur Lok läuft eine Brücke, weil der Heizer ständig hin- und hermuss.«

Alvin nickte. »Bereit?«

Paul und Moritz nickten. Er sah ihre Gesichter blass in der Düsternis leuchten. Alvin holte noch einmal Luft, streckte den Pistolenarm aus und sprang in den Tender.

Der Gang zwischen den Kohlehaufen war weit. Der Zug hatte nicht allzu viel Kohle geladen, weil er nur die Strecke zwischen Versailles und Fontenoy zu bewältigen hatte. Die Kabine war auf der rechten Seite, ein dunkler Kasten mit einem Fenster nach hinten und zwei weiteren an der Längsseite. Das Glas war unbeschädigt. Wenn sich dort drin jemand verbarg, würde er erst das Glas einschlagen müssen, bevor er nach draußen feuern konnte – Zeit genug, um in Deckung zu gehen.

Der Tender lief ruhiger als die Fracht- und Personenwagen, weil er ein viel größeres Gewicht hatte und auf acht statt auf vier Rädern fuhr. Dafür heulte der Fahrtwind durch den Laufgang wie durch ein Gebläse. Alvin musste das Gesicht abwenden, weil er das Gefühl hatte, jemand werfe Sand in seine Augen. Sie gingen hinter der Kabine in Deckung.

Noch immer geschah nichts. Alvin glaubte, ein Scharren zu hören, als der Heizer weiter vorn eine Schaufel Kohlen aufnahm. Rotes Licht leuchtete auf – die Feuerklappe wurde geöffnet und die Kohle zugeführt. Das Licht erlosch.

»Alles ganz normal«, rief Moritz.

»Ja, von weitem«, knurrte Alvin. Innerlich kam es ihm fast lächerlich vor, wie sie da kauerten, er mit dem Colt in der Hand. In den nächsten Momenten würden sie zur Lok vorlaufen, die Waffe vorgestreckt – und der Lokführer und der Heizer würden sie mit offenen Mündern anstarren und ihnen versichern, det allet in Ordnung war, nich wahr, du meine Jüte, Herr Jeneral, wat hamse denn jedacht jehabt?

Aber sein Instinkt sagte ihm etwas anderes, so wie Pauls Instinkt ihm genau zum richtigen Zeitpunkt gesagt hatte, dass der Zug hätte langsamer werden sollen. Wie lange hatten sie noch bis zur Brücke von Fontenoy? Zwanzig Minuten? Sie mussten handeln!

»Ihr bleibt hier!«

Moritz hielt ihn am Ärmel fest. »Hier, nimm das noch mit.« Er drückte Alvin ein ausgeklapptes Taschenmesser in die Hand. »Für alle Fälle.«

»Ich hole euch, wenn die Luft rein ist.«

Alvin erhob sich aus der Deckung und schob sich an der Kabinenwand entlang. Sein Mantel flatterte so stark, dass er kein Scheunentor getroffen hätte, wenn er hätte schießen müssen. Der Schneestaub und der Wind machten ihn fast blind. Der Boden des Tenders vibrierte. Der Lärm von der Lok und vom Fahrtwind dröhnte, aber sein Herz schlug noch lauter.

Wenn überhaupt jemand den Zug überfallen hatte, dann konnten es keine Freischärler sein. Diese traten in Kompaniestärke auf und hätten als Erstes den Tender besetzt, weil man sich in ihm bis zum Sankt-Nimmerleins-Tag verschanzen konnte. Räuber? Er hatte von Zugüberfällen in den amerikanischen Staaten gehört, aber hier? Selbst wenn man berücksichtigte, dass im Land Krieg herrschte?

Der Zug fuhr über eine Weiche oder eine nachlässig verlegte Schiene. Er machte einen Satz zur Seite. Selbst der schwere Tender schwankte kurz. Alvin ließ den Revolver sinken. Beinahe hätte er aus Versehen abgedrückt. Er wechselte den Colt in die linke Hand und hielt ihn nach unten; Moritz' Taschenmesser nahm er in die Rechte.

Zwischen der Kabine und dem Übergang zur Lok waren die beiden Kohlenhaufen links und rechts größer. Der Heizer hatte sie vor Fahrtantritt hier aufgeschaufelt, damit er nicht während der Fahrt Kohle nach vorn verlagern musste. Alvin trat in den Gang hinaus, um in den Führerstand der Lok sehen zu können.

Ein Schatten stand plötzlich zwischen ihm und der Lok. Vorn öffnete der Heizer die Feuerklappe, um nachzulegen. Der Schatten wurde von rotem Licht gesäumt; er war ein Hüne in einem Pelzmantel, der aus der Deckung eines der Haufen getreten war. Alvin sah die Schrotflinte, die der riesige Mann in einer Hand so lässig hielt wie eine Pistole und die auf den Lokführer und den Heizer gerichtet war. Er sah den Revolver in der anderen Hand. Der Revolver zielte direkt auf ihn. Er trat unwillkürlich einen Schritt zur Seite. Der Revolverlauf folgte ihm. Er erstarrte, als das Licht von der Feuerklappe nun von der Seite auf das Gesicht des Mannes fiel.

»*Comment ça va, mon géneral?*«, fragte Bertrand und grinste mit einem Mundwinkel. Seine Blicke glitten an Alvin herab, blieben an seiner rechten Hand hängen. »Typisch Preuße. Kommt mit einem Messer zu einer Schießerei.«

Bertrands linke Gesichtshälfte war eine kaum verheilte Wunde, geschwollen, deformiert. Über dem Jochbein saß ein dickes Pflaster, das mit Bändern um den Kopf fixiert wurde. Das Haar war bis zum Scheitel abrasiert oder weggebrannt. Seine Miene war auf der linken Seite völlig starr. Er sprach aus dem rechten Mundwinkel.

Alvin hatte gedacht, Bertrand sei tot. Sie alle hatten gedacht, er sei tot. Moritz und Paul hatten ihn vor Lilys zerstörtem Hauptquartier liegen sehen, scheinbar leblos. Sie hatten sich getäuscht. Ein tödlicher Fehler.

Bertrand drückte ab.

Alvin ließ sich fallen. Er fühlte, wie die Kugel direkt über seinem Kopf in die Nacht ging, ohne ihn zu verletzen. Bertrand hatte den Fehler jedes Mannes gemacht, der kein soldatisches Training mit Handfeuerwaffen bekommen und sich ansonsten immer auf seine Körperkräfte verlassen hat. Er hatte auf Alvins Gesicht gezielt. Der Rückschlag der Waffe riss den Lauf hoch, so dass die Kugel Alvin verfehlen musste, wenn er sich schnell genug duckte. Ein Soldat hätte auf den Leib gezielt.

Alvin fiel auf den Rücken. Bertrand senkte die Waffe und zielte erneut, ein Zähnefletschen in seinem halb starren, zerstörten Gesicht. Alvin hob die linke Hand und schoss.

Der Einschlag der Kugel drehte Bertrand halb herum. Alvin hatte auf den Leib gezielt. Und getroffen. Jeden anderen hätte ein Geschoss aus einem Colt auf diese Entfernung von den Füßen geholt. Bertrand wandte sich Alvin nur erneut zu, einen erstaunten Ausdruck in der heilen Gesichtshälfte, und brachte seinen Revolver in Anschlag.

Alvin drückte ein zweites Mal ab. Und ein drittes Mal. Und ein viertes Mal. Beim fünften Mal klickte der Hahn auf eine leere Kammer.

Jeder Einschlag ließ Bertrand taumeln. Nach dem vierten Treffer stand er schwankend auf der Brücke, die den Tender mit der Lok verband. Er hob seinen Revolver erneut, doch er fiel ihm aus der Hand. Bertrand starrte Alvin an. Alvin hob den leeren Colt, in der Hoffnung, Bertrand damit bluffen zu können. Es war von grausiger Faszination, zu sehen, dass der Hüne sich immer noch auf den Beinen halten konnte. Langsam, ganz langsam senkte sich Bertrands Blick auf die Vorderseite seines Pelzmantels, auf der nun Nässe glänzte, und dann auf die Schrotflinte in seiner anderen Hand. Ebenso langsam kam die Schrotflinte nach oben.

Alvin sah es mit dem Schock der Erkenntnis, versuchte, sich aufzurappeln, und rutschte aus. Der Lokführer und der Heizer, die sich in eine Ecke des Führerstands gedrückt hatten, als die Schüsse gefallen waren, blickten sich an. Dann hob der Heizer seine Schaufel, stieß ein wütendes Gebrüll aus und ging auf Bertrand los.

Er hätte nicht brüllen sollen. Bertrand, in dem nicht viel mehr noch funktionieren konnte als Instinkte, Hass und der Wille, diejenigen zu vernichten, die sein Leben zerstört hatten, fuhr herum. Die Schrotflinte dröhnte los und spie eine Flamme und einen Funkenregen in die Kabine. Der Rückschlag der Waffe warf den geschwächten Bertrand gegen die Reling, welche die Brücke sicherte. Einen Augenblick lang ruderte der riesige Mann mit den Armen, aber er war so groß, dass die Reling ihm nicht einmal bis zur Hüfte reichte. Sie bot ihm keinen Halt. Er kippte nach hinten und verschwand zwischen der Lok und dem Tender. Alvin spürte das Holpern des Tenders, als die Räder Bertrand überfuhren, seinen Körper zwischen dem Gleisbett und der Unterseite des Wagens mitschleiften, mitrollten und schließlich liegen ließen. Ihm wurde übel.

Noch übler wurde ihm, als er sich aufrichtete und in das Führerhaus blickte. Er ließ den nutzlosen Colt fallen. Der Heizer war tot. Die Hälfte seines Kopfs fehlte. Der Lokführer lag wie eine blutige Lumpenpuppe in einer Ecke des Führerstands. Er war noch am Leben, aber von Dutzenden von Schrotkugeln getroffen worden. Seine Uniform färbte sich dunkel, noch während er mit großen Augen und weißer werdendem Gesicht zu Alvin herüberstarrte.

Alvin hastete über die Brücke und kniete neben dem Lokführer nieder. Er hörte und fühlte, wie Paul und Moritz ihm folgten.

»Bin jetroffen, Herr Jeneralmajor«, presste der Lokführer mühsam hervor.

»Nicht schlimm«, log Alvin.

»Herr Jeneralmajor ... die Brücke bei Fontenoy ...«

»Ich weiß.«

»Det kann nich mehr weit sein. Wir müssen den Zug anhalten.«

»Können Sie ...«

Der Lokführer schüttelte den Kopf. Seine Hand krallte sich in Alvins Ärmel. »Herr Jeneralmajor ... det Schween war nich alleene!«

»Was?!«

»Der hatte seene Olle dabei!«

Alvin fing Pauls Blick auf. Die Augen seines Freundes wurden groß und rund. »Lily!«, stieß er hervor.

»Ich dachte ...«, begann Alvin, dann hielt er inne. Die Zeit, dumme Fragen zu stellen, kam später. Wenn Lily nicht hier bei Bertrand gewesen war, wo war sie dann ...? Wo sie und Bertrand sich versteckt gehalten hatten, bis der Zug Fahrt aufgenommen hatte, war klar – Alvin dachte an die lose Plane und das durchgeschnittene Tau. Sich darunter bei der Fracht zu verbergen musste ein Kinderspiel gewesen sein. Ebenso leicht, wie sich erneut irgendwo unter einer Plane zu verbergen, als sie – auf dem Rückweg von der Lok zu den Waggons – Alvin, Paul und Moritz hatte kommen sehen. Auf dem Rückweg zu den Waggons … Ein neuer Schock durchfuhr ihn. Er wusste, wo Lily war! An Pauls Blick konnte er erkennen, dass auch sein Freund es wusste.

»Paul!« Alvin sprang auf und packte Paul am Kragen. Er schüttelte ihn. »Du musst den Zug zum Stehen bringen!«

»Lily!«, stotterte Paul. Er starrte Alvin an. Dann sagte er: »Louise …!«

So viel nackte Angst um das Leben eines Menschen hatte Alvin noch nie in den Augen eines anderen gesehen. Diese Angst sagte mehr als alles andere, wie tief Pauls Liebe zu Louise war. Alvin wusste, wie sich diese Angst anfühlte, weil er sie selbst spürte. Und er wusste, dass sie keine Zeit zu verlieren hatten.

»Du bleibst hier und hältst den Zug an!«, brüllte er Paul an, so wie er auf dem Kasernenhof einen störrischen Rekruten angebrüllt hätte. »Ich kümmere mich um Lily!«

Paul war kein Rekrut. Er hielt Alvin fest, als dieser davonstürzen wollte. »Ich komme mit!«, schrie er zurück. »Lily ist meine Schwester! Und ich liebe Louise!«

»Louise ist meine Frau!«

»Das ändert nichts daran, und das weißt du!«

»Jetzt geht schon, ihr beide!«, rief Moritz. »*Ich* halte den Zug an!«

Alvin fühlte sich versucht, in bester Vatermanier zu rufen: »Was, du?«, und konnte sehen, dass Paul drauf und dran war, das Gleiche zu tun. Ihre Blicke trafen sich. Die Eifersucht, die nun zum ersten Mal zwischen ihnen aufgeflackert war – auf Alvins Seite gespeist von dem Kummer, den er immer noch darüber empfand, dass Paul und Moritz in Paris gewesen waren, um Louise zu retten, und nicht er –, ließ in Alvin eine hilflose Wut aufsteigen. Die Wut drang durch den Schock der Erkenntnis, dass der Kampf gegen Lily noch immer nicht vorbei war.

»Haut schon ab!«, schrie Moritz mit überschnappender Stimme. »Antonie und der Kleine sind auch dort hinten! Ich kann den Zug bremsen!«

Alvin zerrte Paul mit sich. »Komm mit!«

Sie rannten zurück, durch den Viehwagen, in dem die Pferde ausschlugen, über die Frachtplattformen. Wenn Lily ihnen einen Hinterhalt gelegt hatte, dann hätte sie sie mit einem weiteren Schuss aus einer Schrotflinte vom Zug fegen können. Wenn sie weitere Männer in Verstecken postiert hatte, dann würden diese sie ohne weiteres abfangen und vom Zug werfen können. Aber niemand hielt sie auf, niemand schoss auf sie. Zu Alvins Zorn gesellte sich Beschämung, als er daran dachte, dass Moritz als Einziger von ihnen vernünftig reagiert hatte. Und welches Vertrauen er ihnen entgegenbrachte. Für ihn ging es sogar um zwei Menschen, die sein Ein und Alles waren. Grundgütiger, und Alvin und Paul hatten sich benommen wie eifersüchtige junge Gockel. All das dachte Alvin auf ihrem windzerzausten, eisglatten Weg über die Frachtwagen zurück ans Heck des Zugs und konnte sich doch nicht von Zorn und Eifersucht frei machen.

»Es waren nur Bertrand und Lily«, sagte Paul keuchend. »Alles, was von ihrem Imperium noch übrig war.«

»Du hast gesagt, sie beide seien tot!«

»Ich habe gesehen, wie ein halbes Haus auf sie fiel.«

»Der Teufel hilft seinen Dienern«, stieß Alvin hervor und erinnerte sich daran, dass er diesen Spruch noch aus seiner Kindheit kannte.

Sie platzten in den Wagen, in dem sie gereist waren, auf die

Gefahr hin, dass Lily mit einer Waffe dort stand und auf sie wartete. Der Wagen war leer. Louise und Antonie waren verschwunden.

Alvin fühlte, wie eine kalte Hand sein Herz ergriff. Ohne anzuhalten, rannten sie weiter, rissen die Tür auf, die zu Bismarcks Wagen führte, und stürzten hinein …

3

Moritz starrte die Bedienhebel der Lok an. Während seiner Zeit in Odessa hatte er sich mit einem Lokführer angefreundet, dem Bruder eines der dortigen Telegraphenbeamten, und war mit ihm öfter auf dessen Lok mitgefahren. Der Lokführer hatte ihm die wichtigsten Handgriffe beigebracht. Aber die Lok war ein kleines, altes Modell gewesen und die Bedienungselemente ganz anders als hier. Auf jedem Wagen hatte ein Bremser gesessen und die einzelnen Bremshebel betätigt. Hier gab es keinen Bremser. Die Lok musste ein anderes Bremssystem besitzen. Nur welches?

Er wandte sich an den Lokführer. Der Lokführer hatte die Augen geschlossen, sein Kopf ruhte auf seiner Brust. Er war entweder besinnungslos oder schon tot.

Die Lichter von Häusern huschten vorbei. Eine kleine Ortschaft. Toul? Mit dem Interesse eines Streckenbauers hatte Moritz sich vor Fahrtantritt erklären lassen, wie die Bahnfahrt verlaufen würde. Rechts lief das Band eines Flusses dunkel durch die Schneelandschaft. Reflexe glitzerten auf der Wasseroberfläche. Die Mosel? Aber der Wasserlauf war zu schmal. Der Rhein-Marne-Kanal! Dann musste das die Ortschaft Foug gewesen sein! Oder Ecrouves. Grundgütiger. Wie weit noch bis zur Brücke? Acht Kilometer? Zehn? Fünf Minuten noch bei diesem Tempo?

»Kruzifix!« Er stöhnte und fasste alle möglichen Hebel und Räder an, ohne zu wagen, eines davon zu betätigen. »Jesus Maria, Grundgütiger und Kruzifix!«

4

Auf den ersten Blick sah alles so normal aus, dass Alvin dachte, die letzten Minuten wären ein Alptraum gewesen. Otto saß in einem bequemen Sessel, den schlafenden kleinen Otto auf der Brust. Sein Gesicht war wie üblich hektisch rot. Louise und Antonie standen links und rechts neben dem Sessel und sahen schockiert zu den beiden hereinstolpernden Männern auf. Die brutale Hitze in Ottos Wagen hüllte Alvin ein wie eine Decke und ließ ihn nach Luft schnappen. Der Schweiß brach ihm aus.

Dann richtete sich jemand in dem Sessel gegenüber von Bismarck auf. Bis jetzt hatte die hohe Sessellehne die Gestalt verdeckt gehalten. Sie lächelte.

Lilys Gesicht war mit kaum verheilten Kratzern übersät, ihre Nase war schief. Sie musste gebrochen gewesen sein. Über den Nasenrücken zog sich der Rest eines blau unterlaufenen Striemens. Ansonsten schien sie unverletzt. Alvins Blicke fielen auf ihre Mitte. Um ihre Taille schlang sich ein Gürtel, der im ersten Moment wie ein Patronengürtel aussah, nur dass die Patronen viel zu groß waren. Sein Herz blieb fast stehen, als ihm klarwurde, dass es Dynamitpatronen waren.

Lily war unbewaffnet. Wenn man das kleine Kästchen in ihrer Hand, das sie jetzt hob und herzeigte, nicht als Waffe gelten lassen wollte. In Wahrheit war es eine tödlichere Waffe als jeder Revolver, denn es war ein Zündmechanismus für die Dynamitpatronen. Ein Kabel lief in starren Windungen von dem Kästchen zu einer der Patronen.

»Stellt euch zu den anderen«, sagte Lily.

»Lily – bitte …«, krächzte Alvin. »Wann endet dein Hass?«

»In der Hölle«, sagte Lily. »Los, rüber zu den anderen.«

»Bertrand ist tot«, sagte Alvin.

Ein Zucken lief über Lilys Gesicht. Sie antwortete nicht.

»Der Zug wird demnächst anhalten. Dein Plan, ihn in den Fluss fahren zu lassen, wird nicht funktionieren. Gib auf, Lily. Warum sollen noch mehr Menschen sterben – Menschen, die dir einmal was bedeutet haben?«

»Keiner von euch hat mir je etwas bedeutet!«, stieß Lily hervor. »Bis auf ihn!« Sie deutete auf Bismarck. »Und er wird so wie ihr alle sterben.« Bismarck erwiderte nichts. Er sah keineswegs verängstigt aus, nur voller Wut. Mit einer Hand hielt er den schlafenden Otto auf seiner Brust.

»Lily …«, bat Louise. »Der Kleine … er hat dir nie was getan …«

»Keiner von uns hat ihr je etwas getan!«, schnappte Alvin.

Lily trat hinter dem Tischchen hervor, das zwischen den beiden Sesseln stand, und hob den Zündmechanismus hoch.

»Lily«, sagte Paul plötzlich mit müder Stimme, »glaubst du ernsthaft, ich hätte dir funktionierendes Dynamit gebracht? Ich habe dir dreißig Kilo Blindstangen geliefert. Nur die zehn Kilo, mit denen die drei Narren deinen Schuppen gesprengt haben, waren echt. Du hast nichts, mit dem du uns bedrohen kannst, außer – wie viel ist das? – fünfzehn Kilo Sägemehl.«

»Ach, Bruderherz«, höhnte Lily. »Immer so klug, immer so

überzeugt davon, das Richtige zu tun, und dabei nicht in der Lage, um die nächste Ecke zu denken. Was glaubst du, wie schwer es war, das Dynamit zurückzustehlen, das ich dem Präfekten geschenkt habe?«

Paul blinzelte. Lily zeigte auf eine der Patronen. Jetzt konnte Alvin erkennen, dass jemand einen Stempel darauf angebracht hatte: ein Schiff auf stilisierten Wellen. Das Stadtwappen von Paris.

Alvin rannte los, ohne nachzudenken – zugleich mit Paul. Er hörte Louise und Antonie erschrocken aufschreien und prallte in Lily hinein. Seine Faust traf ihr Handgelenk. Das Kästchen mit dem Zündhebel wurde ihr aus der Hand geschlagen. Sie kreischte auf und versuchte, es zu fassen zu bekommen. Er sah, wie Paul ebenfalls danach griff. Mit einer Hand versuchte er, die Drähte aus der Dynamitpatrone um Lilys Mitte zu ziehen, aber Lily fuhr ihm mit den Krallen durchs Gesicht, und er musste sie abwehren. Die andere Hand hielt Lilys Handgelenk hoch über ihrem Kopf umklammert. Paul verfehlte das Kästchen und stieß es wieder in die Höhe. Es schien an seinem Draht zu tanzen wie ein Ballon.

Wenn das Dynamit losging, waren sie alle verloren. Ohne sich mit Paul absprechen zu müssen, drängten sie beide Lily zur Wagentür, quetschten sich kratzend und ringend hindurch und taumelten in den vorderen Wagen hinein. Dort herrschte Chaos, weil sie die vordere Wagentür nicht geschlossen hatten und der heulende Fahrtwind alles durcheinanderwirbelte, was im Wagen herumgelegen hatte. Lily verpasste Alvin einen Kopfstoß, der seine Nasenwurzel traf und ihn Sterne sehen ließ. Er hörte Paul keuchen und spürte, wie er in sich zusammensackte. Sie musste ihm das Knie in den Unterleib gerammt haben. Sie kämpfte wie eine Wildkatze. Alvins Griff um ihr Handgelenk rutschte ab. Lily riss sich los.

Alvins Fingernägel gruben Furchen in ihre Haut. Sie schien es gar nicht zu merken. Sie bekam das Kästchen zu fassen. Er sah ihre verzerrten Züge voller Triumph aufleuchten. Sie drehte das Kästchen blitzschnell zwischen den Fingern, um den Daumen auf den Hebel zu bekommen.

Alvin schlang die Arme um sie und schob sie vor sich her. Er tat das Einzige, was er noch tun konnte. Er lehnte sich zur Seite und trat mit dem rechten Bein aus.

5

Moritz spürte den Ruck, der durch den Zug lief, und fuhr herum. Etwa dort, wo der vordere Personenwagen sein musste, stieg ein Ball aus Feuer und hochwirbelnden Trümmerteilen in die Höhe. Fassungslos starrte er die Katastrophe an. Er hatte die schreckliche Ahnung, dass er wusste, was geschehen war. Die Lichter der nächsten Ortschaft sausten an ihm vorbei. Das musste nun Foug sein. Noch zwei Kilometer bis zur Brücke. Voller Panik packte er den Lokführer und schüttelte ihn.

»Wie bremse ich das Ding?!«, brüllte er.

Der schwerverletzte Mann schlug die Augen auf. »Bremskabel«, flüsterte er. »Heberleinbremse. Kabel … unter … dem Wagenboden …«

Moritz hatte davon gehört. Ein den ganzen Zug entlanglaufendes, straff gespanntes Kabel hielt durch ein kompliziertes mechanisches System die Bremssohlen von den Rädern entfernt. Löste man das Kabel oder riss es, bremste der Zug automatisch ab. Er begann, nach der Haspel zu suchen, auf die das

Kabel aufgerollt war. Da! Er schlug gegen die Haspel. Nichts tat sich. Er hatte nicht die Geduld, nach dem Lösehebel zu suchen. Er nahm die Schaufel des Heizers und drosch mit wuchtigen Schlägen auf die Haspel ein. Sie sprang aus der Halterung.

Moritz wartete nicht ab, bis der Zug zu bremsen begann. Er stürzte über die Brücke in den Tender und rannte in Richtung Zugheck.

Als er durch den Viehwagen lief, bremste der Zug immer noch nicht. Er musste etwas falsch gemacht haben.

6

Der Ruck der Explosion ließ Louise und Antonie taumeln. Heiße Luft drang durch die offene Tür herein, Trümmer wirbelten durch die Öffnung. Bismarck warf sich nach vorn und schützte so den Säugling. Der kleine Otto wachte auf und begann zu greinen. Aus den hinteren Wagen, wo die kaiserlichen Verwandten und die Gardisten saßen, ertönten Schreckensschreie. Louise dachte nur an Paul und Alvin. Ihr Entsetzen war so groß, dass sie es in sich kreischen hörte.

Sie stürzte durch die Tür in den vorderen Waggon. Wind und Schnee erfassten sie und warfen sie fast um.

Die vordere Wand des Wagens fehlte. In der Hälfte der Seitenwände ratterten und schlugen lose Planken. Alles Mobiliar im Wagen war wild durcheinandergeworfen. Decken und Fenstervorhänge flatterten wie die Flügel wild gewordener Riesenvögel.

Die Frachtplattform, die vor dem ersten Personenwagen eingespannt war, glomm in der Finsternis. Der Fahrtwind ließ Funken in die Höhe sprühen. Sie war vollkommen leer. Was immer darauf gewesen war, hatte die Explosion heruntergefetzt. Rauch quoll von ihr in die Höhe. Durch den Rauch sah Louise eine Gestalt heranstolpern. Alvin!, dachte sie, weil die Gestalt die hochgewachsene, schlanke Figur ihres Mannes hatte. Paul!, dachte sie dann, weil sie sich bewegte wie der Mann, dem die andere Hälfte ihres Herzens gehörte. Dann erkannte sie, dass es Moritz war.

Sie wusste, was geschehen war, als wäre sie dabei gewesen. Alvin und Paul hatten Lily auch durch diesen Wagen gedrängt, ineinander verklammert wie in einen tödlichen Tanz, jeder in dem Versuch, das Kästchen mit dem Zündmechanismus in die Hand zu bekommen. Sie waren mit ihr auf die Frachtplattform hinausgefallen.

Und Lily hatte das Kästchen zu fassen bekommen.

Ihre Rache an Otto von Bismarck würde aufs Neue unvollendet bleiben. Aber sie konnte Rache an denjenigen nehmen, die ihre Vergeltung immer verhindert hatten. Auf sie wartete ohnehin nichts als der Strang.

Sie hatte den Daumen gesenkt.

Fünfzehn Kilogramm Dynamit waren explodiert, hatten die Fracht von der Plattform geschleudert. Die Explosionswucht war nach oben und zur Seite freigesetzt worden, so dass der Frachtplattform selbst nichts passiert war außer einem glimmenden Loch in seiner Beplankung. Die drei Menschen, zwischen deren Körpern das Dynamit hochgegangen war, mussten davon pulverisiert worden sein.

Ein neuer Ruck lief durch den Zug. Ein Kreischen wurde laut, Funken sprühten unter allen Wagen hervor. Er begann zu bremsen.

Lily war tot.

Alvin und Paul waren tot.

Louise fiel auf die Knie, zwischen die Trümmer des Wagens, in dem sie noch vor so kurzer Zeit vollkommen glücklich gewesen war. Sie rollte sich zusammen, schlang die Arme um ihren Oberkörper und schrie, kreischte, brüllte ihren Schmerz hinaus in den schneidenden Fahrtwind, und niemand, der sich ihrer annahm, nicht ihr Sohn, nicht ihre Schwiegertochter, nicht die Gardisten aus den kaiserlichen Wagen, nicht der neuernannte Reichskanzler Otto von Bismarck konnten sie trösten, bis sie das Bewusstsein verlor und ihre Seele Trost in den Träumen und Erinnerungen fand, die sie während ihrer Ohnmacht besuchten.

Epilog

Gut Briest, Sommer 1871

Der Wind raute die Wasserfläche des großen Teichs auf und zerriss das Spiegelbild der hohen Bäume. Es war ein warmer Wind, ein Sommerwind, der von Osten herwehte. Er legte sich wieder, und die Bäume und der Himmel darüber erschienen erneut, als sich das Wasser beruhigte.

Louise saß am Westufer des Teichs und starrte hinein. Sie sah ihr Spiegelbild. Es war noch früh am Vormittag, die Sonne stand im Osten, die Wasseroberfläche reflektierte das Licht und warf es in ihr Gesicht. Sie sah ihre gebräunte Haut, die Sommersprossen, die sich darüberzogen, die Falten um die Mund- und Augenwinkel, die das Sonnenlicht ihr zeigte, die grauen Strähnen in ihrem aufgesteckten dunklen Haar. Sie versuchte, das junge Mädchen in diesem Gesicht zu finden, das aus dem Spiegel in dem großen Haus in Paris geschaut hatte, bevor alles anders geworden war. Sie nickte dem jungen Mädchen zu, als sie es gefunden hatte.

»Wenn du es dir aussuchen könntest, würdest du alles noch einmal erleben wollen?«, fragte sie das junge Mädchen.

Die Spiegelung eines zweiten Gesichts erschien neben dem ihren. Eine Stimme sagte, noch schlaftrunken: »Auf ein paar Sachen ließe sich verzichten, oder? Jesus Maria, ich bin noch mal eingeschlafen. Warum musstest du das Morgenpicknick wirklich am Morgen beginnen lassen?«

Sie fühlte den Kuss, den Paul ihr auf die Wange drückte, und schloss wohlig die Augen. Sie wandte sich ihm zu und erwiderte den Kuss. »Weil noch vor dem Mittagsläuten wieder eine Horde von Pächtern vor der Tür steht und Rat braucht vom Gutsherrn oder Geld leihen will für einen neuen Karren, eine neue Sense oder für die Hochzeit irgendeines Kindes. Wir haben nur dann unseren Frieden, wenn die anderen schlafen, das müsste dir mittlerweile klar sein.«

»Wir hatten auch da keinen Frieden«, sagte Paul und drückte Louise an sich. Sie spürte durch den dünnen Stoff ihres Hemds seinen nackten Oberkörper und fühlte erneut Lust in sich aufsteigen, obwohl sie sich erst vor einer Stunde geliebt hatten, im Schutz der Bäume und der Hecke, die um ihren Lieblingsplatz hier am Teich wuchsen.

»Du hast angefangen«, sagte sie und küsste ihn.

»Du hast nicht gesagt, dass ich aufhören soll.«

»Du bist der Gutsherr. Ich folge deinem Befehl.«

»Nein, du bist die Gutsherrin. Ich habe nur versucht, deine Wünsche zu erahnen.«

»Du erahnst meine Wünsche immer sehr genau, mein Lieber.«

Sie spürte Pauls Lächeln an ihrer Wange. »Weil du nie müde wirst, sie mir mitzuteilen«, flüsterte er ihr ins Ohr.

Sie küssten sich erneut, wissend, dass die Zweisamkeit für diesen Tag bald beendet sein würde und sie erst heute Nacht wieder Zeit füreinander haben würden – wenn sie todmüde ins Bett sanken. Seit sie im Frühjahr Briest übernommen hatten, war der Morgen ihre Zuflucht geworden – die Zeit für Gespräche, die Zeit für Zärtlichkeiten, die Zeit für die Liebe, die Lust und die Sinnlichkeit.

Einer der Gardisten hatte Paul unter dem Mobiliar gefunden. Er hatte aus einer Stirnwunde geblutet, wo ihn ein Trümmerteil getroffen hatte, und war besinnungslos gewesen.

Er hatte Alvin und Lily voneinander trennen und dann mit Lily aus dem Wagen springen oder sie auf die Frachtplattform drängen wollen. Er hatte gewusst, dass sie die Zündung auslösen würde, und sich gesagt, wenn schon jemand mit ihr sterben musste, dann sollte es ihr Bruder sein. Er hatte einen gewaltigen Tritt gespürt, noch bevor er seine Absicht umsetzen und Alvin einen Schlag gegen die Schläfe versetzen konnte. Er war zur Seite getaumelt, über einen Sessel gefallen und zu Boden gegangen. Er hatte Lily und Alvin, einander umklammernd wie ein hasserfülltes Liebespaar, durch die Tür straucheln sehen. Er hatte sich aufgerappelt und war ihnen hinterhergestürzt.

Die Explosion hatte ihn zurückgeschleudert, noch bevor er die Tür erreichen konnte. Wäre er schneller gewesen, wäre er ebenfalls tot gewesen. So hatte er nur eine Menge Prellungen davongetragen, die Platzwunde auf der Stirn und einen großen blauen Fleck an der Hüfte, wo Alvins Tritt ihn getroffen hatte. Der blaue Fleck war Alvins Abschiedsgeschenk gewesen. Er war das Einzige, was von ihm übriggeblieben war – außer dem Testament, das ihnen einige Wochen später eröffnet wurde und in dem Louise und Paul als die Erben von Briest eingesetzt worden waren. Die Wohnung in Berlin ging an Moritz und Antonie, aber sie stand leer, weil die beiden mit dem kleinen Otto im kanadischen Halifax lebten. Otto von Bismarck hatte Wort gehalten und Moritz eine neue, bessere Stelle bei Siemens beschafft – Moritz war nun einer der Projektleiter für den Plan, ein Transatlantikkabel von Irland nach Kanada zu verlegen.

Hand in Hand gingen sie zum Gutshaus hinüber. Louise fragte sich, ob sie den Reichskanzler jemals wieder auf Briest begrüßen würde, und empfand zu ihrem eigenen Erstaunen Wehmut, als ihr klarwurde, dass dies nicht der Fall sein würde. Bismarck hatte sie auf seine Weise geachtet, aber nicht mehr; und Paul als Alvins Freund akzeptiert. Seine eigentliche Bindung an Briest war jedoch Alvin gewesen, dieser ungleiche, ihm immer unterlegene Freund, der doch all das bekommen hatte, was Bismarck für sich gewollt hatte: die Erfüllung seiner großen Liebe, die Achtung seiner Umwelt und den Opfergang für die Menschen, die er geliebt hatte.

Louise fragte sich, wo der Reichskanzler nun gerade sein mochte. Sie wusste, dass er bereits neue Kämpfe mitten im Frieden führte – gegen die Ansprüche des römischen Papsttums, das sich im letzten Jahr selbst als unfehlbar erklärt hatte, gegen den plötzlichen Argwohn des restlichen Europa dem neuen Deutschen Reich gegenüber, gegen das Vordringen von Liberalismus auf der einen und sturem Nationalismus auf der anderen Seite, gegen die am Horizont heraufdämmernde neue Wirtschaftskrise. Der Kaiser hatte Bismarck im Frühjahr in den Fürstenstand berufen, das Volk ehrte ihn, indem es die Statuetten, Büsten, Briefbeschwerer, Porträts und sonstigen Memorabilien kaufte, die es von ihm gab, und die neu auf den Markt gekommenen Bismarck-Heringe verzehrte. Louise konnte ein paar von diesen Dingen kaufen, wenn sie Bismarck auf Briest haben wollte. Aber ihn persönlich würde sie nie wieder hier zu Gast haben.

Vor dem Eingang des Gutshauses warteten bereits zwei Pächterpaare und verbeugten sich vor Louise und Paul. Zwischen ihnen standen zwei aufgeregt grinsende, rosig geschrubbte junge Leute und hatten nur Augen füreinander.

Paul ließ Louises Hand los, und sie sah ihm zu, wie er die hoffnungsvollen Brautleute und ihre Eltern ins Haus führte. Dann ging sie an ihre eigene Arbeit.

Aber zuvor legte sie wie jeden Tag eine Rose auf die Grabplatte in der Kapelle des Guts, auf der Alvins Name eingemeißelt war.

Nachwort

Beim Geschichtenerzählen ist es eine der Hauptaufgaben, auszusparen und wegzulassen. Auf den ersten Blick und aus dem Mund des Autors mag sich das seltsam anhören, wenn man gerade eine Geschichte von so vielen Seiten gelesen hat. Glauben Sie mir, auf diesen Seiten habe ich mehr historische Details weggelassen als hineingeschrieben. Das 19. heißt ja auch das »lange« Jahrhundert, weil es kulturell, geistig und politisch bereits mit der Französischen Revolution beginnt und erst mit dem Beginn des Ersten Weltkriegs zu Ende geht. Es dürfte mit Fug und Recht auch das »spannende« Jahrhundert heißen. Kaum eine Epoche hat so intensiv die Grundlagen für unsere heutige Welt gelegt wie die Zeit zwischen 1789 und 1914.

Bitte sehen Sie es mir daher nach, liebe Leserinnen und Leser, dass ich mich in diesem Roman über die Einigung Deutschlands und den Architekten dieser Einigung, Otto von Bismarck, auf die historischen und erfundenen Figuren konzentriert und Ereignisse, von denen sie nicht unmittelbar betroffen waren, gar nicht oder nur am Rand erwähnt habe. So sind die Bildung des viktorianischen Empire, der amerikanische Bürgerkrieg, die Erschließung Südamerikas oder die Kartographierung der Welt, um nur ein paar zu nennen, vom Schreibtisch gefallen, anstatt in den Roman einzufließen. Nicht dass sie nicht im ersten Entwurf des Exposés eine Rolle gespielt hätten … aber wie gesagt, als Geschichtenerzähler muss man lernen, auszusparen und wegzulassen.

Andere geschichtliche Bezüge lassen sich vielleicht gar nicht als solche erkennen, weil sie lediglich Vignetten der Historie sind. So findet sich die Episode, in der Bismarck seine verkaterten Gäste aufweckte, indem er in die Fenster ihres Schlafzimmers schoss, in Robert von Keudells *Erinnerungen aus den Jahren 1846 bis 1872* wieder. Die Hochzeitsfeier, auf der Bismarck und ein Gast sich gegenseitig anschrien, weil der launige Bräutigam beiden gesagt hatte, der jeweils andere sei schwerhörig, war die Heirat von Marie von Thadden, Bismarcks großer Liebe, und Moritz von Blanckenburg. Bismarcks Gesprächspartner war in Wahrheit Hans von Kleist-Retzow, der zu einem langjährigen Freund Bismarcks wurde. Erzählt wird diese Anekdote in Hermann von Petersdorffs *Lebensbild* über Kleist-Retzow.

Was mich dazu bringt, zuzugeben, dass ich nicht alle von Bismarcks Aussagen im Roman selbst formuliert habe. An manchen Stellen habe ich aus seinen Briefen direkt oder mit kleinen dramaturgischen Änderungen zitiert oder Teile seiner protokollarisch festgehaltenen Reden verwendet. Bismarcks Lebenserinnerungen waren mir dabei ebenfalls sehr behilflich – so stammt z. B. der Dialog zwischen Bismarck, Moltke und Roon in der Szene mit der Emser Depesche fast wörtlich aus Bismarcks Memoiren. Ähnlich bin ich auch mit den Texten von Originaldokumenten verfahren, die ich gegen mehrere Quellen geprüft habe, bevor ich sie im Roman verwendete.

Weitere kleine Recherchedetails sind die Namen von Alvins Offizierskameraden und Vorgesetzten. Wann immer sie genannt werden, handelt es sich um wirkliche Personen, die auch zu der Zeit die Position innehatten, die sie im Roman bekleiden. Mit Ausnahme von Feldwebel Bronikowski und Gardist Trönicke sind alle namentlich genannten Militärs Persönlichkeiten der Zeitgeschichte, egal ob auf preußischer, österreichischer oder französischer Seite. Dies gilt auch für alle mit Namen auftretenden Junker, Politiker, Diplomaten, Beamten – halt, Alexandre DuPlessys ist erfunden! –, Unternehmer, Bankiers, und Presseleute. Erfunden habe ich von den namentlich genannten Eisenbahnern nur Armand, den Arbeiter, der kurz einmal Bronikowskis Stelle einnimmt, sowie die Truppe, mit der Paul versucht, dem Dynamitschmuggel auf die Spur zu kommen. Alle anderen hat es wirklich gegeben – so wie auch die französischen Sureté-Beamten. Hier ist lediglich der korrupte Pascal Forès, der mit Pierre Charrier zusammenarbeitet, meine Erfindung.

Lassen Sie mich nun auf den nachfolgenden Seiten versuchen, einige der historischen Fakten, die in meinem Roman eine Rolle spielen, in ihren Kontext zu rücken oder zu vertiefen.

Bevor ich damit beginne, aber noch kurz ein Geständnis: An einer Stelle habe ich bei der Topographie geschummelt. Ich habe versucht, die Handlungsorte so real wie möglich zu beschreiben, wie sie mir in zeitgenössischen Schilderungen oder auf meinen Recherchereisen begegnet sind, aber bei Gut Briest habe ich eine Ausnahme gemacht. Dem ortskundigen Leser wird vielleicht klar sein, dass Alvins Gut dort stehen muss, wo sich heute, etwa auf halbem Wege zwischen Tangermünde und Rathenow, der kleine Ort Briest befindet. Doch die Beschreibung des Gutshauses stammt von Gut Briest bei Tangerhütte, auf der anderen Seite der Elbe und eine knappe Stunde Fahrzeit mit dem Auto von der Ortschaft Briest entfernt. Interessant ist, dass Gut Briest – welches mit seinen Park- und Gartenanlagen zu den »Gartenträume-Parks« Sachsen-Anhalts zählt – von jeher einem Seitenzweig der Familie Bismarck gehört; daher auch die Nebenbemerkung Otto von Bismarcks bei seiner ersten Begegnung mit Alvin, dass ihre Familien weitläufig verwandt seien.

Bismarcks Militärkarriere

Bismarcks erste Begegnung mit Alvin spielt auf Bismarcks sehr kurzes Gastspiel im Militärdienst an. Bismarck war als Student ein ausgezeichneter Fechter, gewiss kein Feigling und auch niemand, der einer Rauferei aus dem Weg ging. Dennoch versuchte er unter Hinweis auf eine Armverletzung, dem Militär zu entgehen, und wählte schließlich, weil es nicht anders ging, den Dienst als Einjährig-Freiwilliger, eine Wehrpflichtalternative für Bessergestellte. In seinem späteren Leben als Bundes- und Reichskanzler bereute er diese Entscheidung und versuchte, den Makel in seinem Lebenslauf durch geradezu operettenhaft militärisches Auftreten wettzumachen.

Der Adler

Der »Adler«, Pauls Wunschtraum und Nemesis, galt im Jahr 1835 als die neueste Entwicklung auf dem Dampflokomotivensektor. Die Maschine wurde bei Stephenson & Co. in Newcastle upon Thyne gebaut, in seine Einzelteile zerlegt und per Schiff und Maultier nach Nürnberg gebracht, wo man sie wieder zusammenbaute – unter Anleitung von William Wilson, einem Ingenieur aus der Werkstatt Robert Stephensons, der als hochbezahlter Spezialist sogar mehr verdiente als der Direktor der Ludwigs-Eisenbahngesellschaft. Die Jungfernfahrt des »Adler« am 07. 12. 1835, bei der Wilson auf dem Führerstand stand, gilt als die erste rein dampfgetriebene Eisenbahnfahrt Deutschlands und überwand die Strecke von Nürnberg nach Fürth. Sowohl die Lok als auch ihr Lokführer Wilson wurden sofort zu Idolen. Die Verehrung für den »langen Engländer« ging so weit, dass die Ticketverkäufe sanken, wenn Wilson nicht als Lokführer eingeteilt war. Wilson, der trotz anderslautender Vereinbarungen keinerlei Interesse mehr daran hatte, in seine Heimat zurückzukehren, und in

Nürnberg blieb, überlebte seinen »Adler« nur um vier Jahre. Mittlerweile völlig veraltet, wurde der »Adler« 1858 zur Verschrottung an einen Augsburger Eisenwarenhändler verkauft. Wilson starb 1862 im Alter von dreiundfünfzig Jahren an den schweren Gesundheitsschäden, die er sich durch die Fahrten bei Wind und Wetter auf dem Führerstand des »Adler« zugezogen hatte.

Die Brüder Flachat

Eugène und Stéphane Flachat waren französische Eisenbahnpioniere. Der ältere Eugène leitete, zunächst als Chefingenieur, später als Direktor, die Eisenbahngesellschaft *Compagnie des chemins de fer de l'Ouest* (Westeisenbahn-Gesellschaft) und war außerdem für zahlreiche Bahnhofs- und Brückenbauten als Architekt oder Konstrukteur verantwortlich. Nach seinen Plänen wurden unter anderem der heutige Gare Saint-Lazare und der Gare Montparnasse gebaut. 1837 eröffnete er die erste ausschließlich mit Dampfkraft betriebene Eisenbahnstrecke Frankreichs von Paris nach Le Pecq.

Beide Brüder waren ab 1842, nach der Verabschiedung des Eisenbahngesetzes, am Ausbau des »Grand Stern« oder »Ètoile de Legrand«, dem zentral auf Paris ausgerichteten Eisenbahnnetz Frankreichs, beteiligt.

Kürzeste Amtszeit

Der amerikanische Präsident mit der kürzesten Amtszeit von allen war William Harrison – er regierte vom 4. März bis zum 4. April 1841. Er starb tatsächlich an einer Lungenentzündung als Folge seiner Inaugurationsrede.

Die Oper

Die Oper, die Levin von Briest in der Berliner Königlichen Oper Unter Den Linden besucht, hieß *Hans Heiling* und wurde 1833 uraufgeführt. Die Oper gilt als eines der wichtigsten Werke seiner Zeit. Einige Arien daraus gehören noch immer zum Standardrepertoire bei Konzerten.

Gottfried Semper hatte tatsächlich Sympathie für die Revolution. Zusammen mit seinem Freund Richard Wagner trat er als überzeugter Republikaner für die Bürgerrechte ein und half sogar mit, die Barrikaden in Dresden effizienter zu bauen. Er musste deshalb 1848 aus Dresden fliehen; der Haftbefehl der sächsischen Polizei gegen ihn blieb bis 1863 bestehen.

Eisenbahnpoesie

Die poetische Anwandlung, die Stéphane Flachat beim Studium der Pläne befällt, ist von Heinrich Heine entlehnt, der angesichts der immer weiter wachsenden Schienenstränge ein neues Europa vor Augen hatte und im Pariser Exil darüber schrieb: »Mir ist, als kämen die Berge und Wälder aller Länder auf Paris angerückt. Ich rieche schon den Duft der deutschen Linden; vor meiner Tür brandet die Nordsee.«

Aufstand in Berlin

Bezüglich des Berliner Barrikadenaufstands kann man noch einmal kurz über Topographie sprechen. Pauls Wohnung liegt, wie im Roman angedeutet, in der Neuen Königsstraße. Die Straße gibt es in ihrer ursprünglichen Form heute nicht mehr. Ihrem Verlauf folgt nun die Otto-Braun-Straße, eine mehrspurige Ausfallstraße, auf der Tag und Nacht der Verkehr braust. Man möchte nicht glauben, dass die originale Neue Königsstraße so eng war, dass sie sich schon in den siebziger Jahren des 19. Jahrhunderts zu einem Nadelöhr im Berliner Verkehrsaufkommen entwickelte.

Der Alexanderplatz, so wie ihn der Roman schildert, ist ebenfalls verschwunden. Ein extrem wichtiger Teil der deutschen Geschichte ist hier nach dem Krieg von seelenloser Architektur zubetoniert worden. Um Gerechtigkeit herrschen zu lassen, sollte man jedoch erwähnen, dass die Art und Weise, wie der nach 1945 völlig zerstörte Platz wiederaufgebaut wurde, nicht allein sozialistischer Ästhetik entsprungen ist. Schon um 1930 herum erarbeitete Le Corbusier eine Vision von einem verkehrsgerechten Alexanderplatz, von der sich einiges in der heutigen Topographie wiederfindet. Steht man jedenfalls auf dem überlaufenen, zuweilen von Verkaufsbuden zugestellten Platz, kann man sich auch mit der größten Phantasie die Dramatik des Aufstands im März 1848 nicht mehr vorstellen.

Die zweihundertvierundfünfzig sogenannten Märzgefallenen des Barrikadenaufstands in Berlin 1848 sind auf einem eigenen Friedhof im Volkspark Friedrichshain beerdigt. Auf der Namensliste findet sich auch ein C. Ludwig Kühn, ein zwölfjähriger Knabe. Er war die Vorlage für Paul Kühn. Alfons Alfred von Boganowski wurde nicht auf diesem Friedhof bestattet. Sein Vater, ein pensionierter General, ließ ihn schwerverwundet auf das Familiengut in Hinterpommern bringen, wo er wenig später verstarb.

Lilys geplanter Anschlag auf Bismarck auf dessen Gut Schönhausen misslingt, weil Otto von Bismarck gar nicht zugegen ist. Tatsächlich war es so, dass Bismarck auf die Neuigkeiten vom Aufstand reagierte, indem er seine ihm ergebenen Bauern bewaffnete. Er selbst begab sich nach Potsdam zu General von Prittwitz und bot diesem seine Männer für einen Marsch auf Berlin an. Prittwitz, der weniger Straßenkämpfe im Sinn hatte, sondern die Stadt vielmehr mit Artillerie beschießen wollte, lehnte ab.

Das Eisenbahnunglück

Der Eisenbahnunfall von Avenwedde bei Gütersloh am 21. Januar 1851 war zum einen der erste Unfall eines Reisezugs in Deutschland mit mehreren Toten. Es war der bis dahin schwerste Eisenbahnunfall in Deutschland, drei Menschen starben. Zum anderen wurde dabei auch der mitreisende Prinz Friedrich Wilhelm von Preußen, der spätere Kaiser Friedrich III., leicht verletzt. Die Toten waren der Lokführer Klein und der Heizer Majowski, deren Vornamen leider nicht überliefert sind, und der amerikanische Gesandtschaftssekretär John Anders, der auf der Heimreise war, um in New York zu heiraten. Ich habe den Verlauf des Unglücks weitestgehend so geschildert, wie er überliefert ist.

Die offiziellen Untersuchungen der Bahngesellschaft erbrachten als Ergebnis für die Unfallursache – nichts. Ganz offensichtlich wurde hier etwas vertuscht. Es ist erstaunlich, dass das preußische Königshaus sich damit zufrieden zeigte. Allgemein wird angenommen, dass eine Fehlkonstruktion der »Longboiler«-Lok von Robert Stephenson schuld am Unglück war. Die Achsabstände der Grundkonstruktion waren gleichgeblieben, so dass der lange Tender über die äußeren Achsen des Chassis hinausragte und die Lok ins Schwingen brachte.

In der Folge wurden diese Loks umkonstruiert. Die Reputation von Robert Stephenson wurde durch diesen Vorfall schwer beschädigt, was den deutschen Herstellern wie Borsig und Maffei mehr Marktanteile verschaffte.

Prinz Friedrich Wilhelm spendete der Gütersloher Martin-Luther-Kirche einen Taufengel zum Dank für seine Rettung. Unmittelbar neben dem Unfallort wurde 1866 ein Denkmal errichtet. 1969 wurde es unter ungeklärten Umständen abgerissen.

Tempolimit

Das Reglement der preußischen Bahn, auf ihren Strecken nur maximal fünfundsiebzig bis neunzig Stundenkilometer zuzulassen, stammt in Wahrheit erst aus dem Jahr 1885. Es wurde aus Sicherheitsgründen eingeführt, da man bei den höheren Geschwindigkeiten die »Fehlbarkeit der menschlichen Beamten« fürchtete. Das wirft entweder ein sehr gutes Bild auf die Fürsorge des preußischen Verkehrsministeriums für seine Fahrgäste oder ein sehr bedenkliches auf die Qualität der preußischen Bahnbeamten.

Königgrätz

Die Schlacht von Königgrätz habe ich extrem gekürzt und nur in den Auszügen dargestellt, die sich den Romanfiguren erschlossen hätten, wären sie dort gewesen, wohin ich sie gestellt habe. Innerhalb dieses Rahmens habe ich die Geschehnisse wahrheitsgetreu dargestellt. Die 7. Division führte einen einsamen Kampf im Swiepwald gegen die beiden Korps von Festetics und Thun, weil die Verstärkung am Flussufer wegen starker österreichischer Artillerie liegen blieb; gleichwohl war die eigenmächtige Aktion der beiden Korpsgenerale der Schlüssel für den preußischen Sieg, weil sie dadurch die österreichische Front für den Angriff der Zweiten Armee unter Kronprinz Friedrich öffneten. Die Telegraphenverbindungen, die sich im Deutsch-Dänischen Krieg so effektiv gezeigt hatten, waren in Königgrätz fehleranfällig, zeitweise musste die Verbindung zwischen den Kommandeuren wie in den alten Zeiten mit Meldereitern aufrechterhalten werden. Der Generalstab, aber auch der König waren verärgert über Moltkes extrem enge Zeitplanung und sein Beharren auf dem Einsatz von Zügen als Truppentransportmittel; eine Strategie, die durch die Entführung der sächsischen Lokomotiven nach Eger ins Wanken geriet. Bismarck war schon vor der Schlacht nervös und fürchtete, einen zu großen Happen abgebissen zu haben; dass er plante, im Fall der Niederlage auf dem Feld zu fallen, ist ein fast wörtliches Zitat. Das Rote Kreuz hatte dreißig Delegierte zur Schlacht geschickt, der geplante Abtransport der Verwundeten mit Feldlokomotiven funktionierte nur bedingt. Die Zweite Armee traf viel zu spät, aber gerade noch rechtzeitig ein, um das Ruder herumzureißen. Nach ihrem Erscheinen auf dem Schlachtfeld gegen 14.00 Uhr war eine Schlacht, die seit 8.00 Uhr morgens hin und her tobte, innerhalb einer Stunde entschieden. Es ging so schnell, dass der österreichische Oberbefehlshaber Benedek den Überbringer der Botschaft, die Schlacht sei verloren, ungläubig anfuhr: »Plauschens ned so dumm!«

Dass die Garde, die als erstes Regiment der Zweiten Armee auf der Hügellinie über Königgrätz erschien, allerdings eine Strecke mit dem Zug befördert wurde, habe ich erfunden, ebenso die Anwesenheit ziviler Telegraphenbeamten im Swiepwald. Man könnte über die Schlacht von Königgrätz ein eigenes Buch verfassen; die Historiker schreiben den Erfolg der preußischen Armee weitestgehend deren moderner Kriegsführung mit Zündnadelgewehren, Telegrapheneinsatz und Eisenbahntransporten zu. Betrachtet man die Sachlage genauer, stellt man fest, dass die königlich-kaiserlichen Truppen durch deren überlegene Artillerie und Kavallerie die Nachteile ausgleichen konnten. Aber die Preußen waren disziplinierter, besser geführt und verfügten durch ihre Wehrpflichtpolitik in allen Rängen über intelligente Soldaten. Ihre Offiziere waren es gewohnt, selbständig zu denken.

Herbert von Bismarck

Eine kleine Rolle spielt Herbert von Bismarck, Ottos ältester Sohn, dem sich Alvin freundschaftlich verbunden fühlt und den er sehr schätzt als einen Mann, der nur die guten Seiten seines Vaters geerbt hat. Er gilt als Otto von Bismarcks Lieblingssohn. Bismarck ermöglichte ihm eine Karriere im Auswärtigen Amt – und verhinderte gleichzeitig mit all seiner manipulativen Macht eine tiefe Liebe zwischen Herbert und der geschiedenen Elisabeth zu Carolath-Beuthen. Herberts große Liebe gehörte über ihre verwandtschaftlichen Beziehungen zu einer Bismarck feindlich gesinnten politischen Fraktion, daher konnte der Bundeskanzler sich nicht damit abfinden, die Verbindung zuzulassen. Am Scheitern dieser Liebe zerbrachen sowohl Herbert als auch Elisabeth. Der hoffnungsvolle Sohn Otto von Bismarcks wurde danach zu einem jähzornigen Alkoholiker, dem seine Zeitgenossen nur noch mit Distanz begegneten. Seine Karriere beendete er als preußischer Minister. Er starb 1904 mit fünfundfünfzig Jahren und bereute noch auf dem Totenbett, dass er seine große Liebe Elisabeth aufgegeben hatte.

Bismarcks Burn-out

Nach Königgrätz nahm Otto von Bismarcks ohnehin schroffer, zu Hysterie neigender Charakter eine deutliche Wendung hin zur Irrationalität. Mein Roman folgt der sanft zwischen den Zeilen angedeuteten These Jonathan Steinbergs, Bismarcks aktuellstem Biographen, dass der Zusammenbruch des Bundeskanzlers im Jahr 1866 daran schuld sein könnte. Heute würde man diesen Zusammenbruch als Burn-out bezeichnen. Hinterher war Bismarcks Gesundheit erschüttert, und sein Nervenkostüm lag ständig blank. Viele der negativen Bewertungen seines Charakters stammen hauptsächlich aus dieser Zeit. Man muss ihn sich wohl nach 1866 als Mann vorstellen, der sich von allen Freunden verlassen fühlte – ohne genügend Selbsterkenntnis zu besitzen, um zu begreifen, dass er selbst daran schuld war – und der überzeugt war, dass nur er allein Preußen ans Ziel bringen konnte, weil alle anderen zu naiv, zu intrigant oder zu faul dazu waren – die königliche Familie eingeschlossen. Wie ein echter Paranoiker bürdete er sich die Verantwortung für die großen Entscheidungen wie für die kleinen auf und geriet völlig außer Fassung, wenn auch vollkommen unwichtige Entschlüsse, die er getroffen hatte, nicht umgesetzt wurden. Die wahre Kraft Bismarcks erschließt sich nicht zuletzt daraus, dass ein Mann mit diesem Handicap es dennoch schaffte, sein großes politisches Ziel zu erreichen und einer Epoche seinen Stempel aufzudrücken.

Französische Kapitulation

Die Schlacht von Sedan am 1. September 1870 sollte von all den Gefechten, welche die französische Erde während des Deutsch-Französischen Kriegs mit dem Blut beider Seiten tränkte, die politisch entscheidendste werden – nicht zuletzt, weil es den von seiner Anwesenheit völlig überraschten Preußen gelang, Kaiser Napoleon III. dabei gefangen zu nehmen. Ein ganzes französisches Armeekorps, das sich in Sedan verschanzt hatte, wurde an diesem Tag vernichtend geschlagen.

Der französische General Emanuel de Wimpffen, der nach der Verwundung des eigentlichen Oberbefehlshabers Patrice de MacMahon das Kommando übernommen hatte, suchte am Abend des 1. September ein Kapitulationsgespräch mit Helmuth von Moltke und Otto von Bismarck, das in Donchéry stattfand. Die Gesprächspartner erzielten aber keine Einigung, da sich Wimpffen nicht zur Niederlegung der Waffen und Kriegsgefangenschaft der ganzen Armee bereit erklären wollte. Wegen der Weigerung des Generals, am nächsten Tag die Gespräche wiederaufzunehmen, versuchte der bereits gefangengenommene Kaiser Napoleon III. am Morgen des 2. September in einer Unterredung mit Bismarck, eine Milderung der Kapitulationsbedingungen zu erlangen. Auch dieses Gespräch endete ohne Zugeständnisse von preußischer Seite. Kurz vor Ablauf des bereits einmal verlängerten Ultimatums, nachdem die Festung Sedan mit schwerer Artillerie hätte beschossen werden sollen, unterschrieb Wimpffen dann doch noch die Kapitulation.

Die Schlacht von Sedan allein forderte auf französischer Seite siebzehntausend Tote, auf preußischer jedoch »nur« dreitausend. Die Worte, die Kaiser Napoleon im Roman in einem Brief formuliert, sagte er in Wahrheit tatsächlich bei der Zusammenkunft mit König Wilhelm nach der Unterzeichnung der Kapitulationsurkunde.

In Paris verursachte der Fall von Sedan die Absetzung von Kaiser und Kaiserin sowie die Einführung einer Republik, mittlerweile der dritten. Kriegsminister Leon Gambetta führte den Kampf gegen Deutschland weiter und befahl die Mobilisierung von Freischärler-Einheiten, sogenannten *franc-tireurs*, die hinter den deutschen Linien Sabotageakte unternehmen sollten. Auch die Beschießung des belagerten Paris ab Januar 1871 war eine Folge der hartnäckigen Weigerung der Republik, sich zu ergeben. Erst am 31. Januar 1871 trat ein Waffenstillstand in Kraft, der zum Friedensschluss führte.

Doch zu diesem Zeitpunkt hatte Otto von Bismarck sein Lebensziel bereits erreicht: den Zusammenschluss aller deutscher Staaten unter preußischer Führung. Am 18. Januar 1871 nahm der preußische König Wilhelm die Kaiserkrone an.

Quellen

In manchen Dialogen oder der Darstellung von Briefen und Telegrammen habe ich ganz oder in Teilen den Originaltext übernommen, der sich in Geschichtswerken und Lebenserinnerungen der echten Protagonisten finden lässt. Eine große Hilfe waren mir dabei Bismarcks *Gedanken und Erinnerungen*, aus denen ich speziell einige der Dialoge in der Szene um die sogenannte Emser Depesche wörtlich zitiert habe. Weitere Originalzitate, die ich ganz oder in Teilen im Roman verwendet habe, stammen u. a. aus zeitgenössischen Quellen im Projekt Gutenberg-DE, aus dem Archiv der Bundeszentrale für politische Bildung und diversen anderen, zu denen mich nicht zuletzt das vielgeschmähte, aber für die Basisrecherche sehr wertvolle Wikipedia geführt hat. Unersetzlich fand ich das gewaltige Werk *Bismarck – Magier der Macht* von Jonathan Steinberg, das mir so wichtig war wie kein anderes für das Verständnis des Mannes, der in meinem Roman eine so wichtige Rolle spielt. *Die Geschichte des privaten Lebens* von Philippe Ariès und Georges Duby, *Die Geschichte der Frauen* von Georges Duby und Michelle Perrot und die ZDF-Serie *Die Deutschen* haben mir weitere tiefe Einblicke in die Geschichte des 19. Jahrhunderts erlaubt. Erwähnen möchte ich auch die hervorragenden *GEO-EPOCHE*-Ausgaben »Preußen«, »Die industrielle Revolution« und »Otto von Bismarck«.

Danke!

Bastian Schlück und Dr. Maria Dürig, die von Anfang an an das Projekt geglaubt haben und den nötigen Dampf unter dem Kessel erzeugten.

Nina Wegscheider und Gerhard Seidl, die meinem Text die richtige Politur verliehen und ihn immer wieder auf die Schiene setzten, wenn sich die Bilder in meinem Kopf zu selbständig machten.

Meinen Probelesern Toni Greim und Irina Knauf, die unerschrocken ein Ticket für die Probefahrt lösten und mir verrieten, wo die Maschine noch unrund lief.

Meinen Freunden, die ich während der sehr intensiven Arbeit an diesem Roman immer wieder auf dem Bahnsteig zurückließ, weil ich für mich allein in den Jahren zwischen 1840 und 1871 unterwegs war.

Meiner Frau Michaela und meinen Söhnen Mario und Raphael, die mich während des Schreibens verständnisvoll umsorgten, so dass es eine Reise in der ersten Klasse wurde; und noch einmal meiner Frau Michaela für die akribische Durchsicht der Druckfahnen nach den letzten Fahrplanfehlern.

Wie immer an dieser Stelle, aber nicht zuletzt, danke ich Ihnen, meinen Passagieren, dass Sie diese Zugfahrt mit mir unternommen haben. Ich hoffe, Sie hatten eine spannende, abwechslungsreiche Reise. Ich fühlte mich geehrt, dass ich den Schaffner spielen durfte.

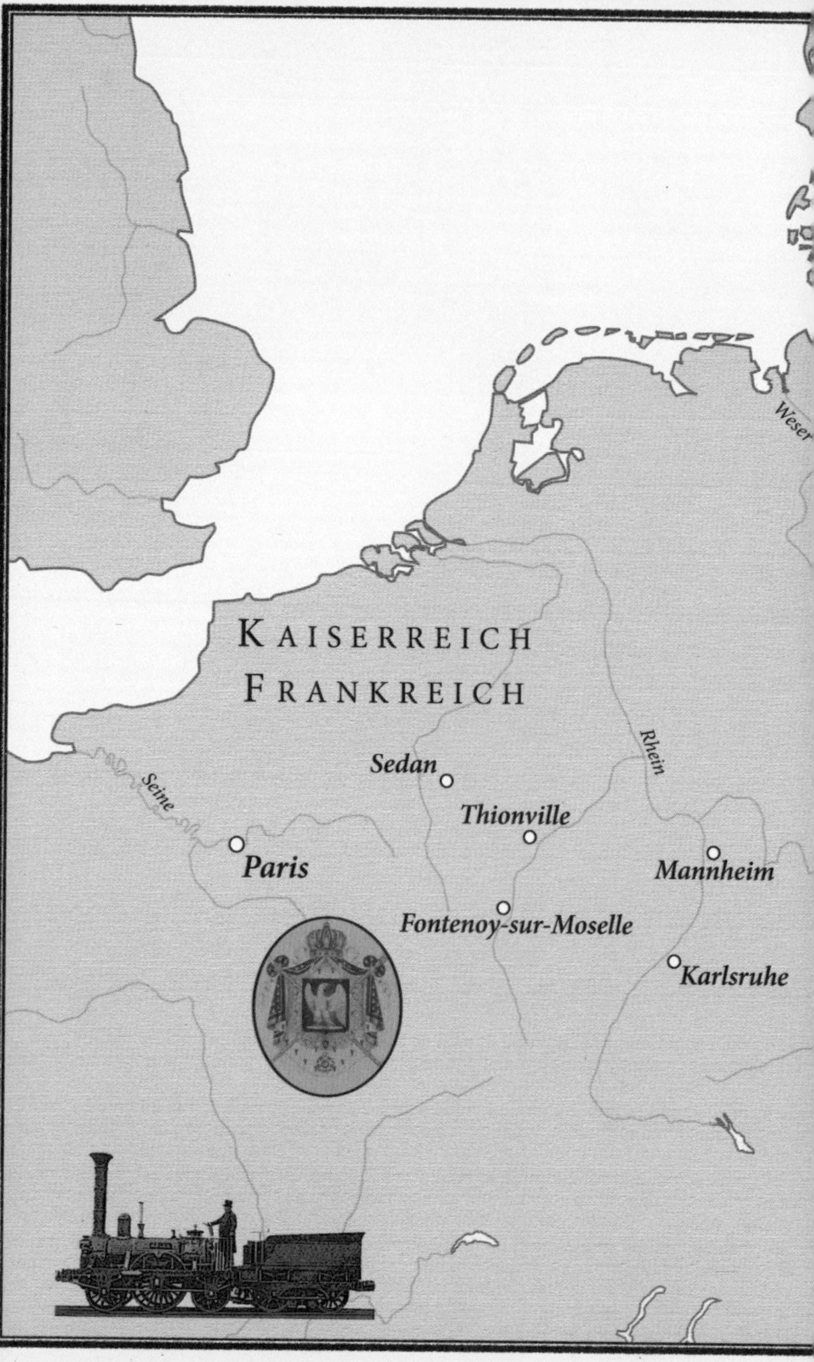
Weser
Kaiserreich
Frankreich
Rhein
Sedan
Seine
Thionville
Paris
Mannheim
Fontenoy-sur-Moselle
Karlsruhe